女作家学刊

Chinese Female Literature Studies

［第五辑］

5

北京语言大学　主办
阎纯德　主编

作家出版社

《女作家学刊》

Chinese Female Literature Studies

编辑委员会

目　录

白烨评论专栏

舒晋瑜访谈专栏

作家访谈

苏雪林研究

王秀琴专栏

作家园地

学术前沿

华人女作家研究

影视中的女性研究

女作家史料文献研究

作家作品论

台湾女性文学研究

作品讨论谈

古今女诗人研究

Chinese Female Literature Studies

Issue 5

Hosted by Beijing Language and Culture University

Chief-edited by Yan Chunde

Published by The Writers Publishing House

目录

Shu Jinyu's Interview Column

Interview with Writers

Studies on Su Hsueh-lin

Studies on Eileen Chang

Studies on Can Xue

Studies on Chinese Female Writers

Studies on Women in Films and Televisions

Researches on Historical Materials and Documents of Female Writers

Studies on Writers' Works

Researches on Taiwanese Women's Literature

Discussions on Works

Researches on Ancient and Modern Female Poets

Translated by Yang Yuying

卷首语

文学是春风秋雨。我们的社会，我们的生活，不可没有文学；对于一个国家、一个民族来说，没有文学不仅可悲，而且不可思议！

中华民族从遥远的“四书五经”时代起，无论是《论语》《孟子》《大学》《中庸》，还是《周易》《尚书》《诗经》《礼记》《春秋》，除了中国诗歌之祖《诗经》，即使那时其他文人笔下为哲学书写，但总有文学精神相伴，其底色也都充满了文学之气。

文学是中华民族文化重要的组成部分，是作家诗人激情的焕发、思想的彰显、灵魂的呐喊，是风花雪月，是最富人情味和普罗大众最喜欢的书写形式！

“诗忘离志，乐无离情，文亡离言。”（《郭店楚墓竹简》）“诗言志”，无志即无诗，文学即是人文精神和人文关怀，这是文学的最高境界。“大学之道，在明明德，在亲民，在止于至善。”（《大学》）扬善抑恶，是文学的根本使命。文学可以表现政治，但文学不是政治！

近些年，有人议论“我们现在没有文学”。我的一位好友，从我家拿走二十几本20世纪80年代出版的小说，她说：“在那个开放的时代，读作家的作品，就如吃大餐，非常过瘾！”我对她说，现在我们有一本《女作家学刊》，每一辑都会给读者一些有益的提示，人们既可以重温和认识五四以降现当代中国文学史上的重要女作家，也可以认识20世纪末成长起来的那些“80后”“90后”“00后”女作家，这本杂志就是中国历史上女作家们集体亮相的平台。

呈现在大家面前的“学刊”第5辑，开篇有我们悼念、缅怀两位中国女性文学研究家、我们的同行和朋友刘思谦教授和中国女性文学研究会第一任会长谭湘博士的文章，她们都为这个学科的发展鞠躬尽瘁，作出了贡献。这一辑，不仅可以重温苏雪林、白薇、袁昌英、张爱玲、茹志鹃、柯岩、徐小斌、残雪的成就，还可以从专栏研究中认识徐坤、修白、王秀琴等名家。白烨对多位年轻女作家的作品进行了评论，舒晋瑜和王红旗的“访谈”，令我们可以深入了解名作家叶广芩、叶弥、葛水平和华文著名女作家林湄、绿骑士。刘登翰教授的《台湾女诗人十二家论札》，让我们对台湾早期的女性诗歌一目了然。台湾学者古孟玄之《自〈梦中的橄榄树〉西译本之注释分析翻译策略与译者风格》唤起我们对传奇般的三毛深情的怀念！

文学像人，或者说就是人，有时它会欢快地手舞足蹈，有时也会闷闷不乐；因此，有人把文学称为“人学”。但是，文学不会死，它会永远活着。作家们面对文学，沉思之后，必然会有好作品如大地上的百花，郁郁葱葱鲜丽地绽放人间！

2022 年，我喜出望外地在网上读到北师大文学院张莉教授麾下的女性文学工作室主办的“持微火者·女性文学好书榜”，使我获得了许多曾与我有过联系、我尊敬的女作家的信息。这个好书榜，2022 年至 2023 年的长篇小说就有邵丽的《金枝（全本）》（人民文学出版社）、徐坤的《婚姻神圣》（人民文学出版社）、魏微的《烟霞里》（人民文学出版社）、李凤群的《月下》（中信出版社）、叶弥的《不老》（江苏凤凰文艺出版社）、王安忆的《五湖四海》（人民文学出版社）、林白的《北流》（长江文艺出版社）、林那北的《每天挖地不止》（江苏凤凰文艺出版社）、乔叶的《宝水》（北京十月文艺出版社）、鲁敏的《金色河流》（译林出版社）、笛安的《亲爱的蜂蜜》（人民文学出版社）、付秀莹的《野望》（北京十月文艺出版社）、须一瓜的《窒息的家：宣木瓜别墅》（文汇出版社）等，及小说集张惠雯的《在北方》（北京十月文艺出版社）、马金莲的《爱情蓬勃如春》（花城出版社）、汤成难的《漂浮于万有引力中的房子》（百花文艺出版社）、成婧波的《直到时间尽头》（山东画报出版社）、徐一洛的《没有围墙的花园》（广西民族出版社）、孙频的《海边魔术师》（人民文学出版社）、朱文颖的《深海航行》（江苏凤凰文艺出版社）、裘山山的《路遇见路》（北京十月文艺出版社）、阿袁的《与顾小姐的一次午餐》（河南文艺出版社）、朱婧的《猫选中的人》（山东画报出版社）、张玲玲的《夜莺与四季》（上海文艺出版社）、三三的《晚春》（上海文艺出版社）、蒋在的《飞往温哥华》（中信出版集团）、糖匪的《后来的人类》（中信出版社）等；另有外国著名女作家作品的译作，总体展示了女性文学的连年收获。

巾帼不让须眉！这些女作家的新作，并非就是这两年她们耕耘的全部。“女人能顶半边天”，女作家的勤奋，定会使我们的文学世界更精彩。

阎纯德

2023 年 7 月 5 日

特稿：思念和悼念

女性思想的启迪
——追念刘思谦老师

谢玉娥

摘　要：刘思谦老师已经远去，但她的思想、精神、品格和智慧将常存人间。她的“娜拉”言说，她提出的女性人文主义和女性文学的现代性，她关于“女性文学”的界说，她对“人学”、女性文学卓越的理论建树，她对学术良知的持守，她所具有的当代知识分子的风骨和品格，她与女性生命相结合的学术实践，她在文学研究领域取得的高质量成果，她的生命达到的境界，被人们研究、重视。

关键词：女性思想；刘思谦；“娜拉”言说；启迪

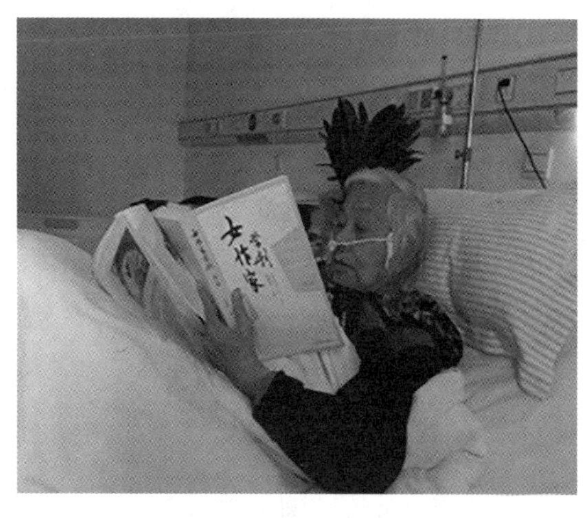

敬爱的刘思谦老师（1933.12.24—2022.7.18）已经远去，但她的真，她的纯，她的美，留在了人们心间，她的思想、学术与智慧，滋润着源远流长的中国文学，推动着当代学术研究和社会文明的进步与发展。自刘老师1980年回母校河南大学工作，就常到我们中文系资料室去，她那标准流利的普通话和热情洋溢的招呼声自然亲切。她习惯用的“小谢”称谓使晚辈的我听了顿感年轻起来。在河南大学，刘老师很独特，她

任期短暂却不负众望的“从政”经历独一无二。她从“新时期文学思朝研究”毅然转向女性文学且硕果累累，她真诚坦荡、不懈追寻的学术勇气和精神，超越了世俗的功利，她在文学院的历史上百年一见。在我与刘老师认识、交往的四十余年间，因“女性文学”而带来的情谊弥足珍贵。回顾往事，漫步、穿行在逝去的岁月，仿佛又看见刘老师那稳健、熟悉的身影，听见她那亲切的召唤声。

一、那温暖、明亮的光

——由“序言”到“‘娜拉’言说”

《“娜拉”言说——中国现代女作家心路纪程》是刘思谦老师学术转向后的第一部专著，标志其“转向”的“宣言”是为《女性文学研究教学参考资料》一书写的序言。文章真实地表达了她当时的感受及心态。

> 我身为女人，就从来不知道女人是什么。先是陶醉在半是真实半是虚妄的“男女平等”的神话之中，后来又学会了用“我是人”这样一个空洞的抽象聊以自慰。只有当各种名目的“角色”以它们那实实在在的重量向我纷纷挤压而来，我才深深意识到了我那和男人不一样的性别。
>
> ……“女人是什么”的终极追问，永远和“男人是什么”以及男人对女人的认识纠缠在一起。有趣的是同为男人，怎么认识女人、认识男人同女人的关系又往往大相径庭。《圣经·创世记》说女人是上帝在亚当沉睡时用亚当身上的一条肋骨造成的。此说被许多男人用来证明女人天生的依附性。可是也有男人对此作出了十分新颖的解释……
>
> 大约是出于认识自己这一共同的渴望，女性不约而同地找到了文学。……文学是女性的精神家园或“自己的一间屋”。……较之男性的诉说，她们只有一点或许足以引为骄傲的，那就是多了一点真诚。……
>
> ……这本《女性文学研究教学参考资料》，为热心女性文学研究的人们，提供了一个必要的资料前提。我出于前面所说的对自己性别意识的漠然，几乎丧失了对女性文学的兴趣，但读了小谢送来的这三十万字的资料汇编，竟不由自主地萌发了也要进入这个领域一试的冲动，并随手写下了这些凌乱的感想，聊以为序。[①]

三年后出版的《“娜拉”言说·后记》里，刘老师再次回忆起往事：

① 刘思谦：《女性文学研究教学参考资料·序》，选自谢玉娥编：《女性文学研究教学参考资料》，河南大学出版社 1990 年版，第 1—3 页。

读毕书稿校样，往事历历如梦。

整整三年了。三年前一个初春的傍晚，春寒料峭，狂风扑面。我把自己关在屋子里枯坐，心绪茫然惶然。突听敲门声，访者原来是河大中文系资料室谢玉娥同志，她拿出一摞三十万字的《女性文学研究教学参考资料》清样，一定要我写序。我知道她的心，但是觉得还是婉言谢绝为好。再说当时我真的连“女性文学”这个概念也不清楚，从来没有留意过。小谢说:“你先看看，随便写点什么吧。”于是，我就这样开始走进了女性文学这个世界。

……这是一个同我自己息息相通的世界。……可惜我来得有点晚了。我奇怪自己做了大半辈子女人竟对女人是怎么回事浑浑然一无所知；奇怪自己写了十余年文学评论动不动便是人的发现和觉醒什么的，可是女性的发现女性的觉醒在我的视区里竟是一个大盲点。[①]

今天，重读这些文字，好生感慨。当时因某种特殊原因，学术上遇到了“困境”的刘思谦老师在年近花甲之际做出了一个大胆、果敢的决定，自此改变了她的学术命运，使几十年来不知何为“女性”的女学者，进入了一个与自身生命息息相通的学术之境，开始了对自我、对女性、对母辈、对性别、对人类的重新理解和认知，对现实中的男人和女人，对性别与文学、与社会、与历史、与文化等诸种关系的重新审视，在社会、历史和人生的批评视野中纳入了性别视角，借鉴当代女性文学研究成果和女性主义批评理论，开启了她的“娜拉”言说新旅程。

当年，我为什么要请刘思谦老师写序呢？想来，一是熟悉，但更重要的是她身上所具有的那种精神和人格魅力，那温暖、明亮、可以助人前行的女性思想之光，吸引了我。因工作便利与刘老师接触较多，不断看到她在报刊上发表的、被人大报刊复印资料转载的文章。她的《向“人学”攀登》《蒋子龙的“开拓者”家族》《张一弓创作论》《对建国以来农村题材小说的再认识》等文对当代重要文学现象的思考和对有较大影响的作家作品的评论常引起反响和争议。二十世纪八十年代中期，她被誉为中国当代中年女评论家的代表之一，其直面人生的勇气和赤诚，其评论文章具有的理性力度和形象的美感、尖锐泼辣的“男子汉风格”，受到关注。在刘老师的特立独行中，我看到了一位优秀知识女性不凡的人生，心中敬意油然而生。1986年夏，刘老师与人合著的《小说追踪》《中国当代文学中篇小说选讲》出版后签名送我，使我感动，她对学术事业的执着、专注与热诚，令我敬佩。1989年10月，在河南大学出版社孟宪法老师的鼓励支持下，我把自己

① 刘思谦:《“娜拉”言说·后记》，选自刘思谦著:《“娜拉”言说》，上海文艺出版社1993年版，第327—328页。

多年积累的女性文学研究资料分类整理好送出版社时，心中有个愿望，想请刘老师写序，留个纪念。我先给她打了个招呼，她爽快地答应了。当书稿最后一次校样出来，1990 年 4 月 10 日晚上，我带着清样到河大家属院苹果园小区刘老师的家中拜访，见面后说明来意，其情形正如《“娜拉”言说 · 后记》中所写：此时，严冬虽然已过，但“春寒料峭，狂风扑面……”，几个月间，刘老师好像换了一个人。但我相信，热心的刘老师会看看书稿，我很想听听她对女性文学的看法。4 月 12 日周四下午是系里规定的集体活动时间，遇到了刘老师，她告诉我资料快看完了，觉得挺有意思，并打算开“女性文学研究”选修课。我听了出乎意料地高兴。13 日傍晚，刘老师特意去资料室找我，商量序言如何写，是否加标题，还借了几本妇女研究和妇女文学研究的书。看到刘老师的精神又振作起来，我顿时感到，刘老师还是刘老师！评论家刘思谦能转入女性文学研究，是女界、也是学界的一件幸事。5 月 1 日，回到郑州家里的刘老师把她写好的序言寄了过来。之后，经过一个学期的准备，到 1991 年春，刘老师开始给 1987 年级本科生上女性文学研究课，那本已出版的资料被她推荐为教学参考书。刘老师从五四时期的女作家讲起，结合课堂教学给学生编印了辅助教材《女性文学研究作品选》，我协助到学校印刷厂打印、校对，共编过两册，选有冯沅君的《隔绝》、庐隐的《或人的悲哀》、石评梅的《灵感的埋葬》、冰心的《两个家庭》、凌叔华的《绣枕》等十多篇作品。自此，刘老师一边上课一边研究，“作品是一个作家一个作家一本一本一篇一篇地读，旁及她们的传记与研究资料；理论是从两性关系史和恩格斯《家庭、私有制和国家的起源》读起，进而扩展到精神分析、社会心理学、女性心理学和西方女性主义文学理论，心境豁然开朗”[①]。这段话真实地反映了学术转向后刘老师一种新的心境与心态。其间她的一些论文也陆续发表，如《徘徊于家门内外——冯沅君小说解读》《女性角色人物画廊：凌叔华小说人物谈》《张爱玲：走出女性神话》《林徽因：澄明的生命之灯》等。1993 年《文学评论》第 2 期刊载了她的《关于中国女性文学》，这是本阶段刘老师对女性文学研究的一次系统总结和初步的理论思考。文章从人类两性关系的演变史入手，认为自从父权制社会以来，人类便朝着性别统治、性别依附的方向发展，造成了漫长的以男尊女卑、男主女从的两性关系为基础的社会诸关系的形成，妇女文学创作的权利和能力被剥夺被压抑，由此来理解女性文学产生的历史大背景，认为“女性文学”是一个在一定历史条件下出现的历史概念，对它的认识关系到我们对整个文学史和女性文学的基本看法。如果说女性文学研究有它的价值目标的话，那便是包括男性在内的人的价值的全面实

① 刘思谦：《“娜拉”言说 · 后记》，选自刘思谦著：《“娜拉”言说》，第 327 页。

现，便是社会压抑的解除和人的彻底解放这一十分遥远的价值目标。

《“娜拉”言说》于 1993 年 12 月由上海文艺出版社出版，集中代表了刘思谦老师这一阶段的研究成果。该书选取了冯沅君、庐隐、石评梅、冰心、凌叔华、丁玲、萧红、白薇、林徽因、杨绛、苏青、张爱玲共十二位现代女作家及其作品进行论述、分析，“从她们自己的言说中去寻找、辨别被历史所掩盖、所压抑的女性生存之真”，而“女性主义作为一种阅读视点对于视野的开拓确能见以前所未见”[①]。《“娜拉”言说》是继孟悦与戴锦华合著的《浮出历史地表》之后中国女性文学研究的一部奠基式著作，它对女作家创作心理的深刻透视和对女性文本的细腻分析得到研究者的赞赏，被誉为女作家的“心灵史”。陈柏林以“视角的凯旋”作了高度评价，认为《“娜拉”言说》的出现使以往男性中心意识下的主流学界对现代女作家群的研究，因与研究对象心灵结构的错位而出现的隔靴搔痒的尴尬局面大为改观，著者独特的“人—女人”视角和同为女人的心灵相通性使女作家的心路历程得到了淋漓尽致的展示，称它是“娜拉”在当代的言说[②]。徐艳蕊认为《“娜拉”言说》与《浮出历史地表》在当代女性主义批评对女性文学史的重建、女性文化血脉的寻找工作上代表了迄今为止的最高成就[③]。王春荣与吴玉杰主编的《文学史话语权威的确立与发展》第五章“新时期女学者的文学史研究”第三节，对“刘思谦的‘女作家心灵史’及‘性别研究’”专门进行了论述，认为刘思谦在从《“娜拉”言说》到性别研究观的学术追求中，悉心倾听女作家的心灵之声，诗化叙述女作家的心路历程，不断地建构性别研究观的诗学体系，她不是新时期最早的女性文学研究者，但她是最执着的女性文学研究的思想者[④]。《“娜拉”言说》也是刘思谦老师向“人学”攀登道路上的一个新高度、新阶段，标志着其学术视域的拓展和深化。

二、生命的燃烧与亮丽

——延期完成的国家项目

2005 年 10 月中旬，第七届中国女性文学学术研讨会在河南大学隆重举行。与会代表领到的礼品中有两本散发着油墨清香的新书，一本是刘思谦与郭力、杨珺合著的《女性生命潮汐：二十世纪九十年代女性散文研究》，一本是刘思谦主编的《女性生命潮汐：二十世纪九十年代女性散文选读》，

① 刘思谦：《“娜拉”言说·前言》，选自刘思谦著：《“娜拉”言说》，第 25 页。

② 陈柏林：《视角的凯旋：娜拉也是女人》，载《中国图书评论》1995 年第 1 期。

③ 徐艳蕊：《当代中国女性主义文学批评二十年·绪论》，广西师范大学出版社 2008 年版，第 10 页。

④ 王春荣、吴玉杰主编：《文学史话语权威的确立与发展》，辽宁人民出版社 2007 年版，第 293—294 页。

均由河南大学出版社于当年的6月、9月出版，封面和书名页都以两行小字标着：国家一九九六年哲学社会科学规划项目、中国现当代文学女性文学专业参考用书。同名为“女性生命潮汐”的这套姊妹书是由刘思谦老师主持的一个延期完成、没有“证书”的国家项目，该项目从策划到最后完成经历了不寻常的八年。

1996年1月，国家社会科学研究“九五”规划重点课题和1996年度课题指南文件下达，“重点课题指南”的“中国文学”类有“中国新时期文学创作的综合研究”，年度课题“中国文学”类有新时期的历史题材、改革开放题材长篇小说研究，诗歌成就和存在问题研究，九十年代中国散文研究等。此时，具有申报条件的刘思谦老师还在美国探亲，我和当代文学教研室的刘景荣老师先后给她写信通报情况，寄去了选题参考，希望她能选一个题目试试。系领导也很重视，主持科研工作的孙克强主任给刘老师去了信，寄了参考件。刘老师在2月25日夜里的复信中谈了她的想法：“申报问题，我想先申报一般项目，题目小一些，或许较易批准。根据各方面情况，决定了《九十年代中国女性散文研究》这个题目，并请你们二位参加。”3月10日，刘老师填写了项目申请书。“项目论证”指出：“本论题以九十年代中国女性散文（含台湾同期女性散文）为研究对象，旨在通过对女性散文作品的分析研究，发现中国女性文学有别于西方女性主义文学的特点，从女性散文这个独特的领域，看出近百年来中国女性文学与女性解放的一些规律性问题。”“基本内容”为：1. 从五四以来中国女性文学发展的历史背景，看九十年代中国女性散文兴起的原因及思想艺术特点。2. 对海峡两岸有代表性的女性散文作品进行个性分析与共性概括，比较女性散文在这两个地域的异同及得失。3. 将女性散文放在与同期男作家作品的相互联系与比较中，看中国两性关系与妇女解放的发展趋向。对于“本课题的重点和难点”，刘老师认为：九十年代女性散文是一种正在发展的文学类别，研究对象的边缘性、交叉性以及与研究者在时空上的切近性，要求具有开阔的和超越性的历史眼光与新的研究视点。研究者应在理论思维能力的提高及研究视点、思维方式的革新上多下功夫。她特别指出，对西方女性主义运动与女性主义文学批评这一影响持久、广泛的社会文化思潮，应从我国社会现实与文学创作的实际出发，有分析和鉴别地吸取其有益的成分，超越其偏激的情绪化的成分，以及男/女二元对立的思维模式，是本课题面临的一个难题。收到刘老师来自大洋彼岸的信函，我们都很高兴，我随即补充有关材料，按要求请人将表格打印出来，系领导在“单位意见”栏特意说明：“尤其需要说明的是，三位项目参加者均为女性，相信她们会在这一特殊研究领域实现男性研究者所不可替代的发现和突破。”1996年5月17日，国家社科基金项目“九十年代中国女性散文研究”正式获得批准，批准号

96BZW018。

回国后的1996年6月，刘老师开始了“九十年代女性散文”的阅读和思考，又联系上河南师大中文系教师王敏参加，我们商议了预期研究成果设计，最后确定女性散文研究专著由刘老师承担，作品选由其他人来做。计划至1997年12月完成点评式的“辅助教材”《九十年代中国女性散文参阅作品选读》，至1998年12月完成专著《九十年代女性散文研究》，其间要完成有关专题资料、论著索引及有关作家作品的评论文章。我们在郑州、开封等地购买了所有能买得到的九十年代女性散文专集、选本、合集，一同参加了1996年10月下旬在南京举行的中国当代女性文学第二届学术研讨会，会后到江苏省社科院图书馆和南京市图书馆查找了有关资料。配合项目进展，刘老师联系《作家报》开设了“我读女性散文”专栏，自1997年4月至1998年7月，刘思谦、刘景荣、王敏等先后在专栏上发表了一批评论。面对书架上越积越多的女性散文作品，刘老师意气风发，走进了一个与个人生命潮汐息息相通的无比亲切的女性散文世界。

但让刘老师没有预料到的是，九十年代女性散文作品竟有那么多！1993年《“娜拉”言说》出版时，中原农民出版社曾托她主编过一套“九十年代女性散文11家”，但没料到数年后女性散文会有如此蓬勃的发展势头，也没有料到会再来编一本九十年代女性散文《选读》的合集，更没有料到女性散文的创作队伍已经发展到数以百计，“忽如一夜春风来，千树万树梨花开”。因此，刘老师后来将书名总题定为《女性生命潮汐》，“意在显明这是一次真正的女性生命的潮起潮落，是女人身体的起与伏、生命的呼与吸，是世纪之交女性文学史上的一件盛事和女性话语的狂欢节”[①]。到编定《二十世纪九十年代女性散文选读》时，各种专集、合集和选本已经有二百五十多本，八年多的时间刘老师主要用在了阅读上，还要把对这么多的作品的阅读“重新编码”，转换成有着内在逻辑框架和理论基点的研究评论话语，为此她感到“遇到了大难题大困惑”。约在1998年年初，刘老师在通读绝大部分作品及一些相关理论书之后找到了“生命哲学”这个理论凝聚点，确定了全书的体例框架，即分为《逝者如斯》《女性之思》《语言的家园》上中下三编，分别从代际代属现象、主题思想和文体（思维方式与话语方式）三个方面，力求较全面完整地阐释九十年代女性散文的意义。1998年2—3月份开始了上编的写作，可当进入具体编、章、节的写作时，“又必须找出各编、章、节的相关文本来重读和反复读，才能找到感觉、找到各不相同的切入的角度，才能说出你在这一编、这一章、这一节里所要说的话。于是我只能回过头来重读和反复读，终于在上编前言中开了个头，定下了

① 刘思谦主编：《二十世纪九十年代女性散文选读·编后记》，河南大学出版社2005年版，第612页。

全书的话语基调，并且写出了第一章的前两节”[①]。

但此后更难以预料的是，1998 年的 5 月 14 日早晨，刘老师却突发脑卒中，不会说话了，被邻居们送到医院抢救。“这时候我才意识到我老了，一种生命的沮丧感、沧桑感乃至自卑感从心头升起，成为我此后时时需要面对和超越的心灵上挥之不去的一重阴影。出院后重返书桌，生老病死这一生命最脆弱的环节便成为我继续书写上编‘逝者如斯’一个如影随形的思想背景，成为每一代女人早晚都会遭遇到的生命的现实。我正在写的这本书由于它无所不在的威慑力而获得了向死而生的意义”[②]。“向死而生”——恰切而真实地表达了《女性生命潮汐》与刘思谦老师同生共长、奋力前行的历程和命运，令人感动不已。

后来却又有了两件同样重要的事情插进来：一件事是 1998 年秋在北京—承德召开的第四届全国女性文学研讨会上，女性文学委员会副主任委员、秘书长谭湘组织了一套“女学人文化随笔”丛书，其中有刘老师一本，她需要再写出七八万字才成书。从承德回来，刘老师便把教学之余的精力和时间全力以赴写散文，于 2000 年年底集成了五组五十篇约十三万字的女性散文作品集，以《女人的船和岸》为题交河北教育出版社，2002 年 1 月正式出版。另一件事是 1999 年春天，河大文学院中国现当代文学研究学科点获得了博士学位授予权，刘老师成为全国第一个招收女性文学研究方向的博士生导师，从 1999 年秋季开始，除了女性文学研究方向的博士生专业课之外，按照学科点的要求，还给博士生们开设了一门“文学研究方法论引论”公共课，有关专题论文结集为《文学研究：理论方法与实践》由河南大学出版社于 2004 年 2 月出版。这接连而至的两件事、两本书，让她承担的九十年代女性散文研究在写了三分之一的书稿之后感到难以为继，感到了疲倦，“一种来自生命深处的挫败感沮丧感从心头升起”。可认真负责、具有“学术良知”的刘老师又不愿意就此勉强结项不了了之，“这是我的性格和立身行事的原则所不允许的，我将为此而愧疚抱恨，认为是此生此世唯一一件应该做而没有做成的事情”[③]。就在她“欲罢不能”之时，老伴的一句话提醒了她，做出了由独著改为合著的决定，选择了自己的博士生郭力和杨珺加盟，迎来了“柳暗花明”。二位女学者具有扎实的理论思维素质和对作品的整体把握能力与艺术感觉能力，很快不到一年的时间便相继完稿了。该书的编写“使我得以感同身受地亲历和目睹了九十年代女性散文这一女性生命的潮汐，如何以其顽强的生命力实现了跨世纪的一跃，女性散

① 刘思谦：《二十世纪九十年代女性散文研究 · 后记》，选自刘思谦、郭力、杨珺：《二十世纪九十年代女性散文研究》，第 324 页。

② 同上。

③ 同上，第 325 页。

文的潮涨潮落，她的繁华和寂寞、兴盛和消隐，在一定程度上映衬出一个时代的精神文化生态，一个时代生活、思想的自由度”[①]。该书前言以“女性散文的黄金时代”为题对二十世纪九十年代中国女性散文作了高度评价，认为它在作者人数、作品数量、丛书出版、思想内容、艺术风格等方面呈现出异彩纷呈的繁荣景象。刘老师认为，女性散文完全不像性别偏见论者所臆断的那样，是什么“题材面狭窄”“小家子气”“没有批判立场”等等，认为其思想的和文化的反思的触角，已经伸展到了二十世纪思想史的前沿地带，触及到了主宰了二十世纪后半期而又延伸到二十一世纪初仍然作为人类思维盲点的关键词，如“革命”“阶级”“暴力”“大众”“集体”“民族”“牺牲”“奉献”“大公无私”等等被压抑、禁锢已久的现代人文主义价值观的核心词。

《二十世纪九十年代女性散文选读》共选入一百二十六人的二百四十八篇作品，总字数六十七万字，大体上依年龄顺序编排，从十九世纪末和二十世纪初出生的苏雪林、冰心到二十世纪六七十年代出生的乔叶、黄文婷、周晓枫等，年龄跨度七十多年，四代女人风云际会于九十年代女性散文之树上，是中国文学史、中国女性文学史上前所未见的盛事。该书先由全体编委（王敏、刘景荣、刘思谦、孙舒蝶、沈红芳、谢玉娥）分工初选，再由刘老师在通读中逐一增删选定，所选篇目确定后，编委会设法打听作者联系方式，发函联系，恳请得到支持。最后由编委复印编定交河南大学出版社。回顾该书的由来、编选及出版，刘老师非同寻常的学术心路与真情在编后记中跃然显现：“总之，我的整整八年的岁月是由这些无以数计的女性散文的阅读相陪伴的，如此大的阅读量贯穿于我的整整八年两千九百个日日夜夜，但我不觉其苦只觉其乐，我甚至不知老之已至，不知道时间的车轮在我身体上滚过去，我已经由花甲之年而年及古稀了。我的心态变得平和、放松和自如了。……我是想编一本别人不曾编过的能够反映二十世纪九十年代女性散文来龙去脉的和较为完整的女性散文全貌的选本，这样才能对得起我自己也亲身经历的世纪之交女性生命的潮汐，对得起女性文学史这件难得的百年一遇或千年一遇的盛事和女性话语的狂欢节。”[②] 由刘思谦老师主持完成的姐妹书《女性生命潮汐》出版后受到读者、学界的欢迎和好评，著名评论家陈辽称其为“九十年代女性散文观止”。

三、女性的智慧之光

——第七届女性文学研讨会备案

2005 年 10 月由刘思谦老师亲自挂帅召开的第七届中国女性文学学术

① 刘思谦：《二十世纪九十年代女性散文研究·后记》，第 326 页。

② 同上，第 612—613 页。

研讨会是河南大学文学院史无前例的一次盛会，作为会议的学术领导人，刘老师精心准备、运筹帷幄，显示了学术大家的领袖风范。她年已七十却神采奕奕、精神焕发、思维敏捷，思想的锋芒依然锐利。由于她的学术影响力，她指导培养、已成长为专业学术骨干的一批中青年学人对“女性文学”“性别与文学”等议题的关注，为全国性的女性文学研讨会在河南大学召开，创造了必要的思想基础和学术氛围。作为一个亲历者、具体会务工作者，掀开那熟悉、难忘的一页，当年场景再现眼前。

自1995年至2005年之前，中国当代文学研究会女性文学委员会已连续举办了六届研讨会，我和刘老师曾被邀请参加过数次，接触了不少同行，开阔了学术视野，后来还分别担任了女性文学委员会的有关职务，我们也想请同行到河南大学现场研讨，扩大学校的学术影响力。在学术界，河南大学的女性文学研究起步较早，是全国第一个招收女性文学研究方向的博士点，声名影响在外。因此，2003年12月在哈尔滨举行的第六届研讨会将要结束时，经慎重考虑，刘老师向女性文学委员会提出申请，希望第七届研讨会能在开封召开，由河南大学文学院主办。回来后给院领导和她所在的学科点领导做了汇报，主办会议的申请得到领导支持。不久，女性文学委员会正式批准，于2004年3月寄来了“授权书”，全文如下：

河南大学文学院：

在我国女性文学研究学术事业已经取得瞩目成就、中国当代文学研究会女性文学委员会成立即将十周年之际，经当代女性文学委员会研究决定，授权河南大学文学院于2005年10月在开封、洛阳两地举办“第七届女性文学学术研讨会暨中国当代文学研究会女性文学委员会成立十周年纪念会”。具体筹备工作由中国当代女性文学委员会委员、河南大学文学院刘思谦教授和中国当代女性文学委员会副秘书长、河南大学文学院谢玉娥副研究馆员负责。

特此。

中国当代文学研究会女性文学委员会

2004年3月8日

自此进入了会议的正式准备阶段。文学院成立了由院办和现当代学科点组成的会议筹备组，确定刘思谦、孙先科教授为本次会议责任人。后来洛阳师院中文系联系加盟，共同主办。经商议，会期定于2005年10月16日至19日。对将要召开的这次研讨会，刘思谦老师极为重视，强调我们一定要开好，要突出学术研讨，提升学术质量和研讨会水平，对研讨主题及分题、参会人员、论文审阅、大会发言、分组讨论、会议主持、会议手册、专家讲学、会议通知等各个环节都仔细考虑。拟定的会议通知明确指出:“本次研讨会是在我国女性文学研究已取得显著成就，亟待进一步深化、发展的形势下决定召开的。近年来，在借鉴西方女性主义关于‘社会性别’等理论资源的背景下，从性别角度入手研究中国现当代文学已经是一个新的富有建设性的学科增长点，形成了一个活跃的研究领域，出现了一批令人耳目一新的学术研究成果。但是，由于性别理论的资源主要来自国外，理论本身处在发展变化中，以及与中国语境的对接等问题，在汉语语境中研讨‘女性文学’，还存在着诸多困惑，一些基本的概念、范畴有待于厘清，性别在中国文学中的表现及发展踪迹也有待于探讨。因此第七届中国女性文学学术研讨会以‘中国现当代文学与性别’为研讨主题，包括以下几个分题: 1. 性别与文学相关理论研究; 2.“十七年”与“文革文学”中的性别神话解构; 3. 现当代文学中的两性关系模式; 4. 现当代男女作家笔下的男女形象比较; 5. 中国当代文学史的性别审视; 6. 当代影视、戏曲文化中的男权中心话语; 7. 中国当代女性文学委员会成立十周年回顾、总结与展望。”通知强调:“本次研讨会意在突出学术研讨”，请与会者按通知中所列的研讨主题及分题撰写论文。

2005 年暑期，会议准备工作在紧张、有序进行。8 月 22 日上午在河大仁和小区刘老师寓所，与会议责任人刘思谦、孙先科老师研究会议筹备工作，提出要借鉴以往女性文学研讨会及现当代文学专业会议的经验，根据本次会议特点努力创新，力求使学术研讨富有成效，内容扎实，会风新颖、活泼，简化会议程序，减少俗套，免去不必要的“领导讲话”或“贺词”之类，研讨会要充分体现“平等、公正”的原则，使所有与会人员在相互尊重、平等的基础上既能主动发表自己的见解，又能注意倾听不同的声音，以形成一种宽松、和谐而又严肃、认真、热烈的会风。8 月 26 日上午，在河南大学文学院召开了由承办单位双方参加的筹备工作会议，对会议的组织机构、领导组、学术组、会务组、日程安排、准备工作进行了初步商议。8 月 27 日上午召开了由主办方三方参加的预备会，女性文学委员会参会的有吴思敬、谭湘，河南大学文学院有刘思谦、孙先科、谢玉娥，洛阳师院文学院有张凌江、刘继保。筹备组汇报了筹备工作，预备会研究确定了会议组织机构人员、日程安排及会风改革、经费落实、会务分工、论文集编印等工作。

2005 年 10 月 16 日上午 8 时 30 分，在河南大学老校区校行政办公楼一楼会议厅举行大会开幕式，在全场期盼、众望所归之中，刘思谦老师稳步走上前台，庄重、热烈地宣布:“第七届中国女性文学学术研讨会暨中国当代文学研究会女性文学委员会成立十周年纪念会”现在开始。宣布开幕式主持人为孙先科。

据统计，本次会议有来自全国各地的120多位专家、学者和研究生出席，其中有副教授以上职称和博士学位的占到70%以上，1960年以后出生的人员占60%以上，男性占到30%以上。犹如女性文学委员会副主任委员金燕玉在大会总结中所讲，本届会议代表多、年轻学者多、博士多、论文多、发言多、话题多，成为这次会议的特点，这是一次高水平的学术盛会。

第七届女性文学研讨会发给与会人员的上下两册16开蓝色封面的会议论文集，收入会前提交的文章共71篇496页。另有一本橙色封面的会议手册，内容包括“会议组织机构”、“会议日程”和“通讯录”，简洁明了的文字使我联想起当年的场景，想起“在场”研讨的人们。会议举办时间为2005年10月15—19日，地点在开封—洛阳两地。会议设有领导组、学术组、会务组，各组成员均由主办会议的三方组成。其中，1. 领导组：组长：张炯、关爱和、李慈健、刘增杰；副组长：吴思敬、谭湘、刘思谦、张宝明、张生汉、胡德岭、孙先科、张凌江、刘继保；2. 学术组：组长：刘思谦、乔以钢、林丹娅、张凌江；副组长：陈骏涛、金燕玉、林树明、阎纯德、胡辛、王春荣、屈雅君、李玲、王敏、郭力、赵树勤；3. 会务组：组长：李经洲、孙先科、许少康、张凌江；副组长：刘进才、白春超、吕冰、刘涛、付民之、杨国安、谢玉娥、黄丙申、焦作通、刘继保、刘绍武、赵海彦。还有在册的22位会务组成员。从上述组织机构设置和人员组成名单可以看出，主办方自学校、学院领导和校办、院办、专业学科点，对这次会议都很重视，河大文学院现当代专业的老师几乎全部投入。

会议手册上，“开幕式”下方以醒目的黑体大字标明“本届会议不设主席台”。会议开始，由开幕式发言人、河南大学文学院刘思谦教授宣布会议开始、宣布开幕式主持人；接着由开幕式主持人、河南大学文学院孙先科教授宣布议程：1. 河南大学校长关爱和教授致辞；2. 河南大学文学院院长张生汉教授致辞；3. 中国当代文学研究会会长、女性文学委员会主任委员、中国社会科学院文学研究所研究员张炯教授致辞。上午后半段为“大会研讨”，在“大会研讨”前边特意写了这样一段话：

> 敬告各位发言者：
>
> 为了使提交会议论文的每个与会者都能得到发言机会，请您在提炼、压缩论文的基础上，将自己的发言控制在规定时间之内，以期将您最重要、最精彩的话说出来与大家分享。
>
> ——本届会议学术组

以此作为一条会议“规则”公开提醒、提示，对每位发言人的时间掌握起到了有效的自律作用。此后每场大会发言和分组讨论，手册中都清楚标明“每人 10 分钟”，每个单元最后安排有“自由评议 10 分钟”，这样做既有利于研讨会时间掌握，也体现了办会者对每位发言者“言说”机会和权利的尊重。16 日上午的大会研讨由张凌江、金燕玉主持，共有八位学者发言：乔以钢的《胸襟·视角·心态》对近十年的女性文学研究进行了反思，刘思谦的《性别：女性文学研究关键词》代表了她最新的思考，林丹娅的文章揭示了文学中的“私奔”模式这一“现代中国性政治的千年隐文”，吴思敬以《从黑夜走向白昼》对世纪初中国女性诗歌作了论述，郭力的发言题目为《女性历史叙事与性别定位》，傅书华的发言对“性别研究中的男性话语缺失”问题作了探讨，董丽敏以林白为个案，对“个人言说、底层经验与女性叙事”发表了自己的见解，王春荣以《张扬生命本体的语言》对“女性声音的诗学”作了论述。特别是学术组组长刘思谦老师的发言，突出了本次研讨会主题，将“性别”作为“关键词”以拓展女性文学研究，引起了热烈反响。下午的大会研讨由陈骏涛、王春荣主持，林树明、屈雅君、金燕玉、王红旗等十五人发言。其中，一位青年学者的《女性文学研究的唯心倾向》引起几位与会者的质疑，不同视角不同理念之间展开了激烈争论，会场气氛顿时活跃起来。这是很正常的学术现象，但让我感到新奇的是那次刘思谦老师的不一般。在以往的研讨会上，遇到有较大分歧的学术问题，她会“当仁不让”，直率地表达自己的见解，有时情绪还容易激动，但那一次她好像只是在安静地听，直到最后好像也没见她就某个问题作“权威式”的表态。今天，回想起那个瞬间还让我感动。作为“学术组长”的刘思谦是当然的“发言人”、女性文学研究专家，但也是一个平等的参与者，在重要的学术问题上能够倾听，让人充分发表意见，这是“思想者”刘思谦不断思考、智慧之光的闪现。

四、绵绵不尽的思念

刘思谦老师是我尊敬的老师、长辈，也是同行、“忘年交”。她在 2000 年第 5 期《百花洲》上发表的《女性文学研究这件事》中称我是她的“知音”，让我感到莫大的欣慰。

1998 年刘老师的一篇重要论文《中国女性文学的现代性》在当年《文艺研究》第 1 期上发表，定稿前她谦虚地让我先看看。我随即拜读，钦佩刘老师的理论胆识和勇气，对学界当时有较大争议的理论问题，她经过自己的思考发出了不同于常人的见解，文章分析了历史上男性思想家提出的启蒙理性的人文主义的“性别局限”，但未能或不敢将自己的“思想”合理命名，我理解了她，问她“为啥不敢在论文中提出‘女性人文主义’这个概念？其实你通篇说的就是这个意思”。刘老师说，我这句话为她找到了“思想的凝聚点”。经过认真思考，二稿中她提出了“女性人文主义”，确定“女性文学”概念的历史性和现代性，是在一定历史条件下产生的具有现代人文价值内涵的女性的新文学，文章“结语”部分阐述了女性文学批评理论的建构问题，明确提出：“我们需要一种清晰的能说明我们自己存在发展的合理性和规律性的具有广阔学术前景的理论，我选择了女性人文主义。”并为之作出界说。

如此，转入女性文学研究的刘思谦老师一步一步、一个概念一个概念，甚至是一个词语一个词语地反复思考、琢磨、寻真，不停地思想，不断地超越，她借鉴西方的，更重要的是寻找、建构中国自己的女性文学批评理论，为此竭尽了全力。在行将花甲之年她开启了“娜拉”言说，继而提出女性人文主义和女性文学的现代性，提出将“性别”作为女性文学研究的关键词。她关于“女性文学是诞生于一定历史条件下的以五四新文化运动为开端的具有现代人文精神内涵的以女性为言说主体、经验主体、思维主体、审美主体的文学”——这一概念界说已被乔以钢、林丹娅主编的《女性文学教程》所采用。她关注新时期以来的女性文学创作与女性文学研究，对性别理论与女性文学研究的学科化建设作出了理论上的建树。

我和刘思谦老师也是学术上的合作伙伴，犹如她在《二十世纪九十年代女性散文选读》后记中所言，多年来“我们合作得很愉快”。多年来，我更是受到刘老师真诚的帮助与关爱。2005 年我把总字数约二百万字的《女性文学研究与批评论著目录总汇（1978—2004）》打印稿呈刘老师过目，请她作序，刘老师对这部为适应学科化发展，为众多研究者了解、掌握本学科研究成果全貌提供的“编目清晰、查找方便的地形图”给予了充分肯定。在刘老师的热心扶持下，由她主编、女学人撰写的“娜拉言说书系”2009 年由河南大学出版社陆续出版，我准备编的《智慧的出场——当代人文女学者侧影》也被列入其中，后列入“女性生命潮汐”书系出版。该书以刘思谦老师的《重申抗拒失语》代前言，其中一段话是刘老师给自己拟定的女性文学研究座右铭：

> 抗拒失语就是敢于倾听和应答自己内心真实的声音，就是让自己的感觉、经验、思想进入语言，就是宁可不说宁可沉默也不说那些虚假的不知所云的“他者语言”，就是时时提醒自己不要被膨胀的权力话语、商业广告话语所蛊惑和劫持，就是用语言之光朗照自己内心的蒙昧和黑暗，就是从罩在我们头顶的那张失语的大网中突围而出。

自 1990 年春请刘思谦老师给我写序，几十年间好像有一种心灵上的默契，常和刘老师一起探讨女性文学，探讨与文学、人生、婚姻、家庭、社会等相关的话题，倾听刘老师灵动、智慧、清朗的谈吐和感悟，欣赏她丰富的思想、语言和才华，敬仰她的精神、人格与魅力。后来，听到刘老师患病、生活难以自理的消息，心里有种莫名的伤感。2020 年 11 月 1 日上午在郑州最后一次见到刘老师，她身上插了几个管子，精神气色还好，记忆力已经衰退，看到我给她带来的刚出版的《女作家学刊》，随即兴奋起来，专心翻看，很快便进入了"状态"，看到我那篇文章的题目《为什么还要"'女'作家""'女性'文学"？》时，她说"这个题目好"。这是刘老师生前对我的最后一次"褒奖"和"给力"。病房里有一本 2019 年第 12 期《名作欣赏 · 别册》，是由沈红芳组稿的《澄明之境——刘思谦画传》，全面介绍、反映了刘老师的学术成就及影响。《名作欣赏》2019 年第 12 期集中刊发了一组文章，其中《新时期以来的女性文学创作与女性文学研究》是刘老师为她主编的《20 世纪中国女性文学大系 · 理论批评卷》写的导言，她将新时期以来二十世纪最后两个十年女性文学创作和女学者女性文学研究的同步繁荣这一引人注目的文学景观，比喻为两朵同根而生的并蒂莲，预期它必将在我国当代文学史和女性文学史上留下浓重的一笔。该刊同期发表有乔以钢的《真诚的持守可贵的开拓》、林丹娅的《从混沌走向澄明：认知刘思谦》、郭力的《刘思谦：永远的"娜拉"言说》、李玲的《刘思谦：生命像向日葵那样饱满》，几位女学者以她们的切身感受对刘思谦老师及其女性文学研究作了深入、理性、高度的评介。刘思谦老师对学术良知的持守，她所具有的当代知识分子的风骨和品格，她与女性生命相结合的学术实践，她在文学研究领域取得的高质量成果，她对"人学"、女性文学卓越的理论建树，她的生命达到的境界，被人们研究、重视。《名作欣赏》编辑部在刘思谦老师生前集中推出的专题文章和画传表达了学界同仁对刘老师由衷的敬意。

敬爱的刘思谦老师已经远去，但她的思想、精神、品格和智慧将常存人间。她是著名的专家、教授、学者、文学评论家，更是执着的思想者、当代一位真正的知识分子。阅读刘思谦，重新认识刘思谦，与刘思谦老师真诚地交谈和对话，是对刘老师最好的纪念。

谨以此文，致敬活在我心中的刘思谦老师！

2023 年 5 月 17 日

（谢玉娥：河南大学文学院研究馆员）

谭湘印象记

艾 云

2016 年 11 月初的一天晚上，诗人阮雪芳邀约文友在广州五羊新城的一家饭店聚餐，她有新的诗集出版庆贺一下。来的多是熟人，席间还见到陌生的来自河北的一位女诗人。来穗都是美好的客人，熟与不熟都彼此敬酒。我走到这个貌美的河北女诗人面前，碰杯之前我问起她，是否认识谭湘啊，都是石家庄的，估计文学艺术界的人都应该彼此知道吧。我已经很久没有同谭湘联系，但对于这位年轻时代的朋友，心里常有惦记。

河北女诗人接下来说的那句话让我惊骇，呆在那里，好半天没转过神来。她说："你恐怕还不知道吧，谭湘老师前几个月病逝了。"

我心头一沉，手微微颤抖，酒洒了一些出来，然后我一饮而尽。

多少天来，我脑海里总是浮现出谭湘那张美丽的面容，回忆起三十年交往中的片断。

一、初识谭湘

我和谭湘认识得比较早。

依稀记得应该是在 1987 年春天，我的大学同学、河南省社会科学院文学研究所的文学批评家曾凡推开我的办公室，他身后有一道明亮的光闪过。他向我介绍说："这是谭湘。我在北京读书时的研究生同学。"

这道光是从一个美丽女人那里映射而来。

谭湘留给我的第一印象太深刻了。她皮肤白皙透明，有着晶莹的高贵的象牙色，又像丝绸一样细腻胜雪。她的五官立体精致，鼻梁高挺。她的眼睛深如潭水漾着碧蓝色光晕。她小巧的嘴巴，有一颗浅痣。

她笑盈盈地站在曾凡身后。我一下子喜欢上了这个不多见的美人。我总觉谭湘的美超出一般的美，有某种异国情调。她后来告诉我，她有四分之一俄罗斯血统，爷爷那一辈是俄罗斯人。

这也难怪谭湘长得如此独特而秀丽。她站在那里，我感觉像是浓烈的郁金黄开放了，点缀在北方的原野。

感谢曾凡，将又美丽又洒脱的谭湘带给我认识。曾凡在北京中国社会科学院读研究生，与谭湘是同学。这一次，谭湘作为《文学评论》的理论组编辑到郑州组稿。女人与女人是有感觉的。我为谭湘的漂亮和爽朗的个性所吸引，从此成为好友。

那时，喜鹊在屋檐下做窝，却又倏忽向高树飞去；那时，我们生命葱茏、感受敏锐，若有交往，男女会有眼风波动的传递，秘不宣人的情感纠葛生发出传说和逸事。那时，我们都有花蕊般的身体，没有人去谈疲累、衰败、疾病，没有人去想风烛残年的恐惧图景。玉兰的瓣膜透着白色丝影，丹桂飘在四季的每一个清晨与黄昏。

那是中国改革开放的初年，我们日后念兹在兹的新时期。这是文学的高光时刻，文学成为显学，涵盖了政治、经济、意识形态的所有嬗变、趋势与走向。

我们这些走出大学校门的女编辑，应该是文坛另一道风景。我们像花蝴蝶一样飘飞着。我们这些人，肯定被传闻、被訾言，坊间消息不断、桃花灼灼，却又难掩春水荡漾的动人涟漪。

谭湘和我这类做理论的女编辑，所交往的多是批评家，当然还有作家。那是一个作家与批评家相媲美的年月。那时批评家气质之高雅，眉峰之凝重，那沉郁顿挫之风范是别一种独立迷人的存在。他们细读文本，并从中阐释微言大义。值得记忆的年纪稍长的批评家有谢永旺、刘锡诚、陈丹晨、陈骏涛、雷达、阎钢、曾镇南、吴泰昌、鲍昌、周介人、鲁枢元、李星等，更年轻的一代有陈思和、南帆、王晓明、蔡翔、吴亮、程德培、许子东、潘凯雄、陈晓明、张粤列、王鸿生以及以双打形象出现的张陵李洁非、王干、费振钟、谢望新、李钟声、郭小东、陈剑晖等人。这些都是男性批评家。那时涌现出的女性批评家也是风姿绰约。有历练的一代如李子云、刘思谦、吴宗蕙、盛英、朱虹、赵园、夏晓虹等，年轻一代有季红真、牛玉秋、王绯、赵玫、陈志红、李小江等。我这里多说几句女性批评家：李子云在上海作协，她曾经当过夏衍的秘书，有丰富的政治经验和人生经历。我曾经在上海巨鹿路 75 号那座小洋楼见过她。李子云端庄雅致，皮肤白皙，中等个头，说话轻声慢语，气息幽香如兰，是我们理想中的女性知识分子形象。刘思谦我就比较熟悉了，大家都在郑州，彼此住得很近。她当时在开封的河南大学教书，但家安在郑州，她随理工男丈夫赵老师在郑州，平时有课就去开封。那时文坛活动频繁，在许多会议和活动中，都能见到刘思谦老师。她眼眸黑亮，头发黑亮，皮肤紧致，像静静盛开的黑牡丹。有一次她对我说，她与意大利女星索菲娅·罗兰同岁，她尤其喜欢她，希望自己的美学追求靠近她。刘老师哪里仅仅是个如她楷模效法的婀娜多姿的女人；她身上铁质铿锵，手握如椽之笔，挟雷携电，有男儿雄迈遒劲之风，当然也不乏女性批评家细腻感性之深入。她评论张一弓小说《犯人李铜钟的故事》的文字，归之为圣者与殉道者，其卓见之准确，立论之大胆，强烈震撼着文坛，也等于为莫名难辨的张一弓及一批反思文学的创作提供了肯定性基调。只可惜，她于2022年7月18日下午4时因病去世，享年89岁。我怀念她，希望找个安静时间专门记叙一下与刘老师交往的镜头。

吴宗蕙我没见过。但她当年的文章，她二婚嫁给一个著名的文学评论家倒是坊间有不少传闻。吴宗蕙的文字，平缓之中的骨气，是让人过目不忘的。盛英，是当年乃至后来都十分活跃的评论家。她小巧玲珑，总是笑靥盛放，如少女般轻盈而活泼；她又犹如栀子花般，在空气中弥漫持久芬芳。她的思维与判断准确有力，看人论事清晰独到。她至今仍在不倦地写作。有一年我接到她的一个电话，缘于我2003年在广西师大出版社出版的《寻找失踪者》一书。编辑或许也是出版社的意思，他们在书的封腰写了我是“被严重低估的女性思想家”等语，并拿我和西方一个女性思想家相提并论，这是令我汗颜的一件事。首先，我不是什么思想家，更达不到那么高的思想水平。中国有太多杰出的女性思者和写作者，我始终在学习途中。倒是比较勤奋，偶有体会，随时记下自己求知解惑的文字。有地方发表或出版，我已经很满足了。我是个小众作者，总是向后看，不可能为大众书写，不是个讨喜的人。但我已觉得足够。但出版方那么写封腰也不是我能怎么样的。逢到赠书，我会将封腰拿掉再寄，否则自己会不好意思。我没寄书给盛英老师，但她来电话却告诉我：“艾云，你的写作与思考不会被低估和忽略，人人心里都有一杆秤。”电话那边，盛英老师的声音清脆亲切，让我感到温暖，也十分感动。想不到盛英老师这么关心我，注意到我的新书，并且如此看重。我对于她，早已心生钦慕，她一直从事女性主义文学研究，并主编了《20世纪中国女性文学史》等，成就斐然，我却没为她写过什么文字，心生愧疚。我们在一起开过好几次会了，有过愉快交集。只是当年的自己总处在恍惚飘游状态，对人对事总是心不在焉。实际上，那些重要时刻，无形中早已养着我的骨殖与血脉。

朱虹老师从事英美文学研究，端的是大家。她早在1981年就引入“西方女性意识和妇女文学”的概念，为中国女性文学批评和书写提供了重要参考，扩大着我们的视野与胸襟。我是2001年年初在香港的女性主义会议上见到她的。她正大仙容，秀外慧中，气压群芳。她身上有西化的洋气，又有东方文化的蕴藉，她像白玉兰，缭绕不散而又洁美丰姿。

赵园我并没有见过，但她的父亲赵以文教授则是我大学时的老师。当年我们七七级入校，德高望重的赵先生给我们上文艺理论课。他一头白发，却是清癯优雅，课也讲得好，颇受誉评。赵园是他的女儿，早已在北京发展，我们从未见过她，却知她已是大名鼎鼎。赵园是四十年代生人，比朱虹、刘思谦、盛英小上一些，做学问扎实，立意新颖。

这些女性评论家宿将，有着很好的学养和研究功底。她们优雅、宽广，同时善良笃厚；她们平和待人，诚恳温暖；她们不走极端，不在踬颠处撞击，是平衡端稳的学问中人。

至于年轻一代已崭露头角的女性批评家，那是飒爽生风。季红真的文字真是气势磅礴。她眼界开阔，思辨雄壮，巾帼不让须眉。季红真当年的评论文章，震撼文坛，我也深深为之钦佩。牛玉秋总是娓娓道来，文风朴质，却也反应敏捷，中肯到位。王绯、赵玫这二位天津女将，其评论也凛然力拔。王绯文字凝练老辣，而赵玫写评论也写小说。当年我为赵玫的语言所迷，她感情强烈而充沛，文字如陨石雨一样纷纷砸向地面，我们追读并诱发想象。地处岭南的陈志红，写评论，也在操办广东省作协的《广东文坛报》这本评论刊物。这本刊物，当年颇领风骚。1986 年年底在京西宾馆中国作协召开的青创会上，在宾馆大堂中间的一个桌子上放的是《广东文坛报》，张奥列和陈志红站在那里，代表们随时可以取走一本。

当年的女性批评家，从事的是当代作家评论，性别上没有太多侧重。后来李小江开女性研究之先河。她更多的是从社会政治层面关心女性，诸如就业、升学、待遇、是否遭遇歧视与家暴、是否与男性取得平等地位等问题。她与纯粹的文学领域的女性主义创作有所不同。李小江走的是英美女性社会学研究的路，她与美学方面的女性课题，诸如法国的波伏娃、杜拉斯等带有女权倾向的艺术探索不大相同。李小江后来组织“女性问题讨论丛书”，颇有影响。正是这套丛书，使孟悦、戴锦华两位女学人走入人们的视野。女性主义话题慢慢成为一个重要研究领域，随后，林丹娅、乔以钢、荒林等投入进来。而谭湘，则成为女性主义研究不可或缺的组织者与研究者。而后的崔卫平，作为批判型知识分子发声，她深厚的社会政治哲学功力和敏捷思辨能力，成为女界的骄傲。

好了，让我将宕开的思绪收回，仍回到那个明媚初春的上午。

曾凡、谭湘在我办公室聊天，过了一会儿，曾凡说：“我们去见一下庄众、王鸿生、耿占春吧。”我们上到四楼，这三位在省文联创研部工作，搞评论，平时大家交往频繁。

初识谭湘，便是互为知己。我们后来一直保持着通信联系。有时打电话，有时写信。

二、北方女人路过南方

我与谭湘始终有联系，我们在不同地方各自经历着生活的诸多内容。

她从北京返回石家庄了，在办刊物。北京工作仍属借调，回石家庄可以安定下来。后来又听说她离婚了。她曾经告诉我前夫是大学同学，后来产生矛盾过不下去，一拍两散，她有一个女儿。依谭湘的脾气，她应该是较真，难以隐忍和妥协的那种；而婚姻生活，却恰恰是难以辨清是与非，只有舒服与否。女人再强大，再有社会地位，若想要维持婚姻生活，只有自己想明白以后俯下身来，试着改变自己。当然，若你遇人不淑想要及时止损那又另当别论。许多聪明女人为了自己命运的连续性，她要完成结婚生子，并将婚姻进行下去。如若面临夫妻矛盾冲突，这时，她必须逼迫自己将反驳的极端话语在舌头那儿打个弯儿然后吞咽下去。如果面对直男样刁难妻子的丈夫，女人会在深处心生报复，她的僭越在不声不响中进行，她因此不再为愧疚熬煎。她面对乜斜的眼神，只能说，我在暗处，你在明处，你懂得我多少呢？任性的男人由他去吧。这时，她怀有的是宽宥的慈悲心。婚姻生活是最难以辩白的存在，有无数的矛盾、不理想、惹人气绝的缺陷；却又是人类不该消灭的，一旦婚姻灭亡，人类的繁衍绵延基本上难以进行下去，人类的末日也就不远了。至少，在目前，婚姻生活的经营需要智慧。当然，解除乃至拒绝婚姻与耐心经营婚姻都是个人的选择。

在二十世纪八十年代思想启蒙的新时期，“换一种活法”不仅是口号也是实践。尤其女性，争取个性独立和自由，成为普遍遵循。这种观念的改变，最早由文学方面发轫，后来展开的女性主义思潮，是其持续。依谭湘强烈突出的个性，她眼睛里容不得沙子，不服输、不妥协，凡事讲究个理儿，她离婚并不让人觉得突然。她待朋友热情豪爽，但处理婚姻生活，得是另一种姿态。日后，她将一门心思致力于女性主义，张罗和组织与此相关的会议、活动、采访、出版，也是她的一种精神寄托。

说完她，又说我。我在 1992 年 8 月由郑州迁徙广州，开始了由北到南的另一番生活。我们都在经历淬炼。

来广州的第二年，1993 年初夏，我接到谭湘的电话，她说她来广州了，想约广州的朋友们相聚。

我们那天中午在环市东的一家饭店吃饭，来的都是谭湘逐次通知的她的友人，当然都是广州城大家相识的人。见到谭湘，她依旧美艳如花。这个三十五岁的女人，正当盛放之年。她一向注重仪表，懂得衣服的名牌。她和苦哈哈一味勤奋刻苦的写作女人不同。谭湘时尚优雅，深谙物质主义之美学趣味。

那天，她穿着黑紫色薄西服，干练洒脱，又不失风情。谭湘却不以妩媚的个性化示人。她是公共的玫瑰，为众兄弟姐妹带来芬芳。她竟是那么有心，给大家都带有小礼物。她太重情重义了。我记得当时一桌的人，有何龙、文能、程文超、林宋瑜、陈虹等。

晚上，我到她住的宾馆看望，我们闲聊。她问我在广州生活适应吗，我说还行吧。她说她纵是知道广州有美味佳肴，四季如春，花开不败，但她仍然觉得她不会习惯这里。

我问她："是这里的濡湿闷热让你不习惯吗？从北方来到广州，一开始都觉得春夏两季憋闷，不清不爽，会怀念北方凉意飕飕的清空。"

她说："不仅是自然环境，感觉这里过于务实的经验会将精神生活推远。"

谭湘始终是属于北方的。她习惯中心，喜欢有所作为；喜欢舞台、聚光灯，闪亮登场；喜欢旗帜和宣言，喜欢公共场所的簇拥和捧场。她是无法习惯广州这样的边缘位置。在广州、在岭南，人们过着山高水远的日子，平淡冲和，无惊无喜，不强烈不颠踬，悄悄地活着，被认为是至理，广州已习惯了所谓被遗忘。人们会问：要让谁记得，又怕谁遗忘？我来这里一段时间，已知道内里的一些实情。

我们聊着。聊天本来就是随意率性之事；互相聊着，讲出自己的直觉挺好。

三、承德会议

记忆中与谭湘的见面总是在会议中。

1998 年夏末我收到谭湘发来的邀约信函，她说诚邀我参加是年 9 月中旬召开的"第四届中国当代女性文学学术研讨会暨首届中国当代女性文学颁奖典礼"，地点在北京，然后去承德。我愉快地答立了。

这年 9 月，我坐上北去的列车，晃晃悠悠从白天到夜晚又到白天，北京到了。

谭湘已经承担了中国当代女性文学研究会秘书长的角色，我们匆匆见面，她就忙去了。

北京的秋天最美。没有沙尘暴，没有凛冽的严寒，天空澄澈高爽，让人生出甜蜜而又虚幻的感伤与幽思。白杨树在风中扑簌簌作响，原来翠银般的叶脉已在转季中染上纯金色的亮闪。

颁奖会，然后是报告会。我听了一场报告会，是某高校女教授关于国外女性主义的动态分析。

坐那儿听了一会儿，好像也没啥特别有启发的新见解。我离开会场，在外边找了一个大草坪坐下来，思绪自然是围绕目前关于女性的语境飘忽着、氤氲着，如天边的云朵。

的确，始于 1978 年的改革开放，打开国门，吸收外来新质，使中国作家的美学趣味有了巨大的改变。中国的女性作家思维与创作也是空前活跃。

她们观念更新，行为诡异，甚至有妖姬般的个体存在凌空出场。她们以极大的热情欢呼着西方，尤其是法国文坛长姐波伏娃、杜拉斯的见解与主张。她们不仅在观念上接受，并准备运用于生命过程。

杜拉斯和波伏娃，将笔致伸向神秘地带，敢于大胆描述个人生命中隐晦的悸动，描述沉迷肉体那个下午的粉红色情欲，描写阴谷蓬勃旺盛湿濡的快感，描述猛丁起身时的眩晕。在写作过程中，欲望成了借力与道路。

这两个女巫般的存在，对中国女性作家的冲荡不可谓不大，这是语言从正统意识形态中的撤离。以前人们习惯于正襟危坐中说大话，自己并不奉行却在那里说神圣和崇高，说纯粹和洁净的大话。这些话语在公共伦理中非常安全保险，但与真实的皮肤和血肉、骨骼和神经是隔着的。当杜拉斯和波伏娃的文字越过千沟万壑传向中国，那大胆率性激活了女性作家板结僵化的灵魂。矜持沉稳的王安忆，竟然写出野性膨胀、活力四溢的《岗上的世纪》《荒山之恋》《小城之恋》《锦绣谷之恋》；以清荷初蕊般的明亮初登文坛的铁凝，竟也写出了黑血般刺痛的《玫瑰门》，以及恣肆粗粝的《麦秸垛》《棉花垛》。还有的女性作家，干脆甩掉间接性转喻，而是直接描述性的渴望、生存焦虑，以及与男人纠缠不清，爱也不是、恨也不是的命运。她们发自痛穴，掘开创作活水，灵感汲汲。

女性意识觉醒以后的女性书写，书写中对人性真实的分析和阐释，会让男人浑身不自在，让他们瞠目结舌。他们绝对想不到女人的心思如此隐曲而诡谲，看他们并不全是崇拜。以往他们因自大而懵懂，说不清内幕，他们自我膨胀，用假象掩饰自己的虚弱。女性主义的书写，并不全是挑衅，而是逼迫男人进步、反思、改变，否则，女人会扬长而去，留给男人空自愤怒。走远的女人，抽掉了男人的温暖之地快乐之源。

当然，女性也需要反思和改变。女性问题也是人性问题，两性困惑同样是人性困惑。

阳光照着，如柔软的丝绸拂在面颊。我坐在草坪上东想西想。不久，会议结束了。

四、在承德

北京的活动总是看着谭湘在忙碌，不好打扰她。在承德的游览途中，她终于放松下来，我们在路上并肩走着。我问她的婚姻状况，我知道她离婚有些年头了。我说："你这么年轻，这么美，会找到疼你的好男人。"她说："追我的人有，但我想嫁的人少。"我说理解。

谭湘的确很美。这一年，她四十岁，女人的盛年，在美艳与黯淡之间，是个奇异的过渡段。女人的四十岁，眼波仍然柔软如潭，血液仍然酝酿动荡，身体在犹豫和定夺中冲撞枷锁，风暴尚未完全停息呼啸。我知谭湘，有类似波伏娃那样隐秘的沦陷立场，但这勇敢仍是隐而不发，并不冒犯权威的律令。

我与谭湘相伴着走了一段上坡的路。她体能不错，可我则有些气喘吁吁。比较起轻盈明快的她，我显然是沉闷而滞重。谭湘穿着白裤，上身着黑白格子的衬衣，纯白领子翻出。在绿树蓝天之下，她的装束干净利落，清新秀逸。她原先披散如瀑的长发束成马尾，更显净爽。她依旧美，有混血基因的谭湘比一般女人更加艳丽夺目，况且她懂得如何打扮自己。四十岁的女人，有一段盛放期，仿佛要挣扎着抗拒凋零的宿命，褪去青涩，层层叠叠盛放出朵瓣繁复的花葩。

参观游览的旅途总是让人放松。

我们三三两两走着，遇到故知新雨。我见到了刘思谦老师、盛英老师，还有万燕等旧识，第一次见到舒婷、采薇等，刘思谦老师我们在郑州时就相互熟悉，她一身耿介正气，文字气势磅礴。这时的她，好像更婉约了。她典雅，多了温煦之气，这一年，她已六十五岁，实在看不出来，我们合影留念。我与盛英老师在一起合影，她喜盈盈的双眸，说话仍然像风中的铃铛，清脆悦耳。这两位都是我敬重的文学前辈，也是我们女界的骄傲。

与舒婷倒是第一次遇到。舒婷不端，待人亲和。她短发，皮肤白皙，脸上不吝笑容，这有些出乎我的意料之外。曾经远观过那些在文学上有成就有名气的女性写作者，不少人冷傲，对人的表情颇有不经意的睥睨，说不出的一种优越感。对这样的名人，只有敬而远之。可舒婷并不。舒婷的名气可是不小，讲到文学新时期的诗歌，她是无法绕过的一章。一首《致橡树》几乎成为诗歌节朗诵的保留节目。舒婷比我想象的要好看多了。人人都说舒婷是越长越好看。相由心生，良善而平和的舒婷，用岁月斧雕出美好祥和的容貌。我与舒婷一起聊着彼此认识的朋友，一起合影，留下珍贵镜头。

采薇是第一次见到。她来自哈尔滨，在黑龙江省社科院从事文学研究工作。她丰腴肥美，犹如满月般的面孔很富贵。她穿拖曳着地长裙，颇有几分波希米亚格调。她人好，我们彼此不隔，一下子就熟络起来。她一直嚷嚷着要减肥，我说她是珠圆玉润，美得健康，不必减肥了。

见到了万燕。万燕此时还在深圳大学教书，还没有调到上海同济大学。我们都在广东，倒是常有机会见面。此时，她与谭湘在策划一些丛书，也在为江西的《百花洲》杂志组稿。万燕柔媚如猫，却又文字过硬，内慧之极。

荒林，应该是在 1994 年福州的一次比较文学会议上见过。这次见面颇有故友重逢之悦。荒林热情爽朗、活力四射，属于可以挑起话题，也可能会八卦一下的火热辣妹。她能搅开沉闷，个性突出。

我们轻松地徜徉在杂树生花的绿坡，或穿行在翠阴谷落，疏林芳道。

避暑山庄很漂亮，是清帝遗宫。热河水蜿蜒流淌，叠嶂屏翠的山峦起伏波动。虽然已入秋天，山树仍然葱茏着，掩映着绿瓦红墙的各种建筑。来到这里，总感到一襟含恨断魂的哽咽，心有怅然慨叹，西窗飘雨，翠阴庭院，瑶池空流，玉筝弦哑。清王朝是中国最后一个封建王朝，它貌似华丽却已千疮百孔的皇袍，在国民革命的疾风骤雨中，蜕落在夕阳雾霭之中。

白天游览，晚上大家仍聚在房间聊天，也谈正事。这一晚谈的是“女性文学与出版”。大家都觉得女性文学有评奖有讨论，但也要有出版实绩。正是在这样的夜晚，勇敢的谭湘和万燕日后领衔策划出版了两套女学人丛书。

这次女性主义会议，我受邀成为两套丛书的作者。想想现在出书极难的情况，当时我能受此偏爱，真要由衷感谢谭湘与万燕。

谭湘此时已调到河北教育出版社做副总编辑，她决定出一套装帧精美、内容丰富的丛书，即“女学人文化随笔丛书”。我荣幸忝列其中。我的书名是《艺术与生存的一致性》。感谢谭湘给我的这次机会，让我有信心将平时所写札记清理出来。许多年来，我在纸上写下大量断片残简，这都是思索中的羽光，写完以后，觉得不成熟，便放在那里，等待找到完整体性结构时将它完成。可我愈发找不到恰当的形式，而札记却是愈积愈多，抽屉里书橱中都堆积着，任蒙覆盖岁月飞尘。正是谭湘的约稿，让我开始了清理。我结构和润色着，不管文字长短，先抄出来。当我将这本书稿寄给谭湘时，她给予的是肯定。她专门说到我写王安忆的那篇，她说：“艾云，当我读到你写王安忆那篇《用心血伺养语言》，一开笔便是：听说王安忆病了，心里咯噔一声。我读到这里，心里也是咯噔一声，某种疼痛感被触动。”

我知道谭湘在认真阅读我的文字，我们的精神气息是共通的。她到了河北教育出版社任职，努力想推出女学人的书籍。我感谢她总是想到我，给我以实际的支持与帮助。我们交给谭湘的书稿比较早，但因某些规定性程序，反倒是万燕主编的那套丛书先自出来了。

万燕是江西人，她同本省的出版界保持着密切联系。尤其百花洲文艺出版社当年的社长对她十分信赖。她策划主编了“当代女学人文丛”，我将与乐黛云、李子云、李银河、张文华、崔卫平、丹娅、马莉、徐坤及万燕计十人一起成为这套丛书的撰著人。

我的书籍题目是《赴历史之约》。此书我写了西方思想界的六位女杰，其中有卡洛琳娜、斯达尔夫人、阿赫玛托娃、汉娜·阿伦特、波伏娃和薇依。

我终于在 2000 年 3 月 8 日妇女节这天完成书稿并写下后记，随即将手写原稿到邮局寄给万燕。同年8月，百花洲文艺出版社推出了这套文丛，速度可谓快矣。我看到万燕在总序中写到我时这么说："艾云非学历史出身，但她的这本书可说是'当代女学人文丛'中规模最齐整的一本'课题性随笔'。她以西方和俄罗斯历史上六个杰出女人为题，杂糅了史实、随笔乃至小说的笔法，在事实中想象，在想象中思索，在思索中升华，显得既大气又绚烂。"

万燕对我的文字一向偏爱，当然有溢美之词。但她提到我的"课题性随笔"，倒是启发了我。以人物为例，在所写人物身上转喻我的种种想法，即使秘不宣人的想法，也可以借助所写人物来隐喻着表达。所写人物越不普通越不一般，越可以承载自己恣意妄为的念头。我本性比较妥协，有狂狷野性的内心，却又不想成为一个直接袒露个人隐私的人；我愿意借助于人物之口去说，这让我感到安全，而少危险。万燕的评说，切中关穴，我后来的写作的确对课题性更自觉、更感兴趣。我试着将札记和片断都附加到自己所写人物上，同时又是在叙事中说理。这可能就是大散文写作的一种吧。随着后来自己身体的好转，我逐渐从訇然而起的灵光闪烁的欲望化叙事向血脉长存、气运舒展的历史性言说转变。

五、香港会议

美丽的紫荆花在2月的香港仍然灿烂，只是刮来一阵风，密密的朵瓣会垂落缤纷。

2001年12月17日至12月20日，"性别与当代文学研讨会"在香港浸会大学正式召开。

我和黑龙江社会科学院文研所的采薇一同由广州到香港。采薇提前两天从哈尔滨飞到广州与我会合。她住在我家，17日一早我们乘火车来到九龙，来到浸会大学。

谭湘在报到的地方迎候我们，迎候这些来自全国各地她都熟识的老师和众姐妹。

再次见面，我们都很高兴。我看着谭湘，她略显疲惫，但白皙的面容仍不掩喜悦和兴奋。她以中国女性文学研究会秘书长的身份在张罗、组织这次在香港举行的研讨会。这一切费时费力，却终于办成了。

谭湘是个热忱的人，对公共事务愿意承担，并躬身去做。我们这些人，一般都不肯去做这些烦冗琐屑的事务性工作。我们怕浪费精力和时间，况且身体也承受不住折腾。有人组织了活动邀请参加，我们也会欣然前往。但在中国女性文学研究这项事业中，如果要有活跃的学术气氛和研究成果，必须得有躬身其间的人一件件落实其主张和策略。谭湘就是这样的热心人。

谭湘倒不是想出风头，她只是想有个平台让她很好做事。当然，平台即舞台。谭湘不喜默默无闻，她不甘寂寞，喜欢铺陈，外部世界、公共事务对她有吸引力。她对诸如家庭中的冗长安排、配偶间的妥协隐忍、操持子女的烦心耗神并不感兴趣，她也难有耐心。

外部世界仍然是个关系世界。谭湘有时不大擅长把关系处理得从容自在，她常常在做了许多事情以后被异议，她也很委屈。她的个性要强，不甘心屈人之后，容易被激起情绪，有时也看不开，也会得罪人。但我一直认为谭湘热衷公益、热心公共事务，这让我感动和欣赏。

这不，她将自己主编的河北教育出版社出版的“女学人文化随笔丛书”的样书带给了我们。我拿到我的那本《艺术与生存的一致性》。

装帧设计端庄奢华，大气而低稳，这正是谭湘的美学趣味。谭湘为这套书真是花费太多心血。她在河北教育出版社任职时间不长，却全力推出这套精美丛书。2001 年年末，谭湘调到花山文艺出版社任副总编辑。

陆续报到的与会代表来齐了，晚餐好不热闹。我见到林丹娅、乔以钢、荒林、崔卫平等人，也见到盛英老师。

次日，即 12 月 18 日至 20 日，连续三天的会议正式开始了。

上午 9 时整，“性别与当代文学研讨会”举行了开幕典礼。先是由浸会大学文学院院长黎翠珍教授致欢迎词；接着，浸会大学英文系主任及性别研究组主任叶少娴教授、香港中文大学比较文学研究计划主任谭国根教授分别致了欢迎词。叶教授和谭教授是一对夫妻，此次会议的主办者正是他们。

上午的论文报告及讨论开始了。主持人是谭国根教授。中国社科院的陈骏涛先生首先发言，他的论文题目是《中国三代女性批评家评说》。陈骏涛多年前主持《文学评论》，这可是文学界的权威刊物，而陈主编也是响当当的人物。他瘦削清癯，身上散发着一种儒雅而又活跃的气息。他在社科院研究生院时，谭湘正是他门下的学生。学生拉他退休以后进入女性文学研究领域，也是情理之中。是年他已六十五岁，思路清晰，论述得当。后来，他荣获中国当代女性文学建设奖。谭湘也在 1998 年获得过这一奖项。

陈骏涛老师发言规定三十分钟。接下来，陕西师大的屈雅君老师谈的是《当代中国三种关于“女性”的话语》,《新华文摘》的陈汉萍谈的是《大陆女性文学的现状与前瞻》，上海社科院陈蕙芬谈的是《〈我爱比尔〉〈吧女琳达〉和〈上海宝贝〉的西方想象》。

这三位女性评论家每个人发言二十分钟，随后主持人做了简短总结。上午的会议结束了。

我被安排在这天下午发言。我前边的发言人首先是盛英老师，她用清脆的嗓音讲述她的论文《当代大陆男作家话语批判》。她是重点发言人，有三十分时间。接着，厦门大学的林丹娅、昌吉师专的任一鸣都有精彩发言。

轮到我了，我讲的题目是“剑与菊——由隐喻阐释两性写作的差异性”。

我借助隐喻的意象，讨论两性写作中的差异性。这隐喻首先是带有性别生理的特征。男人语言，具有阳根特质，如图腾柱，也如剑戟。若用剑来比喻，这是更直接的披荆斩棘，砍刈繁木。他易于将隐曲枝蔓删掉，力求清晰，擅长条分缕析的命名与概念，具有线性的时间感。而女人语言，具有阴郁的盛开性，如菊花，层层叠叠，无尽翻卷，就像她们难以诉说的心事。她在弥漫的空间，格外培植着感受力与想象力，在落叶般的回忆里，滋养着野蔓蓬勃的文字，午夜生长妖娆。

我正在写作一本论述女性主义写作的专著，《剑与菊》是其中一章，这次我拿到会议上发言。我在阐释两性写作之差异时，讲得比较实，当然，说得好听些都是干货。

后来在会议间隙崔卫平对我说：“艾云，你讲的观点我能听懂，你的发言里边也隐含了很多深意。其实你可以讲得更好。我们在学校当老师的，有过讲课的基本训练。你进入阐述时，可以再放松再自如些。”

我非常乐意听到这样真心诚意的指出。尤其对崔卫平的话，我一向非常重视。我能听懂她的话，她有真知灼见。我对她的提醒很感激，这会让我改进，以后力争做得更好。只有诚恳的、交心的文友才会这样。这又让我想起我们有一次通电话，她对我说：“艾云你的文字华美而凝练，有命名与概括；但仍然过于闪烁而飘忽。这是锋利的刀刃，晃眼、绚烂，但停留不住。你可以试着学会用刀背的力量，钝一些，迟一些，停留住意境和场面，别闪得太快。”

我听明白了她的这些由衷之言和经验传授。她很无私，在我迫切需要改进时，给了我及时的帮助。我一直记着崔卫平的这番话：用钝感力，让文字不那么快捷闪过，而是深入下来，写得细一些，再细一些，别轻易放过每一个直觉的瞬间。

第二天上午的上半场由荒林主持。北京语言大学的阎纯德、南开大学的乔以钢和谭湘发言。我尤其记得谭湘发言的题目是“女性文学空间的拓展”，她有大的构想，希望女性文学在更广阔地带驰骋。

茶叙后的下半场，则由谭湘主持。贵州师大的林树明、北京电影学院的崔卫平、大连大学的刘金冬分别发言。

谭湘做主持时，格外放松裕如，她看起来情绪饱满。她明艳的目光照亮周遭，她讲话得体，善于掌控节奏，我很钦佩她。对比谭湘，我的情况可不那么好。此时的我，属于亚健康状态。去体检也查不出什么器质性病变，但就是每天都不舒服，失眠、心悸、胸闷、乏力。我平时只想躺在床上，不想动弹。走出去时，心区不那么紧了，会感觉好一些，可又不能劳累。

看着精力充沛的谭湘，我只有羡慕。她从小生活境遇应该比我好，身体底子应该不错。漂亮的女人，并不仅仅说她生下来先天就是个美人坯子，漂亮还由于她整个机能处在健康无恙中。只有气血充盈、阴阳平衡，女人在外观上才可能是面容柔和白皙，体态玲珑婀娜。我是一头不占的。我这个长期失眠、心悸的女人，只有满脸的烦躁，身体也臃肿。

我看到的谭湘，有心力有干劲，想要做一番对中国女性文学有建设性的事业。身体好的人，才会关心外部世界。像我这样常常难受的人，卧榻日久，摒弃掉世界花红柳绿的招幌，生生沤出些有毒的种子，写作出来，美其名曰是深入内部世界的聆听与呼唤。

第二天下午仍然开会。下午会议上半场乔以钢主持，发言者是首都师大的李宪瑜、万燕以及河南大学的谢玉娥。下午会议下半场由林丹娅主持，发言者是首都师大的王红旗、《台港文学选刊》的杨际岚，还有香港浸会大学的杨素英。

12 月 20 日第三天会议让我很感动。

我们来自大陆的评论家安排在第一天、第二天发言；直到第三天，港台学者才发言。包括主办者叶少娴和谭国根，他们都是在第三天上台讲述自己的论文。这是一种礼貌和大气、谦和与尊重，很值得我们学习。

开完三天的会议，20 日在逸夫校园的联福楼聚餐。次日，我们就飞鸿飘游各自西东了。席间，谭湘给诸位敬酒，她感谢大家的莅临。

六、哈尔滨会议

2003 年 12 月的哈尔滨已是凛冬季节。我和《羊城晚报》的张子秋、《南方日报》的陈美华从广州飞往哈尔滨。一下飞机，寒峭的冷让人打了个激灵。我们这次是来参加第二届中国女性文学颁奖活动。第一届颁奖是 1998 年在北京和承德举办，我参加了会议；时隔五年的这一届，我的两本书《南方与北方》《赴历史之约》都获了奖，这让我感觉很是意外。此届评奖，我并无书籍申报，而众多著作又是海选，我能有此殊荣，真有些突然。在我内心，好像也真没拿获奖当什么大事，但我仍然感谢评委的信任与美意。像我这样写作的人，是个向后看、小众的，难以引起公共话题和讨论的人，不是什么热门畅销作家。

会上自然是见到老朋友、结识新朋友。我见到了迟子建，她安静端庄。我曾经为她早期的小说《原始风景》写过评论，后来收在《用身体思想》一书。

女性主义文学讨论会和评奖，与传统的妇女文化研究是不同的两种风格。后者更看重在社会政治伦理方面女性地位的争取，这是必要的前提。

新中国成立以来，男女平等的呼声在政治意义上非常重要，这是中国文明进程中的关键一步。自新时期以来，以文学为发力点，女性自由独立的呼喊更加深入辽阔。女性主义的言说，曾经被遮蔽、罢黜，曾经被拒绝和怀疑，步步艰辛，如今才走到开阔地带。

七、广州会议

2007 年 11 月，我和谭湘又一次愉快地相逢了。中国小说学会第九届年会在广州的珠江宾馆召开。广东财经大学承办了这次年会，江冰教授是该校文学院院长，他主持了这次会议。前来参会的还有雷达、陈骏涛、贾平凹、刘醒龙、张悦然等批评家与作家。谭湘也来开会了。

那天，我也参会，见到各位新老朋友，心里很高兴，开会时很自然地我与谭湘坐在了一起。又有几年未见，她仍然身段婀娜，漂亮耀眼。她穿着银灰色西装，上衫卡腰，下着西裙，干练精致。公共场合的装束，她从来选择经典的衣饰。她深谙美学之道，知道什么场合穿什么更合适。她略施薄粉，身姿轻捷，人仍然显得蓬勃有活力。在她这里，丝毫看不到有任何恶疾隐伏的不好预兆。

会议间隙，我与她在宾馆的院子里散步。南边不远处珠江在汩汩流淌，有些风，吹动着梧桐树、榕树和杧果树。紫荆花在飘落，纷纷坠地，如一地高贵华美的画卷。我们一时沉默下来。

晚饭后，我在谭湘的房间坐着，我们继续聊天，聊着彼此的近况，聊着彼此认识的朋友，聊着人的好运好命或者厄运歹命。后来，就不免聊到她对再婚的看法。谭湘说："这么多年来也有男性朋友追，可就是觉得不是结婚对象。不知道为什么，现在对于结婚已经不很迫切，可能是一个人对多年的独身生活很习惯、很适应，年近半百，再做改变，冷不丁生活中再添一个人，即使是自己有爱的男人，也会日久生烦。琐屑生活本来就有各种烦乱，再说，感情又有多少的保鲜期呢？"

我特能理解谭湘所说的这番话。如果多年的婚姻维持住了，大家会磕磕绊绊、不冷不热地依着惯性走。如果离异了，女人年轻时还会有寻觅理想伴侣的想象，但大都会在瞻前顾后中停止再婚的冲动。尤其到了中年乃至晚境，离异的或未婚的女人可以很好地照料自己，更加渴望独自一人的清净。即使前些年月还有痴迷的男人，欲望炽烈的纠缠，但希望这样的关系仍是偶然性，偶然的相逢和取暖；而不会幻想长久厮守。活到一定年龄，对感情之事想得已很通透。

橘黄色氤氲的灯光下，两个女人在私语中絮絮，时间的暗影中，女人独自挑灯，不需要有人披衾、添食和抚爱。暧昧不再冲撞，女人热爱美德也热爱起自由。

2007年这次会议之后直到谭湘去世，大家都忙，我和她没再见面。五十岁以后的女人，将有十年工夫在美艳与黯淡之间挣扎，随后，真相将如裸露的褐色礁石，在激流的迸溅中显示水落石出的力量。这是我们女人直面人生、身体、命运的时期，是考量我们判断、筹谋、改错的时期。一切都将真相大白。已有的已经有，没有的不再有。

我们都在忙。谭湘忙着自己的工作，忙着中国女性文学研究会的工作。她任秘书长，负责的是细致入微的具体工作。依她争强好胜、凡事追求完美的性格，她将投入更多的时间和精力在工作中和事业中。我已经很少参加女性文学研讨会了。她们好像两年举办一届，每届一个选题。好像研讨会多是高校及科研单位在操办，我们作协系统的人参加活动少了。我知道谭湘在忙。虽然未见，常在念中。

2004年，我得知谭湘得病的消息，忘记了是从哪里听到的，只听说她得了乳腺癌，我在写《美人之殇》一文时写到她，但用的是化名。我实在不清楚谭湘怎么会患癌，她究竟患的是乳腺癌还是脾脏或膀胱方面的癌症，我不是十分了解。总之，她是患上令人恐惧的恶疾。我随即拨通了她的电话，却一直打不通。要强的谭湘，骄傲的谭湘，不想让更多人知道她得病的消息，我能够理解。也是2014年，我得知崔卫平患了肺癌。但崔卫平做完手术以后挺了过来。她现在仍然健康。无论她在哪里生活，只要活着就是胜利。每每，我为崔卫平祈祷。

我同样祈祷谭湘能战胜病魔，能活下去，继续风姿绰约。

然后就是在2016年11月广州的朋友聚会上偶然间听到河北一个女诗人谈到这一年8月9日谭湘五十八岁在石家庄去世的噩耗。

如花狐般的谭湘隐身于石缝和草丛间了。

得知谭湘去世，我打电话给南开大学文学院院长乔以钢，在她这里印证了消息的确切。我们俩在电话两端沉默良久，无以言表，陷入哀恸之中。多少次的会议，姐妹们谈笑风生，簇拥着讨论着闲聊着。谁知其中的一朵花却已坠入泥淖，萎靡成尘。乔以钢对我说，谭湘得病以后做了手术。她生性乐观，出院以后就想着已经痊愈，仍然参加一些公共活动。一次她坐大巴去另外一个城市开会，谭湘是拎着尿袋坐车。谁知公路发生拥堵，谭湘所受熬煎大啦，她不知道是怎么撑过来的。她是要强，对自己太狠了。乔以钢说，谭湘离世时人很消瘦，免疫力全不行了。曾经去到医院看过她，其景凄惶悲凉，令人不忍回忆。

我的眼泪掉下来。谭湘，你怎么不好好照料自己，你争什么争？你怎么这么傻，你的好强是拿斧头向自身砍去。

很遗憾这一切都无法与谭湘交流了。无法交流的还有她惦记的女性主义在嬗变的现实中所遭遇的新困惑新问题。

八、女性主义已入晚秋

谭湘已去世五年，我写这篇悼念和记忆的文字是在2023年春。岁月倏忽而逝，五年弹指一挥间，而这五年又有三年时间，全球被新冠病毒大疫扼住，世界各国的人民在经历生死的残酷。我们在天灾面前束手无措、无能为力，让人对生命有了更多的虚无感也有了更强的珍惜感。活着，多么好。生本能被再次提及，以闪光的刀刃犀利地摆放在人的面前。生本能如此严峻，人口数量也将是不可规避的前提。生本能，仿佛在与时间赛跑，让生多过死，让生的迅速超过死的速度，必须这样。这个年代，生本能似乎比美本能更迫切。因为世界格局、地缘政治、现实处境在变化，原本以为固定的礁石在移动。在这种背景下，和生存相关的婚恋观、生育观也在发生改变。此时，关于女性主义的讨论也处在尴尬和微妙中。

直白来说吧，和生存相关大部分为现实性而非美学性讨论与实施，早年思想解放运动中美学的前卫先锋性话题，日前越发趋于向伦理学传统、保守性靠拢。女性主义现在更多的是学术会议的文本及理论探讨，其思潮性倡导已经式微，处在偃旗息鼓的晚秋。

1978年以后的思想解放运动是方方面面的，政治、经济、文化、艺术都在转折中，一切都为了摆脱陈腐僵化束缚，让中国人活下去，并且活得更好。单说女性主义，这正是提倡自由精神、个性解放的产物，是现代性的支脉。现化性中的重要纬度是质疑传统伦理道德，而这质疑经由文学和叙事，成为现代性诉求。女性作家在此阶段，挣脱桎梏，狂逐奔趱，栅栏被掀翻，沃野在深耕。二十世纪八十年代整体的思想文化背景，为女性主义文学提供着土壤和条件。女人们如孔雀、如凤凰铺展闪光翅翼，大放异彩。

那时，女性主义的创作和讨论是美学话题，我们中国的女性主义写作更多接受的是法国女性主义写作的美学传统，波伏娃、杜拉斯仿佛是我们熟稔的长姐。那些无可自禁的傍晚，涂着火红嘴唇的女子，凭镜揽照，她看到的是一张俏丽生动的脸。她在想，那青葱如碧的岁月，有谁能证明自己曾经活过？她忍不住潮水的涌动。

这时的女性写作者，无论在婚姻之内或是之外，都有爱情至上的浪漫主义气质。因为有能力言说，所有经历和感受都是素材。白天下雨，月夜吟唱；眠时乱花入梦，醒来抚弄竖琴，杯水皆为巨澜。女性写作者格外发展着敏感细腻的内心，她的挑剔和失落、逾越和跨界，思想皆在暧昧性中生成。她们逐渐从被罢黜的边缘地带进入中心舞台。

二十世纪八十年代逐渐落实的生育新规，让女性主义的倡导和光大成为无可抑制的潮流。

转瞬间，历史又一次发生变化。伴随着老龄化的加速，中国的人口红利在减弱，计划生育政策亟待更改。2014 年民间呼吁放开二胎，2021 年 1 月 1 日，官方明确每对夫妇允许生育二胎的政策条文出台。2021 年 5 月，又明确生育三胎，人大颁布的生育法黑字白纸写下这样的内容。这是从中国国情与现实出发颁布的文件。

但是，生育情况并不理想，这让人瞻望未来，倒抽寒气。

当生育与国势强弱联系在一起时，意识形态层面，女性主义和女权运动都不宜大力提倡。曾经在自由精神、现代意识洗礼下的女人，都已美人迟暮。她们停止狂舞，开始在暗隅摄生，颐养天年。现在适龄婚育期的女性，将承担起多子女的生育责任，她们再也没有可能享受国家鼓励下少生或丁克的自在逍遥了。

就是这么实际。肩负生育任务的女人，还奢谈什么个性自由与女性权利。人们似乎在回避激进的思想，保守主义正在被贯彻实施。不这样又能怎样？即使国家鼓励二孩三孩，人口增长速度仍然令人担忧。现在的家庭，担心育儿成本太高，女性更是恐惧。现在的女性大都有一份自己的社会公职，很少有人去做全职妈妈。工作已够疲累，再加上怀孕分娩然后是漫长的养育，身体真是吃不消。现在的女性，病若西施、弱柳扶风者多；强壮结实、耐摔经打者少。年轻男女组成家庭对生育子女心怀忧戚者普遍。在韩国那么小的一个国家，生育率更是偏低，男人要房子，女人要自由。男人买不起房娶不起妻，女人想过自己潇洒无拘的生活，不想陷入婚育中让自己频频吃苦受累。再加上，一种奇怪的审美，让男性愈发植物性而少赳赳雄风，欲求降至极低，对婚育不再渴望。耽美的女子犹如白莲花，更想洁净玉体，芳香弥久。

这个世界的未来会怎样，谁都无法预料。往前去翻，那曾经元气偾张、澎湃不息的男男女女热爱着又撕掳着，拥揽着又战争着。那罪与罚、祈祷与忏悔的活色生香剧目是要拢起帷幕了。若干年过去，花谢了，树累了，人老了，美人迟暮了，她只想在心灵禅院修行，在凄清冷谧的晚秋，嗅着百合与丁香的清浥，删除繁华缛馥，拈花微笑，去过宗教般的生活。至于后来的女子该怎么过自己的一生，全凭造化了。

谭湘早已躲远，她无须再为女性命运挂虑。美人隐于烟岚雾障远方，只与传说和悲凉相关。

2023 年 3 月 21 日

2023 年 5 月 18 日删改

（艾云：广东省作家协会《作品》杂志原常务副主编）

论茹志鹃和刘真的小说

张　炯

摘　要: 茹志鹃和刘真是我国当代文坛中两位重要的作家。她们的创作都描绘了战争年代下的社会图景以及人性情怀，但二人的创作题材和写作风格有着实际的不同。她们的文学作品以内涵丰富的革命情怀为我国的女性文学增添了不一样的光彩。

关键词: 茹志鹃；刘真；革命情怀；女性文学

在革命战争的浪涛里，由人民军队培养起来的女性作家中，茹志鹃和刘真乃是小说创作卓具成就和影响的两个。一南一北，像有的评者所说，有如秋菊与春兰，绽放于我国当代文坛，并进入多本文学史著。她们的作品揭开前人未曾写过的生活帷幕，以清新、流畅，如歌似吟的笔墨，颂扬了人民战争及其战士的英勇牺牲、战斗友谊和生活情怀，以及新中国成立后社会主义革命与建设的坎坷画卷，反映了让后来的读者无法再经历的逝去的年代！

茹志鹃（1925—1998），曾用名阿如、初旭。虽籍浙江杭州，却出生于上海。幼时家贫又丧母，随祖母辗转于沪杭两地，以家庭手工劳动度日，读书不足四年，酷爱文学。1943 年在上海《申报》副刊发表描写大学生难以就业的短篇小说《生活》，同年，随其兄参加新四军，担任前线话剧团演员、组长，以及文工团分队长、创作组副组长等职。她经受了战争的严峻考验，并在战斗间隙写下许多鼓舞士气的歌词、快板、秧歌剧等。其中 1947 年写的歌词《跑得凶就打得好》获华东军区文艺创作二等奖。1955 年转业到上海，先后任《文艺月报》编辑、《上海文学》编委、副主编、主编等职，并从事小说创作。1959 年出版首个短篇小说集《高高的白杨树》（上海文艺出版社），1962 年又出版短篇小说集《静静的产院》（中国青年出版社）。改革开放后她仍以短篇创作见长，曾被选为中国作家协会理事、主席团委员。

1958 年，茹志鹃发表成名作短篇小说《百合花》，追念战时生活情景，以 1948 年淮海战役解放军前沿阵地上的生活片断，表现了战争年代人民战士之间在共同目标下肝胆相照、生死相依的战斗情谊。小说描写小通讯员的死，以及新媳妇和女文工团员“我”以不同方式对牺牲的烈士所表现出来的战友之情，沁人心脾。茅盾读后即指出：“这是我最近读过的几十个短篇中间最使我满意，也最使我感动的一篇”。他认为，茹志鹃是一位具有“清新、俊逸”风格的作家，小说“结构严谨，没有闲笔”，“又富于抒情诗的风味”。《百合花》的创作实践表明，表现军民关系之类的庄严的主题，“除了常见的慷慨激昂的笔调，还可以有其他的风格”[①]。这一评价，不仅使《百合花》蜚声文坛，也使彼时因为丈夫被错划“右派”而处境艰难的作者受到鼓励，继续写出了一批引人瞩目的佳作。

茹志鹃善于从某些特定的视角，捕捉生活中富有诗意的小浪花，以细腻、清新、委婉的笔触描写那些从不同起点跟上时代步伐的普通劳动者形象，揭示主人公的心灵世界，从而形成自己创作的特色。如《春暖时节》《如愿》《静静的产院》，虽然带着“大跃进”的时代印记，作者讴歌的还是那来自旧社会，试图在特定年代追求做生活主人的普通劳动者的美好愿望和追求。她的《阿舒》《第二步》《痕迹》等作品依然如此。《文艺报》曾就茹志鹃的艺术风格展开过一场讨论，多数评论家都指出她应发挥自己的所长。后来，茹志鹃自己说：“‘文化大革命’前，我带着一种比较真诚的、天真的、纯洁而简单的眼光看世界，所以我看一切都很美好，都应该歌颂。……而经过‘文化大革命’以后，我的脑子比较复杂了，社会上的许多事情也复杂了，看问题不那么简单化了。”[②] 其实，这也是那时许多人共同的内心经历。而她后来的思想演变则导致她“文革”后艺术风格的变化。

茹志鹃在《人民文学》1979 年第二期上发表了《剪辑错了的故事》。小说以现实和历史相叠印的结构方式，描写老农民老寿在“大跃进”运动中因为拒绝“浮夸风”“共产风”，以致受到战争年代与他生死与共的干部甘书记的打击，陷于苦闷、迷惘，以至奋起抗争的心理过程，同时也抨击了“大跃进”运动中不顾老百姓死活，只是“变着法儿让领导听着开心、看着高兴”的甘书记的思想蜕变。作者借鉴了西方现代小说的内心独白、自由联想、超时空、意识流等手法，笔墨大开大阖，摇曳跌宕，曾有的清新、俊逸的风格融入严峻、深沉的情思。此作的艺术手法不仅对作者本人是重

① 茅盾：《谈最近的短篇小说》，载《人民文学》1958 年第 6 期。

② 茹志鹏：《菇志鹃研究专集》，浙江人民出版社 1982 年版，第 81 页。

要的突破，它与同期问世的宗璞的《我是谁》、王蒙的《夜的眼》一起，开启了新时期小说艺术创新的先河，曾荣获 1979 年全国优秀短篇小说奖。此后，茹志鹃又相继发表了《草原上的小路》《一支古老的歌》《家务事》《儿女情》《三榜之前》《着暖色的雪地》等一批针砭时弊、探讨人生价值的小说，并于 1982 年结集为《草原上的小路》出版。茅盾于该集的“序”里指出，茹志鹃的艺术风格已由“百合花”般的“清新、俊逸”演变为“耐咀嚼、有回味的静夜箫声”了。除短篇小说外，茹志鹃后期还有自传性长篇小说《她从那条路上来》（1983）。这部作品由她女儿王安忆编选，加上她从母亲遗稿中整理出的尚未终了的创作提纲，并作序和跋，她还亲临实地拍摄照片，文字精致，图片丰富，堪称我国文坛少有的母女名家的合作写本。小说描写二十世纪三十年代一个女孩和年迈的祖母为生计所逼，颠踬于杭州和上海两地的一段经历。严谨的写实笔调中透着凄清悲愤的心理。旧社会的世态炎凉，穷人的走投无路，读来令人唏嘘不已。女孩于困境中所表现的自尊和不屈，她与祖母相濡以沫，与邻居友好相处，展示美好的童心和人性在闪光。作品保持了作者细腻、委婉、清新的风格，但作为长篇小说，由于她编织故事情节时过于拘泥个人经历，尽管人物形象栩栩如生，江南的风土民俗的韵味悠长，因弱于典型概括，其影响也就远不及她的短篇。

如果说，茹志鹃的小说创作由描写部队生活起始，大部分作品反映的是共和国建立后的题材，而刘真作为一个自幼在人民军队中成长起来的作家，她反映部队生活的作品就比茹志鹃为多。

刘真（1930—），原名刘清莲。山东省夏津县人。1938 年在家乡遭日本侵略军扫荡而沦为流浪儿，次年被八路军收留，成为一名“小八路”，年仅九岁。在部队里，她当过宣传员、交通员、演员、戏剧队长、创作室主任。1951 年，她发表了第一篇反映革命根据地生活的短篇小说《好大娘》，以文笔的质朴生动受到好评。五十年代初曾先后到东北鲁迅艺术学院和北京中央文学讲习所学习，毕业后从事专业创作。曾任河北省文联副主席、河北省作家协会副主席。其作品大多收入小说集《春大姐》（1955）、《长长的流水》（1963）、《三座峰的骆驼》（1978）、《英雄的乐章》（1981）、《刘真短篇小说选》（1983）和散文特写集《山刺玫》（1983）等集子中。其中写于 1955 年的短篇小说《我和小荣》获 1984 年全国少儿文学评奖一等奖；《一片叶子》，获 1981—1982 年全国报告文学奖。她的人生道路和创作道路既有鲜明特色又坎坷崎岖。1959 年，在“反右倾”和批判“修正主义文艺思潮”运动中，她的一篇欢庆胜利、缅怀英烈的中篇小说《英雄的乐章》，未经本人同意就被《蜜蜂》（河北）月刊编辑部配发批判文章刊出。因此，她成了“反右倾”和批“修”的对象之一，并被下放农村劳动。直到八十年代初，文艺界拨乱反正，“极左”思潮加害于《英雄的乐章》及其作者的错案才得以平反。八九十年代之交，她又因一篇抨击现实中弊端的报告文学引起与当事人之间的法律纠纷，败诉后移居澳大利亚。

刘真小说主要描写革命历史题材和农村现实题材。在众多的反映抗日战争和解放战争的作品中，她的小说具有鲜明的个性特色。在她塑造的各种人物形象中，经常出现一个单纯、天真、淘气的“小八路”，其实写的就是作者本人。甚至干脆告诉读者，这个“小八路”名字叫“小刘”“清莲”“小刘真儿”。尽管这些作品不等于作者的自传，只表明作者借助自己的特定视角，来描写战争年代的生活，表现一个成长在人民军队中的孩子对革命的理解和感受。如《我和小荣》《核桃的秘密》《弟弟》等，字里行间充满了童心童趣。五六十年代她这些作品，很受小读者的欢迎。而《英雄的乐章》《长长的流水》等，则更多表现了成人文学的特点。她的小说还具有浓郁的抒情韵味。在她笔下，一切都成为既往，带着对革命和人民，特别是对那些曾经抚育过她成长的同志的怀念之情，被她所描写的对象，特别是那些普通战士和老乡，同样也都是有着美好心灵的血肉之躯。像《长长的流水》里那位在后方领导整风学习的“大姐”李云凤，在“我”的心目中，她“管”起人来严厉极了，学习、纪律，甚至个人卫生，都紧抓不放，简直是非常厉害的“婆婆”，使她既害怕又恼火。然而“我”在不了解“大姐”未婚夫早已牺牲的情况下，冒失地问她有几个孩子，触痛了她的隐衷，“我”明白原委后内疚不已。而“大姐”却以一个玩笑，把“我”从窘境中解脱而深受感动，从而见出“大姐”的革命情怀多么高尚和美好！当年的“我”只是在回忆中才感到大姐形象的高大和情义的绵长！刘真也如茹志鹃，在追念革命战争年代肝胆相照、生死与共的战友、军民之情，但她的作品因具“有我之境”，读者时时都能感到她那热忱、率直、奔放、无拘无束的个性。使读者感到，她与茹志鹃的含蓄隽永的风韵，确如春兰秋菊之比。

在农村现实题材创作方面，二十世纪五十年代初，刘真就以反映青年妇女在农业合作化运动中获得婚姻自由的《春大姐》而引人瞩目。它在人物性格和环境描写上都充满了欢快气氛和喜剧色彩，后被改编成故事片《妈妈要我出嫁》，获得更广泛的影响。“文革”前作者精力主要集中在革命历史题材小说的创作，农村题材作品不多。经历了“大跃进”和“反右倾”，特别是“文革”，她痛切感到“极左”路线的危害，所以于 1979 年写出一批揭露“极左”思潮和封建流毒的小说，如《黑旗》《余音》《姑娘鸟》等。短篇小说《黑旗》与茹志鹃的《剪辑错了的故事》都堪称新时期的“反思文学”。《黑旗》里刻画的米书记形象并不像茹志鹃笔下的甘书记那样专断跋扈。然而这样一个“好人”为“极左”思潮所惑，竟不能识别陆秘书那样戴着“左”面具的坏分子，而对丁书记、罗书记那样“不跟着瞎胡说”的干部和群众，出现“好人也会杀好人”的悲剧，从而更令读者深思！作品的率真、赤诚融进了深沉、峻急的成分，艺术风格也变得犀利、凝重。很遗憾，这样一位作家竟因一篇报告文学被告上法庭，而终至移民国外！

茹志鹃和刘真的小说作品虽然写了那个时代的许多女性，但他们的创作并非专门为了表现女性主义，而是以内涵丰富的革命情怀表现了许多女性的人生，继承了“五四”以来左翼女作家如丁玲等的传统。在我国百年来的现当代女性文学中独有自己的光彩！

（张炯：著名评论家）

“笑傲群芳争浮华，甘为高洁作飞灰”

——女作家白薇

白舒荣

摘　要：戏剧、小说、散文、诗，从二十世纪二十年代到70年代中期，白薇的创作，除早年有些戏剧、小说和散文偏于表现爱情和个人不幸，从参加第一次国内大革命始，绝大部分作品密切配合国内革命斗争形势和发展，坚实踏着时代步伐，擂着昂扬战鼓，始终为被压迫被奴役者发声，始终把百姓的疾苦，尤其是女性的疾苦，放在重要地位。

关键词：白薇；作家；战士

二十世纪八十年代初，我在一所大学教书，同几位老师一同研究三十年代女作家。相比与白薇同时代的冰心、丁玲、庐隐、谢冰莹、苏雪林等等，她可以说最不被当代研究者重视，在读者中也没有什么影响。我偏偏主动选了她，为她如火如荼、艰辛备尝的一生，也为她不该遭受的冷落。

一个温暖明媚的冬日，无雪无风，圆润的太阳心平气和。我从京城西北跋涉到城东北的一个居民小区，按图索骥找到了白薇的住处。在门上轻叩、重叩之下，门拉开了缝，一位胖嘟嘟的老妇挤着门缝盘问了一番后，把我让了进去。

这是个独间单元，其中的陈设一目了然：衣柜、三屉桌、木板凳、单人床，陈旧而杂乱，仿佛这家主人正在搬家中，值点钱的东西都搬走了，这些是准备遗弃的。

老妇开门后躲了出去，房间再没见到人。我怀疑自己是否找错了地方，便问：

“这是女作家白薇的家吗？”

这句问话连连说了几声后，床吱吱扭扭响起来。啊！上面有人。

“谁来了？请等一下，我就起来。”

我急忙近前，俯下身子，对她说；“我姓白，是大学老师，讲中国文学史，最近正研究您，特来拜访。”

她用胳膊撑起身体，慢慢腾腾往床下挪动身子。

哦！我愣住了。眼前这个她，会是白薇？

蓬头垢面，老年斑若蛛网密织于脸，眼睛被上下眼皮挤逼压迫一线天，大襟棉袄底边上的白色缝线每针足有半寸多长，当她扶着两根木棍颤巍巍站起来，更活脱脱像鲁迅笔下晚年在风雪中乞讨捐门槛的祥林嫂。

看过她年轻时的照片，长长的秀发，自然下垂别在耳后，柳眉弯弯，美目盼兮，巧笑倩兮，仪态恬静、优雅、温婉、洋气。这是几十年前的白薇，当年文坛也曾流传过，白薇是出了名的美人。

莫名的失望惆怅怜悯，我顷刻无语。

“这位同志，你来找我做什么？”问话的口气冷硬抗拒。

我把来意又重复了一遍。

“我已经是死了的人了，别找我，我也不是什么作家！”

她毫无商量的余地，拒绝了我，也否定了自己。一只青筋历历的手来回摇着，似乎想把我扇出门外。

突然，她抿嘴笑了笑，说：“你也姓白？咱们还是一家子呢。”

“您不是姓黄吗，白薇是您的笔名啊。”

“谁说我姓黄！不要提我姓黄，我就是白薇！”她有点愠怒。

白薇原名黄彰。二十世纪二十年代，她留学日本东京期间，为了养活自己和挣学费，利用课余时间到咖啡店打工当侍女，父亲误信传言，以为女儿当了茶花女，厉声厉色要求脱离父女关系。悲愤之下，恰见窗外白蔷薇绽放，她一向喜欢象征纯洁的白色，触景生情，便改“黄”为“白”，更名为“白薇”。从此，“白薇”伴了她始终。

时在 1922 年，她还曾为此赋诗《我是山野白蔷薇》以之自明自况：

我是山野白蔷薇，
深深扎根岩土堆。
不为香，
不为美。
风雨雷电铸筋骨，
云染雾浸生银辉。

想起了这段往事，我理解了她对姓氏的固执。

“白薇同志，谈谈您的身世和创作好吗？”我拉回到自己此行的目的。

“没有什么好说的，我不是作家，几十年前的白薇早就死了！”

见她继续否定自己，我只好班门弄斧，把她从二十年代开始创作，曾名著一时的作品简单述说了一遍。她似乎听得很认真，但依然顽固地说："不要提那些了，早年的白薇已经死去，活着的是她的躯壳。一个躯壳能对你说什么？"她十分健忘，同样的问题她会不断重复问我，我不得不再三再四地重复回答她。那时我年轻，对老年人的健忘症很不理解。

乘兴而来，败兴而去。我对她的第一次拜访，时在第四届文代会前。

后来，我又多次看望她。有时她正昏睡着，有时她比较清醒，坐在窗前戴着眼镜看书。遇到她兴致高时，她会对我说："等我身体好些后，就坐车去看望邓大姐。"

1949年前，周恩来总理的夫人邓颖超对白薇十分关心，令她念念不忘。

有时，她又说："希望国家能派我去管理一个植物园，我一定能管得很好。还留着一双布鞋，等劳动时用。"还告诉我，她正构思一个剧本。我问她剧名，她抿嘴一笑，不肯透露丝毫。她零零星星谈到一些事，始终不肯多讲自己。

为全面了解她，我求助了北京大大小小的图书馆，查阅了一百多种书刊报纸，当年旧报刊资料不让复印，我把相关内容一字字抄录下来。在京沪访问了阳翰笙、冯乃超、廖沫沙、赵铭彝、闫析悟、董竹君等老同志，致信沈从文先生，更得到阎纯德教授、作家萧军、白薇家乡的亲属等大力帮助。同时阅读白薇已经发表和未发表的关于自己身世的著作，以及手稿、书信、日记等，从而对她有了比较全面的了解，执笔撰写出版了《白薇评传》①。

白薇的创作，除早年的有些戏剧、小说和散文偏于表现爱情和个人不幸，从参加第一次国内大革命始，绝大部分作品都密切配合国内革命斗争形势和发展，坚实踏着时代步伐，擂着昂扬战鼓，始终为被压迫被奴役者发声，始终把百姓疾苦，尤其是女性疾苦，放在重要地位。

全面看白薇，她既是位著述丰硕的作家，也是位勇敢无畏的战士。

一、寻找宣战的武器

旅美著名华文作家王鼎钧先生谈到作家和作品的关系时曾说："作品的题材来自作家的生活体验，作品的主旨来自作者的思想观念，作品的风格来自作者的气质修养。所以'一切作品都是作家的自传'，大致如此。"②

1893年2月，白薇出生在湘南资兴县南乡水碧山峻的秀流村。祖父名黄秋芳，是位武官。祖母赵氏，当过太平天国王府里的宫女。父亲黄达人，曾应试科举，光绪末年留学日本，与同盟会关系密切。归国后创办学校，

① 白舒荣、何由：《白薇评传》，湖南人民出版社1983年版。

② 白舒荣：《海上明月共潮生·自序》，光明日报出版社2018年版。

灌输新知识并鼓吹革命。辛亥革命风云变幻，他无心恋政，专心开矿，想以实业救国。未料，列强觊觎，其志难成，便潜心研究医学，成为远近闻名的中医，无论贫富都尽力医治。母亲何姣灵，是崇山峻岭中的富家闺秀，精明能干，善理家政。

白薇姊妹兄弟七人，她居长，本名黄彰。自幼多病，终日跟着祖母和母亲习女红，自七岁到十岁，每天从早亮做到点灯熬夜。全家的花鞋子、花手巾、门帘、帐檐及亲戚嫁女的东西，都出自她一人之手。劳累得终年黄瘦，身体极坏。后来她几经抗争，得以进入父亲办的学校读书。但新派的父亲对自己女儿的婚姻却是一副封建卫道士嘴脸，威逼她嫁给一个不喜欢的男人，无情地说："父母之命是千年祖训，祖宗之法不可违。"

婆家本指望娶黄家名门的儿媳能有富裕的金钱财物陪嫁，白薇的父亲，在这方面坚持了新派作风。陪嫁白薇的箱子里，少见值钱的衣物，却装了些《中国近代外交失败史》《罗曼·罗兰传》等洋书。

女子无才便是德，大字不识一个的丈夫和婆婆哪会喜欢爱书的媳妇。母子两人合伙欺负变着法地虐待，甚至算计着把她卖掉。在生死关头，娘家派人救助，终于脱离牢笼进了衡阳女三师读书。她十分珍惜这难得的读书机会，成绩优异。不幸袁世凯称帝后，学校日渐腐朽，委以七十岁的翰林当校长，带来一批不学无术的迂腐教员。白薇因领导了一次推倒校长的活动而被除名，另考进长沙省立第一女子师范学校。两年后，她毕业前夕，封建思想顽固的父亲亲自到学校坐镇，欲将女儿押回婆家。在同学们的帮助下，她从废弃厕所的孔道出逃，只穿一件夏布衣怀揣六块银元，逃到了日本。

异国他乡，举目无亲。为生存，她到一个英国人家庭当佣人，扫地、铲草、种花、缝衣、做家教、送信；到美国人家庭当下女，烧火、洗菜、洗衣、刷靴、收拾房间及洗小孩尿布；当过咖啡店的侍女，曾因找不到职业，日日夜夜垂着头在街上流浪徘徊。病后奇穷，采过郊野的苦荠菜充饥，有时一个月只吃红薯或喝赤豆汤果腹。饱餐一顿、舒舒胃肠，成了她最大的梦想。

实在挡不住穷困与饥饿，她曾数次痛心流泪踱到郊外的铁路，想横卧铁轨一死了之。

遭受如此摧折，白薇羸弱的身体愈添疾病，成为医生手术室里的实验品。麻醉药用多了，本来脆弱的神经越来越不能自主。她想学的不能学，想干的不能干，悲惨得萎靡颓废。

白薇在日本的生活，她在《我的成长与没落》一文[①]中如是说："我虽然

① 白薇：《我的成长与没落》，载《文学月报》1932年第1卷第1期。

在日本混了九年，虽然考进了东京女子高等师范理科，后又在该校学历史教育科，又钻研心理学，但我对于女高师是非常憎恶的，因为那是个把活泼的女青年弄成古朽的器械、弄成服从的奴隶的制造所！我在学校只是挂名的。我不乐于学校所教的东西，自学了半年哲学、两年佛学、两年美学，但觉得都不对我的胃口，都不能在苦闷中为自己寻一条出路。”

她想用解剖刀，剖开人类社会看个清楚，用实验药，点只酒精灯，把这些家伙分析分析；想割下些人类社会的小片，摆在显微镜下，察看这些组织的究竟。但是这些道具，只能验物，不能验社会和人类。她急需一种武器，能验证人类社会的武器，她要用这武器解剖封建资本的黑暗，表达受压迫者的惨痛，暴露并讨伐权势者的罪恶。

她说：“我想借文学这武器，我是抱定了这主意才习文学的。”[①]

指引她迈入文学之门的是田汉。她曾同田汉的爱人易漱瑜同住。田汉教她们学英文，读易卜生的《娜拉》，看文学概论。她从学校图书馆和朋友处借阅了莎士比亚、斯特林堡、霍普特曼、梅特林克等人的剧作，托尔斯泰、契诃夫、屠格涅夫、陀思妥耶夫斯基、王尔德、左拉、莫泊桑、福楼拜等人的小说、戏剧，海涅、歌德、拜伦、雪莱和济慈的诗，以及当代日本作品。她特别喜欢斯特林堡和卡夫卡表现主义的作品，也涉猎未来派的东西，却不甚了了。只要名家杰作，只要能到手的，都不放过。

她曾受邀到研究法国文学创作小说和戏剧的中村吉藏家里。他鼓励她多读些反映社会问题的作品，对她启发很大。

二、“新文坛的一颗明星”[②]

白薇从写诗开始了自己的文学创作，前所引写于1922年的《白蔷薇之歌》当是她目前可见的最早作品。但让她真正登上文坛的，却是戏剧。她数十年的创作成就也主要表现在剧作上。1926年第十七卷第一号《小说月报》和同卷同号的《语丝》上，同时刊登了以“素如”作笔名，白薇创作的三幕剧《苏斐》。

《苏斐》动笔于1922年年初，8月回杭州西湖休假时定稿。曾在留日赈灾会上演出，她自己扮演主角。《小说月报》和《语丝》的刊登，可以说是白薇给文坛献上的见面礼。

追求真爱，恶霸谋财害命造成许多人间悲剧，《苏斐》的内容，无疑具有一定社会意义，但作者的立意不在于抨击批判恶势力，主旨是宣扬“勿以暴力抗恶”，宣扬宗教可以使十恶不赦的罪人顷刻化为神灵，使不共戴天

① 白薇：《我的成长与没落》。

② 见《现代评论》1926年4月号。

的仇人，轻而易举变成朋友。这与作者一向不妥协于恶势力的思想行为大相径庭。《苏斐》所表现的宽恕一切罪人的宗教情怀，或许同她研究过佛学有关，或许是受托尔斯泰等人的基督教博爱思想影响。

《苏斐》这个动人心魄的三幕剧，悬念迭出，结构严密，想象丰富，语言形象优美，表现了白薇戏剧方面的才华。

陈西滢在1926年4月号的《现代评论》上介绍了两位女作家。一位是著名的冰心，另一位便是白薇。他介绍白薇时说："白薇女士的名字，在两个月前我们谁也没有听说过。一天有一位朋友送来她的一本诗剧《琳丽》，我们突然发现了新文坛的一颗明星。她与冰心女士很不相同的。除了母爱和海，冰心女士好像表示世界就没有爱了。《琳丽》二百几十页，却从头到尾就说男女的爱。它的结构也许太离谱，情节也许太复杂，文字也许有些毛病。可是这二百几十页藏着多大力量！一个心的呼声，在恋爱的苦痛中的心的呼声，从第一页直喊到末一页，并不重复，并不疲乏，那是多大的力量！"

白薇在日本同风流倜傥的诗人杨骚热恋，经历了个中酸甜苦辣，两人出版的情书合集《昨夜》[①]，可以作白薇创作《琳丽》的注脚。二者同时期问世。

认真读《琳丽》，陈西滢所言不虚，却又不尽然。除爱的呼声，它也反映了当时一些青年男女对旧时代的不满和朦胧的进步追求。在艺术表现上，作者借梦境、"紫蔷薇"、"时神"和"死神"等意象表达思想，象征爱情、现在及未来，其内涵丰富耐人寻味，意境浪漫朦胧神秘，语言如诗，辞采华美。

《琳丽》于1926年由上海商务印书馆一版再版后，在国内和日本都有反响。三十年代著名翻译家、北京大学教授张若谷在《中国现代女作家》[②]一文中说：从《琳丽》一剧看出白薇对西洋歌剧有一定研究，不但剧中引入《沉钟》等西洋歌剧的一些名词，"而且在《琳丽》的本身，结构与情节，都有西方歌剧的意味"，"白薇女士是有希望的一人，伊的《琳丽》的贡献是中国诗剧界的唯一创作"，"有人攻击作者，说伊的作品都是欺伪的，想来那是没有看过西方歌剧或诗剧的人而会这样说的"。

台湾出版的《中华民国文艺史》[③]介绍中国话剧运动早期的剧本创作时，列举了印行及演出次数最多的二十二人的剧作，其中就有《琳丽》。可见它在当时的影响之大。

同年，她的独幕剧《访雯》，取材于《红楼梦》，风格与《琳丽》相近。

---

① 白薇、杨骚：《昨夜》，南强出版社1933年版。

② 张若谷：《中国现代女作家》，载《真善美》1929年。

③ 尹雪曼主编：《中华民国文艺史》，二十世纪七十年代出版。

二者皆代表了她早期的创作取材与表现风格。

南中国爆发了轰轰烈烈的大革命，革命的热潮，民众的激情，放射出巨大的磁力。白薇再也不能安心留在日本，1925 年初冬，她从长崎登上美国的远洋轮回到祖国。

充当下女、流浪街头、勤奋读书、同浪漫诗人杨骚狂热的相恋……异国九年的酸甜苦辣，已成往事，留在了身后。萦绕着美丽的憧憬和新生的希望，她先到了广州。

革命文学团体创造社的作家们热情地接待了她。成仿吾、郁达夫、王独清、郑伯奇成为她新结识的好友。成仿吾像大哥一样教她读马列主义的书。

在广州小住后，她回乡探亲，冰释了父女前嫌。乡亲们希望她留下来办学，培育人才。而她一颗火热的心，牢牢被火热的革命斗争牵引。她早就想当一名女兵学习射击、骑马，枕戈待旦，闻鸡起舞，亲自讨伐糟蹋祖国河山、蹂躏同胞、卖国求荣的北方军阀。她怀着满腔热忱，辞别了父老乡亲，匆匆投奔革命中心武昌。时在 1927 年春。

经留日时期的朋友介绍，她谋到了在国民政府总政治部国际编译局担任日语翻译的职务。每天努力翻译日本报纸关于中国革命的种种报道和评论，供高级首脑们参考。业余时间抓紧写作，或者参加军民演出活动。同时又兼任武昌中山大学讲师，教授日语、动物和植物科。

她忙碌并快乐着。惜乎，这些仅灵光一闪。不久以国民党的背叛结束了第一次国内革命战争。白薇不愿同反动势力同流合污，9 月辞去编译局和中山大学的职务，力拒同志和机关的挽留，愤然到了上海。

在花花绿绿的大上海，她举目无亲，孤影伴着病身，暂时居住在创造社食堂的地板上，后来在北四川路崇福里第十三弄内找了个小房间住下，以帮工和给人洗衣服为生。创造社朋友们劝她写作，把她列入《创造月刊》的执笔者，她利用工余进行创作，待稿费多起来后，渐渐从事专业创作。这期间，她在日本时期狂恋过、已经分手的恋人诗人杨骚找到了她，二人久别重逢，爱火重燃，恢复了恋爱关系。杨骚带他认识了鲁迅。

1928 年 6 月，鲁迅主编的新文艺刊物《奔流》诞生，林语堂、郁达夫、柔石、冯雪峰等是其主要作者。创刊号上，刊登了白薇的三幕话剧《打出幽灵塔》，并在第二、第四期上连载。白薇从此成为文坛上的一流人物，被冠以“我们的女作家”“才女”等称谓。

《打出幽灵塔》是个古典浪漫写实的悲剧，是白薇回国参加大革命后的一部重要剧作。始作于武昌时期。剧本描写了第一次国内革命战争中，一个土豪家庭的分裂。像易卜生的《娜拉》一样，它向那些沉睡在家庭中当傀儡的不幸妇女们，喊出了促其觉醒的呼声。

1928年，鲁迅编辑的《语丝》第四卷第十二期上又刊登了白薇的独幕剧《革命神受难》。这个寓意深刻、充满革命浪漫主义的剧本，通篇痛斥了反革命两面派。为此引起了国民党政府的不满，警告了《语丝》。

二十世纪二十年代，可以说是白薇创作的高峰期和成就最突出的时期。除上述《苏斐》《琳丽》《访雯》《打出幽灵塔》《革命神受难》等几部戏剧，其他按发表顺序，主要还有诗《春笋之歌》、长篇小说《炸弹与征鸟》、四幕剧《蔷薇酒》、独幕剧《娘姨》、长诗《琴声泪影》及小说《接江》等等。其中，戏剧创作成绩尤为可圈可点。

中国现代剧作家、文学史家、文学评论家阿英说："白薇是个戏剧作家，也是现代的女性作家中的一位比较优秀的戏剧作者。虽然她近期也写小说，可是她的小说远不如她的戏剧上有成就。她还是因为她的戏剧获得了文艺上的存在。""在今日以前的女性作家中，无论是创作家、诗人、散文家以及戏剧作家，一般的看来，在意识形态方面，在革命的情绪方面，白薇是最发展的一个。"①

"左联"时期著名作家张天虚称："白薇女士对于近代文学——尤其是戏剧的贡献，是有着如何大的力量以及价值，这已经在文坛上早有了她成功的地位与公共的评价了。"②

三、在抗日救亡烽火中疾呼呐喊

受创造社和鲁迅的影响，白薇走上了革命文学道路，于三十年代成为"左联"和"左翼剧联"的早期成员，积极参加活动。她也是丁玲主编的"左联"机关刊物《北斗》的撰稿者。她同楼适夷、袁殊等人在"左翼剧联"支持下组织了曙光剧社（后更名移动剧社），还曾被田汉、夏衍主编的《舞台与银幕》列为特约撰稿人。著名戏剧家、曾任中国文联党组书记的阳翰笙称："在左翼女作家中，她和丁玲的成绩比较突出，她俩可说是齐名的。"③苏雪林同她很要好，每次和她见面，"总有几句'我们的女作家，我们的女作家'"④。

那时还有丁玲、萧红、廖沫沙、陈子展、萧军、舒群等作家，同她交往比较密切。"左联"负责人不少是白薇的老朋友，关心她的生活和身体。有一次阳翰笙脱去朴素的服装，换作上海打扮，到寓所探望病中的她。她一见阳翰笙，顺口就是一句："你头发上抹那么多油干吗？"阳翰笙解释说：

---

① 贺玉波：《中国现代女作家》，四合出版社1932年版。

② 张天虚：《关于白薇的〈莺〉》。

③ 白舒荣、何由：《白薇评传》。

④ 《我与文学》，上海生活出版社1934年版。

“你总不希望我给你带个‘尾巴’来吧。”

1930年9月，国民党政府明令取缔“左联”，通缉“左联”成员。翌年更残杀李伟森、柔石、胡也频、冯铿和殷夫五位革命作家。“左联”也遭受了严重破坏，所以阳翰笙探望白薇才需要化装。

正当白薇在新文坛走红，创作成就被认可、声誉日隆之时，却又陷入贫病交加的泥淖。女作家谢冰莹在《作家印象记》[①]中写道：“白薇常常搭那些进城卖小菜的板车，为着挣几个钱，有一次病得很厉害，一连五六天没有吃东西，也没有人去看她，实在饿得忍受不住了，她挣扎着起来去买面包，谁知四肢无力，几个筋斗就从二楼滚到楼下，要不是房东太太看到，连忙扶她起来，说不定摔死了还没人知道哩！”她的身体时好时坏，从三等病房出院后，她曾受聘到郑振铎、陆侃如、冯沅君等任教的中国公学，担任教授，主讲外国文学，同时兼教该校上海分校的理科课程。她热心培育人才，教学工作颇受好评，被称作“名教授”。

瘦弱的身体经不住过度劳累，加之剪不断、理还乱的感情纠葛，她再度重病。

“九一八”的炮火，点燃了举国反侵略的怒焰。在“孤岛”上海辗转病榻上的白薇，饿得几乎水米不沾，犹没忘记自己的职责，愤然握笔。戏剧《北宁路某站》《敌同志》《屠刀下》《塞外健儿》《中华儿女》等，长诗《火信》《祭郭松龄夫人》《给杨韵》《马德里》等等，一部部一篇篇表现抗日斗争中军民众志成城抗击侵略者心声的作品迅疾诞生。

日本侵略者在东北烧杀抢掠无恶不作，破坏通往内地的铁路，阻止关外百姓内逃揭露其罪行，激起了小站难民们的愤怒。独幕剧《北宁路某站》通过对难民悲惨遭遇的描述，展现了社会动乱民不聊生的情景，有力抨击造成这黑暗现实的当权者，煽旺人民的革命烈火。剧本浓墨重彩，线条粗犷，没有多少故事情节，适合广场宣传演出。

再如，同样急就的一百一十四行长诗《火信》，诗人由九一八事变，联想到自己曾亲临的1923年日本关东大地震，剖析了日本侵华的原因，指出九一八事变的实质是“帝国主义强度的凌压强度的榨取的开始”，“为着破坏新的世界的发展日本军阀甘居祸首，为着金融资本的巩固断行向劳动政策总攻的阴谋。”

诗人满腔激情鼓励同胞们，勇敢同敌人战斗：

啊，恐怖的火信甚过惊天的洪水，
满洲沦亡，天津共管，锦州划为中立区境，

---

① 谢冰莹：《作家印象记》，台湾三民书局1975年版。

从此中国逐步沦为暗无天日的殖民地，
从此中国成为帝国主义角逐的市场中心。
神州大地被狼噬狗咬虎啖狮吞，
文明古国被撕咬得体无完肤鲜血淋淋。

不管恐怖的火信如何凶猛如何猖狂，
我们要用愤怒的火、勇敢的血和它抗争！
十月壮烈的风火雷电在眼前召唤，
我们要团结一心整肃队伍冲破敌人的阵营。
前进吧，砸断铁锁，拿起武器，展开我们的旗，
战斗吧，掐灭这罪恶的火信，拨开云雾迎光明！

抗日救亡浪潮高涨，话剧运动勃兴，白薇文思泉涌，不但下笔如潮，还挣扎着病体参加导演和演出，出入工厂和学校剧团。著名演员赵丹就曾在她指导下，演出过董每戡的《C夫人肖像》。

恋人把自己的风流病传给了她，却无情地置她于不顾。这次一病六七年。从家乡的封建父权下挣脱、出走的“娜拉”白薇，自立自强不息赢得新文坛声名，却依然受封建男权残害，染上不该有的重病。没有人谴责施害者，当时“白薇”这个名字却成了“可怜”和“讽刺”的代名词。为她辩护的人，也被认为“不世故”和“多余”。似乎“白薇”两个字，除了让人可怜，作为谈资，已经再无意义。她的坚强信念和无私的爱，敌不过外来的凶猛压力。她的精神受重创，再次徘徊在生死之间，甚至有人直接相劝，如此苟活不如自行了断。

白薇不愧是“蒸不烂、煮不熟、捶不扁、炒不爆、响当当一粒铜豌豆”①她不屈不挠，含泪挣扎着写作，膝盖上摆稿纸，脖子上挂着墨水瓶，完成了林语堂约稿的半自传体长篇小说《悲剧生涯》② 等系列作品。

《悲剧生涯》和散文《跳关记》，描述了白薇自身经历的磨难，反映了女性遭受社会多重压迫的悲惨命运及积极抗争。散文《三等病房》和小说《受难的女人们》基本是同类题材。散文《与一个台湾女子的谈话》反映了台湾原居民同日本侵略者舍生忘死的顽强斗争。另有装了一箱子未有机会面世，反映抗战时期生活的剧本。

病痛中的白薇虽受势利者冷落嘲讽，广大读者却仍然记挂着她，主动询问关心她的病情，表示愿助一臂之力。社会知名女性董竹君、王莹、郁风、沈兹九等十九位企业家、作家、记者、编辑、翻译家、演员，联合签

① 关汉卿:《套取·一枝花·不伏老》。
② 白薇:《悲剧生涯》，上海文学出版社，1936年版。

名，在《妇女生活》[①]杂志上为白薇发起募捐，筹款六百零四元，送她到北平治病。不久，某刊“半月巡回”栏目刊出:《两个慰人的消息——白薇到平，冰心返国》，可见当年白薇的文坛地位和公众对她的关注。

日本占领了北平，日本人常找她的麻烦，不是误会她为日本女子纠缠不休，就是想用金钱收买她为日本做事。她不得不化装成保姆，同女友逃离北平。1938 年 3 月，她带着抗日救国的热心跑到广州，无处请缨，北上武汉。

在老领导、老朋友、政治部第三厅秘书主任阳翰笙家，她见到郭沫若等许多相知的人。拜访了田汉、洪深、沈兹九、陈北鸥等师友，经他们介绍，白薇参加了中华全国文艺界抗敌救亡协会。不久，战火南烧，武汉告急。三厅随政治部撤退，经长沙、衡阳、桂林，最后驻足重庆。撤退前，白薇一再向武汉八路军办事处提出去延安或去前线的要求，邓颖超大姐考虑到她的身体，没有同意，派她去了桂林，担任《新华日报》特约记者。在桂林一年多，她凌晨三点起床写通讯稿，早饭后外出采访，深入里巷、车站、码头，访问形形色色人物，供稿《新华日报》，同时自己也写了不少文章。因广西政府常“截切”她的稿件，她被迫停止工作，从桂林回到了重庆。阳翰笙帮她在中国电影制片厂谋了个特约编导的职务。

敌机狂轰滥炸，天天跑空袭警报，体弱的白薇突然暴发了热病，欧阳山找到杨骚。杨骚一改往日态度，对她非常关心，把她抬到自己幽静的书斋，悉心照料。但白薇苏醒后，立刻拄着棍子、拖着腿，回到自己的小屋子。他伤害她太深，由于积怨和不信任，她对他不再抱任何希望和幻想，更不愿接受他的怜悯施舍。

有人指责她不通人情，怨她不同杨骚和好，不能理解她的行为。

她也不乏知音。女歌词家安娥说:“当我确定知道白薇拒绝了杨骚的‘怜’爱后……我更相信白薇的自尊。白薇的人格的完整、美丽！”

1942 年邓颖超大姐帮她安排进文化工作委员会二组工作。她以万分的积极热情参加委员会的各种活动。座谈戏剧、研究小说，联合女友们写文章，倡导组织妇女进步组织，被选为妇女联谊会理事。文化工作委员会的薪资微薄，仅够吃饭，身体虚弱，风湿病、绞肠痧、猩红热、疟疾、阿米巴痢疾，各种疾病前后相继。她拖着病体烧饭、缝补比乞丐还不如的破衣服，满肚子东西想写，心有余而力难从。周围又出现了讥讽的声音:“落伍了”“写不出东西来了”“不能算作家了”。

中华文协为援助贫病作家，募得了一批基金，也给白薇送了五千元。虽然她正眼睛重病，有失明的危险，但是极度自尊自重的她，还是谢绝了友人的好意。

---

① 由沈兹九于 1935 年创办，是最早由女性宣传中国共产党抗日方针的杂志，亦是早期宣传女性思想解放的期刊，有金仲华、章锡琛、曹聚仁、茅盾、白薇等名家撰文。

在重庆几年，文艺界的朋友对她很关心，称她“大姐”。真正理解和谅解她的人还是少数。她生性耿直，疾恶如仇，遇事不会敷衍，不会伪饰，不惜为正义冲锋陷阵，穷追苦迫要把真理和正义争回来。她满怀赤子之心，却又十分倔强，孤高自傲，眼里揉不得沙子。如此这般，严重影响了她和周围人的关系，也影响了她的前程。

1945 年秋，毛泽东主席从延安到重庆进行国共谈判，在周公馆招待妇女界，白薇应邀出席。她曾听说毛主席好几次问过她，有一次还错认白杨是她。她衷心感谢毛主席对她的关怀。

散会的时候，忽然有个青年喊了一声：“毛主席，你常问起的白薇是她。”毛主席回过头来，亲切地握住她的手说：“我常记起你，你和丁玲是我们湖南的女作家……”她哽咽着回答毛主席：“唉！这几年我已经倒下了……”毛主席亲切地安慰她：“你没有倒下，在政治上没有倒下，思想上也没有倒下。”

毛主席的关怀和鼓励给了她巨大的安慰。

四、为中国人民解放事业战斗放歌

抗战胜利后，白薇由重庆回到了上海，依然贫病交加。1947 年冬她回乡料理完父亲的丧事，返上海后收到寄自香港著名妇女运动领袖何香凝的一封信。何香凝兴奋地告诉她，全国解放战争的形势很好，黑暗即将过去，光明就要到来，作为一个爱国的文化人，应该为人民的胜利多做些工作。

她同何香凝结识于第一次国内革命战争时期，后来也时有接触联系。看了何香凝的信，天命之年的她，坚决返回了家乡，决心为祖国解放事业身体力行做点有意义的事。她在认识的人中广泛传阅何香凝的信，有意宣传共产党宣传革命，还向自己接触到的一些对国民党不满、由国民党部队逃回家的士兵和下级军官讲“西安事变”，讲张学良、杨虎城将军如何逼蒋抗日。也借探亲机会，深入农民家庭，同贫苦农民讲时局，分析他们受穷受苦受剥削压迫的根源，启发他们自觉反征兵、反内战。

在穷乡僻壤的山村，留过学、见过大世面的高级知识分子白薇，在人们心目中的分量可想而知。为了迎接家乡解放，她把资兴县立中学任教当作自己的落脚之地。第一次进教室，抬头看见蒋介石的像，就立刻对学生们说：“教室里挂这种像不好，撕下来吧。”说着，她亲自撕碎了蒋的像。

1949 年，蒋介石势力残余的不少杂牌军，诸如交警队、民警队、内警队等等，在湘粤边境掠夺绑杀，无恶不作，十分疯狂。湖南和粤北人民奋起斗争，纷纷响应共产党的号召，成立游击队，配合全国解放战争。白薇拒绝了伪县长的高薪拉拢，暗自参加了游击队。她动员家人把所藏六支枪捐给游击队，利用亲族关系，策反、分化了部分盘踞资兴的敌人。她亲笔为游击队撰写了《游击队宣言》、《告国民党军政人员书》和《告三湘父老兄弟书》，在宣传工作上尽了不少力。

关于这段游击生活，她在散文《快乐的黄昏》中，以生动、平实、激昂的文字，留下了珍贵的历史记忆。这是关于游击队的，也是关于她自己的：

> 太阳早已西斜，黄昏将近，我们走着，仰望面前的山。一个人飞脚跑下来，他像鹿脚细长的脚杆，裤脚扎在膝盖上。他是队上的通信员，跑起路来飞快，他从老远向我们的队伍招着手，边跑边高喊说："快上山去！我们队伍进城了！"
>
> 似江河蜿蜒的队伍，倒是突然停下了，因为牵头的听到他的声音想弄清楚些。后面的想知道他说的什么，就自然而然停步了。他飞快地跑到队伍面前。沿队通知胜利入城的消息。
>
> ……
>
> 在这个黄昏中，我们这支人民党武装，由艰苦里生长起来的游击队，把盘踞在资兴的蒋匪军赶出去了！反动政权的县政府、警察、自卫队，平时作威作福，搜尽了民间的膏血，拿去喂养蒋匪的乱部队的走狗们。在这黄昏中都被赶走了！我们谈笑歌唱着，前进在这难忘的黄昏，前进在这快乐的黄昏！
>
> 上过山，盘环崛峨的山窝里，现出水田，一湾湾排在山脚下。告别大地的夕阳，红霞碧霭拥护它，各色霞光投给禾穗，也映在池塘中，成群的鹅鸭，在塘中江里，逍遥浮动。我们望见敌人的碉堡，如今守卫在那儿的是我们自己的战士；我们望见了云盖山，我想，假如在那美丽的塔顶能竖起一面解放的旗帜，那是何等的扬民心，振士气！可惜这时我们谁也不知道新中国的国旗是什么样的，只能看那山头丛林绿悠悠地前卫着这偏僻的山城。

参加游击队，进行实际斗争，是白薇参加大革命以来的夙愿。新中国成立后，她在写给周扬的一封信里说："美梦于我，竟实现在湖南的大庾岭北麓，我是湖南南区游击支队的成员，从秘密组织活动起，到实际游击半年后，地下党还用明文，令我搞宣传文教。于是展开我梦寐以求的快乐生活。快乐和艰苦是两面合一的，苦里甜极的。我，战友和群众多得很，我乐滋地感到：这才是人生！""人生就是战斗，对腐朽、罪恶、横霸者宣战，力谋搞新生。那样的生活若搞长些，标准正确些，大公无私地坚持到底，那就是生命千岁，千岁中如鲜花，碧草活生生，这才算活着。"

从1947年年底回家乡，到1950年年初到北京前，在艰苦的游击队环境下，她犹创作不辍，诗歌居多，共三千余行。如《挺进队》《民众们认识吧？》《民众们起来呀！》《解放歌》等。

二百八十九行的长诗《江上壮观》，1948年夏山洪泛滥时作于秀流村。它形象地描述了山区丰富的木材资源，放排工人抢险时同洪水搏斗的壮观场景，歌颂人与自然的顽强斗争：

群船被浪击打着，
船碰船罄罄吭吭，
罄隆吭啷地响，
木船颠得很厉害
船夫丝毫不在意，
望着远远的江上，
庄严地挺立着，
好像希腊的雕像。

他们哪来的这副神气？
画家也难创造的美和力！
我惊奇地涌起感想，
钦佩他们的壮美和坚定。
我小时常看这种情景，
但久别家乡的现在，
才认识到村里人的这种特征。

作于1949年清明后一百六十四行的《杉林坡》是首叙事诗，民歌风，塑造了三个形象和性格鲜明的人物，爱憎分明，崇尚宁死不屈的硬汉精神。

另有两首歌颂革命者的叙事长诗：初稿于家乡、四百四十行的《李怀仁》（又名《你是一颗救星》）[①]，以深深的敬意和无限思念，缅怀了为领导台湾人民进行地下抗日斗争而牺牲的革命者李怀仁。另一首是为纪念一位放弃锦衣玉食参加革命、对作者思想和生活产生过影响的女友的《想虹姐》（六百五十八行）。

这个时期的长诗还有记述红军长征路上有一支队伍经过她家乡的《夜渡》（三百二十行），及《瓜田》（四百七十一行）、《太阳找不到的黑地方》（一百〇四行）、《挽歌》、《中苏友好歌》等等。此外，还有不少未誊清的

① 刊于《青年界》新第六卷第三号。

诗稿。一篇描写随军女医生的中篇小说《女医生》似乎也作于此时。

作家兼游击队员，就是新中国成立前夕白薇的身份。

她到北京后，毛主席曾几次接她到中南海，问到湘南游击队的情况时，连连表扬她："游击队搞得不错，你干得很好嘛。"

五、北大荒晚唱

1950年，中华人民共和国政务院从长沙把白薇接到新政权的首都北京，安排她在廖沫沙领导下的青年剧院工作。给她定为十二级高干。"文革"前，干部的行政级别在十三级以上为高干。

国家决定开发富饶的北大荒，当听到北大荒急需要人去做调查研究工作时，年奔花甲的白薇毫不犹豫，欣然报名前往。她希望在北大荒发挥留学时学到的植物学知识。阳翰笙等领导担心她身体吃不消，劝她留在北京。倔强的她，坚持一去不回头。

北大荒的冬天，零下四十多度的严寒，对内地人是十分严峻的考验。白薇带着脑病、喉鼻病、胃病、风湿痛、三叉神经痛，从诺敏河以西的兴安岭山脚，东到佳木斯一带，从一个农场，跑到另一个农场，举凡查哈阳、盘锦、友谊、宝泉岭等农场，皆印下了她的足迹。考验她的还不止严寒的气候，日常生活的艰苦更是一般人难以忍受：住房的墙壁上不是霜，就是霉，食用水又臭又咸，三四百人排长队等吃一顿饭，七万人口只有一个商店，从农场到哈尔滨进一次城需要走两天时间。多年生活在温暖南国、年近花甲的白薇，能在如此恶劣的环境和艰苦条件下坚持工作，实难想象。

白薇乐观地接受了这一切。从出生以来，她始终生活在各类磨难中，这些常人难以忍受的种种磨难，锤炼了她的钢铁意志，锤炼了她身体的耐受力。或者，北大荒的苦，比起她生命中多次面临的绝境，还要强许多。自己选的路，再艰难她也要勇敢地走下去。

晚上她同女拖拉机手们挤在一条炕上，谈笑着，倾诉着；

我们是草原战士，
我们的战斗面向草原！
我们的生活跟土地结合在一起，
全身献给祖国的富强。
耕、耙、播种和收获，
在社会主义的国营农场。
使花草占据的草原，

变为丰满的粮仓。

——《女拖拉机手的心曲》

白天，她到田间，感受劳动的欢乐。她热爱农场，为农场的建设感到无比骄傲和自豪：

蓝蓝的天空亮晶晶，
晚秋的月夜没有云，
祖国北方的农场上，
彻夜响着机器声。
地面是多么平！
平似海面望不尽；
肥沃的黑土赛乌克兰，
查哈阳农场的优越，天生！

——《农场晚秋夜》

她同青年男女一同在冰天雪地，在风沙肆虐威逼中，从开辟草创，一直到农场建成。她亲自参加播种收割，饱尝创业者的艰辛和幸福，与农场工人结下了深厚的友谊。

白薇 1987 年去世，当时我不在北京，未能参加她的追悼会，遗憾万分。她生前虽然已经十分健忘，但却说记住了我的名字。

戏剧、小说、散文、诗，从二十世纪二十年代到七十年代中期，近六十年的创作历程，白薇涉猎了多种文学门类。她是一位作家，也是一位战士。作为作家，她从创作始，无论在任何艰难困苦的条件下，始终没有放下过手中的笔。她早期的艺术表现，大致经历了浪漫主义、象征主义，到密切反映现实的现实主义和批判现实主义。早期的作品，尤其是剧作，想象丰富，天马行空，辞采华丽，才气横溢。她的散文和诗多质朴自然、热情奔放、赤心直呈。其小说热情坦率大胆，蔑视传统，受五四新文化影响较深。作为一位战士，白薇从参加第一次国内革命始，她的创作，并身体力行着，始终同中国人民的解放和建设事业紧密联系在一起，不求名不为利，诚如她的这首诗：

我是山野白蔷薇，
心灵明澈清如水。
不自醉，
不自卑。

笑傲群芳争浮华，
甘为高洁作飞灰。

白薇的家乡资兴，没有忘记自己优秀的女儿，2013 年专门组织编委班子为她编辑出版了二百余万字的《白薇文集》。同时还制作了系列微视频纪念。白薇若地下有知，当颇感告慰。

2022 年 11 月 13 日修订

（白舒荣：香港《文综》杂志副总编辑）

苦难的呈现与疗救的路径

——重读《我在霞村的时候》

王峰琳

名家论坛

摘　要： 丁玲多次谈及《我在霞村的时候》的贞贞，作者与人物之间存在着无法割裂的苦难联系。《霞村》初刊本中的贞贞并非是纯粹的革命者，其找寻疗救路径的方式更是耐人寻味。贞贞不断在“慰安营”中疗救苦难，但沾染性病也阻滞了刺探情报、沉沦敌营的两条疗救路径。霞村农人表现出的“厌女症”，也使贞贞无法如《新的信念》中的老太婆走通第三条疗救之路。贞贞抗拒夏大宝的怜悯与婚姻也表明出主体性的再度觉醒，但同时也阻断了疗救的第四条路径。贞贞的疗救路径以及由此衍生的复杂情节，也使《霞村》的小说内景呈现出了悖论性的历史褶皱。

关键词：《我在霞村的时候》；丁玲；贞贞；慰安妇

一、何以进入“贞贞的逻辑”

《我在霞村的时候》于1943年《中国文化》第三卷第一期发表。《霞村》不仅对丁玲的意义非凡，也在多场批判运动中成为标靶。在1942年的“延安整风”时期，政治旋涡中的丁玲更欣赏贞贞的性格，因为她“更寄托了我的感情，贞贞比陆萍更寂寞，更傲岸，更强悍”[①]。作者在1950年5月22日校改《我在霞村的时候》文集时也谈及，自己对于这个集子的小说“有些感情，所以全部收入”[②]。1952年4月24日，丁玲又在谈及《太阳照在桑干河上》时，回忆起自己初听《霞村》本事时的“感动”与“难过”的感受[③]。1955年1月的丁玲则强调贞贞与莎菲的关系，即除了“成分”与性格

① 丁玲：《关于〈在医院中〉时（草稿）》，载《中国现代文学研究丛刊》2007年第6期。

② 丁玲：《〈我在霞村的时候〉校后记》，袁良骏编，《丁玲研究资料》，天津人民出版社1982年版，第126页。

③ 丁玲：《关于自己的创作过程》。引自李向东、王增如：《丁玲传》，中国大百科全书出版社2015年版，第245页。

的分野外，二者“相同的地方”也值得注意[①]。至于何谓“相同的地方”，丁玲语焉不详。丁玲在1980年否定贞贞承载的“个人的苦闷”，将创作动机解释为战争、时代与人等客观因素，也对批判和溢美之词不以为然。[②]由此可见，人物与作者之间的关系自然匪浅，甚至有着彼此“代言”的意味。根据初刊本中的文字来看，贞贞出走霞村并非是一蹴而就的选择，而是在其他路径失效后的再次尝试。这些文字在1950年代被丁玲修改，由此衍生的异文现象也值得我们洞微烛幽。

无论沿革“再批判”的思路，将贞贞理解为“丁玲的‘复仇的女神’”[③]的“革命的逻辑”，或是沿着丁玲的思路将之理解成寄托了“我的感情”的女性人物形象的“丁玲的逻辑”[④]，都在一定程度上偏离了“贞贞的逻辑”。如果我们只是追随批判者与作者的导引，贞贞只能停驻在既定的革命逻辑和革命叙事的范式之内，停驻在后见者的永恒哀矜与追念之中。诚如王德威所言：“苦难不必然等同于德行，创伤更不应该成为专利。只有在这样的前提下，我们对‘正义’的思考才不沦为简单的是非选择，而必须逼出更细腻的论辩。”[⑤]因此，我们应聚焦贞贞与本事人物的关系问题，寻绎虚构的文本如何呈现真实的历史图景，探寻人物如何艰难地疗救苦难。如此操作，我们方能进入“贞贞的逻辑”而非只是在“丁玲的逻辑”周遭迂回不前。

贞贞是战争的“牺牲品”与“抗日活动家”[⑥]，这就使贞贞的身份充斥着抵牾。严家炎认为：“造成贞贞苦难的直接原因，自然是日本侵略军。而群众中的封建意识、小市民习气，则也是间接的重要原因。”[⑦]贞贞的苦难源于日军在“慰安营”[⑧]施加的性暴力，也源自霞村农人表现的厌弃，即“失节”与“失洁”含混而成的苦难力量。贞贞“悲剧的成因”和“作品诞生后所遭遇的曲折命运”，都与“中国长期的男权社会及‘三纲’等封建意识有直接的关联”[⑨]。贞贞疗救苦难的行为以及重建主体性的勉旃，也就成为推动叙事、塑造人物、营造环境的潜在动能。“苦难”正是解读《霞村》的关窍与路径。

---

① 丁玲：《生活、思想与人物》，《丁玲研究资料》，第156页。
② 同上，第216页。
③ 华夫：《丁玲的“复仇的女神”——谈“我在霞村的时候”》，载《文艺报》，1958年2月11日。
④ 贺桂梅：《丁玲的逻辑》，载《读书》2015年第5期。
⑤ 王德威：《历史与怪兽》，麦田出版2004年版，第6页。
⑥ [日]秋山洋子、陈苏黔：《再读〈我在霞村的时候〉》，载《中国现代文学研究丛刊》2001年第1期。
⑦ 严家炎：《开拓者的艰难跋涉——论丁玲小说的历史贡献》，载《文学评论》1987年第4期。
⑧ “慰安所”在各地有不同的名谓，如“皇军慰安所”（南京）、“娱乐所”（上海）、“慰安营”（山西）。根据小说中两个妇人打水时的交谈内容，贞贞可能到大同去过，在此也以“慰安营”称之。参见苏智良、陈丽菲：《侵华日军慰安妇制度略论》，载《历史研究》1999年第4期。
⑨ 严家炎、卢晓蓉：《试论电影〈贞贞〉改编的得与失》，载《电影艺术》2003年第3期。

二、历史断裂处的疗救路径:“沉沦”与“革命”

先考察“慰安”一词在历史文献与“慰安妇”制度中的内涵。“慰安”较早出现于汉代。《汉纪·平帝纪》记载:“时民皆饥愁，州县不能慰安，又不得擅发兵，故盗贼寖多。”[①] 此处的“慰安”可释作“慰劳安慰”。“州县”是慰安的主体，“饥愁”是被慰安的对象。若依古义，“慰安妇”便是女性主动成为慰安主体，并为男性客体提供关怀与慰劳的职业。这是在颠倒主客体的关系，也是日本的官方解释和修正历史的手段之一。手段之二则是日本对主客体关系的遮蔽。在日本辞典《广辞苑》中，“慰安妇”释为“随军到战地部队慰问过官兵的女人”[②]。词条在掩盖历史真相的同时也遮蔽了主客体关系，自然“无法反映慰安妇受到的残酷无比的性虐待”[③]——“沉默化或掩盖暴力、拒绝承担责任并否认罪恶和耻辱都是对后代形成持续的或短暂的心理伤害的主要因素”。[④] 不容置喙，慰安妇是侵略者用暴力掠夺而来的泄欲对象，慰安妇制度也是殖民者用强权创造而成的集体创伤。集体创伤正是“以各种曲折的方式传给个体”，而“有些个体一次又一次地承受灾难性创伤的重创”[⑤]。讽刺的是，颠倒的主客体关系也成为《霞村》里农人的共识，并以“破鞋”形容贞贞，这是地方农人沿着封建贞操观的理路来评骘贞贞的行径。换言之,《霞村》的小说内景呈出了地方的封建意识与日本的修正手段之间的无言默契，进而遮蔽了文本折射出的历史真相与苦难图景。

但《霞村》是否只是虚构的故事，从而缺失倒映历史真相的潜质呢?萧军曾在日记中记录了《霞村》的“本事”:

> 一个在河北被日本掳去的中年女人，她是个共产党员，日本兵奸污她，把她携到太原，她与八路军取得联系，做了很多的有利工作，后来不能待了，逃出来，党把她接到延安来养病——淋病。[⑥]

根据萧军的日记，本事人物与故事人物有三点不同:其一，贞贞的原型并非十几岁的女孩，而是中年女性，二者的年龄不符。其二，原型是共产党员，

名家论坛

---

① (汉)荀悦:《前汉孝平皇帝纪卷第三十》，董治安主编,《两汉全书》第28册，山东大学出版社2009年版，第16793页。

② 在1983年第3版《广辞苑》中，“慰安妇”被释为“慰安战地官兵的女性”。参见[日]新村出编:《广辞苑》，岩波书店1978年第3版，第62页。

③ 苏智良、陈丽菲:《侵华日军慰安妇制度略论》，载《历史研究》1999年第4期。

④ [德]加布丽埃·施瓦布:《文学、权力与主体》，中国社会科学出版社2011年版，第171页。

⑤ 同上，第138页。

⑥ 李向东、王增如:《丁玲传》，中国社会科学出版社2011年版，第245、248页。

但贞贞只是霞村农人，二者的身份不符。其三，本事人物随日军从河北辗转到太原，而贞贞的行动轨迹局限在霞村与“慰安营”之间，二者的经历不符。综上三点，《霞村》更像是作者重新创造的故事。

即便如此，丁玲根据他者的转述而创作的故事，并未削弱本事承载的巨大历史能量。本事与故事之间必然存在张力，但这并不意味着虚构的故事就无法呈现真实的历史。文学的核心性质是“虚构性”（fictionality）[①]，但以文学照亮现实正是丁玲等左翼作家的创作初衷。正如施瓦布所言：“战争故事是真实世界的材料，是令人毛骨悚然的地方。”[②]1937年至1945年的报纸、杂志与女性出版物等，如《新华日报》《战地总动员（上、下）》《妇女共鸣》《妇女生活》《上海妇女》《中国妇女》《妇女月刊》《现代妇女》等出版物的相关文章，皆涉及“日军妇女暴行”和“战时中国”等问题——这也是丁玲写作《霞村》的重要历史背景。[③]但是，《霞村》中引人困惑、别于常理的情节，我们也应利用真实的历史材料加以分析，进而发现虚构的小说如何与“国魂”“国体”“国格”形成对话关系[④]。围绕“慰安妇”问题展开讨论，一可弥合故事与历史之间的罅隙，使创造的故事也能折射出抗日战争的历史图景，即《霞村》如何成为“反法西斯战争中的‘隐蔽力量’”[⑤]。同时，我们将贞贞“作为慰安妇置于与日军、与边区政府的特殊关系中来理解”[⑥]，也能从中发现一些隐晦不彰的特殊议题。我们不妨提出并试答三个问题，以期说明贞贞的疗救路径并揭橥其失效的款曲。

其一，贞贞如何成为慰安妇？刘二妈交代了缘由：心属夏大宝的贞贞拒绝父亲说下的亲家，即成为西柳村的米铺老板的填房，于是赌气跑到天主教堂当“姑子”，而后落入了日军的“火坑”。显然，日军滥用暴力抢夺贞贞并逼迫她成为慰安妇——这也符合史实[⑦]。但根据刘二妈的叙述，贞贞反抗包办婚姻才是悲剧的导火索。这预示着贞贞会拒绝父母怜悯的、夏大宝施舍的婚姻，也预示着人物的主体性会再度觉醒。

其二，为何贞贞可以多次出入慰安营？在“我”问贞贞是否去过“很多地方”时，贞贞回答：“不是老跟着一个队伍跑的，人家总以为我做了鬼

① ［美］勒内·韦勒克、奥斯汀·沃伦：《文学理论》，浙江人民出版社2017年版，第14页。

② ［德］加布丽埃·施瓦布：《文学、权力与主体》，第138页。

③ ［日］江上幸子：《日军妇女暴行和战时中国有关杂志的报道——〈我在霞村的时候〉背景研究》，《丁玲与延安——第八次丁玲文学创作国际研讨会论文集》，陕西人民教育出版社1999年版，第113—130页。

④ 王德威：《想象中国的方法》，三联书店1998年版，第1页。

⑤ 熊鹰：《反法西斯战争中的“隐蔽力量”：以丁玲〈我在霞村的时候〉及其翻译为例》，载《文学评论》2015年第5期。

⑥ 董炳月：《贞贞是个“慰安妇”——丁玲〈我在霞村的时候〉解析》，载《中国现代文学研究丛刊》2005年第2期。

⑦ 日军获得慰安妇的途径：暴力抢夺、强征妇女、利用俘虏、欺诈诱骗。参见田苏苏：《日军慰安妇政策在华北地区的实施》，载《抗日研究》2005年第2期。

子官太太，享富贵荣华，实际我跑回来过两次，连现在这回是第三次了。”[①] 历史中的慰安妇每日慰安的频次令人咋舌，同时还要完成烹饪、打扫、护理、搬运等工作[②]，也可能会染上性病[③]，这些都是影响贞贞出逃的因素。若贞贞拥有克服它们的能力，唯一的方式就是避免这些冗杂工作。但避免的缘由并未得到贞贞或他者的确认，也就成了叙事空白。但贞贞沾染了性病并因此而出逃，是契合史实和常识的情节[④]。慰安妇制度创立的背景之一，就是避免日军沾染性病从而影响战斗力，沾染性病的贞贞即使不出逃军营也会遭际日军的“处理”。因此，贞贞最后的出逃并非仅是为了传递情报，也可能是躲避因病而来的死亡灾难。

除了“性病”问题，“自由”问题也值得关注。苏智良将“慰安妇”定义为“性奴隶”[⑤]。“奴隶”的特征之一便是失去自由，即受到监管、控制乃至戕害。贞贞被迫成为性奴隶，但又以出逃的方式重获自由。乖悖的是，出逃后的贞贞又因“工作”再次成为奴隶，这无疑要引起敌人的疑窦。但叙事者未曾说明贞贞获得多次往返慰安营和霞村权利的因由，这一叙事空白也值得叩问：贞贞如何获得日军的多次信任？丁玲在 1950 年修改《霞村》时填补了空白：“我在那里熟，工作重要，一时又找不到别的人。”变更的说辞显然是出自作者的政治要求，改写的文字无法廓清上述翳障，初刊本留存的叙事空白也就值得进一步思忖。

其三，为何贞贞能够叙述一些隐秘信息？贞贞曾向“我”谈及日军人性的一面：

> “日本的女人也都会念很多很多书，那些鬼子兵都藏得有几封写得漂亮的信。有的是他们的婆姨的，有的是相好的，也有不认识的姑娘们写信给他们，还夹上一张照片，写了好些肉麻的话，真怪，怎么她

① 丁玲：《我在霞村的时候》，载《中国文化》，1943 年第 3 卷第 1 期。后文《霞村》的引用除特别标明外皆依此版。

② “据其本人（按：裴凤歧）所述，在冲绳战役最激烈的时刻，……为日军官兵进行‘慰安’，最多的一天曾被迫接客 100 人。此外，还要替日本军人干各种各样的杂役，如做饭、洗衣服、当护理、运弹药等。”引自苏智良：《日军“慰安妇”研究》，团结出版社 2015 年版，第 9 页。

③ “慰安妇”制度建立的目的之一，就是避免性病蔓延军队而影响战斗力。制度基本确立后，又进行相关的性病预防（注射 606 抗生针剂、推广“星秘膏”、定期检查、制定慰安标准等），再如麻生彻男于 1939 年 6 月 26 日上陈《花柳病的积极防治法》等文件，但依然无法阻止性病的蔓延趋势。参见苏智良：《日军“慰安妇”研究》，第 197—221 页。

④ 据朝鲜慰安妇沈美子回忆，她所在的慰安营慰安妇患性病者超过百分之七十。参见 [日] 伊藤桂一《大陆をきまよう慰安妇たち》，载《新评》1971 年第 8 期。

⑤ “所谓‘慰安妇’就是按日本政府及其军队之命令，被迫为日本军队提供性服务、充当性奴隶的妇女，是日军专属的性奴隶。”参见苏智良：《“慰安妇”问题的过去与近况》，载《百年潮》2007 年第 10 期。

们那么喜欢打仗，喜欢当兵的人，也不知道她们是不是真心，总哄得那些鬼子当宝贝似的揣在怀里。”

“听说你会说日本话是吗？”

在她脸上轻微的闪露了一下羞赧的颜色，接着又很坦然的说下去……

第一，日军对贞贞讲述了情感生活，甚至展示了女人留给他们的信物。慰安营中的日军将女性视为性机器，能够倾诉衷肠自然乖违常理。第二，日军要在有限的时长中完成慰安行为，同时还要倾诉这些生活点滴也实属罕见。第三，贞贞学会了慰安妇禁用的日语。日军正是为了避免军事情报遭到窃听与慰安妇逃跑，才有此禁令[①]。习得日语的贞贞不再被视为性奴隶，也获得了讲述者（日军）的信任，自然会使霞村充斥流言蜚语。第四，“羞赧”的行为也表明，贞贞很可能享受着日军赋予的避免工作的“特权”，只是碍于某些因由而无法坦白。第五，贞贞讲述时并未采取仇恨的语调，反而是能平淡地谈及诸多情感体验与生活肌理。因此，贞贞“亲近”日军是刺探情报的手段，但贞贞也从中获得了复杂的生命体认并难以言明。

除了乖违事实的情节，一些文字也旁证了贞贞与日军暧昧不明的关系。霞村人说：“听说起码一百个男人总睡过，哼，还做了日本官太太，这种缺德的婆娘，是不该让她回来的。”“有人告诉我，说她手上还戴得有金戒指，是鬼子送的哪！”这些信息涉及了贞贞失节与失洁的问题，而尚未印证的叙事空白也让我们攀问：如果贞贞“亲近”日军是为了获取信任从而获得更多的军事情报，那么我们如何解释贞贞在转述他们的情感生活、对“我”讲述“活着”的认知时，又表现得深沉且卑微呢？陈扬曾就《霞村》的版本问题进行比较[②]，其中关于“活着”的态度值得关注：

“那怕到了更坏的地方，还不是只得这样，硬着头皮挺着腰肢过下去，难道死了不成？现在呢，我再也不那么想了，我说人还是得找活路，除非万不得已。所以他们说要替我治病，我想也好，治了总好些……”（初刊本）

“我同咱们自己人有了联系，就更不怕了。我看见日本鬼子吃败仗，游击队四处活动，人心一天天好起来，我想我吃点苦，也划得来。”[③]（通行本）

---

① 苏智良：《日军“慰安妇”研究》，第 237 页。

② 陈扬：《〈我在霞村的时候〉的版本与修改》，载《中国现代文学研究丛刊》2015 年第 2 期。

③ 丁玲：《我在霞村的时候》，张炯主编，《丁玲全集》第 4 卷，河北人民出版社 2001 年版，第 225—226 页。

后者与其说是改写，不如说是重写，二者的调子可谓泾渭之别。冷嘉就此改动进行过分析：其一，贞贞并非强调民族力量而是强调“活着”本身。其二，贞贞对于“我”的语焉不详处，可能有着通往“活着”、疗愈苦难的路径。其三，丁玲在1950年的“再批判”中因此蒙难，即批判者认为贞贞丢失了民族气节而成为真正的营妓。[①] 初刊本“低调子”的论述，显示出贞贞的生存困境。“只得这样”与“硬着头皮挺着腰肢”的自白，也表明出人物逆来顺受的悲观态度，也即主体性缺失的表征。此时的贞贞想“找活路”，但“活路”语焉不详，似乎不仅指涉为接受“治病”。“所以”是在回答“我”选择治病的缘由，即为了“找活路”。重点在于“也好”与“治了总好些”这样可有可无的语气，近乎一种得过且过的“尝试”态度。

“尝试”究竟意味着什么？这应是“超越苦难”或“疗救苦难”的行动，其本质是利他与利己的含混质素。贞贞的苦难源于由他者建构的空间场域，即主要是源于外来侵略者的性暴力。当苦难成为桎梏贞贞生命的囹圄与创伤，那么挣脱囹圄和疗救创伤也就成为贞贞的行动力量。“活着”的潜意识推动贞贞在尝试里重建自我主体性，贞贞对于“我”的讲述也暴露出“活着”实则也是革命的动能之一。贞贞深陷于“活着”哲学与“革命”意识之间，“尝试”正是她摇摆不定的心理状态的表征。因此，“尝试”是一种态度，即无论参与刺探情报抑或是去治病，都可视为疗救苦难的一种理想；“尝试”是一种手段，即试图通过不同的路径来挣脱苦难的羁縻，以实现疗救的潜在目的。

综上所述，《霞村》的故事并非虚构，历史的细节肌理也渗透到了文学书写之中。贞贞在接受刺探情报的任务之际，便已然生成了两条疗救苦难的路径。一条是通过革命行为获得疗救，另一条是通过日军赋予的“特权”获得疗救。若非患病，贞贞可能继续在这两条路径上进行疗救苦难的尝试。她最后可能成为革命者，也可能成为沉沦者。性病本身既具有个人性的一面，同时也具有群体性的一面：“既可看作是个人‘主体’阈域的诊断，也可看作是‘国体’境况的寓言。”[②] 我们的目的并非是颠覆贞贞参与革命的正义性与合理性，而是试图揭橥革命含混的个人性与集体性。“自我疗救”与“集体革命”孰为贞贞行动的根本动机，也是丁玲和“华夫们”产生认知分野的关窍。叙事过程在充斥多种要素的张力性结构中推进，小说内景自然呈现出了难以弥合的悖论式图景。

不妨再谈及“自主性”的问题。骆宾基在1944年评价《霞村》集的文章开篇写道：“现在是遇到二十世纪四十年代到五十年代的大风浪了，不自

① 冷嘉：《战争、家国与“新女性”的诞生——论丁玲延安时期对农村妇女的书写》，载《中国现代文学研究丛刊》2019年第5期。

② 王德威：《历史与怪兽》，第81页。

主，就要被毁灭，被撞碎，或者被冲到浅滩上搁浅了。”[1]所谓“自主”，在《新的信念》中是老太婆以“讲述”秘密的方式完成的疗救，但疗救的成功与否则取决于家庭与村民的认同与否。“自主”是老太婆的主动选择，组织也佽助她取得了疗救的成效。贞贞的疗救方式也具有讲述秘密的一面，但她的讲述对象只是“我”、马同志等同路人。对话只局限在私密的场域且具有私人的性质，也就无法扩大到群体的阈域。即使马同志等革命者深谙贞贞的苦衷，但因刺探情报的需要而不得不采取秘而不宣的态度，也就注定了贞贞的疗救之路崎岖难行。

三、“厌女”场域中的“破鞋”与“婚姻”

生养贞贞的霞村是疗救创伤的场域，但其带给贞贞的并非慰藉，而是比慰安营更为残酷的苦难。霞村提供了叙事环境，同时也成为一种隐喻。“混杂着封建伦理道德与民族抗日力量”表现在“分别对贞贞的‘革命行为’做出各自不同的界定”，这正是“贞贞命运悲剧的根源”。[2]贺桂梅认为：“丁玲以她敏锐的性别意识感觉到革命政权内部由无形的性别观念和性别秩序构成的压抑性因素的存在。”[3]霞村农人的“压抑性因素”具体表现为霞村男女共有的“厌女症”（Misogyny）[4]，其病灶正是严家炎先生所言的“封建意识”与“小市民习气”。

先谈论男性人物：

> “谣言可多呢。”他转过脸来抢着又说。这次他的眼睛已不再眨动了，却做出一副正经的样子：“听说起码一百个男人总睡过，哼，还做了日本官太太，这种缺德的婆娘，是不该让她回来的。”

杂货铺老板明明言说“谣言可多呢”，但又将谣言散播，即在潜意识中消解了谣言的虚假本质，并将谣言默认为真相。显然，他对贞贞表现出愤怒与厌恶的情感态度。究其缘由，一是贞贞“失贞”，“贞洁观”正是男性社会用来压抑女性欲望的文化产物；二是贞贞“失洁”，做了“官太太”的她失

① 冯雪峰：《大风暴中的人物》，《丁玲研究资料》，第 282 页。

② 黄丹銮：《从“贞贞的故事”看贞操观念与中国女性革命》，载《中国现代文学研究丛刊》2017 年第 9 期。

③ 贺桂梅：《知识分子、女性与革命——从丁玲个案看延安另类实践中的身份政治》，载《当代作家评论》2004 年第 3 期。

④ “Misogyny”是医学术语，译作“厌女症”。“厌女症”有两种解读：“女性蔑视”与“女性憎恶”（women hating）。上野千鹤子直接地表明：“在性别二元制的性别秩序里，深植于核心位置的，便是厌女症。”参见［日］上野千鹤子：《厌女：日本的女性嫌恶》，上海三联书店 2015 年版，第 1 页。

去了民族立场。“缺德”成了定论，即以伦理道德与民族主义的标准评骘贞贞的行为得失。农人默契地认同这些谣言，这也意味着杂货铺老板只是能指，所指是整个霞村农人。他们从“失贞”与“失洁”的角度否定了贞贞，在情感上表现为厌恶，即罹患“厌女症”男性的“女性蔑视”。他们本能地拒绝了理性品格与人道关怀，从男权社会里获得了与生俱来的审判特权，在贱蔑的狂欢里完成男性主体的构建。他们也将贞贞视为奉献男性社会的鲜活祭品，将她置于男性仪式的祭台——“把女人作为共同的祭品，是男人之间增进连带感的一种仪式”[①]。“仪式”的内涵也如鲁迅所言：“社会公意，不节烈的女人，既然是下品；他在这社会里，是容不住的。社会上多数古人模模糊糊传下来的道理，实在无理可讲；能用历史和数目的力量，挤死不合意的人。”[②]

更可怖的是女性的厌女症。在“我”刚入住刘二妈家之际，她同女儿神秘地谈及贞贞，但“我”显然与她们有着某种距离感：“我只无头无尾的听见几句，也弄不清，尤其是刘二妈说话之中，常常要把声音压低，像怕什么人听见似的那么耳语着。”如果说这只是作者制造悬念的艺术手段，那么两个打水妇人的对话则是女性厌女症发作的极致表现：

> 走到天主堂转角的地方，又听到有两个打水的妇人在谈着，一个说：
>
> “还找过陆神父，一定要做姑姑，陆神父问她理由，她不说，只哭，知道那里边闹的什么把戏，现在呢，弄得比破鞋还不如……”
>
> 另一个便又说：“昨天他们告诉我，说走起路来一跛一跛的，唉，怎么好意思见人！”
>
> “有人告诉我，说她手上还戴得有金戒指，是鬼子送的哪！”
>
> “说是还到大同去过，很远的，见过一些世面，鬼子话也会说哪。”
>
> “……”

妇人的议论并非牢骚，而是带有定论性质的审判。“破鞋还不如”和“怎么好意思见人”等评断表明，她们已将贞贞视为农村娼妇。可农人的言行并非仅是虚构的艺术策略，根据地也确实存在“破鞋”问题。

1939 年 7 月 1 日的《中国妇女》刊载了论文《关于“破鞋”问题》。作者刘英开宗明义：晋西北的妇女工作中出现了“破鞋”问题。刘英用“半公开或秘密的”、维持生活、出卖肉体来定义“破鞋”：在目的上，她们是

① ［日］上野千鹤子：《厌女：日本的女性嫌恶》，第 23 页。

② 鲁迅：《我之节烈观》，《鲁迅全集》第 1 卷，人民文学出版社 2005 年版，第 129 页。

为了获取物质报酬；在处境上，她们会遭际社会的蔑视与唾弃。[①] 贞贞往来于霞村与慰安营并非是为了获取物质报酬，她的直接目的是刺探情报，潜在目的则是为了找寻疗救苦难的路径。当农人以“破鞋”称谓贞贞，也将她视为自愿成为慰安妇的娼妇。这一论调不仅成为修正历史的证据，也显示出民族主义、革命理想与封建意识之间难以弥合的内在张力：革命者或潜在革命者在为民族事业忍辱负重之际，屈辱与压抑并非完全来自外敌而是同胞。当这些同胞既是革命的基础又是革命成果的受益者，贞贞遭际的苦难以及革命行为也就显示出深邃的悲怆性与反讽性，即“众口铄金，积毁销骨”[②]。因此，农人的厌女是照亮历史真相的桎梏，也是造就贞贞苦难的渊薮。一言以蔽之：革命的集体性遮蔽了疗救的个人性，而农人的封建性又遮蔽了革命的正义性，二者的含混结构又阻滞了贞贞疗救苦难的可行性。

施瓦布认为：“秘密涉及心灵内部的问题，暗示了内在的心理痛苦；同时它可能被一个民族或国家集体地利用、分享。”[③] 那么，贞贞以及慰安妇们的“秘密”如何被“利用”和“分享”呢？1941 年 8 月 1 日，党中央发表《中共中央关于调查研究的决定》。文件一方面分析了 1921 年以来党内“调查研究”的成绩与不足，另一方面也强调了“调查研究”的意义广远。《决定》中对于“名娼”的论及值得关注：“其五，写名人列传。……名娼以及在外华人活动分子，替他们每人写一数百字到数千字的传记。”[④] 党内提出了获取材料的方式与对象，与其说是为其写“传记”，毋宁说是记录她们提供的情报。失身、卖身的行为是确认“破鞋”与“名娼”身份的标尺，二者之间只有知名度的差异，而无失身与否的争议。贞贞进入慰安营必然需要获得日军的信任，而以“娼妇”的名谓进入其中则是最便捷的手段。这就形成了一个悖论：若要使得情报工作有效开展，那么就要使得自己的“破鞋”身份得到强化甚至成为“名娼”；贞贞遭际的“蔑视与唾弃”越加深刻，她所承载的苦难也就愈加沉重。若遵循“丁玲的逻辑”来思考贞贞的行动，那么农人的蔑视与唾弃也是推动贞贞革命的助力。当光明成为愿景，贞贞自然不会将黑暗理解为牺牲，而是通往光明的必经之路，这也是贞贞能在流言蜚语中泰然自若的内在逻辑。正是革命的正义话语，才为贞贞提供了超越苦难的思想动能。就霞村环境而论，下渗的革命政权并未使具有现代意味的话语在“唤询”机制中奏效，地方农人依然以封建话语来评骘贞贞的行动。至此，疗救苦难的三条路径（沉沦慰安营、参与刺探情报的革命、获得霞村农人的理解）皆失去了可行性，贞贞也不得不另辟蹊径。

① 刘英：《关于“破鞋”问题》，载《中国妇女》，1939 年 7 月第 1 卷第 2 期。

② 叶立文：《重读〈我在霞村的时候〉》，载《中国现代文学研究丛刊》2000 年第 3 期。

③ [德] 加布丽埃·施瓦布：《文学、权力与主体》，第 141 页。

④ 毛泽东：《中共中央关于调查研究的决定》，中共中央文献研究室中央档案馆编，《建党以来重要文献选编（1921—1949）》第 18 册，中央文献出版社 2011 年版，第 532 页。

“慰安”是身体上的暴力，但贞贞也从中找寻到施暴者人性的一面；“流言”是精神上的暴力，贞贞无法从男权社会中获得开释，只能不断地进行疗救的尝试。在霞村中，只有夏大宝才能让贞贞忧心忡忡、神不守舍。贞贞与夏大宝结合，正是通往疗救的第四条路径。但婚姻意味着革命行为的中断，也意味着疗救源于他者的悲悯而非理解。婚姻是疗救的捷径，但遭到了贞贞的否定。父亲包办婚姻时的专断，在贞贞失身后也转变为得过且过的将就。他希冀贞贞下嫁同情但不理解她的夏大宝，无疑再次激活了贞贞的反抗意识。如果说贞贞第一次的反抗是主体意识的觉醒，那么第二次的反抗也具有同样的意味。但其目的已从规避苦难的发生转变成对于苦难的疗救。反抗的意义，不再是规避包办婚姻的悲剧或是找寻知慕少艾的情愫，而是在二者统一的疗救路径里纠结如何重建新的主体性。

婚姻的结果无法独尝，得失也要与夏大宝共享。当贞贞再次拒绝婚姻并出走霞村，其主体性已然重建。“我觉得非常惊诧，新的东西又在她身上表现出来了”的“新”，并非是《新的信念》中的老太婆萌生出的新的主体意识，贞贞“身上的‘新’延续、发展着其原有的性情，是原有性情在经历磨难后的生长、变形；同时，她的‘新’也非有确定政治意涵的、规范意义上的‘新’，因此始终保持着与环境的不协调与距离。”[①] 论者所谓的“不协调”，是贞贞对怜悯婚姻的再度抗拒，也是贞贞重建主体性的表征。相较于在慰安营的“尝试”，贞贞拒绝婚姻时的果决态度也表明了主体性的强大力量。虽然贞贞拒绝了疗救苦难的第四条路径，但也在灵的维度上获得了“我”的认同。

就“厌女症”的超越路径而言，刘英认为应同情和援助女性，上野千鹤子则指明了具体的超越路径：“一条是女人的路径，一条是男人的路径。”[②] 就《霞村》故事而言，贞贞只能选择“女人的路径”，即找寻意识到厌女现象的存在并与之斗争的同路人。在小说中，这一理想的同路人正是叙事者“我”。丁玲初写的《霞村》采取第三人称全知视角，但重写时又改用第一人称限制叙事。叙事视角的变换，不仅意味着叙事者的变化，也与作家自身的思想意识的变化相关：“丁玲想要消化各种各样关于革命、抗日的信息，所以这个时候出现了‘我’。”[③]“我”与丁玲，正是同贞贞在“理解”而非“同情”基础上发生精神谐振的人物。“我”没有如霞村农人指摘贞贞，也没有如“改组派”的阿桂、夏大宝、贞贞父母一样怜悯贞贞，而是在洞察真相和内隐的基础上选择“理解”贞贞，并为贞贞出走霞村而感到欣慰。贞贞

名家论坛

① 程凯：《重读〈新的信念〉与〈我在霞村的时候〉》，载《中国现代文学研究丛刊》2013年第6期。

② ［日］上野千鹤子：《厌女：日本的女性嫌恶》，第233页。

③ 贺桂梅等：《丁玲身上的“五四”、延安、“新时期”》，载《南方周末》，2015年11月12日。

也使“我”有了不虚此行的感受，这也是人物、叙事者获得精神谐振的重要表征。但“我”与贞贞之间也存在隔膜。无论从身份抑或经历来看，二者的分野显豁易见。“我”无法创造出一条疗救苦难的路径，只能充当苦难的倾听者和疗救的助力者。

在小说开篇，“我”为了躲避政治部的嘈杂而来到霞村，并且刘二妈和女儿议论贞贞时显然将“我”孤立于霞村场域之外。在“我”感受霞村固存的封建意识、地方农人与自己的隔膜之后，最终也因贞贞的出走决定而感到欣慰。这也侧面写出了霞村与“我”所处的根据地存在相似之处，并揭橥了作者理想的革命圣地与亲身经历的真实根据地之间难以弥合的现实张力。

四、小结:“与革命相向而行”

丁玲赋予贞贞“寂寞”“傲岸”“强悍”的品格，从而显示出贞贞成为革命者的潜能。丁玲具备“孤独、骄傲、反抗”[①]的性格，其“生存态度和独特的生命哲学”也是“丁玲的逻辑”[②]。无论我们如何评骘，苦难已然萌生并成长于贞贞与丁玲的生命之中，“治病”或是去往苏区的选择也意味着超越苦难的尝试。解志熙也从时代风云与革命个体的角度，谈及了丁玲与革命文艺的“复杂关系”：

> 这是一种既相向而行、生死与共而又不无矛盾和抵触，甚至必有抵触和磨折的复杂关系。而之所以如此复杂，则既关乎现代中国革命的特性及其对革命文艺的规定性，也关乎丁玲自己的革命性和个性。[③]

丁玲与中国革命的关系复杂多变，其笔触下的贞贞也承载着作家经历的苦难。“丁玲的性格是苦难时代的产物，苦难可以摧毁一些人，压垮一些人，却也可以锻炼一些人，玉成一些人。”[④]丁玲也认为:“我们写人物常常摆脱不了自己的经历。”[⑤]既定的复杂关系已然成为生命的留痕，那么贞贞的前路似乎并非是平坦的光明，而是在崎岖与幽暗中持续探索的疗救路径。

无论光明的尾巴留下了怎样的叙事空白，作家与学者又赋予这空白何

---

① 李向东、王增如:《丁玲传》，第 774 页。

② 贺桂梅:《丁玲的逻辑》，载《读书》2015 年第 5 期。

③ 解志熙:《与革命相向而行——〈丁玲传〉及革命文艺的现代性序论》，载《文艺争鸣》2014 年第 8 期。

④ 严家炎:《“生来注定吃苦”的人——悼丁玲》，《丁玲纪念集》，湖南人民出版社 1987 年版，第 314 页。

⑤ 丁玲:《谈谈写人物》，《丁玲全集》第 7 卷，第 446 页。

种色泽，我们都应思忖赵超构对于延安“女同志”的评价：

> 所有延安的“女同志”，不管是本地的还是外来的，倘要考查她们的过去，她们都可以供给你一篇曲折的故事。她们的故事大多是现实的，苦楚的。在到延安之前，她们都是在时代的大风雨中漂泊过来的。她们充分领略过社会生活，充满着人事经验，所以再不是那种天真、脆弱和易受情感所牵制的女性了。[①]

据此，我们不禁假设与询叩：如果贞贞选择了在慰安营中沉沦，但她也获得了阿Q式的疗救，我们是同霞村农人一般，以民族主义和伦理道德的话语对其批判，还是以人道主义的立场，对其选择的疗救路径表示庆幸或悲悯？

（王峰琳：上海师范大学中国现当代文学硕士研究生）

① 赵超构：《延安一月》，上海书店1992年版，第90页。

性别意识·民间立场·声音技术

——也谈萧红乡土小说的叙事策略

卞茜茜

摘　要: 以《生死场》和《呼兰河传》两部作品为翼，萧红在乡土小说事业上实现了对“低垂的天空”的突围。而之所以命名“也谈”，则意在关注不同视角、不同理论指导下萧红乡土叙事的独到之处。总体而言，文章的结论可归为三点：首先，女性经验的浸透使萧红对乡土世界中的生育及“妇人的队伍”有着直观且清醒的感悟；其次，本雅明意义上的“历史天使”给萧红的创作带来了不同于“鲁迅”和“沈从文”两支乡土叙事经典传统的特异性；最后，复调、变奏乃至流言、歌谣等声音技术的使用，是萧红乡土小说之所以“纤细”、之所以“越轨”的重要根源。

关键词: 萧红；乡土小说；女性经验；创作立场；声音技术

一、女性经验与乡土经验的并轨

所谓女性经验，首先指的是为女性生理上所独有的生育经历。这并不是说从来没有男性作家写出过女性在生育时所遭受的苦痛，譬如徐志摩在1924年作的《婴儿》一诗，便以绵密生动的笔触刻画出了一位孕妇惊心动魄的分娩过程：

> 她那少妇的安详，柔和，端丽，现在在剧烈的阵痛里变形成不可信的丑恶：你看她那遍体的筋络都在她薄嫩的皮肤底里暴涨着，可怕的青色与紫色，像受惊的水青蛇在田沟里急泅似的，汗珠贴在她的前额上像一颗颗的黄豆，她的四肢与身体猛烈的抽搐着，畸屈着，奋挺着，纠旋着，仿佛她垫着的席子是用针尖编成的，仿佛她的帐围是用火焰织成的。[①]

① 徐志摩:《徐志摩诗全集》，新世界出版社2014年版，第53页。

我们相信这其中一定灌注着一位男性诗人在目睹生育场景时对母亲、对女性发乎内心的礼赞与同情，但这样一种情感宣泄式的写作却始终停留在诗人对外在症候的想象上，孕妇在生育时所经历的心理活动、孕妇的生命与婴儿的生命之间存在的价值冲突，以及孕妇在生育这一事件过程中的具体遭遇，仍旧是现代文学上某种亟待誊写的“空白之页”。与此同时，男性作家对赓续文学上既有的、当然也是为他们所开创的“母性”传统的热衷，使得他们酷爱以某种一厢情愿式的热情赋生育以圣洁的光辉和无上的荣誉。所以哪怕徐志摩看到了少妇所遭受的“剧烈的疼痛”，他还是坚持让承受“剧烈的阵痛”的少妇抱有“粉骨碎身全不怕”的信念，因为“她知道这苦痛是婴儿要求出世的征候，是种子在泥土里爆裂成美丽的生命的消息，是她完成她自己生命的使命的时机”①。将生育视作她“完成她自己生命的使命的时机”，其中蕴含的权力关系可谓不言而喻。正如有论者曾指出的那样：“在男性中心社会里，制造母性神圣、母爱伟大之类的话语，往往是男性生殖文化与性政治需要的衍生物，是男性精心编织的华美谎言。”② 生长于男性中心社会里的萧红，在创作乡土小说之初着力最多的便是要消解、粉碎这一流传已久的谎言。

1932 年 8 月底，萧红在哈尔滨市立医院的三等产妇室产下一名女婴，值得宕开一笔的是，她在产期将至的几天里由于缺钱而费尽周折，在萧军“强盗作风”的帮助下方才得以入住医院。如果我们顺时推演一下萧红在怀孕期间的生命历程，那么则不难观照出一条被汪恩甲抛弃——作为人质被困在东兴顺旅馆的杂货间——写信向《国际协报》求救——遭遇哈尔滨特大洪水并因此得以逃脱——随萧军入住裴家而后遭人指点——在贫饿交加之际迎来“刑罚的日子”的纵贯线。从某种意义上来说，这段百转千回的经历间或泯灭了她对将为人母的一切迷思（myth）。时隔八个月之后，萧红为这段经历写下了一篇自传性质的小说——《弃儿》，其中就分娩的瞬间回忆道，“她的声音里母子之情就像一条不能折断的钢丝被她折断了，她满身在抖颤”③。这似乎正映照了波伏娃在《第二性》中推出的结论：“对这种预告一个独立的生命即将出现的信号，有的女人感到无限的惊奇，有的女人则可能对腹中的陌生人感到厌恶。”④ 而这种不能被归结为“惊奇”的情绪，不妨说正是对所谓“母性”传统的一次正向挑战。

在这样一种生命经验的牵引下，当萧红回看那些为她所熟悉的乡土社

① 徐志摩：《徐志摩诗全集》，第 53 页。
② 李继凯：《鲁迅小说中的女性异化》，载《海南师范学院学报》1995 年第 1 期。
③ 萧红：《弃儿》，唐颂编，《萧红经典文集》，中央民族大学出版社 2000 年版，第 80 页。
④ ［法］西蒙娜·德·波伏娃：《第二性》，中国书籍出版社 1998 年版，第 572 页。

会的妇女时，看到的自然不再是如拉斐尔《圣母抱子图》一般柔和的肌理与祥爱的光晕，而是一场场鲜血淋漓的劫难。事实上，她笔下的生育几乎都漫溢着一股濒死的溺亡感，或是杀戮过后的血腥味。和徐志摩“欲扬先抑”的做法不同的是，这里的生育不再被赋予任何母性意义、哲学意义上的升华，而仅仅是一种动物化的原初行为，褪去了人造的幻影之后，或许只剩下一幕幕超现实主义的狰狞与怪诞。我们不难发现，在萧红的乡土小说中，那些怀有身孕的乡间妇女或赤着身子像鱼一样爬在落满灰尘的土炕上，或挺着肚子像母猪一样疲乏地等待着分娩，或张着血盆大口如猴猿一般拼命地将牙齿往外凸——没有一丝一毫的美感，亦没有“种子”与“泥土”的寓言。

除此之外，萧红还把视线聚焦到了男性在生育过程中的外在凝视乃至行为暴力上。以《生死场》中五姑姑的姐姐为例：在一个“刑罚的日子”里，她先是因“压柴压柴，不能发财”的俗谚失去了躺在柴草上分娩的资格，而后又陷入难产的僵境饱受折磨。但这被死亡笼罩的恐怖气氛并未能唤起她那酒鬼丈夫丝毫的仁慈，没有找到靴子的他逐渐癫狂，以至暴怒地端起一盆冷水朝着她正在分娩的幔帐泼去——生活在乡土社会中的女性，毋宁说在父权制下生存的女性所承受的命运之苦在这盆泼来的冷水面前昭然若揭。

毋庸讳言，在面对生育课题时萧红的态度是极其悲观的：自我的伤痛记忆、耳闻目睹的生育惨剧，均使她迫切地想要指出彼时的乡间女性在生育过程中所遭受的种种非人待遇，以及这些待遇给她们带来的身体与精神上的双重戕害。恰如孟悦、戴锦华所言，在萧红看来，“生育，做母亲并不带来她们精神心理的富足，这份既不是她们所能选择又不是她们所能拒绝的痛苦是无偿的、无谓的、无意义无目的的”[①]。从现实层面来看，我们不能说萧红的态度是值得推崇的，但这至少是对此前写作经验的一种超越、一次补充，抑或说一场小规模的变革也未尝不可。

在分娩之外，萧红的女性经验还体现在对密闭空间里乡土妇女闲话家常的叙写上。如果我们不把观瞻、赏玩祥林嫂丧子之痛的妇女当作乡土世界里女性社群的唯一样板，那么便可以理解并能够认同于萧红笔下在某种程度上显露着“姐妹情谊”的“妇人的队伍”。她们是《生死场》中翻过覆满雪的山坡来看望瘫病在床的月英的王婆和五姑姑，当目睹月英被丈夫置若罔闻的处境之后，“王婆用麦草揩着她的身子，最后用一块湿布为她擦着。五姑姑在背后把她抱起来，当擦臀部下时，王婆觉得有小小白色的东西落到手上，会蠕行似的。借着火盆边的火光去细看，知道那是一些小蛆

① 孟悦、戴锦华：《浮出历史地表——现代妇女文学研究》，河南人民出版社1989年版，第192页。

虫，她知道月英的臀下是腐了，小虫在那里活跃。”[①] 正是在她们的照料、毋宁说为一种爱的呵护下，月英久积的哀怨才有了一个发泄、诅咒乃至痛哭流涕的情感出口。

她们是在王婆家里脸红心跳但又兴致盎然地打趣、想象着夫妻性事的五姑姑、菱芝嫂和李二婶子，在对“性”这一传统禁忌的触碰中，她们“每个人为了言词的引诱，都在幻想着自己，每个人都有些心跳；或是每个人的脸都发烧。”[②] 这些藏匿在空气当中的暧昧不明，话语交锋时展露的邪昵与娇嗔，在某种程度上正构成了乡土社会女性之间的情感认同与心理联结。但与此同时，“她们的联合只是基于她们相似这一单纯事实的机械团结”，“她们缺乏那种成为每个统一共同体之基础的有机团结”[③]。因此，当遇到说话向来“有头无尾”的麻面婆时，她们刚刚建立起来的情感共鸣便立即在哄然大笑中走向了散场。

萧红的乡土小说，是基于女性视角和女性经验下的柔情回望。在这场张扬着性别意识的回溯性叙事中，她有力地撬动了男权语境下的“母性”神话，以细微的笔触写就了乡土社会中女性们卑微、隐蔽、光怪陆离而又动人肺腑的日常生活。她以一尊尊受辱、受难的身体盘问着漫长的性别劫难，“将女性受难者一个一个地呈现给我们”[④]，就此意义而言，她的乡土小说，应当首先解读为乡土社会中的女性故事。

二、徘徊于“鲁迅”与“沈从文”之间

给“鲁迅”与“沈从文”加引号，意在说明这里对两位文坛大家的称述并不是实指其人，而是指他们背后所代表的乡土叙事的两支传统。如果说，鲁迅以启蒙者的姿态揭示了“乡土中国农民所经受的命运冲击”，以及“他们在现代资本主义到来之际所陷入的那种茫然无措的精神麻木状态”[⑤]，那么沈从文的乡土叙事则更多的“是个人的经验和文化记忆，是远离现代都市文明的另一种异域风土人情”，其中“包含着对乡土自然和乡土人伦的双重肯定”[⑥]。与他们创作立场的笃定不同，萧红在面对故乡时虽保持着作为鲁迅精神苗裔的启蒙自觉，但也会如沈从文般时常照见乡土世界的明丽与

① 萧红:《生死场》，唐颂编，《萧红经典文集》，中央民族大学出版社 2000 年版，第 334 页。
② 萧红:《生死场》，第 330 页。
③ [法] 西蒙娜·德·波伏娃:《第二性》，第 674 页。
④ 刘禾:《跨语际实践：文学，民族文化与被译介的现代性（中国：1900—1937）》，生活·读书·新知三联书店 2014 年版，第 233 页。
⑤ 温儒敏，陈晓明等:《现代文学新传统及其当代阐释》，北京大学出版社 2010 年版，第 142 页。
⑥ 同上，第 143 页。

诗意。或从另一种角度来说，萧红在淡化了鲁迅清醒而决绝的批判意识的同时，也坚守着不同于沈从文般对故土之凝滞、人性之鄙陋的省思。

事实上，对于萧红乡土小说的创作立场，学界一直未能够达成普泛意义上的共识。以《呼兰河传》为例，其影响最深、传播最广的评价大概要数茅盾“一篇叙事诗，一幅多彩的风土画，一串凄婉的歌谣”的多重譬喻，但在艾晓明看来，沿着茅盾的比喻只可能将《呼兰河传》读解为“一部怀乡的、挽歌风格的、抒情性的童年记忆”[①]，而忽略掉萧红在“戏剧性的讽刺”这一文体风格上的艺术建树。她指出，呼兰小城于萧红而言是“一个总体的反讽对象”，其对“集体的愚昧、群众的野蛮”做出的讽刺，实为一种高度自觉的启蒙立场。另一种代表性的态度可体现在季红真提出的“泛文本知识谱系”上，她认为，民间思想与民间信仰作为一种心理沉积始终植根在萧红的无意识领域，并使她“区别于鲁迅那一代自觉启蒙的精英知识分子”而“更认同于民众的苦难，甚至崇拜他们坚韧的生命力”。同时，民间思想和五四新文化思想在萧红生命历程中的交织，更是使她“一生处于两种文化的夹击之中，终身抵抗而又充满矛盾，在自我分裂中痛苦一生”[②]。

在探究萧红的乡土小说创作时，有一段自剖式的对话绝不能够被忽略：“我开始也悲悯我的人物，他们都是自然奴隶，一切主子的奴隶。但写来写去，我的感觉变了。我觉得我不配悲悯他们，恐怕他们倒应该悲悯我嘞！悲悯只能从上到下，不能从下到上，也不能施之于同辈之间。我的人物比我高。”[③]萧红口中写作“感觉”的变化，以及“我的人物比我高”的认识，在某种程度上正体现着陀思妥耶夫斯基式的面对芸芸众生时的“谦卑”。事实上，当她选择以一个女童的视角来为呼兰河作传时，便已经拒绝了任何俯瞰的可能性。然而，对“他们都是自然奴隶，一切主子的奴隶”的指认又使她不可能把呼兰河绘制为另一个大美湘西，她的回溯性叙事必然掺杂着启蒙意识与现代目光的投射，也必然裹挟着哀与怒的双重变奏。需要澄清的是，指出这样的犹疑、徘徊非但无意于贬抑，而且以为这种“二律背反”实乃建构起了萧红独特的生命伦理、生命诗学。从某种意义上来说，正是“谦卑”与“哀其不幸，怒其不争”的交相辉映，才使得她的乡土小说呈现出不同于两大经典传统的美学质素。

“徘徊”不是左右摇摆，亦不是缺乏主见，它是一种张扬着否定之否定精神的求索，是在批判中认同、在认同中自省的包容品格。对此，我们不

① 艾晓明：《戏剧性讽刺——论萧红小说文体的独特素质》，载《中国现代文学研究丛刊》2002年第3期。

② 季红真：《萧红小说的文化信仰与泛文本的知识谱系》，载《中国现代文学研究丛刊》2011年第6期。

③ 聂绀弩：《回忆我和萧红的一次谈话——序〈萧红选集〉》，载《新文学史料》1981年第1期。

妨以两个实例来佐证这一观点。其一,《呼兰河传》第五、六、七章分别讲述了小团圆媳妇、有二伯、冯歪嘴子的故事，如果我们一味重复评价萧红小说时惯用的“散漫”“无序”等话语滥调，那么便很容易忽略她对这三个人物的出场顺序做出的精心安排。实际上，始于小团圆媳妇之惨死、终于冯歪嘴子之“活着”的叙事次序潜隐着萧红与民间、与自我的一场对话：如果说发生在小团圆媳妇、云游真人、胡家婆母以及四邻看客之间的种种闹剧体现了萧红对藏污纳垢的民间生存形态的批判、对现代文明缺失的内在焦虑，那么到了有二伯的故事里，萧红则在古怪的、寂寞的、奴性的甚或张牙舞爪的有二伯身上更多地看到了他本质的良善，以及他所背负的时代伤痛；而冯歪嘴子如蒲苇一般坚韧的生活，在逆境、困境乃至绝境面前不绝如缕的生命力，更像是一场萧红对启蒙意识形态的反诘。我们似乎不难发现，人物渐次登场的过程也是萧红不断纠正自我、不断重塑自我的过程，且正是在这一过程之中，萧红的乡土小说才呈现出了一种不同于启蒙，或至少不单单是启蒙的叙事立场。

其二，有必要了解一下《呼兰河传》所采取的“地志学”书写策略。提出这一观念的仲济强认为，以时间线索“将故事拧成一股绳，误以‘旧式的进化、生存的连续性、有机发展、意识的进步’为历史真相，就离了地气，远离了乡土空间中形形色色的‘无告者’生存状态的复杂性”。而相较之下，“地志学”书写“以空间并置为骨架，尽可能多地保留了乡土空间的复杂性和被还原的可能性。”[①] 这一说法无疑是确切的。仅以《呼兰河传》第一章为例，我们可以发现，萧红在空间的调度中不断切换着自己的镜头：这里有蹒跚在冰天雪地里的卖馍老人的人物特写，发生在泥坑子里的种种闹剧与名目把戏的中景；有穿街入巷卖麻花、卖凉粉、卖豆腐的小摊小贩的长镜头，扎彩铺里活灵活现的纸糊器物的近景；还有像马像狗又像狮的火烧云的仰视镜头。不同的镜头分别代表了不同的态度，如果说特写和长镜头的使用凸显了萧红对呼兰河民众生存状态的体察与同情，那么中景的设置则以一种距离感体现出了她对民众精神麻木的哀切乃至批判。同时，那需要仰视才能收入镜头的火烧云，又在相当程度上显现了她对故乡风景的怀想与留恋。概言之，发生在不同空间里的故事在萧红的视点下聚合在一起，交织着、缠卷着构成了为她所熟悉、所牵挂的呼兰河——明丽与黯淡并存、喧闹与静默同在的呼兰河。

不妨提请一句张莉的评价，“她是既了解村庄里人们的生存逻辑，又深谙外面世界的人，尤其是，她是鲁迅的学生，她继承了鲁迅对国民性的思考，同时她也不愿意完全站在乡下人的逻辑看世界，因此，写作《呼兰河

---

① 仲济强:《浅析〈呼兰河传〉的形式探索》，载《中国现代文学研究丛刊》2016 年第 1 期。

传》的萧红，其实是一位站在‘中间地带’的写作者”[①]。其实，无论是“中间地带”，还是上文称述的“徘徊”，都意在澄明萧红乡土小说创作的特异之处。于她而言，这是一种植根于大地与民间的写作，也是一场辩驳式的、反思型的写作。

以本雅明描述的“历史天使”来把握萧红及其乡土小说的创作或许再合适不过了：“他的脸朝着过去。在我们认为是一连串事件的地方，他看到的是一场单一的灾难。这场灾难堆积着尸骸，将它们抛弃在他的面前。天使想停下来唤醒死者，把破碎的世界修补完整。可是从天堂吹来了一阵风暴。它猛烈地吹击着天使的翅膀，以至它再也无法把它们收拢。这风暴无可抗拒地把天使刮向他背对着的未来，而他面前的残垣断壁却越堆越高直逼天际。这场风暴就是我们所称的进步。”[②] 我们似乎看到萧红立在风眼，沉痛地悼念着面前的断壁残垣。

三、声音技术：复调·变奏·谣言

如果说前两章对萧红乡土小说的讨论主要集中在“写什么”的领域，那么本章要关注的则是萧红的乡土小说“怎么写”的问题。萧红是一位感觉敏锐的作家，鲁迅对其“细致的观察和越轨的笔致”的称赞，胡风所谓“纤细的感觉”“充满了全篇”的评价，都或多或少体现出了他们对萧红艺术感知力的认可。需要说明的是，这份感知不仅体现在柄谷行人所谓“风景之发现”的意义上，还显露于她对小说“音景”的处理与安置中。正所谓“耳朵所获得的‘感性’，不管是艺术形态的音乐还是非艺术形态的人文、自然、历史音景，都包含丰富的美感因素”[③]。从某种程度上来说，众声喧哗的复调式音轨、由弱入强或由强转弱的音强变奏以及小说文本对谣言、流言等声音的嵌套恰是构成萧红乡土小说之“越轨”、之“纤细”的重要源泉。

开宗需明义的是，这里的“复调”并不是巴赫金就叙事人、主人公的声部独立对陀思妥耶夫斯基的小说所做的精湛分析，而是指纯粹意义上的多重声音层叠技术。这在萧红的乡土小说中是一种十分常见的书写策略，我们以《呼兰河传》中的几场精神盛举为例：

① 张莉：《重读〈呼兰河传〉：讲故事者和她的“难以忘却”》，载《文坛纵横》2021年第4期。

② 本雅明：《历史哲学论纲》，阿伦特编：《启迪：本雅明文选》，生活·读书·新知三联书店2014年版，第270页。

③ 王敦：《声音的风景：国外文化研究的新视野》，载《文艺争鸣》2011年第1期。

表 1　　　　　　　　《呼兰河传》复调技术举耦

精神盛举	声音 1	声音 2	声音 3	声音 4
跳大神	大神打鼓声	大神和二神唱和声、咒骂声	围观者爬墙声、登门声	/
放河灯	和尚念经声，吹奏笙管笛箫声	姑娘们、媳妇们结队吵闹声	大街小巷奔跑声	孩子们拍手叫好声
野台子戏	戏台上唱戏声、锣鼓声	戏台底下小贩售卖声	男女老少谈天声、訾诟声	远处河滩上的煮茶声、谈天声
娘娘庙大会	女子们梳洗打扮声、相约逛庙声	被挤丢的孩子的哭声	老爷庙、娘娘庙的磕头声、拜佛声	大街上买卖不倒翁、买卖带子声

应当说，萧红有意识地在文本中营造出一派众声喧哗的叙事气象，每一种民俗活动都由一层又一层的垫音铺成，其中交杂着民众的嬉笑怒骂和民俗器乐的轮番演绎。重重声浪在一个叙事空间里渐次铺开，继而构成了为民间所独有的节庆记忆。民众的喧嚷、小摊小贩的吆喝、唱戏声念经声锣鼓声的声声入耳，这些响彻在呼兰河的闹音混乱而杂芜，但无时无刻不在散播着原初的生命活力，继而焕发出一股粗粝而张扬的美、一种自有其内在节奏的均衡。而每一场盛典过后的消音，如放河灯之后的"河水是寂静如常的，小风把河水皱着极细的波浪"①，跳大神过后的"这唱着的词调，混合着鼓声，从几十丈远的地方传来，实在是冷森森的，越听就越悲凉"②，更是赋这些"鬼神的节日"以幻梦之感。可以说，萧红通过对音景的布置，还原出了一场场民间节庆的内在精神律动。

变奏则主要体现在人物声音的由强转弱和由弱转强上，通过相对音高的变化，萧红呈现出人物性格乃至命运的转型征兆。《生死场》中的赵三是一个典型的例子。当他加入"镰刀会"意欲对地租加价一事进行反抗时，他那"阔大的喉咙从李青山家的窗纸透出"③，而当他打伤一个小偷，在东家的作用下减缓了牢狱之祸后，"他说话时不像以前那样英气了！脸上有点带着忏悔的意味，羞惭和不安了"④。事实上，赵三在东家面前的失语状态正喻示着抗争精神与个体尊严的破产——他不再想通过反抗来保卫自己，而是降服于命运所做的安排。而之后当赵三被民族意识所唤醒时，声音则再一次地成为他转变的先兆：

直到天西烧红着云彩，他滴血的心，垂泪的眼睛竟来到死去的青

① 萧红:《呼兰河传》，第 429 页。
② 同上，第 425 页。
③ 同上，第 335 页。
④ 同上，第 338 页。

年时伙伴们的坟上，不带酒祭奠他们，只是无话坐在朋友们之前。[①]

浓重不可分解的悲酸，使树叶垂头。赵三在红蜡烛前用力鼓了桌子两下，人们一起哭向苍天了！人们一起向苍天哭泣。大群的人起着号啕！[②]

如果说赵三在伙伴坟前的“无话”是独自舔舐伤口的悲怆，那么之后捶桌、哭向苍天的号啕则实为一场淋漓尽致的情感宣泄，借助声音的霎时凸强，以赵三为代表的“沉默的大多数”们终于完成了情绪的爆发，在声嘶力竭的呐喊中寻回了他们人生失落的尊严。而这样一种以声音为导向的情绪转变还体现在月英、金枝、王婆、有二伯等众多出场人物的身上。以月英为例，当她看到镜中自己惨不忍睹的模样时，萧红写“悲痛沁入心魂的她大哭起来。但面孔上不见一点泪珠，仿佛是猫忽然被斩轧，她难忍的声音，没有温情的声音，开始低嘎”[③]。由悲愤大哭到低声啜泣，在幽暗中爆发的月英逐渐变得“没有温情的声音”似乎昭示着她生命的陨落。在这里，音高已然成了判断萧红小说走势的一个重要向量，她的人物或在呐喊中拾回尊严和理想，或在死寂中走向萧索或坍塌，一处处音景与“风景”交织构成的错综复杂的张力，使她的小说超越了文本的限束而成为独具一格的视听艺术。

此外，流言在萧红的乡土小说中也是一项极其重要的声音元素。我们不难看到，关于金枝之贞洁的流言、关于王大姑娘之品行的流言、关于小团圆媳妇之灵异的流言，关于有二伯之行窃的流言，如此种种，一幕接一幕地在萧红的乡土小说中交接演绎着。值得一提的是，在论及鲁迅小说当中的流言时，朱崇科指出，流言蜚语“不只是娱乐或流言的简单指代，而更多是富含了权力关系的运行机制”，“流言话语更要探讨的是流言在小说中的权力运作结构与轨迹”[④]，事实上，这段见解放在萧红的乡土小说里也有着几近一致的适用性。就《生死场》和《呼兰河传》而言，流言在萧红的乡土小说中往往起着批判国民性和揭露“无主名杀人团”的功效，小说中窸窸窣窣萦绕在当事人耳边的闲言碎语，在昭明罪恶的同时也深切地指出了流言当事人所面临的无力感和行将被吞噬的悲剧意味。她们置身于权力、群体之外，在围绕自己的众说纷纭中丧失了申说、辩解、抗议等基本的话语权，只能静默地承受一次又一次的中伤。而与此同时，从技术层次上来看，声音一明一暗、一张一寂的对比实乃为一种反讽策略，其中潜隐着萧

① 萧红：《呼兰河传》，第 367 页。
② 同上，第 372 页。
③ 同上，第 334 页。
④ 朱崇科：《论鲁迅小说中的流言流语》，载《中山大学学报（社会科学版）》2011 年第 2 期。

红作为写作者的批判立场和乡土洞见。

最后还要提及的是，萧红在其乡土小说中征引了大量的民谣、童谣，譬如唱野台子戏时的“拉大锯，扯大锯，老爷门口唱大戏。接姑娘，唤女婿，小外孙也要去”[①]；如从逛娘娘庙大会中总结而来的“小大姐，去逛庙，扭扭搭搭走的俏，回来买个扳不倒”[②]；再如粉房租客们总哼在嘴边的“正月十五正月正，家家户户挂红灯。人家的丈夫团员聚，孟姜女的丈夫去修长城”[③]……这些民间歌谣均以悠扬的韵律感和声音的集体记忆点缀了她的乡土世界，点亮了小说文本的乡土情调。而除此之外，萧红对声律的追求在小说当中更是比比皆是，如“漫天星光，满屋月亮，人生何似，为什么这么悲凉”[④]，再如“河的南岸，尽是柳条丛，河的北岸就是呼兰城”[⑤]等，均以诗的韵律呈现出了声音与文字的整饬之美。毫不夸张地说，正是在这些声音的点缀下，萧红的乡土小说才拥有了更深的意涵和更美的意境，也因而迎来了更加广泛的受众。

四、结语

作为现代文学第二代女作家群中的代表人物，萧红的作品无处不渗透着强烈的性别意识。她以自己的生育体验、自己的乡土生活经历为起点，回望并书写着“她们”的痛楚、“她们”的挣扎乃至“她们”灵魂的坍塌。不同于将萧红看作鲁迅精神苗裔的传统做法，我们认为，萧红的乡土叙事呈现出了超越主客体关系的主体间性，在她的笔触下，生活在乡土社会中的失语者不再沉默，而是张扬着、诉说着、娓娓道来着自己的音色。他们众声喧哗有时，声嘶力竭有时，垂首静默有时，窃窃私语有时，继而在辽阔的乡土世界涤荡出了民族的心音与自我的陈说。

读解萧红的乡土小说，所需要的关键词或许不是情节、人物等先验性要素，而是要调动感官之体验，空间之想象，甚或生命力量之投注。在那里，每一处细微的修辞都暗含着一位作家的反思与求索，每一缕微茫的情绪都隐匿着一位女性作家内心的云涌与风波。那是一场她、她们、他们和我们共同的跋涉，虽栉风沐雨，但步履从未停歇过。

（卞茜茜：陕西师范大学2021级硕士生）

① 萧红：《呼兰河传》，第431页。
② 同上，第444页。
③ 同上，第475页。
④ 同上，第426页。
⑤ 同上，第429页。

精神力量的透视与人格魅力的张扬

——重读柯岩长篇小说《CA俱乐部》

王迩宾

摘　要：本文旨在考察著名作家、诗人柯岩先生如何融入癌症病人这一特殊群体的灵魂，如何在小说中精心塑造这一群体特殊人物形象，展示特殊人物命运，在当今人类尚未完全认识的癌症领域，开掘出一片文学天地。在此基础上，深入爬梳柯岩先生高扬我国优秀传统文化珍惜生命、重情重义的精神美德，以高度的人性关爱，用文学形象和语言对癌症这场战争所进行的积极而严肃的思考。

本文认为，这是一部在抗癌题材领域具有拓荒性意义的长篇小说。小说以饱含深情的笔墨，讲述了柴禾与嫦娥之间悲欢离合的故事，彰显了抗癌勇士们的人格魅力和精神力量，这不仅对癌症患者，而且对一切人都有着弥足珍贵的启迪和鼓舞作用。另外，小说取材独特，情节委婉曲折，心理描写细腻，在思想、题材、人物塑造上都有所突破。

关键词：爱情；亲情；友情；抗癌题材

一、一个充满爱心的集体，也是作者心目中的美好家园

"世界上有千千万万个俱乐部，/但只有CA俱乐部，/充满了亲情、人情、友情、爱情，/在残酷中有温柔，/在绝望中有希望，/在痛苦中有诗意的梦想……"这是CA俱乐部"部歌"中的一节。正像这段歌词所言，CA俱乐部就是一个爱的俱乐部，它充满了亲情之爱、友情之爱、爱情之爱……它是患者用大爱、信任、勇气和真诚建造起来的美丽家园。在这个家园里，人人相互关心、相互鼓励，人人都在奉献，人人都在付出，大家乐和融融，亲如一家。从某种意义上说，CA俱乐部也是作者心目中的美好家园。

亲情是世间最纯净、最温暖的情感。小说一开始，就展开了对母爱的叙写。这种叙写，是沿着主人公嫦娥对儿子小安东的情感关怀和生命拯救

进行的。沉沦、颓废的小安东因为对癌症的绝望，连家也不回了，天天酗酒、吸毒、胡闹，等待死亡的降临。而更加绝望的嫦娥，曾经选择自杀。被布朗医生救起之后，在布朗的帮助下，她开始了拯救儿子的艰辛历程。后来，小安东从美国来到中国，在俱乐部这个大家庭里，得到了温暖，找到了自信，开始了新的生活。也可以说，是在母亲浓浓的爱意和俱乐部成员的热情簇拥下，改变了他的人生轨迹。

乔教授也是一位俱乐部成员，她对儿子的爱同样令人感动。为防止两岁多的儿子在放疗时乱哭乱动，她决定抱着儿子，用手固定住儿子的睾丸，这样她整个身子就处在放射范围之内了。她坚持抱着儿子一个个疗程地做了下去，直到儿子的肿块消失。正像她预料的那样，最后她也患上了癌症。母爱的无私、伟大在这里得到了最生动的展现。

俱乐部成员之间的相互关爱，是一种无私的友爱。我们可以从嫦娥一下飞机就受到丽月等人的热情迎接中，感受到一股暖意扑面而来。小说详细叙述了机场接站、入住宾馆、热情接待嫦娥的过程，把一个真情互见、爱心盈盈的集体风貌展现了出来。是“同声相应，同气相求”的共同处境和理念，把他们紧紧联结在了一起。正如丽月所言：“这些一世为人的人啊，特别懂得生命的意义，所以也就特别愿意帮助别人。”这话无疑说出了患者的心声和现状。

这种相互间无私的帮助与关心，在俱乐部里已经成了一种常态。例如在小陈病危时，大家着急的“不仅仅是怎样让小陈安心离去，更重要的还是小明明的治疗和教养问题”。这时候，小江、丽月、嫦娥都争着要照顾小陈的儿子明明。柴禾找了几家主人都不够理想，最后只得同意了小江的请求，小说中有这样一段质朴感人的对话：小江说：“我们全家商量好了：我妈妈反正没事，小妹每天在家……”“怎么能忍心呢？你们老的老，病的病，残的残……”“你忘了，我们家不是新添了个大壮丁吗？”看柴禾还犹豫，小江调皮地笑着说：“正好使唤他呀！”柴禾也笑了，心疼地看着她：“你呀！……也只能暂时这样了，不过你们家实在不宽余，供给就由我来负担吧。”寥寥数语，反映出了人物之间的人性之美、大爱之美。

作者还以诗性的细腻之笔，浓墨重彩地书写了爱情的纠葛与魅力。这其中，既有爱情的欢乐与温馨，也有痛苦和忧伤；既有美好的情操，也有小说人物对爱情的亵渎和扭曲。当然嫦娥与柴禾的爱情故事是贯穿小说的一条主线。柴禾能不能重拾旧爱，接受嫦娥的爱情？作为悬念，时时抓着读者的心弦。它一直引导读者思考和追问的是，什么是爱情的最高境界？它是如何使人的灵魂得到提升，情感得到升华的？

除了柴禾与嫦娥的爱情之外，小说还写了胜利与柴禾的爱情，老安东与嫦娥的爱情，女孩与小安东的初恋，小江与大河的爱情等等。这些爱情故事的交叉出场，为小说绘制了一幅绚丽而又温馨的画面。当然，对作者而言，这种对爱情包括对友情、亲情的赞美，显然不是小说要展示的主要目的。这些交织形成并贯穿全部故事的思想主题，最终可归结为一个向度，即：人究竟是为什么活着？又该怎样活着？既然癌症患者都能活得如此美丽而健康，我们为什么不能？

二、一曲英雄主义的放歌，也是作者向疾病抗争的精神写照

“世界上有千千万万个俱乐部，/ 但只有 CA 俱乐部，/ 教你在受伤之后，/ 怎样挺直脊梁；/ 在你翅膀折断之后，/ 教你继续飞翔！”这段俱乐部“部歌”，唱出了患者与疾病顽强抗争的不屈精神。早在 1982 年，还在人们谈癌色变时，柯岩就以一篇报告文学《癌症≠死亡》，报道了我国几位晚期癌症病人向死神挑战的故事，首次喊出了“癌症不等于死亡”的响亮口号，为无数癌症患者点燃了生命的火把。二十多年后，作者把更多的心得，更多的抗癌故事又融入到这部小说中。应当说，这原本应是一部充满苦难、悲情、压抑内容的小说，但作者向我们展示出的并不是消极、悲伤、哀怨情绪，而是一种鼓舞人心的生命力量和向上精神。小说主人公柴禾曾经这样说过：“我们俱乐部只不过是聚集了一群不肯向死神低头，一群比平常人更多追求、更多愿意用余生去探索、去拼搏，因而生活中也更多苦难和艰辛的人。”从他练功的自述中，我们能够感受到什么是“不肯向死神低头”：

“走是走不成了，硬走又怕弄出新的故事来，胜利就想出一个办法，叫我蹲着往前挪，我在前边挪，她在后边端一个小板凳跟着，我挪一两步，她就把板凳塞到我屁股底下坐一会……我实在累得挪不动了，她就叫北北在前边领着我挪。北北那会儿不大，可她听妈妈的话，就这样蹲在我前边一步步地挪……”“看看那些比我更难的病友们，看看前面给我领航的小人儿，想想后边为我端着小板凳、比我更累更难的胜利，我就咬着牙、挣着命往前挪。挪啊挪，晴天一身汗，雨天一身泥。那会儿，我们爷儿仨真成了公园的一道风景。”“我们就这样一步一步，两步三步，三步四步，四步五步……蹲着蹲着，站起来了。”

在当时医疗手段还比较少的条件下，病人积极配合治疗的重要手段就是强身健体，保持乐观情绪，提高免疫力。作为军人出身的柴禾，就是这样与死神一天一天地抗争，最终取得了良好效果。在他的带领下，俱乐部成员几乎人人都有着这样的故事，正如丽月所说：“这些人谁没有一个悲惨的故事，谁没有一段血和泪的经历？可你看他们，就是不屈服，就是要抗争！我从他们身上也学了很多很多。”丽月明白，他们这就是在战斗，她的首长柴禾就是在指挥战斗：这不但是一场和死神顽强角力、殊死搏斗的阵地战，一场把人的生命从死亡线上抢回来的攻坚战，甚至更是一场和传统医学观念进

进退退的拉锯战，一场在希望与绝望中不断提高人的素质和体能的运动战。这一切，都是为了完成心中的希望：重新站立起来，做一个健康的人！

所以，患者小安东来到俱乐部，看到的一切都是那么美好感人，曾经颓废的他完全变了样。他想：“是的，她们都活着！美丽地活着！她们所帮助的每一个人，也都在拼命存活，拼命美丽！这样美丽的人即使死去，她们的生命也会在别人的生命中永生，在别人的生命中美丽！”他明白了“比挣钱更重要的是，要让生命有意义”！最后，他决定不回美国了，留在中国，做一个像柴禾、丽月那样的人。

应当说，在与疾病的抗争中，许许多多患者都是英雄，这其中也包括作者本人。作者在创作这部作品时，已经身患重病，身上做了多次手术，在那些顽强与病魔抗争的故事里，在那些团结友爱、乐于助人的人物中，都有着她的身影。在他们身上，闪烁出了不屈不挠的性格光辉，焕发出了可歌可泣的人性之美，整部小说也闪耀出了英雄主义的光芒。

三、一群个性鲜明的主人公形象，书写着正能量的人生

“世界上有千千万万个俱乐部，/ 但只有 CA 俱乐部，/ 不但给你以知识，/ 而且给你以力量；/ 不但给你勇气，/ 而且给你榜样。”（摘自 CA 俱乐部“部歌”）文学作品尤其是小说的思想分量和精神力量，往往是借助“美好人物”主人公体现出来的。柴禾与嫦娥，就是这部小说精心塑造的美好人物。柴禾有信念，讲原则，对工作一丝不苟，对病友热情负责，他就是一位像歌词里说的那样的人：“不但给你以知识，而且给你以力量；不但给你勇气，而且给你榜样。”他出场虽然相对较少，但在小说中处处能看到他的身影。例如，嫦娥回国一下飞机，没有看到柴禾，她就想：“即使奶哥哥来不了，他一定会派人来的。他从来做事那样负责任，那样一丝不苟。”果然，柴禾已经安排得井井有条。来接站的丽月说：“柴部长住院了，派我来接您。特别嘱咐我一定要尊重您的意见，您有什么就给我说，一定不要客气。我们俱乐部的病友就跟一家人一样，待下来您就会知道的。”第二天，丽月和北北又来到嫦娥住所，送来了柴禾的关心，丽月说：“柴部长一大早打电话来，让我给您送件棉猴来。其实，他不说我也会想到的。只不知您肯不肯穿这样的衣服？”作者用了“烘云托月”的方法，将没有出场的柴禾，由他人之口衬托出来，达到了月未出而神已现的效果。

在小说中，柴禾是作为一位德高望重的老干部患者形象来塑造的。作者用敬仰的笔触，给予他深切的情感和精神认同，这一形象，无疑丰富了当代小说的人物画廊。在柴禾身上体现最明显的就是实事求是精神：一切从实际出发，按客观规律办事，不盲目自信，也不消极悲观，表现出深谋持

重、富有远见的领导素养。例如，当嫦娥问他："参加了俱乐部就能活过来吗？"他回答："当然不是。应该说：活过来的还是比死去的少。我们先撇开社会因素不说，癌症毕竟是凶猛的顽症，是人类目前尚未完全掌握底细的病种。我们现在能说的只是：中西医综合治疗的疗效比单打一好，而我国伟大的医学遗产佛家功、道家功，特别是郭林新气功，能提高人体的免疫功能，不但能增强病人对放疗化疗的耐受力，增强健康细胞的抵抗力，以更有力地和癌细胞对垒，最后聚而歼之；而且这么多病友在一起互相鼓励、互相学习，交流治疗和养病的经验，甚至处理家务和社会人际关系的经验，因此在提高体质的同时，不可避免地也还提高了人的心理素质。所以我们俱乐部的病友们把到俱乐部来集体练功称之为'话疗'，我看倒也是很贴切的。"经过十几年的摸索，对抗癌他有着一套客观理性的分析和判断，这些分析和判断，在今天看来也是十分珍贵的。

在癌症这个强敌面前，柴禾又像是一位沉着冷静、意志坚韧、指挥有方的战场指挥员，从他的许多话语里能体味到他这种指挥员的素质和水平："反正敌人已经侵入了，这个仗是非打不可的。那么你说，究竟是打乱仗被动仗好呢？还是打经过调查研究、多方咨询、有准备、有实际体验又经过反复思考、知己知彼、有全面的、比较科学的作战方案的好呢？当然，司令员也不过是个形象的说法，而绝不是说你就可以独断专行、一意孤行了，否则，必大败无疑！历史上这样的糊里糊涂打乱仗的司令和败军之将也是不在少数，是不是？常胜将军为什么会常胜？就因为他既善于集思广益，又有最好的参谋部；既知己亦知彼吧？"柴禾这种优良的军人素质和领导智慧，也是他受到大家拥戴的原因吧。

为什么柴禾要"这样毫不顾忌自己的病和身体，而一心一意为解救他人病痛奔忙"？柴禾是这样对嫦娥说的："这是因为我受恩太重……你是了解我的，要没有千千万万抛头颅洒热血的革命前辈，哪有我的解放？要没有千千万万的劳苦大众衣我食我医我救我，我又哪能活到今天？别的不说，就说我这次癌症复发吧，你知道又耗费了多少医护人员的心血，花了多少医药费？那可都是工人农民一颗汗珠摔八瓣儿辛辛苦苦挣出来的……"朴实的话语，展示了主人公的信仰之基和为民情怀。

嫦娥的形象与柴禾形成了反差，给人以鲜明、独特的印象。嫦娥性情娇弱，优柔寡断，常常忧伤哭泣，以泪洗面。她的哭泣，贯穿了小说始终，颇有林黛玉一生爱哭的韵味。小说一开始，是她给柴禾写信的情景，信刚写了个开头，她便"把笔一丢，双手掩面，大哭了起来。"信写到一半，"嫦娥重又痛痛地哭了起来，眼泪瀑布一样奔流。"一想到患病的儿子，"泪水一下子溢出了她的眼眶，喉头突然忍不住抽搐"；"想起小托尼卷缩街头的惨相，眼泪又扑簌簌地落下来"；听到病人叙述病情时，"嫦娥更是听得泪流满面”；听到丽月和老林两口子情深义重地歌唱，她“内疚的清泪一滴滴地顺着冰凉的面颊流下来”；见到柴禾时更是放声大哭……嫦娥懦弱、娇怯的性格，与她从小就是娇生惯养的“娇气包”有关，后来她曾有过悲惨的婚姻，那是一段“忽然从天上跌到地底，完全无辜被害，又无力还击甚至无法回避，连挣扎都不容挣扎的悲痛经历”，儿子罹患重病，又对她是个沉重打击。她也认为“自己从来就是个没办法、没主意、没能力、没出息的人”。作者把两种不同性格的主人公放置在一起，相互映衬，体现出了刚柔相济的反差之美。

丽月，是作者用较多笔墨塑造的一位性格鲜明的患者形象。作为俱乐部秘书长，她敏慧不凡，办事周到，乐于助人，深得大家信任和赞赏。正像北北对嫦娥说的那样："我丽月阿姨能干着呢！”“方方面面人际关系都好，要不大伙能选她当秘书长？她不光是组织能力强，还是咱们俱乐部最好的辅导员呢！要不我爸能把您交给她？”在小说里，丽月是友爱的化身，是千万俱乐部成员的典型代表。

柴禾、嫦娥、丽月虽然有着不同的人生道路及性格差异，但他们都具有同样的精神特质：历尽艰难，亢直善良，心系他人，执着追求美好的生活，而这些都正是我们当下社会所需要的精神资源和特质，这也是小说主人公形象所要传递给读者的精神内涵。

四、一条贯穿小说的主线：柴禾与嫦娥能否重拾旧爱

柴禾与嫦娥的情感脉络，是贯穿小说的一条主线。在柴禾晚年生病期间，大家一直想帮他找个知冷知热的老伴，可巧这时就从天上掉下个嫦娥来。嫦娥不但不是萍水相逢的陌生人，而且是青梅竹马的旧伴侣。大家都认为这是千载难逢、弥足珍贵的相遇，可是柴禾对嫦娥却是礼遇有加，不卑不亢，不冷不热，没有个明确态度，真是“皇帝不急，急死太监”。故事就是在这种二人能否重拾旧爱的矛盾张力中徐徐展开。

刚一开始，柴禾对嫦娥的爱是慎重、犹豫的，“他的潜意识里也许存在着能拖一会儿是一会儿的想法，但应该说，起主导作用的还是他倔强的性格，以及训练有素的那种凡事不想清楚、不考虑周密绝不轻举妄动的思想方法”。你看，他初次见到从美国回来的嫦娥时，就让女儿留下来，在身旁做个“见证”，接着他对嫦娥讲述了与去世的妻子胜利的感情，这显然是一种暗示，也为故事发展埋下了伏笔。

而嫦娥对柴禾是暗恋了半生的，半辈子多是魂里梦里的思念。这次回国虽说是为了小安东而来，但心心念念的还有与柴禾的感情。于是，一方感情如火，另一方感情似水，二者构成了对比因素，也掀起了情节的波澜。

在柴禾看来，虽然嫦娥通过丽月“表达了她曾有的深情，但她现在迫切需要的还是保护和帮助儿子……”这是摆在嫦娥面前的主要矛盾，因为一旦“小安东在此期间真出了什么问题，那必将成为她终身的遗憾”。理智让柴禾打定主意只把二人关系保持在亲情范畴，先解决小安东的健康问题。

另外，柴禾还分析了自身状况：“我是一个癌正在转移，随时随地就会立即没命的人……”“我是男人，在我无力照顾和保护妻子时，我就没有权利结婚……”最终情感服从了理性的指导，浪漫回归到了现实。于是他开始做嫦娥的思想工作：“你已不再是小孩子了，也经历过婚姻生活，你应该懂得，婚姻不仅仅是照顾。爱情必须是双方的，否则就很难有幸福可言。而我，你也是了解的，我从来不愿依赖他人。在我目前这样重病的情况下，我更是不愿意成为别人的包袱。”“我不能只管自己活着。我现在管着这个俱乐部，成千上万的病号在眼睁睁地看着我呢，我没有权利让他们失望。”他把对大家的责任和义务看得高于一切，心里想的是千万病号、是嫦娥的儿子小安东以及嫦娥的未来。小说中，他没有多少慷慨豪雄的言行，但从这些朴实、普通的言语中，能感受到一位共产党人的高尚品格。

在完成了艰难的伦理抉择之后，柴禾又为嫦娥规划了未来。他劝导嫦娥回美国帮助布朗医生把诊所开起来，将俱乐部的抗癌模式带到美国去，传播中医文化，造福癌症病人。柴禾不仅婉拒了嫦娥的感情，而且还说服她回到爱她的布朗身边去，重建与布朗的感情。悬念释解了，我们并未感到柴禾的无情，相反，从中我们能感受到一颗心灵的美好及爱的温暖。这一点在他临终前写给嫦娥的信中得到了彻底展示：“你这一生太苦了，我不能让你经受再一次丧偶的痛苦。我已病得太深了，而布朗先生是我至今见到的我认为最合适你的人……在这最后的时刻，我必须告诉你：我爱你。我怎么会不爱你呢？从我六岁到你家，你还是那么一个娇气好哭的小丫头起，我就爱你，直到我们一起长大。是命运使我们一再错过……”原来，柴禾是爱嫦娥的，但有情人并非终成眷属，这人生的悖论，无疑让小说更加耐人寻味。

作者以写实的现实主义叙述作为小说的叙事策略，在丰厚的生活基础上，精心提炼故事情节和逼真细节，注重细致的心理分析和描写，生动刻画典型人物形象，为抗癌英雄放歌，给人以心灵震撼和启迪。这部小说是作者长篇中颇有分量的一部大作，小说首次为我们塑造的这些信念坚定、不惧苦难、充满爱心的艺术形象，显示出一种伟大而崇高的伦理境界，也为中国当代抗癌文学增添了一笔亮丽色彩。

（王迩宾：山东省枣庄市政府新闻办原主任、中华诗词学会会员）

矛盾困惑的“女同志”*

——重读《女同志》

王大威

摘　要: 在《女同志》中，范小青以“官场”作为书写女性意识的场域，集中表达了她对当下女性生存困境的关怀。在思考困境时，范小青表现出了强烈的矛盾困惑：有对男性中心主义文化的批判，亦有对女性自身狭隘的反思，同时又赋予二者同情和理解。在寻求困境的出路中，范小青把女性自我的认同作为另类蹊径，把女性自身固有韧性作为自己的“走下去”哲学。也正因这种女性意识的呈现所带有的复杂性与悖论性，小说具有了极强的张力和重新阐释的价值。

关键词:《女同志》；女性意识；生存困境；矛盾；困惑

名家论坛

1949年新中国成立，两性平等即以法律的形式得以确认。“妇女能顶半边天”“男同志能做到的事女同志也一样能做到”等类似话语屡见不鲜。“女人如果不是男人的奴隶，至少始终是他的附庸”[①]这样的说法在新中国似乎变得很难得到认同。然而以这种方式解放，结果确实像有学者说的“它不仅意味着女性遭遇奴役的历史命运的终结，似乎同时意味着女性作为父权、男权社会中永远的‘第二性’，以及数千年来男尊女卑的历史文化承袭与历史惰性的一朝倾覆”[②]，貌似大欢喜，实则充满怀疑。不禁要问：这种“平等”是否意味着女性已经在很大程度上实现自身的自由与幸福？还是说所谓的“平等”本身可能是另一种性别差异的抹杀，是实际意义上更深一层

* 本文为2022年江苏省研究生科研创新计划项目“浩然中短篇小说研究”阶段性成果，批准号（KYCX22_2733）；国家社科基金重点项目“新中国70年文学语言观念研究”阶段性成果，批准号（22AZW015）；江苏省社科基金重点项目“中国叙事构建视阈中的新时代江苏小说研究”阶段性成果，批准号（21ZWA001）。

① [法]西蒙娜·德·波伏娃：《第二性》，上海译文出版社2011年版，第14页。

② 戴锦华：《涉渡之舟：新时期中国女性写作与女性文化》，北京大学出版社2007年版，序第2页。

的“不平等”？同时，这样的结果也使我们无法判断“享受着平等公民权的女性在多大程度上获得了‘解放’意义上的自主和自由”①。因此，范小青用《女同志》在实际效果上考量女性解放，别具犀利与勇气。这具体表现在她用“官场”内女性生存现状的刻画衡量妇女解放的实际成果，用“官场”内女性内心独白的呈现透视女性生存的现实困境。而选用“官场”这一场域的原因是这一场域不仅是宣布解放之地、是最应实现平等之地；同时这一场域也是男性文化中心，是最难解放之地。只有揭示这一场域内被遮蔽的、潜在的女性生存窘境，才能从最真实的层面听到女性自我的声音。

这并非为夸大《女同志》而做一番说辞。毋庸讳言，《女同志》属实为当代文学中一部以官场女性工作与生活为题材的长篇力作。它生动勾勒出一个政治原生态场域中真实的女性群像。主人公万丽是其中一员，其他女性亦具价值与特色。群芳的矛盾困惑，反映了女性在冲突与消解中艰难成长的现状：既有女性意识的觉醒挣扎，又有男性中心的惯性延宕。秦雯在2008年曾对《女同志》的研究状况作过综述，她认为学界对《女同志》的研究可以分为三个层面：“权力”问题的阐述、女性视角的引入和作品开始凸显人性。尽管之后有研究开始涉及《女同志》中的女性意识，但均未能深入。将小说研究的注意力多集中于官场文化与人性等方面而不是文本中极为重要的女性意识，这显然不合理。《女同志》较范小青其他官场小说，如《百日阳光》《城市表情》乃至其他当代官场小说如《女市长》《红色权力》等突出特征恰恰是小说中极为特殊的女性意识呈现。《百日阳光》和《城市表情》重在官场情节与男性主人公塑造。虽触及女性意识，如《百日阳光》中的蒋月仙、田金秀，《城市表情》中的王依然、雨庭等女性意识书写，但仅是只言片语，作文本的填充；《女市长》则貌似《女同志》，但同写女官员的工作与生活，却是以男性视角勾勒女官员生活，是男性眼中的女官员生活。其重点自然不在发掘女市长的“女性意识”，而是借“女市长”官场与生活之酒杯，浇读者猎奇心思之块垒。总之，无论在量或质上，其他官场小说在女性意识的开掘上均无法与同是官场小说的《女同志》同日而语。这既是《女同志》的特色，亦是小说的独到价值。

此外，通过细读文本亦不难发现，《女同志》渗透着范小青独特的女性意识。这既有对当下女性生存困境的呈现与关怀，也包含着寻求解放出路可能性的探寻。不仅如此，范小青似乎同时站在男性女性两种立场之上，身陷强烈矛盾与困惑之中：有对男性中心主义文化的批判，亦有对女性自身狭隘的反思，同时又赋予二者同情和理解。也正因这种女性意识所带有的复杂性与悖论性，小说具有了极强的张力以及重新阐释的价值。

① 孟悦，戴锦华：《浮出历史地表：现代妇女文学研究》，中国人民大学出版社2004年版，第24页。

一、“官场”中的女性生存

在男性权力场域中心考察女性真实生存状况，很大程度上能够显现女性实际解放的效果。范小青安排主人公万丽由妇女联合会开始她的政治生涯即明显地表达了这样的意图。通过对“官场”内女性群体被作为观看的对象，承受着“双肩挑的重负”，在整个文化语境中受到下意识的偏见等现实现状的批判性审视，范小青表达了其对女性生存的思索与人文关怀。

（一）作为被观看的对象

在《女同志》中，范小青对女性衣品、外貌大量着笔。万丽第一次外出到乡镇参加活动时，便发现女性样貌是酒桌上活跃气氛的不二谈资。陈书记直言大家都在背后议论尹豆豆的长相，他也喻尹为黑夜里的一盏霓虹灯。另一副书记对城里机关的女同志穿得比男同志还老气表示大为失望。市里召开宣传工作会议，范小青这样描写参会仪表出众的万丽：“她的服装，她的轻盈的身材，就给黑压压灰沉沉的会场带来一道惹眼的亮丽。”[①] 主席台上的领导则虽不便一直盯着，但总不免多看两眼。男同志爱看女同志，女同志亦爱被男同志看。为给平书记留下个好印象，林美玉偷偷溜进厕所精心整理了一番，结果“她的过于用心使她失去了一个千载难逢的重要机会”[②]。通常，外在的仪表常被人理解为内在自我的显现，因而可能成为一部分人实现自我乃至变相取悦他人的工具、成为升职的“敲门砖”，因此，林美玉的急切与浮夸也就不难理解。

事实上男性看女性是一种十分平常的行为，但个中传达出的两性文化也发人深思。不妨这样问，为什么女性往往被看而需分外注意、着装精致，男性却能随随便便、不修边幅？谈及这样的问题，约翰·伯格在《观看之道》中曾表示女性“给别人的印象，特别是给男性的印象，将会成为别人评判她一生成败的关键”[③]。身处这样的文化语境中，女性便一边成为被男性观看的对象，一边又成为被自己观看的对象，自己便成了压抑的来源。为寻求更好的待遇，万丽一众也必然十分注意自己的着装品位乃至仪态表情是否合理。然而注重别人对其看法本身也会忽视自我要求，进而在这一渐进的过程中女同志群也会削弱自我意识。

① 范小青：《女同志》，天津人民出版社 2012 年版，第 33 页。

② 同上，第 122 页。

③ ［英］约翰·伯格：《观看之道》，广西师范大学出版社 2015 年版，第 62—63 页。

（二）“双肩挑”的重负

作为与“官场”生活对应存在的家庭生活则是万丽的另一压力之源。古代女性的主要责任在于相夫教子、生儿育女，当代女性除了这份古已有之的家庭“职业”之外，还要承受来自工作的重担。孟悦、戴锦华就曾用形象的“双肩挑”概括这种两难的生存境况。

职场所赋予万丽的压力不难想见，难以排遣的焦虑常使得万丽需要依靠镇定类药物获得睡眠。小说中直笔万丽承担着较重工作压力的文字并不多见，但从作为侧面反映万丽挣扎的余建芳身上可见一斑。余建芳作为一个工作认真得“过分”的女性，长期将精力置于工作中，竟使其三岁的孩子喊自己“阿姨”。在同样作为万丽参照的另一强势女性聂小妹身上，这种“磁场”效应也体现得十分明显。聂小妹的过分表现，除去自身性格因素之外，与“官场”氛围也不无关系。“官场”赋予了万丽一行人由最初的“引力”渐变为一种“重力”。文本中虽不明言，但通过处处渗透的工作叙述亦不难猜想万丽身为女同志，在工作时却分明不是享有女同志的“权利”，承受着表面与潜在性别的双重标准。这正如不太“正经”的董部长指出万丽在男同志一手遮天的机关中干出自己的成就属实不易。

仅仅源于工作倒也作罢，婚姻家庭的施压更是令女性倍感心力交瘁。在一部分人眼中，相夫教子、生儿育女的责任依然应天经地义地由女性承担，哪怕她同时承担着繁重的社会性工作。徐英语重心长地对万丽谈及那几年作为新婚职场女性的无奈：晚婚、忙于工作学习，耽搁了生孩子。婆婆盯着自己的肚皮看，亲戚朋友甚至怀疑自己能否生孩子……除去这种难以“推脱”的责任严重束缚着女性实现自身追求的理想，将家庭内部矛盾以及种种无关的因素强加至女性身上的文化劣根则更是存在极大的不合理。婆婆认可电视剧《渴望》中的刘慧芳，话里暗暗要求万丽做个“贤惠女人”。对丈夫不讲原则式的偏袒，更是将儿子的行为归结于男性本身就这样。万丽质问婆婆，男人不出息的责任是在女人身上？婆婆竟笑了笑，说从前都是这么说的。

诸如此类的情况文本内依然还有谈及，限于篇幅，不再赘述。不难发现，当下女性正遭受的新的压抑与生存困境：一方面要和男性一样，承担着来自社会生活的压力与责任；另一方面，又不得不承担起传统女性相夫教子的生活。这种家庭与社会责任的分裂状况证明了表面表达的平等与实质意义上的平等仍然存在差异，女性解放依然处于未完成的状态，亟待更长远的进步。

（三）无意识偏见

留存的偏见某种程度上可以用荣格的理论解释为一种集体无意识。从这个层面上说，法律形式上的妇女解放没有、也无法从根底上消除潜藏的对女性的这种偏见。耿志军两次对待万丽的情绪化态度均是以带着“女人”的字眼表露出来。“女人”在耿志军这种人的潜意识里是一个贬义词。进一步看，这种现象亦是反映社会集体语境下部分人对女性持有的想象，即便是女性自身也容易受其影响而无意识地被异化。万丽困扰女人想进步、想当官在别人眼中一定不是好事情。这种困扰较为典型地体现了一定文化冲突中女性内心的声音。文本中范小青曾借叶楚洲对“官场”乃至社会中女性的生存状况乃至存在意义做了一番议论。叶认为妇女解放至今，仍要被社会另眼相看。所谓的呵护女同志的举措，把女性置于了“软弱性别”的位置。他认为，这种举措“是以平等为名，实行不平等的措施”。[①]这不仅没有改变女性的脆弱形象，反倒“从某种程度上贬低了女同志的价值”。[②]

范小青选择叶楚洲作为代言人，一方面作为精明的商人，他较万丽更有洞察力；另一方面，这也是避免了女性自我诉说时会使读者误认为是宣泄的可能性，使得见解更具客观性。另外，“当事人”也会面临着“不识庐山真面目”的困扰，由他人议论则显得较为妥当。如此，范小青揭示了表面的女性解放遮盖了真实的女性解放，指出了当代的女性依然要承担着进步和传统的双面压力。这些通过细节呈现出的压力，范小青本人或许也曾亲身体验，因而她能对当下女性的生存状况感同身受并能赋予强烈的人文关怀。

二、矛盾困惑的女性书写

有意思的是，《女同志》中的女性意识书写呈现出互为悖论的景象，范小青表现出了强烈的矛盾与困惑。这些悖论主要表现在揭露男权文化中女性生存困境的同时又反思女性自身狭隘属性；批判“菲勒斯中心主义”的同时却又寄予男性帮扶女性的希望。即便是对某些困境的揭示，范小青也在怀疑自身反抗现存男性不合理文化的绝对权威性，进而陷入费解、无解的思维苦恼中。然而，幸运的是，恰是这种深层矛盾与困惑成就了《女同志》在文本上的张力，加强了小说的文化意义，读者也有幸在更深的思考中获得另一番体验。

（一）女性自身的狭隘？

如果仅仅停留在不肯被遮蔽、误解和丑化，又或者停留在对男权文化充满的种种不合理而做新一轮的重复式控诉，因而试图消解“菲勒斯中心

① 范小青：《女同志》，第 366 页。

② 同上，第 366 页。

主义”，寻求女性自身出路的话，那《女同志》与既往的他者女性意识书写相比也无甚差异。但难能可贵的便是范小青相较以往其他女性书写进行了较为深入的开掘，在指出困境时不仅控诉了积习已久的男权历史文化，也深刻揭示了女性自身存在的内心狭隘等问题，甚至更进一步怀疑女性内心狭窄是否也是男权文化本身导致的。

不同于大多数文本中书写的男性形象，《女同志》所书写的女性群体往往消沉，甚至有可能成为彼此受压抑的同谋。尽管女同志之间存在着天然的亲密，但是生存的焦虑往往使她们更容易彼此生出嫉妒。强烈的虚荣心往往使得她们争来争去、目光短浅。一定程度上还会变得优柔寡断、患得患失。陈佳刚进宣传部时选择了万丽便是这种天然的亲和感使然。她认为女同志之间说起话来更方便。但之后两人在各方面的争夺中均感到十分疲惫，似乎二者谁都想获得那个诱人的“帕里斯的苹果”。万丽曾身处事业低谷期，偶然想“检举”陈佳不合领导想法的文章本也并不显得出奇，然而万丽做出收回文章的善意之举后却未曾想到陈佳自己竟上交过去。陈佳与市委副书记崔定的婚外情与“争宠”也不能说毫无瓜葛。陈佳口吐万丽给她带来太多的压力，最终主动退出。陈佳这种大气的研究生尚且如此，余建芳的狭隘就更不必说，相比之下聂小妹坦言自身的嫉妒倒是显得十分诚恳。当然，这方面最具代表性的要数尹豆豆辞别万丽留下的一番对万丽的“直白”：

> 女人的权力欲果真比男人更疯狂，更可怕……卸了妆以后自己再看看自己，内心的焦虑、欲望、不满足、贪得无厌就完全暴露出来了。①

和叶楚洲评价女性在“官场”想取得的效果一样，评价万丽也交由关系最近的朋友，增添真实效果。这些性格弱点所显现的狭隘或许成了范小青眼中女性困境的形成因素。这在清一色对男性中心文化做出了整体性的反思中较为前卫地思索女性自身狭隘本身导致的问题，因而十分可贵。

狭隘生出困境或狭隘本身即为困境无须争议，但细究狭隘的来源则可能说法不一，尤其是将狭隘归因于文化本身而不是女性自身天然属性则会使得问题更显迷离。同样是万丽权力欲的展示，叶楚洲则认为个中原因是万丽身处“官场”，内心不断要求进步所致。这种说法便完成了女性狭隘的戏剧性转换，将自身的狭隘转变成文化场域塑造的结果。叶楚洲看透了万丽对“升官”的疯狂追求实际上是其内心中的追求进步之心在不合适的环境中呈现出的变形。婆婆对万丽的要求从这样的角度看也是其受传统文化

① 范小青：《女同志》，第357—358页。

影响所致，也存在完全无力反抗男性中心主义文化而成了“同谋”的可能性。两种可能性的探讨都传递出在解决女性生存困境问题上存在的复杂性与不确定性，这也都为文本带来更多衍生意义的可能。这样反思之反思既能对过分偏激的女权以降温，同时又对女性的狭隘赋予更多人道主义同情，尽管这二者听起来似乎天然矛盾。

（二）男性中心文化批判的犹疑

在探究范小青女性观时，张春红曾撰文指出范小青矛盾复杂的女性观。她认为范小青欣赏女性的独立，认可女性自身的努力。同时，她的文本中又总是出现男性视角。正如她所说的“她们可以在生活的舞台上活得光鲜靓丽，生命之花也开得耀眼夺目，但她们终究离不开男性的引导与扶持”[①]。张春红言下有男性的引导扶持是女性解放中现存的不彻底之意。同时她评价范小青对此存在困惑则一方面含蓄表示相对孤独反抗到底的个体来说，范小青显示了一定的妥协，另一方面也意在表明范小青较以往表现女性意识层面有了更深一层的思考。

其实不仅在设置男性人物作为女性帮扶上，文本中多组互相对立的矛盾也在消解对男性中心主义的彻底式反抗。万丽对自己婆婆颇有不满，却也感激婆婆将家里的事情照顾得妥妥当当，这就冲淡了追求个人自由式“绝对真理”。丈夫孙国海事业上不求上进，对万丽却也关怀大度。而且，对丈夫的不满意而致渐渐褪去的爱情并未使得万丽过多地产生想要离婚的念头。董部长对万丽说的女同志在心理上有劣势，天生对男同志警惕的言论也透露着范小青在批评男性中心文化时存在的犹豫与怀疑。

父亲范万钧这样评价女儿范小青：“她的为人为文，用一个‘柔’字可以概括得了。”[②] 自幼成长的环境与家人的影响使得范小青很难成为一个激进的女权主义者，而更易长成一个温情的人。这也就容易解释范小青在对男性中心文化存在的犹豫与怀疑。怀疑并不一定是妥协与让步的表现，也可能是昭示范小青在这一问题思考上的超越性的表现。这种思考大言之表现在思索当代大多出自西方的女权理论与本土文化存在多大的适应性的问题，小言之则是思索一味地抨击否定乃至消解男性本身即可能演变成另一种形式的偏激与霸权的问题。范小青在此表现出的犹疑，是其内向性的反思与对问题较为复杂的认知所表现出的结果。

---

① 张春红：《“女同志”：悲乎？幸乎？——由万丽的成长看范小青的女性观》，载杂志《语文知识》2009 年第 2 期。

② 范万钧：《我家有女》，载《时代文学》2001 年第 6 期。

三、生存困境的可能性出路

在思索生存困境出路问题时，范小青陷入了自我矛盾与怀疑。她也无法给出确切的出路指向，甚至在出路自我确信本身上，她也表示怀疑。但极为特殊之处在于她转化了解决问题的思路，将女性的自我认同作为另类蹊径，把女性自身固有的韧性作为自己的“走下去”哲学。困境的出路指向未来，但“走下去”本身即是在超越虚妄，也是“走出去”本身。范小青用这种回答，作为自己在女性走出生存困境这一问题上的见解。

（一）寻求出路的思维危机

万丽刚进机关时曾写了一篇《当代妇女自然人格和社会人格和谐统一论》。向秘书长认为她左右摇摆，对这一问题没有明确的观点，自己也不知道出路在哪里。事实上，多年过去万丽依然自我诘问问题出路，依然无法写好文章。这与其说是万丽的自我诘问，倒不如说是范小青对当代女性生存困境与出路问题上的自我矛盾。在寻求困境的出路时，范小青曾在《怎么做女人》随笔中谈论了这方面的问题。她说：“其实谁也不知道该怎么做女人。”[①] 善解人意成宝钗，撒娇耍性像黛玉。关心丈夫嫌琐碎，忠于事业道无心。似乎女人真的不知道自己如何做女人，做什么样的女人终不会尽如人意。万般皆难，做女人尤甚。

有无摆脱男性中心的困境，实现自身的幸福的可行之路？抑或寻求一种合理的方式使得两性共生在同一苍穹之下这种问题的解决之道？范小青无法给予一个明确的回复。这样难解的问题似乎使得范小青也陷入了她的思维危机。文本中万丽、康季平、叶楚洲等人因爱而走入交集；余建芳不惜以失去县长为代价只为在爱人身上痛哭一场；李秋为了爱破天荒地向万丽进行了一番妥协……范小青看上去对即便听起来十分虚无的爱情有独钟，似乎试图将问题化归至爱的包容。这是否是其为生存困境提供的答案？对这个万能的答案通过阅读也不难发现范小青终究是落入失望之中。康季平与万丽的唯一一次婚外性爱给万丽几乎留不下任何感觉，不久即迎来早逝。苦追尹豆豆的老秦，却在尹豆豆终于为爱勇敢离婚时，宣称自己并未想过离婚。姜银燕则更是以爱为名行横刀夺爱之事……这些散落于文本中的细节，成了很有意义的象喻，它们也都证明范小青对爱同样充满怀疑与困惑，认为范小青以爱为拯救方式的想法在这里也只能遗憾地宣告破产。

① 范小青：《怎么做女人》，群众出版社1996年版，第7页。

（二）走出困境的可能性

在走出困境的可能性这个问题上，范小青并未做避而不答之事，也未曾否定走出困境的可能性，而是用其独特的思路转换了对问题的回答。在走出困境的问题上，从五四新文化运动开始，寻求自身解放的女性已如春日泥土冒出新芽，开始了发现自我的旅程。然而女性该怎样做这一问题从五四开始一直未有妥当的解释，或许问题在寻找出路这样的思路本身即有问题。万丽困惑自己要强，陷入为人嫌弃的困惑中。叶楚洲却认为他们是骨子里、灵魂深处、与生俱来的进取心所致，怎样也摆脱不了。范小青这样写便是她转换思路的体现：既然"怎么做"的方式处理不通，那何不索性换用另一种方式？于是范小青尝试以另一种方式对待自身的思维困惑，即不再沉浸于自身应该怎么样，或者应该是什么样，而是转向对自我本身采取更多的认同，我本来就是这个样，我不需要成为什么样，我这样很好，用这样的逻辑跳出思维困境的渊薮。这样自我认同的理解在随笔中亦有互文性的照应："我们只是按照自己的心愿做女人。"[①] 不在"怎么做"这样的思路上寻求出路，而是做下去，认可自身行为并不是屈服于男性文化中心的附属品，从而走出自我寻找却惶惑无地的绝望，以内心激昂起的自我认同作为走出思维困境的有效解决方式。

如果说思维困境的解决可以化归于内心的自我认同，那么对"怎么做"这个问题本身范小青并未回复。貌似如此，但实际上范小青是以文本中渗透的女性自身固有的韧性的发现所形成的"走下去"哲学作为对这个问题的巧妙回答。这点正如《故乡》中的"希望是本无所谓有，无所谓无的。其实地上本没有路，走的人多了，也便成了路"[②] 所传达出的韧性精神——解决困惑更在于寻求解决的状态。鲁迅小说所传达的生存哲学与范小青的困惑中寻求的出路产生了一定的交合，既然绝望与希望在走出困境上都是虚妄的，那不如便像"过客"一样听从远方的召唤一直走下去。范小青的这份韧性生存哲学与滋养其生长的吴文化有着莫大的关系，正如有研究者曾指出"苏州城市深厚的历史文化传统与古老的民俗风情，孕育了苏州人的平和淡泊、沉静柔韧的内在品格"[③]。吴文化中的这种韧性在《女同志》中各个女性身上被鲜明地反映出来，万丽如此，聂小妹等人亦是如此。这种韧性哲学既是自我认同的底气，也是范小青走出矛盾的底气。所以范小青在《女同志》结尾写的"你说过了，哭过了，雨过天晴，你又是你了，你

① 范小青：《怎样做女人》，第 8 页。

② 鲁迅：《故乡》，《鲁迅全集：第 1 卷》，人民文学出版社 2005 年版，第 510 页。

③ 陈娇华：《流动的风景执着的情怀——范小青小说创作简论》，载杂志《阜阳师范学院学报（社会科学版）》2008 年第 6 期。

又振奋起来，你又活过来了，你又往前走了”[①] 显得别有韵意。寻求女性困境的出路注定是指向未来的，当下的思索也可能是虚妄的，但是“走下去”本身却可能是一种超越结果，是一种可行的途径。

四、结语

《女同志》是范小青表现其女性意识的代表性文本，在有关女性的生存困境的呈现、思索困境的矛盾困惑以及范小青本人对文化困境的解决方面都有很多独特的表现与见解。《女同志》写的是“官场”，但目的不止在“官场”，只是以最应体现女性解放而又最难体现女性解放的“官场”作为书写个人见解的最有价值的素材地。

同时应当注意到，作为一种书写女性意识的文学文本，范小青的女性意识也是极具争议的“女性话语”。此外，女性意识在阐释中也常有将“差异”与“平等”混用的误区。事实上，男女平等在我国本就是以法律形式确认的，至于如何看待这种平等，范小青或许也有她本人的看法。当然，如果范小青坚称“不平等”那便是从一开始便走错了方向。本文仅是对范小青《女同志》中的女性意识加以阐释，至于该如何评价这种意识，还需要在未来的研究中加以发掘。

《女同志》文本容量较大，本文所选择的视角也无法对作品做出最为全面、最为深刻的发掘，因此提供的观点也只能算作对文本中女性意识的一瞥。但不管怎样，《女同志》依然是当下思考女性困境非常值得关注的作品，范小青的矛盾困惑也是读者的困惑，女性生存困境的思考也依然是远没有解决好的问题。这也希冀在更多的研究中对这样的问题提供更多富有意义的创见。

（王大威：江苏师范大学文学院中国现当代文学硕士研究生）

① 范小青：《女同志》，第 372 页。

都市里的古典空间

——读潘向黎《荷花姜》

陈　红

摘　要:《荷花姜》通过充满日式美学意蕴的日料店一角，书写了一个都市陌生人相遇和离散的故事，以古典而治愈的文字，抚慰都市中漂泊疲惫的心灵。日料店在这里如同钢筋水泥森林里的一个古典而诗意的空间，而荷花姜这道菜，既是生活美学的隐喻，也是女主角的隐喻。小说通过餐厅一隅、一道菜，描绘了都市曲折幽微的情感，在不动声色的叙述中呈现了世情的冷暖。

关键词: 都市；古典空间；《荷花姜》；陌生人相遇；离散

睽违十二年，作为小说家的潘向黎姗姗归来。这位曾以短篇小说集《白水青菜》及长篇小说《穿心莲》享誉都市文学的作家，有近十年时间遁入书屋，倾力研读茶和古诗词，书写了《茶可道》《看诗不分明》《梅边消息》《古典的春水》等随笔集，然而作为小说家的潘向黎却似乎沉寂了下去。自《荷花姜》开始，阔别已久的小说家潘向黎归来了，密集推出了《天使与下午茶》《兰亭惠》《你走后的花》《添酒回灯重开宴》等一系列小说。大约是对古诗词的潜心研读，重新归来的小说，如同十年磨一剑，唐诗宋词意蕴不着痕迹地融入了小说创作中，《荷花姜》就如同十几年前那道白水青菜，看起来清淡、质朴，却颇具功力和火候，包含着足够的耐心。依然是古典诗意的都市书写，依然是都市普通人的情绪起伏，好像和以前一样，好像又有不同。令人欣慰的是，新的小说依然保持着潘向黎一贯的古典、诗意和温情，依然单纯，并没有因为时间的流逝、阅历的增加而变得世故。相反，在多了对世情的洞悉之后，显得更加清莹澄澈。

一

《荷花姜》以日本料理店老板丁吾雍的视角，通过日料店这一小小的充满日式美学的空间，书写了一个“看”与“被看”的都市故事，一对都市男女离合聚散的故事。这是一个很特别的视角，开篇写道：“每一次看见那个女人，丁吾雍心里就有一个声音响起：应该去报案。”[①] 这个简单而充满悬念的叙述，有一种引人入胜的故事性。“不得不说，作家选择了一个巧妙的叙事视角。丁吾雍与这对男女之间的‘老板 / 顾客’的关系充分地阐释着都市人距离的合理性，也为故事支撑起了富有弹性的想象空间。丁吾雍合乎情理地‘在’着，同时以隐匿和沉默展示着自己的‘不在’，从而为这对妙人儿搭建起了一个安全舒适的半私密场域。”[②] 小说通过丁吾雍有距离有界限的隐秘观察，一层层揭开了都市陌生人相遇和离散的故事，呈现了都市中年人的生活镜像。

“荷花姜”这个颇具日式美学意蕴的意象，既是生活美学的隐喻，也是女主角的隐喻。荷花姜，又叫茗荷，是姜科姜属多年生草本植物，富含蛋白质和纤维，在日本很受重视。“茗荷的花蕾和花茎具有特殊香气、色彩、辣味，是季节感明显的香菜君王，在小菜、汤、酢渍、油炸、酱菜等日本料理中到处可见。”[③] 在务实的同时，荷花姜又兼具务虚功能，即有一种特殊的美感，“荷花姜的轮廓很像毛笔笔毫的部分，写大字的，蘸满了墨。又像迷你的竹笋，有交错覆盖的硬壳；可是顶端的颜色是花一般鲜艳的，中间大部分是嫣红或者玫瑰红，只有根部和顶端泛出一点淡黄色，有时是雪白”[④]。这种颇具东方意蕴的植物，在丁吾雍看来，太好看了，名字也好听。荷花姜这道菜是丁吾雍店中的特色菜，也是故事中女主角最喜欢的一道菜，自然而然，对于这个不知姓名的俏丽、鲜艳而不柔弱的女顾客，丁吾雍认为她和荷花姜有几分神似，心里暗暗以荷花姜来代称。不同于十几年前潘向黎笔下那道恬静、清淡而温婉的“白水青菜”，荷花姜兼具荷的清雅洗练和姜的辛辣霸道，味道特别，是一种充满悖论性争议性的植物，不是人人都喜欢。而和荷花姜这个女子相对应的，是一身黑灰的男子，外貌端正不出奇，举手投足之间却有种不凡气质，只看一眼，丁吾雍便想起木心形容罗马的培德路尼阿斯的那句话，“他的俊目一贯含有清莹的倦意”。在丁吾雍看来，这两个出色的人罕见地般配，“男子像一个黑色的瓷碟子，托着荷花姜的尖、俏、艳，格外显出她的醒目，而荷花姜也反衬出他的不动声色和深不可测”[⑤]。

在这样的情调、气氛和都市空间里，荷花姜和一身灰黑的男子出入日本料理店的吧台时，很容易被想象成一个关乎婚外恋的老套故事。都市喜

① 潘向黎：《上海爱情浮世绘》，人民文学出版社 2022 年版，第 3 页。

② 曹霞：《爱的故事与都市面影》，载《文学教育（上）》2021 年 9 期。

③ 潘向黎：《上海爱情浮世绘》，第 11 页。

④ 同上，第 11 页。

⑤ 同上，第 13 页。

欢传奇，吧台又是容易滋生传奇的地方。就如丁吾雍所判断的，只看一眼，就知道他们不是夫妻，不是工作关系，更不是一般朋友。但是在丁吾雍想当然认为他们可能需要相对私密、安静的包间时，他们大多数情况都只坐吧台。吧台大概可以称作日料店里的公共空间，离老板更近，离客人也更近。在丁吾雍有限的视角中，无法得出这对都市男女的故事全貌，但是隐隐约约可以拼凑出故事的大概模样。最开始，荷花姜和一身黑灰同进同出，一般都选择吧台位置，女主如一挂瀑布，引人注目且活泼热闹，男主则很少说话，寡言，用现金。在信息化时代的都市里，用现金这种付款方式就很古典，仿佛与都市格格不入。后来，一身黑灰不见了，荷花姜一个人来，开始一个人喝酒买醉。故事仿佛进入那种婚外恋见光之后戛然而止的通俗剧情。当荷花姜对丁吾雍说"他死了。是我把他杀了"[①]这句话的时候，仿佛故事又回到开篇的那个悬念，有着悬疑小说的走向。然而，故事依然是一个日常的都市故事。当一身黑灰不再出现时，荷花姜依旧一周来一次，每次都要点一种叫黑雾岛的烧酒，黑雾岛如同她现在的心情，颓然且孤单。通过荷花姜喝醉后的言语，大约可以得知这是一个漂泊在都市的女子，没有家，也不算年轻。再后来，荷花姜借去外地一段时间而消失了。半年过去了，就在丁吾雍不再想起那两个人的时候，一身黑灰的男子和一个中年女人来了。丁吾雍想当然认为这个脸色倨傲中有几分阴郁的女人就是这个眼中有清莹倦意男子的正牌夫人。和之前的吧台不同，一身黑灰预订了包间。在这个相对隐秘的空间里，一身黑灰却毫不避讳地把一个装有美金的厚实信封交给中年女人。丁吾雍在上菜的过程中，也零零碎碎听到"学校""租房子""美金""同学"等语词。在故事的最后，在中年女人离开餐厅后，男主的酒后真言中，大概可以还原故事的面貌。这依然是一个漂泊的都市人的故事，包间女人确实是正牌夫人，不过不是现任而是前任。疲惫、孤单、被压榨的都市中年人生活镜像如同洋葱一般一层一层剥离开来。"活剥一层皮才离了婚，我怎么会再结？""我有几条命，再去结婚，再去生小孩？"[②]故事到此，已无悬念，一身黑灰和荷花姜交往时都是单身，是光明磊落的交往，这场爱情也因一个想结婚一个不想结婚而黯然离场，荷花姜所言的"他死了"不过是指爱情的幻灭。这场都市陌生人相遇和离散，没有传奇，也无关伦理和道德。

名家论坛

二

在日本料理店这个小小的空间里，在充满"看"与"被看"的吧台一角，

① 潘向黎:《上海爱情浮世绘》，第 16 页。

② 同上，第 26 页。

潘向黎以古典、诗意的笔触书写了都市人的困境。在荷花姜和一身黑灰的主线故事之外，还隐含着另一个故事，即丁吾雍和女友余清的故事。从某种程度而言，丁吾雍和一身黑灰是同质化的都市人形象。丁吾雍当初从日本留学回到上海，没有像大部分人那样选择买房进日企的生活，而是，“不喜欢朝九晚五的刻板，似乎对在人堆里谋生有一种天然的畏惧，于是选择了自己开餐厅”[①]。过着一种区别于传统职业的新都市人的生活。同样，他也不想结婚，和女友同居十年了，在一起没什么不好的，就是想不起来或者缺乏动力去结婚。本质上说，丁吾雍和一身黑灰是同一类，即典型的追求爱和自由却害怕进入围城的都市人。然而，受到荷花姜失爱故事的影响，丁吾雍开始主动向女友求婚，大概是想通过婚姻去合法化都市里飘摇不定、变幻莫测的情感。无论是荷花姜的故事，还是丁吾雍的故事，都呈现了都市人的困境。

然而，在飘摇、淡漠的都市里，丁吾雍却以一家餐饮店、一道菜营构了一个唯美的浪漫的古典空间。这个都市里日常的餐饮店如何成为一个古典的空间？尽管故事发生在吧台这种非常具有现代性的餐饮布设上，依然不能改变日料店的古典氛围。丁吾雍作为餐厅老板，是从日本留学回到上海，不是那种只投资而不掌握核心技术的老板，他也是主厨之一。因而餐厅的菜品、风格和气质都和丁吾雍的品位有关。丁吾雍在餐厅设置了许多清雅安静的包间，这些包间以驿、涧、梅、雪、竹、兰、松、风、月等颇具古典意蕴的文字命名。同时，日料店的装修陈设也隐含着都市里并不常见的生活美学，有一架黑色底子上画着硕大宽纹黑脉绡蝶的漆艺屏风，一盏白色的和纸上面飘着枫叶的灯笼，以及吧台上定期更换的大型插花，有蝴蝶兰、天堂鸟、粉掌、白掌、跳舞兰、菖蒲、洋水仙等气质远俗的植物。尽管餐饮店是一个觥筹交错、众声喧哗的公共空间，丁吾雍却通过精心布设营造了一方自然、安静、有界限感的古典空间，让忙碌、疲惫而孤单的都市人，可以暂时在此诗意小憩。

在这个弥漫着风雅、浪漫情调的古典空间，不得不提荷花姜这道菜。无论是听觉上还是视觉上，无论是中文名还是日文名，荷花姜都呈现了古典的美感。故事女主在第一次吃荷花姜的时候说，“这么好看，到底是花还是菜？”[②]寥寥数字就描绘了荷花姜娇俏的姿态。后来，在女主消失后男主再次来店里，丁吾雍上菜时送了一小碟盐渍荷花姜。此时此刻，一如这个无奈而感伤的都市故事，“盐渍过的荷花姜，娇艳的颜色暗淡了许多，但是转成了一种憔悴的风情，充满了欲言又止的过去”[③]。这段描述，和失意中一

① 潘向黎:《上海爱情浮世绘》，第 7 页。

② 同上，第 12 页。

③ 同上，第 23 页。

张素颜却突兀涂了烈焰般口红的女主形成了某种呼应。在那种色彩参差的对比中，呈现了都市的冷暖。

三

都市文学中，陌生人相遇是无法绕开的话题。在都市这个繁华、新奇且充满消费奇观的空间，有足够的机会制造陌生人相遇。这种相遇不是戴望舒《雨巷》中的田园牧歌意境，而是本雅明笔下充满了传奇色彩或不确定性的相遇。本雅明书中提到了波德莱尔一首题为“给一位交臂而过的妇女”的十四行诗，就是大都市中陌生人相遇的经典场景。在熙熙攘攘的人群中，遇见了一位美丽而哀愁的妇女，这个交臂而过的陌生人无意的一瞥给诗人带来了视觉和情感的双重震惊。“电光一闪……随后是黑夜！——用你的一瞥 / 突然使我如获重生的消逝的丽人，/ 难道除了在来世，就不能再见到你？ / 去了！远了！太迟了！ / 也许永远不可能！ / 因为今后的我们彼此都行踪不明，/ 尽管你已经知道我曾经对你钟情！”[①] 这种陌生人相遇，又随着拥挤的人潮消失不见，一见 / 最后一见钟情的故事只可能发生在都市这个大荒漠，在熟人社会的乡村和小城镇一般是不会出现的。潘向黎的都市书写，就有许多陌生人相遇的故事。都市在潘向黎的笔下，不是充满消费奇观和物质崇拜的后现代之城，她善于捕捉一些转瞬即逝的诗意想象，以及钢筋水泥森林里的古典空间。《轻触微温》中女白领秋子和美容师阿瞳相遇，注定是一场无疾而终的故事。《他乡夜雨》中漂泊异乡的中国女孩和酒店老板娘萍水相逢，惺惺相惜却无可奈何。《倾听夜色》中同是天涯沦落人的电话诉衷肠，只能在夜色中，在阳光下仿佛就失去了意义。当这些微妙的情绪如张爱玲《封锁》中电车邂逅故事一样戛然而止的时候，呈现出一种都市人的普遍性的惆怅。

同样，《荷花姜》也是一个陌生人相遇的故事。荷花姜和一身黑灰、丁吾雍和男女主之间，都是都市里的陌生人相遇。日料店制造了店主和顾客之间相遇的机会，而透过丁吾雍的视角，又窥见了荷花姜和一身黑灰之间相遇和离散的故事。如同文中所写，“因为在这个城市里，盛产的都是男女间的各种相遇和离散，何况是这种女人遇到这种男人。女人越出色越不容易甘心，男人越出色越多顾忌，花落水流，无可奈何，那是一定的。但是，他们都是这个城市里的人，他们不会有太出格的举动，短则两个月，长则半年，个别死心眼的，也许一年？感情创伤是有期徒刑，刑期都不长，刑期一满，也就都过去了，释放了自己，新一季衣裳一着，换个发型，阳光

名家论坛

① ［德］本雅明：《发达资本主义时代的抒情诗人》，生活·读书·新知三联书店 2012 年版，第 68 页。

下面，又是光鲜的、体面的、没有过去的城市栋梁了。”[1]都市就是这样日新月异，变幻万千，它不像聚族而居的乡土社会，以地缘和血缘缔结了一个传统的稳定的熟人社会，而是充满偶遇和孤单体验的陌生人社会。

不同于乡土社会的熟人社区，都市这种陌生人社会是有界限感和距离感的。在日式料理店的吧台一角，充分展现了都市的分寸和礼节。作为老板的丁吾雍，在遇见这对十分般配的都市男女时，尽管有好奇心，却不轻易打扰，而是隐入背景之中，有距离地、不动声色地审视、观察。在吧台操作区的丁吾雍，“只要他抬头，不用刻意把脸转过去，用余光就可以知道他们的动静，相距不过六七米，他们说话的声音如果稍大，丁吾雍也能听个大概”[2]。恰当的距离既满足了丁吾雍的好奇心，又保持了必要的社交分寸。同时，荷花姜、一身黑灰选择离老板很近的吧台，也是一种有界限却不设防的信任。也正因为这份信任，消融了都市的疏离和冰冷，呈现出一种陌生人之间互不打扰却心有牵挂的温情。通过荷花姜和一身黑灰、丁吾雍和男女主之间的相遇和离散，潘向黎书写了日常、疏离也有温情的都市邂逅。“邂逅的故事在文学书写中并不新鲜，而潘向黎的独特之处即在于，她并不刻意渲染相遇的传奇性，也不试图将这段旅途引向何方，而是任其花开花落、缘聚缘散，她所关心的是在这无目的漂泊的扁舟上所吐露和挖掘的自我。”[3]在《荷花姜》这个轻描淡写的相遇故事中，没有传奇，有的只是都市人的日常。有苦涩，有哀愁。有人生的不容易，也有淡淡的温暖。

四

通过日式料理店的一角，通过荷花姜这道独特的菜肴，潘向黎巧妙地建构了她的上海。不同于充满消费主义和拜物教的摩登上海，在餐厅这个狭小而日常的空间里，书写了陌生人相遇和离散的故事，呈现出都市的疏离和温情。这样的叙述，轻易就能触碰到都市人内心深处的各种情绪，即使这个故事落幕了，依然会存在于记忆晶体之中，或者是在回忆中延续。“这种无法‘摆脱’的情感，可能趋向于一种‘和解’，也可能意味着最后的无疾而终，‘延续’构成的是一种无力的循环，而不是建立关系能力的增强，最后，这一‘延续’变成了阻碍个体发展的自我叙述和自我掣肘。依赖始终存在，我们的情感也依旧贫困。这就是当代关系中人与人无法挣脱的荒诞困境。”[4]这是一种区别于传统社会的现代都市关系，没有所谓的大团

① 潘向黎:《上海爱情浮世绘》，第14—15页。
② 同上，第8页。
③ 臧晴:《都市荒漠的守望者——论潘向黎的小说创作》，载《扬子江评论》2013年第6期。
④ 韩松刚:《感情在我们身后延续——评潘向黎短篇小说〈荷花姜〉》，载微信公众号“思南读书会”。

圆结局，也没有王子公主从此幸福地生活在一起的童话幻象，却更贴近都市的真实。城市里没有天长地久，也没有地老天荒，然而，有一种情感，即使褪色了、尘封了，依然会在记忆中延续，依然是缺席的在场。

《荷花姜》的故事其实并不新颖。在熙熙攘攘的都市中，或者每天都会有这样的故事发生。然而，小说的叙述却很特别，故事背景是现代都市的餐厅一角，却有足够的古典氛围和浪漫情怀。自五四新文化运动以来，乡土文学一直占据着文学主流，都市文学好像很难登上大雅之堂，这或许与都市叙述的表面化有关。在普遍的都市文学中，呈现的是一个摩登的、现代的、消费的、欲望的城市。都市如同一个大荒漠。潘向黎的特别之处在于，她在这个荒漠里，发现了充满古典氛围的空间。潘向黎从未追寻任何文学潮流，也不属于任何潮流。她的写作以都市为背景，却过滤了都市文学的欲望和物质性，她的都市书写是在古典诗意的背后，呈现都市的聚散离合、世态冷暖。她善于从钢筋水泥森林里寻找诗意、浪漫和温情，开辟了一个古典的空间。“潘向黎的小说表面上大多写城市，尤其是城市中的职业女性，但是她的城市并不是现代主义笼罩下的城市。她的女主人公们往往是重情而端正，有一种古典气质的浪漫——无论是欧洲浪漫主义语境下的‘浪漫’还是传统文化中的‘古典’，都是对于资本主义现代性的一种矫正。潘向黎的城市，是有着人情人性之美的城市。”① 这种人情人性之美的城市，在上海书写中并不常见。而《荷花姜》却在这个实际的、淡漠的现代都市中呈现出温情的一角，通过一道颇具美学意味的菜，来抚慰都市粗糙、疲惫而芜杂的生活。

潘向黎的写作很容易让人想起中国现代新闺秀派女作家凌叔华，她创造了一种不同于五四潮流的叙述方式，展现了一个容易被忽略的角落。正如鲁迅的评价，凌叔华大抵是谨慎的，适可而止地描写了世态的一角，高门巨族的精魂。虽然与大历史大潮流有一定距离，但不能说这类书写不重要。这些角隅世界里的故事也是另一种历史，容易被遮蔽被忽略的历史。对于徘徊在传统与现代之间的转型期女性，凌叔华是有着悲悯情怀的。同样，潘向黎也在都市里发现了世态的一角，潘向黎的小说也有一种悲悯，不是居高临下的悲悯，而是对她笔下人物感同身受的一种悲悯。可以说，潘向黎继承了冰心、凌叔华、林徽因、宗璞等现代闺秀派的文学脉络和美学趣味，这样的都市叙事和主流文学一样，同样值得珍视。

潘向黎小说中的古典诗意，是其生活美学和古典文学素养的呈现。“潘向黎的世界，是一个由花、瓷、茶、古典诗词所组成的世界。在这一切背后，是潘向黎对于本真性的人性的相信，这往往落在对于情感的倚重。在

① 黄平:《以〈荷花姜〉为窗口——重访潘向黎的美学世界》，载微信公众号“思南读书会”。

这个意义上，潘向黎的古典和浪漫是彼此交叉的，她的浪漫没有那种廉价感，她的古典也没有那种道学气。而这彼此交叉的两条美学线索，落在比如上海这种城市文学的典型情境中，使得浪漫的美学与古典的美学避免高蹈的空谈，直面最为残酷的现实生活。”[①] 凭借这一份古典美学的支撑，潘向黎小说的语言和情感都比较节制，显得温润、婉约，在不经意间揭开都市的面纱，捕捉庸常生活表象下的微澜，以及都市里含而不露的美好瞬间。小说如同冰山一角，而水面之下的部分则是作家的积累和功课。很显然，相比较十几年前的小说，唐诗宋词意蕴无痕地融入了小说美学。潘向黎坦承古典文学对她的影响。“古典文学底子对小说的影响是隐秘的，但是非常巨大。因为它在我写小说之前，就影响、参与塑造了我的价值观、感情观和审美观。”[②] 正是潜心研读古诗词，小说的质地、看待世界的眼光、想象城市的方式就会不一样。也因此，潘向黎在都市小说中，建构了一个不一样的上海。

（陈红：北京大学文学博士）

① 黄平:《以〈荷花姜〉为窗口——重访潘向黎的美学世界》。

② 何子英，潘向黎:《潘向黎：上海是能成全女性“做自己”的城市》，载《长江文艺》2022 年第 1 期。

白烨评论专栏

羊可道，非常道

——评李娟的散文新作《羊道·春牧场》

白　烨

曾以《九篇雪》《我的阿勒泰》《走夜路请放声歌唱》等散文作品引起文坛广泛瞩目的新疆女作家李娟，自 2011 年起开始系列散文作品《羊道》的酝酿与写作。如今，这部大型系列散文作品《羊道》，分为《春牧场》《浅山夏牧场》《深山夏牧场》，由上海文艺出版社隆重推出。这种如“井喷”一般的散文写作的激情爆发，近年来相当少见，值得人们认真予以关注。

洋洋洒洒四十余万字的《羊道》，拉开了架势来写新疆北部地区的牧民转场、群羊迁徙和牧羊之道，使“羊道”成为一个平中有奇、寓繁于简的象征符号。最近读了系列散文中的《羊道·春牧场》，原生态的素朴平实之中，别有一种异样的冲击。诸种感受百味杂陈，难以一言以蔽之。借用这里的“道”字，并在道白的意义上套用老子的名言，我想说的是：“羊可道，非常道。”

李娟曾在《羊道·春牧场》的“自序”里交代：“对我来说，这场写作颇具意义。它不仅为我积累下眼下的四十万字，更是自己的一次深刻体验和重要成长。”其实，“羊道”之于李娟，委实使她在散文创作上实现了一次华丽转身；“羊道”之于文坛，当属散文百花园地盛开了一朵娇娆奇葩。

散文写作，一向有“形散神不散”“言近意不浅”的说法。但要在写作中真正做到这些，又殊为不易。纵观近年来的当代散文写作，在写法上确实有不少新的进取，一些作品也在艺术上取得了醒目的成就，但经营过甚者时有所见，矫饰过度者也屡见不鲜，真正让人轻松进入又流连忘返的作品，不能说绝无仅有，也是凤毛麟角。正是在这样一个背景之下，李娟的“羊道”，在看似平凡之中，着实显示出了它的不太平凡。那就是她在写作中，“放弃了判断和驾驭，只剩对此种生活方式诚意的描述”，“我深深地克制自我，顺从扎可拜妈妈家既有的生活秩序，蹑手蹑脚地生活其间，不敢有所惊动，甚至不敢轻易地拍取一张照片”。这种零距离的写作姿态，使她不再是所写生活的旁观者，而是所写生活的介入者，因而她所写出来的，并非是他人生活的转述，而是自己经见的记述。因此，你可以说“羊道”是文学性散文，也可以说“羊道”是纪实性笔记。新的姿态与新的文体，就这样在李娟的散文写作中一并诞生，并水乳交融。在这里，对象与自我既有的隔膜，生活与写作常有的界限，都被跨越了，也被打通了。这是李娟的“羊道”之所以特色独具，能够卓尔不群的最大根由。

用感觉统领一切，以白描呈现感觉，化冗琐为简约，又以简约寄寓丰繁，是李娟写作“羊道”时所格外在意和特别追求的，这也是她的作品看来平实，实则丰润的一个重要诀窍。优秀的文学创作，向来都是内容与形式完美结合的产物，也即著名英国美学家莱夫·贝尔所说的“有意味的形式”。李娟的“羊道”，便是散文写作方面“有意味的形式”的代表性文本。她不增不减地描写对象本身，不矫不饰地呈现事象本体。让“羊道”的天然自在状态在不加打扰的自然延伸之中，自己表白自己，自然呈现自然。我们也因而看到，哈萨克族人扎可拜妈妈一家在疆北草原一次次的转场过程之中，驼队与羊群的艰难跋涉，家人之间的分工合作，邻里之间的相互走动，以及作者自己作为其中一员的适应与劳作、感喟与兴叹。这里徐徐展开的，有人与羊的相互依存，人与自然的相互眷顾，人与人之间的相互温暖，吉尔阿特，塔门尔图，冬库尔，这些“羊道”上的一个个驿站，虽然只是扎可拜妈妈一家人转场迁徙中的匆匆过客，但每一处又都留下了跋涉前行的鲜明足迹与余热不散的生命体温，在每一个人的心里都铭留下难以磨灭的深刻记忆。这其中，李娟自己与卡西等哈族兄弟姐妹并不顺畅的多语对话，错漏百出的相互沟通与彼此会意，不同的人出于不同文化背景的生活方式的彼此碰撞与相互磨合，李娟自己从不适应到适应，再到乐在其中的情形，这些连同那总在路上的日常生活，总有惊喜的种种发现，都充满了意外的新鲜、异样的情味。应当说，关于哈萨克牧民的传统的生活形态与具体的生存方式，“羊道”几乎是做了巨细无遗的情景复现与原样传真的真实描述，尤其是勤劳善良的扎克拜妈妈，顶天立地的斯马胡力弟弟，吃苦耐劳的卡西妹妹，乃至尽力而为的李娟自己，都以各自的形象与性情，给人们留下了立体化的如刀砍斧凿一般的深刻印象。而由此和盘托出和藏而不露的牧羊之道、为人之道、生活之道、人生之道，因为新旧杂陈，又变亦不变，更是丰盈而醇厚，令人兴味盎然，引人深长思之。这是民族种群之一类，生活现实之一种，但又是那么自带光彩，那么清新诱人。

适应着“记录生活”的内在需要，李娟的文笔是极其简洁、异常素朴的，但这种简洁素朴，却像一壶上好的清茶，看似平淡无奇，实则醇厚宜人。描景状物，用语相当洗练，毫不拖泥带水，却因浸汲着情感，内含着情味，充满了一种律动感，乃至生命感。如“遥远的孤独的羊群缓缓地漫延在半山坡上，倾斜的天空光洁而清脆”，“我搂着羊羔向远处张望，一行大雁正缓慢、浩荡地经过天空，等远行的雁阵完全飞过之后，天空一片空白，饥渴不已”。而涉及人际与人事，李娟的笔下，便在看似不经意之中，暗含了一种殷殷可感的人文关怀。如描述转场时的小羊与小孩得到的同等照顾：“转场的时候，过于弱小的羊羔都是放在马背上前进的。我曾见过最动人的情景是：一只红色彩漆摇篮里躺着一个婴儿和一只羊羔。揭开摇篮上盖着的毯子，两颗小脑袋并排着一起探了出来。”而那些夹叙夹议的感喟，则更是言简而意赅。如“我们伴随了羊的成长，羊也伴随了我们的生活”，“牧人和羊之间，难道只有生存的互依关系吗？不是的，他们还是互为见证者”，“搬家不仅仅是一场离开和一场到达，更是一场庆典，是一场重要的传统仪式，是一个节日”。这些话语，在看似素朴、直白之中，包孕着启人思忖的哲理与引人遐想的意向，称得上是表述以一当十，内蕴既深且厚，收到的显然是以少胜多的艺术奇效。

李娟独辟蹊径的“羊道”书写，把她个人的散文写作提到了一个新的高度，也给整体的散文创作别开了新的生面，个中也给人们以诸多有益的启迪。比如，生活与文学的关系，写作者与被写者的关系，实写与虚写的关系，素朴与丰赡的关系等等。如许现实性的文学问题，是人们在读李娟的散文作品时，会自然而然地联想到，并以此为借镜，反省自己的状态，反观当下的创作。经由凸显生活而凸显自我，又经由凸显自我而超越自我，这便是李娟散文的个人性意义所深蕴的宏观性文学意义之所在。

（白烨：著名文学评论家，中国当代文学研究会会长）

真情地寻找

——读杨则纬[*]长篇新作《于是去旅行》

白 烨

从2006年出版长篇小说《春发生》起，属于“85后”的才女作家杨则纬在小说创作上已不懈不怠地跋涉了十年，并以《末路荼蘼》《我只有北方和你》《最北》等长篇小说，留下自己奋勉前行的鲜明足迹。

杨则纬的第一部小说作品，写于她的高中时期。此后的小说作品，都写于她的大学时期。这些不折不扣的业余写作和持之以恒的文学坚持，既向人们表明杨则纬对于文学写作的深沉挚爱与坚定追求，又向人们传递了她在人生和艺术两个方面双向成长的可喜信息。

因为与杨则纬有着同乡、校友和同道的多层关系，我一直关注着这个不断发声、日趋活跃的“85后”文学新秀。但断断续续地读了她之前的小说作品，我时而欣忭，时而犹疑，觉得作品里无遮无拦的青春气息确实逼人，又觉得作品里那种四处乱撞的青春力量又缺少自控。我担心两代人事实上存在的文化代沟使我误读她，便采取了一种少说话多观察的姿态，在一旁静观默察，暗自守望。

2015年秋，杨则纬在《中国作家》第9期发表了长篇小说《于是去旅行》，我读过之后，不免为之意外，甚至为之惊异。这种意外与惊异主要来自两个方面，一是作品所表现的女主人公辛钰的职场与情场相交融的人生纠葛，超越了作者之前的以校园生活为依托、以学生人物为主角的长篇书写，在生活层面和人生含量上都有显著的拓展；二是以“旅行”结构故事和展开叙事，并赋予“旅行”以特别的寓意，在某种程度上构成了符号性的意象。由此，我判定，《于是去旅行》应是杨则纬创作历程上的一部标志性

---

* 杨则纬，女，1986年生于陕西西安，毕业于陕西师范大学新闻与传播学院。现为西安建筑科技大学文学院教师，中国作协会员、陕西文学院签约作家、陕西省青年作协副主席。2006年开始发表作品，已发表中、短篇小说和散文《童话》《新生代的隐痛》《傻瓜美丽》《我的春和秋》等，出版长篇小说《春发生》《我只有北方和你》《躲在星巴克的猫》等5部，曾获得柳青文学新人奖和《中国作家》剑门关文学奖等。

作品，它标志着杨则纬在文学跋涉上的一次重要转型，同时也预示了她在小说创作上的新的可能。

在长篇小说《春发生》的“引子”里，杨则纬曾谈到自己常会带着各种各样的梦，“寻找新的地方，新的朋友，新的生活”。我觉得，这可能既是她日常生活状态的一个写照，也是她文学写作情形的一种描述。寻找，是一种探寻、一种踏访、一种拓展，而主导着寻找的，应该是好奇之清心、未泯之童心。而清心与童心的合二为一，便是杨则纬文学写作的初心。带着这样的初心，杨则纬一路向我们走来，向人们真诚地诉说自己的念想，真实地抒发自己的感想，使得真情地寻找，成为她小说写作中变亦不变的总主题。

但寻找什么，怎么寻找，似乎也是循序渐进的。《春发生》里十六岁的女高中生丫丫，在花季般的年华里，因情窦初开，不可遏制地“渴望爱情”，因此，无论是在校读书，还是外出旅游，都会想到初恋男友——超人，由此把对爱情的想象满满地注入自己的青春岁月。相比于《春发生》里懵懵懂懂的爱恋，《末路荼蘼》写到的小女生依一与大男生蓝的爱恋，更为实际，也更为惨淡。虽然依一已经知道了蓝一向以哄骗小女生为乐，因为从中获得了少有的快乐，却怎么也难以自拔，并不惜以用刀子自戕的方式回应男生的决然离去。“寻找”在这里渐显端倪，那就是寻找可以放心依托的真情。到了《最北》，作者换了一个角度，从男生李浩的视角写他留学瑞士与薇拉的爱恋，回国之后与娇南的爱恋，两段爱恋都不咸不淡，而从李浩“生命中似乎再也不能缺少女人，而女人再也不能成为他的全部”的感受看，“寻找”在这里变成了诘问，那就是：为什么男人不能像女人那样用情专一，那样爱得坚贞？

不能说作者在作品里所描写的，都是自己所经所历的，但却一定跟作者的感受有关，与作者的阅历有关。一个作者，涉世有多深，涉情有多深，在作品里都会有所显现。杨则纬以上作品里的爱情描写，除去由敏动的感觉与灵动的文字传达出来的渴情的向往，痴情的感受，多情的联想，让人领略了一个纯情小女生的情爱之上的不懈追求之外，就作品的主干故事和主要人物而言，总以校园生活为依托，只滞留于青春期的情感萌动与情绪躁动，在如我这样的沧桑成人看来，因无关生活的磕磕绊绊，无关彼此的生死歌哭，与真正的人生现实尚有一定的距离。从某种意义上说，这也是作者人生历程中青春阶段的文学透射，是她尚处于由校园人生向社会人生缓慢过渡的一个表征。

正是在这样的一个节点上，《于是去旅行》的写作，对于杨则纬而言，就有了特别的意义。这个作品虽然也由大学校园开启故事的叙述，但女主人公辛钰进入电视台当了主持人，便踏入了社会生活的旋涡，尤其是先后与沈阳、吴限、师楠和糖糖所发生的情感纠葛，一步步地把辛钰置于一个既要努力工作成就事业，又要经营爱情构建婚姻的复杂氛围与艰难境地，从而也使如何塑造辛钰这个人物，给作者自己出了一个绝大的难题。

在作者的笔下，因为有着出色的才能、靓丽的样貌，色艺双馨的辛钰从事业到情感，一开始都扬扬自得，自信满满。但随着工作的进展与关系的铺展，她时而清醒，时而迷茫了。大学时期不期而遇又一见钟情的沈阳，因另有女友张倩，只能眼睁睁地看着他随她而去，这成为她挥之不去的顽挚情结。因为沈阳的可望不可即和事实上的情感空窗期，她在去往西藏的旅行中又邂逅侨居日本的吴限，遂由"驴友"成为情友，陷入忘我的热恋。但辛钰想要的婚姻吴限并不能兑现，出于稳定现有工作的考虑，她屈从了师楠的追求并答允了他的求婚，嫁给了这个能给她以安全感的男人。但婚后的生活完全超乎她的想象，这个能给他安全的男人并不能让她安心，他只忙于自己的工作，很少顾及新婚的妻子，甚至连夫妻生活也极力回避，使得如守活寡的辛钰，难耐寂寞也难抵诱惑，既跟时常回国的吴限私相姘居，又搭识了上海商人糖糖，沉湎于别有刺激的偷情约会。辛钰在情感上，由真情之追寻，陷入乱情之泥淖，似乎是始料未及，身不由己，又似乎是随波逐流，乐此不疲。因而，她时而自得，时而自怨，时而自责，时而自咎，情感生活的种种麻烦使她剪不断，理还乱，"于是去旅行"，就成为一个无可选择的选择，因为，那不仅可以暂时逃离现实的烦扰，在触景生情中沉浸于过去的回忆，更可以"带给你不一样的命运体验，尽管是有限的"。作品中写到又一次外出旅行中的辛钰，带着复杂的心绪、莫名的希冀，边打开窗户边默说心语："让山里的风吹进来，让春天的风吹进来，让命运的风吹进来。"那分明既内含了无言的倾诉与宣泄，又寄寓了深切的期待与呼唤。

作品的最后，写到又来云南宁蒗旅行的吴限，给也在云南泸沽湖的辛钰发短信，告诉自己带了女友回国，明天即回日本。而一直惦念着吴限的辛钰接到短信后，立即赶往丽江机场，期望能再次遇到吴限，"亲口告诉他自己错了"。但到达丽江之后，她既没有见到吴限的人，也没有等到他的电话。"于是，她只能继续旅行"。由此，作品又由期待中的旅行，旅行中的期待，使寻找的主题进而得到了凸显。

初次看过作品，我对"于是去旅行"的书名不甚满意，觉得过于随意，曾郑重建议杨则纬出书时更改一个更好的书名。自有主意的杨则纬不卑不亢，用"来不及了"的说辞温和地婉拒了。后来再看作品，才觉得"旅行"在这部作品里有着特定的含义，寄寓了作者深邃的用意。旅行，不只是物理与地理意义的，它还是精神与心理意义的；放大了看，爱情也是一种两情相悦的结伴旅行，人生也是个体生命由始到终的一段旅行。不断旅行，脚步不停，不断行走，视野不定，才能看到更多的风景，开阔自己的眼界，扩充自己的人生，丰富自己的经验，由“山重水复疑无路，柳暗花明又一村”的切身体验，使人生具有更多的可能。而“旅行”在杨则纬这里，还是“寻找”的代名词，通过旅行，寻找人间之美景、人际之真情，骨子里还是不弃希望，不忘初心，对于自己的人生和自己置身的这个世界，寄寓了一种美好的希冀。这正如辛钰最后所醒悟到的那样，“自己需要什么得到什么也同样失去什么”，这样的功利性的人生考量已经不那么重要了。重要的是经过旅行的过程，体验发现的乐趣，体会寻找的况味，而青春成长的密码，人生的舍得哲学，人的生命的意义，也许就蕴含在其中。当作品通过辛钰在寻找中不断思索，在思索中不断释然之后，“寻找”之于人生的意义就昭然若揭，作品因此也就具有了超越情感纠葛的人生探究与人生思考的现实意义。

从艺术描写的方面来看，《于是去旅行》也有不少新异的变化与较大的长进。杨则纬过去所擅长的“毛边叙事”——以吐胆倾心的文字表达径情直遂的感觉，不只运用于青春的自恋与自诉，还见之于人性的自审与自省，如辛钰释放欲情时的快感与罪感相交织的复杂感受，就在淋漓尽致中很见力度。更为重要的是，因为故事更多地围绕辛钰而展开，矛盾也更多地纠结于辛钰一身，辛钰这个人物，形象得到了更为集中的描写，性情得到了更为细致的刻画，使得这个人物成为杨则纬笔下为数不多的让人看后忘不了的艺术形象。小说表象上是在写故事，内里其实是在写人。人物形象立不起来，人物性格活不起来，小说就很难说取得了成功。而怎样写好人物、写活人物，并给人印象深刻，使人难以忘怀，这似乎是包括杨则纬在内的“80后”写作者们一个普遍的短板。因之，杨则纬在这个作品里，倾其心力写出辛钰这个堪称典型的人物形象，是尤其值得称道、特别令人欣喜的。写人的能力与技艺的长足增进，是她深富艺术潜力的鲜明佐证，大有文学前途的有力保证。

当然，《于是去旅行》也还带有属于年轻作家也属于杨则纬自己的种种欠缺与不足。我以为，在主要人物相互关系的描写上，作品还时有不够精细的粗疏之处。比如，作品中辛钰与师楠的从结婚到离婚，都写得有些浮皮潦草，或偷工减料，他们的爱与不爱，都没有揭示出其内在的根由，让人感觉缺少应有的来由；还有辛钰与几位男士的多头爱恋，情感的层面如火如荼，精神的层面不痛不痒，这在一定程度上限定了不同人物与不同人性的深入掘示。写人的要义，是在一定的人际关系中写好主人公，也即写好典型环境中的“这一个”。在这方面，杨则纬显然还有不少有待提高的空间。因此，我以为，一直在描写真情之“寻找”的杨则纬，还需要在小说艺术的征途上继续探究，努力寻找。写作无止境，贵在永攀登。这也是小说创作这种艺术追求的意义所在。

生活的歌者

——余红小说与现实题材写作简说

白　烨

在寻思用什么词语来总括余红的小说创作时，自然而然地就想到了“生活的歌者”。这样一个看似寻常又较为普泛的说法，余红以她的不断凸显艺术个性的小说创作，做出了自己出色的诠释，由此也使她的文学歌唱具有了自己的独特音色。

余红是经由她的直面当下生活的现实题材小说作品，让人们认识她、了解她，并不断刷新人们的印象，让人们刮目相看的。

余红的小说创作，主要以长篇小说为主。2008 年，她的首部长篇小说《黑煤》（湖南文艺出版社 2018 年 10 月版）问世，作品由一桩矿难事故牵引出煤场、商场与官场的诸多人事纠葛和内在隐秘，冷峻的现实观察与硬朗的叙事手法，都让人为之刮目相看；2010 年，她又写出了长篇小说《鸿运》（湖南文艺出版社 2010 年 6 月版），作品由江南某市的输水工程为主线，深入揭示了工程运作中的权钱交易的隐性歪风，着力描写了年轻干部在官场风云中面临的挑战和自我历练，显现出向“塑造典型环境中的典型人物”的大力迈进。

如果说以上两部使余红走上文坛并藉以成名的作品，属于余红早期创作的成果的话，那么，2015 年创作的长篇小说《琥珀城》（作家出版社 2015 年 1 月版），则意味着她经过生活与艺术的双向历练已开始走向成熟。这部作品由房地产业企业家杨晓成建造“琥珀城”的坎坷历程，揭示了交织在房地产业里各种各样的不同力量的相互博弈，并通过“琥珀”的象征寓意，表现了新型企业家的坚定而高远的人生追求。作品在揭示社会时弊与歌赞高尚人格上，以巧妙的融合达到了新的艺术高度。在 2015 年 1 月 20 日举行的作品研讨会上，与会的专家学者都给予了较高的评价。与会的专家们认为：“《琥珀城》在引人的故事中，贯注了人情的省思、人性的审视、人生的叩问”，“《琥珀城》看起来描写的是看得见与摸得着的楼房，它打动人、启迪人的却是看不见也更重要的心房”（“凤凰读书”2015 年 1 月 29

日）。这样一些说法，既是中肯的评点，也是较高的评价。

经过自己的不断摸索与潜心努力，余红由《琥珀城》一作攀上新的台阶之后，在小说创作上既保持了稳步发展的势头，也使新的作品显示出较高的艺术水准。2017 年，她写出了反映青年科技英才献身环保科技创新有成的《从未走远》（作家出版社），把艺术的镜头移向当下都市的新生活与新人物；2018 年又以"90 后"海归青年学子回国自主创业为题材，写出了反映新时代青年茁壮成长的《我的青春有片海》。前者被评论家誉为"新时代一部书写新青年的作品"，"是一部励志的作品"；后者在第四届海峡两岸原创文学大赛中荣获银奖，并在颁奖典礼的作品点评中获得充分肯定与高度评价，被认为是"在新时代的背景之下，以跌宕起伏的故事，演绎了一出时代新人自主创业与青春励志的人生大戏，弘扬了当代青年自立自强的奋斗精神"。应该说，从 2008 年开始，余红十年来的小说创作的艺术跋涉，进取是稳步的，成绩是显著的。

无论是煤矿经营、输水管理，还是房地产开发、科技创业，余红所关注的都是当下的生活变动与现实的社会问题，所描写的都是不折不扣的以改革开放以来的历史演进为主线的现实题材，这种对于现实题材目不转睛的关注和聚精会神的书写，对于一个生活阅历与艺术历练都还有限的年轻作家来说，无疑是十分难能可贵的。

现实题材创作看似容易，实则不易；而同为现实题材创作，实际上又有强弱之别和高下之分。现实题材书写中，常见的问题是，由于社会生活的发展不够平衡，也由于作家们看取生活的角度各个不同，"真实"在不同的作者与作品那里，事实上又呈现出不尽相同的面目。现实的社会生活，活跃而丰富，也陆离而驳杂；社会的人性构成，多样而丰繁，也复杂而隐秘。文学创作无论描写什么，怎样描写，都会找到自己的依据，因而也不失其真实的一面。但好的和比较好的作品，从来都不是生活事象的自然记录，一定是带有作家主体意向的创作取舍，带有作家主观浸润的艺术想象，从而使自己作品所反映的生活，"可以而且应该比普遍的实际生活更高"，并由生活之真实升华为艺术之真实。因此，吃透生活，"读懂社会"，是避免自然记录生活的前提，是走出机械反映生活的良药。正是在这个意义上，习近平总书记在文艺工作座谈会上的讲话中语重心长地告诫我们："广大的文艺工作者要提高阅读生活的能力，善于在幽微处发现美善，在阴影中看取光明，不做徘徊边缘的观望者、讥谗社会的抱怨者、无病呻吟的悲观者，不能沉溺于鲁迅所批评的'不免咀嚼着身边的小小的悲欢，而且就看这小悲欢为全世界'。"要使自己的作品，"让人们看到美好，看到希望，看到梦想就在前方"。

余红的写作正是这样，在她的作品里，人们既可以感到现实的繁复与生活的波澜，又可以看到希望的萌动与激流的涌动；既能感到世情的多变与人际的亲疏，又能看到人生的奋起与人情的暖意。在她的文学世界里，浑水里有清流，灰暗中有亮光，阴霾中有春风，失望中有希望。由此带给人们的，是引动人不断向上的美好情感，是鼓荡人努力向前的正向力量。对这样一个写作追求进而具体观察，可以看到。余红在如何看取现实和把握生活方面，有着自己的文学运思，自己的处理方式，从而在现实题材的把握上形成了自己的一些特点，也给现实题材创作提供了属于她的一些有益的经验。概要地看，这种打有余红标记的小说写法，主要表现在两个方面。

其一，在人际“关系”的深入探察中，写出生活的内在律动。

现实生活，包含了当下社会的自然现象、社会现象和精神现象的方方面面。所以，作家在文学写作中要化自然的现实生活为自足的艺术作品，还需经过一番文学选择与艺术提炼的特别功夫。因此，作家写什么，既有无比广阔的天地，又要做出自己的选择。显而易见，余红在小说的构思与写作中，更愿意打通不同行业之间的界限，写不同领域与行业在交织中形成的特殊“关系”，以及由这种“关系”所繁衍出来的场域环境与生活氛围，及其对与置身其中的人们的种种作用与影响。这不仅由“人的本质”“是社会关系的总和”的角度，切入了现实生活的内在脉络，而且又由此凸显了对于社会问题的敏锐观察与独到把握。

《鸿运》里的平和输水工程管理局代局长沈运遇到的问题，就是输水工程尚未上马，政界领导和商界友人便纷纷写条子、打招呼，使得她不好拒绝，也难以应对。她只好以柔里含刚的“太极”拳法，在推推挡挡中，静观势态变化，保持自己的定力。《琥珀城》里的杨晓成，在“五铺场”走向“琥珀城”的过程中，一直为政界、商界和业界的各种“关系”所环绕和掣肘，幸亏有正直为人的区委书记周明远等人的从旁支持，才得以在步履维艰的工程建设中不断前行。可以说，紧紧抓住“关系”这个要害，并着力揭示其对工作与事业的有力左右，对民风、社风和世风的深刻影响，已成为余红洞察现实、表现生活的拿手好戏。这种从“关系”角度的巧妙切入，使余红在对于现实的把握上更显内在，在世情的观察上也更为深邃，由此也使作品既真切地反映了生活的内在律动，又提出了值得人们加以关注和警惕的社会问题。

其二，在爱情纠葛的精心营构中，写出人物性格的不断成长。

无论是打拼事业的中年人，抑或初始创业的青年人，余红在描写他们时，既把他们放在各种“关系”纠合而成的社会风浪之中来观察，又把他们置于爱情与婚恋的各种矛盾纠葛中来把握，揭示爱情对于人性的种种考验，显现爱情对于人生的种种影响，由此来展示人物的不同性格与各自的情操，写出各类人物在爱情生活中的特殊历练和不断成长。

《鸿运》中的女局长沈运，所以在输水工程的工作上踌躇不前，一个很大的原因是远天公司的老总陈鸿坤是自己过去的同学、现在的情人。她与陈鸿坤保持了一种特殊的私密关系，只是在念旧和恋情，而陈鸿坤的不舍私情，既有爱恋的成分，更有觊觎工程的目的。与陈鸿坤的情感纠葛，使已不年轻的沈运领略了人性的复杂，看到了自己的稚嫩，在不断自我反省中进而走向成熟。《从未走远》里的女“海归”叶子琴，与王清源的初恋，与徐一路的婚恋，与李远程的暗恋，使得她备尝爱的酸甜苦辣，爱情本身成为她青春成长与人生发展的重要历练。他在爱恋中寻找着，她在寻找中思考着，终于明晰了男女爱恋中志同道合的重要性，最终选择了很有“战友加爱人”的感觉的韩少峰。爱情使叶子琴遭遇了不少的生活坎坷，爱情也使叶子琴获得了宝贵的人生收获，经由这样的爱的寻找与探讨，她一步步地走向理想的人生道路。可以说，在余红的所有作品中，爱情都是其中最为重要的内核所在。她或者写男女主人公在相遇中的相知，或者写青春男女在婚恋过程中的纠葛与波折，或者写多角情恋造成的困扰与迷惘，均把爱情作为青春成长的必修课，人性检验的试金石，人生追求的加油站，写出了爱情成长与人生发展中至关重要的作用与影响。而且在这里，爱情既是青春的舞台，又是人生的借镜，情爱与友爱相互杂糅，“小爱”与“大爱”相随相伴，在引动人中感染人，在感染人中启迪人。

除去看取现实视角内在，描写人物注重成长之外，余红在作品的结构营造和叙事方式上，也有着与作品内容桴鼓相应的艺术表达，并也表现出自己的一些独有特点与个人所长。这使她的小说创作，在葆有充盈的生活实感的同时，也散发出引人的艺术魅力。在这一方面，较为突出的也有两点值得关注。

第一，以多条线索的交织演进来营构故事和展开叙事，使作品具有相当的丰厚度与较强的可读性。从作品主线的角度看，《黑煤》主写煤矿产业，《鸿运》主写工程管理，《琥珀城》主写房地产业，《从未走远》和《我的青春有片海》主写青年科技创业，可以说，各有侧重，各具其味。但作品在这样那样的主线之中，又都交织着或者来自政界，或者来自商界，或者来自情事的其他线索，使作品从某一特定行业的角度，牵扯起人情世故的根根须须，联通到社会生活的方方面面，职场与商场，官场与情场，就这样相互勾连、彼此影响。五味杂陈的人生、活色生香的生活，使现实的呈现更加真切生动；环环相扣的故事，悬念迭出的叙事，也使作品读来有滋有味，读后回味绵长。

第二，是巧用某些具有符号意义的特殊物品，给其赋予特别的寓意，以使故事的叙事葆有一种超越现实的象征意蕴。如《黑煤》里的吴施月，经常拉奏自创的琴曲《荷残月笑》，由此来寄寓自己再去爱现实中实现不了的爱情向往;《琥珀城》里的杨晓成，由真心喜欢“琥珀石”，到建造自己命名的“琥珀城”，都是他高尚人格修为和高远人生目标的典型体现；而《我的青春有片海》里的林小薇，总会想到航海家哥伦布，并把自己的青春用“海”来喻比，投射出来的是她对当下青春的清醒认识和对未来人生的无限憧憬。这样一些各具独特意蕴的艺术符号镶嵌于作品之中，使得作品或者有了意象的飞扬，或者有了内涵的提升，平添了一种精神的气度与浪漫的意蕴，从而使作品在对现实生活的观照上，做到了既有现实主义底蕴，又有浪漫主义情怀。

对于那些坚持现实题材写作的作家，仅仅从“写自己所熟悉的”的角度去看待，应该是远远不够的。进而探究这种写作取向与文学追求，可以肯定地说，热衷现实题材写作，源于热爱当下的时代；钟情于新的生活潮动，根于热爱沸腾的生活。对于余红的小说创作，亦可作如是观。余红像一个忠贞不渝的痴情者，一直紧随着时代的脚步，坚持现实题材创作，而且从政务领域、行政部门，到工矿企业、科技产业、房地产业，涉猎的都是现实生活的前沿地带。而且，这种创作追求在余红那里，又显得毫不做作，自然而然。这其中也是有缘由的。据知，余红出生于改革开放的年代，也随着改革开放的历史进程一步步成长起来。就在她从事小说写作的前后十多年间，先后从事过多项实际工作，从未离开过沸腾的现实生活。因此，她的写作基于自己的所经所见，源于自己的所思所感。她因而比其他人更深谙个人与社会的关系，更懂得事业与时代的勾连。可以说，她是在生活中写作，在写作中生活。她首先是一个事业的建设者、生活的创造者，其次才是文学的写作者、生活的歌吟者。这是它与其他写作者的最大区别所在。

因为是在追随时代中歌赞时代，在建设生活中歌吟生活，余红笔下的现实，与时俱进，蒸蒸日上；余红笔下的生活，鲜活生动，生气勃勃，作品始终葆有地气，充满元气，洋溢着生气。这不仅是独特的，而且是难能可贵的。而这种独特的优长，也使她的文学写作有了更多和更大的可能。从这个角度看，余红的写作，依然方兴未艾，委实大有可期。

2020 年 4 月 8—10 日于北京朝内

乡村题材的现实主义力作

——评王华的长篇小说《大娄山》

白　烨

在这些年的乡村题材写作领域里，备受关注的长篇小说辄有新作面世，数量不算太少。但直面当下乡村的生动现实，在脱贫攻坚与乡村振兴的时代主题上，开出新生面、写出新力道的作品，委实还不多见。因此，人们很期望在这一重要的题材领域涌现更多的新作，看到更好的力作。

近期，王华的长篇小说新作《大娄山》（山东文艺出版社 2022 年 4 月版）问世之后，越来越引起人们的关注，也赢得越来越多的好评。应该说，这一切并不令人感到意外。因为这部作品在乡村题材写作中，深耕细作，精雕细刻，既写出了脱贫攻坚与乡村振兴的最新故事，也表现出了现实主义文学的特有魅力。这样有分量又有质量的长篇力作，正是人们所想看到的，文坛所期盼的。

写作《大娄山》这部作品，王华是成竹在胸，有备而来的。在脱贫攻坚决胜阶段的 2020 年年底，她曾深入到贵州黔西南布依族苗族自治州，用数月的时间走村串寨，实地踏访，接触到许多一线的扶贫干部，了解了他们的工作状况，体验他们的艰辛劳作。尤其是曾任晴隆县委书记的姜仕坤，以“晴隆羊”为抓手，因地制宜探寻脱贫之路，使晴隆县不断改变面貌，而他却因突发心脏病不幸殉职的事迹，更使她大受教益和深为感动。这种“深扎”的经历和感同身受的体验，给她的创作提供了重要的支撑。在此基础上，她调动自己已有的生活积累，发挥应有的艺术想象，创作出了长篇小说《大娄山》。作品先在《民族文学》刊出，再由《长篇小说选刊》选载，又经众多文学评论家、编辑家阅读和提出意见，再经由作者进行较大修改后，由山东文艺出版社正式推出。可以说，切身的生活经历，厚实的生活积累，精心的文学打磨，共同铸就了《大娄山》的丰厚蕴含和文学品质。谈到《大娄山》的创作，作者王华曾真诚地向人们坦陈：“我写了那么多小说，很多小说都让读者哭过，但真的把自己感动得流泪的，竟然是《大娄山》。”情动于衷而行于言，这样用情用意的作品，自然会打动读者。

根据多次阅读《大娄山》的体会与感受，我觉得这部作品之所以不同凡响，在于它的直面现实有锐气，忠于生活有深度，并保有现实主义的鲜明品格。具体来看，尤以三个方面的优长既很独到，又很重要。

一、写出了立体性的现实图景

作为生活形象化反映的文学创作，一个最为基本的要求是真实。高尔基曾告诉人们："文学是以其真实而才伟大的一种事业。"现实主义文学，更是要求按照生活本来的样子去描写生活，并特别强调"细节的真实"。

王华在《大娄山》的写作中，最为忠实地秉持了这些创作原则，既把真实性体现于作品的主干故事，又把真实性落实到叙述的具体细节。于是，人们就看到，"拖了全市脱贫攻坚后腿"的娄山县的种种景象：碧痕村的赤贫户张美凤，丈夫因偷盗被判刑十五年，脑子不灵光的儿子外出搞传销失联。驻村干部娄娄既要帮张美凤走出贫困，还要想方设法帮她寻找不知身困何处的儿子。花河镇的非"贫困户"刘山坡，为了争得"贫困户"的相关待遇，从镇上返回山上的破旧老居，以撒泼耍赖的方式与镇干部较上了劲。因挖矿掏空了山体的月亮山需要尽快整体搬迁，但因山民们十分听信迷拉的风水一说，怎么都不愿意搬迁下山。大娄山如许的种种难题与难点，扶贫干部和村镇干部们既有"做不到"的自我幽怨，更有因人制宜的对症下药和苦下功夫的任劳任怨。年轻的花河攻坚队副队长李春光，面对的事情已经够多了，"但刘山坡的事却像一窝刺丛般套着他。他打开左边，右边还困着，等他打开右边，左边又被困住了"。他的这种尴尬处境与两难感受，十分真实地披露了扶贫干部的工作样态与心理状态。作品里写到面对这些扶贫难题，姜国良与各级干部的谈心、交心，坚定自信的理念和入情入理的话语，或使他们打开心结，或使他们振奋信心。这里，被扶贫的一方，有面上的客观状况，有内在的心理隐情；扶贫的一方，有工作中的具体作为，又有心里的思想活动。这种多维度的观察与揭示，使得作品在生活现实的真实基础之上，平添了心理现实的真实，从而使作品在真实性的表现上富有一种立体性，在实现全面反映生活的整体性的同时，更使作品具有真实可信、打动人心的内力。

二、塑造了典型环境里的典型人物

《大娄山》在叙述感人的故事、描画生动的细节的同时，还十分注重从普通山民到"中间人物"等各色人物形象的打造，尤其是几位扶贫干部和县委书记姜国良的形象塑造，都以其鲜明而独特的个性熠熠生辉，让人难忘，令人钦敬。

作品里写到的碧痕村第一书记娄娄，因不幸殉职并未出场，但作品从娄娄的继任者龙莉莉和网友周皓宇的角度，从侧面细写了这个默默奋战在扶贫一线的女青年干部的感人事迹。娄娄大学毕业之后，回到养育自己的家乡，带领村民创建苗绣工艺厂，并在就任第一书记时不遗余力地帮扶张美凤一家。龙莉莉从娄娄留下来的工作日记里，知晓了娄娄的一系列工作计划与设想，便以此为工作参照，去逐件完成娄娄未能完成的任务。而通过网络结识娄娄的周浩宇，为她的回乡创业所吸引，赶来苗寨见她，方知娄娄已不在人世，但为娄娄的种种事迹所感动，依然留了下来，成为碧痕村编制之外的扶贫志愿者。因公殉职因而始终没有现身的娄娄，一直以她的方式深刻影响着别人，服务于脱贫攻坚事业，长存于碧痕人的心里，这样的人物形象是独特的，也是罕见的。

从北京下沉到月亮山担任第一书记的王秀林，是作者着力刻画的另一个扶贫干部的光辉形象。王秀林初到月亮山，看到遍地是牛粪，人们不穿鞋，而且盲从迷拉的话，是十分惊愕的："即便他清楚自己此行目的，即使他早有心理准备，他还是被震傻了。"但他从每天早晨在村里携箕捡粪做起，熟悉了村子，感动了村民，走近了迷拉，坚持与迷拉交流和对话，让女儿亦男带着迷拉的哑巴女儿丙妹去北京治病。就在月亮山的村民在他的耐心说服下同意搬迁时，一场泥石流突如其来，他在去救助留守村子的迷拉时不幸遇难。王秀林的英勇献身，当然是悲剧，但赢来了迷拉的感动落泪，换来了丙妹的喊出声音，起到了特殊的效用，说是惊天动地也不为过。

县委书记姜国良，因其身份重要，责任重大，在作品里既是重要的串场人物，又是处于核心的主角人物。但作者的用笔用墨，主要是通过种种生活化的细节，把重心放在其领导艺术的展示和思想境界的揭示上，经由"人民性"的理念阐说和"大娄山羊经"的竭力推广的两个要点，写出了姜国良一方面着眼于做好扶贫干部的思想工作，一方面着手于娄山县的产业经济发展，在两条主线上的运筹帷幄和出奇制胜。一个党的优秀基层领导干部的初心与使命，勇气与担当，也于此表现得淋漓尽致和彰明昭著。

三、揭悉了脱贫攻坚内含的"人民性"意义

脱贫攻坚的直接意义，是消除贫困，走向富裕，更为深远的意义还在于践行共产党人的初心使命，把以人民为中心的思想落到实处，切切实实地为人民谋幸福，为民族谋复兴。这样一个深邃的思想蕴含如何在具体的扶贫故事中予以揭示和体现，作者在《大娄山》一作的写作中，有着很好的故事编织与细节描写，因而表现得突出而鲜明，使得作品在思想蕴含上

钩深致远，别有洞天。

作品写到花河镇的村镇干部面对刘山坡的有意刁难等烦难事情一筹莫展，怪罪工作难以开展是因为有人故意捣蛋时，姜国良在镇政府的工作会议上讲了他的一席肺腑之言。他没有责难那些不听话、不驯顺的乡民，而是以反问的方式启发大家：“我们是干什么的？是为人民服务的。从来没哪个文件规定，党的干部只为‘顺民’服务，而那些对我们有意见的，不听话的就不去管了。‘顺民’从哪里来？不是逆来顺受的顺，不是强压下去的不得不顺，而是由信而生的顺，是发自内心的顺。”“人心都是肉长的，为啥他的心就长得跟石头一样硬？这说明我们的工作不到位。这地底下的石头硬不硬？可我们不还能炼成黄金吗？是石头我们不还能把它烧化了烧滚烫喽，老百姓的心硬说明什么问题？说明我们的工作没做到他们心坎上去嘛！”为了把工作做到老百姓心坎上，让他们真心理解和自愿配合，姜国良和所有扶贫干部，不顾家事地扑在工作上，不畏艰辛地迎难而上，点对点地精准解决问题，面对面地倾心交换意见，全身心地投入到扶贫解困与搬迁安置的烦难工作上，而且想到了各种方法，用尽了各种办法。在此过程中，娄娄、王秀林等一线扶贫干部，先后因各种原因因公殉职，前仆后继地牺牲在扶贫路上。这些扶贫干部以不负人民的信念、坚定不移的意志、超乎寻常的努力，以及异常惨重的代价，换来了娄山县脱贫攻坚的最后胜利，也由此生动地诠释了共产党人的初心使命所在，形象地演绎了脱贫攻坚精神的精髓所在。

在作品的其他部分，作者还写到姜国良与基层干部的谈话与交心，内中也都贯注了“人民性”的深刻意涵。如谈到脱贫攻坚的最终目的，有人认为就是“摘帽”，姜国良就此说道：“脱贫攻坚的终极意义，不仅仅是占领这样一块阵地，还要在这块阵地上持续发展，是实实在在的全面小康。”由此，他进而说道：“我们要脱的不仅仅是物质上的贫困，还有心灵上的贫困。内心要有希望才能祥和，只有老百姓内心祥和了，社会才会祥和，祥和的小康才是我们要的小康。”因为眼里有百姓，心里有人民，才会在关注人民生活的同时，还高度关注他们的心态与心理，从而在脱贫攻坚的过程中，把物质文明建设与精神文明建设有机地结合起来。姜国良的“人民性”理论，既是他对“为人民服务”核心理念的自我认知与活学活用，也是共产党人以人民为中心思想的切实表现与生动实践。

作为消除贫困的历史创举，作为彪炳史册的人间奇迹，发生于中国大地上的可歌可泣的脱贫攻坚伟业，产生于脱贫攻坚实践的可师可敬的脱贫攻坚精神，有理由在当代小说写作领域得到充分书写，留下历史的影像，甚至成为乡村题材中最为重要的题材与主题。王华的《大娄山》在这一方面，迎难而上，锐意进取，以直面现实的姿态、正面强攻的方式、深入开掘的勇气、现实主义的品格，做了出色的努力，取得了突出的成绩，这是这部作品值得人们关注的理由所在，也是这部作品理应得到较高评价的价值所在。

（原载2022年8月10日《光明日报》）

舒晋瑜访谈专栏

叶广芩：人生凄凉，但我注入了温情

舒晋瑜

叶广芩，1948年生于北京，满族。国家一级作家，中国作协全委会名誉委员，西安市文史研究馆馆员。曾任陕西省作家协会副主席。享受国务院特殊津贴。

主要作品有：长篇小说《采桑子》《全家福》《青木川》《状元媒》等；长篇纪实《没有日记的罗敷河》《琢玉记》《老县城》等；儿童文学作品《耗子大爷起晚了》《花猫三丫上房了》《土狗老黑闯祸了》；中短篇小说集多部；电影、话剧、电视剧等多部。作品曾入选“中国好书”，获老舍文学奖、少数民族文学骏马奖、柳青文学奖、萧红文学奖、中国女性文学奖、全国环境文学奖、全国优秀儿童文学奖等奖项。中篇小说《梦也何曾到谢桥》获鲁迅文学奖。

采访手记

叶广芩属鼠，网名“鼠老大”。

她很少上网，之所以欣然接受女儿取的这个“昵称”，是因为有一拨忠实的“粉丝”，自发成立“叶广芩《豆汁记》群”，她愿意加入其中和大家一起讨论作品、交流感受。“鼠老大”称王称霸没多久，就发现女儿网名叫“猫”。叶广芩乐呵呵地说着，幸福的感觉从两颊深深的酒窝里流淌出来，眼睛里满是温和的笑意。那年，我们一起参加《十月》文学奖的活动，没见她着富有标志性的旗袍，而是一件深黄色毛衣配黑色裙子，庄重大方。

“这是四十块钱淘来的。”她说，人越活越简单，“我活到现在，就活成老大妈了，去早市买菜，去市场淘一件大线衣，挺满足。文章应该像生活一样简单。”

刚开始写作时，叶广芩看到别人的小说中用了大量虚幻的词汇，说半天都没进入主体，心里很羡慕，进而产生了自我怀疑。“我怎么就不会？我可能当不了小说家。”现在呢？“怎么想就怎么说吧！”叶广芩的语言变得越来越平实朴素，淡泊如水。她说，年轻的时候，把文学看得充满了象征和意义，其实文学就像按摩师，人们忙碌一天，晚上躺在被窝里，在昏黄的灯光下慢慢地读着，融入进去，放下焦躁的心，这是人生非常美好的事情，也是她写作的目的。

叶广芩的作品基本分为三类：一类写陕西秦岭生态环保，如果说作家应该有社会责任担当，她认为自己的社会担当就是对秦岭的保护和关注；一类是日本题材，叶广芩在日本生活多年，研究过日本的残留孤儿，对于日本题材，她主张站在人类、人性的高度反思战争和生活，而不是简单地说一些仇恨的话，彼此都应该这样；再一个是家族题材。但是年过古稀，她又写起了儿童文学，先后出版了《耗子大爷起晚了》《花猫三丫上房了》《土狗老黑闯祸了》《熊猫小四》。她的作品具有独特的气质：天真烂漫，充满童真却能让读者感受到感伤。她推出的儿童文学作品都触及自己的童年生活，兼具纪实性和故事性。

“讲述这些故事的时候，我的心里充满了自信，充满了快乐，说不准在哪个字的背后，小四儿会探出半张脸，告诉我说：‘你的猫又上房啦！’……我知道，我终究会把这些藏在文字背后的精彩一个一个呼唤出来，让今天的孩子认识它们，感受它们。”叶广芩说。

叶广芩有很多头衔，可是她最珍惜的，是周至县老县城村的乡亲们给她授予的“荣誉村民”称号

问：您四十八岁才开始正式写小说，起步算不得早。

叶广芩：最初的写作动机很简单，就是证明给人看。那时我还在医院当护士，没有机会写作，也没有这个意识。有一个病号，躺在病床上看杂志，看得涕泪交流。我拿来一看，说：我也能写。我就是想证明自己也能写，没有其他的想法。遗憾的是病人没等我写完就去世了，我也就此打住。

问：写作给您带来了什么？后来您去了报社，当年的记者经历对自己的创作有帮助吗？

叶广芩：就凭这篇小说，我进了报社，又进了文联，写出了《梦里何曾到谢桥》《全家福》。但是我又有些不甘心，总是想：这些等你成了老太太走不动的时候还能写，趁还能跑得动，应该多去接触些基层的东西。佛坪

县是国家级自然保护区，有大熊猫保护基地，一些研究大熊猫的学者，都是大学生毕业后来到深山老林，一待就是几十年。没有沉下来的心境，没有对事业的热爱是做不来的，我想写写他们。我给组织部和宣传部打个报告，2000 年到了周至县挂职，成了周至县委副书记。

二十世纪八十年代我在报社工作跑的是林业口，跑遍了秦岭的犄角旮旯，开阔了写作视角。到处去基层了解，后来才有了去周至县的挂职。我结交了很多基层朋友，到现在还和那些朋友有联系。和大城市喧嚣的环境相比，深山老林里总有清新和真实的东西传递来，我很珍惜。

问: 去了周至县，感觉如何?

叶广芩: 老县城今天还存留着九户人家，它是道光年间在深山老林里建的县城，现在都成了遗址。

刚到基层的时候，我还感觉良好，觉得自己是个文化人。待一段时间后，就张不开嘴了，因为你不知来者为谁。有时候遇见一个老农民，聊着聊着，发现他还在研究甲骨文；再碰到一个老农民，是研究哲学的，两个山村老者用古体诗唱和——民间真是藏龙卧虎啊！

关中农村礼节很重，村民们见了我，总是停住，恭敬地叫一声“书记”。一开始的时候我以为他们找自己有事，后来才知道，这是礼貌。再往后我见了他们，认识不认识的都主动打招呼。我和老乡们在一块混，在地里戴着草帽挥汗如雨地帮着收麦子，收工的时候，心安理得地去老乡家里吃一顿饭；跟着保护区巡护员一块巡山……到现在为止，上到保护区鲁班寨最高峰的女同志就我。

问: 您在周至都做了哪些事情?

叶广芩: 所做的都是实实在在的事情，大多并不为人所知。有一次，山里开进来一辆大轿车，透过玻璃能看到车里的人用惊奇的眼光欣喜地打量着外面。我跑过去，跟在车后飞起的尘土里喊:“站住！站住！”车停下来了，说是背包探险的，要穿越秦岭。我说不行！这里是大熊猫中心区，现在正是大熊猫发情的季节……他们就问:你是干什么的?我说:“我是山神爷！”

问: 挂职期间，您的创作题材由家族小说转向生态小说，开始更多地关注生态和动物保护，创作出《老县城》《老虎大福》《黑鱼千岁》《青木川》等等作品。您也成了老县城的一张名片，成了周至猕猴桃的形象代言人。

叶广芩: 农民的感情是不掺假的，获得第二届鲁迅文学奖时，村里的文化人集合起来在竹林里给我开作品研讨会。我第一次参加农民开的研讨会，这边开会，那边妇女擀扁扁面，在竹林里说着文学吃着面，热火朝天的。拥有这些人生的经历，我觉得是自己的福气，作品不作品倒在其次，难得的是这种理解和沟通。这是一种养分，挂职下去是体验生活，对作家是太好的施肥培土。

问：有一种观点认为：陕西不缺写农村题材的作家，有贾平凹有陈忠实，叶广芩能写得过他们吗？

叶广芩：他们是农村这块土地浸泡出来的，是背靠。我是用城里人的眼光看，是面对，从语言到角度都是不一样的，对自己来说也是一种挑战。比如《青木川》的叙事语言跳出陕西的范畴，用城里的语言讲述乡村故事，也是一种尝试。和乡亲们接触时间长了以后，你会觉得，老百姓的智慧远远超过你，无论是生活还是对世界的一些看法，他有他的角度，不能说谁的水平高，只是角度不同。我从他们那里学到了宽厚、善良和细致，不再是以前大而化之的，纯粹的城里人的眼光看农村。

问：挂职的经历给您带来什么？

叶广芩：使我自己的写作有了灵动性。《采桑子》是挂职前和其间写的，《状元媒》是挂职后写的，人生境界不一样，视野不一样，第二部比第一部对人生的感悟更透彻，达到了一种通达的境界。创作话剧《全家福》时，我在楼观台住了很长时间，这是一部非常“入世”的戏，从 1949 年一直写到改革开放，楼观台是老子讲《道德经》的地方，回顾当时写作的经历，我仍然觉得很微妙。

问：听说您的作品也给老县城带来一些变化？

叶广芩：过去安静的老县城变得热闹起来了。我再到老县城，看到这偏僻的小山村盖了很多奇怪的建筑，外面来的人对这块地方并不珍惜，拍戏想用什么景就用什么景。很多老乡穿上了戏服，我见了都不认识了。他们告诉我说拍一个角色一天能挣多少钱。赚钱是令人高兴的事，保护与开发，这是一把双刃剑，当地百姓没义务用贫穷为你保护这片净土。这是个令人为难的问题。

我还和植物学家党高弟合作了一本《秦岭无闲草》，科学全面地介绍秦岭植物奇葩和相关人文风情，讲述植物药用及养生知识，通过秦岭之草感悟人生、剖析人性。《秦岭无闲草》首发仪式在三官庙举行的时候没请领导，没叫媒体，只叫了几位朋友，但是当天仍有近百名来自北京、上海、湖北、深圳等地的“叶迷”自发赶来，跟我一起徒步穿越凉风垭到三官庙八公里的原始森林。

在《状元媒》里，钟鸣鼎食的皇族世家在时代风雨中的兴衰沉浮一幕幕展现。她把家庭成员和亲戚朋友的故事演绎得活色生香，以至于多数人忽略了她“戏外”的悲凉

问: 全书都用传统京剧曲目命名，这不只是一种形式上的讲究吧？是否还隐含着人生若戏，戏里人生？

叶广芩: 有人说叶广芩黔驴技穷，写不出新东西了，拿戏曲重新演绎。可能说这些话的读者没看作品。我喜欢京戏，是有意识地拿京戏做题目，原来还有《红灯记》，后来考虑到版权的问题，放弃了。还是拿老戏做章节，赋予老戏新的精神、新的诠释和我对生活的理解。

问: 之前《采桑子》有很强的自传性，《状元媒》也是采用小格格“我”的视角，二者有什么区别？

叶广芩:《采桑子》是关起门来写北京，《状元媒》从南营房的穷杂之地走出大门，写到朝阳门、天津、陕西农村、华阴农场、黄河滩，是走出宅门的北京文学，写了各式各样的老北京，写作的手法更纯熟。《采桑子》中说话还有些涩，《状元媒》的写作除了到嘴边的话，没有掉书袋。

问:《状元媒》中写了很多人的悲惨结局，写到父母的死却很节制，只用了“无枝可栖”一笔带过。末世满人贵族生活艺术的悲剧，通过五姐夫完占泰的人生际遇表现得淋漓尽致。还有七舅爷、陈锡元、青雨等闲云野鹤般的人物，结局都很悲惨，为什么？

叶广芩: 书里死的人多了，再写父母的死就太重复。如果我写得详细了，读者会觉得有点絮叨，好像我叙说苦难博得同情。

人生是悲凉的，我常常感到孤寂，即便是在热闹的人众之中，内心的孤单也是无可替代的。即便幸福，离开这世界的时候也是默默的、凄凉的，一个人踏上漫漫的奔赴他界之路。

问: 接下来还打算创作什么系列？

叶广芩: 亭台楼阁。是我的“粉丝”们出的主意。有一年中秋节晚上，我和他们在颐和园景福阁赏月，他们提出不能辜负了老祖先留下的这些美轮美奂的建筑，建议我写一些亭台楼阁的系列短篇，甚至给我开出了单子：亭台楼阁轩榭堂馆……挨着个儿来。于是就有了《后罩楼》，就有了《唱晚亭》，后头还有一系列建筑物在等着。所谓的亭台楼阁不过是个容器，是形状各异的瓶子，里头装的是酱油还是醋全由我安排。但我深信，它们应该

都是轻松好看的小说。

问：您的创作中有没有什么遗憾？

叶广芩：我看别人在文章中议论得高深空灵，心想，我怎么就不会呢？我大概不是写小说的料儿。后来我知道这样也挺好——决不空泛地议论。尽管显得我没本事，显得我像老大妈——生活应该回归真实，回归大众，作品也是，回归最原始的生活状况。作为作家，不能脚沾不到实地。

我最大的缺憾，不会像有些人有深刻的议论。我的议论都是形象化、具体化、细节化的，对现代文学理论及整个结构驾驭还是有所欠缺。

她力图将传统文化的精彩和对现实文化的关怀纳入传统家庭的背景，总想借着文字，将老辈的信念传达给今人，使它们形成一种反差而又共生互补

问：您对自己的认识很清晰。那么您在创作上对自己有什么样的要求？

叶广芩：写作哪儿难我知道。写作得准备资料、素材充实，有感动我的东西，否则的话写不出打动人的作品。《状元媒》中最真实的感情是回到北京的感情，最后一章没有太多情节。人生是凄凉的，但我注入了温情，尽量让这个过程更精彩。

问：很多人提到您，总是难免避开身份——满族镶黄旗的“格格”，可是您似乎很反感别人称您是“格格作家”，而且实际上，不论您的为人还是作品，都很平民。这种平民的感觉，是从哪里来？

叶广芩：从南营房来啊！我还记得小时候回姥姥家，在戏棚子里看评戏，看到一半跑回家搬起茶壶对着嘴喝一通，再跑去看戏——这种生活对于孩子来说印象太深了，平民化的东西深入骨髓。我时常怀念北京，那些个困苦、简陋、热闹、温情，让人留恋，也让人一言难以道清。写平民，我有一种自信。这种自信，是会调侃自己，敢于拿自己开涮。这是有力的表现。

问：您的很多作品题目，取自纳兰性德的词作？

叶广芩：纳兰性德是叶赫那拉家族的骄傲，梁启超称赞他的《采桑子·谁翻乐府凄凉曲》为“时代的哀音”，“眼界大而感慨深”。我把这首词的词牌、词句作为书名及章节名，一方面是想借其凄婉深沉的寓意，弥补书中的浮浅，另一方面也有纪念先人的意思。我曾去北京老王府，在纳兰手植的夜合花下，抚摸着夜合花的枝干，仿佛嗅到了族人的气息，这是北京才有的

气息。

北京有我的根。长期生活在北京的亲戚，一直泡在这个大缸里面，北京变化，他们也跟着变化。现在北京的语言，已经不是二十世纪五六十年代的语言了。我的那些一直生活在北京的兄弟姐妹，对这些变化也熟视无睹。我回去的时候，经常听到他们嘴里冒出一些我很生疏的词汇。而我对北京的理解和语言习惯，还停留在五六十年代，因此也可能更地道。

少女时代叶广芩常常看《少年文艺》。她想，这样的故事我也能写，写出来比它还好看！此一动念，居然在六十年之后才梦想成真

问：尽管您也在其他作品中零星写过自己童年的生活，这次集中处理童年记忆，写作心态也和过去不同吧？

叶广芩：把童年的记忆中属于成人世界的都去掉了。我在写作中尽量不回忆。《去年天气旧亭台》里也写了童年，但是有成人的视角。《耗子大爷起晚了》的写作，是一种简单的写作，写起来行云流水，很愉悦。其实我想，这种状态和我的生活状况有关，人们说老小孩老小孩，越老越小，人老了，就活开了，熟透了，像圆一样，又回来了，是另一种回归。路走过了，对于童年的生活能跳出来看，能理解、包容一些事情。但是你不能站在那个高度去写。要进入童年，又要跳出童年，很难拿捏。

问：那您最后是如何“拿捏”的？

叶广芩：我老想回到纯真的年代，和孩子一样的心情。这种感觉很奇妙，回想起小孩子时期的事情，再加上作家成熟经验的融入，应该能写出好的儿童文学作品。不是刻意去写，是自然而然、水到渠成的写作。这种独特的角度和生活方式，也是历史和家庭给我的记忆。作家的经历，不管什么经历，都是难得的体验和财富。我童年在颐和园的日子，这么多年没有动，今天这么细致地翻出来，可能和经历、和时代给予作家精神上的支持有关。这些事儿我能说，还能说好，就是讲好中国故事。我记得小时候常常跑到德合园台阶上，台阶有七十厘米宽，几十米长，越走越高，走着走着下不来了，就站在断崖处等游客抱我下来。游客都是非常善良的，看见就问：“你是不是下不来了？”再把我抱下来——我其实可以调头再走回去，但我不走，因为太寂寞了，需要别人的关注。人和人之间的这种和谐关系，人们的善良、包容，还有浓郁的生活气息，在今天有些缺失，需要靠作家、靠作品慢慢找补回来——园子是威严的、有深沉感的，我写了街坊邻里之间的烟火气，这是颐和园缺少的；北京的大气、人和人之间调侃的和谐、幽默，也是老北京今天需要回归的、难得的、珍贵的、远去的氛围。

问: 写的时候，您大致期待想要写一部怎样的作品？

叶广芩: 关键是表露作者的真性情，不拿捏不矜持不端着，想写一部给大人孩子都能看的作品。对我来说这是一种尝试。少年儿童文学是一个少儿的读者群体，是“半大猫”，似长大没长大，似懂不懂，但是铸造他们的理念很重要，很多孩子禁不起孤独，受不了挫折，遇到一点困难就想跳楼自杀，都是因为开始入世的时候缺少教育，这个教育包括善良、规矩甚至死亡。为什么我要加入卖酒的老李死亡的内容——实际上他并没有死，我是让孩子们知道什么是死亡，怎么面对死亡，这对他们以后的人生会有帮助。

问: “我”的叙述视角很容易有代入感，也写得很真实，比如往养乌龟的水里撒辣椒面等细节，靠虚构是无法完成的。但是也不能完全理解为“非虚构”吧？对于虚和实，写作中做了怎样的处理？

叶广芩: 我真是逮了一个王八，老三想炖了，拿了根绳拴在桌腿上。作品中有点影子，但也不完全真实。王八最后还是被炖了，打开后肚子里有一串王八蛋，大小三十多个，最小的像米粒，全让我吃了。吃撑了，坐那儿发呆。但是写的时候我把王八放生了——艺术和事实还是有差距。

问: 这应该也是一部为耗子“平反”的作品，在这部作品里，耗子是灵性的，生动的，被赋予了新的使命。既是丫丫的伙伴，也是人们供奉的神灵。不只是耗子，在这部作品中，万物有灵，不由得让人对自然万物产生一种敬畏之情。这种敬畏，和您之前创作的一些作品，包括《秦岭有生灵》等，其实一脉相承，是这样吗？

叶广芩: 敬畏一切。包括颐和园里的一草一木，爱它们了，它们也会爱你。比如说拿了照相机对着草对着花，它们的精神立马就不一样了，尤其是花，你用大镜头捕捉的时候，你逮不住它的神态，有人关注，它会特别高兴，它的生命价值得到了体现。

她沉浸在童年的回忆里，颐和园里的楼台亭榭、雕梁画栋在记忆里通通成了背景，这些美丽的背景衬托着鲜活的人物，栩栩如生，呼之欲出

问: 丫丫的形象特别生动，活泼、率真、善良、仗义，还有点无法无天的霸气，当然更多的是寂寞和孤独。在写作的时候，只是充分调动记忆吗？还是又做了哪些补充工作？

叶广芩: 我查了很多颐和园的资料，真实资料必须和我的记忆融合，

不能生搬硬套，更多的是一些个人经验积累，我听到的看到的都是不登大雅之堂的东西，不能直接写。写了后心里也很忐忑：能不能过书里“老三”后人一关，他们能不能明白小说和现实的关系，当然一旦弄清楚文学作品是艺术的时候他们能够理解；一是颐和园管理部门会不会有想法，过去工作人员的家人能在颐和园里住，现在不允许了，还能不能这么写。历史的差距太大了，那天我带小记者们去颐和园的食堂，一进院子，一是感觉院子小了，一是管理员非常陌生，更感到人和人的沟通需要孩子般的纯真。

问：写街坊邻居之间的温情也特别让人感动。其实这部作品是在不动声色地写了老北京的礼数和规矩。我想您在写这部作品的时候，也应该有所寄托的吧？

叶广芩：现在人和人之间缺少包容和信任。彼此有一层夹膜，各自被包起来。每个人生下来都很寂寞，一直到死。包括夫妻，彼此有各自的世界，各自内心永远不能融合。怎么处理自己的寂寞感，很多人没有学会，一个人待着就该生事了，产生一种戾气。本来可以自己消解的东西发泄到社会上，发泄到邻里之间甚至同事之间，这就是缺少对寂寞和独处的理解。现在的孩子也是寂寞的，沉迷在游戏中，不和别人接触，只对自己的小天地感兴趣，怎么理解、化解寂寞，怎么和社会融入，这一点需要学习锻炼。

问：《耗子大爷起晚了》对您来说，有怎样特殊的意义？

叶广芩：和那些家族小说《采桑子》《状元媒》相比，这部作品更灵动，就像唱了一台大戏，又唱了一个小花旦。《采桑子》的写作还没有太熟练，还是板着脸在说话，有生吞活剥、掉书袋的嫌疑。《耗子大爷起晚了》没有一句古诗。里面写到大戏台的一副对联，小时候不会念，到现在我还是不会念，那天我看到后当时就查百度了——古代文化还是很深奥的，活到老学到老。人的生命，质量最后越活越重，离开世界的时候越活越轻。

问：现在很多作家都加入到儿童文学创作的队伍，对这种现象您怎么看？

叶广芩：挺好。儿童文学相对于其他门类来说有点薄弱。我担任陕西省作协儿童委员会副主任，多少关注了一下儿童文学创作，感觉一些作品过于概念化。宫崎骏的动画片就没有说教，《龙猫》里小梅走失的时候，两岁的小孩子都能看哭，我觉得这是对亲情的感受力。我们的文学作品能不能不靠说教达到这种程度？当然很多国产的动画片也陪伴着一代代孩子在成长，但是更多的儿童文学作品或多或少带有理念性、教条式的东西，总想告诉人们什么是好的，什么是坏的，完全站在大人的角度，没有从人性上感动读者，缺少更深刻的感染力。

问: 这次写作，是否只是牵出了儿童时代记忆的一个线头？还会继续写吗？

叶广芩: 要写的太多了，比如房上的世界。小时候我们在房上跑来跑去，三下两下一个胡同跑出去，都能跑丢了。我们在房上轰鸽子，摘枣子……小三小四房上相见。那是我们想象不到的世界。写这些对我来说不吃力。

问: 对您来说，还有“吃力”的写作吗？包括那些家族故事，也都是您经历过的。处理自己熟悉的经验，有难度吗？

叶广芩: 难，就在于这些故事在我脑子里都是碎片，怎么糅在一起把它们串成完整的故事。难，也不难。写《耗子大爷起晚了》就是把一个个童年记忆的碎片糅成完整的故事，对成人作家不难，对儿童文学不易。跟孩子讲故事，要有趣，要柔和，不能像写长篇那样跌宕起伏。这种尝试我不知道是否成功。如果小孩们反应还能接受、能理解、觉得好看，我还可以考虑往下写。百花奖是我最看重的，因为她是读者评出来的奖；我希望设置一个儿童文学的奖项，让孩子们自己评喜欢的作品。

颐和园曾经的街坊四邻，让叶广芩初识人生。这里的精致大气、温情善良奠定了她的人生基调，也让她受用终生

问: 对于家族题材，您写得足够多，也非常成熟，但是评论界也有一种看法，认为没有太多突破。您怎么看？

叶广芩: 对我来说，突破就要从大院里走出来，走向胡同，走向百姓的生活。我在《去年天气旧亭台》这本书里做了这样的突围。这种突围对我来说有难度。我对今天的北京了解并不充分，北漂是怎么生活的，北京是怎么建设的，我融不进来。虽然我在北京有房子，也办了暂住证，但是融入今天的北京生活还要努力。这是我的欠缺。

问: 您曾经谈到对于长篇的结构还没有完全把握，现在呢？这部小说的写作，结构应该不成问题了吧？

叶广芩: 每个作家都有自己的弱点，我的弱点就是结构。就像书法，我知道问题在哪里，练熟了，下次写的时候又卡住了。程式化的东西对作家来说，会潜移默化左右自己的创作，和初学画画没有框框的人是不一样的。程式的东西太娴熟了。我提醒自己写儿童文学不要落入成人的程式化

里。写着写着议论上了，或者写着写着来几个穿插穿越，写儿童文学不能这样。我下载了很多宫崎骏的动画，买了相关图书，学习它的构图色彩，不光是文字的美，还有图画的美，几种美合在一起，雅俗共赏，老少咸宜，这是高明的儿童文学作品。

（舒晋瑜：《中华读书报》总编辑助理）

叶弥:“越轨的笔致”冲破思想的牢笼

舒晋瑜

叶弥，本名周洁，1964年生于江苏苏州。1994年开始小说创作。江苏省作家协会副主席，中国作家协会第九、十届全国委员会委员。代表作品有长篇小说《风流图卷》《美哉少年》《不老》，中短篇小说集《成长如蜕》《桃花渡》《亲人》等。短篇小说《香炉山》获第六届鲁迅文学奖。

采访手记

相比较而言，三十岁开始经营文学，稍微有些晚。但是这有什么呢?对叶弥来说，就刚刚合适。

三十岁生日过完，她才发现自己的人生只能用文学创造价值。这时，她已经有了一个六岁的儿子，对生活的感受饱和到一触即发，文学的花骨朵自然而然在叶弥的世界里绽放，汁液饱满、新鲜欲滴，像她满园子的植物，散发着诱人的芬芳。

叶弥本名周洁。改笔名的方式，和作家格非如出一辙：把名字交给字典。她随机翻了字典，翻到第五次发现“弥”，加上母亲的叶姓，组合就这么简单。

评论家吴俊觉得，叶弥的写作就显得从容，作品数量不多，但成熟度却远在许多作家之上。把叶弥的作品放在差不多同代的作家中相比的话，会发现她的小说写得最踏实，而且“气度也最豁达”，从容的心态和大气的性格使叶弥的小说能够进入故事内在肌理的细密隐幽之中，同时不失超拔的想象和意蕴。

2008年，作家叶弥搬去了太湖边。从夜里遍地月光住到遍地灯光，从一片农家的平房住到遍地高楼，从到处泥路住到到处柏油马路，十五年间，叶弥在这里养好了身体，认识了许多善良的人、许多动物、植物，写的小说也比以前多，写作的内容以及对文学的认识皆比以往拓宽了许多。她准备在这里展开自己的长篇巨著《风流图卷》，却发现之前的自信笃定发生了变化。这部小说写得如此艰难，最痛苦的时候甚至觉得小说里所有的人物都消失了。这对作家来说是可怕的暗示。

当她最终战胜了自我，写作也自然发生了显著的变化。从《风流图卷》到《不老》，叶弥在一座“吴郭城”里铺展开形形色色的“风流人物”。她把人和时代融合在一起，展示时代变革中，人们的耐心、韧性和热情，寄托了她对一种理想生活和理想人性的追求。时间让她对人生和社会有了新的认识，她和她的作品互相引领，互相见证，共同成长。成长的全部内容就是识得“命运”。总之对叶弥来说，一切付出都是值得的。

作家苏童说，叶弥的小说，总有妙处。妙在她的人物、故事甚至叙事系统，都是不走寻常路的。《不老》更是如此。

尽管很早就爱上文学，但叶弥曾经的愿望就是当一个普普通通的家庭妇女

问：爱上文学是什么时候？是受到谁的影响比较多？

叶弥：我爱上文学很早，四年级就开始看《石头记》和《普希金文集》，五年级看《水浒传》。当然看不懂。而且也不知道这就是所谓的“文学”，只是一个语文和算术都会不及格的孩子，在苏北农村里到处疯跑后无意中拿起的一本书而已。我的小伙伴们都要干家务或干农活，我什么都不干，五年级时还得母亲帮忙穿衣服。这样我就有时间拿起这些书看一看。书都是我母亲通过各种渠道搞来的。她是那个年代的文学青年。

问：早期的阅读和写作是怎样的？

叶弥：我早期的阅读是杂乱无章又很单调的，有什么看什么。主要是苏联的和国内允许发行的一些小说、诗歌。实在没东西看，就看看《赤脚医生手册》，因为我母亲既当老师，又当赤脚医生。那时候看的一些小说意识形态很浓，但我年纪小，并不受到影响，只对书里的美好情节留下深刻印象。现在回想起来，那时候看的大多数小说，语言功底都非常棒。到了八十年代初，我看了一些西方小说，像马克·吐温的，大仲马小仲马的，没觉得有多好。我成立家庭后，就不再看文学书籍，最多看看金庸的小说。

问：处女作在哪里发表？是自发投稿吗？愿意谈谈和编辑交往的故事吗？

叶弥：“处女作”这个概念我有些吃不准。按照现在的惯例，我得把发表在《雨花》和《钟山》上的小说算成处女作，好像这才是正经小说。但在这之前，1994年，我在《苏州杂志》的小说栏目上也发表过小说，三千

字吧。可能算不得严格意义上的小说。

1996 年第 10 期的《雨花》上发表了我的短篇小说处女作《我们的秩序》。这篇稿子是我丈夫去南京出差带到《雨花》编辑部给了当时的主编姜琍敏。他俩不认识，但他们有共同的市政府办公室的朋友。在《雨花》上发表了短篇小说处女作后，我写了中篇小说《成长如蜕》。同样是我丈夫交给了姜琍敏老师。这次我想投稿到《钟山》。于是姜老师依言把《成长如蜕》交给了《钟山》主编徐兆淮老师。徐老师就把这篇稿子分给了刚到编辑部的贾梦玮老师。《成长如蜕》应该是我的中篇小说处女作。那时苏州有许多文学青年，我是其中一位。我并不想把写作作为我的终生事业。但我可能是写得最久的一位，到现在还在写。其中原因很多，我想真心热爱写作是主要原因，那么多的编辑老师大力支持也是主要原因之一，使我不得不写。只好写下去。

从生活到写作，是否从中找到了心灵之路、得到了救赎也无从证明，但叶弥确实是打开了另一扇门

问：您从什么时候明确了以文学作为事业？ 1994 年开始发表作品，至今也近三十年了，能否分阶段谈谈自己的创作经历了怎样的变化？

叶弥：真正明确以文学作为事业，是到了 2007 年年底，那时候我觉得我心浮气躁，也许文学能让我找到心灵归宿。为了更多地省视自我，2008 年春，我从市中心搬到了靠太湖的一个乡镇接合处，一直住到现在。我的写作生涯应当就是以这个时间作为分水岭，前后分为两个阶段。

前一阶段是 1994 年到 2007 年，这一阶段写出了《成长如蜕》《现在》《明月寺》《天鹅绒》《父亲和骗子》等中短篇小说，另外还有一个长篇小说《美哉少年》。这时候我的小说特点是追求自我、灵动、唯美、有趣。第二阶段是 2008 年至今，写出了长篇小说《风流图卷》《不老》和一系列中短篇小说，如《逃票》《混沌年代》《文家的帽子》《消失在布达拉宫的一头鹰》《桃花渡》《雪花禅》《另类报告》《香炉山》等。其中《香炉山》获得了第六届鲁迅文学奖短篇小说奖。第二个阶段的写作特点是仍旧追求有趣、美感、灵动，但同时也追求文学的“有用”，关注社会发展和人类的命运，使我获得前所未有的认知，这一阶段的文字，是否对别人有用不得而知，但对我的认知水平是一个提高。我是否从中找到了心灵之路、得到了救赎也无从证明，但我确实是打开了另一扇门，从生活到写作。

问：先来谈谈您的中短篇创作吧，一般确定写作是基于怎样的情况？写之前会列提纲吗？

叶弥：年轻的时候写中短篇，基本上不列提纲，全凭坐下去以后思想朝什么地方流，等着灵感出现。这样写作能充分享受写作中的快感，但有时候能写好，有时候就写砸了。四十五岁过后，随着精力、体力的不够，我开始打提纲，在没写前有一个基本框架。但文字是一个调皮捣蛋的小精灵，它往往不朝你的框架里走，这样写作也有很大的愉快。

问：一般读者会将中篇小说《成长如蜕》视为你的成名作，而《美哉少年》中几个人物的经历和成长几乎钻心地疼痛……有评论把您早期的创作归为“成长小说”，您认同吗？

叶弥：我早期的写作确实总在谋求成长，这和我的性格是一致的。我也是一个晚熟的人。

问：您的短篇《天鹅绒》被姜文搬上银幕，也使更多读者认识了《太阳照常升起》影片背后的叶弥。这篇作品的来历是什么？

叶弥：这篇作品来源于几个故事。一、我听说过一个穷女人，为了一块猪肉无故不见，变得神经兮兮。这个故事我在1995年写过一个短篇，但没有写好，就搁在抽屉里了。二、我五六岁时跟着父母下放到苏北，其间听说过一家下放户母女俩为了生活与大队书记相好的事。三、在我小时候，我认识了几位大人，他们身上都有传奇色彩。这些事合在一起成了《天鹅绒》。

《香炉山》中，女主人公夜游香炉山时与陌生男子的相遇，也是一颗戒心与一颗爱心的邂逅

问：能否重点谈谈您获得鲁奖的作品《香炉山》，这篇作品的创作背景是什么？

叶弥：《香炉山》是我写得最从容的一篇，因为是从我的一个经历而来。我搬到远离城市的乡镇接合处，这里靠太湖，鱼米之乡，风景很好。从我的房子二楼西边看下去，一片稻田。当时这里的路上还没有路灯，晚上出去散步要带着手电筒，月光明亮的时候不需要。有一天我就带着手电筒到乡间夜游，我进入了一个又一个的村庄，一片又一片的田地。那些村庄都是连着的。我越走越远，后来就迷路了，再也找不到回家的路。经历了最初的慌张后，我关掉了手电筒，靠着一点点夜光，在陌生的路上信步而走。到半夜，突然我走到原路了。

这段夜里迷路的经历让我感慨很深，当你抛却恐惧和杂念，把自己当成大自然中平常一分子，你就像一棵会走路的草一样，你会获得安宁、平静、来自土地的力量。后来就把它写成了《香炉山》，加上了人物和事件。

在我的小说中，这一篇小说是与众不同的，它比较恬淡，也很从容。没有大起大落的东西，但里面也有着深层的精神因素，譬如人和人之间的关系，男女之情中，信任会有多少？在这篇小说中，我把男女之情定位于浅尝辄止，一场夜间的邂逅，也许注定是没有结果的。但这个故事的意义在于，他们在一种爱的氛围里取得了正常的信任。

问：请以《香炉山》为例，分享一下创作经验，您认为好的短篇应该具备哪些元素？

叶弥：好的短篇，应该是没有匠气的。不管写的内容侧重于故事表达还是用别的什么方式表达，它一定是充满热情，能引起读者共鸣或兴趣的。

问：当年《香炉山》参评鲁奖，您觉得有多大胜算呢？您是在什么情况下得知获奖消息的？

叶弥：我根本不想胜算还是失算。我只有在很缺钱的情况下才会想到得奖问题。再说了，不到公布的那一刻，根本不会知道花落谁家。当时是苏州的文联主席成从武老师第一个告诉我的，我正开着车，心里很高兴，想终于这下可以存点钱了。但是后来有一阵子收留的流浪狗猫很多，我又不善理财，又没有存钱了。

问：关于鲁奖颁奖，记忆中有无印象深刻的事情？

叶弥：就觉得领奖台上的灯太亮了，让我很难受。我搬到乡间那么多年，完全习惯了夜里没有灯的生活。小区里没有灯，小区外面的路上没有灯，能充分领略月亮的光。我在家里，有时候关了灯只点蜡烛。

问：您如何评价获得鲁奖对自己的意义？有人认为评奖很考验一个作家，有些获奖后创作就没太大动力了，对您来说好像并不存在？

叶弥：鲁奖的意义，既不要贬低，也不要拔高。这样在获奖的过程中，不会迷失自己。获了奖以后，不会失去创造的动力。我得奖后拥有了一笔钱，有了这笔钱，我可以混个好几年，不需要想着赚钱的事，只需要朝着自己的文学目标努力。所以得奖后，我继续在文学上开拓自己，可以说，我现在又把我的文学之门打开了一点点。这是我满意自己的地方。

写《风流图卷》，叶弥翻来覆去打磨了近十年，修改完的那一天，她感受到真正的解脱，无关文字，而是解脱了人生里许多妄念

问：您在 2008 年搬去太湖边住，有什么契机吗？搬到这里后生活状态

如何？写作心境是否有了变化？此后创作的《风流图卷》是否也和从前大不一样？

叶弥： 2008 年我搬到了太湖边（其实离太湖还有三公里路），当时是觉得身体不好，心情也浮躁，想找一处离市中心远一点的地方好好待几年。结果一住就住了快十五年，是我住过的时间最长的地方。从夜里遍地月光住到遍地灯光，从一片农家的平房住到遍地高楼，从到处泥路住到到处柏油马路。以前不管什么季节，一到下午四点，路上就没人了。现在一夜到天亮，人来车往。我还是喜欢十五年前的这里，那时候早上起身到外面，空气是清新的，有时候可以说是清甜的空气。现在的空气很不好，本来一出小区就看到稻田、菜地，见到各种鸟儿，听到各种虫子鸣叫。下了雨的话，夜里蛙声一片。现在这些都没有了。消失得很快。我又想搬走了，可是不知道搬哪里去。但不管怎样我很感激这块土地，十五年里，我在这里养好了身体，认识了许多善良的人、许多动物和植物，写的小说也比以前多，在内容上拓宽了，对文学的认识也宽了一些。这些改变在我的小说中都有所体现，尤其在长篇小说《风流图卷》和《不老》中，把人和时代融合在一起。

问：《风流图卷》里有大爱和悲悯之心。强暴孔燕妮的人、王来恩……都被原谅了。您对笔下的人物，是持怎样的态度？

叶弥： 很多时候，我都是没有态度的，刚写作时，很想控制人物。但后来发现人物会自己行走。而我不过是跟着人物记录、理解他们的那个人。

问： 我不太理解的是，孔燕妮的姑姑入佛门、读佛经，还是自杀了。也许我看得不够仔细，可否谈谈您对于禅海佛经的理解？这种理解对于小说创作来说有何裨益？

叶弥： 孔燕妮的姑姑入了佛门，却不能离苦，所以自杀。但没有死，后来还是和青梅竹马的恋人心心相印了。我接触佛教很多，我所理解的禅、佛并没有那么深奥难解，就是“解脱”二字。禅与佛是在人解脱的过程中，不管走过多少弯路，帮他最终回到无牵无挂之中。

问： 您曾表达想要在《风流图卷》中探讨个人和时代的关系？

叶弥： 每一个时代的人性都不尽相同，但每一个时代里都有共同的东西，就是人追求幸福的愿望。怎样处理自身和世界的关系？怎样处理个体和他人的关系？动机也就是正视自我的价值，并从中得到精神的幸福。

《风流图卷》表现的是时代潮流中，个人通过追求正确的思维方式，体现出来的意志和独立性。古今中外，这种独立性有时都会冒犯特定的时代，时代的车轮总是滚滚而过，有些冒犯者虽然身败名裂，但时间会补给他们生命的价值。《风流图卷》在处理个体与他人的关系中，是既有矛盾又有统一，主人公孔燕妮在与他人的矛盾里了解世界，获得宽容、和解，最终得到解放。真正的解放是精神的解放，是靠自己不断进步才能得到的。

写《不老》的初衷，还是想讲一个通俗的爱情故事。她觉得“不老”这两个字放在一起很美，值得为它寻找成立的理由

问：先谈谈您的创作契机吧，《不老》的故事是怎么来的？

叶弥：写完了《风流图卷》。按照设想，要继续写下一部新长篇，也就是《风流图卷》的姐妹篇。《风流图卷》写了1958年和1968年的事。姐妹篇准备写1978年和1988年的事。一共四十年间的事。我甚至有了新长篇的名字《激流图卷》，小说里也是第一人称。但在做准备工作的时候，大量的背景资料阅读、整理和做笔记，使得我十分怀疑这一本小说将会淹没在无休无止的背景里。所以我当机立断，中止了《风流图卷》姐妹篇的写作。但是准备好的资料不能不用，而且书里的几个人物也有了大致的走向。于是我就截取了1978年的二十五天时间，展开了一个爱情故事。人物也不用第一人称，而用了第三人称。这就是现在完成的长篇小说《不老》。

问：主人公孔燕妮有原型吗？非常喜欢这个饱满生动、对爱情充满渴望，甚至一直在拿自己冒险的人物。这个人物在中国文学的人物长廊里是独一无二的。您在她的身上寄予了自己的一些理想吧？

叶弥：孔燕妮没有特定的原型。她是一位江南女子，我也是，而且我的朋友中有许多江南女子。她们的喜怒哀乐、内心的追求、精神的丰满，她们对美好生活的坚定向往和不怕失败的勇气，都是我非常了解的。其实全中国的女性都是这样，她们对生活有无尽的理想，她们的理想就是我的理想。

问：整部小说结构紧凑，分上下两卷，时间浓缩在二十五天内，人物涵盖了干部、知识分子、工人、农民等等。能否谈谈自己的构思？

叶弥：1978年是个神奇的年份。1977年恢复了高考，1978年第一次派了留学生到美国。给右派摘帽，补发工资，知青返城，开始各行业的拨乱反正。春天召开了全国科技大会，稍后进行了全国性的真理标准问题的大讨论。冬天小岗村十八户村民签下“包产到户”的秘密文书。年底召开了十一届三中全会。1978年属于全国人民，在这一年里，思想上的不同，导致社会层面上截然相反的两种主张，中国朝何处去，不仅是中央的一纸文

件，其实是人民在选择。在这种情况下，书里的人物都在选择自己道路。爱情从来就不是真空里的，暴风骤雨里的爱情才更为动人。

问: 您在创作手记中谈到，后半部分时得到一些机缘，使你得以冲过小说的障碍，能否具体谈谈写作《不老》中所遇到的所谓“障碍”，后来是如何解决的?

叶弥: 是的。写到下卷的后半部分，觉得人物很平淡，不出彩。照理说应该出现惊心动魄的情节，但没有。这不应该啊，不是我要的那种爱情故事。这部小说里一定还隐藏着什么，和我捉迷藏，不让我发现。就在我无法修改下去的那几天，我家南边的群租房里，一个小男孩整天哭闹，他的母亲对这小男孩又打又骂，母子俩整天上演鬼哭狼嚎的闹剧。南边的群租房里，住着五六户人家，十几个大大小小的孩子，卫生状况堪忧，噪声不断。二房东把一包玻璃碴倒在路边，被我劝了一句，二房东夫妻俩就跳到我院门口，指着我鼻子骂半天，且扬言打 110 举报我。因为只准每家养一条狗，显然我收留了太多的狗了。然后地方派出所就一次一次来我家捉狗，我得拿出十分的精力才能阻止他们进我的院子里捉狗。群租房里最吵的就是这对母子了。他们住在二楼北房，正对着我家，我写不下去的那几天，他们除了睡觉，就是在吃饭时还在哭闹吼叫。我忍无可忍，走到他家楼下，让他们声音轻点，这是住人的地方。那位母亲听了，二话不说，就朝我身上扔下几根衣架，这衣架应该是她打孩子的武器。我一人根本不是他们的对手，我只能去找物业。物业和我说，这对母子过得很不好，儿子是小儿多动症，因为上课多动，影响别的孩子学习，所以学校只能让他回家待着。小孩的父亲在坐牢，他还有二位姐姐。年轻的母亲带着三个小孩艰难度日。我听了以后，就托当地一位姓顾的女作家，请她找一找小孩的校长，能不能让这小孩读完小学。后来学校也就让这小孩继续上了一阵子学。这件事的结局是意料之外的，处理完这件事后，我想我的小说应该有个意料之外的结局。有了这个念头后，几乎是一瞬间，小说的结局就出来了。

《不老》延续了叶弥“以江南写中国”的整体思路，展示了在剧烈变动的大时代中一群普通人的生命状态

问:《不老》中的孔燕妮经历了一个付出、得到、再付出的过程。追求“不老”的精神，是您一开始就想好的主题吗?

叶弥: 不是。一开始只有那几个人物在眼前晃。只知道他们在相爱，在求进步，在思考民族的命运。别的没有。是在写的过程中，尤其在修改的过程中出来这个主题的，不是我想出来的，而是我从小说中、从人物的

身上找到的。每一部小说都有它自带着的主题，就看作家是否能找到。

问：您的很多作品中，都有一种神秘的气息，或者说禅意。不知这种感觉是否准确？为什么？这种气息来自什么？

叶弥：来自于童年少年对世界偶然的印象。尤其是童年，我碰到了两件无法解释的事情，后来一直觉得很神秘。我的个性里有喜欢孤独的一面，人在孤独时，会听到热闹的人无法听到的一些声音，梦到别人无法梦见的神奇之物。这种气息影响到了我的小说，可能就是你说的那种神秘气息，或者是禅意。禅意是我追求的，那是有意义也有趣的一种精神境界，更重要的是，它让人得到解脱。

问：这部长篇是去年 9 月完成就获得很多好评，包括获得首届“凤凰文学奖”评委会大奖。作品反馈在您的预料之中吗？您如何自评《不老》的完成度？

叶弥：去年完成时，只能说是初稿。但它具有了一个与时代相关的大容量，这种容量会产生一些可能性，使得一个通俗的爱情故事变得不平常。所以我判断这部作品的质量至少是中等以上。另外在写作时，我会考虑到普通读者的阅读习惯，我不会把一部小说写得貌似高级、学术。让读者读不下去，是作家的失败。不管你怎么装神弄鬼，读者不愿读，说明作家没有水平。一部好的小说，首先是它的通俗性，它的思想和情感通过它的通俗性向外传播，它自带着它的生存密码。从这个层面上来说，我觉得我这个小说的完成度是高的，可读、亲民、通俗，这就是一位作家应有的态度。

问：《不老》在您的创作中有何独特的价值或意义？

叶弥：它让我觉得最初选择的写作方向是对，走到今天，我在写作中没有迷失，反而得到了力量。这也让我感到自己的成长是有意义的，所谓活到老学到老。

问：您的作品，在主题甚至在人物上都有延续性。比如《风流图卷》堪称长篇《美哉少年》（2006）的姊妹篇，情节设置、主题表达都有相似之处。《不老》中似乎也延续了《风流图卷》的人物和主题？

叶弥：三本小说有相同的地方，也有不同的地方。《美哉少年》是讲两位少年无处可去，就离开了家乡，一路朝着青岛去。因为他们听父母讲，出差时见到青岛一个旅馆里，有一位美得像神仙一样的女子。他们也想去看看这位女子。但到了那里，现实让他们失望了。《风流图卷》主要是写孔燕妮对杜克和张风毅的爱恋，写她和一帮年轻人在特殊时代的青春和自我救赎。《不老》中，人物更加具有主动性，而不是挣扎在时代的洪流中。这也是《不老》所处的时间给予人的积极心态。孔燕妮、张风毅、俞华南他们都有自己的追求。孔燕妮不仅自我救赎，还想用自身的热力焕发俞华南的活力。

问：很喜欢您笔下的女性，为了爱情不顾一切的决绝，那种执着和狂热，令人感动。你总能把女性对生活的热爱、对情感的追求写得动人心魄。能否谈谈您对女性人物的塑造？

叶弥：我写女性人物，基本上不用多想，就是排列整合的一个过程。我没有在西方国家生活过，我不了解西方的女性是怎样的，但我了解中国女性，了解东方的女性。她们吃苦耐劳，勇于奉献，敢于承担。但她们又有着另外一面，就是内心矛盾重重，看问题囿于片面，经常认命。当她们开始讲科学、哲学的时候，她们就是世界上最有能力的女性。我想在小说中塑造一个来源于生活，又不给生活压倒的女性。她必须是有知识有境界的女性。

“如果一位作家坚持写下去的话，一定会出现各种软肋，我很乐意看到自己的软肋，这表明有进步的可能”

问：《不老》中各种信件和诗歌，都出自您手吧？对话其实体现了作家对生活对世界的观察力和洞察力。你觉得呢？描写人物的对话，对您来说是不是可以不加思考？

叶弥：对，信件和诗歌都出自我手。我从小就喜欢写诗，但写不好。写小说写了这么多年，对人物的个性有所把握，所以描写人物的对话都不是太难。但很容易描写对话时，又会怀疑自己是不是写油了。

问：少年和寺庙是您小说中常见的，有什么原因吗？《不老》中的吴郭城是以苏州为原型？您如何看待地域和创作的关系？

叶弥：少年是全世界的作家都喜欢写的，代表着青春、美好，寺庙是东方作家都爱写的。中国古代文人的笔下寺庙是常见的。《红楼梦》《西游记》里到处是寺庙。我是苏州人，苏州自古佛教兴盛，但凡出门游玩山水，一定会碰到寺庙。《不老》不仅仅是以苏州为原型，我祖籍无锡，还有无锡的影子。另外我也喜欢常州、镇江、绍兴城、乌镇、杭州这些地方，青年时常常到这些地方游历，这些地方的某些特色合成了一个江南城市吴郭市。1978 年的吴郭市，它的城市特点还是与现在的城市有很大的差别。

问：写作中您经常切换视角，也常用第一人称“我”，而在《风流图卷》里视角转换最多的是僧尼如一和明心。您在写作中会考虑写作视角的问题吗？

叶弥：以前不会，写作从心而发，觉得总是考虑视角很累人，也受限制。中国传统戏剧里，经常有视角切换的场景，觉得很有趣。但我现在会考虑视角的问题，不会随意切换视角。因为现在很少有圈外人读你的小说，大部分读你小说的人都是专业的文学工作者，他们很讲究视角问题。所以后来我有时候一篇小说写下来，只用一个视角。一篇小说中，换不换视角，要看情况而定，换要讲究科学，不换要讲究灵动。

问：好像在《风流图卷》中，您也提到了写作的艰难。和《不老》遇到的问题一样吗？您如何看待写作中的“软肋”（如果有的话）？

叶弥：每个作家都有软肋，在每一个小说写作中都有不同的具体表现。有些容易克服，有些难以克服。尤以思维上的一些错误定式，不容易更正。如果一位作家坚持写下去的话，一定会出现各种软肋，这是给他纠正的机会。我很乐意看到自己的软肋，这表明有进步的可能。

叶弥说，自己是一个随着年龄而变化的人，年纪大了，反而心中滋生出力量

问：迟子建评价说，您的小说最吸引她的，是“那些‘越轨的笔致’”，这句话引自鲁迅为萧红《生死场》所作的序言。你认同吗？如何理解自己“越轨的笔致”？

叶弥：迟子建是一位了不起的人，写作和生活同样通透。“越轨的笔致”，我当然有，我是希望有“越轨的笔致”冲破思想的牢笼。

问：都说文如其人，您认同吗？您在很多朋友的眼中，是直率可爱的。您觉得自己是怎样的人？《不老》中所表达的对抗命运、对抗苦难甚至对抗衰老，是不是和您的个性有关？您希望成为怎样的作家？

叶弥：我认同“文如其人”的说法。一般而言是这样的，至少你的文反映了一部分真实的你。我是一个随着年龄而变化的人，年轻时喜欢轻松，随遇而安，年纪大了，反而心中滋生出力量，对世界有了一份积极的心情。我希望保持着这种积极的心态，成为一个既安静又有力量的作家。

问：您对未来的创作是否持乐观的心态？是否还会继续挑战自我，继续“对抗”？

叶弥: 说“对抗”还是不太准确，对抗有一种消极因素在里面。人活在世上，要知“命运”二字，要知天高地厚，同时也要努力改变困境。困由心来，改变了心，就会改变一段境遇。我对我未来的写作没有预测，我只知道写作会带来认知的进步，进步会带来快乐。

葛水平:“世俗”必须是我命中注定

舒晋瑜

采访手记

作家陈世旭早就发现，葛水平偏好民俗和史志，“一身装束满是乡村元素，就像个活动的民俗博物馆”。的确，葛水平会写作，小说、散文、诗歌都有涉猎；水平会画画，主要以戏曲人物和驴为对象，有意趣，有生活；水平还会唱戏、会摄影、会裁剪服装，然而最重要的是，水平会生活。

她喜欢待在山上或草地上，长久地完全放空自我，看落日，看流云，在荒草上晒太阳。写乡下的物事，她也是自在的、真实的甚至放纵的。不论诗歌、散文还是小说，葛水平的文字沾着故乡的泥土和气息，仿佛那些植被正是自己文字的养分。如果把诗歌比作台阶，那么散文便是土路，它们将葛水平送往远方，而小说让她重返故乡。因此葛水平是诗意而有韵致的，她的文字洋溢着浓郁的地域文化特色和乡土风情，那不是浮在生活表层描绘山水风情，不是站在远处眺望历史和现实，而是融入山凹的风和石、花和草。

当然不止诗和远方。葛水平写作抗日时期的乡村故事由来已久，她笔下的乡土抗战小说《狗狗狗》《黑雪球》《道格拉斯 /China》关注的是抗战时期太行山偏远乡村山野乡民的悲惨遭遇和抗争，2023 年出版的小说《和平》仍是抗战主题。

写故事的人在成长，她的故事也在生长。很久之前，葛水平就在创作自述里说:“时间悄然流逝，倏忽间，窑洞成了村庄的遗容。它的故去的人和事都远去了，远去在消失的时间中。”她的时间观在《和平》里仍有着强烈的暗示。在小说里，战争装填了时间，时间模糊得不能再模糊，鲜明得不能再鲜明，时间装填了人的一生，来者如斯，前不见古人，后不见来者，变化的永远是人间。

冯骥才评价葛水平说:“只有她这支富于灵气又执着的笔，才能在生活的暗流里，触及这些历史的灵魂，乡土的韵致，鲜活的性情，人性朴素的美以及转瞬即逝的诗意。”

童年生活令葛水平念念不忘，一种遥远的、切近的、涌动的记忆，没有任何东西可以超过她对故乡人事的热爱

问: 您是从什么时候爱上文学的？走上文学之路是受谁的影响？

葛水平: 小时候住窑洞，家穷，甚至没有一本书可看。如果说受什么影响爱好上了文学，我想可能是受说书人感染。说书人:"武松打虎，八百里英雄。武松是谁，有人硬要把武二打虎弄成除害，俗大了。大英雄本色，你真让他上山来打虎，他不一定肯，真英雄是不和畜生斗的。"这话充满了意味，很诱人遐想。

问: 可否谈谈您的阅读？如何看待阅读和写作的关系？

葛水平: 童年时几乎没有多少阅读，我的阅读是从三十岁以后开始。写作是阅读能力的一个外在体现，阅读是输入，写作是输出。写作需要很多条件，其中知识面的宽广程度和对问题的思考深浅是非常重要的。阅读可以增加知识，也会促使你思考。写作的最终来源主要有两个，一个是生活的阅历，另一个就是阅读。所以说，写作又是生活和阅读的产物。

问: 童年生活对作家的影响是巨大的，可否谈谈您的童年？

葛水平: 我的童年生活在偏远的山区的村子，甚至不叫村，喊凹，一共有六户人家，因为村子太小，山外人喊凹里人。童年跟随小爷（祖父的弟弟）生活，小爷养羊，有一段时间跟着小爷上山放羊，和牲灵亲近较多。乡村生活单一也丰富，尤其是夜晚降临时人们坐在饭场上讲从前和以后。我母亲是民办教师，那些年民办教师流动性强，我跟随母亲走乡串村，很小就知道民间生活其实是充满了声色犬马。当然，一切都是和泥土有关。它承续身体之外的经验，又在身体之内启悟未曾有过的感知。童年生活让我念念不忘，一种遥远的、切近的、涌动的记忆，没有任何东西可以超过我对故乡人事的热爱。

问: 我一直很好奇您的经历，是怎么从戏曲转向文学的？也可就此梳理一下自己的创作过程。

葛水平: 七十年代，文化复苏。这时候我十二岁了，父亲说：你去学唱戏吧，说不好能唱成一个大把式。中国家长的意愿永远都是孩子们的方向。我在当时学戏中是最小的学生，主角让年龄和个子大一点的同学演了，我一直跑龙套，当丫鬟。世人对没有文化的演员贬称"戏子"，对我是一种挫伤。十六岁开始写诗歌，二十多岁自费出版第一本诗歌集子《美人鱼与海》。

我的诗歌都是一些成长中狂妄自大和无法排解的孤独。为了生计我写过各种文体，甚至学过打快板。九十年代早期开始写报告文学和散文，末期开始写小说。我的写作一直停留在乡村，这也是出生并成长在乡村人的优先选择。尤喜夏秋时分夜晚降临时村庄饭场，人的影子是靠声音来传递的，所有空间向我展开的，正是我理解的这个世界的雏形。尤其是，农家院子里的苇席上，大人和小孩都坐在上面，月明在头顶照着，在一天疲劳中即将进入梦乡时分，饭场是对劳动生活的一种补充、一种调剂，有时则是一种较真、一种抬杠。似乎乡土写作一直是我永不改变的风格。

问：处女作是在哪里发表的？走上文坛顺利吗？能否谈谈您早期的文学创作？

葛水平：八十年代我跟随上党梆子剧团去长春电影制片厂拍一部戏剧片《斩花堂》，我写拍摄花絮。一本叫《大众电影》的杂志有时一期会选发我几篇文章，这大概算是印成铅字的处女作。第一首诗歌也是这个时期在《山西青年报》上发表，这是激励我继续写作的肯定。

问：您是自《甩鞭》才被更多的读者熟知的吧？感觉从一开始，您的作品故事性就很强，不知您秉持怎样的文学理念？

葛水平：故乡年节，穷人家买不起鞭炮，穷人也是人，也要听响儿。一堆篝火一个甩鞭人，是白云苍狗的世界不变场景下的热闹，那热闹也是生活温热的光焰。一个男人指节粗壮的铁黑色的大手，一杆长鞭在月亮即将退去的黎明前甩得激扬；一个女人去想那长眉浓烈似墨，大嘴吼出威震山川的期待，爱的背后铺垫着的是生活的锅灶，我的故乡对天地之爱居然如此大气。爱到老，依然会扯着皱褶重叠的脖颈仰望那一声撕裂的鞭声，爱和坚守都与山河有关。面对这样的乡村我有一种祭献的冲动。乡下人天性有一股"犟"气和"韧"性，与人理论，得理不饶人，常吃亏，常得理不饶人。这样，山里的人一生又弥漫了悲壮气氛。我的小说中的人物，不自觉地融入了乡人的脾气、性格、爱憎。生活是一条大河，始终奔腾不息地流淌着，我只是一个在今天这个突变时代上船的人，从这个意义上说，是故乡的人事成就了我的今天。

《裸地》依旧关注农民和土地、人们生存的艰难，以家族的兴衰展示旧中国太行山区的沧桑巨变。评论家牛玉秋认为，《裸地》几乎是中国乡土文化的百科全书

问：能否具体谈谈长篇处女作《裸地》？

葛水平：在没有动笔之前，我有无奈，或我有寂寞。走过村庄，看到时光的走失竟然可以这般没有风吹草动，那些曾经的繁华呢？布满青瓦的屋顶，青石砌好的官道，它们是一座村庄的经脉，曲折起伏，枝节横生着故事，难道它只能是记忆了吗？我曾经以一个作家的身份在一个县里挂职。第一次下乡，见一山东逃难上太行山的老人，他说：我爷爷挑着担子上太行山，一头是我奶奶，一头是锅碗家什，出门时是大清国，走到邯郸成了民国。一个掰扯不开甚至胡搅蛮缠的想法闯入了我的脑海：写那些生命和土地的是非，写他们在物事面前丝毫不敢清浊不分的秉性，写他们喝了面糊不漱口的样子，写他们铺陈在万物之上的张扬。我想了很久，什么叫生活？中国农民与土地目不斜视的狂欢才叫生活。

问：《裸地》是一部很独特的小说，主人公盖运昌一生就是为了延续香火。能谈谈您在小说创作中的一些构想吗？您希望向读者传达什么？

葛水平：尽一个世俗人的眼光来写作。"世俗"必须是我命中注定！我想写一个男人，写他误入人间的无奈，他永远都清楚日头翻越不过四季的山冈，却要用生之力博那山之高不过脚面的希望。一个漫长的冬天被温暖的日头驮走了，曾经的收放自如、张弛有度、刚柔兼备、情理并重，那份深刻为基础激情和深沉为内蕴的率性，却落得做作的自炫和浅薄的张狂。一生努力是为了后人，自以为掐算掌控得最好，其实，数数可虚幻眼前的物事，当土地裸露的时候，人的日子在希望落空中过去了。

问：在《裸地》的阅读中可以发现，戏曲对您的影响很深。您在戏曲方面的造诣的确在作家中是首屈一指的。能否分别谈谈戏曲、写作、绘画在您生命中分别意味着什么？

葛水平：戏曲是童年所学技能，启蒙却是炕墙画。小时候出山到外村去看大户人家的炕墙画，常见的有历史典故"桃园结义""三顾茅庐""苏武牧羊"等。也有戏曲故事"莺莺听琴""貂蝉拜月"。各种"选段"的集锦式"会串"在炕墙上，一路看过来，比较历史典故我更喜欢戏曲故事，"小红低唱我吹箫"的幽幽怨怨似乎更适合生殖的热炕。写作启蒙来自舞台，戏曲让我知道了历史是不可改造的，唯一敢改造历史的是戏。绘画只是把日子闲下来的一种可能。

《活水》是对故乡的一篇祭文。葛水平在写作时是因事而发，由事生情，她只考虑笔下的人物，"他们是我生命向已有的过去延伸的努力"

问：《活水》写了几代人的生活，到了小满这一代，对乡村已经是鄙夷和不屑了。而从乡村到城市的进程中，也有不断流失的民间的传统文化。但是从您的角度完成乡村到城市转化的叙事，令人耳目一新。这是您要表达的主题之一吗？

葛水平： 二十多年前我的小爷葛起富从山神凹进城来，背了一蛇皮袋子鸡粪，他要我在阳台上种几花盆朝天椒。那一袋子鸡粪随小爷进得屋子里来时，臭也挤进来了。我想我还要不要在阳台上养朝天椒？小爷进门第一句话说：蒲沟河细了，细得河道里长出了狗尿苔。吓我一跳。几辈人指望着喝蒲沟河的水活命，水却断了。小爷说，还好，凹里没人住了，我能活几年？就怕断了的河，把人脉断了。《活水》写的是我的故乡，现在村庄因为人脉断了，已经成为荒沟，这部长篇是给我故乡的祭文。

问： 在《活水》中，既有乡村记忆，又有社会转型期乡村变化的历史进程。您愿意如何概括书写中的观察和思考？

葛水平： 山神凹只有一种颜色，如同不能被外地人读作山神凹那样，山神凹只能是山神凹。一切已经淹没在含混的暮霭中，是属于黑白电影时代，是一个无法返回的时代。是更近的历史，消失在了更近的现实中。

问： 申秀芝找到宋栓好的窑上"骂窑"一节，写得活色生香，好像很少有小说对"骂"写得如此生动。这也是乡村中独有的特色吧？

葛水平： 能入了文字的人物，都有自己的锋芒。活人不生事叫活人吗？生事的人，对生存环境的了解和参悟是令人敬畏的。善是守，恶是进。但是，我们该明白，他们的日子不是这样永远的恬静，庄稼不出青苗的时候，他们会为了一渠水引到自家田头而大打出手，也会因为谁家的牲口吃了庄稼因小生出大事。人不可能舍却作为背景的生存而活着，谁都会为了保护自己活着的简单口粮而争斗。哲人说过，人生而自由，却无往不在枷锁之中。普通人的乡村，更是如同可乐里加冰。

问： 乡村的爱情如此荡气回肠。李夏花的命运让人心疼，但是她有申寒露的爱情足以幸福。韩谷雨对申秀芝说的一句："爱情就是把一个人放在心尖尖上疼。"——又朴实又动人。您觉得自己笔下的乡村爱情有什么样的特点？

葛水平： 爱了就爱，很少用一颗富于想象的头脑去构建爱情。生命的豁达，对于写作者来讲自始至终都是站在这样一个高度。生死大限只是闭眼睁眼之间，我们执着不得，只好以平常心对待。乡村爱情，经历苦难后各自内心的安宁与永恒的确证，生命与生活的通透，比起苦难来乡村爱情就像乡村民歌一样来得更直白形象。民歌的世事洞明其实是经验的结果。

好的民歌阔爽大气，直白坦荡，偏又情致缠绵，余韵不歇。当一个人爱了恨了，来了又走了，掺杂着不舍、难过时，你会感觉就连无数细小明亮的尘埃也一起合谋来堵你胸怀。这时候的乡下人就很直白地说：妹是哥的心尖尖肉。

对于山西人深层次的解读，乡土题材是山西写作者的优势，山西前辈作家中没有一位不是建立在此基础上

问：“懂风情的人才是这世上杀伤力最大的武器。”这句话很是贴切。小说中的女人，无论是翠红、张老师、李夏花还是小满，都是“懂风情的”女人。您所理解的风情是怎样的？

葛水平：花香气，草鲜味，土地的腥膻。深情款款地去寂寞。

问：小说写了几代人的生活，到了小满这一代，已经是满满的不屑了。而从乡村到城市的进程中，也有不断流失的民间的传统文化。但是从您的角度完成乡村到城市转化的叙事，令人耳目一新。这是您要表达的主题之一吗？

葛水平：每个生命都有着自己与生俱来的生存能力和适宜环境，哪怕是一株毫不起眼的青草、荆棘和绿叶。活着，也只有活着才能面对自然张力四射。乡土文学记忆中的故事已经十分遥远，和写作者的命运关联也已日渐依稀，土地的记忆已经泛化为大地，传统更多地升华为一种精神和感情的彼岸，对应着现代城市生活的各种弊端，写作者给已经进入历史记忆的传统赋予了各种幻觉幻影，现实的传统乡村被美化后，对日益浮躁的现代社会已经起不到清凉油和平衡器的作用了。

问：李夏花留了前夫申国祥的具体地址，打包了几个包子要他带走，他可以带；但是钱他坚决不拿；树旺给大嘎烧纸，李夏花给树旺一千元，他说啥也不收——小说中的人物个个都是性格鲜明的。人物形象饱满鲜活，让人过目不忘。能谈谈人物塑造方面的经验吗？

葛水平：能入了文字的人物，都有自己的锋芒。写作者永远无法迎合更多读者的胃口，我们只是自己在梳理自己的情感羽毛，整理着一份算不上丰厚的文学故事，而故事中的人事一定是自己熟知的。我有时候想，人类灵魂被吞噬不是因为饥饿，而是因为欲望的泛滥。对于人物塑造方面的经验实在是谈不出多少新颖的东西，就说早些年我看过的一部电影《巧克力情人》。主厨蒂塔做了一道菜叫“玫瑰汁鹌鹑”，食物进入每个人的身体都有不同的反应，喜欢这道菜的人问蒂塔怎么可以做出这么多美味的菜肴，她的回答是“关键在于制作的时候，要放进更多的爱”。

问: 小说中很多细节，充满乡村或者民间生活的气息，比如韩谷雨的唱、李晚堂的哭丧等等。还有乐器、戏曲的镶入，比如申丙校给猪拉二胡。您如何看待音乐在小说中的作用?

葛水平: 音乐作为一种艺术，也能够在人的内心形成震撼，有时候甚至能起到一种用言语所不能表达的效果。小说创作中音乐的出现却能让我们的感官全面活动起来。它可以推进情节，体现人物的情感，让人在阅读时得到充分享受。我的祖辈在土地上埋下种子，然后浇水、锄草，然后等待秋天，没有诗意，只有喜悦般的生动。所以，乡人的生活幸福指数并不是从拥有的钱财和学识来判断的，而是看这个人是否会调剂生活，调剂生活带来的点滴快乐，拥有把快乐放大、把痛苦缩小的能力才是乡村的高人。

问: 为什么在小说中安排了那么多憨人? 大嘎、金环、树旺的媳妇、韩瑞凤、申芒种……也有很多经典名著中都有傻子的形象。这种叙述方式或视角，给小说带来了什么?

葛水平: 有许多侧面衬托，就是通过对其他人物、事件的叙述和描写，来衬托主要人物。通过次要人物的活动来衬托主人公的活动和形象，从而达到塑造人物形象的效果。也就是说，次要人物可以将原本单调的故事情节衬托得活灵活现，凸现人物品质，表达思想感情，使主要人物更加鲜明清晰。物化世界和我们依赖的“力”和无限自然相比依然微不足道。造化神奇，故乡奇人怪事的出现比我的作品更丰富，因而，我只是想写一个麻雀虽小五脏俱全的山神凹。

问: 您的小说，厚重、大气，这在女作家当中十分可贵。在驾驭这种宏大题材方面，您显示出过人的力量和胆识。不知是否缘自地域和您的性格特征?

葛水平: 对于山西人深层次的解读，乡土题材是山西写作者的优势，山西前辈作家中没有一位不是建立在此基础上。因此说一方水土养育一方人，一个地域的文化和自然环境、社会经济和文化传统，对当地人的性格有较大的影响。不同地域的自然环境和文化以及社会经济的发展，一定影响着不同地域的人。

“我是一个很在乎四季的人。人生只有一季，努力活成一个女人的样子，如果有十足的女人味道那真是上天对我太爱了”

问: 印象中的葛水平女人味十足。写作之外画画、摄影、做手工活、弹古琴……能谈谈生活中的葛水平吗？

葛水平：世界的本质就在于它有一种味道。对于女人，年岁越长性别越不明显，我特别害怕老到没有性别。写作之外的事我都喜欢，可能唯有写作是我的硬指标。更多的日常我是虚度的，比如疫情期间，好天气我都要开车进山躺在荒草上晒太阳，有时候一个下午过去了，就晒太阳，看云彩。喜欢下雪，如果冬天看不见雪就觉得这一年少活了一季，所以我是一个很在乎四季的人。人生只有一季，努力活成一个女人的样子，如果有十足的女人味道那真是上天对我太爱了。

问：您是从什么时候开始画画的？又如何看待文人画？

葛水平：我画画有三年多了，年份太浅，用古玩行的话说没有一点包浆。专业作画技为上，技必有法。法即束缚，也有桎梏。专为画事，常人必视为畏途，仰之如崖壁。文人作画懵懂如孩童，以画为乐事，信手涂之抹之，皆活泼可观，灵动真趣，自然天成。孔子说："古之学者为己，今之学者为人。"文人为己，文人画还需努力修为。

葛水平凭借自己的"田野调查"，用散文的形式建构了一座农业时代沁河流域的乡村文化博物馆

问：2011年，您沿沁河行走，历时一年多，深刻体验了沁河流域的历史、文化、生态及乡村的风土民情，写出散文集《河水带走两岸》。是"命题作文"还是您自发的行动？这一年多的行走，有怎样的收获？

葛水平：个人行为。我只想趁着年富力强走走我的"母亲河"。对于人事，糅合汉民族的创世神话，都与河有关系。农业的起源，黄河及黄河支流冲击的山谷平原是最早的农业区。神话的诞生与河流文化密不可分，这些自然形态离人类最近，跟伙伴一样可以供人类交流和役使。说一个民族有容纳百川的气魄与胸襟，有赖于人类因为河流诞生出的创世神话。在母亲河孕育下，我们经历了伏羲女娲大禹治水三皇五帝周秦汉唐以后到现在，我们感激母亲河给了我们如此强悍的生命，让我们的激情与想象持续这么久远。上天让我们活在河岸上，珍爱上天的赐予就是珍爱我们的生命。河流与人的关系，最终盘踞不散的只有一个字：爱。

问：您小说中的沁水、太行山区，让我觉着无比亲切。您如何看待脚下这方土地？

葛水平：太行山实在是太古老了，老到山上的石头挂不住泥土，风化成麻石，最薄瘠的地方不长树，连草也不长。村庄挂在山上千姿百态，当

空的风霜雨雪走过，农民请它们留下来，给他们的生活添加福气，有时候添加来的不是福，也许是祸，但是，他们已经融入了这种生活记忆。他们也有他们的理想和虚荣，他们的理想中含有焦虑的目光，他们的虚荣常常是挂在脸上的，靠天吃饭，靠地打粮食。靠天靠地还不是他们心中最好，最好是政策好。然而有一些人因为无知和良善，像掷出骰子一样抛出了自己的命运，为的是想活好或者活得更好！当然，没有比无知更易于制造残酷的生存了！当你看到山里人切实的生存状态，你就会知道他们中间为什么会有那么多人要放弃赖以生存、视为生命的土地，远离曾经日夜厮守的村庄和熟悉的农业，宁愿一切荒芜也要豁出去！土地真是一片好土地呀。

问：您的语言生动灵秀，富有诗性而且高度凝练，是否和您早年的诗歌训练有关？您如何评价自己的诗歌？

葛水平：诗歌不行。早年自费出版过两本诗集，花钱出书，只能说是虔诚对待诗歌。

问：您对目前的生活状态是否非常满意？

葛水平：日子就像一匹窄窄的布，生存告诉了一些活着的事理，有不容易，有坏天气，有难过，但都是活着才能有的经历。我和这个世界上无数个家庭主妇一样，在柴米油盐酱醋茶中寻找着生存的意义。我十分知足我的当下生活，甚至认为上苍给我的太多。

除了地域身份外，我的作品必然带着农耕这一劳动方式所赋予的特点，是内在于村俗的，是家园的、自省的而不是观察的

问：《喊山》获鲁迅文学奖短篇小说奖。这篇小说，您是在什么情况下创作出来的？

葛水平：一生中的不同阶段，生活都会送来各种各样的信息，有些缘分蹲踞在某一个时间段。我开始写作，那是 2004 年，我和胡学文在北京，穿越长安街，去某小区看望《人民文学》杂志社宁小龄老师。那一刻的黄昏至今难忘，那个时候，对于时间，对于围绕自己的大千世界究竟是怀着一种怎样的认知呢？那天，我们仨一起谈了很久，关于文学，关于写作，关于方向。小区里的小径不是那种一目了然的曲径，是人为的那种仄拐，在散步中说话，当走到一个地方的时候，根本无从判断现在所处的位置与出发地点相比有什么不同。一直到满月生辉时分，我答应回去马上写一个中篇，之后满怀信心离开。除了地域身份外，我的作品必然带着农耕这一劳动方式所赋予的特点，是内在于村俗的，是家园的、自省的而不是观察的，

不是“深入生活”，是在生活中。我由故乡的这些人事写了中篇小说《喊山》。发表在2005年第11期的《人民文学》上，2006年这个中篇由《人民文学》杂志社推荐并获得第四届“鲁迅文学奖”。

问: 您知道自己的作品参评吗？当时的评选过程后来有人向您透露吗？是否评委的意见比较一致？

葛水平: 当然知道参评。因为刚写小说，对文坛是陌生的，到现在也不敢多问。

问: 听说您得知获奖消息的时候正在山里拍电影？是怎么庆祝的？

葛水平: 当时在太行山里拍我同名小说改编的《地气》电影，那时不像现在这样网络发达，进山后一天手机没有信号。晚上回到住地，宁小龄老师的短信来了，说:“一天电话打不进，你获鲁迅文学奖了。”我回头和我丈夫说获奖的事，他说:“不可能，你才写了几篇小说。”结果我也不敢多话，就冷场了。后来知道是真的，那高兴劲也过去了。

问: 您去领奖了吗？有无获奖感言？还记得当年的领奖情况吗？

葛水平: 去领奖了。现在想来一切都模糊了，只记得坐着乌篷船在河道里假装从水路来领奖。

问: 今天您怎么看待自己当年的作品？《喊山》在您的创作中有何独特的意义？

葛水平: 我还是喜欢这部作品，它的独特性犹如当年获得《人民文学》的颁奖词:以“声音”为主题，在民间生活的丰厚质地上展现人心中艰巨的大义和宽阔的悲悯。

葛水平的敬畏是一种面对战争中横冲直撞的恐惧和无辜生命死亡的慌悚，也是为过去的岁月中无名亡者流泪的跪拜

问:《和平》的创作契机是什么？涉及中、日、东北、山西等地的历史背景，甚至引用1937年12月的《东京日日新闻》、山西地图手绘本等等，从宏观的史实到细微的日常生活包括山西的特色小吃在小说中也有体现——驾驭这部长篇，是否做了非常充分的准备？

葛水平: 没有一个人是为战争而出生。战争把一切温暖的事物变得黑暗和悲伤。如果说现实社会中一个人的死亡是一个悲剧，那么战争中三千五百万死亡只是一个数字。长达十四年的抗日战争，九千五百多万贫

民流离失所。庞大数字的震撼力永远建立在“一”的基础上,《和平》也是在一个中国人与一个日本人的基础上讲的故事。

所有的文学作品都有原型，起因是我婆婆家族的故事感染了我。婆婆的父亲是一名东北邮政工作者，“九一八”事变之后，奉天沦陷，但有骨气的奉天邮务管理局始终坚持中华邮政，拒绝与日本奉天邮局合作，因邮务长的意大利身份，日本人也奈何不得，直至1932年伪满洲国已经被日本人扶持“壮大”，南京国民政府无奈将奉天邮务管理局全部职员撤入山海关内。婆婆的父亲留下大量的日记，每一本日记封皮上都绣着“和平”二字，可惜后来日记被烧掉了。我在断断续续听婆婆讲这些故事时诱发我想为过去的岁月写一部小说，于是又开始查阅日军战犯战争结束后写下的战争回忆录。八年抗战是从1937年“七七事变”全面抗战开始算到1945年日本投降，其实抗战不只这么短，真正要算应从1931年9月18日开始算起，至1945年结束。日本人对中国的窥探从日本明治维新前后就派特务进入中国手绘中国地图，为占领前做准备。当我了解越多时，越觉得应该写这样一部作品。我的敬畏是一种面对战争中横冲直撞的恐惧和无辜生命死亡的慌悚，也是为过去的岁月中无名亡者流泪的跪拜。

问: 抗战时期人们的劳顿困苦和他们坚韧的生命力令人感慨，小说从不同的层面刻画了中国普通百姓的众生相，能谈谈您在创作中的心态和感受?

葛水平: 更多的是不堪回首。这是时代感，不是时间，时间是时代的反义词，时代也是历史的反义词。我在那场战争中看到了许多普通人，他们不是不关心任何事，是因为他们惊惧，比起活下去的能力限度，他们感受战争到来的能力限度更为有限。贫穷的日子每天都在损耗，就像春雪一样难以储存，活下去只有一个来源，那就是迎接，就像迎接明天的到来一样。为活着投入热情，这是人性的本能。其实，好战的一定是政客，一介贫民管不了许多。人生行为如黄河水奔泻千里，决之东则东，决之西则西，劫难随着岁月而来，活着都很艰难的人要他们怎么觉醒？人间众生相，我写他们时从人物出发，写作者的情感的限度，事实就是爱的能力的限度，我爱笔下所有出现的人物，因为他们出现在战争年代。

问: 面对战争，所有人都会有恐慌和无助，包括日军士兵福田润，在火车上居然无法尿出来，可是这样一个胆小的士兵，一位去芮城日本军营找儿子的女人，却被他用军刀直刺进胸膛。残酷的战争中人性的泯灭令人发指，而与此形成强烈对比的是，善良的女人临死之前还怕吓到别人——这些细节特别触动人。

葛水平：细节就是人性的呈现。对战争日复一日的培养，战争的到来也会将士兵的心灵压垮。我在阅读中发现了世上的一切战争与杀机，一切轻薄、享乐与懦弱，人首先丧失的是自尊心，接着又丧失了自我轻蔑之意。面对来临的一切，没有任何人会一心一意凝视着战争带来的混乱心情，谁都可能会有一次，甚至多次走过那通往死亡的狭道——跟生命有关的极度紧张。而中国女人，往往苦于难以从内心寻找到可以与这件事相称的感情，心里不带任何情绪，活着已是一种羞耻，死反而要有一种体面。他们都是我笔下的人物，他们身体中发生的任何奇妙变化，我必须符合人性去写他们。那是战争年代，战争让敌我双方都处于一个尴尬的境地。

问：钟表在小说中有何寓意？从一开始张子民到钟表铺，又辗转去山西，绿萍生下第五个孩子时，张子民想起奉天路关屯钟表店满屋子的“嘀嗒”声，子女是他过日子的欣喜，也是时间中未来的希望。这部小说，引发人思考的东西太多了。

葛水平：战争装填了时间，时间模糊得不能再模糊，鲜明得不能再鲜明。时间装填了人的一生，来者如斯，前不见古人，后不见来者，变化的永远是人间。钟表寓意着时间作为第四度空间、时间每秒多少格、时间永远均匀，有多少人消失了，他们来过，不知道什么是好日子。时间像从一个久遗的日子中走出来的影子一样，模糊但却巨大。人的一生唯一能代表时间的是钟表，在钟表的时速里，人类是毫无理性的。

问：小说中渗透了一种神秘气息，从瞎子的捏骨到车秋平请来神婆看病，民间文化的神秘在小说中起到怎样的作用？

葛水平：民间文化如穿针引线，只是想让民间有趣的现象有助读者感受那个时代的面容和表情。陈年往事和前尘旧梦犹如流动不居而又澄澈明净的河流，是小说人物的生命历程和心路之旅，也是战争中卑微人的天光云影。在民间，这类随处可见的神秘细节，犹如故事枝干上摇曳的琐碎而繁复的花花叶叶，对此有兴趣而又知之甚少的阅读者，希望他们能够因这些历史的细微表情和时代的真切面容，在遥远的空间和遥远的时间阻隔下知道那时的人世间。

问：小说中塑造了绿萍、翠红等女人，包括去芮城日本军营找儿子的女人，每一个都令人过目不忘，中国女性的隐忍、善良、坚强，作为母亲的伟大，让我看了落泪。你是如何看待战争中的女性的？又是如何刻画这些女性群像的？

葛水平：精神分析学告诉我们，女性与生俱来缺乏阳物，生理原因的困惑，让危机四伏成了徘徊不去的阴影。战争中女性永远担忧“无中生有”的事物迎面而来，危机四伏，女性的身体自然充当了战争的牺牲品，并且成为集体指认的合理行为。这种共识已经深植于战争士兵的潜意识，并且消减了事件本身的羞耻感。日本女性自愿奉献自己的身体，并成为许多女性的梦想，战争结束后她们伤痕累累的身体无处安放。中国女性在男权秩序的社会，受制于传统礼教的束缚，对一个家族的未来承担了不为人知的苦难。假如一个人没有忍耐和顽强的意志，生活会变成什么样子呢？中国女性承担了这样的义务。

问: 木下弘特地阅读了《花月痕》，这部小说出现在作品中有何寓意？

葛水平:《花月痕》是中国古代小说中少见的，写了一位身遭侮辱损害，却奋力抗争的妓女形象。全书布局巧妙，行文缠绵，文笔细腻，哀艳凄婉。其中人物刘秋痕，虽堕娼门，但不甘沉沦，以死殉情。出现这部作品是想让人们知道山西曾经有过这样一部小说，由此牵扯出中国女人是民间“香火的烟”。战争中死去那么多妓女，民间却没有人为她们建立一座寺庙，世界上也没有见哪国有妓女的庙宇。战争中奉献身体的女性，抛开战争，她们值得女性用文字呵护。

作家访谈

徐小斌：小说创作的超越性、先锋性与隐喻之美

王红旗　徐小斌

徐小斌：

著名作家，国家一级编剧，画家，刻纸艺术家。自1981年始发表文学作品。主要作品有《羽蛇》《敦煌遗梦》《德龄公主》《双鱼星座》等。在美国国家图书馆、哈佛大学、耶鲁大学、哥伦比亚大学等均有藏书。2014年入选美国国会图书馆"亚洲著名女作家"。曾获全国首届鲁迅文学奖，全国首届、第三届女性文学奖，第八届全国图书奖，加拿大第二届华语文学奖小说奖首奖，2015年度英国笔会文学奖等。代表作《羽蛇》成为首次列入世界著名出版社Simon & Schuster国际出版计划的中国作品。有部分作品译成英、法、意、日、西班牙、葡萄牙、挪威、巴西、希腊等十余国文字，在海外发行。

现代意识与封建传统到底有多远？

王红旗：首先，祝贺您的小说、散文、随笔、影视剧本等"徐小斌经典书系"十五卷本问世。这是你创作生涯的一件重大事件，也是当代女性文学的大事。因为您不仅创作小说、影视剧本，在绘画方面亦颇有造诣，被誉为当代"跨越三界"的重要代表作家之一。其一，从宏观上讲，是指你在追求文学理想的旅途中，不断攀登与超越的物质界（衣食居所）、精神界（使命与责任）、灵魂界（宗教信仰）。其二，从微观上讲，您在文本架构、场景设置、人物形象塑造等方面的创造性与想象力，穿行于人界、仙界、神界。以超越的、富有灵性与启悟的神谕，奇异诡秘的想象与浩瀚深邃的演绎，创造了一个似是而非的令人悲悯隐忧的现世。其三，是跨越小

说、影视、绘画三个艺术领域。三种艺术表现形式相互印证诠释，尤其小说中“影视”“绘画”手法的穿插运用，更显示您创作风格的独特个性。

徐小斌：佩服你批评的现代性与维度。其实对我来说，就是很简单的几个点开创、刺激和延伸了我的创作。一、很小的时候开始的童话启蒙。从三四岁始父亲开始给我家三个女孩讲童话，每天晚上的必修课，其中《海的女儿》对我影响最大。二、因我是家中最小女孩，父母对我极为宠爱，但五岁时我弟弟出生后，我的家庭地位一落千丈，作为一个敏感的小孩无法接受这种反差，萌生了我渴望公平的最初最幼稚也最顽强的诉求。三、我从小就很有好奇心，直至今日。可以说，是好奇心撑起了我的一生，好奇害死猫，也害死了我。五岁画了第一幅完整的画《鹦鹉姑娘》，被学校大院传为美谈；九岁第一次读《红楼梦》，并写了生平第一首平仄格律的“七律”；十岁参加国际儿童绘画比赛并获奖，本来可能会有点儿光明前景，但“文革”突至，停课。被父亲关在家中集中读了大量的俄苏文学、巴尔扎克全部的《人间喜剧》以及家中藏书、交大图书馆所能借到的全部书籍，现在回想起来，过早地读这些书确实对文学创作有益，但对于人生极其无益。四、较早地读了哲学、心理学、周易、自然科学及其他多个门类的书籍，现在哲学界热门的本雅明、卢卡奇、马克斯·韦伯等我在八十年代后期就读过，引起了我的一些深层思考。所以这也是很多读者认为我的小说“好读难懂”的原因吧。五、有幸在青少年时期结识了一批优秀的朋友，影响至今。

读书过多过杂过早加上生活的极度坎坷（十六岁去黑龙江兵团，五年后转京郊插队一年，三年工厂，前后做过刨工、车工和钳工，度过了九年极其艰难的岁月，然后才赶上高考制度改革）对于一个好奇心强、有内心思考的人来讲，可能写作是唯一的出路吧。

十三岁那年我初读托翁的《复活》，有一段印象极为深刻。他把人分为“精神的人”和“动物的人”，我当时就想，我一定要做一个“精神的人”，这几十年来我也是这么做的。但是我并没有想象到做“精神的人”所带来的精神痛苦，几乎是难以承受的。所幸我扛了过来，超越了这些痛苦。这是我的心路历程，也是我的小说的变迁之路。

王红旗：能够感受到您的审美信仰，做“精神的人”、塑造“精神的人”。原来是托翁的少年启蒙。不由想到您近年发表的两部中篇《入戏》《无调性英雄传说》。《入戏》是讲述中国社会急遽转型的二十世纪九十年代，以中年女作家编剧梅清风的爱情、家庭与职场所遭遇的个体生命创痛，揭示男女性别情感的尖锐冲突，权势之下的人性多态变异。在这个以“假面游戏”为时尚的权力人际网里，梅清风始终因为“幼稚”而不会“入戏”。《无调性英雄传说》是古希腊神话的“重写”，以奥林匹斯山上最高权力者宙斯与赫拉威慑下的“英雄之死”，撕开西方文明历史自由民主的真相。人的生命尊严与高贵精神是两部作品共通的灵脉。我的第一感知是，人类文明进化千年万年，离人类童年的“初心”与“童真”越走越远了。请具体谈谈，您是如何想到要写这两部小说的呢？

徐小斌：这两篇都是我的新作。先说《入戏》，我们大概早已忘了我们的第一句谎言，第一次违心的认同，第一句言不由衷的赞美……大约当时还着实为此气恼过，后来终于明白：在适者生存的前提下，任何物种都要学会保护自己，或曰学会伪装和欺骗。在某种意义上，人类为自己涂上的保护色有如安康鱼的花纹或者杜鹃的腹语术。

人要做一个不被自己小时候讨厌的人谈何容易！有多少人小时候不喜欢闻到烟味，而现在手指甲都变黄了？有多少人小时候觉得素颜最美，而现在不化妆不出门儿？有多少人小时候渴望的爱情是纯洁真挚始终不渝，而现在变成了“约炮”，能聊几个小时就谢天谢地了？有多少人小时候讨厌拜金，现在却为了挣钱不要命？有多少人小时候立志言必信、行必果，“立谈中死生同、一诺千金重”，而现在背信弃义毫无诚信可言？有多少人小时候立志要真实真诚地面对这个世界，而现在却满嘴谎言而且撒谎撒得特有快感?!

岁月，常常把我们变成我们小时候讨厌的那个世俗的、虚荣的、矫情的人，而保持初心的人反而成了异数。《入戏》中的主人公梅清风就是这样的一个异数。因为她是异数，便无法融合进入“大多数”的人群之中，被认为“孩子气”“情商低”“长不大”……一句话：幼稚。因为“幼稚”而导致事业生活的双重失败。使得从世俗意义来讲她是个彻头彻尾的失败者。但更要命的是，她没有反省自己失败的原因，而是顽强地继续坚守内心世界，甚至勇敢地抗拒世俗的规定，顶着一路逆风，让心起舞飞翔。依我看，这是勇敢者的选择，也是保持初心、不变成我们小时候讨厌的那个人所付出的巨大代价。

至于《无调性英雄传说》，起源于我在2016年赴伦敦参加书展，在大英博物馆看到的阿喀琉斯的雕像。《荷马史诗》中我最喜欢的人物是阿喀琉斯，他年轻英俊，非常勇敢，他的英勇让特洛伊人闻风丧胆，他的结局也令人扼腕。一句话，我喜欢那些孤胆英雄、悲剧英雄——“虽千万人吾往矣”。雕像第一次把他的形象直接给了我，那正是我想象中的阿喀琉斯。我决定写他，并且为他改写荷马史诗。

王红旗：《入戏》揭开了权力男性群体的精神症候，他们在社会舞台个个把权力游戏演绎得自以为天衣无缝，却集体堕入“被阉割”“被异化”的深渊而不自知，但是每次迟早总会被“自作多情”的梅清风“幼稚”的慧眼识破谜底。如果说从封建宗法父权制伊始，“男主外，女主内”的社会分工，男性人生的社会价值就高于一切，那么在如今男女共同参与社会事业的时代，您认为应该如何思考性别人生的社会价值？

徐小斌：我其实是个平权主义者，如果你细读我的小说，从来没有真正袒护女性，而是试图认真地剖析人性，即便是《羽蛇》，对于女性的剖析也是非常严厉的。但可惜的是，人们只记得我描述的那些猥琐男性，忘了我也曾经写过一些很正面甚至优秀的男性，譬如《河两岸是生命之树》中的楚杨、《天鹅》中的夏宁远、《请收下这束鲜花》中的青年医生、《羽蛇》中的烛龙、丹朱等等，包括这次《无调性英雄传说》中的四位希腊英雄，都是男的啊。

当然，一切都如巴赫那部伟大的主题音乐《音乐的奉献》一般：用"无限升高的卡农"不断地变调却又恢复到原点，构成一个个怪圈。但那个原点并非真正的原点，而是变调之后的原点：于是，年轻一代的女性话题重新了热起来，越来越多地出现了年轻的"大女人"：譬如"奇葩说"中的詹青云、邱晨，"吐槽大会"中的杨笠、易立竞……她们智慧、独立，无论在生活还是职场都熠熠发光。

王红旗：从社会性别"被生成"讲，因为男性被封建宗法父权等级制文化生成"大我"主体的伟岸强势，而极力维护这种"被生成"；女性被压抑生成"无我"主体的卑微弱势，而极力反抗其"被生成"，您的"性别平权"立场，是对单一女性立场的超越。

《入戏》中有两个极其日常而传神的细节，隐喻更深层的性别权力与身份差异问题。梅清风在单位无辜挨领导的"大吼式"斥责，回到家里受自己丈夫的"大吼式"斥责。你刻画出现代国际都市、接受过高等教育的男性精英心灵深处根深蒂固的封建男权统治意识。

徐小斌：我一直有个怪想法。研究过很多个案，发现世界上那些顶尖的天才都很难或者根本无法与他人建立真正的亲密关系。他们的婚姻状况或单身或离异或多婚，这个根本原因其实就是他们早慧，在他们的心目中早就有荣格所说的阿尼玛或者阿尼姆斯原型。用通俗的话来说，就是他们内心有他们自己塑造的完美人物，而一旦走入现实就会大失所望。而普通人虽然没他们那么极端，也是内心有恒定标准的，不一样的是普通人一般会将就着过下去，而那些早慧的人，那些心有完美标准的人，则无法忍受理想与现实的天壤之别。

梅清风当然不是什么天才，但是她心里干净真纯，总希望世界、爱人和她自己一样干净，这当然是一厢情愿的幻想。但是她在片刻间逃离世俗、独享单恋的时刻，也是她认为干净美好的时刻，她可以随意想象而不必去考虑现实真相。这种感觉只存在于那些喜欢幻想、追求完美、愿意付出而不求回报的人的意念之中。

王红旗:《无调性英雄传说》的玄幻意象与深刻隐喻，在于提出人类如何走向新文明的未来问题。古希腊最高统治者以权力至上的“野蛮森林法则”对代表“宇宙文明法则”的英雄们，实施羞辱甚至杀戮，诗性演绎了西方现代性文明进程的荒诞性。如今联合国“新千年计划”多次提出实现人类和平，东西方哲学家、思想家对此做出了诸多探索性反思。但是女作家以“重写”古希腊神话，来表达对西方现代性文明历史的质疑追问，还是第一部。请您谈谈这部小说的结构安排，为什么将爱情单列一章?

徐小斌: 很小的时候就看过《希腊神话故事与传说》，上面有很多古希腊诸神的雕像而印象很深。但印象最深的并非所谓“真善美”与“爱”，反而是那些黑暗的力量，出人意料的逆转。我很早就想写阿喀琉斯，直到近年来看了尤瓦尔·赫尔利的三本书之后，又读了一系列关于量子纠缠、超弦理论方面的书，联想起以前对希腊神话与荷马史诗的感想，决定写一篇有点谐谑、杂糅的小说，内在思想既有我一贯的，也有我近年来的心得。

我写了与科学神兽有关的四位希腊男神，前三位都是顶天立地反抗暴政的英雄，后一位虽然也是男神级别的美男子却高度自恋，最后下场滑稽悲催。

爱情，不过占这篇小说中的一章而已，但是这一章写得最动人。我打破了希腊神话中关于阿多尼斯的传说，完全虚构了一个叫塞涅瓦的半人半神女孩，这样写起来更有意思。

王红旗: 还有几组鲜明对比，很有深意。一是母爱对比：母亲赫拉与女儿阿瑞德。赫拉是被权力与妒忌彻底异化的母亲，为了达到自己的私欲权欲，自己的女儿也只是她利用的工具；母亲赫拉特与女儿塞涅瓦，母亲赫拉特是宙斯的第六位妻子而饱受赫拉迫害，然而她以生命庇护自己的女儿。二是爱情观对比：如雅典娜与阿波罗，雅典娜从年轻时就暗恋阿波罗却从来没有向他表白过，她认为“柏拉图式的大爱，远胜于那些哺乳动物式的肉体之爱”；塞涅瓦与阿多尼斯，塞涅瓦只有在爱的时候才能活，只有爱的时候才会变美，阿多尼斯牺牲后她坚信他会转世，她的专一真的等来了阿多尼斯灵魂的复活，幸福地生活在一起。三是赫拉与宙斯因利益结成的婚姻，随着权力与衰老也岌岌可危。你为什么这样阐释众神的爱情与婚姻?

徐小斌: 我近年来由于对天体物理、科学神兽、超弦理论、天文学什么的特别感兴趣，我现在的偶像是马斯克。对爱情婚姻什么的已经没什么兴趣了，我写诸神的爱情不过是把他们写成有感情的活人，让读者容易代入罢了。“柏拉图式的大爱，远胜于那些哺乳动物式的肉体之爱！”这是我一向的想法。但是塞涅瓦是个例外。世界上有一些女孩子是为爱而生为爱而死的，爱情真的可以使她们变美，而失恋可以使她们瞬间崩溃，这些女孩通常就是前面讲的那种“精神的人”，但是这种女孩早就是“稀有动物”

了，当下估计已经快绝迹了。这大概也是人类文明进程所必须付出的代价之一吧？

王红旗：文本中如“奇点”变形的“超弦”语言运用，以及科幻性场景都很鲜明，原来您现在的偶像是世界科技神人马斯克。在《无调性英雄传说》结尾，您表达出“宇宙文明之道”是人类智慧，先进科技无法超越的。警示现代人只有追溯原初，人类文明才可以继续前行，而爱是一切的根基。

徐小斌：这是我一向的杂糅兴趣的延伸。我几乎每天都在问自己与当下生活完全无关的问题，我内心藏着一本隐形的“十万个为什么”，虽年纪大了但内心世界并没有随之成长，在生活中依然很幼稚。佩服很多年轻的朋友比我成熟干练得多，想学又学不会，这让我曾经很焦虑。不过现在也想通了，可能好奇心和对知识的渴求会贯穿我的一生。

我始终认为写小说的不仅要关心文学领域，首先要有一个宇宙观。要明白“领域”与“边界”的概念。我相信马斯克带来的时代，有可能会让人类迈上更高文明的台阶，而文学、艺术这些独具创造力，最不容易被计算机所代替的东西，也一定会在新文明中绽放出更加灿烂的光彩。

“爱情是人类一息尚存的神性”

王红旗：您的长篇《天鹅》，扉页上赫然昭示“爱情是人类一息尚存的神性”。在这个“物质时代”写一部爱情小说，它是如何诞生的？

徐小斌：《天鹅》是写爱情的，确切地说是一部“释爱之书”。说是写了七年，其实断断续续都不止。2004 年小说《德龄公主》出版之后我就开了两部小说的头，一个是《天鹅》，一个是《炼狱之花》。开了头之后没写多少，就开始写《德龄公主》的电视剧。2006 年《德龄公主》电视剧播了，然后我又回头写《天鹅》，遇到几乎无法克服的困难。首先，因为整部小说都涉及了音乐，还不是一般的涉及，是主脉络都与高深的古典音乐有关——故事的层层递进是伴随着一个手机里的几个乐句如何变成小品变成独奏曲变成赋格曲，最后成为一部华彩歌剧来实现的。于是只好报班听课。

王红旗：在当代中国女作家的作品里，纯真浪漫的美好爱情位置变成了“虚空”。大多表现的是“爱情的不可能”“不谈爱情”，或者说爱情与婚姻的分离，爱与性的分离。商品经济狂飙吞噬了国人爱的能力，“时间就是金钱”萎缩了国人对崇高爱情的渴望。

徐小斌：当时我就觉得没法再写了，搁在那儿整整四年，这四年里我完成了《炼狱之花》。之后我偶然打开电脑又看到《天鹅》那六七万字，觉得还是能打动自己。巴尔扎克说过只有出自内心的，才能进入内心。有一天，我重听圣桑的《天鹅》，如同一个已经习惯于浊世之音的人，猛然听见神界的声音——有一种获救的感觉。这时来自身体内部一个微弱的声音突然响起："写作，不就是栖身于地狱却梦想着天国的一个行当吗？"难道不能在精神的炼狱中创造一个神界吗？不管它是否符合市场的需要，但它至少会符合人类精神的需要。就这样，经历了四年的瓶颈几乎被废弃的稿子重新被赋予了活力。但是我沮丧地发现，除了极少的一部分文字外，大多数都需要重新来过——[①]

王红旗：所以把故事发生的场景设在遥远的边疆，觉得在那样一个远离都市的地方，还是有真人存在的。因此女主人公古薇一见这个孩子就想起她的初恋，下意识地觉得他是她的初恋男友的转世再生。学贯中西的心理学家季大夫为她把脉而劝说："……情深者不寿。情感这个东西，一定不要太投入了，哪怕对方就是你的白马王子……对于一部分女性来说，对男性的选择就是按照自己的阿尼姆斯原始心象。"[②]

徐小斌：关于转世再生，按照荣格的理论，孩子最初爱的人与他（她）的阿尼玛心象（阿尼姆斯心象）有关。荣格说，尽管一个男子可能有若干理由去爱一个女人，然而这些理由只能是一些次要的理由，因为主要的理由存在于他的无意识之中。男人们无数次地尝试过与那些同自己的阿尼玛心象相冲突的女人结合，其结果不可避免地总是导致对立和不满。

阿尼姆斯心象（指女性心象）同样如此。"一个聪敏的有文化的女子比那些受教育较少的姐妹们更加是阿尼姆斯权威的牺牲品。"但是，"事实上，阿尼姆斯能促进妇女对于知识及真理的追求，并把她倾向于自觉自愿的活动，不过她必须学会认识阿尼姆斯，并把它控制在适当位置"上面。宝黛初会，宝玉便说："这个妹妹我是见过的。"安娜与渥伦斯基也是初次见面便是天雷擦地火。在现实生活中，一见钟情的爱情确实很多，足以认证荣格的理论。

王红旗：您的作品始终存在对"无意识层面"的关注。小说《天鹅》的结构很独特，可以说是您的"一半是音乐，一半是传奇"的"孪生子"。每个章节出现的独立单元页文字，不仅像电视剧的画外音，丰富和深化了小说的内涵与维度，而且"仿真"艺术手法的亦真亦幻，可以穿越文字表层，表达您富有"神性"的诗意哲思。正是这种神奇的想象时空，赋予《天鹅》如云霞似图腾的浪漫主义的理想情愫，从中感受到一种先锋性与和谐美。男女主角的悲喜，以及多重隐喻，给人深刻的阅读体验。

徐小斌：是的。我的小说从来没有像《天鹅》经历这么多次修改，作家出版社的中国文学精品文库要统一设计封面，交稿后等了很久，这一等

---

① 徐小斌：后记《难产的天鹅》，《天鹅》，作家出版社 2013 年版，第 298 页。

② 徐小斌：《天鹅》，第 254 页。

反而给我制造了加独立单元页的机会。再就是文字一直修改到出版之前。纯文学是需要多维度解读的，以前我的小说都是那种繁复的、复杂的、华丽的，洛可可式、巴洛克式的那种，这部小说我有意极简约主义，几乎只设置了一男一女两个人物，简单的人物放在辽阔的背景之下。开篇，他们在那么美的赛里木湖边看到那一对天鹅，然后两个人最开初的对话，就是男主人公说，天鹅是最忠诚的，一只死了另一只绝不独活，女主人公看见天鹅，随意敲了几个乐句就存在自己手机里了，这就是故事的开端。然后这个故事就紧扣着“天鹅”这个主题展开了。

我认为，真爱能在一个人身上发生，至少此人要具备四条，这是中国一位哲学家讲的：第一是玄心，第二是洞见，第三是妙赏，第四是深情。其实同时具备这四种品质的人，才配享有真爱。玄心，指的是人不可有太多的得失心，有太多得失心的人无法深爱；洞见，就是说在爱情中不要那些特别明晰的逻辑推理，爱需要一种直觉和睿智；妙赏，指的是爱情那种绝妙之处不可言说，凡是能用语言描述的就没有那种特别高妙的境界了；深情，是最难的，因为古人说情深者不寿，那你就面临着一个要寿还是要情的问题，得有那个情感能量才能去爱，每个个体的情感能量都是不一样的。

王红旗：在我看来，人的神性是超越世俗的精神本我力量，它深藏于广袤的灵魂黑海之域，需要智者的引领与唤醒。而您就是那位智者，是“爱情是人类一息尚存的神性”的发现者。如果说《炼狱之花》把人类的希望寄托于“海底世界”，而《天鹅》却把人类的希望留给人类自己。一个女人具有了这种“神性”，不仅可以自救，而且可以拯救她爱的人，还可以拯救她爱的世界，点燃起人类以爱心自救的圣火。

徐小斌：我写作历来不愿重复，可是有关“爱”。难道就没有一种办法，摆脱爱与死的老套？恰在此时，一个香港朋友给我介绍了几种治疗失眠的办法，其中的一种便与西方的灵学有关。说是灵学，其实相当地唯物主义：“物质不灭，生与死，不过是生命形态的转换而已。唯一区别于普通人的是，在深爱的人之间会有记忆。——永恒的记忆。”[①] 所以我设计了一个情节——男主的遗体始终没有找到。而在女主按照男主心愿完成歌剧后，在暮色苍茫之中来到他们相识的湖畔，看到他们相识之初的天鹅——男主曾经说过“你知道吗？天鹅是最忠诚的伴侣，如果一只死了。另一只也绝不独活”[②]，她看见那只孤独的天鹅，于是她明白了自己该怎么办——她绝非赴死，而是走向了西域巫师所喻示的“大欢喜”——所谓大欢喜，首先是大自在，他们不过是由于爱的记忆转世再生而已。这比那些所谓爱与死的老套有趣多了，也新奇多了。

---

① 徐小斌：《天鹅》，第 250 页。

② 同上，第 2 页。

王红旗:《天鹅》小说开篇就写到赛里木湖、草原的美轮美奂，一对天鹅神秘的爱情“誓语”，感觉这是一个诞生爱情的圣地。这一片变幻神奇湖水，一对依恋的天鹅之谜，在礼赞的尾声里达到高潮。以歌剧《天鹅》曲，以音乐与叙事、人与神完美结合的多重复调，为爱情超越生死的永生性予以精神赋格，在一幅幅似梦非梦的“深夜”意境里，女主人公走进了赛里木湖水里。“男女主人公在少女的合唱中拥抱在一起”的“大团圆”结局[①]。这是一种回归母腹——地母子宫羊水里的静默式的重生。

徐小斌: 其实最初的想法是来自一个真实的故事，“非典”时期曾经有一对恋人，男的疑似“非典”被隔离检查，女的冲破重重羁绊去看他，结果染上了“非典”，男的反而出了院。男的照顾女的，最后女的还是走了，男的悲痛欲绝。这个错位的真实故事让我颇为感动。我喜欢那种大灾难之下的人性美。无论是冰海沉船还是泰坦尼克，都曾令我泪奔。尤其当大限来时乐队还在沉着地拉着小提琴，绅士们让妇孺先上船，恋人们把一叶方舟留给对方而自己葬身大海，那种高贵与美都让我心潮起伏，无法自已。这部小说最不一样的是关于生死与情感，用了一种现代性来诠释一个带有古典色彩的爱情故事。尤其是小说在“非典”时期的细节不能不真实。

小说里当夏宁远化装成保洁工终于进入见到古薇的时候，他们都被惊愕压倒了。那种惊愕完全压过了他们见面的激动，那个时间又不允许多说话，小夏就把那套防护面具穿在古薇身上，然后他说我在外面给你准备了一辆自行车，你拿着这个橘黄色的袋子，这就是保洁工的标志。古薇出来的时候腿都软了，但是值班大夫什么也没问，就认为她是保洁工。

王红旗: 这个细节很奇妙、太神圣。你的一次次考证，观看“非典”时的录像，终于诞生出神性的情节。其实，作家在“求真”精神之上的想象与虚构才是能升华的，是经历生死离别、思念苦痛之后，发自内心的爱。因为古薇的个人经验，她认为爱情的未来是悲剧或者是仇恨，现代都市人久违了爱情，对爱情真的降临会感到惊愕、怀疑，也会小心翼翼地发问。

徐小斌: 当古薇突然问他:“爱情究竟是什么？”夏宁远回答:“爱情……爱情就是我们啊！”古薇觉得自己心里的阴霾一扫而光。她是城市文化人，她会有很多的纠结，可他就是这么质朴的一句话，她忽然觉得心里明亮起来，然后这时候风把窗子一下吹开了，他们两个人都去关窗子，头发刷的一下被风吹得直立起来。古薇就问:“那爱情的未来是什么？”她一向认为爱情的未来不会有好结果，最好的结果就是转化为亲情，更多的会向反向转化。可是他回答说:“爱情的未来，还是爱情！”[②]这种特别质朴的话是真正能打动人心的。她听到的各种腐儒的话太多了，反而是这种特别质朴、

① 徐小斌:《天鹅》，第 272—273 页。

② 同上，第 242 页。

特别直白的话能打动她。就为了这几句话，我多少夜都睡不着：他俩到底应该说什么，这个对话怎样才能跟人家不一样，简直费尽思量。

王红旗：“爱情就是我们，爱情的未来还是爱情”，的确很质朴地解析了爱情的永恒性。这是你骨子里对爱情的认知，借夏宁远的口吻表达出来，微妙的性别置换产生了一种审美共鸣意义上的超越感。首先，超越了以往女性写作男性只是不识爱情俗物的偏见。其次，是特殊情境下男女超越世俗的精神生命情感体验，而抵达“神居胸臆，而志气统其关键”（刘勰《文心雕龙》卷二十六·神思）的意境。爱情生成这部小说的灵魂，进而富有哲理的乐曲之变，推动现实与梦境、真实与想象的故事情节，构成螺旋而上的乐章。

徐小斌：其实这还真不是我自己的观点。是我想象中的夏宁远对爱情的单纯的看法。这样的理想主义的爱情观其实注定是会被摧毁的，注定会酿成爱情悲剧的……我写到他们在一起的时间很短促，第二天早上古薇去早市买东西，小夏接到部队通知：立即返疆救灾，这样他根本来不及等她回来就走了，留了个字条。她回来之后，突然有了一种不祥的感觉。然后她就想自己的心里充满了虫豸，是这个男孩的深情包裹了虫豸，使它变成了琥珀，虫豸是多么丑恶，而琥珀是那么美丽，她觉得好像和他就要失散了。后来夏宁远来了个电话，声音很弱。直到接到玉凤的电话，古薇突然觉得大事不好。立即买票去了新疆。而这时已经晚了。我专门问过“非典”最后感觉是什么，最后其实就是被高烧烧死。小夏觉得自己被地狱之火吞噬。

夏宁远去救古薇是个错位的故事。小说中有错位才会有张力，就是我刚才讲的，“非典”时期那个真实的故事给了我启发。

王红旗：这个纯爱故事发生在“非典疫情”灾难之际，本身就有更丰富的人性内涵。“错位”表面看是一种“非常态”，但“不确定”恰恰是命运的常态。因而《天鹅》里女主人公古薇的大欢喜的“高潮体验”，至少有三个层界：一个是现实界生死相依的她 / 他，古薇看见赛里木湖里一只孤独的、晶莹的天鹅，就认定是思念中的他，而慢慢走进湖水里却化羽飞升了；一个是艺术界隐喻的她 / 他，此时歌剧《天鹅》幕落，男女主人公在少女的合唱中拥抱在一起；一个是精神界融为一体的她 / 他。两个相爱的灵魂超越生死两极爱情，随着“大团圆”的拥抱而相融在一起而重获新生，使人类爱情获得永生的神性。

徐小斌：我所有作品的原型，实际上都是来源于那种神性的东西。写《羽蛇》的时候，确实研究了大量的神话传说、谣曲、各国文化史等等。比如说羽蛇是亚洲太平洋地区最高的阴性神灵，羽蛇是为人类盗窃天火，最后粉身碎骨化为星辰，是“女版”的普罗米修斯。但是大家都知道后者而不知道前者，我有意把这个家族女人们的名字，全部起得与太阳有关。

金乌是远古太阳的别称，若木是太阳神树里的金枝……我想说的是，女人是太阳不是月亮，不是只会折射太阳的光芒，而是自己可以放射灿烂的光芒。

古薇问温倩木你们信仰的神是什么，她回答是太阳、月亮和星星。我确实查到在西域有一些维吾尔族人就是信奉太阳、月亮和星星，就是相信那种特别自然的东西。因而这次要回归自然，把我从洛可可、巴洛克式的繁复中解放出来，讲述一个相对朴素自然的，接地气的、有烟火气的作品。当然同时又是一个大隐喻。整个故事是“双主题”的赋格，就像希腊神话里的两头蛇可以向任一方向前进。

王红旗: 如果说《羽蛇》里塑造的人物前世是神后世是人，那么《天鹅》里面的古薇与夏宁远，却前世是人而后世是神。其性格均有神性和人性因子的结合。《炼狱之花》的结尾，母亲为自己的女儿在都市搭建一个巨大的“灯坟”，是以母女关系来隐喻女人与社会之间的关系。《天鹅》的结尾，“我虽心痛”，却以一个多层面、多声部的大欢喜圆舞曲，形而上升华为爱情的永恒性。

穿透人类生态双重危机的先锋性

王红旗:《炼狱之花》与《羽蛇》迥然不同。《炼狱之花》是把现实的果装进了魔幻的筐里，如同魔镜般照出人类社会走向现代性文明的种种悖论与危机。“如果说，在传统的西方政治理念中，大国的崛起可以和战争的源起画等号的话，那么这一传统理念已经受到了当代实践的研究挑战。”[①] 小说魔幻现实主义，揭示现代社会人类与自然、人与人之间的复杂关系，童话般举重若轻却振聋发聩。您在自序中说:“这部小说是我写作生涯中的一次心灵颠覆式的革命，一个重要的转折点。”[②] 为什么?

徐小斌: 剖析我原来所有的作品，几乎都是一种回避现实式的逃离。《炼狱之花》是我第一次直面现实，它是一个讽刺寓言，是我第一次从“逃离”的心态走回来，敢于直面现实的小说。在一个复制与粘贴的时代，原创性是最可贵的，艺术家和匠人的最大区别就在于，你是重复自己，还是不断创新。关于魔幻的筐，灵感恰恰来自与文学无关的东西，比如说我特别爱看杂书，包括中国古代的《易经》《紫薇斗数》《奇门遁甲》，西方的《占星术》《塔罗牌》《炼金术》《纹章学》《玄学》《心理学》等等，都是我喜欢的。我的创作灵感基本都来自文学之外。譬如《羽蛇》的开场白。开场白是我

① 李英桃:《在五角大楼的议论，引发我的思考——崛起的中国和世界》，《社会性别视角下的国际政治》，上海人民出版社 2003 年版，第 367 页。

② 徐小斌:《炼狱之花》，长江文艺出版社 2010 年版，第 2 页。

最后写的，之前怎么写都不满意，我绝对不允许我跟其他文学作品有相似之处。有一天我看到一本艺术类的书，现代分形艺术，有一种像枝蔓的形状，后来又读了物理学的“耗散结构”，这才激发起我的想象，觉得血缘就像一棵树，从最粗的枝干一直到最细的枝蔓。

王红旗：如何认识灵魂、生命的轮回，如何表达当下社会与主人公的命运，都有一种哲学、宗教、审美意义上的共通性。特别是《炼狱之花》的题记，“数千年前，每当月圆之夜，月神降临，人类就会把曼陀罗花散向大海，向大海乞求爱情。数千年后，一个绝望的青年把一枚戒指扔向了大海，他说他是在拒绝现实中的异性，向大海求婚”[①]。青年对人世间爱情婚姻的绝望，隐喻一个孤独的心灵所面临的男女两性关系的危机，而这个青年又是人类情感危机的象征隐喻，有了穿透历史与现实、人界与神界、人类与自然（大海）的诗意想象力。现实的果装进魔幻的筐里是一个以神仙界——海底世界的镜子为参照的对比，现实是那么残酷、冰冷，而魔幻的筐里的世界是如此单纯、和平、温暖。鲜明对比中彰显出作品的批判性、先锋性。

徐小斌：《羽蛇》是我的一次文本实验，一个作家不断颠覆自己的风格是要冒险的。作家在风格成熟以后颠覆就是冒险。《羽蛇》实际上揭开了很多温情脉脉的面纱，把人性当中的邪恶、残酷写了出来。它的确是存在于人性中的真实，所以是有力量的，对我来讲写作一定要“求真”。

王红旗：《羽蛇》“开场白与皇后群体”，呈现出一棵神奇的母系血缘之树，我竟然想到，那棵三星堆出土的象征古人精神图腾的太阳鸟神树。在原始意识里太阳鸟是女神的隐喻，您以此来勾画出近代百年母系血缘之树。想到其中隐喻的绝妙玄机，因为家族血缘文化是中国传统文化的血脉之根。《羽蛇》书写的五代女性历史正是母系家族的血缘史，塑造的女性形象群是人性与神性的合二为一。她们能够在风起云涌的社会历史大变革中，坚守母系之树谱系的摇曳，维护自在的“后母系社会”灵魂深处的真相，体现出批判现实主义的尖锐性与洞察力。

徐小斌：你解读的太阳神树非常准确。《羽蛇》里几个重要人物的名字都是有象征意义的，“若木”其实就是太阳神树中的金枝，“金乌”大家都知道，是远古太阳的别称，“羽蛇”是远古时代亚洲太平洋地区的最高阴性神灵，它是一种灵魂与精神之美。这大概就是《羽蛇》在海外发行得不错的原因，现在签了八个小语种，包括意大利、西班牙、葡萄牙、巴西、挪威、韩国等等。你刚才提到的人性深处共通的隐秘，无论西方还是东方都是会接受会感兴趣的。特别是涉及母女关系问题，在母女关系中，母爱似乎是不能颠覆的，而《羽蛇》完全颠覆了通常那种慈母爱女的图画。它可

① 徐小斌：《炼狱之花》，第4页。

以作为个案，也可以作为更复杂的人性展示。

王红旗:《羽蛇》里谈到的五代女性，特别是母亲、外祖母，还有金乌都是远古的太阳神，女神的象征。如果说小说建构的是一个“后母系社会”的话，那么“母神文明”时代对人类的双重文明的母爱精神光耀，以宇宙生命之爱为核心的母性人本，进化到如今的“后母系社会”，人与人之间的关系，特别是母女关系，竟然变成了控制、嫉妒、仇视……这棵母系血缘之树的变异隐喻，是一个人类进化的哲学问题。

徐小斌: 我觉得远古也罢，后母系也罢，神本身其实就有两面性，最典型就是藏传佛教。《敦煌遗梦》现在也翻译成英文了，那本书讲了中原佛教和藏传佛教的不同，中原佛教一般看到佛都是慈眉善目的，其实佛教里面有密宗、显宗、禅宗、律宗、净土宗，等等。有很多教义是对立的。密宗是从印度直接传到西藏，中原的佛教是经过了梁武帝的改造，与印度佛教有很大不同。你可以注意到藏传密宗里的佛和菩萨都是两面性的，比如千手千眼观音、吉祥天女等等，都是既有美善相又有狞恶相。

王红旗: 是的。如创世女神女娲被誉为“原型母亲”，西王母、旱魃就具有两面性，甚至是多面性。《羽蛇》的先锋性，首先在于它诞生于二十世纪九十年代，一个极端的“性别战争”时期，当女作家们以“集体弑父”的方式斩断父亲血缘，寻找母系血缘谱系的生命之树时，《羽蛇》撕开了母系血缘谱系的不可靠性，“背对文坛”走向历史纵深。并且不是简单地把女性的苦难只归咎于男权的统治，而是从历史文化深层揭示“母亲”对男权文化绝对认同的自我异化，这一中国传统“母亲”文化的特殊构成:“当‘母性’一旦成为‘母权’，它就变得与父权一样可憎，甚至更为可憎。”①

徐小斌: 在逃离过程当中，肯定会舍掉很多现实的利益，而且有时候是非常痛苦的，但是选择了这条路就要义无反顾地走下去。我很小的时候特想当隐士，看了很多关于隐士的书，觉得隐士特别牛，可以超然物外与世无争。长大之后依然有“出世”的想法，所以也特别关注那些隐士式的人。在凤凰“名人面对面”做节目时，我讲到一位女画家，二十九岁始自我封闭，开始画一幅《玫瑰》，画了整整一生，直到真正展出的时候，已经没有办法把这幅画拿出来了，后来是由工人从她的窗外用梯子抬出来的，因为颜料厚度已经成为一个雕塑了。但是，这时已经变成“波普时代”而无人欣赏她的艺术，当人们告诉她这个消息的时候，她非常平静，她说这就是艺术，这就是生命。我觉得这种人太牛了。

王红旗:《炼狱之花》反思的，正是当代艺术缺少“舍身情怀”，商业与艺术的悖论。人类为了名利将诸多规则“美其名曰”的全都改变了，从

① 徐小斌:《羽蛇》自序，人民文学出版社2004年版，第1页。

海底世界来到人类的海百合，是真善美神性的象征，她不愿意放弃自己很美好的愿望，也不愿意跟人世间的恶斗，最后她很无奈地只能以恶制恶，而回不到海底世界去。但是一个“熬”字，是海百合坚信人类还有希望。天仙子与女儿曼陀罗，也和大海有着某种血亲关系，她们内在强大的灵魂，也应了您的那句话“一个真正成熟的女人是不可战胜的。真正美丽的女人是历尽沧桑的女人”[①]。也是对生命之“熬”的更具体解释。

徐小斌: 她是敢于直面的。海百合经历了那么多苦难依然敢于直面，她要伸张正义，她要帮助天仙子，最后她的面具长在了脸上，再也摘不下去了。因为她以恶制恶，违犯了海底世界的规则，同时被人类的邪恶势力追杀，那么这个世界给她的最后一个字就是“熬”。有很多人问我这个“熬”字究竟是什么意思，是不是绝望，其实不是，“熬”是有时间指向的，她是一个年轻的小姑娘，她代表勇气与正义，她经得起“熬”。

王红旗: 后来发现，海百合是一个多亿年前的海底植物。你以此隐喻人类进化多少万年，却走进现代性这样一个欲望膨胀的时代，人类文明的进程还很漫长……要经历种种磨难。海百合形象的隐喻，就像《羽蛇》里开篇的“皇后群体”一样，蕴含“人类去向何方”的终极关怀。

徐小斌:《炼狱之花》是一个寓言，它实际上说的是人类总想跨越界限以满足自己的好奇心，但是在越界之后，却永远也回不到原初的状态。

王红旗: “原初”就是宇宙之心与每个人心“相遇”的瞬间。天仙子积攒灯泡为死去的女儿曼陀罗搭建成一座巨大的灯坟。“冰冷的寒夜里有了温暖的光，散落在周围的人群慢慢聚拢了，因为大家都怕冷，怕黑暗。”[②]“竟然越来越大，越来越奇特，成为这座城市无法代替的一道风景。”[③]这位母亲给人类社会拥挤的孤独者，送来了母爱的温暖，照亮了整个城市。您把母爱——生命之爱的重量扩展到了人类之爱的境界。

徐小斌: 我写的时候没想这么多，只是觉得天仙子作为作家，在唯一的爱女去世之后，一定要有一种特殊的表达。这个表达我想了很久很久，完全是自我折磨，简直就是自虐，自我否定不知道多少次，然后突然想到这个。我觉得天仙子在失去女儿的时候，一定要有暖意的东西，照亮她自己和所有的人，让她能够活下去。

王红旗:《羽蛇》里的男性大多都是缺席的或者像阉人，《炼狱之花》里的“老虎”“铜牛”“金马”“阿豹”“小骡”是一种物化符号式的阉人。如金马趋炎附势的处世哲学，铜牛身上所带有的铜臭气，以及性无能的窘态，见利忘义的嘴脸，那些日常的恶搞，的确令人生厌。但是，他们都正走在

① 徐小斌:《炼狱之花》，第 232 页。

② 同上，第 202 页。

③ 同上，第 228 页。

不同轨道的救赎的路上，这是令人感动的。

徐小斌: 这部小说中B城的男人早已不知爱为何物。小说中的几个男人都用了动物的名称，而女人都用了植物的称谓，而且是致幻性植物。不过我对男人并没有偏见，譬如《羽蛇》里塑造了烛龙，烛龙也称“祝融”，是远古的火神，后来被那场风波抛到了海外而异化成一个“非我”。这个“非我”状态非常痛苦。因为他远离了这片最爱的土地就什么都不是了。最后客死异乡，是一个巨大的人生悲剧。又如《吉耶美与埃耶梅》中塑造了严平，一个充满理想主义的牺牲者，《天鹅》中的夏宁远，等等。有些人说我是厌男症并不公平。

王红旗: 是的。圆广是烛龙的前世，羽与烛龙是两世之缘，烛龙即祝融的别称，系远古火神。但是烛龙后来多次否认前世，直到“月亮画展”一节才承认曾经做过这样一个梦。羽与烛龙如宗教般圣洁的爱情，到了“不谈爱情”的当代人类，变成一种神秘飘零的精神流浪。羽失去了“我爱之所爱”甚至所有的亲情，烛龙胸怀“我们这一代人”和祖国同呼吸共命运的志向，但是无奈出走国门，“没有理想没有民族没有国籍”是他的痛。他远离了自己故土家园，注定像脱离翅膀的羽毛一样飘零而客死他乡。

徐小斌: 烛龙是一个正面男性形象，陆尘也是正面的男性形象，但他完全被母权压制，像光绪似的被慈禧压制，最后毁灭。至于《炼狱之花》这几个男人，名字全是动物的名字，女人用的全是植物的名字，而且是致幻性植物，觉得这样写很好玩。这五个男人实际上也代表了我对中国当代的一些男人的认识。如金马很会装，他把自己打扮成忧国忧民的反腐斗士，但如果腐败的机会摆在他面前，他比谁都腐败；阿豹是那种不知爱为何物的男人，为了满足欲望可以抛掉真爱；铜牛手里有很大的权力，他用权力掩盖他的性无能；老虎很有才华又有能力，他可以见人说人话，见鬼说鬼话，他熟知这个社会的一切游戏规则，也很懂得女人，可惜的是，他已经没有灵魂了。男人跟社会离得更近，他几乎无法抗拒社会的那种冲击。当然，并不是所有男人都如此，任何社会都会有责任担当、很有风骨的男人，否则社会的价值观就真的混乱了。

王红旗: 在《炼狱之花》里，您塑造的海百合、天仙子、罂粟、番石榴、曼陀罗五位女性形象，您为什么以致幻性植物为她们命名？

徐小斌: 这五个女人好像不能归类，谁和谁也不一样，海百合是从海底世界来的，所谓真善美的化身；天仙子有自己的弱点，她的心理承受能力非常脆弱；番石榴是当代被称为“脑残型”的女孩，只要达到目的，根本不把潜规则当回事，但是因为没有心计，被潜了多少次也达不到目的；我自己比较喜欢的是曼陀罗。因为曼陀罗是全书最复杂的人物。曼陀罗貌似跟她妈妈关系很紧张，实际上她很爱她的妈妈，她又叛逆又美丽，虽然她经常把妈妈骂得狗血淋头，但是自己挣来第一桶金还是交给妈妈。每一次她妈妈最需要的时候，她都会出现。她跟罂粟有些相似，有很强的占有欲，但她心灵最深处的东西和罂粟不一样，她是有真爱的，她爱海百合，最后恰恰由于她的这一点“真”葬送了她。实际上她觉得自己在跟罂粟作战，以她的自尊和内心的骄傲是不允许自己失败的，她认为自己败在了罂粟手里就跳楼自杀了。

王红旗：罂粟简直是一朵现代社会的恶之花。这个人物在社会现实生活里很有代表性，她可以说是集现代人的种种丑恶于一身，可以不择手段得到自己所想要的一切。她多变善言，投机取巧，充当“第三者”，导致天仙子离婚，强迫阿豹赚钱而入狱，甚至骗钱骗权，通过整容把自己变成人造的“科幻美女”，获得财富与虚荣。这是一个丧失人性美善与道德底线的欲望狂女，曼陀罗当然是无法与她较量的。

徐小斌：罂粟是在有原型的前提下加以夸张。当代确有这样的女性，她可以翻手云覆手雨，八面玲珑，十六面圆滑，还要以最美的姿态呈现于世，为此她才做整容手术，成为“人造美女”。她骗取铜牛的信任，花着铜牛的钱，享受着阿豹的性爱，控制欲也得到满足，但是她最后恰恰死于整容手术。这也是一个隐喻，人必定是死于自己制造的圈套中，机关算尽太聪明，反算了卿卿性命。写天仙子反而是海百合身上投射了我骨子里一些东西。

王红旗：这两个女性形象是您的一种人格理想。如同您直面现实社会问题，针砭流弊随手拈来，痛快淋漓而发人深思。特别是对文学圈、影视圈等等“潜规则”的批评，是非常需要智慧与勇气的。以番石榴要演女一号而甘愿被“潜规则”的透辟劝讽，“……但是番石榴忘了，在这个时代，光舍得一切是远远不够的，要学会讨价还价与人交换，要学会策划于密室点火于基层，要学会阴谋阳谋一起玩儿，用阳谋掩盖阴谋，阴阳结合刚柔并济以静制动以柔克刚，必要时还要韬光养晦卧薪尝胆明修栈道暗度陈仓”①。直指社会以权杖、金钱是瞻的“无序”之乱而发人深省。

综观您的十五卷“徐小斌经典书系”，会发现其中数十部小说所构成的跨越“三界”独特风景。如果说二十世纪九十年代戴锦华评论您的小说为“自我缠绕的迷幻花园”，那么现在创构成了一个富有超越性、先锋性与隐喻之美的人类精神生命花园。

（王红旗：首都师范大学教授）

作家访谈

① 徐小斌：《炼狱之花》，第 220 页。

苏雪林研究

苏雪林著述中的语言艺术面面观

沈　晖

编者按:

沈晖教授，笔名晓晖，为安徽大学汉语言文字研究所研究员，著名苏雪林研究专家，词典编撰家。为国家出版总署重点科研项目《汉语大词典》十二卷本的主要编纂者之一，还先后为上海辞书出版社《唐诗鉴赏辞典》《宋诗鉴赏辞典》撰稿。自 1979 年起，即对皖籍居台女作家苏雪林进行系统的学术研究，多次赴台拜谒苏雪林先生，陆续在两岸学术刊物发表其研究论文 80 余篇，还出版《李白在安徽》《黄山纵横谈》《东莱诗词集校》《苏雪林选集》《苏雪林文集》《绿天雪林》《苏雪林传》《苏雪林年谱长编》《苏雪林笔下的名人》《文字生涯五十年》等十余种。

“苏雪林研究”专栏系沈晖教授近年特为本刊所撰写，特致谢意!

摘　要: 我在编辑五十卷《苏雪林全集》的过程中，除阅读了她已面世的全部著作，还从民国时期各种报刊上搜集到她大量的轶文，同时也因缘际会陆续收藏到她的一部分手稿及八百多函书信。笔者曾有十年编纂《汉语大词典》的经历，故在阅读苏氏著述的过程中，对这位国学根底雄厚，集作家、教授、学者于一身大家的语言艺术特别关注。她在写作中不断出现许多妙语迭出的词语，尤其是她笔下生动、准确、丰富的语言与创造性的语境，令人刮目相看；许多古汉语词汇她不仅传承得巧妙，而且运用得活色生香，恰当典雅，同时又不失俏皮与幽默，还能赋予新义；信手拈来的语典与事典，竟能巧妙化作平常用的口语，而这些词语却在《词源》《汉语大词典》《中文大辞典》等大型语文类工具书中检索不到！常年养成“不动笔，不读书”的习惯，凡遇到的上述词语，我都随手记录制成卡片，日积月累，集腋成裘，竟然累积了四百余张。现分门别类，遴选几十例，一一标明出处，释义解析，以备上述这些语文词典在修订出版或出增补本时，提供现代书面语的例证，弥补缺漏，方便读者检索，同时也为研究现代汉语言学专家学者提供鲜活而丰富的汉语言流行、演变、发展的第一手资料。

关键词：苏雪林；语言艺术；词典；丰赡；例句

引 言

林语堂先生博览群书，关于读书的话题，他在《读书的艺术》一文中有一句幽默而精彩的妙论：“我认为读书和婚姻一样，是命运注定的或阴阳注定的。”[①] 对林氏的这一很有见地、妙想巧思的提法，我有深切的感受。

1975—1985 年，我在安徽大学“汉语大词典”编写组参加国家出版局重大科研项目《汉语大词典》的编纂任务。在编写“木部”九画“榆子”（即榆荚，又俗称榆钱）条目时，遇到了意想不到的麻烦：因囿于当时历史的客观环境，在收词制卡阶段，《汉语大词典》编纂委员会圈定的现当代作家用作收词制卡的作品太少——即指定当时认为没有“问题”的一些作家的作品作为收词用书，因而就导致了后期编写者在选择现代汉语例句作书证时带来了困难——即许多常用语没有用作例证的卡片！按《汉语大词典》编写体例：立目的词条释义后，要用例句来解释印证词义，编写者可适当选择前期收词卡片中一至三个古今名家名作的例句作为书证，以体现这部大型语文词典“古今兼收，源流并重”的宗旨，同时也充分反映汉语词汇在漫长历史流传中的细微变化。按理说，“榆子”这个口语和书面语使用频率很高的普通词汇，怎么会没有蒐集到古今用例的卡片呢？遵照《汉语大词典》编写条例，没有例证的词语，一般是不能立目收录的（万不得已，可由编写者自造例句，但词典的权威性大打折扣）。因此“榆子”这个条目，在我手中，就这只能“停工待料，找米下锅”了。

1978 年冬日一天的午后，我利用午休的间隙，在图书馆教师阅览室随意浏览，偶然看到一本 1928 年北新书局出版的绿漪女士散文集《绿天》，随手翻到一篇《金鱼的劫运》，才看了几行，字里行间竟像变魔术似的跳出了“榆子”这个“小精灵”：

> 春天来了，天气渐渐和暖，鱼儿在严冰之下，睡了一冬，被温和

① 林语堂：《林语堂著译人生小品集》，浙江文艺出版社 1990 年版，第 184 页。

的太阳唤醒了潜伏着的生命……日光照在鱼缸里闪闪的金鳞，将水都映红了。有时我们无意将缸碰了一下，或者风飘下一个榆子，坠于缸中，水便震动，漾开圆波纹，鱼儿们猛然受了惊，将尾迅速的抖几抖，一翻身钻入水底。[①]

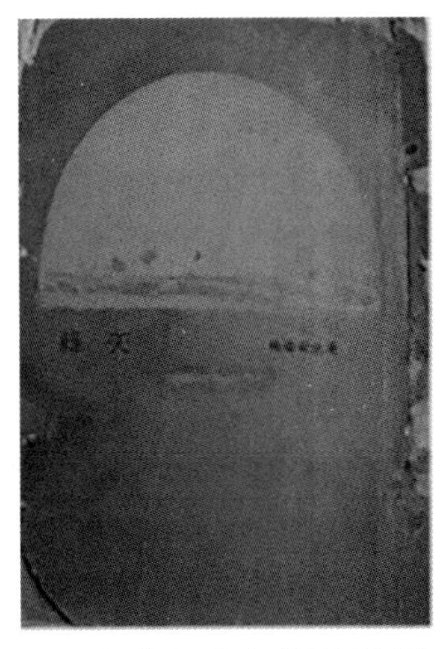

1928年《绿天》初版封面书影

真是踏破铁鞋无觅处，得来全不费工夫！苦苦寻觅好久的“榆子”书证，让我轻而易举地解决了现代书面语无例句的难题。同时，也让我记住了写出如此清新美文女作家“绿漪女士”（苏雪林的笔名）的大名。并由此机缘，引发了我走近这位皖籍女作家的兴趣，进而走上了后来研究苏雪林作品的学术道路，这不正是林氏所说的“读书的缘分”吗！

一、以下遴选的二十五例苏雪林著述中的汉语词汇，国内出版多年的大型语文类工具书《词源》（商务印书馆出版四册）、《汉语大词典》（汉语大词典出版社十二册）《中文大辞典》（台湾中国文化研究所出版四十册），均未予收录。

（1）嚆矢

嚆矢：箭矢射出先发声，而后箭到，喻事物开端，犹言发先声。

苏雪林1928年11月26日致胡适信：

窃惟李商隐《无题》诗，素称难解。林去冬研究之馀，著得《李义山恋爱事迹考》一册……惟年来探讨国故之风日盛一日，古史疑案，昭雪日多，玉溪神秘亦应有显豁之时。林书不过为其嚆矢而已，深切探讨，尚有待于国故专家也！[②]

（2）盖仙

盖仙：盖，合、当之义，引申为才能盖过仙人。[③]

---

① 绿漪女士:《绿天》，上海北新书局1928年版，第92页。

② 耿云志主编:《胡适遗稿及秘藏书信》：黄山书社1994年版，第41册第522页。

③ 笔者按：引文中的“盖仙”“老盖仙”“夏盖仙”，指的是台湾文坛著名的幽默散文名家夏元瑜先生（1909—1985）。

九歌寄来夏盖仙《弘扬饭统及现代人的接触》，盖仙文章为我所喜，当阅之。[①]

台湾生活高，出版一本书不容易，为作家出全集，只有历史小说家高阳死后有此幸运，像老盖仙夏元瑜，死后竟甚寂寞，没有书店肯为他出全集。[②]

老盖仙写稿有原则："我们北平长大的人，就是爱这个调调儿，您要是不喜欢，还请您多包涵。"[③]

（3）烈殇

烈殇：幼子早逝。

苏雪林1990年4月6日日记：

余三公真名为文富，尚有兄弟三人，余三生四子，建献、建中、建功，其第四子烈殇。[④]

（4）沂水春风[⑤]

沂水春风：指孔子与弟子暮春游曲阜之东沂水，知时处世，师生同乐。此典出自《论语·先进》：

莫春者，春服既成，冠者五六人，童子六七人，浴乎舞雩，咏而归。[⑥]

苏雪林《尉素秋二三事》：

她课余之暇，常率学生作郊游，名山古迹，寻幽探胜，一年间总有几次，说藉此培养诸生活泼的生机，为学生诗词之助。沂水春风，孔子有"我与点也"之叹，正属此意。[⑦]

---

① 苏雪林：《苏雪林作品集·日记卷》，成功大学教务处1998年4月版，第12册第101页。

② 沈晖收藏"苏雪林致沈晖信"第18函。

③ 刘枋：《非花之花》，台湾采风出版社1985年版，第206页。

④ 苏雪林：《苏雪林作品集·日记卷》，第14册第208页。

⑤ 笔者按：《词源》与《中文大辞典》皆未收"沂水春风"，《汉语大词典》仅收录"沂水弦歌""沂水舞雩"二典，但却漏收"沂水春风"一典。

⑥ 杨伯峻：《论语译注·先进》，中华书局1980年版，第119页。

⑦ 苏雪林：《苏雪林作品集·短篇文章卷》，财团法人苏雪林教授学术文化基金会，2010年9月版，第5册第249页。

（5）食和饱德

食和饱德：此语典源出自《诗经·大雅·既醉》："既醉以酒，既饱以德。君子万年，介尔景福。"德字，在句中当作食解。古德字，写作悳，与食字形近，因而写错。"食和饱德"，意谓感恩你让我享受一顿美餐。

苏雪林《悼友如》：

> 她虽是南方人，包的饺子，蒸的馒头，都是道地北方口味，做的肴膳，也极可口。三年中，我叨扰郇厨，不知多少次，食和饱德，至今念念不忘。①

（6）枕胙

枕胙：谓饮福受胙，指后人享受祖先的福佑。"饮福受胙"，是文庙祭祀孔子的第六道仪式。行"终献礼"结束，通赞生赞唱"饮福受胙"。此词为苏氏活用典籍的范例。

苏雪林《棘心·第十章》：

> 中国有锦绣的山河，有五千年的文化，中国也出过许多圣贤豪杰，中国也有伟大光荣的史迹，我曾含咀他文学的精华，枕胙她贤哲的教训，神往于她壮丽的历史。②

《苏雪林日记卷》(15册)，1999年4月出版

《棘心》1929年出版封面

（7）栗六

栗六：忙碌。"栗六"和"历碌"为一音之转，皆为忙忙碌碌的意思。

---

① 苏雪林：《苏雪林作品集·短篇文章卷》，财团法人苏雪林教授学术文化基金会，2007年10月版，第1册第211页。

② 苏雪林：《棘心》，北新书局1919年版，第205页。

苏雪林《〈海滨故人的作者〉庐隐女士》：

> 她一面试行写作新文艺，一面参加当时种种社会运动，每日忙进忙出，栗六不停，成了我们国文系里一个风云人物。①

（8）卖野人头

卖野人头：上海方言，以假话，虚张声势骗人，谓“卖野人头”，此语今仍然流行。

苏雪林 1936 年 9 月 1 日日记：

> 阅报知，世界书局派克自来水笔大减价，拟购一，以赠默君为领洗之赠品……及到世界书局，则减价之事，全系卖野人头。盖以二号充大号，以三号充二号，朝三暮四，狙公之技，未免可笑。②

（9）碟仙、钱仙

碟仙：二十世纪三十年代，从欧洲传到中国一种类似扶乩的迷信游戏。具体玩法：一般可三人在一起玩，将一磁碟覆于要臆测问题（用文字写在纸上），碟底画一箭头以指方向，三人各以一指按碟使之转动。转动停止后，视箭头所指之文字，是否与事前臆测一致。

钱仙：以一张纸（要大，而且写上自己要问的文字，如“是”或“不是”），点燃蜡烛，把钱（最好用古铜钱）放在上面烧一下，然后把它放在桌子上，默念“钱仙，钱仙，你快来”，接着把纸放在桌上，再把钱放到纸上，用手指按上，顺时针转二圈后，它会转起来，等待看钱币停在哪个字上，就是占卜的结果。一般是两个人玩，一个是占卜者，另一个是被占卜者。

苏雪林 1995 年 12 月 20 日日记：

> 我始知三毛乃天主教教友，然她虽为教友而迷信碟仙、钱仙，又自己发明一种书信通灵术，常常对其亡夫荷西通话，以后卒自自缢而死，当是迷信邪术召来恶魔也。③

（10）满女

满女：方言及客家话里指最小的女儿。同理，称最小的儿子为满儿。

苏雪林 1996 年 4 月 27 日日记：

---

① 苏雪林：《〈海滨故人〉作者庐隐女士》，载台湾《中华日报》副刊 1969 年第 21 卷第 10 期。

② 沈晖收藏“苏雪林民国二十五年日记”。

③ 苏雪林：《苏雪林作品集·日记卷》，第 15 册第 92 页。

上午王赞尧来，谈在大陆时武大旧事……周鲠生校长最爱之满女"文革"时，受到打击，竟至神经失常。①

（11）聆悉

聆悉：聆听熟悉，犹清楚明白。

苏雪林《我认识陈独秀的前前后后》：

谁都知道五四元勋是陈独秀、胡适二位。笔者有幸，五四后，曾亲列胡氏门墙，北面受教者一载，与陈则仅有两面之缘。而且还一直迟到民国廿七年，即对日抗战发生的第二年，才瞻仰到他的丰采，聆悉到他的言论的。②

（12）寖酢

寖酢：全身心投入。

苏雪林《中国二三十年代作家·巴金作品》：

一个民族的历史及文化结构至为复杂，非自幼沉酣寖酢其中者，辄不能充分了解。③

台湾纯文学出版社 1983 年版

（13）妃青俪白

妃青俪白：指诗文句式整齐，对仗工稳，如青色和白色之相配协调。

在新制学校逐步升上来的学生，一向未接受过作旧体诗的训练，不但不知妃青俪白的属对为何事，连字句的平仄都搞不清。④

（14）阢陷

阢陷：陷害。

苏雪林《七十年前的女强人：潘玉良的悲剧》：

---

① 苏雪林：《苏雪林作品集·日记卷》，第 15 册第 299 页。

② 苏雪林：《文坛话旧》，台湾文星书店 1967 年版，第 1 页。

③ 苏雪林：《中国二三十年代作家》，台湾纯文学出版社 1983 年版，第 413 页。

④ 苏雪林：《苏雪林作品集·短篇文章卷》，成功大学出版社 2011 年 12 月版，第 6 册第 96 页。

玉良不幸幼年被人阬陷，有了那段不光荣的历史。她毕生奋斗，只想在社会上取得一个平等的人格，恢复她的人性的尊严，无奈总不能如愿，惨淡地死去，是个失败的女英雄！[1]

（15）幈幪

幈幪：帐幕，引申为荫护、庇护。

苏雪林《雪公与我》：

雪公于民国十八年受命作国立武汉大学校长，廿二转任教育部长，我是二十年到武大的，在他的幈幪之下，只有两年。[2]

（16）潭粹

潭粹：精深，纯粹。

苏雪林《几个女教育家的速写像·金陵女大校长吴贻芳博士》：

现任金陵女大校长吴贻芳博士……长长的清秀面庞，高高的额角，明亮眼睛里含着的忧虑表情，尤其她那一种从忧患烈火里炼出来潭粹的道气，更深深叩动我的心弦，引起我极端的敬爱。[3]

（17）丰度

丰度：言仪态、气概丰满。

苏雪林《爱国尚武的诗人陆放翁》：

壮士年龄大约有四十余岁，穿一件白色战袍，脸色为塞上风云所侵，微觉苍黑，眼光耿耿，勇毅之气，溢于眉宇。看他凝重的气概，颇似一位大将。但再看他风流儒雅的丰度，却又像一位诗人。[4]

（18）付丙

付丙：五行中，丙、丁属火，故称用火点燃为“付丙”。

苏雪林 1983 年 3 月 13 日致旅美作家杨端六的侄女杨安祥信：

你二伯母的原著（笔者注：指袁昌英 1930 年 10 月由商务印书馆

---

① 苏雪林：《苏雪林作品集·短篇文章卷》：成功大学出版社 2006 年 10 月版，第 2 册第 205 页。
② 苏雪林：《苏雪林作品集·短篇文章卷》：成功大学出版社 2011 年 12 月版，第 6 册第 107 页。
③ 苏雪林：《苏雪林作品集·短篇文章卷》：成功大学出版社 2010 年 9 月版，第 5 册第 82 页。
④ 苏雪林：《爱国尚武的诗人陆放翁》，载《新月》1921 年第 2 卷第 2 号。

出版的《孔雀东南飞及其他独幕剧》）是非常优美的，只惜文字间有若干生涩及不清顺处，可谓白璧微瑕。现在好了，成为一本好书了。我打算送此间电视台各一本，请他们改编上演。但这事能否实现与否，我不敢预卜。这件事只有你知我知，你连静子都不可告诉，并请将此信亦付丙。[①]

（19）麈谈、康鬯

麈谈：执麈尾而清谈，泛指闲谈。

康鬯：谓健康如常。

苏雪林《与蔡孑民先生论鲁迅书》：

孑民先生道席：昔在里昂，曾瞻棨范，前于鄂渚，又侍麈谈，维褆躬康鬯，颐养冲和，长扶大雅之轮，永为多士之范，为欣为颂。[②]

（20）雪门、渴悃

雪门：尊师典故“程门立雪”的简称。

渴悃：非常想念。

苏雪林1939年5月15日致陈锺凡信：

斠玄吾师大鉴：去冬与凌叔华女士同作成都之游，亟思拜谒雪门，一申渴悃，奈旅馆电话屡次不通。[③]

（21）添香

添香：此典出自宋代词人赵彦端《鹊桥仙·送路勉道赴长乐》：“留花翠幕，添香红袖，常恨情长春浅。南风吹酒玉虹翻，便忍听、离弦声断。”“添”，增加。“红袖”，指美女。“添香”，意谓有美女陪伴在侧。

苏雪林《我所见于诗人朱湘者》：

斗大的安庆城，只有百花亭圣公会有点西洋风味，绿阴一派，猩红万点，衬托出一座座白石玲珑的洋楼。诗人住在这样理想的读书与写作的环境中间，身边还有添香的红袖，清才秾福，兼而有之，这生活我觉得很值得人歆羡。[④]

---

① 沈晖收藏“苏雪林致杨安祥书信”第38函。

② 苏雪林：《与蔡孑民先生论鲁迅书》，载《奔涛》1937年第1卷第2期。

③ 陈锺凡：《清晖山馆友声集》，江苏古籍出版社2001年版，第387页。

④ 苏雪林：《青鸟集》，商务印书馆1937年版，第237页。

（22）擘讨

擘讨：研究讨论。

苏雪林1928年11月26日致胡适信：

兹特于邮局寄上一册，望先生拨冗赐览，如有谬误之点，望亦代为指出，俾林于第二次擘讨时有正当途辙可循，不胜感祷之至。[①]

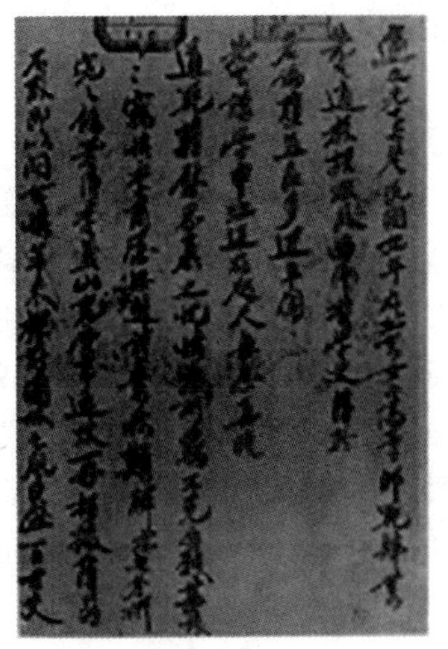

苏雪林致胡适函第一页

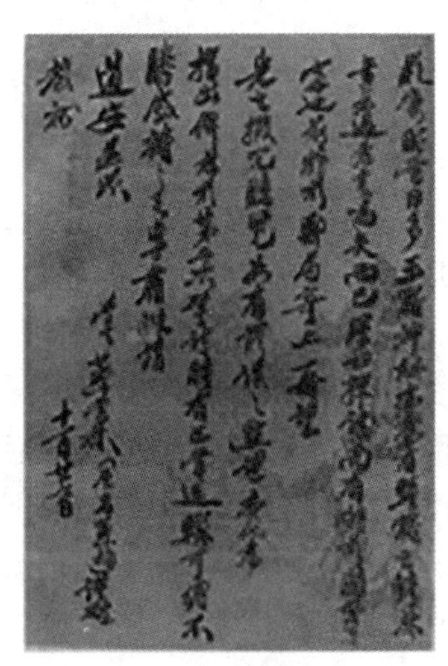

苏雪林致胡适函第二页

（23）斑管

斑管：指毛笔。

苏雪林《灯前诗草·释骚余墨》：

一双炯眼论今古。方寸灵台贮至文。
不信千秋无我份，誓凭斑管策奇勋。[②]

（24）婍妮

婍妮：华美艳丽。

苏雪林《辽金元文学·第五章北曲作家与作品》：

北曲素尚本色，《西厢记》则辞藻纷披，风光婍妮，其妍丽艳冶

---

① 耿云志主编：《胡适遗稿及秘藏书信》，第41册第522页。

② 苏雪林：《灯前诗草》，台湾正中书局1982年版，第115页。

处，颇类南曲，在北曲中可谓异军。[①]

（25）萧萧槭槭

萧萧槭槭：风吹草木发出的响声。

苏雪林译莫泊桑短篇小说《爱》：

芦苇萧萧槭槭的风响，乱飞的鬼火，深夜笼罩于湖面上寂静或者是曳于蒲草上像殓衣似的怪雾，又或者是轻微的温和的，几于不可辨析的但比人间的炮声，天上雷震还要怕人的波浪之澌汩声，它使这湖变成梦乡。[②]

二、1993年11月出版的十二卷本“古今兼收，源流并重”的《汉语大词典》，是目前国内大型的语文工具书，深为读者青睐。但由于该词典编纂于二十世纪七十年代末八十年代初，受当时历史环境的影响，在收词制卡阶段，《汉语大词典》工作委员会选择、划定现代作家作品作为收词用书的书目太少，故造成该词典出版后，在词目内容上现代书面语用例与古代汉语比较，明显偏少与缺漏。以下摘录苏雪林著述中的二十六例词语，皆为《汉语大词典》虽然立目，但缺失现代汉语的用例，这些例证可以弥补该词典现代汉语书例空白的缺憾。

（1）鸡窗

鸡窗：指书斋。

苏雪林《记袁昌英女士》：

在中国，我以为根本没有阶级这回事，亭长，博徒，叫花子，一朝紫薇照命，还不是俨然真命天子；十载鸡窗的寒士，题名金榜，不久便可以成为当朝一品贵人。[③]

（2）宗匠

宗匠：技艺高超的工匠。一般用来比喻政治上学术方面有重大成就者。

苏雪林《敬悼曾宝荪先生》：

曾宝荪先生患病入医院，已在报上见过几次，我本想北上看她，

---

① 苏雪林：《辽金元文学》，台湾商务印书馆1969年版，第36页。

② 苏雪林：《爱》，载上海《真美善》1929年第3卷第3期，第6页。

③ 苏雪林：《记袁昌英女士》，载《宇宙风》1937年6月第36期，第618页。

无奈今年年初，跌折腿骨，治疗休养半年有余……只有祈祷上苍保佑这位我平生最尊敬的女宗匠，善良老人，早日恢复健康。[①]

（3）清嘉

清嘉：犹言舒心美好。《汉语大词典》虽立目收录，但选用的皆为宋、元古代文章。

苏雪林1963年1月12日致中央研究院毛子水函：

> 子水先生道席：敬启者，监察委员毛以亨先生来台，道及近况清嘉，至为欣慰。[②]

（4）灶下养

灶下养：旧时对厨工的蔑称。

苏雪林《雪公与我》：

> 每见人名片上印着一大串学历头衔，便觉厌恶……人若有真才实学，何在乎外表的名号，况这种烂羊头，灶下养一般的头衔，又有什么光彩？[③]

（5）伴食宰相

伴食宰相：指身居相位却庸碌不能任事者。

苏雪林1961年2月4日致胡适信：

> 本月十日，教育部召开罗锦堂博士考试委员会，我对元曲一窍不通，居然也拉我去凑数，只有硬着头皮去做个"伴食宰相"，趁此机会看看老师也好。[④]

（6）兀傲

兀傲：孤傲不羁。

苏雪林《爱国尚武的诗人陆放翁》：

---

① 苏雪林：《苏雪林作品集·短篇文章卷》：成功大学中国文学系2007年10月版，第3册第277页。

② 沈晖收藏《苏雪林致毛子水信》（1963年1月12日）。

③ 苏雪林：《苏雪林作品集·短篇文章卷》：成功大学中国文学系2011年12月版，第6册第107页。

④ 台湾"中央研究院"胡适纪念馆藏"苏雪林与胡适来往书信"第30函。

权枒老树在雪压之下，仍然崛强地撑张起它们枯瘦的枝柯，仿佛要同寒威宣战。在它们兀傲的神气里似有无声在怒喊道：我们虽暂时为你恶势力所屈伏，但那能甘心？我们藓鳞苍皮内还蕴藏着活泼的生机，春风来时，你再看那如云的新绿！[①]

（7）飞草

飞草：用散笔写的草书。

苏雪林《试看红楼梦的真面目》：

第三十回宝玉在梨香院见龄官用金簪在地上画“蔷”字，片时之间居然画了几千个，便是飞草，恐怕也不能写得这么快。[②]

（8）射鬼箭

“射鬼箭”源于辽代的一种出师、班师的军事仪式：将罪犯缚于柱子上，用乱箭射杀。《汉语大词典》此条无现代汉语用例，仅引用《辽史·礼志三》一例：“出师以死囚，还师以一谋者，植柱缚其上，以所向之方乱射之，矢集如蝟，谓之‘射鬼箭’。”[③]

苏雪林《九歌中人神恋爱问题》：

欧洲古代有数处人民，于军事告捷后，必杀人谢神。安达斯族（Andeans）临战或奏捷时，必以童男女各一，先绞杀之，乃与其他各物燔祭，中国亦有“衅鼓”、“射鬼箭”。[④]

（9）齐大非偶

典出《左传·桓公六年》：“齐侯欲以无姜妻郑大子忽，大子忽辞。人问其故，大子曰：‘人各有偶，齐大，非吾偶也。’”后以指辞婚者表示自己门第或地位卑微。

苏雪林《〈海滨故人〉作者庐隐女士》：

当她在师大附中教书时，认识了清华大学学生李唯建，唯建年龄比她要轻十几岁，负异才，当时号青年诗人……后来不知怎样两人都中了丘比德的金头箭。男方冷静时，自揣“齐大非偶”。想拔脚逃出情

---

① 苏雪林：《爱国尚武的诗人陆放翁》。

② 苏雪林：《试看红楼梦的真面目》，台湾文星书店1967年版，第14页。

③ 见《汉语大词典》第9册第286页。

④ 苏雪林：《屈赋论丛》，台北编译馆中华丛书编审委员会1980年12月版，第94页。

场，女方倒表示追求之意。[①]

（10）一花

一花：禅语云“一花一世界，一叶一人生”。后以“一花”表示对往生者悼念。

苏雪林1992年10月9日日记：

> 惊悉陈立夫夫人孙禄卿，于九月廿九日病逝台北荣民医院，享年九十三岁，似与立夫先生同庚，其子孙甚多。余于下午勉写唁信，并附千元为一花之敬。[②]

（11）僿陋

僿陋：浅陋、鄙陋。

苏雪林《我认识陈独秀的前前后后》：

> 这话说来颇为可笑，无非是受我少年时代顽固僿陋的“卫道精神”的支配。[③]

（12）雀角鼠牙

雀角鼠牙：指争吵。

苏雪林早年文言小说《童养媳》：

> 某妇与余为伯母行，性极悍戾……顾鸡豚细故，故在在都足启衅，雀角鼠牙，呶呶无虚日。[④]

（13）元绪

元绪：乌龟的别名。

苏雪林《我认识陈独秀的前前后后》：

> 我平素服膺的林琴南先生又居然写《妖梦》《荆生》来骂陈独秀、胡适、蔡元培、钱玄同，骂的话又很下流（譬如他用“元绪”来影射

---

① 苏雪林：《〈海滨故人〉作者庐隐女士》，载台湾《中华日报》副刊1969年第21卷第10期。

② 苏雪林：《苏雪林作品集·日记补遗》，财团法人苏雪林教授学术文化基金会2010年9月版，第256页。

③ 苏雪林：《文坛话旧》，第1页。

④ 苏雪林：《童养媳》，刊北京女子高等师范《文艺会刊》，1919年4月出版，第1卷第2期第1页。

蔡先生），青年人富于天然的正义感，我便不知不觉地跑到新派阵营那边去了。[①]

（14）留犊

留犊：古人称居官清廉，纤毫不取。

苏雪林《林琴南先生》：

历史苏还有许多讲德行讲到不近人情地步的故事，好像凿坏洗耳式的逃名，纳肝割股式的愚忠愚孝，饮水投钱临去留犊式的清廉，犯斋弹妻纵恣劾师式的公正，如其不是出于沽名的卑劣动机，就是矫枉过正的结果。[②]

（15）把鼻

把鼻：即把柄。

苏雪林1992年9月28日致苏淑年信：

蒋某第二次来信，我在致方君璧信中答了他一封，是劝他对你提离婚。他来信说可考虑，又问此事是我一个人的主意，或者淑年曾参加意见。看来又非答复他不可了。答复的话就是离婚的话完全是我个人建议，与淑年毫无关系。否则他就要捉住把鼻说你先提离婚了。你看如何，等你的信再答。[③]

（16）客窗

客窗：旅社的窗子，借指旅次。

苏雪林1941年12月29日致陈锺凡信：

斠玄吾师函丈：承寄吟稿两束，先后收到，客窗披诵，羁恨为空，快极。[④]

（17）草玄

草玄：此典出自汉扬雄作《太玄》。《汉书·扬雄传下》："哀帝时，丁、傅、董贤用事，诸附离之者或起家至二千石。时扬雄方草〈太玄〉，有以自

① 苏雪林：《文坛话旧》，第5页。

② 苏雪林：《林琴南先生》，载《人间世》1934年第14期，第47页。

③ 沈晖收藏"苏雪林致苏淑年信"第165函。

④ 陈锺凡：《清晖山馆友声集》，江苏古籍出版社2001年版，第391页。

守，泊如也。”后因以“草玄”谓淡泊名利，潜心著述。

苏雪林《登高能赋及借古讽今的朱东润》：

郡号嘉定，县名乐山，冰酾江而凿壁，蒙辟道而开关；子云草《玄》之勤，舍人注《雅》之闲。[①]

（18）鳌妇

鳌妇：寡妇。

苏雪林《北宋女词人李易安再嫁之诬》：

此时距赵明诚之死已六年，易安年已五十有二，而《建炎以来系年要录》所记张汝舟妻李氏讼其夫曾举数事则在绍兴二年九月戊午。时日相去不过一月，在此区区三十天内，易安忽在赵家为鳌妇，忽在张家讼其夫，这是可能的吗？[②]

（19）推毂

推毂：推举，引荐。

苏雪林《楚辞专家刘弘度》：

他在东北大学任教时，曾将有关屈赋的论文数篇寄《武大季刊》发表，我就注意了他……我那时只想推却这副重担，倒并非存心替刘先生推毂，谁知院长听我一说就记了起来，于是就把刘聘来教这门课。[③]

（20）鳏鱼

鳏鱼：谓无妻独居的成年男子。

苏雪林1978年11月17日致侄儿苏经世信：

经书父兼母职，抚养此子已十岁了。现想续娶，人家嫌老，又有这样一个不大不小的儿子，谁肯当晚娘呕气，看来经书将以鳏鱼终其身了。[④]

---

① 苏雪林：《苏雪林作品集·短篇文章卷》，成功大学2011年12月版，第6册第125页。
② 同上，第197页。
③ 同上，第89页。
④ 沈晖收藏“苏雪林致苏经世信”第1函。

（21）音敬

音敬：犹音问、音讯，书信中问候的敬辞。

苏雪林 1983 年 3 月 31 日致文友秦贤次信：

贤次先生惠鉴：

敬启者，久疏音敬，亦久未奉瑶函，疑奉公赴海外，究竟如何，姑以此信作试探。①

（22）春釐

春釐：书信祝福语，犹春天万福。

苏雪林 1995 年 1 月 27 日致台湾名中医马建中信：

建中现代佗扁惠鉴：

……日本西部大地震，台湾亦属震区，台南前日地牛翻身，不过一震而止，未知台北如何？专此敬谢，顺请

壶安并贺

春釐百吉

苏雪林拜上

一九九五年元月廿七日②

（23）齿印

齿印：佛教语。谓用牙齿在证书、函件封口处咬出的印痕，相当于手印。

苏雪林《鸠那罗的眼睛·第二幕》：

（王后台词）我不爱永久为王，只想借你七日的王权。我渴盼能够坐一次你那庄严的宝座，启用一次你那灿烂的齿印，模仿一次你那发号施令的威风。③

（24）虔肃

虔肃：诚敬而严肃。

苏雪林独幕剧《玫瑰与春》：

① 沈晖收藏"苏雪林与秦贤次通信"第 5 函。

② 沈晖收藏"苏雪林与马建中通信"第 8 函。

③ 苏雪林：《鸠罗那的眼睛》，台湾商务印书馆 1968 年版，第 30 页。

宇宙的大神啊！望你能鼓励我，扶助我，使我能够走上成功的道路！阳光自叶罅下射，恰恰照在她的脸上，显出她满脸虔肃威毅的神采。[①]

（25）清嘉

清嘉：美好。

苏雪林1963年1月12日致毛子水函：

子水先生道席敬启者：监察委员毛以亨先生来台，道及近况清嘉，至为欣慰。[②]

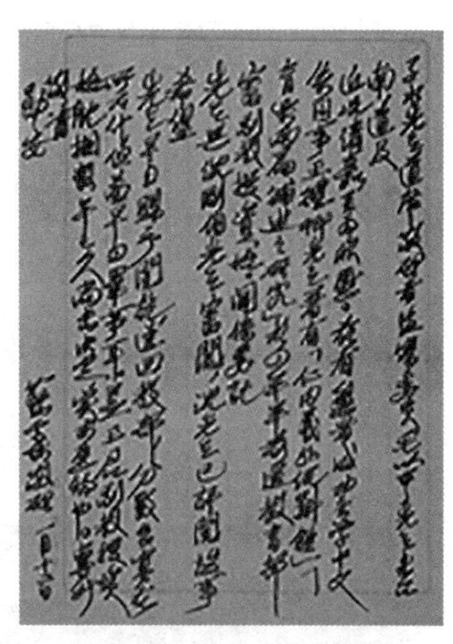

苏雪林致毛子水信原件

（26）坐贾

坐贾：即坐商，谓有固定地点行商。

苏雪林《四十转变，砚田丰收》：

抗战胜利即将来到……与同事们出售不拟带去的衣服用具，那时法币贬值得几乎像第一次世界大战后马克一般，而物质则变成宝贝，破铜烂铁都有人要，我们当然不肯放弃这个机会。做了一些时“坐贾”，也得到一些钱。[③]

三、以下所列的词语，既为古代典籍中常用的词汇，也仍在今人的著作中使用，尤其是此类的词语，在苏雪林先生的著述中频频出现——这正说明汉语在流行与发展中是源远流长的。但这些词语在《现代汉语词典》及《汉语大词典》中却未予收录，这不能不说是缺憾。为节省篇幅，现仅选录二十例，注释解析。

（1）厨湢

厨湢：厨房与浴室。

苏雪林1956年10月7日致干女儿苏淑年信：

新居大约廿席，一厅三室六席，二室各五席，另一贮藏室则仅二

① 苏雪林：《绿天》，台湾光启出版社1956年版，第171页。

② 沈晖收藏“苏雪林致毛子水信”第1函。

③ 苏雪林等著：《抗战时期文学回忆录》，文讯月刊杂志社1987年版，第18页。

席，厨湢皆备，院子甚大，将来树木种满，亦颇清幽。[①]

（2）玩意

玩意：特指某些例行活动，如迎送宴别。

苏雪林 1964 年 8 月 31 日致干女儿苏淑年信：

> 此次北上，不想惊动大家，所以你顶好严守秘密，否则大家又要闹送行的玩意，我的肠胃甚弱，吃病了，反而动不得身了。[②]

（3）搏结

搏结：谓倾其所有。

苏雪林 1937 年 8 月 23 日，为捐献 51 两黄金支援抗战一事，致王芸生先生信：

蘇雪林女士之義舉

捐所存黃金抗敵

值六千餘元交本報轉滙

《大公报》刊苏雪林致王芸生信
（见《大公报》1937 年 8 月 24 日第 3 版）

记者当年采访苏雪林拍摄的照片
（刊 1937 年 10 月《国闻周报》）

> 《大公报》王芸生先生大鉴：暴日疯狂，鲸吞无已，死中求生，惟有抗战。若我四万万人皆抱破釜沉舟之决心，搏结所有精神物质，与强敌作殊死战，最后胜利不归于我，我不信也！[③]

① 沈晖收藏“苏雪林致苏淑年信”第 3 函。

② 沈晖收藏“苏雪林致苏淑年信”第 111 函。

③ 苏雪林：《致王芸生先生信》，载《大公报》1937 年 8 月 24 日第 3 版。

（4）情商

情商：友好的商量。

苏雪林 1964 年 9 月 24 日致干女儿苏淑年信：

这个年头任何好友，一见钱财便变质，如何是好？你们在花园新城空屋已立订费二万，假如无以为继，能否与修泽兰情商，撤回订约，退还订金？这是不得已的事，我想修泽兰肯答应的。[①]

（5）孔滓

孔滓：谓孔子学说中负面东西。

苏雪林《纪念五四兼谈胡适先生》：

"逼上梁山"，惯作放火杀人之口实；"扫清孔滓"，遂为"择师运动"之心传。[②]

（6）两头大

两头大：旧时谓妻子与妾处于平等地位。

苏雪林《七十年前的女强人：潘玉良的悲剧》：

我以为这就是潘赞化的不是了，你既将玉良救出火坑，送她出洋数年，使她学有所成，你何不同玉良结婚呢？就说她元配知识低下，不明大义，会将那些事掀腾到社会上来，使你身败名裂，玉良的羞耻更不能洗涤，可是中国不有"两头大"的办法吗？你平时对元配多多沟通，并说明利害关系，你的元配也许能曲从的。[③]

（7）青油

青油：俗称菜油、菜籽油。是中国南方油菜产地流传很广泛的用语，《汉语大词典》"青油"条目下释义为："又叫梓油。乌桕树种仁所得的干性油，用于油漆。"显然把"青油"的菜籽油之义忽略了。

苏雪林 1980 年 3 月 5 日致远在美国的唐亦男信：

① 沈晖收藏"苏雪林致苏淑年信"第 164 函。

② 台湾"中央研究院"胡适纪念馆藏"苏雪林与胡适来往书信"第 9 函（按：苏雪林 1959 年 4 月 28 日寄胡适函中附此文）。

③ 苏雪林：《苏雪林作品集·短篇文章卷》，成功大学中国文学系 2006 年 10 月版，第 2 册 204 页。

你自己弄伙食也好，免得吃素，我就是吃不来素菜。无论烹调得怎样好，青油总是用得太多。偶尔吃一顿，尚觉别有风味，每顿吃，就不堪了。[①]

（8）荃照

荃照：书信中用于请对方鉴谅的敬辞。

苏雪林 1995 年 5 月 20 日致萧乾信：

萧乾先生：

你好！

文人中巴金、施蛰存尚健在。他们年龄都比我轻，于今大自然将人类寿命延长，我们不再有“人生七十古来稀”之叹，我想他们和先生都能期颐之寿而且过之。再谈，敬颂

崇祺诸维

荃照不一

苏雪林拜上

一九九五年五月廿日[②]

（9）彆扭

彆扭：同憋扭，谓意见不相投。

苏雪林 1961 年 8 月 9 日致王世杰信：

林近以某助教事，与校长小有芥蒂，今无端撤回申请，校长必疑林故意与闹彆扭，更将不快。[③]

（10）頻伽

頻伽：頻，音 pìn。頻伽为梵语“加罗頻伽”译音词，义为妙音鸟。

苏雪林早期用“頻伽”笔名发表的作品有二十多篇[④]，如：

一、《京汉火车中所见》（现代白话诗），刊《益世报·女子周刊》1920 年 10 月 30 日创刊号第 2 版。

二、《寄墨君的一封诗信》（散文诗），刊《益世报·女子周刊》1920 年 11 月 20 日第 2 版。

① 沈晖收藏“苏雪林致唐亦男信”第 2 函。

② 此信刊发于《羊城晚报》1995 年 7 月 12 日第 6 版。

③ 台湾“中央研究院”胡适纪念馆藏“苏雪林与胡适来往书信”第 38 函。按：苏雪林 1959 年 6 月 9 日寄王世杰的信，是附寄于胡适函中的。

④ 见《益世报·女子周刊》，1921 年 7 月 25 日第 1 版。

三、《天囚》(小说连载 1—3)，刊《益世报 · 女子周刊》1920 年 11 月 20 日至 1920 年 12 月 4 日第 3 版。

四、《放鸽》(短篇小说)，刊《益世报 · 女子周刊》1921 年 6 月 6 日第 2 版。

五、《杂感》(关于安徽学潮)，刊《益世报 · 女子周刊》1921 年 6 月 20 日第 3 版。

苏雪林用笔名頻伽为“女子周刊”题签

（11）焓金

焓金：即赤金。

苏雪林 1937 年 8 月 25 日，致王芸生先生信：

> 前日与黄警顽先生送往贵报之焓金五十一两，系去年以法币六千元购进，曾对贵报记者屡次言明，黄君可证。[①]

（12）菁莪

菁莪：人才。

苏雪林《敬悼曾宝荪先生》：

① 《大公报》1937 年 8 月 26 日第 3 版。

前辈乃女中豪杰，乐育菁莪，尽忠党国，八十载功业辉煌，含笑遥归天阙。[①]

（13）正字

正字：官名，职当同校书郎，主雠校典籍，刊正文章。

苏雪林《中国文学史·唐宋文学》：

陈师道字无己，一字履常。元祐初，苏轼荐为棣州教授，终秘书省正字。[②]

（14）种种

种种：头发稀少。

苏雪林1934年7月14日日记：

上午九时赴徐家汇老博物院，十时会着徐神父，发已种种，然气色尚佳。[③]

（15）丧明

丧明之痛：语本《礼记·檀弓上》“子夏丧其子而丧其明。”后因以指丧子带来的悲痛。

苏雪林1975年9月4日日记：

上午与王雪艇先生通电话……到王家见着雪老，人甚憔悴，发亦增苍，说话声音甚低，雪老寿已八十五六，又遭丧明之痛，无怪健康大受影响。[④]

（16）河汉

河汉：不相信或忽视之谓。

苏雪林《诗经杂俎·自序》：

若谓我有对不起李先生之处，则学者著书立说，旨在发掘真理，

---

① 苏雪林：《苏雪林作品集·短篇文章卷》，成功大学中国文学系2007年10月版，第3册第282页。

② 苏雪林：《中国文学史》，台湾光启出版社1970年版，第154页。

③ 沈晖收藏“苏雪林民国二十三年日记”。

④ 苏雪林：《苏雪林作品集·日记卷》：成功大学教务处1999年4月版，第7册第336页。

真理所在，势必力争，友谊亲情，在所不顾，想读书不河汉斯言。[①]

（17）斐

斐亹：文采华丽。

苏雪林1994年10月31日日记：

今日为荣民节，放假一日……此次选举，民进党大败无疑。又见蒋纬国数年前忆父忆兄文，惜文斐亹，剪存之。[②]

（18）河润

河润：谓恩泽及人，如河水之滋润土地。

苏雪林1936年8月30日日记：

午餐后，忽有女士来访，持《大晚报》崔万秋介绍信，乃知此女士为该报访员，来为余作访问记也。余从前来上海，无新闻记者包围，今年忽如此喧赫，大约得冰心女士之河润耳。[③]

（19）矜怜

矜怜：怜悯。

苏雪林《纪念五四兼谈胡适先生》：

胡适之先生私德之美，有口皆碑"现代圣人"之称，他虽未见肯予接受，我们却心悦诚服地愿意将这个头衔，奉献给他。说他什么"病狂"啦，"妖孽"啦，"欺世盗名"啦，把这些恶评加在胡适之先生身上，何异醉人呓语，神经病者的狂言，我们除了对他矜怜，不能说别的话了。[④]

（20）区处

区处：谋划，处理。

苏雪林1983年12月18日致秦贤次信：

前日赐示云将为拙著《二三十年代作家与作品》撰写评介，至为

① 苏雪林：《诗经杂俎》，台湾商务印书馆1995年版，第6页。
② 苏雪林：《苏雪林作品集·日记卷》，成功大学教务处1999年4月版，第15册第67页。
③ 沈晖收藏"苏雪林1936年日记"。
④ 台湾"中央研究院"胡适纪念馆藏"苏雪林与胡适来往书信"第9函。

欣跃……深惜纯文学社投下大量心力物力，印成此书，乃败于一二无知校对员之手，今则惟有含胡过去。初版三千本卖完，再作区处。[①]

四、结语

文学是一门语言艺术，而词汇的丰赡与否是语言艺术的集中体现。文学作品词汇的丰赡与否，是反映作品语言优劣的重要标志。作家在著述与写作过程中，运用独特、丰富的语言表达，不仅真切地反映个人对社会对人生各种问题的思索与看法，同时也是作家语言风格形成的重要特征。上述所选择的苏雪林一生著述中的这几十例词语，是笔者从苏雪林先生研究《诗经》《屈赋新探》《辽金元文学》到《红楼梦》的两千多年间文学生命树上采撷的一朵朵夺目的花儿，同时也真实地反映了苏氏一生从事小说、散文、戏剧、评论、翻译、日记、书信创作及学术研究的写作风貌——可以这么说，这些富有流传价值的词汇，是笔者在对她一生著述作一次全景式的扫描中挑选的；我们从这些词语中不难看出，苏雪林在写作与学术研究中，使用语言艺术是丰富多彩而赏心悦目的，许多古汉语词汇，在她用现代汉语的表述中更显得典雅确当、活色生香，字里行间折射出汉语言强大而旺盛的生命力，同时也说明了，只有像苏雪林这样国学根底深厚的大家，才能有如此创造性的表述，才能写出当代人文学者深受国学滋养的精妙美文。宋代诗人黄庭坚在《答洪驹父书》中说："能为文章者，真能陶冶万物，虽取古人之陈言入于翰墨，如灵丹一粒，点铁成金也。"[②] 故现代文学评论界有识之士，称颂苏雪林先生为"五四以来著名学术大家与著名的女作家"。笔者在编辑完成五十卷《苏雪林全集》后，对苏氏的文学创作与学术研究广博而深厚的骄人成果，惊叹不已，有感而发写下一首小诗：

笔耕砚池八十春，著作等身世人惊。
女中惟此笔数支，任意挥洒一手持。

清代性灵派诗人赵翼，在《瓯北诗话》中评骘苏东坡的才情时说："以文为诗，自昌黎始，至东坡益大放厥词，成一代之大观。今试平心读之，大概才思横溢，触处生春，胸中书卷繁富，又足以供其左旋右抽，无不如意。其尤不可及者，天生健笔一枝，爽如哀梨，快如并剪，有必达之隐，

① 沈晖收藏"苏雪林致秦贤次信"第 8 函。
② 湖南师范学院中文系古代文学教研室：《中国历代作家小传》，湖南人民出版社 1981 年版，中册第 601 页。

无难显之情，此所以继李、杜后为大家也。”[①] 我想把这段话贻赠给苏辙的第三十四代裔孙苏雪林先生，当不为过誉也。诚如孔尊先生二十世纪三四十年代在《关于苏雪林》一文中所云：“以作品豪放出名的苏梅，在她的笔下的小品文却是这样的旖旎，正如宋代豪放词人苏轼写的抒情小词一样，大概因为都是不可掩饰的真情流露的缘故，其实苏梅是个国学家……我还是在《真美善》号外‘女作家专号’上看到过几篇，确是和她远祖苏轼有着同样的作风，在现代女作家中是别无第二人的。”[②]

（文中图片由作者提供）

（沈晖：安徽大学汉语言文字研究所研究员）

① 赵翼：《瓯北诗话》，人民文学出版社1963年版，第56页。
② 杨之华：《文坛史料》，中华日报社1944年版，第242页。

武大西迁乐山八年的艰苦岁月

——苏雪林抗战时期的教学、创作与研究

沈　晖

摘　要：教授、作家、学者三栖的苏雪林先生，在武汉大学执教长达十八年（1931—1949），无论在教学、文艺创作，还是在学术研究方面，都取得了常人难以企及的骄人成果。本文拟就苏雪林在抗战时期随武大西迁乐山八年的教学、创作与研究中一些动人的片段，展现一位爱国家爱民族的无党派知识分子，在战时艰苦的生活环境与国难当头的政治生态中，如何尽自己的绵薄之力，在完成教学任务之余，废寝忘食，焚膏继晷，著书立说，创作《屠龙集》《南明忠烈传》与屈赋研究，张扬坚贞不屈的民族精神，鼓舞民族斗志，号召全国军民团结一致，誓与日本侵略者决一死战，去争取抗日战争的最后胜利。如果说1937年“淞沪之战”爆发时，“苏雪林目睹战壕里官兵浴血奋战的惨烈场面，义不容辞地捐献了五十一两黄金，购买食品慰劳浴血奋战的将士”[①]，那么四年后的1941年，她向世人奉献的《屠龙集》《南明忠烈传》两部作品，是战时珍贵的精神食粮，是“书生报国，以笔为枪”来支援全民族抗战的生动体现，彰显了一位爱国知识分子崇高的精神境界和与全民族同呼吸、共命运的情怀。

关键词：乐山；教学；灌园；屠龙集；南明忠烈传；屈赋研究

引　言

抗日战争期间，华中知名的国立武汉大学与中央大学、西南联大、浙江大学，被誉为国内“四大名校”。在江城武汉面临战火威胁时，武大积极响应国民政府教育部长王世杰“在战区内学校处置办法”的指令，为继续

① 沈晖：《论皖籍居台女作家苏雪林》，《安徽大学学报》1985年第3期。该文第一次向世人披露苏雪林在“淞沪之战”中捐献黄金支援抗战的义举。

办学，保存和延续中华文明血脉和文化火种，培养国家栋梁之材，武汉大学校长王星拱委派法学院院长杨端六与工学院院长邵逸周前往四川考察迁校地址。苏雪林晚年在《雪林回忆录——浮生九四》中说："战氛日恶，政府拟撤退入川。武汉大学不能不随之迁徙。法学院长杨端六先赴四川各县寻觅适当的迁校地。最后寻到介于重庆与成都之间的一个县份，旧名嘉定，现在叫作乐山地方，风景倒也优美。二十七年（1938）四月间，学校人员器材分作十余批，乘小轮前往。"[①] 从此，苏雪林就在这个被宋人邵博称为"天下山水之观在蜀，蜀之胜曰嘉州"的县城里，度过了艰苦卓绝的八年战时岁月。

一、武大从珞珈山西迁到乐山

乐山县城，坐落于岷江、大渡河与青衣江的交汇处，是一座玲珑秀美依山傍水的历史名城——城内人口两万余，商铺林立，古迹甚多，以城西老霄顶下的文庙最为著名。小小乐山城，突然之间，涌入一所大学来的两千多名师生员工，可想而知，图书仪器的安置、教室选择、教职工及学生住宿安排等，都是迫在眉睫的头等大事。故所有的教职工一到乐山，都迫切希望能尽快找到房子栖身。苏雪林回忆道："我们到了乐山县，校方不再供教职工以宿舍，各人自找自赁，我将家姊侄女等（按：随同苏雪林到乐山的有胞姐苏淑孟，侄儿苏经国、侄女苏经传以及从家乡带来的一个年轻女仆）安顿在旅馆里，每日走城中访问。最后于城西较偏僻处寻到一处屋名'让庐'，是一幢中式楼房。出赁屋子者为二房东姓宋，他全家住楼下，而以楼上赁客。"[②] 房子租好后，到楼上一看，因长久无人居住，破旧不堪，不是窗棂缺失，就是地板塌陷，充斥一股霉烂气味。二房东狮子大开口，以为大城市来的教授都是阔佬，一口不菲的房价报出，毫无商量的余地。她想想已走了十多家，都是大同小异，只好勉强定下了，总不能长时间住旅馆吧。对此亲身经历，她深有感触地在《炼狱——教书匠的避难曲》中说："找人冲洗，找木匠，找泥水匠，找裱糊匠，砌新灶，买水缸，购办家具，足足忙了个把月，才勉强舒齐，以为暂时总算获着了一个安身之所。"[③] 苏雪林租赁的"让庐"，就是好友袁昌英女儿杨静远先生在2003年出版的《让庐日记》书中所说的城内陕西街49号。

武大西迁到乐山后，校方安排文学院与法学院的学生，在城内文庙里的房舍作为课堂上课。工科、理科的院系安排在城外。乐山县城虽不大，

---

① 苏雪林：《浮生九四——雪林回忆录录》，台湾三民书局1991年版，第123页。
② 同上，第120页。
③ 苏雪林：《屠龙集》，商务印书馆1941年版，第65页。

但从让庐到文庙，需要绕行老霄顶下东边的一段坡道，步行也仅仅只需十多分钟，要是阴雨天或冬季路面结冰时，对曾经缠过脚的苏雪林来说，走这一段路还是比较费力的。

二、让学生终身受益的“基本国文”课

1941 年教育部颁发的教授证书

前排右四为苏雪林教授

武大中文系西迁乐山时，由于种种原因，中文系有一部分教师留在珞珈山：比如年龄大身体很差的教员，比如要继续承担即将毕业班的教学。其后几年陆陆续续到乐山的也仅有十几位教授与教员，苏雪林是当时中文系里唯一的女教授。文学院院长陈源为应对战时特殊时期的教学工作，动员中文系的教员多多开课，以提升学生们的学习兴趣。他身先士卒，为外国文学系开“英国文化”“英文短篇小说”“英文长篇小说”“翻译”及“世界名著”等课。苏雪林在院长和中文系主任方重（芦浪）的感召下，给中文系一二年级学生开了“基本国文”“中国文学史”两门课，又为三四年级开“楚辞”与“新文学研究”课。以上四门课，除了“基本国文”是部颁统一教材，其他三门课都是她自己编写授课内容（即讲稿），由教务处印成讲义发给学生。

苏雪林在教授“基本国文”课时，除了在本系授课，外系学生也特别喜欢选修她的这门课。授课中，她有针对性的启发式教学，让莘莘学子受益无穷。2003 年，已是耄耋之龄的武大法律系校友曾昆吾在《回忆苏雪林老师》文中写道：“我就读武汉大学法律系，得文学院苏雪林教授基本国文

一课。由于专业法律，苏老师尽选《韩非子》中的《五蠹》《孤愤》《显学》《定法》《难势》诸篇作讲解，还将战国时期的散文与诗赋作了概括……讲到韩非总结前期法家变法成败经验教训，提出‘以法为本’，‘任法而治’，要法治而不要人治的观点。”[①]“苏老师对我们学法律的同学还作了重点分析：韩非认为人皆趋利避害，为法者，不当务德而当务法。为了禁奸于未期，主张‘连坐’，‘赏告’。并严厉批评儒家仁义专爱的说法，以法为本，法、术、势相结合，尤其强调实行的重要性。主张法不阿贵，刑不避大夫，赏善不遗匹夫。接着便讲韩非的老师荀况以为社会总是由人治理的，治理社会，主张人治和法治相结合，突出人在治理社会中的重要性，把人治放在首位，在礼义教化的基础上严明刑法，实行礼法结合。执法上，重要听政于法，明德慎法，要求‘刑罚不怒罪’，反对‘以族论罪’，主张‘先教后诛’，‘才行反时者死无赦’，‘元恶不待教而诛’，实行‘教化、庆赏、刑罚相结合’……苏老师对韩非、荀况各自的观点，不著评论，要我们去认识，深思考，作出评价。在教学上，苏老师的启发性教学方法，是随处可见的。”[②]

三、筚路蓝缕的“新文学研究”

苏雪林作为受五四新文化影响的一代元老派作家，一直对五四以来从事新文学创作的作家及作品予以极大的关注，她不仅订阅多种新文学期刊，同时还勤奋地挥笔抒写了大量脍炙人口的散文、文艺评论。这里要特别提及：苏雪林是二十世纪三十年代初第一位在国立大学文学院开设“新文学研究”课的教授。后又有叶圣陶、沈从文教授的参与，使武汉大学成为研究新文学的重镇而享誉国内高等学府。武大西迁乐山后，在文学院院长陈通伯“除旧布新，坚持通才教育、适应抗战所需”的鼓励下，系里许多文学青年又恳请苏雪林老师继续在中文系开“新文学研究”这门课。她晚年在由“新文学研究”讲义基础上修改润色出版的四十五万字《中国二三十年代·自序》中，曾谈到当初开设这门课编写讲义时面临的艰难：“何以这门课难教呢？第一个原因：“原来旧文学家的思想性格，都已定型，作品也大都存在，关于作家及其作品的评论，前人所说的不少，取来加上一些自己的意见便行了。至于新文艺，则自五四到我教书的时候，不过短短的十二三年，资料匮乏，而且不成系统，所有作家都尚健在，说不上‘盖棺定论’。”[③]第二个原因，她在《我的教书生活》里提到：“每个从事新文学创作的作家作品正在层出不穷，你想替他们立个‘著作表’都难措手。那时

① 曾昆吾：《回忆苏雪林老师》，载《珞珈》2003年第154期，第18页。

② 同上。

③ 苏雪林：《中国二三十年代作家》，台湾纯文学出版社1979年版，第4页。

候虽有中国文学研究会、创造社、左翼联盟、雨丝派、新月派各种不同的文学团体及各种派别的作家，可是时代变动得厉害，作家的思想未有定型，写作趋向也常有改变，捕捉他们的正确面影，正如想摄取飙风中翻滚的黄叶，极不容易。为了这几层难处，我向院长极力推辞，他强之不已，没法，只有接受了。”[①] 在战时环境极其困难的条件下，她废寝忘食，每天都用许多时间来阅读海量的新文学作家们的作品。三十年代中后期，作家的作品虽然不算丰富，在文坛上露脸的作家，每人少则二三本，多则十几本，每本都要通篇阅读，仔细去揣摩每个作家的特色及其与时代和作品间互相错综复杂的影响，同时还要从每个角度去窥探作家之所以形成他个人创作风格的深层次原因。当时发表的文评、书评也不多，只有多浏览文学杂志与报纸的副刊，去了解作家动态与文学潮流的趋向，才能在讲义中写出比较客观公正的评介文字。

她一边读大量作家的作品，一边编讲义、一边上课。三管齐下，花了数年心血才将“新文学讲义”中的新诗、散文、小说、戏剧、文评五个部分写撰写完毕。与此同时，她又将讲义及教学中的专题理论化，形成数十篇系列文章，在文坛比较有影响的文学刊物上发表，以便让读者了解新文学的进程与概貌。如《论胡适的〈尝试集〉》（刊《新北辰》）、《〈扬鞭集〉读后感》（刊《青年界》）、《沈从文论》（刊《文学》）、《〈阿 Q 正传〉及鲁迅创作的艺术》（刊《国闻周报》）、《现代中国戏剧概观》（刊《青年界》）……新文学运动以来，还没有哪一位评论家写过如此多的作家作品论。苏雪林先生的文艺批评虽是一家之言，但无门户、派别之见。论证作家及其作品时，注意将作家生活经历、所处环境、艺术风格与所属流派作综合的观察，故对每位作家的艺术倾向、作品优劣，把握准确，评论到位；笔锋犀利，语言精当谨严，或贬或褒，出刀见血，淋漓痛快。加之评论者才大学博，新旧文学根底深厚，故议论恢宏，行文开阖动荡，波澜起伏，并时时迸射出睿见与激情——即发表自己个人的文学理念和见解，来加深读者对所论作家及作品的认识，给人以一气读完才肯释卷的阅读兴致。

同时，在讲授“新文学研究”这门课时，正是东北三省相继沦陷、伪满洲国成立，到 1937 年全面抗战爆发，一大批流亡学生和知识分子从关外流亡内地长沙、上海、武汉等地，面对国破家亡的岌岌可危之势，苏雪林结合时局与现状，在“新文学研究”这门课的讲义中，独辟了“东北的作家”一章，向学生介绍流亡到关内的东北籍作家：

所谓东北作家，是“九一八”事变逼出来的。因为他们人数不少，

① 苏雪林:《我的生活》，台湾文星书店 1967 年版，第 126 页。

又适值国人注意东北问题，他们来到内地后，所有作品常报告东北在日伪统治下的情况……日本帝国主义在沦陷区的东北，摆出“太上皇”姿态，对待人民，烧杀淫掳，无所不为，东北人民乃是炎黄子孙，哪里肯做日本和伪满统治下的“双料亡国奴”，于是纷纷逃入关内，据说前后不下六七百万人之众，其中有十几个能摇摇笔杆的青年，也辗转逃入内地，这就是所谓东北作家。[①]

讲义中集中介绍的东北流亡作家有萧军、萧红、端木蕻良、白朗（刘素娥）、罗峰、舒群（李旭东）、杨朔（李永叔）、金人（张啸崖）、高兰（郭德浩）、李辉英（李东篱）、孙陵（孙锺琦）、袁犀等人的作品及其在文坛的影响。

“东北的作家”这一章的开篇，就重点评介青年作家萧军及其成名作《八月的乡村》：

萧军，原来姓名是刘均，又号三郎，辽宁义县人。他原籍山东，生长于哈尔滨，初级中学毕业，有人则说他系就读东北的讲武学堂，毕业后在沈阳当宪兵。“九一八”事变后，逃到关外，他和一个姓林的把兄弟，化装逃到哈尔滨，因盘缠耗尽，只好在当地一家报馆卖文，用的笔名是三郎。就在这家报馆与萧红认识，为的是萧红也在这家报馆投稿，所用笔名为“悄吟”二字。两人一见钟情……后来入了关，在津京一带混了些日子，转到青岛定居下来，那篇《八月的乡村》便是在青岛写的。萧军对于东北农村生活颇为熟悉，那万亩黄云的高粱大豆，那千百成群漫山遍野的牛羊，那连绵数百里浓黑得不见天日的原始森林，都是东北特别景色。农民终岁辛劳，收获丰足。忽然日本人来了，巧取豪夺，胡作非为，还有满蒙伪军助纣为虐，农民在被他们千般压迫，万般朘剥之下，日子已没法过了，不得不奋起抵抗。他们组织游击队，以青纱帐为障蔽，以大刀、红缨枪及旧新不一的枪械为武器，居然也袭杀了若干敌伪军。这就是萧军《八月的乡村》大概的情节。[②]

讲义中介绍另一位东北女作家萧红时写道：

萧红，原名张婉贞，又名张迺莹，黑龙江呼兰县人。原籍也和萧军一样，是山东人，不知哪一代的祖先移民东北的。据说她家很有钱。

① 苏雪林：《中国二三十年代作家》，第460页。
② 同上，第42页。

拥有不少耕地和畜群，不是大地主，也算是个中级富农。她毕业于哈尔滨市立女中，因性情偏向艺术，颇能画得几笔。幼年丧母，性格趋于孤僻、内向。因不满父亲的包办婚姻，而逃离家庭，到处流浪……她与萧军逃到青岛，后来又到上海，大约是民国二十二年间。第二年，她的代表作《生死场》出版——是经过鲁迅的修饰，由鲁迅办的“奴隶社”出版的，她改名萧红，大概始于此时。萧军出版《八月的乡村》，署名尚是田军，至是跟了同居人的笔名，也姓起萧来。改名叫作萧军了。[①]

四、走出书斋的灌园生活

抗战时期的大后方，物质匮乏、物价飞涨，大学教授们的生活是异常艰苦的。苏雪林在《抗战末期生活小记》文中说：“今年夏季，我们整整吃了四个月的豇豆和茄子，现在则每天上桌的无非是胡萝卜和芥菜。”[②]1940年秋，苏雪林租住“让庐”的二房东又不时提出要加租，第一次所加不多，苏雪林答应了。没隔多久，又要加价，而且加价离谱，几近于勒索，令人无法接受，苏雪林拒绝了。房东见加价不成，竟将苏雪林进出之门上锁，逼迫她搬家。事有凑巧，距“让庐”不远的小山坡上有一家人要离开乐山，房东希望有人接租，此处房屋虽只有小小的三间板房，但屋子前后却有大约两亩草菜蔓生的空地，这让苏雪林很中意，她想可以用来开荒种植菜蔬，自给自足，改善生活，于是就毫不犹豫地租下。晚年她在回忆搬到板屋开荒种地生活的文章中说：“我见了这许多空地，忽动了灌园之兴。与家姊商量，抗战不知何时结束，我们将来生计堪虞，何不学习园艺，种植蔬菜瓜果，当个种东陵瓜的故侯，或身带六朝烟水气的金陵买菜佣，岂不也风流别致……就备办了锄头、镰刀、铲子、扁担、粪桶、杓子、畚箕等物，便来动手开荒。光用镰刀刈割那蔓延满地，生有毒刺的猪草，再用锄头连根掘起，卷地毡似的卷起，堆在一边。再掘松土地，下面碎砖碎石，遍园皆是。掘起后一起堆在园角，始将土地分畦，撒下蔬瓜种子，这工作足费了两个半月的光阴。每日工作六七小时，所流之汗，日以升计。”[③]

苏雪林在《灌园生活的回忆》中，详细地记录了她为改善战时艰苦生活种瓜种菜的历程：“土壤分畦后，栽下各种菜秧，或撒下种子。四川南部夏季日光很是强烈，每天至少要浇水二次。乐山那样小小县城，尚没有自来水的设备，人家用的水都是由讲定价钱的挑夫一担一担挑来。他们常嫌我住的那座屋子，进出要经过十几级石阶，不肯给你送。只有同他们讲好

① 苏雪林:《中国二三十年代作家》，第463页。

② 苏雪林:《归鸿集》，《畅流》半月刊社1955年8月，第167页。

③ 苏雪林等:《抗战时期文学回忆录》，台湾《文讯》月刊杂志社1987年7月，第13页。

话，加价，我们自己洗衣烧饭，用水都极力节省，留出水来浇菜。菜秧长大，又要分种，时常需要拔除杂草。土壤太脊，非施肥不可。园里原有三只破粪缸，前任屋主留下不少甘棠遗爱，起先觉得气味难闻，但久而久之，也便安之若素。”[①]“我所种的菜，以芥菜为最多，芥菜又分几类，有什么九头芥、大头芥、千叶芥之类。大头芥或者便是四川人拿来做榨菜的原料。九头芥最美观，青翠如玉，茎都生满肉刺，味也腴爽可口……此外则莴苣、苋菜、红白萝卜、蕃茄，每样都种一点。”[②]

“我还种了一亩的豆子，大部分是蚕豆，余则为四季豆、豇豆、豌豆之属。武大图书馆所有几本园艺书都让我借来。我知道这豆子需要一种什么气体，而那种气体则取之于烧烬的灰，我开园的时候不是积存了无数捆的猪草吗？现在都干透了，于是每日黄昏之际，便在屋前点起一个大火堆，烧得烟雾腾天，一方面借此驱逐那喧闹如雷的蚊子，一方面将烧下来的灰烬，用作种豆的肥料。隙地则种瓜。夏季纳凉，不得不在屋外。我买了若干材料，找人在屋前搭了一个棚子，棚脚种南瓜数株，藤和叶将棚缘满，果然成了一个名副其实的‘瓜架’。豇豆是需要扶持的，自己动手，扎了一些竹架，于是‘豆棚’也有了。偌大园子只有姊妹二人，又引不起谈狐话鬼的雅兴，辜负了这富于诗意的设备。”[③]

一边要上课教学，一边还不忘那“一亩三分地”的劳作，同时又要偷空写文章，可想而知，对于一位年近五旬的人，身体的负担是超负荷的。苏雪林自述道：“从清晨六七时起，到傍晚六七时止，除了吃三顿饭和午睡片刻的工夫，全部光阴都用在园艺上，一天整整八小时，休息时间很少。体力的消耗，当时毫无所觉，一年以后，才知其可惊。我的体重本有一百四十磅，入川后水土不服，瘦了十磅左右。从事园艺，不到一年，瘦得只剩九十几磅，许多朋友都替我担心，重庆成都方面，谣传我被战时生活磨折快死了。”[④]诚如当年共同在“让庐”生活过的袁昌英女儿杨静远先生所忆：

> 苏先生和她姐姐的姐妹家庭，一切都是自己动手，吃用都极俭朴。我总看见她微躬着背，提着菜篮什么的，面露愁容，吃力地走在通往厨房的甬道上，那么疲惫，又那么顽强，她是个重视精神生活的人，把物质享受看得很淡。[⑤]

---

① 苏雪林:《归鸿集》,《畅流》半月刊社 1955 年版，第 162 页。
② 同上，第 162 页。
③ 同上，第 163 页。
④ 同上，第 164 页。
⑤ 杨静远:《让庐旧事》，载《新文学史料》1997 年第 3 期，第 145 页。

苏雪林住在板屋两年多的灌园生活，一直持续到 1942 年才告结束。原因是“让庐”的房主与二房东关系闹僵，房主一气之下把二房东一家赶走了，把房子重新招租。苏雪林闻讯，想到“让庐”楼上楼下有十几间房子，自己住不了，于是就联络还住在乐山城外的外文系好友袁昌英及韦从序教授，希望三家一起合租共住。自从 1939 年 9 月乐山县城遭日机轰炸后，袁昌英与韦从序两家都搬到乡下去住了。袁、韦每天从乡下到城里来上课感到十分不便，听说能搬到城里，当然都很乐意合租。“那（让庐）楼下分为两下，袁家与我各住一边，但大客厅则归袁家。楼上共分为两下，韦家与我各住一边，客厅前后隔为二下，前半归韦，后半归我，厨房公共。”[①] 从 1942 年开始，苏雪林就一直住在“让庐”，直到抗战胜利后，返回武昌珞珈山，大约又住了四年。

五、《屠龙集》《南明忠烈传》相继出版

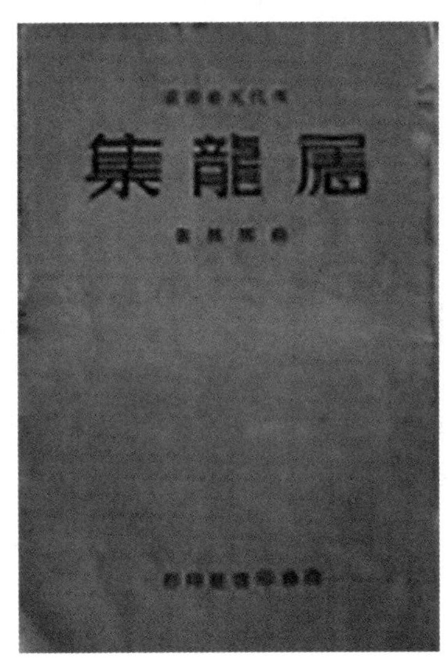

《屠龙集》书影

《南明忠烈传》书影

（一）《屠龙集》——抗战必胜的呐喊

抗战之初，日本法西斯侵略中国，大肆疯狂烧杀屠虐，上海、南京、武汉、广州相继失守，苏雪林虽随武汉大学西迁乐山，但却每天看报纸、听广播，关心战事的进程。当时国统区正弥漫着一股对抗战前途悲观失望的情绪，国难当头，生死存亡的危急时刻，苏雪林拳拳的爱国之心，猛烈地在心中激荡，高亢的爱国热情，激发了她的创作灵感。短短数月之间，

① 苏雪林：《浮生九四——雪林回忆录》，第 130 页。

就挥笔书写十多万字的战时随感《屠龙集》，并于1941年11月由重庆商务印书馆出版。

《屠龙集》书名取《庄子·列御寇》"屠龙"一词，喻伟大的中国人民有抵御外侮与顽敌做斗争的大无畏牺牲精神。作者在书中把日本强盗比作东海里一条戕害人类生灵的毒龙，而中国军民则个个都是面对凶残日寇，毫不畏惧，手执长矛去"屠龙"的威武天神！她在《屠龙》一文中，生动地描写敌寇的凶残与我国军民杀敌的英勇气概，强烈对比色彩的文字，令人读来激动不已：

> 我又好像看见东方大海里涌起一轮红日般的一个火球，倏忽升到中天，放出烈火般光芒，地下屋庐树林受了阳光的烧灼，到处冒起黑烟，飞起红焰。那红日里又出来一条大毒龙，七头十角，每个头上戴着一顶金冕，冕上刻着"黩武""好杀""贪婪""淫乱""刻毒""褊隘""诡诈"等字样……在毒龙恣意肆虐中，在无可收拾的残局中，我眼前忽然一亮，我分明看见一位天神，身披云彩，头戴红圈，脸如朝日，两只有力的脚踏在地上好像两根火柱，英武之概，不可模拟。他手执一根长矛，招呼孑遗人民与毒龙战斗，他怒吼之声，有如睡醒的狮子，假如我的耳朵没有欺骗我，我清清朗朗听见他这样喊道："旧的太阳将要没落，新的太阳即将升起。大家努力，大家努力，古国复兴的时期到来了！"①

苏雪林在《屠龙集》的序言里，以坚定豪迈、信心满满地语气告诉全国四万万五千万同胞：

> 我坚决地相信，中华民族绝对不会灭亡，侵略者的失败，也是命运注定的，我的"预感"最灵敏……我希望明年，就是我们伟大的"屠龙年"！②

作者在《屠龙集》中，还以无比崇敬、满腔热忱的语言，讴歌为国捐躯牺牲的抗日将士。如《奇迹——献给阵亡将士的英灵》：

> 我们全民族都激动起来了，怒吼起来了！我们忠勇的将士，更踏着白刃，冒着猛烈的炮火，争先恐后、前仆后继地在东、西、北各战场与顽敌作殊死战，壮烈的战史，一页一页展开，惊天地泣鬼神的牺

① 苏雪林:《屠龙集》，第93页。
② 同上，第5页。

牲，层出不穷的表现。看吧，那坚守南口全团化为烬灰的罗芳珪部；死据宝山，全营殉难的姚子清部；力战葛家牌楼，千六百人同时就义的秦旅。以及其他各战场全排、全连、全营、全团、全旅的战死，难道不是中国历史上的奇迹……我们更有血肉构成的堡垒，血肉构成的长城！

你们为国家民族的自由而流血，为世界的正义与和平而流血，是有着无上的光荣，你们的英魂安息在天上，你们的行传铭刻在国民的记忆，你们的名字，长留青史……血债还须用血去清洗，我们后死的人，都要踏着你们的血迹前进，与迫害我们的强敌奋斗到底，直到国家民族完全自由解放为止。安息吧，我英勇的将士们！[①]

《屠龙集》中，还以大量的笔墨抒写“天下兴亡，匹夫有责”爱国知识分子发自内心慷慨激昂呐喊的心声。如《炼狱——教书匠的避难曲》：

我们现在要尽心竭力教育后一代的人，叫他们永远记着这血海深仇，向狂暴的侵略者结算最后一笔账。若是环境不许我们再活下去，将孩子托给保育院，让国家教养，先生拈起枪上前线，太太加入救护队，有什么大不了的事！[②]

如《家》：

我们每人一天少不了一个家，但是我们莫忘记现在中国处的是什么时代。整个国土笼罩在火光里，浸渍在血海里；整个民族在敌人刀锋枪刺之下苟延残喘。我们有生之年莫想再过从前的太平岁月了。我们应当将小己的家的观念束之高阁，而同心合意来抢救同胞大众的家要紧。这时代我们正用得着霍去病将军那句壮语：“匈奴未灭，何以家为！”[③]

《屠龙集》里，还有一篇《寄华甥》[④]的书信，是苏雪林在“让庐”收到外甥从前方寄达报平安来信后，代笔替胞姐苏淑孟寄出的一封抗战家书，字里行间浸润着苏雪林鼓励外甥要不畏牺牲，在前方英勇杀敌！

---

① 苏雪林：《屠龙集》，第 105 页。

② 同上，第 81 页。

③ 同上，第 54 页。

④ 华甥（1914—1988），名欧阳师，苏淑孟的长子，23 岁从南京中央大学毕业后，在中学当教员。1937 年卢沟桥事变后，积极响应政府“十万青年十万兵”号召，毅然弃教从军，加入抗战队伍，开赴前线杀敌。

甥儿，你既然一时不能回家与母亲团聚，就本着你的志愿好好干吧。你说得不错：青年若个个向后转，捍卫国土更将望之何人……恢复失土，杀尽敌人的神圣责任搁在你们这群可爱青年肩膀上，你必须始终如一地向前奔去。

爱国的热忱，燃烧在每个人的心里，教他们全是心甘情愿地将自己充作全燔的祭品，贡献祖国，踊跃从军……日本这次对华侵略，四十岁以上的大学教授上阵冲锋的也很不少。

即如武大教授英国贝尔[①]先生，醉心民主，去年投西班牙充当志愿兵。

（二）《南明忠烈传》——谱写抗敌御侮仁人义士录

1940 年冬，正是抗日战争进行到最艰苦的相持阶段，国统区却陡然刮起了一股“亡国”论调，苏雪林对此大为反感。为了表达胸中强烈的民族自豪感，她在教学之余，废寝忘食，焚膏继晷，在战时乐山，图书、资料等难以搜集的艰苦环境下，费了五个月的时间，于晚明正史、野乘、笔记中钩沉数百位抗清复明仁人志士，以他们捍卫宗邦、抵御外侮、宁死不屈的凛凛正气，来激发抗战中国民的民族自卫意志和民族自信力，撰述了二十二万字、振奋民族自信心的传记文学作品《南明忠烈传》，1941 年 5 月由重庆国民图书出版社出版。晚年她感慨地回忆当年撰写这本书时的动机：“时抗战正入艰苦阶段，所有公务人员学校教师待遇微薄，而物价高涨，法币贬值几不能生活，莫不志气消沉不能振作。本书介绍南明几百个志士仁人，处极端困厄之境，仍茹苦含辛，万死无悔，挽鲁阳之颓波，捧虞渊之落日，足以激励军民的坚贞发扬其正气。全国团结一气，用以抵抗暴倭，自问对抗战不失为一种贡献。”[②]

苏雪林在《南明忠烈传·序言》特别提到：

抗战以来，前线数百万将士，赴汤蹈火，视死如归的壮烈举动，不一而足，而四年以来（笔者按：指 1937—1941），只有断头将军，没有降将军，也打破了中国以往历史记录……今日救国危难的情况，颇与明季相类，笔者撰述此书，表彰那些抗清复明的忠臣义士，使一般国人读之，知道中国历史上不止一位文天祥，不止一位史可法，还有无数的文天祥、史可法，受他们人格的感召，人人以文、史自命，则天下有何敌国，可以亡我？且南明诸人处境之窘，或更甚于今日我

① 笔者按：即朱利安·贝尔，英国现代著名女作家弗吉利亚·伍尔夫的外甥。
② 苏雪林：《浮生九四——雪林回忆录》，第 123 页。

们之所遭遇，而含辛茹苦，终无怨言，竭忠尽智，惟期活国，则亦可以激励我们的志气，振奋我们的精神，相与牺牲小我，共挽狂澜，以期最后胜利之来到。更知国土虽亡，只须民族种子不灭，千回百折终有复兴之期，又可提高我们民族的自尊心，坚强我们的民族自信力。[①]

历史与文化是民族精神的集中体现，作为战时的文化人，其创作要以弘扬民族精神、抗敌卫国为己任。所以在序言的结尾，她写道："本书所介绍的几百个抗清复明的志士仁人，大半可作诗歌、小说、戏剧的资料，笔者愿意将此书公开于海内著作家之前，替新文学开一条新路。"1945 年 7 月，她又利用《南明忠烈传》里许多可歌可泣仁人志士捍卫宗邦、不畏牺牲的事迹，创作了七篇历史小说，结集定名为《蝉蜕集》，由重庆商务印书馆作为该馆《现代文学丛书》之一种出版。在序言里称："历史小说也和历史一般，其任务不在将过去史实加以复现，而在从过去事迹反映现在及将来，所谓'彰往察来'，使人知所鉴戒。我们现在的抗战，系争取最后的胜利准备将来再造国家，复兴民族。"[②] 这段话，明确地交代了在战时她创作历史小说的动机。

《屠龙集》《南明忠烈传》《蝉蜕集》，是苏雪林抗战时期重要的文学创作。作品面世后，成都、重庆的报纸，称颂苏雪林的作品是"抗敌守土""保家卫国"的呐喊，让国人振奋不已，同时也生动地体现了苏雪林"文学为人生"的创作思想。郁达夫在《中国新文学大系·散文二集》导言中说："现代散文的最大特征，是每一个作家的每一篇散文里所表现的个性，比以前的任何散文都来得强。"[③] 文学作品鲜明的时代特征是和作家创作风格及品格紧密关联的，郁氏的这句话，在苏雪林战时文学创作中得到了生动而恰如其分的验证。

五、屈赋研究的新路径与新发现

屈赋，顾名思义，是指屈原依据流传于楚地的民歌而所创作一种歌谣体作品，如《天问》《离骚》等辞赋，后世也称屈原这类作品为楚骚或楚辞。苏雪林一生对战国时代文化精英屈原作品中呈现出的豪迈的才情、雄奇的文笔、卓越的见解与渊博的知识，崇仰有加。早在 1929 年她就发表了第一篇研究屈原的长篇论文《九歌中人神恋爱问题》（刊 1929 年《现代评论》第 204—206 期）。到了 1943 年，苏雪林与杨端六、袁昌英夫妇共同租

① 苏雪林：《南明忠烈传》，重庆国民图书出版社 1941 年版，第 4 页。
② 同上，第 5 页。
③ 赵家璧主编：《中国新文学大系·散文二集》，上海良友图书印刷公司 1935 年版，第 5 页。

住在“让庐”。留学英、法的外文系袁昌英教授，是武大“莎士比亚戏剧”与“希腊神话”的权威。一次他们两人在闲聊时，袁昌英说：“雪林，我读屈原《九歌》的‘东君’，俨然看见希腊太阳神阿坡。罗涌现一纸上，难道我们的三闾大夫曾受希腊神话的影响吗？真是奇怪！我当时尚说：这怎么可能，先秦时代和域外尚无交通，想这件事不过是暗合吧。彼此一笑而罢。”[①] 事有凑巧，没过几天，苏雪林突然接到重庆好友、《说文月刊》主编卫聚贤来函，说本刊要出一本党国元老“吴稚晖先生八十诞辰论文纪念册”，请她撰稿，并指明文艺性不可，必须是学术论文。苏雪林想起几年前曾写过一篇《天问》“错简说”的《天问整理之初步》的论文，又联想到几天前袁昌英那句“难道我们的三闾大夫曾受希腊神话的影响吗”的话，当即决定重新整理《天问》，应付《说文月刊》的征稿。

于是她另起炉灶对《天问》重新整理：“我寻到一些旧名片剪成条子，凡《天问》四字句者，则抄四句在纸条上算估一简，七字句者，则抄两句，抄毕，平铺桌上，玩索文意，排列先后顺序，仅仅费了一天的工夫，便寻出了《天问》全文共五大段，就是‘天文’‘地理’‘神话’‘历史’‘乱辞’。所堪奇诧者，每段字数多寡，均有一定。这是任何楚辞学者所不知的秘密，被我发现了，当时我心灵所受震撼之大，匪言可喻。”[②]

“我把《天问》神话部分四十四句反复推敲，不久便发现，这四十四句包含三个神话，第一个是《旧约·创世纪》，亚当、夏娃、魔蛇、生命树、守树天使、洪水、挪亚方舟、巴别塔、挪亚子孙之繁衍，应有尽有。好在这节文字仅须参考《山海经》《淮南子》《吕氏春秋》等子书并《旧约·创世纪》便可写。我想整理全部《天问》非我学力所能及，仅把这一段文章写出，便可寄卫聚贤先生交卷，于是写《屈原〈天问〉中的〈旧约·创世纪〉》一文。”[③]

“我写了《旧约·创世纪》以后，知道还有两个神话无法解决。知道想解决这些问题，中国故纸堆是没用的……遂到武大图书馆借了些原版的西亚、埃及、印度、希腊的神话来。”“读了几个月，自觉大有所得。知道《天问》所传的另两个神话其一是颛顼共工之争帝神话，也可名为‘后羿射十日神话’；其二是印度‘诸天搅海神话’的片段。便着手来写，那后羿射十日神话人物众多，头绪纷繁，极不易写，我以西亚神话与《山海经》《淮南子》《吕览》及战国诸子合参，居然写成了。那印度诸天搅海神话，《天问》原文仅有八句，乃系片段……但虽八句，故事意义仍完全，这是屈大夫文

① 苏雪林：《苏雪林作品集·短篇文章卷》，台湾成功大学2006年版，第294页。
② 苏雪林等：《抗战时期文学回忆录》，台湾《文讯》月刊杂志社1987年版，第17页。
③ 苏雪林：《浮生九四——雪林回忆录》，第136页。

学天才极高，始克臻此。我将这两个神话写成后，寄《东方杂志》发表。”①

苏雪林从在乐山时期整理《天问》始，到1980年“屈赋新探”系列(《屈原与九歌》《天问正简》《楚骚新诂》《屈赋论丛》)一百八十万字皇皇巨著问世，她为屈原留下的二十五篇辞赋（约一万五千多字），耗费了将近半个世纪的光阴和心血！

“屈赋新探”研究系列，打破了前人研究屈原作品以《说文》为圭臬的研究路径。苏雪林用一双中西比较神话学的慧眼，对屈赋进行长达五十年的东西方跨文化研究，她站在世界文化的高度上来审视、解读饶有生气的战国文化与屈原作品，揭示了屈赋中域外文化分子的奥妙——破译了屈赋中外来文化与中国本土文化交流的密码。在对战国文化与两河流域及波斯、巴比伦、希腊、印度等文明古国文化的比较上，探讨中国古代文化与西亚古文明的渊源关系（即交流与融合）。这种宏观与微观的多视角的立体研究，可以说找到了一条研究屈赋的正确路线，亦即把屈原这位世界级的文化名人，放在东方文化与西方文化的坐标上来观察、研讨，通过扩大研究资料范围，对屈原作品的解读，着眼于世界文化意识的治学路径，寻求文化发祥源点的研究方法，无疑是现代的、科学的，也是经得起推敲的。

已故中国社会科学院著名历史学家、人类学家杨希枚（1916—1993）先生在《苏雪林先生〈天问研究〉简介》一文中极力称颂道：“《天问》研究的结果，使素来认为是深文奥义的一部古典文学，重映出大批的淹没已久的古代神话和传说，从这些神话和传说上，我们对于古代逸放思想和广泛的信仰获得了多方面的了解，并晓然中国古代的文化跟西方古代文化有着密切交流的关系……笔者认为《天问研究》也是值得重视的一部比较神话学兼文化史的著作，对于中国古代史的研究也应有它的贡献。”②

（文中图片由作者提供）

① 苏雪林：《浮生九四——雪林回忆录》，第137页。

② 苏雪林：《天问正简·附录》，台湾广东出版社1974年版，第512页。

苏雪林：一位世间少有的奇人

沈　晖

摘　要：跨越两个世纪的苏雪林先生，是一位身兼作家、教授、学者、画家多重身份的传奇人物。她在一百〇二年的人生之旅中，经历了晚清、民国、军阀混战、全民族抗战的艰苦岁月。可以这么说，中国近现代历史的许多重大历史事件，她是亲身经历者与旁观者，从这个意义上来说，她比同时代的一般知识分子，无论是饱经历史风尘的洗礼与个人在时代大潮中的切实感受都比其他人要来得强烈。怀着对中国悠久历史与灿烂文化无比眷念热爱的初心，她以丰沛的才情、非凡的睿智、顽强的毅力与飞蛾扑火般的执着，为二十世纪中国文坛、杏坛及学林留下非常可观的文学遗产，奉献了他人难以企及的成果。说苏雪林是“一位世间少有的奇人”，是实至名归，一点也不过誉的。

关键词：传奇；创作；屈赋研究；日记；书信

引　言

林语堂先生在《读书的艺术》一文中有句名言：“我认为读书和婚姻一样，是命运注定的或阴阳注定的”[①]。对林氏这句话，我有切身的体会。

笔者1975—1985年参与编纂《汉语大词典》期间，在编写“榆子”（即“榆”荚，俗语称榆钱，榆树的花与籽）条目时，发现收词卡片中“木部九画”榆字头下有“榆荚”“榆钱”的多张古今用例的卡片资料，唯独缺失“榆子”这个常用语例句的卡片。按编写体例，凡没有现代书面语用例的词目，一般是不予立目的。因此“榆子”条目的编写，我就只能“停工待料”了。1978年一个冬日的午休，我在安大图书馆教师阅览室翻阅民国藏书，不经意间看到皖籍女作家绿漪女士1928年出版的一本散文集《绿天》，其中一篇《金

① 林语堂：《林语堂著译人生小品集》，浙江文艺出版社1990年版，第184页。

鱼的劫运》，竟然有这么一句："有时我们无意将缸碰了一下，或者风飘一个榆子，坠于缸中，水便震动，漾开波纹。"[①] 真是"踏破铁鞋无觅处，得来全不费工夫"，一次偶然的阅读，不仅让我发现一位女作家，还顺利地解决了"榆子"条目的编写。由此缘分，我就很自然地走进了"苏雪林的世界"。从读她的早期创作的几本散文、小说，到后来研究她一生出版的所有作品及学术论著，同时还不断收集到她散见于民国报刊上的大量轶文。两岸三通后，开始与苏雪林隔海传书，并多次赴台拜谒、请益，并先后在两岸学术刊物上发表研究她的论文及整理出版她的选集、文集、学术论集，不知不觉间竟耗费了四十多年光阴。个人的一次读书体验，真的应验了林氏的这句妙论。

俗话说：眼睛盯住一个地方，时间长了，你就会有惊人的发现。四十多年来研究苏雪林，有近十年时间与苏雪林书信往来及亲密接触，我惊奇地发现：苏雪林先生是一位世间少有的奇人！一位在民国文坛、杏坛、画坛、译界等多个领域取得丰硕成果的大家。

我对苏雪林一生的这个推论与判定，并非故作惊人之语，更不是空穴来风，现在是信息数据时代，笔者在此，愿意用一些具体的数据与真切的实例来验证我的判断，以便让读者加深对她传奇非凡一生的认知。

一位世间少有的奇人

（一）一位不断进取、自强不息的奋斗者

1914 年，十七岁的苏小梅裹着一双缠过足的小脚，从偏僻皖南山区走向省城安庆，以同等学力第一名的成绩考取省立女子第一师范。中等师范毕业后，又跑到北京去考北京女子高等师范。女高师尚未毕业，又雄心勃勃地去报考海外的中法大学——为读书进取，甚至连含金量很高的女高师的文凭也不要了。须知，当年从女高师毕业，是很容易就谋得女子中学校长职位的。1921 年 8 月，她如愿以偿"乘长风破万里浪"，坐上法国邮轮"博尔多斯"号，到法国里昂中法大学留学。苏雪林算得上是民国时代皖省一位非凡的女性，第一位考取中法大学的留学生。

（二）一位在大学讲坛上开十四门课的女教授

她终生立足杏坛，以教师为职志，服务高等教育一辈子。先后在苏州东吴大学、上海沪江大学、安庆省立安徽大学、武昌国立武汉大学、台北师范大学、台南成功大学、新加坡南洋大学，执教时间近半个世纪。直到 1973 年，以七十六岁高龄才走下讲坛。

① 绿漪女士：《绿天》，上海北新书局 1928 年版，第 92 页。

苏雪林先后在国内外七所大学教书，一共开过十四门课。她教书摒弃现成的教材，自己辛苦编讲义，将自己融会贯通的中西学问与心得，传授给学生，因而才能培养出诸如谢幼伟、杨绛、朱雯、冒舒諲、姚克、王佐才、袁牧之、徐雉、唐亦男、马森、史墨卿等一批知名学者、翻译家、剧作家、艺术家。

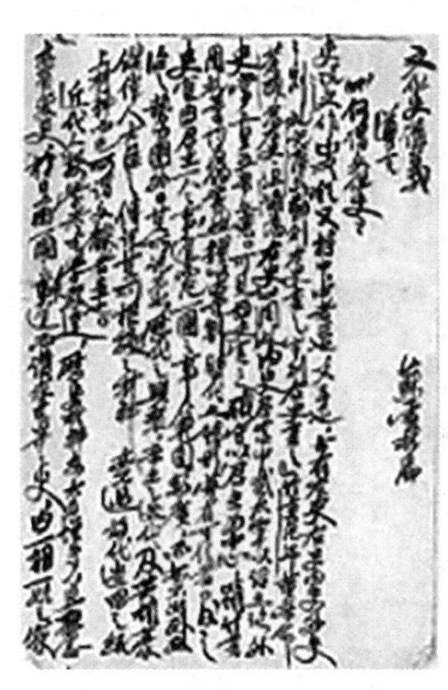

《文化史讲义》手稿

手稿中绘制的插图之一

她开过的十四门课分别是:《古文选读》《中国诗史》《诗词选读》(东吴大学);《古代诗词选》(沪江大学);《世界文化史》《小说概论》(安徽大学)(按:“小说概论”被美籍华人夏志清誉为“国立大学开此课第一人”);《楚辞》《中国文学史》《基本国文》《新文学研究》(武汉大学);《基本国文》《楚辞》(台北师大);《楚辞》《中国文学史》《基本国文》(台南成功大学);《诗经研究》《楚辞研究》《史记》《孟子》(新加坡南洋大学)。以上这些她开课所撰写的讲义，后来大部分陆续出版为研究专著，成为泽被后世的高等教育教学用书。

执教安大时玉照

执教武大时的教授证书

退休前在成大留影

（三）一生毅力超群，写日记竟达九十年

她从少年时代开始记日记，非特殊原因从不间断，坚持写了近九十年。遗憾的是，因战乱、颠沛流离的播迁生活，及其他多重原因，大部分日记都散佚了。现在存世的，仅发现留在大陆武汉大学的 1934、1935、1936 年三本日记，以及 1948—1996 年保存在成功大学的十五本日记（按：此十五本日记，去世前由成功大学为其出版，共十五巨册，四百五十万言）。

苏雪林日记（1948—1996 年，计 15 册，450 万字）

（四）笔耕不辍，著作等身，现代女作家第一人

她一辈子写作与学术研究逾八十年，从 1917 年学生时代发表的第一篇读书随笔《读白乐天〈隋堤柳〉》开始，到去世前二年——因摔断腿骨，生活不能自理，住到了安养院而中断。1997 年 3 月，笔者在台南探视苏雪林，亲眼见到她应重庆师范大学楚辞研究会之请，在没有任何资料可查阅的斗室中，忍着病痛，花了两周时间完成了八千余字的《我与楚辞》的论文——此时她已整整一百岁了，也是她的绝笔遗文！

她的两本成名作，是以“绿漪女士”署名，分别是 1928 年出版的散文集《绿天》，与 1929 年出版的长篇自传体小说《棘心》，她因此也被现代文学史家誉为五四新文学第一个十年的（1919—1929）蜚声文坛的五大女作家（冰心、绿漪、丁玲、沅君、凌叔华）之一。

截至 1949 年 4 月去香港前，她在大陆《晨报》《京报》《益世报》《国闻周报》《东方杂志》《文学》《现代》《人间世》《青年界》《生活》周刊等全国各地的八十五种报刊上，发表大量各种题材长长短短的各种作品。笔者目前已收集到她用三十八个笔名发表的各类作品（散文、诗歌、小说、论文、翻译等）三百二十一篇。她到香港担任天主教真理学会编辑时，在香港《公教报》《时代学生》《时代青年》《大学生活》《良友》《良友之声》《读者文摘》等刊物，发表文章六十二篇。1950 年，已经五十三岁的苏雪林为

研究屈赋中的神话，自费到巴黎大学法兰西学院，旁听欧洲著名汉学家戴密微教授的“巴比伦、亚述”文化，同时用“巴黎通讯”的特稿，发回多篇介绍欧洲文学艺术的稿件，在香港及台湾多家刊物上发表。

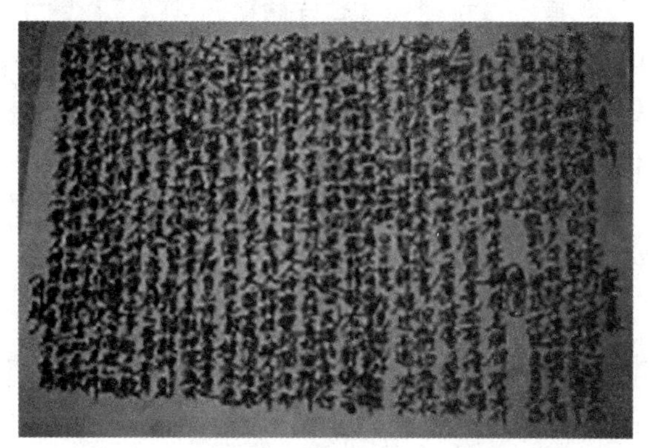

笔者收藏的《我与楚辞》手稿

自1952年至1999年去世前，在台湾生活近五十年中，她在《中央日报》《联合报》《中国时报》《中华日报》《民生报》《国语日报》《中华杂志》《中国妇女》《中国语文》《读书月刊》《文艺创作》《东方杂志》等六十二种报刊上，发表各类文章四百一十五篇。加上她在新加坡南洋大学讲学期间发表的，目前查到的，刊发在新加坡南洋大学学报及马来西亚《学源》《蕉风》杂志上的九篇文章（小说、散文、论文），上述两项共计四百二十四篇。

经笔者统计，她在大陆及去台后，散见于国内外的报刊上的作品逾八百篇，字数约三百万。这些作品大部分都未收录于她生前出版的各种文集中。

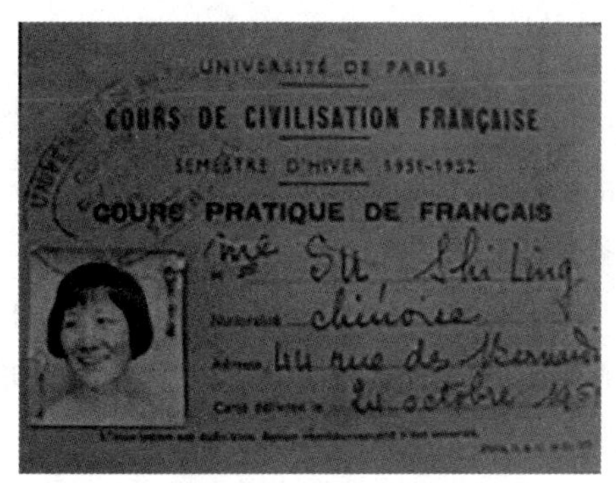

苏雪林在巴黎大学的听课证

1952年在巴黎大学留影

苏雪林教授在一百〇二年的人生之旅中，以丰沛的才情、非凡的睿智、顽强的毅力与飞蛾扑火般的执着，为二十世纪中国文坛和学林留下可观的文学遗产。笔者在整理编辑苏雪林全集中统计，她在长达八十多年的创作与研究生涯中，已结集出版小说、散文、诗歌、传记文学、民间文学、戏剧、翻译、绘画、日记共五十七种；学术专著计有《昆仑之谜》、《诗经杂俎》、“屈赋新探”系列四种（《屈原与九歌》《天问正简》《楚骚新诂》《屈赋论丛》）、《唐诗概论》、《东坡诗论》、《辽金元文学》、《中国文学史》、《试看红楼梦的真面目》等十三部（按：她的研究领域从《诗经》、《唐诗概论》到《红楼梦》，贯穿整个中国古典文学领域），加上大批书信与佚文，汇而集之，煌煌五十卷，逾两千万言。

台湾女作家王琰如在《“十项全能”刘枋》一文中说：“枋妹多才多艺，写散文、名人传记、长短篇小说、广播剧、食谱、编导俱来，我们称她十项全能。”[①] 在此，我借用老作家王琰如的话来称赞苏雪林先生，她算得上是“民国以来女作家中的十项全能”！

苏雪林的创作及学术研究成果如此丰赡，人们不禁要问：是什么力量促使她有如此非凡的创造力？用她自己的话来说，“我只希望文艺之神再一度拨醒我心灵创作之火，使我文思怒放，笔底生花，而将十余年预定的著作计划，一一完成”[②]。是学术研究的使命，迫使她矢志以求：“我的屈赋研究是民国三十三年开始的，我既发现了一条新路线，知道这个研究有个广阔的天地，可以去探讨，便念兹在兹，一心牵挂着这件事了。”[③] 学术研究是长期青灯黄卷陪伴，枯燥生涩坐冷板凳的乏味生活，但苏雪林先生却视为“心灵的探险”，去“拾掇奇珍异宝”，“我觉得学术发现，给我趣味之浓厚……使我忘记了疲劳、疾病，使我无视于困厄的环境，鼓舞着我一直追求下去，其乐真所谓南面王不易”[④]。“要把自己最后一滴精力都绞沥出来，来完成一件自己认为满意的艺术品……作家必如此，才算艺术忠臣，文艺必在这种情况下写出，才有永久的生命。”[⑤]

（五）一生发表文章用了三十八个笔名

文艺评论家张若谷先生在《中国现代的女作家》一文中这样介绍苏雪林：

“这是不喜欢用自己真姓名而好多用笔名发表作品的一位女作家，雪林女士是用于《李义山恋爱事迹考》的，绿漪女士则用于伊的创作集《绿天》与《棘心》上的；听说还有其他许多仅用一次即行作废的笔名，不胜枚举。这大约是作者愿以文字与读者相见，不愿以作者自己与读者相见的一种态度吧？五六年前的北京文坛，凡是提到苏梅女士，差不多没有人不知道的。当时北京高等女子师范，出了许多擅长于文学的女生，其中最著名号称‘四大金刚’，苏梅女士是四大金刚之一。直到现在伊还是在文坛上继续享着盛

① 王琰如：《文友画像及其他》，台北大地出版社 1996 年版，第 100 页。
② 苏雪林：《屠龙集》，重庆商务印书馆 1941 年版，第 14 页。
③ 苏雪林：《浮生九四——雪林回忆录》，台北三民书局 1991 年版，第 253 页。
④ 苏雪林：《苏雪林自选集》，台北黎明文化事业股份有限公司 1975 年版，第 109 页。
⑤ 苏雪林：《读与写》，台中光启出版社 1959 年版，第 62 页。

名，不过已不用伊的真姓与旧名了。”[①]

她一生发表文章、出版著作，经笔者多年辨析、考识、甄别，总共用过“苏筱梅”“灵芬女士”“灵芬”“頫伽”“病鹤”“不平”“旁观”“天婴”“凛雪”“雪陵女士”“杜芳”“杜芳女士”“杜若”“杜青”“春雷女士”“老梅”“雪”“雪林”“林雪”“雪林女士”“绿漪”“苏绿漪”“绿漪女士”“玉华”“慕凤”“张慕凤”“云我”“野隼”“愚公”“一鹗”“梅雨”“颂三”“松屏”“碧屏”“海云”“双呆”“铜琴”“杨柳青”总计三十八个笔名。用了如此多笔名，在民国以来的女作家中极为罕见。[②]

为此，1993年4月2日，总部设在马尼拉的“亚洲华文作家文艺基金会”，指派新加坡、马来西亚作家访问团专程飞赴台南，向她颁发“资深敬慰奖”。

1990年夏天，她虚龄已经九十五岁了，仍以每天千字的进度，连续挥毫七个月，写成十五万字的《浮生九四——雪林回忆录》。1991年3月，在成功大学为她举办的“庆祝苏雪林教授九秩晋五华诞学术研讨会”上，她一一签名赠给中外来宾，令与会者啧啧称奇，惊呼“九五高龄，宝刀未老”！

（六）一位丹青妙手的山水画家

苏雪林爱好写作与绘画的习惯，在十一二岁时就养成。她少年时代就为自己养的猫，写过一本《小猫起居注》，详细记录给小猫喂食、看它捕鼠及受孕产仔的全过程。她还用家里包中药的皮纸，订了一个小本子，绘了一册《日俄之战》的连环画。1994年九十七岁时，台南市妙心寺住持传道法师出资，为她出版了一本精美的《苏雪林山水》画册，收录了她仅保存在身边（按：一生画作大部分送人了）的三十七幅山水画。当画册面世后，台湾著名画家王蓝在《读苏雪林先生的画》一文中赞曰：“构图刻意求新不

《苏雪林山水》之一

《苏雪林山水》之二

① 张若谷：《中国现代女作家》，上海《真美善》“女作家专号”1929年版，第61—62页。
② 详见《苏雪林笔名考识》万字长文，刊《女作家学刊》2021年第2期。

媚俗，但稳重安心有气度，笔力简练，画风含蓄内敛不张扬，点染完全不经心，却尽现中国文人画的神髓——原来先生还是个大画家！”

（七）研究屈赋半个世纪，用心血凝成一百八十万字的“屈赋新探”

战国时代文化精英屈原，写了二十五篇辞赋，总共才一万五千多字，而苏雪林却为研究屈原这一万多字的作品，整整耗费了半生心血！她自1929年在《现代评论》上发表《〈九歌〉中人神恋爱问题》的第一篇论文，到1980年出版“屈赋新探”系列（即《屈原与九歌》《天问正简》《楚骚新诂》《屈赋论丛》）四本一百八十万字巨著，研究屈赋的时间跨度竟达五十一年！

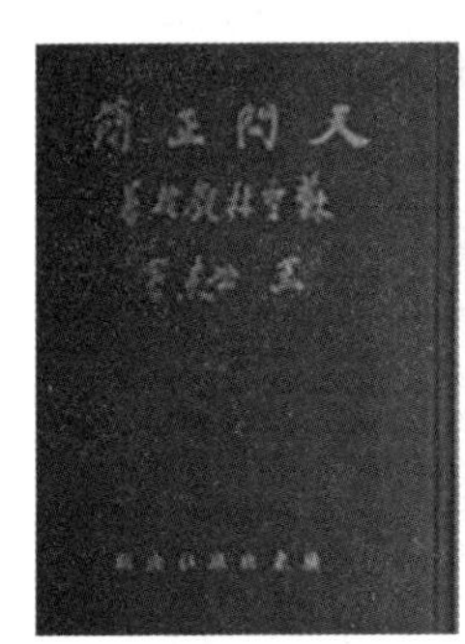
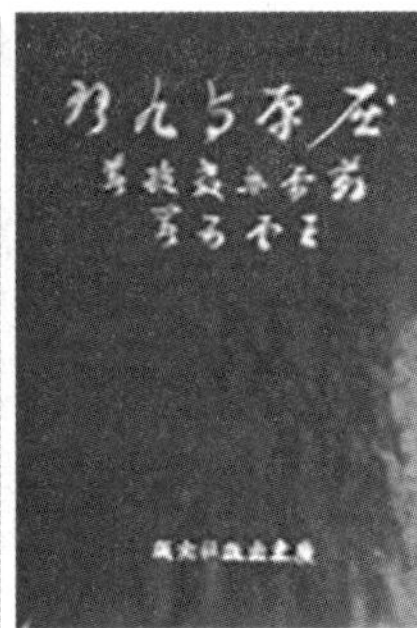

苏雪林“屈赋新探”系列书影

苏雪林先生研究屈赋，摒弃了一般儒学研究者固守的传统路线，她用中西比较神话学的慧眼，揭示了屈原作品中域外文化分子的奥妙——破译了屈赋中外来文化的密码。她从战国文化与两河流域及波斯、巴比伦、希腊、印度等文明古国文化的比较上，探讨中国古代文化与西亚古文明的渊源关系（交流与融合），这种宏观与微观的多视角的立体研究，可以说是真正找到了一条研究屈赋崭新的科学路线，亦即把屈原这位“世界级的文化名人”放在东方文化与西方文化的坐标上来观察、研讨。我在此说战国时代的诗人屈原是世界级文化名人是有依据的（按：中国邮电部于1953年12月30日，发行的一套“世界文化名人”纪念邮票，编号为纪25.4—1，全套四枚，是为纪念中国诗人屈原、波兰天文学家哥白尼、法国作家拉伯雷和古巴作家马蒂。从邮票的排位看，屈原排在第一位，可见屈原在世界文化上的影响力和知名度非同一般，称其为世界级，绝非虚言）。苏雪林着眼于世界文化意识的治学路线与研究方法，寻求文化发祥源点的方法，无疑是科学的、现代的，也是经得起学术界质疑的。

“纪 25.4—1”邮票图录

苏雪林“屈赋新探”研究系列，是值得学林重视的一部比较神话学与比较文化学的力作。无论是在对屈原作品的研究方面，抑或是在对中国上古史、神话史及欧亚大陆文化史层面上的探索和研究方面——因为她的这种研究方法，完全摒弃了古今研究屈赋学者以《说文》为圭臬的窠臼，跳出了在中国正经正史中研究屈原作品的老套路（这些旧派学者，往往都是局限在某些词句上陈陈相因，兜来绕去，说不清屈原作品中神话问题的本质），而苏雪林先生研究屈赋开辟的新路线与新方法，可以毫不夸张地说，在学术界是具领先和卓绝开山之功的！

当四本皇皇大著出版后，她自信而又豪迈地在《释骚余墨》中赋诗抒怀：“一双炯眼论今古，方寸灵台贮至文。不信千秋无我份，誓凭斑管策奇勋！”[①]

诚如清代徽州人张潮在《幽梦影》中所言：“著得一部新书，便是千秋大业；注得一部古书，允为万世弘功。”[②]

（八）她夺得了世界上写信最多人的锦标

众所周知，世界上写信最多的人，当推法国女作家乔治·桑（1804—1876）。这位女作家虽然只活了七十二岁，但她却写了一百卷文艺作品，在她巨著二十卷的《我的一生》回忆录中，收了她一生写的三万多封信（其中写给福楼拜的信就达四百八十二封）。那么苏雪林一生写过多少信呢？我想应该会超过乔治·桑。要回答这个问题，先必须了解苏雪林早在幼年时期就喜欢写信的历史与中年后回信的习惯，以及老年时用写信来打发孤独、寂寞的个性特征。她一生坚守对寄给她信的人，无论是名人还是普通人，一律奉行“有信必回，不超过三天”的信条。所以她晚年在日记中说：“我一生为还‘文徭’（指报纸、杂志约稿）‘信债’，不知耗费多少光阴！人在世间，身不由己，人情大似债嘛。”

从以下的几个事例中，可由侧面了解她一生书信之多、以及遗失的大

① 苏雪林：《灯前诗草》，台北正中书局 1982 年版，第 115 页。
② 张潮：《幽梦影》，山西古籍出版社 2004 年版，第 221 页。

致情况。

（1）她 1949 年离沪赴港时，将几大包书信（其中有多通民国重要人物来信）、乐山八年的日记，及一部分手稿与带不走的书籍，选用一个特制的大木箱存放在上海丈夫家中。1966 年“文化大革命”开始，养子张卫因害怕“港台关系”被抄家受牵连，专程从齐齐哈尔赶到上海，将箱子中藏的所有东西，全部付之丙丁！她晚年不无感叹地在日记中写道：“我之乐山日记，未带来台湾，当在上海巨泼来斯路家中被烧毁矣。”①

（2）1987 年苏雪林摔断腿骨，成功大学总务处利用她住院治疗期间，派人到她的居所粉刷、装修，工人们把她收藏在一堆杂物、纸箱中的大量剪报、几个特大纸包收存的上万封书信，统统都当作废纸、垃圾丢弃了！

（3）苏雪林 1999 年 4 月 21 日逝世后，台南故居老旧的平房，一直锁门关闭着。不料 1999 年“9·21”台湾遭遇特大地震，书房的书架在地震中倒塌，加之夏秋季台南的台风豪雨，许多书籍、收藏的信件皆浸泡水里被毁，未遭损毁的也多被白蚁啃噬得体无完肤。地震过后，成功大学文学院组织志愿者去故居抢救清理时，整理出可以识别各方寄给她的来信，仅仅只有 5487 封！我们无法想象，遭损毁的信件究竟有多少呢？按苏雪林来信必回，一来一往的惯例，遭工人丢弃与地震中损毁的加起来，她寄出的信，少说也该过万吧。

（4）笔者在苏雪林后半生五十年留下的十五册《苏雪林日记》中曾做过统计，她寄给法国、比利时、英国、美国、日本、韩国、新加坡、马来西亚、香港、台湾、大陆文友、来访的朋友、教友、养子、亲戚、报刊编辑、出版社社长、记者等人的信，竟有 21256 封。她居台近五十年，与台湾妇女写作协会的五十几位女作家，以及文艺协会的众多作家们通信很频繁，仅写给女兵作家谢冰莹的信就有千封之巨。

她 1973 年自成功大学退休，因当时台湾“教育部”规定：“凡不能在一地的大专院校（不包括教会院校）陆续任教二十年者，教授退休费享受最低等”（按：苏雪林一生，曾在教会办的东吴大学教书三年、沪江大学一年，在安徽大学一年，武汉大学十八年，台湾师大四年，成功大学十七年，新加坡大学一年半。虽然她一生执教杏坛四十余年，但却未能在一地学校教满二十年），这也是她办退休时拿最低等退休费的原因。为应付物价上涨及付保姆工资，在退休后的二十多年里，她在台湾多家报刊上“出卖文章”“煮字疗饥”，经常写信给报刊编辑，拼命写文章。

（5）我曾经访问过苏雪林在大陆的侄孙苏玉成先生，据他向我介绍：“听家里人说，姑奶奶一生寿命长，写了太多的信。尤其是晚年，为打发

① 苏雪林：《苏雪林作品集·日记卷》，成功大学教务处 1999 年版，第 15 册第 102 页。

寂寞，拼命写信。以前寄到大陆的信，都由美国亲戚转寄，两岸三通后的十多年里，大陆苏家、张家十几位亲戚，每年都收到她来信几十封，甚至上百封。我在报纸上曾看到台湾一作家文章中说，苏雪林一生写了三四万封信，我想这是有根据的。”

想到如今人人手机在手，微信满天飞，而处在苏雪林时代的人际交往，却只能凭借鸿雁传书，在当下的年轻人看来，简直不可想象。

（6）苏雪林在《我的生活》书中说：父亲在山东、云南谋事，她少年时就代母亲写家书，从此养成了喜欢写信的习惯。现在摘抄几段日记，了解她经常喜欢写信的自述：

其一，1949 年 11 月 20 日（星期日）：“余少年、中年时代，惯写长信，数千言，一挥立就。”①

其二，1952 年 11 月 2 日（星期日）：“明日公宴陈通伯（按：陈源当时在欧洲联合国教科文组织任职），余将利用渠飞欧机会，托其携带信件……写信给君璧、杨造续神父、舒梅生、裴玫、齐夫人、潘玉良、唐珊贞、黄颂康、凌叔华、明兴礼神父、顾保鹄神父、戴密微先生，共写十三封信，直写到晚十一时始睡。”②

其三，1960 年 7 月 31 日（星期日）：“余因明天邮资涨价，乃留寓中大写其信。上午写国际航笺共四封，其中张主教、卫景奘、方君璧均搭写者（按：苏雪林平时写信很多，为节省邮资，尤其是晚年喜欢“搭信”——即寄给比较可靠收信人的信中另“搭”一信。为此，她买了一架天平，能在邮局规定一封信重量的克数内，而所搭的信也不致超重。让收信人把搭的信转寄。比如她生前写给北京冰心、杨静远的信，写给上海赵清阁、苏经逸的信，写给南京干女儿秦传经的信，都叫我换信封写地址再转寄），实际为七封。上午忙得连如厕工夫都没有。下午又写了六封平信……自昨至今共写廿四封。若非为了邮资要增，二日内无论如何写不得如此多之信也。”③

其四，她还经常写长信，有的信竟长达万字以上。如 1967 年 8 月 20 日（星期日）：“写信与邢广生（按：省立第一女师同窗），广生来了一封长信，长七大页，约数千言，写得非常有趣，故余亦以长信复之，即回答她来信所提各问题也，写了整整一日尚差一页。”又 8 月 21 日：“今日将致邢广生长信写完，开始写信与陈致平夫人（按：琼瑶母亲），皆是长信，要费余一日之功。”④

她一生写给胡适的信有三十九函（含致江冬秀二函），其中有七函长

---

① 苏雪林：《苏雪林作品集 · 日记卷》，第 1 册第 237 页。
② 苏雪林：《苏雪林作品集 · 日记卷》，第 2 册第 144 页。
③ 苏雪林：《苏雪林作品集 · 日记卷》，第 3 册第 135 页。
④ 苏雪林：《苏雪林作品集 · 日记卷》，第 5 册第 269 页。

信是讨论学术问题的，字数竟达六七千字。自 1989 年笔者与苏雪林有书信往还，到 1996 年 12 月她摔伤住进安养院中断，总共寄给我二十六封信，三千字以上的长信就有五函。

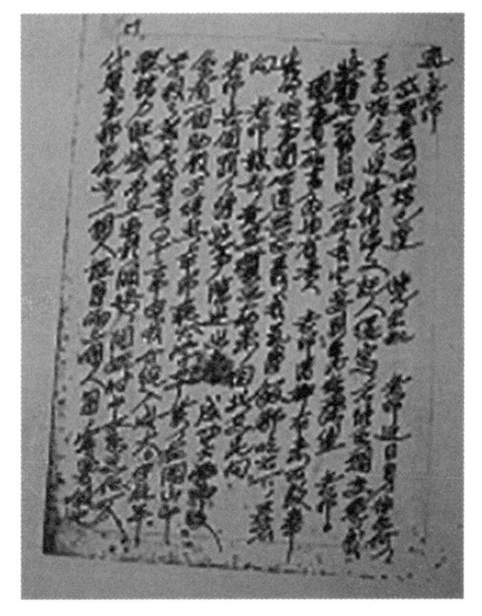
1961 年 7 月 22 日致胡适 9 页长信

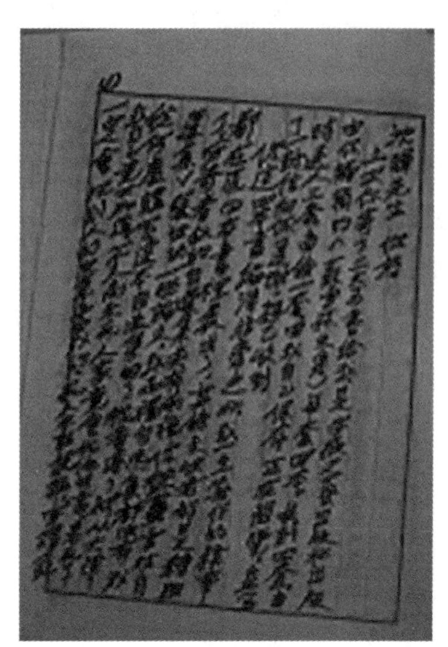
1996 年 6 月 28 日致笔者 6 页长信

其五，1995 年 5 月 28 日（星期四）："我三年来只好写信，从不能写文……但上月写了一篇长文，似乎脑子又渐活了。"[①]

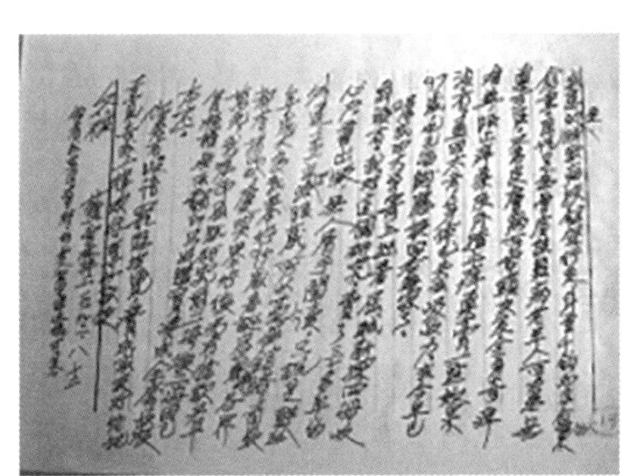
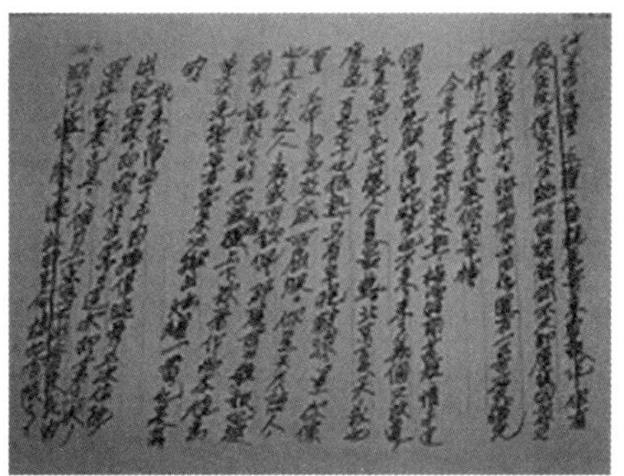
1993 年 8 月 12 日致冰心的信（共二页）

其六，1995 年 12 月 19 日（星期日）："今晨三时许醒来，误以为五时，起床抽烟一支，赴书房写了一封二页信与静远，又写了一卡与董太和夫妇，附百龄庆生会照片及我照片各一帧，又写一页信与谢冰心，附耶稣真容一帧，与俞润泉信，共四封。"[②]

① 苏雪林：《苏雪林作品集·日记卷》，第 15 册第 135 页。
② 同上，第 239 页。

（九）跨越海峡回故乡，为一百〇一岁登上黄山光明顶的第一人

1998年5月25日笔者（后左）与唐亦男（后右）恭迎苏雪林回故乡

1998年5月22日，离开故乡七十三年的一百〇一岁苏雪林，开始了“跨越海峡，回故乡太平”省亲的壮举。自5月22日她在医生护士及学生唐亦男教授及笔者的护送下，自高雄乘飞机经香港到合肥，23日会见在肥亲属并参加安徽大学七十周年校庆，24日上午游览包公祠，晚间在安徽饭店出席省台办领导的宴请。25日上午驱车自合肥到芜湖，访问安徽师范大学校史馆，下午由芜湖奔赴太平县城。26日回到阔别七十三年的岭下故居“海宁学舍”，会见来自全国各地的二十几位亲属，27日在太平国际大酒店出席太平统战部的欢迎宴会。28日她提出要再登一次黄山（按：1936年夏，苏雪林与安徽省立第一女师同学陈墨君、周莲溪曾上黄山避暑），为满足她六十二年后再登黄山的愿望，我们推着轮椅，让她兴致勃勃地从黄山太平索道登上了光明顶——她此行的壮举，被记录在亚洲最长的黄山太平索道登黄山绝顶的第一位一百〇一岁老人。

苏雪林教授终身服务教育界，在国内外多所大学任教近五十年，上述令人惊异的非凡成就，都是她在授课之余，放弃休息，或利用寒暑假的一点一滴的时间，日积月累取得的。在二十世纪中国女作家、女学者中，像苏雪林教授这样文学并重、教研双栖，在诸多领域有如此建树者能有几人？殆无人与之比肩也！

苏雪林教授一生以“五四人”自勉，以做“艺术忠臣”律己，以“是非心”“正义感”“真理爱”“爱国情”为矢志，抒写自己的心路历程。说苏雪林教授是现代文学史上的一座丰碑，的是实至名归，说她是世间一位少有的奇人，也是一点也不过誉的。

苏雪林与干女儿秦传经在黄山光明顶留影（沈晖1998年5月28日摄）

（十）一尊铜像，竖在故居；一座墓碑，瞻仰纪念

1999 年 4 月 22 日，新华社《参考消息》第八版头条通栏标题下刊发五百余字“著名女作家苏雪林去世”的消息：“享誉国际的文坛耆宿苏雪林，4 月 21 日下午 3 时 15 分病逝于台南成功大学附设医院，享年一百〇二岁，她是五四新文化运动以来，两岸迄今最长寿的作家……”官方以如此多文字发布大陆以外知名人士逝世的新闻，尚属首次。

依照苏雪林生前叶落归根的遗愿，去世后把骨灰送回大陆故乡，安葬在慈母墓旁。经两岸高校及研究机构的共同努力，1999 年 8 月 21 日—23 日，在苏雪林故乡太平举办“海峡两岸苏雪林教授学术研讨会”及“苏雪林骨灰安葬仪式”。研讨会由高雄亚太综合研究院和安徽大学主办，成功大学与黄山高等专科学校协办。此次苏雪林学术研讨会为大陆五十年来首次，故大陆北大、复旦与台湾师大、成大等著名高校参会的专家学者踊跃前来。两岸六十三所高校（台湾十七所，大陆四十六所）、一百一十六位专家学者赴会，共提交论文五十四篇（台湾二十一篇，大陆三十三篇）。两岸专家学者，对跨越两个世纪苏雪林教授文学创作与学术研究的丰硕成果，进行了全面深入、畅所欲言的精辟研讨，时序又恰逢“五四”运动八十周年，意义深远，自不待言。8 月 23 日，出席研讨会的一百多名专家学者，与几十位从全国各地赶来的苏雪林亲属，分乘三艘游船，穿越烟波浩渺的太平湖，后转乘汽车直达“苏氏宗祠”、苏雪林故居“海宁学舍”，参加庄严肃穆的苏雪林骨灰安葬。

苏雪林的墓地，坐落在距“海宁学舍”一箭之遥的凤形山上。1998 年春，由苏雪林出资委托唐亦男及笔者与当地政府联系，花近半年时间，建造了这座占地一百多平方米的苏氏家族墓园，苏雪林的墓茔就紧挨在父母墓旁。墓茔上黑色大理石墓碑正面镌刻宋体“苏雪林教授之墓”七字，背面自右至左竖排两行，镌刻的是笔者题写的“棘心不死　绿天永存”八个大字，借用她成名作“棘心”“绿天”的书名，代表千千万万读者，表达对她的纪念与缅怀。

苏雪林故居“海宁学舍”

笔者（左）与唐亦男在苏雪林墓前

苏雪林教授墓碑背面
（摄于 2000 年清明节）

2015 年 12 月 3 日，笔者应邀参加在太平岭下松川溪畔举行的苏雪林先生铜像揭幕仪式。黄山区政协副主席、统战部长杜可林主持揭幕仪式。参与揭幕的还有铜像捐助单位合肥工业大学艺术研究所的胡慧女士，以及远道而来的“台湾各县市村里长大陆参访团”八十位嘉宾及黄山区永丰乡村民二百余人。

这尊高三米，重达三百五十公斤的铜像，是参照苏雪林年轻时身穿着过膝大衣的照片雕铸而成——意气风发的苏梅，炯炯有神的双眼注视远方，形神兼备地表达了五四知识女性“乘长风破万里浪”宽广胸怀。

太平岭下村的苏雪林铜像
（2015 年 12 月 3 日摄）

感谢合肥工业大学建筑艺术研究所的有识之士，为缅怀皖籍现代著名作家、学者、教授苏雪林先生，出资雕铸了这尊硕大的铜像，并无偿地捐献给黄山区永丰乡，在她故居前永久竖立。笔者对该所的远见卓识额手致敬。

民国初年，从黄山区走出去的苏雪林先生，你是徽州的骄傲，也是黄山的骄傲，广大读者是会永远缅怀与纪念你的。如今竖立在故乡太平岭下的铜像，经常有旅游黄山的游客顺道来此凭吊缅怀。正如俄国文学家别林斯基所言：“文学先驱者的名字，是不会被后人遗忘的！”

附录：苏雪林生平传略

九五华诞留影（1991 年 4 月）

光绪二十三年（1897）农历 2 月 24 日，浙江瑞安的衙署里，县令苏锦霞大儿子苏锡爵的第二位千金诞生，她就是后来蜚声文坛的苏雪林。

苏雪林虽出生在浙江瑞安，但她祖籍却是安徽太平县。

1984 年苏雪林的侄儿苏经世抄录一份家藏民国六年《太平苏氏宗谱》中联科公后裔世系图表予我，其中有："流寓江南太平岭下苏继芳一支，为眉州苏辙之后"，按谱牒中字辈顺序，锦霞公长子苏锡爵之女当为苏辙的第三十四代裔孙。

苏雪林的祖父锦霞公（1853—1915），按今天的说法，是自学成才的青年才俊。他十几岁就在宗族所开的徽州当铺里学做朝奉（按：旧时称当铺的管事人），因破获了当铺发生的一桩大窃案，当铺老板认为他虽年少却有吏才，劝说他的家人与亲戚凑了一笔钱，捐了个典吏的功名，分发到濒海的瑞安去就职。在瑞安当典吏时，苏锦霞曾带领手下，先后捕获了几批江洋大盗，受朝廷赏识，恰逢瑞安正堂出缺，朝廷遂委任他为县令。此后苏雪林的祖父陆续在浙江金华、兰溪、钱塘、仁和做了二十多年县令。直到升任海宁知州，正打算领旨赴任时，辛亥革命爆发了，从此他的仕途也就终止了。

生长在封建家庭的苏雪林，幼时家里给她起的名字叫"瑞奴"。懂事后，她觉得这个名字不雅，就不断地给自己改名字，从中我们也可看出她一生的个性与追求。

因她出生在浙江瑞安，祖父便为她按当地人取名的习惯，起了个小名呼作"瑞奴"。瑞，表示生在瑞安；奴，则是世俗看不起女孩，认为家里生了个女孩，是"赔钱货"，故多以奴呼来喝去。譬如当地妇女，自报家门时，习惯称己为"奴家"。正如苏雪林在《我的生活·儿时影事》中说的那样："旧时代的女性多以奴名，晋代王羲之家里女儿即称什么奴，世俗则有如'金玉奴'之类，倒也没有什么奴隶的意思，不过是由江浙一带妇女的第一人称的称谓而来。"[①] 等到苏雪林年纪稍长，她就非常讨厌"瑞奴、瑞奴"的叫

① 苏雪林：《我的生活》，台北文星书局 1967 年版，第 1 页。

声。她就给自己改了个很文雅的近似音“瑞庐”（意谓祥瑞的居所）。因她上面有个姐姐，哥哥与姐姐则又亲热地呼她“小妹”。后来她考取安徽省立第一女子师范，在注册时她又觉得“苏小妹”三字有点俗，就改成谐音“苏小梅”。等到升学北京女子高等师范，她又把“小”字去掉，改为单名“苏梅，字雪林”（按：取自明代诗人高启《梅花九首》“雪满山中高士卧，月明林下美人来”中的“雪林”二字。她觉得名字中的“梅”字，与高启诗中的“雪林”二字十分契合）。从此，她一生即以“苏雪林”之名行世，原名苏梅反而不为一般人所知。

苏雪林幼时聪慧，又灵动不羁，她没有按部就班地上小学读中学，她晚年在回忆录中称自己求学过程是“躐等”。在她生活的那个年代，世俗社会都认为女孩子长大要嫁人，还要陪上一笔嫁妆，一般是不愿花钱让女孩子读书的。她七八岁时，成天在衙门后堂内屋的家塾中，或旁听塾师给兄长叔叔们讲书，或到后花园中、竹林里钓鱼、捕蝉，任着自己的天性疯玩。她与四叔、七叔十分要好，尤其七叔（仅长她三岁）时常教她认字背诗。十二岁时，她自己凭兴趣窜到叔兄的书房里念唐诗，等学到半本《唐诗三百首》时，四叔苏锡泽（字雨亭）一日以《种花》为题，命她作诗一首。不到半分钟，她就写成一首情景满纸的绝句：

满地残红绿满枝，宵来风雨太凄其。
荷锄且种海棠去，蝴蝶随人过小池。[①]

四叔甚为诧异，惊呼“吾苏家又出了一个苏小妹”（按：苏轼的妹妹是位才女，人称苏小妹），很高兴地收这个侄女为他的女弟子，从此她的诗艺大进。信手拈来的情景小诗就写了几十首，如写故乡风光的《晚景》：

乡村三月里，到处菜花黄。篱绕一池水，门开四面桑。
蛙声喧乱草，犊影带斜阳。扶杖过桥去，云山已半藏。[②]

1914 年春，安庆省立第一女子师范复办（因辛亥革命曾停办），招考若干名本科插班生（学制四年），闻此消息，她那一颗上进的“野心”油然而起，可是作为封建家长的祖母却百般阻挠。她哭着、闹着、绝食、自杀，“费了无数的眼泪，甚至要拼上一条小命跳涧自杀”，[③] 最终才换得掌管家中财权顽固祖母的同意。

---

① 苏雪林：《灯前诗草》，第 131 页。
② 同上。
③ 见《我的生活・我的学生时代》。

苏雪林没有上过正规的学校，她是以同等学力，直接考入省立第一女师插班生本科二年级。女师的校址在安庆百花亭，此处原为安徽巡警学堂，即徐锡麟刺杀恩铭的地方。校园深广，遍植杨柳，风景幽深。

招考本科班考试的作文题是《柳堂读书记》，苏雪林以作文满分的成绩，引起女师徐方汉校长的赏识，当时主考的先生们都争相传阅她的试卷，啧啧称奇。

1917 年苏雪林从省立第一女师毕业，因成绩优异，留校任附小国文教员。1919 年，从报纸获悉北京女高师招生，她那颗强烈的求学愿望与上进心又蠢蠢欲动了，立志要去报考。但却遭到父亲的剧烈反对："一个女子，已经在社会上谋得职业，每月有二十块大洋的进项，你还想怎样！"性格决定命运，命运决定前途，她毫不犹豫地辞去附小教职，甚至与父亲闹决裂，义无反顾只身前往北京升学。

在女高师读书快要毕业时，恰逢蔡元培、李石曾、吴稚晖与法华教育会共同创办的里昂中法大学，决定在北京、广东、上海招收赴海外留学生，她宁愿舍弃即将到手的高等教育毕业证书，决定去报考。天遂人愿，北京考区仅招收二十名，她却以优异成绩被录取。1921 年秋，从封闭大山里走出的个性倔强的苏梅，凭借个人的自信与不懈的努力，如愿以偿地实现了她梦中向往的文化、艺术之邦法兰西，"乘长风破万里浪"，赴海外留学。

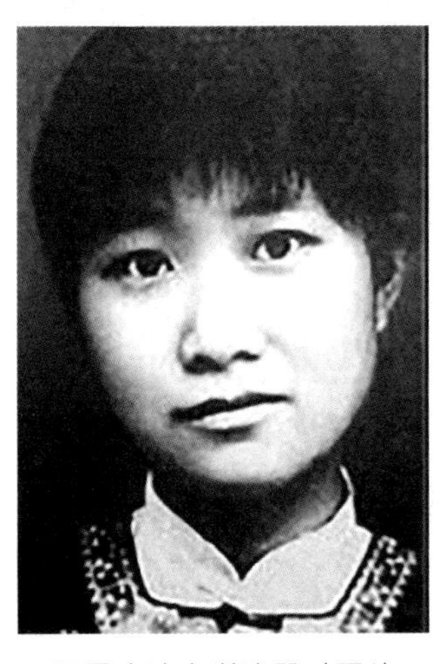

里昂中法大学注册时照片

她在法国留学四年，即将取得学士学位时，命运又与她开了一个玩笑。1925 年初夏，再过几个月就毕业拿文凭了，慈母病危的一封家书，迫使她不得不放弃学业，束装回国，又失去拿海外大学毕业文凭的机会。

1925 年秋，在母亲的病榻前，这位孝顺的女儿，违心地答应了母亲临终的哀求——与祖父苏锦霞生前为她包办的夫婿结婚（按：苏雪林祖父因辛亥革命丢官，逃到上海居住期间，做主将她与在沪开五金商行的南昌商人张余三的二儿子张宝龄约为婚姻）。

在故乡过完中秋节后，苏雪林与张宝龄到上海夫家，不久又到苏州东吴大学任教，二人在一起共同生活了三年多（按：苏雪林此时先后在东吴大学、沪江大学教书，张宝龄回国后，在上海江南造船厂任工程师）。1930 年，苏雪林先受聘到安徽大学执教，一年后又到武汉大学教书去了，从此二人时聚首时分离，基本上长时间处于分居状态（按：1942 年武汉大学西迁四川乐山期间，张宝龄接受武大之聘，在工学院机械系执教三年，与苏雪林在乐山共同生活到抗战胜利)。1949年苏雪林离开武大，接受香港真理学会师人杰神父之聘就任编辑。一年后又第二次赴法国，在巴黎大学研究东西方神话。1952年由巴黎到台湾，受聘于台北台湾师范大学，1956年又去台南成功大学教书。从此孤身滞留台湾四十余年，直到1999年去世。

苏雪林的丈夫张宝龄，这位美国马萨诸塞大学机械系毕业的优秀工程师，自1949年后，也一直一个人在北京生活，并在国家机械工业部担任技术方面的司局级要职，于1961年2月在北京逝世。

世间才女与才子的结合，并非就是圆满的婚姻，苏雪林与张宝龄的婚姻就是明显的例证。他们结婚三十六年，共同生活总共不过六年，二人一生无儿无女。命运将两个绝对不同的灵魂，勉强结合在一起，必将导致他们一辈子都在啜饮包办婚姻酿成的苦酒！

(本文图片由作者提供)

矢志不渝扶持文学青年

——以苏雪林关心校园文学社团为例

沈　晖

摘　要: 五四新文学元老作家苏雪林，一生在高等学府执教近半个世纪，无论是在大陆抑或是在台湾的大学，她都一如既往，满腔热忱地融入到大学生们的文学社团中去：或放下身段，以普通读者的身份，撰写文章，向文学社团的刊物投稿；或出谋划策，帮助、支持文学社团创办刊物，有时甚至出钱资助印刷出版，来浇灌、培育校园文学园地上一株株稚嫩的幼苗。1965 年她赴新加坡南洋大学讲学一年半。在海外，她对热爱华文的莘莘学子关怀备至，举办文学讲座，以自己的写作经历与体会，来提升文学青年们的写作水平。本文列举一些生动的实例，充分说明了苏雪林先生在几十年的教学生涯中，在完成本职教学工作之外，甘愿牺牲休息时间，扶持文学新人的成长，让新文学在校园里开出灿烂的花朵。

关键词: 苏雪林；文学青年；文学社团

东吴大学：鼓励朱雯创作，扶持《白华》出版

苏雪林 1925 年由法国留学归来后，先后两次居苏州。第一次是 1926 年春至 1928 年冬，其间在苏州景海女师任国文部主任，兼授两个班国文，同时在东吴大学中文系兼授“诗词选读”。第二次是 1929 年冬至 1930 年夏，在东吴任教期间，她热情鼓励东吴大学朱雯、王佐才、姚克等一批热心新文学创作的学生，同时也积极融入东吴大学“白华文学研究社”的活动，并参与和学生创办了《白华》文艺旬刊。

已谢世的著名翻译家朱雯（1911—1994，上海松江人，笔名王坟）先生回忆，在东吴大学他遇到了恩师苏雪林，在校期间正是得到苏雪林对他的鼓励，他后来才走上了创作与翻译的道路。朱雯晚年在《苏雪林在苏州》一文中，深情地回忆道：“我选读苏雪林先生的‘诗词选’，大概就在 1928

年下半年，那时我刚读大学一年级，但对我国诗词却早已发生兴趣……我在课余所从事的，却是新文艺创作；在课余向苏先生请教的也是有关新文艺创作方面的问题。就在那份《知难》周刊上，发表的主要作品并不是词，而是我的一篇处女作小说《清虚法师的死》，连载了四期，此后我又连续写了几个短篇小说，发表在《北新》半月刊和《真美善》月刊上。1929年4月，我把已经发表的和没有发表的十个短篇编成一个集子，题名为《现代作家》，请苏雪林先生审阅并作序，她慨然允诺了。”①

苏雪林在繁重的教学工作之余，放弃休息，细心通读了王坟的全部作品，写了一篇两千多字的序文《写在〈现代作家〉前面》：“王坟君收集他年来作的短篇小说，拿去付印，教我替他写一篇序文，因为我们都是研究文艺的朋友，而王坟君的作品素为我所爱诵，所以这篇序也好像是义不容辞的。”②

直呼自己的学生为“我们都是研究文艺的朋友”，足见在苏雪林眼中，她完全打破师生之间的身份与隔阂，把爱好写作的王坟同学看成是“研究文艺的朋友”，读来让人感到很温馨、亲切。苏雪林在序言里，还特别谈到她自己对王坟小说的感受：“对于王坟君作品第一点所要介绍的是乡土艺术的成功……他的文字能够保持他创作纯洁精神和自由活动。他不学现代作家为迎合青年心理起见，写上许多‘×妹，我亲爱的……吻……拥抱！’，也不将文艺当作宣传主义的工具，写上许多‘无产……革命……血’，他只以他特有的单纯朴实的笔调，去描写乡村或所谓下层社会的生活。他创作之所以能有相当的成功，或者就在这里。”③“第二点所要介绍的便是他特异的作风。自从新文学运动发生以后，忽忽已过了好几年，作家出了许多作品也发表了不少，然而文学大概的趋势，不过两派：一派是红楼水浒的笔调，一派是欧化笔调。红楼水浒固然有爽快流利的特色，但太中国式了，新文学是要创造的，哪有将数百年前的白话文学搬弄一回便可了事的理？欧化呢，这法子未尝不好，但善用者太少。又把文体弄得太生硬而不自然，句法大都冗长、繁杂……王坟君的作品造句用字，也经过一番苦心的锻炼，他的每个短篇都是以短句组成，甚至一两个字也可成为一句。他说：‘我预测将来的文学都要走上锻炼的一条路，所以我先拔腿向前跑，也许我要跌倒在路旁的荆棘里，然而我不悔！’他这种尝试的精神是值得钦佩的。”④

这篇序文，苏雪林半个月时间不到就写好。她把序文和原稿交给朱雯，并告诉他一个好消息：“记得是5月4日，她把写好的序文交给了我，并且

① 朱雯，罗洪：《往事如烟》，上海古籍出版社1999年版，第19页。

② 苏雪林：《蠹鱼生活》，上海真美善书店1929年版，第268页。

③ 同上。

④ 同上，第272页。

建议，将这个短篇小说集收辑在她为真美善书店主编的“金帆丛书”里，我当然感到高兴和荣幸，因为这套丛书，除了我的《现代作家》之外，还收有苏先生自己的论文集《蠹鱼生活》和王佐才的诗集《蝉之曲》。”[①] 朱雯没有想到，苏雪林先生不仅为《现代作家》写序，还为自己第一本处女作这么煞费苦心地周到安排，为此他感动莫名。这里笔者要特别提及，苏雪林在为王佐才《蝉之曲》作的序文中，借评析王佐才诗歌中艺术与情感的表达关系，公开申明了她自己对于“文学与人生”的观点：“我承认人生是丑恶的，但有它的美丽；人生是卑陋的，但有它的伟大；人生是虚幻的，但有它的真实。文学家和艺术家的使命，是以丰富的想象，高超的意境，美化人生，提高人们的情感和思想，他们要在荒地上散布花种，要在沙漠里掘开甘泉，把这个荒凉的世界，逐渐化为锦天绣地的乐园。”[②] 她的这种“文学为人生”的创作主张，对于刚刚踏入文学创作道路的年轻写作者来说，无疑是一盏照亮创作之路上的耀眼明灯。

好事多磨。就在《现代作家》发排半个月后，印刷厂突遭回禄，书稿及序文全被火神卷去。朱雯得知消息后，思想上遭受沉重打击，在极度苦闷、惆怅之际，苏雪林却主动把序文又重抄一遍，交到朱雯手里，此举令朱雯非常感动。于是他又重新振作精神，眷写了全部文稿。六十多年后，朱雯在《我最难忘的两位老师》文中说：“以一位极负盛名的作家，一位受人尊敬的教授，对一个爱好文艺的青年，一个直接受她教诲的学生如此关怀培育，着实使我无限感动。”[③]1929 年 10 月，这套师生合集“金帆丛书”面世，在东吴大学产生巨大的反响，同时也给“鸳鸯蝴蝶派”笼罩的单调而冷寂的苏州文坛，吹来了一阵阵和暖的新文学春风。从这个意义上来说，她扶持的这些学生们，后来之所以能成为知名的作家、诗人，与苏雪林对他们的帮助、鼓励是分不开的，也是功不可没的。

朱雯在东吴大学大二读书期间，还与校外的两位文艺青年陶亢德（一家商铺店员，用“徒然”笔名发表不少诗文）、邵宗汉（外贸公司职员，因投稿与陶亢德、朱雯相识）成立了“白华文学研究社”，并于当年的 11 月 11 日创办了《白华》旬刊。此刊一共出版了 8 期（1930 年 1 月 21 日终刊）。刊名“白华”，取《诗·小雅·白华》“白华菅兮”句中的“白华”二字。华，即花；菅，即白茅，以菅草洁白的小花为喻，象征《白华》这份小小的新文艺刊物高雅纯洁，爽目清新。《白华》创刊号封面设计及“白华”二字，皆出自朱雯之手。

---

① 朱雯，罗洪：《往事如烟》，第 20 页。
② 苏雪林：《蠹鱼生活》，第 230 页。
③ 朱雯，罗洪：《往事如烟》，第 39 页。

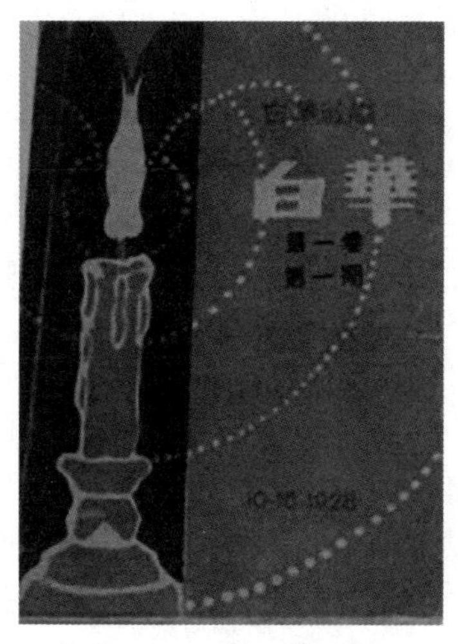

《白华》创刊号封面

《白华》创刊号扉页

朱雯在《〈白华〉重睹记》中回忆："《白华》的创刊，在当时的苏州是否起了'打破这冷寂的空气'的作用，我不敢说，但'精神与财力'，多少是'牺牲'了一点的。办刊物的资金，其实只是我们三个文学青年向上海一些报章杂志投稿得来的稿费。好在全部开支，只有纸张和印刷的费用，编辑、发行等工作都由我们三人义务承担，便是给刊物的作者，我们也不送一点稿酬，这对今天的有些作者、编者以及读者也许是不可想象的。但即便如此，我们这个刊物也只出了八期，终于因为'财力'有限，无法维持而停刊了。"① 尽管刊物只生存不到三个月，但"先后在刊物上发表作品的作家却有：朱自清、苏雪林、曾虚白、赵景深、郑伯奇、严良才、毛一波、崔万秋、汪锡鹏等"②。

苏雪林为支持朱雯等苦心经营的这份文艺刊物，自始至终都予以热情的关注与扶持，她以普通读者身份，向《白华》投稿。她早年创作的《己未夏侍母自里至宜城视三弟病》五古长诗，即刊发在《白华》第三期上。

《白华》旬刊创刊号上，还有一个不为人注意的独特设计，读者仔细观察就会看到：在第一期扉页"白华"二字的上方，标有一行法文"La Fleur Blanche"（意思是白色的花），朱雯之所以没有用当时校园里流行的英文来标注，而选用法文，显然透露出他是受到了苏雪林的影响——因为朱雯在这一时期，曾经向苏雪林请教过如何学好法文，苏雪林为帮助他练习翻译，还把从法国带回的原版《莫泊桑短篇小说集》借给他，让他尝试翻译。因此我们在《白华》扉页上，能看到并联想到的是朱雯与苏雪林这一段师生交往联谊的佳话。

---

① 朱雯，罗洪：《往事如烟》，第 55 页。
② 同上，第 41 页。

苏雪林在《白华》第三期上发表的《文艺杂论之一——文学的创作和时间》，是《白华》所有刊发稿件中最为重要的一篇论文。在这篇五千字的长文中，苏雪林以古今中外伟大作家留下的不朽作品为例，指出“文学究竟是件艺术品，非花时间与精力做，是难得做好的，用心做就得需要时间”[①]。她还提出从事文学的艺术家，必须在写作中做到以下三点：一曰“锻炼精深的思想”，二曰“采集广博的材料”，三曰“布置伟大的格局”，“作家肯这样的下功夫，这样的卖力气，他们的成绩才能像百炼的精舍，无缝的天衣，臻于完美境地，有引人入胜之妙”。[②]苏雪林毫无保留地把自己的创作体会，和盘托出，可以说是送给年轻写作者如何写出优秀作品的定海神针。正是在苏雪林循循善诱的扶持下，东吴大学校园才会涌现出一批后来成为社会精英的人才，如翻译家朱雯，剧作家袁牧之、姚克，诗人徐雉、王佐才，作家冒舒諲等。客观地说，文化精英与人才的出现，固然与个人求学时的努力与踏入社会后的精进分不开，但这一批学生在东吴大学求学的时代，能幸运地受到恩师苏雪林的提携、点拨与文学环境的涵养，不能说没有关系。

苏雪林执教安大，向校园刊物《塔铃》投稿

1930年秋，应省立安徽大学校长杨亮功之聘，苏雪林来到安庆省立安徽大学文学院执教。1928年创立的安徽大学，校舍非常紧缺，文学院当时是租住在市内百花亭美国圣公会办的圣保罗中学的校舍里。刚刚入学的文、法两学院的女生仅五六名，校方请苏雪林担任女生指导员，便于及时了解、处理女生学习和生活上的问题，因此与学生接触比较密切。安庆为桐城派发祥之地，文风甚盛，校内学生文学社团办的刊物有《安大周刊》《教育新潮》《安大新闻》《菱湖周刊》《绿洲》《晓风》多种，其中塔铃文学社出版的《塔铃》半月刊，学生们更是特别青睐，每期出版后，都争相传递、阅读。

《塔铃》刊名，取自安庆著名古迹“振风塔”上的“塔”与“铃”二字（寓意这份文学刊物像振风塔上的风铃一样，引人注目，不同凡响）。

关于苏雪林与安大校园刊物《塔铃》的交往，这中间还有一段师生深厚情谊的佳话。

1998年5月26日，笔者陪同苏雪林一行“跨海峡，赴故乡太平”省亲，路过芜湖，参观安徽师范大学校史馆时，师大物理系九十高龄的老教授张先基拄着拐杖，来到苏雪林面前，朗声说道：“苏先生，我叫张先基，在安大读书时，做过《塔铃》的主编，您曾向《塔铃》投过稿，是用毛笔写在

① 苏雪林：《文学的创作与时间》，上海《中学生文艺月刊》创刊号，1934年3月10日，第20页。

② 同上，第23页。

宣纸上的一首长诗，我把这首诗登在《塔铃》上。苏老师，您还记得吗？”时隔一个多甲子，突然面对一位白发老翁的提问，一百〇二岁的苏雪林茫然而又无奈地摇了摇头。师生时隔六十八年的一次不寻常的对话，一次紧紧握住的两只手，定格在这难忘而珍贵的镜头中……

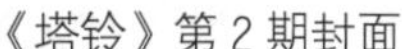
《塔铃》第 2 期封面

前左为苏雪林，右为张先基教授

笔者后来经过多方寻觅，终于在安徽省档案馆找到了《塔铃》半月刊。张先基教授记忆不错，苏雪林投给《塔铃》的稿件，的确是一首长诗，但不是她自己作的诗，而是一首译诗。1930 年 5 月 25 日出版的《塔铃》第二期第十页上有“《海崖畔之散步》嚣俄著　雪林译”的字样。苏雪林来安大文学院曾教授“世界文化史”这门课，为了让学生开阔眼界，了解欧洲文学，尤其是法国文坛的著名作家维克多·雨果（1802—1885），所以她特地选择并翻译了雨果诗歌的代表作《海崖畔之散步》，投稿《塔铃》。

雨果是法国大革命后崛起的伟大现实主义作家，备受世人敬仰。苏雪林在 1921—1925 年法国留学期间，曾如饥似渴地阅读了雨果的全部作品。她认为雨果虽以小说家闻名，但他的强项却是诗歌，无论是《悲惨世界》抑或《巴黎圣母院》，雨果都是运用诗的语言来写小说，感染力极强，因而才能在诸多法国名作家中赢得“语言魔术师”的美誉。

《海崖畔之散步》，是雨果歌唱大海迷人风光的一首著名诗篇，原诗八十八行，译成中文为一百七十六行，每八句作一小节。为便于学生了解原诗的精髓，苏雪林还在译诗后特别说明：“此诗译法，系以中国五言诗两句译原诗一句，间添数字，但必力求不失原诗意义。”原诗太长，不能全引，请欣赏这首诗开头八句的译文：

海崖四环合，深阕不可穷。

涌出如迴澜，乃在海湾东。
轻摇水面上，其状何雍容。
有似白玉块，缥渺黑涛中。

雨果一生坎坷，曾因反对路易·波拿巴，被迫流亡英属盖纳西岛十九年，晨昏夕曙，面对茫茫大海变幻无穷的景象，使他联想到社会与人生，故对大海有非同常人的感觉与认识，他曾写过《夜听海涛》《海洋上的黑夜》等脍炙人口的哲理诗。《海崖畔之散步》，全诗以海上自然景象来譬喻人生：柔风日光下的海水，明媚、和平、温柔，比喻人生平安、幸福、恬静；而飓风夜色中的波涛，则是黑暗、罪恶、凶险，寓示人生遭遇痛苦与磨难。雨果通过对海水意象的生动描绘，抒发他漫步在海崖上，产生一连串的联想，揭示了人生痛苦与欢乐的“二元对立的审美观”。苏雪林先生以优美流畅、朗朗上口的中国五言诗来翻译，再现了雨果诗歌的魅力与丰采，同时也是她用中国古典诗词简洁精妙的语言，对法国诗歌翻译的一次完满的接受与尝试。雨果逝世后，巴黎有二百万人为之送葬哀悼，在法国历史上享有如此哀荣仅雨果一人!

感谢苏雪林先生，让安大莘莘学子能在校园刊物《塔铃》上拜读、欣赏到法国名作家雨果的著名诗篇。

这里顺带提一下：民国初年，苏雪林曾在安庆省立第一师范读书，1923年省立第一女师易名为省立第一女子中学。1933年省立第一女中庆祝建校十周年，苏雪林为表示对母校校庆的祝贺，特撰写了一篇《元曲概论》，发表于1933年7月1日第一女中校刊上。由此可以看出，苏雪林对校园刊物始终是热情关注与支持的，即使在她离开了母校多年，也同样是一如既往。

武汉大学：筹备、协助《我们的诗》出版

1931年暑假前夕，长江流域洪水泛滥成灾，川、湘、赣、皖等八省灾民达亿人，加之安徽财政早已“省库奇绌”，学校欠薪数月，许多养家糊口的教授，纷纷辞职，另谋高就。陆侃如、冯沅君在安大仅教半年就走了，文学院院长程仰之也走了。七月初，杨亮功校长辞职，省政府任命理学院何鲁教授代理校长。此时，武汉大学文学院院长陈源在好友袁昌英教授的力荐下，向苏雪林发出邀请，请她到珞珈山来执教。从此，苏雪林就在华中这所著名的大学一直任教十八年。

武汉大学在当时全国大学排名中享有盛名。在前后任校长王世杰、王星拱的主持下，聚集了一大批古典文学和新文学知名的教授与学者，仅以文学院为例，就有刘永济、刘博平、游国恩、徐天闵、谭戒甫、黄焯、陈

登恪、陈源、闻一多、叶圣陶、袁昌英、苏雪林等，校园的学术气氛及文学创作十分活跃。仅中国文学系的学生社团，在1933年6月和11月，就分别出版了《我们的诗》与《学筌》两份校园刊物。

苏雪林到武大任教后，发现系里爱好诗歌的学生成立了一个研究诗歌的文学团体“荒村诗社”[①]，其中以刘浪（笔名流浪）、李俊最为活跃。1933年5月，他们恭请文学院苏雪林老师为刊物指导，筹备出版《我们的诗》，作为“荒村诗社”的社刊。苏雪林乐于其成，在出版过程中，因社费不足，苏雪林还襄助一点印刷费用。同时，她还在《我们的诗》创刊号中，撰写发刊词《卷首语》：

我们相信文学，特别是文学中的诗歌，它是作用于人们的纯情感而具有特强的感染性，对于社会与人生是复有其重要的使命；同时由于我们自己平素对于诗歌的欢喜与爱好，所以我们组织了一个小小的研究诗歌的团体，来发行了这个刊物。至于本刊对于社会有何贡献，不敢有很大的希望。不过这个研究诗歌的团体的组织，是两个月以前的事，筹备发行这个刊物，更是最近的事。在母亲肚子里孕育不久的胎儿，居然能够在这风雨飘摇的世界中产生，我们自己对此，也自然不能不有点欣庆的情绪。

《我们的诗》书影

本刊的内容除诗歌而外，并刊载少量篇幅的关于现代及古代诗家介绍与批评，及关于诗的理论方面的探讨的文字，我们认为这是极重要，而为现代文坛所缺乏的。

我们谨以谦卑与热忱的态度，将本刊呈献于读者之前，这只是暴露，不是炫示，希望能得读者的严正的批判和指正。[②]

苏雪林除了为《我们的诗》撰写出版宗旨的《卷首语》，还把她写于1932年10月12日一篇全面评析《论朱湘的诗》的长文，及1933年4月4日《癸酉清明前一日，游南岳遇雨贾勇而登，宿上封寺，翌日霁，上祝融峰览七十二峰之景，赋七律二首》都刊发在创刊号中。在此后几期的《我

① “荒村”二字，取自五代诗人李中《春日野望怀故人》：“暖风医病草，甘雨洗荒村”的诗意。

② 苏雪林：《卷首语》，见《我们的诗》，武汉大学荒村诗社1933年5月出版，第1页。

们的诗》上，也有多篇以“雪林女士”署名的诗作，如《方孝孺先生血迹石》《胭脂井》《谒明孝陵》（刊第二期），《顾竹侯师以观弈命题五古一篇》（刊第三期）。由此足见，苏雪林对《我们的诗》的出版发行是非常关注的，把自己重要的论文及诗作都交给校园刊物《我们的诗》发表。顺便提一笔，苏雪林在这一时期，还在武大校园刊物《珞珈月刊》（1933年11月创刊号）上发表《辽文学概述》及《学筌》（1937年11月创刊号）上发表《金源文学小语》两篇论文。

总之，苏雪林在来到武汉大学后，一直都是热心关注校内外文学社团活动的，甚至对于校外在校的中学生们，只要你提升他们的写作水平，她也乐此不疲：

一、1934年12月22日下午，应汉口轮底文艺社主编胡绍轩邀请，为该社社友（大多数为男女中学生）作《文化复兴与青年使命》长篇演讲。因该社出版的刊物《文艺》月刊，深受广大青年文学爱好者欢迎，故苏雪林的演讲内容很有针对性，她主要谈了三点：第一，复兴民族须先从复兴文化入手；第二，中国文化今日之危机；第三，复兴中华文化，青年今后之努力。苏雪林在演讲结束时，勉励广大文艺青年：“青年诸君，我们想要复兴民族，必先复兴文化。如果全国青年，明白文化的进步，是在人为，而人人以复兴中国文化自任，那么，中国文化的前途，庶几有望。”[①]

二、1936年11月16日，应湖北省汉口第一女子中学校长周杰之邀，到该校作《读书与救国》的演讲：“‘读书救国’这个口号，自国难发生以来，便由一般贤明的教育家和一般有识之士提出，于今早成为‘老生常谈’了。我今天还拿这个强聒于青年之前，恐怕有许多人认为听不入耳吧。”紧接着她话锋一转，谈到国家正面临生死存亡之秋，“现在凶恶的敌人，已将一把明晃晃的屠刀，搁在我们的喉咽上！”她情绪激昂地说：“为了救亡图存，我们必须发展工业，必须充实军备，必须振新科学文化，而这些军备、经济文化的建设，是需要大批人才的，我们现在在学校读书求学的青年，都是将来救国的人才。要是我们在学校不肯好好读书，就不能将自己造成一个人才，我们即有救国之心，也无救国之力，这就是蔡元培先生所说的，‘读书不忘救国，救国不忘读书’。”[②]

苏雪林与成大校园刊物

苏雪林自1956年到台湾成功大学文学院任教，到1973年从中文系退

① 苏雪林：《风雨鸡鸣》，台湾源成文化图书供应社1967年10月版，第66页。

② 沈晖收藏“苏雪林民国廿五年日记”：“三月八日（星期日）下午二时半，与兰子搭乘王亚明先生汽车入城，赴省党部参加叶家壁所主持之国际妇女节，相继演讲，四时半归。”

休，在成功大学执教达十七年之久。台南因为郑成功收复台湾后，最早在此设府，素称“台湾首府”——世风淳朴，文风甚盛，尤其是大学校园里，更是书香怡人。学生社团出版的刊物有《成大青年》《成功思潮》《文心》《凤凰树》等，以及文学院每年举办的“凤凰树文学奖”评选，这些活动都大大激发了学生们的写作热情。众所周知的著名作家董桥、龙应台等，都曾在文学院亲炙过苏雪林的教泽与熏陶。苏雪林在成大任教期间，向来都是对学生刊物约稿“有求必应”，从“不打回票”，甚至于很有学术分量的稿件，也愿意交给学生办的刊物发表。据苏雪林 1968 年 1 月 13 日日记：“今日上午开始为《成大青年》撰《〈招魂〉为屈原作说》，此文材料现成，但须加以编排。”[①] 又，1974 年 6 月 25 日日记：“《论徐志摩的诗》，已刊《凤凰树》。”[②] 又，1986 年 9 月 4 日日记：“中文系女生某来，求我为他们系刊《文心》写篇短文，只好答应。”[③]

苏雪林除了对本校学生社团的支持、关心外，对台南市的中学生办的刊物也是给予关注，尤其是那些十几岁的中学生，慕名到她家访问，请教如何办刊物、如何写文章，她总是热情接待，甚至牺牲休息时间，为这些学生创办的刊物写文章。从下面所引苏雪林的日记中，我们就可以大致了解到。

1963 年 12 月 28 日日记：“有二中学生陈宪章、王义男等四人来访，谈了一个半钟头。”[④]1964 年元旦日记：“今日为五十三年元旦，到处冷冰冰。余在家写《为〈耕耘〉说几句话》，以本市二中有陈宪章、王义男、翁信吉数人，想办一纯文艺刊物曰《耕耘》者，硬要余说话，来了几次，只有敷衍一篇。但余自撞伤后，至今未恢复，文思不畅，写了一整天，虽写成，自己实在不惬意。”[⑤] 元旦后第二天，她又带病修改：“今日将昨文三分之二重新写过……今日则改为‘青年创作之新鲜意境与风味’。”[⑥] 年近七旬的老人，元旦期间还抱病为中学生办的刊物写文章，而且一连写了两天，令人感动。

笔者还要特别提及，苏雪林对热心写作的台南市高中女生及高雄师范大学的女大学生们，更是多方关怀与鼓励。

台南女中涌现了许多有写作天分的女生，她们办的校园刊物名《草原》。1962 年 11 月 25 日星期天，《草原》主编郭惠英带领七位女生，前往东宁路 15 巷 5 号苏雪林家中访问。当天苏雪林在日记中写道：“早餐后，台南女中女生郭惠英与同学张理玱、宋德美、曾秀芬、王琬香、郑月云、王美琏、

① 苏雪林：《苏雪林作品集·日记卷》，第 5 册第 328 页。
② 同上，第 7 册第 91 页。
③ 同上，第 13 册第 124 页。
④ 同上，第 4 册第 142 页。
⑤ 同上，第 4 册第 145 页。
⑥ 同上，第 4 册第 145 页。

麦宇文七人来访，谈话一小时又半，乃别。”[①] 郭惠英同学后来写了《访问名作家——苏雪林女士》一文，此文后收在《庆祝苏雪林教授写作五十年暨八秩华诞专集》中。她在访问记中这样描述苏雪林：“苏女士给人的第一印象是和蔼可亲，卷曲的头发，胖胖的圆脸，比想象中还年轻。慈祥的美容中，没有半点‘名作家’‘教授’，或‘长辈’的架子，她还一一抄下每位同学的名字，足见苏女士处世之精细，和对学生的爱护，尤其使我们甚觉安慰的是，她没有把我们当小孩子。”[②] 这次访问，给郭同学留下最深刻的记忆，是与苏雪林的对话：一是：“你认为我们这年龄适合不适合写小说？”“不适合。因为你们年纪小，生活经验不够，写出来的一定是幼稚的、贫乏的。也许有人靠天才可以写得好，但努力究竟比天才重要。”二是：“那么我们应该先练习写那一方面的？”“该先练习写散文。无论风景、人物、感慨，甚至家里的一只小猫小狗，都可以写，只要写得简洁、通顺，常常写，多看书，慢慢就可以写得很好。”[③] 不久，苏雪林就收到台南女中校刊《草原》，她在日记中对校刊给予很高的评价：“今日下午睡起，看学生寄我之《草原》，此种刊物风格果然特殊，材料亦颇丰富，值得一看。”[④]

1981 年 11 月 26 日，苏雪林在日记中记道：“下午睡起，看《时报》毕，正想入书房写文，忽闻门铃，启视有男女学生六七人来，计女四男三，乃高雄师院中文系三年级生来访……一女生写就纸片，询问我对李义山诗及楚辞之研究，余一一作答，这一场解说，直延长两个多小时。”[⑤] 大学生们此次专访，主要是向苏雪林请教：作为中文系学生如何在学问上有所精进，苏雪林回答“切实治学，严肃做人”两大行为准则。随访的女生林秀惠同学，撰写了一篇长达七千字的访问记《矫矫珍松耐岁寒》，刊发在高雄师大校园刊物《文萃》，该文后收入《庆祝苏雪林教授百龄华诞专集》中[⑥]。

1983 年 5 月，成功大学文学院第十一届“凤凰树文学奖”颁奖典礼上，八十六岁的苏雪林亲临会场祝贺。文学院为表彰苏雪林几十年来对校园社团的关心、扶持，特授予她“文学导师”的奖牌，确是实至名归。

赴南洋大学讲学，为华文杂志撰稿

1964 年 9 月至 1966 年 2 月，苏雪林利用学术假的机会，应新加坡南

① 苏雪林：《苏雪林作品集・日记卷》，第 43 页。
② 《庆祝苏雪林教授写作五十年暨八秩华诞专集》，成功大学 1978 年版，第 85 页。
③ 同上，第 87 页。
④ 苏雪林：《苏雪林作品集・日记卷》，第 5 册第 343 页。
⑤ 苏雪林：《苏雪林作品集・日记卷》，第 10 册第 437 页。
⑥ 林秀惠：《峤峤珍松耐岁寒》，《庆祝苏雪林教授百年华诞专集》，成功大学 1991 年版，第 134 页。

洋大学邀请，赴新加坡讲学一年半。苏雪林在该校中文系主要是以讲座形式开课，传播中国传统文化，所讲内容有《诗经》、《孟子》、《楚辞》、《史记选读》及《文选》。

在南洋大学，苏雪林深感海外华人学子，对中华悠久文化与灿烂历史无比钟情、热爱，而且学习刻苦，读书勤奋，对不懂的问题，敢于发问，直到弄懂为止。回国后，她在回答台湾学生访问时说："这所由华侨办的大学，学生因为小学、中学功课相当扎实，程度相当高，而且他们家里有钱，所以买书买得很勤，我介绍他们一本参考书，他们马上就去买了，甚至像台湾艺文书店出版的十三经注疏、四史、说文解字诂林，中文系几乎每个学生都备有……还有值得一提的，是新加坡华人对国语的教育很注重，人人能说能懂，上街买东西毫无困难。"①

1964 年 9 月 20 日，苏雪林到新加坡才一周，就在"彭亨楼"居所接待慕名来访的旅居新加坡的广东籍华侨青年陈光平，他此次来访的目的，是想请苏雪林能为其即将创办面世的文艺刊物《恒光》月刊撰稿。苏雪林很快写了一篇《女词人吕碧城与我》的散文，此文后在 11 月 3 日出版的《恒光》创刊号上刊出。该刊第二期又刊发了苏雪林的学术论文《楚骚新诂》。

1964 年 11 月 18 日，苏雪林与同在南洋大学任教的孟瑶教授，应马来西亚华侨作家兼《蕉风》月刊主编黄崖的邀请，赴槟城观光、访问，并为黄崖先生主办的"文艺讲习班"的成员——槟城大中学校的文艺青年作《怎样写作》演讲。二人以自己的写作体验，谈读书积累与练笔对于写作者的重要性，生动的事例，超凡的口才，渊博的知识，优雅的谈吐，博得听讲者阵阵掌声。两小时演讲毕，有听讲者竟商榷将讲稿借去，连夜抄写。此种好风气，大陆及台湾学生尚所不及。

黄崖 1932 年生于厦门，五十年代末自香港来马来西亚，接编纯文艺刊物《蕉风》月刊，同时担任《星报》《学生周报》编辑。1962 年起，又创办《新潮》月刊、《荒原》月刊，为海外华文写作者创造发表园地，功不可没。苏雪林此间以"海云"笔名创作的小说《观音禅院》，即发表于 1965 年 2 月第 11 期上。

1964 年 12 月 3 日，应新加坡大学之邀②，苏雪林赴新大作《从屈赋看中国文化的来源》演讲。她谈到自己几十年潜心研究屈原作品的体会，并以《九歌》为例，深入浅出地说明《九歌》犹如一张缜密的大网，把中国天文、地理、历法、神话及整个战国文化包罗其中，进而说明世界是一个整体，文化同样是一个整体。世界上任何一种文化都不是闭门自创、独自发

① 昙华:《访问苏雪林教授记》,《庆祝苏雪林教授写作五十年暨八秩华诞专集》，成功大学 1978 年版，第 87 页。

② 新加坡大学于 1962 年成立，南洋大学是 1956 年成立的,1980 年两校合并为新加坡大学。

展的，原始文化必须与较高级的文化交流、渗透、互补、感染、启发、融汇后，才能逐渐形成比较高级的文化，从而得出她研究屈赋的收获是，证明“世界文化同出一源”的观点。苏雪林从世界文化视野的高度，来研究中国本土文化，这一崭新的研究屈原作品的新路线与新方法，无疑给海外华人学子带来对中国文化无比新奇及新鲜的强烈感受。

苏雪林与琼瑶在南洋时合影
（1965年摄于新加坡）

这里要特别提及，苏雪林在六十年代中期，为力挺台湾文坛新秀女作家琼瑶而写的一篇著名文章《永远莫放下你这支笔——给琼瑶》，就是在新加坡南洋大学讲学时所写。苏雪林与琼瑶父母交往密切，也可以说她是看着琼瑶从中学生成长为作家的。琼瑶父亲陈致平，与苏雪林曾是五十年代台湾师范大学的同仁，这次又同时到南洋大学讲学；琼瑶母亲袁行恕女士擅丹青，精于绘事，苏雪林平时也喜欢画几笔山水，故经常与其切磋画艺，过从甚密。琼瑶刚出道，在台湾文坛扬名时，父母却在南洋，当受到一些无聊文人嫉妒、打压时，心中郁郁不乐。遂于1965年年初，离开台湾到新加坡探望父母。苏雪林1965年1月21日日记：“陈致平先生来访，则其小姐居然来到（昨夜二时抵星）。”[①] 又，8月16日日记：“得黄崖寄来《文星》一份，李敖诋琼瑶歪文，在桌灯下草草读之。”[②] 苏雪林向来见到世间不平事，总是“不平而鸣”，她在洋洋五千言的《永远莫放下你这支笔——给琼瑶》文中说：“像琼瑶这样有希望的作家，自由中国主持文艺政策者正应该好好保护她，使这一株瑶苑奇葩，得以充分的发荣滋长，将来也许能到世界文坛去参加竞赛，为我们国家争取最大的荣誉，若一任盲风怪雨加以摧残，咳，这份‘可惜’还有什么字眼可以形容！”“琼瑶，我要嘱咐你，你自己曾说过：自幼对于写作便有永不枯竭的兴趣和永不消灭的热情，那么，你就永远写下去。天生你一支彩笔，实不比寻常，你该好好利用它，假如你再能推出几部像《几度夕阳红》的创作，岂但你将屹立台湾文坛，永无人摇撼得动你，世界文苑将来也该有你一席之地呢！琼瑶，请记住我这样一句话：‘永远莫放下你这支笔！’”[③]

① 苏雪林：《苏雪林作品集·日记卷》，第4册317页。
② 同上，第408页。
③ 苏雪林：《闲话战争》，文星书局1967年版，第132页。

结　语

上文列举的一些生动而具体的事例，充分说明苏雪林先生在几十年的教学生涯中，无论是在国内执教，抑或是在国外讲学，她都一如既往地在完成本职教学工作之外，甘心牺牲休息时间，扶持文学新人的成长，让新文学的幼苗，在校园里发荣滋长、开花结果。事实证明，苏雪林对文学青年甘当人梯的付出，必然会对许多文艺青年产生巨大的影响。由此观之，在民国以来的女作家女教授中，能有像苏雪林先生这样矢志不渝扶持文学青年的人吗？我想怕是别无仅有的吧。

（本文图片由作者提供）

苏雪林捐金抗战的意义及反响

沈　晖

摘　要：1937 年“八·一三”淞沪之战爆发后，苏雪林怀着对日本侵略者屠戮无辜暴行的仇恨与对中华民族大爱的拳拳爱国之心，将自己半生积蓄悉数取出，捐给政府作为抗战的军需。此事在《大公报》《国闻周报》披露后，产生了巨大的社会反响，从而在全国掀起了一股献金抗战的爱国热潮。苏雪林抗战初期的捐金事迹，是中华民族抗战史上的一个重要事件，但在许多论及此事的文章里，对苏雪林究竟捐出了多少黄金说法不一。此外，对苏雪林是在什么情境下有这种“毁家纾难”爱国之举的也多语焉不详。为厘清上述疑问，笔者特撰此文，从当年报刊新闻报道、社会反响，尤其是苏雪林本人晚年的自述中，用令人信服的图片与文字，对这些疑问作一个符合历史真实的回应。

关键词：苏雪林；捐金；《大公报》；《国闻周报》

苏雪林捐金抗战，献出的黄金是多少

民国著名作家苏雪林先生在“八·一三”淞沪之战爆发后，在上海亲眼看到抗日将士在恶劣的环境中浴血奋战、可歌可泣的惨烈场面，激起她强烈的爱国情怀，毫不犹豫地将自己平日省吃俭用积攒的教书薪俸、稿费及首饰，折合六千余银元，捐献给政府，作为抗战的军费。苏雪林的义举，不仅鼓舞了前方将士与日本侵略者决一死战的斗志，同时也激起后方爱国人士“国破家亡，匹夫有责”的社会担当，从而在全国掀起了一场为支援抗战的献金热潮。

但自二十世纪六十年代以来，在许多论及苏雪林“捐金抗战”这一话题的文章中，谈到她“捐金抗战”的“金”，究竟“捐出”多少呢？种种说法不一。据笔者搜集到与苏雪林有过接触的作家及学者，在文章中披露的捐金数字，大致有以下几种说法：

一、谢冰莹写于 1974 年《我所知道的苏雪林》文中说：“还记得她去台南的前夕，我为她收拾行李，看见她几件破衣服和几双破袜子、破皮鞋，我劝她丢了，她说：‘不要丢，不要丢，我修补一下，还可以穿的。’……假使她是个吝啬的人，怎么肯把生平的积蓄，购买五十几两黄金献给政府去充抗日的军费呢？”①

二、林海音在《五十两黄金，一块破抹布》一文中说：“她自奉节俭，日子是勉勉强强地过了，但在谢冰莹笔下，她的自俭是到了这样的地步……‘一块破布，几张纸都舍不得丢的人，抗战开始时，怎么肯把半生辛辛苦苦赚来的稿费、薪水买成五十两黄金献给国家呢！’”②

三、笔者1987年撰写的《苏雪林简论》中，曾引用1937年10月11日上海出版的《国闻周报》“战时特刊”报道，对苏雪林捐金抗战作过如下描述：“苏雪林于1937年上海‘八·一三’淞沪之战爆发后，义无反顾地‘以值六千余元之赤金献给政府’。”是文为1949年后，大陆第一篇系统评骘苏雪林的论文，也是国内出版物中首次提及苏雪林“捐金抗战”的事迹。③

四、萧乾《苏雪林女士来鸿》：“（苏雪林）最后一次与我握别是在珞珈山。据我所记：在1936年的上海，鲁迅逝世之后不久，她先找了社长胡霖，捐献了一包金首饰，托报馆转给抗日团体。”④

五、杨静远1999年在《苏雪林先生漫记》里写道：“在珞珈山时我尚年幼，对苏先生所知甚少，印象最深的是当时众口皆碑的一件事：苏先生出于一腔爱国热忱，在抗战前夕把自己积蓄五十一两黄金全部捐献出来，帮助抗战。”⑤

苏雪林捐金后接受记者采访的照片（右上图放大）

1937年11月11日《国闻周报》“战时特刊”刊发照片“以值六千余元之赤金献给政府之苏雪林女士”

① 谢冰莹：《谢冰莹文集》（中册），安徽文艺出版社1999年版，第268页。
② 林海音：《剪影话文坛》，中国友谊出版公司1987年版，第27页。
③ 沈晖：《苏雪林选集·序》，安徽文艺出版社1989年版，第16页。
④ 萧乾：《苏雪林女士来鸿》，载《羊城晚报》1995年7月12日。
⑤ 杨静远：《苏雪林先生漫记》，载《龙门阵》1999年第1期。

以上所引的几种苏雪林捐献黄金说法，有“五十两”“五十一两”“五十几两”“一包金首饰”“值六千余元之赤金”的几种说法，究竟哪一种是正确的？不好轻易定夺。正确答案，符合事实的真相，应该是当事人的自述。苏雪林晚年在《浮生九四——雪林回忆录》中，曾专门写到她当年在沪捐献黄金：“我在上海时，把我的嫁奁三千元，加上十余年省吃俭用的教书薪俸所积，买了两根金条，捐献政府作为抗战经费的小助。这两根金条重五十一两数钱，原存银行，作为将来养老费的，至是献出。”[①] 据此可知，苏雪林捐金抗战献出的黄金准确数目是“五十一两数钱”——亦即《国闻周报》报道所说“值六千余元之赤金”。

按民国时代一斤十六两计算，五十一两（撇去数钱不计）黄金，折合今天一斤十两（500 克）应为 1650 克。以今天赤金每克 400 元计算，当值人民币 660000 元，这一笔钱，无论在民国时代还是在今天，都是相当可观的。如果我们再以“赤金六千余元”的价值与当时的物价比对，这些钱可以说是一笔巨款。据《羊城晚报》2010 年 12 月 11 日《民国政要月薪有多少》一文披露：“1933 年南京几种生活必需品的零销价格：大米每斤 4 分，牛肉每斤 3 角，菜籽油每斤 1 角 6 分。”由此联想到，鲁迅当年在北京八道湾只花了 3500 元，就买到占地 400 平方米的一套四合院，可以想象，苏雪林 1937 年慷慨捐出的“值六千余元之赤金”，在当时是多么大的一笔巨款！

附带提一下，苏雪林在 1936 年 2 月 20 日日记中记道：“今日上午取得上月薪水 237 元。”[②] 此时的苏雪林是武汉大学文学院教授，每月领薪俸 237 元。也就是说，苏雪林捐金抗战献出的钱，相当于花去了她两年多的教书薪俸。从这一点上来说，当年国人对她慷慨的义举，是无比赞佩和敬重的。

惨烈的战争场面，激发苏雪林献金

苏雪林与上海真是有缘。她赴法国留学来回都是从上海十六铺码头往返的。在武汉大学教书期间，每年寒暑假从武汉乘大轮回上海丈夫家（公公张余三住吴淞路武定坊），而上海两次遭受日本侵犯的“一·二八”与“八·一三”淞沪之战，她都是亲眼见证者，对此感受特别深刻。

1937 年 8 月上旬，苏雪林由汉口至沪。不久“八·一三”淞沪之战爆发，战事在闸北一带激烈交火。此次淞沪之战，双方投入兵力超过百万，海陆空交火，战争场面，触目惊心，晚年苏雪林曾回忆道：

① 苏雪林：《浮生九四——雪林回忆录》，台北三民书局 1991 年版，第 118 页。

② 沈晖收藏“苏雪林民国二十五年日记”。

民国二十六年，最繁华的上海又遭大劫，日寇又发动“八·一三”淞沪之战。我暑假回沪，恰恰又躬逢其盛。战事又在闸北，张家预先逃出，仍寄居在英租界那熟人家里……我正好寄居法租界舍从妹燕生家里。第一次上海之战，全沪极力支援十九路军，运往前线的食品用具，高如山积，军士每顿牛肉干、鸡猪等肉不离口，连昂贵而味美的凤尾鱼罐头，也每餐可以吃到。至于救援队，除了谢冰莹那一支外，寺庙静修的和尚也上了前线，抢救伤兵。这一次情形则大异，大家都知道以后仗是有得打的，接济不了许多，都袖手不管。战士在战壕日夜都不能举火烧饭，因一举火目标即显露。天公不作美，偏连日大雨，壕沟积满水，军士只好泡在雨水里，用血水和冷饭团吞，甚至数日没饭下肚，枵腹作战，其苦可想！①

由于苏雪林亲眼见到抗日将士浴血奋战、惨烈而悲壮的场面，才激起她一股浓烈的仇敌爱国之情。她当机立断，遂将嫁奁三千银元，加上十余年省吃俭用的教书薪俸，以及历年稿费所积购买的两根金条取出，并手书致《大公报》编辑部主任王芸生一封信，表明捐金心迹。并于 1937 年 8 月 23 日亲自赴上海《大公报》报社，委托同乡社长胡霖（政之）献给国民政府，用作上海抗敌将士军需。此事在沪上及全国传为佳话。苏雪林捐金义举，波及全国，很快掀起一股为支援抗战的献金热潮。

《大公报》对苏雪林的慷慨义举，全社上下都非常感动与重视，遂于 8 月 24 日在该报头版发表长文《献金》社评，对苏雪林捐金带来的社会影响给予极高的评价：

中国的儿女们！现在国家大危难中，我们不能坐看前方将士流血杀敌，也应该挺起腰来为国家做些事情。

我们要给国家做事有两条路，一是献身，二是输财，投效服役是献身，毁家献金是输财……昨日看到苏雪林女士，把她的历年教俸及著述所入积存价值国币六千多元的黄金送到本报，叫我们把她十年心血献给国家，我们感动极了。这才是中国好儿女的纯真行为！

同时，《大公报》还在 8 月 24 日的第三版刊发苏雪林致《大公报》编辑部主任王芸生先生信的全文。在这封信中，苏雪林详细地申述了她之所以捐献黄金的缘由：

① 苏雪林:《雪林回忆录——浮生九四》，第 116 页。

蘇雪林女士之義舉

捐所存黃金抗敵

值六千餘元交本報轉滙

苏雪林致王芸生信

大公报王芸生先生大鉴：

暴日疯狂，鲸吞无已，死中求生，惟有抗战。若我四万万人皆抱破釜沉舟之决心，搏结所有精神物质，与强敌作殊死战，最后胜利不归于我，我不信也。自大战开始以来，我方战士浴血苦斗，志勇绝伦，民族增光，国命攸赖。每阅报章，辄为感泣。惟闻伤病救护事宜，尚欠妥善，致我最可敬爱之卫国健儿，力战受伤之后，暴露郊野，有逾数日始得救者，不胜忧念之至！林纾难有心，无家可毁。十余年来积蓄教俸及著述所入，共计价值国币六千余元之黄金，请贵报转汇军委会作为救护伤兵之用。另有金饰若干，现存舍亲家，俟索出后，当即呈缴，苟能增强一分抗敌力量，减少一分战士痛苦。十余年心血结晶荡于一日，所甘愿焉。率此布臆。顺颂

台绥

苏雪林启　二十三日

苏雪林致王芸生先生的信，情真意切地表明了她为国家为民族的前途担忧、甘愿牺牲个人利益报国的一腔热忱，诚如她在捐金后所写《家》一文中吐露的心声：“整个国土笼罩在火光里，浸渍在血海里；整个民族在敌人刀锋枪刺下苟延残喘，我们有生之年，莫想再过太平岁月了。我们应当将小己的家的观念束之高阁，而同心合意地来抢救同胞大众的家要紧，这时代我们还用得着霍去病将军那句壮语：‘匈奴未灭，何以家为！’”[①]

苏雪林献金抗战的社会影响

苏雪林献金抗敌的消息一经报纸披露后，在京沪乃至全国产生了巨大的社会反响。《大公报》1937 年 9 月 30 日，刊发读者金曰英女士的来函，表达了一位普通读者、妇女界一分子，要以苏雪林为榜样，捐出金银献给国家，去购置军需。她在信中说：“阅贵报载妇女界主张献金运动，并经苏

---

① 苏雪林:《屠龙集》，商务印书馆 1941 年版，第 54 页。

雪林女士首先创导，凡我妇女界自应急起直追，俾成巨数。曰英之意，以为献金运动之目的，在求得巨额之生金银，可以抵斥外汇，购置军需”云云。还有一位署名“逸霄”的读者，在《大公报》上发表《献金——苏雪林女士的感想》：

> 记得前些日子，报上曾经登载过：上海妇女同盟会及妇女协进会等几个妇女团体，发起妇女界献金运动，目的是二千万元。我当时读了这消息，很感到兴奋。心想上海不乏拥有巨额金银首饰的太太小姐们，二千万即使不易征募到，打上几个折扣，几十万几百万或许短期中大家必定可献出来。但是，直到现在，妇女界献金运动，似乎沉寂得很……
>
> 昨天在偶然的机会中，很幸欣地遇到了苏女士。我首先向她表示我对她的敬意，然后闲谈到上海妇女界对于献金这一运动冷淡的情形，我就不自觉地显示出了愤然不满的神态，她便为我解释着：对于这一层，你不能怪她们。也许许多妇女跟我以前一样，并不知道献金这件事对于国家财富的增加有着重大意义。我以前只以为捐助法币（按：即当时流通的国币），才可以增加政府的财力，而得以延长抗战的时期。后来遇到 × 先生，经他讲给我听了以后，我才明白：捐助法币，对于国家财富的总和，并没有增加，只是从我的手里转到他的手里，若用以购置自己国内的物品，那是有裨益于政府的，假若要向外国采办军器及其它战时必须的物品，那就除了银行存贮的法币准备金之外，非得要人民自动地把储藏的金银献给政府不可了。否则，政府把法币准备金用完以后，再要向各国添购飞机枪炮，就要感到困难。这浅显的理由，一般人民未必明白；明白之后，我想只需有点国家观念的人，一定会把藏有的金银，自愿的捐给政府……人人都能捐出来，积众在一起，数量也就很可观。再退一步说，不管他有多少，只须你捐助出来，帮助政府多买一粒子弹，多打死一个敌人，多延长抗战一分钟时间，也是好的。[①]

以上所引两则读者来信，从不同的侧面，反映了苏雪林献金后在社会产生的广泛影响。表明献金爱国抗敌的意义已深入人心。这里笔者还要特别提及，一位寓居福州的老军人，在苏雪林捐金献国后，对苏雪林表示由衷的感佩。他就是享誉全国的萨镇冰先生。

萨镇冰（1859—1952），字鼎铭，福建闽侯人。新中国成立后曾任中央人民政府军事委员会委员。他与严复、叶祖珪是同乡兼同窗，这三位福建籍的好友都曾为建立中国海军奉献诸多心力。诚如冰心在《记萨镇冰先生》

---

① 逸霄：《献金——苏雪林女士的感想》，载《大公报》1937 年 8 月 30 日。

一文中所言："萨镇冰先生，永远是我崇拜的对象。中国海军的模范军人，萨镇冰一人而已。"[①] 萨镇冰十二岁即考入福建马尾船政学校，十七岁入英国格林尼治海军大学深造。二十岁归国，担任北洋海军兵舰管带。中日甲午海战，萨镇冰任"康济"舰舰长，守卫南口炮台；戊戌后，受慈禧召见，任命他为海军副大臣，负责重建海军之大任。

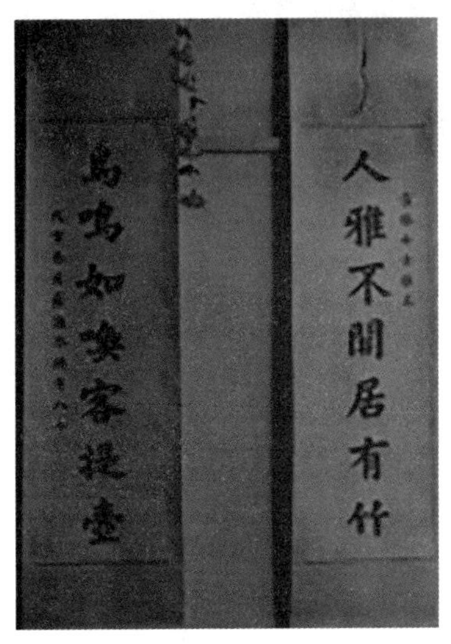
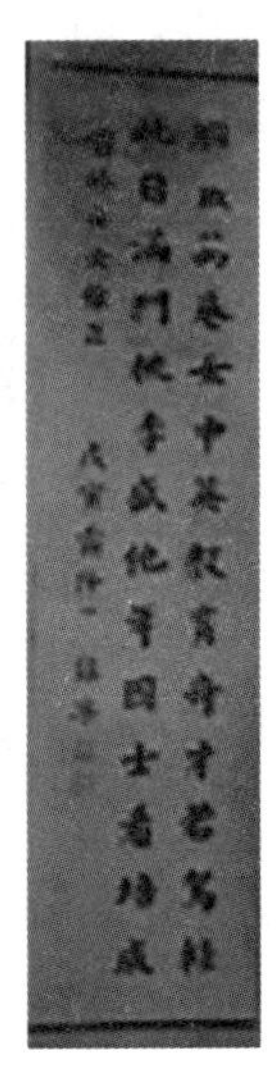

萨镇冰书赠苏雪林的联语与诗

二十世纪三十年代后期，萨镇冰寓居福州。时抗战方殷，身为卸甲军人，他对日寇犯我中华，恨之入骨，叹年老不能挥戈杀敌，就在福州卖字捐金抗战，或资助难民。1937 年 10 月《国闻周报·战时特刊》登载了武汉大学苏雪林教授的照片与捐金事迹的报道，萨镇冰先生在报纸上读到这则消息后，对苏雪林一腔报国之情，极为敬佩，深感振奋。古人言"毁家纾难"，苏雪林乃一介文人，孤身独居，无家可毁，但她能以多年省吃俭用的积蓄与辛勤教书的薪水，倾囊奉献，岂不正符合这四个字的标准。正是这超乎寻常的爱国情操和实际行动，感动了萨镇冰老人。1938 年冬，萨镇老在福州家中过八十寿诞时，一时兴起，欣然为文坛、杏坛齐享声誉的苏雪林教授题赠一副对联，并赋了一首诗，以申他对苏雪林义举的褒勉之情。赠联曰："雪林女士雅正　人雅不关居有竹　鸟鸣如唤客提壶　戊寅冬月萨镇冰时年八十。"（见上图）

萨镇冰先生这副赠联，上联以"人雅不关居有竹"，来称颂苏雪林人品高洁，作品高雅。竹子劲节，坚贞挺直，向为文人雅士倾慕，故流传有"居无竹，人便俗""宁可食无肉，不可居无竹"的名句。但萨镇老的这句上联，却反其意而用之，他强调的是"人雅"，亦即人的风骨与节操，至于居处有无竹子，则无关紧要。人的品格高尚，风操雅洁，即使居处无竹，也让人倾慕钦敬。"人俗"，即使居处四周遍种丛竹，也令人厌恶而不与之来往。下联"鸟鸣如唤客提壶"，承接上联诗意，以简练的笔触，铺陈宾客盈门，纷至沓来，提壶携酒雅集的盛况。这里的"鸟鸣"，是指鹈鹕鸟的

① 冰心：《冰心自传》，江苏文艺出版社 1995 年版，第 53 页。

叫声——此鸟的叫声很像"提壶"二字的发声，一语双关，妙趣横生。这副赠联，上联写静态，下联状动势，虚实相生，颇耐咀嚼。全联深意绵邈，字简情长。由此足见，萨镇老虽出身行伍，但国学根底却也十分了得。

赠诗云："胸藏万卷女中英，教育奇才若驾轻。此日满门桃李盛，他日国士看培成。雪林女士雅正　戊寅霜降　萨镇冰。"

这首七言诗，首句言苏雪林为女中英才，胸罗万卷，为国中不可多得的女学者——苏雪林自法国回来后，先后执教东吴大学、沪江大学、安徽大学、武汉大学，教学之余，创作与研究硕果累累，其中著名的学术专著有《李义山恋爱事迹考》《唐诗概论》《辽金元文学》《蠹鱼生活》等享誉学林。次句言苏雪林国学造诣根底深厚，执教多所大学，游刃有余。三四两句言苏雪林教授门下之莘莘学子，学业有成，个个皆为栋梁之材。

苏雪林教授得到萨镇冰老人的赠诗与对联，非常珍爱。尤其是萨镇老那副对联，一笔圆融和美的秀楷，笔笔精到，无可挑剔，丰腴之中又不失洒脱，既有柳字刚劲的筋骨，又有欧体柔美的丰韵。更难能可贵的是，八旬老人有如此的腕下功夫，令人击节称赏。苏雪林教授将这副赠联，视为室中长物，悬挂于居室的厅堂。

1949年春，苏雪林应香港真理学会之聘，赴港任该学会编辑。离开武大前，检点行李，将壁上两件墨宝取下，交给好友、武大外文系教授袁昌英保存（苏、袁在武大共事十八年，亲如姊妹）。"文革"期间，袁昌英教授——这位二十年代英国爱丁堡大学戏剧学硕士、中国第一位研究和教授莎士比亚的著名学者，被"造反派"扫地出门，押送回原籍湖南醴陵劳动改造。离开在武汉大学校园里的家时，在"造反派"看官押送的眼皮底下，七十六岁的袁昌英教授机警地将好友的两件墨宝，裹藏在旧衣服中，带到了故乡湖南醴陵农村。在乡下，袁昌英老人仍未逃过厄运，又一次遭到抄家、批斗，两件墨宝被视为"四旧"罪证没收。1973年4月，袁昌英老人在故乡醴陵孤寂地走完七十九年的人生旅程，含恨谢世。袁昌英的沉冤于1979年昭雪。在归还她被抄走的遗物中，这两件墨宝物归原主，侥幸地保存下来。

忽忽一个甲子逝去。1997年秋，笔者专程赴武汉大学图书馆，查找苏雪林1938年武大迁往乐山时寄存在图书馆的部分书籍与手稿，竟意外在武大档案馆发现了萨镇冰书赠苏雪林的两件墨宝，征得档案馆的同意，遂拍摄留作苏雪林抗战时期的重要资料。据档案馆工作人员当时对我说，这两件墨宝将要寄往台南，交还苏雪林先生本人。但据我所知，好像档案馆后来没有寄出。但我却把拍摄的两张照片寄给苏雪林了。

（本文图片由作者提供）

苏雪林皖南寻亲忆旧

张真慧

摘　要：生活在海峡两岸的苏雪林和沈晖，因为文字缘和乡情而有了“交际”。“树高千丈，叶落归根”这是海外游子的期盼，苏雪林成就了沈晖，沈晖也成就了苏雪林。

关键词：苏雪林；黄山；五四时期；沈晖

北宋文学家苏辙的后裔、台湾女作家苏雪林，与冰心、丁玲、冯沅君、凌叔华齐名，尽管她在大陆和台湾出版过几十种现代文学与学术研究著作，却在1949年后的大陆文坛“消失”了将近四十年。

一次偶然机缘，她与安徽大学教授沈晖“相遇而结缘”，使她晚年的命运发生了转机，沈晖不仅将她从尘封已久的故纸堆里“翻”了出来，让大陆读者重新认识这位“闺中大苏”的真容，而且还圆了她在期颐之龄后回乡探亲和叶落归根的夙愿。

一

沈晖与苏雪林之间的交往始于中国改革开放以后。

1979年下半年，安徽大学汉语言研究所沈晖在参加国家重点科研项目《汉语大词典》编写时，承担“木部九画”所有词条的编写，由于前期收词制卡阶段，选择现代作家著作过少，现代书证的大量缺失，这样必然给后期编写者带来麻烦，因找不到“木部”九画词目“榆子”（俗称榆钱）的现代语言例句，他只好“停工待料”，忙中偷闲找一些二三十年代作家的作品来读，希望从中能有所收获。

功夫不负苦心人。一天，沈晖在校图书馆不经意间翻到1928年上海北新书局出版的“绿漪女士”的散文集《绿天》，其中《金鱼的劫运》一文中竟跳出了“榆子”一词：

鱼儿在严冰之下，睡了一冬，被温和的太阳唤醒了潜伏着的生命……有时我们无意将鱼缸碰了一下，或者风飘一个榆子，坠于缸中，水便震动，漾开圆波纹。

沈晖惊喜若狂，这条现代作家用词的书证，后来成为《汉语大词典》“榆子”条下的唯一一个现代书面语例句。

通过检索《中国新文学大系·资料卷》得知：绿漪女士，原名苏梅，字雪林，安徽太平人。沈晖由此对苏雪林产生了好奇心，在仔细阅读了她的一些散文、小说后，他为苏雪林冠绝侪辈的语言才情所折服，萌发了向广大读者介绍她的欲望。

自此，沈晖每年利用寒暑假，自费赴北京图书馆、上海图书馆、上海天主教徐家汇藏书楼、武汉大学图书馆、湖北省图书馆，以及安徽省图书馆，从 1949 年以前的民国报刊、书籍（计五百多种）上复印、抄录苏氏创作与研究文章约百万言（其中手抄八十万字），为编写《苏雪林选集》准备了第一手丰富的资料。

1980 年暑假，沈晖在上海图书馆查资料，为节省用餐奔波时间，特意到读者食堂办了张饭卡，足足“困”在馆里摘抄半个月，终于感动了图书管理员，允许以每页 1.5 元的价格，让他复印了部分特藏，虽然花费了百余元，但节省了宝贵的时间。然而，这种无私付出是否会有结果，当时的沈晖并不知道。改革开放的春风让正值盛年的沈晖坚信：欣欣向荣百花齐放的文艺春天必将会到来。

1983 年“三八”妇女节，应《合肥晚报》之约，沈晖写了几篇介绍皖籍女作家的文章，其中一篇是《女作家苏雪林》。没想到，这篇文章后来竟成了他与苏雪林建立沟通联络的媒介。《女作家苏雪林》见报一周后，苏雪林在合肥的侄孙苏玉成拿着报纸复印件上门拜访沈晖教授，告诉他：“苏雪林仍健在，是台湾成功大学的退休教授，我已将文章辗转寄给姑奶奶了。”同时给了沈晖与苏雪林通过第三方的联络方式。

1985 年《论皖籍居台女作家苏雪林》一文在《安徽大学学报》上发表。文章后由香港中文大学传到台湾，八十八岁的苏雪林阅读后十分惊讶，在她辗转写给大陆亲友的信中写道：

最近安徽大学沈晖先生撰写《论皖籍居台女作家苏雪林》，发表于安徽大学学报上，其文甚长，错误甚少，颇感欣慰，我在祖国大陆文坛消失几近四十年，报刊上从不提我的名字，不知此君何以能收集到如此丰富的资料。

1989 年，沈晖经过近十年搜集、辑录、筛选编辑的《苏雪林选集》（五十万字）出版，使读者重新发现了一位五四著名女作家苏雪林。二十世纪九十年代中期，沈晖出版了由冰心亲笔题签的《苏雪林文集》四卷（一百四十万字），《人民日报》（海外版）给予高度评价，认为此文集涵盖苏氏一生文学生涯与学术研究的精品，值得今日青年人重读。苏雪林给沈晖信中感激涕零地说：

> 当大陆风气尚未开放，先生不畏危险，不辞辛苦，从各种旧报纸、旧刊物中寻觅我的文字，居然编了一本五十万字的《苏雪林选集》，现在又编辑了“文集”四本，使我死而复生，空而成有，实在感激之至！对你磕破头都不足表达我感谢之心于万一。

二

1995 年 6 月，正当台湾杧果飘香的时节，沈晖应台南成功大学校长吴京的邀请，作为安徽学人访台第一人，参加了该校举办的“庆祝苏雪林教授百龄华诞暨学术研讨会”。会后邀请方安排了沈晖与苏雪林相见。

在台南东宁路十五巷五号苏雪林的寓所，一头银丝的苏雪林穿着白底蝴蝶兰图案连衣裙，操着浓重的太平口音，请沈晖就座。沈晖从包中取出了给苏雪林带来的家乡特产：“太平湖”牌香烟、黄山毛峰、《江南翡翠太平湖》录影带、皖籍画家高海先生赠苏雪林先生的《童子拜寿》国画，以及自己专门到岭下，为苏雪林拍的太平故居、苏氏宗祠的一组照片。苏雪林认真端详着家乡的物品，脸上露出了会心的笑容。因苏雪林听力不太好，沈晖与她作笔谈。

1997 年的春天，沈晖听说苏雪林因病住在台南市郊美德中医院附设之安养院，他邀请同窗好友宋霖（安徽省社科院人物研究所所长）一道前往探望，同时与苏雪林商谈为其出全集的愿望。

为方便沈晖、宋霖随时采访，院方提供了一间院内宿舍。每天，他们一边侍奉苏雪林，一边与她商谈编辑《苏雪林全集》（计划出书三十五卷，约二千万字）事宜，不知不觉间待了将近一个月。

这次赴台最大的收获，是被苏雪林视为毫无用处的七十本日记（1948—1997 年，约四百五十万字），本打算付之一炬，经过沈晖极力劝阻，最终得以保留并出版。

沈晖两次造访苏雪林，勾起了老人家回乡夙愿。1998 年 3 月，苏雪林刚过完阴历生日，就央求唐亦男教授（苏雪林学生，后来成为同事，住在同一条街，照拂老师四十余年）带她回太平故里。

1998年适逢安徽大学建校七十周年，想到苏雪林六十八年前曾经在草创初期的安徽大学执教，何不请老校友苏雪林前来参加校庆？4月24日，经安徽大学校务会议研究，一致同意由沈晖教授拟写邀请函，恭请苏雪林教授来安大参加校庆并访问。邀请函如下：

苏雪林教授尊鉴：

今年为安徽大学建校七十周年，为示庆贺，拟举办一系列庆祝活动。素仰先生早年执教安大，精研学术，成就卓著，年高德劭，望重学林。特专函奉恳，敬请苏教授近期驾临。

耑此

伫盼佳音

安徽大学校长华泉坤（章）

一九九八年四月二十四日

沈晖将此好消息及时反馈给唐亦男，苏雪林得知后非常兴奋，立即申请办理赴大陆各种手续。5月21日，苏雪林、唐亦男与小儿王照穿、儿媳蔡孟娟，台南中医院董事长蔡明辉医师、随行护士曾淑贞，一行共六人，由高雄小港机场飞香港转机，当晚八时顺利抵达合肥骆岗机场。

苏雪林在合肥居停期间，5月24日应邀在校庆纪念册上题写了“安徽大学七十周年校庆”几个大字。为方便苏雪林往来安大便利及防不测，沈晖和唐亦男商量，将她安排在安徽中医学院附院九病区六楼一病房，医院给她配备了一名医生和一名护士，予以精心照料。5月26日离开医院前，苏雪林与医生、护士合影留念，并在医院附院题签簿上写下：“故乡人故乡情，中医附院暖我心。”

5月27日，在黄山区（原太平县）永丰乡岭下村，全村男女老少千余人一齐拥到村头，燃放鞭炮、敲锣打鼓，以山村最隆重的礼节，迎接阔别故乡七十三年的远方游子到来。

村民们用简易滑竿（用毛竹把轮椅临时捆扎）将苏雪林小心翼翼地抬到苏家祖屋和儿时读书处——“海宁学舍”前，老人家一边看，一边回忆，眼泪纵横，百感交集。归途中，坐在车后座的苏雪林竟然伸出摔跌后好长时间不能自如的右手，从护士手中拿了一张纸巾擦眼泪，令随行人员都感到非常惊奇——故乡行竟激发了老人肌体的活力！

看着这次跨海行程数千里、精神异常好的老人，沈晖和唐亦男教授、蔡明辉医师三人临时决定，陪伴老人上黄山，为她的故乡行画一个圆满的句号。28日天气晴朗，上午十时，苏雪林一行进入太平索道车厢，以每秒四米匀速攀升，直达黄山之巅光明顶，北海丹霞索道站平台迎来了黄山最年长的贵客——一百〇二虚岁的苏老。坐在轮椅上的苏老神情凝重、骋目纵览黄山烟云，一大批记者争着用声像设备记录下这一珍贵的时刻。

一周故乡行很快结束。苏雪林早就有叶落归根的打算，故乡行更加坚定了她的决心。

三

苏雪林逝世前的一年，已在做“回家”准备了。1998 年 11 月，自知时日无多，苏雪林恳请沈晖及故乡亲属一起做好岭下苏氏宗祠及“海宁学舍”故居修缮、苏家祖坟维修、逝世后她的骨灰安葬等，百年后她决定将骨灰安葬在祖茔。

黄山区政府及统战部出面，敲定把离苏雪林故居一箭之遥，凤形山八十平方米的一块地，作为苏雪林的墓园。“清明”迁苏家祖坟至凤形山后，修路、购墓碑并镌刻。最后沈晖决定，用宋体在黑色大理石正面刻上“苏雪林教授之墓”。墓园完工后，沈晖拍了照片寄唐亦男转苏雪林。

1999 年 4 月 21 日，苏雪林因病在台仙逝，四个月后的 8 月 21 日至 23 日，“海峡两岸苏雪林教授学术研讨会”在黄山国际大酒店如期举行。北大、复旦、浙大、厦大及北京语言大学等大陆三十四所高校，台湾成大、高雄师大和日本西南大学等十七所高校，共派出约一百五十位专家学者赴会，发表论文五十四篇。与会者对苏雪林的作品进行了全面深入的研究与探讨，肯定了苏雪林在现代文学史、现代学术史上应有的地位。

23 日上午，苏雪林骨灰安葬仪式在岭下村凤形山隆重举行，参加研讨会的全体代表参观了“海宁学舍”，并怀着沉痛的心情，送黄山才女、享誉两岸的文坛耆宿最后一程。苏雪林养子张卫将母亲的骨灰坛放入墓穴，安葬在外婆墓旁。沈晖与唐亦男共同将一束玫瑰放在墓碑前，唐亦男含泪说：“老师，你回到故乡了，实现了你生前的遗愿。”

苏雪林墓园黑色大理石墓碑上的文字是沈晖设计的，正面镌刻“苏雪林教授之墓”七个宋体大字，背面自右至左竖排两行，镌刻的是沈晖题写的“棘心不死　绿天永存”八字，用她的成名作两本书名嵌入，形象地概括其一生创作的赤子之心。

树高千丈，叶落归根。一代才女苏雪林终于回归大陆文坛，与五千年的中华文化融为一体；终于回到了祖国母亲的怀抱，与生她养她的父母长眠在一起。

沈晖先生退休后，于 2014 年亲赴法国，查阅苏雪林两次在巴黎及里昂的有关资料后，历经十年，终于完成五十万字的《苏雪林年谱——编年事录注》。该书 2017 年 3 月由安徽教育出版社出版，以极其翔实的史料，完整再现了五四女作家苏雪林一生文学创作与学术研究的非凡历程。

2021 年 12 月 9 日初稿

（张真慧：中华诗词学会会员）

有趣的灵魂终会相遇

——作家石楠与苏雪林的笔墨缘

张真慧

摘　要：当代作家石楠立志要为人类繁衍作出巨大贡献的优秀女性立传，长篇传记小说《画魂——潘玉良传》处女作让她名扬海内外，也使她走近了潘玉良的恩师刘海粟、同学苏雪林等一批文艺之星，给她带来源源不断的创作动力。有趣的灵魂终会相遇，石楠既是潘玉良的知音，也是苏雪林的知音。

关键词：潘玉良；苏雪林；石楠；张真慧

出生于安庆太湖笔架山下的石楠，似乎命中早已注定要和笔墨打一辈子交道，无论在哪里求学或工作，她都用知识丰腴自己，水滴石穿，梦圆文坛。今年是她的长篇传记小说处女作《张玉良传》（后改名为《画魂——潘玉良传》）发表四十周年，令我想起了她和文学大师苏雪林因此书结缘的故事。

一

二十世纪八十年代初，在图书馆工作的石楠动了为才女名媛立传的念头，她的想法得到亲友的大力支持。

老读者李帆群先生听说石楠想写优秀女性传记，推荐了张玉良（成救命恩人潘赞化小妾后，改姓潘）。从“卖艺不卖身”的艺妓到大学教授、世界知名画家，听完张玉良的身世介绍，石楠为之震撼，她不顾天气炎热，上李先生家中拜访，恳请带她去见潘赞化的后人。李先生带石楠到了潘家说明来意，对方提供了一幅张玉良自画像和一张《潘玉良夫人画展》说明。

张玉良自画像是 73 × 60 厘米的油画：齐眉刘海、到肩短发，长脸微侧，左耳露出，眼睛平视，似乎在看什么人。白色方领衬衫系着蝴蝶结，表情严肃，有点像两寸的工作照。画展说明上面有两篇介绍短文，一篇是潘玉良的生平简历，一篇介绍潘玉良的艺术成就。

石楠根据手中少得可怜的资料，写了五千字左右的张玉良传略发表在《艺坛》上（后被《新华文摘》转载），觉得言犹未尽，想再给张玉良写本传记，资料缺少咋办？石楠眉头一皱计上心来，决定借用小说的创作手法塑造传主。虽然她从未写过长篇小说，但是参加工作以来读了大量的古今中外名著，做了成麻袋的读书笔记；又因喜欢美术，读了不少美术作品和美术史，这些都为她从事文学创作打下了良好的基础，一旦动笔并不觉得吃力，反而有一种想一吐为快的感觉。

1981 年冬，石楠不顾自己“双目视神经疲劳症；眼底黄斑部分陈旧性病变，眼压升高”，医生叫她不要再看书，每天凌晨四至六时，晚上九至十一时，雷打不动地伏案写作，一鼓作气写了三个多月。

石楠的丈夫程必对她写作特别上心。次年 3 月，安庆市文联在东至县举办小说培训班，邀请了《清明》杂志两位编辑来选稿，其中一位名叫张禹的和程必同过事，经过安庆时，顺便上老友家相见。听说他们此行“公干”是选小说，程必把妻子正在写的小说拿出来给他们看，他们很感兴趣，叫程必抄多少算多少，等过两天再经过安庆时交给他们。

两天后，张禹二人带着石楠的四万多字抄写稿回合肥，没过几天合肥打电话吩咐石楠快点写完，“这对石楠来说是莫大的鼓励。一周后，全稿送到《清明》编辑部，主编看到后决定给予刊登”。不久，配有张玉良《自画像》的长篇传记小说——《张玉良传》发表于该期刊 1982 年第 4 期头版位置。

《清明》杂志是一份很有影响力的大型文学期刊，《张玉良传》在上面发表以后立刻引起了强烈反响，由于小说写得精彩，数十万册很快销售一空。机会总是眷顾有准备之人，是年 12 月 28 日，安徽省文联和《清明》杂志社联合主办了《张玉良传》研讨会，本省文坛几乎所有名家到会，副省长苏桦亲自出席，石楠由此登上大雅之堂。1983 年，组织上安排她到安庆市戏剧创作研究室从事专业创作，如鱼得水，长篇传记小说和长中短篇小说以及散文似火山喷发，先后加入了安徽作协、中国作协，并被授予“安徽省劳动模范”光荣称号。

那时候读者时兴给编辑部和作者写信，《张玉良传》发表以后，各地三千多封来信像雪片一样飞来，各行各业（包括囚犯）、男女老少都有，他们给石楠寄书、寄画册、寄邮票、寄自己作品（书画），谈自己阅读后的心得体会，甚至还有读者开始以张玉良为榜样，从底层逆袭而上，经过不懈努力也成了人生的大赢家。

1983 年 7 月，人民文学出版社将《张玉良传》改名《画魂——潘玉良传》出版发行，首版二十三万册。从那时到现在，该书已出版十八种版本（包括韩国汉声研究所翻译的韩文版）。此外，还被改编成电影、黄梅戏、话剧、沪剧、歌剧、连环画和电视连续剧等。

二

二十世纪九十年代初，台湾海风出版社出版了繁体版《画魂》，皖籍居台女作家张漱菡写了一篇《画魂之光》发表在当地《妇女周刊》上，被同时皖籍居台女作家苏雪林看到，写信向张漱菡借书看。张漱菡打电话告诉了海风出版社，出版社专门送了一本书给她。

苏雪林读了两遍《画魂》，不顾年迈体弱，写了一篇一万五千字的《潘玉良的悲剧》发表在台湾《中外杂志》（1991 年第 50 卷第 2 期），并将所登文章复印一份给张漱菡，托她转交给大陆作家石楠。几年前，我从大陆研究苏雪林第一人沈晖先生赠送的《苏雪林笔下的名人》一书中，幸运地读到了该文。

原来苏雪林和潘玉良是大学同学。1921 年，筹备了多年的法国里昂海外中法大学，面向北京、上海、广州三市招生，在北京女子高等师范读书的苏雪林胸怀“乘长风破万里浪”的梦想，和另外两位女同学林宝权、罗振英相约报考，三人全部考取。9 月，三地一百二十九名学生在里昂中法大学校长吴稚晖带领下，一起乘船奔向法国，上海地区学生潘玉良也在其中。

中法大学第一期女生仅十五人，她们全部住在校大门口的一幢小楼里，房间由抽签决定。苏雪林抽到一个单人间，与潘玉良、林宝权、杨润余的三人间为邻，四人交情甚好。潘玉良一到里昂，就到里昂艺术学院学习西画，苏雪林与林宝权的男友邱代明受其影响，也跟着去学习。潘玉良在高级班学习油画，苏雪林和邱代明在初级班练习素描。潘玉良在中法大学待了一年多，转学巴黎国立美专；苏雪林待了三年半，因母亲病重休学回国完婚。

潘玉良海外学成回国即着手举办个人画展，在上海西藏路宁波会馆展出木炭、粉笔、油画三种计八十幅，苏雪林专程从苏州到上海观看学友画展，并撰《看了潘玉良女士绘画展览以后》万言文，称赞她的画“气魄雄浑”“用笔精确”。

五十年代初期，苏雪林为搜集屈赋研究资料，到法国巴黎逗留两年，听早她半年去的方君璧同学说，潘玉良在法国定居已有十几年，苏雪林托方君璧将两条在邮轮上购买的免税香烟交给潘玉良，潘玉良请两位老同学吃饭，苏雪林自此和潘玉良又“接上了头”。苏雪林由法国回国时，潘玉良赠送装框的风景油画一幅、印版画一大幅，苏雪林回赠《古松九老图》一幅。

六十年代，潘玉良曾经让苏雪林帮忙买台湾产“仙草”牌降压草药，苏雪林让潘玉良帮忙买法国产的水彩画纸。1977 年，潘玉良在法逝世，苏雪林甚为悲痛，将此不幸消息告诉了在美国的方君璧和林宝权同学，又致函巴黎治丧委员会，建议收集潘玉良的画作和雕塑，成立“潘玉良艺术纪念馆”，使得她的作品能够永久保存。

如果说在石楠的作品里，我读到了一位美化的潘玉良，那么在苏雪林的文章中，我“见到”了一位真实的潘玉良：“她身材中等，但很壮硕，脸稍长，容貌并不甚美，肤色微褐。她的神情则刚强傲慢，言语举止与我们都不同，另具一格。”

三

早在 1982 年，石楠在搜寻张玉良资料时，从《新文学史料》上看到过苏雪林的生平介绍。那时的她绝没有想到，有一天她会和苏雪林相逢。

时间一晃过去十年，石楠收到了苏雪林托张漱菡代转的《潘玉良的悲剧》一文复印件，这简直是在向她抛“橄榄枝”。石楠内心无比激动，她很快给苏雪林写了封信，对苏老前辈褒奖“小作”表示感谢。收到石楠去信，苏雪林又将 1928 年看潘玉良画展写的文章复印一份给石楠，在复印件背面回了一封三千多字的信，内附谦言：“今年九十五岁，手颤眼花，写不成文字，请勿见笑。”“像她这样的文坛泰斗，又如许高龄，竟然屈尊给一个晚辈写来如此热情洋溢的长信”，令石楠感动不已，她开始寻找苏雪林的作品读。

1998 年，苏雪林应安徽大学七十周年校庆之邀，先以校友身份到母校访问，后回阔别七十三年的故乡黄山太平探亲。安庆师范大学（原安庆师范学院）党委书记丁伯华从老同学沈晖口中得知这一消息，马上告诉了作家石楠，他们又约了王海燕，三人一起到苏雪林下榻的黄山太平国际大酒店看望她。5 月 27 日，海峡两岸相差四十一岁的优秀女性因为冥冥之中自有安排欢聚在雄伟的黄山脚下，历史永载了这一刻。回忆相见的情景，石楠深情地描述道：“一百〇二岁的她，记忆真是惊人，她还记得我。她曾为成立潘玉良艺术馆奔波呼吁。当我告诉她国家已将潘玉良作品运回了祖国，安徽省博物馆已建了潘玉良作品陈列室时，她开心地笑了。”

第二年，苏雪林因病在台逝世，在她的学生唐亦男和大陆学者沈晖等人的操办下，将她的骨灰运回黄山老家，安葬在她母亲墓旁，了却了一名海外游子“树高千丈，叶落归根”的夙愿。石楠由此萌发为苏老前辈立传之想，在翻阅了苏雪林大量作品，以及众多学者对她著作的评论以后，石楠进行了严肃的思考：“如何看待苏雪林和曾经站在敌对营垒的那些对民族文化作过巨大贡献的人们？我认为，历史是复杂的，人也是复杂的。肯定一切或否定一切都是不科学的。时代发展到了今天，我们的视野应该扩展到我们全民族的利益上来……就他们对整个中华文化的贡献而言，我认为，苏雪林和冰心同样伟大，胡适和鲁迅都是伟人，他们都是我们民族的精英，他们理应也受到敬重，不能忘却他们。不能以言废人，也不能以人废言，不能因为苏雪林反对鲁迅，我们就否定她、蔑视她，而鲁迅也绝非是神，只能歌颂。”

抱着“写出一个真实的苏雪林”的想法，石楠用了五六年时间完成了四十余万字的《另类才女苏雪林》，2004 年由东方出版社出版。在这之后，石楠利用安徽省政协、妇联组织到绩溪地区视察、回来路过黄山太平的机会，专程到岭下村参观了苏雪林故居和“海宁学舍”（苏读书之地），拜谒了苏雪林墓园。

天气晴朗，山花烂漫，翠柏葱茏。默默伫立于一代才女沉睡的墓地，石楠心潮起伏，万千感慨，仿佛看到了苏老前辈“坐在堆满了书籍的轮椅上”，微笑着向她招手致意。当初，著名画家刘海粟为《画魂——潘玉良传》题词：“一卷画魂书在手，玉良地下有知音。”石楠又何尝不是五四元老级作家、另类才女苏雪林的知音？

2022 年 9 月 4 日写于上海

张爱玲研究

张爱玲电影《太太万岁》中的女性社会 *

李　宁　安鹏顺

摘　要：伴随上海沦为西方主导的世界殖民体系的附庸，而张爱玲是刻画近代上海各色人等的知名小说家，其塑造的上海市民形象和近代故事不仅在小说文笔之中，更被当时的影视电影所反映。电影《太太万岁》1947 年上映取得了市场价值的成功，属于大女主题材电影，但是该电影所表现的上海中产阶级市民社会被认为是脱离中国实际、脱离了大时代。作家张爱玲是擅长记录琐碎市民日常生活的高手，而电影《太太万岁》中所表现的以女性为中心的琐碎生活真实地反映了近代上海中产阶级女性在中西之间、古今之间、男女之间、老幼之间等的坚守与变革。多年以后，回顾 1947 年的电影《太太万岁》中所刻画的时代和角色，尤其是市民社会中的女性群像塑造，这群被电影刻画的女性穿越了时间、社会、阶层等，依然极具生活魅力。

关键词：《太太万岁》；张爱玲；女性电影

《太太万岁》这部影片是 1947 年张爱玲与导演桑弧合作的三部影片之一，该片上映后曾火爆一时，上海的皇后、金城、金都、国际四大影院都同时放映，民众对这部电影的评价也是赞不绝口。但在当时意识形态导向下的电影界，这部影片却受尽了批判，洪深就曾批评《太太万岁》不够重

* 本文系 2021 度山西省哲学社会科学规划（一般）课题拟立项名单，“疫情常态化防控下人类命运共同体理念与实践研究”（批准号：2021YY213）、吕梁学院 2021 年校级教学改革创新项目，“历史文化系与外语系合作培养世界史专业人才本科生的探索研究”成果，批准号（XJJG202104）。

视“戏剧的教育作用和社会效果”；程季华称这部影片为“消极电影”，只因其渲染的是小市民庸俗气息，充满了“安天乐命的人生哲学”。这在当时山河破碎、国破家亡之际，民国政府将电影、小说等文学艺术作为舆论宣传的背景下，也不无都是无的放矢。但民众在受文艺作品的灌输久了之后难免会产生对此种价值判断的怀疑甚至产生厌烦情绪，而张爱玲的《太太万岁》却恰如其分地剥离了那些浓厚的政治色彩，成为当时难得一见的文艺类型的影片[①]。正如张爱玲在《太太万岁》的题记中所述说的那样:《太太万岁》是关于一个普通人的太太。上海的弄堂里，一幢房子里就可以有好几个她。她的气息是我们最熟悉的，如同楼下人家炊烟的气味，淡淡的，午梦一般的，微微有一点窒息。正是有鉴于此，市民阶层才容易对该片中出现的日常生活产生更加贴切的感受，以及对动荡不安的社会生活产生切合实际的体验，最终使得这部影片在上映之后可以得到大众的共情，这也正是这部影片能屡屡斩获群众好评的重要原因之一。影片在当时是作为一部喜剧电影而发行的，在发行之初就由于电影中故事的真实与可笑深受当时观众的喜欢，而在七十年后的今天再重温这部电影，那么与其将这部影片定义为一部喜剧片，毋宁说这是一部产生于悲情时代下的一点浅显的笑料罢了。

一、张爱玲编剧电影《太太万岁》创作的时代背景

自 1843 年上海开埠以来，外国资本与商品的大量涌入，连同东西方人员之间的密切交往都为当时传统、保守的上海带来了相对自由、开放的崭新道德观念与生活方式。香港自 1842 年签订《南京条约》、1860 年签订《北京条约》和 1898 年签订《展拓香港界址专条》之后也渐渐脱离了传统中国的控制，转而走向西方式现代化的道路。张爱玲的小说与电影剧本都脱胎于二十世纪三四十年代的城市生活，在她留存于世的这些文字中，民国时代东西方文化交融的表现与市民阶层在时代变革下的人性都得到了非常细腻、生动的刻画。在那样一个充满动荡的年代，香港、上海这些城市率先成为接收西方现代文明的滥觞，处于市民阶层中的人们的生活习惯与生活观念也受到了极大的冲击，传统的伦理道德规则已不再适应于渐次变革的人心[②]。张爱玲所处的那个年代正值这两座城市历经西方文明渐趋百年的时代。香港、上海在对外开埠之前本身深受传统文化的浸润，江南古镇的温婉余味仍在，西方现代工业文明的传入却迅速在这两座城市中扎根发芽，大批传统社会出身的人或出于对适应日常生活的需要，或出于对新奇的物

① 张楚:《从神经喜剧中的性别战争谈〈太太万岁〉》，载《电影评介》2013 年第 3 期。

② 饶曙光:《〈太太万岁〉与喜剧万岁》，载《当代电影》2005 年第 6 期。

质文明的向往，纷纷投入到城市生活中去。旧有的乡镇社会被打破，新型的以工业文明为纽带的城市产生，连带着以儒家伦理道德为社会观念的框架也被西方一切以利益至上的价值标准所取代。东西方截然不同的文明就这样在这片保守又古典的大地上留下了浪漫与热烈的影子。在城市中生活的群众也逐渐适应了这种便利、繁荣、相对脱离复杂人际关系的社会生活，人们对这种新兴的生活方式也渐渐地选择主动去融入其中[①]。虽然城市中的大多数人依旧是在贫困线上下徘徊的普通劳苦大众，能享受到西方式工业化文明成果的仍然是上层部分群众，但在这样一个以经济交流为连接手段的文明交流过程中，社会面貌依旧发生了不小的改变。西方式工业化的文明逐渐打破了中国传统社会只有特权阶层才能享受到福利的制度。部分人群通过经商、从政、交际、诈骗等手段在城市生活中获得了一种传统社会古之未有的崭新社会角色，进而迅速融入了日常生活，成为城市景观的一分子，并且填充进了新兴社会的框架之中，丰富了刚刚搭建起来的东西方融合交流的文明大厦。

二、张爱玲编剧电影《太太万岁》中塑造的时代角色

市民阶层诞生于商业社会，伴随近代中国沦为半殖民地半封建社会，海外资本主义入侵中国，上海沦为西方帝国主义殖民中国的前沿，上海工商业经济的发展催生了近代市民阶层和社会。张爱玲笔下的近现代市民社会小说剧本等反映了时代的需求。《太太万岁》这部影片的喜剧元素多在于电影中角色的谎言被识破与人物的心机上，观众借此在了解了事件的前因后果之后可以站在上帝视角为剧中被骗的人而发笑。影片一开始就以佣人打碎瓷碗，女主人公陈思珍为了免于老太太生气而选择隐瞒为开头，这一段以思珍几次把打碎的瓷器藏好，老太太经过几次偶然的行为后最后不经意间发现了瓷碗而产生了笑点。影片中的陈思珍是该剧的灵魂人物，张爱玲在《太太万岁》中关于女性的思考也借由她来表现出来，除此以外电影中的许多谎言也是多出自于她之口。但正如她在电影的最后一段所诉说的那样："我承认我是失败了，我并不是天生的爱说谎，也是为了好呀，谁知道，越是想好越是弄不好，到了今天，我实在太疲倦了，从此以后，我再也不说谎了，从此以后，我也不做你的太太了。"可以说这段话正是张爱玲想要借陈思珍之口表达对所有不甘于传统社会角色的女性的真实想法，但这种想法往往也只是孕育在萌芽中的企图，只是借此以求得丈夫可以对自

① 杨曙：《〈太太万岁〉中人物形象塑造分析》，载《湖北工业职业技术学院学报》2019年第3期。

己更加关注、在意的手段，而不真的是一种目的[①]。正因此陈思珍才会在主动提出与丈夫唐志远离婚后又由一根别针而回心转意，思珍主动提出的离婚或许本身就只是为了向丈夫显示一种自己不甘任由他摆布的态度，而之后的回心转意才是更加现实的考虑。

张爱玲的文章往往都触及大时代下的悲情女性，她否定传统文化对女性自由与个性的压迫，主张女性独立、摆脱附属地位的追求平等思想。因此在《太太万岁》这部影片中，张爱玲极力想要塑造一个个性解放的女性，但又诚如她在题记中所诉说的那样："陈思珍毕竟不是《列女传》上的人物。她比她们少一些圣贤气，英雄气，因此看上去要平易近人得多。"影片中的女主人公毕竟不是一个贞节烈女，她更像是传统社会中所定义的女性，顾全大局、委曲求全、依附丈夫这么一个软弱的形象。这种由最初的坚持离婚最后又反悔的安排也正映衬着民国的女性空有追求独立的意识又实难完全脱离男性而生活的现实。

民国时期的知识分子们由于受到西方风气的影响，涌现出越来越多的社会改良派意图改变中国传统社会压抑、逼仄的社会风气。与此同时受过西化教育的女性也更加不满于女性对于男性的附属地位，解放女性成为更多人的意愿。但这一风气的转变绝不是轻而易举就可以成功的[②]。在传统男权社会之下女性想要获得与男性同等的地位又谈何容易，于是我们就能在这部影片中看到这样一种奇特的景象，女性一方面力求摆脱附属于男性的社会角色，一方面又实在难以摆脱男性对她身心的控制。这在影片的另一个女性角色施咪咪身上也可以略窥一二。

影片中的施咪咪是一个以出卖色相而生存的女性，她在每每遇到一个有钱人时都会用一场苦情的表演来博得别人对她的同情，并进而通过成为别人的情人而养活自己与原配丈夫。施咪咪的丈夫则完全依赖她而生活，甚至不惜对别的男人说自己是施咪咪在乡下的哥哥以此来打消别人对他的顾虑。但就是这样一个软弱无能的男人却依旧牢牢地掌控着施咪咪这样一个风流女子。在影片的最后唐志远想通过手表来委托他拿回之前给施咪咪买的一枚别针时，这位风流小姐的原配丈夫便迅速答应了[③]。影片在这里有一个巧妙之处，即镜头没有直接展现丈夫与施咪咪的交流环节，而是在这位丈夫进入房间后便一直将镜头停留在房门之外，观众耳边听到的则是最初施咪咪不答应交还别针的争吵到最后传来一个巴掌与女性低低的抽泣的声音，紧接着房门被打开，这位丈夫拿着别针走了出来。至于这枚别针是

① 杨今为：《浅析张爱玲的服饰观对电影创作的影响——以〈太太万岁〉〈不了情〉为例》，载《作家》2015 年第 20 期。
② 戴莹莹：《〈太太万岁〉与张爱玲电影现象研究》，载《北京电影学院学报》2002 年第 5 期。
③ 徐栋：《〈太太万岁〉：口岸资本主义的"家庭天使"》，载《粤海风》2021 年第 5 期。

怎么拿来的，影片中虽然没有直接展现但观众想必也可以从中明白。看似风流不羁的交际花实则在家中仍然需要受到丈夫的约束，即使这个丈夫碌碌无为、无所事事，即使施咪咪是养活两个人的重要支柱。

诚然张爱玲在这部剧作《太太万岁》中确实把男性描绘得过于庸俗与懦弱，无论是连昔日情人家都不敢上门的唐志远，还是依靠老婆生活的施咪咪丈夫，都无不体现出他们在面对是非上的以牺牲女性利益而换取个人安宁的逃避自私思想。但影片中对于追求女性自由平等的主旨也正是在这样的极端情景之下才得以产生并进而激发起人们的思考的。俗话说“嫁鸡随鸡，嫁狗随狗”，男性天然强势的地位使得女性无论在什么领域都会受到男女不平等的歧视对待，女性的任劳任怨被当作一种必然而看待。往往在一个悲情、动荡的时代才会突出一个女性在家庭中的重要性，而混乱的时局又难以使她们完全脱离家庭这个单位而独立生活，因此对于个性解放、追求平等的观念也往往是可望而不可得。其中的心酸与无奈正是在夹缝中生活的她们所不得不遵循与承受的结局。

三、由张爱玲编剧电影《太太万岁》所引发的思考

商业社会不同于农耕社会。女性在近现代商业社会之中扮演的角色日趋复杂化，女性在从传统到现代的过渡之中，生活的中心从家庭劳务走向工商从业者，经济独立是女性独立的基础，经济独立的女性电影创作者和女性观众消费者等共同塑造了电影《太太万岁》。身为民国时期知识分子的张爱玲能够将自己个人的眼光委身于市民阶层的细碎生活当中去真是殊为不易。民国的知识分子大多都保有一种文人式的清高，在他们的眼中这个世界上只有两种人，一种是他们看得起的人，另一种则是他们看不起的人。这种自命不凡的气质往往使得他们在与人交流对话中都拥有一种颐指气使的神色。民国时期的知识阶层已经脱离了中国传统社会所定义的文人士大夫。1905 年科举制的废除使一大批知识分子脱离了体制，转而借助西方传来的现代风气进入到报业、大学等公共领域，拥有了编辑、教授、作家等身份。狭小的文化圈子与门当户对的传统观念使得这些知识分子成为名副其实的物质贵族与精神上的贵族。他们产生于当时的上流社会，将自己比作接受过教化而更加文明的绅士。东西方文明的交流渐进与各种社会思潮与文化流派的兴起都使得他们拥有了一颗充斥着“世界性”的火热的心，经世致用的传统精神迫使这些知识分子们自感使命重大、责任重大，自觉将救国救民、呼唤国人觉醒等等道德上崇高的事业当作自己必须奋斗的终点。而在这种光辉崇高的事业之下，到底又有多少人是真的怀有救国救民的信念而不只是为了传统意义上的士大夫的“立德立言立功”三不朽伟业

而作秀的呢？换句话说，这些知识分子也大多明白他们所做的事情是处在这个时代的前沿，这种引领时代浪潮、融入社会发展的虚荣也切实满足了知识分子在饱读诗书之后期冀可以获得社会影响力的微妙的虚荣感。因此对于传统士大夫的“三不朽”事业，民国时期的知识分子就算碍于脸面没有主动承认自己的刻意追寻，但想必也不会拒绝这些送上门来的荣誉。两相对比之下，张爱玲就显得更加“入世”与“出世”，她入的是滚滚红尘的世，出的则是这个波诡云谲政坛的世。当然，这显然有张爱玲作为一个女人的柔软与温婉的天性使然，但又何尝从中看不到她心底的明悟与睿智呢？近代社会使得张爱玲成为知名女性作家，而近代中国半殖民地半封建社会的性质也导致了当时女性社会地位难以根本性改变。近代女性作家笔下女性的行为与思维往往沦为男性主导下社会的附庸。张爱玲是近现代女性作家，正是基于女性视角下的中国社会记录和刻画成就了张爱玲，也正是有女性作家张爱玲才诞生了大女主电影《太太万岁》[①]。张爱玲笔下的女性不是西方意义上的女权女性，而是在西方女权时代影响中的中国传统女性的懦弱、卑微、痛苦或者微小变革。正是这种刻画变革时代下的中国传统女性的电影成就了《太太万岁》，这也是张爱玲作品能够穿越时间的长河在二十一世纪依然受到追捧的原因之一。

《太太万岁》所表达的女性诉求是张爱玲等创作者顺应历史变革和社会变革的结果。张爱玲是具有强烈女性表达欲望和表达能力的作家，女作家的成功就在于此。关注女性的所思所想所为是近代电影获得市场成功的秘诀，大女主电影往往会吸引广大好奇的男性关注，《太太万岁》把握住了时代的市场脉搏。女性资源的稀缺性问题在音视频电影世界里被虚幻地解决，大女主的一颦一笑牵动着影院观众，音视频所制造的女明星凸显了时代的进步性。不同于男性，爱情婚姻家庭子女老人等是女性人生的重点内容。女性觉醒是中国从古代社会向近现代社会转型的重要内涵之一。大女主电影《太太万岁》是时代的产物，可能包含了一部分物化女性，以女性为噱头捞取票房的目的，但是女主角电影本身证明了女性自我表达的历史性突破。女性为主角的电影客观上表现了中国女性地位的提升，同时影响了一般女性走出古代社会，走向近现代社会。《太太万岁》表达了女性所具有的独立的社会地位需求和独立精神追求，是近代中国女性力图突破男性社会的枷锁，主动表达女性物质和精神需求的电影。围绕女主角的日常琐碎的生活是《太太万岁》强调女性的主体意识，包括女性的社会主体性和性别主体性，但是女主的主体意识的表达依然是以家庭丈夫和父亲为主。女性的自我表达要承担更多的社会包袱，女性对爱情婚姻家庭的追求在古代社

① 王一平：《从〈太太万岁〉和〈不了情〉看张爱玲电影与其小说的差异及其成因》，载《贵州大学学报（艺术版）》2022 年第 1 期。

会长期被压制，在近现代社会依然如此。女性社会地位依然落后于男性，这依然是事实。1947 年电影《太太万岁》中的女主角的自我表达是以戏谑的剧情所展现，所表达的自我情感和诉求是含蓄内敛和间接的，这表明女主角社会地位依然依附于男性。女性电影重点关注女性所关注的爱情婚姻家庭子女老人等议题，尤其是女性自我感情的表达。《太太万岁》是以女主人公为中心的电影故事结构，但是受众主要还是男性群体，以欣赏女性生理之美和心理世界为目的，《太太万岁》电影赢得票房成功。女性是二十一世纪消费的主体，更是创作的主体，因此反映女性身心灵的电影、小说等文艺得以大行其道，而大女主电影电视剧也应运而生。1947 年创作的电影《太太万岁》属于大女主电影，影响了后世的文艺创作。电影《太太万岁》的主角是女性，但是女性日常生活的中心却是男性。打着大女主电影旗号的电影本质上是为了讨好男性观众，男性依然是大女主电影《太太万岁》的中心和主导力量。女性特殊的生理、心理和社会需求决定了大女主电影的主流依然是以爱情家庭为中心的女性角色塑造的戏剧，这是值得男性尊重和呵护的女性角色。作家张爱玲笔下的角色是如此，电影《太太万岁》的主角如此，而现实生活中的女性张爱玲也是如此。电影《太太万岁》中围绕女主角所塑造的剧情冲突与人物命运是以人为中心的日常琐碎生活，至今依然存在于二十一世纪普通家庭生活之中。这也是张爱玲小说和电影的生命力所在。

（李宁：吕梁学院历史文化系副教授；安鹏顺：吕梁学院在读本科生）

张爱玲电影剧本《太太万岁》手稿考略*

吴亚丹

摘　要: 本文以张爱玲的电影剧本《太太万岁》手稿生产时间与历史语境为由头，比勘校读手稿及相关文献、梳理作者创作修改过程之究竟，探讨张氏言说策略和作品潜在意义。通过对比手稿本与对话本，发现剧本生产应归于张系而非桑系。张爱玲的苍凉与桑弧的谐趣交织互文，共同成就了一部悲剧。

关键词:《太太万岁》; 手稿; 生产时间; 修改过程; 悲剧

1947年12月13日，由张爱玲编剧、桑弧执导、文华影片公司出品的影片《太太万岁》在上海四大影院同时上映，反响强烈。随后批判声此起彼伏，张爱玲的编剧生涯也因此中断。2010年前后，沪上收藏家张荐茗在上海文庙觅得《太太万岁》剧本手稿，并于2015年4月部分手稿在沪首次展出，引起了学界的普遍关注。

一、手稿的生产时间与历史语境

《太太万岁》剧本手稿本问世后，在过去七十年中始终未曾现世，学界一度以为已遗失。台北时报文化出版事业公司的《张爱玲资料大全集》(唐文标、关博文、孙万国编，1984年6月版)，安徽文艺出版社的《张爱玲文集》(金宏达、于青编，柯灵顾问，全4册，1992年7月版)，大连出版社的《张爱玲全集》(全16册，1996年版)，台湾皇冠文学出版公司的《张爱玲典藏全集》(全14卷，2001年版)，哈尔滨出版社的《张爱玲典藏全集》(全14册，2003年版)，北京十月文艺出版社的《张爱玲全集》(全14册，2012年版；全10册，2019年版)，均未收入该剧本，仅1989年台湾《联合报》刊登过电影对话本。手稿本的缺失，使得张氏的创作意图及文本意

* 本文为吉林省高教科研重点项目“国学经典在高校思想政治教育中的应用研究”的成果，批准号(JGJX2020C38)。

义只能据有限史料不断被生产。其中，张爱玲的文章《〈太太万岁〉题记》、文华影业公司常务董事兼厂长陆洁的《日记摘存》、导演桑弧和宣传推手龚之方的回忆文章，以及彼时《大公报》《申报》《新闻报》等报刊上的评论文章，呈现出了新中国成立初期上海文化界对张爱玲的接受情况，也是多年来研究张爱玲剧本创作的主要材料。《太太万岁》手稿本的发现，有助于我们探知剧本的意蕴与价值。

首先，《太太万岁》手稿创作时间推测是在 1947 年 5 月 17 日至 6 月 18 日。文华期间，陆洁素以管理高效著称，对影片生产周期控制严格，坚持剧本、布景、图样、拍戏日程表准备周全后方可开拍，开拍后非必要不改动剧本。“我们的老厂长陆洁，管理上很有条理，所以我们的效率比较高，那个时候文华公司只有一百人左右，但一年也要出六七部片子。”①1946 年 12 月 26 日至次年 1 月 12 日，张爱玲接受了导演桑弧委托，仅用十八天便完成了电影剧本处女作《不了情》的创作。1947 年 2 月 6 日电影《不了情》开拍后，拍摄时间从四十五天压缩至三十五天，效率之高可见一斑。4 月 1 日，电影杀青后在台尔蒙配音。4 月 10 日在上海沪光、卡尔登上映，取得了良好口碑和票房收益。随后，张爱玲还将剧本改编为小说《多少恨》，于 5 月 1 日至 6 月 20 日在《大家》第二、第三期连载（后收入《惘然记》，皇冠出版社 1983 年版）。《大家》总编辑唐云旌在《编后》中说：“本期将张爱玲小姐所作《多少恨》小说刊完，占十九面篇幅之多，这是应多数读者的要求，我们特地烦恳张小姐赶写的。”② 由此推测，1947 年 5 月初至 6 月底张爱玲在赶写小说《多少恨》，剧本《太太万岁》或在酝酿中了。据《陆洁日记摘存》记载，1947 年 4 月 3 日至 5 月 28 日佐临的《假凤虚凰》共拍摄三十七天，起讫五十五天。从 4 月初《不了情》上映至《假凤虚凰》拍摄期内，桑弧并没有新作问世。经查中国电影资料馆 1962 年油印的《陆洁日记摘存》中关于 1947 年事的记载：

> 5月8日　培告，昨晤朱端钧，蒋天流想拍戏。
>
> 5月17日　培林来电话：一、已接蒋天流复电，候机飞沪。二、……③

“培林”即系桑弧，本名李培林，“蒋天流”为上海剧艺社女演员，也是电影《太太万岁》中女主角陈思珍的扮演者。电影《不了情》是张爱玲为女演员陈燕燕量身定制，《太太万岁》或是桑弧为蒋天流量身定制。在

① 陆弘石、赵梅：《桑弧访谈录》，载《当代电影》1999 年第 6 期。

② 唐云旌：《编后》，载《大家》1947 年第 3 期。

③ 陆弘石：《中国电影史 1905—1949》，文化艺术出版社 2005 年版，第 194 页。

《太太万岁》开拍前桑弧曾与蒋接洽。5 月 17 日，蒋天流在电话中与桑弧沟通了电影拍摄事宜，当日抵沪后二人或就剧本问题曾与张爱玲会面。据此可将这个时间暂推定为剧本创作的开始时间。而手稿完成的时间较难确定。仅据张爱玲收到剧本费的时间无法推测出手稿完成的具体时间。胡兰成在《今生今世》中的说法与张爱玲在《小团圆》中的描述一定程度上形成了对照。胡兰成说张爱玲写诀别信并寄最后一笔钱的时间是 1947 年 6 月 10 日："她是等我灾星退了，才来与我决绝。信里她还附了三十万元给我，是她新近写的电影剧本，一部《不了情》，一部《太太万岁》，已经上映了，才有这个钱。我出亡至今将近两年，都是她寄钱来，现在最后一次她还如此。"[①] 在《小团圆》中张爱玲写道："那天他（燕山，原型桑弧）走后她（九莉，原型张爱玲）写了封短信给之雍（原型胡兰成）。一直拖到现在，也是因为这时候跟他断掉总像是不义。当然这次还了他的钱又好写。"[②]"她的回信很短，也不提这些。卖掉了一只电影剧本，又汇了笔钱给他。"[③] 由此推测，张爱玲收到《太太万岁》剧本费的时间应在 6 月 10 日前。但也仅限大致范围，对于确切日期目前仍缺乏足够史料证实。《陆洁日记摘存》中虽记载了 1948 年 1 月 20 日陆洁到桑弧家给张爱玲稿费的细节，却无法判定这笔钱是《太太万岁》剧本费。其中，陆洁关于 1947 年事还提到了一些细节：

> 6 月 18 日　接理发公会函，提出九点，要求修改《假凤虚凰》。培来述新拟剧本《太太万岁》，并谓演员拟用天流、丹凤、石挥、韩非。
>
> 6 月 25 日　培林拟约丹凤在《太太万岁》中演一角。午前丹来言，群戏不拍，戏少不拍，未与进一步谈，留与同饭而去。
>
> 7 月 15 日　下午到培林家，预付蒋天流、上官云珠酬金。
>
> 8 月 4 日　培林《太太万岁》开拍。
>
> 9 月 19 日　《太太万岁》内景拍完。
>
> 9 月 23 日　《太太万岁》全片拍完，实拍 35 天，起讫 51 天。
>
> 11 月 1 日　《太太万岁》开始配音。
>
> 12 月 10 日　"皇后"《太太万岁》试片。[④]

由此推知，《太太万岁》剧本手稿完成时间为 6 月 18 日前。从张荐茗收藏的手稿本看，字体大小不一，行距不均，书写不工整，有大面积修改涂抹痕迹，说明作者写作时有强烈的创作冲动，书写速度较快，不追求页

---

① 胡兰成：《今生今世》，中国社会科学出版社 2003 年版，第 274 页。

② 张爱玲：《小团圆》，北京十月文艺出版社 2018 年版，第 270 页。

③ 同上，第 268 页。

④ 陆弘石：《中国电影史 1905—1949》，第 194—196 页。

面和排版的整洁妥帖，创作用时或不长，推测时间在 1947 年 5 月 17 日至 6 月 18 日间，与《不了情》创作时长基本一致，也符合陆洁对电影生产效率的要求。

其次，战后国家文化整肃期间，张爱玲的政治身份和文化抉择与主流相悖，影片《太太万岁》教育作用与社会效果的欠缺或是手稿长期受封存之关键因素。上海沦陷成就了张爱玲。小说集《传奇》和散文集《流言》的相继出版使张爱玲在上海文坛大放异彩，然而盛名之下难逃负累，小说《连环套》引发的争议及后续事变将张爱玲推向舆论旋涡。傅雷、郑振铎、夏衍、柯灵、马博良、李君维等上海文坛前辈出于对张爱玲才华的爱惜，纷纷提出中肯建言。傅雷希望张爱玲“能跟着创造的人物同时演化”[①]。柯灵喜忧参半：“因为环境特殊，清浊难分，（张爱玲）很犯不着在万牲园里跳交际舞。”郑振铎劝张不要到处发表作品，并建议文章“可以交给开明书店保存，由开明付给稿费，等河清海晏再印行”[②]。这些声音虽交响混成，但都希望张爱玲能隐藏锋芒、韬光养晦。对此张爱玲不仅著文辩驳，还做出相悖的文化抉择，包括与胡兰成结婚，在创作中回避政治、走向民间，在宣泄日常和妇人性中对抗历史虚无感和左翼主潮。“我不喜欢壮烈。我是喜欢悲壮，更喜欢苍凉。壮烈只有力，没有美，似乎缺少人性。”“凡人比英雄更能代表这时代的力的总量。”[③] 在国家意识形态重建时期，这一抉择令张爱玲的创作频频受挫，以至 1945 年至 1946 年被迫搁笔一年多。1946 年张爱玲在友人协助下复出。如龚之方协助出版了《传奇》增订版，给张爱玲提供了为自己辩解的机会。在柯灵介绍下，张爱玲开始尝试创作电影剧本，与文华影片公司合作期间创作了一系列表现上海都市生活的作品。

1947 年是张爱玲人生之路转轨的一年。6 月 10 日张致信胡兰成解除婚姻，对此胡兰成认为“爱玲的清坚决绝真的非常好。她不能忍受自己落到雾数[④]，所以要自卫了”[⑤]。婚姻失败给张爱玲的沉重打击，亦如九莉收到之雍回信后，“像是收到了死了的人的信，心里非常难受”[⑥]。此后张爱玲转向对人生人性之常的关注，以开释爱情梦幻破灭后的痛楚，抗御自我沉陷的危机。与桑弧合作的第二部电影《太太万岁》成了她在上海编剧生涯的一支告别曲。影片在沪公映时，正值上海都市文化遇上政治的危机时刻，国家

① 陈子善：《张爱玲的风气》，山东画报出版社 2004 年版，第 80 页。

② 柯灵：《遥寄张爱玲》，载《读书》1985 年第 4 期。

③ 张爱玲：《自己的文章》，载《新东方》1944 年第 4—5 期。

④ 雾数：上海方言，指江南梅雨季空气闷热、潮湿，人会感到沉闷、不清爽。张爱玲用“雾数”一词形容一种隐忧，即“杂乱不洁的，壅塞的忧伤”。参见：张爱玲：《论写作》，载《杂志》1944 年第 1 期。

⑤ 胡兰成：《今生今世》，第 275 页。

⑥ 张爱玲：《小团圆》，第 270 页。

重建新的话语秩序需要思想清理和文化整肃，而影片“妥协应世、苟且求安”的哲学与主流思想抵牾，势必遭批判。

此外，影片公映前文华电影推手龚之方便开始在上海各大媒体上摇唇鼓舌。作为预热，1947 年 12 月 3 日张爱玲在《大公报》副刊《戏剧与电影》上发表了《〈太太万岁〉题记》①，阐述了创作技巧和美学追求。对此《大公报》主编洪深在同期《编后记》中大加褒扬：“好久没有读到像《〈太太万岁〉题记》那样的小品了。我等不及想看这个‘注定了要被遗忘的泪与笑’的 IDYLL 如何搬上银幕。张女士也是《不了情》影剧的编者；她还写有厚厚的一册小说集，即名《传奇》！但是我在忧虑，她将成为我们这个年代最优秀的 HIGH COMEDY 作家中的一人。”② 同时在《太太万岁》电影海报上，文华公司还推出剧情预告以吸引观众：“撒谎的妻子，能干的丈夫，苦闷的亲家，多情的小姑”；“太太的苦衷有谁知，太太的难处有谁晓，不做太太心安理得，做了太太哭笑不得”；“又娇又嫩的姨太太”；“谨以此片献给世上任何一位丈夫”。1947 年 12 月 10 日，影片在上海皇后大戏院试片。12 月 12 日，《时代日报》副刊《新生》刊登了胡珂的文章《抒愤》，文中批判了洪深和上海媒体的吹捧喝彩文章，直指张爱玲是“敌伪时期的行尸走肉”③。12 月 14 日，《太太万岁》在上海皇后、金都、金城、国际四大影院同时公映，轰动一时，争议声更激烈。既有中性评述，也有激烈批评。12 月 14 日，方噔在《大公报》副刊《大观园》发表的《“所谓浮世的悲欢”——〈太太万岁〉观后》中给出了中性评价：“张爱玲在《太太万岁》的题记里，已经为她自己画了一张很好的素描……（张爱玲）‘将人性加以肯定——一种简单的人性，只求安静地完成它的生命与恋爱与死亡的循环。’《太太万岁》的题材也属于这一类，既然人性就是这一种循环，‘哀乐中年’不过是了循环里的一个环节罢了，一切还有什么‘是’‘非’？一切更没有什么希望了。”④1947 年 12 月 23 日，陈树淥在《益世报（上海）》副刊《别墅》发表《评〈太太万岁〉》，批评编剧的艺术手法和演员演技：“我愿意站在极客观极友谊立场来说，我希望石挥能珍重自己艺术生命！”⑤1948 年 1 月 7 日，洪深在《大公报》《戏剧与电影周刊》上发表《恕我不愿领受这番盛情：一个丈夫对于〈太太万岁〉的回答》一文，肯定影片艺术价值和张爱玲才气，也指出了影片本身喜剧性的不足：“它不够成为‘高级喜剧’……是十足的

---

① 张爱玲：《〈太太万岁〉题记》，载《大公报（上海）》1947 年 12 月 3 日。

② 洪深：《编后记》，载《大公报（上海）》1947 年 12 月 3 日。

③ 胡珂：《抒情》，载《时代日报（上海）》1947 年 12 月 12 日。

④ 方噔：《“所谓浮世的悲欢”——〈太太万岁〉观后》，载《大公报（上海）》1947 年 12 月 14 日。

⑤ 陈树淥：《评〈太太万岁〉》，载《益世报（上海）》1947 年 12 月 23 日。

‘生的门答尔’sentimenta。”[①]1948 年至 1949 年，张爱玲再度陷入创作沉寂期。随着张爱玲离沪，关于《太太万岁》的讨论也渐偃声息，剧本手稿亦消失不见。

《太太万岁》剧本手稿之所以得以留存至今，或与导演桑弧的妥善保存有关。1950 年，桑弧离开文华加入上海联合电影制片厂。1952 年，文华并入上海联合电影制片厂，同年张爱玲离沪。此后桑、张二人未再见面或联络，便无从商议手稿如何处置。而桑弧偏爱中国传统喜剧，《哀乐中年》剧本便被妥善保存至今。张荐茗收藏的手稿上既有张爱玲的笔迹，也有桑弧的修改意见和拍摄说明，推测剧本手稿或由桑弧留存，后流至坊间。手稿绝迹几十年，或与桑、张情断及建国后张的特殊身份有关。1950 年后，桑弧有意回避张爱玲及电影《太太万岁》。1999 年，桑弧在与陆洪石的访谈中曾援引夏衍的话肯定张爱玲的才华：“影片的第一本是非常重要的，如果第一本就被吸引，那么观众就会一直看下去。”[②]而对张爱玲本人，桑弧则有意回避，此中真相难以索解。

二、手稿的再阅读

《太太万岁》剧本自手稿出，经张爱玲自改、导演桑弧修改与编导的过程，亦可视为对手稿的再阅读。在战后初期的上海，这种阅读带有别样意味。张荐茗收藏的《太太万岁》剧本手稿共一百三十五张稿纸二百多页。其中第一部分是完整的剧本初稿；第二部分是单场人物对白和场景布置的修改稿，共五十六页；第三部分是电影拍摄脚本，即桑弧修改后的分镜头剧本，包括主题、展开剧情和拍摄说明。

首先，手稿是作品的原始文本，通过研究手稿的删减、增补、批注，梳理文本生成演化过程，更能接近作者创作意图。《太太万岁》剧本手稿上遍布大量修改痕迹，可见作者对戏剧结构和凝练准确、不冗不赘语言风格的极致追求。

从手稿上的改动笔迹看，剧本初稿完成后张爱玲至少进行了四次修改。手稿所用稿纸款式、大小、颜色不一，包括绿格稿纸、红格信笺和白底无格稿纸三种，推测手稿应为不同时间修改完成。其中绿格稿纸部分清晰遍布大量红蓝交加的删减、修改和圈涂痕迹，应为一稿。手稿撰写过程中或完成后，张爱玲先用蓝色字迹笔完成底稿，以蓝笔第一遍修改，改动小；后以红笔修改，改动大，包括大段内容删减、增添和页码编排，为二稿。如

① 洪深：《恕我不愿领受这番盛情：一个丈夫对于〈太太万岁〉的回答》，载《大公报（上海）》1948 年 1 月 7 日。

② 陆弘石、赵梅：《桑弧访谈录》。

第三十五场（婆家客室）中，杨律师和唐志远的一段对白，陈家客室中陈思珍与小姑子志琴、母亲的三段对白，均被整段打上红叉删除，并做了特别补充；第三遍用蓝笔对局部字词进行修改，改动小，为三稿。无格稿纸应为初稿完成后的补充内容，有浅黑笔涂改痕迹，应为四稿。

此外，初稿内容被反复修改多次，体现出张氏对小说叙事的熟练驾驭。如唐志远给施咪咪道歉的戏中，关于“无线电”的一段补充对白被张氏悉数删去。第三十五场（婆家客室）中，杨律师的台词由“嗯”改为“太可恶了！”语气明显增强。此后的整段文字被张氏用红笔打叉删除。第 44 页陈家客室的几段人物对白被修改了四遍。陈母的一段对白在第一遍修改中部分内容被删去，部分句子被调整语序；第二遍修改中陈母对白部分被删去，部分被改为陈父，且补充了陈母对白内容：“男人哪有回心转意的。”反问句式语气更强烈，表达出人物对男性出轨行为的彻底否定；第三遍修改中陈母的补充对白又被改为：“男人让他自己回心转意，哪儿成呢？”表现出思珍内心对志远仍抱有期待，细致呈现了妇人的委曲求全；第四遍改为“等男人回心转意，这哪儿成啊？你爸爸从前有小公馆的时候，要不是我带人去闹了一场，把那个女人赶走了，到今儿个他也未必回心转意呢！”采用语气更强烈的反问句式，带有咄咄逼人的气势，彻底否定妇人卑微的期待。可见，经过四次反复修改，剧本场次划分更细、叙事更纯熟、细节更清晰，起承转合中可见人物的情感起伏变化，更具舞台效果。

其次，手稿发现之前，学界普遍认为《太太万岁》是张、桑合著，更有甚者将之直接归于桑系，而非张系[①]。事实上，上海时期张爱玲的叙事往往聚焦“末世人性之变和乱世人情之常”[②]，表现都市民间饮食男女的浮世悲欢，宣叙“妥协应世、苟且求安”的生存哲学。从手稿看，作品艺术构思源自张氏的生活体验，体现了张氏的人生镜像、美学追求，具有浓郁的“张爱玲意味”。因此剧本应归于张系。通过比勘校读剧本手稿，结合张爱玲的自述《〈太太万岁〉题记》，发现张爱玲的叙述和描写具有反传奇意味，并具体体现在普通与平静两个方面。普通，即张爱玲摒弃了擅长的传奇叙事，拒绝表现惊人、炫人、媚人的男女旷世奇缘，而转向在弄堂中寻找普通人、在普通人中发现平凡、从平凡中捕捉隽永的叙事。

> 《太太万岁》是关于一个普通人的太太。上海的弄堂里，一幢房子里就可以有好几个她。
>
> 《太太万岁》里的太太没有一个曲折离奇可歌可泣的身世。她的事

---

① 张荣：《桑弧与刘别谦——以〈太太万岁〉为例》，载《当代电影》2008 年第 3 期。

② 解志熙：《“反传奇的传奇”及其他：论张爱玲叙事艺术的成就与限度》，载《中国现代文学研究丛刊》2009 年第 1 期。

迹平淡得像木头的心里涟漪的花纹。[1]

陈思珍只是上海弄堂中一名普通的家庭主妇，遭遇婚姻危机却软弱求全。当志琴批判志远给第三者买汽车时她反为志远辩护，思珍的情感体验也是张爱玲婚姻中遭遇的“雾数”感。

所谓平静，一是戏剧性的平静。剧中人物都是饮食男女，过着平凡的日子，没有璀璨绮丽的光芒，没有惊艳时光的浪漫，每天上演的是静的戏剧；二是叙述语言的平静。张爱玲在手稿中将人物对白进行整段删减。如志琴对白被改为弟弟，原本八行篇幅的对白被改为三行，这使语言更简洁有效，避免了人物喋喋不休，达到含蓄有致和点到为止的效果，为观众留下了丰富的想象空间。语气上，志琴的愤懑指控被改为弟弟对姐夫婚外情事实的冷静陈述，平静中让人感觉悲凉。

最后，手稿中体现张爱玲对人情世故的深刻体会，充满了苍凉、抑郁而哀切的情调。小说中张一向忽视结构和戏剧性，影视剧本则要凸显舞台的戏剧性，这就涉及文本转译的问题。《太太万岁》剧本中有曲折有趣的情节，但故事性不强。张爱玲若忽略了戏剧性和喜剧性，戏剧效果和张式情调便会差强人意。从手稿看，这种情调不仅没有减弱，反倒加强了，嘲讽和幽默中体现出张爱玲圆熟流畅的编剧技法。对此有学者评价道：“张爱玲独有的文学调性在这部电影剧作中发挥得淋漓尽致，喜剧中蕴含着苍凉与泪，可谓之为‘浮世的悲欢’。”[2] 如在思珍化解情妇造成的家庭危机的一场高潮戏中，思珍与情妇流氓丈夫的一段对白不仅简洁尖锐、语气强烈、句句相扣，而且极具喜剧效果：

> 珍：嫁鸡随鸡，嫁狗随狗，志远是她的丈夫呀！
> 流：我才是她的丈夫呢。
> 珍：啊？你是她的丈夫？

在这场婚姻危机中，思珍虽解救志远于困境，但并不感到快乐。“感情的事没那么简单，我们再也不会跟从前一样了。”所谓“哀乐中年”，不过是妥协中夹杂着辛酸、苍茫变幻中独自消化悲哀，这也是此时张爱玲凄婉内心的真实写照。

① 张爱玲：《〈太太万岁〉题记》。
② 许旸：《张爱玲〈太太万岁〉手稿展出》，载《文汇报（上海）》2015 年 4 月 9 日。

三、手稿本与电影对话本的交织

文本是开放性、互动性、生成性的意义实践。罗兰・巴特认为:“每个文本,其自身作为与别的文本的交织物,有着交织功能,这个不能混同于文本的起源:探索作品‘起源’和‘影响’是为了满足那种关于起源的深化。”[①] 文本交织,即文本间性。将《太太万岁》作为一个电影现象的整体,从剧本手稿到电影对话本,张、桑采取了两种不同的悲剧艺术手法,张爱玲的苍凉与桑弧的谐趣交织互文,寓喜于悲,成就了一部既散发悲剧意味又有幽默色彩与生动情节的作品。

生于上海的张爱玲,对于中产阶级的生活习气、人性特点及其可笑与善良之处尤为熟稔。夏志清评价她“一方面有乔叟式享受人生乐趣的襟怀,可是在观察人生处境这方面,她的态度又是老练的,带有悲剧感的——这两种性质的混合”。[②] 现实中张、胡的结局也是一出悲剧。1947 年,胡兰成的背叛和薄情令张爱玲痛苦不堪,舆论压力和世态炎凉让她陷入刺骨的悲。与胡兰成诀别后张爱玲依然将三十万稿酬接济逃亡中的胡,却并未换得理解:“爱玲的书销路最好,稿费比别人高,不靠我养她,我只给过她一点钱,她去做一件皮袄。”[③]“我与她为夫妇一场,钱上头我先给她用的与她后来给我用的,差不多是平打平,虽然她给我的还稍许多些,当然两人都没有计算到这个,却仿佛是天意。”[④] 在这种心情下,张的创作无疑会夹杂着对失败婚姻的感慨。剧中思珍在唐家经历的哀乐均融入了张爱玲无限的苍凉感,包括沉重的叹息、苦涩的自嘲、离别的哀伤。

一方面,张爱玲经受的婚姻不幸也发生在思珍身上,她们的矛盾、痛苦、纠结均可归结于婚姻中女性怯于直面真相、把握穿透存在之痛的悲哀,悲剧感由是启动。思珍早知道志远的婚外情:“不过我想,不要说破了,这样他还有点拘束,闹穿了,他索性要光明正大的,你拿他有什么办法?我想我还是装不知道,慢慢儿也许他会回心转意的。”这段维护自尊的对白充满宿命灰色和妥协的无奈。“我这样想着,仿佛忽然有了什么重大的发现似的,于高兴之外又有种凄然的感觉”,“赤着脚踝,风吹上来寒飕飕的,我后来就进去了。”[⑤] 在婚姻结束时,张爱玲与陈思珍都清刚亮烈,但也不能就此认为《太太万岁》表达的是女性的自主与胜利,恰恰是思珍在离婚上的犹疑不定消解了故事本身的喜剧意味。

---

① [法]罗兰・巴特:《从作品到文本》,载《文艺理论研究》1988 年第 5 期。
② 夏志清:《中国现代小说史》,复旦大学出版社 2005 年版,第 257 页。
③ 胡兰成:《今生今世》,第 166 页。
④ 同上,第 333 页。
⑤ 张爱玲:《〈太太万岁〉题记》。

另一方面，思珍深谙人情世故，洞悉人性的贪婪与虚伪。情妇一朝翻脸，丈夫怯于担当，转身哀求妻子，软弱又无能。当志远背叛家庭，思珍做出最后牺牲。为志远（非对话本中的“唐家”）她放下自尊，采用“以彼之道还施彼身”“请君入瓮”的方法，帮助志远摆平了情妇施咪咪及其流氓丈夫。在一个精心营造的“嫁鸡随鸡，嫁狗随狗”心理陷阱中，“邀请”情妇及其流氓丈夫到唐家住，继而言语诱导二人承认他们的夫妻关系，并许下“从今以后再也不要你找上门来了”的承诺，一场危机由此解除。当观众以为这不过是一出“原配忍气吞声、两女共侍一夫”的俗套剧情时，张爱玲安排了思珍离婚并离开唐家的结局。“这种事不是一下子决定的，可是一决定，就不会改变的。”看似胜利在望，实则凄然离场，在苍凉的悲剧中表现出了张爱玲对人性和复杂生活的深刻理解。

关于悲剧艺术，叔本华尤其欣赏的是第三种：“普通之人物，普通之境遇，逼之不得不如是。”桑弧认为第三种悲剧最感动人、最具悲剧美，主张“以悲剧的精神治喜剧，以喜剧的精神治悲剧”[①]，认为理想的悲剧境界应是“寓沉痛于悠闲”，即在沉痛中夹杂着谐趣。在影片《太太万岁》中，桑弧更是实践了这一艺术主张。在对话本中，桑弧采用寓庄于谐的手法，用轻灵外衣来反衬庄严内涵，通过荒唐、可笑的人和事，让观众在轻松的气氛中受到深刻启迪。具体来说，电影对话本中桑弧采用了夸张手法和巧妙结构，增加了喜剧性的内容，通过调动喜剧人物的行动来表现人物性格，从而令剧本构思更为精巧、完整，透着股冷酷的幽默和悲剧感。如将手稿本中“我倒从来没有碰见过这种女人”改为对话本中“她是我的老婆，去你妈的！”加上思珍长吁出一口气和用手绢擦汗的动作，喜剧效果达到高潮，避免了单纯对话带来的沉闷感。此外，桑弧从事戏剧工作多年，深谙电影运作机制和观众喜好，明白满足普通观众趣味、获得观众支持的重要性。因此，他在张爱玲剧本的苍凉与世故中加入了谐趣，使喜中蕴悲，成就了悲喜浑成的艺术。

如张爱玲所言，凡世俗人的苍凉感比英雄更能代表这时代的总量。对手稿及其生产机制的考证与阅读，让我们重新看到了张爱玲笔下被遗忘的笑与泪。在文化危机时刻，这悠悠的生之负荷，在悲喜交织中具有了更深长的价值。

（吴亚丹：华东师范大学中文系博士研究生）

① 桑弧：《从清风亭说起：与大郎论悲剧》，载《大家》1947 年第 2 期。

现代装置*

——论张爱玲小说中的“浴室”空间

丁 茂

摘 要：张爱玲在其小说中建构了大量封闭性空间。在这些叙事空间中，公馆、公寓最具代表性，分布于公馆与公寓两种不同的居住空间中的浴室空间作为张爱玲笔下的特殊空间尤为具有象征意义。在张爱玲的叙事中，浴室空间作为一种“现代装置”，首先是作为现代化的生活空间而存在，其次是作为属于女性的独立空间，但更为重要的是“浴室”作为一种特殊的现代文明装置，切割了时间与空间，成为一处“无光的所在”。张爱玲以此为基，打破线性叙述的框架，书写独属于女性的时空。

关键词：张爱玲；浴室空间；现代装置

作为二十世纪“海派”作家中的佼佼者，张爱玲并未如“新感觉派”作家一般聚焦于疾速流转的现代都市空间，而是选择将视角回转至家庭生活空间。在张爱玲的家庭空间中，有两处极为典型，一是公馆，是属于父系的“清凉的古墓”；一是公寓，是属于母系的“理想的住所”。在这两个空间所共同拥有的空间——浴室，在张爱玲的小说中占有重要的地位，借助“浴室”这一空间，有助于在张自谓黑白分明的人生中找到一个连接点，映射出她对时代、对人生的思索。

孟悦指出：“张爱玲的人物分布并游动于几种意义不同的空间里，标志着不同时代不同社会生活的领域。”[①] 张爱玲笔下不同的居住空间：客厅、卧室、阳台、浴室……各自承载着不同的意义符号，所指涉的空间意义也不同。浴室，作为一个私密性的空间，在张爱玲的小说中常呈现出封闭的姿

* 本文为重庆市研究生科研创新项目“新旧嬗变中的文人结社——以南社雅集为中心”的阶段性成果，批准号（CYS22176）。

① 孟悦：《中国文学“现代性”与张爱玲》，选自王晓明主编：《二十世纪中国文学史论（下卷）》，东方出版中心 2003 年版，第 102 页。

态，《沉香屑　第一炉香》《倾城之恋》《琉璃瓦》《鸿鸾禧》《同学少年都不贱》《小团圆》等篇章中均有对浴室这一空间的描写。按加斯东·巴什拉的观点，他在《空间诗学》一书中把“家宅”视为安放灵魂的城堡，“它是我们最初的宇宙”[①]，他认为我们的无意识就安居在我们的灵魂中，而“家宅”就是我们安放灵魂的特殊空间。张爱玲小说世界中的浴室，就是她安放灵魂的一角，在浴室这一相对封闭的、特定的私密性空间中，张爱玲投以有意味的凝视，赋予浴室以象征意义，使其呈现出独特的叙事风貌。

一、现代化生活空间

张爱玲初出文坛是以发表在老牌“鸳鸯蝴蝶派”杂志《紫罗兰》上的《沉香屑　第一炉香》，以及其后的《第二炉香》《茉莉香片》等作品打响名气。台湾学者杨照一眼就看到了张与“鸳鸯蝴蝶派”传统的承继关系，用看似新式的笔调写老生常谈的男女爱情故事，不过是把故事的主人公巧妙地进行了性别置换。李欧梵倒是较早就看到了张爱玲的现代性，她念兹在兹的是在小说中书写上海这一沦陷都会平凡人的“传奇”故事，尤其热衷于描绘细节，对其所钟爱的事物进行细致的描绘，所以有时会被人诟病为“细节肥大症”[②]。“但张爱玲借着她的细节逼迫我们把注意力放在那些物质‘能指’上。”[③]李欧梵所注意到的这些“能指”，即依靠着张爱玲的个人想象所“重塑”的城市空间，尤其是私人空间。在这些私人性空间当中，公馆与公寓常常吸引了读者所有的注意力，因张对它们的描绘太过于精细了，以至于一提到她笔下的公馆，霎时便能想到封闭卧室内的雕花大床，躺在床上的遗老遗少，鸦片烟缭绕的室内空间。但与此同时，不可忽视的是公馆与公寓所共有的私密空间——浴室。在这个相对“封闭”的空间，张爱玲静静向外凝视，书写着自己的话语，建构着自己的世界，形成特殊的“张看”姿态。

张爱玲不止一次在回忆中提起先辈对己之意义，“他们只静静地躺在我的血液里，等我死的时候再死一次”[④]。显赫的家世给予张的是血脉中的自足

① [法]加斯东·巴什拉：《空间诗学》，上海译文出版社2009年版，第2页。

② 马泰祥：《张爱玲与“细节肥大症”——以遗作〈爱憎表〉为分析中心》，载《现代中文学刊》2020年第4期。

③ 李欧梵：《中国现代文学与现代性十讲》，复旦大学出版社2002年版，第223页。

④ 张爱玲不止一次改写这句话，《对照记》中：“我没赶上看见他们，所以跟他们的关系仅仅只是属于彼此，一种沉默的无条件的支持，看似无用，无效，却是我最需要的。他们只静静地躺在我的血液里，等我死的时候再死一次。我爱他们。”《小团圆》中则是：“她爱他们。他们不干涉她，只静静地躺在她血液里，在她死的时候再死一次。”若追溯到《易经》中，则是：“祖父母却不会丢下她，因为他们过世了。不反对，也不生气，就静静躺在她的血液中，在她死的时候再死一次。”足见张爱玲对其血脉的珍视。张爱玲：《对照记》，花城出版社1997年版，第45页。

感，但那毕竟是“落下去了的月亮”，终究“赶不上趟”，张爱玲的生活空间比起祖父母到底是大有不同了。张爱玲未曾同祖父母辈相处过一分一秒，却在其创作中建构了一个又一个“几世同堂”，人丁兴旺的大家族，古典的亭台楼阁不再，取而代之的是现代化的洋楼景观，充斥着大量现代化设施。“浴室”，作为西潮拍岸下的现代化装置，顺理成章地出现在张爱玲笔下，成为她言说的工具。

在《什么是装置？》一文中，吉奥乔·阿甘本将话语构型的基本架构命名为“装置”。他认为：

> 为了进一步扩展已经规模庞大的福柯式装置，我会这么来指称装置，即它在某种程度上有能力捕获、引导、决定、截取、塑造、控制或确保活生生之存在的姿态、行为、意见或话语。因此，装置不但包括监狱、疯人院、圆形监狱、学校、告解室、工厂、戒律、司法措施等等（从某种意义上而言，它们与权力的联系是明显的）；而且也包括笔、书写、文学、哲学、农业、烟、航海、电脑、手机以及语言本身，语言或许是最古老的装置。①

在阿甘本这里，无法用整体的宏大话语来表述的东西，被统一存放纳入装置系统之内，语言成为一种古老的装置，存放记忆的空间——浴室，则成为在一定的装置下所面对的物质的痕迹。而到了张爱玲笔下，浴室作为一种现代化的装置，储存了其繁多的记忆，成为一处亟待召唤的“记忆之场”②。

在人丁兴旺、几代同堂的《创世纪》中，有一段关于浴室的精彩描写。潆珠从毛耀球处拿回雨衣回到匡家公馆，进到不常进的由祖父母所使用的浴室，在玻璃镜上看到了雪白的小圆点子，是祖父刷牙时溅上去的。“她祖父虽不洋化，因为他们是最先讲求洋务的世家，有些地方他还是很道地，这些年来都用的是李士德宁牌子的牙膏，虽然一齐都刷到镜子上去了。”③

张爱玲笔下的浴室，作为家庭生活空间的一部分而存在，但这存在的前提是——现代化。“浴室”是充斥着浴缸、洗手台、马桶、镜子等现代化设施，配套齐全，生活便利的现代化的生活空间。即便是像匡家这样靠着妻子典当嫁妆过日子的老派落伍的世家，思想上“虽不洋化”，生活上却也是“最先讲求洋务的世家”，满清的遗老遗少虽关起门来抵抗变了天的

① ［意］吉奥乔·阿甘本：《论友爱》，北京大学出版社 2016 年版，第 17 页。

② ［法］皮埃尔·诺拉：《记忆之场——法国国民意识的文社会史》，南京大学出版社 2015 年版，第 123 页。

③ 张爱玲：《创世纪》，选自张爱玲：《红玫瑰与白玫瑰》，十月文艺出版社 2012 年版，第 208 页。

“新”[①]，但终究抵不过现代化的诱惑，在更为便利的生活设施前弯了腰，浴室因而也就成为“新势力”闯入的一个缺口，显露出其作为“现代文明装置”不可抵挡的张力。

追溯到其处女作《沉香屑　第一炉香》，梁太太在半山腰的贵家宅地“一手挽住了时代的巨轮，在她自己的小天地里，留住了满清末年的淫逸空气，关起门来做小型慈禧太后”[②]。塑造了一个西方人心中的传统中国形象，“荒诞、精巧、滑稽”[③]，而她在晚宴后邀司徒协至家，借口竟是看看家里浴室墙上新砌的樱桃红玻璃砖。

“到底是上海人。”[④]上海，作为中国最早步入现代化的城市，被誉为“东方巴黎”，生活在其中，深爱上海的张爱玲早已习惯这城市中的一系列现代化装置，甚至在《公寓生活记趣》中直言自己喜欢市声，那是街道上的喧声，是电车开过的“铃铃……”之声，是收音机的无线电广播声，是留声机中咿咿呀呀的由机械复制而来的艺术作品之声。声音，是她“体验都市现代性的重要媒介”[⑤]。而浴室，作为一种现代化的文明装置，早已被其视为理所应当之物，以至于当张爱玲一时离开这一现代装置时，竟感到无所适从，乃至惶惑不安。在其晚年未完结的自传性作品《异乡记》中，张爱玲回忆起四十年代去温州寻胡兰成的一段经历，谈到路过杭州时寄住在乡下某户人家：

> 请女佣带我到解手的地方，原来就在楼梯下一个阴暗的角落里，放着一只高脚马桶。我伸手钳起那黑腻腻的木盖，勉强使自己坐下去，正好面对着厨房，全然没有一点掩护。风飕飕的，此地就是过道，人来人往，我也不确定是不是应当对他们点头微笑。[⑥]

一旦熟悉的现代化生活空间消失，张爱玲所向往的现世安稳亦随之消逝，不安之感便立刻充斥在这一陌生的空间之中，原本承担着排泄、梳妆、闲聊等使命的现代化装置——“浴室”，很快被她在文字中替换成了“解手

① 《雷峰塔》与《小团圆》中所提及的二大爷始终不待见出来为新政权做官的“新房子”一方，却又需要“新房子”偶尔接济，便是实例。可见张爱玲:《雷峰塔》，北京十月文艺出版社 2016 年版。

② 张爱玲:《沉香屑　第一炉香》，选自张爱玲:《传奇(增订本)》，山河图书公司 1946 年版，第 224 页。

③ 同上，第 224 页。

④ 张爱玲:《到底是上海人》，选自张爱玲:《流言》，广州花城出版社 1997 年版，第 1 页。

⑤ 王晓珏:《电影、收音机与市声：张爱玲与声音景观》，载《中国现代文学研究丛刊》2018 年第 6 期。

⑥ 张爱玲:《异乡记》，北京十月文艺出版社 2010 年版，第 18 页。

的地方”[①]，她所熟悉的那个舒适、安全的“浴室”空间消失不见，以至于她感到紧张、不安，甚至惶惑，宛如一个社交恐惧症的人，疑惑着要不要坐在马桶上同路过的人点头微笑。

在张爱玲的世界中，浴室是其日常生活空间的重要组成部分，亦是其叙事空间的重要组成部分。浴室作为一个现代化装置，首先是一个功能性的空间，是伴随着城市现代化，配备着浴缸、马桶、梳妆镜等现代化设施的空间。无论是公馆中梳妆打扮做着“女结婚员”的女性，抑或是独自租住公寓的独立女性，她们都需得有这样一个现代化的空间为自己添妆。

二、女性空间

伍尔芙曾经说过，“一个女人如果要写小说的话，她就必须有钱和自己的一间屋”[②]。在张爱玲的小说世界中，无论是公馆还是公寓，都试图为女性营造一个独立、完备、充满安全感的空间。但张爱玲笔下的家庭空间，往往是家族聚居，较少私人空间，而浴室是唯一无法与他人分享，仅供各人独立使用的私密空间。在庭院深深、鸦片袅袅的公馆内，唯一使张爱玲感到安全的地方正是封闭的浴室。

张爱玲曾在散文《童言无忌》中回忆起幼时发生的一件小事。饭桌上，父亲打了弟弟，自己感到委屈，哭了起来，却遭到后母的嘲笑，于是自己丢下碗冲到隔壁的浴室，对着镜子无声抽噎，任由眼泪滔滔流下。在父亲与后母执掌的家庭里，张是没有自由的，甚至连哭泣流泪的权利也没有，只能冲到浴室去，为自己谋得那一点点自由。在浴室中，张爱玲关上浴室的门，将自己变成了这小小空间的主宰者，为自己谋得哭泣的权利，在这一空间中得到了片刻的独立，也正是在此，她透过浴室的玻璃看到弟弟很快忘却仇恨，自顾自地踢球，为他感到寒冷的悲哀。借由浴室，张爱玲获得了人生最初的独立思考空间。

在自传性小说《小团圆》中，张爱玲数次描写楚娣、蕊秋、九莉在浴室梳妆打扮，借闲聊窥探彼此秘密的情景;《琉璃瓦》中姚先生夫妇为女儿心心挑选对象，晚餐结束后回到公馆，姚太太不及卸妆便急忙追问女儿感想，而此时的主人公心心，却正在浴室当中对着镜子细心梳妆;《倾城之恋》中流苏在浴室中卸下晚妆，方才与范柳原成其好事；等到了《异乡记》中，“浴室”被替换成了令人尴尬的“解手的地方”[③]，行车途中，恰逢经期的“我”，眼观杂乱、肮脏的公共茅厕“又窘，又累，在那茅亭里挣扎了半

① 张爱玲:《异乡记》，第 18 页。

② [英]弗吉尼亚·伍尔芙:《伍尔芙随笔全集》，中国社会科学出版社2001年版，第488页。

③ 张爱玲:《异乡记》，第 18 页。

天，面无人色的走了下来”[①]。在此处，张爱玲已经或有意或无意地将其惯用的“浴室”一词替换成了“茅亭”，暴露出原本应是私密性的空间已经演变为半开放的，毫无隐私可言的仅供人生理方便的场所。现代化进程下的“浴室”作为一种现代文明装置，应是“一种结构性的封闭场所”[②]，然而张爱玲记忆中如此糟糕、恶劣的生活环境，一方面直面地展现了乡村与城市之间的巨大差异，但另一方面，“私密、戒备、与乡村格格不入的女性身体，恰好构成了现代城市文明的隐喻”[③]。在张爱玲笔下，浴室成了一种隐喻，暗示了由女性占据主导权的浴室空间，作为现代城市文明的领地，是男性权威无法触及之处，男性的不在场使得在此栖息的女性得到了相对的片刻自由。

《红玫瑰与白玫瑰》中的两位女主角，红玫瑰王娇蕊与白玫瑰孟烟鹂，各自成为浴室的主宰者。娇蕊与振保第一次见面时，娇蕊从浴室中走出，堆着肥皂泡的头发，给振保留下了极深的印象。其后，振保借用娇蕊的浴室，看到地上散落的一根根的头发，心底里浮现出涌动的欲望。正是在浴室，在女性占据主导权的这一空间内，娇蕊使得振保丢盔弃甲，俯首称臣。

“浴室作为私密空间，除了作为情欲流动的场所与体现人物性格之外，还因其私密性而成为人物逃离与避世的场所。”[④]在告别娇蕊，与烟鹂结婚后，振保眼中的烟鹂逐渐由“白玫瑰”变成了“衣服上粘的一粒饭黏子”[⑤]，振保的出轨、宿娼、冷暴力渐渐使烟鹂变了质，得了便秘症，每天在浴室里一坐坐上几个钟头，唯有在浴室的马桶上独自坐着的时候，她才能感觉到安心，得到安全感。

浴室成了烟鹂逃离冰冷家庭生活、丈夫冷暴力、背叛等一切烦心事的避世场所。《红玫瑰与白玫瑰》的尾声，某日振保故意带了女人兜回家来拿钱，等到拿了钱出来，坐在三轮车上，抬头仰望浴室的窗户，内心涌起一股打碎它的欲望。他所想要打碎的不仅是那浴室的窗，更是作为烟鹂避难所的浴室空间，而正是在这一层面上，浴室成为烟鹂的象征物。《琉璃瓦》中，姚先生夫妇为女儿心心安排对象，父女三人归家后进行交谈。姚太太将心急的丈夫关在浴室门外，选择与女儿秘密交谈，使得浴室成为母女二人——家庭中女性的独立空间，让她们可以暂时逃离男性话语霸权，进行平等交流。《小团圆》中蕊秋与九莉浴室夜谈，借此解开母女误会。《创世纪》中，匡家公馆大大小小几十号人，使辛苦维持经济的老太太紫微厌恶

① 张爱玲：《异乡记》，第83—84页。

② 韩尚蓉：《狡黠装置与现代文学之痛——柄谷行人文学论的一种视差性解读》，载《文艺理论研究》2019年第5期。

③ 王胜群：《“内地”、“家”与“太虚幻境”——张爱玲〈异乡记〉中的“异乡”书写》，载《华文文学》2021年第6期。

④ 于宁：《论张爱玲小说中空间意象的文化意蕴》，山东师范大学硕士论文，2017年。

⑤ 张爱玲：《红玫瑰与白玫瑰》，第51页。

得头疼，唯有独自待在浴室的时候方能得片刻清静，她在浴室里回忆青春年少，读张恨水的《春明外史》，浴室成了她叛逃枷锁、逃离庸俗的“桃花源”，浴室这一空间，有着潆珠和紫微两代人新旧杂糅的梦。而《多少恨》中，家茵没有自己的独立浴室，只能用房东一家的公共浴室，恰恰暗示了家茵的身份地位和经济状况。没有独立浴室的家茵，缺乏自己的私人空间，租住的房屋闯入了外人——宗豫和虞老太爷，不得安稳，最终导致了她的出走。家茵的出走，恰可作为女性寻找独立空间，叛逃家庭，走向社会的一个象征。

在张爱玲其后的小说《同学少年都不贱》中，赵珏回忆起中学时代的同学亦是暗恋者——赫素容上厕所的情形。

> 都是枣红漆板壁隔出的小间，厕所两长排，她认了认是哪扇门，自去外间盥洗室洗手，等赫素容在她背后走了出去，再到厕所去找刚才那一间。
>
> 平时总需要先检查一下，抽水马桶座板是否潮湿，这次就坐下，微温的旧木果然干燥。被发觉的恐惧使她紧张过度，竟一片空白，丝毫不觉得这间接的肌肤之亲的温馨。
>
> 空气中是否有轻微的臭味？如果有，也不过表示她的女神是人身。[①]

“有目的的爱都不是真爱”[②]，张对俗世男女的执着，对现实安稳的奢求，在《同学少年都不贱》中借女校内的同性恋爱情结悠悠道来，“那些到了恋爱结婚的年龄，为自己着想，或是为了家庭社会传宗接代，那不是爱情”[③]。那什么是爱情？张爱玲借由浴室这一空间来象征隐秘幽微的同性爱情，借此道出对真爱的看法来，那爱是无目的的，不是坚持“把云装在坛里”[④]的葛薇龙式的罗曼蒂克之爱。

浴室作为现代化进程的产物，在承担了排泄、沐浴、梳妆等基本功能的同时，作为家庭空间中由女性占据主导权的特殊空间，为封闭的男权控制下的封建家庭空间撕开了一道裂缝，她将“浴室”空间作为“投射或转移对性、婚姻及死亡等欲望或恐惧的场合”[⑤]。在此，浴室充当了女性逃避外界压力与威胁的避难所，正是在这一理想的庇护所内，张爱玲获得了最初

---

① 张爱玲：《同学少年都不贱》，天津人民出版社 2004 年版，第 20—21 页。

② 同上，第 20 页。

③ 同上，第 20 页。

④ 参见《沉香屑　第一炉香》，薇龙侧身躺在床上想着：“她深幸乔琪没跟她结婚。她听说过，有一个人逛了庐山回来，带了七八只坛子，里面装满了庐山驰名天下的白云，预备随时放一点出来点缀他的花园。为了爱而结婚的人，不是和把云装在坛子里的人一样的傻么！”张爱玲：《沉香屑　第一炉香》，选自张爱玲：《传奇（增订本）》，第 249 页。

⑤ 王德威：《女作家的现代“鬼”话——从张爱玲到苏伟贞》，选自王德威：《落地的麦子不死——张爱玲与“张派”传人》，山东画报出版社 2004 年版，第 53 页。

的自由思考的权利，紫微偷得了片刻空闲，家茵获得了出走的勇气，赵钰得以借此表达无目的的爱，“浴室”成了诸多女性命运的象征。

三、女性的时间

克里斯蒂娃在《妇女的时间》中指出，人们惯常使用的研究历史发展脉络的时间模式为线性时间模式，如同我们在日常生活中依靠钟表确定时间，安排日程一般，它具有强烈的计划性和目的性，是一个沿着未来不断前进、发展的过程，是一种“历史的时间”[①]。可一旦将女性主题安置于这一时间结构中，就会发现其自身的主体性出现问题，这种线性结构实际上否认了“实际场景中多样态复数历史的可能性”[②]，强行实现了全球范围内的“共时”。因此，克里斯蒂娃提出一种新的时间模式——“妇女的时间”，她认为由于女性生物节律中重复出现的如月经、哺乳、妊娠等特点，女性主体性带来了一种特殊的时间测定概念，“一种具体的尺度”[③]，即重复、回归和永恒。在这里，时间并非线性向前，而是意味着无尽的重复和永恒。在此意义上，相较于线性时间的断裂、遗忘而言，女性的时间意味着“没有断裂、蕴含一切、无限的、类似于想象界的超时间性”[④]。

张爱玲的小说世界正是这样一个拒绝了线性时间的世界。她以浴室为据点，在这样一个现代文明装置中悉心安置了女性生命中诸如排泄、洗漱、梳妆、偷闲、交流、生育甚至堕胎、死亡等循环往复的事件，让浴室成为女性身体和时间尺度的象征。《沉香屑　第一炉香》中，少女薇龙第一次正式参加宴会，与圈内名媛——早已迷失自我与时空向度的周吉婕在浴室前交谈，对方其实以过来人的身份对接受过现代文明教育的女学生薇龙进行了提醒，但彼时尚对周遭一切事物怀有极大好奇心的薇龙并未将之放在心上，甚至第二天一早因睨儿与乔琪乔私会一事，在浴室里大打出手。经由梁宅内的浴室空间，薇龙一步一步跌入姑母梁太太早已为其设计好的陷阱之中，失去了时间感知能力，永远迷失在半山腰这座“荒诞、精巧、滑稽”的贵家宅地中，过着循环往复、载浮载沉的日子。《红玫瑰与白玫瑰》中得了便秘症的烟鹂，每天在浴室里一坐就是几个钟头，因为“只有那个时候是可以名正言顺地不做事，不说话，不思想”[⑤]。在这个由浴室空间构成的

---

① 张京媛主编:《当代女性主义批评》，北京大学出版社 1992 年版，第 351 页。

② 朱立元主编:《后现代主义文学理论思潮论稿（下）》，上海人民出版社 2015 年版，第 567 页。

③ 张京媛主编:《当代女性主义批评》，第 351 页。

④ 杨鎏莹:《从“蛮荒的日夜”到“另一种时间”：论张爱玲的时间观与女性叙事》，载《文艺争鸣》2020 年第 1 期。

⑤ 张爱玲:《红玫瑰与白玫瑰》，第 89 页。

“庇护所”内，外界自然流转的线性时间得以暂停，而烟鹂也借由占据这一浴室空间，获得了寓示着重复、停滞、回旋的女性的时间，因而得到了片刻的解脱。《创世纪》中老太太紫薇亦是如此，她常常躲在浴室里读过去的闲书，日复一日地翻看已经看过多次的书籍，希望借此逃避外界的喧嚣，谋求片刻的安宁。

已故张爱玲研究专家唐文标认为，“张爱玲世界”是一个“死世界”[①]。她在这个世界中创造了一个个犹如缚地灵般深陷俗世情缘的悲情男女，让他们在“无光之处”失去了感知时间的能力，只能将日子不断循环，一遍遍重复经受苦难，而创造的据点，正是“浴室”——这一作为物质空间与精神空间的“现代文明装置”。

晚年张爱玲写作《小团圆》，写九莉与邵之雍在沙发上拥抱，凝视着门框上那只木雕的鸟，突然想到十几年后在纽约的公寓打胎的场景，而打胎的场所，正是公寓内狭小、逼仄的浴室，她躺在浴缸里，“就像已经是个苍白失血的女尸，在水中载沉载浮”[②]。九莉在这狭窄的，充满鬼气的空间里“死去”，变成了个女鬼，而她肚子里的孩子自然也成了个“鬼婴”。鬼是没有人性的，七巧在封锁的鬼宅中一步一步逼死了自己的亲骨肉——长安、长白，以她的“癫狂”和“没有光的所在”的公馆共同建造了一个人间鬼域。而化为新鬼的九莉，在浴室灯下看到抽水马桶里的夭折的男胎时，第一时间涌起的不是属于人性的、母亲的柔情，而是感到惊恐，为这“鬼婴”的形貌感到惊恐。

> 夜间她在浴室灯下看见抽水马桶里的男胎，在她惊恐的眼睛里足有十吋长，毕直的欹立在白磁壁上与水中，肌肉上抹上一层淡淡的血水，成为新刨的木头的淡橙色。凹处凝聚的鲜血勾划出它的轮廓来，线条分明，一双环眼大得不合比例，双睛突出，抿着翅膀，是从前站在门头上的木雕的鸟。
>
> 恐怖到极点的一刹那间，她扳动机钮。以为冲不下去，竟在波涛汹涌中消失了。[③]

十几年后的九莉，面对着抽水马桶里的“鬼婴”，想起的竟是十几年前门头上“木雕的鸟”，这十几年的艰难与苦熬似乎都成了笑话，她拼了命想要挣脱命运的枷锁，兜兜转转，最后却还是回到了固有的圈套之中，而九

---

① 唐文标：《一级一级走进没有光的所在——张爱玲早期小说长论》，选自子通、亦清：《张爱玲评说六十年》，中国华侨出版社 2001 年版，第 292 页。

② 张爱玲：《小团圆》，北京十月文艺出版社 2012 年版，第 155 页。

③ 同上，第 157 页。

莉或者说张爱玲自己，终于借由浴室这个特殊的“现代装置”明了：“人类的文明努力要想跳出单纯的兽性生活的圈子，几千年来的努力竟是枉费精神么？”①

“进化论”带来的是时间和历史的线性叙述，新的必然优于旧的，预示着一个更加光明的未来，但是在张爱玲的世界中，一直存在着一种“惘惘的威胁”，那是现代性的危机，是对滚滚前进的历史的恐惧之感，“人是生活于一个时代里的，可是这时代却在影子似的沉没下去，人觉得自己是被抛弃了。”② 这种惊惧体验折磨着她，她感到时代在无声地沉没，自己在被裹挟着前行，她敏锐地察觉到了历史前行的滚滚洪流中个人被抛弃的孤独、恐惧、无措，这些情绪交织在一起，促使她以笔为戎，迫切渴望借一处处“无光的所在”来抵抗线性时间，进而舒缓内心创伤，浴室正是其中最具代表性的空间。

浴室这一空间，在张爱玲的笔下，成为她意象世界中独特的存在，借助这一空间，张爱玲笔下的女子确立了自己的存在。她们拒绝拥抱奔腾而来的历史线性叙事，固执地坚守阵地，拥抱“女性的时间”，最终成为历史的尘埃，被深埋在历史地表之下，等待浮出历史地表的那天。“浴室”作为承担蜕变使命的特殊“装置”，由此完成了它的使命。

四、结语

张爱玲偏爱俗世男女，却又嗜写那些阴冷偏执的人物，“似乎提醒我们生命其实是阴阳虚实难分”③，正是在这一意义上，张爱玲在五四以来的写实主义传统上绕了个弯，显示出她对这一正统的无言抗拒来，在叙述这些鬼魅似的怨女情怀之时，她“瓦解了男性写实主义的迷思”④，在一往无前的写实主义面前，悄悄然退回了历史深处，寻求自己的现世安稳。借由“浴室”空间，我们得以一窥张爱玲的内心世界。在她笔下，“浴室”不仅是城市化进程中的现代文明装置，也是由女性占据主导权的女性空间，成为女性最初的思考与言说场所，更重要的是，浴室为张爱玲提供了书写女性时间与命运的避难所，建构并丰富了“张爱玲世界”。

（丁茂：西南大学中国现当代文学专业硕士研究生）

---

① 张爱玲：《烬余录》，选自张爱玲：《流言》，花城出版社 1997 年版，第 62 页。

② 张爱玲：《自己的文章》，选自张爱玲：《流言》，第 175 页。

③ 王德威：《此怨绵绵无绝期——从〈金锁记〉到〈怨女〉》，选自王德威：《落地的麦子不死——张爱玲与“张派”传人》，第 9 页。

④ 同上，第 17 页。

从《激情世界》看残雪的创作转向

李　礼

摘　要: 残雪最新长篇小说《激情世界》在多重维度上显示出她的创作转向。小说以“蒙城”几对文学青年的阅读生活为轴线，显化了文学的本质之美。小说中的“鸽子”书吧是一处高度纯净的“文学乌托邦”，带给蒙城青年爱与美的启示。这也意味着残雪从过往所营构的“黑暗”世界中突围出来，祛除“梦魇”，走向“澄明”。在哲学影响下残雪加深了小说的理性质素，通过物质与精神的同构显示出其“实验写作”的新变与可能。

关键词: 残雪;《激情世界》; 创作转向; 文学; 阅读

作为当代文坛上另类怪异的存在，残雪的小说在国际上备受赞誉的同时在国内却知音寥寥。学界一直把残雪归为“先锋派”作家之列，因其小说带有明显的先锋实验性质——梦幻般的呓语、纷乱无序的幻觉、疯狂怪诞的意象、森冷诡谲的氛围，但其叙述语言和叙事形式的标新立异令人惊奇的同时也感到困惑。戴锦华将残雪视为八九十年代中国文学一个不可复制的存在，“如同一个神话，一个于未知处降落的不明飞行物，携带着梦魇、语言所构造的恐怖与绝望的地狱而盈盈飞动”[①]。吴亮称，“残雪那些令人战栗的故事，不仅附会在她对社会秩序解体和个人生存空间屡遭侵犯的指控，也不仅附会在她对人类一般生存条件和实际境况的哲学态度，而且主要附会在她作为小说家所特有的偏执的变形倾向、竭力用臆想来混淆现实和装疯卖傻地陈述现代寓言的内心驱力”[②]。如果说，残雪的小说以“丑

① 戴锦华:《残雪：梦魇萦绕的小屋》，载《南方文坛》2000 年第 5 期。

② 吴亮:《一个臆想世界的诞生——评残雪的小说》，载《当代作家评论》1988 年第 4 期。

恶”为书写尺度，最大限度地揭橥现实的丑暗无力和人性的幽微难辨，那么，这种力度极强的“审丑”式的写作在当代文坛上的确暂付阙如。因其此，残雪的写作可以称得上一个“异数”。

2022年由人民文学出版社出版的《激情世界》是残雪最新的一部长篇小说。不同于残雪以往创作的其他小说，这部小说摒弃了以往的晦涩难懂，而是很容易就被读者接受和进入，实验性质不强，甚至接近于传统写实主义的风格。对于这种“反常”，残雪自称，“我的创作是有一个过程的，到后期，世俗生活和艺术创作会慢慢结合到一体。我之前还有一部作品叫作《黑暗地母的礼物》，它也有这方面的倾向，但是没有这一篇作品那么集中，明确地说明我要写什么内容。可以说，我的整个世界观、文学理想和哲学理想全部包括在这部作品里面”[①]。那么，这部小说是否可以被看作残雪后期的转型之作呢？如果是，这部小说又在多大程度上容纳了残雪的创作理想？由难懂到易懂，是否意味着残雪已经逐渐从自我营造的“黑暗”世界中走出，开始回向传统的常态化叙事？抑或是她对传统的再次反叛？带着这些问题，我们不妨以《激情世界》作为一个切入点，结合残雪自身的文学观，探索其后期的创作转向与叙事突围。

一、由“放逐”到“唤醒”：人性救赎的可能

残雪曾在与施叔青的对谈中如是说道，“我写这种小说完全是人类的一种计较，非常念念不忘报仇，情感上的复仇，特别是刚开始写的时候，计较得特别有味，复仇的情绪特别厉害，另一方面对人类又特别感兴趣，地狱里滚来滚去的兴趣”[②]。为了“报仇”写小说，残雪的仇恨其来有自：压抑的成长经历、孤僻怪异的性格、受害者的铭心体验等都成为她在小说中孜孜不倦叙写“黑暗”的动力，更将她作品的情感导向极端的厌恶与憎恨。因此，在残雪建构的文学世界里，人性通常是丑陋、黑暗、被无限放逐的，人性中美好的一面被各种丑恶、荒诞的现实驱逐、消解乃至分崩离析，世界是既定的、无法更改的丑恶肮脏，人与人之间的关系是虚假、冷漠甚至残酷的，因此她的作品几乎难以看到温情的因素，更缺乏“真、善、美”的启迪和开悟，给人以不忍卒读的感受。评论家李建军曾对此展开批评：“残雪在展开叙事的时候，总是显示出一种简单的性质和片面的倾向：每每将一种情感态度推向极端，而缺乏在复杂的视境中，平衡地处理多种对立

① 《专访残雪：写一个文学的乌托邦，给现在或未来的青年读者》，载《扬子晚报》2022年12月5日。

② 残雪：《为了报仇写小说——残雪访谈录》，湖南文艺出版社2003年版，第52页。

关系和冲突性情感的能力。”[①] 这种被李建军称作极端的“单向度写作”的状况在《激情世界》中大有改善。《激情世界》中，残雪设置了几对复杂的人际关系，其中有小桑与黑石，小麻与仪叔，寒马与费，寒马与晓越，黑石与雀子，雀子与李海，这些爱好文学的青年因共同喜爱阅读而结缘，又因阅读而产生各式各样的关联。残雪在小说中建立了一个高度纯净的“文学乌托邦”——“鸽子”书吧，这是一个充满魔力，甚至可以随意变换地点的神奇地方，只有真正热爱文学的人才能够找到它。

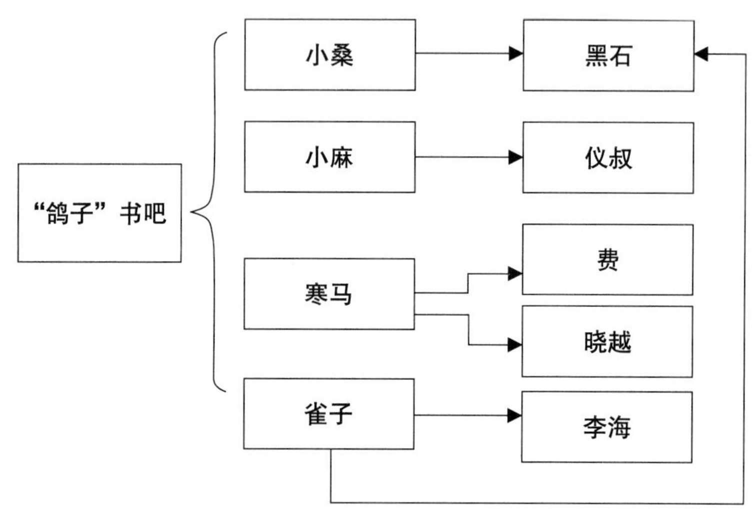

图 1 《激情世界》人物关系图

来到“鸽子”书吧的人都为一本名叫《××××》的小说而着迷，在书吧中，每个人都可以随意发表自己的读书感想和意见，与志同道合的人交流、切磋观点。小桑被黑石带进了“鸽子”书吧，才发现城市里还有这样一个迷人的世界。“这个小世界还似乎牵涉很广，这里面的每一个人都似乎能带出无穷无尽的‘事件’。”[②] 这些“事件”某种程度上又可以理解为精神的交流与情感的羁绊。“在残雪其他的作品里，规定场景中的父母、子女、夫妻、邻里间的对话与其说是绝望而喋喋不休的独白，不如说是投向对方，却无法到达的刀斧。”[③] 而在《激情世界》这部作品中，人与人之间充满理解，相互关怀，温情脉脉。比如书中温厚的长者仪叔，充当了诸多文学青年（小桑、黑石、小麻、费等）的导师和引路者，不仅在文学方面引领他们前进，还在他们面临生活危机和情感危机的时候及时给予指点和帮助。如果说，“鸽子”书吧充当了一个“乌托邦”式的天堂的存在，文学是

① 李建军：《被任性与愤恨奴役的单向度写作》，载《小说评论》2005 年第 1 期。
② 残雪：《激情世界》，人民文学出版社 2022 年版，第 52 页。
③ 戴锦华：《残雪：梦魇萦绕的小屋》，载《南方文坛》2000 年第 5 期。

最终的信仰，那么，仪叔或可视为手持经书，指引信徒去向“天堂”的“神父”。“神父”充当了“引路人”的角色，而真正的救赎却是阅读（文学）本身。“鸽子”书吧中的人都是对文学着迷，而在现实生活中略显边缘的存在。他们各自面临生活危机和情感危机。比如黑石和小桑，在反复试探中不敢确定对方的心意，导致事情一再延宕；仪叔由于年龄原因不敢接受小麻的求爱；寒马则深陷在与费和悦的三角恋中无法自拔。但他们都通过阅读，加强了对痛苦的耐受力，直视了自己的灵魂，在阅读的过程中获得了对待爱情和生活的灵启，如书中人物所言：“一个人只要敢于面对自己的问题，不害怕痛苦，慢慢地深入进去，问题总是可以解决的。”[①] 在这个“激情世界”里，蒙城青年们的阅读与生活是同构的，经由阅读，他们“‘自己成形，形成自己，成己’，在‘自由的任意里获得理性’”[②]，最终“成人”，并进一步领悟到生活的真谛，找寻到属于自己的人生价值。

残雪宣称这本书是写给未来的青年人包括现在的一部分青年人看的，并想要通过这部作品告诉他们艺术的本真含义及文学的本质。在谈到为什么想把这部作品写给年轻人时，残雪如此说道：“因为从周围的社会环境来看，现在的年轻人越来越不懂爱了，什么都不爱了，既不爱自己，也不爱周围的人。我想写一个文学的乌托邦，里面的年轻人应该是《激情世界》书中的样子，每个人都像个人，能够从大地上站立起来。”[③] 总而言之，在《激情世界》这部小说里，人不再是自私贪婪、懦弱阴鸷、被动虚妄的无可拯救者，残雪早先作品中的阴沉、灰暗与对人的失望情绪一扫而空，取而代之的是对灵魂的唤醒和对爱与美的追求。

二、由滞闷到澄明：祛除“梦魇”的过程

残雪的小说通常具有“梦魇”般的色彩——肮脏滞闷的生存环境、迷乱的呓语、毫无逻辑的结构形式、神经质的人格、噩梦般的人际关系以及怪诞的寓言美学等。比如在《山上的小屋》这部作品中，残雪用含混和不合逻辑的语意向读者描述了一个荒诞、变形、梦魇般的世界：一座无人能看见的“小屋”，一个每天都在清理打扫抽屉的“我”，一个一到夜间就变成一只悲哀嗥叫的狼的父亲，一个总是预谋要“弄断我的胳膊”的母亲，还有一个“左眼闪着绿光”的妹妹……故事中是一个压抑变态的家庭，家庭中的每个成员都有着古怪奇特的行为，脱离了正常的逻辑，连带着外部环

① 残雪：《激情世界》，第 206 页。

② 残雪，邓晓芒：《旋转与升腾：新经典主义文学的哲学视野对话（卷 1）》，上海文艺出版社 2017 年版，第 64 页。

③《专访残雪：写一个文学的乌托邦，给现在或未来的青年读者》。

境也是极度“超验化”的。“从小说形式和内容两个层面的非理性特征来看，与其说它是一篇‘仿梦小说’，不如说就是一篇‘梦境’小说，虽然它并不是通常意义上对梦的记录，而是凭借梦境的强大象征力量，去传达作家一种独特的存在体验。”[①] 再看残雪《黄泥街》中的描述：

> 黄泥街上脏兮兮的，因为天上老是落下墨黑的灰屑来。也不知是从哪里来的灰，一年四季，好像时时刻刻总在落，连雨落下来都是黑的。那些矮屋就像从土里长出来的一样，从上到下蒙着泥灰，窗子也看不大分明。因为落灰，路人经过都要找东西遮挡着。因为落灰，黄泥街人大半是烂红眼，大半一年四季总咳嗽。[②]

从这段外部环境描写中可以看出，黄泥街是一处没有亮色、没有“光明”、被遏制了所有生命力的所在。这里的果子永远是烂果子，街道上永远堆满各种垃圾，一到落雨，乌黑的臭水横贯马路，人们永远受着环境污染带来的疾病，这里生存的人甚至没有看到过日出日落，“在他们昏黯的小眼睛里，太阳总是小小的、黄黄的一个球，上去了又下来了，从来也没什么异样”[③]。时间在这里仿佛停滞，人们没有时间意识，更没有生死观念，不关心自己，也不关心他人，只是如动物一样，机械、重复、麻木、沉闷地度过着一日一日。

到了《激情世界》中，残雪早期“实验性质”强烈的小说中那种滞闷灰暗的色调已然不再，取而代之的是一种柔软干净的质地。《激情世界》里的物象不再是烂菜叶、烂鞋子、烂瓶子、苍蝇、臭水、小孩的大便等令人作呕的东西，而是出现了许多带有美好的指涉意味的物象，比如黑猫、花豹、玫瑰花、海员等。

（一）黑猫。黑猫是阅读环境安静的象征，“四周静悄悄的，有皮毛发亮的黑猫在院子里潜行”[④]，同时充当着守卫者的角色，“黑猫凑拢来了，它的皮毛像缎子一样，小桑一边抚摸它一边想起书中的对话：‘爹爹，您到哪里去？’‘就在那边不远。我很快会回来。’‘快点回来，我怕。’黑猫待了一会儿就稳重地离开了。它要巡逻，保护这块地方的氛围。小桑对它充满了感激”[⑤]。黑猫通常被视为灵性的代表，具有神秘属性，在这里意味着阅读者在安静的深度阅读中正通向一个神秘的、灵启一般的世界。

（二）花豹。花豹和黑猫一样，具有灵动敏捷的特点。花豹指代着爱情

---

① 樊星：《中国当代文学专题研究》，中央广播电视大学出版社 2010 年版，第 134 页。

② 残雪：《黄泥街》，长江文艺出版社 1997 年版，第 60 页。

③ 同上，第 60 页。

④ 残雪：《激情世界》，第 6 页。

⑤ 同上。

的发生和成长。花豹在小说中一共出现了三次，出现的地点都是在“情趣”咖啡馆，分别对应三组恋爱关系。第一次是在小麻和小桑谈心时，花豹出现，“它站立着，将两条前腿放在桌上，准备倾听闺蜜们的心声”[①]。当小麻谈到对仪叔的感情时，“花豹将脖子贴近桌面，发出奇怪的声音。小桑记起了黑石说过的话，难道它在哭？当真的爱情降临时，人就会哭吗？”[②]这里既喻指小麻对仪叔产生了爱情，但这种爱情因为尚没有被仪叔接受而伴随着不确定性持续生发着。第二次是在小桑与寒马谈心时，当寒马谈到自己对费爱得如此之深时，花豹出现，“花豹在她们腿间擦来擦去，呜呜地哭，两位女士都有点慌张。不过它没待多久就走开了。”[③]这里寒马对费的爱包含着孤注一掷的决断，她不确定两人的前景，但她认为自己不应考虑这段情缘能持续多久，而是要抓紧生活，在与费的爱情中实现自己的写作梦想。第三次在小桑与黑石交谈时，花豹出现，并且不同于以往在黑夜出现，而是在白天出现。“花豹擦着两人的裤腿桌子走了一圈后离开了。两人相视一笑，都红了脸。”[④]这时小桑和黑石的关系已经趋于明朗，互相证明心意，所以花豹在白天出现。

（三）海员。小说中的海员也是一个具有象征意味的群体。当他们从海上漂流归来，首先要回到古旧书店里，这就是他们“享受到的亲人的拥抱”[⑤]，可见他们对知识和书籍的热爱和渴望，更侧面预示出这个“激情世界”中的所有人都以阅读作为精神养料。此外，费和寒马是在海员俱乐部认识的，“真没想到，我和他都不是海员，却对海上的生活感兴趣。同费接触之后，我真的很想动笔写小说了。我要写我和他都喜欢的那种，我知道这并不容易……”[⑥]海上生活唤起了他们共同的对文学的想象，他们还去了一位老船长的家里，听到了他与妻子至死不渝的爱情，两人皆感动不已。海员所代表的浩瀚的大海和冒险的生活，其实在某种程度上也指代一种文学理想或爱情理想。

（四）玫瑰花。玫瑰花这一物象主要出现在晓越和寒马的交往中，并且充当了晓越和寒马关系的推动剂，当玫瑰花第一次出现时，寒马还未从与费的失败恋情中走出来，而伴随着晓越的出现，玫瑰花所代表的“激情”再次来到寒马的生活中，给她的生活和写作带来了新的灵感。同时玫瑰花也充当了晓越和寒马身体与精神交流的见证。简而言之，这些物象都具有丰富的象征意味，指向“激情”所包裹的阅读、理想和爱情，并且带给人

① 残雪:《激情世界》，第 79—80 页。
② 同上，第 81 页。
③ 同上，第 100 页。
④ 同上，第 125 页。
⑤ 同上，第 24 页。
⑥ 同上，第 53 页。

们希望、勇气和信心。

除了对这些美好物象的抉择之外，残雪对外部环境的设置也呈现出明朗的迹象，比如小桑感受到的“鸽子”书吧所在的小巷，“夕阳射进小巷里，一切都是那么温馨怀旧”[①]；又如从晓越视角看去的蒙城夜空，“蒙城的高建筑不多，各种房屋和设施将明净的夜空画出许多花边。生活在这么美丽的大地上，人怎能不为这个世界做点什么？”[②]这些热衷阅读的青年们置身美丽的小城，心中总是留存着对美好的冀望，他们和志同道合的朋友们一起谈论文学，在阅读中认识自己和周围的世界，理解文学的本质，收获友谊和爱情。从残雪在《激情世界》中对外部环境的设置、对物象的抉择和人际关系的安排中可以看出，她这次要建立的是一个敞亮澄明的世界：一个高度精神化、不受世俗浸染、由爱充实起来的世界。在这样一个世界里，不再有挥之不去的“梦魇”以及“梦魇”带来的种种恶声恶景，人们所处的外部环境与其内心世界都是一致的美好纯净。

三、由“感觉”到“理性”：哲学意蕴的加深

残雪的小说写作有一个变化的过程，她曾分别以“新实验主义”和“新经典主义”为自己的写作命名。所谓“新实验文学”，即描写本质的文学。“‘新实验’文学所切入的，是核心，是本质。‘新实验’文学，也是关于自我的文学。”[③]新实验文学的创作方法操作起来有点类似于巫术的“自动写作”，“‘自动写作’与传统写作最大的不同就在于，自动写作是跟着感觉走，跟着潜意识走，让灵魂自由舞蹈，而不是跟着思维走，按照思考来写作”[④]。这是一种近乎神秘的写作方式，残雪对此有过一段精彩论述，“我在创作时情绪是高度集中的，我不怕外部的骚扰，全没有事先理性的构思，单凭一股蛮劲奋力奔突，所以我的作品也许是非理性的。但我的气质中又有极强的理智的成分，我正是用这个理智将自身控制在那种非理性的状况中，自由驰骋，才达到那种高度抽象的意境的。这就是一切”[⑤]。某种程度上，新实验主义文学更依赖非理性的、无意识的，依靠感觉和灵感进行的写作方式，侧重于向内开掘人的灵魂和内心，“向内的‘新实验’切入自我这个可以无限深入的矛盾体，挑动起对立面的战争来演出自我认识的好戏”[⑥]。而“新经典主义”的提法诞生于2009年夏天残雪与哥哥邓晓芒的一

① 残雪：《激情世界》，第91页。
② 同上，第263页。
③ 残雪：《残雪文学观》，广西师范大学出版社2007年版，第127页。
④ 高玉：《论残雪的写作及其研究之意义》，载《文艺争鸣》2011年第11期。
⑤ 残雪：《我是怎么搞起创作来的》，载《文学自由谈》1988年第2期。
⑥ 残雪：《残雪文学观》，第129页。

次关于文学和哲学的对谈时，是残雪在多年哲学熏陶下，通过借鉴吸收西方古典哲学和中国传统思想所提出的一个发展性的文学观念。邓晓芒将残雪视为“一个既有非理性的创造冲动，但同时又有极为强劲的理性控制力的作家，只不过她的理性在创作中不是介入其中直接支配其写作，而是居高临下地遥控和激发，有时还需要与非理性的生命冲动交手搏斗……她的理性始终牢牢控制着非理性的生命力流动的方向，之所以如此，是因为她的艺术精神在最高层次上已经达到了哲学境界”[①]。这正是残雪与其他（先锋）作家不同的地方，残雪对哲学有着浓厚的兴趣，并在写作过程中不断加深自己的哲学修养，阅读了大量哲学书籍，是一位哲学型的作家。残雪“新经典主义”的赋名与她的哲学观有着密不可分的关系。残雪认同“新经典主义”如同十八世纪欧洲古典主义文学一样，“有自己严格的理性规范，但这种‘理性’已经不是那种单薄的逻辑或几何学的规范，而是充满实验精神和生命冲动的‘逻各斯’……那些最经典的作家和作品都是继承着这一逻各斯精神的”[②]。简而言之，这种文学观注重“理性”（“逻各斯”），“理性就是‘灵魂的城堡’，它就是人们不断追求和向往的理想，因而是支配人的行动的目的。但它的现身是一个过程，只有当人拚尽全力超出自身，在日常世俗生活中发挥出极大的干劲和能耐，才能向它推进一点点。反过来，正是由于理性之光的照耀，人才能在暗无天日的肮脏的日常生活中，在对自己的灵魂加以蚕食和咬啮中，保持着生活的兴趣和对美的纯净感悟”[③]。如果说，“新实验主义”更多意味着残雪在表现手法和创作形式上的“直觉”显化和“现代”翻新，那么“新经典主义”或可理解为残雪在创作及（哲学）思考更为成熟之后对方法论的重新表达。某种程度上可以认为，“新经典主义”是对“新实验主义”的深化和完善，是残雪哲学化的文学观，更是解开其近期创作的一个重要机括。

纵观残雪的写作历程，从八十年代中期的《黄泥屋》《山上的小屋》《苍老的浮云》，到八十年代后期的《种在走廊上的苹果树》《突围表演》《天堂里的对话》，再到九十年代的《痕》《思想汇报》《奇异的木板房》，新世纪以来的《最后的情人》《新世纪爱情故事》《黑暗地母的礼物》《一种快要消失的职业》等，残雪的创作大致经历了一个由“新实验”向“新经典”的发展变化，其中最为突出的表现便是作品中哲学意蕴的加深。尤其是新世纪以来，残雪在哲学浸润下所写的作品总体呈现出由“无序”向“有序”的过渡，“感性”与“理性”的平衡。事实上，如同残雪承认的那样，她

① 残雪，邓晓芒：《于天上看见深渊——新经典主义文学对话录》，上海文艺出版社 2011 年版，第 302 页。

② 同上，第 304 页。

③ 同上，第 498 页。

在《黑暗地母的礼物》一书的写作中已然出现明显的转向，“我想在这部小说里面提出人类未来的可能性，至少要向读者指出一种方向，这是以往的小说里面没有的。这是我作为小说家的义务，我现在感到了这种义务对自身的逼迫。在七十万字的《黑暗地母的礼物》中，写的全是最美的那些人，男女的爱情也占了主要篇幅。爱情、友情、亲情，都分得很细，但又很模糊。我希望把它丰满起来，把物质充实起来，变成一种温暖的理性”[①]。一定程度上，《激情世界》或可视作这种“温暖的理性”的持续生发。残雪写作《激情世界》的方式已经完全放弃了早先那种近乎“巫性”的，“实验性”极强的写法，而是融入了哲学理性，主客观相交融，将“作为审美活动的写作与评论融入世俗生活”[②]，通过身体和灵魂、物质与精神的同构以达到感性与理性的平衡。残雪认为，“‘新经典主义’的最高哲学就是精神和物质的同一性，但这种同一只有放在文学实验中才能展示出来，因为在文学中就像在热恋中一样，两个人成了一个人”[③]。这一点从《激情世界》中人物关系的处置可见一斑——小桑和黑石、寒马和费、仪叔和小麻、寒马和晓越、黑石和雀子、雀子和李海这几组恋人首先是以精神世界的共鸣联合在一起的，爱情于阅读中产生，阅读又进一步激发了这种爱情，“身体”与“精神”互相激发，达到了“灵肉合一”“身心一致”的境界。也正如同晓越对他和寒马的爱情随想，“我对她的爱，她对我的爱，一直是围绕文学这个核心的。我们又将世俗中的爱转化成了文学上的冲刺和冒险行动”[④]。激情的内在动力是爱，又来源于精神上的高度共鸣，当激情被激发之后，产生的爱情才更加可贵。换言之，这种激情是哲学化的激情。这样的爱情观，同时也是残雪的世界观和艺术观，正是源自残雪的哲学判断——“物质与精神，事实上是一个东西，物质就是精神，精神也是物质。两者互相斗争、融合、勾连。”[⑤]所以残雪认为，“最好的文学一定要有哲学的境界，最好的哲学要有文学的底蕴。文学作品的阅读带给我们肉体的敏感性，哲学则带给我们严密的逻辑性。而阅读我的这种极端的实验文学，两种素质缺一不可。”[⑥]

值得注意的是，在从“感觉”走向“理性”的过程中，残雪依然重视精神和灵魂世界的开掘，但不再刻意营造极限场景和专注于黑暗叙事，而是在叙事策略上由“内”向“外”调整，转向拥抱日常——“只要执着于

① 残雪，张杰：《最好的文学一定要有哲学的境界——残雪访谈录》，载《青年作家》2018年第7期。

② 王迅：《“身体”与“精神”互为本质的叙事诗学——从〈激情世界〉看残雪小说艺术嬗变及意义》，载《文学报》2022年12月29日。

③ 邓晓芒，任雯：《以言立象——残雪文学的哲学解读》，载《文艺报》2023年1月20日。

④ 残雪：《激情世界》，第394—395页。

⑤ 残雪，张杰：《最好的文学一定要有哲学的境界——残雪访谈录》。

⑥ 同上。

当下的行动，也就是每一天的日常生活，便是执着于美。”[①] 此外，残雪在叙述表达上杜绝了艰涩滞重，倾向于用“表层的表达去比喻深层的事物”[②]，比如在小说中反复出现的“生活之网”，生活中的“网”可能会随时随地将人缠住，阻滞前进的道路，但残雪通过“蒙城”青年们的阅读、爱情和生活所想要告知人们的是：面对困惑，人应该义无反顾地投入到“生活之网”中去，不应害怕麻烦，而应该大胆行动，勇敢探索，找寻出路，解决困难。也正如同书中的费所言，“人有思想，也有激情，这两种功能往往是在行动中同时发挥的，也就是说，是拉锯的、共同构成情感机制的。现代人不能再厚此薄彼，而要在协调中向目标突进”[③]。这或许是残雪想通过这本书带给读者的最大启示。

四、余论：找到山上的“小屋”

残雪在《激情世界》的结尾又写到了山上的“小屋”，似乎与其最早期的作品《山上的小屋》形成了一种有意味的呼应。在《山上的小屋》所置身的“酷烈”生存环境和人际环境中，没有人能够看见也没有人愿意相信那座存在于“我”口中的“小屋”。“小屋”是一个永远无法破解的谜，并永远处在找不到的状态——“那一天，我的确又上了山，我记得十分清楚。起先我坐在藤椅里，把双手平放在膝头，然后我打开门，走进白光里面去。我爬上山，满眼都是白石子的火焰，没有山葡萄，也没有小屋。”[④] 在这部作品中，人与人之间是没有精神交流的，因而“小屋”所喻指的彼岸的精神世界，终究成为一个虚妄的能指。而在《激情世界》的结尾，李海携爱人雀子回到家乡，去寻找山上的“小木屋”。去向山顶没有现存的路可走，每次上山都需要攀登不同的路。而每次攀登都意味着不同的可能性，但幸运的是，“后来他们又探了两次险，都找到了小木屋”[⑤]。在与爱人、旅店店主、养蜂人、山民大嫂、鸟儿（鸟儿也意味着自然）的交流回应中，李海重新回到了自己的精神故乡，世界由此豁然开朗。

时隔近四十年，残雪终于找到了那座属于她的“小木屋”。找到“小木屋”的精神历程充满艰辛，但残雪的价值或许正在于，她拥有一种“我与我周旋久，宁作我”的自信和勇气，在漫长的精神跋涉中，她孜孜不倦探索辩驳“身体”和“灵魂”的可能性，破除“黑暗”世界的迷津，重新发现了“光明”之所在。残雪选择的是一种属于当下、也属于未来的文学，

① 残雪：《激情世界》，第 395 页。
② 残雪，舒晋瑜：《我正站在世界文学交流的前沿》，载《红岩》2022 年第 5 期。
③ 残雪：《激情世界》，第 207 页。
④ 残雪：《传说中的宝藏》，春风文艺出版社 2006 年版，第 5 页。
⑤ 残雪：《激情世界》，第 550 页。

《激情世界》正可以视作这种文学的代表，这里面蕴含着残雪对世界和人生的观察、对爱情的看法、关于哲学的思考以及文学理想的表达，更关乎对当下世界的纠偏反思以及对未来世界理想化的美好企盼。从此意义上来说,《激情世界》代表了残雪创作在多个维度上的转向，其价值是多方面的。由“放逐”到“唤醒”，残雪小说中表现的人性不再卑劣可鄙，而是重新拥有了救赎的可能；由“滞闷”到“澄明”，残雪小说的叙事基调转向明朗柔净，令人恐怖的“梦魇”逐渐散去，希望重新到来；由“感觉”到“理性”，残雪小说内部机制发生更改的同时注入了哲学深度，物质与精神同构，昭示出“实验文学”的多重可能性。不论从哪个层面而言，残雪的小说创作都显示出令人欣喜的新变，仍然值得期待。

（李礼：北京语言大学中国现当代文学博士研究生）

残雪作品中的洞穴象征

——以《新世纪爱情故事》为例

张　琦

摘　要：残雪的先锋创作经历了自内而外的整体蜕变，早期作品中显著而鲜明的表现主义风格已经渐渐隐去，随之而来的是愈来愈明晰和稳固的象征特性。在看似无逻辑与无意义的外壳剥离之后，残雪的作品显现出一种整体性的象征性寓言结构。洞穴，作为残雪的象征世界的一个象征物，不仅自身蕴含着丰富的意涵，也是残雪创造的灵魂乌托邦的一个具象化实体。本文以《新世纪爱情故事》中的窑洞为例，对这种洞穴象征加以分析，以将其作为一个具体而细微的切入口，分析残雪创作的象征风格。

关键词：残雪；《新世纪爱情故事》；象征

引　言

残雪早期创作中强烈的荒诞感与表现主义作品的极大相似，将研究者的注意力聚焦于其“抽象化的世俗故事”[①]之中，常就其创作背景、所受西方影响等方面，对其现代性与先锋性加以确认与正名。随着残雪研究的发展与深入，影响研究、作家研究、译介研究等成为较为主流和热门的研究方向，而文本内部研究与形式批评则落寞于将残雪视为西方现代主义的模仿者、国内先锋文学潮流的遗腹子等认知，对残雪的创作手法与形式的研究并未跟上对其思想内涵相对成熟的探究成果。残雪作品已被揭示的灵魂探索的核心主题与存在问题在其创作意义与内涵的阐释中，对于残雪创作风格的独特性与创新性的研究虽在梦、意象、自我与人物形象分析等方面有所成绩，对其作品的象征性却缺乏较为整体性的解读，当然，一种综合性的把握难以在朝夕间完成，许多学者对于残雪创作进行的直觉上的敏锐

① 龚曙光：《面对一种新文体的困惑——对残雪小说艺术的一种解读》，载《当代文坛》1988年第4期。

把握和见微知著的分析，或许无意建立起解读残雪的一个大的脉络和标准，却为后人的深入挖掘提供了颇有见地的源头。本文将爬梳这些细碎的闪光点，透过洞穴这个复杂而有代表性的象征之物，试图沿着尚不明晰的道路挖掘下去。

一、认识洞穴——作家的白日梦与激情理想

“白日梦或幻想带着诱发它的场合和往事的原来踪迹。这样，过去、现在和未来就联系在一起了。”① 弗洛伊德将文学作品视作作家白日梦的变体，从而透过幻想发现人的无意识心理。洞穴首先指向残雪自身的历史，不仅是洞穴，残雪创作的素材几乎全部取材于其自身的生命经验。正如残雪笔下的人物都是她自我的分身，其笔下的世界中的种种事物也附带着她人生经历的回忆。因此，使研究者倍感奇特阴暗的意象，往往蕴含作者独特的感受：“对于蛇、蜘蛛、鬼等，我有独特的感受，虽然恐惧，但更多的是渴望，那是异常美丽的意象。”② 大量的自然意象构成了残雪创造的梦幻世界，有时指引着小说人物前进与探索，有时侵入人的生活乃至身体，更重要的是几乎所有旅途的终点都与自然密不可分，在作品情节的终点自然界成了人的最终归宿，成了精神天堂的具象化身。洞穴，这种人类依土而居、依自然而居的最典型与原始的居住空间，最大限度地实现了人与自然的共生关系，而《新世纪爱情故事》中出现的窑洞一方面保留着穴居生活的自然特性，一方面融合了现代人的技术与思维，自然而然地便成了现代人奔向精神家园的居所。残雪作品中屡屡出现的窑洞，正暗示着自然在残雪创造的臆想乌托邦中的独特地位，也与残雪自身的童年经历紧密相关。残雪五岁时，全家九口居住进岳麓山下的土坯房里，幽闭逼仄的居住环境带来置身于狭窄洞穴之中的体验，家门外的神秘山野则成为深刻影响残雪的初始记忆。“在那些墨黑的夜晚，我那颗小小的心在胸膛里扑扑地跳着，尖起耳朵倾听隔壁房里的鼾声，一种孤立无援的恐怖慑住了我，心里因为温柔的怜悯抽成一团。对于门外那连绵死寂的山峦，对于那满天的繁星，我第一次生出了一种奇异的、害怕的联想”③，童年时对动物与黑夜的恐惧、对烈日与火光的喜爱，在创作中成了反复玩味的神秘意象，人对于自我的认知总是回归到幼年经验中去探寻，从这种无意识心理的角度来理解，残雪的洞穴意象首先源自她的原初记忆，这种原初记忆一方面与人与自然的原始关

① 弗洛伊德：《创作家与白日梦》，伍蠡甫等编《西方文艺理论名著选编（下卷）》，北京大学出版社 1987 年版，第 1—9 页。

② 万彬彬：《文学创作与女性主义意识——残雪女士访谈录》，载《书屋》1995 年第 1 期。

③ 残雪：《美丽南方之夏日》，载《中国杂志》1986 年第 10 期。

系有关，另一方面在唤醒人关于他自身的过去与历史的作用上具有普适性，既是复古的又是寄予未来期望的浪漫幻想。

“他者的梦是无法重温的，因为所有的幻想都是一次性的。但是领略了它修建地洞的激情以及支配这激情的精神之后，我们难道不会产生一些另外的幻想，另外的梦境吗？”[①] 深受卡夫卡影响的残雪对于《地洞》的“极端个人化的思考”[②] 在揭示这篇小说呈现的地洞中的一切努力的徒劳与空洞之外，也蕴含积极的一面，而这正是残雪通过文学评论对自己的内心感受和文学创作进行再次体验的时刻。卡夫卡笔下的地洞，没有为主人公找到精神的出路，反而成了目的本身，人成了理性思考的奴隶，成了精神的奴隶，这个地洞的一切细节都表征了精神活动的形态，身处其中不仅无法获得幸福，而且始终被焦虑感、自我否定和虚无感折磨着。然而在残雪看来，建造地洞的激情与热力却是值得赞赏的，这是因为“对创作情绪的自我分析或通过自我分析表达出来的创作情绪，贯穿于残雪的解读中”[③]，正是因为激情是一种普遍的人类情感，所以即使残雪对于卡夫卡的解读是一种自我陈述，即使以这种解读方式回看残雪的作品，其中的人物似乎统统是残雪身为作家的关于艺术创作的自我表达，我们仍然能从其作品中体会到普适性的生存之道，因为激情并不独属于艺术家——甚至也并不是自称为艺术家的人都能够拥有——而是属于所有坚持不懈地向着生命的虚无进军的人。由此，残雪对于卡夫卡的解读引向了她自己的创作之中，在残雪笔下的人物中常常可以发现这种激情，他们甘愿耗尽生命，毅然决然地抛弃现实世界中的人事，心沉醉于其发自内心的追求，追求的过程常常是如梦魇一般无法被理解，但其中蕴含着巨大的热情和精神力量。《新世纪爱情故事》中住进窑洞的金珠与在金珠带领下一睹窑洞真容的龙思乡便是如此。因此，对于卡夫卡的《地洞》里这个洞穴的“误读”恰恰是残雪的自我表征，她的创作正是需要通过对这种激情的识别与感同身受，才能进入那些梦魇，而感受那些梦魇的时刻，也成了体会自己的内心的时刻，作者与作品的连接在这个时刻得以实现。

二、建构洞穴——作为一种追求的理念世界

《新世纪爱情故事》出版于 2013 年，这部小说围绕着翠兰、韦伯、丝小姐、龙思乡、小袁、尤先生、小贺等众多人物编织起一系列复杂、缠绕

① 残雪:《来自空洞的恐怖——读卡夫卡〈地洞〉》，载《小说界》1997 年第 6 期。

② 赵树勤:《开启梦魇的迷宫——残雪研究述评》，载《湖南师范大学社会科学学报》2004 年第 5 期。

③ 邓晓芒:《残雪与卡夫卡》，载《滇池》2014 年第 4 期。

而又各有奇异之处的爱情故事。在小说第三章《龙思乡女士的内心追求》中，龙思乡和与她一同下海做妓女的金珠爱上了同一个男人——老永。老永的移情别恋使得首先爱上他的金珠遭到冷落，而龙思乡并未因为老永的追求而获得幸福。深处于“双方仍然被那种独占对方的妄想折磨着”的状况之中，龙思乡内心中无法摆脱的对于死亡的恐惧为她与老永的关系蒙上了阴影。她出于恐惧不断地逃离又反复回来，这种心情在龙思乡踏入金珠和驼哥的窑洞里之后发生了变化。

窑洞是已经不复存在的历史，曾经居住于其中的人们也已经逝去。金珠带着龙思乡参观的窑洞与其说是一种想象，不如说是一种理念的象征，由实在的心理活动与感官体验搭建起来的象征。起初，龙思乡仍然以现实世界的目光体验着窑洞的内部环境，窑洞的结构是垂直插入山肚的长条空间横切出几段，这种既原始又动物性的居住环境，对于外来者，需要不断远离出口才能深入隐秘之处，这意味着腹背受敌的危险，对于居住者，这意味着对于外部世界的隔绝和放弃，物理上阻绝了外部现实世界的干扰。深入洞穴实现了一种对于过去的历史的召唤，被埋葬在历史中的人住在已经被铲平的山中，将自己封闭在窑洞的深处。决定住在这里的金珠说：“我太喜欢那些窑洞了，那里面真温暖。我和他睡在里头，我们有一些甜甜蜜蜜的梦，我们梦见同村里人在一块，到处是黄灿灿的油菜花。”随着不断深入，接受身体的指引，龙思乡感受到焦虑感慢慢消失，听觉也被窑洞所开启，她听到手工磨的声音，接着又望见来时的夜晚变作黄昏。如同其隐喻明显的名字一样，龙思乡对于幸福的追求里所缺乏的那种与过去、死亡以及历史的和解在观看窑洞时得以短暂解脱，那被埋葬在记忆深处的丧子之痛终于不再阻碍在她追求幸福的道路之上。

窑洞的存在给人一种希望，那就是有一个理念的理想世界会自然而然地向任何一个人开放，这个世界不仅仅是某种环境的更换与处境的转变，进入这个世界意味着人进入了他自己的内心世界，虽然远离了现实世界，却贴近了人的本质。因此这些世界得以被发现与探索的唯一可能途径是人的意念本身，而每一个人都具有走进自己内心的可能性，每一个人的存在对于他自己的内心世界而言都是重要的，人们之间的差异在叙事层面被取缔了，任何人都不是被抛弃于无目的也不可知的世界中茫然无措的毫无主体性的存在，像卡夫卡的人物那般，恰恰相反，残雪的人物拥有发现不为他人所知的理念世界的能力，在发现、深受吸引的同时，具有向那世界靠近的主观能动性。在这个过程中，他们做出行动，推动自己朝向越来越清晰的理念一方前进，这个理念世界在残雪的不同作品中呈现出不同的形态，但共有相同的意涵。在这本小说中，龙思乡、金珠与阿丝三人便共享了这样一种追求，经历了对一个不可知的世界变得逐渐可知的过程，对于她们而言，窑洞便是那个理念世界的化身。

三、进入洞穴——一个关于精神乌托邦的寓言

然而窑洞不仅仅是小说中的一个独立的象征物，它是一个“整体化的象征故事”里不可或缺的一部分。

> 人在意识到自我日渐沉沦时所产生的一种沉重、庄严、绚丽但又迷离恍惚的期待，人在潜意识中寻求精神升华的生命律动。这是一个难以以某一零碎的象征中破译的故事，甚至是一个难以从形体上辨识的形而上的故事。[①]

我们站在作为白日梦与乌托邦的化身——洞穴的门口，回望来时的历程会发现，那是一整个巨大的象征故事：现实生活中可能的身体的磨难与环境的恶劣被夸大甚至臆想为荒诞和反常的模样，而身处其中的人充满突破出去的激情和勇气，摆脱肉体的桎梏，奔向灵魂之境的彼岸。这个象征故事不仅是《新世纪爱情故事》的结构，也渗透在残雪的大部分作品之中。这种极强的象征性，使残雪的小说呈现出一种寓言体故事的形式，通过对于这种寓言体式的确认，便可以跨越模糊暧昧的文字，使作品的结构形式清晰可见。学者谭桂林便将残雪的文体定义为“现代寓言体式”[②]，即训诫意义明晰、指向联系单一的类型化、宣喻性的传统寓言体式的现代版本。在这篇文章里，论者便指出了残雪初期创作转向的趋势：神秘性的淡弱与理念化的加强，但同时也在《突围表演》《艺术家和读过浪漫主义的县长老头》等作品中发现了某种“沦落”的趋势。这两篇作品以及其后发表的《思想汇报》等话语式小说的确在残雪的小说创作中发出了不和谐的促音，是作者试图暗示艺术本身的自我分裂性的语言游戏，所幸为我们所关注的象征风格的创作并未就此停滞，《新世纪爱情故事》便是一个具有代表性的长篇作品。

“一个世界，就意味着一种形而上学或思想立场”[③]。就如同残雪从《地洞》中那个小动物的自我折磨中体会到了超乎寻常的积极一样，在残雪的象征世界中，我们同样可以在阴森的梦魇、冰冷的无人之境，以及鬼魅幽闭的洞穴之中体会到积极的正面力量，那是一种如同希望一般的力量，使

---

① 龚曙光：《面对一种新文体的困惑——对残雪小说艺术的一种读解》，载《当代文坛》1988 年第 4 期。

② 谭桂林：《评残雪近期创作的蜕变倾向》，载《理论与创作》1989 年第 2 期。

③ [法] 加缪：《西西弗神话》，商务印书馆 2017 年版，第 10 页。

人得救。这便是我们可以从残雪的作品中把握到的一致的东西，它是一种哲学，一种情感，这种情感生成了残雪独一无二的世界。希望在于这一点，人必须获得精神上的出路，因为物质生活无法使人得救，人只有在精神上获得自由，才能在现实生活中得到解放，对于事物的片面的、被社会标准塑造过的态度和眼光，只会遮蔽每个人与生俱来的对于生命、爱、智慧等最敏锐和真实的感受力。《新世纪爱情故事》里的人们感受着，接着前往新的体验之地，他们被自由吸引，于是其自身的生活得以改变。这是现代人解救自己的方式，背弃知识与物质，投入精神自由的幻象，向着历史的伟大朝圣，向着脚下的地下世界历险。所有那些关于另一个世界的意象总是阴暗的、可怖的，因为那里不是理想主义的天堂乐园，而是真实精神世界的回光返照，走进这个世界代表着彻底抛弃对于表象世界的留恋与愚昧的痴迷，因此那是充满未知的，是令人茫然和恐惧的，但同样是充满魅力的，无限光明的。

结　语

尽管残雪的作品始终充斥着荒诞的气息，但却不能被称之为荒诞派，原因在于她在观念上仍然保留着传统文学中所具有的基本信仰与价值标准。只是她的叙事方式、对话与情节总是如同梦魇，又有鬼魅灵异之感，又终与自然之物有着暧昧不清的关系，这便造就了陌生荒诞的阅读体验。然而，通过对其作品象征性与寓言性的把握，不难发现其作品本质中的理想主义追求，她的作品是存在主义和浪漫主义的结合体。透过洞穴象征管窥一二，目的是在荒诞风格造成的看似一片空白之中，发现在生存之此在的抽象化描摹之外一个充满希望的乌托邦的存在，认可残雪的一切表现形式都是将灵魂的事、精神的事具象化的努力。

（张琦：北京语言大学中国现当代文学专业硕士研究生）

奇异幻境中的心灵对话

——残雪近作《蛤蟆村》的形式特质与文化蕴含

高梦瑶　燕扬天　黄睿君　李芊芊

摘　要：残雪在《上海文学》2022 年第 4 期刊发的小说新作《蛤蟆村》，延续了她惯用的女性第一人称叙述视角和变幻莫测的先锋叙事模式，但在展示一个亦真亦幻的世界的同时，也表现了在虚无中生长出温暖的新笔调和新意味，从而拓展了作品的精神深度，引发读者对奇幻意象的深思。本文四位作者就此从形式特质与文化蕴含交互生发的角度，针对作品中刻意营造的未知、星空、幻境意象以及奇特的心灵对话线索，分别做了细致的剖析和阐发。

关键词：残雪；《蛤蟆村》；形式特质；文化蕴含

书写有迹可循的未知

高梦瑶

先锋派作家残雪极像一位愤慨的勇士：她挥舞着那把锋利的，泛着凛凛寒光的大刀劈向已成审美习惯的文学，用报复性的写作去回击外界带给她的不解与伤害。她痛恨被限制，因此反抗。

在近作短篇小说《蛤蟆村》中，她向我们展现了一个荒诞、虚无的地方。小区虽近离银河的美丽却一反乌托邦的和善友好，金八因十年前遭难，经表叔的介绍逃至此处安居。随着住的时日越长，金八越发察觉到了蛤蟆村的古怪。他同黑孩探险银河，因“徒手斩龙”得麦爷爷忠告，夜会齐爹点歌谣。三件怪事接连发生于金八身上，金八在解开蛤蟆村谜团的过程中亦找寻出自我的怡悦。

“我住的这一片属于城市贫民区，一大片低矮的房屋，房屋之间有窄窄的小道。”[①] 作者开篇就将读者的视野进行了压缩，区域化地隔断了蛤蟆村与

① 残雪：《蛤蟆村》，载《上海文学》2022 年第 4 期。

外界，将视线局限到主人公感知，一切荒诞随机发生于主人公个人一点上，既引领了读者的阅读兴趣又深化了故事的戏剧性。

生活虽戏剧般荒诞上演，未知却有迹可循。在故事中，金八的顶头上司老武实际的形象是先知，是引导者。金八初次向友人袒露蛤蟆村的人躲人现象时，老武就给予了一个肯定的回答，即他知晓住在那里的人们都有痛苦的经历，与他们不来往是好事。这一细节确立了老武熟谙世事的前辈形象并呼应了后文他已知银河男孩的存在，且在言语中预言黑孩会告知金八有关银河的事。年轻的金八所认为的怪事，却在人生阅历多的老武面前显得不过是戏谑的闲谈，这体现了局外的老武其洞察更为清晰，与此同时戏谑与不在乎更符合局外人论事的状态。作者给予老武的身份是很高的，他能让生性谨慎的齐爹与他先打招呼，并且与他闲谈，在这里补充了老武为何能知晓蛤蟆村怪事的缘由。故细思“徒手斩龙”事件，老武的安排就显得刻意，看似偶然的安排实则是老武对友人必然的善行。“徒手斩龙”事件以老武贴心的安排结尾，主人公疲惫的精神进而得到了放松。这符合残雪的行文脉络，即每件事的终结皆是主人公的内心回归于安宁，情绪的收束带动了情节的完整。

冷漠是世人常态，但善良有迹可循。蛤蟆村看似人人不爱交流，甚至于“徒手斩龙”事件中大众还显露出了乐看他人出糗的病态心理。但实际上蛤蟆村的墙是活动的，人与人是群居互知的。黑孩和麦爷爷都没有将金八拒之门外，甚至每个人在关键时刻都有意地去提醒金八潜在的危险，甚至衷心地奉劝。作者要展露的紧张和恐惧更多的是大环境、大局势下，人们被迫伪装和躲闪进而不显得突兀，从而便于在此地长久生存。实际上人与人是愿意一起交心，一起去回忆，甚至人与人的精神存在高度一致，即他们内心刚毅勇敢，都想要守护家园，守护头顶美丽的银河。

不幸必然会发生，而新生活有迹可循。再美好的银河都潜在着陨石坠落的危险，不幸都必然会发生，重要的是灾难发生之时，是选择懦弱地躲在桌子下，还是选择伏案研读自己的日记。作者给予金八的选择是光明磊落的、是勇敢的，金八在危险时刻没有陷于懦弱和惴惴不安的阴影下，而是发现了文字的美，找寻到了自己的救赎，甚至解开了回忆中的歌谣，进而在新一天开始之前是精神抖擞地、满怀喜悦地去迎接新生活。

《蛤蟆村》表面展现的是紧张恐惧的惊悚氛围，内核却充盈着奇幻童趣的大胆作为。银河的美好始终贯穿于全文，银河般善良的精神亦始终悬挂于人们的内心中。谜题、怪事永远都在延续，但住在蛤蟆村的人像金八般易于满足且各得欢愉。

《蛤蟆村》里的银河意象

燕扬天

有两样东西，越是经常而持久地对它们进行反复思考，它们就越是使心灵充满常新而日益增长的惊赞和敬畏：我头上的星空和我心中的道德法则。[①]

在残雪的《蛤蟆村》中，银河既是我同“蛤蟆村”接触的开始，也作为我“幡然醒悟”的启发者。“银河”意象实际同小说表达的道德意义息息相关，对“银河”的解读可以更好理解“蛤蟆村”的道德背景。

首先，“蛤蟆村”上空是“最为明净的天空”，在这样的天空下，银河变得异常清楚。而齐爹对此解释为：银河之所以这么美，是得益于我们小区居民内敛的品质[②]。“内敛”原为褒义，意指人思想、性格的向内收缩，在文中却充满了讽刺意味。小说开头便写道：“家里面电灯是有的，但屋外没有路灯。”[③] 因为没有社交，“日落而息”的晚上便不需要出门，也就没有了路灯存在的意义。小说中，“我”与小区居民很少碰到，即使遇见，对方也会立即扭头离去，其实就在暗示蛤蟆村“内敛”的居民们没有交流、彼此孤立的状态。

在蛤蟆村中，人人都处于孤岛的状态，“集体”的概念消失，依托“集体”所形成的“道德”也便自然而然地被瓦解。蛤蟆村是一个不支持大家往来的地方，一个理想状态下所有人都存在但每个人都孤立地生活的地方。天空如此明净，银河格外美丽，蛤蟆村居民对“道德”的忽视，使星空与银河就成了他们唯一惊赞和敬畏的，“银河”既隐喻了道德，同样象征着道德的消弭。

“银河男孩”正是试图打破居民间彼此孤立状态的尝试者，他试图将“我”也带入可以通往银河的跑道上，而“我”在“跑道”上却寸步难行。从跑道上出来后：“抬头看银河，同以往没什么不同，仍是那么遥远，还有点冷漠，一点也不咄咄逼人了，黑孩说得对，我是没法跑过去的”[④] 暗示了“我”其实已经变得同其他居民一样“内敛”。

完成了对“银河”意象的解读，也就可以明白小说末尾的“儿歌”——

---

① [德]康德：《康德著作全集》第五卷，中国人民大学出版社 2007 年版，第 169 页。

② 残雪：《蛤蟆村》，载《上海文学》2022 年第 4 期。

③ 同上，第 4 页。

④ 同上，第 8 页。

那段需要对眼神的历史。《国语·周语上》记载：

> 厉王虐，国人谤王。召公告王曰："民不堪命矣！"王怒，得卫巫，使监谤者，以告，则杀之。国人莫敢言，道路以目。[①]

社会环境的禁锢隔绝了人与人的交流，人们一开始还用眼神传达意思，在漫长的发展过程中，却逐渐关闭了交流的通道，在社会环境的严寒中，人人都只得缩在自己的洞穴里，冬天没有结束，蛤蟆们从未苏醒，在咫尺之间的一个个洞穴里，沉睡在自己的梦境中，互不联系，互不沟通。他们躲在黑屋子里，等待被找到，但又害怕被找到，在社会环境禁锢的寒冬中，他们一直半梦半醒地沉睡着。或许也曾有人醒来，但蛤蟆村在以"内敛"为上的公权力干涉下，参与者们互相警惕，把彼此视作仇敌，于是醒来的人只能被这样人人自危的环境吞噬，比如去世的劳改犯，比如"我"遭受厄运的父母，比如送我来又消失不见的表叔，又比如"银河男孩"。

《蛤蟆村》以历史隐喻的方式，折射了人人自危的社会历史画面，通过"银河"意象，作者残雪试图以史为鉴，传达对当下某些文化现象的反思与警告。愿我们在瞥向灿烂银河时，心中不是恐惧，而是对道德律的赞叹。

《蛤蟆村》的幻境意义

黄睿君

残雪是一个极具幻色的作家。她善于用笔勾勒出团团的迷雾，轻松地吸引读者陷入雾海中，最终忘却从一片茫茫中走出。她曾谈到，"这些小说虽然短小，但你必须高度集中你的精力去凝视，去冥想，这样才会有收获"[②]。与她往常的短篇小说一样，《蛤蟆村》也致力于塑造一个现实感的幻境，将生活的真相贯穿在草蛇灰线中，让读者大叹荒诞之余又难抑心灵的震撼。

《蛤蟆村》塑造了一个亦幻亦真的时空。蛤蟆村就像所有现实中的城中村一样，有拥挤低矮的小屋，没有路灯，晚上阴森鬼气，却又和所有的小区截然不同，小屋没有窗户，独门独户，住过劳改犯，邻居们来去无踪，外面的人对这里的说法意味深长，评价"他们都有痛苦的经历"，劝诫不知情的人们不要"同他们来往"。主人公金八像所有现实中的普通人一样，住着一间平凡的小屋，有一份普普通通的工作，有着日常单调的习惯，却又

① 徐元诰：《国语集解》第一卷，中华书局 2002 年版，第 10-11 页。

② 残雪：《一种诗小说》，载《创作与评论》2013 年第 3 期。

如此与众不同。他的表叔来去不明，莫名其妙，让他住在毫不相干的房子里却毫不担心，他的父母有着并不普通的过去，他称他的记忆顺序颠倒混乱，他来此的缘由更不得而知。

作者的铺垫是必要的。在这样总体平凡普通的居民区里，尽管存在着一些令人费解的谜团，却也是司空见惯，不至于引起巨大的惊诧。可是随着作者的笔锋越来越混沌，我们就发现这样的背景也能让现实的事物顺理成章地被套进怪诞虚幻的壳里。这样一个普通与古怪兼存的村子，若是日子过得平平淡淡是情理之中，如果出现荒唐怪异之事也并非完全在意料之外。而构筑在现实里虚幻的环境，人物离奇的身世，“我”混乱的叙述，和脱离常规的故事，层层叠加，更使读者感受到神秘的震撼。

“银河男孩”的出现是一切幻境的开始，他带着神秘的意象把读者引进迷雾之中。他皮肤黝黑，据说生来如此，他朝“我”迎面走来，却又撒腿跑开，他没有名字，来路不明的老奶奶照顾他长大后突然不见，他跑得飞快甚至能瞬间消失。他“去过银河又回来了”，他知道我的名字，他带我去找银河，穿过异常狭窄的过道，让我看到“房子的背面”的世界。他的外貌、言语和行为，仿佛确实是来自异世界的人。他的出现给“我”和读者都带来巨大的震撼，这样的编排就像是之前一切循规蹈矩的表象下猝然的转折，破开了读者的预期，让一切现实的可能性都失了真。

老大爷是幻境印象的加深，如果说银河男孩具有神秘莫测的未来感，而他则像是过去的代表。在等待杂技团的夜晚，他像破布一样被扔出来，躺在路上抽搐，自称在“徒手斩龙”，突然开始批评我，指责“我”的懦弱，对我了如指掌，与我莫名其妙的对话，力气大得惊人，教育我“蛤蟆村的派头”……他的出现虽然不及黑孩的虚幻，但是一样令人摸不着头脑，但是此时“我”已经不会为这些怪事而感到惊异了。

两位关键性的神秘人物引出了幻境的通道，漾开了奇幻事件的书写。墙体会移动，黑孩的声音不知从何传来，银河似乎在向我逼近，墙那边有人说话，通道又变宽了，人们都不出门看表演，躲在窗后看我，在窗口哄笑，我像是真正地被看戏……一起都像梦境一样荒诞，小说好像从此堕入了层叠的梦的空间，大雾四起，读者在突如其来的虚幻中迷茫，却又隐约触摸到心灵的感悟。

“我”在蛤蟆村是一个循序渐进的过程，虽然居住了十年之久。但是真正“在蛤蟆村”是通过这两件事，我逐渐弄清了小区居住情况，我居住过“劳改释放”的房子，我大概明白这里的人们痛苦的过去，但直到银河男孩带“我”走过道，“我”才真正地触碰到这个身处的社会。金八发现自己走不了弯弯曲曲的油石路，正如他在这个世界开始时的跌跌撞撞。当听到墙那边的对话后，他有意无意地察觉到自己与他们的相同，于是终于决定主动去找黑孩，虽然最后没有成功，却在心灵上达成对黑孩的理解。杂技团来演出时，他早早地担心和大家交往，畏惧地躲到柳树后面，却又主动提起去老大爷的家，接受麦爷爷的教育，听取了“蛤蟆村的派头”的说法，从此“上路了”。在等待齐爹来找他时，他已经会主动想起“蛤蟆村的派头”并消气，并且接受齐爹“蛤蟆村”的言论且不觉得怪异了。他在齐爹的点拨下追溯到父母，追溯到自己的幼年，惊诧地发现原来自己一直是蛤蟆村的一员。

蛤蟆村像是一个微缩的固型社会，或许是经历过什么灾难，居民们很少活动，并且畏惧白天。金八不知道自己已然身在其中，不知不觉成了他们中的一员，人们在其中被体制化，被考验，最后被接受与接受。银河代表着庞大而令人心生畏惧的事物，或许是权势，或许是未来，“他们为它震惊，也许还感到恐惧”，而银河男孩是“银河”的孩子，所以生来与众不同，皮肤黝黑，跑得快，因为从小“被妈妈追着打”，可后来“银河”或许被别的银河更替了，他与银河分离，去了又回来，成为普通群体中的一员。或许是过去经历的原因，他们有很强的戒备心，新来的人被当作戏看，拒绝来往社交被视为“好风气”，人们极少互通有无保证了“银河”的美丽，而墙的移动就像是这个固定团体久而久之形成的保护机制，防止风声走漏，防止进去，防止出来，被重重包围，变成同伙且不自知，主张把人变成猎物。曾经一度无法同化就要遭到消灭，“父母的覆辙”大概就是如此。一代又一代，并且当我们身处其中的那一天，我们会讶然地发现自己与这个团体社会其实有着更古早的渊源。

但，固型的社会也不是一无是处，某些时刻，我们身处群体之中，才更能发觉自己是谁。“我”是“我”吗？“我”是“他们”吗？“他们”是“他们”吗？当流星雨照亮了“我”封闭无窗的小屋，“我认出了我的文字真实的模样”，“我”醒悟了“我”是谁，“我”认识了“我”自己。这或许是在群体帮助下一次自我的寻找，像是对分裂人格的重拾，也或许是融入群体后对自我的感知，又或者是身处群体之中，“我”已经不重要了，“我”就是“他们”，“他们”就是“我”。

阅读残雪的作品常常像是在解谜，但往往谜面读完，谜底却已经不重要了，因为我们已经走入谜里，成为谜语的一个标点。残雪正是致力于挖掘每一个人精神世界不同的颤动。她常说自己的文字“无含义”“无解读”，并不追求一个准确的审判，这或许就是纯文学的意义。

《蛤蟆村》的心灵对话

李芊芊

《蛤蟆村》这篇小说的作者残雪，是一位带有神秘气息的作家。她从小便由沾满楚地巫风习性的外婆带大，父母在她小时候便因为政治问题而没能陪在她的身边。[①]而陪同外婆在天井中赶鬼的童年经验一直陪同她长大的经历，成为她人生中的一部分，从《蛤蟆村》中描写蛤蟆村中所透露的一种诡异的氛围中也可体现出来她与常人不同的人生经验。因此，作为拥有着悲惨童年经历和独特生活经验的残雪，是一位具有分裂人格的艺术工作者，这使得她所有的小说都属于精神自传，即都是写她自己，与不同的自己进行对话。这样一位特殊的作家，其本身十分强调自我意识的挖掘，即“分析自我”。残雪认为，中国人对日常生活的态度缺乏一种自我意识，“就是不善于分析自己”[②]。《蛤蟆村》这篇短篇小说，则是残雪用来剖析自我，与潜意识深处的不同阶段的自我进行对话的一篇作品。作品埋藏着“我”从紧扣门扉到开始试着去了解自我、剖析自我，到最后与外人一起分析自己的内心世界的线索。

《蛤蟆村》大致讲述的是金八向父母的同乡讲述蛤蟆村所发生的三件趣事，而这三件趣事的主人公分别是黑孩、麦爷爷和齐爹。而我认为，在这篇小说中出现的黑孩、麦爷爷、齐爹都是作者所分裂出的不同的人格，而金八则是作者自己。再通过金八和这三个人物的交流对话，作者不断了解自我、发现自我、与自己灵魂深处进行对话。蛤蟆村，其实寓指的是作者的内心世界。在蛤蟆村里，有通过她分裂出来的不同人格。有可以随心所欲控制的心墙，也有那一片头顶上自己想要去追逐的银河。“蛤蟆村里的人都有着痛苦的经历”，这暗示着在从小便遭受了太多悲欢离合的作者内心深处，埋藏的都是伤痕。然而，《蛤蟆村》这篇小说总体上的感情基调却是充满暖意的，我从中看到的是作者在悲惨经历之中不断进行自我治愈的强大内心。

首先出场的人物是金八，金八的人物设定和残雪有着一些相似的悲惨经历。金八的父母也遭遇了不测，迫使金八搬到蛤蟆村住下。居住在蛤蟆村后，便很少与村里的人来往。在十年后，突然金八对于蛤蟆村里的人产

① 董外平、杨经建：《论楚巫神秘主义与残雪的小说创作》，载《中国文学研究》2011 年第 3 期。

② 臧继贤：《专访作家残雪：对中国文坛不抱什么希望，也懒得评价》，澎湃新闻 · 翻书党 2016-03-08/17：15，https：//www.thepaper.cn/newsDetail_forward_1440611，2022 年 11 月 11 日访问。

生了好奇。我认为这里可以理解为作者开始渴望认识自己的内心世界，想要去了解不同阶段的不同的自己。

而黑孩，则是他遇见的第一个印象深刻的人物。黑孩不是非洲人，皮肤却很黑。而黑色的皮肤，一直象征着贫穷，这里可以看出黑孩天生便生活艰苦。而“黑孩”的称呼也体现了他仍然只是个孩童，年纪尚轻。他一直在追逐着银河，并且据说曾经到过银河。然而，这也是他的片面之词罢了。但是，毫无疑问的是，银河男孩向往银河，并为此每天晚上不断奔跑。相比于蛤蟆村的其他人，他不仅惊叹银河的波澜壮阔，更是付出了行动去不断追逐。这个银河男孩实际上是年轻时候的作者自己。天生贫穷的她心中有一个浩瀚的梦想，如蛤蟆村天空中那一片浩瀚的银河，并为此不断奔跑努力。其他的“她”看到这片银河在惊叹其壮阔之外还感到一丝的惊恐，以至于躲在房子之中不敢出来。然而，正如老武说的那样“蛤蟆村的人都有着痛苦的过去”，银河男孩大概率并没有到过银河。那片远在天际的银河仿佛映射的是作者内心的追求。年轻时候的作者如银河男孩一样日复一日努力地孤独地奔跑着，却始终无法触及。而也只有年轻时候的自己，有这样一份热血与激情。但是在最后，黑孩永远把自己的门紧闭了，象征着作者自己。如今的作者就如金八一样，再也无法在梦想道路上孤勇前进。正如那位送春卷的阿姨提醒金八道：“黑孩是黑孩，你是你，对吧？”

第二个人物，是麦爷爷。小说中金八误打误撞和麦爷爷一起表演了“斩龙”的情节。金八本来想要通过观看表演来认识蛤蟆村中的其他人，然而没想到的是，金八自己居然是斩龙的演员。这里我更倾向于理解为这是作者另外一个分裂的积极向上的人格对自己的考验与试炼。“恶龙”大概象征着丁小虎这般凶狠的人。而“龙”这种不存在的生物在古代往往象征着达官显贵。因此，这里可以理解为另外一个人格的作者正在考验当时的作者，叫她“挺起腰杆来”，积极向上不向邪恶的高层势力低头。因此，这里也饱含着以麦爷爷为代表的内心积极一面的人格希望自己能够不断向上进取的一面。在金八和麦爷爷的互动，也是作者与内心另外一个向上的人格进行交流互动。麦爷爷代表着强大的人格，他在金八睡去后一直在警醒金八“千万不要睡得太死”，实际上，也是强大的向上的人格对弱小的人格之间的一种试炼。作者化身为猎物，接受内心强大人格的考验。而就在考验过程中，与以麦爷爷为代表的内心强大的人格之间的不断交流促使代表作者本身的金八不断强大。除此之外，麦爷爷还代表着作者内心宽恕的力量。当金八问麦爷爷“你恨丁小虎吗”，麦爷爷的回答是“不恨”。这里可以联系作者的爸爸由于被同僚诬陷而迫害致死这一童年经历可以推断，这里的“丁小虎”象征的是那一批迫害她父亲的同僚。而这里也摆明了作者对这些人的态度：比起仇恨，她更愿意放下，化解过去的怨恨。比起一味地抓住过去痛苦的往事不放，她更愿意注意到的是正是因为这些经历，使得她不断成长。正如麦爷爷所说那样，恶龙虽然扰乱他的生活，但也使得他的身体变得不断强壮。

最后一个人物，是齐爹。齐爹和金八进行了一次谈话，而实际上，是作者对自己内心人格的真正审视，从齐爹的口中，金八知道了原来蛤蟆村那一片洁净的天空是如此美丽。实则是指作者在对自我进行剖析与认识透彻之后的畅快感。

由此可见，残雪在《蛤蟆村》中通过建立蛤蟆村这样一个奇特的村庄，在村庄内部对自我的人格不断交流倾诉，不断发现自我、了解自我，最后发现覆盖在天空那片浩瀚的银河。

（高梦瑶、燕扬天、黄睿君、李芊芊：北京第二外国语学院文化与传播学院汉语言文学专业 2020 级本科生）

徐坤专栏

一座精神"鸟巢"的诞生

——从徐坤的《八月狂想曲》谈其创作历程

王红旗

徐坤:

女,1965年3月出生于沈阳。作家，文学博士。现任中国作家协会《小说选刊》杂志主编，中国作家协会全委会委员，享受国务院特殊津贴专家，全国宣传文化系统"四个一批"文化名家。主要从事小说、文学批评及舞台剧创作。已经发表各类文体作品五百多万字，出版《徐坤文集》八卷。代表作有《先锋》《厨房》《狗日的足球》《午夜广场最后的探戈》《春天的二十二个夜晚》《野草根》《八月狂想曲》等。话剧《性情男女》2006年由北京人民艺术剧院上演。

曾获鲁迅文学奖、中宣部"五个一工程"优秀长篇小说奖、老舍文学奖、庄重文文学奖以及《人民文学》《小说月报》等文学期刊优秀作品奖三十余次。长篇小说《野草根》被香港《亚洲周刊》评为"2007年十大中文好书"。部分作品被翻译成英、德、法、俄、韩、日、西班牙语。

"受命奥运":时代与生活的恩赐

王红旗: 你的新长篇小说《八月狂想曲》，思维横跨古今中外，驰骋于现实与梦想，写得气势磅礴，激情昂扬。以虚构的奥运场馆"东方地平线"投标、建设的过程为叙事主线，以"青春中国"意象为内在精神肌理，东西方神话与经典、建筑艺术与美学等如同随手拈来，洋洋五十万言侃侃而谈，结合得天衣无缝，揭示出这个时代深处变革的惊涛骇浪，令人震撼而沉思。可以说，这部作品不仅在世界文学史上是唯一一部以奥运为题材的长篇小说，更是一部“青春中国”和平崛起于东方的当代史诗，一幅人类多元文化和谐共荣的新景观。作为“遵命”写作，你是怀着怎样的心理来接受这种前所未有的挑战的?

徐　坤: 写这部书，最先是作为单位任务下达的。北京作协作为2008奥运会举办地的作家协会组织，早在2003年底，作协就开始着手准备和筹划奥运的宣传工作，并指派在职的两位专业作家曾哲和我来承担奥运写作的任务，曾哲写报告文学，我写长篇小说。当时在编的不到十名在职作家中，我俩尚属年轻，体力上稍占优势，奥运写作是一项需要大量外出采访的活动，从2004年到2008年，它是持续了近四年的工程，工期长，任务量大，派老同志怕坚持不下来。再加上我又是个体育迷，曾经写过《狗日的足球》等脍炙人口的小说，领导上理所当然认为我能够写出来奥运小说。但实际上可没那么简单，四年里我受了不少苦，遭了不少罪，费了很大劲，克服了采访和写作中许多想象不到的困难，在同志们的帮助和鼓励下，我们两个才能够在规定的期限里交出满意的答卷。

王红旗: 的确，奥运题材是宏大叙事，又是“将来时”。2008年第二十九届北京奥运会，寄托着中华民族的百年梦想，举国上下备战奥运的事件林林总总。这样的创作对你无论从哪方面来讲都是挑战。你巧妙地虚构了一个东北的奥运会协办城市、一个体育场馆“东方地平线”的建设，游刃有余地架构小说的人物情节，以寓言式的“狂想曲”给小说定基调，创造了丰富的、激情奔放的文学时空。如杨匡汉先生所言：徐坤“为中国当代文坛贡献了一份大气象、大手笔的精神成果”。

徐　坤: 我喜欢“狂想曲”这种具有史诗风格和民族色彩的调式，年轻的时候听到格什温的《蓝色狂想曲》，一下子就被迷住了，现在我的车载音乐仍旧装满了“狂想曲”，每逢开到高速公路上，我都会把音响开到最大，听那咣咣咣奏响的李斯特的《匈牙利狂想曲》、拉威尔的《西班牙狂想曲》、德沃夏克的《斯拉夫狂想曲》，每一声敲击都击打在我心上，让人止不住地热血沸腾激情奔涌。我总在遗憾地想：可惜我不是作曲家，否则，一定要作出一首《中国狂想曲》，来表达对这个激情奔越时代的感受。现在，时代和历史给了一次机遇，让我以文字的方式把这首曲子谱完了，对此，我深感荣幸和自豪!

王红旗: 原来是受到音乐大师们狂想曲的启示，更是自我生活狂想曲赋予的灵感。阅读《八月狂想曲》，的确能够感受到宏阔、昂扬诗乐合奏的激情奔涌。

徐　坤:《八月狂想曲》的封面设计，采用了宋元书法家赵孟頫的字，尤其那个“狂”字选得好，雄奇，豪放，奔逸，一个“狂”字，意境全出，就跟这次的奥运奖牌设计一样。这部小说也是采用了“金镶玉”的处理方式——“金”的部分，是书里的两个男主人公，年轻的常务副市长旷乃兴和俊美的建筑设计师黎曙光，他们一身傲骨和正气，满腔新一代知识分子的济世情怀；“玉”的部分，是他们的爱人、亲人和朋友，充满宽广善意和柔情。当然，英雄人物还要有对立面，有跟恶人的斗争，有真刀真枪的碰撞，有剧烈的矛盾冲突，让正义战胜邪恶，最后新人才能茁壮成长，思想达到完美境界。

王红旗：《八月狂想曲》问世后，文学界、文化界、媒体界好评如潮。中宣部部长刘云山特别批示《光明日报》，并打电话给中国作协金炳华书记：“请找一本《八月狂想曲》，徐坤是与时代同行的作家，她的所言所为令人感动。”许多著名评论家都对这部作品发表了自己的独到见解。

徐　坤：五十万字的长篇小说《八月狂想曲》，出版后得到读者和批评家的高度评价，老批评家雷达认为它建筑起一座“视野弘阔的精神‘鸟巢’”，宏大的叙事，诗史性的概括，人物形象鲜明，对当代生活进行具有深度和广度的揭示，热情讴歌了改革开放新一代建设者、管理者的献身精神和济世情怀。青年批评家李敬泽认为，在“青春中国”这个宏伟的中心性的现代意象之下，徐坤满怀激情地发现和塑造新人，他们是意识到自身的责任和权利，并且决心创造自己生活和命运的自觉的现代公民。这些“新人”是《八月狂想曲》最主要的成就。

还有批评家说，《八月狂想曲》作为一部奥运题材的长篇小说，是属于纯男性的，那坚实有力的笔触，大胆恣肆，那绚丽的光泽、饱满的轮廓，刻画得淋漓尽致。徐坤眼中的奥运是非凡的圣物，散发着灼灼的太阳之光和感情烈火。

创造世界舞台上的“青春中国”

王红旗：他们是“青春中国”的文化形象，是小说的脊梁与魂魄。旷乃兴和黎曙光这两位男性形象，更是你对自己以往小说里男性形象塑造的一种超越，是呼唤时代英雄——理想男性的一种方式。以往你的作品塑造了一群肉体与灵魂抽离了道德伦理情感与精神的“病态男性”。在《八月狂想曲》里，这群新男性形象最可贵的品质，是跨出了“他者化”时代，重视自我文化建构与多元文化互补共生的一群青年知识分子。

在他们的创新意识里，融入了更多的“中国性”的人生价值理念，他们的行为证明了中国的现代性文化，是建基在母体文化之上的，对人类关注的事件与问题做出自己的回应，战胜重重难以预料的阻碍，圆满完成“鸟巢”工程就是确证。从“少年中国”到“青春中国”，在承接历史、现实与未来的意义上，寻索到了历经百年孕育的中国精神魅力。进而在世界不同国家、不同文化、不同民族之间，用“青春中国”与“奥运精神”架起了人类理解与沟通的桥梁，来展示中国与世界的平等对话。是什么经验给了你这样的思考？

徐　坤：刚接受任务时，也很蒙，就跟谭盾接受做奥运颁奖曲时的情形一样，脑子里有大量信息和元素，却不知怎么处理，找不好切入的角度。后来经过不停地深入探访“鸟巢”“水立方”工程，采访管理层、建筑设计师、工程监理人员，逐渐找到了感觉。

首先让我吃惊的是，奥运建筑设计团队的年轻，负责奥林匹克公园景观打造的北京建筑设计院院长朱小地，总建筑师胡越，他们也就是三十几岁，“鸟巢”的中方总设计师李兴钢，参与这项二十一世纪新地标伟大建筑设计时，仅有三十三岁。“水立方”设计团队里，还有“70后”的一代人。这群人都受过良好的教育，英姿勃发，斗志昂扬，充满欢乐和自信，说起话来有时牛皮烘烘，毫无惧色地热情投身于这一场伟大的时代历史变革中。他们是这个全球化时代率先让中国的建筑能够跟世界平等交流对话的一批人。

见到他们如此青春而直率，我的创作灵感突然而至：眼前这一幅幅图景，正是青春中国的写照啊。奥运会本身，就是人类青春膂力的一次竞赛和展示。我们说“新北京，新奥运”，而不说“老北京，新奥运”，也是为了标明一个“新”字，标明二十一世纪伟大中国跻身于世界强国之林的朝气沸腾，蒸蒸日上，雄心勃勃。百多年前，梁启超、李大钊等仁人志士提出“少年中国”的理念，就是要摘掉我中华“老大帝国”的帽子，充分肯定少年富于进取的前瞻意义。一个多世纪过去，我中华国家正在迈向盛世青春时代。承办奥运，不光是中国人的百年圆梦，也是从“少年中国”到青春中国之宏伟理想的实现。《八月狂想曲》正是基于这一点，真实记录下北京筹办奥运七年间的艰辛历程，为新一代管理者、建设者立传，为青春中国唱颂歌。

王红旗：《八月狂想曲》叙写波澜壮阔的当代中国变革，我认为不仅是年轻的奥运工程管理者、建设者给你的灵感，更是你梦想与经验厚积薄发的集大成。记得你在1996年发表的《人间烟火》中就说过：“现在我尝试着将视点从书斋中转移，转到更广阔的外部世界，试图用我的笔素描一座城市。”“实际上这件事我一直都在做。”《八月狂想曲》何止是“素描一座城市”，是一个预言家站在历史的新起点上，为人类创造了一座瑰丽的精神“鸟巢”。小说的每一章标题：风生水起、庙堂之高……上善若水、沧海碣石……均以中国文化元素为核心，具体内容细节与叙事技巧，却是“中西合璧”。这不仅能够体会到你的宏阔视野，更能感受到你对“自我”与“他者”文化位置的准确把握。

徐　坤：其实写作过程中并没有考虑那么多。首先想的是完成任务，“完成任务”是写作中的最大目标。在那样一个情境下，要实现这一目标，也相当困难。

王红旗：我能够理解你历时四年写作的艰辛。如你所说是“拼力跑着一场写作上的马拉松”。特别是关于奥运会历史，希腊与中国的建筑艺术知识等等，你都能融会贯通，描写得如诗如画。蕴藏着人类对真善美追寻的生生不息，崇高精神成长的勃勃生机。你是如何获得大量的资料，又是怎样艺术过滤，创造出如此富有哲理的美妙文字？

徐　坤：“歌颂青春中国”的立意是有了，但怎么能把它实现，怎样才能把它变成一个有头有尾的故事，它的起承转合、高潮段落、矛盾冲突都设置在哪里，仍旧是一个问题。我开始构建小说的整体框架，有四个层面必须涉及：首先是管理层；其次是建筑师层面；再有是运动员层面；最后是老百姓。四个层面，缺了一个，都开不成个奥运会，也写不好个奥运会。但是没有一个层面的语言生活行为方式是我所熟悉的。一切都如此陌生，一切都如此隔膜。最先要克服的是：1. 对建筑行业不熟的困难；2. 克服主旋律写作方面的技术难度。阅读是克服困难的有效方式。从建筑行业专业书籍开始读起，从工程造价、预算方案、工程监理、给排水设计、机电设备安装，到中外建筑史、古建风格特点、梁思成传记、赫尔佐格和德梅隆（鸟巢的瑞士建筑设计师）大师建筑风格、公共建筑设计、现代建筑演变、奥运场馆建筑招标方案……阅读的结果，便是“六经注我，我注六经”。

其次，要学习掌握主旋律小说的写作特点。毫无疑问，这是一项鲁迅先生所说的“遵命文学”，它当然有自己的旨归。通过这次写作实践，我要由衷地对那些能把主旋律文章做得好的作家表示深深敬意。相比那些个人化写作、个性化写作，“遵命文学”的难度，实际上要大得多！作为一个受过严格写作训练和有一定实践经验的人来说，炫技谁都会，偏偏是在不炫技和无从炫技的情况下，要在扎扎实实的现实主义写作过程里，实现题旨。难度可见一斑！

难以预料的挫折、困难与挑战

王红旗：前面说过，这样的写作对你来说是一个挑战。听你这么一讲就差头悬梁锥刺股了。这种“笨”功夫已经没有多少作家愿意下了。

徐　坤：一切从头学起。重读经典，从丁玲的《太阳照在桑干河上》一直到张洁《沉重的翅膀》，到张平《抉择》、铁凝《笨花》、王树增《长征》，这次的重读，跟以前置身物外的单纯欣赏性或批评性阅读毫不相同。这次是要掩卷沉思，仔细琢磨，回味它的章节结构、矛盾设置，都有些什么技巧。每一本书的成功，看似简单，实则来之不易！都自有它庞大的和细小的原因在里面。

除了阅读，掌握技巧，同时还将所有的采访录音录像资料反复听、反复看，还把那些文字一字字整理记录出来，以获取更有用的信息，光是采访笔记就不知做了多少；随时追逐报章杂志电视媒体上有关奥运的新闻，每一次的工程部分完工的现场直播都追随观看，生怕漏掉任何信息。当故事有了一个基本框架后，李青副主席又专程召集我们两位创作者以及市委宣传部文学处有关领导一起开了一个汇报协调会，通过了最初的提纲。后来在具体写作过程中，又不断调整、修改、完善。

王红旗：在小说里跨专业的、实证性的描述，政治的、经济的、文化的、建筑的等方面的写作，给人身临其境的真实感与艺术享受，更重要的是你的胆识勇气与敏锐智慧，洞察社会问题与文化精神主脉，把握正义与邪恶、光明与黑暗、崇高与鄙俗的较量的风向标，多方面驾驭题材的能力与魄力。比如，淞州市常务副市长旷乃兴，奥运场馆“东方地平线”的设计师黎曙光，为了奥运场馆建设，面对官场权力的争斗，棚户区搬迁的纠纷，情色献媚的诱惑，以及贪赃枉法的堕落分子，在复杂的人性灵魂里表现出中国当代男性的“伟岸”人格。在各种人物纷纷登场表演的对比中，树起了青春中国傲骨柔情式的时代先锋。为当代文坛正面知识男性形象的“阳衰”，注入了不畏强权、主持正义与朝气蓬勃的英雄品质。请问哪些是真实原型的触动？哪些是你的“狂想”产物？

徐　坤：对于我自己来说，一旦进入写作状态，就物我两忘，专心致志，把自己想要表达的情怀如数表达出来。如何做到领导满意、群众满意，又要表达年轻一代知识分子的抱负、雄心、济世情怀，如何将这三者完美糅合到一起，这是我在小说里所要完成的任务。我希望我的这部《八月狂想曲》：它是“遵命文学”却不是“应景文字”。是当代中国二十一世纪初风情人物的真实记录，而不仅仅是一时一事的奉命写作。

我动用了多年生活积累，经过克服重重困难，从“不会写”到把它写完，像登珠穆朗玛峰，中间经历了非人的折磨。明明知道山巅就在那儿，遥遥可见，就是上不去，缺氧，憋闷，耗尽心力。每天闭上眼睛是噩梦，睁开眼睛还是噩梦，梦见的总是考试，交卷时间到了，题不会答，总也答不完。那种压力，跟个人化写作的压力全然不同。个人化写作毕竟可以自己把握，进退有余，这却是一种根本没有退路的压力，往上走，缺氧爬不上去是个死；往下退，同样缺氧退不下来还是个死。我一想，反正都逃不掉一死，莫不如死得好看点，到达最高峰顶再倒下吧！

写到主人公建筑师梦见死亡那一段时，那分明就是我自己真实的梦，真的在梦里看见了死神。醒来吓得要命，胸闷，赶紧摸过几粒速效救心丸吃了。那是我头一次吃那种小药丸，第一次觉得自己有心，有了“心脏”那么个东西。最后直写到眼睛看不见，手腕出毛病，鼠标手，网球肘，颈椎严重疼痛，整个人也快要残废了。

其间痛苦的是，不光要一天天数着页数写作，同时还要随时观测、等待，等待不知道什么变故的来临和重新调整。其中涉及 2004 年雅典奥运会开幕式歌手“比约克”的一章，是在校样出来后，才现把她删去的。那个冰岛女歌手在我们国家上海演出时出事，乱呼“西藏独立”口号，已经遭受到处罚。

一个处在正在进行中的国家大事，其间总会发生许多意想不到。这也是小说的又一个难度之所在。必须时时盯住时局的变动和政策面的变化，随时对小说进行局部和细节的调整。这也造成小说在时间上的限定性：既不能出来得太早，也不能完成得太晚。

其他一些难题，诸如：作为这样一部敏感的政治小说，免不了有为地区讳、为名人讳的麻烦。所以，写的是北京奥运，却无法在北京的皇城根底下展开；设置人名、地名时，也要一遍遍在百度搜索引擎上检查，免得跟某些真实的地区和政治人物名字重复，给作品带来不必要的麻烦……

总之，写作过程中遇到种种挫折、困难，都是预先没有想到的。就这样，经过几个春夏秋冬、寒来暑往的辛苦劳作，我从风生水起写到雕梁画栋，从庙堂之高写到江湖之远，从横槊赋诗写到沧海碣石，从上善若水写到大隐隐于家，终于按照既定计划，在距离奥运开幕二百天时，把五十万字的长篇完成了。

“鸟巢”点燃圣火的巅峰时刻

王红旗：这真是“故天将降大任于是人也，必先苦其心志，劳其筋骨，饿其体肤，空乏其身……”我相信这种非常态的创作过程，是你又一次重要的飞跃，会带来多方面的收获。但也有人会认为是“趋时”，你如何理解？

徐　坤：关于《八月狂想曲》的创作，有些人认为是在“趋时”，但从头至尾读过这部作品的评论家则认为，这部作品是我的创作手法集大成之作，是全部生活的积累。我并不否认所谓“趋时”这种说法。我想，如果真要说是“趋时”，那么，这个“时”是必须趋的，非趋不可。正如有学者阐释的那样，从《周易·系辞》中“变通趋时”演绎而来的“趋时”，在今天，“就是对时势的认识，对时机的把握，对时变的感受，对时行的觉悟”。奥运是全民族的盛事，是中国人百年梦想的实现，是中国屹立于世界强国之林的一次盛装亮相。

作为一名作家，歌颂奥运，参与奥运责无旁贷。尤其是一名身处主办地北京的作家，更是有责任有义务来书写奥运，弘扬奥林匹克精神。对于我自己的创作来说，可能也需要有一次机会全面提升和检验一下自己以往的写作，包括以往二十多年写作中所有的经验、方法和技巧，都需要来一次大集成。同时，最关键的，也是需要有机会在小说中体现和表达一下自己人到中年以后对整个社会生活的深入思考。这次写作《八月狂想曲》正好提供了这么一次机会。如果不是这次机会，早晚我也会在别的写作时段找机会来进行集中表述的。就像作家陈忠实讲过的，人到中年以后，几时能写出一部大部头的“可以当枕头的书”，这个问题会成为写作焦虑。年龄渐长，我也逐渐面临着这样一个焦虑。

王红旗：《八月狂想曲》辉煌璀璨的中华精神理想，光耀宇宙的巅峰时刻是完成奥运体育场馆“东方地平线”建设后，旷乃兴和黎曙光两人登临碣石山顶，豪情万丈，高歌吟诵曹操的《观沧海》与梁启超的《二十世纪太平洋歌》。此时，“红日喷薄”，“击穿天与地的心灵”，“万物通脱，明光漫舞”，“构成青春，强有力的正午，一种庄严的力量，与那个伟大的建筑物遥相呼应，印证着人类想象力的纯洁。它泽被，福荫，庇护，在人类之上，成为永恒的主宰。”其浩荡之气魄，蓬勃之力量，壮哉之大美，在天地人“合一”的情景交融里，在超验与经验、梦想与现实最强烈瞬间“神会”里，完成你的大野之恋，大爱之心，绝尘之想，济世之梦。难怪你说《八月狂想曲》你“设计使用年限是‘一万年’”。因为文学以它创造性的思想与精神会引领或修正人类的行为而获得永恒。

当北京第二十九届奥运圣火在“鸟巢”点燃的刹那间，我感觉到与《八月狂想曲》里碣石山顶“红日喷薄”的意境合而为一了。如果说这部小说是一座精神的“鸟巢”，那么“强有力正午”的“红日”就是“青春中国”的“圣火”。它与国家体育场“鸟巢”上空的圣火融为一体，正在沐浴着来自二百〇四个国家和地区“同一个世界，同一个梦想”的朋友们，《八月狂想曲》将被写入世界文学史和奥运历史。开幕式传来一次次惊心动魄的呐喊与感动，我感觉到这是中国人主动大规模参与新的世界历史形成，在世界舞台上发出自己声音的标志。其中所表现出的文化独立的意识自觉、自我文化位置的把握和多元文化互存的艺术智慧，让人叹为观止。与《八月狂想曲》里那群青年知识分子表现出的精神品质是如此吻合。你不仅是一个小说家，还真是一个预言家。如果让你现在来创作的话你会怎样布局？这些天观看奥运会对你最大震撼的是什么？

徐　坤：小说一经完成，就成了历史。历史是过去完成时，是不能够假设的。奥运会在北京成功举行，我的感动跟全中国人民的感动一样，我的震撼也跟全中国人民的震撼一样。观看奥运会期间，我只写了三篇文章：

《多情剑客无情剑——记栾菊杰》(《新民晚报》);《刘翔:英雄明天重新出发》(《文汇报》);《让未来照亮现实:大师是这样炼成的——记“鸟巢”中方总设计师李兴钢》(《人民文学》)。凡是观看了奥运比赛的人都会明白我说的是什么,并一定会跟我有相同感受。

反思女性主义的创作实践

王红旗:《八月狂想曲》作为奥运会题材的小说,是一种超性别、跨文化的宏大叙事。给我的感觉却是拷问生命质量——“生活高于一切”。小说中众多人物的社会生活、家庭生活、情感生活的多维时空,表现出的浩然正气、似水柔情与温暖人性,不仅呈现出“生活流”“精神流”前行的汹涌澎湃,更是低吟的两性情感温婉凄美的颂歌。

二十世纪九十年代,你以反串男性角色的先锋派冲上文坛,高扬一面鲜红的女性旗帜,坚持全方位思考中国当代女性的生存命运。这种思考越来越走向深层,走向“内倾”,走向历史的转弯处,真诚呼唤平等温暖的性别之爱与关怀。请谈谈你叙事策略不断变化的内在原因。

徐 坤: 对于“女性主义”,我的看法也在逐步发生变化。女性主义理论一度给我的创作带来很大影响,也给中国当代女作家的创作带来很大的影响。十多年前,完全是由于职业的原因,使我成为积极研究女性主义理论并进行创作实践的女性作家之一。1995年在中国召开的第四届世界妇女大会,它将中国的女性主义运动推向高潮。那一年的妇女运动,许多人都有参与,不光女作家、女学者、女官员,甚至连女性平民,也为女性性别的被高度重视而欢欣鼓舞。

对于广大女作家来说,至少从此写作可以不再“匿名”了,不用再有女扮男装的“木兰情境”。这种情境,在我身上很典型。我先期的小说《白话》《呓语》,叙述主角“我”都是男性,致使许多读者都一直以为我是一个男作家。那时候我是刻意这么做的,不想让人知道写作者是一个“女作家”,不想被人看低。这跟我在社科院的工作性质也很有关系。干我们这行的没有男女,只有业绩,只有研究学问的实力功底如何。学问做得好就会受人尊敬,至于“性别”什么的,不在我们的思考范围之内。女性性别隐匿得越深越好,免得造成外界对你的负面评价,造成对个人思想深度的干扰。

女性主义运动来了,“男”与“女”又一次获得了文化意义上的平等。文学创作中的性别公开化,可以让女作家不再因为自己是“女性”而压抑,不再有被男性批评家瞧不起的隐忧。我是满心欢喜地投入进去,大书而特书。跟那些“自在”的女性作家不同,我属于是“自觉”的女性主义作家,是先有理论，后有实践，理论指导照耀下的实践。一方面，它可丁可卯，一一对应；另一方面，又略显刻意，有古板生硬之嫌。

女性主义文学批评理论给我的研究生涯提供了一种新的角度和视野，那一时期做过许多这方面的课题研究，出版过论著《双调夜行船——九十年代的女性写作》，博士论文做的也是这方面的题目《文学中的疯女人——论二十世纪中国女性小说》。同时，也创作了许多女性主义小说，像《厨房》《遭遇爱情》《狗日的足球》《春天的二十二个夜晚》等。

王红旗：应该说，从二十世纪九十年代中期开始的大规模的女性主义运动，加快了中国的男女平等进程，尤其是在文化上平等的步伐，增加了中国女性知识分子的思想解放程度，特别是出现了一批好的女性主义作品。譬如近年来获得茅盾文学奖等几项国家大奖的作品《无字》《长恨歌》等，不光成为文学经典，也成为女性主义文学创作的经典。

徐　坤：但是女性主义理论自身，也存在着它的问题。正如写作《影响的焦虑》和《西方正典》的美国批评家布鲁姆所说，类似女性主义批评、拉康的心理分析、解构主义和符号学等当代一些流行批评理论，难免要以颠覆以往的文学经典为代价，并特别重视社会文化问题。中国当代文坛女性主义研究和写作所面临的，正是这样一个困境。站在 2008 年的今天，回过头去审视我们的女性主义理论和实践，其价值体系、文学审美谱系、躯体修辞学体系实际上是混乱的，充满矛盾困惑和不确定。当我们用十几年时间走完了第一步，也就是对经典的打碎和颠覆阶段以后，下面却不知道该怎么走，打碎以后，我们却并没有能力重建。西方女性主义理论跟中国传统文化和文学经典产生尖锐矛盾，几乎是不可弥合。所以眼下的女性主义陷入困顿，走不下去了。

我自己也同样受过蛊惑，在二十世纪九十年代末写过一些生硬的"女性主义"作品，类似于《相聚梁山泊》《爱人同志》之类，羞于提起。但是，不要忘了，任何一种文学反抗和实践，一开始都是新鲜的、蓬勃的、有生机的，都必须给它时间，让它完成标榜和检验自己的过程，直至走完困顿和无望的全境，而不能硬性地扼杀。

王红旗：由于东西方女性遭遇相似的性别身份与文化命运，在诸多外来文学口号与主张因水土不服而昙花一现的情况下，西方女性主义性别理论与中国的女性文化达成了一种亲密的精神性融合。1995 年第四次世界妇女大会在中国北京的召开，使这种"融合"达到了高峰。国内女作家以"拿来主义"的方式，"把西方女性主义理论运用于自己的写作实践"。

徐　坤：我自己的创作也不是一帆风顺的，也经历了一个波折起伏的状态，不断遇到困难，然后费尽心思调整，不断反思，并最终从困顿里走出来。譬如，我在 2006 年年底的中篇小说《杏林春暖》(《小说月报》原创版 2007 年第 1 期），刻意将女性主义发挥到极致，写男性的文化阉割恐惧。写完这个以后，就进行不下去了，发现有太多的歧途和无意义。于是我就开始反思，并逐渐醒悟。获奖小说《年轻的朋友来相会》《午夜广场最后的探戈》，让我看到了现实主义的无穷源头和深厚魅力。

直到 2007 年的长篇小说《野草根》，使我重新找回写作的意义。后来《野草根》与贾平凹《高兴》、曹乃谦《到黑夜想你没办法》等，共同被香港《亚洲周刊》评选为“2007 年十大中文小说”。《亚洲周刊》认为它们均是在用爱情、乐观、贫穷等角度，折射苦难与教训这个共同的景观，“中国现代化历程的苦难与教训，是 2007 年中文十大小说的主旋律，而文学情怀往往是更高意义上的责任感与爱心”，是以“共和国经验作为重要灵感源泉”。我认为评委们的论断很中肯。目前我要做的是回归经典，回归传统的文化价值观。

这期间，我也在不断尝试话剧剧本的创作。话剧《性情男女》《青狐》（根据王蒙同名长篇小说改编），雄浑厚重，在文坛和话剧界都产生很大影响。《性情男女》以当代都市婚姻家庭为题材的小剧场话剧，所涉及的婚恋家庭伦理话题，直戳每一个观众情感深处最薄弱的神经，继续探讨现代人关于“幸福”的种种理解。该剧由北京人民艺术剧院上演，已经在北京和上海演过五十多场，并以一元钱的版权费出让给哈尔滨话剧院。2008 年出版的《八月狂想曲》，我个人认为是我创作过程中的又一次重要飞跃。

创作心理嬗变与精神再生

王红旗：阅读你十多年前的小说，总有一种别样的感觉，那些中青年知识女性形象常常引起我多方面的思考。她们挑战、拆解传统与现代的种种行为方式告诉世人，仿佛是走出了性别人生的“涅槃之城”，获得了精神再生的一族，让人们真正看到中国女性文学和中国女性精神解放的双重希望。例如，在社会学方面取得与男性同样突出成就的“女学者”（《花谢花飞飞满天》），在商海沉浮取得成功的女强人“枝子”（《厨房》），在官场搏击修炼成人精的女处长“佩茹”（《如梦如烟》），在“婚外情场”游弋而把丈夫当作“出气筒”的女编辑“妞儿”（《迷途》），在美国炒了大鼻子丈夫鱿鱼的“柳芭”（《相聚梁山泊》）等等。这些在当代文坛引起强烈反响的女性形象，无论是在社会角色还是在情感角色的扮演中存在无奈、痛苦、憔悴，但并没有为自己值得爱的男人以生命献祭，没有封闭而逃离的“虚舍”，而是以清醒、自信与理智来直面人生，敢于将传统女性行为方式来一个一百八十度大转向，重塑自我。你作为一个关注知识女性生存命运的写作者和思想者，这些知识女性形象一定融进了你智慧的彻悟？

徐　坤：这些形象许多都是我身边的现实存在的人物，活灵活现的，而不仅仅是一种理性操练。20世纪以来，女性获得了空前的解放，文化政治经济地位都非从前可比。尤其是新中国成立六十年以来，中国妇女的解放程度，远远不是毗邻的发达国家的女性们能企及的。这一点应该成为我们的共同骄傲。但是在女性自强、自立的同时，问题也接踵而来，那就是如何处理跟这个传统社会的关系，如何以“解放”了的面目担当在家庭、婚姻、职业中的角色。我写的这些女性形象，自信虽然自信，但是在社会角色还是在情感角色的扮演中，并非没有无奈、痛苦、憔悴的诉说，而是恰恰相反，她们总是碰见自己解决不了的问题，比如《厨房》里的女人枝子，想重获爱情，结果却捕获了一袋垃圾；比如说《相聚梁山泊》中的女人柳芭，想建立起女性联盟，结果却不欢而散。还有其他的女人，都是因为碰到了问题，所以才出现了故事。最后的结果都不是完满的，都有缺憾。这就是生活啊，真实的女性生命人生，爱恨交织，喜忧参半。

王红旗：正是这接踵而来的问题，知识女性才一步一步走向真实的成熟。在你那貌似轻松平实的语言情节里，才让人感受到一种挡不住的解构和重构的神奇力量。例如，你在《厨房》中开篇的第一句话“厨房是一个女人的出发点和停泊地”，隐喻了中国数千年的女性命运史历来如此，与小说中的情节形成了鲜明对比而解构了历史与现实，启迪女性重构一种生存理想之境。枝子走出“厨房”、走向社会获得了事业的成功，得到了女性社会价值的实现，但她仍是无所归依。《相聚梁山泊》从题目上看是一次仿古“梁山聚义”的集体反抗，是从性别视角来解构传统意识对女性的压抑，张扬女性之间的姐妹情谊。而小说中一个诱人的细节，正当九姐妹沉迷于“兄弟”情谊的酒酣耳热之际，柳芭的情人，一位高大俊男的出场，马上就把刚刚还壮士断腕的姐妹豪情消解得了无痕迹。你认为的当代知识女性生存的理想之境究竟是什么？

徐　坤：“当代知识女性的生存理想之境”，可以说没有。知识越多越苦痛，是形而上的苦痛。最近我看到一份调查报告表明：大多数城市白领阶层妇女的身心健康状况明显不如农村妇女。尽管城市白领妇女收入高，社会地位高，但是承受的工作压力非常大，她们普遍都有轻微的焦虑症和心理抑郁症。相比之下，农村妇女生活得轻松，她们的基本社会关系就是家族和家庭，不用处理太复杂的劳动人事关系，而且乡间的劳作时间比较自由松散，同时能呼吸到大自然新鲜的空气，吃到未经污染的绿色食品，所以她们的精神和身体都非常健康。由此看来，知识女性也要为自己所掌握的知识付出代价。

王红旗：在这个爱情被物欲化的社会里，你以自己追寻式的写作，洞悉人世百相，记录着当代知识女性精神成长的历程。小说《花谢花飞飞满天》

中，一位已过中年的社会学“女学者”和她二十多年前的初恋情人，与她同样成就突出的社会学“男学者”，意外地相逢于田野考察基地，在烛光下、雨夜里、闪电中，在双方男女弟子有暂离之时，他们一次次“含泪凝眸相望”，默默无语，那两颗心与心的对话，那滚烫着、燃烧着的眼神诉说着他们历尽沧桑的爱情仍是那样炽热而浓烈，浓烈的让苍天落泪，将繁花揉碎。可是你偏偏不让他们“牵手”，是不是有点太不近情理？

徐　坤：也不是，一代人有一代人的爱情价值观。像《花谢花飞飞满天》那篇小说里的情景可以说是那一代人爱情生活的真实写照。是根据我原单位的一位我所尊敬的老师的爱情经历写的。不仅是他们那一代人与我们这些学生辈的人在观念上有差异，就连我们自己——这些出生于二十世纪六十年代的人，与当今活跃在文坛上的七十年代以后出生的人，在对爱情的认识上也明显不一样。就我个人来说，我比较崇尚那种古典情感，含情脉脉，好色而不淫。

王红旗：虽然结婚成家已不是女性的唯一选择，独身的生活方式越来越得到人们的认可，并成为不可小视的社会现象。尤其成了“高地位、高成就、高学历、高年龄”的知识女性的婚姻定律。虽然我能够理解单身飞翔会有意想不到的轻松与快乐，可以全身心投入自己最想做的事业。但是我总认为，作为知识女性不是万不得已，没有谁舍得放弃自己生命中的“那一半”。

徐　坤：在讨论关于女人择偶、成家这个问题时，我总是注意预设一个前提：那就是除了时代风尚、历史变迁这些原因的影响之外，还要充分注意到个体的差异。这才是问题的关键。其中的原因很复杂，每个人的情况真的是很不一样。如果说她们有什么相同之处的话，我认为无论女人选择了怎样的生活方式，她们多半都会把自己的感情隐藏得很好，主要是为了自我保护，为了在这个俗世上安全地生存。

王红旗：你的小说《厨房》，女主人公枝子当年义无反顾，抛雏别夫，出走“围城”，即是对女性解放、实现自我社会价值的大胆追求，而事业成功后欲返“围城”又该怎样理解呢？她从自己的意识里撕扯出来了这“一袋垃圾”，但等待着她的又是什么呢？

徐　坤：走进“围城”和走出“围城”，都是人生的一种必然，不光对女人来讲是这样，对男人也如此。就像你提到的那种时尚，对有些女性来说可能是自觉的选择，对于另外一些人来说，却是稀里糊涂就卷进去了。比方说由于工作太忙、就业压力大等原因，顾此失彼，忙得没有时间组建家庭，或者建立起来后也没有充分的时间来维护，所以就会出现很多问题。传统家庭总是有个勤劳的妈妈待在家里忙里忙外，男人和孩子一回家，总是有食物、有温暖的灯光在等待着他们。现在不行了，女人都出去工作，满天飞满地跑，家里没人驻守。我在报上看到一则消息说，原来中国和美国之间有个互换小学生短期学习、体验异国生活的项目，就是让小孩住到一个美国人或中国人家里，学习语言，观察日常生活。但是后来进行不下去，原因是双方的家里都没有人，妈妈不在家，都出去工作，小孩子没人照顾了。这个事实非常典型，说明了时代的变化以及家庭氛围的变化。至于你说到当女人将一袋情感垃圾扔掉后会怎么样，我想那只能是擦干眼泪，继续往前走，不管遇到了什么，都得继续生存下去。

婚外情迷途与姐妹方舟溃破

王红旗: 也许是当代人的择偶标准，把物质经济条件作为首要，或者唯一条件，决定婚后情感地震必然发生。也许人们对婚姻的厚望变成了失望，甚至是绝望后，更想寻觅一片慰藉心灵的“绿洲”。你写婚外情的小说《迷途》中的女编辑妞儿，有一个自由恋爱、分配如愿、感情投缘、令人羡慕的美满幸福的家庭。但是她自如地玩着婚外情游戏，还“日复一日”地维系着婚姻家庭的形式，如果不是从她丈夫的嘴里说出来，还真没有人相信。妞儿婚后经济上和思想上的贫困导致的精神迷途，在社会上很有代表性。

徐　坤: 不光是金钱的问题，人在不断往前走的过程中，会遇到许多意想不到的事情。婚姻也如此，总会有许多个的“意想不到”。处理得好的，就能顺利渡过难关；处理不好，可能就会导致分手的结局。

王红旗:《橡树旅馆》应该是《迷途》的续篇。女记者伊玫因为对婚姻生活的百无聊赖，才与自己的采访对象水木原结成了情人关系。出差近一个月后返京的伊玫赴“橡树旅馆”与情人幽会，她在心里把情人打扮得那么完美，完美得像是妖怪变来的而令人迷醉。可是一件自己“流鼻血”的突发事件，让以往心目中那富有美丽浪漫色彩的情人形象大打折扣，以至当与情人做爱结束时，她竟然产生了如释重负的感觉，从此彻底中断了与情人的关系，再也没有去过橡树旅馆。怎么会设置“流鼻血”呢?

徐　坤: 设置“流鼻血”的细节，是因为在我年轻的时候，某一天，中午下班时到东单邮局去取稿费，走在大街上，不知怎么的就突然流起了鼻血，当时不知是怎么回事，很慌张，也很尴尬。可能就是气候太干燥的缘故。后来在坐车往家走的时候见到米市大街路口有个小旅店，名字叫“柏树旅馆”，旅馆的铺面好像不很大，门前有两棵很茂盛的大柏树，在烈日当中洒满浓荫。当时我就心里一动，想:“柏树旅馆”，这个名字好温馨。以后我得把它用到小说里面去。后来我用了“橡树旅馆”这个篇名，一是为了避免被对号入座的麻烦，二也是因为从舒婷《致橡树》那首诗里生发而来。《致橡树》是一个脍炙人口的名篇，语意深长，倾诉着一个女子的爱情平等观。“橡树”从此差不多成为一种隐喻，一个关于爱情的美好隐喻。现在我用“橡树”来命名一个旅馆，一对情人在此幽会的旅馆，以此来跟历史上那些优秀的作品发生关联。

王红旗：婚外情没有婚姻契约，没有家庭责任，更显得自由浪漫随意，使中国人最看重的家庭，受到前所未有的挑战。既然随着岁月婚内爱情会冷却和变得无味，婚外爱情时间久了，也会失去原有的新鲜与热情，变得像白开水。永恒的爱情已不复存在，短暂的真爱就变得难能可贵。正像你在《如梦如烟》中写到的对女主人公佩茹的理解：“最美的生命体验，有过一次便已经足够，已经够她珍存一辈子。”这位在事业上颇有成就，在机关里修炼成精，在仕途上蒸蒸日上的女处长，为了保住自己的社会地位和发展前途，果断地“调情人离开”，一切都做得不显山不露水。能谈谈你让佩茹“调情人离开”的多重隐喻吗？

徐　坤：这是一个成长的过程，女性身心的成熟和成长。在不同的年龄不同的人生发展阶段，女性对爱情问题的处理方法也不一样。

王红旗：《遭遇爱情》是一场情感与权力的斗智。气质高雅很富有女人魅力的梅小姐，为了完成公司老板交给她的任务，以挡不住诱惑的粉色之网，让另一个公司的年轻老板岛村提笔签了协议，这位岛村老板因没有得到梅小姐的身体回报，在合同中暗做手脚，让梅小姐无以完成使命。这与其说是梅小姐看透了男人的劣根性，倒不如说这是你的智慧。

徐　坤：不能一言以蔽之。人性本身十分复杂。什么都得付出代价，但有一些可能是比较例外，是愿打愿挨的。《遭遇爱情》这里，男女主角没有什么输与赢，而是在做一场游戏，最后就看谁的道性高，玩得好，玩得潇洒。就我的个人的品性来说，比较农民，比较趋于古板，喜欢诸如一诺千金、仗义疏财一类的传统道德风尚，不喜欢游戏，也不会玩，比较跟不上这个资本和知本主义发达时代的风尚。所以我让两个善于玩游戏的人空玩了一场。实际生活中可能不是这样，善玩的人都会有所得，同时也会有所失。

王红旗：你在《离爱远点》中塑造的女编剧形象，她在摆脱男性的性骚扰时，显得少有的潇洒自如而游刃有余，反而使骚扰她的那位胡导处处陷入被动。小说将那位胡导的隐秘心理窥视得很到位，表现得那么令人发笑，甚至作呕。当女编剧抽身像美人鱼似的划向离海边只有几米时，这位胖乎乎的胡导，只能瞪着色眯眯的大眼睛，无可奈何，女编剧的聪明机智让我从心里喝彩。这个人物生活中原型就是这样吗？还是你理想化了的形象？

徐　坤：生活中有这种厉害的女人，但是只是极少数。那个文艺圈子的风格跟普通人的不一样，什么人都可能有，什么事也都可能发生。我只是愿意将事情尽量往有利于女性的方面设置。因为人无论最终遭遇到了什么，还是要惯常地生存下去。女人在生活中更要学会智慧、坚强。

王红旗：在《相聚梁山泊》中，柳芭有句至理名言："一个成功的男人背后必定站着一个全力支持他的女人，而一个成功的女人背后必定站着无数个伤透了她心的男人。"这是她在结婚、离婚、结婚、离婚的不停折腾中参悟出来的。九位小有名气的知识女性，正因为婚恋方面也都有着相似的痛苦经历，才对男性世界彻底失望而转向同性世界里来"聚义梁山"，建立"姐妹方舟"。可是当柳芭的情人，一位高大的俊男一出场，"姐妹方舟"就不攻自破了。我曾记得你讲到过关于创作《相聚梁山泊》时最初的动因说，女性文学颠覆解构男权文化的目的，不在于拒绝男性，而是为了寻求一种更和谐、平等的两性关系，创造更新更丰富的人类生活方式，虽然如此的艰难、漫长，但并不是要再重新回到二元对立。你能谈谈创作这两篇小说的不同心理吗？

徐　坤：这两个选题的设置都差不多，都有游戏和拆解的成分在里边，同时也真切地表达了女性生存的一种困境。正如女性主义不是铁板一块一样，所谓"女同志"之间的友谊也不是铁板一块。《相聚梁山泊》所要表达的也许正是这么一个问题。当今在一个文化多元的复杂背景之下，文化相对主义应该进入每一个专业研究者的视野。

王红旗：你的作品对"正在进行时"的中青年女性形象的塑造，行动超越语言，她们告别传统、改变行为方式，证明了中国知识女性精神解放的希望。这些知识女性有一个共同的特点：家庭观念很淡薄。能谈谈你对家庭的看法吗？

徐　坤：你的理解很有道理。但是我的小说原初所要表达的，却是所谓女性解放面临的一系列困境和麻烦。像我上面说过的，正是她们所掌握的"知识"给她们带来了新的烦恼。像《厨房》里的枝子等等女性，她们很眷恋家庭，但是在从厨房"解放"出来以后便回不去了。这个原因并不都在她们自身，同时也是一个社会问题。

王红旗：随着社会家庭形式的逐渐多元化，事业与家庭并非是一个永远解不开的难题。但是，你提出当年女性为了追求事业而勇敢地走出家庭，如今事业有所成功后，却欲返"围城"而不能，成为知识女性生存发展的新困境、新问题。特别是在长篇小说《春天的二十二个夜晚》《爱你两周半》《野草根》里，对知识女性遭遇的爱情、婚姻家庭方面的现实困境，进行了全方位的、自我的、性别的、社会的、文化的根性意识探掘。《八月狂想曲》更体现出你从女性意识走向民族国家、人类意识，从批判走向建构的超越。尤其近年出版的八卷《徐坤文集》不仅是对你文学创作的整体集成，而且其中你塑造的各类知识女性形象，以个体女性的生命成长经验、生存发展故事，构成了中国社会改革开放以来近半个世纪的女性精神存在史诗。

有热爱，才能理解荒诞

——评徐坤《神圣婚姻》

谢有顺

徐坤是天生的小说家，她讲述的故事往往有趣、好看且意味深长。节奏明快，语言爽利，切近的又多是时代的热点，人物的设置既欢乐又憋着一股劲，阅读起来有愉悦感，但又充满曲径通幽的叙事智慧。

她最新的长篇小说《神圣婚姻》就是这样一部好看小说，好看但不简单。现在的小说有一种趋势，越写越繁复，体量也越来越大，在写到当下现实的时候，更是容易被生活流卷着走，陷入堆砌、芜杂之中。要让小说好看，就意味着要为生活理出头绪，为时代找准痛点，也要为人物设置好情绪的出口，化繁就简，以梳理出清晰的叙事脉络，并让人物真正挺立起来。当下的小说写作虽然多元化了，但读者追求好看、热爱故事的权利仍应受到尊重。读《神圣婚姻》时我在想，小说若要重新拥有更多的读者，真不能忘了故事是小说的基本面这一至理，而如何才能讲好一个故事，更是每个小说家都要认真思考的艺术问题。

故事是围绕人物来展开的。《神圣婚姻》的故事魅力，就来源于人物的神采。徐坤笔下的人物，好像就生活在我们身边，真实而亲切，尤其是那些既独立又不嚣张的女性形象，挥洒着自身那快意的生命，不仅深具时代气息，还充满理想精神。比如，毛榛一出场就令人印象深刻，她说话利落、生动，几个回合的对话下来，人物形象立刻鲜活起来了；又比如，顾薇薇跟吕蓓蓓初次见面那个场景，吕蓓蓓一直想解释点什么，但顾薇薇一直不给她机会，每句话都把对方堵得死死的，这样一来，两人的关系、处境马上就活灵活现地呈现出来了。《神圣婚姻》里有很多这种生机勃勃的场景，它表明徐坤有一种对现实生活进行抽象和概括的能力。现实千头万绪、复杂多变，只有那些有概括力的作家，才能在生活的洪流中抓住一些重要时刻，进入人物的内心，也由此见证一个时代的变迁。博尔赫斯说：“任何命运，无论如何漫长复杂，实际上只反映于一个瞬间：人们大彻大悟自己究竟是谁的瞬间。”作为长篇小说，《神圣婚姻》篇幅不算长，且读起来有一种叙事的速度感，就和徐坤善于把一些重要的“瞬间”放大，并通过有概括力的“瞬间”来组织情节有关。

除了对现实的概括，徐坤还通过对现实的变形而有的荒诞感，进一步延伸她对时代复杂性的思考。为了买房而去假离婚、假结婚，结果假戏真做了，这样的事例并不鲜见，面对这种时代性的荒诞图景，徐坤没有一味地冷嘲，而是在看到现实充满慌乱、变异、荒诞的同时，也看到了生活的热闹、变化和进步。之所以有各种荒诞的事件，是因为时代变化太快，很多人跟不上生活的速度，导致价值逻辑发生错位、扭曲。假离婚就是很好的例证，现实的压力太大了，脚下的步子越跨越大，很多人已经无法停下来等一等灵魂。要站在道德制高点上批判这些生活乱象是容易的，但徐坤所取的精神姿态是容纳、理解、同情。在一个快速变化的时代，旧有的生活受到巨大冲击，个人在获得新的秩序感之前，会有各种错位、荒诞、懊恼，并产生失败感，都是正常的。对此，徐坤有反讽，但并非冷嘲式的反讽，她的反讽十分克制，反讽的后面有敞亮的东西，有包容和理解，有一种静观其变的大度。带着同情的理解，才能看到荒诞背后个体生活的真实情状，这也是徐坤面对当下生活时的根本态度。

而从这种包容、理解和暖意之中，可以看出徐坤在面对时代时所深具的热爱与信心。有热爱，才能理解荒诞；有信心，才能积攒美好。徐坤的骨子里存着肯定、存着相信，这是她与很多作家的区别所在。不少作家的精神底色是悲观的、怀疑的，充满价值虚无感，当然也不乏洞察人性幽深景象的能力。写出恶、黑暗与绝望的力量，是一种类型的写作，但人类也需要有一种内心存着相信和肯定的写作。由徐坤我想起了王蒙，王蒙就是一位有相信的作家，他永远成不了怀疑主义者。王蒙讲《红楼梦》时，曾引元春省亲时说起宫中的不愉快，“虽富贵已极，骨肉各方，然终无意趣”，贾政的回应是，“贵妃切勿以政夫妇残年为念，……惟业业兢兢，勤慎恭肃以侍上，庶不负上体贴眷爱如此之隆恩也”。王蒙说，每次读到这话，他都会潸然泪下，他是为贾政的忠心而感动。王蒙对这种“忠”有一份体认，说白了，就是他内心还有相信。现在的年轻人，无所信是普遍现象，故他们很难理解作为一个少共的王蒙，几十年走过来内心仍有的这种昂扬和相信。

徐坤的写作也是如此。她对这个时代，存着信心；对她笔下所写的正在变化中成长的个体，也有信心。《神圣婚姻》中，萨志山最后的脱胎换骨，还有小说结尾处，程田田和潘高峰在天安门看升旗时那种深切的感情激荡，这些精神亮色，都是历经了各种艰难、困顿而积攒下来的美好瞬间，来之不易，也感人至深。由此我想到，文学只写苦难，只写恶、黑暗和绝望，已经不够了。在这之上，作家应该建立起更高的精神参照。卡夫卡也写恶，鲁迅也写黑暗，曹雪芹也写幻灭，但他们都有一个更高的精神维度做参照：卡夫卡的内心还存着天堂的幻念，他所痛苦的是没有通往天堂的道路；鲁迅对生命有一种自信，他的憎恨背后，怀着对生命的大爱；曹雪芹的幻灭背后，是相信这个世界上还存在着情感的知己，存在着一种心心相印的生活。比之剑走偏锋、心狠手辣的写作，我更愿意看到一种温暖、宽大的写作，因为展示欲望细节、书写黑暗经验、玩味一种窃窃私语的人生，早已不再是写作勇气的象征；相反，那些能在废墟中将溃败的人性重新建立起来的肯定性的写作，才是值得敬重的写作，因为只有内心还有肯定、相信的作家，我们才能从他身上汲取生活的勇气。

（谢有顺：中山大学文学系教授）

时代和婚姻的多重主题奏鸣

——徐坤长篇《神圣婚姻》读后

吴　俊

《神圣婚姻》具有双重、多重的主题，也就是说，这并非只是一部以婚姻为主题的长篇小说。从婚姻开始，又不限于婚姻，而是面向了广阔的社会和时代的流向。读过全篇无须刻意就能看出作品的主题表达特征决定性地影响到了这部长篇的叙事结构。以转制改革为线索的情节始终与婚姻叙事缠绕在一起。时代叙事的宏大主题可以说一点也不逊色于婚姻家庭男女的故事。也许，转制主要是婚姻主题的背景？或者，两者竟还能构成互相的隐喻？我更倾向于认为，在婚姻家庭和转制改革的叙事之上，作家其实还有着更大的企图——人生如何能在时代的大潮、人性的考验中磨砺出生命的真正底色，以及能够达到的精神高度；同时，以婚姻呈现的人生、人性和家庭的精神高度如何体现、衬托出一个时代的社会文明发展高度。因此，需要有一定的叙事难度匹配、显示出作品内涵的丰富性和复杂性。仅仅是婚姻故事的小说在作家的思考和策略中或许有点儿“小器”了？生活中的婚姻和文学里的婚姻叙事，都需要承受更大的冲击力，婚姻和文学才能成为一种克服难度、分享艰难之美的存在价值。所以，《神圣婚姻》采取了双线并进、虚实相间、大小参差、明暗互补的对照、反衬、交叉、并列的叙事结构和方式。思想的美学决定了文学的内容和形式。

孙小洋和程田田的婚恋叙事因素或明或暗、时断时续地贯穿了作品的大部分。很快，也就带出了几乎所有人物的婚恋遭遇。婚姻的百花筒折射出了一个时代的社会特色，这是《神圣婚姻》的第一大贡献。几对情人的感情关系、几对夫妇的婚姻生活，作家大都通过四两拨千斤的笔触，非常自然而富于技巧地予以了完整呈现。换言之，一部写情感婚姻的长篇，男欢女爱的情场并不是作家的重心，小说没有走向商业化诱导的一般言情路线，看得出作家显然有她的叙事艺术思考。她要直面的首先是婚姻关系中透出的人性问题、人格问题、社会问题，还有一个时代的精神症状。小说中的婚姻问题症结就在于此。但凡婚姻关系中能够出现的悲剧、喜剧、正剧、闹剧，都齐了包全。婚姻的意义就越出了狭隘的单纯范畴，可以简明地说，这是一部有着问题小说特质的社会介入之作。体现的是文学的社会关怀和精神救赎的思想动机。而在叙事美学上呈现的是一种开合阔大、纲举目张的总体风格。

由此就能理解作家为什么常常要跑出婚姻圈转入改制改革的宏大时代叙事中去。作家写出的是一个大时代，写出的是一个大时代中的婚姻，写出的是婚姻中必须面对和进入的一种大时代的境况和境遇。这个大时代对人的影响，莫过于婚姻的形式；婚姻也是这个时代的缩影，是这个时代的人生之镜——常常照出的是人间的生活磨难。程田田的哭，于凤仙的哭，顾薇薇的哭……都不止在哭自己的婚姻，和婚姻的丧失；她们是在用眼泪偿付这个时代的成本和债务，也在用眼泪洗涤这个时代的“平庸之恶”，又是在用眼泪抚平自己的创伤。哭尽之后，她们才能看清自己的本相。她们的眼泪混合在改制改革的滚滚红尘、巨波大浪中，作品从容而有力地从个人身心、家庭生活、社会发展全方位展现了个人悲欢、家国政治的时代交响主题奏鸣曲。没有这种家国、时代、社会之思，个人和婚姻的曲折、圆缺又能有怎样的内涵呢？徐坤的大气和大器就这样体现了出来——在社会剧变中写婚姻，写出了社会剧变中的婚姻；在婚姻生活中写时代，写出了婚姻生活中的时代气象。《神圣婚姻》是一部寄托了作者大时代情思的力作。

在艺术表现上，它是充分徐坤式的——这句话很形象而贴切：暌违十年，徐坤归来。它是经验感性的，也是细腻知性的，又是深沉理性的。就像老托尔斯泰说的，幸福的家庭总是相似的，不幸的家庭各有各的不幸。已经见惯了日常的狗血剧，我们需要的是能够审视婚姻的超迈和深邃的目光，直达肌理核心；一部小说，尤其应该满足我们对于婚姻的广度、深度、高度的感性体悟和思辨想象的期待。修辞的说法，婚姻战争本是文学的最古老母题。一个美貌的妇人和她的爱情，引发的是一场旷日持久的国际战争。婚姻从古老到当代，在社会规约下不再拥有引发战争的能量——但家庭就此成为恒久的战场。而且，家庭这个战场的空间实在是太狭窄了，震耳欲聋的声波、无声的冷战或轻蔑都足以使人窒息，绝不亚于枪林弹雨的恐怖和威胁。婚姻战争一定会蔓延成为社会战争。你能说不会酿成惊心动魄、摧枯拉朽的毁灭性后果吗？徐坤深谙婚姻蕴藏的社会能量，假如一个大时代因为婚姻而被侵蚀、被毁坏——换言之，时代侵蚀了婚姻，婚姻反噬了社会，那么时代和社会的所谓进步、发展和繁荣又有什么意义呢？在这个意义上，改制改革的叙事情节绝非只是婚姻的辅助线，而是和婚姻互为骨骼与血肉的连体共生的小说主体构成。婚姻“神圣”指代了一种社会性的时代政治价值内涵，特别是其中的文明价值内涵。

由这部长篇，我不由得联想到去年王蒙发表的中篇杰作《霞满天》。从婚姻、男女感情的角度看，《霞满天》讲的主要是老年人的情感和人生故事。相比之下，《神圣婚姻》表现的更多是中青年人的情感和婚姻。《霞满天》充满了生命的激情，知性、智慧的放飞激情；《神圣婚姻》溢出的是年轻生命在婚姻激荡中的个体毅力和社会能量。《霞满天》在张扬中内敛，趋近于生命的圆满；《神圣婚姻》在方寸中扩张，在时代大潮中挥洒不竭的生命之力。它们都是烙上了深刻时代痕迹的生命书写。有意思的是，王蒙也是以特定方式走进《神圣婚姻》中的人物。我有个感觉，徐坤对于王蒙有一种个人精神上的崇敬和憧憬——王蒙的睿智和气度、才思和笔力，正是徐坤倾心向往的一种境界。我甚至想说，《神圣婚姻》就是徐坤向王蒙文学致敬的一种方式。这意味着她是在为一个时代、一代人的精神成长、一种理想，留下自己的见证。《神圣婚姻》就是半个多世纪前诞生的《青春万岁》的又一部当代“青春之歌”。在文学史上，远溯，那就看到了《新青年》上的《青春》，还有更早的《少年中国说》。历史的深处孕育着未来，现实折叠了历史。《神圣婚姻》纵跃、联结的是两个世纪的中国文学青春气质，书写、展开了这个时代的奔涌现实和它的未来走向。

（吴俊：上海交通大学人文学院讲席教授）

因为相信，所以神圣

——读徐坤《神圣婚姻》

张　莉

一

直到现在，我依然能记起九十年代读徐坤《狗日的足球》《厨房》所感受到的惊奇感，这些作品展现出来的独树一帜的写作风格，使徐坤无可争议地成为当代文学的代表作家。当然，她也是当代女性文学的研究者，《双调夜行船》在九十年代女性文学研究领域有着重要影响。

《神圣婚姻》是徐坤的最新长篇代表作，读来有一种神采飞扬之感。叙述人毛榛，性格鲜活生动，与作家本人有着气质上的贴近感。整部作品的人物关系都与她相关，一些人是她的家人或亲戚，另一些人则是她的同行或者同事。铁岭、沈阳、北京，勾连起她的家乡、家人生活之地以及她本人的生活之地。高原上的云岭，则勾连起朋友下乡之地。——小说以毛榛为中心，黏合起了一个广阔的社会关系图谱。

很显然，毛榛是一个热爱生活的人，所以家人和朋友们的故事由她讲来便显得格外有趣。神采飞扬与津津有味是小说叙述独有的气质。叙述人是热情的，她的叙述速度、人物命运的转换和故事的切换都是快速的，这里的快速既包括叙事速度、人物讲话速度，也包括里面讲到的时间和物理的速度。

徐坤感受到了这种时代所给予我们的加速度并使这种速度介入长篇小说的叙事之中。上一句还在沈阳，下一句人物已经回到北京的客厅里，故事情节、故事发生地乃至故事命运的逆转，都是迅速而非缓慢推进的，某种程度上读者仿佛一直处于叙述的高速公路上，但这种叙述速度又是与我们当年所感受到的时代变化速度同频的。

读《神圣婚姻》，也会有一种声音感。会意识到这是声音优先的作品，东北话和北京话，二人转和京腔京调掺杂其中，它让人想到，这部小说将当下北京生活进行了有效扩展。小说书写了一种芜杂而生气勃勃的北京生活，这是以北京生活为辐射的写作，当代生活的辽阔与深广展现在这部作品里。它关于中年人生活的“假离婚”和“假结婚”，关于北京户口，关于年轻人的职场生活、下乡支教、挂职锻炼、婚姻琐屑、财产纠纷，都在小说中真实呈现了出来。这是逼真再现当代北京人各阶层生活的作品，但并不止于展现。正如在此书首发式上我所讲到的，这部作品让人想到我们时代受众广泛的“脱口秀”节目。脱口秀演员在平凡生活中提炼出跌宕起伏的故事，用一种风生水起的讲故事方法呈现给观众，脱口秀的魅力在于每次都能给我们一个意想不到的“包袱”，看脱口秀的过程是激动而充满期待的，期待那些日常生活中的反转、那些意料之外的命运。阅读《神圣婚姻》也有这样的特点，你很难想象故事会有这样的走向，人物会有这样的命运，阅读过程中，读者情不自禁地跟随这样的叙述节奏，和人物产生共情、共鸣。

谁能想到东北人会在装修北京的房子时盘炕呢？谁能想到两个相爱的年轻人会因为房子中的种种故事而分手呢？谁又能想到那个为了儿子和丈夫假离婚的妻子于凤仙其实是被丈夫抛弃了呢？谁能想到那个一直沉浸在家庭生活中的丈夫突然要去挂职锻炼并牺牲在那片遥远的高原呢？但是，细细一想，一切又都顺理成章，小说的许多情节来自于生活，但又有着直击人心的戏剧性冲突。人物命运的流动感次第展开，读者深深被吸引。

小说深具现实感。徐坤捕捉到了日常生活中有趣的、有意味的、跌宕起伏的故事，给人以阅读的畅快淋漓之感。——时代在变化，读者的阅读习惯在发生变化，作为作家是否感应到？《神圣婚姻》以一种将叙述加速度的方式提示读者，我们这个时代的文学作品应该有新的元素、新的叙述速度、新的故事讲法，正是在此意义上说，《神圣婚姻》寻找的是属于新时代的长篇小说的讲述方法，这是这部小说所带给我们的启示。

二

《神圣婚姻》里的女性人物有着一种英姿飒爽之气。每一个时代都有着不同的对女性的英姿飒爽气质的理解，七十年代有七十年代的理解，八十年代有八十年代的理解，那么，到了2020年，这些英姿飒爽的女性是什么样子？《神圣婚姻》里真切、鲜活地表现了出来。比如毛榛，她曾经有过甜蜜的婚姻，但是最终离婚。小说结尾中写到她在飞机上与前夫和前夫的新夫人不期而遇，虽然在外人面前克制了情感，但是，在卫生间里，她流露出了悲伤。“她慌慌的，逃去卫生间，锁上门，放声大哭。哭得五脏六腑都疼。整个人卸去了铠甲，连外强中干都装不下去了，简直就是全面崩溃。她听到嘎嘣一声，心底残存的、自欺欺人的‘亲情’的那条线，至此彻底崩断。……一切收拾完毕，这才拉开卫生间门，迎面一个穿浅粉色羽绒服的女人，毛榛一低头，迅速回到自己的座位上。”这是一位有着教养的知识女性，她没有那种弱者心态和受害者思维，对待情感，她使用的是一种“飒”的处理方式。

《神圣婚姻》里的女性，即使受到伤害、受到损害，也会让自己化险为夷，自己从被动变成主动。比如于凤仙。她是“假离婚”的受害者，丈夫的背叛令人她心寒，但她很快想到了她的方法。小说中她向“假结婚”对象那云桥讲述自己故事那一幕极为动人。这位二人转演员，先是表演了一段二人转，后来又用一种表演的方式讲述了自己的故事，于凤仙有着中年女性的委曲求全，但也有着属于中年女性的情感表达，她努力使自己从糟糕的婚姻际遇中摆脱了出来，也努力寻找一段婚姻从而最大限度地保全自己的利益。这样的人物，让我想到张爱玲小说《倾城之恋》里的白流苏，虽然时代不同，性格不同，但这两个女性想到摆脱困境时都想到了找一个男人结婚，而相同的是她们都遇到了一个不错的对象，即使内心里有疑惑，还是选择了要先嫁了再说。当然，于凤仙采取的方式也比白流苏更为主动而有意味。唱二人转那段，于凤仙是迷人的，但也正是这样的迷人让人看到在婚恋关系中看似主动而实为被动的女性地位。

与于凤仙相比，樊梨花则是有着经济独立权的女人。女儿的婚姻遇到了麻烦，她用了计谋去解决，干脆利索而又有理有节。其实，不管是樊梨花、毛榛，还是于凤仙，她们通常是我们媒体说的中年女性，但是这个小说里面，恰恰这些女性非常有魅力、有智慧，让自己的生活变得和我们想象中的，或者刻板化的中年女性形象非常不一样，小说家重写了新的时代新的中年女性形象。

小说也刻画了青年一代的形象。甜甜是小说中的青年女性。一位女青年如何从失败的恋爱中走出来？方法有许多种，而这部作品里，甜甜从失败的恋爱中走出来的方法，是去偏远山区支教，进而遇到了新的恋爱对象，而他们恋爱生活中重要的一刻是来到天安门看升旗，你不得不感叹这样的选择，既可能是我们时代青年的现实选择，也可能是理想意义上的选择，正如许多读者所意识到的，那是在向《青春万岁》致敬。

三

“神圣婚姻”是这部小说的核心部分。婚姻是神圣的吗？这是读这部作品时我们必须面对的问题。《神圣婚姻》中讲述的婚姻是日常的婚姻，烟火气的婚姻，这些婚姻故事里面有欺骗，有不尊重，也有泪水和痛苦。以“神圣婚姻”为名，徐坤书写了婚姻的常态：“婚姻是什么？爱与背叛、别离相辅相成，时时发生。”每一个人物都在婚姻的阴影里、在情感的阴影里，当然，每个人都用他们自己的方式摆脱出来。要特别提到，在讲述这些日常婚姻的时候，作家没有悲情化和感伤化，而是真实地逼近，选择用嬉笑怒骂、神采飞扬的方式讲述，从而带给读者以精神上的触动。

读《神圣婚姻》会认识到，即使婚姻中有欺骗、有困扰，但是叙述人和她笔下的人物其实都是信任婚姻和情感的。被卷入情感风暴时，作家笔下的人是相信婚姻的，因为相信，所以即使遇到欺骗，即使遇到冲撞，这些人物都从这样的欺骗和冲撞中得到历练和成长。当然，小说也让我们思考，我们为何会有婚姻、为何要进入婚姻。要知道，在我们这个时代，一些人怀疑婚姻，很多人选择不婚，今天我们每个人对神圣婚姻的理解是如此的不同，很多时候，婚姻被打上了负面色彩。

我以为，小说以“神圣婚姻”之名与我们时代的婚姻观进行了一次深度对话，它当然看到了我们大多数人所看到的婚姻的阴影，但是它也有不从众的那面：即这部小说是相信婚姻的。正是因为“信”，小说里的情感让人感动、让人共情，也让人重新思考男人和女人之间的关系、女人与婚姻的关系、男人在婚姻中的地位问题等等。徐坤试图写出婚姻里的复杂：当一个女性经济地位高且强势的时候，作为男人怎么处理？一个女性在婚姻中强势就是女性主义吗？小说家犀利地看到了婚姻里的权力关系，婚姻关系中所包含的经济权力和话语权力，而所谓婚姻里的尊重，既包括丈夫对妻子的尊重，也该包括妻子对丈夫的尊重，婚姻里的平等是男人和女人之间的平等，也是女人和男人之间的平等。《神圣婚姻》提供了足够的空间和维度让我们重新理解和思考什么是婚姻，什么是尊重，什么是平等。

正是从这个角度出发会发现，徐坤笔下的女性不是弱者，但也不是那种“大女子主义”——她所批评的是那种不尊重他人、不将伴侣视为平等的关系。读完小说会认识到，如果婚姻是神圣的，必得是人格上有平等的，是两个人在婚姻关系中要共同完成成长的。婚姻里必得有那种笃定的、锚定的东西，因为其中的“笃定”、因为作品中的“相信”，《神圣婚姻》读来让人五味杂陈。

这个世界变化多快啊，有如旋风一样的速度会把我们每个人裹挟，让我们一时难以辨别真假。虽然我们都生活在加速度般的生活中，但是，内在核心里，小说让我们认识到，这个世界上还有一种不变和恒定，又或者说信仰。换言之，《神圣婚姻》虽然让我们看到世界一直在变，但也让我们在某一个瞬间相信“神圣”二字的宝贵，相信情感的重要性和婚姻的重要性。

（张莉：北京师范大学文学院教授）

慈悲者的孤独

雷　达

摘　要：修白在短篇小说《手套》中成功塑造出玉梅这一孤独的慈悲者以及姨爹这位本性善良的老教授，展示了她如何通过独具匠心的人物形象塑造，抵达人物内在的精神层面，在人的精神指向问题上叩问文明的根本问题的卓越才华。在老人一家对玉梅的不断否定与欺辱中，玉梅的不幸身世，她与姨爹一家的关系，如剥笋衣般展现了出来。修白将人心和人性情节化地推向文明的边缘地带，在写出玉梅的慈悲和孤独以及我们文明的脆弱的同时，提醒我们思考正在来临的老龄化社会以及其中缠绕的复杂而又现实的种种问题。

关键词：人物形象；慈悲；孤独；养老问题

《手套》[1]这篇小说对人入老境后，生活失能，仰仗他人残喘的悲凉境况，用一个洗脸的场面描绘尽矣。人物关系是逐渐展开的，玉梅的不幸身世也是层层揭开，让读者逐渐接受这位圣洁女神。因为她的特立独行太惊世骇俗了，她不是在利益之争中显示光辉，如果这样，人们是可以理解的，而她是牺牲自己的一切，在老人一家有足够实力且生活体面的情况下，独自扛起伺候姨爹的重任，把他救出养老院。其超尘绝俗就不被所有的人理解了。

困难时期，姨爹想收养失去双亲的玉梅。但是姨妈不能接受玉梅的到来。争执中，姨妈的菜刀砍断了玉梅的两根手指。年幼的玉梅被送去孤儿

① 修白:《手套》，载《当代》2018 年第 1 期。

院生活。后来姨爹去孤儿院看望玉梅，送给玉梅一双漂亮的小手套。这双手套不仅遮蔽了玉梅短缺的手指，也给了玉梅莫大的慰藉。“姨爹给过她父爱，这种爱于她来说是刻骨铭心的，被早年孤儿院里的孤寂生活无限放大和扩张，是她假想的父爱在延伸，直到她的青年、中年，这样的延伸都没有终结，伴随着她的年纪一起增长。如此浩大，弥足珍贵。”姨爹在玉梅幼年的时候，用手套织造了世间的一缕纽带。纽带的一头连接了姨爹生命的尽头。“如果没有手套，玉梅的人生将是一片灰暗。只是姨妈太穷，养不起她。她的手指是如何缺失的，她不曾告诉别人。这是她的秘密，是她和这个世界关联的最后一个通道。”

成年后，饥饿的玉梅偷渡去了国外。她从难民身份，一点点奋斗到中餐馆老板。她没有憎恨抛弃过她的姨妈一家，她在内心里把姨爹想象成父亲。为了救助生活失能的姨爹，她舍弃了自己优越的生活。她对孤老失能所倾注的悲悯，至情至性，闪耀着人性善的光芒。

修白擅长人物形象塑造。她塑造的人物形象不是表象的，而是多方位地深入到人的精神层面。《手套》这个短篇小说成功塑造了玉梅这个孤独的慈悲者以及姨爹这个本性善良的老教授。在老人一家对玉梅的不断否定与欺辱中，玉梅的不幸身世，她与姨爹一家的关系，如剥笋衣般展现了出来。她的并非天生残缺的手指与手套的先后出现，让我们思考，生活真如我们看到的那样？是什么使得姨爹这个大学教授丧失了判断是非的能力，沦为姨妈的傀儡？

在玉梅家，老少两代人面对面躺在床上交心。姨爹这个垂死的老人也有“良言”：“你心里有仇恨，仇恨最后会伤到自己。你要在我死前，跟你姨妈和好。你不要恨她，我会叫她给你一笔遗产。”这里的姨爹是清醒的，也是没有原则的。他时而清醒，时而糊涂，选择性清醒，选择性糊涂，这个老人的人生哲学是利己主义的，他对妻子和家庭的妥协，使他能够平稳地走到生命的尽头，直到被妻子抛弃在养老院，他依然相信妻子是这个世界上最善良的人。与他的“这个世界上没有一个好人”的阐述，相互矛盾，从此悖论中，我们看到的姨爹是立体的，既天真又狡猾，既清醒又糊涂，看似若智若愚的人生哲学，是他的利己主义是非观的呈现。从他的两条遗嘱可见一斑。鲁迅说过，我一个都不宽恕。姨爹要玉梅宽恕姨妈，玉梅同样做不到。玉梅是有原则的，她说：“我不能要你的遗产。我照顾你不是为了遗产，我从小就没有家庭，没有父爱母爱，我一直把你当父亲。”

至此，我们对玉梅的动机不再怀疑与追问，并逐渐看到这位圣洁女神的内心。这个孤独的女性，她一生索取的不是财富，而是爱，是家庭之爱，父母之爱。这爱使得人类繁衍下来，这爱如此纯粹，爱得惊天动地。因为品尝过孤独与抛弃，她对养老院的姨爹产生了感同身受的悲悯，这悲悯使她回到故乡救助姨爹，却不被世人理解和接纳。谁能解她幼年苦，谁能懂她今日愁。玉梅在误解、曲解与羞辱中展现出人性的光辉，其超尘绝俗不被所有的人理解。她是孤独的。

这不是一个简单的报恩的故事。它关系到人的精神指向。人类的生命有一部分是在失能状态下度过的，幼年与老年，这段时间需要他者的照顾才能平安度过。玉梅的幼年与姨爹的老年均遭遇过抛弃，人类群体需要建立社会关联属性，互相扶持，度过生命的困难时期。中国社会正步入老年社会，越来越多的老人进入失能状态，如何面对失能老人是一个庞大的社会问题。

作为读者，我们不时地为玉梅的傻，为她的完全奉献而得不到一丝回报被误解，甚至被污辱而激起愤怒，愤怒这一家子的巧伪人、假孝顺。同时我们也怀疑过玉梅。这并不构成对玉梅的打击。打击来自姨爹本人，他认为这个世界上没有一个好人，甚至连他的母亲，三个姐姐以及玉梅都不是好人。唯有抛弃玉梅又抛弃他的妻子却是善良之人，这样的谬误，可能是人性最黑暗的一面。玉梅被彻底打蒙了、击垮了。顿感一片爱心天地不容，受惠者姨爹竟然也不容。玉梅孤独地走到了世界的尽头，她成为最不被理解和接受的人。

这样的孤独，不是漂泊者身心异地的孤独，也不是世事无常的孤独，更不是一个人面对世界的孤独。上述孤独，玉梅从小就一个人面对和抵抗，她在孤独中成长，在孤独中坚强。当她走回故乡，去养老院拯救姨爹的时候，她已战胜了这些平庸的孤独。她知道孤独无助的可怜处境。“知我者，谓我心忧；不知我者，谓我何求。悠悠苍天！此何人哉？”这因慈悲而起的孤独，不被理解，反被误解、曲解、颠倒，这是绝无生处的孤独。一双手套，道不尽世间冷暖。

（雷达：著名评论家）

沉痛的自叙承载着关爱生命的丰盈内涵

——读修白长篇小说《金川河》有感

朱德发

近读《金川河》，在美学上是一次未曾体验过的审美享受，在认知上是一次未曾获得的哲理启示。过去读其小说，初识修白是位有良知有人道感的作家，对那些被污辱被损害的弱势人群的生存状态和生命实况尤为关注，博爱的人文关怀之情充溢于文本的字里行间;《金川河》既赓续了光大了以往的创作优长，又以新颖独特的艺术构思使之呈示出新的审美特点。尽管可以从多角度来概述《金川河》的创作特色，然而笔者拟以“沉痛的自叙承载着关爱生命的丰盈内涵”为题略论之妄评之。

一

所谓“沉痛的自叙”，是我阅读《金川河》的突出感受和认知。虽然它不是郁达夫开创的自叙传体小说，但是有自叙传小说的性质和特点。“我”，颉柏既是小说的叙事者又是自叙者，既是小说结构性人物又是小说的主人公；修白其人是否与主人公有同样的童年或少年并不重要，重要的是自叙给读者带来的真切、坦诚和深刻感，若不是自我的亲身感受、经历、体验，是难以这样倾吐的。修白的《金川河》绝不是自叙传体的仿本，它的独创性至少有三点:“我”，颉柏作为自叙的主人公，不是浮露式的表层自叙，乃是触及灵魂的深沉自叙；不是欢快乐观的自叙，而是充满忧思沉痛感的铭心刻骨的自叙。总之，是忧生悼死的与生存命运攸关的自叙。通过自由联想、内心独白、心理分析、幻想梦境等艺术手段的自叙，旨在塑造自我形象，独创理想世界，此其一。人出身在何种家庭，现代中国的某一历史阶段曾有严格区分，但对个人来说却是无法选择的；在个人的成长史上“我”能否实现自我设计、自我塑造的人格目标，重在自我的修养和塑造。颉柏出身的家庭和出生地区对她的成长是逆境而非顺境，她所面临的生存发展的大环境与小生态，荆棘丛生，障碍重重；虽然她对待社会暴力、政治暴力甚至家庭暴力，曾表现出怯懦性、无助感、恐惧感甚至愤怒感（例如1970年见到穿大头皮鞋的户籍警来查户口，“我幼稚心里正印验着一种未知的惶恐”，即使见到“大头皮鞋用手铐和绳子”把伊表姐的新婚丈夫捆个结实带走，并被一起游街示众，或见了“伊表姐死了几次”），但是她终于“忍住了”，那个时候的“我不会哭，哭是要有资本的，哭，是一种示弱，这种示弱，可能会招致更大的恐惧降临”[①]。这种忍，是对暴力的无声反抗；不哭不示弱，表明在“我”的幼小心灵中萌生出抗争的种子。从伊表姐的“死”使“我”悟出深刻的哲理：“人在肉体的疼痛和精神的无比恐惧中，走向荒诞的崩溃，解脱是出路，至深的反抗就是毁灭肉体。”[②]可见，人在逆境中要生存下去并保有尊严，哪怕采取“忍”“不哭”乃至“毁灭肉体”也要反抗。反抗，是人的本质力量的体现，是人能够存活于乱世逆境里的基本原则。

通过自叙，“我”，颉柏，是一个面对社会暴力、群体暴力、家庭暴力有自觉意识的生命个体，在她生命个体的反抗中，她自我的性格、个人的意识和主体的思想在成长。处在弱势地位的颉柏这样的“大众永远隶属于一个难以言说的意识体系中，他们永远被压抑，莫名的缘故也许就会把他们纳入到意识形态的争斗中”[③]。虽然颉柏岁在童年少年，但她敏感，渴望被家族认可接纳，她需要保有自我的尊严，即使在亲属眼中“我是多么的渺小和卑微”；但是她也要争取意识体系中的言说权或者与家人的平等地位。大表哥在金川河畔的菜田里给全家老少照相，“我”多么“希望他能注意到我的存在”，然而大表哥把快门“咔嚓”按下，却“把我们的童年关在了他的世界之外”。这严重地刺伤了颉柏的自尊心和亲缘感，顿时唤醒了她的主体意识：“原来人与人是有级别的，即便是一家人，也是不平等的。大表哥和我是两个世界的人。”[④]这是“我”无声的反抗，发自童心的现代话语，是对家庭等级秩序的颠覆，是对现代新人的呼唤！

血肉相连唯有母子关系才称得上，母亲既是女儿的靠山又是其保护伞；然而颉柏的母亲却是人世罕见的“恶母”，即“母亲的肚子里像充满了炸药，动辄就发火，她时不时地撵我滚，挥手就骂”，甚至骂我是“地主老财家的狗崽子，你怎么不去死”。这使“我”深切感到“惶恐，莫名的惶恐。惊惧，与生俱来的惊惧”。“我”这个别人家的孩子，老师口中的好学生，从小就会早起排队买菜、做饭、带弟弟。听话，乖顺，像大人一样分担生活的压力。母亲却把她看成眼中钉肉中刺；即使母亲往死里咒“我”，毒打，“我”也没有向母亲表示臣服，向她求饶，而是忍耐，不哭。有一次，“忽然，她

① 修白：《金川河》，九州出版社2017年版，第5页，第10页。
② 同上，第5、10页。
③ [法]米歇尔·福柯：《规训与惩罚》，上海三联书店2000年版，第29页。
④ 修白：《金川河》，第43页。

从门外冲进来，挥起手臂，甩过来一个大嘴巴：你这个不要脸的小婊子，你去钻小九子的裤裆。她的大巴掌抽打得我的脸颊一片麻木，一股咸咸的液体涌出，吐到地面，是一摊红色的血”。虽然打得“我”遍身是伤，口吐鲜血。“我”说：“我不是你生的啊？你那么凶，小心你老了，我不养你。”这句话“像捅了马蜂窝”，母亲暴跳，怒打“我”，“门牙被打落在地上，头发被她揪了一地”，然后“被她罚跪在院子里，我跪在冰冷的地上想，我要造反，我要离开她，去一个没有纷争，没有谗言，不被人欺负的地方。可是，哪里有这样的一个角落呢？我第一次意识到，做一个女孩是多么悲哀”[①]。从其自叙中，可见颉柏的叛逆意识没有因为母亲的暴力而泯灭，相反，却埋下了反抗的种子，她年幼的心已经感知到唯有“造反”才能摆脱母亲的暴力。尽管“我”的反抗尚缺乏明确的愿景，然而她却“有意识地蕴积胸腔的能量，继续飞升。这样能够看得更远，更辽阔”。诚然“我”的叛逆性、反抗性都以童年或少年的回溯方式表现出来，难免纯真稚嫩；但是，在我们的阅读感受中却觉得其叛逆或反抗有着清醒的人道理性为主导，她不是没有是非的盲目叛逆，乃是对人性恶或母性异化的叛逆，她所反抗的不是革命的暴力，乃是非人道的摧残善良人性的暴力。

在“我”自塑的性格或灵魂里，因为大表哥的一次照相使得颉柏感受到人与人的不平等，这时，人的等级在她幼小的内心萌生。母亲的暴力促使她对人的平等的格外向往。比平等和卑微更重要的是她的灵魂中浸染流溢了爱，为了爱而进行韧性抗争，为了爱而忍辱吞声。“我是为了爱，才在这个世界存在着”；她与其母的根本不同在于，其母是“为了恨与抱怨，才在这个世界存在”。所以“爱”给颉柏以力量和希望；尽管母亲的狂暴在无休止地摧残她的灵与肉，然而她“没有悲伤，只有愤怒和压制，我努力克制自己就要爆发的情绪”[②]，唯有忍耐的无声反抗方能使自己在逆境中成长起来。颉柏不仅施爱一切善良的人们，也热爱大自然的一切，特别是二姑妈的爱的说教深刻地感染了她、启迪了她；因为二姑妈临终前“感谢那些爱过她的人，她爱过的人，爱，使得她的肉体存活下来。有些痛苦源自我们爱的深而强烈。爱就是磨砺，把你温柔的心放在砂纸上蹂躏，渗出了血。她还感谢当年的那个老妪，使得她和我能够相遇，她要把这个感激带到远得我无法估量的地方，因为，感激使得她无比强大，强大才能飞升”[③]。对于一个成长的少年来说，爱的启迪与教育何等重要，爱既能给人以存活的巨大力量，爱又能解除人的难以忍受的痛苦，爱因为溶化在人的血液里故而能给人排除万难驱走阴霾并飞升至理想境界的用之不竭的生命动力。大自

① 修白：《金川河》，第 154 页。
② 同上，第 92 页。
③ 同上，第 73 页。

然中金川河畔的月光世界给了颉柏以爱的启示，借以塑造自我的爱的灵魂，她是这样深切感受的："被月光爱抚的大地以及大地上的一切是多么美好，我们内心正在被这个美好的世界融化，我感受到自我正在逐渐变小，不再完整，小到消失。当自我完全消失的时候，树叶与河流，裂隙与花朵，这一切能够感知的事物把我完全掩盖了。当我从这些感知中走出的时候，成就了另一个全新的自我。"[①] 大自然的美好世界融化了"我"的心，大自然的爱抚净化了"我"的灵魂，使"我"蜕变成全新的具有悲悯情怀的现代女性。

从颉柏自叙成长过程中，不难发现其塑造自我性格或灵魂至少得力于三个主客观因素：一是生存环境的复杂性甚至恶劣性的不间断挑战，虽然她是以怯弱、恐惧、沉默、忍耐的姿态进行迎战，往往以失败的结局告终；但是她经过痛苦的磨炼却逐步坚韧起来，内心越来越强大，尤其她敏锐善思，从总结沉痛的人生经验教训中增长智慧，强化其爱的主体性格。

二是喜欢读书，寻求真理。不论来自母亲的暴力如何摧残一个年幼的少女，都没有动摇她"一个姑娘只有读书才能站起来"的坚定信念；外国的经典文学作品与中国的古典古籍成了她不可或缺的精神食粮，连她的现代情爱意识的形成也是其读了《安娜·卡列尼娜》后所受到的启蒙，她认为"母亲就是从来不读书才会变得这样癫狂，她像一个没有头脑、无法思考的动物一样行走在这个世界上作恶：对她的亲人，她从来就没有爱过，没有看过美好的事物，听过美好的故事，书本里浩瀚的世界她全然不知，她是多么渺小、可怜"[②]。"我"并没有因为母亲的淫威而报复或是憎恨母亲，相反，"我"在阅读中原谅了母亲并发现母亲的渺小和可怜。这是怎样一个心存大爱与悲悯的少女，不难想象，当她长大以后，成为生活的强者的时候，她对母亲的反抗一定不是暴力的回击，而是更深沉的思考，是给世界与改变的力量，这才是《金川河》这部作品展示给读者的至深的反抗。

三是家族长老伯父对颉柏思想性格的影响。大伯是一个学贯中西的思想者，他是孤独的，孤独到"无以言说的孤独"；尽管如此，"孤独的大伯总是和颜悦色地回答他人的话语"。他很少对人说话，每一句话是那简单却意味深长，因为"更多的是对人性与现实的思考，这些命题只能藏在他光洁的大脑门里，不能言语，无法述说"，故而"他的思考与他的沉默似有一股巨大的力量在摧毁他的逐渐疲惫的身体。一种不可抗拒的毒素正夜以继日地吞食他赖以存在的曙光，精神的黑洞如同冷却后的火山熔岩豁口，等待下一次的喷发需要百万年的时光"。虽然"我敏感的内心似乎触碰到大伯对未来的绝望"，大伯似乎要与我们永别，但是"大伯没有秘密，没有隐私，没有财富，他所有的所有都装在他那个大脑门里"。因此"我"承传大伯善

① 修白：《金川河》，第 188 页。
② 同上，第 174—175 页。

于思考的大脑里所蕴藏的思想遗产与人生智慧；并要致谢“大伯把我当作一个平等的人对待，和颜悦色地和我说话，说一些新鲜的话，一些年轻的话，说我渴望知道却无法知道的话”[①]。正是在大伯的谆谆教诲下，“我”的知识丰盈了，“我”的境界提高了。

抗战时期那位赣榆县的年轻县长朱爱周，英勇杀鬼子，身负重伤不甘被俘而自戕的英雄壮举，令“我”敬佩催“我”奋进；在广场大舞台让“我”扮演《红灯记》的英雄女儿李铁梅，使“我”感到生而为人的存在感和尊严。

颉柏在自叙中，展示了自我灵魂的蜕变和自我形象的塑造，同时通过对“成人”派性斗争的深刻反思，表现出对理想世界的憧憬并发出惊心动魄的“天问”：“我心里想要的是，每一个人都不要欺辱与被欺辱、打人和挨打。什么时候，人与人才能不再打斗呢？”她以金川河边菜园地里的青菜为喻回答这个人生课题：“青菜和青菜是平等的，它们在自己的位置中竞相长大，在风中伴舞，雪中欢愉，谁也不欺负谁，相安无事走完一生。为什么人不能这样，人死了的时候才会平等，而死人已经失去灵魂。灵魂又去了哪里？灵魂在天上游曳，汇聚还是分离？是完整的还是破碎的？他们以怎样的形态存在？他们在一起也有派别，也互相打斗吗？”可见颉柏所向往的理想世界是人人相爱、人人平等、人人欢快、人人平安的乌托邦，它所以不能变成光辉的现实，“因为难以检测和分析，我们妄自尊大地以为自己是地球的主宰。我们的妄自尊大被无形的力量驾驭，复仇，报应”。这个答案尽管有点神秘玄虚，然而它却深刻地启示我们，理想世界的自信与实现必须建立于高度的理性自觉上和科学实践的基石上。

小说主人公的自叙立起一个鲜活的形象并达到相当的思想深度，但是“我”作为叙事者并未将视野仅仅限于自我世界的剖析，乃是把叙事深切地触及家族的生存运命甚至扩大到邻居的悲切人生。“我”没有严格遵循传统的家庭伦理道德标准来叙述亲族的故事或对亲人形象刻画，更没有以所谓阶级分析方法来判断亲人故友的阶级性质；而是立足于人道主义立场以人性的善与恶为尺度来描画亲人故友的人生命运与心态变化。但这一切叙事大都来源于童年或少年的回忆，这些回忆是来自一颗赤子之心，因之具有真实性和纯洁性，然而虚构与想象的功效也是不可或缺的。总之，通过“我”的叙述将承载对生命关爱得更丰富的内涵与挚情，此为本小说的第二个特点。

虽然“我”作为叙事者以全知视角来观照颉氏亲属的人和事，但因为“我”是从视觉、听觉、感觉所获取的回忆信息中来写人叙事，即使借助虚构或想象来辅助，也难能刻画出立体型的艺术形象或有深度的心理世界

① 修白：《金川河》，第 165 页。

及叙写出完整的情节故事；由于“我”擅长细节描写和善于捕捉感觉印象以揣测人的心理活动，在一定程度上弥补了回忆性叙事的不足，致使“我”叙述的人物既有鲜活性、个性化又有一定的生活气息和时代感。

日本鬼子侵犯家乡时，“我”的祖父曾是当地有名的乡绅，既教过书又当过县教育局长；鬼子邀祖父出面做维持会长，但“文天祥游走在祖父的血脉里”，为了保持中国知识者的气节贞操决不当汉奸，想到“留得青山在”他便采取“逃亡”策略。由家乡逃到上海，上海沦陷后祖父又带领全家返回老家“信庄”，与日寇周旋。然而祖父熬到二十世纪六十年代，“腿严重浮肿”，“用芹菜蘸醋吃，抵御一下难耐的饥饿”。此时祖父想到远在滇西的父亲，并给父亲写了绝笔书：“千里寄来衰老颜，家人权作庆团圆。望儿蓝玉盈阶日，指点此翁话当年。”就是这样一位在民族危亡时刻以文天祥为榜样，宁肯逃亡也不当汉奸的有骨气有节操的乡绅，在“咽下最后一口气的时候”还听着伊表姐唱的“延边人民热爱毛主席——”“金河川在流淌，一家人的眼泪在流淌，院子里的天空和院子外的河流，交织着人的欢乐和悲伤”[①]。作者用笔不多，便从回忆中勾勒出祖父的形象及其悲剧运命，从中流露出孙女对祖父生命的殷切关爱与悼念之情。祖母是北方人，三寸金莲承受不住高大的身躯，八十多岁时腰背呈九十度弯曲，“三四岁的我，这时才看清了祖母慈祥的脸”。祖母勤劳一生，善做面食，过年吃的饺子是祖母做的美食，平时做的萝卜豆腐卷子又脆又香；但是祖母最疼小孙子，重男轻女，“偶尔，祖母有了一两颗果糖，她会包在纸里，悄悄地塞给弟弟，弟弟边吃边对我说，奶奶讲的，不要给你和盼表姐知道”[②]。这些细节自出童年的嘴里，多么真实地表现出祖母的微妙而矛盾的心理！虽然从“我记事起，就没有看过祖母一步一步地走路，她只是靠移动碎步来挪动身体”，即使这样她自己还打水和倒水，不慎滑倒再也没有爬起而与世长辞了；但祖母的死“我”是难过极了，悲恸极了，沉痛地责备自己：“如果，那天我没有出去玩，而是在祖母家帮祖母倒水，祖母就不会滑倒，就不会死了，是我害死了祖母，我不敢告诉大人，心里不能原谅自己，我内疚极了。”[③]这种深刻的自我谴责和自我悔疚，越发表明祖母心地的善良和性格的慈祥以及人性的善美。祖父和祖母在“我”的幼小心灵里都是好人，都是可敬可爱的亲人，不论他们以什么方式为何缘由死去，都是有价值的人性善的毁灭，都是感天动地的人间悲剧。

若说祖父母的人生命运只是“隔代亲”的粗线条的印象式叙述，而对父母的感受对“我”来说却是深入骨髓的。这不仅因为父母给了“我”生

① 修白：《金川河》，第 13 页。
② 同上，第 44 页。
③ 同上，第 49 页。

命肉体，也直接地养育“我”长大并参与“我”灵魂的塑造，所以父母的形象在“我”心里深刻难忘。且不说母亲是人性恶的化身，前面已叙，与其相比较，父亲则是人性善的化身。在家庭里母亲是绝对的权威，主宰家庭的一切，“我”是母亲的出气筒；父亲在家里的地位同“我”差不多，话语权被母亲剥夺。父亲的一生如同在狂风巨浪里飘摇无定的一叶扁舟，在日本鬼子横行乡里时他随父亲四处逃亡，东躲西藏，不做亡国奴；告别童年步入少年，父亲受教育识了字便“爱上了阅读”，于是“他在古人的历史长河中悲恸，在无尽的章回小说里流连”。后来上了正规学校，连“恶母”也承认父亲年轻时候是“学校里最有才华的男人，也是我们镇上最英俊的男人，他教的学生大都考取大学去了大城市，连镇长见了他都要点头招呼”，“我们班上的女生都被他英俊的样子迷住”。[①] 然而父亲成了有才华有成就的教师后，却步入知识分子的曲折道路，一生多厄运。通过作者的童心追叙，从父亲曲折人生的多个节点上来突现其性格，展示其人性：父亲从青壮年起就开始逃亡生涯，他的滇西之旅一路所见使得他希望“人能变成木头，他愿意变成木头”，因为木头人没有思想也发不出声，就不会因为管不住自己的嘴巴而获罪。尽管父亲胆战心惊地躲过这一世劫难，然而其性格却发生变化，即由善思会道的人变成了“木头人”。“半个世纪过后，父亲总结他的一生，他的一生是狂风巨浪中的一叶扁舟，一只小船，随时都有颠覆的可能。但是他谨小慎微，终究是躲过了一场场劫难，航行到运动结束的时候。他的扁舟没有葬身大海是因为他差点咬断自己的舌头，他管住了自己的舌头，才大难不死。”[②]

第二个节点是二十世纪六十年代的自然灾害时期，父亲接到二姑的信要一斤粮票救命，父亲无粮票可寄，二姑没有收到粮票饿死，表哥逃至东北寻生路因饥饿难耐，绝望上吊自杀。对于二姑和表哥的死亡，父亲追悔并谴责自己一生。而我在旧相册里发现半斤全国粮票，对父亲不给二姑回信不解并由此对父亲的人性产生怀疑。随着阅读的增加，“我原谅并理解了父亲”：“一个在暴风中驶着一叶扁舟的人是没有能力救助他人的。人，只有自己开着机帆船的时候，才有能力拯救他人。像他那种身世复杂的人，想独善其身，只有躲进小楼成一统。”[③]

再一个节点就是到了改革开放，父亲晚年写回忆录，人性更宽容更善良了。不仅不忌恨妻子（我的母亲）一生的恶言恶行，反而感谢其在艰难的生存环境中把几个孩子养大成人；不过父亲在民族大义上却是清醒而坚定的，即使可以到“日本旅行”他也是“憎恨日本人，不能原谅日本人在

① 修白：《金川河》，第 149 页。
② 同上，第 138 页。
③ 同上，第 35 页。

中国犯下的罪行”[①]。这既展示了父亲的曲折生命史又突显了他苦涩善良的性格；虽然母亲的人性被异化、心理有所变态，但是到了晚年需要“我”去为其选择墓地时，流露出对“我”最后的依赖，这个因为出身红军而在大家族横行一世的女人终于到了谢幕的境地，“我”在这个时候有了足够的反抗的力量，却并没有对这个独特的生命个体产生报复心，依然站在更高的境界原谅了母亲的恶行，并给她养老送终。这不是“我”对母亲的和解，而是“我”对自己的一场彻底和解。

两位姑妈及伊表姐的悲苦命运是“我”记忆中挥之不尽的阴霾。伊表姐的新婚丈夫是地主的儿子，这个北京大学物理系的高才生，面对新婚妻子连句告别的话也没说，便被“一批穿大头皮鞋的人”用手铐和绳索捆绑起来去游行示众，丈夫脖子上挂着“现行反革命分子”的牌子。伊表姐死了几次却一直没有死掉，因为“伊表姐无法毁灭自己的肉体，她的毁灭是自绝于人民”，不只她的母亲兄弟不允许她毁灭，街道居委会的叔叔阿姨也不允许她毁灭，故而轮番地做她的思想工作，迫使她别无选择，“必须与和反革命丈夫划清界限”，非离婚、打胎不可，于是伊表姐陷入深刻的矛盾之中。作家对伊表姐的内心冲突给出震撼灵魂的刻画：“腹中两个双胞胎要引产极端困难，伊表姐在世界和世界之外徘徊，不知哪个世界能容下她可怜的身体，如果人有灵魂那就让肉体毁灭，与两个未曾见面的孩子一起去死。”这是多么惨无人道的世间，腹中未出生的孩子何罪之有？当伊表姐在产床上感受到两个孩子的呼吸已停息，身体的血液如注而轻飘地失去重量，“她感到了飞升的自由和虚无，她想回到大地的怀抱，大地深处的沉默和律动，是宽厚的、仁慈的、温暖的，像母亲的子宫”。这是对残酷现实的深刻反讽。当两个纯洁的死婴被其未见面的舅舅偷偷地埋在外祖母墓地边缘时，伊表姐也告别了过去回到了地面，“迎接她的依然是次第渐近的荒诞”；“伊表姐说她是世界上苦命的女人，这个苦命的女人一直沉重地活着，缓慢地行走在大地上，像她爱唱的歌一样。”[②]这就是伊表姐的悲惨命运。

大姑妈在抗战时期主持正义，“始终憎恨日本人，不能原谅他们”，而她的人生命运也是坎坷多厄的。应该说“我的血管里流淌着和大姑妈一个祖先的血，我的确很像大姑妈。我们能在逼仄的缝隙中生活下去，是因为我们的隐忍，对爱情的不竭的期待，对未来的幻想”。由于大姑妈嫁给一个国军高官，后来逃到台湾，两岸望眼欲穿不得音信；所以她始终心爱姑父，坚贞不渝地默默地等待。即使“大姑妈被人关在牛棚里的时候，造反派逼她说出大姑父，一个白军首领的下落，她不说，打狠了，她就交代两个字，死了。多年以后，海峡两岸沟通接触，联合会的人希望她站出来，做些工

① 修白：《金川河》，第 35 页。

② 同上，第 12 页。

作”；“盛情之下，推辞不过，大姑妈面无表情地告诉人家：死了。”[①]这两个不同时期不同境地下相同的两个字“死了”，一句话，两个字道尽大姑妈诉不尽的苦楚与骨气，谁人能知。大姑妈不屈的个性，是她另类的反抗，她对不公平的彻底的反抗。前者多见，后者难觅。饥荒年代，大姑爹知道再也回不来了，便在绝望中于台湾娶了个医生。即使到了这一步，大姑妈“什么苦都吃过，实指望今生还能相见，没有想到，这一等就是一生”。这是多么坚贞的人性和高尚的女性，她为与曾经的姑爹的理想爱情奉献了终生！难怪颉柏要为大姑妈树立“贞节”牌坊。

颉柏的眼中二姑妈是位“漂亮的女子，她的脸是那么端庄又鲜亮，修长的直发齐耳剪短，说话的声音像婉转的歌喉”；然而她的一生命运比大姑妈还悲惨，土匪刘黑七视她为觊觎的首要目标，曾两次率领部下骑大马来信庄抢劫，祖父母为解脱土匪的纠缠，仓促地将二姑妈许给“语言无味，面目可憎”的盐业老板的儿子。婚姻的不幸是对二姑妈的沉重打击，而更为致命的打击与伤害则是在历史时空中的舞台上：“二姑妈和她的婆婆被五花大绑地出现在戏台上”。村里的人轮番地批斗，所有的咒骂和愤怒都指向她；其实漂亮善良的二姑妈并未参与剥削，是不幸的婚姻使她嫁给盐商而招致如此大的厄运。批斗中二姑妈的一只眼珠被挖出来，眼眶还在流血，便把她用绳索绑在竹竿顶部旋即掉落在地，然后再升至竹竿顶部又摔下来，反复地升与降，使二姑妈奄奄一息地昏死过去。二姑妈只愿像祖母那样“做一个良家妇女”，但是“命理走势乃非个人意志，二姑妈投生的时代注定她的愿望是多么的艰难”。二姑妈临死对“我”说：“她说她的灵魂要脱离肉身，肉身是用来受罪的，肉身教导她懂得自己生来就是罪人。她现在可以解脱了，她要飞到天上，她要离开这个地狱一样的地方。”“人在地面，总是受制于自己的肉身，我的身体没有了，但是，人却自由了，灵魂是无影无踪却是无所不能的。”这是多么沉痛而深刻的心理剖析，特别是二姑妈的遗嘱更展示了她高洁美好的人性：“不要用菊花祭奠她，不论白色还是黄色，都令她生厌。她喜欢玫瑰，红色的玫瑰。她一生中热爱的一件事物就是看见红色玫瑰。”[②]像二姑妈这样美丽的肉身和纯洁的灵魂，被灭绝人性的魔掌所摧毁而产生的悲剧力量，怎能不撼动人心？

闻鹃姐姐虽然与颉柏没有血缘关系，但是两人的悲苦命运却是相通的，颉柏曾受其母的咒骂和毒打，闻鹃也遭其养母的痛打与辱骂，她甚至产生了“活着没有意思，总是挨打受骂，什么时候才能熬出头”的厌世求死心理。当闻鹃一次又一次遭到养母的毒打在“何大胖子的家”待不下去的时候，急切地想搬到新恋爱的对象余维家，颉柏为闻鹃的退学而“以牺牲自

① 修白：《金川河》，第 122 页。
② 同上，第 74 页。

己以后的生活能力为代价去换取另一个人剩余的日子”，即去照顾余维瘫痪在床的母亲，表现了异常的难过和深切的忧虑：“少女的无我的奉献精神与一腔激情换取的是一种新的不平等。她在不平等之中抗争的结果，是获取一种以牺牲自我带有被奴役快感的新的不平等，这种不平等的建立，在孝道外衣的遮蔽下，更隐蔽和残酷。是对平等的曲解和异化。她的这种改变不是我想要的生活，我想要的是建立在真正平等之上的生活。”[①] 但愿闻鹃能读懂颉柏这番深刻的启蒙话语，真正把自己从生活激流的旋涡中拯救出来，步入自由解放的坦途。

修白在自叙的文本里，不论对自我形象或自我灵魂的塑造，或者对亲人女友的生存命运的热切关注，乃至对不同个性形象的勾勒，都置于一个或隐或显的深远宏阔的现代中国历史框架和鲜明浓郁的时代氛围里，这不仅使所塑造不同性格的人物形象烙上历史时代的印记，也使那些人物的成长或生存或生命多艰难或命运悲苦的历史根源得以展露。历史的曲折与失误，往往以摧残或牺牲无辜的生命开始，以扭曲或异化善美的人性结束，人类为此付出沉重而巨大的代价。若聪慧的作家通过文学作品的人物塑造或灵魂剖析能够自觉地反思历史的曲折或历史的失误，深刻地总结并记取历史教训，铭记个体或群体的宝贵生命换来的代价，这样的审美文本就称得上精品力作，读者解读它在获取审美愉悦的同时也能受到深刻的理性启示，变得更有智慧和胆略，在历史出现曲折或发生失误时而受到灵肉的伤害或生命的无辜牺牲，整个中国人的生存有望得到诗意的栖居，所有中华民族的人性可能臻至真善美的理想境界。这应是本小说的第三个美学特点。

二

由于作家在塑造自我形象、谱写家族或邻人命运曲的过程中，敏于感悟人与人或人与自然或人与社会或人与历史的复杂而深微关系，并善于从中发现一些带有规律性的卓识或具有哲理意味的思想，而这些卓识或哲理并非以说教或宣传的干巴巴的抽象形式呈示出来，乃是蕴含在鲜活的意象、深邃的意境、隐喻象征、魔幻故事、神话传说甚至拟人化的动植物和山川河流的自然景观之中，这就形成了耐人寻味发人深思的诗化哲理。这一特点的凝聚，不仅增强了《金川河》思想内涵的深度与广度，也强化了小说审美意蕴的厚度和浓度。

优秀的长篇小说应有独特的艺术结构，《金川河》结构的独特性既不是习见的以纵向的历时性为主线的时空结构，又不是以横向的共时性为主线

---

① 修白:《金川河》，第 197 页。

的时空结构，乃是依据创作主体回忆性的意识流或情感流的自由联想，打破了惯常的客观时空秩序，重构了适应内容表达和人物塑造需要的错综交叉、循环反复的时空结构，以童年少年记忆的意识流动为主又辅以现下成人的意识运行，昔与今相呼应，时与空相映照，欲传达的思想信息或回忆的内容或描述的人物在错位的时空中自由地穿越，追求一种形散神凝的艺术结构。

虽然历史背景模糊不清（也许是作家故意而为之）。故事结构呈碎片化，意识流化，但是，文学即是人学，一部小说贯穿着一个灵魂真诚的坦途，人的心灵的走向就是故事的走向，打破传统小说的叙事结构、肌理，《金川河》的思想亮点与艺术光彩耀人眼球。

草于 2017 年中秋

（朱德发：文学评论家）

对拒绝自省与忏悔导致普遍蒙昧的精神针砭

——读修白的小说《假寐》与《剪刀手》

黄毓璜

摘　要:《假寐》《剪刀手》中的"视角转换"显示出作家修白近期的创作突围，作品不再局限于女性意识、女性关怀，表现出对人性意识、人文情怀更广阔的反思和更强烈的要求。她在擅长的写实中通过对具体生活的细节捕捉，写出人在一种失常的社会与人伦中无可规避而无可诉告的悲情，新以"忏悔意识"互济协同"抗争意识"，使得其作品具有了忏悔的内审力量，写出了她对庸常偏见的鞭挞，对拒绝自省、不知忏悔导致普遍蒙昧的精神针砭。作品在收敛批判锋芒的同时，也给出了批判精神指向显在社情和潜在意识的通途。

关键词: 女性意识；人文情怀；忏悔意识

修白善于写实，我曾经在一个研讨会上就虚构想象与达成现实的改造和提升问题，对她有过诤谏。修白的《假寐》和《剪刀手》两篇新作[①]，显示出她的创作在艺术意旨和表现力方面有了明显变化。这种"变化"，很大程度上似有意无意地回应了我对她的期待，更重要的是，它们从一些根本的部位帮助我厘清了我对于一个小说家或者说对于文学的一己希冀。

修白是一位照察精微、感觉慧敏的作家。从细部和日常中看取、出示人生情韵是她的擅长。这一擅长在其创作中的一以贯之，支撑了其小说形象世界的鲜活性和临场感。变化云者，明白可辨于近期推出的两个短篇中叙事方位的调整，我愿意称之为"视角的转换"。如同论者先前注意到的那样，女性意识是她强劲的情结，女性的遭逢、女性的心灵是她艺术传达的重心。这在构成其自我力量的同时也构成其自我局限。

修白对这里可能导致的局限是否有过理论自觉，抑或是否接受过相关

① 修白:《假寐》《剪刀手》，载《十月》2014年第2期。

古老理论的误导，应该不很重要；可贵的是，如果可以说“女性视角”的张扬及其可能形成的局囿在她已习与成性，那么，如今面对的两篇近作，已相当有效地实现了一种属于自我的“突围”。《假寐》《剪刀手》的主人公诚然是女性，前者诚然涉及了女人的角色位置、女人的社会担当；后者表现的人生困顿、精神思辨诚然也多落定于女人，但是，就故事本体看，就事件多向度组接、思绪多层次播布以及形象的多方位展开看，已经大幅度改变了“女性”视角、大跨度超越了“两性”思考。这一视角的转换内在了一种意识的演化；从“女性意识”到“人性意识”，从女性眷顾到人性关注，应该是一种艺术视界的开扩，一种艺术意旨的掘进，也应该是一种自我力量强化的表征。马斯洛谈及“自我实现”问题时，曾指出妇女身上的自我力量或支配感越强，就越不会以自我为中心，就会更关心他人和世界上的各种问题。[①]《假寐》的虚实接应以及社会心理的纷纭杂沓,《剪刀手》的真幻相生以及精神性相的繁复错综，较之先前，确实改观了径情直行的写实格局，铺展了照察社会众生的视野，标志着作家建构、驾驭艺术世界的心志增容并能耐提升。

跟女性意识转向人性意识同步实现的是，两篇近作表现出从“生活意识”向“生存意识”的转化。就修白小说演绎“生态”这个层面说事，“生活意识”表现为局部的描摹和即时的感兴，“生存意识”则表现为指向整体的把握和富于终极意味的寻究。《假寐》里主人公可染为之奔走的,《剪刀手》主人公搁置为之困扰的是生活中具体事件的写实，只是事件的特定性链接的非关惯常生活的诸如贫富、荣辱与穷通，而是从总体上系结着生存的大关目，差不多系结向“生存还是死亡”这个“需要思考”的经典“问题”。无论是《假寐》里发生的“丢失”和“寻找”，还是《剪刀手》里展现的“专断”和“虐杀”，是生活故事的写实，更是生存境况的写意，当我们面对可染无着的焦虑、无望的迷茫，面对搁置的无依无助无可诉告，我们就不会在故事内栖息。小说以其故事外的经营，引发我们进入形而上的思情，从生活场景的具象进入我们生存状态的抽象，生发那些普遍存在、随处可遇而为我们习焉不察的关涉困境、关涉失落、关涉蒙昧、关涉荒怪的整体品位。

应该特别提到的是，承继批判现实主义传统，以跟外部世界保持“对视”和“抗争”的姿态“干预生活”，是修白早年小说就有所执着的人文情怀。就近期两篇小说的远程比较上,“内化”的倾向集中表现为“干预生活”向“干预灵魂”的调节，表现为“抗争意识”跟“内省意识”或者说“忏悔意识”的互济协同，挟带忏悔的内审，无疑是时下文学所匮乏的精神，

① 参考［美］马斯洛:《动机与人格》，华夏出版社 1987 年版。

也无疑是文学表现包括批判精神走向内化、深化的必然选择和有效途径。

不必武断立论，说修白已经在多大程度上皈依一种儒家的修为、宗教的虔诚，只是在《假寐》《剪刀手》作为“第二现实”的文本中，那种以内省、忏悔为前提的宽容态度和自罪意识已然漾乎其里不难捉摸。证之于《假寐》，有可染淡漠前嫌为料理婆婆的丧葬而奔走，为尸体的“丢失”内疚于自己的记错时间；有自知有错的那位校长真诚的道歉；更有“体察他人的困境”“与世界达成和解”一类的直抒胸臆——这些体现于描写对象也体现为作家世界态度的书写，在松动了跟批判对象紧张对视关系的同时，也给出了艺术传达的从容——在收敛批判锋芒的同时，也给出了批判精神指向显在社情和潜在意识的通途。

更能说明问题的是《剪刀手》，被想当然地关进精神病院的搁置，不愿辩白“冤情”，是出于对指控其杀死尚在胎中弟弟的女儿的爱，更源自精神或有失常的女儿，其指控确是关乎母亲的罪孽，忏悔固然无补，责任也非止一端而难以追究。在这里，忏悔意识跟抗争意识的交织缠绕，与其说是书写人的失常，不如说是揭示了人在一种失常的社会与人伦中无可规避而无可诉告的悲情。难怪作家不能不以“画外音”为“精神病人”辩解，“一个人的精神是否逾越一个时代多数人所能容忍的行为底线”，“这是一个少数服从多数的世界”，乃至以为“精神病人”只是“看到了我们看不到的物象”，“多了一种我们常人无法知晓的能力”。把这等议论归入哲学的玄奥、归入人道的襟怀是皮相的，在文本特定的语境中，它是对庸常偏见的鞭挞，是对拒绝自省、不知忏悔导致普遍蒙昧的精神针砭。

以上的介说或许偏向我的主观认识，包含了我自己的艺术理想。但是，对于以人的“生态”和“求索”为创作母题的修白来说，论及的两篇新作，在人的生态呈现、人生的探究途程上做大走高的趋向应该是其自觉的追求和醒目的创作。

（黄毓璜：作家、评论家）

主体失落的沉沦

——评修白的中篇小说《空洞的房子》

陈　敢

摘　要：修白的中篇小说《空洞的房子》主题深刻，人物形象鲜明。小说通过对老五、桃子等底层人物生活的书写，冷峻地审视了其因主体失落而导致的悲剧命运。作者以犀利的笔调抨击了生活中的丑陋现象，讴歌了勤劳朴实的劳动人民，对弱势群体给予深切的关注，充分体现了知识分子的人文情怀和时代反思意识。小说语言内敛，富有诗意，细节描写生动传神，具有审美张力。

关键词：修白；《空洞的房子》；底层；主体失落；悲剧

《空洞的房子》充其量只能算个小中篇，并不长的篇幅里涉及诸多现实问题，彰显了作家关注民生关注弱势群体生存境遇的人文情怀和批判现实的精神品格。作家对丑恶现象的无情鞭挞与嘲讽，折射出一个公共知识分子的人性光辉和超拔的人格魅力。

概而言之，这个中篇涉及了当下拐卖人口的问题，涉及了进城农民工生存境遇和精神状态的问题，涉及了城市底层的现实问题等。而作家着重表现的是底层农民工的问题，作品试图通过老五和桃子两个卑微低下的农民形象来揭示当下农民工的悲剧性所在，探究其根源以杜绝悲剧的重演。

据我所知，学界已有人关注到这个作品，如朱德发先生的《谱写社会底层流浪者的生存欲求曲——读修白〈空洞的房子〉有感》[①]、赵振杰的《生命不能承受之空——论修白〈空洞的房子〉》[②]。两人的评论文章都指出了主人公老五形象的悲剧性，可是他们都没有把握人物悲剧命运的根源所在，令人十分遗憾。我个人认为，老五和桃子的悲剧根源就是主体失落，换句

---

① 朱德发：《谱写社会底层流浪者的生存欲求曲——读修白〈空洞的房子〉有感》，载《扬子江评论》2013年第4期。

② 赵振杰：《生命不能承受之空——论修白〈空洞的房子〉》，载《文学报》2013年6月6日，第8版。

话说，他们都是主体失落的沉沦，是主体失落的悲剧性人物。具体地说，他们没有自主意识，没有自由的思想，没有独立的精神，没有明确的生活目标和崇高的人生理想。他们鼠目寸光，随遇而安，只是苟活，苟且偷安。离开农村逃进城市以后，老五满以为凭勤劳，凭一身力气，像祥子一样奋斗就能和桃子长相厮守，过上好日子。但残酷的现实瞬间粉碎了他的梦想。因为老五没有合法的身份，连“临时户口也没有，暂住证也没有”，这样他们的悲剧就在所难免。

老五是一个性格复杂充满矛盾的悲剧性人物。用农耕文明的伦理道德来衡量，老五进入城市前乡下生活的所作所为令人不齿，一是偷人老婆，与桃子鬼混；二是拐人老婆，带着桃子私奔进城。但闯入城市后的老五，勤劳，善良，节俭，吃苦耐劳，与世无争，可见其本质是好的，人性中有闪光的东西。其实老五很单纯，他满以为有亲人在的那个大都市，大哥一家都会关照他，他完全没有想到初次登门就被大嫂训斥扫出家门。他满以为，凭一身力气打拼，桃子会和他患难与共，长相厮守，可他压根儿没有想到，因为没有合法身份，三轮车上不了牌照，蹬三轮车卖苦力是违法的，空有一身力气而无用武之地，整日像老鼠一般偷偷摸摸地生活，东一枪西一枪揽活，饱一顿饥一顿地混着日子，日子过得紧巴巴的。最终桃子不辞而别，绝情离去。老五居无定所，寄人篱下，是闯入城市的他者，是城市的游民，在精神层面是身心的漂泊者，或者说是城市的边缘人，城市的异乡者（丁帆语）。他逃离乡土，家乡没有房子，失去了生存的根，而城市又断然拒绝了他。也就是说，老五义无反顾地逃离乡土，农村成为他想挣脱逃离的生死场，携桃子逃奔城市的时候就决心永不返乡。然而，都市的现实，使他无法融入。这样，他势必陷入两难的境地：回乡无望，入城更难。或者说，回不去的故乡，融不进的城市，灵魂漂泊，身心无所归依，前途渺茫，结局注定是悲惨的。这样一来，身份的焦虑就成为老五和所有农民工最痛苦最焦心的问题。否则，户口不解决，孩子上学、住房、医疗等一切无从谈起。即便有了一定的经济基础，在城里有车有房已然成为城里人，他们还渴望取得城市文化的认同。他们往往敏感于关于农村，关于他们的出身和来路的话题，总以为人们聚在一起谈论的就是自己，这种源于内心自卑的神经质的敏感时时刻刻折磨着他们，使他们的灵魂无法安宁，觉得自己生活在别处，城市是他们的地狱。对老五来说，“城里人一向背他，不屑正眼看他，”“他总是小心地过院穿堂，尽量避着他们，”“像老鼠一样”生活。因为车子没有牌照，他整天战战兢兢，时时担惊受怕，生怕撞上“穿制服的公家人”，“因为这些公家的人，有时候，就是这个城市的村长。叫你死，你就死；叫你活，你就活”。小说至此，实际上已经揭示了老五人生悲剧的主要根源。是残酷的现实击破了老五的人生梦想，是现存的社会制度，即户籍制度，剥夺了老五合理的人生诉求和做人的权利与尊严，甚至可以说，现存的身份制度扭曲了老五的人性，使他过分自卑而无法挺直腰杆，也不敢捍卫争取自己的权益，眼睁睁地看着自己冒着生命危险带来的、自己喜欢能给自己慰藉的桃子被无赖恶棍金老头强行霸占。老五其实对生活并无过高企求和奢望，他只想有个住的地方，只想能够和桃子生活在一起，但这做人最起码的要求却成为他遥不可及的念想，留给他的是无尽的苦难和茫茫无边的黑夜。

本来应该是人人当家做主，人与人之间平等互助，团结友爱。但实际上，老五之流的民工没有受到这样的礼遇，农村人进城就像城里官二代富二代出国一样，都是为了别处的生活，无可厚非，但现实的排农构成了城里人轻视打工者的社会文化心态。我们不会忘记，当年刚走出校门的大学生孙志刚因为没有暂住证在收容所被活活摧残至死，正是因为这年轻生命的不幸消逝取缔了城市收容所，使农民工的生存环境得以些许的缓解，但至今我们的社会对这个庞大的底层群体关怀尊重还远远不够。要知道，这个底层同样是一个繁复驳杂瑰丽的世界，打工者也有自在的本源的庄严与美，我们理应尊重他们，给予他们应有的权利和地位，满足他们合理的人生诉求，否则，建构和谐社会，共圆中国梦就会成为一纸空文。毕竟，这是一个异常庞大的群体，按打工诗人柳冬妩的说法，当下城市的农民工有五亿多人。更重要的是，底层农民工参与并直接影响着都市现代化和城镇化的进程，我们怎么能忽视他们的存在呢？我们怎能对他们的遭遇熟视无睹呢？

在老五身上，折射出底层农民工人性闪光的东西。他脚踏实地，凭一身力气挣钱，养活自己。他勤苦耐劳，朴素节俭，为人诚实，在旧衣里发现别人的存折立马还给失主，并不贪财，他是真心喜欢桃子，尽管这女人缺少心眼。得知侄儿生病需要换肾，他二话没说就上医院，丝毫没有讨价还价。此外，老五见义勇为，下河帮别人打捞钱包，等等。这一切，都是我们在阅读作品时对这一人物形象心生爱怜、深表同情的原因所在。是的，老五值得我们同情，从某种意义上说，他比老舍笔下的祥子更可悲可怜，因为祥子还拥有合法的身份，还拥有一个家，拥有自己的女人，而老五到头来却什么都没有，他所守望的是空洞的房子，他所守望的是空心的岁月。由此可见，都市的欲望和世俗的理想改变了人的人性，也改变了老五人生的生命轨迹。

和老五一样，书中的另一个主人公桃子的悲剧同样源于主体的失落。与老五不同，这是一个弱智的女人，纯然没有自己的主见和思想，整天浑浑噩噩，生活在愚盲之中。在并不漫长的人生长河里，她一直被拐在路上，和谁生活和谁睡觉都无所谓，只要有吃有穿就行。对她来说，并不知道人生意味着什么！无所谓爱情，无所谓理想，当然也就没有幸福可言。她没有羞耻感，反正和谁做爱都感到快乐。最后，在金老头的利诱下，沦为风尘女子，靠出卖色相生活。更不可思议的是，她已为人妻为人母，居然没有丝毫的退缩彷徨，没有一丁点的依恋就抛夫弃子随老五逃离，而且一去不复返，其间对此前曾有过的两个家没有任何的怀念。因此，我对这一人物是完全鄙弃的，没有同情，也不值得同情。

在艺术上，这个作品笔调较为犀利冷峻，语言内敛节制，较好地烘托渲染了作品的悲剧氛围。尤其老五进手术室之前，萦念于心的并非个人的生死性命，而是比性命更为重要的三轮车上牌照这件事，“他从口袋里摸出一张皱巴巴的发票，递给大嫂：‘这是买三轮车的发票，办证用’”。这也许是老五在这个冰冷的世界里最后的一个人生诉求，而且这卑微的诉求他未必能够看得到。至于那空洞的房子，那侄儿许诺的小汽车，谁能知道是咋回事呢？因为老五此去的人生，生死两茫茫，谁又能担保手术不出意外呢？人生充满变数，一切都有可能。

小说以诗化的笔调开篇，写老五和桃子逃脱追捕后，“顺着小道，他们爬上一座黑色的山崖”。紧接着作家写道：“而狗叫声却被坚硬的岩石，渐渐挡在了山的后面。”这留下的空白、富于跳跃性的语言，纯为诗歌的语言，具有诗意的美，具有审美的张力，给人以无穷的想象。此外，作家擅长通过富有表现力的传神细节来刻画人物，使人物形象栩栩如生，呼之欲出，雕塑般跃然纸上，显示出作家深厚的小说功力。

总而言之，这是一部人物性格鲜明，主题深刻的好作品。

（陈敢：南宁师范大学文学院教授）

“却在我的生命中残喘”

——作家修白对“生命归途”的九个凝视

李　一

修白专栏

摘　要:《天年》是作家修白2020年出版的一部非虚构作品，曾以“养老院的故事”为名发表于《北京文学》。作家用九章十五万字凝视着老人于养老院的最后时光，以非虚构为方式“看见”我们文明的脆弱之处。泣血的文字展示着作家对生命最为严酷的反思和审判。家庭伦理、男女性别以及我们正在积极卷入的全球性的经济生产方式和正在形成的人与人之间新的经济道德伦理关系，在这部作品中，在养老院这样的一种生命和社会时空中，被具体地、文学地思考和讨论。《天年》以足够的真诚、饱满的感情、严肃的思考，从一个女儿、一位女性、一个作家的角度凝视生命归途，是对“五四”启蒙文学传统的自觉承担。它扩大了文学此时的现实表现力，实践着文学对现实人心的守护和对现代文明的审美化的思考和想象。

关键词:《天年》；非虚构；启蒙；养老院

> 人老到一定程度，生命又退回到婴儿时期，老人心里什么都明白，却什么都做不了，人，想要有所作为，想自己打理自己的日常，却一天不如一天。人生的迟暮是如此地悲凉，巨大的孤独、无助。尽头是生命的终极地带，人类每天都在朝着这个地带奔赴，生命不过是这样一场悲戚的旋风。
>
> ——《天年》

陪侍父亲在养老院的那三年里，修白见证着“死亡的痛苦过程”，她最终以“非虚构”的方式写成十五万字的《天年》，前后讲述了石油公司退休职工陈大爷、退休厂医闵大爷、夏教授、化工厂退休的吴师傅、三甲医院前院长部老先生、退休公务员老田、高校退休行政干部赵大妈、离休干部吴大爷等几位老人生命的最后时光，感慨养老院中的人生百态。“天年”，一种生命距离的遥望。“颐养天年”是对于人生晚年的美好想象、善意告慰和人道承诺，内含着盛年对暮年的尊重和送别。文明至此，在一次又一次庆生之后，不再是社会“劳动人口”的“退休”老人们如何自处，何以终老？《天年》盯着那些只见结果的“逝去”，掀起最后的死亡判决，那末了的时间原来与诗意无关，又因疼痛而倍速慢放，死生折磨，其足以撕裂现实生活层层包裹起来的宏观与微观，直抵世道人心，一如那道“黑暗的闸门”，横亘在我们的眼前。

像是盗取了地府阎王判官的生死簿，《天年》以死为因果，讲述生的故事。著作九章，每一章主要写一位老人。“陈大爷，男，87岁，肝癌晚期，石油公司退休职工。”每次讲述都如此开头，再倒叙回眸匆匆交代老人一生行迹，最终目光凝视在养老院窄窄的床铺上，倾听、记录、描述、感慨，取一个题目如《一生最大的遗憾》《死不了的人》《最后的忏悔》《死了也好色》。无论职业、成就、家庭生活还是出身、学识、修养、性格禀赋，到此一步，人无一不可怜，精神孤独、身体脆弱，被嫌弃、被拒绝，甚至被虐待。“当老人的小女儿告诉我，她父亲曾经是散打冠军的时候，老人竟然张大嘴巴，像孩子一样痛哭起来。回忆过去的任何一件小事，她的父亲都会号啕大哭。这个头脑清晰的男人，时常为自己现在的样子痛哭流涕。每次女儿给他抠大便、擦洗，都使他狼狈不堪，大哭，情绪失控。”一种“看见”，“看见”生命是如何虐待生命，盛年是如何欺凌老年，人的归途如何艰辛、委屈、无助。

“他们究竟是怎样的两代人之间的关系，她们的亲情是靠孝道还是房产维系？她们不怕脏不怕累，她们比她做得好，但是，她们为什么现在才来，到了老人临终的时候才出现，她们爱过他吗？”《天年》里的老人还不属于社会学视野中那部分无依无靠、穷困潦倒的“弱势群体”，他们是退休的“城市劳动力人口”，他们被“青春文化”所抛弃。现代文学的图景本是一幅人生盛年的景象，它以青年人的呐喊开始，从青年人对旧家庭的控诉开始，意图鞭笞看得见的不合理，畅想更好的现代社会秩序和人生图景。“老少”“父子”“新旧”等二元对立通过文学意象已悄然地植入社会文化，与经济社会的“功用价值”“效率认知”“成败观念”粗暴结合，与我们对于现代的想象和对幸福的追求逻辑性缠绕，进而形成一种“青春文化”。伴随着农耕文明的消失，在个人奋斗、法律家庭、超级城市、青春潮流和日日夜夜商业的狂欢下，愚公移山父父子子的图景消失，大家庭最终也在城市化，在人口、生育政策中瓦解。养儿防老、多子多福随之也逐渐在文化和观念上失效。当生命不再盛年，当人“没用”，当起居不能自理时，我们怎么办？

五十年代末，国家集中建设了一批“敬老院”，“五保”照顾“鳏寡孤独”（实行保吃、保穿、保烧、保医、保葬）（儿童保教）。对“敬老院”的记忆、理解和想象不仅潜在地影响了新世纪以来人们对于“养老院”的“孤儿”情感认知，它还深层次地参与了整个社会对于现行“养老院”“养老”“临终关怀”等问题的想象和行动。关心养老院的建制、发展和现状，此时早已不止于“五保”的社会道义承担，而是关心我们终将要面对的晚年时光。“人文主义”被认为是二十世纪现代家国想象中根本性的眼光，想象人，认识人，理解人，培养新人——修白在养老院的“观察”以悲情的笔触挑战我们对“人”的理解，描述、感慨、提问又哭泣，在具体的道德、恩怨之中，驻足人、人性、人道，从生命之痛处，再次撑起启蒙之光，是对五四新文学启蒙传统的延续。

“我这个不懂医学的人，每一个决定都关系到父亲的疼痛。而我是如此不懂死亡，不懂什么叫临终。”《天年》的“看见”“思考”“呼吁”来自作者的“私人情感”，她在对父亲“最终的送别”中，书写生命本身的庄严和人应该有的肃穆，在一声声最后的“忏悔”中倔强地守护着我们对于“人性”，对于“善”的信仰。这也是一本复杂的女儿书，女儿是《天年》的视角、情感、声音和结构线索。她一再求索如何搀扶父亲，护送他体面、圆满、尽少痛苦地终了。当意识到血缘亲情不足以支撑这种守护和送别时，她以“生命”的尊严同情、悲悯那些临终的老人，以爱为灯，点亮那“回老家”时黑暗的路，送他们一程。在这些向死的叙说中，她怒气冲冲，如修行般冲着死亡叩问作为女儿、女子的不公、不幸。

像修白这样一位善于“虚构”的写作者，为何“非虚构”？她说：“这些死去的老人，他们临终的生命消失，却在我的生命中残喘。我把这些残喘吐纳出来，变成文字。把他们聚合在这里，重现昨日的场景。探究他们的幸福与不幸的根源。”[①] 阅读这本“非虚构”的感受像历经一部长篇小说之后，幕布闭合，只见作家走了进来，吸一口气，举目四座，跟我们聊她的写作，一篇创作“后记”。“非虚构”是对“虚构”行为肯定之后的否认，它不是报告文学、散文抑或新闻写作的变种，而是出自虚构本身，是对虚构的和盘托出，是无所戒备的诉说。从“虚构”到“非虚构”，从“想象”到“看见”，从美学到肉身，从“艺术”到“宗教”，修白在《天年》中的“非虚构”写作是此时的生命呼喊求助于文学，力图以字句的方式，把目光引向光的背面，叫人们看见人们所没有看见的角落和时间。“看见”以天理公道为本心，打量世道人心，它本身就是一种守护，既无力又有力。

（李一：苏州大学文学院副教授）

① 修白：《〈养老院里的故事〉创作谈》，载《北京文学》2019年第2期。

如星空照耀

——怀念朱德发老师

修　白

2017年10月29日，长篇小说《金川河》研讨会在北京现代文学馆召开。开会之前一个月，朱德发老师让我给他快递一本《金川河》，他要看看。朱德发老师关注现代文学，尤其是五四文学。朱老师在电话里问我最近都写了什么，如果出了新书，寄一本给他。他说，他不一定能看下去，如果写得好，他会仔细读完。

《金川河》的视角是多重切换的。我担心朱德发老师八十四岁的年纪，已经固有的审美取向，无法接纳这条河里那些一意孤行的浪花。

寄书的心情是忐忑的，不忍心让朱老师这样的年纪去读长篇，也怕过去作品留给他的好印象被《金川河》这样的文本打破。沿袭经典模式是安全的，任何创新都可能伴随着失败与争议。

寄书前，我暗自思量：朱老师要书，无非是对我写作的鼓励罢了。可以想见他老人家，随手翻阅一下，就丢在哪个角落。我甚至做好了被他不屑地痛批一顿的思想准备。我知道朱老师批评人是不留情的。书寄出去后，心里忐忑不安。随着时间的消逝，挨批的压力才渐渐淡化。

没有想到，朱老师读完环扉页码上的几段文字，打电话给我，谈了他的看法。他试探着表述出他对这些文字的理解是否是文本中那些视角的初衷，他谨慎地对待他不熟悉的有陌生感的文字。当我们对历史与表达产生共识的时候，他欣慰地表示，他会尽快读完这本书，并说了他的初步感受。

一段时间后，朱老师问我研讨会准备的情况，得知中国作协领导吴义勤老师去，他很高兴。又问南大的张光芒去不去？北师大的张清华去不去？他们两位曾经是他的博士生，得知他们都去，朱老师开心得像孩子一样，在电话里笑起来，欣然表示他也要去。想到他们这些师生会在北京相聚，我心里特别高兴。

后来，张清华老师考虑到济南到北京较远，朱老师八十多岁的年纪，行动实在不方便。大家商量决定，请朱老师放弃这个行程。但是，我会及时汇报研讨会的情况给他。

10月28日，研讨会的前一天，刚到北京现代文学馆的那个中午，接到朱老师从济南家中打来的电话，他用的是手机，像孩子一样喜悦，说他有了新的手机，试用一下，并问我研讨会准备得如何。他说，《金川河》看完了，在美学上是一次未曾体验过的审美享受，在认知上是一次未曾获得的哲理启示。他深有触动，已经写了一万多字的评论。他记得书里的很多细节，跟我讨论这些细节的出处，他问一段，我回应一段。中午，站在现代文学馆的大厅，有关《金川河》的文本，讲了一个多小时电话，我的手机电池讲没电了，又换了手机打过去。朱老师兴致勃勃，最后他说，会后，把大家的发言给他看看。

这是一场不在现场的注视，这注视恒久温暖，如星空照耀着我。研讨会结束后，我把相关讨论、文章发给他。朱老师逐一细读、点评，他调侃地说：我知道他（张清华）的新历史主义。朱老师用电脑发邮件，但稿子是手写稿。我要求他把手稿寄我，由我来输入，但是朱老师说，有学生帮他弄。后来才知道，是他自己花钱找打印店的人员输入。庆幸，我存有他的一篇手稿：《小说最能体现"人学"特质》[①]。是他对中篇小说《证人》的评论。看到那些规整的字迹，见字如见人。

第一次见到朱德发老师，是2012年夏天，中国作家协会北戴河疗养院。那时，他身体硬朗，一口气登上山海关。山东作协的作家们日日去海里游泳，数陈中华夫妇水性最好，两位曾经是游泳教练，花半天时间，教会小囡在海里游泳，仰躺在大海上漂浮。朱老师与大家一起去海边，一行人，前呼后拥，他观看，不下水。也不搭理陌生人。后来，听说我是南方来的，便问到他的一个弟子的近况，谈到弟子的夫人的手术，得知夫人的主刀医生是我找人安排的，朱老师一下子与我亲近起来，我能感受到他对学生的关爱，那种感情像父亲对待儿子，关切，真挚，我特别羡慕。朱老师喜欢跟小囡聊天，像自己的孙女一样随意、亲切。问她硕士准备报考哪所大学。小囡说哥伦比亚大学。多年以后，朱老师还记得，提起这所学校，问小囡近况。第二次见到朱老师是在南京，南大的董健老师过八十寿辰。晚宴后，我开车去接了朱老师及其随行老师。这次来南京，他走路的步履不如从前，需要亲属及其弟子陪同。

研讨会结束回南京后，前后三次接到朱老师的电话，谈论我的小说《金川河》。平时都是他打来，问创作情况，我如实汇报。意犹未尽的时候，他会突然结束谈话，果断挂掉电话，丢下我，独自在文本的情绪中发愣。我不敢打过去，怕叨扰他老人家。他发过来的评论稿子，总是要求我给他梳

---

① 朱德发：《小说最能体现"人学"特质》，载《文艺报》，2014年8月8日。

理一遍，他说，你的文字很好，我放心。我梳理后，发给他过目，他说，不用发了，你改的，我放心。我以为，日子会一直这样持续下去。2018 年的春天，最后一个电话，谈论他的《沉痛的自叙承载着关爱生命的丰盈内涵》的稿子。那个时候，他说话的声音铿锵有力。我还没有意识到生命无常，没想到两个月后，他竟倏然离开。

人这一生相交于文字，相失于时空。现在，整理朱老师的遗稿，看到他规整的笔迹，好像他从来就没有离开过。刚才，拨打他的手机号码，试图听到电话那头的山东口音，是空号。

2021 年 1 月 14 日

（修白：中国作家协会会员）

修白小传及其作品

濮之阳

一

知名作家修白女士，本名王秀白，1966 年 3 月 19 日生于南京，是土生土长的南京人。2023 年 3 月 18 日她在微信里告诉我：“我祖籍江苏赣榆，但爷爷辈就离开赣榆。那时日本人占领了赣榆县，让爷爷当维持会长，爷爷不愿意，连夜举家乘坐海船逃到上海；上海沦陷，又逃至南京，从此落户定居南京。”

修白在南京读中小学，毕业于南京财经大学。作为职业会计师，她从事过地产公司财务经理，物业公司副总经理，上市公司财务顾问等专业工作，现居南京。

这些十分接地气的工作，使得从小就饱读诗书的她能够深入社会底层，汲取丰厚的写作资源。用她的话说：“一个人如果感觉不到他人的痛苦，这个人就不配写作；一个作家如果不能全面地体察到书写对象的客观环境，所塑造的人物形象便不够立体。”换句话说，如果一个作家不了解社会，就不可能写出有血有肉的好作品。

2000 年 7 月，修白在《青春》杂志上发表写实小说处女作《友贵是上海人》，同年 9 月，此作被《短篇小说选刊》转载。她在《金陵晚报》连篇累牍写系列关注社会现实的随笔，《重庆晚报》开专栏写散文，给江苏的一些画家写画评。2005 年，她的长篇小说处女作《女人，你要什么》在花城出版社出版，创作上的才华使她脱颖而出，同年南京市作协暨江苏省作协为南京五位女作家召开了作品研讨会，修白是其中之一。她成为南京市文联的签约作家，南京作协理事，鲁迅文学院第十三届高研班学员，2009 年加入中国作家协会。先后在《当代》《十月》《中华文学选刊》《钟山》《北京文学》《上海文学》《小说界》《清明》《山花》《大家》《雨花》《西湖》《文学港》《青年作家》《扬子江诗刊》《西部》《黄河文学》《求是》《人民日报·海外版》《文艺报》《文学报》等刊物报纸上发表了二百多万字作品。

修白出版有长篇小说《女人，你要什么》(2004年，花城出版社)、《金川河》(获第七届南京市文学艺术奖，第十届金陵文学奖；2017年，九州出版社)、《金缕梅》(2023年，安徽文艺出版社)，长篇纪实文学《天年》(2020年，作家出版社)，小说集《红披风》(2014年，中国书籍出版社)和《假寐》(2022年，中国言实出版社)等；短篇小说《产房里的少妇》获第十二届中国人口文化奖、第五届金陵文学奖，中篇小说《残云碎雨》获第四届金陵文学奖；《择校》获第六届金陵文学奖，《不想分手》获第七届金陵文学奖；短篇小说《手套》获第十届金陵文学奖；中篇小说《憨大》获第十一届金陵文学奖。

写小说的同时，修白也写文学评论：《所有的存在都有自身的理由——论宁肯的〈蒙面之城〉》(《乌江》2010年第5期)、《女性的双重压迫——〈秋园〉读札》(《太湖》2021年第2期)、《我们怎样做妈妈——论赵翼如"有一种成功叫毒药"》(《无锡日报》2011年8月21日)、《乡间的绅士》(《金城》2013年12月《刘照进的散文空鸟巢》)、《互为意境——贾梦玮的散文写作》(2023年)等。

她的散文作品《一条裙子的路途》(获首届全国旅游散文大赛一等奖，《雨花》2012年9月)、《菜地与风的细语》(《草原》2023年4月)、《眨眼间》(《雨花》2006年9月，收入《江苏散文》2018年)、《在哈德逊河边逗留了一个春天》(收入《江苏散文·秋实卷》2020年7月)、《爱的条件》(获"漂母杯"散文大赛二等奖，《雨花》2000年)、《至深的反抗》(《钟山》长篇小说A卷Renditions85)、《记忆的河流》(《文艺报》2012年10月15日，《求是》理论版2012年10月15日)等。

她的诗歌有《留给女儿的信》(《扬子江诗刊》2014年第6期)、《南唐二陵》(《扬子江诗刊》2014年第6期)、《西湖影像》(《西湖》2011年第4期)、《父亲》等。

二

修白对文学是虔诚的，写中篇小说《产房里的少妇》(《清明》2002年第6期)，她专门去产科手术室做实习医生，为此，她读了两遍医学教科书《妇科临床》，小说完稿后请产科主任审稿。写《剪刀手》(2014年2期《钟山》)的时候，她去疯人院体验生活。写《假寐》(2014年2期《十月》)的时候，她又去了医院。写《手套》和《天年》的时候，她在养老院待了三年并采访多家养老院。《空洞的房子》(《当代》2013年第2期)的主人翁老五从年轻时候到南京踩三轮车为生，作家就注意到了他，并始终在观察这个群体，朱德发教授曾经质疑过老五是否虚构，修白告诉朱德发，老五是她熟悉的曾经的旧邻，修白也是多年帮助过老五的人。修白认为贩夫走卒，众生平等，写小说需要诚实地面对生活，需要低到尘埃里，低到每一个不为他者注视的角落，卑微到一粒尘埃，才能尽可能地看到人的多面性、复杂性以及时间对事件的改变，小说是她的宗教。

修白的长篇小说《女人，你要什么》(2004年，花城出版社)，是一部充满女性意识的作品。后来她的中篇小说《缓慢的激情》(《大家》2010年第4期，《中华文学选刊》2010年第9期)也是她女性主义作品的代表作。中篇小说《红披风》(2008年《山花》第6期)是她的一次彻底的先锋之旅，只此一个中篇，无须恋战，她又迅速回到现实主义中来，代表作是她的《手艺人》(《北京文学》2012年第2期)、《老关送礼》(《清明》2002年第1期)、《择校》(《四川文学》2004年第1期)等一系列短篇小说。

修白还是数独达人。她的数学始终比语文好，源自她的父亲是数学老师，朋友求助的，名校学生解不出的数独难题，她都能迎刃而解。她的短篇小说《迷途》(《小说界》2016年第4期)是关于母爱主题的，全篇没有一句有关母爱的叙述，却是一篇靠逻辑分析推理的小说，通过逻辑推理演示逻辑之美，通过三个不同梦境的相互印证，呈现不可轻言的深沉的母爱，那是镌刻到基因里的东西，为此，她研读《自私的基因》。在她的一系列作品中，不难看到科学与实证对她作品的影响。

在长篇小说《金缕梅》中，对时间与空间的把控，现实与梦境的轮回，人类精神意识在不同空间的呈现，意识流与穿越的自如过渡，数学的逻辑之美始终贯穿在她小说的结构之中。即便是写散文诗一样的长篇小说《金川河》，也能读到她的架构之美，无论是意识流还是历史、哲思，都被她完整的逻辑所界定，评论家张清华认为她的《金川河》是完成度很高的一部作品。这一点从她早期的无意识写作，到《金川河》的有意识写作，从先锋到现实主义，数学帮助了她，逻辑成就了她，而她对现实与文学的深耕，又使得她与文学现场有意无意地保持了距离，《金川河》的书写尤其能看到这一点。

2012年《山花》第8期A卷发表了修白的《夜坐时停了针线》。这篇小说写一个老太太的临终，从构思、人物形象、情节架构和叙述语言等方面，都呈现出其创作的新突破。著名评论家朱德发教授说："米兰·昆德拉(Milan Kundera，1929—2023)指出，小说家写故事有三种可能性，要么'讲诉'，要么'描写'，要么'思考'，好的小说更应该'建立在不间断的沉思之上'。"这篇小说围绕老太太的临终，塑造了一位"矛盾的、分裂的、扭曲的、充满戏剧张力的女性形象，引人思考如此性格背后特殊时代成因，准确老道的叙述语言、生动丰富的生活细节、细腻敏锐的人物心理"，展示了修白在短篇小说创作上深厚的艺术功力和创作中对思想性的追求。"老太太是小说塑造得最成功、最丰满也是最具有现实性意义的人物形象，在她的身上汇集了小说所承载的最为沉重的历史重荷、最为深厚的生活容量、最为丰富的思想内涵和最具价值的审美意蕴。”小说在“相信我们，一切都会过去”之中结束。

2014 年，修白在北京《十月》杂志（第 2 期）发表《假寐》，在南京《钟山》杂志（第 2 期）发表《剪刀手》；这两部短篇小说都是“对拒绝自省与忏悔导致普遍蒙昧的精神针砭”。著名评论家黄毓璜说：“‘视角转换’显示出修白近期的创作突围，作品不再局限于女性意识、女性关怀，表现出对人性意识、人文情怀的更广阔的反思和更强烈的要求。”“她在擅长的写实中通过对具体生活的细节捕捉，写出人在一种失常的社会与人伦中无可规避而无可诉告的悲情，以‘忏悔意识’互济协同‘抗争意识’，使得作品具有了忏悔的内审力量，写出了她对庸常偏见的鞭挞，对拒绝自省、不知忏悔导致普遍蒙昧的精神针砭。作品在收敛批判锋芒的同时，也给出了批判精神指向显在社情和潜在意识的通途。”从“女性意识”到“人性意识”，从女性眷顾到人性关注，应该是一种艺术视界的开扩，一种艺术意旨的掘进，也应该是一种自我力量强化的表征。美国著名社会心理学家马斯洛（Abraham H.Maslow，1908—1970）谈及“自我实现”问题时，曾指出，“妇女身上的自我力量或支配感越强，就越不会以自我为中心，就会更关心他人和世界上的各种问题。”修白对这里可能导致的局限是否有过理论自觉，抑或是否接受过相关古老理论的误导，应该不很重要；可贵的是，如果说“女性视角”的张扬及其可能形成的局囿在她已习与成性，那么，如今面对的两篇近作，已相当有效地实现了一种属于自我的“突围”，与她此前的作品《友贵是上海人》《女人，你要什么》《不想分手》《产房里的少妇》《红披风》《缓慢的激情》等多注重女性的性别意识有较多的不同。《假寐》《剪刀手》的主人公诚然是女性，前者诚然涉及了女人的角色位置、女人的社会担当；后者表现的人生困顿、精神思辨诚然也多落定于女人，但是，就故事本体看，就事件多向度组接、思绪多层次播布以及形象的多方位展开看，已经大幅度改变了“女性”视角的思考。从“女性意识”到“人性意识”，从女性眷顾到人性关注，应该是一种艺术视界的开扩，一种艺术意旨的掘进，也应该是一种自我力量强化的表征。《假寐》的虚实接应以及社会心理的纷纭杂沓，《剪刀手》的真幻相生以及精神性的繁复错综，以及铺展照察社会众生的视野，标志着较之先前，她在建构、驾驭艺术世界的心志增容与提高。

2018 年《当代》第 1 期，修白的短篇小说《手套》，塑造出一位已入老境的姨爹这位本性善良的老教授，展示了“通过独具匠心的人物形象塑造，抵达人物内在的精神层面”，在人的精神指向上，叩问文明的根本问题，显示了作者的卓越才华。雷达说：修白写人心和人性，写玉梅的慈悲和孤独，以及我们文明的脆弱的同时，“提醒人们思考正在来临的老龄化社会以及其中缠绕的复杂而又现实的种种问题”。这篇小说，仿佛就是作者创作《天年》之前的操练。

金川河是流经南京城北的长江支流。修白站在童年的金川河岸，回忆从历史深处驶来，她将记忆中的所有细节写成长篇小说《金川河》（2017 年，九州出版社）。小说叙事从中国人民对日本侵略者展开不屈的抵抗开始，直到抗战胜利和新世纪。修白在“自序”中坦言：“一个人无法绕过他的童年。童年就像一座有记忆的木板房子，每一圈年轮，每一缕纹路，都搭成了那座遥远的小屋，囚禁了一个人的一生。从他有记忆开始那些空寂苍茫的黑白影像，初始惊恐的瞳仁，潜藏在童年的小屋里，注定要跟随和影响这个人一生。”小说里的人物用卑微和隐忍来反抗历史、反抗命运。

2017 年金秋十月，《金川河》研讨会在北京中国现代文学馆举行，中国作家协会书记处书记吴义勤和著名评论家及作家贺绍俊、张清华、张光芒、刘琼、王春林、孔令燕、贾梦玮、付秀莹、何同彬、杨庆祥等出席。关于个人记忆与历史，修白强调，“对于小说家来说，回忆不等于历史生活的再现，也不是自叙式的个体生活的重构，它甚至与真实无关。它主要是主人公自我发现的过程，是叙述者面对自我的诉说。”

吴义勤说：“《金川河》唤醒了我们对文学的美好记忆。个人审美经验永远是文学的宝贵资源，永远值得书写；《金川河》的文学审美趣味在我们这个时代非常值得珍惜。时代的转折在个人身上留下抹不去的回忆，个人的回忆让历史变得更为丰满细腻；修白在个人与时代之间找到了一条非常好的表达通道，为我们提供了很好的文学经验。”

作家付秀莹说：“《金川河》是疼痛的书写，那些创伤的记忆既有个体的情感体验，又有历史的时代经验，个人成长之痛与时代之痛缠绕交错，形成巨大的、笼罩一生的阴影。作家之所以写作，或许是因为内心有一些无法愈合的伤口。在现实世界里，作家闭口不言、保持沉默，而在虚构的艺术世界里，那些伤口才能跳出动人的旋涡。”格非说：“这是一部关于人的反抗的小说。诗意的、隐喻的、象征的以及‘金川河’这样的题目，都不足以涵盖这篇小说的重要意义。只有‘至深的反抗’最为准确。”“与那些事无巨细的历史叙述有所不同，修白的书写自始至终都在围绕着‘暴力与反抗’这一隐秘的主题行进。”

贺绍俊认为，《金川河》提供了一种新的书写方式——自然形态的历史书写。修白没有受历史观的左右，更多是从个人记忆出发去面对历史。书中有关家族历史的叙述相对是客观的、主流的，当回到个人记忆叙述时，却是一种日常生活流式的书写，以个人体验、个人经验为线索，在个人倾诉中融入沉思。这种书写方式给写作提供了自由的空间，或许能更好地触碰历史的核心。

2019 年 2 月 11 日，著名评论家张清华在《文学报》发表《作家的写作自觉——修白〈金川河〉》一文里说：“《金川河》对现实有大量的超越性的处理，这是完成度很高的一个表现。《金川河》属于罗曼・罗兰那种长河小说的类型，以故乡的一条河流作为载体，用河流这种隐喻，展开一段时光，讲述了一段漫长的历史。长时间跨度，是个体记忆的书写，同时又胀破了个体记忆……历史的长度与个人记忆的长度之间，有个时间差。这个时差，导致修白的历史叙述产生了一种梦幻，或者说悬浮的意味。二十世纪七十年代后的这段时光是经验一类的感性饱满的一种呈现。个人记忆与历史之间构成了一个双线的复调的架构，造成了一种强烈的历史感……《金川河》与先锋小说、九十年代之前的小说叙事、历史小说叙事之间有某些关系。在风格上和余华早期的《在细雨中呼喊》有些像。修白与江苏的苏童、叶兆言，以及其他擅写历史的作家的叙事，有很多或明或暗、或隐或现的传承关系。但是《金川河》这部小说有一种刻意和当下小说的流行趣味拉开距离的姿态，保持区别的一个意图，一种自觉性，小说的完成度和对历史的处理方法，与大量的现实的作品相比，它有独特的追求和造诣，为我们提供了一个新的审美途径，是对二十世纪文学宝贵传统一种新的呈现。”《金川河》的散文化、诗性、忧伤、冷艳，而又内蕴宽阔，是经年难得的好作品。

《天年》这部纪实作品，写被抛弃的人群，2020 年最初发表于《北京文学》。作品“以养老院为切入口，不仅关注临终老人，更着笔于老人身边的人，写他们对老人、对生命、对死亡的态度，揭示生命由衰老到死亡的过程中，生理的变化如何导引出伦理的畸变，如何诱发人的欲望、利益的纠葛。”“作者还探讨了医疗养老制度、性别结构、老人的精神需求、死亡观念等诸多问题。”这部关于老人面临死亡的非虚构的作品，记录了十四位老人临终前所遭遇的各种境况，是作家对“生命归途的九个凝视”，让人重新认识生与死的意义。

修白洞悉遭到异化的生死观。她用三年的时间，深入多家养老院，观察、体验生活，与老人和护工交流，倾听了老人的倾吐，取得了真实生动的第一手资料，作品深刻反映出这些老人生理性死亡前所遭受的“社会性死亡”。丧失了行动能力的老人，有的遭遇于心不善的护工的粗暴对待，有的子女为了遗产，盼望老人早日离去，甚至逼得老人不堪其辱跳楼自杀。“你不要把我拖死”不仅是《天年》里的一句表达，则是我们生活中时常听到的。这些老人的生活，有的委屈，有的受辱，有的“极端”，都是我们老年社会里时有所闻的。《天年》揭示了“死”与“生”相纠缠。很多故事感人至深。死亡是一种回归，是人类最终的归属。这部作品，探讨了更深层、更广阔的社会问题和人性问题。评论家白描说："死亡通向绝望，对任何生命来说都无可逃遁。向死而生，是聪明的人生态度，唯有这样才能拥有真正的洒脱。看穿死亡，也就是看穿人生。灵魂的安妥不是最后时刻完成的，而决定于平素建立的精神坐标。灵魂宫殿的宏阔宽广取决于精神的高度，与生命长度无关。有些人即使倒了，去了，僵了，朽了，灵魂仍能够浪漫鲜活地升华飞扬。"

修白不模仿别人，是一位努力探索、创作力不断升迁的作家。她观察精微，"擅长从日常生活的细部着手深入生活"，喜欢追问，其语言平实质朴、绵密精到而又极富哲理，这是她的美学风格。"人老到一定程度，生命又退回到婴儿时期，老人心里什么都明白，却什么都做不了；人，想要有所作为，想自己打理自己的日常，却一天不如一天。人生的迟暮是如此地悲凉、孤独、无助，尽头是生命的终极地带，人类每天都在朝着这个地带奔赴，生命不过是这样一场悲戚的旋风。"《产房里的少妇》静流河水般的语言极富诗意："黑夜在不觉中把城市包围的时候，法桐树悄悄睁开了眼睛。她的老枝在黑暗中拼命地抽着新芽，露水似雾包裹着芽苞，老枝就像是母体的脐带，把自己根部的养分输送进新芽，新芽为了变成叶而不顾一切地生长着。临产期的五月去三楼灌肠的时候，三楼的一扇门里传来一阵狼嗥声，紧接着又是一阵疯狂又野性的吼叫声，像是动物在厮杀的怒吼，五月不禁打了个寒噤，朝门上望去，门上肃穆地印着'手术室'三个字，五月的心一下子抽紧了。"

而短篇小说《似有若无的墙》(《青春》2002 年第 10 期，《文学选刊》2003 年第 1 期，*St.Petersburg Review* 2017.1 转载）构思精巧，把自然与人、男人与女人、想象与现实的关系，用轻灵、感性、鲜活、丰盈的经验叙述，在文字的自然伸展与突变中，给读者留下了无穷的想象和思考空间，她从男生女生的洗手间只有一堵墙相隔开始，事情定位在这没有隔死的"洗手间"里，引发了人们的阅读期待。其实，在墙的这边和墙的那边，男生贾可和女生艾丽之间，发生了看似简单却又似乎难以捉摸的故事。女生艾丽在洗手间里刷洗鞋子，而墙那边的贾可"就像听一首音乐，好听极了"。充分发挥了他的想象力。从女生冲淋时"头上的泡沫流淌并跌宕的声音"到"她弧形的腰际上，抖动的一缕缕湿发……"文字写到这里，充分显示了贾可这个可爱的男孩在朦胧中产生的丰富想象力。进而听到"削苹果"的声音，还闻到一股"清香味"。其实是艾丽"对着水龙头的洗发水，在刷皮鞋上的泥巴"，鞋子再洗总不是"清香味"的，在事实面前，这个不能吃的"苹果"，把他们和读者都逗乐了。

于是女生从卧室拿了一块巧克力从墙缝中塞了过去，两只手在墙缝中

“接触”了，“闪烁的电流从一个指头传到了另一个指头”。还未吃到巧克力，在剥糖纸时，“舌尖就尝到了巧克力的浓香”。这种描绘，纯真、洁净地表达了作家叙述故事的感染力。贾可与艾丽不是一对恋人，但几个细节，足以看出他们的关系在微妙变化并推进，连接这种契合点并由此推进的还是“想象力”。

贾可显然是喜欢艾丽的，如果她不在时，“隔壁一点声音都没有，怪不习惯的”。因为他们的宿舍靠着。她与他有时在交谈，对话有着诗一般的美，让人置身语言营造的自然童话中。贾可说“你是一只依人的小鸟”。艾丽耸耸肩说“我是秃尾巴的老凤凰，无依无靠”。贾可则拍拍自己的肩膀说“靠吧，这就是你的依靠”。这短短的对白，道出了贾可的心迹。故事到此，很快又折向另“一堵墙”。小说是以“似有若无的墙”开始，末了，又从住处的围墙，他们在特定的环境里夜幕之中来到这里。在墙边，有一棵大树，树下的“艾丽心中生出了无尽的念头”。并且从此产生了“一种强烈的欲望”。这个“欲望”一词用得真好，生动且又极具诱惑力，叫贾可猜猜“欲望”指的是什么？

贾可心里想的是“接吻”，男人的心迹总是很难掩饰的。但他“猜”的是“唱歌”，是“摘一片叶子当书签……”。当贾可的想象力无法对准艾丽的“心想”，于是，她告诉他“我想爬树，翻墙头”。勇敢的贾可还似乎“闻到了一缕缕忽隐忽现的草香”，以为“花草香”的贾可，翻过墙头了，满以为可以摘上几朵鲜花讨好艾丽，谁知与误以为“削苹果”一样，他的想象力又错了，这里是动物园的一角，等待他的是只猴子，和他“一样的不知所措”，“一股腥臊味压过来”，原来墙那边的芬芳味香是艾丽颈项散发的……故事到此为止。

三千字的短篇小说，蕴藏了丰富的空间，字句轻松、诙谐、凝练，写男女情爱，却是真拙可爱，藏而不露，没有“美女作家”笔下的粗艳、媚俗、袒露，似空谷幽兰，沁人心脾，无穷回味。原来爱情的开场是这样的细腻柔美，润物无声。不能不折服其文之深刻，创“精美小说”之首。

王秀琴专栏

王秀琴《供销儿女》序

（序一）

杜学文

供销社，从雏形到今天，已逾百年。它曾创造了“扁担精神”“背篓精神”和“推车精神”，有过辉煌的历史，为建国初期到改革开放后很长时间的“三农”服务和物资流通作出了巨大贡献，到今天实施乡村振兴战略仍是必不可少的一支力量。为弘扬传承这种精神，在省社的关心下，吕梁市供销合作社首倡此事，并以吕梁供销社系统从计划经济年代、市场经济时代，再到改革开放时期为背景，以吕梁供销社系统干部职工为原型，实地采访，搜集素材，体验生活，历时三年有余，创作了这部《供销儿女》，填补了供销社史诗性长篇文学作品的空白。

怎么说呢，这真是一个少见的题材。现在恐怕一般的人连“供销社”这样的概念都很陌生，甚至不知道了吧？不过对我而言，却感到十分亲切。“供销社”，在很长的时间内，到底有多长，我也说不上来，但至少从记事起就应该是这样了，人们总是把各种商店称为“供销社”。供销社是那时所有商业的另一种指称。那时人们还很少说诸如“商业”“商店”这样的话，更没有“超市”“连锁店”“专卖店”这样的概念。供销社，是每个人都知道的地方。因为它也关系着每个人。

小说使用了倒叙的方式，从“现在”开始。主人公艾世菊与艾三在家人的陪伴下长途跋涉，参加全国供销系统离休人员聚会暨博物馆落成典礼。由此回到“过去”，他们的父辈艾德秀参加安源煤矿工人大罢工，开始步入“供销”生涯。之后，经历了抗日战争、解放战争与新中国建立，艾氏一家一直没有离开供销合作社。从艾德秀，到艾世菊、艾三，及至更年轻的一辈艾四、艾玛等，经历了大约百年的时光。小说的许多描写唤醒了我逐渐陌生的记忆。其中的人物、事件恍若眼前。

曾随奶奶在村里生活过若干年。那是我的少儿时代。我们的那个小山村，在太行山的皱褶里。从县城一直往南，沿白马河七拐八弯，大约是七十里路，就来到了一个山脚下。爬上山，就是家。不过，这山却不好爬，没有路。如果有的话，就是书上常说的“羊肠小道”，有点似有若无的样子。上了山，只是到了村子的背面。所谓“背面”，就是村子的北头。大部分窑洞都是依山势挖出来的，基本上是坐北朝南。这样的话，这些窑洞也就向阳而建，真正是冬暖夏凉。曾经在村里读小学。学校在一座庙里。什么时候建的，并不知道。现在想起来，这庙也端庄巍峨，全部是石头砌的。里面有座戏台，戏台对面应该是大殿。不同于一般的大殿，它是建在高台上的。殿里已没有塑像，变成了教室，是我们村一到三年级所有孩子的课堂，也是整个学校唯一的教室——是这学校全部学生的教室。放学回家的路上，往往拐进一户人家，是远房本家。不是去串门，而是这里有一个卖东西的门市。说是门市，其实就是人家家里靠里面墙根的地方，摆了两只柜子，上边又搁了几个架子，放了一些针头线脑、盐糖布匹什么的，林林总总，感到很多。去这里，可以用父母给的零花钱买几块水果糖，算是一种儿时的安慰。不过，这并不算真正的供销社，标准的叫法是“代销店”。就是代理销售供销社商品的地方。小说里写到陈玉瑶曾在一个村里供销社的“分销店”做临时营业员。这种分销店与代销店在管理体制上有质的不同。但就作用而言应该是一样的。这里也没有诸如醋、油什么的东西。油都是自家种的胡麻籽榨的。醋要等那些挑着醋篓子在各村游走的人来。他们会吆喝着在村里送醋。每家都有一个或几个很大的绿色玻璃瓶，用来“打醋”。这种盛醋的瓶子，小说中也有描写，只不过是一带而过。而真正的供销社，是回县城读书之后才见到的。

那时，我们的县城最热闹的地方是“拐角”。实际上就是一个十字路口。不过这个十字路口不是现在人们见到的标准的十字路。其中由东向西的街道到“拐角”的地方转向了北。大约“拐角”就是因为这个拐。而向西、向南的地方仍然是非常狭窄的旧巷子，两边是过去的民居，不是现在意义上的街道。沿这条东西拐向北的街道，有许多商店。现在知道有些是属于商业局下属的百货商店，有些是属于新华书店的书店。还有一家非常著名，叫“红旗饭店”，是县城里唯一的一处可以吃饭的饭店。不是那种可以住宿的饭店。在这街上，有一家真正的供销社，是属于今天我们说的行政意义上的供销社下属的商店。这家供销社卖的东西与其他“供销社”不一样，还有诸如铁锹、锄头、扫帚、冬天用的铁皮烟筒之类的物件。看起来比其他供销社的东西要多。这使人感到这里比较土气，但选择性更强，来来往往的人也就多一些。

商品相对匮乏的年代，能在供销社当个售货员也是非常体面的。新鲜的货物、紧缺的物资，至少可以先见到，或者先知道。也可能会有机会先买到。因此，站在柜台外面看里面，还是有些神秘与羡慕的。后来，在省里的供销学校教书，对供销社的了解更多了些，知道它的全称叫“中华全国供销合作总社”。按照行政划分，在各地设供销合作社。这并不是简单的商业组织，也是战争年代开展根据地建设的重要机构，有着光荣的传统。早在土地革命时期，由共产党领导的中华苏维埃共和国就成立了消费合作社。大概是在二十世纪三十年代初。今天，在瑞金的沙洲坝革命旧址群中还保留着中华苏维埃共和国消费合作总社旧址，是供销社历史的见证。至抗日战争、解放战争时期，各根据地因地制宜，大力发展供销合作事业，不仅连通不同地区的市场，发展经济，也为革命的胜利作出了重大贡献。这些内容虽然小说里并没有正面描写，但均有涉及。特别是其中的艾德秀，被作者设计为一个参与了供销合作事业早期工作的人物。也正因他的存在，贯通了近百年的供销合作事业的历史。新中国成立后，供销合作事业得到了迅猛发展，是共和国极为重要的经济纽带。特别是对农村经济的发展、国家政策的落实、人民生活水平的改善贡献至重。这期间也出现了许许多多的先进模范。当时交通不便，流通不畅，货物交流多靠售货员的一双肩膀一副货担。他们肩挑手提，送货下乡。一边把老乡需要的物资送到家门口，一边又承担了收购各种山货特产的任务，以供市场之需。小说描写了艾三与供销社主任石岩在各村送货，服务山村老乡的情节。这种营业形态延续了很长的时间。在老家读书时，曾跟着老师到山里挖药材，诸如黄芩、甘草，晾干后卖给收购的供销社。如果没有供销社，市场当然也活跃不起来。

现在，随着市场经济的发展，新的市场业态不断出现。当年肩挑手提的“市场”被更多更丰富的形式替代，各种直销、专营、网络销售、网络带货、电子商务等成为销售的新热点、新手段。据说，我们生活的城市是世界上最具便利性的城市。其主要标志就是拥有最多的便利店。这一点我也是深有体会的。而供销社应该也参与了这种商业销售模式的大变革。小说里写到改革开放初期，市场经济逐步活跃，供销社面临着挑战。艾家几代也适应形势之变，对供销社的经营方式进行改革。这时也出现了连锁店等新的商业模式。具体的情形小说没有介绍，我们也不太了解。但可以肯定的是，供销社不可能置身事外。尤其在农村仍然保有广阔的市场空间。其发展兴盛的未来是可以期待的。《供销儿女》的开头，似乎就是一种暗示，企图告诉读者，尽管艾世菊、艾三已经退休，属于他们的时代过去了，但属于后人的时代仍然是火热的、蓬勃的、充满希望的。

意料之外，就看到了王秀琴的这部长篇小说。好像王秀琴说要写一部关于供销社的报告文学，但不知怎么就成了小说。这部小说以汾河岸边艾氏一家的经历为主线，表现了供销社的发展史。她一开始就写到了安源煤矿的工人运动，说主人公艾德秀在参加大罢工后负责后勤工作，似乎就是当时消费合作社的前身。抗日战争时期，艾德秀又受组织安排在太行山上创办合作社，竟然也风生水起，受到上级表扬。新中国成立后，艾家主要在供销社系统从业，经历了不同时期的兴衰分合，终于迎来了新时代供销合作事业的新发展新变化。这无疑是一部中国供销合作事业的发展史，亦从一个侧面表现出中国百年发展的变革历程。尽管作者对供销合作事业存在的社会历史背景把握不够，但仍可认为小说通过对人物的描写体现出一种史的追求。

当然仅仅是历史事件，其他文体也可完成。但小说更重要的是要有人物、情节、细节。王秀琴描写了艾家三代人的生活经历、个人境遇，折射出时代的变革、社会的发展，以及市场的变化。这些宏大的内容聚焦于艾氏一家，以及他们从事的供销合作事业，既有个人命运的展示，又有时代风云的折射；既有民情世相的描写，又有精神世界的刻画。其情节曲折，叙述不落窠臼，极富传奇色彩。对人物的描写既注重外在的行为，更着墨于内在的表现；既写出了行动着的人，更写出了受特定文化影响制约的有着丰富内在世界的选择者。他们在时代的风云际会中努力奋斗，个人的命运随社会的演变而变化。小说在对个体人物命运的描写中超越了个人性，具有了较为丰富的时代意义。应该说是一部题材新颖、好读好看的作品。特别是在表现供销合作事业方面具有可贵的探索意义，相信会受到读者的喜爱。

是以为序。

2022 年 10 月 9 日 18：26 于晋阳
2022 年 10 月 10 日 9：29 改于并
2022 年 10 月 10 日 17：33 再改于并

（杜学文：山西省文艺评论家协会主席）

忧伤情绪的别样观照

——由小说集《婚驮》看王秀琴短篇小说创作特点

王祥夫

摘　要：小说就是日子，写的就是情绪，是个人情绪的产物，关注人的心理变化。情绪是沉默，受伤的是个体，疼痛总是在人看不到的地方。乡村比城市有写头，底层人物比任何一种阶层人物身上都有故事。因为他们很细小，细小的皱褶里掩藏着光芒，那种老旧的、细小的，不易被人发现而最易被人忽略的光芒，这种光芒让人为之心跳气喘。它们过多地抵抗了时光淘洗，而这恰恰构成了王秀琴中短篇小说创作特点。她正是抓住了这一点，所以她笔下的村庄是空旷的、破败了的，有纷纷扰扰的世相百态，有庞杂繁华的情事风物，有明亮稀薄的人情欲望，又有通情达理的人性温暖；她的描写和叙述是稠密、绵长、密实、空灵的。王秀琴这种手法和笔法，是对小说艺术世界的重新构建与人性关照。

关键词：忧伤情绪；别样观照；乡村题材；重新构建与关照

王秀琴专栏

怎么说呢，小说就是日子，或者是日子以外的一些东西，而且接近自慰，更是一种自我圆说，是一种极为个人情绪的产物，对一个人的小说，你不能说不好，不能说好，只能说你喜欢或不喜欢。就像一个人，你就喜欢跟他喝茶，喜欢跟他天南海北，喜欢跟他稀里哗啦把一大碗面吞下肚去，又喜欢跟他跑到野外山上看风景。你要说没理由吧，也不可能，没理由怎么可以如此喜欢呢？可要你说出什么理由，还真不好说。

我看秀琴的这几篇小说，这几篇小说因选择视点和创作内容不同，反映的主题都有所不同却都有所相同，相同的都是农村，或者小县城的边缘，实际都是她记忆中乡村的人与物事。比如《福根》里的峪河，其实就是她故乡的汾河，我奇怪她为何不直接写成汾河；里面的人与事就是她故乡的缩影，高福、九叔、福全、金明、子丑、苏苏，包括《血口》里的二清、三牛和水仙；《命门》里的豆花和保柱；《无处可逃》里的杨爽和卢小堰。有的年代稍微远一些，差不多二十世纪八九十年代的样子；有的稍微近一些，似乎就在眼下。不管怎样，一个个人物在她笔下流水般活活而出，元气真是充沛，还带着勃勃然的野性。这其实也就是王秀琴，他们包括可以进入到小说里的人与物，一旦进入秀琴视野，就成了作者笔下的一种格调，写作时的一种情绪，对生活的一种理解，对小说和艺术的一种观照。这种观照是寂寞的、空旷的、伤怀的、痛的、冷的，甚至是血淋淋的、恶的和柔软的，一些乡下人和乡下故事在她笔下渐次铺排开。

秀琴想写什么呢？想要表达什么呢？要我说，小说写到现在，就是要写情绪。以后的小说，会越来越关注人微妙的情绪、人的心理变化。因为你写一个故事、一个事件，往往能引起大家注意，得到同情乃至帮助，唯有情绪是沉默，受伤的是个体，疼痛总是在人看不到的地方。情绪比事件、故事、情节更重要，但它经常得不到抚慰、宽解，除非你把动静弄大了，譬如你头痛得厉害，医生才会来，至于你的情绪，别人不会管。依我看，就小说写作而言，乡村比城市有写头，底层人物比任何一种阶层人物身上都有故事。因为他们很细小，细小的皱褶里掩藏着光芒，那种老旧的、细小的，不易被人发现而最易被人忽略的光芒。这种光芒让人为之心跳气喘，它们过多地抵抗了时光淘洗，所以，秀琴笔下的村庄是空旷的村庄，而且是破败了的，里面是纷纷扰扰的世相百态，有庞杂繁华的情事，也有明亮稀薄的人情，既有纷纭复杂的欲望，又有通情达理的温暖。这种描写和叙述是稠密的，是绵长的，甚而至于是密实的，有时出带出一些空灵，但似乎这一点难得的空灵是为那些密实服务的。这种手法和笔法带来两个令秀琴思考的问题，一个是艺术世界的重新构建与关照，比如乡村，是不是可以再写得空灵些、破败些、忧伤些，笔下的世界空灵了、轻松了，味道却出来了，就像是村子不破败，就没有那种味道，不破败就没有那种味道，破败了才好看，而这好看的破败和荒凉之中却让人意外地发现还有一些人在这里生活着，说生活也许不对，是生命着，顽强地生命着，这些人们不得不如此。这就让村子有了一种神秘感，好像是，这些人与村子真是与众不同了。

日子呢？是什么意思？仔细想想，倒要让人不明白了。比如说《血口》里的水仙，天亮了，出去了，送男人出去贩牛，她自己呢，侍弄自己那一片活儿，等男人回来了，她又该做饭了，去地里摘黄瓜摘辣椒。荒凉寂寞的村庄，没有生气的村庄，好像岁月都老了。村庄是寂寞的，远远近近，蚂蚱在叫着，蛐蛐在叫着，它们为什么不停地在那里叫？也许，它们是嫌村里太寂寞？但它们不知道，它们这一叫，人的心里就更寂寞了。这样的村庄，本不是一个两个，这样的村庄有许多个，这一个村庄，让我们看到了许多个村庄。乡土渐渐成为这样了，它瘦下去了，小下去了，消失以后，它该以一种什么面目存在于记忆中呢？应该就存于作家这样那样的摹写中，存在于秀琴的笔下。

这种的悉心摹写，使得秀琴笔下的乡村人事便有了一种格外的沉重与情绪黏稠，所以她表达起来，就难免有些长袖难舞，比如说，《福根》这篇小说含量很大，里面包含的东西特别丰富，看起来似乎是个长篇胚子，如果再耐心些，把人物的时代性与变化写出来，那就是一篇农村四十年改革开放的缩影。为什么这么说呢，中篇小说和短篇小说是两个不同的体系，用中篇的手法写短篇，或是用短篇的手法写中篇都不太适宜。中篇要的是分量和力度，重视人物和故事，短篇对读者是一种引诱，是一种桌面上的舞蹈，读者读着过瘾，作家却时时会惊出一身冷汗。作家各有各的追求，我写短篇时，努力把讲故事的感觉去掉，直接引到一片生活场景，这场景里蕴含着很多的意义、问题，让大家去思考。现在的短篇变化很大，越来越远离讲故事。要讲故事，短篇未必能像中篇那样精彩。短篇就是打开一个小口，让你自己想，作家把想象的门打开，让你自己进去。这个过程就像打太极一样，招式之间，都是空，都是松，写久了，就会写深，就会写出江湖，写出世界，写出一片天地。一如秀琴的小说所展示的。

（王祥夫：作家）

欲望统摄下多重叙事视角的融合

——论王秀琴长篇小说《供销儿女》中的乡土叙事*

廖高会

摘　要： 王秀琴长篇小说《供销儿女》打破了乡土小说“抒情”或“讽刺”两大传统叙事模式，其综合了历史、经济和文化心理的多重视角，采用平行叙事模式，将笔触伸向广阔农村，对人物起伏波动的情感心理进行了细腻描绘，深刻呈现了现代化进程中人的欲望逐渐被激活、唤醒到无限膨胀的过程。小说融入了作者的忧患、反思与批评，其中潜藏着消费主义时代特有的乡愁意识。作者把供销社及人物的命运与时代精神结合起来，把供销社历史与整个社会发展结合起来，从而使小说具有厚重的历史感，也大大地拓展了小说的艺术想象空间。小说不仅开供销系统小说之先河，为乡土叙事做出了有益的探索，而且为新时代乡村振兴战略的实施提供了相应的历史经验与精神动力。

关键词： 供销儿女；欲望统摄；多重视角；平行叙事

中国现代小说的乡土叙事形成了“抒情”或“讽刺”两大传统，有人称之为乡土叙事的两副面孔。[①]“抒情”是采用回望方式以欣赏赞美的姿态抒写乡土社会，或眷顾于传统乡土社会的静穆自然之美，或流连于乡土人伦秩序的和谐之美；“讽刺”是以现代性的目光对乡土社会存在的落后、衰败、萧瑟及愚昧等现状进行审视、揭示与批判，并视乡土社会为启蒙和改造的对象。这两大乡土叙事传统并没有脱离二元对立的思维模式，很容易走向乡土叙事的偏执化，从而造成某种遮蔽。[②]王秀琴长篇新作《供销儿女》

---

* 本文为2018年教育部人文社会科学研究规划基金项目《新时期乡土小说中的乡愁叙事研究》的阶段性成果，批准号（18YJA751019）。

① 鲁太光：《什么时候，我们才能在一场大雪中返乡？——兼谈〈沉疴〉中的三重“乡土叙事”》，载《文艺争鸣》2017年第7期。

② 李俊霞：《五四乡土叙事的生成：现代认识“装置”下的想象与建构》，载《文学评论》2013年第1期。

则打破了以上两种叙事模式，她综合了历史、经济和文化心理的多重视角，采用平行叙事模式，讲述曾广泛影响中国乡村社会的供销社历史，不仅开供销系统小说之先河，对乡土叙事做出了有益探索，而且为新时代乡村振兴战略的实施提供了相应的历史经验与精神动力。

一

王秀琴的长篇多为历史题材，《大清镖师》写镖师行业的起落沉浮，《天地公心》写算学天才王文素的命运遭际，《供销儿女》写供销社的历史发展轨迹。尽管都是写历史，但《供销儿女》的视界广度和内涵深度超越了前两部小说。小说时间跨度将近百年，从二三十年代安源煤矿工人大罢工和抗日战争时期成立的供应物资委员会开始写起，直到新世纪城乡个体经济繁荣。作者把供销社从酝酿到产生，从发展到高潮，从改革挣扎、破产重组到分流下岗、资产置换，最后重生于新世纪经济洪流的整个历史过程都给予了形象真实的再现。作者综合多重视角客观冷静地叙写乡土社会，以供销社产生、发展、演变的历史命运为小说的纵坐标，以两个家族、三户人家、四代人之间各种复杂的社会关系为横坐标，编织出一幅充满生活气息的乡村画卷。

《供销儿女》主要写艾世菊、艾三、石岩三户人家的各自命运。作者采用平行叙事策略，平行叙事“被用于描述在同一作品里采用的两条或多条交错或并置的情节线索，或者是通过不同叙事视角展现同一事件的两种叙事现象”[①]。《供销儿女》将并置线索和多视角叙事结合，形成了两重不同层次的平行叙事：第一重是以艾世菊和艾三所代表的两个家庭的命运走向，第二重是历史、经济、心理和文化等多维并置而形成的平行视角。后者隶属于前者。二者又有两条连接纽带，一条是艾世菊的父母艾德秀和艾李氏，另一条是供销社主任石岩。前者是艾世菊的亲生父母艾三的养父母，使两人存在有兄弟间的亲情关联；后者作为艾三和艾世菊供销社领导，使艾家兄弟作为同事而存在社会关联。平行线索与连接纽带使小说在结构上同时具有开放性与收束性，也融合统一了小说多重视角，使小说结构显得繁而不乱、谨严有序，寄寓着丰富的人文内涵。

在同一文本中，融合统一几种不同的叙事视角具有相当难度，若处理不好，容易造成叙事松散，视角彼此抵牾与冲突。《供销儿女》在这方面取得很大成功。究其原因，首先是小说多视角叙事隶属于双线叙事，两条叙事线索始终贯穿统一。其次是作者始终围绕充满消费和欲望色彩的“供销”

① 杨晓，霖宁静：《后现代语境下的平行叙事创作模式研究》，载《天津外国语大学学报》2017 年第 4 期。

行为展开叙事，各种复杂的矛盾关系成为所有情节内容的核心连接纽带，多重视角也在不同人物的欲望统摄中获得统一。这种双线平行和多视角组合的叙事策略，便将深刻而丰富的社会文化内涵潜藏于布满油腻欲望、色彩斑驳的供销历史缩略图中。

二

作者通过艾世菊、艾三、石岩、陈玉瑶和吴爱珍等供销儿女起伏跌宕人生命运的叙写，试图还原已经逝去的长达近半个世纪的供销社历史，客观呈现它在社会历史进程中的功过是非，此为作者创作小说的初衷，也是小说最基本的表层结构意义。为此，作者采用经济和历史两重叙事视角，紧紧把握新中国成立后社会经济发展的历史演变逻辑，主要抓住土改、人民公社、公私合营、“大跃进”、“四清”、“文化大革命”、改革开放、脱贫攻坚等历史大关节点，细斟慢酌勾勒出供销社发展的历史轨迹。而这些人物命运在历史大节点的上下浮沉，生产出诸多矛盾与冲突，进而使人物在供销历史画廊中活了起来。

《供销儿女》以多重叙事搭建起小说叙事骨架，以丰富的日常生活细节填充其间，使小说肌质饱满。作者既写艾世菊与陈玉瑶、艾三与吴爱珍之间的正常婚恋生活，同时也写艾三对陈玉瑶的暗恋，吴爱珍对艾世菊的暗恋，从而使婚恋人际关系变得异常复杂。随着时间推移，物欲涌动，改革开放，人们的“三观”发生变化，以上人物的婚恋人际关系、内心情感也发生了深刻变化。这种变化是人性随时代变化与基本矛盾发生变化的产物。除此之外，小说还写了供销儿女艰苦的创业过程，他们创业的过程就是他们为供销社贡献青春年华的过程。作者将人物的命运走向镶嵌于社会发展进程中，写出了历史演进逻辑中不同人物必须面对各自有别而又无可摆脱的历史宿命，通过对比与交叉叙述，揭示了人性复杂和命运乖谬。这正是小说表层结构之下的第一重深层含义。

艾世菊从小受过良好教育，深受传统文化熏陶，骨子里注满知识分子的清高，他视合作社为充满物欲色彩的世俗之地，起初充满排斥。后来命运逼迫他一步步走向属于自己的人生轨迹。其妻陈玉瑶出生于大户人家，是一位治家好手，她既能在顺境中未雨绸缪，也能在逆境里精打细算，对生活始终抱着乐观进取的态度，无疑是中国优秀传统女性的典型形象。艾世菊与陈玉瑶是作者理想人格的抒写，作者试图借此抵御与批判人性的堕落。艾三身份与成长环境的特殊，养成了他特殊的性格。一门心思想凭借供销社这个平台出人头地。他终于实现了自己的梦想，获得供销系统全国先进工作者荣誉称号。他的辉煌预示着计划经济体制下供销社的辉煌。但在种种引诱下，他也走向欲望的深潭。作者以细腻而深刻的笔触演绎了艾三、石岩和吴爱珍等人贪欲不断膨胀的过程，并以鲜明生动的艺术形象解读了人性逐渐蜕变的根源。《供销儿女》以文化与心理视角探析城乡社会深层文化心理结构，从而构成文本第二重深层含义。

由于《供销儿女》中的人物处理欲望的方式不同，他们成长的路径和命运遭遇也便产生了差异。依据法国学者勒内·基拉尔的欲望论，说人的欲望具有天然的模仿性。主体、客体和介体三大要素构成欲望三角模式[①]；“需求是一种等待满足的匮乏”。[②]“形而上学的欲望是一种节制简朴、大公无私、没有满足、没有怀念、没有回返的欲望”。[③]小说中艾世菊的欲望就属于这种。而艾三则不同。这是由他们的社会地位、性格心理、文化层次、价值观等多重因素决定的。每个人都是自我成长与他人成长的一面镜子，小说中这些人物在供销社创业阶段都能兢兢业业工作，创造了“扁担精神”“推车精神”与“箩筐精神”，同时也程度深浅不一地展现显露着自我欲望，从而构成他们性格矛盾冲突与时代碰撞的基本点与切入点。因此，小说《供销儿女》在对供销历史进行客观还原的同时，还深刻向读者展示艾三夫妇等人物内在欲望如何逐渐由无到有、由小到大的膨胀心理过程。作者以双线平行与多视角交融的叙事策略与细腻笔触，形象展示了乡土社会欲望生成机制和隐形存在模式。因而在一定程度上对二十世纪八九十年代以来的消费主义浪潮的形成原因进行了溯源性艺术探寻。

三

如前所述，双线平行的叙事模式使《供销儿女》中的艾世菊和艾三形成了某种镜像式关系，二人为代表的两类人物便可视为具有不同社会文化内涵的象征性修辞符号。前者代表了理性或理想的生存方式，其心理基础为良知或理性精神；后者代表感性和世俗的生存方式，其心理基础是世俗化的欲望冲动。社会文化心理在历史的演进过程中便始终伴随着理性精神与世俗欲望的冲突，这种此起彼伏的冲突便外显为丰富复杂的社会现实生活。面对一次次灾难或外来打击，艾世菊夫妇相互扶持鼓励，以坚韧毅力实现了一次次自我超越和成长，在于他们有着传统恒定的善念、无私的德行和自觉的责任意识，更为重要的是他们都没有过多的物质与权力欲望，始终与善为邻，善良与独立的人格成为他们的精神支柱。面对三年大饥荒，艾

① 杨晓霖，宁静：《后现代语境下的平行叙事创作模式研究》，载《天津外国语大学学报》2017 第 4 期。

② ［法］勒内·基拉尔：《浪漫的谎言与小说的真实》，三联书店 1998 年版，第 2—4 页。

③ ［法］莫里斯·布朗肖：《无尽的谈话》，南京大学出版社 2016 年版，第 101 页。

母把家里仅有的一缸小米平分为三，拯救了艾三与石岩两家人的性命。正是这种面对苦难时超越自私的大爱夯筑起了一道道抵御汹涌的欲望浪潮的精神大坝。艾世菊夫妇始终恪守人性至善与道德至上的信念，他们是社会发展进程中坚不可摧的理性精神的象征。

但艾三的价值取向与艾世菊恰恰相反。他和石岩、艾四等可视为物质化欲望化的社会文化心理的象征性符号。读者可从艾三的生命历程中看到过度的欲望对人的压迫与异化。艾三最后听闻反腐风声越来越紧后便陷入疯癫状态，这是作品极具反讽性的一笔：一个试图借助权力与金钱来建构自我、证明自我的人，反而被不断膨胀的物质和权力欲望所压迫和异化，最终完全丧失了自我。艾三疯癫以后，他嘴里能说出的只有“利润”二字，“利润”便是艾三精神遭遇奴役的根源。艾三的出生也暗示出人性贪婪的顽固。因此可以说，小说象征性地抒写了现代社会理性精神、伦理道德与消费欲望之间相互纠缠、斗争与妥协的社会深层状况。

总之，《供销儿女》将笔触伸向广阔农村，对人物起伏波动的情感心理进行了细腻描绘，深刻呈现了现代化进程中人的欲望逐渐被激活、唤醒到无限膨胀的过程，其中融入了作者的忧患、反思与批评，其中潜藏着消费主义时代特有的乡愁意识。同时，作者将“扁担精神”“推车精神”“箩筐精神”等贯穿于供销儿女将近百年的成长历程中，并且强调在新的历史时期对这些精神的传承，正如艾世菊的儿子艾体隆所言，过去的是人事，而供销精神却永远值得继承与发扬。作者以形象而鲜活的艺术笔触让这些精神在历史与现实的碰撞中重放光芒，从而为乡村振兴注入了强大的文化自信力。作者把供销社及人物的命运与时代精神结合起来，把供销社历史与整个社会发展结合起来，从而使小说具有厚重的历史感，也大大地拓展了小说的艺术想象空间。而多重视角的融合叙事赋予了小说丰富的思想文化内涵，使得小说具有了多重文本的特性。

（廖高会：中北大学人文社会科学学院教授）

文学冲突下的道德构建与人文书写

——评王秀琴《五味豆蔻》

邓维国

摘　要：王秀琴短篇小说《五味豆蔻》，通过大量暗示，聚焦于现实与意味的双重回互，呈现文学冲突的多重把握，在有限的文本容量中，不断拓展深度，力求言有尽而意无穷，从而实现人性审视、道德构建与人文书写的文本张力。

关键词：文学冲突；暗示；人性批判；道德观念；人文书写

文学冲突，即指叙事作品中人物或势力间的矛盾、对立与对抗，尤指影响或推动情节的矛盾与对抗。[①]受限于篇幅，短篇小说势必要在文本的深度上做足功夫，力求言有尽而意可深掘。聚焦于文学冲突、体现文学对人的关怀，是短篇小说拓展深度的主要创作方式之一。王秀琴短篇小说《五味豆蔻》[②]，通过第一人称视角，叙述乡村事宴厨师常师傅和王福之间围绕谎言“肉豆蔻”展开对抗。在文本中，作者有意使用大量暗示配合文学冲突的构建，确保文本篇幅的同时，达成批判人的逐利本根，并树立正确道德观的目的。本文从解构《五味豆蔻》中文学冲突的角度，探究该小说隐含于文学冲突下的道德构建与人文书写。

一、《五味豆蔻》中文学冲突的暗示“外衣”

王秀琴短篇小说《五味豆蔻》首发《西部》2022年第五期，先被中国作家网转载刊出，后被《吕梁文学》《夜郎文学》《石州文艺》《朔风》《大陵风》《潞水》等近十家内刊选载刊发，有好几家给予了头条。这种现象不由让人深思。好小说，可以向上不断生长，比如被选刊选载；同样也可以向

① 高小康、朱海：《文学冲突》，《中国大百科全书》（第二版），中国大百科全书出版社2009年版，第23册，第322页。

② 王秀琴：《五味豆蔻》，载《西部》2022年第5期。

下扎根，要知道，无数内刊在当下语境下，是当地唯一的纯文学刊物，是拥有无数普通读者的。而《五味豆蔻》的多方刊载，恰恰说明它是一部受基层民众待见的好小说。

胡适认为："短篇小说是用最经济的文学手段，描写事实中最精彩的一段或一方面，而能使人充分满意的文章。"[①] 为了达到"最经济"，《五味豆蔻》中使用了大量暗示来限制文本长度。这些暗示是披在文学冲突上的"外衣"，通过"外衣"虽可初观形体，但柳暗花遮下始终难窥其深意，唯有揭去这层"外衣"，才能真正看到王秀琴所精心构建的文学冲突的"婀娜体态"。

而在《五味豆蔻》的文学冲突构建中，诸多暗示的作用有如下三类。

（一）冲突对立参照的确立

盖上有"谨言慎行"刻字的木匣子作为祖父留下的"传家宝"，是对该道德观所具备传承性的暗示；但在父亲和"我"之间的谈话中，父亲对"谨言慎行"四字只字未提，而是更关注"名家"。"我"后来发现父亲的秘密："一见有外人来，他就会赶紧把书藏进木匣子，就像偷练什么武功秘笈的武术大师"，王福也因此被引动好奇心。面对王福的窥视，父亲的表现则是"谦虚谨慎而又讳莫如深地一笑"，对王福想要看书的请求，他"淡然摇头，说没啥好看的，就一本破书"。显然，在冲突展开前，父亲过去的言与如今的行，都在暗合之后父亲意图通过"肉豆蔻"营造神秘感使自己的事宴生意"增添些传奇色彩"的行动；与谨言慎行既暗合有致又意出有悖，即与具备传承性的普适道德观念形成分合性二重张力。随着"谨言慎行"道德观的确立，冲突的对立面得到确立。父亲和王福之间围绕虚幻利益支点"肉豆蔻"展开的一系列活动在道德观的参照下就显得颇具讽喻意味。

《五味豆蔻》的第一人称叙事角度下，"我"的未来身份在叙述中发生变化，在"我"成年后顶替母亲的位置，给父亲的事宴打下手。此处身份的变化，实际上是为下文中"我"的叙述语言做铺垫。"我"将父亲当年在王福事宴上被当作"绝招"的菜品，以自己作为父亲下手的身份，从食材、配料、做法等方面进行详尽细致乃至不放过一点细节的叙述，暗示父亲成为"名家"的根本，是一次次脚踏实地地做菜，而非凭借"肉豆蔻"达成如今的成就。脚踏实地与谨言慎行在小说文学冲突构建过程中具有相同作用，即作为冲突的对立参照存在，区别在于：前者相较于后者，是对道德观的直接开示；后者相较于前者，存在更加隐秘，是第一人称叙述者通过身份的改变，结合大量的叙述语言进行深层暗示。

---

① 胡适：《论短篇小说》，王运熙主编：《中国文论选》上册，江苏文艺出版社 1996 年版，第 50—51 页。

（二）**冲突状态与人物情绪状态的反映**

冲突一方的王福来到常师傅家与营造神秘感的父亲借由《香料大全》产生第一次碰撞；尽管此时冲突中心还未出现，但两人之间的冲突已经初窥端倪：从王福“我早就发现你有这个宝贝”的言以及凑到父亲身旁窥视的行，其充满侵略性地意图探视他人的行为，与父亲刻意营造神秘感的言行，为之后两人围绕“肉豆蔻”的对抗在个人行动上做铺垫。随后王福上了“我”家的饭桌，叙述上特意给了玉米糁饭特写：“黄灿灿的，上面结着一层透明而漂亮的膜，用筷子轻轻一戳，膜微微晃动，是岁月的脸面。”暗示王福眼中的父亲因“肉豆蔻”而拥有光鲜亮丽的生活，也暗示父亲此时作为“名家”的光鲜脸面；再结合隐喻喻体的属性来看，“膜”本身是脆弱的，暗示其一旦受到“外力”作用，势必难以抵御冲击。随后登上饭桌的花生米、老咸菜，不论“烟火普通的眉脸都相似”，还是“逢此年间，能将家常鄙陋之物做得如此精细”，都是对“我们”一家光鲜的生活状态的补充。显然，在矛盾爆发前，冲突明显属于隐伏性质，人物情绪处于平和状态。

冲突双方的矛盾从王福借儿子婚宴，向父亲提“肉豆蔻”开始浮出水面。王福向父亲直接提问：“一句话，你给我说说，那肉豆蔻是从哪来的？”父亲没有正面回答，而是讲了加西亚船长登陆班达群岛的故事，用刺头儿岛屿“岚屿”暗示王福“没实力没价值，连想都不要想，连意都不要起”。此时，父亲因“肉豆蔻”表现出了防备之意，冲突双方的对抗由此展开，冲突双方在矛盾对抗中各自想要达成的目的也变得清晰起来：父亲想要摆脱王福，让他知难而退；而王福则是“缠住常师傅，让他心甘情愿说出肉豆蔻从哪里来，他如何像他那样，弄到肉豆蔻”。在之后的冲突发展中，事宴成为父亲和王福冲突的主战场，两人之间围绕“肉豆蔻”的交锋，两次借用油锅中的炸丸子进行暗示。第一次出现是常师傅指着油锅中游走的丸子：“笊篱时不时在锅里漂旋一下，好让丸子吃油均匀。”这与王福分身乏术的状态相合，一方面忙活事宴，一方面还要盯着父亲的灶台，同时也暗合父亲想要通过“煎熬”让王福难以兼顾并知难而退的行动；第二次出现油炸丸子是王福忙完杂事之后，守在父亲做菜的灶台旁边，用丸子以及“肉豆蔻”引出加西亚船长的故事来暗示冲突状态的改变：王福守在父亲灶台旁时不时窥视，在父亲的视角中其举动“像土著班达人好战古怪既烦人又危险的举动”，父亲感到自己处在被动地位，从“煎熬”王福，变成被王福“煎熬”，而为了继续维持“肉豆蔻”的存在和神秘感，父亲进行“香料竞赛”，让各种各样的香料眼花缭乱地下锅，以此混淆视听的同时想要达成缓和冲突的目的。显然随着矛盾爆发，冲突双方开始激烈对抗，冲突进入发展阶段。

随后，“在火上咕咕咚咚自我吐纳极尽炫耀”的大锅烩菜，暗示事宴的氛围逐渐热烈，结合黑瓮中的白馒头，利用黑白的极致色差，暗示事宴氛围越热烈，父亲的事宴手艺越是引人注目，村民对父亲事宴手艺的误解越深，认为父亲成为“名家”靠的是“肉豆蔻”而非手艺，对“肉豆蔻”也就愈发垂涎。随着冲突进入高潮，除王福外，其他被“香气”吸引而来的“鸡”“狗”，隐藏在事宴热闹的氛围下。“招摇”的“鸡”暗示围在父亲灶台近前的村民，“干着急”的“狗”则是只能远远观望的村民；“鸡”之所以招摇，是因为伺机能窥得肉豆蔻之真容；“狗”之所以着急，是因为到不了近处，就无法看到肉豆蔻；暗示其他知晓父亲“肉豆蔻生意”的村民的觊觎，揭示隐伏在父亲和王福主要冲突之下的父亲与其他村民间的冲突。随着事宴进入尾声，父亲与王福的冲突也进入了尾声。“泡泡油糕经红油一炸，外面会起一层透明的泡泡，泡泡指肚大，一咬轻轻爆裂”，是对于冲突双方的双向暗示：“泡泡”暗示父亲的“名家”形象即将如“泡泡”般被王福“咬”得破裂；对王福而言，想要借“肉豆蔻”获取利益的美梦也即将破灭。更深层的暗示则是对这场冲突本身的批判：即建立在虚假支点上的利益诉求是虚幻的泡沫，并且“泡泡”破裂与最开始“玉米糁饭”的膜所体现的脆弱性相互呼应。事宴席面最后脸面的“紫菜蛋汤”“银耳绿豆汤”，则暗示最终父亲为保住自己的“脸面”向王福显示的最后防线，也暗示冲突即将迎来尾声。

这些暗示的运用，体现出王秀琴的个人特色和风格。与其他重视人物情感表现的作品不同，常师傅与王福间的冲突变化与常师傅事宴厨师的身份有机结合，用与民生紧密相关的饮食作为冲突的暗示载体，让冲突双方的情绪状态跃动于各类菜品的食色味之中，无形中拉近了作品与大众生活之间的距离。

（三）冲突双方行为本质的暗示

随着矛盾的出现，父亲向王福讲了加西亚船长占领班达群岛的故事。该故事在文本中同样起到对冲突双方的双向暗示。但与其他暗示不同的是，该故事是对冲突双方行为本质的暗示，而不再拘泥于人物的状态与冲突的变化。

加西亚船长的故事是由冲突一方的父亲指向冲突另外一方王福的叙述。置于文本情境中，“这个岛再小，也得加以控制，自己来统治”，是父亲通过故事暗示王福，他拥有解释有关肉豆蔻故事内幕的主动权。紧接着讲述班达群岛的“刺头儿”岛屿岚屿上生长着名为肉豆蔻的树，意在提醒王福，只有他这样的厨师才“有实力有价值”，奉劝王福“没实力没价值，连想都不要想，连意都不要起”。在接下来的叙述中，加西亚船长在看到岚屿上的肉豆蔻后，绞尽脑汁想要登岛得到肉豆蔻，但并没有好的办法。至此加西亚船长的故事在父亲这个讲述者的层面上迎来结尾，但在倾听者王福的思考中得到延续。王福明白父亲的暗示和敌意，但他“不甘心”，“他觉得比那个葡萄牙人幸运，他所面临的烦恼和他所面临的烦恼不一样，他只要集中精神对付常师傅一个人就可以了……”由此引出两个暗示方向：第一种是常师傅的主观视角下，他作为维护自己“领地”的“加西亚船长”，展露对意图侵犯自己“领地”的王福的敌意；第二种是常师傅的主观意志和王福视角的结合：常师傅认为自己是可以拥有“肉豆蔻”的“刺头儿”，其主观意志无形中将自己放在守护“肉豆蔻”的土著位置上；而在王福的视角下，他反而更符合加西亚船长的身份。通过结合两个暗示方向揭示了冲突双方的行为本质：以“肉豆蔻”为媒介，一方为维护者，一方为进攻者。常师傅不论是作为“加西亚船长”还是“土著”，都在维护自身利益，指导这种行为模式的内在思维是人牵涉利益时的领地意识，以该意识为源泉催生出父亲对王福的警惕；王福自动代入故事中的“加西亚船长”，对于岚屿上生活的土著而言，加西亚船长是侵略者，这与冲突中王福以主动进攻为主的行为模式不谋而合，指导这种行为模式的内在思维是人牵涉利益时的主动进攻意识。从加西亚船长的故事出发去看父亲和王福之间的冲突，结合两种意识，两人之间的矛盾，从行为本质来看是剑拔弩张、难以调和的。

二、《五味豆蔻》中文学冲突的解构

（一）冲突之种——一个谎言

“肉豆蔻”作为“我”的父亲编排的谎言，是《五味豆蔻》中所构建的冲突中心，其以代表利益或名利的虚幻支点“肉豆蔻”作为发源，“肉豆蔻”既是冲突中心又是冲突之种。作为冲突中心，“肉豆蔻”连接冲突双方产生对抗，使得故事进行发展。作为冲突之种，在冲突双方眼中，“肉豆蔻”存在视角差异：于父亲而言，“肉豆蔻”是其为了增加神秘感、传奇性，成为“名家”的手段，是知其假而欲使其真；于王福而言，是其觊觎父亲因“肉豆蔻”红火的事宴生意而形成的逐利目标，是欲逐真而不知其假。在冲突双方的“知假”与“逐真”视角差异中，“肉豆蔻”看似在冲突双方的视角中进行分化，却因建立在虚幻支点之上的利益牵引发生改变。因为利益，父亲就要使假成“真”才能保证自己的利益，王福则要通过“逐真”获得利益。“维真”的父亲和“逐真”的王福，在由“肉豆蔻”支撑的利益的连接下产生冲突。

由于利益作为驱动力，“维真”与“逐真”之间的对抗越来越激烈。为了“维真”父亲通过讲故事的方式“制造一种神秘感”，但越是神秘，越是吸引着王福的追逐，必然导致“肉豆蔻”的“失真”：即越来越脱离实际的仅仅作为一味辅料、用来点缀事宴手艺的肉豆蔻，被“逐真”的王福神化成其心中超越事宴手艺的“肉豆蔻”。对王福而言，当他没能在之前的料单和灶台的辅料中找到那味陌生又熟悉的“肉豆蔻”时，对父亲发出了疑问：“咋没那味要命的料呢？”并异常急切地说：“我听说那味要命的料能治不治之症呢。”王福所谓的不治之症，是其得不到“肉豆蔻”就无法获得父亲那般令人艳羡的利益的急切情绪。“肉豆蔻”作为冲突之种，在文学冲突的构建中有其本为“虚假”的特殊性存在，但冲突双方的利益诉求都与“肉豆蔻”紧密相关，且都必须建立在“肉豆蔻”为“真”的前提下才能得到长久稳定的满足；然而“肉豆蔻”本就为假，加上受到利益吸引导致冲突双方的对抗，两人的利益诉求最终只能在“肉豆蔻”作为谎言的特性被揭示的情况下如泡泡般破碎。

（二）冲突之根——两种执念

冲突之种的茁壮成长，必然要有强壮的根系。在其“生长”过程中，“种子”生出两条“主根”，一条属于父亲，具体表现为受到领地意识催动下维护自身利益的行为模式；另一条属于王福，具体表现为受到侵略意识催动下的侵略他人利益的行为模式。围绕“肉豆蔻”产生的利益诉求，给予两条“主根”充足的养分，两人的行为模式因此变得更加纯粹：即父亲维护自身利益的获利与王福侵略他人利益的获利。而文本中的利益最大相关，是作为谎言的“肉豆蔻”，故在冲突的范围内，两人的行为模式可以等同为：父亲维护谎言的初衷与王福侵略谎言的获利。有着获利作为隐藏的驱动力，父亲和王福的行为模式在精神层面化作执念，成为隐藏在行为模式下引发冲突的真正根源。父亲的执念，是想要通过“肉豆蔻”增加的神秘感为自己的事宴手艺“增加一点传奇色彩”，借此成为声名更为高远的“名家”；王福的执念，是想要通过父亲获得“肉豆蔻”取得更多利益。这两种执念与行为本质、行为模式、两种意识之间紧密联系在一起，是《五味豆蔻》文学冲突构建中不可或缺的底层逻辑。

回到冲突本身。执念，执着己念，带有顽固特性。父亲顽固的维护引起王福顽固的侵略，而王福顽固的侵略又让父亲顽固地维护，冲突就在顽固的执念中，以父亲压过王福，或者王福压过父亲中不断升级。但两种执念的发源是谎言，而谎言本身经不起探索，意味着这两种执念也是脆弱的，就如同“泡泡油糕”，被“一咬”（接受探索）就会“轻轻爆裂”（执念崩塌）。如此，脆弱的顽固，显然难以承受冲突的不断升级而必然消亡，而冲突之根的消亡也必然导致冲突的结束。

（三）冲突之壤——三样人物

显然，冲突之“根”并非无源之“木”，必然有一片“土壤”，让其扎根成长。

《五味豆蔻》中构建的文学冲突看似始终围绕着冲突双方，但在冲突发展过程中，还存在其他人物参与。这些人就是被分为“鸡”“狗”两类式的村民。虽然在本质上都是觊觎“肉豆蔻”的人，但他们和王福之间有着很大区别，区别在于：王福为了获取利益而展开行动，而其余村民更多的是作为观望者存在。但这并不意味着观望者与父亲之间没有矛盾，不会发生冲突；事实上其他村民和父亲之间的冲突因为村民的观望一直处在潜伏阶段，当这些村民中的王福摆脱观望者的身份成为对抗者，亲自揭示冲突并成为主要矛盾中的一方时，父亲和其他村民之间的矛盾冲突就此被父亲与王福之间的矛盾冲突所掩盖。如此，在《五味豆蔻》文学冲突的构建中，将涉及的人物分成三样：父亲、王福、其他村民，冲突之种“肉豆蔻”在这三样人物组成的“土壤”中充分汲取“营养”，浇灌执念使冲突之“根”肆意延展。

伊森伯格（A.Isenberg）提出：“谎言就是自己不相信，但抱有他者会相信此陈述的目的的人，对另一个人做出的陈述。”[①]“肉豆蔻”是父亲的谎言，其目的是让村民相信谎言是真实的，以此为自己的手艺增加神秘感和传奇性，从而达成获利目的。正基于此，“肉豆蔻”这粒冲突之种是由父亲亲自以谎言的形式种在村民心中，村民受到吸引，实际是内心中逐利本性对“肉豆蔻”的反馈。在这种反馈作用下，为父亲带来了利益，也为父亲招来了觊觎，而觊觎者又是获利来源的村民自己。在两方之下隐含的利益纠葛，为冲突之种的生长提供了“肥沃土壤”。随着父亲收获的利益愈大，村民的觊觎愈紧，从村民中诞生王福这样受利益吸引的对抗者，就成为必然。

三、《五味豆蔻》文学冲突下的道德构建与人文书写

文学创作，必取材于人、扎根于人、向人反馈。梁实秋指出：“文学发于人性，基于人性，亦止于人性。”[②]周作人在《人的文学》中说：“用这人道主义为本，对于人生诸问题，加以记录研究的文字，便谓之人的文学”[③]；钱谷融在《论“文学是人学”》中说：“文学要达到教育人、改善人的目的，固然必须从人出发，必须以人为注意的中心；就是要达到反映生活、揭示现实

① A.Isenberg. “Deontology and the Ethics of Lying”, in *Aesthetics and Theory of Criticism : Selected Essays of Arnold Isenberg*, Chicago ; University of Chicago Press, 1973.

② 梁秋实：《浪漫的与古典的·文学的纪律》，人民文学出版社 1988 年版，第 122 页。

③ 周作人：《人的文学》，江苏人民出版社 2018 年版，第 7 页。

本质的目的，也还必须从人出发，必须以人为注意的中心”[①]；余音在《文学是文字演绎人性之学》中建议将“文学是人学”修正为“文学是文字演绎人性之学”[②]，都在强调文学应以人为本。是故文学有其本性存在，这个本性就是人文性，本性意为固有性质，即文学的固有性质是人文性。“人文”一词从古至今，随着地域、时代的变化，其含义在不停地变化。在当下，随着人们逐渐沉沦于物质主义、消费主义、技术主义，迫切需要一种武器对抗，这个武器就是人文精神。其主要内涵为：尊重人本，坚持操守，丰富心灵，克制欲望。即在尊重人的生命和自由选择前提下，坚持个人的精神操守，保持内心的丰富，拒绝成为欲望的奴隶，成为受精神感召而非欲望驱使的人。

文学人文性的首要表现，就是对人性的反映。人性是什么？从广义层面上讲，人性就是人类的共通性。正是基于人性的描写，才能让生活在不同文化中的各个国家、民族的人在相同的文学作品中产生共感并获得相同的启示，才让文学作品中的人性展现成为世界时代变化与生活在其中的人的展现。其目的是通过艺术创造的方式，揭露批判人性不完美的一面，教育人们追求人性美好、善良的一面，以此达到净化人性的目的。

通过分析《五味豆蔻》中与文学冲突相关的暗示以及对文学冲突的解构，可以感受到作品隐含在文学冲突构建下的人文性书写，主要体现于人性的批判：即父亲和王福于谎言中“维真”与“逐真”行动下，对人性逐利本根的批判。“肉豆蔻”之于现实而言，只是再普通不过的谎言中的一个，但其在《五味豆蔻》的文学冲突构建中具有典型性，是生命中无数利益围绕的虚幻支点的代表。更通俗地讲：是无数利用编织谎言获取名利的典型。身为谎言的虚假特性，致使在冲突的发展中，父亲的利益诉求一定无法长久维持，王福的利益诉求终会幻灭。作者意在通过这样一场“闹剧”，告诉我们建立在谎言基础上的逐利行为是不可靠的。但作者的批判意图并非拿出一个结果进行展示，而是在文学冲突的构建中，关注人物牵涉谎言和利益下的思维模式，让冲突双方的行动在思维模式的指导下自发进行。因此人物的行为本身更值得关注：父亲用一见来人就藏书以及谎言制造神秘感，以及用谎言获取名利和为获利维持谎言的行动；王福对于“肉豆蔻”单刀直入地追逐和渴望；其他村民在事宴上窥探“肉豆蔻”，都是人性牵涉利益诉求下的具体情境展现。这体现了作者在文学冲突构建上的侧重：看似聚焦于冲突中心与围绕其行动的冲突双方，实则是剖析冲突发展中所表现的人的逐利本根影响下的行为本质和思维模式。

---

① 钱谷融：《钱谷融文集》第一卷，上海人民出版社 2013 年版，第 8 页。

② 余音：《文学是文字演绎人性之学——关于“文学是人学”的修正案》，载于光明网“文艺评论”频道，2020 年 3 月 20 日。

文学人文性的表现还体现在道德观的展现。文学与道德相关联，是因为文学与人相关联，道德生活本是人的生活本义之一种，文学只要与人发生关系，就与道德发生关系。牵涉现实生活中的道德描写，充分体现了作家从人文价值的角度探讨人以何种道德立场参与生活才更为合理这一崇高目的，要求通过这种表现在一种虚拟的情境中来修炼人的情感和思想，提高人际关系的认识能力及实践能力，升华人格，最充分地创造并获得生活的意义[①]。

在《五味豆蔻》文学冲突的构建中，父亲编织谎言“肉豆蔻”的行为是文本所要表现的人性批判中的重要一环，在此基础上设立了与父亲一系列行为相反的道德观念——谨言慎行、脚踏实地。在文本的描述中，父亲经常抱着《香料大全》“吃字”，在其每一次取书再将书放回木匣子的过程中，都必定会看到木匣子盖上的“谨言慎行”四字。这意味着在一次次放书取书中，父亲心中的道德约束与名利诱惑在不断交锋，而道德约束逐渐落入下风，必然使得父亲背离正确的道德观；而父亲应对像王福这样“难缠的人”的方法也是对这种背离行为的诠释：“讲故事可退可进、可攻可守、可圆可方、可分可寸”，甚至于故事可以像菜品一样“随时可以自创，可以说是俯拾皆是”。显然，随时自创的行为与谨言慎行之间是相互背离的。

谨言慎行的道德观具备传承性，是作者意图通过父亲背离道德观的行为所引发冲突的人性批判下道德观的凸显。在道德描写层面，由于谨言慎行作为对立参照与文学冲突构建本身牵涉甚深，故在文本设计上，谨言慎行道德观的出现早于冲突的发生，是在文学冲突构建上与人性批判进行直接对照，借此来确立以谨言慎行的道德观参与生活的正确性。同样，脚踏实地也是作者想要强调的正确参与生活的道德观。在文本中借由未来变换身份的“我”对父亲“绝招”的阐述，意在消解“肉豆蔻”对于父亲事宴生意的影响，从而完成对一个人合理获取名利时应当持有的道德观的探讨。

谨言慎行与脚踏实地是作者隐含在文学冲突构建的人性批判下意图重新树立的道德观，作者基于此从人文价值的角度探讨人获取名利的正当性前提。谨言慎行的正当性体现是言有信、行有矩；脚踏实地的正当性体现是实在的成功和利益的真实支点。作者所精心构建的文学冲突下想要达成的最终目的，就是在人牵涉名利的情况下对以上两种道德观的重新树立，指导人应当在获取名利的活动中，以谨言慎行、脚踏实地的道德立场展开行动。

再跳出冲突去看人物本身。常师傅作为一名乡间厨子，通过厨艺不仅能养家糊口，还能将家养得很好，是非常了不起的。在此基础上，这位厨

① 鲁枢元、刘锋杰、姚鹤鸣:《文学理论》，华东师范大学出版社2009年版，第18—19页。

师还想要实现成为名家的梦想，但身处底层，活动于偏僻乡村中，名扬天下的梦想也就只能跟着在乡村的犄角旮旯里打转。所以，他极尽能事地为自己增加光环，既为提高厨艺，也为增加魅惑，故每次在给主家的席面中增加一味肉豆蔻的香料，以此奉为独家技法。可是生活里不缺的就是好事者，他就想看看厨子手中他们从未听过的“奇货”究竟是何物，也想自己能获利。好事者的想法，自然大大偏离了厨子的本意，他良知纯厚，选择道出肉豆蔻只存在于传说中，所有的一切都只是为自己的事宴手艺增加一点传奇色彩而已。虽然厨子梦碎有其根源所在，但在此基础上也引出新的思考：如果厨子身处的环境改变，是否成为名家的梦想，就可以不借助于谎言，仅是踏踏实实地做好菜就能达成？答案是肯定的。这份超出作品精细结构的思考，是对乡村振兴打开更高更远的文化支撑点和人文关怀的呼吁；也是这部作品超越文本架构中人性批判与道德树立的对人本身的人文关怀和道德构建，亦是作品文本张力的深层体现。

《五味豆蔻》这部作品切口很小，但纵横捭阖，打得很开，完成度极高。从文学冲突的构建到冲突对立面的设置再到最外层暗示上的安排，体现王秀琴在文本设计中的匠心；作品之于现实的意义而言，其牵涉现实生活的人性批判与道德树立同样也是匠心所成，使文学冲突下的道德构建与人文书写成为最大可能。

（邓维国：专职评论）

作家园地

十五年前令我伤感的春节

——怀念冯理达将军

高艳华

有的人相识多年也平淡如水，有些人仅见过一面则永生难忘。冯理达将军就是令我永生难忘的人。

冯理达是爱国将领冯玉祥与新中国首任卫生部长李德全的长女。2007年9月26日，在老舍女儿舒济大姐的建议下，冒昧地通过海军总医院总机找到她，向她说明我是出版社的编辑，我在一本不足巴掌大的小纪念册上看到她的父母在二十世纪四十年代写给当年十几岁的少年陈小滢的题字，很想请她看看，希望她接受我的采访，谈谈父亲母亲。

百忙中的冯将军马上应允，即定转天上午十点专候。没想到将军就这样被我一个电话轻而易举地约到了，甚感惊喜幸运。转天我乘坐当日最早的京津特快，热心熟路的北京好友、著名作家王作琴大姐的小车很早就在北京站等候，十点整我俩准时来到海军总医院冯老的办公室，看到满面春风迎候我们的穿着医生白大褂的冯老，才知八十二岁的冯老依然还担任着很多社会职务，且还在教学医疗一线工作。短暂寒暄后冯老就迫不及待地捧起了小滢的纪念册，饶有兴致地翻阅着，当她看到父母的墨迹，一再对我俩说："这就是我父母的题字，就是他们的亲笔啊！啊！是1946年写的，都过去六十多年了……"

接着冯老兴致盎然地读起来："小莹女史：君子有三要：要科学，要民主，要和平。冯玉祥"；"为正义不怕一切在往前去努力，只有如此才有中华民族的光荣！小莹小朋友，我最爱的，永忘不了的！德全姨"。

冯将军翻阅着纪念册时，我端详着她。精神矍铄，白白的皮肤没有半点老态。我们交谈时，她的秘书进来告知一个团体邀请她去疗养，她婉言谢绝，专心致志地接待我们。她谈到作为共产党员的她亲眼见证中国国民党革命委员会建立的过程；谈到蒋介石与父亲冯玉祥的结拜及蒋介石对她父亲的迫害；谈到黑海父亲和小妹的遇难；谈到她的外祖母和母亲的传奇人生；还谈到父亲的遗嘱和给女婿的信。最后谈到她的已故老伴、著名经济学家罗元铮，作为冯玉祥在美国时的助手和翻译，出色地帮助冯玉祥挺过了非常困难的那段历史时，冯将军眼睛闪烁着晶莹的泪花，竟像儿童一样天真地问我和作琴："你们看我找的老伴儿好不好？"我俩笑着连声回答："好！好，真是太好了！"

冯老回顾往事时，有她精心准备的提纲，认真地与我们一一述说。冯老还提前为我洗好了很多历史照片，还为我复印了其父 1948 年 2 月写下的遗嘱，以及当年写给女婿的长信和有关母亲李德全的报道等。她还送给我们两本书一部纪念册，分别是《冯玉祥诗集》和《李德全纪念文集》并亲笔签名，大型纪念册《一路金辉——著名经济学家罗元铮》，里面有很多冯玉祥夫妇的历史画面可以作为编书参考。一切考虑得非常周到，尽了百分之百的努力。回想起来，她是我所有接触过的人士中最认真的一位可敬的大姐。当她为我签名的时候摘下眼镜，告诉我们她的视力还保持在 1.0 以上，戴眼镜就是一种装饰。她告诉早已眼花的我，每天在松树前静心做凝视五分钟的训练，吸收松树释放的磁场是节约型社会最好的保养身体和保护眼睛的方法。她在介绍中总是面带微笑，如沐春风。看得出来，作为医生，她所具有的关注他人健康的爱心与崇高的职业素养。

返津当晚，根据采访记录我就写下了四千字的口述《回忆我的父亲母亲》，写后我请作琴大姐修改。我们之间反复修改多次后，为了更精准无误，又将文章传给冯将军秘书，她修改了几处，总体说很满意。

随后定名为《散落的珍珠》一书的编辑工作紧张推进，这本书是三十多人的集体采访记录，作者平均年龄八十岁，国内外的作者当年最年长的八十八岁，最年轻的也已六十四岁，有些作者还重听，采访困难重重。面对这样的情况，我的编校工作异常紧张。多年我的电脑休息日也终日开着，那一段时间更是如此。电话采访记录后我再整理经常工作到深夜，次日读给口述者听。恨不得尽快让这些参与回忆的老者早日看到这本寄托着无限情感的书。终于经过了三审三个校次和紧张的印刷装订，在 2 月 3 日，样本终于到了我的手中，我最想先给冯老看，因为那时的快递业还不令我放心，为避免丢失，我从邮局挂号寄出，这样即便是北京，也需要五六天才能寄到。我给冯老发了电子邮件，

这一天是 2008 年 2 月 3 日，我的电子邮件是这样写的：

冯将军：

您好！

在您和很多名家后人的热情支持下，您参与编写的书《散落的珍珠——小滢的纪念册》终于出版了，我今天给您邮寄两册样本。因为出版匆忙，书的内文印制不是很好，这是以后我们要改进的。在此之际，用邮件给您拜个早年。估计书到您手中就要大年初二了，全国正在休假。好在挂号邮件一般不会丢失。

祝您春节愉快！

从初二到初八，我每天都想着冯老收到书的第一时间会是什么评价。确实油墨印刷太浅，以后可以加印改进；发现错字，以后更正。那几天我总处于忐忑不安的自我安慰又焦灼的状态。终究这本《散落的珍珠》是我自己经营开拓的书，我渴望读者反馈。春节的几天曾几次拿起来电话又放下，不忍打扰难得休息的冯老。终于熬到大年初八,一上班我打电话，秘书接的。我急不可待地问：书收到了吗？秘书答：收到几天了，就是您说的大年初二。可是……秘书哽咽了。

我哪里知道，冯老这样好的身体，在此书的邮递途中，在昏迷了半个月后的2008年大年初二（公历2月8日）的晚上，也就是书到北京的当日，她因肺纤维化不幸去世。她再也不能亲手打开那本倾注了无限感情的书了。当我得知这个噩耗的时候，真的不相信自己的耳朵，希望是听错了，泪水夺眶而出。总编办的同志们一再安慰我，他们非常理解我的心情，知道我为此付出的心血。

我难以控制情绪，泪水不停地流淌，这初八的晚上回到家里也依然难以平静，那一段时间也是我正值更年期，本来重情感的我还忍不住到邻居家哭诉，这真是个堵心的伤感的春节。如今十五年过去了，看着珍藏的冯老名片，回想这些的时候，仍是百感交集。

冯老去世不久，中央电视台建党纪念专题节目连续几个月报道优秀共产党员的事迹，仅冯老的事迹就报道了一个多星期。每天专题节目着装白色海军军服的冯理达将军第一个出现在片头中，那些天我的心潮总在澎湃。由此也了解到她更多感人的事迹。她毕生节俭，住院时穿的毛裤已十分破旧，可她将三百万元没有留给子孙，多年陆续捐给贫困家庭和希望工程。而她临终工资卡上面最后只剩下85.45元，她最后一个月的工资还交了党费。

十五年过去了，冯老的音容总在我脑海中呈现，永远激励着我奋进前行。

（高艳华：作家，著名编辑）

学术前沿

2011—2021年中文学科女作家/女性文学研究博士论文综述

李　礼

摘　要： 2011—2021年，中文学科的博士学位论文有关中国现当代女作家以及女性文学的研究正逐步走向深入。研究题材和范围不断扩大，多种文体被纳入考察视野；研究理论和方法更加多元化，在吸收借鉴外国理论资源的基础上开始注重自身的本土性；研究维度更加丰富，女性文学研究与性别、地域、民族、阶级、社会、历史等进一步结合，呈现出丰富多样的面貌。另外，研究者对新时期以来女性文学的关注度提高，全球化语境下的交叉学科研究、跨文化研究成为一个热点和新的学术增长点。对现有的研究成果进行及时的梳理、回顾、反思与总结，可以明晰当前的研究现状及存在的问题，为女性文学的学科化建设及进一步发展提供有益参照。

关键词： 女作家；女性文学；性别研究；博士论文；中文学科

在中国现当代文学史上，女性作家以其独特的创作经验在文坛占据了醒目的一席之地。与此相应，女性文学也构成了现当代文学重要的组成部分。自五四开始，各个时期登上文坛的女作家以不同的形式，从不同的方面，用不同的方法描写了一大批反映女性生活、表现女性自觉、展示女性生命与情感体验的优秀作品。伴随着女性作家创作实践的丰盈，有关女性文学的研究也随之不断发展，但系统的女性文学研究要从新时期才开始起步，发展至九十年代蔚然成观。近十年来，文学理论界对女性文学的研究和性别话题的关注度不断攀升。在此背景之下，各高校中文学科的博士论文选题也进入女性研究这一领域，显示出对性别文化的日趋关注。现以中国内地高校中文学科 2011 年至 2021 年有关女作家 / 女性文学研究的博士学位论文作为样本，探讨十年来女作家 / 女性文学研究的发展情况、研究趋势、研究重点、研究热点及其存在的不足和展望。

一、研究概况

本文涉及女作家 / 女性文学研究的博士论文主要来源于各个高校的数据库和研究机构，笔者通过中国知网（CNKI）博士论文数据库、万方学位论文数据库、读秀、龙源、中国国家图书馆等平台进行检索，发现以“女作家”或“女性作家”为主题的博士论文共有十七篇，以“女性文学”为主题的博士论文共有五篇，以“女性书写 / 写作”为主题的博士论文共有五篇，以“女性意识”为主题的博士论文共有三篇，以“女性形象”为主题的博士论文共有三篇，涉及“性别书写”的博士论文共有十篇，其他以不同女作家作为个案研究的博士论文共有四十一篇。

由于一些博士论文未曾录入互联网，难免有所疏漏。根据目前所能掌握到的文献资料，整理出的有关女性文学 / 性别研究的博士论文合计一百〇三篇，所涉及的博士论文专业方向以中国现当代文学为主，兼及文艺学、比较文学方向的相关研究，研究对象以大陆女作家为主，兼及部分台湾、香港的女作家及海外华人女作家。文类以小说为主，兼及诗歌、散文、戏剧等。在这些博士论文中，对不同历史阶段具有代表性的女作家创作进行考察的论文占有比较突出的位置。通过对论文题目的检索显示，单独的女作家作品论按频率依次为:张爱玲（七篇），严歌苓（六篇），丁玲（五篇），王安忆（四篇），迟子建（四篇），方方（三篇），张洁（二篇），萧红（二篇），虹影（二篇），宗璞（一篇），杨绛（一篇），铁凝（一篇），残雪（一篇），毕淑敏（一篇），孙惠芬（一篇），翟永明（一篇），林海音（一篇），张翎（一篇）。单独研究外的整体研究中不同程度涉及的现当代女作家还有：冰心、庐隐、苏雪林、石评梅、冯沅君、陆晶清、凌叔华、林徽因、陈衡哲、白薇、罗淑、谢冰莹、白朗、苏青、谌容、戴厚英、舒婷、池莉、张抗抗、陆星儿、金仁顺、陈染、林白、徐小斌、范小青、姚鄂梅、腾肖澜、蒋韵、徐坤、叶弥、叶广芩、乔叶、张欣、魏微、卫慧、海男、王小妮、蓝蓝、余秀华、张悦然、春树、笛安、张怡薇、郝景芳、葛水平、盛可以、霍达、梁鸿、鲁敏、谭恩美、西西、施叔青、黄碧云、商晚筠、朵拉、黎紫书等。

目前的统计在搜集资料方面做出了较大的努力，但仍难免有所疏漏，所能提供的情况仅是大概。不过在一定数据的支撑下可以肯定的是，2011—2021 年这十年来有关女作家 / 女性文学的研究在稳步前行的基础上逐渐走向深入，这一领域的选题在中文学科博士学位论文写作中越来越受到关注和重视。研究这样一个范畴的内容，一方面可以有效带动女性文学研究的进程，丰富女性文学研究的成果，另一方面能使本学科不断得到更好的发展，内容不断得到充实和提高，同时能够促进人文学科各个专业之间的交互对话，打通学科间的界限，加强学科间的交流。通过对女作家/女性文学研究的整体考察，可以及时盘点我们现有的研究成果，追问和反思目前的研究现状，寻找新的女性话语生长点，为女性文学的学科化建设奠定理论与实践基础。

二、研究趋势

2011年至2021年，伴随着当代女性文学的持续发展、女性性别意识的加深、社会范围内对女性话题的热烈讨论，以及网络媒体的推波助澜，女性文学得到大众关注的同时也逐渐在学界成为一个新的研究增长点。在国际国内复杂多元的文化语境中，中文学科的博士学位论文对女作家/女性文学的研究取得了一定的进展，整体上呈现以下三方面的趋势。

（一）女性文学研究视野不断扩大

具体来说，女性文学研究视野的不断扩大主要体现在两个方面：第一，在题材、范围上更为开阔、广泛；第二，在研究理论和研究方法上更为多元化。

首先，在题材选择上，除了小说、诗歌两种最常见的文类之外，女性戏剧及影视改编、旧体诗词进入到博士论文的选题当中。比如赵秀敏的《张爱玲电影剧本研究》[1]以张爱玲的电影剧本作为研究对象，从张爱玲电影原创剧本的创作数量、剧本搬上银幕的数量、上座率、票房纪录、接受群体的反映等多方面，以翔实充分的史料，论证出张爱玲是中国女性电影编剧家中的“第一人”，同时是电影剧作家中一个女性先驱者的存在。陈卉的《新时期以来的女性话剧研究》[2]以新时期以来的女性话剧作为研究对象，将其置于我国当代戏剧文学和当代女性文学的大潮流之中，从性别的视角对其做了整体性和系统性的研究。魏蓓的《1980年代以来中国大陆女作家小说的电影改编》[3]关注到了女作家小说的电影改编，从主题意蕴、形象内涵、叙事策略等方面分析了女作家小说的电影改编，通过分析和对比女作家小说中表现出的女性意识在电影改编后发生的变化，彰显了女性主义在当今社会的主流传媒中的现实处境，并总结了小说改编电影产生的某些值得借鉴的经验得失。朱一帆的《现代中国女性旧体诗词流变论》[4]关注到此前几乎未曾有人涉及过的现代中国女性旧体诗词，以现代女性意识作为核心进行观照与统摄，通过揭示现代女性意识流变下，现代中国女性旧体诗词在题材、艺术风格等方面的表现，最终彰显百年来女性旧体诗词的历史浮沉与演变趋势。另外值得注意的是研究范围的有所扩大，女性期刊报章进入到博士论文的选题当中。金润秀的《〈妇女杂志〉（1920—1925）的“新女性”形象研究》[5] 通过现代女性杂志中最具代表性的《妇女杂志》重新探讨了五四时期“新女性形象”具有的多层意义，从文本角度界定了“新女性”的言论空间。杜若松的《近现代女性期刊性别叙事研究》[6] 通过对近现代女性期刊中四种主要刊物《女子世界》《妇女杂志》《新女性》《玲珑》中文学写作群体、文学文本的线性整体梳理，从时代场域、性别意识、女性文学叙事、媒介传播与文化空间构建等视角，呈现出现代女性文学萌芽阶段的丰富性和复杂性。马勤勤的《隐蔽的风景——清末民初女性小说创作的兴起与呈现（1898—1919）》[7] 运用报刊史料，对清末民初女性小说创作的基本情况进行了考察，同时勾勒出这一阶段女作家的生平与交游，展现出女作家创作的复杂图景和丰富内核。

其次，在研究理论及方法上，所运用到的研究理论及方法越来越多样化。越来越多的研究者意识到，仅用一种研究理论和方法难以开掘出女性文学研究更丰富的内涵，跨学科研究和比较研究得以凸显。

1. 跨学科研究

主要涉及生态学、叙事学、心理学、伦理学、民俗学等。比如唐晶的《生态女性主义文学研究》[8] 借鉴产生于二十世纪七十年代的生态女性主义理论，将自然命运与女性命运相结合，透视了二十世纪女性写作的生态主义作品，并发掘了中国的生态女性主义文学特质，提供了一种新的研究思路和研究视角。董晓平的《张爱玲小说与心理现实主义写作》[9] 借鉴心理学的某些观念，根据心理现实主义的含义和特征，对张爱玲的写作风格进行了深入探析。王怀昭的《性别伦理视角下的 21 世纪女性诗歌（2000—2018）》[10] 从性别伦理视角出发，开掘出二十一世纪女性诗歌中的伦理景观，呈现了二十一世纪女性诗歌中的伦理向度与女性主体之间多重的辩证关系。宁凡的《我说故我在——1990 年以来中国女性文学叙述声音研究》[11] 借鉴叙事学理论，通过分析 1990 年以来中国女性叙事文学中的叙述声音，探究女性书写中主体性的存在。毛海莹的《江南女性民俗的文学展演研究——以现代文学江南作家的女性民俗书写为例》[12] 借助于民俗学，将“女性民俗”有机地融入文学、文艺研究，使之成为阐释文学、建构理论的独特路径，通过选取具有“江南”地域特色的现代文学作家及作家笔下跟女性有关且女性特征鲜明的民俗进行针对性的研究，来分析那些鲜活生动、富有个性、充满原始生命力的女性文学形象。这些跨学科的研究一方面促进了人文学科各个对象之间的交互对话，另一方面给中国女性文学创作和批评增加了新的亮点。

2. 比较研究

苏珊·巴斯内特（Bassnett）曾经说过，“比较文学和翻译研究都不应该看作是学科：它们都是研究文学的方法，是相互受益的阅读文学的方法”①。作为一种研究方法，比较研究注重差异性，这种差异可能是跨民族、跨语言、跨学科乃至跨媒体的。近十年来在比较文学的跨学科视野下对女作家/女性文学展开分析的成果不少，研究者借重于比较文学的两种主要研究模式——影响研究和平行研究对女作家/女性文学展开对比分析，在比较研究中考察女作家创作的思想来源、精神基础、风格构成，及其不同女作家之间创作上的异同。

侧重于影响研究的有：雷梓燚的《英国影响与百年中国女性文学》[13]从宏观到微观，从整体考量到具体分析，集中考察了百年中国女性文学接受英国文学影响的现象与成因。黄乐平的《外国文学影响与张洁小说创作》[14]从比较文学的角度考察了张洁小说与外国文学的关系，厘清了张洁创作对外国文学的接受与创造性转化，勾勒出张洁接受外国文学影响的图谱和创作风格嬗变的形态。陈娟的《张爱玲与英国文学》[15]上编从整体性视角察看张爱玲与英国文学的基本轮廓，分析了张爱玲阅读接受英国文学的客观背景，与英国文学之间所发生的共鸣及所可能受到的实际影响。毕磊菁的《讲述心灵世界的故事——王安忆小说创作中的外国文学影响》[16]和皮进的《王安忆小说创作与外国文学》[17]两篇文章都关注到了王安忆小说创作受到的外国文学的影响，前者将王安忆的作品和对她产生过影响的相关外国作家作品联系起来，从取材立意、叙事方法、情节设置、语言风格等方面进行对照分析，透视其创作上受外国文学尤其是西方文学影响的渐进过程；后者在考察王安忆与外国文学的关系，分析王安忆小说创作对外国文学的吸收与创化的基础上，进一步厘清其接受外国文学的特点。此外还有彭江虹的《丁玲研究在美国》[18]和柳慕云的《残雪在日本的译介与研究》[19]两文是从影响的传播途径入手，前者集中考察了丁玲及其作品在美国的传播和接受，展示了丁玲研究在美国的文化语境和理论资源中获得的阐释空间；后者从译介的角度考察了日本学者对残雪研究的过程和所关注的问题。阮明山的《越南对中国当代女性文学的接受（从2000年至今）》[20]则从影响的接受这一方面，重点分析了中国当代女性文学对越南译者之影响、中国当代女性文学对越南读者和研究者之影响，以及中国当代女性文学对越南当代文学之影响。

侧重于平行研究的有：金美英的《中韩现代女作家的女性意识比较研究——以萧红与姜敬爱为中心》[21]以萧红与姜敬爱创作的反映民族、国家、

① 转引自张英进：《理论、历史、都市：中西比较文学的跨学科视野》，复旦大学出版社2015年版，第3页。

阶级、女性的作品为对象，从女性意识以及女性命运的角度楔入，深入分析了中韩两国女性文学的发展轨迹、历史命运、时代贡献及其彼此的异同之处。张惠莲的《90年代以来韩中女性成长小说比较研究》[22]以二十世纪九十年代以来韩中女性成长小说为分析对象，比较分析了九十年代以来韩中两国女性成长小说的代表作品，探究了作者的成长意识与成长体验及对其作品叙事结构产生的影响。段氏琼茹的《二十世纪八九十年代中越代表女作家作品中女性人物的人生体验研究》[23]通过横向比较集中阐释中越不同的文化背景对当代女性生存的意义与启示，纵向梳理挖掘当代生活语境下女性人生体验中自我意识的发展，探讨了中越女性创作中各自呈现出的女性意识的异同。除了国家之间的对比研究之外，还有研究者将不同国家的两个具有某些共同创作特质的作家拿来做比较分析，比如高丽的《创伤体验与文学书写——张爱玲与毛姆比较研究》[24]从创伤体验与文学书写的角度，对张爱玲与毛姆进行了比较研究，从自证、他证、创作思想、创作手法等多方面考证出张爱玲与毛姆之间存在着鲜明而笃定的影响与接受关系。Aye Aye Khaing的《加尼觉玛玛礼与丁玲的女性小说比较研究》[25]运用跨文化、跨国别比较的方法，通过对缅中两国的女性作家加尼觉玛玛礼与丁玲小说进行比较研究，从女性意识、女性心理、女性审美等角度分析了作家创作的民族与时代的关系。

在比较文学和文化的视野中，可以看出不同国别的性别文化观念的碰撞和交织，不同民族和不同背景的性别文学资源的相互借鉴和影响，通过这一视角，可以分析女作家/女性文学研究的复杂与多元面貌，并与世界范围内的女性话语和女性声音达成有效对话。

（二）对新时期以来女性文学的关注度提高

从目前搜集到的文献可以看出，相较于上一个十年（2000—2010年）的研究成果①，针对"新时期"②的女性文学研究在数量上显著提升，在一百〇二篇博士论文中有二十五篇都与"新时期"女性文学相关。新时期"女性文学"的崛起，是一个复杂的历史现象、文化现象和文学现象，这一时期国家在"意识形态"领域的松动、经济社会伴随着改革开放发生的巨大改变、外来文学理论及资源的纷纷涌入带给女作家巨大的创作活力，同时女作家数量的增多、创作质量的提升也推动了女性写作的蓬勃发展，因此不同程度地进入到博士论文的选题当中。

首先，对"新时期"女性文学做出整体观照的有：黄鹤的《疏离与渴

① 上一个十年与新时期相关的女性文学研究共计18篇，见附录二。
② 本文所指"新时期"，包含近二十年、近三十年、八十年代以来、九十年代以来、新世纪以来、"新生代"、"千禧一代"等在内的各种提法。

求——新时期以来女性作家母性主题小说研究》[26]以新时期以来母性主题小说为研究对象，探讨了新时期女性作家通过各种叙事策略来表达女性重建话语权力的欲求。张欣杰的《新时期以来文学文本中的性别文化》[27]立足文学文本，在新时期文化转型的背景下，探讨了女性文化在新时期三十年的发展历程形成的文化传统，通过将女性文化与男权文化相互对照，彰显出女性文化发展的巨大潜力。杨敏的《新时期女性小说的变态心理书写——以残雪、铁凝、陈染为中心》[28]从当代三位女作家的小说创作出发，通过对新时期女性小说变态心理的形态进行归类分析，揭示出关于性别压迫的主题。

其次，九十年代是女性文学发展的黄金时期，这一时期女性文学走向更加成熟的境界。对二十世纪九十年代以来女性文学做出观照的也有不少，比如臧晴的《"个人"与"女性"：20 世纪 90 年代女性文学研究》[29]从"个人"与"女性"话语的角度，对九十年代女性文学进行了考察，以历史线索为参照，探讨了九十年代女性文学流变的原因、语境和意义增殖的过程。赵娜的《女性书写：智性·情感·身体——20 世纪 90 年代女性诗歌引论》[30]在梳理女性主体意识发展的基础上，探讨了九十年代女性诗歌的创作。李晓丽的《"新生代"女作家的日常生活叙事》[31]在中国现当代女性文学的日常生活叙事传统和当代文化对日常生活的多向关注背景下，以"新生代"男作家的日常生活叙事为参照，展开对"新生代"（九十年代中后期）女作家的日常生活叙事的梳理与批评。

进入新世纪以来，全球化进程不断加深，女性写作更加繁荣的同时也呈现出更加复杂多元的向度，将性别书写置于当代文化语境下进行分析成为一个趋势。比如刘婧婧的《新世纪女性小说的超性别写作研究》[32]在全球化的背景下考察了新世纪女性小说的"超性别写作"，通过分析"超性别写作"中的历史、乡土、都市叙事，揭示出新世纪女性小说对女性生存和性别意识的认知与思考。夏豫宁的《新世纪小说创作中的性别书写研究》[33]则是在两性观念的强力对照下凸显新世纪女作家独特而感性的性别关怀视角。杜玉洁的《"千禧一代"女作家小说创作研究》[34]结合新世纪以来的网络文学热潮，从"千禧一代"女作家小说创作的时代背景入手，纵观"千禧一代"女作家在媒介性别视域下的女性主义立场。

（三）理论批评的本土性加强

自八十年代中后期西方的女性主义理论开始逐渐引入中国，应用于文学创作的同时也被文学批评所借鉴。九十年代之后，批评界开始自觉接受西方女性主义理论，并以此为参照重新规范本土的女性主义批评。此后相当长一段时间内，西方女性主义理论成为国内学界进行女性文学研究倚重的重要凭借。如何摆脱路径依赖，建构女性文学批评自身的主体性和本土性，成为近些年来研究者们共同努力的方向。霍虹的《中国现代女作家作品批评研究》[35]先是全面梳理并整体观照中国现代女作家作品批评，然后从批评主体的身份特征入手，进一步探究了中国现代女作家作品批评的主要理念、模式和方法，分析其价值与局限，以期在推进完善中国现代女作家作品批评的整体性与主体性研究的基础上，促进中国本土的女性文学批评理论体系的建构与当代文学批评的发展。朱郁文的《性别视域下的“双性同体”文化与文学》[36]从弗吉尼亚·伍尔夫的“双性同体”概念出发，对照中西方不同的性别观念，考察了“双性同体”思想与女性主义内在的关联，在性别视域下对“双性同体”问题做出了全面、系统、深入的考察和研究，以期对当下的学术研究和未来的性别文化重构有所助益。赵洪霞的《20世纪80年代以来中国女性主义文学批评研究》[37]具有强烈的问题意识，论文以中国女性主义文学批评为立足点，结合西方女性主义文学批评，梳理了二十世纪八十年代迄今主要包括“女性形象”批评、“女性写作”批评、女性文学史的重新书写、构建和谐性别诗学及其反思的中国女性主义文学批评，敏锐地关注到二十世纪中国女性文学、女性文学研究与女性主义文学批评有其漫长的发展历程，除了受到西方思潮的影响外，也有中国自身的文化需求与时代机遇，在梳理中国女性主义文学批评的基础上分析了其面临的困境，并对其之后的发展做出展望。这些都显示出女性文学研究把西方女性主义概念和理论与本土化实践相结合，以及在本土化意识引领下对理论和方法的自觉探索。

三、研究重点和热点

在研究角度方面，近十年来的博士论文写作也呈现出多元、驳杂、丰富的局面。研究者或结合文学思潮对经典进行新的阐释，或借鉴女性主义理论分析女性写作的内涵，或从文化现象入手考察其背后的性别文化因素，或将性别书写与地域、民族、媒体等相结合进行文学分析。总而言之，不同时段、不同地域、不同维度的女性文学研究都有所进展，显示出女性文学研究的不断繁荣、进步、发展与深化。

其一，基于文学文化现象的性别分析成为这十年来研究的重要方向之一，地域文化、城市文化、乡土文化视角均得到不同程度的彰显。

地域文化视角之于女性文学／性别研究是一个重要的维度，不少论文都有所反映。比如刘颖慧的《新时期以来东北女作家小说创作的文化考察》[38]借用文化研究的视域，从时间、地域、性别三重维度对新时期以来东北女性作家小说创作做出系统整理和论述。马英的《坚守与超越——近三十年湖北女作家日常生活叙事研究》[39]借助中西方学者有关“日常生活”的理论，从地域文化视角考察了湖北女作家与日常生活叙事的关系，梳理近三十年来中国女作家日常生活叙事的线索和湖北女作家日常生活叙事的发展脉络及其文化特色。刘茸茸的《当代“西北女作家群”研究——以小说为中心》[40]从地域文学的角度，将“西北女作家群”看作一个拥有潜力且初具规模的女作家群，并将其置于整个“西部文学”和中国女性文学传统当中进行整体把握，从性别视角来考察民族、传统、地域、女性与“现代性”等一系列问题。徐日君的《黑土地的守望者——迟子建小说研究》[41]从地域文化和民俗风情的视角出发，阐释了迟子建小说所呈现的“黑土地风情画”的文化含义，挖掘作家民族情感的来源和小说创作的独特魅力。将“地域”作为女性文学研究的一个重要参考因素，不仅可以为女性文学提供形态各异的审美资源和美学风格，而且对考察其对“性别”生态的影响，丰富对女性文学的认识维度具有积极意义。

从主题上来看，“乡土”和“城市”作为一组对应的文学文化概念，成为这一时期博士论文的关键词，在城乡关系的此消彼长中考察性别问题成为这一时期的一个研究重点。“二十世纪最后二十年中国社会尤其是中国乡土社会发生了深刻的结构性的转型，乡土社会不再是古代社会那样凝固不变或近代以来变化缓慢的存在，而是处在急剧的变迁过程中。”① 这一变迁过程至今仍在持续，不少研究者关注到社会转型期这一特殊的文化现象，并将其与性别书写联系起来加以考察。比如崔彦玲的《近二十年女作家小说中的“乡土女性”书写》[42]以女作家的创作切入百年乡土书写，梳理女作家的乡土书写传统，透视女作家笔下乡土女性的形象谱系，探询在“乡土”与“乡土女性”两个文学体系中交错、纠缠的作者性别身份、书写立场、写作姿态、文学和社会历史期许、审美追求，以及它们所构成的纷繁复杂的文学世界。郑斯扬的《新时期以来女性写作中的乡土伦理观》[43]以女性乡土文学文本为研究对象，展开对乡土伦理变迁的文化关照，具有将女性价值观念与对乡土伦理变迁的呈现联系起来思考的新意。余琼的《1980年代以来女性作家的乡土叙事研究》[44]以新时期文化语境为基点，以男性乡土叙事为参照，从“性别”之维切入乡土书写，考察了“女性”与“乡土”结合后所呈现的诗学特质。这些研究从不同的维度探究了“乡土”之于女性文学的参与，补充、丰富和拓宽了女性文学的研究面。

同时，城市作为一个重要的书写对象，对于女性文学的建构也发挥着不可替代的作用。“城市女性生活书写及城市女性形象成为女性书写中富于现代性别意识的题材领域”②，并形成性别与空间研究的一个着力点。某种程

① 赵顺宏:《社会转型期乡土小说论》，学林出版社2007年版，第142页。

② 王纯菲，李静:《中国性别理论与女性文学批评》，社会科学文献出版社2014年版，第42页。

度上，城市与女性之间的关系是相互成就的，城市构筑了容纳女性生存更宽广的空间，为女性的解放和发展提供可能，而反过来，女性书写都市，也借由都市表达文学想象，寻找和确立自身的主体性。李冬梅的《地域文化视野中的90年代女性城市小说》[45]在九十年代城市文化语境的基础上，探究了女性、城市、城市文化、地域文化间的文学关联，梳理和比较了不同女性的城市小说写作，从女性写作立场的选择、地域文化的彰显、地域文化的时代性变迁、地域文化影响下的女性作家和女性形象梳理等方面探讨了九十年代女性城市小说繁荣兴盛的成因。黄蓓的《王安忆的上海叙事研究》[46]结合现代性概念和现当代上海文学文化历史，深入剖析了王安忆上海叙事的文化意义，归纳出王安忆上海叙事独到的文学经验正在于她吸收了上海这座城市所特有的文化特质，通过勾勒市民生活的日常态、都市文化的恒常性和稳定性建立起自己的叙事模式。翟兴娥的《20世纪40年代上海沦陷区女作家小说服饰研究》[47]将沦陷区女作家的小说写作放置在四十年代上海特殊的文化语境和经济环境中予以考察，梳理分析了张爱玲、苏青及"东吴系女作家"小说中的服饰书写，通过沦陷区女作家笔下的独特服饰和人物命运、灵魂的表现，揭示了这一时期纯文学转向商业化价值创作的转变，诠释了多元文化冲击下的市民道德伦理、价值观念、审美情趣的城市化定位。

其二，将"性别"书写放置在社会史、思想史、文化史的宏观视野中进行考察，将女性创作更多地与社会思潮、政治变动、革命运动、民族解放等相联系在一起来探察妇女解放的路径，挖掘女性写作的重要历史意义，也成为近十年博士论文的一个重要面向。

比如张韦华的《五四一代女作家写作的自我想象》[48]在五四的时代背景下，以在1917—1927年间登上文坛并获得瞩目的女性作家及其创作，特别是陈衡哲、冰心、庐隐、冯沅君、凌叔华、苏雪林等人作为考察主体，通过她们的自我想象以及想象方式来探析女性写作的困境、阻力以及她们的想象对于当代女性主义的启发。赵文兰的《五四时期女作家的小说叙事形式研究》[49]以新文学第一代女作家——凌叔华、冰心、庐隐、冯沅君、丁玲、陈衡哲、苏雪林、石评梅——为考察主体，以她们二十世纪二十年代前后的短篇小说为切入点，结合中外文学现象和文艺思潮，对五四时期女作家小说叙事形式的表现形态展开分析，探究其叙事形式背后的文化内涵和社会意义，并对五四女作家的多元创作思想和人生观进行解读。王思侗的《现代中国"贤妻良母"主义思潮与文学书写（1915—1949）》[50]分析了现代中国"贤妻良母"主义思潮的来源、出现的原因、发展过程及在文学中的表达，结合相关的史料、作家作品以及文化实践活动，探讨了有关"贤妻良母"主义思潮与文学书写在一定历史时期内随着国家社会需求、人的思想情感意识的变化而发生的改变，揭示了中国妇女解放事业在此历史时期的发展进程。肖小云的《突围与陷落——从现代文学女性写作看女性启蒙的艰难性》[51] 在近现代中国动荡不安的社会历史环境下，通过考察萧红、丁玲、张爱玲、谢冰莹、白薇、苏青等女性作家及其写作，透视出二十世纪上半叶中国的女性在启蒙道路上所做的艰苦卓绝的探索。雷霖的《现代战争叙事中的女性形象研究（1894—1949）》[52] 在女性主义、民族主义和民主主义的理论视界内，全面梳理 1894—1949 年间战争叙事中的女性形象，厘清不同时期、地域、性别的作家塑造这些女性形象的方式与过程，揭示战争、民族、文化等因素如何制约了女性生存，这种制约又以怎样的方式参与了战后文化的建构，以此开辟反思现代妇女运动的另外途径。倪文婷的《丁玲与“新时期文学”的建构》[53] 通过丁玲新时期创作的文本及其文艺与外事活动，考察了丁玲如何构筑与理解“新时期文学”生成的历史语境，以及她如何介入新时期的文学建设与文化实践，从“十七年文学”与“新时期文学”错综复杂的关系中尝试厘清丁玲在“新时期文学”这一当代枢纽中的站位、思考与行动。梁盼盼的《历史叙事中的女性建构——铁凝写作研究》[54] 引入对女作家的历史意识，将铁凝的小说创作放置在特定的历史格局中进行讨论，分析了铁凝的性别想象与其历史意识的关系，对其写作过程中所表露的性别与其他历史社会身份的焦虑问题进行了探讨。

其三，全球化语境下的交叉学科研究、跨文化研究成为一个热点和新的学术增长点。这方面的博士论文除了上述在研究趋势里提到的跨学科研究和比较研究，还包括在性别维度下对中国内部少数民族女性文学的考察，以及对台湾、香港、海外华文女作家及其写作的关注和观照。

首先，性别维度下对中国内部少数民族女性文学的考察得到进一步加强。比如王冰冰的《多元文化语境中的少数民族女性书写》[55] 以新时期至今的少数民族女作家的汉语小说创作及部分译作为研究对象，以性别研究作为重要理论依据，探讨了性别话语与民族、国家、身份等话语之间或隐秘或外显的联合、博弈甚或耦合。曾静的《云南少数民族史诗歌谣中女性形象的认同研究》[56] 以云南少数民族史诗歌谣分析了女性形象的集体认同与自我认同，以及性别认同中所蕴含的民族文化审美特质。包天花的《当代中国蒙古族文学叙事的性别研究》[57] 深入探究当代蒙古族文学性别书写所包蕴的民族、历史、文化内涵，以社会性别视角、女性经验和女性立场为基本出发点，呈现出当代蒙古族文学叙事关于性别的思考和丰富多样的表现形态。徐寅的《当代中国藏族女作家汉语写作研究》[58] 考察了当代藏族女作家的汉语创作，分析了她们在不同阶段所体现出来的创作特征，并挖掘了藏族女作家在族裔、宗教、性别等多元维度之间建构创作特色和精神独立的可能性。

其次，在不断加深的全球化进程和后殖民文化语境下，港台文学和海外华文文学构成了当代文学及女性文学的一个重要的面向和组成部分，同根同宗的文化血缘和独特的身份体验赋予台港及海外华文女作家以不同的写作视角和眼光，丰富了女性写作的领域和维度，对台湾、香港、海外华文文学的性别研究成为这一时期研究者们关注的焦点。台港文学方面，刘晓华的《林海音研究》[59] 从林海音文化人格的形成、文学创作的价值追求及创作风格、其创办纯文学杂志的编辑经验等方面，着重阐述了风格与编辑在文学传播出版这条线路上对林海音在台湾文坛建构独特文学风格的重要性。郑贞的《“九七”前后香港女性小说研究——以施叔青、西西、黄碧云为中心》[60] 以“九七”为切入点，深入探讨了香港女性文学前后的变化情况，并选取了“九七”前后有代表性的香港三位女作家施叔青、西西、黄碧云的作品做重点文本解读，对其作品特色进行分析归类，呈现香港文学的殖民性、地域性及香港“九七”女作家文学创作的特殊性。

海外华人女作家中，受到关注最多的是被称为“新移民文学三驾马车”① 的严歌苓、虹影和张翎。其中，严歌苓的关注度最高，蔡小容的《论严歌苓：文学的舞者》[61]、张栋辉的《论严歌苓新移民小说的跨域书写》[62]、陈喆的《严歌苓小说研究》[63]、刘红英的《严歌苓小说论》[64]、吴星华的《严歌苓创作论》[65]、钟海林的《人性世相的探索与言说——严歌苓小说文体研究》[66] 均以美籍华人女作家严歌苓作为研究对象，分析了其小说创作的独特丰富内涵。除严歌苓之外，虹影和张翎也受到了不同程度的关注。唐湘的《女性主义与创伤叙事——虹影长篇小说研究》[67] 和黄爱的《创伤记忆·苦难意识·性别体验·边缘心态——论虹影小说创作的四维空间》[68] 两篇文章以英籍华人女作家虹影作为研究对象，前者通过对虹影正式出版的十余部小说的文本细读，通过对其创伤体验的深入探讨，分析了虹影小说的女性主义视角；后者同样关注到虹影的创伤体验，从四个不同的价值尺度对虹影的小说创作进行系统深入的综合研究，深入揭示了其作品的创作成因和主题内涵。刘雪娥的《母辈“故事”的文化体认——张翎小说创作综论》[69] 则从整体上对旅居加拿大的华人女作家张翎的小说创作和叙事美学进行了深入探讨，揭示了她的创作与汉语文学中的女性写作传统、华裔女性的写作传统之间的渊源，确立了张翎女性写作的意义和价值。

除此之外，植根于东南亚的马华文学也是海外华文文学一个重要的面向。刘征的《华人到处有花踪——近 30 年来马华女性小说创作论》[70] 以马华女性小说为研究对象，涉及商晚筠、朵拉、李忆莙、柏一、融融、艾斯、黎紫书、贺淑芳、梁靖芬、曾沛、戴小华、扶风等二十余位马华女作家的

① 陈瑞琳:《鸟瞰当代“海外新移民文学”》，载《博览群书》2015 第 2 期。

小说创作。论文结合马来西亚当地历史发展背景、政治文化现状、文艺政策、在地华人生活境况等相关史料，对马华女性小说的基本发展脉络、小说主题意蕴、人物形象塑造及其艺术表现方式进行了整体考察。

在全球化视野下展开对女作家/女性写作的分析，可以看到中国加入全球化进程而形成的与国际学术资源的密切互动。性别不是独立存在的概念，它在与民族、阶级、族裔的相关性上发挥影响，本土女性资源的提炼带来了对中国内部少数民族性别问题的关注。与此同时，中国本土的女性话语与世界范围内的女性话语形成了呼应，本土性与世界性混合，显示出女性文学研究的“全球性”特点。

四、研究存在的不足及其展望

综上所述，2011 年至 2021 年的博士论文在女作家/女性文学研究方面取得了很大的进步。一些论文善于运用新材料、新理论、新观点，挖掘女性文学此前未被注意或关注较少的方面，展现出女性文学的丰富意蕴和内涵，同时能够结合时代、历史、社会，将其置于具体的文化语境下进行考察，彰显出女性写作的独特风貌和特质。此外，对性别问题的深切关注也使得女作家/女性文学的研究更富有创见，通过对国外女性主义思想的借鉴及对本土女性主义思想的发扬，使得女作家/女性文学研究拥有更宽宏的理论基础和视野，深化了对性别文化的理解和认知。

但与此同时，这一时期的博士论文写作也存在一些不足和欠缺，值得商榷和注意，主要体现在以下几个方面：

第一，部分论文观点、概念含混，思路和结构不严谨。有的论文论题核心观点提炼不够精准，从摘要中可以明显看出这一点，有些摘要或过多侧重于背景知识的介绍，或只是对论文章节内容的机械复述，而不能精当准确地提取出论文的核心观点。比如《生态女性主义文学研究》一文的摘要，对研究背景的介绍太过于冗长烦琐，而对核心论点的提取不够明晰精准。还有的论文核心概念界定不够清楚，著名女性文学研究者刘思谦认为：“词语概念的非自明性和歧义性，决定了一个学科学科化建设的第一步，便是对本学科概念的辨析和厘清。女性文学研究的核心概念‘女性’‘性别’等便是一些这样的概念。”[①] 由此可见，任何一门学科的发展，都离不开概念的梳理和阐发。不止女性文学，在进行任何文学研究时，都应厘清论题涉及的相关概念，概念的模棱两可会妨碍研究的准确性和严谨性。从一些论文对核心概念的含混可以明显见出这一不足，比如《现代中国“贤妻良母”

① 刘思谦：《性别理论与女性文学研究的学科化》，载《文艺理论研究》2003 年第 1 期。

主义思潮与文学书写（1915—1949）》一文，所谓的“贤妻良母”在作者的描述下更多是作为一种形象角色和价值规范，能否称之为一种主义或思潮尚未得到学界公认，其对概念的阐述主要借重于日本的女子教育和中国传统文化中对女性的规训，而未对“贤妻良母”做出整体性的界定，缺乏对概念的合理性过渡。还有的论文思路逼仄，结构刻板，没有写出自己的新意，仍然是在重复前人的研究，缺乏问题意识和前瞻性。

第二，文学本体性研究欠缺。“文学文本作为世界的特定表现形式，本身也是一个相对独立的存在物，可以在结构上分为内容和形式两大类。”[①] 但从这一时期博士论文的研究成果来看，形式与内容两方面的研究显得不相协调。简而言之，侧重于形式的外部研究——将女性文学与时代、历史、社会结合起来进行考察的论文占比最多，而侧重于内容的内部研究——关于女作家作品的文本阐发、情感特质及审美意蕴的分析则占比较少。可以发现，类似于《五四时期女作家的小说叙事形式研究》《历史叙事中的女性建构——铁凝写作研究》《近现代女性期刊性别叙事研究》《论清末民初小说中的“女界革命”叙事（1894—1919）》《沦陷区女性文学叙事研究》《现代战争叙事中的女性形象研究（1894—1949）》《1980 年代以来女性作家的乡土叙事研究》等论文比比皆是，这些论文普遍更注重“叙事形式”方面的特征。换言之，就是更为注重文学对社会生活的充分反映，而与文本相关的想象性、虚构性和抒情性等文学本体特性未得到充分彰显。

第三，女作家 / 女性文学研究的媒介性别视域未能充分展开。事实上，近十年来，以网络为核心的新媒体发展迅猛，女性文学与网络文化、大众媒介的结合也更加频繁和紧密，很多女性主义观念正是通过网络为人熟知，性别文化与网络背景下新的文学生产机制也发生了密切关联。但遗憾的是，这一视角未能得到充分展开。仅有的两篇文章：赵卫东的《妇女身体：作为“性”符码的生产和消费——以文字文本和图像文本两类文本为例》和杜玉洁的《“千禧一代”女作家小说创作研究》一详一略，关注到了大众传媒对性别文化的影响，但毕竟“独木难成林”，目前搜集到的大部分论文还是更为侧重女作家 / 女性文学研究与主流文化之间的交互，而有意无意忽略或漠视了网络文化或者大众传媒带给女性文学研究新的契机。由此也可见出，女性文学研究在当代文学生产机制下与媒介的进一步结合还有待加强，性别文化在当代的丰富内涵还留有很大的发掘空间。

尽管存在着种种不足，但不可否认，2011—2021 年这十年中文学科博士论文关于女作家 / 女性文学的研究在诸多方面都取得了进步，仍是值得充分肯定的。总体而言，2011—2021 年的女作家 / 女性文学研究正在逐步走

① 李志宏：《新时期文学本性研究：以审美性和意识形态性为中心》，吉林大学出版社 2010 年版，第 186 页。

向深入，研究视野和范围不断扩大，研究方法更加多元化，女性文学研究与性别、地域、民族、阶级、社会、历史等维度进一步结合，同时与世界范围内的女性话语和女性理论形成了有效对话，并开始注重自身的本土性。研究成果中的大部分论文被相关数据平台收录，成为后续研究者的研究和参考资料，还有部分论文已经单独出版，流向更加广阔的图书市场，取得更大的社会反响。写作论文的研究者部分进入高校科研领域，继续从事这一领域的研究，这在一定程度上无疑也会促进学科的建设和发展。“路漫漫其修远兮”，女作家 / 女性文学研究的道路仍然艰巨而漫长，需要各位研究者深耕致远，砥砺前行。

附录一：2011—2021 年女作家 / 女性文学研究博士学位论文一览表

年份	作者	题目	毕业院校
2011	张栋辉	《论严歌苓新移民小说的跨域书写》[62]	山东大学
	房芳	《平凡世界的人性书写——论王安忆的小说创作》	山东大学
	蔡小容	《论严歌苓：文学的舞者》[61]	武汉大学
	李冬梅	《地域文化视野中的90年代女性城市小说》[45]	吉林大学
	陈娟	《张爱玲与英国文学》[15]	湖南师范大学
	丛琳	《生命向着诗性敞开——迟子建小说的诗学品质》	辽宁师范大学
2012	金美英	《中韩现代女作家的女性意识比较研究——以萧红与姜敬爱为中心》[21]	浙江大学
	金润秀	《〈妇女杂志〉（1920-1925）的“新女性”形象研究》[5]	复旦大学
	马英	《坚守与超越——近三十年湖北女作家日常生活叙事研究》[39]	武汉大学
	李晓丽	《“新生代”女作家的日常生活叙事》[31]	南开大学
	朱郁文	《性别视域下的“双性同体”文化与文学》[36]	厦门大学
	华维勇	《灰色的亚当——论中国现代女作家对于“男性”的认知与书写》	暨南大学
	曾静	《云南少数民族史诗歌谣中女性形象的认同研究》[56]	云南大学
	毛海莹	《江南女性民俗的文学展演研究——以现代文学江南作家的女性民俗书写为例》[12]	华东师范大学
	赵卫东	《妇女身体:作为“性”符码的生产和消费——以文字文本和图像文本两类文本为例》	首都师范大学
	王冰冰	《多元文化语境中的少数民族女性书写》[55]	中央民族大学

续表

年份	作者	题目	毕业院校
2013	马越	《迟子建小说研究》	南京大学
	罗艳	《寻找方舟——张洁小说创作论》	南京大学
	翟兴娥	《20世纪40年代上海沦陷区女作家小说服饰研究》[47]	武汉大学
	杨敏	《新时期女性小说的变态心理书写——以残雪、铁凝、陈染为中心》[28]	武汉大学
	梁小娟	《近三十年中国女性成长小说研究》	武汉大学
	崔彦玲	《近二十年女作家小说中的“乡土女性”书写》[42]	南开大学
	包天花	《当代中国蒙古族文学叙事的性别研究》[57]	南开大学
	赵林云	《论女性意识视域下的当代女性诗歌》	山东大学
	李美皆	《“晚年丁玲”研究》	苏州大学
	宁凡	《我说故我在——1990年以来中国女性文学叙述声音研究》[11]	云南大学
	徐日君	《黑土地的守望者——迟子建小说研究》[41]	东北师范大学
	雷霖	《现代战争叙事中的女性形象研究（1894—1949）》[52]	华中师范大学
	张韦华	《五四一代女作家写作的自我想象》[48]	福建师范大学
2014	梁盼盼	《历史叙事中的女性建构——铁凝写作研究》[54]	北京大学
	马勤勤	《隐蔽的风景——清末民初女性小说创作的兴起与呈现（1898—1919）》[7]	北京大学
	郑斯扬	《新时期以来女性写作中的乡土伦理观》[43]	厦门大学
	张欣杰	《新时期以来文学文本中的性别文化》[27]	厦门大学
	刘红英	《严歌苓小说论》[64]	吉林大学
	张惠莲	《90年代以来韩中女性成长小说比较研究》[22]	辽宁大学
	赵娜	《女性书写：智性·情感·身体——20世纪90年代女性诗歌引论》[30]	河南大学
	郑贞	《“九七”前后香港女性小说研究——以施叔青、西西、黄碧云为中心》[60]	中国社会科学院大学
	阮明山	《越南对中国当代女性文学的接受（从2000年至今）》[20]	华东师范大学
	毕磊菁	《讲述心灵世界的故事——王安忆小说创作中的外国文学影响》[16]	南京师范大学
	赵秀敏	《张爱玲电影剧本研究》[1]	华中师范大学
	唐湘	《女性主义与创伤叙事——虹影长篇小说研究》[67]	福建师范大学
	刘建秋	《方方小说创作论》	华中科技大学

续表

年份	作者	题目	毕业院校
2015	臧晴	《"个人"与"女性"：20 世纪 90 年代中国女性文学研究》[29]	南京大学
	徐寅	《当代中国藏族女作家汉语写作研究》[58]	南开大学
	刘颖慧	《新时期以来东北女作家小说创作的文化考察》[38]	东北师范大学
	杜若松	《近现代女性期刊性别叙事研究》[6]	东北师范大学
	程小强	《张爱玲晚期文学论》	陕西师范大学
	刘征	《华人到处有花踪——近 30 年来马华女性小说创作论》[70]	陕西师范大学
	皮进	《王安忆小说创作与外国文学》[17]	湖南师范大学
	杨道州	《对抗焦虑——方方小说新论》	华中科技大学
2016	余琼	《1980 年代以来女性作家的乡土叙事研究》[44]	浙江大学
	吴星华	《严歌苓创作论》[65]	南京大学
	肖小云	《突围与陷落——从现代文学女性写作看女性启蒙的艰难性》[51]	南京大学
	唐晶	《生态女性主义文学研究》[8]	辽宁大学
	黄蓓	《王安忆的上海叙事研究》[46]	上海大学
	黄乐平	《外国文学影响与张洁小说创作》[14]	湖南师范大学
	凌菁	《丁玲的多重身份与其文学活动》	湖南师范大学
	刘舒文	《论毕淑敏小说创作的艺术成就与局限》	东北师范大学
	柳慕云	《残雪在日本的译介与研究》[19]	东北师范大学
	夏豫宁	《新世纪小说创作中的性别书写研究》[33]	南京师范大学
2017	陈喆	《严歌苓小说研究》[63]	南京大学
	刘晓华	《林海音研究》[59]	南京大学
	邱田	《沦陷区女性文学叙事研究》	兰州大学
	金华	《中国现当代女性诗歌女性意识诉求的嬗变》	辽宁大学
	朱一帆	《现代中国女性旧体诗词流变论》[4]	华中师范大学
	陈鹉	《张爱玲后期小说创作研究（1946—1995）》	华中师范大学
	王婷	《方方小说中的知识分子形象研究》	华中科技大学
2018	黄爱	《创伤记忆·苦难意识·性别体验·边缘心态——论虹影小说创作的四维空间》[68]	山东大学
	彭江虹	《丁玲研究在美国》[18]	湘潭大学
	段氏琼茹	《二十世纪八九十年代中越代表女作家作品中女性人物的人生体验研究》[23]	南京师范大学
	赵洪霞	《20 世纪 80 年代以来中国女性主义文学批评研究》[37]	东北师范大学

续表

年份	作者	题目	毕业院校
2018	沈潇	《女作家性别身份焦虑问题研究》	陕西师范大学
	钟海林	《人性世相的探索与言说——严歌苓小说文体研究》[66]	陕西师范大学
	陈卉	《新时期以来的女性话剧研究》[2]	江西师范大学
2019	赵文兰	《五四时期女作家的小说叙事形式研究》[49]	山东大学
	王怀昭	《性别伦理视角下的21世纪女性诗歌（2000—2018）》[10]	厦门大学
	董晓平	《张爱玲小说与心理现实主义写作》[9]	吉林大学
	陈浩文	《杨绛的人格与风格》	中国社会科学院大学
	魏蓓	《1980年代以来中国大陆女作家小说的电影改编》[3]	湖南师范大学
	许晶	《中国现代文学中的名媛现象与身份认同》	上海师范大学
	刘婧婧	《新世纪女性小说的超性别写作研究》[32]	山东师范大学
	高丽	《创伤体验与文学书写——张爱玲与毛姆比较研究》[24]	曲阜师范大学
2020	罗雅琳	《塑造“女英雄”——抗战时期历史剧的美学与政治》	北京大学
	张宇	《“新妇女”的建构与困境》	南京大学
	牛艳莉	《女性书写与诗学形态——翟永明诗歌研究》	山东大学
	李濛濛	《萧红小说接受史研究》	云南大学
	AYE AYE KHAING	《加尼觉坞坞礼与丁玲的女性小说比较研究》[25]	湖北大学
	高虹	《中国少女成长小说研究》	北京师范大学
	王行	《孙惠芬小说创作研究》	东北师范大学
2021	倪文婷	《丁玲与“新时期文学”的建构》[53]	北京大学
	竺劲	《作家的“自身影响焦虑”现象——张爱玲的创作转变与自我矛盾》	浙江大学
	韩旭东	《1990年代以来台湾女性小说的性别叙事》	南京大学
	李涵	《迟子建小说创作与自然之关系研究》	南京大学
	姜淼	《论清末民初小说中的“女界革命”叙事（1894—1919）》	南京大学
	王思侗	《现代中国“贤妻良母”主义思潮与文学书写（1915—1949）》[50]	吉林大学
	霍虹	《中国现代女作家作品批评研究》[35]	辽宁大学
	何英	《宗璞小说研究》	中国社会科学院大学
	刘雪娥	《母辈“故事”的文化体认——张翎小说创作纵论》[69]	陕西师范大学

续表

年份	作者	题目	毕业院校
2021	刘茸茸	《当代"西北女作家群"研究——以小说为中心》[40]	陕西师范大学
	雷梓燚	《英国影响与百年中国女性文学》[13]	湖南师范大学
	黄鹤	《疏离与渴求——新时期以来女性作家母性主题小说研究》[26]	江西师范大学
	杜玉洁	《"千禧一代"女作家小说创作研究》[34]	哈尔滨师范大学
	陈林瑶	《寻找心中的红雪莲——论中国当代汉族女作家的西藏书写与精神呈现》	广西民族大学

附录二：2000—2010年与新时期相关的女性文学研究博士学位论文一览表

年份	作者	题目	毕业院校
2001	田美莲	《20世纪晚期中国女性文学分裂意识初论》	中国社会科学院大学
2003	王艳芳	《在通向自我认同的途中——新时期女性写作研究》	南京大学
2004	程箐	《20世纪90年代女性都市小说与消费主义文化研究》	华东师范大学
2005	佘艳春	《中国当代女性小说中的历史叙事》	山东师范大学
	魏天真	《女性文学的批判与反思——近年女性小说文本解读》	华中师范大学
2006	邓利	《论新时期女性主义文学批评发展衍变的历史轨迹》	四川大学
	安炳三	《二十世纪八九十年代中韩女性作家爱情小说比较研究》	山东大学
	艾尤	《在欲望与审美之间——论20世纪80年代以降台湾女性小说的欲望书写》	苏州大学
2007	谢海平	《拓展与变异——启蒙思潮中的女性文学论》	山东大学
	万莲姣	《全球化视域里的中国性别诗学研究（1985—2005大陆）》	暨南大学
	赖翅萍	《未竟的审美之旅——论新时期女性小说对日常生活的诗性探寻》	河南大学
	任亚荣	《20世纪90年代女性小说身体话语》	上海大学
	吕颖	《反思与建构——论新时期以来的女性文学与女性文学批评》	山东师范大学
	闫红	《铁凝与新时期文学》	山东师范大学
2008	王璐	《困境中的反叛与突围——1990年代中国女性文学》	吉林大学

续表

年份	作者	题目	毕业院校
2010	董秀丽	《20世纪90年代女性诗歌研究》	南开大学
	周颖菁	《近三十年中国大陆背景女作家的跨文化写作》	武汉大学
	王艳峰	《从依附到自觉——当代女性主义文学批评研究》	华东师范大学

华人女作家研究

探询跨文明语境中的文化折冲与调和之道

——论林湄小说《天望》与《天外》

王晓平　李碧春

摘　要: 新移民文学作家林湄的小说涉及中华传统文化、传统社会主义时代文化、香港的半传统半殖民地文化和欧洲的西方文化之间的交流和碰撞，因此成为典型的中国文化在跨文化语境中的传播现象。华人移民异域生活图景中，鲜活的人物形象和生活图景背后是异质文化间的差异和因之而产生的困惑。文章从作家跨文化创作的视角来解读林湄的小说《天望》和《天外》，探讨在其创作和作品中人物、情节、心理等方面呈现出来的文化冲突问题，从中西方社会文化根源、性别地位差异、家庭具象下的情感矛盾等角度剖析作品中所呈现出来的文化冲突现象，尤其是重点分析作品中的人物在本民族文化传统基因遭遇西方文化时的内心体验和价值观选择，以及受此影响的人物的命运遭遇，从而揭示出中华文化的异域生存境况，和超越视角下现代人信仰和人性的困境。

关键词: 跨文明；文化冲突；林湄；新移民文学；价值观

林湄的创作始于 1983 年。1984 年她加入了香港新闻单位任编辑，从事新闻报道的写作，1988 年出版了散文小说集《诱惑》，1990 年出版了长篇小说《泪洒苦行路》，1995 年出版了《漂泊》，前几部作品因初涉小说创作，所以思想性多局限于个人经历与情感。时隔多年，作者历经十载创作，又于 2004 年在长江文艺出版社出版了相比较之前更具影响力的长达五十万字的长篇小说《天望》。它呈现了一幅华人异域生存的图景，汇聚了作者初到欧洲时的文化心声与生活体验，并延续了作者前期在香港生活时关注女性命运的书写内容。书中呈现了在众多的移民群体中，女性的生存境况甚为敏感，传统“纲常伦理”价值观下的压抑心理、西方的种族歧视与边缘处境下的身份挤压，所有这些遭遇在华人女性群体当中似乎已被视为正常。因此，女性这一特殊的群体既是中国传统文化的坚守者，也是边缘处境下最敏感的“不幸者”。而她们所认同的中华传统文化价值观寄身于异质文化环境中，更清晰地体现了其潜意识里的价值取向。

林湄从移民的边缘角度观望异域生活，正如其本人所说：“‘边缘’虽然与‘中心’不同，但点线的位置可以变换或移动，也可能漂流到中心地带，更有旁观者清的优势。只是，肉体可以漂泊，文化乃是人的魂灵、精髓，不但不能漂泊，反而会跟随你一生。因此即使‘边缘人’身处中心闹市，心灵情感依然是边缘的。就像自己一样，出生于东海岸，在亚洲转啊转，最后漂徙到北海岸生活。”[①]这不仅暗示了华人移民群体“身体有处所，心灵无安居”的尴尬处境，同时也折射出华人根深蒂固的中华文化意识在异域的生存境况，由此作者从对女性双重“他者”身份的书写，上升到了对资本主义世界中国人移民生存的“无我”之境的关注。

又过了十年之后，旅居欧洲多年的作者借着对社会人生的忧患和当前国际环境的风云变幻真切感受的创作激情，于 2014 年完成了《天外》的创作。在跨国跨文化背景下生活的华人移民群体，携带着中国传统文化的基因，感受着西方的物质与文化氛围，就像来到别人家一样，失去了在自己家里的随意与习惯，自己原有的习惯、观念、行为等都成了一种异样的存在，随之而产生的必然是文化差异而带来的不安与局促。中国的传统文化观念受到他国文化的影响，华人移民群体产生了疑惑与不解，到底是自己从小接受的文化是正确的，还是应该入乡随俗，重新植入移居国的文化观念与价值追求？在这样的疑惑中，西方的文化观念逐渐渗入到人们的头脑当中。在这些来自祖国大陆的华人移民原来所接受的传统社会主义教育中，所谓的“自由”不过是资本主义的绚丽外衣；西方的个人主义文化观念也与集体主义观念相左。彼岸彼刻，他们传统的家国观念受到挑战。同时在资本主义的政治环境与经济体制中，华人移民的异域生存与工作处境也非易事，对中国传统文化和价值观的坚守也经受着考验，家国情感、个人追求、谋生、尊严等都在独特的环境中受到不同文化价值观的挑战。

在笔者看来，《天望》和《天外》在主题上的发展体现为，《天望》表达了作为漂泊者对离散、移居、身份等“概念”的深刻解读，而《天外》超越了《天望》中西方资本主义物质世界的“忘我”和“无我”之境，以及女性在传统文化价值观坚守下的前途与命运，将视野从生存转向了对精

① 林湄：《天外》，新世界出版社 2014 年版，第 10 页。

神的挖掘，把差异之下的矛盾心境放在全球化的大背景之下来观视，书写了身处西方物质世界的华人艰难的精神追求；面对文化价值观的差异，他们在经历生死离合的过程中寻找到内心的自我。这两篇小说由此展现了作者不断深化的探询跨文明背景下的调适的过程。

一、《天望》（2004）：跨文化背景下的价值观龃龉

小说《天望》以闽南华人女性荣微云远赴欧洲之后，嫁于当地人弗来得而形成的家庭生活与遭遇为主线展开书写。微云在父辈“人往高处走”的鼓励下离开家乡前往欧洲，因居留权问题而嫁给了当地人弗来得，弗来得是庄园主马里若士的孙子，信仰基督教，热衷于传教，而微云信仰家乡的“海神娘娘”，所以在他们的家庭生活里，一件件一桩桩的大事小事都弥漫着不理解、不认同的疑云。就在矛盾与压抑丛生之际，微云认识了赴欧学习的中国人老陆，并与之发生了一夜情，这在他们家庭的疑云里更增加了裂口。后来微云因此离家出走，离开家庭之后的她甚至难以维持生计，而弗来得在家里也生命垂危，几经艰难，最后他们付出爱与理解，帮助彼此，共同回归了家庭。与此同时，我们还看到在微云的周围生活着的其他华人。微云的表哥阿翔出国攻读博士学位，他说：“穷怕了，理想抱负是假的，洋房、洋车才是真的。”[①] 然而在得到物质享受之前，他就在车祸中意外去世；作为陪读生的阿翔的妻子赵虹把希望寄托在丈夫的身上，没料到在意外中失去了丈夫的庇佑，最后为了“体面”的生活，她委身于洋人教授以获取博士学位；作为中餐馆应侍的华人新移民阿彩也一直在找一个合适的洋人丈夫，以获取其心目中的后半生的“无忧”生活；弗来得的教友、八十年代初移居欧洲的方蕾蕾（海伦）与外籍丈夫离婚，后来从事慈善工作。此外，小说描写了众多在异域艰难生存的小人物，如偷渡出去为了生存而偷盗中国同胞的竹竿。而弗来得的哥哥依理克、叔叔保罗、传教对象罗明华、比利等人的表现则显现了对西方资本主义文化价值观的追求，映衬了中华传统文化的差异性和独特性存在。他们和华人群体一起，共同呈现了中欧文化相遇的图景和中华文化价值观的异域生存境况。

由此可见，在这一小说里，林湄延续了此前她对女性命运的关注，书写女性群体在母国文化的传统性别观念与异国他乡种族歧视的边缘生存处境间所产生的双重“他者”身份的命运。然而走进作品的内核，我们会发现作家实质性的关怀由对女性命运的关注，上升到对整个华人移民的文化差异和矛盾冲突现象的审视，探讨华人群体谋求生存中失去自我的尴尬处

① 林湄：《天望》，长江文艺出版社 2004 年版，第 15 页。

境，透视中华文化价值观在跨文化传播中的异域生存困境。正是这样的生存现状让我们不得不思考为什么会有如此之大的反差、产生这样的问题，这关涉到西方社会的文化状况。因此小说进一步延伸到书写西方社会的资本主义消费文化对“个人”和“自由”的价值观的推崇，它使得西方世界沉浸在“忘我”的享受当中，华人群体和其价值观存在必然受到挑战，这或许是作家在这部小说里更深层的反思和批判。

（一）域外移民女性的双重“他者”身份

在海外华人移民群体当中，女性作为其中的重要组成部分，其生存境况与海外的文化环境和自身固有的文化意识密切相关。与男性群体相比，女性有其独特的身份诉求与生存困境。在传统父权文化观念里，男性群体自出生起就被赋予一种主宰并创造历史的权力，而女性则长期生活在父权、夫权的从属关系中。这种社会现象的形成中外皆然，但中国社会几千年的这种文化积淀已经在女性群体的意识形态里成为一种理所当然的存在，使得她们毫无反抗，毫无觉醒意识，“自愿”接受。直到五四时期，女性解放的意识才逐渐走进大众的视野。法国女权主义作家波伏娃在其作品《第二性》中曾这样写道：“她们（西方的女性）始终依附于男人，男女两性从未平等地分享过世界。即使在今天女人也受到重重束缚……几乎在任何国家，她们的法律地位都和男人不一样，常处于恶劣境地。”[①] 由此可见，女性的地位超越了国家的界限。

移居海外的华人群体遭受了生存的艰难困境和文化夹击的焦虑。在获得居留权的问题上，女性可以与有居留权的人结婚而获得居留权，这样看来女性似乎有着优越于男性的优势，但是在这所谓的“优势”的背后不仅存在着文化的屈从，更有着无法言说的弱势悲苦。她们被排挤到社会的“边缘”，作为“非历史的存在”的东方女性，在种族、性别、文化的三重压迫下，游离在“边缘”又“边缘”的位置，生活得更加步履维艰。[②] 她们可以说是双重的“他者”：“他者”与“自我”是相对的概念，“他者”指自我以外的一切人和事物。具体来讲，“他者”与“自我”是二元对立相互依存的关系，这对概念本身包含着地位的不平等关系，或者说包含着某种压迫、从属关系。[③]“他者”往往由于各种原因被边缘化、属下化，在文学批评中，各种后现代的“他者诗学”都旨在分析和揭露他者化过程中形成的霸权和压迫。[④] 这些在异域生活的女性以“中国人”的身份呈现，从一开始便被扣

---

① ［法］西蒙娜·德·波伏娃：《第二性》，中国书籍出版社 1997 年版，第 16 页。
② 赵漪涵：《新移民小说中的身份认同研究》，2011 年辽宁大学硕士论文，第 15 页。
③ 周礼静：《论新移民小说的文化特征》，2015 年南京师范大学硕士论文，第 4 页。
④ 张剑：《西方文论关键词他者》，载《外国文学》2011 年第 1 期。

上种族、文化“他者”的帽子，并且自动被打上“弱族”的烙印，西方文化在对华人进行种族歧视的同时，也将性别歧视深埋其中，而生活在男性构筑的主流社会之中，她们既是种族的“他者”，又是性别的“他者”，因而常常处于双重“边缘”的位置。她们的生存现状——无法离去，负担着舆论的压力，更无力改变——谱成了一曲悲剧命运的复调。[①]《天望》中的微云、阿彩、蕾蕾、赵虹、阿彩的嫂嫂等都是这种双重“他者”身份的经历者。微云初到他国，为了合理居留，只能与当地有居留权的人结婚，所幸微云所嫁之人弗来得生性善良，虽然生活中的文化隔阂也屡屡发生，但最后微云回归家庭化解了这些矛盾与隔阂，可以说是差异文化间的和谐共生。而作为华人新移民的中国餐馆应侍阿彩一心想要嫁给欧洲人获得当地的居留权，过一种所谓“舒适”的生活，最后却只以离婚收场。她是移民海外的华人女性中的一个缩影，以阿彩为代表的这一类东方女性为了得到西方舒适的生活，她们想要去掉自己与生俱来的“中国”烙印，却无法摆脱早已根深蒂固的中国传统思想——她们将婚姻当作筹码换取生存权和居留权，事实上就是将中国延续几千年、女性需要通过与男性结合的婚姻才能改变自我命运的陈旧思想，过于简单而直接地移植到海外。她们一方面将自己投入到放浪形骸的欲望堕落中去，一方面又怀抱着陈旧的中国传统女性观念，这就形成了一个个矛盾体，注定在文化冲突与夹击中承受漂泊、孤独与无助。

拥有博士学位的丈夫去世之后，微云的表嫂赵虹真正体会了无依无靠的感觉，她为了满足自己的异域生活要求，也为了虚荣，不得已委身于教授而得来自己的博士学位，这里不仅体现了异域生活的女性的生存艰难，同时也从侧面反映出女性对男性的依附与从属地位，其双重“他者”的身份表露无遗。小说中还有关于阿彩对嫂嫂的印象：“‘对呀，有些女人就是贱！’阿彩放下筷子，瞥了嫂嫂一眼，对嫂嫂的话十分反感。”[②]是的，她从心里看不起嫂嫂，觉得她软弱无能，对丈夫百依百顺：丈夫白天勤于餐馆生意，晚上一打烊就上赌场，输了就拿嫂嫂出气，还无事生非，怀疑嫂嫂趁他上赌场时偷汉子，嫂嫂一旦开口反驳，他就拳打脚踢，叫她不要出声否则要她的命。习惯形成自然，嫂嫂每次挨打后，偷偷哭一阵儿，又不得不返回厨房做事。在习惯性的被压迫意识当中，从被迫到自愿，这些华人女性群体已经失去了掌握主动发声权利的愿望。长期的依附与传统女性观念，让“边缘”的身份成了一种自然常态，所以说在远离故土的异域环境中，男性的生存尚不容易，对女性来说更难。小说中的阿彩看不起嫂嫂，自己又何尝不是如此呢？“哀其不幸，怒其不争”不仅仅是对自己、对嫂

① 赵漪涵：《新移民小说中的身份认同研究》，2011 年辽宁大学硕士论文，第 15 页。
② 林湄：《天望》，第 173 页。

嫂，也是对更多的华人女性群体的忧心之言，这背后更多的是无奈。

中国传统文化的浸染和对传统文化观念的坚守，让异域生存的华人女性献身于丈夫、孩子与家庭，而异域的艰难生存也往往让女性失去自我，这两者均成为异域华人女性的不幸之源。上文所提到的赵虹即是这样的角色，她的价值观选择与经历诠释了中华文化价值观与西方文化的矛盾间隙中所形成的张力：失去丈夫的赵虹不得已委身于异国他人，这样一种行为在中国的传统文化观念里为人所鄙视与不齿，而赵虹之前对丈夫的依附也恰恰是女性一定程度上自我的丧失。所以，在移居海外的华人移民群体中，女性作为长期以来的依附者，是双重“他者”的敏感群体。

（二）集体主义文化传统的价值观的沦落

《天望》在对华人女性命运的叙述中，不仅表现了女性域外生存的艰难，更将整个移民群体的真实处境还于眼前，并从中显现了中华传统文化里的集体主义价值观在此遭遇的一系列挑战。在林湄的笔下，早期华人移民经历了在海外尝试谋生的提心吊胆的日子。战乱、内乱、贫困等种种因素让他们逃离故土，但这经常需要付出代价：不是葬身大海，就是经历厄运的挑战。“几经艰辛，有些人创造了业绩，扎根生长；有些人则遭遇不幸，但生存于当地，因为种种原因，他们吞食了自己的灵魂，顺服现实，放弃自我，将故土的文化、习俗、习惯渐渐隐没起来。”[①] 他们的海外谋生从一开始就充满了未知和不确定性，而故土文化自然也遭遇了否定、压抑或者隐没。或因主观或因客观，他们在生存、情感和命运前途的焦灼中经历不易，经历挣扎。在这一系列的生存艰难、文化差异、价值观冲突面前，携带着母国文化基因的华人容易陷入失去自我的“无我”处境。

在改革开放后的出国大潮汹涌袭来时，裹挟着的是当时人们的好奇、幻想与欲望。作品中的微云是东海沿岸渔民的独生女，生于“文革”之后，与大陆二十世纪五十年代后的各种政治运动和阶级斗争不沾边，可谓适时而生、一帆风顺。她胸无城府，父母供她读书，毕业后跟随老中医学艺。在未出国的人们眼里，欧洲讲究民主、人权，即使当了难民，也不愁吃穿，所以微云父母坚持“水往低处流，人往高处走”的理念，让微云挤入出国的大流。当微云初到欧洲走出机场，见到寄予希望的亲戚——表哥的妻子阿虹时，起初的新鲜感瞬间打了折扣，因为阿虹对微云说：“我应该对你坦白一下，这里不像中国，别指望太高，谁也靠不住。看在祖宗的分儿上，短时间的住食，你表哥可以负担，可是下一步呢？如何打算？生存、居住权？你想过没有？凭什么本事和专长在此谋生？你知道不知道，找工作、

① 林湄：《天望》，第 4 页。

求学、探亲，都得先解决居住权和合法身份问题。这可是个难题啊，除非你是专业人才，要么在此报‘难民’身份，或与有居留权的人结婚。”[①] 赵虹的一番话给心怀希望的微云泼了一盆冷水，话语虽然刺耳却道出了华人异域生存的真实处境，现在所面对的、未来将经历的，不仅仅是生存的困境和不同物质文化之间的简单差异，还有潜藏着的文化价值观之间的冲突和因此而产生的复杂的内心体验。

正如赵虹所说，嫁人是微云获得居留权最便捷的途径；于是在赵虹的牵引之下，微云嫁给了当地的一个庄园主的孙子——弗来得。家庭作为文化的微型聚集地，代表不同文化价值观的家庭成员的构成将不同文化展现出来。微云认同的是传统中华文化的观念，而她所重新加入的家庭和重新进入的社会环境，则是完全不同的文化环境和价值观体系。所以微云不可避免地体会着因文化差异而带来的一系列矛盾。在生活的细节和对待事物的态度上，她和丈夫的表现截然不同，家里的一只小鸟死了，微云把它丢到了垃圾桶里，弗来得知道后声调异常：“你呀……你！你怎么……能……这样！”“即使它死了，也不可以……丢在……垃圾桶，你……怎……怎么这样……残酷……无情？我原……以……以为……你们……东方人……像土耳其人……一样……仁慈……对待……禽兽……”[②] 这样的一件事在微云看来并没有那么重要，而在弗来得看来却是东方人无情的表现。这里呈现出来的不仅是现实中东西方文化的差异，同时也间接表现了东西文化在彼此想象当中的形象。之后弗来得卖掉土地、农场，让微云跟随其传教，但是在微云眼里“土中生白玉，地内出黄金”，哪能“丢下灶王拜山神”？这是中国传统文化中的价值观念，早期农业社会的经济体制为中国的传统文化奠定了基础，土地就是农民的财产，而且世世代代地传承下来，是祖宗的基业，离开是无根与漂泊的象征，但是微云的处境使她只有无可奈何地遵从丈夫的决定。

在这条轴线的周围，还生活着很多处境艰难的华人群体。他们远离故土，远离亲人，各自都在艰难谋生，那些条件稍微好一点的工作是当地人的特权，所以很多华人只能在餐馆里做工，在当地的社会里自然也找不到自我的存在感。他们同在一家华人餐馆里工作，却没有同乡之间的情谊，只有互相之间的嫉妒与排挤。失去了互助、包容与理解，随之而来的便是集体主义情感的隐没，他们在异域“无我”的生存处境中，人性得以显露，集体主义观念遇到挑战。正如文中所述，“竹竿（一位偷渡到海外但难以谋生的众多小人物中的一个。——作者按）肚子饱后，果然滔滔不绝地陈述起那些偷渡者的近况：由于无所适从，保暖没有保证，只好无事生非，没办

① 林湄：《天望》，第 15 页。

② 同上，第 47 页。

法呀，不敢偷洋人的，只能向同胞勒索，特别针对刻薄无情的餐馆老板。”[①]这更形成了一种道德上的恶性循环。在这里我们看不到中国传统文化里同乡之间的互帮互助，而只有个人的利益关系。在这些主人公曾经生存的传统的社会主义主流文化背景下，提倡的是团结一致、慷慨正义的集体主义观念，而在跨文化的生存环境里，他们所遭遇的生活与精神苦难剥夺了他们认同的精神追求与价值观念。

又如作品中写到的人物“老陆”。老陆是中国公派访问攻读物理学博士的学者，本应该是握笔动脑的知识分子。但到了这个陌生的异域环境，所有的一切似乎已清零，他只得在餐馆里洗碗。餐馆里的二厨带着江浙口音对老陆呵斥道：“喂，手脚快一点啊，不要以为你是什么人体……物理……教授？你在这里……就是打工！”[②]老陆没有回话，是的，除了闷声闷气，还能怎样？安分守己的观念和异域生存的艰难让老陆忍辱负重，显出一点“窝囊”气，你可以说它是一种情绪，更可以说它是生存中的一种状态。在老陆心里，这是异乡生活里一种难忘的心境，他似乎已经默认了自己的博士身份在此的无效性，如作者所述：“今天的欧洲，不同的文化实体的冲突，在文化风尚的碰撞下，只能仰人鼻息，自怜自叹，冷漠孤独地生存。”[③]饭店二厨寥寥数语的苦诉更是将其不平衡、酸溜溜的情绪暴露了出来，那一刻，所谓的同胞之谊简直成了赤裸裸的讽刺，客观上也反映了移居于西方的华人群体的劳动面貌和精神状态。这段描述不仅刻画了异域生存的艰难，也强调了他们在精神上的压抑与无助、沉默与煎熬。不管是物理学教授老陆还是饭店二厨柳久，还是其他更多的洗碗工，他们心里都有着不同程度的压抑，隐藏着的人性的本质也暴露无遗。小说中对于老陆压抑的内心世界有这样的解释：“饭店的陶师傅私下对老陆说：‘在国内好好的，出来干什么，活受气！’老陆则有自己的想法。没有解释也没有退避，世上许多事没有必要对每个人解释和表明，更无须惊动别人。正像千百年来一样，蝼蚁人生是生命的内容和形式，然而仍然有人在寻找其他的生存方式。还有一种天性，喜欢在生存的时间和空间里，讲究‘价值’的意义。而这意义不是什么丰功伟绩，也不是世俗眼里的名与利，而是黄种人潜在的祖先基因——‘知、仁、勇三者，天下之达德也’。”[④]在老陆甚至像老陆这样的人的眼里，服从权威（尽管是微不足道的权威），成了一种集体性的经验与习惯，一种集体的生存态度。中国文化通常强调个人弱化之后的整体性，这也来源于儒家大一统的思想。就是骨子里对这种文化价值观的坚守，让老

① 林湄：《天望》，第 359 页。
② 同上，第 113 页。
③ 同上，前言。
④ 同上，第 114 页。

陆的自尊能在人们的讥笑中隐退，而他的微笑，也能在鄙视的目光中出现。

其时的个人主义排斥了他们，也“教育”了他们，在互相明争暗斗的背后，是中华文化的边缘之危境。又如小说中中国的自费留学生管先生，以“教授”的身份出现在各种场合。有趣的是，自管先生出现后，华人中的“教授”日益增加，除了学术界的“教授”外，还可以见到不少中医“教授”的名片。有人明明知道对方是冒牌货，则抱着“事不关己，高高挂起”的态度不愿多说。在“物欲”与“名欲”的怂恿下，他们争先恐后地追名逐利，而传统的中华文化价值观念是否得到应有的重视在他们看来似乎并不重要。

（三）文化矛盾及其调适与回归

上述文学书写背后所反映的文化现象值得引起我们的重视与思考。西方资本主义文化社会里对“个人”和“自由”的价值观的推崇，使得西方世界沉浸在“忘我”的享受当中，华人群体的异域生存和价值观认同必然受到挑战。众多华人移民群体跨文化的生活遭遇与价值观冲突，暴露了欧洲社会现实和文化背景下的病态景象。从本质上讲，当代资本主义文化是围绕资本主义生产和资产阶级统治而形成的价值观念和思想道德。随着资本主义世俗化进程的加剧，特别是消费社会的兴起，获取物质利益的欲望开始占据人们日常生活的主流[①]，对物质与享受的强烈欲望使“个人”与“自由”成为个体所追求的价值理念。作家林湄在其作品《天望》中所塑造的人物角色，不乏个人利己主义的追求者，如作品中写到的同胞兄弟依理克和弗来得。小说中依理克对其弟弟弗来得说：“你知道我选修了欧洲哲学，不是说你不行，我们的智商如同工具，就看怎么运用或用在哪里。不错，个人主义是自由民主的前提，瓦拉和蒙台涅强调个人自由与个人利益者，洛克和斯宾诺莎反对极端个人主义，费尔巴哈认为利己是人的本性，利他的最终目标还是利己。”[②]作品中的依理克卖掉爷爷留下的房屋和地产，为了获得更大的利益和更好的生活享受，用所得遗产去投资，其弟弟弗来得也卖掉了土地、鸡舍、房屋，外出传教，兄弟俩为了各自的目的背离了爷爷的嘱托，卖掉了土地，在他们的叔叔保罗看来依理克的行为更理性：“依理克有见地，他不愿意被人束缚，你爷爷在世他没有办法，说明他是明理的。现在爷爷去世了，土地他有份，想出售一定有他的理由，不致将财富白白糟蹋吧，他想利用有利条件去发展，这有什么不好呢？”[③]这其中隐含的既

① 薛晋锡：《文化分裂、文化矛盾与文化想象——基于对资本主义文化精神的分析》，载《兰州学刊》2017年第8期，第94页。引自韦伯：《新教伦理与资本主义精神》，广西师范大学出版社2007年版，第187页。

② 林湄：《天望》，第37页。

③ 同上，第42页。

有西方内部世界的文化差异，也有中西文化之间的差异，在为人处世重实用、效益的背后，始终不是“道德”和“人情”，而是“物质”和“金钱”、“自由”和“享受”在起主导作用。在中国的传统文化和价值观认同里，子承父业是道义和传承文化的自然行为，世袭制虽然已离开中国的历史舞台，但文化传承和记忆使得这一观念仍然深深地影响着一代又一代中国人。小说中依理克卖掉土地房屋去寻找物质财富、寻找生活享受，在他的眼中这是他所追求的物质与自由的实现，当然这同时也是对家庭集体的背离。分手时老人站在门口久久凝望，偶尔发出长叹，“走了……又走了……都走了……剩下我们这些老骨头”。[①] 在面对物质利益、个人享受与对家的集体的坚守时，依理克选择了前者。

依理克生活于其中的崇尚自由、享受与物质等的西方世界沉浸在“忘我”的愉悦中，这也与第二次世界大战后西欧的经济发展有关。二战后西欧的经济在六七十年代获得了飞速发展，而二战给当时的人们留下了身体和心灵的后遗症，重建家园后的他们沉浸在自我物质享受当中。由此产生的问题对移居海外的华人来说，更加剧了其生理和心理上的不适感。

与西方近代资本主义社会文化相比，中国传统社会价值观念极为不同，它具有“责任先于自由”“义务先于权利”“群体高于个人”“和谐高于冲突”等特点。[②] 历史悠久的文化传统和现行的政治经济管理制度相辅相成，形成中国大陆的主流文化场域。中国共产党的领导和中国传统文化以及社会主义价值观的教育与实践，使得这种主流文化意识形态在人们的现实生活中得以秩序化、具体化。在这样的文化与社会秩序下成长的人们，一般带有中华传统文化、传统的社会主义文化及其价值观的内化意识。当他们进入到一个社会制度、文化传统完全不同的环境中时，容易产生心理的落差和复杂的内心体验。林湄作为自幼接受中国传统教育和中华文化熏陶以及社会主义价值理念教育的知识女性，跨国界的生活体验自然会让其产生不同的心理情感，所以在林湄的新移民文学作品中，人物、场景、情感等的书写，都经常包含着对中华传统文化、社会主义文化以及两种价值观在异域生存和发展状态的感受。

作品中的微云在与弗来得矛盾分离之后最终回归家庭，不仅是异域环境下生存的艰难处境使然，同时也是内心深处文化道德的救赎与对“家”的守望。弗来得的教友海伦，经历了人道主义的奉献和自由的沉沦后，最终选择了作为志愿者的公益奉献，在“传播仁爱”的方向走上了和谐与智慧的道路。微云的回归家庭、海伦的远走非洲，一个是对“家”的坚守，

① 林湄：《天望》，第42页。

② 木示：《开创“天下大同”的世界新文明——兼驳中美“文明冲突论”》，载《中国青年报》2019年6月24日。

一个是对“仁爱”的传播。微云的回归拯救了处于死亡边缘的弗来得，依理克精神分裂的结局也暗示了“物质”与“自由”的代价，而海伦的远走则是人道主义的升华，超越了个人的享受，是对物质与享受的挑战，最后将中华文化的“仁爱”与“奉献”精神远播海外，以中国文化的角色走上世界的舞台。不管是微云回归家庭，还是海伦投身慈善事业的结局，都更像是一种中华文化的中和。在林湄创作的文化交织前行的途中，我们看到了中华文化及其价值观的挣扎与回归。

二、《天外》（2014）：超越视角下的跨文化融合书写

《天外》于2014年在国内的新世界出版社出版。在这一作品中，作者将笔触从华人移民的异域“安身”转向对“立命”的挖掘，通过对数个新移民家庭的情感纠葛和伦理冲突背后文化价值观的相遇交汇，剖析个体传统文化价值观在经历矛盾挣扎之后的释然与平静，同时表达了自己对跨越中西文化的信仰与人性的思考。

小说以主人公郝忻和吴一念的移民家庭生活为核心展开叙述。郝忻是位台属，“文革”后的第一批大陆大学生，毕业不久后出国，因父辈和自己幼年时经历“文革”的不幸遭遇，希望出国远离曾经的是是非非；郝忻的妻子吴一念同是侨属，与郝忻患难与共，她也是“文革”后的第一批大陆大学生，毕业不久后出国；郝忻与吴一念移民后育有一子，名叫向正，从小在西方文化的影响下长大，他连接着中国的血脉，却喜爱西方文化；吴一念的胞妹吴一靳作为八十年代的留欧学生，后来嫁给了在欧盟任职的洋人丈夫凯西；吴一念的奶奶林育思出国前任中学历史教师，虽思念家乡故土，但在中西方经历人生的起起伏伏后，心态逐渐淡然，面对中西方文化的矛盾，从最初的冲突感受逐步走向心态的平和；饭店老板老陈的发妻蔺嫂是丈夫的得力助手，但是却没有依靠、缺乏安全感，在积攒多年的积蓄丢失后变得精神恍惚，感到“累呀累，极累，且毫无意思”，[①] 她想不通也不愿多想，夜深人静之时从楼上一头栽下，结束了自己悲剧的一生。

除此之外，小说中的其他人物来自世界各地，在这不同肤色、性别、年龄和职业的小群体里呈现了大社会的“景致”。不同的母国文化、不同的价值观追求都在全球化的背景之下“大放其彩”，随之而来的是差异、矛盾、冲突、选择和交流。作者的边缘书写反映了华人移民漂泊海外的生活际遇与前途命运，有不同文化交汇下产生的不幸，也有互相包容的美好，在处世身份和价值观上也呈现出不同的选择，有盲目，也有理性，更多的是对

① 林湄：《天外》，第392页。

自我价值和归属感的诉求。作者竭力透视人性的藩篱，跨越地域、文化和时空的障碍，以特殊的视角，通过感触、认知和再反思，书写欧洲华人移民的生存际遇，反映了文化差异的背景之下，不同价值观交互影响下的华人生活，以及地球村人类面临的共同问题和命运。

（一）夹杂在不同文化间的身份认同困境

文化对人的影响可谓根深蒂固，在集体主义文化背景下长大的华人移民，当他们想方设法地移民到西欧国家时，更多的是对富裕、自由等的向往抑或是潮流驱使，但同时他们忽略了隐藏在各自身上的深厚的精神内核：原生文化的传统价值观。林湄的创作即反映了在跨文化境遇中沉浮的华人群体不同的身份认同及其深刻的文化内涵。作家本人的跨地域生活背景和跨文化创作经验，更为其创作中所展现出来的文化内涵提供了更多的现实来源和生活形象。通过小说中蔺嫂和向正的文化价值观与身份认同，作者再次展现了中华文化价值观走出去的普遍困境与命运。

蔺嫂从小在中国传统文化的背景下长大，移民欧洲后遭遇西方文化的冲击，她面对的是自我身份归属的困境，她是丈夫餐馆的得力助手，但最后以悲情结束了自己的一生。小说中说道："蔺嫂和大多数家庭妇女相似，婚后以男人和孩子为重，心甘情愿辛劳，自喻像箍住圆木桶的一条铁扎，铁扎崩了，木桶也将散落。她还常常说嫁鸡随鸡是妇道，有衣有食自当满足。""有些男人不爱管钱财，在外赚到钱回家就交给'管家婆'，老陈恰恰相反，不主张女人管账，只准她收取小费。"[①] 事实上老陈的收入不少已被其挥霍，而蔺嫂将自己一点点微薄的小费视若命根，因为实际上她并没有丈夫和家庭可以依靠，自己只是家庭中的一个劳动者，当然也无法找寻到自己的归属感。仅存的一点点积蓄成为其继续生活和积极劳动的信心，除了上庙烧香，她闲暇时将收集在铁罐内的硬币到超市换成纸币。就连蔺嫂自己的女儿圆桂也责怪母亲活得没尊严。诚然，在女儿圆桂的眼里看到是这样，但是在母亲蔺嫂的心里却是另一番感受，想要过自食其力的漂泊生活何其不易。蔺嫂为了自己收获的积蓄可以有一个好的藏身之处，几次三番找合适的地方，"甚至问熟人阿红妈：'还有什么地方安全些？'阿红妈笑她不该问这些话，只告诉她千万别存银行里，因为银行每月寄结算单时，不就暴露无遗了吗？至于银行保险箱也靠不住，报载银行业知情者知道华人喜欢存现款，便想法偷开他们的保险箱，可悲的是，因多为黑钱，华人丢了还不敢报警。"[②] 这段话在表现华人处境的同时，更写出了像蔺嫂这样虽有家庭的形式，而内心却没有归属的人群的悲苦。最后蔺嫂因为积蓄丢失而

① 林湄：《天外》，第 66 页。
② 同上，第 66 页。

神情恍惚，一遍遍地重复着“怎么会这样呢？”，这是在问自己，问别人，似乎更是在问现实。恍惚中她从高楼一跃而下，结束了自己悲情的一生。

蔺嫂的遭遇呈现了一位华人女性在纲常伦理价值观认同下的身份困境。她想在无助的异域生活中为自己提供多一点选择，然而在自我归属感无处安放的现实环境里，积攒积蓄成了她唯一可以为自己做到的事。也就是这点积蓄却鬼使神差地成了她生命的赌注，她没有因此摆脱不幸的生活，而是为此失去了生命，这一悲剧性的结局，并没有为现实画上一个句号，生活还在继续，也许类似的悲剧还会上演。像蔺嫂这样的小人物坚守传统的道德观念，并无损害他人之心，却在跨文化的环境中面临更多的挑战，由对自我身份归属寻求的失败，转向物质依靠的积攒，展露了跨文化背景下人物的命运遭遇与人性真实。像蔺嫂这样的移民背负着原生文化的记忆，因此在域外跨文化的生活环境中面临由此而带来的艰难与无助。

而郝忻和一念的孩子向正作为在海外新出生的一代华人，接受更多的是西方的文化理念与价值观。对他本身而言，中华民族的血脉之根似乎不那么重要，他很自然地将自己的身份定位为当地人，而不是中国人。他在父母将要离婚之际表现出来一种无所谓的态度，安慰母亲道“别太在乎！为一点小事……就这样”[①]。他对家庭概念的弱化和对自我身份的强化，在那样的环境下似乎是再正常不过的态度，但与其父母的态度相比，差异却着实之大。从社会政治的角度来看，中国封建社会是以家庭为本位的。“家国同构的宗法社会，使人们生活在一个相当狭小而孤立的环境中，主要以家庭为中心，统治阶级利用国家政权的强制力，用宗法、血缘的纽带将家和国联系起来，家庭成为国家的缩影，国家则是家庭的扩大。”[②]在这样的自然环境和社会环境中发展起来的文化，讲求和谐统一，注重情感与伦理，形成了中国传统文化独特的民族心理气质和心理特征。[③]而作为华人子女的向正弱化了自己对家庭概念和家庭情感，以及自己是其中一员的认同，同时视中国的传统文化为“古代”文化，认为华人的传统观念是“古代”人的观念，对母亲“多言取厌，虚言取薄，轻言取辱”的文化教育，及其所送的“中华传统文化为人处世和励志”的精选本的生日礼物，都毫无兴趣。可见，生活在海外的这一代华人子女对待中国传统文化更多的是陌生和疏离，对异域文化却更多的是认同和倚重。这与上文中蔺嫂的悲剧结局似乎形成了一种难以调和的矛盾，蔺嫂希望在家的“语境”中找到自我的身份归属感和话语权，但是在希望不得之时只能把物质这一生存的依靠作为

① 林湄：《天外》，第389页。

② 张安柱，雷志明：《对中国传统文化的再认识》，载《伊犁师范学院学报》2000年第1期，第8页。

③ 邱晨辰：《浅析文化传统与中欧关系》，载《经济研究导刊》2011年第11期，第723页。

自己劳动的信心。相比之下，向正作为从小在海外长大的一代人，他漠视“家”的重要性，在对自我身份的认同上也不似父母或者蔺嫂那样重视。

（二）**超越身份意识的人性思考**

多次跨文化的移民生活经历，让林湄在时代与历史的变迁中体会到人生的曲折变化。在此过程中她跨越身份的差异，忽略社会主义文化和资本主义文化的区分，看到全球经济的发展、物质的富裕、科技的进步，然而这并没有让人类的幸福指数得到真正的提升，相反却让他们陷入了物欲的膨胀、环境的污染、生态的破坏、战争的爆发等生存困境当中，甚至还带来了现实世界中的心灵扭曲。小说《天外》中的人物郝忻早年的生活经历、移民后对自由精神的寻求，以及小说中对海外社会文化现象的关注，可以说是作家林湄这一时期的内心写照，显示了其超越挫折和苦难的悲悯情怀。

当郝忻八十年代末刚移民到欧洲时，仍然秉持中国传统价值观的他十分反感西方开放的性观念。但小说叙述他在经历被雷击倒，甚至灵魂到阴间神游的体验后，开始由恐惧死亡到迷茫不安，受到西方人开放的性意识的影响，以及他幻想出来的东方魔鬼黑猪即人性中恶的欲望的蛊惑。在性冲动下，他与女学生芾芾发生性爱，这让他感受到性欲是存活的动力和生命的本质。但社会规范的约束和责任感又使得他对妻子和家庭产生愧疚。但他以现代人没有一个是纯洁的为借口宽慰自己。对立与冲突使他的内心经常处于斗争状态，在诱惑过后他又在焦虑的情绪下，用追求精神家园的自省来遏制自己的意欲。郝忻在欲望的驱使下产生了人性本质的矛盾，这也是现代人普遍面临的人性困顿，他在家庭生活与工作中的无奈更是引起了跨越文化差异的人类的共鸣。作为跨文化的创作中塑造的人物角色，这一角色充满了作者对普遍人性的洞察与思考：她将自己的过往生活经历和跨文化的现实境况相结合，剖析郝忻沉迷于情欲的同时又反省自我，渴望学习与创作却又被现实无形束缚的矛盾与挣扎。

小说以浮士德精神来解释郝忻的矛盾心理和行为：“浮士德是一个大自然的人、天然的人，同时又是能够反映矛盾、认识自身矛盾而毕竟在一定程度上陷入生活泥潭难以自拔的人”，“他能体察出一个理智的我和一个情感的我，两个我集合在一个人身上相互争夺”。[①] 作者通过“浮士德”来观视跨文化的世界里人性所面临的问题：当世俗欲望扑面而来时，郝忻选择向浮士德请教该如何避免世俗欲望的侵蚀，然而浮士德同样是一个充满矛盾的人物，所以郝忻的矛盾挣扎也暗示了现代人的普遍困境。浮士德精神虽

① 周末：《人与自然：浅析〈浮士德〉自然观及其蕴含的人文精神》，载《文艺生活》2015年第3期。

然不能让郝忻逃离人性矛盾的枷锁，却可以让他感受到精神的支持。通过对郝忻的精神书写，林湄关注并探索跨文化背景下超越世俗的人类共性与个性，剖析像郝忻这样在困境中挣扎的人们，并且在沉着的思考中探求人性困境的出路。在作者看来，现代人只有通过追求内在的真实信仰才能遏制人性的丑陋，回归本真的美好。人类只有通过寻求内在的信仰和精神的自主，才能够强有力地控制住人性中的假丑恶，激发真善美，让心灵回归最初的纯净与美好。

与此同时，小说还讨论了人类社会当下令人焦虑的生存现状，如生态破坏、环境污染、战争、种族歧视、恐怖袭击等社会问题。在此背景下，人类生活丧失了安全感，并随即而产生了狂躁、恐惧、焦虑等心理，各种欲望充斥在人们的精神世界，他们的伦理道德在不同文化和欲望的左右下逐渐动摇，恰如小说中的郝忻面对自己的情欲放纵和道德良知的矛盾挣扎，产生了冲突之下的困惑与迷茫。这种现象同样出现在吴一念的妹妹吴一靳和她的西方丈夫凯西身上。

吴一靳是一个类似《红楼梦》中林黛玉、晴雯式的人物，身上有一种东方式的纯情。她把爱情作为自己的一种至高的信仰，认为爱情就是生活的象征，当他遇到并嫁给丈夫凯西之后，觉得这就是自己的爱情，所以一心一意地经营着自己的家庭生活。直到有一天她发现自己的丈夫和前女友来往，于是发疯似的找寻、质疑……结果在路上车祸去世。她的这种执着、孤注一掷的爱情信仰瓦解了她的信心、葬送了她的生命，就在生命的最后一刻，她仍在重复着:“我……要的……是爱情，但……却……没有。”[①] 她将自己的信仰局限在别人的身上，最后只能上演一场葬礼的悲剧。

而凯西作为西方人，他面对曾经的一次婚姻失败，不再给予对方以信任，包括对吴一靳也是一样。在自由主义的西方社会里虽然没有集体主义氛围的压制，但是真情的匮乏却造成了无法消解的心灵伤痛。正所谓“没有真实的信仰，现代人就无法超越死亡的无常之苦，就只能要么有意遮蔽和遗忘死亡，要么心中怀着莫名的创伤，在世俗世界中随波逐流、得过且过。郝忻、吴一念等华人如此，凯西也不例外”[②]。面对一靳的死亡，凯西这样反应道:“就那么一瞬间，为什么是这样而不是那样？为什么是她而不是别人？为什么同样车祸有人轻伤有人死亡？凯西视其为天意，正如无人知道一朵花为什么是这种颜色而不是那种色彩，因而，这朵残落的‘花瓣’在他的灵魂深处盘旋几天后，也就无可奈何地从各种通道流逝了。只有在

① 林湄:《天外》，第 491 页。

② 汪树东:《从超越视角审视现代人的生存困境——论林湄长篇小说〈天外〉的叙事伦理》，载《华文文学》2015 年第 4 期（总第 129 期），第 90 页。

私底下，他才对熟人说甜甜运气差‘No lucky’！”[①] 在凯西的观念里人的生死是一种随机事件，他的这种对偶然性的信奉自然催生出机会主义的人生观，面对曾经的婚姻失败以及一靳死亡的不幸遭遇，其结局必然是信仰的破碎。

（三）超越视角下文化交汇的信仰书写

在《天外》的序言里，林湄曾说自己运用天外的视角效应，将人的奇特奥秘和记忆创作成这部文学作品，而“天外”的命名在此确是一种超越视角的叙述。在信息时代到来和移民潮的涌动而引发的文化大交流大碰撞的景象里，她感受着整体中的局部和局部中的整体的生存机遇，并在跨文化的接触碰撞中看到文化、信仰和命运的纠缠。从作者对吴一念对家庭信仰的坚持、奶奶的本真和老约翰式的普世的爱等的书写中，我们可以看出这种超越视角下交汇中西文化的信仰书写。

郝忻的妻子吴一念一直以来将家庭作为自己生活的依靠，她在家里事事做决定事事拿主意，是为了丈夫的前途和家庭的稳定，而并不是作为女主人的权威。她移民欧洲多年，在跨文化的生活环境中积极主动地融入全球化的浪潮中，小说中的她不仅帮助丈夫一步步开设了教授外国学生中国艺术的“翰林院”，展示并传播了中国文化，而且还和丈夫积极参加众多有中外记者在场的“中国国画的国际联展”，以及华商会等活动。此外，小说写她劝丈夫休假期间回国看看，寻求更好的发展机会，之后丈夫决定加入跨国公司等，都让我们看到了一幅中西文化交汇的图景。

与此同时，中西文化的交汇更表现在人们精神深处的信仰，如小说中的吴一念和吴一靳的奶奶林育思。面对中西方文化交汇下的异域生活，吴一念一边融入了对西方文化和物质的追求中，一边又守着原有观念中对家庭和丈夫的依靠与信仰，这显示了作者在跨文化境遇中对中西方文化交汇下相异相生的信仰书写。而相对于吴一念、吴一靳甚至凯西他们人性深处的欲望骚动和爱情的脆弱，奶奶似乎显得更为真实。抚养姐妹俩长大的她可以说是经历了苦难的一生，隐忍子女离去的痛苦，同时抚养孙女长大，还一起移民欧洲。她在男权世界里忍耐和温驯，却并没有向命运低头。日渐年老的她参透生死、抛却浮华、领悟了生命自性。小说中写道，她回想起过去，自己在心里默默回答着：“一世纪的风云从何说起？不知愁烦的童年，成年结婚生子，战乱中的流离失所，后半世纪的动乱、当寡妇和失去儿子媳妇的滋味，以及饥饿、受辱、孤独无助、背十字架等经历，其间有微笑、有感恩、有希望，也有许多费解的人和事，从何说起？天父说：‘忘

---

① 林湄：《天外》，第 491 页。

记过去，努力向前，怜悯他们，不计较’。她看着自己房间内的这群玩偶娃娃，它们是那么纯洁实在，不说谎、不出卖、不嫉妒、不传言或多心计，单纯快乐……甚至还可以和他们说说话。”[①] 那些娃娃在她看来就是一种本真的存在。这更像是中国文化当中的赤子崇拜，她一生的隐忍、奉献、牺牲、顺从和屈服，甚至丧失自我的内心世界，似乎也是中国传统文化崇拜的牺牲典型。与其相衬的是作品中书写的“老约翰一家人”。老约翰是个牧师，他慈眉善目，待人有爱心。他帮助、鼓励不受母亲爱护的雪莉，并将其接回家中照顾，同时还热心帮助陷入困境的华人画家。作为一名基督徒，他相信“天父爱每一个人”。所以他的爱是普世的，他积极乐观地面对现实生活与周围世界，追求单纯的内心自由和充实信仰。

作为小说中一个超越尘世的存在，奶奶经历了祖国历史文化中的伤痛，也体会了异国他乡的悲苦遭遇，最后仍然能够在仁爱中释怀。她的本真和老约翰式的普世性的爱虽来自不同的文化传统，但却都超脱了世俗的欲怨执恨，诠释了中西方文化交汇中跨越国界、跨越文化、跨越种族的真实信仰的最高自由。他们的爱与悲悯超越了中西方文化的隔阂，在中西方文化交汇的现实中，诠释了跨文化的和谐与希望。正如林湄本人所言：在对人性、情感内核和婚姻家庭物象的探寻中，让无法复原的焦虑与哀伤、生存本相的恐惧和无奈，在慈爱的悲悯里得以修补和安慰。

由此可以看到，在林湄对《天外》的跨文化书写中，她更多以一种平和的心态来讲述华人移民的生活故事，但那“不是以本土精神来拼接移民故事，而是内在于这个环境之中，也就是移民的环境之中，把它当作一部分来抒写”[②]。从中揭示出在中西文化交汇的全球化语境下，不同个体之间相互联系的个性与共性。在此基础上，作家还对传统和现代之间的联系进行了思考，比如在郝忻身上所呈现出来的浮士德式的精神和追求，郝忻和浮士德的精神交流可以说是“在不同的、复杂的跨文化语境中把传统与现代联系了起来”。[③] 此外，小说中的不同文化观点、不同文化信仰、不同文化思维，以及不同气质的交融也都显示了中西文化交汇的图景，也即肖复兴所言“林湄借助了中国古代和西洋的多种文化，并将多种哲学与宗教元素融入其中”[④]。不管是郝忻和浮士德式的矛盾心境和精神追求，还是奶奶和老约翰式的普世性的爱的情怀，都为我们呈现出了不同文化体质差异间的求

① 林湄：《天外》，第 519 页。

② 周显波：林湄长篇新作《天外》研讨会 http：//www.china.com.cn/opinion/female/node_7218412.htm。参阅日期：2019 年 3 月 19 日。

③ 杨匡汉：林湄长篇新作《天外》研讨会 http：//www.china.com.cn/opinion/female/node_7218412.htm。参阅日期：2019 年 3 月 19 日。

④ 肖复兴：林湄长篇新作《天外》研讨会 http：//www.china.com.cn/opinion/female/node_7218412.htm。参阅日期：2019 年 3 月 19 日。

同趋向，这也体现出作者跨文化创作中的悲悯情怀：不执着于差异，而是在不同的文化语境的差异中寻求人类共性，并从中找寻自我救赎的机会。

结 语

林湄的生活经历和创作情感，及其作品中所包含的文化内涵和人性书写，展现了海外移民群体的文化记忆和价值观选择，既是中华文化和价值观的域外呈现，也是不同文化的碰撞和交流，其作品一定程度上反映了中华文化价值观在境外所面临的生存困境。林湄经历了一系列跨文化的生活经历，社会主义国家体制的文化传统，殖民文化与本土文化的交融，西式的资本主义社会文化。一系列的环境转换像是一段不断向前切换的视频，生活于不同的社会环境，体验不同的文化氛围，自然产生不一样的文化感受。《泪洒苦行路》《天望》和《天外》等作品，似乎就是她生活辗转过后的动态视觉纪实，于改变中体会差异，在差异中书写缘由，于缘由里洞察人性。

因此林湄将其浓厚的情感化于笔下在文化夹击中寻找方向的人物，她（他）们同样体会着文化间的差异。而穿过外化的行为方式，翻腾在心海旋涡的是文化基因和价值观的碰撞，她（他）们在感受这些差异与碰撞中沉浮，不管是矛盾纠结，还是压抑沉默，都将异域生活中的移民图景淋漓呈现。在跨越民族文化的视野下，作者将边缘视角处的抒写上升至人性的高度。她的每一部作品的诞生都是跨文化视阈链条的动态延伸，更是系统化的认知梳理。她不局限于表象叙述，而是通过情节与人物的设置，剖析表象背后的思想距离和价值观根源，致力于全球化背景下的现实批判，其中包含了信仰与人性的激荡，精神与观念的沉浮。

（王晓平：同济大学特聘教授，博士生导师；李碧春，福建水利电力职业技术学院专任教师）

旅法作家绿骑士创作概论*

[奥地利]安静

摘　要: 旅法作家绿骑士在小说、散文/非虚构、儿童文学、诗歌和绘画等多重领域都卓有建树,是成功的跨界作家和艺术家。她的小说以传统现实主义为主、先锋探索为辅,从世界公民的普世情怀出发,聚焦底层移民的生存状态与精神归属,介入所在国的多元文化;用丰富的想象力、童心,创造出一个科幻与写实结合的斑斓的童话世界;在散文/非虚构方面,展开历史与现实的对话,部分作品填补了中国现代文学史在细节上的空缺;其具有互文性的同体诗画,催生出独一无二的美学效应。在写作手法上,她采取拟人、象征、通感、巧用动词、改变词性、叠字运用、方言(粤语)入文等修辞技巧,使人物性格格外鲜明。绿骑士多面体的创作,涵盖了留学生文学、新移民文学的全息造影,几乎就是当代海外华文文学发展历程的缩影。

关键词: 欧华作家;绿骑士;新移民文学;先锋实验;诗画一体

在海外华文文学领域,法国的绿骑士占有非常独特和重要的地位。首先,她来自香港,作品从题材到语言既有欧陆情调,又带有浓郁的粤港风味,这在欧华作家中并不多见。家长里短、烟火气息中透出都市性、人文性、批判性和艺术性,部分作品的童话性拓宽了创作边界,颇具实验色彩;其次,她在小说(含中短篇和微型小说)、儿童文学、散文/非虚构、诗歌和绘画等多重领域都卓有建树,尤擅诗画结合,是成功的跨界作家和艺术家;第三,她很早便开启文学生涯,是较早移民并进行创作的欧华作家,属于前辈级别,为欧华移民文学的开拓者之一。她多面体的文学艺术创作,对香港文化亦有重大贡献。

绿骑士的写作分为"香港阶段"和"法国阶段",始于二十世纪六十

* 本文为国家社科基金"欧华文学及其重要作家"阶段性成果,批准号(19BZW149)。

年代中期的香港，发展成熟于法国。她的教育背景、写作观念都带有中国古典和西方现代的两面性。绿骑士出生于香港，在英文中学度过少儿时代，虽成长于英式教育环境，家庭和社会背景却非常中国化，有很好的古典文学功底，所以很小就具备了双重文化目光。绿骑士十多岁开始发表散文和小说，以《中国学生周报》为主，那是一份很有影响力的刊物，香港后来的重要文化人几乎都是从那儿出来的。她 1966—1969 年就读于香港大学英文系，文学作品常发表于《纯文学》(台湾)、《盘古》《南北极》等。绿骑士在 1973 年赴法学画，婚后定居巴黎，五十载笔耕不止，著作等身。香港—巴黎这两个国际大都市，给予绿骑士丰厚的思想养料和题材资源，作品具有开阔的国际视野，揭示出移民潮带来的各种社会现象，舔舐时代伤疤，关注环保，批判金钱至上及高科技滥用造成的社会异化，展现生活方式的多样性。

多年前，北京语言大学阎纯德教授便研究并总结了绿骑士的创作成果：著有散文集小说集《绿骑士之歌》(1978 年)、《棉衣》(1983 年)、《深山薄雪草》(1990 年)、《石梦》(1996 年)、《壶底咖啡店》(1998 年)、《哑筝之醒》(2002 年)、《花都调色板》(2014 年)，诗画集《悠扬四季》(1999 年)、法文《茶曲》(2012 年)，童话《魔墙的秘密》(2000 年)、《飞树谜》(2005 年)、《心形月亮》(2005 年)等。《衣车》由香港电视台二十世纪八十年代收入并改编为《小说家族》片集。2011 年她开始为“字游网”(世界华文旅游文学网)撰写法国专栏。2014 年是她文学创作与绘画创作的一个小高潮：这一年，香港中华书局出版了她的旅游散文集《神秘旅程》(2015 年中国人民大学出版社出版简体字版)，她的《茶曲》和《空中亚婆》已译成英文出版，同时，她的法文童谣诗画册《冰糖苹果》也在法国出版。此外，她还到香港和澳门出席世界华文文学研讨会，在巴黎举办个人画展。2016 年 4 月，她以西班牙十七世纪名作家 Calderondela Barca 的名剧《人生若梦》为主题，举办了“诗人之春”六人联展①。

难能可贵的是，近年来，绿骑士已入古稀之年，却依然在文坛和画坛默默耕耘，创作力不减当年，多产且优质，展示了新的美学气象。本文拟从绿骑士的小说、散文 / 非虚构、儿童文学、诗画、艺术特色等方面展开论述。

一、小说：从移民悲剧到成人童话

（一）底层移民的身份焦虑与精神归属

绿骑士的早期作品就已初具现实主义风格，将眼光投向社会边缘的小

① 阎纯德：《法兰西天空下的文学中华——巴黎华裔女作家素描之一》，载《名作欣赏·上旬》2016 年第 7 期。

人物。发表在 1969 年的小说《荣叔买票记》，将一个穷苦人向往文化、重视子女教育却囊中羞涩的艰难处境和心理斗争写得曲折重重，细节传神，深具年代感，开启了底层叙事视角之端倪。

几乎与所有的移民作家一样，绿骑士初到法国后，小说的关注点主要聚焦于移民的身份认同和文化归属。她赴法不久，1981 年发表的《棉衣》较早涉及了第一代移民与华二代之间文化差异和代沟的题材。为了让儿子能体面而暖和地与法国同学一道滑雪，胜嫂费尽周折托人从香港带来丝绵、绵纸、真丝寿字团圆花棉袄面，精心制作了一件典型的中国风的真丝棉袄，这件令她“骄傲得说不出话来”的棉袄，“像不用字的对联，说着‘天增岁月人增寿，春满乾坤福满门’”，不想却被儿子嘲笑为“像呆佬拜寿”[①]，被悄悄塞进箱子。中年妇女胜嫂，来法十多年依然无法融入，一件棉衣，文化鸿沟尽在其中，母爱也尽在其中。

短篇小说《空中亚婆》从特殊的角度，巧妙地诉说了一个移民家庭的苦涩。全球化给普通百姓带来了更多的机会，但也带来了家庭的“四分五裂”。六十多岁的司徒婶，八个孩子都出人头地，分布在世界各地，这在外人看来是一件光宗耀祖的事，其实给她带来无尽的烦恼。本来她从台城老家嫁到香港之后，数十年来都住在港岛，连过九龙都不大认得路，目不识丁，国语讲得不清不楚，英语只会 ABC 三个字母，为了探望孩子，却不得不孤身走天涯。她的日子是这样排得满满的：“预算温哥华，然后南下休斯顿、北上多伦多、渡洋至巴黎、上英国、再下南非，每处约留十五天，刚好赶回香港过农历年。”糟糕的是，就在她“周游列国”之时，后院起火了，老伴借身体不好不能同行，悄悄与佣人勾搭上了。无奈之中，亚婆把去英国和南非的机票都取消掉，心里又念着孩子们，“恨不得变成孙悟空，拔起毛来吹，化为八个身，到处去”[②]。母亲的辛酸，都在不言中。

《两张机票》更是凄惶，年仅三十三岁的志宏命殒异邦，母亲固执地要求也在餐馆打工的哥哥替死去的弟弟买张机票，交代一定要“好好地划个正式的位”，把他的骨灰带回家，这样他的魂魄才能还乡。可怜天下父母心，可怜在法国打工的底层边缘人，法文不通，英文有限，背井离乡，出路何在？短短的篇幅，道尽了移民的挣扎和困境。这篇小说的技巧非常好，设下疑念，层层剥开，读者到最后才恍然大悟，移民的悲苦之情难以言喻。

《人肉档，玻璃地》借两个旅法画家的遭遇，残酷地展现了命运的荒唐、人生的错位和离散漂泊的无根状态。王子鹏年轻英俊、才华横溢，早在新加坡就崭露头角，曾在青年画家联展中获得冠军，颇有明日之星之势。他到艺术之都巴黎学画后，迫于生计不得不打工，在疲劳又苦闷的环境中

① 绿骑士:《棉衣》，三联书店香港分社 1979 年版，第 73 页

② 绿骑士:《空中的亚婆》，选自《石梦》，素叶出版社 1978 年版，第 82 页。

渐渐麻木，艺术灵感和才华消失殆尽，“每天都像团烂面粉，搓不出形状来，又粉碎了”，“心像一艘小舟，一块块石头加上去，越来越重”。失落中他耽于酒精，陷入抑郁，肝癌恶化，梦碎人亡。“调色板上，尘埃下干涸了的橘黄色油彩黯暗，像个夭折的太阳”[①]。以王子鹏夫妇为镜像对比，作者同时塑造了另外一对自强不息、终获成功的陈树福夫妇形象，以及留法艺术家群落“十年一觉画家梦，赢得巴黎侍应名”的际遇，悲欣交集，令人唏嘘，张力十足。

在这种现实焦虑中，“文学的祖国”和“祖国的文学”无疑成了疏解乡愁的一剂良药。小说《春花秋月何时了》是个温暖的故事。留美女学生在回国探亲时，被父母要求去看望从未来往的二舅公、大伯、三叔、四姨……复杂的家族成员关系搞得她昏天黑地。岂料，一场本在她看来无聊的聚会，却因为中国古典诗歌，令她情感情绪突转，由不耐烦变得好奇，进而“展开一条奇异的旅途，发现新大陆”，实现了两代人之间的心灵沟通和精神传承。小说在热闹的高潮处戛然而止，意犹未尽，古诗词的使用尤其出神入化，令人回味。作品从一个年轻学生的视角切入，折射出人生另一极无奈却不失温馨的晚景。可能，在古典诗歌中浸润了一生的老一代，都有相似的文学情结吧？

人类的普遍价值，也是人与人共情的前提，《一头小鸟》中两代人的文化融合正是建立在这个基础之上。在法国长大的小晴，宁可迟到也要救一只受伤的小鸟，令父亲十分生气。但慢慢地，父亲忆起自己儿时与一只小猫的感情和伤痛，父女达成了理解。对小动物的保护和尊重，是西方文明、也是全人类文明的一部分，这是融合的前提。

岁月的侵蚀，使我们往往在现实中找不到自己。《烟花石头记》《书摊・纸鸢》借爱情故事，探索香港数十年变化中的迷失；《将军澳的小桥》指向移民的原乡记忆，大福到了美国几十载，改名为 David，但“心底一角，永远有一条静静的小村，姜花的气息，一条小桥，一张尖尖、白净的脸儿”[②]。诗情画意的故土，始终是移民寄托情感的梦幻之乡。在她的多篇小说中，“大鱼岛”这一意象反复出现，指代心心念念的父母之邦。

（二）世界公民的普世情怀

绿骑士的移民故事还延伸到其他族裔，具有悲剧性，却满怀温情，表达了她对全人类尤其是小人物的悲悯之心。这种博爱情怀和国际视野，超越和消弭了文化距离，找到各种文化的契合点。

小小说《浪漫的红玫瑰》中，斯里兰卡男孩“小树干”流落到法国，“不

---

① 绿骑士：《人肉档，玻璃地》，原载《作品》2022 年第 6 期。

② 绿骑士：《将军澳的小桥》，素叶出版社 1999 年版，第 262 页。

是在餐馆的地窖中没完没了地洗杯盘碗碟，便是在超市搬运堆积如山的货物”，为了尽早把远在科伦坡的“她”接来，在别人都快乐地过情人节的时候，他借机卖玫瑰想挣点外快，却遭到地头蛇黑社会的抢钱毁花打骂，被推进水沟。人们一般只看到巴黎“似个披着镶满碎钻围巾的美人”[①]，有谁看到“朱门酒肉臭，路有冻死骨”？

《水边盟》在伤感的气氛中，讲述华裔女孩梅和伊朗裔男孩模模的爱情悲剧。两人虽然从小都在巴黎长大，都把自己视为当地人，但彼此的原生家庭还恪守着各自民族的生活习俗和宗教信仰，父母甚至连起码的法语对话都应付不过来。他们深爱着对方，在梅的心中，文化差异和肤色差异都不是问题，“这三年，抵得上一辈子。各自来自世界另一端，仿佛每人背后都带着不同的颜色，混合起来，迸发出新的调子，多甜蜜的二人小天地”。而生活在底层的梅的父母却有种种偏见，“一提起阿拉伯人，人们的表情，就比提到黑人更不屑了。都联想到些脏乱的街道，贫穷的人，联群结队的年轻人，到处打架生事，偷抢贩毒”。尽管如此，敦厚又善良的父母似乎也遵从了女儿的愿望，几乎认可了她的感情，但模模的家人却极端保守，完全生活在“一千零一夜”的世界里，根本无法接纳伊斯兰教之外的女人，“那些繁复的花纹，来自遥远的风沙，竟然有力量毫不放松地捆绑着他，在这个先进的时代和社会，在他的电脑世界中”，他们的爱情没有结局，“深深的盟誓原来如此脆弱”[②]。小说体现了中华文明的包容性，“梅”是汉文化的别名，有婉约、坚定、宽容的特质，“模模”则是穆罕默德的昵称，阿拉伯文化的代名词。

绿骑士的移民书写也扎进了历史深处。短篇小说《石梦》（又名《似笑非笑的菩萨》）用第一人称叙述了一个极其惨痛的故事，叙述者“我”是个柬埔寨女子，通篇在跟因战乱而离散的昔日恋人“你”对话，饱含深情与泪水，追忆曾经纯洁美好的爱情，倾诉别离之苦、相思之苦、生存之苦，控诉红色高棉大屠杀的罪恶，“营中秃头鬼似的西瓜田、隆隆大雨把草屋都冲掉、湄公河的波浪都是血，一家家人在枪嘴前倒下、树上少女惨叫、肉色的蚤子离开那死亡接近的躯体、妹妹瞪着的眼睛、林中那条布满地雷走不完的路……”[③]，兵荒马乱，血雨腥风，时代之痛跃然纸上，令人想起中华民族曾有过的类似伤痕。

此时，作者的立足点已悄然转化为“世界公民”，不再纠结于华人根深蒂固的文化执念与当地环境矛盾的文化冲撞主题，在全球差异化弥合的信息共享时代，多种族混居、各种文明交叉并存的生存状态，过于浓烈的、

① 绿骑士:《浪漫的红玫瑰》，原载《大公报》2015年2月1日。

② 绿骑士:《水边盟》，选自作品集《哑筝之醒》，基督教文艺出版社2002年版，第23页。

③ 绿骑士:《石梦》，第17页。

被夸大的华族中心色彩和民族主题意识逐渐淡化，眼光转向更广阔的场域。她的跨文化、跨族裔书写之新境界，勾连起在地文化和其他族裔文化，实现了移民自我身份的重新构建，考察在地国各阶层人群的精神风貌与浮沉，以及生活方式的多元景观，反映不同种族人群的共性，并具问题意识。

小说《顺风车》是一个纯法国人的故事。年轻女孩雅诺身残志坚，在闺蜜茜连的陪伴下，搭顺风车历游法国，到路德朝圣，一路遇到善良人们的帮助，也对青年安狄暗生情愫。不料，她却发现茜连与安狄互通款曲，原本亲密无间的好友出现了隐约的嫌隙，顿时，“自己的心，像冷却了的火山熔岩，熄凝成一块破石，灰黑而硬重，沉进个无底深潭里”[①]。残疾人，并非到处都有“顺风车”，尤其在爱情上。一个原本“正能量”的喜剧，却因为这一突转，弥漫着淡淡的忧伤，对友情提出疑问，撕开人性的复杂，励志故事不再傻白甜，绿骑士倾注了对弱势人群的满腔同情。

但人间还是有真情，《暗门香水》这篇向杜拉斯的致敬之作，以爱、理解与宽容，消弭人与人之间的差距。相依为命几十载的贫贱夫妇，偶尔也会出现误解摩擦，但不变的是坚如磐石的感情，如永不褪色的香水。昔日杜拉斯有云：“与你年轻时相比，我更爱你现在备受摧残的容貌。”今日绿骑士则借笔下人物说：“今天人们只见我秃头凸肚。但世界上有一个人，记得我年轻俊伟的时候。”[②] 作品设下伏笔，将冲突与和解描写得一波三折，令人莞尔。

《绿禅》则指向爱情与友情的疏离和背叛。冬丽的丈夫亚诚，看到周边熟人发迹了，攀比之心日增，投资了大规模的工业食品与用品，许多是劣质素，甚至用了超标农药或化学品的材料，却不以为意，反而振振有词，对亲人感情也日渐淡漠，更趁着冬丽独自远赴加拿大探亲之际，与她的朋友惠惠苟合。不可思议的是，好友惠惠平日里总是口口声声如传教似的，以推广有机产品和“绿禅”生活方式为己任，此刻为了钱，竟一头扎进亚诚的怀抱，插足女友家庭做了小三，人心如此难测！小说揭露了金钱对人的情感关系的异化和毒害。

造成人性异化的，除了物欲，还有对现代科技的过度依赖。《无网山》是一出新版的《摩登时代》，温和地讽刺高科技时代的怪相——网络在带来便捷的同时，又使人类迷失自我，造成非人化，泛滥的信息，蚕食了人的自由精神和主观意志。住在巴黎、里昂、荷兰、美国的亲戚们，因为疫情无法回国，便相约齐聚法国与西班牙边境的彼利尼山脉。不料千辛万苦到了桃花源般的深山，没有网络，众人如抽去了魂，做生意的连不上客户，追求时尚的看不了电视，名牌运动服也没人欣赏，想拍视频美景做网红，

① 绿骑士：《顺风车》，选自作品集《棉衣》，三联书店香港分社 1979 年版，第 41 页。
② 绿骑士：《暗门香水》，选自作品集《石梦》，第 82 页。

手机又掉进急流，黄金梦破……就在这一波三折中，人们惊讶地发现，相较于大自然的美好，原来须臾不能离开的手机不那么重要了，名牌也没什么意义，宁静淳朴的乡村生活另有其魅力，被异化的人性重新回归。

但是，两难的是，现代社会真有所谓的世外桃源吗？绿骑士显然没有把问题简单化。《灯叶泉》中的米依蒂，为了追求真正的环保和有机食物，不敢吃饭店的食物，不断搬家，自己种菜养鱼，从巴黎一直逃到郊外小镇灯叶泉，过着原始的农耕生活，拒绝一切现代化的生活方式，最后还是遭遇严重的爆炸污染。小说以夸张的手法塑造了一个被现代文明追杀得神经质的女性形象，既对环保问题发出了尖锐的诘问，又对过于理想化的迂腐之气报以反讽。

（三）科幻与写实结合的童话世界

绿骑士对儿童文学情有独钟，曾负责写作《儿童乐锋报》的一半稿件约三年，并于《喜乐少年》双周刊连载儿童故事约五年，出版了三本单行本。作为一个儿童作家，儿童始终是她关爱的对象，绿骑士曾出版过法文版童谣诗画集《冰糖苹果》，其中十余首如《好味道小镇》《雪国》《歌谣》等被译为中文，收入《世界华语童谣童诗精品选》，画风和诗句果然如水果糖一般甜爽可人，充满童趣爱心。

至于如何与儿童文学结缘的呢？她回忆道：

“五十年代，生活环境简单，我们童年的唯一精神伴侣是‘儿童乐园’。到我渐长大了，仍是依依不舍，常盼望也可以为一份儿童刊物工作。

“1968 年至 1969 年，那是在港大最后一年，要找兼职补助生活费，多是替人补习。有一天，好朋友张汉明找我替一份儿童半月刊写稿，实在喜出望外。原来他在一间天主教小学办的儿童双周刊画插图，位于薄扶林村，由法国外方传教会的修女主办的圣华小学出版。我便认识了《儿童乐锋报》（*Joyful Vangard*）。我和主编各人负责一半稿件。他主要是处理与宗教有关的题材，其余任我发挥。我以儿童乐园为蓝本，化了很多笔名。设立了历史故事、外国名著改编、科学新知、游戏、小朋友创作园地之类专栏。为此，常到图书馆找资料。创作的则有一些配漫画的小故事等，而最主要的是一系列儿童生活故事：创作了一群‘乐锋会员’，是性格不同的小朋友，如何互处和面对各种日常会遇到的问题。主要是鼓励友爱和积极的人生态度，难免带说教意味，只有尽量写得轻松。像是耕耘一个小小花园，感觉十分愉快。又想象，如果有些故事能在一些小朋友心上留下点痕迹，像自己当年读儿童乐园时那么感动，会多么美好。

“往我趁着下午有空课的时候，从蒲飞道坐巴士去薄扶林村交稿。路途越来越清幽，可远望到碧蓝的大海，很快便到达。那时的薄扶林是十分清静的郊外，完全没有高楼。下车后我走上一条小石路，树影下来到一间白色的小屋，里面便见到两个人在埋头画画，就是负责画插图的朋友张汉明和吴浩昌。

“有一群穿着洁白会衣的修女管理校务。小小的报社离校舍不远，独立的小屋漫着亲切。她们每次都笑眯眯地奉上茶点，工作气氛很温蔼。一位有双澄蓝大眼睛的法国修女德姑娘是主要负责人。她不懂中文，要我用英文将内容摘要告诉她。她从无异议，除了一次:我简译了‘蓝胡子’的故事，结局是人们把这坏蛋烧死。她觉得太残忍了，请我改为把他逐到很远很远。于是我们便不客气地来个名著改编了。

“就是在这种温和得有如童话故事的气氛中工作了两年多三年，后来修女们撤回法国。不久我自己也离开香港了。

“最近和张汉明谈起来，都觉得那段日子有如走过世外桃源。”①

绿骑士数年前创作的童话《有字天书》，正如她其他童话故事一样，所有的插图都是由她的中法混血幼女 Florence（葛临安）绘画，两代人一起传承中华文明，这一愉快的亲子经验，亦成就一段美谈。该书以电脑汉字库遭遇“无字天书”病毒的袭击、众人与人格化的字符“同心合力”一道寻找“破毒天书”为线索，情节迂回曲折，双面间谍、卧底潜伏、内斗背叛、解谜破案……不仅是网络时代少儿版的“说文解字”，让孩子们知道了造字老祖宗仓颉，更通俗有趣地阐释了同心合力、助人为乐、友情品德等做人的道理，同时涉及电脑化信息化面临的问题，包括电脑书写与传统书写之间的矛盾和相融。红衣女孩欣欣，侠肝义胆，慈悲心肠；文字族小矮人，上天入地，天真可爱，穿梭往来于文字国和人间，与人类同甘苦共命运，共同对付制造病毒的邪恶势力，泼辣的性格叫人难忘。

长于儿童文学的绿骑士，将童心带入小说创作，早在二十一世纪初叶，便以科幻和写实相结合的方式，写下充满激情的成人童话三部曲《忘河水仙》《诗葡萄》《巴黎梧桐人》，在主题和叙述方式上有了新的尝试。这三篇具有“童话性”（fairytaleness）的小说各有内核，故事性很弱，第三人称、第二人称、第一人称叙述彼此穿插，情节破碎但相交延展，主要人物贯穿全文。人格化了的“电脑精”，存贮了主人痛苦的往事，唯有将之清零，才能摆脱悲伤的缠绕，走出忘情河；至于“诗葡萄”，则“饱含四时的阳光风雪，又沁满人间最深情的话语”②；最有特效的当属“解寂丸”，因为“现代人最苦的不是贫穷、不是失意，而是寂寞，那其实是个重病。它像隐形的蝗虫般摄入每一个隙缝，蛀蚀进骨髓。使人感觉世上没有任何生物或死物需要

① 绿骑士:《五六十年代的香港读物与我》，选自《五六十年代的香港儿童读物分化》（待出版）。

② 绿骑士:《诗葡萄》，原载《香港文学》2007 年 8 月号，第 4 页。

你，一切都成为垃圾般不重要；像困在完全孤绝的干井底，同时又像游荡在四顾无尽的旷野中。‘解寂丸’正可将人从这痛苦的深渊中解救出来”[①]。此外，作者以诗意的想象力，创造出“锦绣灰”“藏梦洞”等色彩斑斓的隐喻意象，将传说中的比翼鸟的羽毛，连同诗歌、风的吟唱、月光下的影子烩于一炉，制成“千情饼”“透灵膏”，“人们吃了，忽会以不同的眼光、看到身旁一些石头似的人，原来里面可能隐藏着疤痕，或许盖着花朵”“又有个‘彩忆卷’，咬几口，一些美丽时刻，忽像彩色氢气球般从浓雾的遗忘谷中纷纷冒升”[②]，但所有这一切最后都归于虚无，“诗葡萄”裂痕累累，“解寂丸”无疾而终。在世界文学史中，原本经典童话的基本模式都是理想化的心想事成，“王子和公主……从此过着幸福的生活”，而绿骑士的成人童话系列却是悲观的黄粱一梦，底色是绝望，解构传统童话僵硬的古老套路，代之以自由的、多线索的零散化框架形式，凸显后现代语境下的非理性和非完成性期待，有一定的先锋性，对于营建当代小说的“童话诗学”（fairy-tale poetics）具有启发意义。

二、散文：历史与现实的对话

绿骑士的散文主要包含三方面的内容：历史追溯、法国生活与风情录、随想与杂感。这些作品，将宏大历史与微观个体互渗融合，记录了对世界文化遗产的探寻，以及她在法国行走的山山水水。

在这三类中，最有价值的部分是历史题材，流年拾遗，以游带记，融合了非虚构和行旅散文的特点。代表作《书香寻踪游：民国作家在法兰西》是一部别样的“旅行地图”，为了准确地再现二十世纪二三十年代旅法作家艺术家的经历和心路，她进行史料调研勘察、文献爬梳甄别实证，采访相关人士，打捞还原历史真相，宏观上有纵深度，微观上有密度，不仅具有文学价值，还有史料价值，填补了中国现代文学史在细节上的空缺：童话城里的巴金，是如何从革命家转为小说家的？李金发在成为作家前竟然也是学画的，柏林的椴树如何目睹了他的那段泡沫情缘，他和巴金的名字是怎么来的？陈学昭是如何在惊涛骇浪里翻滚的？陈季蔡动人的三人行是如何走散的？常书鸿是如何从法国万里迢迢奔赴敦煌沙漠的，他的家庭因此遭遇了哪些悲剧？苏雪林是怎样皈依了天主教，她的葡萄园和小白花是如何痛苦地芬芳着？《红楼梦》法文译本又是如何在巴黎北郊古修道院里实现“奇书轮回”的？此外，戴望舒、闻家驷、朱光潜、李劼人等等，甚至早期赴法勤工俭学的革命家周恩来、邓小平、陈毅、李富春的身姿也影影

① 绿骑士：《巴黎梧桐人》，原载《香港文学》2008 年第 5 期，第 22 页。
② 同上。

绰绰，一部中法文化交流的书卷徐徐展开，让读者走入历史事件深处和历史人物内心世界，无怪乎陈子善先生在书店里一见到这本书就有如淘到宝一样，在微博上奔走相告："这是一本仅一百七十余页的书，但内容却很重要。因为书中介绍了徐志摩、巴金、傅雷、李金发、盛成、李劼人、戴望舒、苏雪林、闻家驷、陈学昭、李治华等现代作家、诗人、翻译家、学者的留法或旅法经历，提供了研究这些作家的许多新的线索。作者是香港知名作家，现定居法国，对这些前辈作家充满敬意，而且文笔生动，颇具可读性。"[①]

非虚构《一战华工渺渺魂》令人心痛，它讲述了一战期间中国劳工被强制派往法国从事军工生产和前线作战的悲剧与贡献，他们在恶劣的条件下承受着巨大的危险，却被虐待被忽视，他们的生命和付出没有得到足够的尊重和记忆。文章通过具体的细节让读者感受到历史的沉重与复杂，一位百岁华工的遭遇尤其使人感慨，他把一生都献给法国，一辈子没有回乡。作者在文末抒情道："相信无论在多远，出生地那爆竹的声响、梅花的影子，从不失约。104 年，就会走 104 次，来到他心底一角。"[②] 这里，104 代指老华工的年龄和对故土的深深眷恋，即使在异乡生根发芽娶妻生子，依然无法忘怀家乡的一草一木。同时，梅花象征着中华民族坚韧不拔、清雅高洁的品格，更凸显了老华工对家乡和祖国的深厚感情。作品将历史和当下结合起来，呼吁勿忘历史，珍惜和维护中法两国的友好交流与合作，具有深厚的人文关怀。

绿骑士的历史书写突出了纪实性和文史性，也触及其他欧美作家及相关文化遗产的内涵：保罗·艾吕雅是怎样在达达屋里"天女散诗"的？卡米尔和保罗姐弟俩的梦为什么破碎了？巴黎左岸为何再无吉伯特？比利时画家埃尔热与张充仁的友情，如何成就了《蓝莲花》和丁丁故事？罗曼·罗兰的故居竟然是十字军东征的出发点，他作品中译本的第一个翻译者居然不是傅雷，那么，是谁？

绿骑士另一部散文代表作《花都调色板》，将"巴黎四十年""法国风情曲""塞纳文化宴"娓娓道来，其中杂感随想，将所见所闻所思付诸笔端，不时进行中西文化比较，从东方人的视角对法国民族性格进行观察议论，接地气且富有思考性，烹饪了一席"流动的盛宴"，画面感迎面扑来。

在她的笔下，她所就读的巴黎国立美术学院自由开放得令人匪夷所思，课堂"空洞而阴沉，像个破修道院改成的临时伤病医院"，扩音器"一会儿像头饿虎似的呼呼作响，一会儿像只搔不着痒的猴子般吱吱怪叫"，厕所不分男女"满壁涂鸦都是污言秽语和色情漫画，没有一扇门的锁不是坏了的，

① 上海陈子善：《得书记》(689)，新浪微博：https：//weibo.com/2270492815/MblR2jCO8。
② 绿骑士：《一战华工渺渺魂》，原载《明报月刊》2021 年第 8 期，第 33 页。

亦没有一扇门上不被穿了几个洞”；老师“懒软得像块猪油膏”“气若游丝”“唉声叹气”，仿佛患了失忆症，学生吊儿郎当顽皮古怪，“一个女同学自觉丽质天生不应自弃，有一天忽然脱光衣服当模特儿请同学们画她，有个男同学也脱个一丝不挂，是为了捉弄警察……”[①] 但就是这样貌似乱七八糟的环境，恰恰培养了许多艺术大师，这是为什么？读者不禁陷入沉思。

而街头呢，有俊乞、醉乞、书乞、情乞、恶乞、雅乞、名士乞、浪漫乞，洒脱不羁，花样百出，看来巴黎不仅是花都、画都、乐都，还是乞都……温和的反讽、漫画式的夸张、幽默的议论令人捧腹。可见，巴黎成为艺术之都并不是偶然的，只有个性解放、精神自由，方能打破人的思维局限和枷锁，无拘无束地表达自我，获得真正的创造性——这才是作者在貌似“八卦”故事的后面所要告诉我们的道理。

此外，衰老如古董却依然热爱生活的八旬老人、忧郁而坚强的职业女性、无聊至极的邻居太太团、遥远的香港往事、亲情友情爱情……生活中的林林总总，工作中遇到的各色人等，记忆中的点点滴滴无不落入囊中，莎士比亚书店、滑铁卢等等名胜掌故也信手拈来，作者并不正襟危坐，仿佛邻家大姐拉家常，絮絮叨叨却妙趣横生——这是海明威、兰波、萨特、波伏娃、赵无极的法国，更是绿骑士的法国。

绿骑士的散文叙述具有小说笔法，十分机智，一些短小精悍的作品，结尾反转发人深思，非常耐读。《深山咖啡厅》中一家人到阿尔卑斯山寻幽探秘，路遇一个情调迷人的咖啡小店和几个读黑塞、弹吉他的少年，相谈甚欢，顿觉他乡遇故知，对他们这种不食人间烟火、抛弃现代文明、投入大自然怀抱的境界神往不已，没想到，这些年轻人并不是店主，仅仅是代为看店的亲友，当真正的主人回来后，却怒气冲冲地抱怨没有生意：“好辛苦积到钱来投资这小店，以为找到宝，竟是血本无归！”作者不禁感慨：“书声、乐声、和平鸽子，都只是我们这些愚蠢的城市人一厢情愿的念头。深山的咖啡馆，一点儿也不浪漫，我只能嘲笑自己。”[②] 理想十分丰满，现实却如此骨感。事实上，比诗和远方更重要的，还是柴米油盐。

三、诗画：两相呼应，彼此同构

作为一个受过规范训练的专业画家，绿骑士诗歌创作与众不同的重要特征是：以画入诗，以诗绎画，诗画互释，相辅相成。她的画不自觉地带有东方韵味和水墨笔意，从具象开始，走过抽象等不同的路子，最后落脚于具象与抽象的融合。

---

① 绿骑士：《花都调色板》，大象出版社 2014 年版，第 4 页。

② 绿骑士：《壶底咖啡馆》，素叶出版社 1998 年版，第 98 页。

《四季情》画面明媚欢乐，以粉绿、粉蓝、粉紫、粉红为基调，诗句生动活泼地调侃出大自然的“可怜”和另一种“德行”：

春天是个失眠的赌徒
一夜之间
将爱的渴望
都投注在
满城花树之间

夏天是个失忆的水手
忘了风浪
杯杯阳光醉了
将绿叶误认作永恒

秋天是个失踪的邮差
剩下一袋迷途的信件
从树上飘舞落地
风索索
把满纸诺言都吹掉了

冬天是个失恋的小丑
要将深情的回忆
刻在冰封的舞台上
雪默默
把时光都盖过了[①]

富于哲理的拟人，从另一个侧面表现了春夏秋冬四季的戏剧性和性格的多样性。

绿骑士诗画一体的作品最为激情澎湃，2019 年 11 月出版的法文版图文书《寻找你——不放弃梦想的人》堪称代表作。作者以寓言故事的方式，串起四十年来不同时期的绘画，每幅画都是一个精神岛屿，不同的风格代表着不同的心境，从一个岛到另一个岛，便是作者从一个时期到另一个时期的主题。“寻找你”，既是寻找真实的自我，又是寻找梦想，寻找知音。画面由各种颜色、形状和线条组成，传达一种半是具象半是抽象的情

① 绿骑士：《悠扬四季》，香港中华文化促进中心 1999 年版，第 24—27 页。

感和氛围。一开始，人被封闭在透明的方形或圆形的淡蓝色星星中，空灵轻盈，却冷淡隔膜；接着，旷野上的篝火，于迷失困惑中又不乏希望；一对变形的赤裸男女忘情地拥抱，身体痉挛扭曲挣扎，相互陪伴彼此支撑；金衣人戴着威尼斯嘉年华面具，虽困在圆形的岛屿中，却无比炫丽，一队彩鸟张开翅膀舒展地飞向他们；捕鱼女有两张脸，一边发色乌亮，青春无敌，另一边白发苍苍，网在皱纹里。灰蒙蒙的山雾中，一群赤裸的无掌纹的人，奋力推着圆球上山，球又纷纷滚下，画面沉重压抑，令人联想到加缪的推石上山，体现了人类追求目标、超越自我、探索未来的内在渴望，尽管这种努力是无意义和绝望的，人们还是锲而不舍地通过自我实现来赋予生命以意义。颜色在渐变，愈到后面，色彩愈加丰富明亮，红蓝绿黄交错跳跃，古希腊的七弦琴叮咚作响，灿烂的树人和琴键，均给人以积极向上的感觉，表现了在生命的循环中不断重生和更新的信念，抒发了作者不屈不挠的坚强斗志："我会不断寻找你。路途崎岖且不可测，但我会在下雪之前与你重逢，因为我知道你在等待。"[①] 曾有论者分析：初期的隔困与真幻并存，是异乡人孤离心态的反映，后期色彩绚丽、意念舒放也是心情的反映。作品最终实现了自我的回归与和谐，达到内心的平静和自我认同。

《寻找你》画作采用现代主义手法，具象和抽象结合，形式感强，石块、水滴、花束、飞鸟经营出一种意境和气场，时而缥缈时而沉郁，以强大的视觉冲击力，表达出个体情绪和精神意涵。文字采用类似于纪伯伦、泰戈尔的散文诗形式，自由、忧伤、清丽，富于寓言性，充满神秘调性的大量意象——能言鸟、忘忧鸟、紫竹筏、窗子、沉香木、姜蜜丸、彩鸟、金衣人、面具、百鱼汤，构成一个强大的隐喻系统，想象力恣肆飞扬，精神魂魄强健有力。其中，能言鸟是核心意象，象征着语言文学的家园、艺术的家园、心灵的家园。

绿骑士诗画同构的创意，在法国出版的法文诗集《茶曲》中有了更鲜明的杂交化特质，中国书法、绘画与法文诗歌水乳交融。多重复杂介质构成的统一体，呈现了一种内在与外在的交流互动，诗歌为书画提供了内在的情感表达，为读者提供了阐释，书画则为诗歌提供了视觉形象，三者相互交织彼此映照，实现了一加一等于N的化学反应，诗画的互文性催生出别样的美学效果。

四、技巧：变异修辞技法

绿骑士在小说和散文创作中，根据具体语境，对修辞手法进行变异性

① 绿骑士：《寻找你》法文原版《*A ta recherche*》，Delatour France 出版社 2019 年版，第 106、107 页（未出中文纸版）。

处理，即采用突破常规、变通使用的特异表达方式，活用词性，并以画家的笔力入文，通过多角度的感官描写，用具体的场景、动作、神态、细节代替抽象的词语，既突出了人物性格，又增强了语言的丰富性和趣味性。

1. 比喻奇异。或以实写虚，或以虚写实，以通感和拟人的手法，直观生动地将事物的特质表现出来：描写声音，有红灯笼色、苦泥色、淡蓝色等各种色彩，质感形状“轻盈如薄水晶”；描写人，一个人可以“笑圆圆的像块猪油膏”或“瘦皱皱的像把干霉菜”，说话可以“一滴一滴地说”，嘴“似一艘轻荡的小红舟”，眉毛“像两度扬起的鞭子”，眼睛“像反射着微光的暗井”，皱纹“像小虫般扭动着”，“没牙的口像个废井”，头发“长长地拖到了半腰，像一截落满雪的断河，流到一半时忽被折了，凌空等待”，“满屋镜子里，妈妈的脸像映在无数水井中，半浮半沉”；描写人心，变了心的男人，就像“发了霉的猪肉，怎么也变不回原形”“心中一亮，又暗沉下来，像个坏的电灯泡”；描写物体，散开的裙子“像个被弃在荒原的袋子，盛满屈气，源源泄出来”，街道“安宁得像个午睡的胖佛爷”“屋子们都紧紧闭上眼睛”“像互相依偎的人”“废矿场空洞洞，像大地被挖掉了心肝”，团团白云“像满天是卵，都会孵出不同羽翼的明天”等等，不胜枚举。这类修辞手法，借联想引起感觉转移，调动读者的各种感官并打通经络，与作者一道共同参与对审美对象的想象重构。

2. 巧用动词。“白亮亮的一排上牙像屋檐一般从厚嘴唇上插下来”“想抓满一把阳光”“紧抱一阵子美丽的光影”“水纹与掌纹 / 织了二十年”，这里“插”“抓满”“紧抱”“织”，富于动态与表现力，十分准确、传神、形象。

3. 改变词性，将形容词动词化。“他仍是软在椅子里”“燃上一个笑容”，“软”“燃”原是形容词，这里做动词用，临时具有动词的功能和特性，词类活用，转品组合，事半功倍，人物顿时鲜活了起来。

4. 叠字运用，可见中国古典诗词的墨香浸染。“一年又碎碎地过去了”“芭蕉叶懒懒地多肥，满街紫蓝花闲闲地散着幽香”“心里一阵子浮惘惘的”“焦慌慌的”……，摹拟情状，精妙传神，渲染气氛，其节奏感和形象性，引出感慨，衬托心绪，达到物我合一的效果，读者掩卷闭目，似仍可观其神、感其韵。

5. 以粤语入文，飘溢着粤港气息。“细路仔”“返嚟”“黐线鬼佬”“越看越火起，只觉得这个正衰婆，唔知究竟想点”，量词“一度”用法十分新颖：一度暗红的声音，一度精美的佳肴，一度方程式，一度破墙，一度歪斜的楼梯……岭南文化与欧陆文化，香港的地域氛围与巴黎情调，“土”和“洋”形成强烈对比反差，对老香港的怀旧情绪漫于纸端。

总体来说，绿骑士的创作以传统现实主义为主，以先锋探索为辅，其主题和视域，从早期的乡愁、艰难生存、漂泊无根，到后来对居住国多元文化的介入及落地生根的姿态，涵盖了留学生文学、新移民文学的全息造影，几乎就是当代海外华文文学发展历程的缩影。她的儿童文学、成人童话和诗画作品，既摇曳着浪漫主义的风姿，又带有现代和后现代的况味，展现了一个全能型作家艺术家的不凡才华。

（安静：欧洲华文笔会常务副会长，《欧华文学选刊》总编辑）

回望与反观

——《2022 年北美中文作家作品选》序

顾 艳

《2022 年北美中文作家作品选》，是北美中文作家协会编选的第六本年选。如今出版社出版的各种文学书籍琳琅满目，令人目不暇接，想在书海里尽可能不被淹没，就看我们海外作家给中国主流文学提供了什么，增加了什么。

作为海外华文文学队伍中的一支生力军，北美作家们凭借自身的努力、勤奋和实力，所涉及的内容与题材已越来越丰富多彩。他们中有的写战争、灾荒、离散、怀旧、文化身份、国籍认同等，有着各种各样的想法与选择，但最重要的一点是从自我出发，表达个人对世界的看法。

其实，早在五四新文学时期，中国作家在海外从事写作的就有巴金、郁达夫、郭沫若、徐志摩等，只是那时候零零散散的海外中文写作者，并没有得到整体发展，反而随着社会的动荡和变迁衰落了。真正形成气候的，是二十世纪七八十年代的留学生文学，以及后来越来越多的移民群体用中文写作所形成的"新移民文学"。

被选入这本作品集里的四十二位作者，来自美加地区，基本是先前的留学生，后来的新移民。他们在北美生活少则十多年，多至四十多年的历练；不再是走马观花，而是沉潜下来，在经验的长河中反观自身。从开始的留学生打工，到对被歧视的敏感，再到充满自信地在权益方面与各种族人或同事竞争，最后以自身的努力赢得尊重。

因此每一个海外作家，都有着丰富的海外经历和经验。他们在对文化、族群、性别等议题上的反思，从文学性层面讲述中国故事的同时，吸收域外文学创作思路，以拓宽叙事的世界性视野，达到文本的理想效果。

这本年选里的作品，散文随笔占了半数以上。除了散文作家蔡维忠、张宗子、刘荒田、沈宁、顾月华、盛林等，亦有小说家陈谦、陈九、曾晓文的加入，使散文园地呈现出一片繁荣景象。而小说，虽然比往年少一些，但不乏精品力作，譬如沙石的《蚂蚁上树》、吕红的《那年冬天雪花飘》、二湘的《风城天珠》等；另外，还有饶蕾和楚鸿的诗歌，以及方园的评论《一场探索自我的精神之旅——评唐颖长篇小说〈通往魔法之地〉》。总体而言，选集里的每一篇佳作都有闪光点，而作者们宛若星辰，聚在这里就像群星一样闪耀。

回过头来再说移民生活，人们已不再局限于同族的相聚和认同，以对抗异域的孤独和不确定性。在一个多元文化主义时代，随着科技的发展，人们也淡化了故国乡愁，似乎在哪里都一样。

人性是不分地域和种族的。

一种超越性的文学观念，无论在哪里都可以将汉语书写在精神世界里探索、延伸和拓展。因此海外作家们的独特经验与历史，如同种子那样会生长成熟，结出丰硕的思想果实。

2023 年 5 月 16 日写于华盛顿特区

（顾艳：知名作家，现旅居美国）

影视中的女性研究

跨媒介的历史呈现与女性塑造
——以王安忆小说及电影改编为中心*

刘　平

摘　要：王安忆用小说的叙事策略，以女性为叙述中心，书写上海的微观历史，解构宏大历史，呈现出属于普通老百姓的真实历史。王安忆有三部小说被改编成电影，分别是《长恨歌》《流逝》《米尼》。在跨媒介转换的过程中，电影既有对历史的还原与小说的再现，亦有对小说人物的重塑、情节的改换、结局的改动。比较不同媒介中的历史及历史中的女性，可探究王安忆作为作家与编剧的性别观及历史观。小说和电影中的历史，既具有地域性，亦立足民间立场，具有微观史学的特征。王安忆认为女性有物质欲望、生活热情、感性认识，她们比男性更广阔、更人性、更虚无、更具有精神价值。这些观念呈现在她的小说及由此改编的电影中。

关键词：历史；王安忆；电影改编；女性

一　假作真时真亦假：历史的真实与小说的虚构

自二十世纪八十年代中后期，新历史主义在中国蓬勃兴起，解构与建构的思潮风行，这些潮流影响了王安忆的创作。王安忆在小说中解构宏大

* 本文系国家社科基金重大项目“中国现当代文学思想史”的阶段性成果，批准号（19ZDA274）；国家社科基金重大项目“抗战大后方文学史料数据库建设研究”的阶段性成果，批准号（16ZDA191）；子课题“抗战时期大后方散文报告文学史料”和重庆市研究生科研创新项目“论鲁迅对书斋知识分子的批判”的阶段性成果，批准号（CYS20142）。

历史，即是说，不同于教科书上的宏大历史，王安忆小说书写的是微观历史，如《纪实与虚构》《叔叔的故事》《桃之夭夭》和“三恋”系列。王安忆在小说中写上海的历史，既不直接描写政治斗争，也不正面涉及历史中的大人物，而是将更多的笔墨留给上海弄堂图景下的日常人生，书写政治运动给普通人的衣食住行带来的变化和影响，塑造微观历史中的普通女性和男性。这看似是作家创作小说，实际上，这才是真实的历史、丰富的历史、有血有肉的历史。

一般来说，宏大的国家记忆只在非常态的情况下被唤醒，如“丧国”“去国”“危国”等。相反，在常态中，国家记忆大多是与国家意识相关的一系列知识观念和话语体系，是一种被强制赋予的认同。与主流记忆派生的国家记忆不同，王安忆小说具有更多的非主流的国家记忆，这些记忆又不仅是非主流的国家记忆，还是属于上海地区的集体记忆，具有鲜明的地域特征。当记忆有了相通之处，以语言、文化风俗、生活习性为标识的集体记忆便会成为历史，它得以存续的理由是能引发人们对过往的眷念与怀想。不同于庙堂记忆的宏大，在小说中，王安忆书写更多的是民间记忆的微观。大多数寻常百姓的集体经验与少数重要历史人物的个体经验终是不同的。在上海，有很多不同身份的人，他们各自的记忆不全一样。所有的历史都包含回忆。王安忆在《长恨歌》《流逝》《米尼》中采用历史编辑后的回忆，重新发现了上海的过去。也就是说，王安忆对真实的历史进行了选择、辨别、判断。

《长恨歌》是王安忆创作的长篇小说，最初于1995年在《钟山》杂志第2、3、4期连载，首次出版于1996年。但《长恨歌》书写的不只是二十世纪九十年代，它追溯了从四十年代至九十年代的历史。《长恨歌》主要以“上海三小姐”王琦瑶起伏跌宕的一生，串联起了这段历史。确然，没有人物的历史是不真实的历史。王琦瑶只是历史长河中如微尘一般渺小的人，虽然平凡，却坚韧不拔，历经数次爱情的失意后，仍坦荡而自在地活着。可以说，王琦瑶的情史丰富了这段历史。

小说《流逝》将时代的变迁集中于一个家庭的微观史。王安忆于1982年5月9日在徐州写成小说，原载《钟山》1982年第6期，获1981—1982年全国优秀中篇小说奖。王安忆在小说中塑造了令人印象深刻的人物。女主人公欧阳瑞丽拜金，她的身份转变与历史密切相关。新中国成立不久，她是张家少奶奶；1966年，她开始走出家庭，成为普通工人；改革开放，她变回家庭女主人，变得有主见、有决断。如文中所写：“过去，她生活就像在吃一只奶油话梅，含在嘴里，轻轻地咬一点儿，再含上半天，细细地品味，每一分钟，都有很多的味道，很多的愉快。而如今，生活就像她正吃着的这碗冷泡饭，她大口大口咽下去，不去体味，只求肚子不饿，只求把这一顿赶紧打发过去，把这一天，这一月，这一年，甚至这一辈子都尽快地打发过去。”① 这段话显示出时间的流逝给欧阳瑞丽的生活带来的巨大变化，生活不再是充满甜蜜的，而略显苦涩与不如人意，亦道出时间的物换星移让欧阳瑞丽的身份发生了转变，由少女变为人妇。虽然欧阳瑞丽的丈夫张文耀家境好，但他自己没本事，懦弱，不能自食其力，全仰仗家里财力。张文影是被张家捧在手心里的大小姐，她因一场失恋而患精神病，可谓情深不寿，陷入必伤。与之对应的是张文影的相亲对象，在小说中，呈现出一副精致利己的男性形象，他知晓张家的经济状况，和母亲从乡下赶来张家，席间颇有悦色。但当他知道文影罹患精神病，便表示断然拒绝，绝不含糊。这门亲事只能告吹，张母的心愿落了空，文影亦只好被送进医院治疗。庆幸的是，改革开放后，文影痊愈，恢复正常。小说结尾用丁香花的绽放隐喻欧阳瑞丽精彩的人生已绽放，暗示时间流逝，过去成为历史。通过王安忆对一个家庭的书写，勾连起一段历史，读者可以了解在这段历史中，人的思想如何生发，人的情感如何变化，人际关系如何复杂。

《米尼》讲述一个二十世纪七十年代的上海女知青米尼在一次偶然的机会，结识了在皖北工作的上海男孩阿康。随着时代的变迁，他们从安徽的一座小城回到大上海。在小说中，女主人公米尼的形象是恋爱脑，即是说她为爱痴狂，甚至盲目，分不清青红皂白，因追求完美的婚姻和幸福的家庭，从少女变为人妇，却用错了方式，出卖肉体，违背法纪，沦为暗娼，最终饱受牢狱之灾。在金钱和爱情面前，米尼迷失自我。新中国成立前的上海，娼妓这一职业司空见惯，虽然新中国成立后，实行禁娼，但到了八十年代，卖淫现象死灰复燃，到了九十年代，这一现象积重难返。沦为暗娼的女性不胜枚举，“许多妇女并不在妓院体制内从业。她们是性劳务市场的零散工，按需要在这里进进出出，挣些外快作为工资收入的补贴”②。米尼便是无数“她们”中的一个。米尼是成长在上海的女性，也是历史中的女性，她一旦堕落，深陷其中后，便难凭一己之力摆脱暗娼的宿命。男主人公阿康是一个罪犯，小时候有偷窃癖，长大后走上了偷窃的道路，锒铛入狱。阿康偷别人钱包的原因不是缺钱，而是想窥探别人的隐私，研究别人的真实生活。阿康的父母是教师，工作稳定，有退休金，下一代不用太操心养老问题，有试错的成本。《米尼》中的男主人公和女主人公在王安忆小说中不多见。王安忆多书写上海的世俗性，刻画上海人的精明、世俗。像阿康和米尼那样的为爱迷失自我的人物很少。纵观王安忆笔下的男性，多为妈宝，懦弱且无担当。但在小说《米尼》中，阿康有男性的担当、

① 王安忆:《流逝》，浙江文艺出版社 2011 年版，第 8—9 页。

② [美]贺萧:《危险的愉悦——20 世纪上海的娼妓问题与现代性》，韩敏中、盛宁译，江苏人民出版社 2003 年版，第 57 页。

较有主见，没有抛弃自己的孩子，推卸父亲的责任，尽管父亲当得不称职。米尼和阿康生活在七十年代的上海，小说开篇就写了时间是 1972 年 12 月，在他们身上，没有历史的重负，亦不见历史的积淀。上海的宏大历史被这对普通男女解构，他们的爱情消解了历史的虚无，丰富了历史的细节。《米尼》虽然不是以真实的历史人物、历史事件为框架来构筑历史故事的，但是呈现了历史的真实，把小说人物活动的时空往前推到"历史形态"中，表现的主要是现代的人生态度与思想感情。

历史的真实源于生活的真实，小说的虚构反映艺术的真实。但历史的真实与小说的虚构并非完全割裂。即是说，王安忆小说中的人物在历史上并非真的叫"王琦瑶""蒋丽莉""欧阳瑞丽"等名字，是作家虚构的，但和这些人物有相近命运遭际的，一定有，有的甚至不在少数。王安忆的小说看似虚构，其实反映出历史的真实。历史是真切发生过的，而作家在时间之流中继续编织语言之网，以对历史叙述的真相纠缠不休。在这三部小说中，王安忆的历史叙述立足民间立场，建立在同情之理解的基础上，这在一些感性且偶然的维度上接近了历史的真实，以平视的姿态反映了历史的真实。她将宏大的历史事件作为小说的背景，体现历史中的人物的多面性和复杂性，具有微观史学的特征。诚然，一部令人称好的小说须是历史真实和文学想象的完美结合，是历史客观与文学主观的再造，在追求历史真实的前提下，探寻人与历史、人与社会、人与时代剪不断且理还乱的关联。确然，文学用看似虚构的方式呈现历史真实，从普通人的视角来看，王安忆小说更接近鲜活的历史真实，还原了历史中的人间烟火。同时，作家的叙述没有完全按照现实主义的美学要求，而是以小说的方式重塑了历史现实，在这种借助于文学想象复原的历史中，也包含了对历史自身的反思。

二　从小说到电影：跨媒介的历史真实

小说和电影是两种艺术，它们的媒介不一样，小说是文字，电影是图像和视频。二者用不同的艺术、相异的媒介，还原了历史真实。电影是通过人物服饰、人物台词等方式来还原历史真实的。

（一）人物服饰的转变隐喻历史变迁

电影改编是王安忆小说的跨媒介转换的方式之一。在电影《长恨歌》《张家少奶奶》中，人物服饰的变化隐喻历史，还原历史真实，展现时代变迁。

电影《张家少奶奶》改编自王安忆的小说《流逝》，尊重了原著，改动较小。但是，电影中的欧阳瑞丽前后变化没有小说中的变化大。反而是影片和小说中的小孩、文影等人前后变化很大。不仅如此，电影中的人物服饰变化较大，而小说对人物服饰的描写篇幅很少。“文革”时期，影片中的人物衣服颜色以黑灰蓝三色为主，多为暗色系、深色系。女主人公欧阳瑞丽在工厂当一名纺织工人，和她一样的同事，穿的都是灰青色的工作装。欧阳瑞丽的便服亦是黑灰蓝三色居多。但是，改革开放后，欧阳瑞丽和文影着鲜艳的服装，开始打扮自己，首饰亦增多。

不像小说《长恨歌》开头的弄堂书写，电影《长恨歌》没有很多对上海弄堂的展示。影片一开始便是人物和情节的呈现。影片呈现了四十年代王琦瑶和蒋丽莉的女学生装扮。后来，王琦瑶成为“上海三小姐”，做了李主任的情妇，和李主任一起参加宴会，出入高级会所，她的头发不再是齐刘海短发，而是贴肤卷发，所穿旗袍时而颜色艳丽，时而雍容华贵，俨然一副成熟女性打扮。新中国成立后，王琦瑶和康明逊恋爱，和假丈夫拍结婚照，打扮朴素，衣服颜色为深色，王琦瑶的黑色齐肩头发别在耳朵后面，露出整个额头。改革开放后，王琦瑶在一家带有旋转门的餐厅，与程先生交流。王琦瑶打扮较为普通，一身呢子大衣搭配彩色丝巾，而程先生白发染鬓，深色大衣搭配黑色眼镜框，绅士风度不再。

在电影《长恨歌》《张家少奶奶》中，都涉及同一个时间段——新中国成立到改革开放，描写了同一城市——上海，尽管里面的人物不同，但人物的服饰在风格上有相近之处。小说《长恨歌》在开头便用大量笔墨呈现出上海弄堂的特色，空间转换美妙绝伦。但电影《长恨歌》省略了对弄堂的细微呈现，更多是对人物的描摹，对历史变迁的隐喻。因此，人物服饰前后变化较大。“文革”时期和改革开放后，人们的服饰确实发生了很大变化，电影真实地反映了那一时代，呈现出上海的一段真实的历史。

（二）直接呈现历史与直面过去

除了人物服饰隐喻历史变迁，电影也直接呈现历史，直面过去的政治运动。

较于小说的含蓄书写与隐晦表达，电影《长恨歌》用大字标语的方式直接反映政治运动。新中国成立后，“大跃进”运动如火如荼地进行，在影片中，直接拍摄了一幅颇具历史色彩和时代背景的画面，在一面墙上用红色印刷字体赫然写着：“大炼钢铁，支援社会主义。”

“文革”期间，全中国积极开展“上山下乡”运动，大批上海知青支援农村。电影《长恨歌》中有老克腊在农村当知青的情节，黄觉饰演的老克腊身穿白色背心，肩扛树木枝干，满头大汗，路过一堵土墙，上面用红色喷漆写着：“愚公移山，改造中国。”可以说，电影画面中的文字、人物直接呈现出历史，直面过去的政治运动。这些政治运动被历史记录，被电影还原，同时赋予这段历史独特性，亦增加了电影的真实感。

电影《张家少奶奶》开始，就是雾蒙蒙的早晨，画面灰暗，人物说的第一句话是："1966年的冬天，特别的冷。原来我们家保姆干的活，现在，我这资产阶级的少奶奶，也顶着干了。"这句话由欧阳瑞丽口中说出，时间点出"文革"开始。"文革"声势浩大地开始后，张家大部分的房屋充公，生活拮据，张文耀提出变卖家产。影片11分钟处，欧阳瑞丽让女儿多多拿着自己的东西去当，见多多不情愿，不仅苦口婆心地道出缘由，还叫上咪咪陪同。影片42分钟处，张文影因知青身份，需参加上山下乡，欧阳瑞丽和公公一起去火车站为文影送行，三人不舍，瑞丽大哭，完全不似张文光离家去参军的场面。对于此情此景，影片中有大量镜头语言。一方面是火车站的人潮涌动，骨肉分别，另一方面是人物面部表情，或流泪，或皱眉，或撇嘴，还有一些镜头对准前行的火车，车轮滚滚向前，隐喻时间流逝，空间变化，隐喻普通人身处历史洪流中，面对政治运动，没有拒绝和反抗的自由，只有服从。恰似火车，被人掌控着前行，在何处停靠，于何时开动，都是人说了算。

影片1小时16分50秒处，呈现的画面是张家三个孩子长大了，文影的病治好了。影片配上旁白："1976年，世界发生了翻天覆地的变化，'四人帮'被打倒了。"从这里开始，影片的彩色画面更多了，不再是灰黑白，而是五颜六色，增强了视觉冲击效果。主要体现在人物的服饰上，衣物颜色变多，女性首饰增加。

电影《米尼》于2007年上映，较于小说，改动很大。历史呈现在电影中几乎没有，电影虚化了时代背景，缺少历史厚重感，主要讲情爱故事，里面内容放在当时和当下都可以。因此，电影《米尼》对历史真实的还原不赘述。

巴赞在《有声电影出现以来剪辑方式的演化》中写道："有声电影为电影语言的某些美学标准敲响了丧钟，但仅限于那些背离了'服务于真实性'这一历史使命的标准。有声电影确实继承了蒙太奇的基本要素，即对事件进行非连续性的描述和戏剧化的分析。它摒弃的是隐喻和象征手法，而代之以看似客观的再现。"[①]"看似客观"说明还是有主观的再现。王安忆小说的电影改编则有对历史的再现，直接呈现历史中的政治运动，直面过去，但又不完全是再现，有时是抽象、隐射历史，将历史符号化。电影确是"一个有价值，甚至有原创性的历史洞察的方式"[②]，它既还原了历史真实，亦丰

① ［法］安德烈·巴赞:《电影是什么》，华中科技大学出版社2019年版，第42页。

② ［美］娜塔莉·泽蒙·戴维斯:《电影中的奴隶：再现历史真相的影像实验》，上海教育出版社2022年版，第66页。

富了历史的细节。通过小说和电影可知王安忆的历史关怀，而所有具有意义的历史关怀，都与现实有关。历史通过电影呈现出现实感。诚如王安忆所写："电影实在是太现实了。它是所有艺术中离真实最近的一个。……尽管有那样多的现代观念的电影理论为它开拓出路，可依然无法从根本上改变它写实的特质。"①

三　巾帼不让须眉：写就历史的女性

纵观很多男作家笔下，书写的是男性话语主导下的历史，其中包含对女性的想象与误读。如莫言的《红高粱家族》、贾平凹的《极花》、苏童的《红粉》《妻妾成群》、青春文学中的"傻白甜"形象、网络文学中的"甜妹"形象等等。对女性的想象与误读不止于此。女性身上还有来自他人的诸多误读与想象。有一种成见是相较于男性，女性更注重精神世界，而男性首先是视觉动物。这一偏见似乎在说女性眼盲，在寻找配偶时，女性亦是盲目的，不太注重外表，处于热恋期时，放大男性的优点，对男性的缺点视而不见，所以有了很多女性在婚后自称"都怪我当初瞎了眼才嫁给你"一说。此外，相比男性，多数人认为女性偏于感性，缺少理性，认为女性的第六感都是荷尔蒙和多巴胺作祟的结果。这两种情况都将男女进行二元划分，非此即彼，既不够客观，也容易造成性别对立，无益于性别互补。

为何选择女性视角？诚如张莉在《成为"不驯服"的读者》中所言："女性主义是一种视角，一种立场，但也是价值观和方法论。它使我们更丰富，更有独立性，它使我们远离狭隘和盲目。女性视角的解读，最终是成为有同情心理解力的人，更重要的是，成为有质疑能力和批判能力的独立思考者。"② 亦是《成为波伏瓦》所写："笛卡尔借用奥维德的话说：'想要过好自己的一生，你必须不被看见。'萨特不惜笔墨来论证他者对自我的物化'凝视'。他认为这种'凝视'会将我们囚禁在臣服的关系中。波伏瓦对此持不同观点，她认为要过好一生，人应当被他者看见，但必须以一种对的方式被看见。"③ 由此，选择女性视角切入研究对象，有助于跳出男性话语的束缚和塑造，发现女性被遮蔽之处。

在王安忆笔下，是 her-tory，不是 history。即是说，女性有写就历史的权利，甚而是改变别人命运的重要动因，制造出人意表的历史。在小说《流逝》中，欧阳瑞丽改变了张家一家人的命运、张文影的婚姻；在《长恨歌》中，王琦瑶的出现，为程先生的生活带来变化，让老克腊垂涎，给予女儿

① 王安忆：《陈凯歌与〈风月〉》，《上海女性》，中国盲文出版社 2008 年版，第 180 页。
② 张莉：《我看见无数的她·序言》，九州出版社 2022 年版，第 11—12 页。
③ ［英］凯特·柯克帕特里克：《成为波伏瓦》，刘海平译，中信出版社 2021 年版，第 5 页。

薇薇生命；在《米尼》里，米尼怀孕后，给阿康一家造成困扰，诞下儿子不久，夫妇俩却离婚，没有给儿子完整的家庭，也较少管教儿子，导致儿子的叛逆。可以说，小说中的她们不仅改写故事情节，亦影响人物命运。

《长恨歌》是以王琦瑶的人生为中心进行叙事的。年轻的王琦瑶在民国凭借选美脱颖而出，并获得国民党官员李主任的青睐。她不用出门工作，李主任可以养活她。后来，李主任被抓，王琦瑶失去经济来源，辞退佣人，搬出李主任提供给她的爱丽丝公寓。新中国成立，王琦瑶从家庭走进社会，成为一名护士，在卫生所结识家庭条件不错的康明逊，但因二人身份地位悬殊，最终没走到一起。王琦瑶怀孕后，独自诞下女儿薇薇，并以单亲妈妈的身份抚养女儿。女儿长大后，有了自己的生活，王琦瑶在和老克腊的交往中，已近垂暮。老克腊接近她，主要不是图色，而是谋财，但他没想到王琦瑶护财心切。老克腊因夺财心急，走上歧路，最后王琦瑶死于非命。纵观王琦瑶一生，她风光过、跌落过、勇敢过、胆怯过，但她一生遭遇的荣与辱、得与失，最终都归于尘土，淹没在浩浩荡荡的历史洪流中。但是，王安忆的书写，让我们记住了王琦瑶，记住了蒋丽莉，记住了两位独特的女性，记住了二人的姐妹情谊。这一点在电影《长恨歌》里有更好的呈现。程先生倾慕王琦瑶，蒋丽莉心仪程先生，这曾让蒋丽莉对王琦瑶心生龃龉。新中国建立后，王琦瑶在程先生家里和蒋丽莉重逢，王琦瑶和蒋丽莉二人相拥而泣。这是女性之间的和解，过去的不满都通过拥抱放下了，冰释前嫌。有时，女性具有更大的包容度，能设身处地地理解人，并非都是男性作家所写的为爱争风吃醋。《米尼》发表于 1990 年，王安忆主要呈现的是九十年代前后的女性形象，以及这一时代女性的婚恋观。《米尼》直接以女性名字命名，王安忆在小说中塑造了一个为爱痴狂、因爱堕落的女性米尼。女导演陈苗在电影名中沿用了小说名，并在电影中塑造出米尼的正面形象。当米尼得知男友阿康偷人钱包时，劝诫他收手；知道男友有违法犯罪的动机时，阻止他前往，却未成功。作家和导演对米尼这一女性有着自己的理解。但是，无论是在小说中还是电影里面，无论是作为妻子的米尼还是作为未婚妻的米尼，因强烈想维系与阿康的关系，或结婚，或复合，都走向了堕落之路。小说中的米尼成为暗娼，电影中的米尼为了帮阿康还清赌债，傍大款，使用美人计。可见，两种媒介中的米尼都在情爱关系中迷失了自己，亦失去了自己的独立性、主体性。电影和小说都似乎在表达一种相近的观点：深陷爱情泥沼和婚姻陷阱的女性反而不会收获甜蜜的爱情与幸福的婚姻；先做清醒的人，才能清醒地爱。

小说《流逝》虽以时空的转换为名，但女主角欧阳瑞丽在时代巨变时挑起家庭的大梁，她的光环掩盖了小说中主要男性的声音。小说被改编成电影《张家少奶奶》，直接用女主角的身份命名，但不是以欧阳瑞丽的名字命名，男导演叶明似乎想要传达的是欧阳瑞丽在作为张家少奶奶时的人生浮沉、升降起落，由此，欧阳瑞丽这一女性被男性话语塑造。即是说，小说《流逝》中的欧阳瑞丽由娇气且不食人间烟火变为隐忍而端庄，而电影《张家少奶奶》中的欧阳瑞丽是付出且识大体的。

关于王安忆的性别观，她在散文《物质世界》中写道："要说女性对物质有欲望，那是因为女性比男性更有生活热情，而且，拥有着更为感性的认识。生活在她们，是具体的，具体到衣食住行，脱离开意识形态。"[①] 她还在《男人和女人，女人和城市》中写道："女人在孤寂而艰苦的忍耐中，在人性上或许早早超越了男人。"[②] "女人生来不是独自个儿的，她竟有这样奇异而痛苦的能力，便是由自身分离出生命。她对事物理解的出发点要比男人广阔得多。"[③] "历史长久地将她们排除在社会舞台之外，使他们避免成为男性那样实用的动物，她们更为虚无一些，更具有精神价值一些。"[④] 王安忆认为女性有物质欲望、生活热情、感性，女性是具体的而非抽象的；女性并非男性的附属物，并非第二性，并非低男性一等；女性并不是妇人之仁，而是有格局的，甚至比男性更具有远见；女性比男性虚无的原因是历史曾阻止了她们参与社会活动，阻断了女性上升的社会通道。正因为有这样的性别观，王安忆在小说中塑造了别样的历史女性，亦发现了被压抑的女性，替被历史遗忘的"她们"发出自己的声音。在人类历史中，女性的声音是不可或缺的，重要性并不逊于"铁屋中的呐喊"。尽管女性无法独自生下男性，但没有女性，何来男性，男性由女性所生。发出历史中女性的声音，可以还原历史中真实的男性，真实的两性关系。所以，王安忆在当编剧时，她会在电影《第一炉香》《风月》中加入自己关于女性的认知。并且，王安忆在散文《忧伤的年代》中回忆自己小时候经常和家人一起去电影院看电影，如上海的国泰电影院、淮海电影院。作为观众，王安忆是喜欢看电影的，这段经历，为她做编剧提供了参考价值。此外，王安忆的父亲王啸平是话剧导演，王安忆从小耳濡目染，她知道观众的审美偏好，同时，她有自己的审美爱好。作为作家和编剧的王安忆，在小说和电影中引导读者和观众怎么看待女性。

电影《风月》讲述民国时期一个江南小城旧家族里的爱情悲剧。于1996年5月9日在中国香港上映。女主角庞如意知道男主角郁忠良是"拆白党"，以玩弄女性情感的方式骗取钱财，她便不再对郁忠良抱有幻想。即使后来郁忠良醒悟，从上海舞厅返回庞府，想与她重修旧好，她也断然拒

① 王安忆：《物质世界》，《王安忆的上海》，生活书店出版有限公司2016年版，第103页。
② 王安忆：《男人和女人，女人和城市》，新星出版社2012年版，第97页。
③ 同上，第98页。
④ 同上，第107页。

绝，最终选择嫁给和自己门当户对的景云。景云是庞如意自己选的丈夫，在婚姻上，庞如意有主见。王安忆和导演陈凯歌为影片设置庞如意这样的历史女性，是为了通过她的归宿来批判郁忠良对情欲的滥用，因此，景云“是如意最后一定要嫁的男人”，因为王安忆和陈凯歌“已经决定最后的如意是一个新娘，以她的毅然成亲来宣布她对郁忠良的挑战”[①]。

关于女性婚恋的态度，王安忆认为女性有自主选择权，即使在民国，女性亦有选择嫁给谁的权利。在 2021 年上映的电影《第一炉香》中，葛微龙的身份由纯真的女学生变成人妇。面对频繁出轨的丈夫，她选择和范伟饰演的 Uncle 暧昧。葛微龙为了维持与乔琪乔的婚姻，从闺阁走出，成为交际花，挣钱养家。葛微龙在情爱关系中无法自拔，不能做到快刀斩乱麻，知道男友乔琪乔不忠后，还是要和他结婚。葛微龙的婚后生活并不是幸福的，她为了维持婚姻的体面，出入上流社会，让 Uncle 给她购买名牌衣物、首饰，带她去高级餐厅就餐、谈生意。自始至终，葛微龙都不是贤妻良母的形象。

葛微龙和庞如意的情感经历有相似之处。葛微龙在婚恋中遭遇男友兼丈夫的不忠与背叛，庞如意在感情中饱受男友欺骗与玩弄。但是，在影片中，乔琪乔从未骗过葛微龙。即便如此，两位女性的人生都因男性的出现而改变了。葛微龙从纯真朴素的女学生变成八面玲珑的交际花，庞如意从守身如玉的大小姐变成被鸦片毒害的废人。人性是不可控的，庞如意和葛微龙最终都无法预料到自己所爱之人会对自己做出怎样的事情。

“艺术并不仅止于绘画式地或照相式地记录现实，它要更进一步；它实际上还涉及艺术家在处理特定素材时的创造力问题。”[②] 无论是王安忆小说，还是由王安忆小说改编的电影、王安忆做编剧的电影，在反映历史真实的同时，也进行了创造，既有人物上的，亦有情节上的。在跨媒介的历史呈现中，这些创造并没有背离历史真实，反而真切地呈现出历史，塑造了令人刮目的女性。

（刘平：中山大学中文系中国现当代文学专业博士研究生）

---

① 王安忆：《陈凯歌与〈风月〉》，第 178 页。

② ［德］齐格弗里德·克拉考尔：《电影的本性——物质现实的复原》，中国电影出版社 1981 年版，第 7 页。

女作家史料文献研究

赵萝蕤与"学灯"

肖伊绯

摘　要：本文以抗战期间赵萝蕤为重庆《时事新报》的"学灯"副刊所撰一系列稿件为核心，通过对这一时期，即 1940—1944 年间赵氏所撰发的散文、论文、诗歌及译文内容的初步整理与考析，从一个侧面勾勒其流寓西南期间的生活轨迹与心路历程。

关键词：赵萝蕤；学灯；宗白华；《时事新报》；译文

流寓西南期间的读书与写作

著名学者、翻译家赵萝蕤（1912—1998）先生早已蜚声海内外，除了早年翻译的英国著名作家，1948 年诺贝尔文学奖获得者艾略特（Thomas Stearns Eliot，1888—1965）的代表作《荒原》，以及晚年翻译的美国著名诗人惠特曼（Walt Whitman，1819—1892）的代表作《草叶集》，还曾撰写过数量可观的散文随笔、文学评论、杂文、诗歌等作品。这些作品有的已见诸报刊，如今已成为所谓的"报载文献"，有的则属于未曾发表的私人手稿。

二十余年前，1996 年 11 月，由北京大学出版社推出的赵氏作品集《我的读书生涯》，开启了赵氏作品的搜集、整理与发布的先例。此后的 2009 年 11 月，南京师范大学出版社又推出名为《读书生活散札》的赵氏作品集，规模进一步增扩，令后世读者基本可以据此管窥赵氏的主要学术成就与文学生活点滴。

稍微了解赵氏生平的读者，大多知悉七七事变爆发之后，赵氏即随夫君陈梦家迁徙至西南后方（陈氏曾在西南联大任教，赵氏则主要操持家务，间或在云大附中兼任教职），直至 1944 年二人同赴美国讲学与留学（陈氏在哈佛大学教授古文字学，赵氏则入芝加哥大学英语系留学），在这段一度流寓西南，几乎伴随抗战烽火始终的艰苦岁月里，恰恰也是赵氏个人在公共文化领域撰发文稿较多的时期。诚如赵氏晚年在《我的读书生涯》一文中所忆述的那样：

> 从七七事变以后我一直是失业的。当时西南联大继续清华大学的老规矩，夫妇不同校；丈夫在联大就职，妻子就不能在同一学校任课。而且那时物价腾贵，金圆券不值钱，教书还不及当个保姆收入多，因此在联大的八年里我基本是操持家务。我是老脑筋；妻子理应为丈夫作出牺牲。但我终究是个读书人。我在烧菜锅时，腿上放着一本狄更斯。

显然，此时的赵氏，既是“贤内助”，更是“读书人”。寥寥几句忆述，已然勾勒出流寓西南时期的赵氏的“文学肖像”。那是一位在艰辛操持家务，笃守在厨房书桌之间，仍然关注着世界文学，依然持守着一己的文学世界的，甘守平凡却又卓尔不凡的知识女性肖像。

据考，这一时期的赵氏，曾在当时已将社址由上海迁至重庆的《时事新报》之上，撰发过不少文稿，而这些文稿基本全部发表在了该报每周一期的“学灯”副刊之上——这样的情形，不禁又令人忆及那篇赵氏撰发的，曾刊于 1942 年 6 月 22 日“学灯”副刊版面头条的《夜之赞》来了。文中有这样的话语：

> 看看时针还不过七点，四肢觉得像解散了似的懒，正中间还闷闷的知道有胃溃疡。我很感谢今天并没有痛。夜了，这样静，我要睡了。但似乎这千金的一刻还不愿就倒头睡去。那一夜有这么静，只有我一个人，独霸着一盏灯？……生活苦忙，拜佛的工夫也早没有，就是一根笔，滴下闲暇的产物，写几个爬虫般的字也没有了。慌慌忙忙的连捉跳蚤的工夫也减去，只在痛痒的地方，狠狠的一掐，揉一下。但是究竟滴下来了。笔与爬虫蠕蠕的爬在纸上，爬出点思想来，思想又爬出点真理来。

遥思整整八十年前，赵氏夫妇二人共赴国难，流寓西南一隅，僦居于偏乡陋室之中，却仍不免要于寂寥落寞的入夜时分，将蛰伏于内心深处的那个文学世界，以及自己对世界文学的某个观点伏案书写一番。这样令人动容的时代画面，这样如临其境的时代境遇，仿佛就定格在了这篇《夜之赞》中，实在是身处时代洪流中的读书人最为真切的独白与写照。

可以想见，正是在这样的时代境遇与现实境况之中，赵氏在每日操持家务的辛劳之外，复于夜间抽暇撰写的文稿，从云南昆明投呈至了当时的“陪都”重庆，在《时事新报》的“学灯”副刊上陆续发表了出来。那么，究竟是什么样的报纸及副刊，能让这位一贯矜持低调，并不十分乐于亮相于公共文化领域的燕大才女，竟愿意在此悄然坦露一己心声，表述个人的文学观念，展现个人的文学创作呢？言及于此，就还有必要约略介绍一下《时事新报》，及其“学灯”副刊的创办简史与来龙去脉了。

抗战期间由沪迁渝的“学灯”副刊

概略地讲，《时事新报》是清末民初由著名出版家张元济、高梦旦等在上海筹组创办的。该报初期以编译中外报章，介绍西方学术文化为主要内容。后因在反对袁世凯复辟过程中立场坚决，言论激烈，造成空前强大的社会舆论，该报随之成为在上海颇有社会影响力的主流公共媒体。

从 1917 年开始，著名学者、政治学家张东荪主笔《时事新报》，直至 1924 年春辞职，前后达八年之久。张氏主笔期间，正值新文化、新文学运动交相迭起之际，著名的“学灯”副刊，也随之应运而生。该副刊与《民国日报》的“觉悟”副刊及《晨报》副刊，并称“新文化运动的三大副刊”，也是中国报纸开辟学术性副刊之始。

时为 1918 年 3 月 4 日，“学灯”创刊，每周一期；同年 5 月起，每周二次，12 月起，每周三次；至 1919 年 1 月起，又改为日刊，星期日休刊；12 月起逐日发行。该刊初期以评论学校教育和青年修养为主，宗旨是“促进教育，灌输文化”，“屏门户之见”，“为社会学子立说之地”。1919 年五四运动前后，该刊开始发表新文学作品，设“社会问题”“妇女问题”“劳动问题”等专栏。

显然，随着从周刊到日刊的迅猛发展之势，“学灯”副刊的社会影响力也势必与日俱增。自创刊至 1928 年 4 月 4 日改为“学灯·教育界消息”止，先后任“学灯”副刊编辑的有张东荪、匡僧、俞颂华、郭虞裳、宗白华、李石岑、郑振铎、柯一岑、潘光旦、钱沧硕等人，俱为活跃于学界内外，在社会各界均有相当影响力的一时才俊。

1925 年 11 月，《时事新报》的“教育界”栏目并入“学灯”副刊，开始恢复刊载有关教育的评论与新闻，不再刊登文艺著译作品。至 1929 年 5 月，又进一步改为“教育界”，“学灯”副刊也随之完成历史使命，暂时终刊。

1932 年 10 月，“学灯”副刊以周刊方式复刊，因之又名“星期学灯”，主要内容为书报评介、世界文艺思潮介绍、读书随笔、国内文化消息等。在这一再次转型时期，“学灯”副刊的主要撰稿人群体，也开始出现了不同于新文化运动期间的转换。为该刊供稿的作者，先后有傅雷、曹聚仁、孙俍工、张资平、胡怀琛、赵景深、刘大杰等更偏向于学术译介与专业研究类型的学者。不久，“星期学灯”又于1934年6月更名为“时事新报·学灯”，有意重塑这一副刊品牌。不过，该刊至1935年9月，即又再度宣告停刊。

时至1937年2月，“星期学灯”复刊，主要刊载有关政治、历史、哲学的论述，主要撰稿人有叶青、李季、郑学稼等人。半年之后，因七七事变爆发，以及随之而来的淞沪抗战打响，该刊也旋即于1937年8月停刊。

1937年12月26日，《时事新报》第10767号印行，这一期报纸头版头条刊发了题为《告别读者诸君》的公告，正式宣告因日寇悍然侵占上海，该报不得不终止在上海的一切业务。约在1938年4月末，《时事新报》在重庆正式复刊，同年6月“学灯”副刊也随之再度复刊，并明确标示以“渝版第一期”字样。此后整整八年，该报及“学灯”副刊，均在四川重庆印行。直至抗战胜利之后的1946年4月，社址复由重庆迁回上海的《时事新报》，重又将“学灯”副刊复刊，至1947年2月终刊。

通过上述这段《时事新报》及其“学灯”副刊的办刊历程可知，赵萝蕤与家人迁徙至云南昆明暂寓之际，正是该报及其副刊迁址四川重庆复刊的时期。此时的“学灯”主编乃是著名学者、美学教育家宗白华，正是宗氏的热情邀约，令赵氏从应约撰稿到自由投稿，开启了流寓西南期间与“学灯”的文学因缘之旅。

1940—1942：“学灯”上的特约撰稿与生活感言

时为1940年3月，在昆明平政街的寓所中，在操劳家务之余，赵萝蕤终于抽出时间，应宗白华之约，写成了一篇《艾略特与〈荒原〉》，交由“学灯”副刊发表。两个月之后，即同年5月14日，“学灯”副刊“渝版第八五期”的版面上，整版只刊发了一篇稿件，正是此文。文末还附有宗氏热情洋溢的介绍与简评。且看这一期的“编辑后语”，原文如下：

> 近代人生不仅是复杂，繁富，而且是深邃，抽象。几千年来的哲学，三百年来的科学，使一个现代诗人不只是凭情感体验人生，还要运用瞑想来思索人生。哲理的诗人，玄想的诗人，也是文化成熟时期底产物。但丁的神曲综述了中古的思想，歌德老年的诗也多么富有哲理。法国诗人梵乐希也以智慧底节奏，音乐与色彩的数学，来建筑沉思瞑想中的世界。（见梁宗岱译《水仙辞》，这美丽的译作，中华出版）英国近代著名诗人艾略特更代表着这时代的理智倾向；他的诗是一位思想家的，学问家的苦心经营的创构。虽不见得是诗的正则，却表现

了近代精神的一面。

前读赵萝蕤女士所译他的名作《荒原》(上海新诗社出版)，深感兴味，特约赵女士写来这篇文章，使读到译本的更能明瞭这深奥诗篇的内容，没有读过的也可以“饮一勺水，知大海味”。

据上述宗白华所言，可知赵萝蕤此次首度亮相“学灯”之作，乃是应其“特约”而撰成。显然，宗氏之前早已对赵译《荒原》有所研读，且还颇为赞赏，方才有了这番“特约”之举，为的是“使读到译本的更能明瞭这深奥诗篇的内容，没有读过的也可以‘饮一勺水，知大海味’”。

值得注意的是，半个世纪之后，赵氏此文辑入其晚年自选集《我的读书生涯》一书之中，位列全书首篇，足见其重视程度。然而，宗白华为之附撰的这一篇“编辑后语”，却不知何故，未能辑入曾两次结集的《宗白华全集》(1994 年第 1 版，2008 年第 2 版)之中，至今仍为“集外文”，仍为知者无多的“佚文”。

且说继《艾略特与〈荒原〉》一文发表两年之后，时至 1942 年 6 月 22 日，“学灯”副刊又在头条位置，刊发了赵氏所撰《夜之赞》一文。对于并不经常为“学灯”供稿的赵氏而言，除却两年前的特约撰稿之外，这不过是第二次供稿。此文纯属流寓西南之后的生活感言，并非学术研讨性质的论文，却仍旧刊发于版面头条，这自然仍与主编宗白华的格外重视有关。对于抗战期间知识女性的生活状况，尤其是如赵氏这样才华出众的知识女性，因抗战爆发流寓西南之后的生活状况，宗氏不但一直有所关注，向来也深有感触。当接到这篇投稿之后，宗氏更是有感而发，遂在“编辑后语”中发表了这样的感言：

厨房里的琐屑：“炼油锅，炒菜，端菜，摆筷，吃。然后洗碗，洗抹布，擦桌，盖火种，冲开水。”这是几千年来人类底秀美的那一半，每个白天神圣的工作；抗战逼着许多逃出了厨房的又回到厨房。

但是夜里呢？赵萝蕤女士说：“如果没有夜，没有明星嵌在天上，便是没有思想，也没有工夫想，更与禽兽无异了。”但是，我想——设使夜容许我想——人类“土做的”那一半，他们每天的琐屑是：参政，经商，打仗，修路筑桥，制造飞机，他们也曾注意到夜和夜的天上嵌着有星星吗？

赵女士，我为你祝福了！

人类底文明和尊严起始于“仰观天象”。你看，亿万光年外的亿万星光照耀着守护着你那白天劳作的小厨房了！

(赵女士前曾为学灯评述《艾略特与〈荒原〉》，那篇英国现代诗中

的名著。她也是那篇哲理长诗底译者）

1943—1944："学灯"上的赵萝蕤论文、诗文与译文

在《夜之赞》刊发一年有余之后，时为1943年10月4日，赵萝蕤的稿件第三次刊发于"学灯"之上。这一次所刊发的，乃是篇幅可观的，带有宏观理论性质的学术论文，题为《一些可能的文学理论》。因无法一次性刊载完毕，又于10月18日续刊了一部分，却仍有"待续"未刊的部分。为此，宗白华特意在极其有限的版面间隙，加入了极为简短的"编辑按语"，以资说明。其文如下：

> 赵萝蕤女士译过艾略特的《荒原》，曾替本刊写过一篇分析这名著的文章，她的新鲜有劲的散文也在"学灯"发表过两篇。最近编者请她发表一些对现代文学的观念。她先寄这一篇稿子来。虽然这篇已经表现着她的思想的路线和风格的特色，但我们仍热望着她的续篇早日寄来。
>
> 在现代西洋文学里因女性的创作者和批评家的活泼参加，使文坛增加了许多新境界、新感觉力和特异的风格。我们对中国文坛也期待着这个。

显然，这两次间续刊出的赵氏论文，仍是宗氏"特约"而来的稿件。换句话说，虽然在边陲陋室中写下过《夜之赞》的随笔感言，家务闲暇之际也确实乐于读书写作的赵氏，却并不十分乐于公开发表这些纯属个人心得性质的文学经验；或者说，其人的文学生活是沉浸其中且乐在其中的，并非喜好外在表现，更没有任何参与公共交流与研讨之热情的。否则，以其人之文学修养与笔力，也不太可能时隔年余，方才再度撰发文稿——显然，若非"特约"，赵氏恐怕是不会轻易撰发文稿与发表个人言论的吧。

果不其然，又是近一年的时间过去，赵氏仍没有后续文稿发表。时至1944年9月17日，"学灯"副刊的"渝版第二七〇期"之上，才又再次出现赵氏文稿。这一次，竟一次性刊发了两组赵氏文稿，一组为短诗合辑，题为《小诗群》；一组为短文合辑，题为《杂文集零之二》。

据笔者查证，此次刊发的赵氏诗文，本文前边提到的赵氏作品集《读书生活散札》，虽有部分收录，可仅就所收录的这部分文本内容与报载原文相比较，不难发现，还是有着一些字词上的细节差异的。所有这些差异，当然可以以"异文"视之，这些"异文"作为研究赵氏生平及其作品的原始文献之一，应当还是有相当价值的。

因本文主题及篇幅所限，对这些“异文”的研究，不便在此展开研讨。不过，为略表赵氏此际生活境况及个人心态，笔者仍不揣谫陋，酌加整理，仅从《小诗群》里转摘开首的“十四行”小诗一首，稍作披露。且看报载诗作原文如下：

小诗群

赵萝蕤

（一）

我只有一首诗要做，
几次拿笔又顿下来。
我只有一首诗要做，
其他都可以弃之不顾。
但我知道做之无益，
做得拙劣。
因我有一个唯一的最机灵的
意思说不出来。
说出了，说得不好，或不机灵
人家也听不出。
所以，我不做了，
许许多多别的；
全是那唯一的一首的形容词，
辅词，和许许多多十分集腋的短诗。

仅从这《小诗群》里开首之作来看，流寓西南业已七年，日夜繁忙于家务，终日操持于陋室之中的赵萝蕤，仍然怀揣着诗情文心，仍然将文学理想有所寄托。只不过，这样的情怀与寄托，不足与外人道，也无法与外人道，只好偶尔在小诗短文中隐约流露，聊作自我慰藉罢了。

《小诗群》里共辑录了六首无题小诗，皆可视作赵氏在流寓西南期间的某种抒怀遣兴与自我慰藉之作。而《杂文集零之二》里，则辑录了三篇有着明确标题的短文，分别为“狂雨”“夏虫”与“诺斯替教徒”。如果说前两篇仍是借景抒情之作，那么末篇则仍与其乐于从事译介外国文学与文化工作，并从中有所感触的生活状况，多少有些关联。在此次刊发的短文辑正文之末，有赵氏附注称：“《杂文零集之一》见去年桂林《大公报·文艺》。”

由此可知，虽然这一时期赵氏撰发文稿的数量并不多，亮相于西南后方报刊的兴趣也并不浓厚，但还是在不时有特约撰稿的邀约之下，逐渐有一部分应约之作在那些因抗战迁址于桂林、重庆等地的大报副刊之上，陆续发表了出来。

继《小诗群》在“学灯”副刊版面头条闪现近三个月之后，时至1944年12月11日，赵氏又一译文力作，刊发了出来。这一次是翻译了英国诗人勃莱克所创作的重要组诗《地狱与天堂之婚》，这一赵氏译本，或为国内首现的勃氏此作中译本。

这里提到的“勃莱克”，即今译威廉·布莱克（William Blake，1757—1827年）的英国诗人，因其诗作的思想性与预言性，受到西方文学评论界高度关注，被誉为十八世纪末十九世纪初的英国最独特的浪漫主义诗人之一。法国著名作家纪德所作《关于陀思妥耶夫斯基的七次讲座》，就曾屡次提及布莱克之名；爱尔兰著名作家乔伊斯的后现代文学名著《尤利西斯》里，也曾征引布莱克诗句。不过，在二十世纪四十年代中期，正值抗战虽临近尾声，时局却依然艰险的中国西南内地，知道并了解布莱克其人其作品的一般学者与普通读者，恐怕也并不多见。

赵氏率先向国内读者乃至西南内地读者，译介布莱克中后期创作的代表之作——组诗《地狱与天堂之婚》，自有其个人极富前瞻性的文学视野，同时也映照出其人其学识其个性的特立独行。毕竟，当时的国内文学界，除了极富民族主义色彩的抗战文学，极具反抗精神的抗战文化的宣扬之外，其余的文学流派及作品均属不甚显扬的旁逸支流，外国文学作品的译介，尤其是现代浪漫主义诗歌作品的译介，更是一度寂寥黯淡，乏人问津。

虽然这样的译介工作，势必从一开始就要接受乏人问津，更无人喝彩的境况，赵氏仍在厨余餐后的案前灯影之下，孜孜以求、津津有味地为时人，也为后人送呈了精彩迭出、隽永深沉的译本。事实上，这个译本，至今仍未收入本文前述的那两个赵氏作品集之中，至今仍为“集外文”，而少为人知。这一刊发距今已近八十年的译本，几乎已为“佚文”。

余韵:“学灯”上的最后一篇赵萝蕤文稿及其他

时为1944年12月18日，赵萝蕤所译《地狱与天堂之婚》，在“学灯”副刊的“渝版第二七八期”续刊。整个副刊版面，全部刊发其译稿，以致版面上已无丝毫间隙，可予留备宗白华的“编辑后语”刊发了。

此文刊发之后，赵氏之名及其文稿，再未现身于“学灯”之上。可以说，正是这样一篇特立独行于时代的译稿，为赵氏与“学灯”的因缘，画上了戛然而止的句号。个中原因，无从确考，只可留待后来者继续探研了。

末了，还有一桩值得一提的“悬案”，留待诸君考索。按照目前通行的一般性介绍称，因陈梦家于1944年赴美国哈佛大学任教，赵氏随之赴芝加哥大学英语系留学；那么，《地狱与天堂之婚》译本两次于1944年末刊发，赵氏译稿是否乃是特意由美国寄返国内，再交由“学灯”副刊发表的呢？这一关涉赵氏生平乃至中国现代文学史上的“悬案”，因至今尚未见相关研究结论公布，或仍有继续考索之必要吧。

（肖伊绯：文史学者、自由撰稿人）

文化自觉视阈下的精品创造

——李亚威影视创作价值论

周思明

摘　要： 李亚威的影视创作对真善美有不懈追求和生动体现，实现了文艺雅俗共赏、寓教于乐的目的。她创作的作品具有突出的人民性，这体现在其作品蕴含的攸关民众利益和情感诉求的社会历史内容上，体现在她的丰富多彩的影视创作实践上，也体现在她坚持文化自觉，深入人民群众之中、不断为人们送去优质精神食粮的行动上。李亚威及其创作团队影视创作历程，某种意义上就是一部浓缩的人民生活断代史。它让我们在其作品所表现的平凡历史生活中，见出了神奇，悟出了感动，净化了灵魂，提升了境界。李亚威主创的影视作品，充满蓬勃生机和丰富的价值，这是她的影视作品能够穿越历史时空、传递人类文化薪火的秘籍所在。

关键词： 文化自觉；现实主义；精品创造；李亚威；影视创作；价值分析

李亚威的影视创作，可谓文化自觉视阈下的精品创造。何谓文化自觉？按照相关解释，“文化自觉”是费孝通先生首次提出，是为应对全球化正确处理人与人之间关系做出的科学认识，主要内蕴为：文化自觉建立在对“根”的找寻与继承上，是对“真”的批判与发展，以及对发展趋向的规律把握与持续指引，是对文化地位、作用的深刻认识，对文化发展规律的正确把握，对发展文化历史责任的主动担当。李亚威的文化自觉，表现为她所从事的影视创作工作所表现出的文化自信，表现为对中华文化发展的心心念念、责任担当，对中国特色社会主义文化发展道路的坚定自信，对建设中国特色社会主义文化强国的尽心尽力，并转化为对文艺精品不知疲倦的探索和创造。马克思主义经典作家提出，文艺创作要运用美学的、历史的观点，创作出源于生活、高于生活，具有较大历史深度、历史内容和生动故事情节的思想性、艺术性、观赏性统一的文艺精品。这一论断，科学地回答了“什么是优秀作品”这一当代文艺工作面临的重大问题，无疑也是李亚威影视创作的重要依据和根本遵循。李亚威的影视精品创造，是社会主义核心价值观的艺术传达，中国梦、强国梦理念的审美诠释。其基础是特定的人类社会生活，而指导线索是马克思主义美学原则与中华美学思想，它们直接指导和制约着李亚威的艺术实践活动，制约和决定着其主体意识的提炼、创作意图的表现、创作素材的取舍、人物形象的塑造、人物性格的刻画、人物命运的安排，最终制约和决定着其影视作品整体价值的实现。

一、自觉守护、传承民族传统文化

增强文化自觉、坚定文化自信，以强烈的历史主动精神，积极投身社会主义文化强国建设，是每个文艺工作者义不容辞的责任担当。文化兴国运兴，文化强民族强。没有高度的文化自觉和文化自信，就没有文化的繁荣兴盛，就没有中华民族的伟大复兴。“中华文化既坚守本根又不断与时俱进，使中华民族保持了坚定的民族自信和强大的修复能力，培育了共同的情感和价值、共同的理想和精神”。坚定文化自觉、文化自信，是事关国运兴衰、事关文化安全、事关民族精神独立性的重大问题。有鉴于此，李亚威的文化自觉、自信意识越发明确，这体现在她的影视创作的具体内容选择上。

现代文化大师郭沫若十分重视中国传统文化，但他并非盲目重视、全盘肯定，而是牢牢抓住中国传统文化的“根本传统”“根本精神”，中国传统文化中的“个性、自由、富有创造力”[①]的精髓所在。为此，他在中国同时也在世界各地寻觅样本且深情呼唤：“我们要把动的文化精神恢复转来，以谋积极的人生之圆满。”“固有的文化久受蒙蔽，民族的精神已经沉潜了几千年，要救我们几千年来贪懒好闲的沉疴，以及目前利欲熏蒸的混沌，我们要唤醒我们固有的文化精神，而吸吮欧西的纯粹科学的甘乳。”“我们要秉着个动的进取的同时是超然物外的坚决精神，一直向真理猛进！”[②]

历史，往往有惊人的相似之处。十年之后即2000年，李亚威所做之事，同样也是拯救民族文化。是年5月，受深圳市委宣传部委派，李亚威奔赴云南楚雄彝族自治州，借着创作以已故的深圳扶贫干部臧金贵为题材的剧本的机会，她了解到，在楚雄，由于历史、经济、社会的发展，彝族千百年来口口相传的非物质文化遗产正濒临消失的危机。“一想到每天像金子那样消失的彝族文化，焦虑和不安就让我失眠。”[③]正是这种文化自觉意

① 郭沫若:《论中德文化书》,《郭沫若全集》文学篇15卷，人民文学出版社1990年，第155、157页。

② 同上。

③《李亚威：用生命记录彝族文化》，新华网，2013年12月4日。

识，让李亚威踏上彝族文化抢救性记录工程这条漫漫长路。当她发现彝族千百年来口口相传的非物质文化遗产面临消失的现实威胁之时，李亚威暗下决心，一定要努力弘扬民族文化，并以实际行动，坚持扎根云南楚雄，用文字和镜头参与“抢救、挖掘、保护、弘扬”[①]濒临消失的彝族文化，先后创作了二十多部反映云南少数民族历史风情、人文风貌和时代风尚的优秀电影、电视、纪录片和文学作品。面对当地艰苦的拍摄和创作条件，李亚威坚守一个文艺工作者对作品质量的承诺，不惜付出时间、金钱乃至健康的代价，视艺术为生命，对艺术精益求精，所创作品获得了众多国家级和国际奖项。面对楚雄当地乡亲的深情厚谊，李亚威践履“把楚雄当故乡、为当地群众多做好事”的承诺，竭尽全力开展物质帮扶和文化支边，多次拿出积蓄参与抗震救灾、扶贫帮困、兴办文化、改善环境、培养艺术传承人，与彝乡群众结下深厚情谊，被人们亲热地称为“阿俵妹”。由于事迹突出，李亚威先后获得深圳市“文明市民·道德模范”、深圳市“爱心大使”、深圳市“三八红旗手”和“楚雄荣誉州民”等荣誉称号。

去楚雄之前，身为深圳影视界领军人物的李亚威，曾创作了深圳题材影视剧《深圳故事》、纪录片《大爱无痕》《大爱无疆·歌者丛飞》《好医生郭春园》《百年中英街》等一系列作品，先后获得全国电视剧“飞天奖”、中国电视“金鹰奖”、广东省“五个一工程奖”等多项荣誉。当时，深圳文化产业异军突起，尤其是影视业，在国内拥有资金充足、制作超前的绝对优势。李亚威集创、编、导、拍、制于一身，可谓实打实的多面手。拍摄《下沙村有一个原著民》时，李亚威和她的团队每天从早到晚都要守在现场。她深知，只有进入现场，才能捕捉到精神和思想的闪光。李亚威原本有很多路可走，拍广告片、企业宣传片、热播电视剧，等等，但她却选择走进彝族大山，去啃创作的硬骨头。她毅然立下军令状：“我要用我的眼睛架一座桥，一头是大海边的特区，一头是大山里的彝州，人们顺着我的视线看过去，就能看到这个民族多彩多姿的文化遗产和不断进步的文化活力。”[②]2007 年 5 月，李亚威在拍摄现场突然昏倒，经确诊为宫颈癌，需要立即手术。作为政府特殊津贴获得者，她本可任选全国一家大医院做手术，可她偏偏决定选择在楚雄州医院做，她说：“楚雄人民热爱我，即便术中出现不测，我也愿将生命归属在这片土地上。”[③]手术期间，医院走廊站满了李亚威认识和不认识的城乡干部群众，人们含着泪为她祈福，轮流看护她。老木坝村的老村长张耀昌得知消息，带着两只壮鸡和村民们凑的七百六十元钱，赶了几天的路，辗转来到州医院看望她。

① 《李亚威：用生命记录彝族文化》。
② 俞红：《她用文字和镜头抢救民族文化》，载《中国民族报》，2015 年 7 月 29 日。
③ 《李亚威：用生命记录彝族文化》。

李亚威以高度的文化自觉和历史主动，走遍楚雄的山山水水，即使在身患重病、生命垂危的情况下，仍然坚持不懈。李亚威坚持认为，拍摄纪录片一定要深入生活，只有泥土的芳香，才能真正地赋予作品生命力。凡此种种，均四十集大型人文风情片《火之舞——告诉你一个楚雄》、六十二期电视栏目《文明的故事》、电影《你的钱匣子给了谁》、电影《油菜花开》、纪录片《腊湾舞者》和《中国有个暑立里》等二十多部反映云南少数民族历史风情、人文风貌和时代风尚的影视、文学作品。这些作品走出了云南，甚至走出了中国，成为向外推介彝族文化的一扇窗口，被誉为“深圳特区和西部民族州联手推进先进文化的成功尝试”。① 为了民族文化后继有人、代代相传，李亚威还积极致力于民族文化传承人的挖掘和培养。2009年，李亚威在武定县“罗婺国际民歌节”上，发现荣获“罗婺歌后”称号的十六岁傈僳族女孩玛嘉加朵。这个女孩拥有良好的音乐潜质却没有较好的成长平台，于是李亚威把她带出大山，自掏腰包，对她进行全方位的培养，教她学文化、学声乐、学舞蹈，带她到全国各地观摩采风，并专门为她组建了一个音乐创作团队，量身打造歌词、曲艺、配器作品，使她的歌曲在保持原生态风格的同时融入时尚元素和演唱技法。此外，李亚威还亲自担任出品人、音乐总监，耗费两年时间，为玛嘉加朵精心打造了由中国唱片公司出版发行的个人专辑《山间回声》，荟萃了她用彝语、傈僳语演唱的十四首原创歌曲。经过年复一年的雕琢打磨，玛嘉加朵已经成长为楚雄州民族艺术剧院彝剧团的主要演员。在2012“鹏城歌飞扬”星光十年音乐盛典上，玛嘉加朵以一曲《金银鸟》夺得年度十大金曲奖、最佳新人奖；央视“民歌中国”栏目、台湾东森电视台分别专题介绍了她的演唱艺术。除玛嘉加朵之外，李亚威在楚雄还资助培养了大批具有艺术天分和潜质的歌手、演员、影视导演和活动策划人。当今社会，许多年轻人中流行着“躺平”等丧文化，但李亚威的身上，却总是充满向上向善的正能量，蕴含着细水长流的温情与感动，观众也总是能从她的纪录片中获得积极进取的精神动力。李亚威坦言，她不拍灰色的作品，她希望观众看到她创作的作品既是幽默的，也是有文化底蕴的，既能让他们会心一笑，也能给予他们感动，这体现了她身为一个文艺家的文化自觉。

二、坚持以人民为中心的创作导向

进入融媒体时代，文艺创作彰显多元化价值取向。但是，对于具有文化自觉意识的文艺家而言，不应被众声喧哗的多元化思潮所裹挟，而应在

① 《李亚威：用生命记录彝族文化》。

马克思主义美学和中华美学理论指导下，坚定不移地走深入生活、扎根人民、刻苦磨砺、推出精品的人间正道，把提高作品质量作为影视创作的生命线，用心用情抒写伟大时代，创作更多讴歌党、讴歌人民、讴歌英雄、讴歌祖国的精品力作，书写新时代中华民族的新史诗。她率领她的创作团队，到人民群众中汲取创作的源头活水、到基层的广袤大地上展开创作实践，更加广泛深入地关注人民群众的内心世界，体验他们的冷暖，感受他们的爱恨，书写他们创造新生活的奋斗历程，在传承与创新中努力凸显民族精神，彰显民族气派，展现民族意蕴，抒发民族情感。基于这种认知，李亚威以人民为中心的影视创作的导向更加明确。数十年来，她一直都以深圳、楚雄作为自己的创作基地，对自己看清楚的创作目标执着坚定地全身心投入。

李亚威始终坚持以人民为中心的创作导向，她的作品彰显思想性、艺术性和观赏性的和谐统一，受到观众的热烈欢迎和专家的一致肯定。李亚威的影视创作既让世界认识了深圳与楚雄，了解了特区文化与彝族文化，也让世界认识了当今中国的崭新面貌和生生不息的中华民族璀璨文化。她的执着坚守成为积极推动社会主义文化大发展大繁荣、全力推动中华文化“走出去”的生动例证。李亚威初到楚雄之前，州委宣传部曾联系过北京、香港的两位导演来商讨推进彝族文化抢救工作，与李亚威接触之后，他们毫不犹豫地选择了她。在楚雄党政领导和当地民众眼中，这个来自深圳的女导演，毫不矫情、风风火火，从不计较个人得失，干起活来赛过古书中描述的“拼命三郎”，对艺术较真，常常到了苛刻的地步。彝州要加快濒危文化振兴工程，任务艰巨要求高，非她莫属。为了回报组织和民众的信任与期望，李亚威郑重承诺：每一部作品都会拼全力、做成精品。为了履行承诺，她不惜付出时间、金钱乃至健康的代价，精益求精，力求做到尽善尽美。正如楚雄宣传文化战线的同志所言，“我们李导在艺术上容不得丁点瑕疵，一个镜头一个细节，她往往会折腾一整天，不行就推倒重来，宁愿不吃不喝不睡觉”①。

在拍摄《火之舞——告诉你一个楚雄》的时候，作为总编导、撰稿人、制片人及词作者的李亚威，带领团队跑遍了包括彝、苗、傣、白、哈尼、傈僳等二十五个少数民族的五十个乡镇一百四十多个村寨，行程两万多公里。路上既有登山鞋生生踩烂、双脚磨得皮破血流的“苦状”，还有越野车骑到崖石上、差点坠入金沙江的“险状”。两年下来，摄制组的越野车跑坏了三台，李亚威体重掉了十多斤，晒得比村姑还黑，两脚布满了厚茧。除了体力上的严峻考验，李亚威还承受着巨大的经济压力，长达四十一集

① 《李亚威：用生命记录彝族文化》。

的片子，仅八十万元经费，尽管不取分文片酬，经费缺口仍相当大。李亚威想尽办法，从深圳拉来三十万元赞助，还将自己的八万元存款搭了进去，才算渡过了难关。她说："当时我的存折里取得只剩十元钱了，一时真是弹尽粮绝。但当金钱和艺术放在一块的时候，我肯定先选择艺术。我对艺术崇敬到可以用生命来换。"[①] 为了拍摄风景绝佳的高山彝寨，摄制组登上海拔 3000 多米的昙华山。因高烧和高原反应逐渐进入昏迷状态的李亚威不顾大家提出的"由助手代为完成拍摄"的劝告，反复叮嘱助手过哀牢山主峰时一定叫醒她，迷糊中还留下"遗言"："如果我不行了，就把我深圳的房子卖了，将这部片子做完。"[②] 几个小时后，苏醒过来的李亚威听说哀牢山已过时，竟然抽搐着大哭起来，面对她的认真与执着，摄制组只有立即调转车头、重返哀牢山拍摄。李亚威的严格要求、精益求精，使得《火之舞》中百分之九十七的画面采用当年鲜见的同期声和原声对话，真实再现了彝族原生态文化。该片相继获得中国电视新闻奖、中国电视文艺"星光奖"等七项大奖。2002 年 7 月，《求是》杂志社和楚雄彝族自治州在北京人民大会堂联合举办《火之舞》研讨座谈会，与会专家认为该片"是李亚威艺术生涯中一个里程碑式的作品"[③]。为拍摄《中国有个暑立里》这部折射中国农村大变革的纪录片，李亚威花了整整十年时间，跟踪拍摄暑立里这个彝族村落从偏远贫困的"光棍村"发展到村容村貌大为改观的"篮球村"的历程。面对十年积累下来的一百四十多盘数字 PT 带和高清数码卡，李亚威带着助手又花了七八个月的时间闭关剪片。李亚威把艺术的价值置于时间、金钱乃至健康的价值之上，以种种忘我的工作来履行她对作品质量精益求精的郑重承诺，践行了一个文艺工作者视艺术为生命的忠实信条。她是我国文艺界以德为根、以艺为本，努力追求德艺双馨的生动例证。

人民需要艺术，艺术更离不开人民。作为一个拍摄过丛飞、郭春园、深圳市义工联、"爱心一族"、平湖巾帼志愿互助会、无偿献血者等爱心典型的著名编导，李亚威"每拍一部片，都被片中人的精神所触动，所震撼，所感召"。她带着对人民群众的大爱来到楚雄，并在楚雄感受到当地父老乡亲那大地一般的深沉情感。在她心里，早已把楚雄当成自己的"第二故乡"，把当地人民当成"自家人"。在"第二故乡"，她走到哪儿帮到哪儿，从物质帮扶到文化关爱，只要"自家人"有需要，她都竭尽全力提供帮助，表达爱心。这层关系，体现了李亚威坚持以人民为中心的创作导向意识，并确保她的创作始终沿着不断满足人民群众精神文化需求的轨道稳健前行。

李亚威的影视片创作，对真善美有不懈追求和生动体现，实现了文艺

① 《李亚威先进事迹材料》，"金锄头文库"，2022 年 5 月 4 日。
② 同上。
③ 同上。

雅俗共赏、寓教于乐的目的。她创作的作品具有突出的当代性和现实性，这体现在其作品蕴含的攸关当下民众利益和情感诉求的社会历史内容上，体现在她的丰富多彩的影视创作实践上，也体现在她坚持文化自觉，深入人民群众之中、不断为人们送去优质精神食粮的行动上。李亚威的影视创作历程，某种意义上就是一部浓缩的人民生活断代史。它让我们在其作品所表现的平凡历史生活中，见出了神奇，悟出了感动，净化了灵魂，提升了境界。李亚威的影视作品充满蓬勃生机和丰富的价值，这是她的影视作品能够穿越历史时空、传递人类文化薪火的秘籍所在。

三、大力弘扬现实主义精神

现实主义精神要求文艺家将历史与现实的艰难、困苦、磨砺转化为理想信念、奋争行动，用充满“心灵辩证法”与美学张力的文艺作品来还原、升华现实人生，从而使文艺创作具备厚重的人文意识与积极的进取精神，并获得强烈的艺术效果。现实主义作家一定是具有人性悲悯的创作者，他们面对自己的良知写作，由于这种良知而尊重事实尊重历史尊重生活，由于这种良知而拒绝各种外在利益的蛊惑。现实主义创作需要文艺家不辞劳苦地深入生活、“搜尽奇峰”，在数倍、数十倍于作品分量的原材料中进行甄别与提炼，还要不辞劳苦地“寻找属于自己的句子”[①]。某种意义上说，文艺家是时代与生活最深刻的思想家。作为“深刻思想家”的文艺家，只有对自己所描述的时代与生活有了“同情之理解”[②]，才能将之内化为思想，外化为笔墨，并用一种尽可能完美的语言形式为生活现实赋形。可以说，李亚威是以在深圳、楚雄乃至其他地区之间穿越的方式，匍匐华夏大地，紧扣中国现实，用心用情地创作、推出极具现实主义精神的影视艺术精品。

纪录片《中国有个暑立里》是李亚威“十年磨一剑”之作。作品以独特的视角，生动记录一个彝族村落的变化以及少数民族农民对生活乐观向上的人类精神。题材新颖独特，叙事生动细腻，画面精致优雅，获得了金鹰奖、意大利米兰国际体育电影电视艺术节荣誉奖、俄罗斯《生态与环保杂志》最佳导演奖等奖项。李亚威透露，拍摄《中国有个暑立里》时，里面的人物老村长，从黑发变成了白发，李亚威自己也从黑发到有了白发。这不仅是时间的重量，也是历史的重量、人文的重量，其价值就在于此。在拍摄讲述瑶族文化的纪录片《打旺都》时，李亚威及其团队拍摄了大量村长唐买社公的镜头。唐买社公总对李亚威说：“我们瑶族人，最辉煌的是

① 海明威语，转引自陈忠实：《寻找属于自己的句子》，北京大学出版社，2011 年。

② 语出陈寅恪“理解之同情”，见陈寅恪：《金明馆丛稿二编·冯友兰中国哲学史上册审查报告》。

葬礼。到时一定让你拍到葬礼。”想不到，后来他去世了。李亚威们带着悲痛的心情，为他拍摄了葬礼，这就让《打旺都》平添了一种悲壮的色彩。李亚威创作、拍摄的四十一集大型风情丛片《火之舞：告诉你一个楚雄》，为落后贫困的楚雄打开一扇通往文明世界的窗。之前，她拍摄了电视电影系列片《深圳故事》，其中《眼睛》荣获第二十一届全国电视剧飞天奖和广东省“五个一工程奖”;《升》《妈妈飘着长头发》荣获中国电视金鹰奖入围及提名奖。这些片子，都是描写深圳人的独特生活、自我冲突的故事，表现人性在特殊环境下的颠覆和撕裂，是李亚威在现实中发现和挖掘的生动素材、题材，并将它们转化为非虚构纪录片，是创作者坚持和弘扬现实主义精神的背书或实证。对艺术作品看得至高无上的李亚威，没有把每次的拍摄定位为宣传片，而是以一名文艺家的严格目光和崇高要求，耗尽了心力，从人类学、社会学、文化学、民俗史、文明史的高度对创作客体进行研究、审视、整合、转化。为了拍好一部反映楚雄少数民族的电视片，她可以跑遍楚雄的九县一市，行程近二万公里，四十一集的大型风情丛片《火之舞》，就是这样摄制成功的。

在深圳题材作品的创作上，李亚威也留下许多脍炙人口的优秀纪录片作品:《百年中英街》《蛇口故事》《有一个医生叫姚晓明》《凤凰涅槃》《大爱无疆——歌者丛飞》《好医生郭春园》《钢琴教育家——但昭义》《国画大家王子武》。无论是文化名家还是普通人，她都以严格的现实主义精神和具有现代性的手法，走进人物的内心深处，反映社会和时代的脉搏。李亚威拍摄的《妈妈飘着长头发》《红跑车》《升》《眼睛》等七部电视电影，每部投资都没超过三十万元，可谓小成本制作。《深圳故事》被专家誉为“向人性深处开掘的影片”，不仅在奖项方面斩获颇丰，也获得了很高的收视率，大部分剧集还被电影频道收购。纪录片《一座敬仰文化的城市》以二十集的篇幅，讲述深圳人敬仰文化的情怀，其中每个故事，都彰显着深圳人对于文化的渴求和用心。在《二手书店》这一集中，有一个爱书成痴的农民，因为特别热爱书，每天抱着二手书睡觉，妻子儿子都不再理会他。纪录片《下沙村有个原著民》中，主人公黄国成作为深圳本地人，继承了八栋楼房出租，却执意要开一个大排档，因为他觉得，只有用自己的勤劳和汗水赚来的才是自己的。二十集大型纪录片《蛇口故事》，记录了新旧两代蛇口人的生活历程与时代变迁。在拍摄过程中，李亚威的最大感受是“变化”。蛇口有一句很有名的标语:“时间就是金钱，效率就是生命。”很多年过去，这标语还在，但现在的蛇口，不少人已经开始崇尚“慢生活”。这种新旧时代交替的力量，让李亚威感慨良多。李亚威编导的电视纪录片《大爱无痕》，也是源于深圳的现实生活，挖掘深圳当地的一批爱心人物，包括丛飞、曾柳英和她的“爱心一族”、平湖巾帼互助队、高敏等义务献血者。同年还拍了专题纪录片《好医生郭春园》,2005年又编导了《大爱无疆——歌者丛飞》。这批极具现实主义精神和特征的纪录片，荣获了全国电视“金鹰奖”。纪录片《凤凰涅槃》，讲述的是由癌症患者组成的深圳艺术团的故事，舞者们坚强、乐观的品质，给李亚威留下了深刻的印象……他们不仅要战胜病魔，还要给别人带来快乐。最后临终的时候，每一个人都是笑着离去的，这件事带给李亚威很深的触动。

精诚所至，金石为开。近年来，李亚威导演的纪录片《过端》《凤凰涅槃》《一座敬仰文化的城市》《中国彝族大歌》《有一个医生叫姚晓明》《英雄和父母》《蛇口故事》《一个农民的贡献》《担杆岛上的“猴子王”》《腊湾舞者》等作品，都获得了海内外大奖。反映瑶族人民脱贫致富的纪录片《打旺都》获加拿大金枫叶国际电影节纪录片“最佳艺术指导”“最佳纪录片”“最佳民族影片国际贡献”三项大奖，并再次获得第二十五届中国纪录片学术盛典“年度收藏作品”奖，被中央档案馆收藏。纪录片《钢琴教育家-但昭义》荣获第二十五届中国纪录片学术盛典“短片十佳作品”奖。系列片《收藏者的故事》荣获第二十五届中国纪录片学术盛典“系列片十优作品”奖。纪录片《中国有个暑立里》在新中国七十年纪录片盛典活动中一举夺得百部纪录片典藏奖、中国电视金鹰奖优秀纪录片奖、四川电视节“金熊猫”奖、国际纪录片“亚洲制作奖”，以及意大利、日本、俄罗斯、韩国等国际赛事中荣获的十多项大奖；代表中国作品参加了第十一届中日韩三国论坛，获“展播奖”；更被中央档案馆收藏，被中国文化部外联局翻译成九种语言推向海外，堪称一部国字号的经典之作。

2021年，李亚威创作了纪录片《下沙村有一个原著民》，讲述祖辈都是蚝民的深圳下沙村原著民黄国成，夫妻共有八栋楼出租却偏偏选择辛苦地经营一家大排档，他开的大排档为多位退伍军人提供了工作岗位，排挡和在排挡里成立的党支部在深圳广为人知，还在网上收获百万粉丝。大型人文纪录片《客家人》是由河源市与深圳市共同发起并联合拍摄的一部旨在记录客家历史，展现客家风采，传播客家文化，弘扬客家精神，讲述客家故事的大型人文记录丛片。摄制组用三年的时间前往马来西亚、泰国等六个国家，以及广东、河北、福建等六个省实地走访客家人居住地，真实采拍当地客家人风采。李亚威创作的八集人文系列片《梅州：红色根据地》，呈现了梅州在其红色根据地的创建和发展过程中，老百姓如何坚定地追随中国共产党的感人故事。这年，李亚威以镜头赓续脱贫攻坚精神，《炜炜日记》记录2019年被委派到广东河源市和平县上陵镇三乐村驻村扶贫的深圳团市委干部王炜炜，他奔波于深圳河源两地，带领当地乡亲“产业脱贫”，在两年多的时间里帮助三乐村摘掉了贫困的帽子，他身上折射的是当代扶贫干部的拼搏与奋斗。在第二十七届中国纪录片学术盛典的颁奖典礼上，李亚威创作的纪录片斩获三项荣誉:《炜炜日记》入评“第二十七届中国纪录片短片十优作品”;《下沙村有一个原著民》入评“第二十七届中国纪录片长片十佳作品”;《梅州:红色根据地》入评“第二十七届中国电视纪录片年度收藏作品”。除了上述三项大奖，李亚威还收到加拿大金枫叶国际电影节组委会发来的喜讯，经过加拿大籍好莱坞著名导演、EMMY 艾美终身成就奖获得者、金枫叶国际电影节评委会主席 Mr.Vic.Sarin 与国际评委团成员专业严谨的三轮终评，李亚威导演的纪录片《大福饼一家》和《尚德前的帕里》分别荣获 2021 第六届加拿大金枫叶国际电影节纪录片类“最佳纪录片奖”“最佳纪录片导演奖”殊荣，并双双荣获组委会特别奖“民族影片国际贡献奖”。2021 年，李亚威共有五部作品累计荣获七项国内外奖项。

四、兼顾社会效益与市场效益的统一

电影是国家和民族文化的重要组成部分，是人民群众最喜闻乐见的艺术形式之一。因此，国家对电影高度重视乃是题中之义。但检视电影生产实际，许多电影制作机构在社会效益与市场效益、投入与产出、投资与回报上往往呈严重失调状态，更有甚者，资不抵债、严重亏损。对中国电影市场、院线发行而言，由于电影题材选择的迷茫和偏差，使得国产电影本身在市场效益与社会效益之间摇摆不定、状况不佳。一些电影人陷入了“大制作 = 大回报”的迷途，似乎没有大制作就没有大回报。李亚威认为，这是一个很大的误区，不应成为电影人的唯一选择。其实，小成本电影制作也未必没有好的、大的回报。以美元计算，电影《光猪六壮士》成本 350 万元，票房:北美 $45,950,122，全球 $257,938,649;《四个婚礼和一个葬礼》成本 440 万元，票房:北美 $52,700,832，全球 $245,700,832;《我的巨型希腊婚礼》成本 500 万元，票房:北美 $241,438,208，全球 $368,744,044;《油脂》成本 600 万元，票房:北美 $188,389,888，全球 $394,589,888;《教父》成本 600 万元，票房:北美 $134,966,411，全球 $245,066,411;《华氏 911》成本 600 万元，票房:北美 $119,194,771，全球 $222,446,882;《大白鲨》成本 700 万元，票房:北美 $260,000,000，全球 $470,653,000。身为一名资深电影导演，李亚威对此有着深刻的认知。身为一名资深电影导演，早在她年轻时即担任长春电影制片厂艺术处处长，一干就是十六年，对涉及电影的各个行当可谓了如指掌。南迁深圳后，依然在影视行业内摸爬滚打，对电影产业不光滚瓜烂熟，更建立了深厚感情。市场经济体制建立以来，她眼睁睁地看到全国电影市场的低迷现状。2018 年，有部电影《爸，我一定行的》，投资 300 万元，却赚了近 5000 个拷贝。这个事实向李亚威发出一个信号:具有强烈现实关切的感人故事，一定会打动观众。是的，在观众这里，你投资了多少，不是他们所关心的，他们看重的是电影故事和作品质量。小成本电影《爸，我一定行的》，好就好在投入少，质量高，故事好，很感人。影片讲述了一个父子之间的故事，人物很少，主创者也是初涉电影制作，而且不是专业人员。该影片何以会有如此可观的票房回报？经过深入分析，李亚威很快解开了这个谜：这部电影很别致，故事情节、作品风格、人物关系、人物对白等等，都非常贴近生活，属于百分百的现实题材；作品情感特别充沛，具备了打动观众的必要条件和充分条件。小成本电影《爸，我一定行的》的成功，给了李亚威一个宝贵启示：小成本、小制作电影，只要艺术过硬，具有现实关切，不一定非要用大牌明星，用二三线演员，甚至起用“生荒子”，一样可以赢得市场，受到观众喜爱，爆款走红也并非不可能。

电影是包括哲学、美学、文学、艺术、摄影、音乐、美术等多种要素的复杂工艺生产的产物，但电影市场的永恒主题和本质属性却十分简单，简单到可以用两个字概括：情感。电影是在情感的浸润与发酵中给人以感动的力量。如果只追求所谓高大上的艺术，不接地气，不与庶民百姓发生情感上的关系，作品即使能获奖，也很难在严酷的电影市场生存，最终也只能落得个寿终正寝的下场。电影是艺术，同时也是产业，电影具有艺术和商品两个属性。电影质量的高低，与其体量的大小没有密切的关系。事实上，质量上乘的小成本、小制作电影，同样可以赢得市场与口碑。基于这一认知，李亚威及其创作团队经过两年的调研，梳理出一条很重要也很奏效的电影创作思路，即避开目前国产电影所罹患的题材狭窄、偏离现实关切、一味迷信大制作的症候，策划出十部不同风格、不同题材的现实性、情感性、小成本电影剧本，整合和调动深圳市各民营公司，每部影片不超过 350 万元人民币进行制作，使之成为深圳 2019—2021 年期间一项小成本电影制作工程。

为了确保小成本电影制作工程的安全稳妥实施，深圳市影视产业联合会与深圳市影院联合会联手，于 2019 年年底成立“小成本电影实施计划管理指挥部”，由以李亚威为会长的深圳市影视产业联合会挂帅，负责剧本的策划、审读，招标、艺术把关、最终成片等一系列程序。而由黄志强挂帅的深圳市影院联合会，则负责发行渠道的畅通、推介等工作，确保民营公司资本投入做到少风险乃至零风险。据此，深圳市影视产业联合会将特别申请扶持基金两百万元，并尽快成立由以上实施机构统领下的剧本审读策划团队、电影剪接团队和电影发行实施团队三支队伍。成立这三个团队，意义非同小可，是决定投资的电影制作成败关键所在。其中，剧本审读策划团队的任务是，将小成本投资的电影剧本修改成为具备投资拍摄条件的电影。电影剪接团队的任务是，倘若电影在前期拍摄过程中出现问题，剪接团队负责修改作品，使之成为一部臻达优秀水准的电影作品。而电影发行实施团队则负责电影制作完成后的最后一道工序，将电影成品推向市场。这么做的初衷，一是将创作题材定位在现实题材上面，大力推出一批反映深圳人当下生活、讲述感人的深圳故事；二是立足培养年轻人，使深圳电影创作力量形成可持续发展的良好态势；三是强化精品意识，树立精品至上的观念。三个团队将由小成本实施规划指挥部统筹，聘请二名法律顾问，确保深圳电影制作在法制的轨道上安全稳健运行，不出或少出纰漏。

好钢必须用在刀刃上。对扶持基金的用途李亚威胸有成竹、精打细算，决不让它用偏用废。比如，扶持资金中的一百万元给院线联盟发行公司使用，用于十部小电影的宣发和推广；扶持资金中的五十万元用于十部小成本电影审读、实施规划以及招投标等费用；扶持资金中的另五十万元用于网络、电影频道、国内外推介及评奖所需的制作片花以及邀请专家审看小成本电影制作，包括对电影制作期间可能出现的质量问题的研讨、修改、解决等一应费用的开支。李亚威的决策得到主管部门领导的认可与支持。现在，她正率领影视创作团队，依托市场力量，在深圳市影视产业联合会、深圳市影院联合会两家机构的精心运营下，由各民营公司报名出资项目投标，由小成本实施规划指挥部来确定拍摄单位及单位采纳的剧本。在无须政府出资的情况下，由各民营公司自愿报名，自行承担拍摄资金，每部片的投资总额不超过三百五十万元。电影制作完成后，由深圳市影院联合会主体策划发行，向全国各大院线、网络、电影频道等推广。我们有理由相信，在这样的思路、举措推动下，李亚威电影创作团队有望将深圳乃至全国的电影产业发展推向一个新的阶段，取得社会效益与经济效益的双丰收。

五、彰显群策群力的团队精神

面对成绩，李亚威的头脑没有发热。她深知，一个人即使浑身是铁，也打不出几颗钉。自己能够取得这样的成绩，离不开身边一支特别能战斗的团队。以创作《中国有个暑立里》为例，十年间，李亚威身后的团队从未因困难而犹豫和动摇过。其间，大家要克服高寒气候和高原反应。陈汝洪等七个摄影师轮番上阵，而李亚威身为导演更是身先士卒，始终坚持亲自带队，为了捕捉更真实更有生命力的生活细节，拍摄团队在拍摄期间甚至发生过生命危险。她说："十年来，正因为有一批支持我的朋友和创作团队，以及市文联、楚雄州委宣传部、楚雄电视台的支持，才使我有激情完成此片。"李亚威的创作团队，大多是她亲手带出来的学生，他们在李导的项目中边干边学，快速成长，成绩斐然。值得一提的是云南楚雄技师学院影视学院的学生。李导作为该学院的院长，从中选出了一批学摄影和剪辑的学生，将他们带到深圳，进行实践性教学，几乎每天都会给他们上课，使他们的技艺水平有了显著提升。这些年来，李导每年都会带领学生创作三至四部影视精品，参加各种大赛。这些学生非常努力，始终坚守精品至上的工匠精神，从而不断超越自我，带来影视创作新的惊喜。与拍摄时的危机四伏相比，剪辑过程同样艰辛。李亚威将剪辑机器租到家中，与她的学生、剪辑师周全进行了为期八个月的剪辑工作，经过多次反复推敲，以“春夏秋冬”贯穿十年的主线，以电影式的叙事和蒙太奇手段，剪辑成了五十四分钟的《中国有个暑立里》中英文参赛版本。作为李亚威高级助理的武小云，既成功地担任电影制片人，同时也是一个著名的律师，以及更多的其他头衔。这几年，她一直担任每部片子的法律顾问。李亚威创作团队文学总监邓一光，曾创作了多部长篇小说和中短篇小说，荣获首届“鲁迅文学奖”、冯牧文学奖等。邓一光在影视创作方面也颇有建树，创作了《夜袭》《江山》《南下南下》等多部影视剧本，多次获得华表奖、百花奖、飞天奖，是创作团队中的一员虎将。

李亚威影视、纪录片创作之所以能取得如此骄人成就，与她拥有一支策划智囊团队不无关系。在她的创作团队里，有陈汉元、陈光忠、孙剑英、申晓力等行家里手，以及国外著名电影学者和纪录片人的支持，要知道，他们可都是在影视制作一线历练过的业界高手。一直以来，他们都毫无保留地帮助与支持着李亚威。比如，每当她在选题确定之前，都会请他们参与出谋划策。一旦拿定主意，李亚威就会义无反顾全身心地投入。李亚威影视、纪录片创作之所以能取得巨大成功，分析起来，有三条至关重要的经验：一是李亚威作为影视创作的领头人，具有很强的策划意识，因为有了精准的策划和定位，就不至于使项目中途流产。二是她没有半点“官气”，始终把自己当作一个战士，坚持在场，身先士卒，和她的团队一起冲杀在影视制作的第一线。因为纪录片是需要发现的，在现场就会有很多的发现。正如那句名言：生活中不是缺少美，而是缺少发现。三是李亚威具有很强的精品意识，这体现在她对获奖的认知上。李亚威认为：“作品的获奖不是唯一的追求，但必定是一个标杆，超越标杆，就是超越自己的过程。”这一观点已然融入她的创作团队每个成员的骨子里和血液中，成为他们从高原攀登高峰的不竭动力。

（周思明：深圳市文艺评论家协会顾问）

作家作品论

新世纪女性小说的物质书写与情感体验*

韩旭东

摘　要：新世纪女性小说再现个体琐碎的日常生活，独立客观且能被感知的"物"是主体存在的基石，物质内蕴外在于人的社会历史文化。现代人是情感型主体，谈物的目的是以情及物，因物情动。快乐和痛苦两极情绪在人—物关系中持续震荡，情绪无限组合后，呈现为非理性结构中繁复的内面心理波动。新世纪女性小说中的物质多为食物、建筑、器物、绣品、服装。本文从精神史、民族志、拜物教的角度，对焦王安忆、叶广芩、陈玉慧、卫慧、安妮宝贝的物质文化书写与隐含作者的情感体验：物质如何彰显本体内在审美价值、人与物的关系和划分及物与否的标准是什么、主体以物情动背后的历史文化动因为何。物质变迁史参与中华民族志建构，人对物的偏爱区隔社会阶层差异，适度恋物之人均葆有优雅高洁的贵族气质。

关键词：新世纪女性小说；物质文化；情感体验

女性滞守日常生活，琐碎的日常与公共空间、精神生产相对存在，是人追求形而上建构的始基。消解日常使人的灵魂无家可归，乃至阻滞个体成长。日常生活的基石是物质 / 物。"物质"作为哲学概念，超越了固定界限，可辨别但模糊不清，又能被实体化再现，它"存在，但没有现象形式"。[①] 进而，机械论—唯物主义认为，"物质"应为独立、与人精神相对，

---

* 本文为天津市青年科研项目阶段性成果，批准号（TJZW21-007）；中央高校基本科研业务费专项资金资助项目阶段性成果，批准号（63222083）。

① ［美］比尔·布朗：《物论》，孟悦罗钢主编：《物质文化读本》，北京大学出版社 2018 年版，第 79 页。

有绝对差别的东西，它不再仅是质料。“物”内蕴外在于人的文化因素，物体系的内核是人—物关系与物本身的社会历史价值。“关系实在论”让人无法摆脱与其相纠缠的文化传统和社会网络，事物、环境决定的人—物间复杂纠葛，人—物主体间性让本体以多种文化形式显示自身。[①] 人、物、日常三者同在，彼此牵连。因此，唯物论中的“物质”延伸为人“感觉感知到的客观实在”，是被“人的意识所反映的一切现象、事物、过程”。[②] 物质文化研究的对象多为食物、建筑、器物、衣服，即“人从物质世界中制造出来的东西”，可以被携带、感知、触摸，[③] 非人类创造的自然物不纳入本文物质书写研究的范畴。本文以新世纪女性小说的物质书写为中心，考察物体系的文化历史意蕴，与隐含作者对人—物情感互动和女性借“物”建构主体意识的价值立场为何。

谈“物”却不及物的物质书写是无效的。物质不是与心灵相对的他者，叙事人不能一味地闭锁在心灵革命中，将灵魂“净化到只剩自我的程度，而应对现实世界有所承载”。女性小说的物质叙事重建人与历史现实的关联，在注重物质审美价值的同时，“将自我向外延伸，接通自我和社会、时代的联系”，不放弃主体精神建构：此为“及物”。及物的要义是情动（Affection）。[④] 人以“物”及物，再到及情，人在物的反作用下感受情感冲击。个体是始终在产生变化的情感型存在，情动是人的本质，人的身体在与物体 / 身体撞击中感受心灵震颤，快乐与痛苦时常混淆或无限组合。[⑤] 在叶广芩、陈玉慧、王安忆、卫慧、安妮宝贝的物质书写中，物是有主体性的本体，它与精神成长史、文化无意识、执迷的拜物心相勾连，诱发人—物情动，致使个体在日常生活中借物抒怀、救赎灵魂、自娱自乐、悲悯众生，叙事人对物的雕琢和物的历史意蕴显现了中国社会的另类现代性。反之，当人对物的痴迷推至极端或虚假情动时，物被抽空所指，流于空洞的消费符号或滞留女性自恋情结的语义场。物质书写由及物滑向虚无的不及物，物质从内部消解了文本现实主义批判指向，人的情感流于空虚媚俗。

① 张进，王垚：《现象学视域下的物质文化研究》，载《湖北大学学报》（哲学社会科学版）2017 年第 5 期。

② 罗嘉昌：《从物质实体到关系实在》，中国人民大学出版社 2012 年版，第 35、41、45 页。

③ 韩启群：《物质文化研究——当代西方文化研究的“物质转向”》，载《江苏社会科学》2015 年第 3 期。

④ 罗振亚：《21 世纪诗歌：“及物”路上的行进与摇摆》，载《天津师范大学学报》（社会科学版）2015 年第 2 期；葛跃：《德勒兹的情动理论与生成哲学》，载《文艺理论研究》2021 年第 4 期。

⑤ 汪民安：《何谓“情动”？》，载《外国文学》2017 年第 3 期。

一、精神史：物德、天理与旧贵族风范

《豆汁记》的“物”是知恩者对主家美善人情的回馈，物德象征高贵的品格和隐忍哲学。莫姜文雅矜持、懂礼自爱，刘成贵无私接济金家豆汁，主仆门第不同，但食物勾连了良善情感共同体。小说与同名京剧（戏改后的《鸿鸾禧》）互文，母亲臆想自己施恩救了莫姜，隐含作者微讽其小市民计较心。从莫姜对金家的贡献和对刘成贵的恩德来看，前夫与贵族遗民才是落难书生，莫姜实为坚毅仁慈的金玉奴。限知叙事慨叹唱本中惩罚莫稽/刘成贵的金玉奴/莫姜落得个回家照看老父，戏改后的金玉奴仍要原谅负心汉的结局，叶广芩悲悯慨叹旧时代女性命运的无奈。丫丫与莫姜因食物结缘。莫姜外貌丑陋，丫丫不愿与其亲近。但她性格文静、厨艺出众、踏实肯干，出于对孩子的爱，时常塞给丫丫美食，不嫌弃她患结核病，在外人面前从不呵斥其失礼。女仆的爱意和才华让少女情动，丫丫视莫姜为家人知己，此为旧时代人情信义。

玉扁方是莫姜命运的象征物，她不嫌弃玉上的瑕疵，认为“大羹必有淡味，大巧必有小拙，白璧必有微瑕。物件和人一样，人尚无完人，更何况是物”[①]。这是贵族高贵的精神气质和包容隐忍的人生哲学。因此，她再次接纳前夫。莫姜不是顺服于男权的傀儡。因世事无常，她没有自主择偶权，内敛恬淡的性格和高贵的精神坚守，让她平静忍耐命运不公。隐含作者肯定莫姜的顺其自然之心，世事皆有不遂人意之处，反抗未必是人在困境中的唯一选择，安时守顺不失为弱者的生存哲学。隐忍的莫姜并不怯懦。动乱时期，她拼死护主，后因羞愧负罪而开煤气自杀。自杀是弱者激烈的反抗方式，莫姜至死都在维护主家脸面和贵族尊严，主仆情义大于生命。她无颜连累恩人，只能以死拜别。隐含作者肯定贵族的消极反抗方式和人格自尊，叙事人以对地方食物和旧贵族精神的缅怀，悲悯体面的“历史”之终结。

《一把刀，千个字》的食材内蕴精妙的道家哲学和有活力的地方性，也是孤独的少年终生感怀之物。食物借地力而生，一方水土养一方人。中国蔬菜被移植到美国后，脱离族类，形同神不同。万物自生自化，生生不息。西方文明在全球化时代吸引中国移民，食物与地力融合后持续变“易”[②]，物质、天道、大地三才贯通，天工开物。“道”尊重个体价值，无差别地超然于时空本体之上，以物证道是人以惜物之心观物种自然演变的规律。沪菜源自淮扬菜，上海本是移民滩涂，海派文化广纳博取、自成一体。淮扬菜

① 叶广芩:《状元媒》，北京十月文艺出版社 2019 年版，第 352 页。
② 王安忆:《一把刀，千个字》，人民文学出版社 2021 年版，第 138 页。

原为乡野家常食物，具有粗粝野性，彰显一派正气。时尚的海派饮食需以务实安稳的淮扬乡俗为依托，都市起源于村落。在表述菜品的美国之行时，叙事人语言节奏、造词方法、表述口吻等，均取法明代话本小说，痴迷淮扬风物的食客亦为历史遗民。隐含作者追求明快质朴的古意，雅致的“古”是深邃、回味、格调。说书人以精简短促、铿锵有力的语言铺排跨文化宴饮，食客简要的对话暗藏机锋，淮扬旧年人物回梦还魂，无声的风雪霜晶烘托人内心的静与思。

孤独的陈诚穿梭于不同地理空间，因食物背后的良善关爱情动，在静谧风雅的法拉盛追问存在的价值。他自幼失母，辗转多地，寄人篱下。亲人的冷漠排挤让他内敛敏感、胆怯孤僻，深恐因自己多余的存在而为他人添烦忧。做菜操控食物、熟知饮食知识、开餐馆赚钱后，他才认为自己是家中有用之人，因而建构人格主体性。母亲缺席是家庭隐秘和亲人间精神原罪，亲属不敢戳破历史创伤，仅以每餐尖锐的会话发泄亲密关系中的不满或怨恨。每个人因背负背叛之罪而孤独，虽有恨意又不得不借食物抱团取暖。叙事人口中的陈诚看似无情，隐含作者将少年对亲情关爱的渴望压抑至冰山之下，以待时机爆发。陈诚终生感念招娣与爷叔招待他的一餐，他眼中的“家”是丰盛的食物、善意的关怀和温暖的情谊，从未被人善待重视的少年将邻居的慷慨视为真情。故地重游时，记忆中的食物与旧邻让他的泪“像决堤的洪水，倾泻而下。止也止不住，越触碰越汹涌，几成排山倒海之势”[①]。王安忆的中庸观任是无情也动人，弱德的韧性维持万物恒定的结构。凡事不可过度，激进情绪不可取，狂喜背后就是悲恸。传统天道自有其运转节奏。

二、民族志：造物、玩味心与文化意蕴

王安忆深感每个年轻的写作者都有“发掘自己生活地方的历史根源”的责任，她曾扎在图书馆阅览抄写关于上海的史料。三十年后，当她以顾绣书写民族志时，曾眷考古的“知识”再现为《天香》的物体系。[②]亭台建筑、手工刺绣、室内摆件、昆剧唱法、饮食玩物等“物”书写，神似晚明前期士绅群体创作的《长物志》时尚消费指南：物不仅是物质本身，还代表一种阶层区隔后的生活方式。叙事人打开天香园长卷图，以平移视点由画外景框处走进景深内的布景细部旁，观照视角自亭台水榭的外部沿墙缓推。晚宴前天色将黑未黑，宾客入座后，水面游船带出泛起的万点火星，十二圆

---

① 王安忆：《一把刀，千个字》，第 324—325 页。

② 史料包括上海县志、松江府志、晚清小说、逸事掌故、民国期刊等。王安忆：《小说家的第 14 堂课》，河南文艺出版社 2016 年版，第 122—123 页。

桌被莲花拥簇，月满西楼后光过亭台镂隙，一地银白。宴饮所用器物古雅不流俗，物质看似简朴但质地上佳，莲花灯熄灭后芯蕊内散出香气。申府的精雅是一种贵族气质，“用物来表达社会区隔，在不同层次的士绅精英中最为严重。”隐含作者对晚明巨富奢靡的日常用度有艳羡之情，《天香》的大型园林“无疑是含有炫富色彩的花费”，长镜头下奢侈的物质雕琢让人沉醉。建筑物区隔出相同阶层的人后，“才能充分产生炫示的效果”[①]。天香园建筑是用于享乐的商品，士绅操控时尚系统后，民间中层不断效仿，但生活格调决定了士人始终比想要取代他们文化权力的人早一步。

刺绣是女性正统“文”的身体训练，绣品显现闺秀贤媛妇德，纺织是生活消遣和道德修养的补充学习。《天香》绣女的技法使针线如入水般轻巧平展，辟丝时不着痕迹，巧夺天工。手和针的接送令观者目不暇接，眨眼间图案无中生有。申府贤媛痴迷刺绣，女性家庭手工劳动不应被历史遮蔽，她们在习得生活技能时建构主体性，将“技术转变成了价值和美德”[②]，这是朴素的女性意识。绣法、绣品、绣样与绣者的人格有关：闵用针有理有节，心境与意境融合，小绸在闵的方法中融入诗书雅气，希昭追求绣品逍遥灵动的士人狂气，蕙兰以血肉绣佛暗合拯救家族危机的慈悲心。织布就是治家，纺织是女性历史上的经天纬地之业。刺绣技法和联结 / 拆解行动关联，使“神圣的丝线，危险的染色，织机的经线，不成形的纬线，表达着对统一和谐的渴望，以抗拒死亡、毁灭和变迁的现实”[③]。布面经纬相交，刺绣排解女性因男眷无能而致压抑感和由丈夫带来的精神伤害，也让她们以纺织撑起一片天。绣品显现二代女性不同的精神追求与女性以物情动的过程，和谐与友谊等人性美德将女眷们引向家族至高幸福。小绸本与柯海举案齐眉，丈夫却私下纳妾，她绣璇玑图以发泄愤懑。希昭追求魏晋名士风度，面对丈夫不辞而别，她未困囿于情伤中，而是借发展绣画技法抒发高傲的心志。蕙兰靠刺绣养家，将发丝绣进《十六应真图册》上，以血肉精华证慈悲正果。此外，小绸因闵的善良和才情原谅了其身为妾室的无奈，镇海媳妇借刺绣活动稳固了女眷们的亲情，姐妹情谊的光辉映衬暗角处无能的男性。小绸在危机中以娘家宝“物”救镇海媳妇性命，执拗偏激之人亦有内心柔软时，善意伪装的刚烈女子在危机时刻认为人命贵于珍宝，宝物孕育女性的友情和信任，物应为人所用。古代手工业者曾被划为贱民，职业世袭且有诸多限制，但王安忆借绣品表现了贤媛们的“巧”，即“操控外界的实际技能上的聪慧”[④]。最终，蕙兰收徒，园绣步步生莲般流入民间，女性

① ［英］柯律格：《长物：早期现代中国的物质文化与社会状况》，生活读书新知三联书店 2015 年版，第 75 页。

② ［美］白馥兰：《技术与性别》，江苏人民出版社 2021 年版，第 187、190 页。

③ 同上，第 204 页。

④ 同上，第 34—37 页。

以绣像民族志传承古雅技艺。

王安忆不厌其烦地交代刺绣的准备、具体手法、绣样细节，作家不想放弃辛苦收集到的材料，希望以《镜花缘》的笔法让资料填进每个细节中。不节制的“炫学”会让隐含作者过度沉迷于物体系的废笔上，故在《考工记》中，叙事人收敛观看者对建筑的细部描写，以拙朴的道心精简文字，将重点放置于物质的古雅之美和人与建筑的互动关系上。物质成为故事主体，人是游走于迷楼内的幽灵。柯律格认为，清朝中断了晚明奢靡之风和早期中国社会的另类现代性；王安忆查阅资料时也越过清朝，觉得它离现在太近，资料也多，自己会“陷入事实辨伪而约束想象”。[①]《考工记》跳跃晚明与民国间的清朝，将细部雕琢视线对焦到民国文物的流风遗韵上。陈家老宅搭建原则是细巧完备：砖雕栩栩如生，窗棂镂刻的植物配合八仙过海之寓意，北斗七星映照宅子走向，建筑置入无限苍茫中。顶上脊兽形态各异，厅内平如镜面，远角度望去不见梁柱，侧面光线才见深浮雕的嵌套。叙事人借大虞首次到陈家观看大宅的陌生视角，暗示隐含作者对晚清以来士人趣味的赞叹。“往昔制作的某物样式合宜，符合某种标准，就能被认作是‘古物’。”[②]风雅是一种贵族情趣。“古”不同于“旧”，古老的宅子年代久远，暗示贵族遗民德行高贵，这亦体现在陈书玉的善良内敛、无欲无求上。博物志见证从传统到现代的民族史，暗自涌动的时间洪流已容不下贵族的体面和洁净。在知识考古型小说结尾处，均出现建筑随时间风化崩毁的描写：申家没落后，叙事人借蕙兰之眼看到园中杂乱荒芜的草木、朽烂断裂的楼阁、无所事事的子弟，隐含作者悲悯豪门巨族没落的同时，也借阿暆和徐光启的务实给了天香园一丝生机。老宅即将崩塌前，陈书玉四处求人修缮未果，在风雨之夜登顶以身护宅。一切坚固的东西终将烟消云散，建筑在走完多次生死轮回后，事件随线性时间向前推移。隐含作者对物的痴迷难抵风化崩毁力，只能在建筑曾有的辉煌过往中悼念贵族时代终结。

三、拜物教：证道、恋物与真假情动

妈祖信仰由移民自东南沿海带入台湾，《海神家族》再现信仰仪式[③]，神祇护法呈现地方性。妈祖由观世音变现，无分别的慈悲心和仁爱是女神的共性。观音闻受苦众生的求救声，度化信众脱离苦海；妈祖庇护渔民安全，与护法迅速抵达海难现场，保护受灾者生命无恙。民间神祇崇拜与“物质

---

① 王安忆：《小说家的第 14 堂课》，河南文艺出版社 2016 年版，第 124 页。

② [英] 柯律格：《长物：早期现代中国的物质文化与社会状况》，第 76 页。

③ 信仰仪式如下：进香与神灵相通、分香奉请神灵、庄仪团刈香迎接神团、以金银纸钱答谢神灵施法救人。陈玉慧：《海神家族》，江苏人民出版社 2009 年版，第 249—250 页。

世界密不可分”，物品参与祭神仪式，是沟通神人对话的媒介。神像是神力之源，妈祖临于像中，人神可随时交流。信众在像前观想忏悔，祈求福报或解脱。[①] 林秩男曾被国民党通缉，他素日认为宗教是迷信及精神鸦片，却在逃亡中因心生恐惧，便照绫子的面容雕刻妈祖木像。在大哥林正男参军后，他已与嫂子珠胎暗结，“她多么希望他能靠近她……她怕他挑起她小心隐藏的欲望……梦中他拨开她的衣服，拨开她的头发”[②]。神像寄寓思念之情。失去大陆/家的台湾人因文化立场再度离散，嫂子/爱人与女神是寄托乡情的家/母亲象征。隐含作者未批判不伦之恋，肯定女性在丈夫离家多年后的合理情欲和弱者希冀获得阳刚男性保护的愿望，同情革命者的离散境遇。林秩男将思乡、想念亲人的情感与渴求女神庇佑的祈福心灌注到神像中，他静心刻物，意图以物通灵。此时，白色恐怖已漫延台湾，在民间造成大量冤案。林秩男放弃革命事业，清心寡欲，以刻像证道。禅意均在日常细节中，神像为冤魂祝祷。他从克制妄想的不伦恋情，到悟出神像点睛得“意”必须正视乱伦之罪，其间一度陷入忘我的精神失常，最终在神像刻得的瞬间放下我执。乱伦的秘密影响子孙后代团结，“我”在异国背负二叔祖雕刻的神像，传承神祇信仰，求神灵庇佑家庭和谐。隐含作者认为当下新台湾人以物寄寓信仰之情时，应在正视历史的同时向前看，以爱化解精神伤痕。此刻立足的空间便是神祇恩赐之地。

“恋物”是具有腐蚀性的魔法巫术，它发于人的自身、内在自我，“从内到外，被遮蔽起来”。情结是人疑心里的暗鬼，但又“以人类的存在为基础”，鬼亦富有人性，恋物的本质是非理性的疯狂或爱。[③]《考工记》的恋屋/“物”者陈书玉是无身份、无时间感、无性别的迷楼夜鬼，不具备鲜明的性格与性别意识，是“无”一般的历史化双性人。陈书玉受过良好的高等教育，优雅的生活品位、安静内敛的举止、纯良的本性、渊博的学识都暗示着小开是旧上海最后的贵族，他不忍看人腌臜的污浊面。新时代来临，前朝遗民是不合节奏的旧人，隐含作者多次暗示他们身份的“无”之尴尬：履历表上一个“无”，活在合法与不合法的“夹缝里”，“他究竟是什么人呢？”[④] 陈书玉在压抑的气压下谨慎度日，生怕因“有产”/有物而引火烧身，不敢贸然行动。他白日躲避在老宅内，午夜游荡于腐朽的楼梯间，“无”是历史的遗留物。午夜，长年无烟火的摆设上浮动着微尘，“鬼”恋慕审视腐朽的木板、栖息的动物和身逢不测的故友，老屋是文化遗民的纪念碑。月光透进被精雕的镂隙间，鬼被千万只监视老屋囚徒的光眼吓了一跳。[⑤] 此时，

① ［美］柯家豪：《佛教对中国物质文化的影响》，中西书局2015年版，第53—55页。
② 陈玉慧：《海神家族》，第42—43页。
③ ［美］威廉·皮埃兹：《物恋问题》，孟悦罗钢主编：《物质文化读本》，第60、66页。
④ 王安忆：《考工记》，花城出版社2018年版，第60、66、76页。
⑤ 同上，第263页。

邻居们被外界氛围感染而心生戾气，彼此监视。古代女性被隔绝在室内，幽居是“敬”和维持社会公共道德的核心因素，“男人与女人控制着不同的领域”，内外互补。[①] 陈书玉既主外又主内，因要为父母养老、躲避历史洪流，便藏身于挪亚方舟内，他在线性时间的滑动中迷恋物的保护功能。恋物者执着于特定的家庭 / 历史事件，事“具有一种不可重复的事件所产生的力量”。投射对象是一个具有历史感的物，“物的历史就是物恋的历史”，带有记号的物在物质空间中是地域化了的自足实体。[②] 人对房屋的守护、关于修缮问题的执念、物产分配规则上的倾力而为，让陈书玉的纠结心理带有强迫感和自虐性。物捆绑了人的自由意志，屋子“囚禁了他，他逃不出去”[③]。此外，被物困锁的鬼不敢向爱人表白，这是贵族持守朋友妻不可欺、不能乘人之危的自尊，也是他对冉太太守护与丈夫的誓言之尊重。鬼宁可无性别诉求，在两性关系上也要点到为止。鬼是善良且有自知之明的，“无”历史之人不能再因原罪而拖累别人。物资匮乏时期，冉太太给陈书玉寄来大量食物，“吃”不再是一种情调，而是生命临界死亡前人的自保。鬼于夜晚躲在宅中因咀嚼而情动，口唇的运动、舌面的自慰、肠胃的充实，让陈书玉产生性爱般的高峰体验，人对食物的挥霍就是压抑情欲的鬼对不敢求爱的自卑心之发泄。享受口味重的食物，如同人对身体快感的贪婪；面部很足的油水，是身体得到满足后的愉悦。反讽的是，邻居会好奇并嫉妒鬼的饮食起居，鬼不敢在人间吃得红光满面，世间已人鬼不分。

《上海宝贝》陈列了消费语境下亮眼空洞的物质景观，都市丽人把身体当作交换物，抽空心灵的形而上建构。时尚物体系是用以崇拜的神或宗教，人不对物灌注真情，尚未以物反思个体存在价值和物的历史性。现代女性是伪“垮掉的一代”和假摇滚武装者：Coco 留恋在酒吧买醉，男女关系混乱，自轻自贱，痴迷与西方白人男性欢爱。她们平日无所事事或装模作样当白领，内心崇拜白人法西斯男权，有受虐倾向，毫无摇滚音乐人的自由意志、叛逆精神和对消费文化的批判指向。世纪末宝贝们乐观肤浅，想象出一组媚俗的恋物符号矩阵图：名牌香烟与洋酒、箱包服装及化妆品、香水等奢侈品，乃至大麻兴奋剂。名牌轻易被大量复制，时尚物质填充女性空洞的思想。Coco 们炫耀以身体换来的高价商品，她们因懂得关于物质的知识，或有“资格”沉醉于物质矩阵中做中产阶级而得意自傲。女性行为看似先锋，但媚俗感浮华低劣，[④] 物消亡之后是虚无一片。隐含作者认为，女人性感的诱惑力是换取个人物质享乐的资本，卫慧对物的迷恋未达到因物情动的深

① ［美］白馥兰：《技术与性别》，第 99 页。
② ［美］威廉·皮埃兹：《物恋问题》，孟悦罗钢主编：《物质文化读本》，第 68、69 页。
③ 王安忆：《考工记》，第 149 页。
④ ［美］马泰·卡林内斯库：《现代性的五副面孔》，译林出版社 2015 年版，第 256 页。

度。东方主义式性爱与现代人的真情无关，色情的菲勒斯迷恋内蕴于交换媒介中，物是欲望符号的载体。滥交的精神动力是都市女性对自由意志的误解，Coco 们仅对低层次身体满足感兴趣，不关注两性美妙的灵肉一致和情感交流。

安妮宝贝是“上海宝贝”去色情化的形式变体，薇安和庆长们创造出两套本质趋同的中产消费矩阵，耽溺于乐观主义幻觉：其一，民族风地毯织物、边地宗教饰品、宜家家具、原版打孔 CD、哈根达斯冰激凌、白色棉布裙子、能光脚穿的球鞋等文艺青年自愉物；其二，纯植物提炼的香水蔻丹、熬草药的砂锅、干农活的工具、稀有花卉绿植、佛经和转经筒等退守田园的“农妇”日常器物。物仅用于消遣娱乐，叙事人注重它装模作样的经济回报，补偿性享乐主义是新世纪初期文艺青年标准的社会理想。庆长们进可借物在酒吧、咖啡馆内与多位已婚上流男子暧昧，退可于田间不梳妆便劳作，在山中为心爱之人相夫教子。女性看似在“人类纪”[①]到来之时诗意栖居，身体与大地交融，寻求心灵的宁静。实则这是矫揉造作的媚俗，物质虚伪的“反现代的现代性”功能让情动流于一次性感伤经济。叙事人反复再现套话式的创伤记忆，如离异的父母、不负责的情人、堕胎和滥交体验，庆长们内心深处有一个难以填补的精神黑洞，物弥合着人内蕴无病呻吟的精神创伤。内聚焦话语表面哀伤痛苦，认为女性虽身在都市 / 乡间却与人群格格不入，实则个体因占有物、迷恋对物的摩挲享用而内心愉悦，表里不一。隐含作者在两组物质矩阵的负累下未能证“空”，人物以无效的参禅姿态扭曲了个体真如自性。“宝贝们”谈物却未能及物情动，略显空洞做作。

结　语

“五四”以来的思想启蒙与社会革命均将人对物的耽溺视作玩物丧志，沉沦于物体系是现代主体精神堕落的序曲。无疑，这遮蔽了物质参与历史记忆和民族志建构的严肃文化诉求。只有以抒“情”及物作为方法论，将性别视角引入新世纪女性小说日常书写研究时，物质的客观叙事功能和人—物间的情动才能原画复现。机械唯物论视角下的被动“物”中性客观、固定不变，物体系重新排列组合物质的历史价值，物品的外观形态和细部肌理是牵引其形而上价值登场的中介本体。在人—物关系中，主体将非理性情感灌注进物质中，在各类现实情境下以物抒怀、睹物思人、借物缘情，情感与理性共同参与人—物情动。此时，物生产情感原动力，个体被

① 孟悦：《生态危机与“人类纪”的文化解——影像、诗歌和生命不可承受之物》，载《清华大学学报》（哲学社会科学版）2016 年第 3 期。

其反向作用力诱发情动，再将情绪传染给其他人，缔结情感共同体，此为“及物”。

启蒙理性是人存在于世的精神底线。就人的内面思想构成而言，情感与理性共同参与人的主体建构，二者并驾齐驱。在“情”本体中，欲望是人最基本的激情。快乐与痛苦是个体情动轴线的两极，人能力的高低与加减，让轴线内包含悲悯、愉悦、兴奋、沮丧、激情、悲伤、傲慢等多种情绪组合，[①] 人在各种组合装置中寻找价值共鸣，这正是文学美感的魅力所在。“心灵”将情绪运动体验为感觉，感觉支配行动，行动与否决定个体是否成功建构主体性。女性日常物质书写中的主体建构表征为维护个体人格尊严、张扬典雅的贵族风范、缔结女性同盟情谊、救赎弱者精神创伤、关怀人类形而上追求。在人—物情动的过程中，及物与否的区分点是人对物欣赏与使用的限度，不及物指人在空洞的物质符号矩阵中以物自傲、因物滥交、借物虚伪感伤、复制无用之物。物将人引向堕落，个体丧失基本人格尊严，男女因物链接的“情”并非主体间共在的平等对话、相知理解。显然，此种以物及情是一种无病呻吟。物德与人的美德相比附，物质的变迁史承载一个民族的历史风涛，物的灵晕唤醒人神秘不可说的内在体验。新世纪女性小说对物质记忆史的重视，侧面唤醒曾被新文学诞生伊始所忽视的一片观照盲区，这不失为重返五四起跑线的一种另类策略。

（韩旭东：南开大学文学院助理研究员）

① ［美］苏珊·詹姆斯：《激情与行动》，管可秾译，商务印书馆2017年版，第207页。

阶层、壁垒、冷漠与女公务员之死

——读马金莲的短篇小说《年关》

马明高

摘　要: 马金莲短篇小说《年关》，写的是日常性的世俗生活，却有着深刻的思想性。它其实反映的是阶层固化与阶层寻求跨越的社会问题。阶层跨越是正常的，因为人人都想过上更好的日子，人人都想成为“人上人”，倘若由于社会原因或环境，压抑或阻碍了阶层的跨越，形成了阶层的固化，阶层固化后，人们心中就会有怨气、戾气和不满。而这种怨气、戾气和不满不可发泄的时候，就会发生无缘无故的“暴力事件”，而且这种“暴力事件”不知会发生在谁的身上。《年关》所思考的主题正是如此。好的小说，就应该真实而深刻地记录下这个时代与社会最普遍而广泛的生存经验与情感体验，创作出对于历史与人类社会有思想和价值意义的文学作品。

关键词: 马金莲;《年关》; 阶层; 阶层固化; 阶层跨越; 冷漠

一

读完马金莲短篇小说《年关》[①]的最后一段，心里咯噔了一下，久久不能平静。隔了些时日，又翻出来读了一遍，心里还是不能平静。《年关》继续着马金莲惯有的风格，虽然已经由乡村记忆的生活转向了城市现实生活的书写，但依然写的是日常性的世俗生活。她写的普通人细微或琐屑的生活都带有浓郁的人间烟火气息，是城市里的小市民的日常所思，是他们的小情怀、小心思和“小九九”。在她的眼里，满目都是他们的物事和情境。《年关》的李梦梅依然如此，腊月二十八了，还在单位上班，“要给领导写一个会议讲话稿。先把大框架拉出来，再根据有关会议的要求，和领导交代的意图，往里头填充具体内容”[②]。她一边干工作，一边忙里偷闲浏览购物

① 马明高:《年关》，载《花城》2022 年第 2 期。

② 同上，第 153 页。

网页，没有目的，也不买什么，倘若碰上有品位的便宜东西了，就顺手淘点，只是为了消遣，让写材料的脑子稍微休息休息。是在写材料和翻网页的过程中，仿佛听见有外面的几个人上了楼，似乎是到隔壁的单位要钱，时争时吵，时息时嚷。因为事不关己，所以高高挂起。“自从限制办公场所面积以来，这楼上多出来几个单位。是从另外的地方搬来的。李梦梅的单位和他们很少有来往，至多见面点个头。”“她对不上号，也懒得去对，和她没关系。她的任务是赶紧写完这个材料，中午按时回家，把儿子从小区外的英语培训班接回来，一家人一起吃饭。”[①] 李梦梅是她们单位积极能干的女公务员。很快，领导的讲话稿就写完了。领导今天不在单位。她用电子邮件发给领导，然后又给领导发微信，提醒他收看。完成了任务后，她浏览着唯品会上的品牌，又喝了杯雀巢速溶咖啡，就准备着回家了。心想，“上午的工作基本可以画句号了。后天就是大年三十了。明天再坚持一天，就可以休年假了”[②]。从她的这种生活感觉中，我们可以感受到，她对自己目前的生活状态很满足。当然，她自己没有清醒的阶层或阶级的意识，也不去想阶层固化或阶层跨越的问题，更不会相信还会有阶级斗争。养尊处优，两耳不闻窗外事，我既不惹人，也不找事，我就是自管自，自己把自己的事情做好，自己把自己的事情管好，把自己家里的事情管好。这可能就是现在大多数人的人生观和生活观。以为这样就能把生活过好，就是一个万事无忧的大好人。

谁知，就在李梦梅下楼下到“最后一个台阶”时，她的一只鞋松了，“呱嗒一声叫，她栽倒了”。其实，栽倒了也不怕。爬起来继续回家。“甩掉鞋光脚跑也是可以的，固有的生活习惯让她有了犹豫”，“就在她弯腰把鞋穿回脚的时候”，李梦梅出事了。

马金莲的小说也自然偏离了她一贯的写作风格。在这篇短篇小说即将结束的时候，出现了些微的“暴力”倾向：“一个硬邦邦的东西砸在了她的头上。砖块呢，还是一块铁板，还是别的什么？她克服着脑海里席卷而上的一大片空茫，坚持把鞋穿在脚上，人却跪了下去，再也不能站起来。她死后穿戴整齐，没有任何被抢劫和侵犯人身的痕迹，除了头顶的一个半开放性创口。”[③] 这种突发事件不仅对李梦梅的人生观和生活观是一个最大的打击，而且对我们大多数人来说，也是一个极大的打击。因为这个突发事件，正在清醒地打散我们固有的人生观和生活观。真的还成了一件事了，让你不得不去沉思与反省。

---

① 马明高：《年关》，第 154 页。

② 同上，第 158 页。

③ 同上，第 159 页。

二

小说的结尾写道：“所以女公务员李梦梅的死因成为这年春节小城百姓在饭桌上讨论和猜测的热门话题，那热度一直持续到春节过后才渐渐凉下去。”[①]为什么会成为“热门话题”？因为李梦梅这个普通的公务员之死，已经触动了很多人的心灵，或者引起了很多人内心深处的不安，并且可能会引起很多人的沉思。不惹人不惹事，好好的，也会被人打死，这是为什么？难道是这个社会不对了？有什么问题了？“渐渐凉下去”，并不意味着这件事情就已经结束，而是意味着很多人具有强烈的遗忘症，或者是很多人极容易被生活中更多的热点话题吸引而淡忘往事。但是，对于作家而言，他们不会很快遗忘，他们会对此进行深入的思考，甚至去想，为什么现在的社会会发生这样的事情？这是一个偶然事件吗？发生这样的事情的深层次原因，究竟是什么？对于一篇小说而言，好的作品，总是在新闻或消息即将凉下去的时候，才意味着小说艺术的真正开始。

马金莲的中短篇小说，大多是去情节中心的，更多的是女性日常生活经验的娓娓道来，细细铺陈。《年关》也是如此。《年关》中的李梦梅，和她过去作品中的好多女人一样，她们“顾家”、温和、顺从，她们沉默、隐忍、小心眼，她们顾大局、识大体，她们都是社会上普通的人，或者就像是我们自己。这说明我们差不多都属于一个阶层，说大了，是一个阶级。阶层就是人们基于相近的社会地位、职业、财产状况、收入和生活理想等而形成的社会群体或社会集团。在过去的社会里，阶层或阶级的概念比较明显，比如改革开放以前，比如新中国成立之前。但是进入改革开放时期，进入新世纪之后，人们心目中对于阶层或阶级的概念渐渐淡忘了，认为人人都在向往新的生活，天下已经太平了，甚至认为“历史已经终结了”。其实不是如此，阶层或阶级在任何社会都是存在的，阶层会形成固化，阶层也会寻求跨越。阶层跨越是正常的，因为人人都想过上更好的日子，人人都想成为“人上人”，倘若由于社会原因或环境，压抑或阻碍了阶层的跨越，形成了阶层的固化，阶层固化后，人们心中就会有怨气、戾气和不满。而这种怨气、戾气和不满不可发泄的时候，就会发生无缘无故的“暴力事件”，而且这种“暴力事件”不知会发生在谁的身上。《年关》所思考的主题正是如此。

小说以一个叫李梦梅的女公务员的中年女性主体叙事展开。在一开始打开电脑准备写领导讲话稿的时候，她就已经看见有“几个身影经过”。凭她多年公务员的工作经历，李梦梅就知道“他们是生人”，他们跟这里上

① 马明高：《年关》，第159页。

班的人不一样，不是一个阶层，或者说阶级。在这里上班的人，是“肉食者”，是“吃皇粮的人”，是“公职人员”，所以他们的脚步声是“不紧不慢，不慌不忙，有章程，有定力”的。而那几个从外面进来的“生人”的脚步声，则是“慌慌张张，脚跟不稳，气息凌乱，节奏错乱”的。李梦梅是一个细心而感觉敏锐的女公务员，她尽管在办公室里坐着，但是已经从这“几个身影”的脚步里感觉到了不同于在这个楼里上班的人的气息，“匆促、惶急、慌张、愤慨，多种气氛混合了，发酵出一股别样的味道。”[①] 她猜对了，这几个人是来楼上要债的。她听出来了，不是这个楼上的这个隔壁单位欠他们的，而是外面一个公司欠他们的，什么“地板砖”“墙面砖”和“老板”，但是隔壁的单位与这个公司有关，欠了三年了，眼看要四个年头了，他们找那个公司没用，老板让他们来找隔壁的单位。从这些叙事中，我们可以明白地感到，李梦梅和那几个要债的人不是一个阶层，而且阶层与阶层之间已经有了坚硬的壁垒，阶层与阶层之间的人们已经不可互相交流和沟通，都在互相躲或互相逃，谁也不想惹谁，谁也不想惹麻烦，谁也不去互相帮助谁，更不会有社会上每天宣传的“人间大爱”。所以，这几个人才会找到这个大楼上隔壁的单位的，而且他们是带着满身的怨气和戾气进来的。自然，问题的萌芽早就已经萌生了，只不过是，大家还都没有洞察出来。

三

而且，不仅是一般的职工或群众没有洞察出来，甚至单位的领导也没有洞察出来，而且，领导还是一种冷漠的态度去应付，去搪塞，去恐吓。连李梦梅这个写材料的人都听出来了，是隔壁单位的副职或者办公室主任出来和他们争吵的。因为“正职的口气一般都是和蔼的，平心静气的，有着正职常见的涵养”。而那些副职、办公室主任之类的“小领导”，却“随时都可能发脾气。把这些来访的纠缠者给轰走”，他们“有时候是有着一些高高在上的气息的。尤其在平头百姓面前，他们会变脸，会骂人，会叫你滚蛋”[②]。这就是阶层固化出现的严重表征，处理不好，就有可能出现白热化的现象。

李梦梅和社会上大多数人一样，自然不是一个阶层或者阶级，又不是自己所管的事，所以就不管不问不去理睬了。“现在的人，早就在习焉不察中练就了视而不见的本事。这种本事的前身是冷漠。只要涉事者不是自己和自己的亲朋，那就能高高挂起，心安理得地旁观。”[③] 人与人都形成了坚硬的壁垒，都在所谓的“自我保护”和“明哲保身”中麻木不仁。“所有进出

① 马明高:《年关》，第 152 页。

② 同上，第 153 页。

③ 同上，第 154 页。

大楼上下班的公职人员，不管哪个部门哪一单位，一般都不会多看眼前进行的纠纷。好像那是一摊稀烂浊臭的泥浆，多看几眼就会溅到自己身上，他们见怪不怪，也视而不见，更置身事外而不愿牵涉。这其实是一种在行政环境里生活的必懂常识。李梦梅自然也知道这样的行事规则——软规则，没有明文规定，更没人强求，但大家都在遵守。除非脑子出了问题，才可能会去触碰底线。”所以才“楼道里吵了这一阵，始终没一个多余的人出来看热闹”。人们都怕“叫那个单位看见”，“难免落个看人笑话的嫌疑”。[①] 可是，李梦梅是一个活生生的中年女人，她还有人应该有的好奇心，似乎还有些恻隐之心，“好像被什么牵引着，不由得站了起来，把心身隐在门里，头探出去张望，当然是装作无意中看过去的样子。”[②] 看清了，五个讨债的倒霉蛋。她去了一趟厕所。厕所在左厕，出门左拐就是，不需要经过他们，尽管为了“显得很憋”而“必须脚步匆匆”，但还是“大大方方”地看了他们一眼。他们靠在楼道里不走，神情沮丧而又不服输，似乎在商量着什么，或者在酝酿着什么。李梦梅一边甩着刚洗过的手，一边扫视着走进办公室，坐下，边浏览电脑网页，边冲速溶咖啡。雀巢咖啡的浓香瞬间弥散。阶层的隔阂，人的优渥和傲慢，很快把她的好奇心和恻隐之心熄灭。李梦梅是一个有情调的女人，她的优越感和幸福感油然而生。你看自己还可以喝咖啡，尽管是速溶的，不是现磨的，但是总比外面的那几个人强，他们来了一上午了，说了那么多，费尽口舌，也丝毫没有一点效果，还连口水也喝不上。她忽然想到，他们要是敲门进来，想坐坐，想喝口水，她该怎么办。她就应当倒水给他们喝。好在他们没有来敲门，“脚步在犹豫不决中被什么力量牵引着，缓缓经过，走了”。她长长地舒了一口气。她好像做错了一件事一样。她为自己有了这种念头而荒唐。她觉得身在机关，必须学会趋利避害，懂得世故，明哲保身，而不能时时处处去求真、求好。还有，人必须学会退而求其次和自我欺骗。

李梦梅觉得闷得很，想开门出去舒一口气，活动一下筋骨。但是，她出去之后，才发现自己平时常去的那个楼梯口转角的半开放的小空间，正在被那五个讨债的人占着。她的出现，让那五个人的脸上出现了短暂的惊喜和期待。但是，她的惊愣、“赶紧转身离开”、“快步进了门”，让那五个讨债者在“一刹那的希望”之后，紧跟着的便是无限的“失望”。正如李梦梅所想的那样，“同是一个世界，人跟人活得不一样，有些差距是天上地下的，就像速溶咖啡和咖啡馆现磨的。”“啊，原来这世上真的有阶级。阶级是钱造成的”[③]。正是这些阶级的差别、阶级的壁垒，把人们仅有的一点点恻

① 马明高：《年关》，第 155 页。
② 同上。
③ 同上，第 157 页。

隐之心也给消解了。那些坚硬的冷漠和对立、对抗在一瞬间升腾，加之自身处境无人过问、置之不理、不屑一顾所产生的失望、无望乃至绝望，迅速混杂在一起，恰好就在李梦梅“呱嗒一声”掉鞋的一瞬间，灾难就自然地降临到了她的身上。寂静的办公楼道里出现了那样的“暴力性”悲剧事件。

四

李梦梅至死的时候，也没有想通自己为什么会被那几个人砸死。所以，“她甚至怀疑自己的感觉出了问题。没有人威胁到自己的安全，没有任何理由，她没有和人交恶”[①]。但是，她就是在那一瞬间被“阶级”的壁垒之仇恨，阶层谋求跨越的激情砸死了。出事了。事情闹大了。这事就会有人管了。李梦梅的冷漠、沾沾自喜、侥幸、浅薄的优越感，引发出了她的死。她的死，肯定会引发出那几个人债务问题久久不能解决的很快解决。但是，他们又将为之付出更加沉重的代价。

马金莲小说中的主人公都是这个世界上最普通不过的人。所以，李梦梅不是别人，正是许许多多的普通人。李梦梅之死，也正是许许多多的普通人之死。因为李梦梅就是无数普通人的影子。我们这些普通人比较正派，有道德感，心眼不坏，从不恃强凌弱，对人厚道，做事低调，也有爱别人的能力。但是，我们这些普通人最大的问题，就是比较冷漠，对什么事情也是都不会特别执着。面对任何与己无关的平庸之恶，我们这些普通人都可以一步步后退。只要能让自己安安稳稳地过日子，我们这些普通人就会把自己美好而珍贵的东西一点点都舍掉。这个世界只要不把刀架到他脖子上，他就会假装岁月静好。

经历过漫长的社会转型期的我们，无论是少数世俗的成功者，还是像李梦梅那样普遍的中等收入者，还是像那几个讨债者那样的无数的弱势群体，尽管我们已经摆脱了物质上普遍的不自由，但是，我们却进入了一个精神上普遍的不安宁。我们互相缺乏尊重、理解和信任，普遍缺乏安全感，缺乏安身立命的精神家园，缺乏真正的生命幸福感。资本的引进逻辑和经济的快速发展，却没有形成充满理性的社会秩序。同时，独立的个人彼此之间按照理性做基础的契约原则打交道，也还没有真正形成。这可能就更加导致社会普遍的不信任，个人与个人之间的不信任，个人与单位机构之间的不信任，阶层与阶层之间的不信任，甚至家庭成员之间也形不成互相信任。而也正是因为这一切，导致了社会上普遍的外表虚假热情和内在的拒绝性冷漠。

那几个讨债者的悲剧正在于此。李梦梅的悲剧也在于此。

---

① 马明高:《年关》，第 159 页。

五

这篇小说，并不长，看似写得不动声色，但实际上是从开始就是暗流涌动，充满隐秘的阶级斗争，充满不可发泄的阶级情绪。正是如此，才会出现这样一件与谁都有关的、无缘无故的、随时随地都会发生的“暴力事件”。这正是这篇小说的过人之处。这也正是这篇小说思想的深刻之处。

很长的时间里，有好多著名的作家都坚信不疑地说，“小说的写作是一种技艺”。现在，也有很多青年作家跟着一起迷信，小说的写作，就应该是一种纯粹的手艺活儿。马金莲的小说，却让我更加坚定不移地认为，小说本应该就是一种有思想、有深度、有价值、有温度、有风骨的写作。小说作家不应该是仅仅满足于个人小天地与小悲喜的书写者，而应该成为一个社会生活的观察者和记录者，成为一个时代生活的亲历者和在场者，真实而深刻地记录下这个时代与社会最普遍而广泛的生存经验与情感体验，创作出对于历史与人类社会有思想和价值意义的文学作品。

我很认同青年作家石一枫的观点，“小说是一门关于价值观的艺术”。他说：“我觉得如果把小说单纯地等同于一项技术活儿，那还真是有些辱没了这个历时近千年才发展成熟的文学体裁。技艺仅仅是写出一篇优秀小说的基础条件。除了技艺之外，必要的因素还多着呢。”他认为：小说的写作，“一是抒发自己的价值观，二是影响别人的价值观，三是在复杂的互动过程中形成新的价值观”。尤其在今天这个时代，“文学尤其是纯文学式微了，影响不了那么广大的人群了，也让很多人认为过去坚守的东西都失效了”的时候，“对价值观的探讨和书写才成为文学写作最独特的价值所在。且不说这是作家对时代和社会所应该负担的责任，就是和影视、游戏这些新兴的娱乐形式相比，文学也恰恰因为远离了大资本、大工业的运作模式，才天生地和思想的自由表达、深度探索有了更紧密的联系”。真正热爱文学的青年写作者，就应该像马金莲、石一枫们一样去好好思考小说的写作，从而写出像《年关》这样有思想价值和深度意义的优秀小说来。

2022 年 5 月 4 日写于山西省孝义市

2022 年 11 月 26 日再次充实修改于山西省孝义市

（马明高：山西省文艺评论家协会副主席）

从青春自我的觅渡到审视现代城市社会的现实

——文珍小说论

欧阳军

摘　要:“80后”女作家文珍的小说创作迄今已呈现清晰的创作向度，从对城市中爱情、女性职场的关注到社会面的两性关系、现实问题的揭示乃至城市人的普遍精神困境与现实窘境的锚定，她的小说始终围绕着现代城市进行表现，形成了面向现代社会的城市书写，其中既蕴含着作为“80后”一代对于城市化转型直观的记忆与感受，也自觉地承载了中国城市现实的变迁脉络。

关键词: 文珍;“80后”小说;女作家;城市书写

文珍作为“80后”作家，始终坚守传统文学的立场，坚持走传统文学道路，成为“80后”文坛不可小觑的一位女作家。在大学期间她便开始创作，于2004年考入北京大学成为全国第一个创意写作学硕士，毕业后又在人民文学出版社从事文学编辑工作。在此期间，文珍陆续在《羊城晚报·花地副刊》《人民文学》《青年文学》《西湖》等报刊上发表作品，并陆续出版小说集《柒》《我们夜里在美术馆谈恋爱》《柒》《夜的女采摘员》、散文集《三四越界》以及诗集《鲸鱼破冰》等。文珍的创作被认为在“80后”的写作者中走出了不拘一格的创作道路，“年龄上，她属于‘80后’，但她的文字却与‘80后’的写作者大相径庭。她有她的认知，有她的方向，有她的意境和修辞方式。她走在只有她一个人走的路上，凝视别人不看或看不到的事物”[①]。正是这些鲜明的特质，使得文珍的小说创作在许多论者眼中呈现出女性书写、底层书写、城市书写等驳杂而丰富的面向。近年，文珍的短篇小说集《找钥匙》的出版，引发了不小的关注，伴随着文珍在小说集中自我指涉的“城市缝隙的漫游者”，以城市作为落点的文珍创作呼之欲出。自然而然地，文珍小说有了被整体性地归置到城市书写的可能。确实，在

① 曹文轩:《城市边缘的解读者:文珍》,《十一味爱》，广西师范大学出版社2011年版，第1页。

文珍“鼓起勇气，愿对你们和盘托出我的来处”之时，掩盖在其所有作品中文珍那不为人知的才情才算是真正撕开了一个缺口。对于“80后”写作者文珍来说，与青春叙述浪潮同登文坛，没有随波逐流的青春叛逆情绪流露，未沾染粗浅的物欲化表达，本就具有严肃的纯文学意识，而在其作品中自觉地勾连起对现代城市形象的书写，更表现出了文珍那强烈的社会责任感和现实批判精神。

一、表现典型的城市特征

（一）青春情爱之城

文珍从事小说创作，初期以极具青春化的描写，化成文艺范儿的“以爱之名”，试图以此打开自己写作的通路。于是，文珍在她第一本作品集《十一味爱》中，写下了许多的爱情故事。

《果子酱》中，文珍叙述了一段异乡的凄美暗恋故事。在广州一家异域风情的西班牙酒吧里，男女主人公是舞者萨拉和贝斯手鲁斯特，两个来自安达卢西亚却未曾相熟的同乡人，舞者萨拉带着“他乡遇故知”的渴望迷恋上了贝斯手鲁斯特。故事中，萨拉设想着以家乡男女都会跳的特殊舞蹈“Flamenco”吸引贝斯特，由此俘获属于自己的爱情。而就在萨拉还沉浸在这段还未发生的恋慕之时，偶然间贝斯特与客人的对话却让她知晓了贝斯特已是有妇之夫的事实。这对“在异乡孤零零的一个人，没有爱，没有安慰，没有同情和理解，没有人懂得她跳的舞是什么”的萨拉犹如一声晴天霹雳，让她那从未生出的幻灭感，在这时全涌上心头。在这个故事中，文珍用像“看一个人太久眼底会流血”“横竖只是想要。她、想、要”的内心独白描述舞者萨拉近乎疯狂的暗恋，也借由故乡之舞“Flamenco”的三种类型——形容爱情、欢乐的“谣曲”、形容感动的叙事曲，形容痛苦、绝望的怨曲，逐步暗示这段暗恋的走向。但年轻人的爱情总是浪漫的，作品题目的果子酱，本是男主人公最爱吃的食物，也被艺术化为萨拉因爱贝斯特而嫉妒的对象，萨拉沉浸在爱中，她的感情热烈而纯真。《气味之城》一篇中用气味来构建男女之间若即若离的关系，男主人公对气味的感知停留在校园时代那种对万事万物的敏感中，这份敏感带来的只有男女主分开后对爱情的无限缅怀；《我爱吃花生》中写一个沉默寡言的爱记日记的人守护自己年少的心事而与女朋友分手的故事，虽未直表爱情，却用爱吃花生却不去种花生的生活例子展现爱与被爱的方式，间接表述了隐秘之爱的特别；《色拉酱》中以色拉酱作为男女主人公之间的羁绊，从男女日常共吃色拉酱指代拥有爱情的甜蜜，到分别后重逢再吃色拉酱指代已经回不去从前的分手现实，色拉酱的象征融进作品形成了对丰盛却又干涩的爱情变式的表达。这部分作品，如《十一味爱》的后记里所言“希望自己能够写出生命里的暗与光，况味的热与凉”[①]，文珍着重对爱情加以描绘，释放了年轻人心底的光热，他们以青春化的色彩，体悟着他们各自的喜与悲。

不过，文珍笔下的年轻人爱情却并不像同龄的青春写作者那样过于倾向个人主义的表达。虽然文珍写作这些作品时，不过二十出头，是刚毕业的年纪，年轻人的爱情更贴近于文珍的生活经历与年龄认知；但这些作品中，还是能够看到文珍对城市的表现意识，年轻人是最能代表城市形象，最能体感城市的群体，而爱情又契合于这群城市年轻人的心理，它们自然地与城市进行关联，隐含着为现代城市塑形的意味。在文珍这些写爱情的小说中，映射出了一个“言爱”的现代城市形象。

（二）物欲挣扎之城

文珍曾在访谈中表示，时代改革开放造就了一代年轻人的困境[②]，可以说，文珍对时代早有敏锐的感知，也正是这份对现实的清晰认知，由作家个人泛化到作品，在偏重热烈爱情的城市表现下又生出了被物欲裹挟的城市形象。

《安翔路情事》，关于在都市的底层小人物的爱情故事。一如文珍早期集中书写爱情的主题面向，近乎四万字的叙述，主要笔墨皆集中在麻辣烫西施小玉以及与小玉未做到真正的感情结合的灌饼帅小伙小胡的那一段困于安翔路、无力走出安翔路的短暂爱情。文中男女主人公都是外乡人，小玉来自北方的哈尔滨，小胡来自南方的安徽绩溪，他们在如钢铁森林般的北京城中各自租下小商铺来进行他们的小买卖。一个依靠帮衬姐姐而得以在麻辣烫小店安稳生活，一个承担起生存的重担在五平方米的灌饼店煎灌饼作为养家糊口的生计。他们因“同是天涯沦落人”的遭际谈上了恋爱，却因无法抵挡没有物质的爱情的残酷，相爱后只能以小玉分手前的一句质问“胡，我们会一直这么穷下去吗？”[③]草草收场。在这个故事中，文珍写着爱情，却在暗中揭示现代城市人在消费时代的苦痛。小玉和小胡这对小商贩、小情侣共同构建了一个时代的城市现场。不属于“北京人”行列的他们，迫于生存的压力来到了北京，直接导致他们爱情的发生地点在北京的安翔路，约会地点在具有代表北京现代文化的鸟巢、圆明园。不是那么渴望想要成为北京一分子的他们，悄然承担起了“北京人”在爱情中的消费水平。南方人与北方人的爱情交汇于北京的都市，突破了地域的限制，

① 文珍：《十一味爱》，广西师范大学出版社 2011 年版，第 336 页。

② 文珍，赵依：《从逃而不得到以克制重建个人秩序——文珍访谈》，载《名作欣赏》2016 年第 13 期。

③ 同上，第 267 页。

突破了文化的限制，却折戟于“面包”。这种结果犹如一把利剑直指这个物质膨胀的时代。《安翔路情事》的爱情败局，缓缓地把一个不可体感的消费城市形象清晰呈现了出来。

文珍的硕士导师曹文轩曾言，“文珍只写城市。她的城市是年轻人的城市”[①]。文珍确实用在场的年轻人的爱情，构筑了一个言爱的城市，这个城市年轻而活泼，契合着如文珍一般的城市年轻人情绪乃至情感的悸动。但随着文珍个人对城市认知的深化，在青春情感的躁动之外，文珍也看见了城市中现实的物欲一步步对这份年轻热忱的蚕食，消费的膨胀使得物质成为衡量一切的标尺，爱情等人自身的情感需求渐被遮蔽。所以表面看来，文珍依然描写爱情，写个人的幽微情感，但爱情的基底之上，已经开始着笔展现一个物欲化的现实外部世界。

（三）职海浮沉之城

文珍研究生毕业后，在人民文学出版社文学编辑岗，度过了初入社会的七年时光[②]，以女大学生的身份进入职场，从学生到职场的体验差异，让她观察到女性和工薪阶层的处境，因此在她绘制爱的城市图卷之中，又书写了一个个职场女性与命运抗争的故事。

《录音笔记》中，主人公曾小月是一个相貌平平、普普通通的上班族，她拥挤在廉价的出租屋，过着按部就班的生活，她的故事却成了道明城市生存普遍性的不平凡寓言。来自苏北小镇的苏小月，自大学毕业后就奔波于找工作，尽管努力，却还是成为一个不那么起眼的接线员。工作中，她的柔弱使同事从不听从她的意见，就是电话那头的客户也能够因为非订单问题的事对她评头论足。情感中，她也是一个弱者，相亲的男友从不顾及她的感受，把她当作“永远听不厌告解的牧师，一个高级的应声机，甚至是一个垃圾桶”[③]，在夜里情绪低落之时，她甚至没有一个可以打给的电话。于是，她开始成为一个失语患者，淡漠地看公司每天上演的“宫心计”从不表达立场，默然地回应男友张明升波动的情绪直至分手，甚至在面对父母的电话时，她都没有新奇的热点话题。不过，最后她总算是有了改变的路径，她用录音笔给自己打造了一个全新的解压空间，用录音笔记录下自己的声音，再放给自己听。她在录音中开始表达自己的喜好、表达对同事的看法乃至表达对世界的看法。自说自话的曾小月，是一个打工人，是一个失语者，更是一个缺爱者。究其原因，是什么让她变成这样，难道是她不够努力，难道是她的软懦的性格？或许不是她自己，而是这个时代。她

① 曹文轩：《城市边缘的解读者：文珍》，第 2 页。

② 文珍：《文珍影记》，载《作家》，2017 年第 2 期。

③ 文珍：《我们夜里在美术馆谈恋爱》，中信出版社 2014 年版，第 139 页。

是这个时代普遍的曾小月们，碌碌无为是常态，情感缺失是时代的城市病。《第八日》中的主人公顾采采，面临着生活上的各种迁就，导致她连续失眠，她也试图通过年少的城镇生活记忆来抚慰苦闷的内心。但当她环顾四周，有的只是毕业后独自生活五年的陌生城市。对消费、金钱的追逐，让她远离家乡，远离亲人，可她却始终找不到城市的归属感；期待爱情的降临，又因太过怯弱而放弃，唯剩下孤僻的独居生活。弱势的顾采采，淹没在城市的喧嚣中，情感的难以寄托，终在失眠的第八天彻底崩溃想要自杀。

无论是曾小月还是顾采采，他们在职场、在爱情中的失败，代表了一批年轻人在城市生存的无奈。他们不愿成为庸碌的大众，却也没有能力从中跳脱，于是，他们在城市竞争激烈的环境中只得“蜷缩”着，开始患得患失，开始厌倦生活，甚至于放弃自己。文珍作品也正是借着这群在职场中为爱迷茫，为事业隐忍，无法逃脱普通人命运的年轻人，又展现了一个“工作”的城市。这个城市，表面繁华却最是无情，它让人为生存争先恐后前来寻找机遇，又悄然消弭着普通人最后一丝对生活和未来的期待。

二、两性“危城”与现实问题关怀

（一）两性婚姻的情感危机

随着文珍步入中年，她不局限于青年时期只能写与个人亲近的私人生活的体验，她的创作开始不断向私人体验之外扩展、向青春时期之后延伸，于是也开始铺展更多社会性的内容，像城市中成年人的两性关系。

《你还只是一个年轻人》一篇，从育龄女性苏卷云出发，以她的视角讲述了一段婚姻故事，或者说一个城市家庭如何因为“不生育”的观念支离破碎的故事。主人公苏卷云，身体健康、收入稳定、婚姻美满、婆媳和睦，在旁观者看来，可以说拥有了一个完美的人生，未来可期。而当家里人提出该要一个孩子时，危机降临了，苏卷云不同意生小孩，双方父母却因为抱孙心切不断催促。丈夫张为无奈加入了渴望生子的行列，一个家庭就此成了世俗的传宗接代观念与新时代的丁克观念的博弈场。长时间的对抗，终让苏卷云备感精神压力，无奈求助于做心理医生的大学同学李彤。在心理诊所中，苏卷云述说着不想生小孩的理由，她不想生下另外一个不开心的人，她不想生完了孩子成为为孩子忙碌的妇女打破她为自由生活竭尽所能所做的一切，更有甚于她认为这是一次挑战世界既定规则与传统观念的机会。此时的苏卷云，就女性立场而言，她在维护她身为女性该有的权利，婚恋自由，生育自由；而回到两性关系已经确立的前提，她又是自私的，她用家庭的生机，换取着自我的自由，标榜着个人的趋利避恶，损害了家庭的利益。故事结局，苏卷云的个人主义还是没能敌过一个社会的集体意志，丈夫精心策划的红酒晚宴，使她醉倒在温柔乡，最终意外怀孕。意外怀孕的结果，直接击溃了苏卷云的身心，让苏卷云悄然失去了“美满”的婚姻、家庭乃至人生。

苏卷云的故事，揭开了时代下两性关系的伤疤，在生活条件都从完美中来的苏卷云，打伤她的是普遍的人的命运，或者说是普遍的女性命运。古往今来，女性生孩子被冠以天经地义的名义，现代社会思想的开放，逐渐出现新的个体主义的反叛，不生孩子反而成为青年夫妻因社会环境造成的新式观念。生育观念出现的偏差所导致的两性关系的破碎，是社会现实面改变带来的结果，它预示着城市发展带来的城市人精神层面的改变导致的一系列问题。

（二）时代变革的现实疮痍

延续起文珍对社会性话题的关注，文珍在后续作品中也开始着笔刻画更多不同身份不同年龄的现代人形象，他们不仅仅面对的是城市间的两性关系的难题，更有留守、代际等因城市发展作为诱因的问题也逐步显现。

《小孩小孩》中主人公小林是非典型的城市人，早年父母外出工作，被外婆在乡镇抚养长大，懂事后才与父母定居于武汉，留守儿童的她少时成长无人指引，到了城市才在求学中慢慢开始构建现代人的世界观。对世界感知的缓慢，使她在大学的恋爱始终保持着朦胧，就是在已经读完研究生三十出头的年纪了，还沉迷其中无法忘怀。在大龄女青年小林的身上体现着城乡冲突背后带来的情感生活困境。女青年没有抱怨自己成熟的漫长，当回王家河的乡镇老家探亲时，她却试着关心起自己这几年难得见面的小侄女依依。依依是父母虽在身边却还显得十分孤单的一个小孩，在五岁时一个人去公路上玩被车撞的旧事，还不禁引得她一阵疼惜。所以，她想带依依出去玩。当小林问及好玩的地方，依依却小声说“我自己还天天想有哪里好气（去）。我自己都不知道这附近有什么好玩”[①]。这句话彻底刺痛了小林的心，“这让她想起自己漫长而孤单的童年，没一个人真正有时间陪她……因为家庭，因为家境。也因为一直都缺爱”[②]，可见留守带给小林的影响还是余威犹在，侧面也反映了城市化进程加快的同时，出现的复杂的“留守”问题一直困扰着某一批“后来”城市人。

不只关于城市中催生儿童留守与成长的以上被提及的作品，文珍还写了许多不同类型的城市现实问题，如《刺猬》中筱君的代际问题、《抵达螃蟹的三种路径》的“K”的同志意识等。这些人物身上暴露的问题，已经是非个人的、非两性的，而是真正对接到整个社会层面，这也透出了文珍的

① 文珍：《夜的女采摘员》，贵州人民出版社2020年版，第24页。

② 同上，第25页。

问题意识，其创作开始突破个人经验区开始看向更深刻的时代的城市现场。

三、现代社会的城市形象建构

（一）游离城市的“边缘人”

文珍由城市中生发的爱情、职场、婚姻的表现到对一些社会问题的揭示，能够发现文珍创作的落点愈发深刻。文珍表现城市所既定的点一直来源于对时代现实底色和城市人的精神世界的关注，而如何真正地深入到城市的精神症结中去，一直是文珍努力找寻的写作方向。于是，文珍在其作品中，聚焦到对一类人的刻画，想由此以点破面打开更广博、更具体的写作视野。

《张南山》中，文珍讲述了一个关于进城的乡下人的故事。本是在农村安身立命的张南山，因初恋女友小菊进城打工变心，不甘地去往了北京寻她。在大城市举目无亲的他，走投无路之下，误打误撞成为一名快递员。靠着骨子里的勤奋，他的生活才开始转好。但世事难料，一名与小菊长得像的中国音乐学院学生谢玲珑的出现，又把他尘封已久的心绪打乱。莫名的情愫，使这个底层打工人无法自拔，但无从谈起的关系和身份差距的现实，让他只得心死如灰地回到老家。命运总是如此相似，回乡后的他遇见了初恋女友，变心的小菊想重归于好，张南山不禁失声痛哭。在这个故事中，张南山算不得“土生土长”的城市人，但他的打工经历却无时无刻不在窥探这个城市的灵魂。他作为一线的劳动者参与了城市的建设，被给予的却少之又少。尤其是文中重点关照的他的情感世界，他的情感不被自己左右，小菊的离开是大城市的吸引，谢玲珑的无法靠近是物质的无法满足。无“情”的张南山的故事，体现了城市中底层人物的悲惨境遇，也将城市中物质与情感的困局一并托出。

在《有时雨水落在广场》中，主人公老刘是一个乡下独居的老人，他因儿子儿媳定居北京，被儿子拉来城市体验生活。初来城市，他觉得百无聊赖，十分不适应，但随着时间久了，他关注到了已经去世的妻子常提及的广场舞，也开始每天观摩起来。一来二去，他与舞蹈队的红装大姐熟悉起来，最后成了女子舞蹈队的唯一一个男性成员。这让他在城市的生活开始有了盼头。就在他与舞蹈队相处融洽之时，一次被问到如何应对孙子的降生，退休金是否够自己租下北京二环的房子，可能离开的结果让他心绪不宁。与此同时，儿子儿媳妇也正盘算着叫老刘回乡来减少支出。

这样一个独居老人形象的出现，首先，展现了文珍对独居老人问题的关注。其次，从老刘由乡进城再离开的细节中可以看出，老刘始终无法融入城市的氛围，暗示着乡村与城市的断裂。而文中将场景定于城市，活动是广场舞的更小细节中，又可以看出其中暗含了一个城市独居老人更沉重的现实，老刘作为一个进城的老人，因现实因素离开了广场舞，还能回到出生的乡村，有熟络的人际；而对于本身就定居城市的老人而言，广场舞是他们的精神依靠，他们一旦因为现实离开熟悉的人群，那便再难在某地找到归属感。

环绕在这些人物身上，有着一个共同的特性，他们是城市日常中很难被关注的一群人，这些人看似生活在城市中，灵魂却未能共鸣于城市，他们是城市的边缘人。旁观者清，入局者迷，边缘的这群人，他们不是久居的市民，沉浸在感受城市文化的渐渐变化中，他们只是在城市的现代化的某个节点里来到城市。而城市的边缘人身上的城市体验，也确实更能一窥现代城市发展至今的真正面貌。他们的城市体验的巨大落差，恰恰反映了城市发展背后造就的城市人的异化。他们作为城市中新的人群，身上的游离气质，其实会渐渐在城市化完成后的“新”城市显现。

（二）符号化的“北京”

与人物相关，文珍的小说故事，总是发生在北京这座城市中，北京成了文珍一个特别的城市空间。但文珍笔下的北京却不是历史沉淀的文化风貌的体现，它满怀着现代都市的气息，成了文珍对现代城市表现的镜像。

早年的一些作品中，文珍就为自己的那些青春的爱情故事打造了一座消费的北京城，北京的地点清晰可见。《气味之城》中提及的下班后情侣常去的花鸟市场，《中关村》中记叙邂逅发生的中关村旁的咖啡店、品牌街，《安翔路情事》约会的独特地标建筑鸟巢、水立方，《画图记》约会的大地点保利剧院、港澳酒店。而到了写职场男女的一些作品，如《录音笔记》《普通青年宋笑大雨天决定去死》等，只是提到北京的高楼大厦，商业地段来往的车流，某一个北京不知名公司的一个小小的工位，便把现代的职场勾勒出来。到了两性题材，文珍更是节制，就只是故事安置在北京，所涉及的城市空间，像心理诊所、大学、地铁站，地点大多围绕故事展开。边缘人物的故事依旧发生在北京，但对发生地的表现，与两性题材中相比更有甚之，只证明在北京而已。《张南山》中能看见具体地点是中国音乐学院东门口的快递公司，《河水漫过铁轨》相亲之人住房在北京四环等大致范围。而此后的唯《故人西辞黄鹤楼》隐去了北京的地点，《淑媛梅捷在国庆假期第二日》提到梅捷逛北京的东四南大街，《雾月初霜之北方有佳人》中宋佳琦愿望是在国贸租下办公室，看繁华的CBD都市风景，《有时雨水落在广场》写老刘居住环境离簋街很近，广场舞地点便在这号称二十四小时永不歇业的夜宵一条街旁边。与之对应的是，张南山误打误撞来到北京成了一个快递员；老刘儿子定居北京，老刘来北京散心；梅捷工作在北京，所以居住在北京；宋佳琦大学在北京就读，便在北京就近工作；文中的北京于他们而言，是没有归属感的暂居之地，因为诸多现实的要因才把他们与北京关联起来，他们不得不在北京。若把北京之名从小说中隐去，任何城市都可以成为故事的发生场域。

致力于“北京研究”的陈平原曾说：“一座都城，有各种各样的面相。有用刀剑建立起来的，那是政治的北京；有用金钱铸造出来的，那是经济的北京；有用砖木堆砌而成的，那是建筑的北京；有用色彩涂抹而成的，那是绘画的北京；有用文字堆积出来的，那是文学的北京”[①]。文珍暗示着她眼中北京的面相，是国际化大都市的现代形式，所以有了爱情题材中多写的娱乐场所、时髦消费；所以存在在两性题材中对城市人精神世界的开拓。加之文珍小说中一贯突出的是人本身：爱情、职场、婚姻、现实问题的小说中，多是文珍对于现代人隐秘心理的揭秘。文珍小说中将历史语境下的北京变得模糊，现代语境变得清晰，这种过程，不言自明，北京的去地方化在文珍小说中已经悄然完成。她的北京早已是现代语境下的北京，当北京仅仅成了故事生发的地点，以国际化大都市的城市形象便是作为最好的对现代人状态加以表现的背景。

总体而言，文珍小说的最终落点在由乡入城的城市边缘人的开掘，更成熟的现代城市形象的表现，既显示了个人创作的成熟，也复归到历史大叙事的视野中去。一方面，文珍通过边缘人的形象、现代城市的符号化把都市人的心理病症变得更为具体、深刻，也把都市社会复杂性展露，不只性别、情感、物质等表面上的问题争端，有甚于对现代城市精神的一种反思精神。另一方面，文珍的创作代表了一种超越个人经验站立在历史洪流的城市书写，延续了“80后”创作向纯文学靠近的意识。文珍整个创作是直接站立在现代城市的空间，对“城市化”进行直接表现。这种表现的切实来源是，无论是所论文珍“边缘人”的发现，还是“符号化”城市的建构，文珍都是聚焦于城市人，来托出对城市的确立。如同文珍所说的“人何其复杂，面对不同的个体，随时可能被激发出好坏截然不同的特质，就像钻石一样，切面越多越璀璨；而一个创作者能够理解越幽微的人性，有能力把握更多人与人之间的关系，构建的世界也就更真实辽阔。现在和将来，我都希望能够有能力书写更多更准确的群像。”[②] 表象上的现代城市，是文珍作品内容中的年轻人在其中谈爱情，共同面临职场工作，成年人在里面结婚、生育，儿童在城市中成长，老年人开始进城养老，城市作为人共同的栖息之地；而精神气质的城市，却是在文珍个人创作意识不断成熟的过

---

① 陈平原：《文学的北京：春夏秋冬》，《北京记忆与记忆北京》，三联书店2008版，第53页。

② 何晶、文珍：《进入更丰富有趣、也可能更驳杂的写作中去》，载《文学报》2021年第3期，9月9日。

程中，通过人物由年轻人、成年人、儿童、老人的城市人物图谱扩张以及相对应题材的不断扩充，形成全景式的城市形象书写后，挖掘而出的情感压抑、物欲化、游离化的城市。所以，文珍的小说，是对现代城市的一次大胆的指认，通过对城市人的覆盖完整地展现了现代城市社会的复杂形象。其中，显性的，是由文珍作为“80后”一代城市生活经验的体认出来的各种都市典型特征；而隐性的，是由文珍创作不断聚焦城市的社会性话题乃至于社会性问题引申而出的“边缘人”的游离城市。

（欧阳军：北京第二外国语学院文化与传播学院中国现当代文学硕士研究生）

董夏青青小说中的“牺牲”书写

——以《在阿吾斯奇》《冻土观测段》为例

王　楠

摘　要： 新世纪以来，青年写作的问题被反复讨论。虽然他们的文学作品数量颇丰，但批评界普遍对其中的一些倾向感到忧心，尤其是同质化现象。同质化，即题材集中和风格模式化，其实质原因是经验的匮乏导致书写的无力。在这样的文坛背景下，董夏青青的军旅小说凭借书写的真实性脱颖而出。作为一名部队作家，她续接“体验生活”的文学传统，尽己所能承担记录戍边军人生活的责任，身体力行地书写强军故事。边防军人的牺牲，不仅指的是为国家事业奉献生命，更包括在长久驻守中消耗的身心健康。董夏青青专注于还原每一个基层官兵的日常生活，展现和平年代下个体生命在生死考验面前的战栗和英勇。《在阿吾斯奇》《冻土观测段》是她以小说方式书写牺牲主题的代表。

关键词： 董夏青青；牺牲书写；边防军人；女作家；真实性

一

董夏青青在边地苦寒条件下磨砺出了平实且具有穿透力的文笔，环境的奇崛险峻在她冷静又略显沉重的叙述中得以收束，荒凉凛冽的底色也被撑开为广袤无垠的大地，充盈着一个个平凡又热烈的灵魂。一言以蔽之，董夏青青的军旅小说取材于基层经验，书写边防官兵上升的精神生活。她曾在接受采访时提及小说的创作目的：“这些发自内心的声音时常很微弱，被日常生活中数不尽的其他声音所遮蔽，但那却是他们灵魂的起伏，热血精神鼓荡其间。我要做的，就是拿起文字的凿子，一下一下破除表面的冰壳，将这些裹挟着坚忍、痛楚、牺牲的生活开采出来，让读者看到他们安静无闻的身影，如何在大漠中留下生命的轨迹。”[①] 这种记录式的书写方式、

① 董夏青青：《激扬军旅文艺新风采》，载《解放军报·长征副刊》，2019年第4528期。

坚定将自己所见所闻展现出来的创作态度、片段式群像化的叙事模式，让她的小说被赋予了更为具体生动的面貌，实现了真实性的复归。

《在阿吾斯奇》因获得第八届鲁迅文学奖（短篇小说奖）而广受关注，描写的是驻守在中国新疆五千七百多公里边防线上解放军官兵的真实生活。这部小说的牺牲主题是通过转移烈士遗骸的事件引入的。“云霭封锁了雪峰之间偶尔显露的天际远景，阴冷彻骨的北风越刮越大”[①]，小说开篇就渲染了阴云密布、寒风萧瑟的边疆环境，直入主体事件：抢在暴雨之前捡拾骨殖装箱，将烈士遗骸转移回家。在大多数军旅题材的小说中，捡拾遗骸的情节往往一笔带过，但董夏青青却将其作为主体事件加以叙述和拓展，对于牺牲主题做了更完备、深刻的阐释。

完成任务返回连队后，战士们谈起关于烈士遗骸的故事，展开了主体事件的外延部分。通过口耳相传和日常对话，展现了边防基层官兵的另一种牺牲与奉献：“一个北京来的同志，七十年代到的克拉玛依市人武部，有段时间就在我们这儿的牧区支农。当时这边和苏联经常有矛盾，为了边界的事扯皮、闹人命。他了解情况以后说，等我死了就把我的骨灰埋到争议区去，以后划定国界，再把我圈进来。”[②] 戍边官兵作为一种特殊职业，责任就是用生命承担国家兴亡和民族命运，他们生前的任务是用身体抵御外敌、守卫国土边境，牺牲后也希望用灵魂延续镇守边疆的使命，坚守在自己的岗位上，“（他）临走之前再次给家人交代，说务必把他埋在阿吾斯奇的双湖边上。这样国家可以拿他的墓作为一个方位物，作为边防斗争的一个证据”[③]，甚至所有基层官兵都在暗暗规划着自己的身体归宿于哪一段边界线，这种不约而同的情感流露，在中国一直奉行“逝者安息”“入土为安”的传统背景下，更加打动人心。董夏青青并未在这段“转移遗骸”的情节中注入过多的主观表达，极少看到其情绪直露，这种刻意对情感的克制，目的在于呈现真实的典型环境，给读者以强烈的冲击，从而自己生发更多的感悟。

“在二十一世纪的今天，生活现实远比小说还要陆离、生活荒诞远远超出小说荒诞的时代，作家为何创作、如何创作？这是作家必须追问和思索的当代性课题。”[④] 在和平年代中，革命战争的炮火连天、硝烟弥漫已经愈发遥远，战士们英勇就义、以身殉国也已经不是常态，于是作家们开始在日常生活中寻找小说的土壤。跳脱出传统宏大英雄叙事的樊篱，董夏青青从更加个人化的角度切入，利用群像化碎片式的叙述方式，记录部队中每一

① 董夏青青:《在阿吾斯奇》，载《人民文学》，2019 年第 8 期。

② 董夏青青:《激扬军旅文艺新风采》，2019 年第 4528 期。

③ 同上。

④ 张丽军:《新世纪乡土中国现代性蜕变的痛苦灵魂——论梁鸿的〈中国在梁庄〉和〈出梁庄记〉》，载《文学评论》，2016 年第 3 期。

个军人的真实生活细节。她的小说不是突出某个典型英雄，而是书写个体生命在群体里的付出和奉献，进而展现一支英雄式的部队，歌唱一曲平缓低声的英雄颂歌。

相较于直面军事冲突的英勇就义、壮烈牺牲，其实当代边防军人在日常生活中一点一滴的奉献、在艰苦环境下身心健康的消耗，更是另一种形式的牺牲。寒冷潮湿的自然气候、崎岖险峻的地理环境以及艰难困苦的工作任务，都在潜移默化地消磨着他们的心性、消耗着身体和精神健康。小说多处描写阴寒冷冽的北疆环境："雷声滚过，空气里潮乎乎的土腥味刺鼻"；"北疆山上潮湿阴冷，棉被盖在身上又潮又重"[①]，让战士们难以呼吸到新鲜空气、在温暖的环境里得到安稳的休息。除此之外，边疆常有毒虫草蜢出没："草丛里有一种叫草瘪子的虫，专把脑袋钻进人的肉里吸血"[②]，比如弟弟身上经常有各种各样的伤："腿上被咬的那一块开始红肿溃烂，到团部卫生队处理了伤口，又打了很多天消炎针才见好。"[③]生活粗粝困厄和无法预知的危险都在朝夕渐染中打击了精神状态、威胁到生命健康。

同时，战士们的日常训练和任务也危险重重。哥哥在国际比武选拔考核中，先后经历饥饿困顿、迷路断联、暴雨洪水，背着物资走了几百里山路，"每个人脚上的陆战靴都磨烂了"[④]，好不容易找到了直升机，盲降时伞刀却撞破了他的下巴，另一名同伴摔折了一条腿；由于冬天的阿吾斯奇积雪厚重，连队常需要委派拖拉机来运烧锅炉的煤渣子，弟弟在开着皮卡给拖拉机运送汽油的过程中，与迎面而来的大半挂车相撞，当时就被砌在路边的雪堆埋住了，至今仍躺在医院的病床上。对于这些巨大的精神起伏和生命消耗，他们仍旧坚守在自己的岗位上，只感觉到知足和感恩："至少还活着，至少将来睁开眼是躺在一张干干净净的病床上。"[⑤]这些隐匿于日常状态中的奉献和牺牲，与战场上的抛头颅、洒热血的牺牲同样可敬，同等可贵。

董夏青青的碎片式叙事，不再注重故事的历史背景和情节线索，时常旁逸斜出，朝着各个方向开拓出去，整体来说，这种书写更能体察普通的灵魂的真实样貌。《在阿吾斯奇》中，她在叙述"转移遗骸"和"官兵对话"两个主要部分外，还穿插了弟弟从军前的故事。从小说文本中可知，兄弟二人家境并不富裕，弟弟受资助前往少林寺拜师习武，甚至曾在俄罗斯国际军乐节上受到普京接待。在同伴们都开始寻求未来更好的出路时，弟弟也在思考自己应该去曼哈顿华人街做私人武术教练，还是去德国巴伐利亚

① 董夏青青：《激扬军旅文艺新风采》。
② 同上。
③ 同上。
④ 同上。
⑤ 同上。

支教，但此时在南疆部队当班长的哥哥回信“希望小弟参军，为家庭争得荣誉”[①]，三个月后弟弟入伍进疆，后被调往阿吾斯奇。基层官兵们大多出身于普通的百姓家庭，他们拥有平凡人的血肉，面对伤痛和死亡也会胆怯，这些特点让他们的牺牲更为可贵。董夏青青在谈及创作《在阿吾斯奇》的经历时，提到了在部队采访的那些青年人：“他们出生于平凡家庭，默默无闻度过童年和少年时期，但他们期望用自己的努力为自己的姓氏做些建设性的、正面的价值贡献……当他们一次次面对死亡，心中的愿景依然是在这条路上走下去，明珠会交到我手上。”[②]董夏青青的创作极具客观性，其书写中对真实和细节的执着消解了主观性倾向，使军旅题材小说重新靠近战争、死亡等重大问题，在回归军人真实的个体生存状态的前提下，强化了基层官兵面对牺牲的奉献意识，将爱国主义和英雄主义共同融入部队小说精神中。

二

军人的牺牲一般呈现出两种样貌：一类是《在阿吾斯奇》中体现的基层官兵们被艰苦环境不断消耗着健康、在意外事故中承担着牺牲的风险；另一类是《冻土观测段》中戍边部队在敌我冲突中的壮烈牺牲。

《冻土观测段》脱胎自董夏青青深入一线的采访与报道，直面祖国边境线上正在发生的守土之争。中心人物许元屹和主要叙述者排长分别牵引着两条线索，交织出不同时间点的同一事件，许元屹的壮烈牺牲暗示着军事冲突的激烈和残酷，而整理战场的冲击和不断接触到的死亡又让生者备受折磨，生与死紧密地结合在一起。

董夏青青首先通过几双不同的眼睛看到同一动作细节的描写，展现出人类求生的本能和对尸体的惧怕。我方中士清查战场时，在洞穴里发现了敌方的两名幸存士兵，但轻伤者由于恐惧死亡“坚持不让同伴趴在自己后背上，不肯与这个人头挨头”[③]，重伤者死亡后“生命尽管一滴不剩，仍旧半睁的双眼还被什么驱策，紧盯外面的世界”[④]。人性本质对死亡的恐惧，将昔日战友同伴异化为陌生的他者，也将热切的血液变得冷漠，死亡夺走了死者的生命体征，也摧毁了生者的精神信念。由此，死亡的恐惧难以克服，牺牲对于个体来说并不容易，义无反顾地付出生命、主动自觉地选择牺牲就显得更加珍贵。

---

① 董夏青青:《激扬军旅文艺新风采》。

② 董夏青青:《〈在阿吾斯奇〉创作谈：我们的姓氏》，载《小说月报》，2019 年第 10 期。

③ 董夏青青:《冻土观测段》，百花文艺出版社 2022 年版，第 9 页。

④ 同上，第 11 页。

那日的军事斗争异常艰险，战士们九死一生："过河时水没过腰，全身抖得牙齿磕碰，眼泪迸溅；攀爬和振臂呼喊时，缺氧的哽窒、眩晕；从山坡上方滚落的或被投下的石块击中的身体压伤他左臂；他摘下镜片碎裂的眼镜框，咬住一条镜腿，背过身挡住跪坐在地上呻吟的战士，伸手捂住战士流血的后颈窝；不断缩紧的包围圈里，四周狂热刺耳的叫喊声扫掠内脏……"[①] 许元屹就是在这样的局势下毅然选择冲上去反击，后来从山上掉进河里牺牲了。挖掘机打捞他尸体的场面实在惨烈："一个人头脸朝下，四分之三的身体陷在水浪里不受控制地摆动和摇曳。融雪后冲下峭岩的洪水力道很大。这样一具躯体，卡在河道里是不现实的。"[②] 董夏青青采用细致的场面描写，一方面展现边境军事冲突的激烈和残酷，另一方面也凸显许元屹不惜牺牲的代价、主动选择迎难而上的精神的宝贵。

牺牲并不意味着结束，生者依旧要继续坚守在边疆，他们一边直面自己的死亡，一边生活在战友牺牲的余震中。受到许元屹保护，劫后余生的上等兵在接受干预治疗的时候不住地说着"对不起"，仿佛陷入了闭塞的困境；营长得知许元屹死讯后把帽子从头上拉盖住眼睛，泣不成声，夜晚独自蹲在河边对着层层卷卷的海浪为兄弟鸣不平："元屹，有的人流血牺牲，有的人贪图安逸，有的人蝇营狗苟，好像仗是他们打的，长城都他妈是他修的。我要是不操练这些人，就是对不起一线，对不起你。"[③] 发誓这辈子不抽烟的指导员在许元屹牺牲后时常嘴上含着一根烟，衣袖右臂的位置一直写着"许元屹"三个字；知晓许元屹的死讯，父亲什么话也没说，只是把每块墓碑都看了一遍，风沙却刮得他眼眶通红……似乎每个人都在痛苦中不断地练习接受死亡，这个疗愈的过程，实质上是拷问和确认牺牲的价值的过程。"国家的边界就是它的轮廓。我们在这里，是因为我们所有人都希望这个轮廓不要改变，要一直像我们心里记得的，还有那些死去的战友记得的，这个地方最好的样子。"[④] 保卫国家的边境线，是戍边军人的责任，尤其是在异常艰难的自然条件下，这就要求边防官兵必须有足够的自我牺牲精神。牺牲，即具体的人为国家安全和利益，选择自觉的死亡。在这个意义上，许元屹才能坚定地在遗书中留下那句："我只是死去，请为我自豪。"[⑤]

董夏青青通过她熟悉的群像式叙事，在多人的回忆碎片里让英雄许元屹的面目逐步清晰。正如她接受采访时提及的："我笔下的绝大部分人物都是籍籍无名的平凡之辈，他们在有限的军人职业生涯和个人生活方面，璀

① 董夏青青：《冻土观测段》，第 14 页。

② 董夏青青：《冻土观测段》，百花文艺出版社 2022 年版，第 9 页。

③ 同上，第 24 页。

④ 同上，第 84 页。

⑤ 同上，第 61 页。

璨夺目的时刻屈指可数……相较之下，我放弃了讲述一个相对完整、圆满的故事的企图心，而希求能将一个人一生中最有‘典型性’的时分刻录下来，让一个瞬间无限延长。”[1] 董夏青青颠覆了宏大的军旅叙事中凸显一个典型英雄的创作方式，其书写的是整个英雄部队而非个体，许元屹只是典型群体中的一个代表。她笔下的英雄并非高大伟岸的形象，而是普通老百姓家的孩子，他们或者面临着生活的窘迫、物质的匮乏，或者平日也对疾病伤痛感到惧怕，所以许元屹的母亲才会在最后问出那句“我儿子最后的表现是不是勇敢？我儿子，他是英雄吗？”[2] 正是因为本能对流血牺牲有害怕、对家庭情感有留恋，却仍旧选择身先士卒、为保卫祖国而牺牲才显得尤为珍贵。

从无数平静的块状叙述中，我们可以窥见董夏青青搭建的高度理性的情感世界，部队官兵们胸怀信仰，但对自己的选择没有过高的判断，甚至也从不认为自己是有功的人。她的小说就是从这些人的认识和目光出发，还原而非主观拔高基层战士的生命轨迹，用最大限度的冷静去处理很可能被传奇化的素材，以至于他们被看到的时候，读者能身临其境感受到巨大的情感冲击。

三

新世纪以降，走在强军道路上的中华民族为军旅题材小说的发展提供了新的土壤，部队作家们也致力于突破前代创作、不断开拓出新质，从日常生活的角度书写个体生存状态和生命轨迹。董夏青青在《冻土观测段》创作谈中提及自己的创作目的：“我更加深刻地意识到，只有不断抵近备战打仗的前沿和军旅生活的现场，才会对强军兴军的伟大征程有更加真切的认识与把握，才能描摹塑造好新时代军人的精神风貌和崭新形象，从而展现出和平年代的军人对崇高理想的执着坚守和对英雄精神的赓续传承。”[3] 她以小说的方式建构了军旅生活的质地和肌理，塑造出一批有血有肉的平民英雄，书写了新时代强军故事，为之后的部队题材创作提供了优秀范例。

论及创作的其他可能性，我认为正如《冻土观测段》中说到这场冲突最大的特点是：“所有战斗手段，都比战斗还古老。”[4] 和平年代的军事斗争并未使用现代化热兵器，新时期更多采用高科技手段的较量，董夏青青目前

① 董夏青青：《渴望写出当下军旅生活的质地与肌理》，载《解放军文艺》，2022 年第 3 期。

② 董夏青青：《冻土观测段》，第 37 页。

③ 董夏青青：《冻土其实是热土——关于董夏青青短篇小说《冻土观测段》的笔谈》，载《解放军报·长征副刊》，2021 年第 12 期。

④ 董夏青青：《冻土观测段》，第 73 页。

还并未涉及这方面叙述，这也为她接下来的小说探索提供了更多思路。同时，非虚构写作给其军旅小说带来真实性、客观性的基础上，很难避免创作审美性、文学性弱化的倾向，新生代军旅作家应在客观的创作态度下，在文学作品中注入更深厚的美学意蕴。

（王楠：北京第二外国语学院文化与传播学院中国现当代文学专业2021级研究生）

阅尽山长水阔　静守凉月满天

——凉月满天创作论

刘世芬

摘　要：凉月满天是一名中学教师，倘若没有曾经的嗓音变故，她至今仍会固守一方讲台，默默耕耘，授业解惑。是否写作肯定就是另一种人生可能了。正是由于过度用嗓之后的一次失声，使她离开讲台，成为学校的边缘人员。而这又恰恰为她打开了一扇阅读与写作的大门。二十年间创作了大量美文作品，迄今已出版个人作品四十余部，主编、编著近三十种图书。凉月满天的创作从体裁上属于大散文范畴，内容上则可分为两大类型：心灵美文和历史人物。她的文字浅白如溪，思想却厚重深邃，淡远深凝，惯于从平凡身边事透射人生。抛开才情与坚执，正是不矫饰、不训诫的行文风格，令读者久久追随。

关键词：凉月满天；河北正定；教育教学；阅读写作；人生美文

河北女作家凉月满天的写作，低调又潜行，从未刻意铺排，更无乔张做致，而是润物无声，悄悄成长，在读者心中投下一片“凉月”清影。

二十世纪七十年代初，凉月满天出生于河北正定一个普通的小村庄，如若试图在那个村庄寻找她的“家学渊源”，势必无功而返：父母就是那一时期的纯正农民，家族里既无令人羡慕的知识分子，更无社会中的翘楚人物，所在乡野也无闪耀的历史巨擘，成长环境更无任何文学晕染。不仅如此，她记事时，典型的北方式贫困的影子并未远去。家里一无藏书，二无笔墨，目力所及，只有镐头、棉花、小麦、猪圈、鸡鸭、蓝天、白云……就在这淳朴的底色上，孱弱的基础教育却强势地作用于她：课本里为数不多的古诗词、课文里绝美的语句，顿然打开一个新世界，一时间，汉字的排列组合营造出的美令她目眩神迷，尚不能彻底了解其中的确切含义，她已在美的感觉中几近窒息。至今，她印象最深的就是在自家小院里，家人正张罗着下地耕种，她的手里拿着个肉包子站在猪圈边，小脑袋里反复播放的是什么呢？——春花秋月何时了，往事知多少……

就这样，一个周身沾着草屑的柴火妞，被命运之神播下一颗神圣的文学种子。拂时代之风，沐天地之雨，文学梦，就在这座散发着土腥味的农家院里破土了。

两扇门

古诗词最“蛊”人。凉月满天从诸多的古诗词里体验着最原始的文学冲击，开始疯狂地阅读。小小的她已经开始把读书当作享受了，金戈、铁马、春花、秋月……小脑海里构筑的一幅幅场景在无声的文字里展开。读初中的时候，一本破烂的纸书传到她手中，破烂到难以捧持。那是说书人的《杨家将》脚本，她捧着这堆烂纸，如获至宝，大人们在院里闲话，她躲到小屋在烂纸堆里如痴如醉。

师范毕业后顺理成章地走上讲台，1991—2001年的十年间，基本上以教书、读书为命。正当她沉浸在教书、读书之乐中，命运却突然转向——她的嗓子坏掉了。

她为同事代课，加上自己的课，一天讲了十二节，年轻的她哪懂科学用嗓，到最后一节课，再也不能发声，一片惊悸中，不得不走下讲台。

那个时代的师范生，教书才是安身立命啊！望台兴叹，如何是好？强烈的失落险些把她击垮，学校安排她去了图书馆。讲台上的那种惯性被猛地刹车，极大的落差就像天塌下来。图书馆里那些不用讲课的老师，交流是无障碍的，而凉月满天在同事之中犹如一台沉默的机器，在校园里走着，身后几个新调进的老师窃窃私语：“你说，前面那个人是个哑巴吧？”

当“哑巴”的时间大概有两三年。日常交流全靠用手比画，后来她自嘲无意间学会了哑语。至今，说话稍多时，声带那里就像有一个刀片往下拉，为了避免疼痛，只能不说话、少说话。

初到图书馆，她把感兴趣的书全部找来。那时的标志性阅读事件就是线装本《阅微草堂笔记》，读到精彩的地方竟忘记这是公书，兴奋地在上面忘情勾画。而那些书，久无人读，仿佛专门在等她。逐字啃下那套《阅微草堂笔记》，以及诸多厚厚薄薄的古籍，后来凉月满天写作时的古文功力就可想而知了。正因如此，时至今日，相对于“作家”，凉月满天更喜欢被称为“读书人”。

冥冥之中的一只巨手，訇然推开写作之门：你不是喜欢读书吗？我就给你一个机会，让你尽情去读、去写！

是否应该感谢这次嗓子重疾，让这个世界多出一位优秀作家？

除了《阅微草堂笔记》，那一时期，凉月满天读的另一个大部头就是普鲁斯特《追忆似水年华》。那么厚的书，逐字读下去，她说："你要是沉不下心去读，不可能感觉到它的美。"就这样，阅读成为那条垂到井底的绳子，她攀着这条绳子一步步爬出井来。日复一日地编蒲辑柳，为写作做了充足的阅读准备：文学、哲学、历史、佛学、禅思，即使西方哲学家论语言文字的那些相当于论文集的枯燥书籍，她都逐字抠下来，感觉遍纸珠玑，醍醐灌顶。

这么读着的时候，写作不请自来。

网络无形中改变了一个人的人生轨迹。2002 年前后，凉月满天有了自己的 QQ 号，恰好这时有一个亲戚出国，临行前把一台旧电脑留给了她。这可成为大事件，从此每天晚上泡网，不少在网上认识的朋友仅从聊天中惊讶于她文笔的灵动，纷纷鼓励她写作，并为她推荐了当时的热门网站——榕树下。

茨威格说："一个人最大的幸福莫过于在人生的中途，富有创造力的壮年，发现自己此生的使命。"[①] 在"使命"这件事上，凉月满天形容为"入魔"。文字仿佛镀了金，一种非凡的魔力。多少个夜半，猛然间冒出的灵感火花，让她蹭地一下爬起来跑到书房打开电脑，把零散的"念头"记下来；有时候开着车就走神了：路边风吹杨柳，落叶飘萧，想着这样的景象如何描写……经历了极其危险的几次，后来她轻易不再开车。

凉月满天出版的第一本书是《红楼的草根儿们》。还是榕树下，一天，她在后台看到一条出版社编辑给她的留言，这位编辑关注她不止一天了，编辑给她确定了一个红楼草根的选题，而这个主题偏偏又是凉月满天特别喜欢的。她在两个月内完成了十六七万字的书稿，于 2007 年出版。从 2002 年起，近五年的时间内，凉月满天从籍籍无名，到一朝成名天下知。如果说《现代妇女》的文章标志着发表的井喷，那么《红楼的草根们》出版则迎来了她出版的火山爆发，并成为凉月满天写作道路上的里程碑事件。从此，她的出版势如破竹，几年之间就成为传说中的"著作等身"——至今，凉月满天已经出版个人作品四十余部，主编、编著近三十种图书。2013 年至 2019 年，是凉月满天的出版高峰期，仅 2013 年就有六部作品出版：《看淡，活出人生大格局》（武汉出版社，2013 年 1 月）；主编《纪连海点评三国志》（漓江出版社，2013 年 3 月）；《旧食光》（中国华侨出版社，2013 年 7 月）；《逆风飞翔》（吉林美术出版社，2013 年 12 月）；《来不及好好告别：三毛传》（湖南人民出版社，2013 年 12 月）；《美人如诗：林徽因传》（湖南人民出版社，2013 年 12 月），后两部传记分别于三年后再版。其他年份都有三到五部书出版，并渐渐成为再版、获奖专业户。如此出版量、影响力，

① ［奥地利］茨威格：《人类的群星闪耀时》，三联书店出版社 2016 年版，第 14-15 页。

用“井喷”形容绝无违和。

总揽凉月满天在二十年间的写作，从体裁上属于大散文范畴，用时下的热门说法即为“非虚构”；从内容划分，则大致分为两大类型：心灵美文和历史人物。

此“汤”味绝

有一段时间，人们对“心灵鸡汤”颇多诟病。当然那是指空洞无物、无病呻吟、矫情做作的所谓“鸡汤文”了。到了凉月满天这里，必须为“鸡汤”正名，因为如果把她的这类文章与那些空洞无物凌空蹈虚者等同，就大错特错了。她“炖”这碗鸡汤的时间足够长，一个人能够几十年如一日“炖”此不疲，捧出一碗碗味道鲜美、营养丰富的鸡汤，实属不易。

凉月满天写作二十余年，最多的作品就是这类心灵美文。文字浅白如溪，思想厚重深邃，淡远深凝，惯于从平凡身边事透射人生。这类心灵鸡汤还可以再细分为生活美文类、哲思感悟类、情感导航类。《在时光逗号处静候佳期》（江苏凤凰文艺出版社，2017 年 7 月），《我为我的心》（文心出版社，2018 年 7 月），《红楼的草根儿们》（新世界出版社，2007 年 9 月），《面对生活，请拈花微笑》（山东人民出版社，2012 年 9 月），《心无所待，随遇而安》（中国经济出版社，2012 年 10 月），《一床明月半床书》（花山文艺出版社，2014 年 1 月），《谁不想被世界温柔相待》（黑龙江教育出版社，2014 年 5 月），《小窗自纪：精装典藏本》（万卷出版公司，2015 年 8 月），《世界开满孤独的花》（新世界出版社，2016 年 12 月）属于生活美文类；有些作品充满生活智慧和职场启迪，如《走自己的路，让西瓜去说吧》（华东师范大学出版社，2009 年 4 月），《有一种智慧叫放下》（金城出版社，2009 年 6 月），《你可以有主见，但不能固执己见》（中国电影出版社，2018 年 9 月），《将来的你，一定会感谢现在不设限的自己》（北京理工大学出版社，2016 年 6 月），《我没有草原，但我有过一匹马》（哈尔滨出版社，2016 年 1 月），《思想像花儿一样开放》（外语教学与研究出版社，2015 年 8 月）都属于哲思感悟类；作为知识女性，凉月满天的作品中还有一类是留给情感的：《我是你的如花美眷》（哈尔滨出版社，2011 年 5 月），《女人一生的美妙螺旋》（成都时代出版社，2016 年 9 月），《这段感情只对你我有意义》（清华大学出版社，2014 年 1 月），为女性发声，为情感导航。这一部分情感美文展现了作者本人最为鲜活、野性和真挚的情感世界，将这个世界上的两性关系抽丝剥茧，水落石出，这也让她不仅在女性中大量圈粉，男性世界中拥趸众多。

四十多岁的时候，凉月满天经过了一次婚变，她被打伤腰椎躺在医院里。那一时期，父亲半瘫，母亲心脏病，女儿尚幼……仿佛天塌了下来，偌大世界没有一个人可以依靠。躺在病床上的她，惦记着林徽因传记写作，截稿日期已定，她从不拖稿，硬是躺在病床抱着笔记本电脑，完成了《林徽因传》。

对于这个世界的善，她永世铭记；对于这个世界的恶，也不会去表演自己的宽宏大量。天命之年的凉月满天承受过恩情，也经历了背叛，连婚变都没能打倒她，《林徽因传》的写作就自然地带进了自己那一时刻的生命体验。倘若凉月满天端给读者的这碗“汤”毫无营养，出版社决不会傻傻地为她频繁出版——读者喜爱她这碗“鸡汤”。她的“汤”里盛满文学的、哲学的、历史的慰藉和激励，年轻一代和学生的热捧，已说明一切。

活得焦虑不安，已是这个时代大众的普通症候，当人们在滚滚红尘中日益沦陷，凉月满天的“鸡汤”的治愈作用也日益显现。蕴藉儒雅的文字意境高远，深涵若海，并充满含英咀华般的自我观照。她的文章素材众多，包罗丰富，但铺排有致，收放自如，读来如在一处从未名世的胜境探索，引人叫妙不绝，叹不虚此行。

在心灵鸡汤写作的同时，特别是在浩如烟海的阅读中，凉月满天从古典文化的熏染中，嗅到草木的香气以及日常食物的古典含义。于是她的美文还有一部分给了花草美食：《古诗词里的草木香》（万卷出版社，2020 年 8 月），《鲜味：正是人间好食节》（北京时代华文书局，2015 年 1 月），《旧食光》（中国华侨出版社，2013 年 3 月）等。

《古诗词里的草木香》是一部从花草中引申出人生哲理的美文集，书中拣择五十余种草木、二百余篇诗词，并附以精美本草彩绘图絮唯美成篇，开启了一段现代人与草木相遇的旅程。以《薤上露，何易晞》为例，知识性、趣味性以及视觉效果绝美呈现：“薤”其实就是野蒜，但这样一个生僻的学名被她写出了无尽的香鲜，参出别样的人生感悟；《鲜味：正是人间好食节》是一部将诗词和饮食文化相结合的随笔集，不仅有琳琅满目的食材，更有诗词、史料，有探秘、玩味，有莼菜、薤菜等多见于古代作品中，却未被当代人们熟识的食材，有先民五谷的祭祀信仰以及流传中的演变，有文人士大夫或是贩夫走卒所喜爱的酒食。本书具备诗词与美食的双重味道，从古代食物中穿插故事、典故，结合当下生活，书写人们与草木的相遇与相知，抒发怀古幽思，彰显古典文化之美；《旧食光》则以温暖的食物讲述温情的故事，通过一餐餐简单的饭食引申出生活里发生的平凡却充满乐趣的故事，朴实而温暖，更由此引出所赋予的生活哲理。

这一时期，凉月满天辞藻华丽，语言优美，所呈现的文学世界姹紫嫣红，旖旎多姿。表面上看她在写花草美食，其实花草美食只是载体，“载”来了人生诸味。值得一提的还有凉月满天的语言特点。她的语言多为小段、短句，短而明晰，简约饱满，俏敏成趣，意绪婆娑。《读者·原创版》主编张笑阳评点凉月满天的文字，“短的句式、对话，细节的铺陈，细致入微又带着悲悯的人世观察”。中国社会科学院研究所副研究员吴子林则说，凉月满天的作品“好就好在不让人觉得它们是文章，在那里难寻着技巧”。凭文字掀动读者的情感，使你如醉如痴，而她自己屹如高山，冷眼泰然……抛开才情与坚执，正是不矫饰、不训诫的风格，令人激赏。

绿窗明月在　青史古人空

生命进入不惑，美文写作近十年之后，仿佛狂风落尽深红色，凉月满天渐渐从华丽中沉淀出一个个重磅人物传记。自 2013 年至今，先后有三毛、杨绛、林徽因、陆小曼、苏东坡、李白、杜甫、纳兰性德以及三国等一大批闪耀在历史上的鲜艳夺目的人物走到凉月满天的笔下。

女性人物葳蕤婀娜，璀璨夺目。凉月满天笔下最斑斓的女性人物当属林徽因了——《美人如诗——林徽因传》。林徽因的传记车载斗量，但凉月满天笔下的林徽因融入了自己独特的生命体验，由于这部书是她躺在病床上写就，关于女人，关于才华，关于美貌，关于婚姻，关于爱情……就有了草叶露珠般的生动真切，以及一种慑人的力量，为这个世界因情所困、因情所乱的人们开出一帖清凉的药方;《来不及好好告别：三毛传》更是受到众多追捧，一个陌生女子在网络里留下读后感：“喜欢凉月满天的文字，不是一天两天了……她的文字里飘出来的，真是如她的名字，凉月满天，银光满地，清凉无比，直沁心脾。”这位女读者还把凉月满天的文字比作最好的“美容剂”，是“无法舍弃的心灵鸡汤”，陪伴自己度过了许多欢乐或阴郁的时光；民国名媛陆小曼一直热度不衰，《陆小曼：悄悄是别离的笙箫》绽放了作者一贯的冷凝蕴藉，将陆小曼传奇而悲情的一生一一铺展，与之相关的人物林徽因、徐志摩、王庚、翁瑞午，在彼此之间的情爱纠缠中，展现了一代名媛的任性一生。当然，对于凉月满天，命运奇诡，并非个人所能掌控。但这两个女人却在冥冥中惺惺相惜，不约而同地践行着杨绛对诗人兰德的译介：我和谁都不争，和谁争我都不屑；我爱大自然，其次是艺术。

凉月满天与这些杰出的女性人物，虽生活年代不同，经历各异，却彼此心性相通，心魂相映，仿佛五百年前她们就已神交。她们来到凉月满天笔下，多了一个后世懂她们的人。在这个世界上，懂是多么珍贵，某些时候，懂要远远高于爱。一个人懂你必定爱你，反之，一个人说他爱你，未必懂你。这些奇女子栖落凉月满天的笔端，立即建立起一条懂的通道，相知相惜，端的是知己。

凉月满天笔下的男性人物尤以“三国牛人三部曲”备受瞩目。“三国牛人三部曲”以一支轻灵之笔抒写凝重灵动的三国文化流脉。《司马懿：一个能忍的牛人》（辽宁人民出版社，2018 年 8 月），《诸葛亮：一个能算的牛人》（辽宁人民出版社，2019 年 1 月），《曹操：一个能变的牛人》（现代出版社，2019 年 4 月），三部书很好看、很耐看。纸页里尽是千年前汹涌翻卷的历史风烟，“穿梭”其间，时而生出一种别样的况味以及时空流变的恍惚。

江河汪洋，星空浩瀚，曾经有一段历史行经秦汉，如许宽阔，却遭遇巨石峡谷，奔腾成激荡的浊流，这就是“天下大势，合久必分”出来的波澜气象：三国。华夏大地漫长的历史演变中，三国群雄纷争，一个华丽暗黑的时代。虽存活了短短数十年，三国时期却对整个中国历史影响深远，波谲云诡的事件，澎湃壮阔的背景，眼花缭乱的命运，它们组成一幅色彩斑斓的投影，投射在中国历史的幕布上，吸引着一代又一代中国人去探究去研磨。

司马懿、诸葛亮、曹操，各有千秋，各司其职，又恩怨勾连，死生与共。无论现实中，还是文学作品里，这三位都被后人津津乐道，口口相传。当然，他们来到凉月满天笔下，周身就打上特殊的烙印，诸葛亮长髯羽扇、气度淡然，司马懿沉默隐忍、工于心计，曹操腹黑善变却又王者荣耀……凉月满天是个尺牍高手，她抛却了约定俗成中的历史脸谱，倾筐倒箧，又剀切中理，赋予三人多面和矛盾的个性，再加上历史的难言与无奈，形成丰满立体的“这一个”。看得出，凉月满天尤其对诸葛亮钟爱有加，称他“有热血冲锋，有阴谋阳谋，有人头滚滚，有热泪纷纷”。[①] 他内藏颖慧，智高慧深，明明可以给自己经营广厦万间，蓄美妾无数，珍宝古玩堆积如山，享尽人间荣华富贵，但他却活着寒俭、死时寒酸；他甚至放着自己的儿子不管，去管别人的儿子，给别人的儿子打工，把职业干成了事业，倒在职场。拼尽一生，为别人做嫁衣裳。在作者眼里，诸葛亮有资格成为一个完人。

凉月满天说自己每写一个历史上曾经真实而鲜活生活过的人物，总觉得替他们又重新活过一遍。她不为他们辩解，也不把他们打倒或推向神坛，仅仅是从历史的纵横经纬中，挑线绣织出“这一个”。

为了写好这些历史人物，凉月满天阅读《后汉书》《三国志》《晋书》《资治通鉴》等大部头，在浩如烟海的史籍中披卷破帙，遐思翩跹，思接千古，以古剀今，使人物卓然昂立，浮现在历史的幕布上。这期间，凉月满天整个人得到生命的沉淀，摒弃了浮华，无论人生还是文字，静冷，俏敏，端丽多姿，但简约凌透，情感丰沛。你在她身上找不到一丝矫情和造作，相反，她的人特别是文字处处透着冷飕飕，稳准狠，甚至一副“恶狠狠”——恶狠狠地屏退纷扰、攘往，独留一份清静、安宁，用来侍弄她的文学。

① 凉月满天：《诸葛亮：一个能算的牛人》，辽宁人民出版社 2019 年版，第 1 页。

作为教育部“十一五”规划课题组专家，凉月满天多次参与主编或编著诸多项目：“语文热点”“经典阅读”“青春读本”等中小学生课外读物近三十部。至今，谈到出版书目的精确数字，她甚至一脸懵懂。一个连自己的出版量都说不清楚的人，可见时间、心力的方向：寸阴尺璧中，成就了“著作等身”。

其实，“著作等身”用于凉月满天何其流俗，她本人也毫不在意。一直以来的低调行事，让她的文学成就远远被低估。这种态势一如她的“凉氏”腔调，无论为文为人，凉，是基础体温。说凉，千万别忽略她对文学的“热”，这种“热”是用“凉”呈现的，这时，“凉”也成为“热”的表现形式，成为她的作品和整个人的忠实写照。感受了人生里那份难以逃脱的灰暗、粗鄙、悲哀，凉月满天让自己轻坐莲上，指尖微凉。她的微信头像是一朵莲花，朋友圈背景仿佛贾宝玉决绝而去的背影，白茫茫一片中，隐约出一个人的行事规则和生命志趣。

进入 2022 年，网络上流行一段话：不要跟善于独处的人诉说繁华。每一颗善于独处的灵魂都是从人声鼎沸里拼命冲到了现在自己的一片净土。这段话仿佛为凉月满天量身定制。有些人被财富撕烂了，向欲望投降了，坐拥四十余部作品的凉月满天，正值创作的盛年，胸中块垒已化作天边彩虹。走过千山万水，依然用她的文字，为生命割一个出口，将那些人生的郁积酿成肥料，涵育一朵孤绝的花。作为读者，我们没有理由不对她的“下一部”充满期待。

（刘世芬：石家庄市文艺评论家协会副主席）

长河长：人性与水的合唱

——翟妍长篇小说《长河长》印象

杜　波

摘　要:《长河长》是一部女性之书，命运之书。是紧紧围绕中国共产党成立一百周年而书写的，一个具有独特东北气质的女人近百年的人生历程，真切地感受到那段历史脉搏的浑厚有力，折射出中国近代百年的甘苦，记录着这片黑土地上每个生命与祖国、民族共命运的坚守与沧桑。通过王玉娥对待爱情、婚姻、命运的态度诠释了一个平凡而伟大的女性的人生观、价值观和世界观。这是一个人摸爬滚打养儿育女含辛茹苦的一生，也是一个家族你争我夺互相扶持的百年，更是一个村庄风云变幻，雾霾丛生的历史。主人公经历了战争、瘟疫、干旱、社会变迁，也经历了大时代背景下被急遽放大的个人和家族恩怨。小说写大事件又写小人物，到处充斥着幽暗，光亮的人性与命运交叉更迭之中的种种变换与其时代光华的升腾，抒写出她体验和思考世界及其发展进程的独特表达。

关键词:《长河长》；女性命运；乡土呈现；生命叙事

余秋雨曾说：“水，看似柔顺无骨，却能变得气势滚滚，波涌浪叠，无比强大；看似无色无味，却能挥洒出茫茫绿野，累累硕果，万紫千红；看似自处低下，却能蒸腾九霄，为云为雨，为虹为霞……”[①] 在我通读翟妍的长篇小说《长河长》后，深感其河水中的“水”深藏着双重意象，即主人公与霍林河对苦难的双重超越与双重感召的映射。这样的“一人一河”支撑起小说最核心的部分，而两者之间的水又是遥相呼应的，又是相互撞击而产生的共鸣，这就是意象互射的独特魅力。翟妍则立足于本土的囿限看见更大的世界，并书写出为读者带去人性价值的文本。一如莫言所说“小说只有描写人性影响才更深远”。不言而喻，《长河长》已成为翟妍的一个标

① 余秋雨:《文化苦旅》，长江文艺出版社 2014 年版，第 33 页。

志，也是她真正意义上的代表作。

《长河长》在叙事时间与叙事空间上的胶着，是一种新鲜的体验，用单一视角和理论来解析《长河长》这部长篇小说，势必会有方枘圆凿之感。《长河长》以倒叙的切入点来展现扑朔迷离的故事悬念，那断裂与切割的叙述时空，那复叠缠绕的[①]情节线索与镜像审美运用到故事架构层面，表现为现实与历史双线并行叙事，描写了在中国的北方霍林河畔王玉娥从女孩变为女人再变为奶奶近一个世纪的沧桑，显现出近百年历史中的那些鲜为人知的情感与磨砺。这段历史从故事的孩童时期、青春时代、中年及暮年的时间顺序开始讲起，让我们在翟妍的小说里完成了一次完美的穿越。这既是一个人一生经历真实的写照，也是那个家族不朽百年所融入种种沧桑的历史。所历经的种种苦难与恩恩怨怨尽在时间的长河里流淌。深刻地描绘了东北霍林河两岸近百年历史风云中的各个节点串起一系列围绕主体而展开对物象、镜像、景象、人像的描写。尤其是作者在文中展开对霍林河的描写，对人与自然的属性既有定位又有不同，那么河流的命运则成为表达人对命运的一种加持。

作家或喷涌而出的感情，或深藏潜隐的情感有着不同的指向。小说中的人性、诗性和历史性的结合，将人们的勤劳勇敢和良善坚强在感天动地中尽情交织，演绎出不屈不挠、生生不息的乐章。小说在这众多的人物之中，最具新意的或许在于小说借“我”之眼所见证的一个全新的人物形象。小说写大事件又写小人物，到处充斥着幽暗与光亮的人性。小说写曾经也写现状，时间长河中弥漫着无限的悲凉和温情。人性之殇、命运之茫、人世间的生生灭灭，有时光的混浊，更有岁月的光华，亦有人性的闪亮。值得一提的是，记录时代、描摹人物，虽是这部作品题中应有之义，却并非全部，书中通过讲述女主人公的故事，传递出作者对人生困境的态度——勇敢、坚韧、积极、从容。

我们在小说不同的章节里感受温度，翟妍的文字向来充溢着纯净、质朴、黏滞，充满了被压抑的生命冲动。不置可否，《长河长》里流淌着慈怀和悲悯与希望。因为作者对于“水”的情节与情结再鲜明不过，“我的一生，只想记住这条最美河流，她漫不经心地卧在榆村的后面，像一个年轻的女子侧卧在一块被时间风化的土地上，让那土地因她而迟迟不肯老去，一次又一次青春焕发”。命运的长河与物象的霍林河相对应，相呼应，应是主线脉络最清晰也是最重要的一部分，翟妍在写作中，凝结着她对写作意义的探索。在创作谈《了却一个心结》一文中说道：“《长河长》里有我祖母的印记，却又找不到我祖母的影子，因为这不是我一个人的老祖母，这是生活

① 翟妍：《长河长》，中国文史出版社 2021 年版，第 2 页。

在东北大地上每一个爱过恨过哭过笑过死去的和正在活着的人……”[①] 在这段话我能体验与理解的只有《长河长》中“水”的精神，那水是祖母，那水是传承，那水是万物的生命之源。

是的，水有一种奔流不息的精神，也就是坚韧与坚强的中国传统文化精神。小说在表现其苦难时以王玉娥为主线，从王玉娥和司马徽则的恋情开始，是她对美好生活的憧憬，作者把这个场景设置在漫天大雪中，显出了她要写的她的爱情的独特之处。但她的磨难也随之开始了，首先是司马徽则被张保全当壮丁抓去，在王玉娥苦等司马徽则后又被张保全当兵漏抓去，逃亡后再误入匪窝，更是差点儿成了压寨夫人，再到被周家救命后，又顶替周家的女儿嫁人，出逃后又回到了榆村。再到两年后胡德才的出现再次改变了她的生活，但命运却无法让她真正解脱，后来再遇到司马徽则的时候，已无法改变实事。再后来王玉娥又经历了瘟疫、干旱、土改运动、饥饿年代及个人与家族恩怨等磨难，她都默默承受着，并顽强地养育着五个子女，以及面对亲人的生离死别。这样一个被痛苦、仇恨和矛盾浸泡一生的女人，最后能平和终老，确实体现出王玉娥的一生就像水一般，汹涌是向前，静止也是风景。

举着火把穿过荒野，任何一种文学其实都是对记忆与经验的呈现。翟妍的创作也体现出作家之“诚”的难度，彰显出生命体验与思考力提升的共谋。让·保罗·萨特提出“存在主义是一种人道主义”。因为，生活是多元的，苦难、困顿的现实生活中也有精神依托与指向。有时读小说读的不是故事本身，而是故事所反映的生存哲学；小说的本质也不是传达苦难，而是让人思考如何在苦难的生活中寻得一丝光明。实际上，在整个小说故事流程中，更大的叙述动力并不是作为显性层面的矛盾冲突，而是隐性的心理冲突和心灵成长。“其实，每一个作家都想在文本里实现或完成自己对存在世界和生活的重新编码，诉诸文本也是借助文本，用自己的哲学，悉心地勾勒出他所发现的世界的真实图像。”[②]

很多时候，一篇好的文学作品，充满张力，充满期待，也令人怅然所失。一些情绪会化为作品的叙事基调与情怀。在等待前夫消息的那几年，王玉娥站在霍林河畔翘首期盼的身影，令后来的丈夫感动从而心生真爱。在确认前夫离世后，小说所描写王玉娥心声的是——前夫在我心中的位置谁也替代不了。而当再婚的丈夫亡命天涯，“死而复生”的前夫期待给王玉娥一份安稳的生活时，她则选择在艰难困境中养育儿女，替再婚的丈夫守住这个家，这份担当与不离不弃体现了取舍间的大义。的确，两次情感对于王玉娥来说都是深刻疼痛的。翟妍的小说从细部入手，呈现生存之痛，

① 翟妍:《翟妍创作谈：了却一个心结》，载《江南》2018 年 05 期。
② 张学昕:《生活在别处》，载《中国当代文学研究》2020 年第 4 期。

尝试对女性生存困境进行整体性的深入开掘，将女性生存环境真实还原为女性生存真相，还有她对于女性的命运洞察以及寻找自我的一种归宿来唤醒人们对于女性命运的认知而进行阐述，也反映出女性在苦难命运展示中的情义书写，挖掘出生存和理想的残忍，面对人性转向神性的悲哀。事实上，翟妍在《长河长》中的这些极具艺术感染力的情义书写，也让我们情不自禁地联想到李泽厚先生曾经强调过的所谓“情本体”[①]的理论。从根源上来说，更应该从李泽厚“情本体”的意义上来诠释翟妍的《长河长》中令人印象极其深刻的情义表达。更深入地说，这些都印证体现在司马徽则、胡德才、铁锤、宝柱、杜仲存、长庚、秀草、葛红等一众人物身上的美好情义，才能够对抗并超越苦难的命运，才能够在实现一种本体意义上的生命救赎与对抗命运的磨难之后所展现出的人性。

进入改革开放时期，王玉娥的二儿子为了发展企业，竟然破坏了霍林河的生态环境。为了挽救这条生命之河，步入老年的王玉娥立场坚定地以断绝亲情的方式与财迷心窍的二儿子进行了坚决的斗争，也足以爆满眼球，这样的大义再现人性光芒，更使得王玉娥的人物形象得以丰满。这也验证了“生活的背后，永远会有光亮”这句话。然而，在彰显人性美的同时，作者并没有回避人性里的恶，甚至对人性之恶也有淋漓尽致的表现。因为，反面角色的心理要符合情节。《长河长》中对王三五这个反面人物的描写也是成功的，在日侵时期、解放初期，还有土改时期都表现出了他对时世的理解，他把人性最丑恶的一面也展示得淋漓尽致。而王三五的晚年也是悲惨的结局，无不昭示着善恶有报的预言。

再有《长河长》在体现人性的地方还有一处不可不说，就是描写人死之后的身后事，文中写道：“锯木声响起来了，老柳先前还是圆滚滚的，现在，已经变成了板片，梁黑子看着那些板片说，这棺做好了，不光要画《二十四孝》，还要在棺头画兽面，兽面用虎头，虎头两侧立柱上写对联。上联书：一生仁善留典范；下联书：半世勤劳传嘉风。”[②]“我的被褥、寿衣，摆在枕头边上……红好，红，意味着红红火火，死去的，红红火火，活着的，更要红红火火……”[③]小说的这些细节描写体现了东北民俗对死亡的诠释，更是对“死者为大”对人性的尊重，也终究让人诠释了土地的包容与温暖。

书写人世间与大自然的交融。在《长河长》这部小说里无时无刻不渗透着人性与自然与乡土相交融的描写，比如对河流、古榆、芦苇、草原、候鸟等自然风貌，这些文字总是在不断地暗示生命的本能与自然属性，也

① 李泽厚，刘绪源：《该中国哲学登场了？》，上海译文出版社2011年版，第8页。

② 翟妍：《长河长》，第128页。

③ 同上，第129页。

掩映着人性自然纯真的描写，同时在自然景物中所产生的传统文化与民俗也在小说中有相当篇幅的描写。比如南北炕、做火盆、纳鞋底儿、悠车子、看小牌儿、欻嘎拉哈、烙土豆片、二人转等生活情趣，都是描绘得相得益彰、惟妙惟肖。更令人拍案叫绝的是对叫花子、跳大神、做寿衣、画棺材的描写，更加东北化，而且描写相当细致，说明作者在挖掘东北传统文化上下足了功夫。还有东北地域中那些鲜明的语言特色，比如坐着、斜着、叨咕、捣扯、气恼恼、灰溜溜、扑棱棱……“好的小说，就是需要创造出另一种不同于生活的别样语境、情境。唯有这种独特的语境和情境，才会凸显文本存在的诗学品质和美学价值。这种语境和情境，最终呈现出的，应该是一个作家，一个灵魂勘探者对自然、人生、命运和灵魂的精确修辞。”[①]引导读者探寻生死、性爱、欲望与罪恶，探寻其中。

再有一些对风物的描写，比如河流、雪、树，写傍晚、夜色，都是人在自然生态下的生活状态。还有写根、写坚强、写救赎等人类共通的命题，这些无疑是对翟妍一次极具探险性质的写作创新。《长河长》中故事、人物的安排和设置，与翟妍对一些“关键细节”的选择存在重要的关联性，正如米兰·昆德拉所说：“一个主题就是对存在的一种探寻。而且我越来越意识到，这样一种探寻实际上是对一些特别的词、一些主题词进行审视。”[②]另外一些如平原上的野花即开即谢的碎片式人物，所占笔墨不多，也少有互文应照，但却成为那段历史有力的佐证。比如张保全、王三五、魁木爷、珠婉嫂、宝柱、杜仲存、长庚、李老三等等。从他们身上可读出人物的鲜活与个性，都展现了人性渐趋丰富与性格的饱满。当然，小说还有进一步提升的空间。任何一部优秀作品都有不断生长的内核，和可以升华到哲思境界的“文心”。总之，好的小说读起来就是让你有视觉、听觉、幻觉。通过视觉、听觉、幻觉的对接与想象交融而产生共鸣。

读懂生活很难，谁读懂读透了，谁就是生活与生命的强者。小说结尾，也到了精彩的回流部分，这部分用水来诠释更是升华了主题与主体。小说的结尾写道：“那河水又回来了，我的生命开始了倒计时。我的记忆始终在回放，这漫长的一生像是翻越了一座座山峰。这漫长的回忆，像河水在倒流。”[③]“我的孩子们都在大放悲声，像奏起一个关于死亡的乐章，我的灵魂伏在那一弦一音里，在榆村的上空飘飘荡荡，我的灵魂将随着我的河流一起，久久不息。”[④]

智慧胜过愚昧，光明胜过黑暗。所以不难发现，小说不仅写出了人物

① 张学昕：《小说的魔术师》，北京大学出版社2020年版，第90页。
② ［捷克］米兰·昆德拉：《小说的艺术》，上海译文出版社，2004年版，第105页。
③ 翟妍：《长河长》，第257页。
④ 同上，第258页。

命运的跌宕感，还写出了命运选择和生存至暗时刻的力量和光亮。在王玉娥的一生里，有慈母的爱，有善良的义，有倔强刚强的心，有似水且不屈的灵魂。每每展现的都是她绝处逢生后，对世事的一种反击。这种力量依旧是《长河长》中生生不息的水。天下再没有什么东西比水更柔弱了，而攻坚克强却没有什么东西可以胜过水。是啊！《长河长》中的水，可以容纳万物，有一种博大的气魄，有一种千变万化而又含蓄内敛的姿态。她用水的精神包容与承受了岁月带来的羁绊，这些磨难不仅没有让她低头，反而使她在逆境中让不屈的灵魂一直向往心中的光，这光就是信仰。的确，信仰也成就她对命运的诠释，更是一种情愫在时光里渗透、蔓延成不朽的精神……王玉娥在儿孙们的敬仰与爱戴中结束了平凡而又伟大的一生。这也是《长河长》中对生命传承与正能量的表达。也折射出中国近代百年的风云变幻的历史，记录着这片黑土地上每个生命与家国密不可分的命运共同体。

最后，我们还发现翟妍的小说在文本内部的丰富层次和情感纵深都显示出作者极具个性化和辨识度的创作风格。有着朴素的质地，但这朴素自有一种坚实的力量，更是在《长河长》中最核心的，是翟妍对人性的守望，也是我从中读出了翟妍对“纯文学”的传承与表达，更是我们每个个体经受住时间河流的动荡起伏中，练就了内心无法磨灭的光芒。米兰·昆德拉曾说:“小说的道路就像是跟现代齐头并进的历史。”[①] 对一个醉心写作的人来说，所有意义与价值，是在文字中获得寄寓和衍生的。正如余华在长篇小说《文城》中描述的，人生就是自己的往事和他人的序章。亦如小说结尾，正当一切故事在“我”的记述中圆满落幕时，未完结的故事却导向了通往未来更加引人的方向。

（杜波：白城市作家协会主席）

① ［捷克］米兰·昆德拉:《小说的艺术》，第 11 页。

台湾女性文学研究

台湾女诗人十二家论札

刘登翰

摘　要：台湾文学属于中国文学的一部分。本文是作者研究台湾现代诗在早期（二十世纪五十至八十年代）发展中，以论札形式，对十二家女诗人的学术评述。五十年代后的台湾，一方面，日本败战后台湾回归祖国，使台湾文学重新纳入中华文化的发展道路；另一方面，国民党政权退据台湾，企图把文学绑上“反共”战车的政治高压，导致文学出现一种“逃离”（反共）现实的倾向，走向内心，走向西方哲学和西方文化。在此背景下，出现现代主义文学艺术运动，以诗和美术为最典型和突出。在这一浪潮中未曾缺席的台湾女诗人，以敏锐的艺术感觉和现代表现力，呈现女性诗歌的多彩风貌和独特创造，蔚为台湾现代诗的一朵奇葩！

关键词：陈秀喜；蓉子；林泠；朵思；张香华；敻虹；罗英；古月；席慕蓉；钟玲；冯青；夏宇

以冥思含咀我沉重的苦衷——陈秀喜论

陈秀喜（1921—1991）的一生带有几分传奇色彩。这位“养女”出身的诗人，在养母的疼爱下度过了一个美好的少女时代。二十一岁与亦友亦偶的夫婿结婚，随夫西渡上海经商，青春岁月温馨甜蜜；中年以后却连遭两次婚变。此后孤寂一人住在儿女为她购置的嘉义关子岭山中别墅，那里成为诗人们相聚的热闹场所，曾接待过成百上千的诗界同仁和爱诗的读者。她有温馨的母性，亦具洒脱豪爽的阳刚气质。十五岁开始以日文写诗、短歌和俳句。但当第一本日文短歌集《斗室》由东京都早苗书房出版时，她却强烈地感到身为一个中国人不会以中文写作是最大的羞耻。三十六岁（1957 年）以后开始学习运用母语写作。1967 年加入“笠”诗社，并连续两届被选为社长。此后相继出版了《覆叶》（1971 年）、《树的哀乐》（1974 年）、《灶》（1981 年）和诗文集《玉兰花》（1989 年）等，成为在台湾备受尊敬的诗人。诗是青春的艺术，可是她的诗的青春期却在五十岁以后。这样的人生经历和诗路历程，必然赋予她的创作以特殊色调。

作为一个女性诗人，陈秀喜诗歌的女性意识，如她晚开的诗花一样，主要表现为一种母性意识。而从日据到光复两个时代的社会经历和中年的坎坷遭遇，使她的作品往往在个人感性的生命体验中，升华出更普遍的社会意识和人生认知。这二者既构成陈秀喜诗歌不同于青春少女型的女性诗歌的特色，也是其作品能更多为社会接受的重要原因。

强烈的民族意识，或许是她所经历的那个被剥夺祖国之爱的日据时期所赋予这一世代诗人的精神特征。1991 年她病逝后，“笠”诗社同仁为她举办了隆重的追思仪式。灵堂上她的遗像是衬在她生前所写的一首曾被谱曲传唱的诗《台湾》上：

形如摇篮的华丽岛
是母亲的另一个
永恒的怀抱
傲骨的祖先们
正视着我们的脚步
摇篮曲的歌词是
他们再三的叮咛

对于曾被殖民割据的土地，民族意识往往首先表现为强烈的乡土关爱，这也是陈秀喜诗歌的主要精神。但这种乡土关爱是和诗人的民族情怀联系在一起的。她在《我的笔》中曾经借助“眉毛是画眉笔的殖民地／双唇一圈是口红的地域”这样的联想，抒发她内心愤懑的感情：

“殖民地”，“地域性”
每一次看这些字眼
被殖民过的悲怆又复苏
数着今夜的叹息
抚摸着血管
血液的激流推动着笔尖
在泪水湿过的稿纸上

写满着
我是中国人
我是中国人
我们都是中国人

有论者曾经指出，陈秀喜的“母性”是一体两面的：对于祖国、人民和脚下的土地，她是儿女对母亲的热情讴歌；而对于晚辈，她又以母亲的胸襟，散发着温暖。其实，诗人的母性意识，不仅是现实的“母女关系”的比喻，而且是一种渗透着广博之爱的个人精神方式的体验和传达，是一种艺术感知和把握的途径。她对于祖国的挚爱，对于土地的关爱，都表现出一个成熟的女性诗人的情感和表达情感的特征。上引的两首诗，都由女性日常生活的意象（摇篮、眉笔和口红）出发，却都升华为具有普遍意义的社会主题，表现着作者将个人生命体验与社会普遍认知结合起来的创作特色。

陈秀喜诗的题材多取自乡土的日常生活。如《灶》《卷心菜》《榕树啊，我只想念你》等。这些熟悉的乡间生活细节，渗透着社会变迁和人世辛酸，便成为土地和历史的象征。因此，她曾经诚挚地表示：

咀嚼菜根的时候
请同时以冥思含咀我
千言却嫌少的缄默
有沉重的苦衷

——《离别的缄默》

这种历史沉重的蕴藉，几乎渗透在陈秀喜所有的作品中。例如《灶》：“百年以后／大家都使用瓦斯”，这是社会的进步，诗人却不能忘却“灶”。因为“灶的肚中／被塞进坚硬的薪木／灶忍燃烧的苦闷／耐住伤裂的痛苦”。而当“灶”将因社会的前进而被遗弃，她所感伤的是“灶的悲哀”——也即是土地和历史曾有过的悲哀，再“没人知晓”。许多的诗喜爱以自然的树木花草为意象，这可能与她晚年长期生活在关子岭山中的“笠园”周围的风物有关。但这个避离闹市的山居，并未隔绝她与社会的联系。如果说土地是缄默的，由土地哺育而葳蕤生长的树木花草却是喧闹的，是土地生命的外现。因此，所有树木花草进入陈秀喜的诗中，都成为一种象征，已非它们自然的第一生命，而是被诗人赋予社会意识和人生感悟而人格化了的第二生命。选取这样的题材，也正表现着诗人对乡土的关爱。她说空地可以种菜、种花，空地有它的价值。但倘若心空着，就不会有诗。因此她种菜、种花、爱菜、爱花，也就是爱诗；渴望以爱心“灌溉精神的菜灌溉爱的花”，而去“收获一首诗”（陈秀喜《渴望》）。所以我们不会感到奇怪，陈秀喜的四部诗集，为什么都以“叶”“树”“灶”“花”为名字。从最早的一部诗集《覆叶》开始，就贯穿着诗人坚持到最后的主题和意象的原型。在《覆叶》和《嫩叶》这一分别象征母亲和儿女的联题诗中，自然物被人格化了，用来表现诗人博大的母性情怀：

倘若　生命是一株树
不是为着伸向天庭
只是为了脆弱的嫩叶快快茁长

——《嫩叶》

正是诗人主观情怀的输入，自然的形象便获得了另一种社会价值。诗人才意识到自己工作的意义：

也许一首诗能倾倒地球
也许一首诗能挽救全世界的人
也许一首诗的放射能
让我听到自由、和平、繁荣
天使的歌声般的回响

——《也许是一首诗的重量》

台湾有论者指出，陈秀喜的诗“常有平铺直叙、缺乏层次之弊”，句式较散文化。中国文字之精深奥妙，对于一个中年以后才得以掌握的诗人来说自有难以企及之处。她的诗观是希望传达出自己植根于历史和人生的社会意识和使命，这种“直”和“白”，从另一方面说，或许正是她能使自己的声音触动更多大众心灵的途径。每个人的艺术方式都决定于她的人生经历和艺术目的，这是很难苛求的。

看你名字的繁卉——蓉子论

蓉子（1928—2022）在她 1986 年出版的第十部诗集《这一站不到神话》的序言中说，自己深刻感受到时间对生命的摧毁。她说，没有什么能把时间留住，包含被称为“文学之华”的诗。然而她却确信，只有一样东西可以“不受时间和自然力的摧毁”，它也就是诗。抱有这样的信念，这位从少女时代就把自己全部的爱奉献给诗歌，四十年来创作不衰，便不足使人奇怪。在台湾当代女诗人中，她不是年事最长的一位，较她年长的还有张秀亚（1914 年生）、彭捷（1919 年生）、胡品清（1921 年生）、陈秀喜（1921 年生）等，但她却是诗龄最长、著作最丰、影响最大的一位。她几乎与台湾现代诗同时起步，经历了坎坷，在诗坛走马灯般换过一代又一代的新人之后，蓉子仍葆有很大的影响力。八十年代以来最活跃的青年诗人之一林耀德曾虔诚地表示："我们还是要向她索取形象。""蓉子之所以被形容为'永远的青鸟'，更成为台湾诗坛一朵不凋的青莲，并不仅止于她是'今之台湾第一位女诗人'这种记录上的意义，更在于她数十年毫无间断的且高潮迭起的创作生涯已带给我们一种典范。"[①]

蓉子本名王蓉芷，1928 年出生于江苏省一个教会家庭。幼年丧母，在父爱的荫护下受到完善的人格教育。虽在战乱中随家不断迁徙于江阴、扬州、上海、南京，但都就读于当地最好的教会学校。中学毕业后考入农学院森林系就读一年，便辍学到教会学校担任音乐教师和家庭教师。1949 年考入南京国际电台，同年 2 月调入台北电台工作，直至 1976 年退休，这份简历可以让我们寻找出蓉子诗歌抒情性格的某些人生依据。余光中曾说："中国古典女子的娴静含蓄，职业妇女的繁忙，家庭主妇的责任感，加上日趋尖锐的现代诗的敏感，此四者加起来，形成了女诗人蓉子。"

蓉子 1950 年开始发表诗作，1953 年出版诗集《青鸟集》[②]，这是台湾第一部女诗人的诗集。基督教家庭环境的影响，宗教文学和宗教音乐的长期熏陶，开启了她最初的美感世界，并使她从中学时代就开始从泰戈尔和冰心睿智的小诗中寻找心灵共鸣。这不仅赋予了蓉子温婉娴静的个性，也形成了她诗歌中静美少女的抒情形象。她这样描述过自己：

欢笑是我的容颜，
寂寞是我的影子，
白雪是我的踪迹，
更不必留下别的形象！

台湾诗评界曾经十分强调和推崇蓉子诗歌抒情形象的古典女性意蕴。这种推崇是有其特定的文化背景的，因为相对于五十年代初期"不属于陈腔滥调、标语口号，便属于模仿西洋诗坛纯粹欧化"的台湾诗坛，这样清纯的诗风实不多见。因此当她的《青鸟》《为寻找一颗星》《晨的恋歌》《为什么向我索取形象》等，相继在当时唯一能发表纯正诗歌的《自立晚报·新

① 林燿德：《诗的信仰——我读蓉子（一）》，余光中等《蓉子论》，中国社会科学出版社 1995 年版。

② 蓉子：《青鸟集》，台湾中兴文学出版社 1953 年版。

诗周刊》上出现时，便不断受到纪弦、覃子豪、钟鼎文等前辈诗人的击节赞赏。覃子豪认为《青鸟集》里“最成熟的、最完美的诗，都是表现作者自己的人格、希望和理想”，“她寻觅人性的完美，她赞美婴儿甜睡的酒窝，初恋女子深深的眼眸，老人净洁的白发，她认为这是至真、至善、至美的境界”；这种静淑的女性的审美意蕴，当然有着中国传统女性的性格基因，但蓉子在人格形成过程中所受的文化影响，更多的还是来自基督教文化的人生观和古希伯来诗歌的庄严与端淑的气质。在《青鸟集》的“后记”里，蓉子坦率地承认，她童年所接触的作品，不是古诗，不是绝律，而是古希伯来民族的诗歌，那些庄严的颂歌，勇士们的歌，大卫王的诗篇和歌颂神圣爱情的雅歌，“我虽然未有心去模仿，它们却多少影响了我”[①]。她从这些纳入基督教典籍的歌曲中，吸取一种挣脱现实磨难的昂扬向上的情绪和布爱于世的神圣感情；这不仅是蓉子所追求的把人性和神性凝合起来的真善美理想，还成为融入她情感世界的人格力量和审美情操。早期表现理想追求和人格情操的《青鸟集》，便体现出作者透过自己内心来折射外部世界的抒情方式。比起描写外在的客观世界，她更善于抒写自己的内心奥秘。覃子豪解释说，这是“因为作者的内心生活，比现实生活要丰富得多”。

其实，作为一个现代的职业女性，蓉子也时时感受到现实社会的冲荡。她在《青鸟集》后记中说：“现实所给予我的，是人海无休的浪涛冲击，善美人性的沦丧，物欲的嚣张，我为此而感到窒息的痛苦与孤寂。脚底下又是不断的战争、离别与流亡——这些流动的生活——感情或思想。这一份憧憬，一份抑郁及忧愤，使我不自禁地要写诗。”[②] 这是和作者多少有一点神圣化了的静美人生相对峙的另一种喧嚣的世俗人生。它构成了蓉子此后诗歌中始终存在的一组矛盾。只不过在“青鸟”时期，涉世并不太深的蓉子对于这个世俗世界的谴责和摒弃，主要表现为一种超凡脱俗的自我认可与自尊——在许多时候呈现为一种女性矜持。她谴责人性的虚伪：

为什么向我索取形象？
如果你有那份真，
我已经镌刻在你心上；
若没有——
我耻于装饰你的衣裳。

——《为什么向我索取形象》

为了反对这种“谄媚”和“虚谎”，她甚至“宁愿拥抱大理石的石柱”，

① 蓉子：《青鸟集》。
② 蓉子：《〈青鸟集〉后记》，台湾中兴文学出版社 1953 年版。

为它“冷冷的严峻的光辉”心折（蓉子《我宁愿拥抱大理石的柱石》）。这种自恃，使她坚认：“我是一棵独立的树——不是藤萝。”这就使蓉子诗歌静美的矜持，不同于传统女性依附于男性世界的纤细柔顺，而透出一股具有现代女性素质的刚强英气。

1954 年蓉子加入“蓝星”诗社，翌年与曾是“现代派”的诗人罗门结婚。这正是台湾现代诗最初发难，西方文化激烈冲荡的诗观嬗变的时期。从“青鸟”起飞的蓉子，就其作品倾向和艺术把握方式看，并未超出古典浪漫主义范畴。在这个意义上说，蓉子是相当“传统”的。因此当《青鸟集》为她赢来声誉，她却突然缄默下来。究其原因，可能有二：一方面，从心理上说，由一个少女到初为人妻，是人生一次重大转折；她不仅需要心理适应，还需经历一次审察世界的视角的调整，由纯情少女的视角，转入更贴近人生的成熟女性（母性）的视角。另一方面，从艺术实践上看，面对激烈动荡的现代风潮，由“传统”出发的蓉子需要改变自己的感觉方式和艺术方式。直到三年以后，曾被认为“已经贡献过了”的蓉子，复出诗坛，以一批全新的作品表明她重新出发的艺术嬗变。

这是蓉子诗歌创作最辉煌的一个时期。包括 1961 年结集的《七月的南方》和后来的《蓉子诗抄》（1965 年）、《维纳丽沙组曲》（1969 年）、《横笛与竖琴的下午》（1974 年）、《天堂鸟》（1977 年），以及儿童诗集《童话城》（1967 年）等。在这些作品中，蓉子已经完全走出一个纯情少女反视自己内心的狭窄天地，而把视野扩大到社会的各方面，她关怀社会人生、抨击都市文明、咏赞大自然，表现出一个现代女性丰富的内心世界。在《城市生活》和《忧郁的都市组曲》等诗中，诗人满怀忧伤地写道：

> 我们的城不再飞花　在三月
> 到处蹲踞着那庞然建筑物的兽——
> 沙漠中的司芬克斯　以嘲讽的眼神窥你
> 而市虎成群地呼啸
> 自晨迄暮
>
> 自晨迄暮
> 煤烟的雨　市声的雷
> 齿轮与齿轮的龃龉
> 机器与机器的倾轧
> 时间片片裂碎　生命刻刻消退……
>
> ——《我们的城不再飞花》

这意象，使我们忆起罗门的某些都市诗。显然，蓉子可能受到当时已把创作重心转向都市的罗门的某些影响。但她不同于罗门以呈示都市罪恶的方式来揭露都市的迷惘和堕落，而主要是从对传统和自然的缅怀与对比上，来表达她对都市生活的失望和谴责。这是诗人“青鸟”时代那组传统与现代对峙的复杂矛盾的发展。现代都市社会改变了传统乡村社会的固有结构，带给诗人敏锐的现代感兴，使她的艺术品格从沉静的审美走向喧动的繁富；但另一方面，都市的躁动和喧嚣又使她失去了静美的温馨，从而唤起她对传统和自然的缅怀，蓉子正是在这复杂的交错中，来展开她的都市图画的：

车灯急速逼射你的眼睛
默读了天上的双子星座
而在夜晚荧光灯的照明下
固有的美丽都残败：
绿色甜美的流水不再
澄洁的蓝色变得稠秽
紫色的时刻是如此沉暗
消融了白色晴朗积雪的记忆

这里，作为与都市的污浊相对照的是大自然的澄净，但澄净的自然却为污浊的都市所否定。意象对比的特征，体现出作者审美评价的尺度：对自然的缅怀和坚持。她一再惋惜“不再有那样的日子：一片蓝天，一撮繁江／一弯袅绕的清冽——那半睡半眠中的村镇”。

正是以这种对都市人生的失望为背景，蓉子诗歌的另一个重要主题是对大自然的歌颂。她写过许多山水景物诗。虽然她所咏赞的山水景物，许多是经过人为改造的名胜，而非原始的野性的自然，但她所发掘的是融入丰饶自然中的澎湃的生命力。正如她所写的：“这是宇宙不熄之火／是成熟的丰饶姐妹／使空气里溢满了成熟的香气——”（蓉子《七月的南方》）这是她心灵中最接近上帝的另一个神，她咏赞它，守护它，生怕“倘把尘俗带进天国／未免诬蔑了缪斯光荣的裙衣／而美丽的天鹅也呈垂死之姿……”（蓉子《哀天鹅》）。十五首“宝岛风光组曲”是她这种挣脱浊世的超然追求的最集中表现。即使“十二月令图观后”的《欢乐年年》，所神往的也是一种未经污染的传统世俗人生的图画。大自然在蓉子的笔下，常常呈现出一种温婉可亲的人性，几乎是诗人自己心灵和性情的投影：

那些山、水、云、树

每以永恒的殊貌或行或止
特别是树
总是无限宁静地立着

——《那些山水云树》

笑声哗啦啦地成千波万浪
饱风的帆孕整个海归来
使落日潜泳成次日的晨曦
使夜晚有萤火的繁花开放
更升起和星光比美

——《金山·金山》

为这众多意象协力的高举
天空遂壮阔起来

——《众树喧哗》

对大自然特别是树木花卉的偏爱和细心体味，这或许与蓉子曾经就读过一年森林系不无关系。

理想与现实，自然与都市，传统与现代，在这一系列无法摆脱的现实困惑中，诗人寻求着一种精神的超越。在《维纳丽沙组曲（十二首）》中，诗人重新回到对自我的描绘上来。不过这不是“青鸟”时代的自我抒写。它是现实的，也是超越的；是自我的，也是超我的。维纳丽沙像被放逐在圣海伦岛，“迢遥地隔着”现实，只在“无边的寂静之中”完成自己；但她又无法躲开“现实”枪弹的扫荡，像“多人受伤多人死亡”的同伴一样，有“难以止息的忧伤”，她只能在“过往与未来间缓缓地形成自己”。这个“过往与未来间”就是“现实”。因此，诗人只能这样祈求：

让我也能这样伸出笔直的腿
如在梦中行走的维纳丽沙
走出峡谷　躲过现实汹涌的波涛
逃过机器咬人的利齿
滑过物欲文明倾斜的坡度
——奇迹似的走向前
走向遥远的地平线

这是对于无法超越的现实的一种精神的超越。这是诗人从古典跨向现代，从自然走进都市，从自我面对现实，而又企求回归古典、自然和自我的一个感情内涵极其复杂的过程，体现了都市文学中“物质进入”而“精神逃离”的一种典型心态。这种“逃避”，在某种程度上也使蓉子的诗未能更深入现代都市的核心，虽清纯却又难免浅显。未曾变化并且日趋丰富和成熟的是诗人传递这一全新感知内容的独特方式，依然是一种富于东方古典美的娴静的艺术风格。

七十年代以后，蓉子的诗作从内容到形式都有明显的向东方回归的趋势，无论是抒写自我的《一朵青莲》那传统的古典意象，还是托十二月令图表现华夏民俗风情的《欢乐年年》，抑或借山水花艺传达自己乡土情怀的那些风物诗，都体现出这种趋向。即使一组访问韩国的域外诗作，也是借东方民族的传统风情，浇自己胸中文化乡愁的块垒。强烈的现代意识，融聚在民族生活的内涵抒写中，使现代诗歌艺术呈现出一定的东方化的民族色彩。

“假如你偶然地闲步来此／你就听见温柔的风中正充满／你的名字的回音……”（蓉子《看你名字的繁卉》）蓉子或许不会料到，二十多年前的这首名作会成为她自己的预言。在台湾女性诗歌的发展过程中，蓉子是最初的一级台阶，奠定了上升的基础；是继承传统、开拓现代的代表，为我们提供了一代女性诗人审察自我和审察社会的独特视角和感情形态。

未竟之渡的不系之舟——林泠论

林泠（1938—　）走上诗坛稍迟于蓉子。不过，她却是五十年代台湾现代诗坛最年轻的一位女性。1952 年，当她以一首《流浪人》问津诗坛时，年仅十五岁，还在中学读书。此后她的名字便经常出现在纪弦创办的《现代诗》、覃子豪主编的《蓝星》及其他诗刊上。1956 年纪弦发起成立“现代派”，还是大二学生的她列名九个筹备委员之一，比诗龄较她年龄还长的纪弦小了二十五岁。看来当年风云一时的纪弦并不论资排辈，颇有一点怜才识人的襟怀气度。

祖籍广东开平的林泠出生在四川江津。她的童年经历也如她的本名胡云裳一样，云一般随着在军中任职的父亲四处飘徙，西安、南京都曾为她的童年留下记忆。这段经历有似郑愁予，不过她毕竟比郑愁予小了五岁。当郑愁予带着他青春的敏感在大陆迁徙时，林泠还只是一个未谙世事的少女，虽然林泠也以“流浪人”的形象来叩响诗坛大门，但她不像郑愁予，把凝聚着历史变故和人世沧桑的体验熔铸成有自己独特社会蕴涵的“浪子”情怀。林泠的“流浪人”形象带有几分虚幻的精神，是那种“仍旧在寻找／那曾失落了的／你自己底心”的流浪，带有一种“少年不知愁滋味”的欣赏与向往。

作为一个诗人，林泠是早慧的。她的诗大部分都写于初入大学后的

1955—1957年。此后她赴美留学并定居，遂长时间中断了创作。迟至1982年才出版的《林泠诗集》，是作者唯一的诗集，收入诗歌五十一首，其中除“非现代的抒情”一辑八首（包括一首写于1952年的《流浪人》）外，都创作于这一时期。因此，诗人兼评论家钟玲说：“这三年间的四十三首诗就奠定了她诗坛上的地位。”[①] 这是一个十七八岁少女感情世界的梦幻花季。早慧使林泠的诗充满女性爱情初萌的青春敏感，相对也就较少历经人世沧桑的深刻体验。它决定了林泠诗歌的基本风貌——面向自己内心少女情怀的探索与凄婉的倾诉。

爱情是林泠诗歌最重要的主题。作为一个知识女性，林泠诗歌所表现的爱情，相当典型地体现了走向社会的现代女性的开放意识和东方传统女性的含蓄性格的融合。这里所谓的“开放意识”，在五十年代的林泠，主要是对女性自身价值的肯定与自觉。她在那首著名的《阡陌》中写道：

你是纵的，我是横的；
你我平分了天体的四个方位

这首以人生的偶然相逢却又是命运的“毕竟相遇”为缘头，而期待“幸福也像一只白鸟”“悄悄下落”的爱情诗，并不像古老东方的传统婚姻那样，把爱情和幸福建筑在女性对于男性的委身与依附上，而是自觉地意识到爱着的双方——女性和男性都享有同等的地位、权利和责任：“你我平分了天体的四个方位”。这种对女性自我价值充分肯定的自觉意识，是浸透在林泠诗歌中的灵魂。她借诗歌探索自己、发挥自己，使自己既成为抒情的主体，又成为诗歌最核心的抒情对象，实质上也是这种女性自我意识曲折的情感体现。不仅在爱情观上，甚至在整个人生态度上，也是如此。她曾写道：

没有什么使我停留
——除了目的
纵然岸旁有玫瑰，有绿荫，有宁静的港湾
我是不系之舟

——《不系之舟》

这首诗意象纯粹而具有相当宽泛的含义，那份强烈的自主意识便建立在对自我价值的充分自觉的基础之上。玫瑰、绿荫、宁静的港湾，这都可

① 钟玲：《现代中国缪斯》，台湾联经出版事业公司1989年版。

以看作是象征女性爱情、婚姻和家庭的美好归宿。但所有这一切都不能束缚她："意志是我，不系之舟是我，"这种追求自由的性格，与她在另一首论及自己诗艺的诗《紫色的与紫色的》中所说的"野生而不羁"是一致的。从思想底蕴来分析林泠诗歌的"现代意识"，最突出的便是这种女性意识的自觉和自我肯定。

但是这种现代意识，在林泠的诗歌里又是以相当含蓄的东方的审美方式来传达的。杨牧在为《林泠诗集》作序时指出，诗人在为自己创造"私我神话"的时候，往往"截头去尾，点到为止"，"我们或许已经难以将这些私我神话中的故事理出完整的头绪，但有些线索足以描出诗人探讨感情生命的轨迹。"这是林泠的含蓄。林泠常常在诗中叙述自己的"故事"：一段回忆，一场感情遭遇，或者一次受伤后的微悟。但所有这些"故事"，都通过自然的或古典与异域的人文意象，"把最深刻感动的心事藏在胸臆深处"，只呈现给我们一种象征的氛围，让我们循着她的感情轨迹去展开想象。她在《三月夜》借自然界初春的萌动反衬一个怀春少女隐秘的不安。一切都布置好了：桃树从冬青丛中探出头来，每个角落都藏着等候风信子发布春消息的探子。严冬开始困倦，而来接更的春季穿着芭蕾舞鞋……接下来该揭开少女情怀的秘密了，诗人却突然打住：

还有一些——
我是不能说的
三月的夜知道
三月夜的行人知道

这个即将在三月夜演出的故事才是诗的核心。然而大幕尚未拉开就已落下。林泠的诗几乎都像她的一首诗题所指称的，都是一种"未竟之渡"，读者却从诗人渲染的氛围中，在她"不能说"里想及她所欲说的故事，在不知道中"知道"。这里透露着少女羞涩的"不说的说"，是诗人的一种"乖巧"。但这"乖巧"是以优柔温婉的语调来倾诉，因此它不给人以乖张、佻达、卖弄的压迫，而表达着一个东方女性聪慧的含蓄。这就形成了林泠诗歌的特殊风格：不是传统的温柔，也不是现代的佻达，而是现代女性的自尊和传统女性的温婉交织而成的矜持。这样，在她温婉柔情的背后我们看到执着，在她矜持表象的内里我们感受到热情。如同她在《紫色的和紫色的》中所表现的：

浅浅的忧郁
浅浅的激动与宁静

如同我，在五月，五月的一个清晨
将枫叶的红与海洋的蓝联想

这种将宁静与激动相融，把红与蓝联姻的复调感情层次，形成了林泠的美学品格。

十七八岁的早慧的少女，她对周围世界的感受，常常借助想象奇特的童话来表达。这不仅是一种艺术手段，而且是诗人童心的体现。她写“列子御风而行”的云，“降生于太阳的故居”，而“海洋”是云的“青冢”，“如同天上小小的陨石／夜归的渔火是凭吊的泪滴”。当云在天空飘荡，诗人说：

我常常想起，想起
多年前，有个爱穿红衫的女孩
徐行过人间
以雾的姿态
雨的节奏
流泉的旋律
而随手撒落的火焰与雪花
便形成了赤道和南北极

诗人把这首写云的诗称为《云的自剖》，而诗人的本名是“云”，这首诗便也成为诗人的自喻。童话在林泠的诗里就不纯粹是童话，而是诗人的一种艺术表达方式，从中可以折射出人生和社会。

作为一个“现代派”的诗人，林泠虽然也倾向过诗歌的知性追求，但她毕竟是一个感性的少女，生活还来不及在她心灵积淀更多人生的体验和历史的启悟。她也不习惯在诗中炫耀自己的理性，因此，在“现代派”的信条中，她不是服膺主知的哲人，而是崇仰纯诗的歌者。感情的清纯和意象的纯粹，让她的诗空灵而超越；意象的宽泛含蓄，使某些作品随不同经历读者的联想补充而获得深化和泛化。但就整体来看，清纯的同时也透露着浅淡。这是林泠诗的特点和弱点。

把自己一脚踩落，一手拾起——朵思论

爱情是台湾女性诗人关注最多的题材。朵思（本名周翠卿，1939 年生）也不能例外。不过，朵思诗中的爱情，不同于其他女性诗人，她的爱情诗没有那么多缠绵柔情和佻达乖张。这位出生于台湾嘉义的著名医生的女儿，

因与军中作家毕加相恋结婚，遭到家庭反对，父亲与之断绝关系。因此，她的浪漫爱情，一开始便历经磨难，注定艰辛，同时也充满了叛逆的色彩。其实，她与毕加在婚前仅见一面，全靠通信建立感情。少女的梦幻在严峻的现实面前，难免破灭。丈夫微薄的薪水难以维持生计，有了三个孩子的五口之家，常处于拮据之中。1982 年毕加中风入院，一直神志不清，更加深了这位矢志以写作为毕生事业的诗人兼小说家的精神负担。这样的境遇，反映在朵思的诗作里，便有了另一种色彩。在传统的爱情意象里，东方以鸳鸯的互相依恋为象征，西方以斑鸠的彼此呼唤为代表，都把爱情作为一种幸福的归宿。而朵思诗中的爱情意象，是一只呆立雨中的鹅：

——浴于雨中，我们是
一对位的鹅，互相凝视，互相
搜索，夜尽前的星火

——《关于你（第三首）》

为现实的无情的“雨”淋透的“鹅”是无奈的，只能依靠彼此凝视的一点温存来搜索往昔恋情的记忆，支持自己。因此，在朵思的爱情诗中，很少有对于现实温馨爱情的抒写，大多是往昔情感经验的追思。如她在《台风夜——给毕加》一诗中所说的：“你要用一点微温的爱来偿还我吗？／如同大地／用平静偿还了风雨”，“我已经把爱给了你／却只把茫然留给我自己”。因此，这追思往往带有一种破灭的虚空和失望，“犹似那次徒手而归的狩猎／我们的恋，便如那空空的兔穴／便如广大而不能耕作的土地，便如／刚张开口的蛤蜊，饥渴而／空洞”。排比的意象的叠加，加深了作者的失望。朵思所描写的爱情，大都是这种尚有一点温馨，却为冷峻的现实所笼罩。朵思的诗中的爱情意象是台风、暴雨、哭声等象征严酷现实的否定性形象。正是由于命运的曲折，朵思的诗具有台湾女性诗人罕见的阳刚之气：

什么喧笑，什么讽刺，什么
微微薄薄一撕即破的面具，它们
俱被撕去，俱被消隐，在我柔婉的
手势里，它们是
真正的夜，俱被搁浅，俱被
停泊在荒岛之边，我是夜
是挟着雷与电，风和雨
来势汹汹的八月之客

或者，以我的一颗贝齿去震撼
一座山，去轰动一个海洋
去走进一片祝福声中
我是风。沉寂以后，我是雨

——《沉寂以后》

激情的一泻千里，意象的浩大和气度的狂放，实为任何温婉的女性诗人所难有。这是诗人在经历现实磨难之后重新获得的另一种倔强的生命。正如她在另一首关于自己的诗《荒谬的女人》中所说的："把自己一脚踩落／一手拾起。""踩落"是一种命运，而"拾起"却是对自己命运的承担，表现出敢与命运抗衡的现代女性自强自立的个性。

朵思在1958年开始写诗。当时盛行的现代主义诗风那种楔入内心世界的艺术把握方式，很适合朵思表达内心的感情经历。因此，朵思早期的创作明显受到现代主义的影响。从主题的叛逆和疏离，艺术传达上的主观色彩，到语言的某些欧化痕迹，都带有那个时代的特征。这些作品大都收入她1963年出版的唯一一部诗集《侧影》里。

艰辛的人生，使早期耽于个人情感经历的诗人走向现实，也带来她风格的变化。朵思把目光越过自己，投向更广阔的人生，她是台湾最早把诗楔入现实的女性诗人之一。朵思的现实题材涉及社会经济、环境保护、人生坎坷、乡思亲情等。即使面对自己，她也很少再有往昔的那种虚空的怨艾，而是把自己的人生融入整个社会："我的影子，用大地的容器／盛着，犹之／花钵盛着花姿的枯荣"（朵思《影子》），她特别能以自己艰辛的经历，来体验和表现人世的艰辛。1982年她丈夫毕加中风入院后，她写过一首《轮椅上的汉子》，即来自自己真切的体验。那汉子"刹车时"虽"一边儿怨嗔人生"，却又"一边儿跃跃欲试地准备前行"。"驮载好多悲欢凄愁"，却依然把脸"仰成天边最最主调的朝暾"。《第三病室》写一个老兵的不幸遭遇，这个老兵抗战期间在滇缅边境服役，晚来只能在悲凉凄苦中借酒浇愁，以致中风。诗人运用联想，把生与死、幻觉与现实、往昔与现在、孤独与呵护，做了强烈的对比：

他　只不过多喝了两杯
构筑过工事的手
握过枪杆的手
便垂落如一截吊悬在干涸古井的绳索
闪躲炮火如飞的脚步
也停摆在瘫褥平伸的一百八十度……

老兵最后被自己无法操纵的命运之手推向死亡，但他相信——

……那个地方
也绝不会有大量的手榴弹、弹坑和硝烟
也不会有像酒一般横流的
遍地的
血的印象

主题在老兵的死亡中升华为对历史和战争的反思和抗议，显示出朵思作品深刻的社会性。

诗重视对情绪的内在把握，而小说则注重对性格行为的外在体现。或许由于作者兼擅这两种文体，当她诗风转向现实之后，小说的艺术手段，就融入了她的诗歌艺术。上述《第三病房》是个典型的例子，再如《烟囱》：

老人抽着烟
一弹指哈啊间
把卷卷回忆
铺陈在天空的景幕上
癌细胞一样繁殖的
那恶性的肿瘤啊！

诗表现环保主题，但却又从一个老人抽烟的画面开始；而抽烟老人的形象却是标题“烟囱”的象征；作者所控诉的是从烟囱喷吐出来的那污染环境的“癌细胞”——烟雾。层层的剥离使诗从人生进入社会又进入自然，但反转来它又从自然返回社会返回人生。弥漫天幕的烟雾又何尝不是社会的“癌细胞”对这一衰迈人生的侵蚀。由小说的细节和描绘手段所呈现出来的诗的意象，扩大了它的张力，具有双重往复的象征含义。

朵思在处理社会题材的同时，也表现她个人的亲情和乡思。但即使最个人化的题材，在她笔下也具有普遍的社会象征意义。为母亲所写的那首《乡愁》是如此：辗转自大西南而来的那封陌生家书，使贵州的形象“在老母番仔的发丝上无限扩张”，而母亲“抹在照片上”眼里的“苦悬的苍茫”，使那块诗人“不曾触及的土地”也在心中“冉冉升起”。乡愁的主题是这一代台湾诗人最普遍表现也最具特殊意义的主题。即使在台湾本土出生长大的诗人，也不能不受这一社会情绪的感染。再如《咳》，写的虽是大家共有的生命现象，但出自作者“肺腑间／逼迫不住”的那声咳，却咳出了绿野花香、一段心事、母亲的慈颜和一句句叮咛。朵思在《演奏会上的舞键者》这首论及自己创作使命的诗中说：

在打字机上支使二十六个字母
酿造一个字义
衔含另一个字义
串连成凄切的心声
欢乐的涟漪
或历史的讯息

正是这种自觉，使她的艺术面向了广阔的社会人生。从个人的情感生活中“踩落”，却在广阔的社会人生中“拾起”。幸也不幸，都在其中。

朵思除诗外，还出版了小说集《紫纱巾和花》《不是荒径》，散文集《斜月迟迟》《一盘暮色》等多种。

奔向大海的生命河流——张香华论

诗歌艺术思潮对诗人创作的影响，有时是直接的、正面的，而有时则是间接的、逆反的。张香华（1939年生，福建龙岩人）的存在，是对五六十年代台湾现代诗运动的反叛。她在十九岁（1958年）还是台湾师范大学教育系学生时，就发表了处女诗作《门》和《梦》，那种对自己灵魂的审视和对明日无着的迷茫，都明显有着那一时期现代诗处理自我与人生主题的特征。不过她一直困惑和窒闷于那一时期诗坛普遍存在的内在精神的虚无，很少再发表诗作。这种对于当时诗坛的质疑，实际上暴露了现代诗在风行一个阶段之后的弊端，从而引起较纪弦、余光中、洛夫等晚一个世代的年轻诗人的普遍反叛。张香华是这一行列中的一员。因此，到1974年，也即台湾现代诗运动发展二十余年后，诗坛出现了“龙族”等诗社，由更年轻一代诗人组成，主张摆脱“西化”束缚，“打自己的鼓，敲自己的锣，舞自己的龙”。已经在台北建国高中任教的张香华，也和几位同学，如林月容、李男等成立了草根诗社，并且担任《草根诗月刊》的执行编辑，她这才重又发表大量诗作。奠定她诗人地位的诗集《不眠的青青草》（1978年）基本上就是这一时期的作品。张香华便也成为七十年代台湾现代诗由虚无走向现实这一诗潮转折的重要代表。

对于现代诗虚无倾向的反叛，使张香华的诗切近现实。她说：“我深深感到，与其做一个荒诞离奇、脱离现实世界的诗人，不如踏踏实实地生活。生命的诗篇，应该是有血有泪、可歌可泣的。”这种写实的诗观，在反叛具有强大影响的现代诗虚无阴影的客观文化环境中，甚至带有某种矫枉过正的偏激。在她主编的诗刊里，她说："我们从不谈什么主义，不谈什么古今中外的理论，只是大力鼓舞诗友们，从日常生活出发掘诗的题材，掌握语言文字的精美。我们写饮食、写男女、写市井人物、写坐办公桌的工薪阶级，也写匆忙的台北街头，抢生意的计程车司机。我们提倡用白话文写传统的新年春联，另外，举办朗诵会，尝试诗歌与音乐的结合。我们又举办诗与日常生活用品联合创作的'诗生活展'，在台北市最大的台湾省立博物馆，公开展出，并在电视、电台上，向大众介绍……我们自始至终，努力要达到的一个目的是，让诗大众化，生活化。"这种诗观与诗歌实践活动，与差不多同一时期由一批现代诗人和画家筹办的"图像诗展"，构成两个极端，勾勒出彼时台湾诗坛两极的对峙现象。

张香华早期的创作鲜明地表现出对内心世界的剖析，并转化为一种委婉倾诉的抒情特色。她的诗歌的抒情世界是她自己，借助对于内心世界的渴慕、追求、困惑、不满及各种幽怨喜乐，来折射她所生存的外部世界。这使她的艺术风格充满了女性诗人的敏感、细腻和委婉。尽管她有时也借助意象的暗示和象征，以及语言构成上的矛盾、对峙、歧义等手段来体现诗的艺术张力，但她不同于晦涩和虚无的某些现代派诗人的是，透过她内心所折射出来的外部世界是确切明朗的——尽管充满了困惑和不足；她也不同于同时期某些只把敏锐感性的诗心局限于爱情这一个人天地的女性诗人，她所抒写的是一颗关怀大千世界的心灵，以及内心渴慕、追求的目标与现实无法弥合的困惑和矛盾。十九岁时写的《门》和《梦》便都表达了这样的感情和主题：

长廊外，有无声的音响
在触动我敏感的神经
而意志早已将我囚禁了
外面的世界正燃烧

——《门》

昨夜，我枕着的
夜里，有十九个芳香的花环
抛掷在我里程的碑前

——《梦》

内心世界的困囿和外面世界的喧哗，在她早期的诗里构成一种感情的冲突，她的诗是这种感情激溅的浪花。有些诗人，仅满足于欣赏把玩这种冲突的困惑，而在张香华，则渴求从这种困囿中解脱出来。因此，她在诗中一再地呼唤：

那曾是我的初愿
收整幅蓝天，入我眼底
而今，没有任何可更易了
像树般伸开我们的肢臂吧
去拥天外的
蓝

——《静默的影子》

“蓝”是张香华的象征。不同于夐虹的“蓝”是她理想中的爱人，张香华的“蓝”则转化为天空、大海、碧树，亦即外部的世界、人生，而同时又暗喻为自己渴求相融于斯的内心。因此她才说：“让那与我灵魂同色的蓝／镶补我的残缺／把铅黑的忧郁弥盖吧！”（张香华《流向海》）她也借《碧树》表达她对人生、艺术的信念与追求：

碧树、碧树、碧树啊，碧树
它的根须舐吮着
我心底汩汩的血泉
繁复的叶掌般的
枝杈是诚挚的臂
拓向你——生活
我要全然接受了

正是从这种对生活无限渴望的追求中，我们感受到了这位倔强的女诗人的心灵。那首为许多选集所收录的著名的《行到水穷处》，也是因这种在温柔中包含着倔强执拗，受到选家和读者的喜爱。她把自己比喻成“一脉缓缓的细流”，虽爱恋岸上的每一处风景，却不忘奔向远方，纵使行到水穷处，也不能止息：

从此，我要穿入地心，怀着远行者的
梦，想试一试温砂的热度
把自己分作无数潜伏的脉络
我要点点滴滴地沁入其中
隔着层泥，让我
想望一片云升起的样子吧！

诗集《不眠的青青草》中的这些作品，以感情为脉络，把主观与客观、内在与外在的联系、冲突表现得细腻深刻。诗人的这种强烈追求的使命意识，隐伏着她后来风格的变化。

执编《草根诗月刊》以后，是张香华创作激情的喷发时期。新的诗歌观念的确立，使她早期心中的渴望，找到了广阔的挥洒天地。她从日常生活中发掘诗的题材，使自己的诗生活化和大众化。她所关切的世界显然更广阔了，从抒写自己的内心转向直接描绘社会，街市即景、大拍卖、计程车司机和被清洁女工扫走的新闻报纸，都进入她的艺术视野，整个艺术倾向反叛着现代诗那种梦幻般的对现实的超越，而是对现实——尤其是底层现实人生的贴近。张香华以及她同期诗人的这种艺术追求的变化，对于消除台湾诗歌运动偏离现实的弊端，促进七十年代以乡土文学论争为标志的、实质是弘扬民族意识的文化运动，无疑有着深远的意义。当然，创作倾向的转变和题材现实感的增强，不能完全等同于艺术的创造。这带来张香华后来创作的一些复杂现象。一部分作品艺术上有着较好的体现，例如《报》，诗人借一张隔夜的报纸上所刊载的各种社会新闻，从迷路失踪的男童到锒铛入狱的某公，映照了大千世界的广阔时空；而这张摊开肢体躺卧马路为载货卡车辗过的废报纸，又被清洁女工扫进废纸堆，纷纭大千世界的瞬息消亡，诗人剪辑巧妙的这一画面却有着深长的意味。而有一部分作品，为事件细节所牵绊，缺乏剪裁和特殊观照的艺术角度，就显得杂芜冗长。倒是还有些作品，诗人观照现实人生时也抒写内心细腻的感受，便富有强烈的艺术感染力。例如《碧潭流泛》：

有水的地方，就可以
相思
有山，便有人对坐
黄昏

诗中处处显露着诗人对这一方山水独有的钟情和神往。正因为有这种深切的爱为铺垫，当她突然机锋一转，对碧潭明天的忧虑跃然纸上：

趁上流煤矿的黑墨水，还没有
涂污这整篇幅的锦绣
投在我碧潭相思的哀歌里
浸一浸吧，浸一浸

诗人看似不经意间的对都市社会破坏自然生态的批判，就显得特别深刻有力。

《不眠的青青草》之后，张香华还出版了《爱荷华诗抄》（1985 年）和《千般是情》（1987 年），基本上延续着后期关怀现实的创作路线。《爱荷华诗抄》是 1984 年她应邀赴爱荷华国际作家写作中心的创作结集，其中有一部分怀念亲情的作品，如《母亲》《童年》《手足》等格外动人。而表现异域生活的作品《火警一起》《痛快的哲学》《夜在爱荷华》等，虽激情澎湃，但显得较为杂乱肤浅。《千般是情》在风格上转向温婉、淡雅。这一时期常有一些充满灵性的短诗，如《原子笔》：

婚姻是一种执拗的小脾气
像你用惯的一管原子笔
找不到时
翻遍书桌抽屉、打开皮包
仿佛遗落了你的存折
在不能记忆的地方
虽然
所有的热情都灌溉
疲倦

张香华还出版有散文集《星湖散记》（1983 年）、《早缔良缘》（1989 年）、《咖啡时间》（1989 年）等。

我绝然是春的舒悦连着秋的风沙——敻虹论

敻虹（1940—）本名胡梅子，台湾台东人。在 1957 年踏进诗坛的时候，面临着两种诱惑：一是现代主义的诱惑。彼时正是台湾现代诗风盛行的时候，纷纷揭竿而起的现代诗社都处于鼎盛阶段，艺术探险成为风气，此时投入诗坛的年轻诗人，没有不受这一风气感染的。二是感情的诱惑。十七八岁的少女正处于感情的花季，爱和被爱的渴望，鼓满了她心灵的风帆。现代艺术寻求知性的冷静，而青春少女趋向感情的宣泄，二者对峙、统一在敻虹的诗歌里。她的话以少女的感情为主导，施以现代艺术手段，使内心激越的感情转化为带有暗示和象征的委婉的倾诉。这也就不奇怪，在五十年代的诸多诗社里，敻虹为什么独独选上“蓝星”，而“蓝星”也偏偏钟爱敻虹，余光中称她为“缪斯最钟爱的女儿”。

少女时代的敻虹所关注的主要是自己的感情世界，这见之于她 1968 年出版的第一部诗集《金蛹》。该书分四辑，收 1957 年至 1967 年即诗人十七岁到二十七岁创作的六十三首作品，内容的编排依次为表现初恋、热恋、失恋和失恋后的省思。《金蛹》出版于作者结婚前夕。这样的编排便明显地含有对自己少女时代感情历程回顾的性质。作者在最后一首诗《诗末》中写道：

爱是血写的诗
喜悦的血和自虐的血都一样诚意
刀痕和吻痕一样
悲澹或快乐
宽容或恨
因为在爱中，你都得原谅

虽然敻虹早期诗歌的感情世界略嫌狭小，但正是这种纯真和诚意，使她的诗歌仍然充满动人的魅力。

“蝶蛹”是敻虹早期作品最重要的一个意象。她在诗集的引言中说：“取十七岁所见，垂挂在嫩绿的杨柳树上，那灿灿的蝶蛹为名，是纪念美好的童时生活，是象征我对诗的崇仰：永远灿着金辉。闭壳是沉静的浑圆，出壳是彩翼翻飞。”据台湾诗评家钟玲分析，蛹（或茧）是台湾许多女性诗人，包括罗英、张香华、席慕蓉等都偏爱的意象。一方面，蛹是生命最初的孕育，蕴含着未来难以预知的发展。而对于一个初涉人生的少女，无论从生理、心理的变化还是对未来人生的憧憬，都很容易使她们从化蝶的蛹中联想到自己。另一方面，蛹的受困（或自缚）是现实处境的象征，而蝶的羽化是未来的召唤，是挣脱束缚的生命的动力。于是，受困于现实，又憧憬未来渴望挣脱现实，便构成敻虹诗歌情感上充沛的张力。敻虹的大部分作品，都展示了这种感情的对峙和冲突。如在《幻觉》中，她强烈地表现这种对峙：

有铃声响自天国
（我在泥洞里哭泣）
一串芬郁灿烂的花自天国垂下
（我在泥洞里哭泣）
那人在桥上。一个约会在风中
等着
（我在泥洞里哭泣）

“泥洞”是蛹的另一种暗示，而“那人”栽护的是花，蛹即使羽化为蝶也不是花。理想与现实的对峙所构成的无法弥合的冲突，使复虹的诗都笼罩着一重浓郁的悲剧氛围，也使她的作品超越爱情具有更深的蕴涵。

复虹表白这些诗是自己“美好的童年生活”的纪念。可是十七岁乃至二十七岁已不复再是童年了。她在《海誓》一诗的最后一句说：“这是我小时候听来的故事”，这是一种遁词。那个“死后化蝶”的故事可以是听来的，可是那种浸透在字里行间的生死相恋的感情，却是不能虚构的。《金蛹》所写的只可能是作者全身心投入并体验过的感情经历，是她的“感情的私语”。在这里，“白”和“蓝”是贯穿所有作品的一组相对的意象。“白”是作者的自喻，“代表着我至远至美的憧憬”；而“蓝”（以及所有关于蓝的意象，如海、湖、潮、蓝珠、蓝玻璃、蓝色的光束、蓝鸟、蓝花，等等）是承受作者全部爱情的对象，是她幸福的“圆心”，那个被神化了的“他”：

啊，季节——
加你名，你是神
于我即恒久，即永古
且即单薄的生息啊——

——《飞蓝色的圆心》

复虹为我们创造了一个纯真、执着、痴情、全身心都奉献给爱的东方少女的抒情形象。爱情在她心中，是超越时间、超越死生的：

当我们太老了
便化为一对翩翩蝴蝶
第一次睁眼，你便看见我，我正破蛹而出
我们生生世世都是最相爱的

——《海誓》

中国传统女性的爱情观，在复虹的诗里有着很深的烙印。恋是如此，失恋也是如此，从无追悔，从不谴责，只有追忆、体味和省思。诗的感人至深在这里，而感情的悲剧或精神缺陷也在这里：爱到至深，便把所爱的人神化。而神与人有着难以企及的距离。那个“蓝”既充满了她的一切，却又时时在她生命之上，这便种下了悲剧的种子。正如西蒙娜·德·波伏娃所说：“没有一个男人是神。在这个神缺席的情况下，仍要维持这种带神秘色彩的爱情，就全要仰仗她的热情了。然而那个实质非神，却被她神化了的男人，却一直在她眼前这个事实，令陷入情网中的女子备受折磨。”[①]激情在这里转化为痛苦，刻骨的相思和刻骨的悲痛，同样都是诗歌最感人肺腑的情愫。

作品一经发表即成为社会共享的精神产品，作者的“感情私语”便也成为“公有”的情感体验，作品所蕴含的象征层次便也由“事实”层次的中心，如波纹般随着接受者不同的审美感受和期待一圈圈荡开去。敻虹称自己这些“童时生活”是象征她对“诗的崇仰”或“生活的憧憬”，便也在这种审美接受的过程中发生和实现。它为这些诗取得了第二重审美价值。

敻虹后来的作品，有1983年结集出版的《红珊瑚》（1976年出版的《敻虹诗集》，其实是《金蛹》的再版，仅删去两首诗再加上《红珊瑚》中写于1971——1975年的作品）。结婚对一个男性作家不会有太大的影响，而对一个女性作家来说则带来她生活、事业、感情和性格方面的很大变化，并直接投射到她关注的题材及感情色彩与风格里。敻虹这一阶段的作品几乎与前期判若两人。张默编《台湾女诗人选集》时在“敻虹小评”中也指出：“从抒写小我的儿女之情，到挥洒大我的乡土之爱，敻虹走过来的历历脚印是极为鲜明的。”[②]其实在《金蛹》后期，敻虹对自己的狭小世界已有所省思。她在《捆》中说：“我是茧中的化民／你用千丝捆我／我不能站到壳外看人生／看自己可笑的一丁点人生。”敻虹此时关注的世界由自我进入社会，她写了一批充满乡土之恋的、关于自己故乡台东的作品，如《东部》《台东大桥》《卑南溪》等。不过与另外一些写实的诗人不同，这些作品仍充满她感性的个人色彩。《台东大桥》写跨架于卑南溪上的远东第一吊桥为洪水所冲垮。她一方面把钢桥与洪水的搏斗人格化，暗示着生命与自然的抗争：

> 如抱的钢丝曾奋力坚持
> 与万匹马力的山洪，决
> 臂力、张力
> 如蛟的钢魂终于不支
> 钢断
> 如英雄之崩倒

另一方面，她又把自己的人生熔铸在卑南溪的石堤与吊桥中：

> 我的血脉连着
> 石堤的血脉悠悠连着

① ［法］西蒙娜·德·波伏娃：《第二性》，中国书籍出版社1998年版。

② 张默：《台湾女诗人选集》，台湾尔雅出版社1981年版。

荒古，信耶不信
荒天荒地，如此
洪荒的感觉，流淌向内

吊桥的流失，使她想到童年的流失，而感伤“同年同在堤上的孩子／同不同我／如上追想／笛声迢递的童年”。这样，敻虹的这类作品便由社会的写实返照自我的人生，有着社会、人生、自我比较丰富的蕴含。

敻虹后期的作品也以写实的手法表现亲情。《白色的歌》和《妈妈》写父母子女之情，《镜缘诗》写夫妻之情。语虽平白，情却深长，似无技巧，实最难达到：

当我认识你，我十岁
你三十五。你是团团脸的妈妈
你的爱是满满的一盆洗澡水
暖暖的，几乎把我浮起来

写实与象征，双重蕴含都极熨帖，而当“我三十五／你刚好六十”，人生一世，好像只是两照面：

你在一端给
我在一端取
这回你是流泉，我是池塘
你是落泪的流泉
我是幽静的池塘

这是中国传统的母性。以母性的情怀体谅母亲，又以儿女的情怀出之，真情使诗韵味深长。早先敻虹的爱情诗多用欧化句式的倒装句，以表现曲折宛转的缠绵心情，而后来的作品以平直的白描见长，诗意不在语言的布置上而在诗思的绵长上，题材和感情的改变使语言风格发生了很大变化。

后一阶段敻虹的诗还有一大批表现对佛教的心灵皈依。基督教对现代诗的影响，屡屡可见，纪弦、蓉子就有不少此类作品。佛教则不多。周梦蝶外，洛夫、余光中、羊令野等都有一些关于禅佛的诗。但包括周梦蝶在内，主要都是以禅理入诗，寻找与传统的空灵的超现实境界沟通的途径，而非对于佛的皈依。敻虹的此类诗则直接描写各种佛事，表现出心灵的虔诚皈依。在某种程度上它使诗净化，但同时也使诗脱离了人间烟火。它实际上是诗人在介入现实之后心灵无依的困惑的另一种表现。

介乎远山和近山的一道虹——罗英论

罗英（1940— ），湖北蒲沂人，十六岁时即加盟纪弦倡导成立的“现代派”，八十年代后又成为“创世纪”的成员。从最初在《现代诗》上发表作品开始，就表现出强烈的超现实主义色彩。八十年代后，最初倡导“现代”和“超现实”的诗人，纷纷从个人的人生历程和艺术实践，转向对传统的重认和现实的关注，罗英却未改初衷。洛夫说：“她在诗坛的地位非常特殊，就资历言，她是新一辈中的老人；就创造力言，她又是老一辈中的新人。”[①]

罗英出版过两部诗集：《云的捕手》（1982 年）和《二分之一的喜悦》（1987 年）。此外有小说集《罗英极短篇》。

解读罗英，在某种程度上说，比解读商禽还难。这一对台湾诗坛上的伉俪，在中国新诗艺术发展上所提供的文本价值是不容忽视的。台湾的“超现实主义”，其实都是现实的折射，是以诗的超越来实现对无法超越的现实的介入。因此，无论读洛夫或读商禽，你都可以从那些貌似超现实的诗句中，发现背后的让人辛酸的现实。罗英虽然也经历过战乱、逃难和困苦，但我们却较难从罗英纯粹直觉的诗句中去透视诱发她这些感觉的现实。这是因为，无论商禽还是洛夫，知性在他们的创作中都占据主导的成分。商禽虽说从不承认文学（尤其是诗）是被什么赋予了什么“使命”的，但他们诗的目的却很明确，是有着“为了什么”的。他们的反逻辑和反理性，其实都是一种逆向的逻辑和理性。顺着这一逆向逻辑的导引，我们不难找到他们诗路的理性心脉。而在罗英，她几乎全凭自己的直觉写诗。她说过：“我写诗并没有固定的地方，最常在公共汽车上写诗，也不一定要去寻找题材，当遇上时就好像着魔一般，非写不可……我觉得写诗要有梦幻和酒醉的心情。”而且她从不着意追求结构，常由一个意象生发开去，如行云流水，行于所当行，止于所当止，很难预设。因此，钟玲认定，她是按照超现实主义的自动写作法来创作的，诗的内容并未进入意识层次，而是直接由她的潜意识层搬到稿纸上，好像在一场白日梦中完成。[②]商禽也证实，“超现实”在罗英身上，不是什么主义，也不是什么方法，是她禀赋上的一种能力。这样，我们要像解读商禽或洛夫那样，顺着某种理路（哪怕是逆向的）去寻索罗英的思路，就相对要困难一些。从潜意识上的直觉映像移到稿纸，罗英的诗就带有很大的自由度和随意性。她的诗具有某种灵视的神秘和诡异，却又在形象可感的具体性上，常有出人意料的创造和动人的魅

① 洛夫：《向罗英的感觉世界探险》，《创世纪四十年评论选》，台湾创世纪出版社 1994 年版。
② 钟玲：《现代中国缪斯》。

力。因此，喜爱罗英诗歌的论者称她“能将超现实的意象融入抒情的节奏而又毫无窒滞之感”。这种不拘一格的艺术表达，使得罗英的诗歌创造了一个属于她自己的意象世界。钟玲称之为“开创了一个神话的领域”，并给予高度评价，认为“其成就没有其他台湾诗人能比。叶维廉是在诗中运用神话，而非创造神话世界；杨牧诗中再创的世界则是古典的传奇世界，亦非神话境界”，唯有罗英“具有神话时代诗咒的魔术力量”，因此她被称为“现代诗坛上的巫后”。正是这些原因，增加了人们解读罗英的困难。洛夫甚至认为罗英的诗是“一个彩色缤纷的梦境，其中只有形象，没有语言；只有生命，没有秩序”。因此，他说：“对于一个诉诸感觉的诗人如罗英者，分析是她的大敌。”这种情况，自然增大了罗英与缺少对现代艺术阅读准备的读者之间的“隔”。

其实，任何事物都是可以分析的，包括感受和理解。阅读罗英的作品，可以发现她最经常处理的主题有两大类：一是死亡，二是存在。如果钟玲关于罗英“自动写作”的判断是确切的话，那么罗英潜意识层里确实有这么一个并非纯粹理性的“死亡”情结。她无论从描绘什么出发，都会导致死亡。《死之演出》是对死亡的直接描绘。诗里描写了四种死：跳楼、车轧、溺水、撞墙。每一种死都充满了悲壮。

当他
站在最高的楼顶上
只有风
吹过来
与他握手并且道别也像
恋爱过的
蝴蝶
他张大双臂
丈量着
生与死的距离

短句的应用，使我们仿佛听到这位悲剧英雄临死前急促的呼吸。“恋爱过的蝴蝶”提示死者有过的生之美丽，而把死看作“张开双臂丈量着生与死的距离”，则使“死亡”成为一道哲学命题。于是死便成为一种演出：

他顿成为散裂的
一本书
在血那样

冰凉的
剧情中

这里死亡成为一次冷静的表演。罗英的抒情常具有这种特点，不是主观热烈的宣泄，而是客观冷静的演示。《画家》也写死亡：

画一只黑色的
鸽，又
画一只白色，一只红色，以及一只银灰色的鸽
那人
觉得自己羽翼已经丰硕起来
遂从高楼的窗户
匆匆地
飞出

以常人的眼光看，画家把画当作了自己，鸟画多了便把自己也想象成鸟，是一种神经质的异常；而以哲人的眼光看，艺术的完成也就是生命的完成，它的深层蕴涵却是十分正常的。这样，从潜意识层出发的罗英的意象，又常常进入理性的意识层次，成为一道深奥的哲学命题。

当然，死亡在罗英的诗歌里，不是绝对的；死常常蕴含着生，是再生的命题。“曾经衰败过的／虹／自泥沼中／又伸出它／手那般的／新芽”（《云的捕手》），“当夜晚／已被饮下／晨／在灯的眼睫间／升起”（室内灯光），“战士们／梦着／自己在重又复活了的／歌声中／飞行”（《飞鸽》）……这样一条“生—死”“死—生”的逻辑链，在罗英的诗歌中屡见不鲜。生死同构和转化，是许多现代诗人反复表现过的重要母题。洛夫的大量作品，尤其是《石室之死亡》，就以此为基本主题。但在洛夫的诗中，生死同构是作为对生命存在的奥义的探索，是一个被诗化了的哲学命题。而在罗英，则是由意识的积淀转化为一种艺术表达的直觉，蕴含着哲学意味的直觉。

罗英的另一类主题是关于存在，这里表现出罗英的批判意识。其实死亡本身就是对存在的一种批判。罗英的“再生”常常寄托在缥缈的幻梦之中，是一种精神的更生，同样表现着她对现实的彻底失望。她的更直接具体的批判对象是都市。在罗英的诗歌里，都市往往和疏离、死亡连在一起。《荒原》表现的是前者。

也是荒原的
都市

漠然地绽开着
恋那般
璀璨的
木棉花
映进
橱窗那池池沼
水珠似的
木棉花
悄悄地坠落于
噪音的
河
木棉的脚印和
脚印
快速地
绘成一落雨的
荒原

诗里木棉花的意象，象征着活泼的生命，但璀璨的生命只能漠然坠落在街市的“噪音的河”中，于是失去了生命的都市便只能是“荒原”。现代主义传统的疏离的主题，在罗英的诗里化为意象极为简洁鲜明的表达。毫无疑问，这是承继自艾略特的“荒原”母题。而在直接题为《都市》的两首诗中，“都市”是死亡的代名词。第一首写一个“银器般”的女子（“银器”让人联想到华贵，是一种美的象征）死在车祸中：“汽车的喇叭声／竟在地狱的彼岸／响起”；第二首也是写车祸：“任那喧哗声／在车与车之间／开出／花朵”（这里的“花朵”是一种溅血的意象，是一种残酷的美）。车是现代文明的象征，而所有美的生命都在“现代文明”之中凋零，但生命并不甘于这样的死亡，于是“诸多经培植又腐朽的／人名”在冻顶与红茶的杯子里（冻顶乌龙是台湾的名茶，此处喻有闲者的茶余饭后），“袅袅升起／呼喊的／眼睛”。无语的眼睛的呼喊和诗人冷静的演示一样，都充满批判的锋芒。

罗英的诗常呈现出一种周而复始的结构，如上面所引的那首《荒原》，从“荒原的都市”开始，写一株璀璨的木棉花，而木棉花漠然坠落，都市又成为“荒原”。又如《战事》：

一朵玫瑰
将泪水抛洒在

炮声起伏的浪涛间
死者将他盛满月光的头盔
抛进血的池沼
他的眼睛
突然流着野蜂的蜜
流着玫瑰的芳香

前一个“玫瑰”，是一种美的生命，而生命为战争所吞噬；后一个玫瑰，直接的表层隐喻是血，间接的深层隐喻是不甘死去的对生命的抗议。生命在这里以一种精神重又复活。这种周而复始的结构，在意义层次上是罗英那种生死同构和复始的观念的呈现；在形式层次上，可以使诗歌成为一个完整自足的意象世界。商禽曾说，罗英写诗与他无关，“她是她，我是我”。但实际上罗英身上有着很深的商禽的印记。且不说早期那些散文诗，如《鱼》《黑梦》等，后来的诗作里也有很多商禽式的意象和句型，如：

隧道穿着山
山穿着云
云穿着天空
天空穿着冬天流质的寒冷

——《隧道》

又如：

永不再笑的死者的脸
永不涟漪的往事的池沼
永不飘香的天堂的门窗
永不开花的爱情的果园

——《死者》

她似乎特别钟爱商禽那种近乎“顶针格”的连绵句式，将这种句式化为自己诗歌周而复始的结构，而呈现出一个自足的世界。

罗英诗歌最重要的特色是她直觉式的感知方式和直觉式的意象语言。台湾诗评界给予罗英最大的肯定也在这一方面。罗英取自于自己直觉的意象，却在意识深层激发哲思的回响。她看似切近大地的情感，却又在灵视的云里翱翔。她就是这样一道“介乎远山和近山”的“优柔”的虹。她的创造的价值在于此，她的深奥难懂也在于此。

将久候的心情伫立成深深的足印——古月论

古月（1942—　），本名胡玉衡，以诗集《追随太阳步伐的人》（1967年）走入诗坛，这是这位祖籍湖南衡山的才女自1964年发表诗作以后三年的结集。1964年是台湾诗坛风潮转变的初始。“笠”诗社成立于这一年；葡萄园诗社则稍早两年成立。初涉诗坛的古月最初加入葡萄园诗社。这自有当时诗歌风潮转换的影响，就古月作品中的古典意蕴和抒情倾向来看，也有与“葡萄园”所倡导的坚实、明朗的中国风格相一致的地方。但是，她艺术气质中那种超然物外的飘逸和空灵，却和当时创世纪诗社倡导的“超现实主义”诗歌有更多相近之处。这或许是古月后来离开“葡萄园”加入“创世纪”的原因。另一方面的原因也可能是她新婚后受先生李锡奇的影响。李锡奇是五十年代台湾现代画的倡导者之一，也曾着力于推动诗画相结合的现代艺术运动。然而，加入了“创世纪”之后，古月和那群用存在主义哲学来探寻和诠释生命的前卫诗人，仍有着很大的区别。对于崇尚写实路线和明朗诗风的“葡萄园”诗人来说，古月既不那么“写实”，又含有几分超脱的朦胧；而对于提倡知性、执着于对生命存在进行形而上的抽象探询的“创世纪”诗人来说，古月又是极其感性且有几分古典浪漫的不怎么“超现实”的成员。正是在这个既古典又现代、既贴近人生情感又飘逸空灵的交叉点上，古月营造了自己的诗歌境界。

就艺术上说，《追随太阳步伐的人》并不是一部成熟的作品。它时有欧化的生涩之弊，也有过于滥情的幼稚之嫌。但最初的这部诗集，却包含了古月后来创作发展的多种因素，作者时常在诗中流露出一种浪漫的感伤情怀。这是一个多少有些“娇柔纤弱”的古典玉人的抒情形象。如她在《独身妞》中所写的：

苦雨恋爱着你的孤芳
突然，忌胁的暴雨袭来
娇柔纤弱的玉人哪，怎能撑挡！

虽然她也有理想主义的乐观和自信，但这力量大都来自于这位基督教协同会圣经分院毕业的诗人对上帝感恩的宗教情怀。在《当你忧郁的时候》里，她写道：“上帝赋给大自然的喜乐／是永不止息的爱情／虽然黑夜有哭泣凄凄／清晨，山风依然飘送导醒的钟声”；但纵然如此，感伤仍无法摆脱，“信念带来无穷的幻灭／徒拾一季的飘零；而欲展的羽解化／却冲不出自缚的黑茧”（《追寻》）。此时古月才二十二三岁，伤情乃至自伤，自是敏感的爱诗的少女所难免的。

此后二十余年，古月出版了与李锡奇画作相配合的诗画集《月之祭》（1975 年）和《我爱》（1994 年）。在这两部诗集中古月仍然像最初的作品中所表现的那样，执着于对女性感情世界的倾诉，当然她已不是写《追随太阳步伐的人》时期的那个纯情少女了。她的灵感更多来自于对时空变迁的无奈。她的许多给诗坛留下印象的组诗如《异像》（三首）、《四季》（四首，即《春之声》《夏之影》《秋之旅》《冬之流》）、《月之祭》（十首）、《望山》（四首）等，都是面对倏忽无常而又恒久永存的时间和空间所发出的感慨。这多少又使人想起她的先生李锡奇的现代画。六十年代以来，李锡奇的绘画主题便一直是对深邃苍穹中永恒时空的探寻，他的《月之祭》系列、《生命的动感》系列、《时光行》系列，乃至以怀素的草书为素材制作的大型现代画《顿悟》系列，无不是以极其绚丽的色彩和沉郁的黑在抑扬顿挫的抽象线条中，呈现出他对宇宙星空和生命历史的理解与诠释。这一主题显然深深地影响了古月的诗作。她在一首也题为《时光行》的诗中这样描写她触及这一主题时的惊异：它是那样博大，“似触及亿万年未醒的梦／一声轻唤／似山脉爆发”，让我们纯情的诗人感到个人生命单薄和渺小，“走向你走向无限／火山熔浆般／倾来一片大寂寞／我的眼睛因望你而／炙伤／仍投以千万遍瞻恋”。于是她改变了自己：

今夜　让我挑亮一盏灯
向来只写感情的悲剧
这次　是心灵的悲剧

这是古月的“现代性”。她走出拘泥于少女感情的“葡萄园”，投向更关注人类心灵的“创世纪”。当然，她有别于更具思辨特性的“创世纪”男性同仁的，是她充满女性敏感的抑郁和拂之不去的古典意韵。她很少如男性诗人那样对生命与存在做哲学家般的沉思和滔滔不绝的诠释，即使最为哲学化的命题，如这首《时光行》，她往往也是以女性的情感给予化解，并辅之以古典浪漫的韵调。最典型的例子莫过于组诗《月之祭》了。

《月之祭》是 1969 年人类首次登月之后，画家和诗人深感到月亮这个我们民族创造出来的充满神话色彩的精神故乡，在现代科技的撞击下变得粉碎，而兴起的一种茫然的历史失落感和宇宙空茫感。他们花了四年时间最后完成的十幅画和十首诗，都各具自己的生命特色。这是古月影响最大的一组作品。在同题的画作中，李锡奇运用中国书法抽象的点、竖、撇、捺构成一个深邃苍穹的紧迫格局，与温润有泪的月亮形成主客体间冷漠与热烈的强烈对比，月亮在深邃苍穹运行中从诞生到覆灭的历程，蕴含着画面以外的深刻哲学命题。然而古月的诗作并不是对画面的哲学意蕴进行解释。她独辟蹊径地把自我投放在月亮上面，赋予月亮以中国传统女性的情感和形象。这依然是一个女性诗人透过自我来把握世界的艺术方式，既古典浪漫又超凡脱俗。因此，读月亮可以说是在读古月，读中国所有的传统女性的悲喜哀乐。《月之芒》那种男女之间水月之情的相悦，《月之魂》那种离乡浪子的迷失，《月之焚》那种被“老太阳那个鲁男子恋爱着”的“一次全蚀的占有”后的掩泣，乃至《月之魂》在原始之黑的囚禁之中所感到的凄冷与寂寞，莫不让人动容：

午夜醒来
醒于一片触不着的寂寞
被冷　眼冷
帐冷　心冷
高楼冷　思维冷
后羿啊　后羿
何不御风而来

——《月之魂》

隔绝人世遥而远之的月亮，经过诗人几度感情的转换和替代，变成了我们身边的一个多情而寂寞的女子——中国传统女子，既似诗人自己，又非诗人自己，可亲可近，可怜可爱。已故老诗人羊令野评古月的咏月诗，指出这是一种“把客观物象转化为纯心像的活动，其连锁的世界更为广阔”，“开始是现代人对现代月的一种相互反映，其所照射的，不仅是水晶帘下坐着的孤独人，而是那颗玲珑的心旋转成一个大千世界，好像也旋转为另一个月亮，孕育在每一个读者的心灵里”。[①]

古月就是这样，在最具现代意识的作品中，渗透着怎么也拂不去的古典的情致、意蕴和氛围。在这个意义上，可以说，古月是一个现代的古典诗人，或以“古典”写“现代”的诗人。

等你在青春路旁的一株开花的树——席慕蓉论

席慕蓉（1943—　）诗歌在台湾引起的校园骚动和在大陆造成的销售热潮，几乎是一样的。据我1984年年底自香港购到的版本来看，出版于1981年的《七里香》，四年来发行三十版；出版于1983年的《无怨的青春》，

① 羊令野：《评介古月的咏月诗》，刘福春《中国新诗编年史（下）》，人民文学出版社2013年版。

两年间也翻印了多次，虽然台湾图书每版仅二千册，但三十版也有六万册，对于一个仅二千多万人口的地区，这样的印数（尤其是一部诗集）仍是十分巨大而罕见的。而在大陆，仅最早出版席慕蓉诗集的花城出版社，从1987年的初版到1988年第五次印刷，两部诗集印数近四十万册。加上其他出版社编印的各种混编本、精选本和赏析本，总印数估计当高达几百万册。一时间凡书店，无“席”不成市。因此，席慕蓉引起评论界的注意，首先不是她的创作本身，而是这种异乎寻常的“席慕蓉现象”，这点两岸学者的认识是一致的。

两岸对“席慕蓉现象”的分析，大致都从两方面进行。一方面，从社会学的角度看，“台湾到八十年代已大致进入后期资本主义的消费社会。就像录影机、舶来化妆品一样，纯文学作品也成为高级消费品之一……而工商业社会的人际关系，不仅比较疏离冷淡，受商品交易的影响，也变得比较现实。因此为求补偿，浪漫泛情的作品正是消费的对象”①。而席慕蓉诗歌的悱恻缠绵，她所采取的容易令读者介入的第一人称对“你”的倾诉体，使“读者既享有探知别人爱情隐私的乐趣，又可认同诗中的女主角或男主角，满足自己浪漫的幻想”②。这便是席慕蓉乃至琼瑶、三毛作品流行的社会背景。另一方面，从诗歌运动方面分析，五六十年代排拒抒情的台湾现代诗的艰深晦涩，给读者带来阅读的疲惫感，语言浅白流畅、复归抒情甚至滥情的作品，反而更受读者欢迎。大陆研究者似乎比岛内评论界更强调此说，并以此来分析大陆席慕蓉的效颦者汪国真诗歌对新诗潮的“反叛”和“校正”。

席慕蓉的诗歌在思想和艺术上并未给台湾乃至中国新诗带来多少新的贡献，但她的几部作品在一个时期里能引起如此强烈的社会反响，这唤起我们对此文本进行分析的兴趣。

除了1979年出版的那部实际上以画为主的《画诗》外，席慕蓉主要的作品是《七里香》（1981年）、《无怨的青春》（1983年）和《时光九篇》（1987年）。其中《七里香》奠定了她的诗名。《无怨的青春》则无论是题材、感情还是表达方式，都是《七里香》的重复。作者曾说，这两部诗集参差地放进了她十三四岁到三十几岁时写在日记上的篇章。显然，《无怨的青春》是《七里香》产生轰动之后把选剩下的作品再次结集，因此便难免有重复和“续貂”之感。

一般少女或初为人妇时期写在日记上的诗句，是给自己看的，往往是自己感情最真实诚挚的记录。而作者所拥有的爱情经历和夫妻感情，是十分美好的。《七里香》的最后一辑“美丽的时刻”很动人地表现了诗人所拥

① 钟玲：《现代中国缪斯》。

② 同上。

有的这份“深沉宽广的爱”。《无怨的青春》代序中作者也表白：“在现实生活里，我是一个幸运的女子，因为有深爱着我的人的支持，我才能如此恣意地成长……我要承认，在今生，我已经得到了我所一直盼望着的那种绝对的爱情。”而作者诗中所表现的基本上是一种虽曰“无怨”却是失意的、错过的、孤独的爱情。这就使人不解，一个浸透在爱情幸福之中的少女或初妇，为什么会在写给自己看的日记上，表达的是并非自己现实感受的爱的失意和错过，而且写得这样缠绵悱恻、真切动人？作者在《七里香》后记中说：“我的诗就成为认识我们的朋友间一个不可解的谜了。有人说：你怎么会写这样的诗？或者，你怎么能写这样的诗？甚至，有很好的朋友说：‘你怎么可以写这样的诗？’”当然，艺术允许虚构，但虚构不必写在日记上。这就只有两种可能：这些诗并不都写在少女或初妇时期的日记上，或者虽写在日记上却并不准备只给自己，最终还是要给读者看的。因此，深知席慕蓉的台湾评论家曾昭旭说：“席慕蓉诗中所谓青春所谓爱，是不可以当作青春和爱来解的，她所说的十六岁并不是现实的十六岁，她所说的别离并不是别离，错过并不是错过，太迟并不是太迟，当然悲伤也并不是真的悲伤了……其实诗人虽说流泪，却无悲伤；虽说悲伤，实无痛苦。她只是借形相上的一点茫然，铸成境界上的只是千年好梦。”[①] 席慕蓉的诗并非是自己感情经历的真实记录，却不失是她所认定的那种理想爱情和处理爱情态度的真诚表白。认清了这点，就无须在“真”上苛求诗人。特别是当她不断把自己作为诗中所有感情事件的主角，重复咏叹已经充分咏叹过的那一点感情，掺假和兑水便是难免的了。尤其是《无怨的青春》中把所有爱的感情分类索引，从初遇到最后的“散戏”，每个阶段都加上一段导言式的卷前语，就有点像是一部“爱情指南”。其中难免有一点“作秀”的味道，是一种感情的“行销手段”。

这样说并非对席慕蓉诗歌整体的批评，更非否定，而是在一种规范上提供了对席慕蓉诗歌的认识。艺术是一种创造，正如曾昭旭所指出的，席慕蓉诗歌“不是事实的叙述而是意境的营造”。我们似乎可以将席慕蓉所“营造”的爱情“意境”划出几大模式：一、在现在的忧伤中追思往昔，以往昔的追思抚慰现在；二、在漫长的等待中倏忽错过，因倏忽的错过带来更漫长的忆念；三、在相逢中写离别，从离别中祈盼重逢；四、在热闹中写孤独，透过孤独表现与己无关的热闹。所有的这些模式，都以一个无怨无悔的追思为前提。因此，席慕蓉诗歌最常用的手段是“假设”，以造成对往昔追思的意境，当错过的错过了，失去的失去了，不是去抱怨它、仇恨它，而是经由事后的省思、觉悟，重证当时本有的纯洁晶莹，于是便从失去中发掘

① 曾昭相：《〈无怨的青春〉跋》，席慕蓉《无怨的青春》，花城出版社1987年版。

出一种值得肯定的美，从失落中重新获得鼓舞。无所谓失落失意，经历过的都是人生，进入回忆便都是美丽。席慕蓉诗歌所要表现的正是这种无怨的青春和无悔的人生，是一种人生启悟。这也是她作品风靡的积极意义。席慕蓉诗歌的女性抒情主体，常常自觉居于一种不责备抱怨他人的谦卑的位置，使她作品弥漫着一种古典的缠绵。但从另一角度说，这也是一种现代女性的自觉，因为，把自己的价值全部委身于男人的传统女性，爱的失落也就是她人生价值的失落。只有意识到自身价值的现代女性，才能从爱的失落中去发掘和享有它本来的美，滤除忧伤痛苦而成永恒，这就必须以人格的自立为前提。

《七里香》中另一部分富有价值的作品是“隐痛”一辑所表现的乡心和忧思。这是脱去“爱情”外衣之后另一个更加真实的席慕蓉。乡愁诗在中国文学传统中由来已久，但在台湾的诗人，努力把个人的离愁别绪与家国分裂的历史命运结合起来，表现得这样深挚、沉痛和淋漓尽致。《长城谣》的那种悲咽不能成声的历史沧桑感，《出塞曲》的那种呼啸大漠的豪爽气概，《隐痛》中那种不能触碰，一碰就椎心疼痛的伤怀，《狂风沙》里那种不可止息的乡心忧思，都在更深的层次上，表现出了席慕蓉的情思与才华。正因为有着这种为东方传统所特别看重的乡土忧思和民族情怀，1988 年，席慕蓉和香港摄影家林东生深入内蒙古四十天拍摄的一批照片，汇集了她有关故乡情愁的旧作新篇，出版了诗文摄影集《在那遥远的地方》，集中展示了她那丰富的内心世界中这郁郁沉思的一角。

1987 年席慕蓉出版了第三部诗集《时光九篇》。或许由于人到中年，青春已成昨日，这些大多写于四十岁后的诗篇，已逐渐从披示少女情怀，转向对于时间、生命和人生的感悟。并非一种哲理的知性阐发，而是富有某种人生理性意蕴的感性体验。作品的这一抒情特色和依然如前两个诗集“分类索引”式的编排，使这部诗集仍有着面对年轻读者的启悟性主题和色彩，不同的是已逐渐从“爱情指南”转向对于人生的启悟。

古代才女的现代情致——钟玲论

钟玲（1945—　），广东省人，台湾东海大学外文系学士，美国威斯康星大学比较文学博士，先后任教于美国纽约州立大学、香港中文大学和台湾中山大学。她研究西方现代文艺理论，却又从事中国当代文学批评和历代女诗人作品的英译，著有评论集《赤脚在草地上》和《现代中国缪斯》。她还是个小说家、散文家，出版过《轮回》《群山呼唤我》《美丽的错误》等。她也参与影视编剧，与台湾著名导演胡金铨合著过《山客集》。以这样中西融通的才智和多方面的文学经验来写诗，钟玲的诗会是一种怎样的面貌？

钟玲于六十年代末期开始写诗，曾加入台湾著名的学院派诗社“星座”。该社成员如翱翱、王润华、淡莹、黄德伟、林绿、陈慧桦、郑臻等，都是由研究英美现代诗及其理论而进入诗歌创作的。钟玲也不例外，走的也是这样一条由学术而诗的道路。这自然使她最初的作品带有知性的现代色彩和十九世纪英美浪漫派诗歌的某些韵致。这首以英文写作的《梦中的沃土》发表在《威斯康星报》上，后又被选入美国中学教科书：

亚美利坚，我来到你跟前
五光十色照花我眼
频繁的电子冲击
汇成铿然一声讪笑
我渡过第一个严冬呵
在漫天飞雪中侧耳倾听
你的内心唯有死寂

对美国现代工业社会的批判是一种清醒的理性，而这一建立在形而上之上的清醒理性，又是融汇在具有维多利亚时代风致的浪漫的抒情方式之中。

作为从台湾这一特定地域漂泊到异邦的一个女性诗人，她也不可避免地要面对两个主题：一是无根漂泊的社会的主题，一是女性情爱的生命的主题。二者构成了钟玲前期诗歌创作的重要脉络。“无根”是那一年代由大陆到台湾再度飘落到域外的“流浪的中国人”共同的一种状态。无论小说还是诗歌，对无根的哀叹，实际上是对寻根的渴求。钟玲在《无根者之歌》中写道：

飘忽的根
我要一根一根地
数数你的苦涩
我要用指尖
拂去你皱纹里的灰尘

但这女性的温存也只能是一种用心良苦的无奈，她在写给白先勇的《几代人的记忆》里，甚至有些愤慨，为“一肩挑起几代人记忆”的作家感到愤愤不平：

你不必伤神

只须把历史掷到槛外
任它由望远镜的两端
轮流批判你
你的芸芸众生
无火焚不成灰

这种焦灼、悲慨，正透射着心灵“抖也抖不落”的对根的在意、执拗和对家国故园富有历史蕴含的炽烈情思。

钟玲诗歌的另一类主题是两性之间的感情，余光中说这些情诗暗示多于明言，却遮掩不住爱的惶惑、不安与矛盾。这不是一种常人的世俗的爱情，而是现代知识女性过于敏感、自尊的精神游戏，大胆、泼辣而又小心乖巧，有着强烈的主观投入的体验。《情意法二帖》一写爱的死去（《死法》），一写爱的复活（《活法》），都在惶惑中表现理性和感情的矛盾。意识到爱的不值，虽在爱着也决心躲过，这是理性战胜感情，而虽然躲过却又踏梦而来，这是感情无法被理性战胜：

砰然
死命把门关上
锁你在门外
放过我。
你属于
去夏的暴雨
而你却穿破
层层脑墙。
履声橐橐
踏着梦归来。

感情的纷繁、微妙和难以把握，显示女性的敏感和细腻，使钟玲的爱情诗有别于同期某些诗人的纯情和单一。

当然，更能体现钟玲学识才智和多方面艺术经验的作品，是八十年代中期以后连续写下的十首以古代女性为题材的抒情性叙述诗（收入诗集《芬芳的海》时编为“美人图”一辑）。这些古往今来被传为佳话的历代才女、美女、情女，如西施、王昭君、卓文君、李清照、唐琬、苏小小、绿珠、花蕊夫人等，作者都从古籍中做了深入的考辨，纠正了某些谬传异说，一一写入附注之中，使艺术创作建立在相当严肃的历史考证之上，表现出诗人的学者本色。而在艺术上，诗人发挥自己在小说和戏剧创作中对于人物性格、细节和语言把握的特长，以及对事件、情节进行剪裁、结构的艺术经验，将丰富的历史事件、情节发展和人物关系，压缩在一个典型的事件和感情冲突的戏剧场面与情境里，借助人物第一人称的倾诉口吻，像古典歌剧的宣叙调，使叙事和抒情得到完好的结合。它不是传统的叙事诗，也非一般的抒情诗。若以叙事诗看之，传统叙事诗的客观性在这里是以抒情诗的主观性表现出来；而若以抒情诗看之，每一句感情的抒发，又都有具体的历史事件和随同感情展开的情节。这是一种抒情性的叙事诗，或者是以叙事为背景的抒情诗。以《王昭君》为例，在仅四十八行的短短篇幅中，几乎包含了史籍和传说中所有关于王昭君的记载，从汉元帝的广征民女，画师受贿，丑画昭君，致使三年空寂，到匈奴呼韩邪来朝，帝赐宫女，昭君自请，承明殿上初会，元帝惊艳，懊悔不迭却只能魂牵塞外。所有这些事件只选择昭君请辞、圣殿初会的这一典型的戏剧性情境。叙事的经纬是因为所有这些事件是借助这一情境中昭君复杂幽微的内心感情倾诉映射出来的。昭君的心灵世界也借助这一系列遭遇，而表现出矜持、自尊、薄命、怨艾、识见与大度的丰富性。诗人的目的当然不在于复述历史，而是透过这一历史传说表现出一个古代才女、美女和情女的矜持与自尊。昭君的自请适番，显然是她唯一能面见元帝的机会，也是她唯一能使元帝永远抱憾和思慕的机会。所以她说："陛下，我不甘心老死宫中／唯有离开你，远离长安，／我们才有缘相见。"又说："纵使你能爱我，以无尽温柔，／你的宠眷能多久？／倒不如你魂牵塞外，／因为得不到的，／属于永恒。"昭君的心机和识见，就在这里。

钟玲在论及中国女诗人对传统的承续时说："女诗人笔下的古典世界，也常出现一位才女。诗中这位才女多是诗人自我的投射。现代的女诗人，或多或少都受传统才女形象的影响。因为她们在别人心目中，是古典时期才女的继承人，而最典型的古代才女形象，即是《红楼梦》中的林黛玉，她多愁善感，才高命薄，用情忠贞不渝。许多台湾女诗人笔下的女性，或笔下第一人称的'我'，都有林黛玉的影子。"这段话用来分析钟玲自己的作品，也最恰当不过。尤其是她表现古代女性的这十首充满古典情怀和韵致的"美人图"。尽管她所写的女性多种多样，或上层或下层，或左右历史，或位卑命薄，但几乎都集才、貌、情于一身，在坎坷的命运中，显示出她们的矜持自尊、才智过人和忠贞不渝。

作为一个现代女性诗人，钟玲描写古代才女的人生时，也常常表现出她突破传统观念和某些庸俗社会学的束缚，而输进现代意识。她语言典雅，引用典故，充满古典的韵致，但句式意象却是现代的。前引《王昭君》，她摒弃了传统的"忠君和番"的主题；把昭君的行为动机归结在"情"上面，这就切合女性的感情真实，也体现出那种"得不到的属于永恒"的现代情感意识。再如《卓文君》这个古代才女私奔的故事，诗人突出了主人公突破封建观念的叛逆行为，并暗示了大胆的性爱。相如抚琴在卓文君心中所唤起的是性爱的颤动：

你不必琴挑我的心
锦城来的郎君
我就是横陈
你膝上的琴
向夜色
张开我的挺秀
等候你手指的温柔
你不必撩我拨我
锦城来的郎君
只须轻轻一拂
无论触及哪一根弦
我都忍不住吟哦
忍不住颤
颤成阵阵清香的花蕊

挑琴与性的挑逗结合在一起，以温婉的暗示表露，大胆而不淫俗，是这一位为了爱情而勇敢私奔的叛逆女性必然的演出。在语言上，钟玲的这一组作品，委婉雅致，虽用典故笼罩出一种古典氛围，但在句式和意象上，却又极为现代。如西施对夫差说："你在我眼中丰收过恋慕。"昭君对元帝说："你的深情也刺痛我。"写苏小小的寂寞和思念："只听见两脚踏着轻尘／水波如佩叩着堤岸／隔壁的蚯蚓翻土铺床／我剪下墙上新垂的树根／编一个同心结给你"，等等。能融古典于现代，以现代手法写古典韵致，显示出诗人跨越传统和现代的深厚功力。

钟玲早期的诗多汇编在自己的小说、散文集中，1988 年出版的《芬芳的海》是她第一部专门的诗集。

从天河潺潺漏下的水声和鱼拓——冯青论

冯青（1950—　），江苏武进人，在七十年代末期开始发表作品时，被看作继承"我国现代诗中的抒情传统"的"最新的声音"。无论是洛夫、张默、张汉良、萧萧、向明，还是钟玲，都因她作品那些简单的句法、空灵的意象与特殊气氛的经营所呈现出来的浪漫情怀和婉约风格，肯定她是当时最有才华的女诗人。然而，十年后，倡导“后现代”和“新人类”文学的林耀德，却认定冯青的作品“一开始就抵御了感情的横溢”：“她的处女作《天河的水声》（1983 年）尽管题名浪漫而感性，因而讹诈了许多伪批评家。但读者在书中所被告示的是一种冰冷如金属的文体……诗的客体投射对应着生活，然而生活入诗却形成一个被诗人重新赋予秩序、展布意识的世界……冯青作品的生活面以趋近零度的意象语，规范了以静制动的视野。”

这些相去甚远的评价除了反映出批评者不同的审视角度和衡量尺度外，更重要的是由于作品本身的丰富性和诗人风格的变化所导致的。七十年代后期台湾的现代诗呈现出寻求自己民族归宿的强烈趋向。当年以对传统的叛逆而开拓了台湾诗歌新生面的五十年代的诗人，都纷纷从传统的人文精神和古典诗歌的情致、意境甚至语言、意象中，寻求现代与传统的沟通，而使诗坛弥漫着浓厚的新古典主义的气氛。冯青最初的诗是承续这一传统的。她一再被选入各种诗选、大系、大展的《溪语》《水姜花》《铃兰之歌》《最好回苏州去》等诗篇，都在典雅、细腻和委婉的感性上，表现出一个活泼而又不失淑女风范的东方女性的情怀，氤氲着唐诗、宋词的书卷气。钟玲曾经指出《最好回苏州去》那些温馨动人的诗句：

新橙如刚开脸的新妇
甜净的笑
在白脂玉盘里脆响
而切橙的小刀
确曾在黄河的冰上
磨过

想那时
爱情总在霜与马蹄间踌躇

这些意象系来自周邦彦词《少年游·怀旧》：“并刀如水，吴盐胜雪，纤指破新橙……低声问，向谁行宿？城上已三更，马滑霜浓，不如休去，真是少年人。”但当作者把宾语的新橙用作主语来比喻刚开脸的新妇，而将“马滑霜浓”用在爱情的犹疑，旧词在诗人创造性的活用中生出新意。读这些诗，常可看到郑愁予、杨牧、林泠、敻虹甚至席慕蓉的影子，这正说明了冯青最初创作的传承。

但到七十年代末，现代诗的这脉浪漫情怀，已像一首烂熟了的歌被一茬又一茬的诗人唱烂了。如果仅止于此，冯青只能是垂悬在一大串诗人后面的一个难以引人注意的名字。冯青的脱颖而出，在于对她传承的“叛逆”，还在于这些浪漫感性的诗篇引来诗坛阵阵喝彩的同时，她就悄悄地把自己的浪漫感性收敛起来。一方面她在月光窸窣的水面上说：“你将会在冰凉中／逐渐感觉我”（《水姜花》），像一些多情的小女儿写自己的初恋：“你读月光似的读我的嘴唇……”（《铃兰之歌》）；另一方面，她又极力从过于投入的感情中超拔出来，保持对自己的一种冷视的态度。她写都市人生的烦躁，写失去了激情的少妇的无奈：“两朵云／冷淡地相拥／又无声地告别”（《晚潮》）。就像那条《秋刀鱼》：虽有着“强烈而锐利的嘴”，却只能“空啮着无法出口的语言”。等待被宰割的秋刀鱼是无奈的；而面对秋刀鱼突然啜泣起来的女人也感到自己被生活“宰割”的无奈。鱼和人的冷静对视，产生一种强烈的震撼。

吃鱼吧
这回一边说着
一边收敛起灯光下柔顺眼神的女人
一个人开始挟动了筷子

这就使冯青的诗一开始就隐伏着两种对立的情绪，如她在《蝉》中所写的：

我是空果
我冰冻着火核
猝然地高声
又猝然地暗了

正是这一点，被“后现代”的倡导者看中而引为同道。冯青后来的创作也的确发展了这种抵御浪漫感性的冷冽观照的方式。作为七十年代末领衔诗坛的青年诗人，冯青代表了这一时期诗潮的趋向。她是介乎前一个时代结束和新一个时代开始的诗人。

1989 年冯青出版了第二部诗集《雪原奔火》，翌年又出版了《快乐和不快乐的鱼》。两部诗集都发展了《天河的水声》中后一种情绪和艺术观照方式。那一个面向自己内心世界的纯情少女不见了，因烦躁的都市人生而带有几分忧愁的少妇的无奈也失踪了，代之而起的是在冷冽空灵的抒情中，对人类文明和生命本身的关怀。犹如诗集的名字“雪原”和“奔火”这两个相对立的意象所呈示的那样，诗中常常隐伏着两种相互冲突的情绪：表面的冷冽、调侃和实质的热切、关爱造成一种新的平衡，意象的纷繁、芜乱和感情的凝注、专一构成一种新的秩序。少妇对自身的无奈，扩大为人类对自身生存环境和命运的悲叹。世界是一片饥饿的梦原，而“彳亍于世纪风雪中的／竟是一颗没有火的太阳”。于是诗人悲慨地告诫自己：

当你醒时不要被醒呼醒
你看到都市的悲帆
在向沙漠伸延那张灰扑扑的脸
尘花与阳光刹时消失
炙入我们的睡眠

——《不要在醒时被醒呼醒》

这种对人类生存境况的关爱，虽然空灵，且透着愤郁，但却博大而深挚。作为一个女性诗人，冯青正在超越女性诗人仅仅观照自己内心世界的狭小格局。

尤其值得特别提出的是《快乐与不快乐的鱼》卷一中的“台湾组曲”。诗人的观照由空灵而进入一个很现实的社会和政治领域。《黄昏岭》写为经济起飞而付出青春的小女工的命运，《台东人》《南都恋曲》和《白牡丹》都写自己姐妹的卖笑生涯，《三声无奈》是对生活的“无奈”，《补破网》则讽喻政治，而《港边惜别》则在现实与历史的对照中，控诉被迫卷入殖民战争的黑暗岁月和人们对战争灾难遗忘的冷漠，诗人一刀两刃，一方面指向昨日，当“旗舰撑开了肚膛／吞噬绿蚂蚁的人潮”，“惜别之后／我们立刻生产了数十万的寡妇”，诗人记下这不幸的历史镜头：

数十万的寡妇们
在历史的暮霭里
沉默

然而更不幸的是人们对历史的遗忘：九十年代送别的男女，聚精会神盘算的是“新鲜的绿卡及家具货柜的价格”。没有人能想起“有任何亲人的名字／被留在南洋”，遗忘战争，使海洋变得空白，港口也显得多余，在“半新不旧的台湾”忙于营构自己庸碌的生活时——

一张登载战后索赔名单的旧报纸
被海风吹入大海

在这些作品中，诗人强烈的历史感和现实意识，使这些作品呈现出与以往的空灵和雅静完全不同的风格。作品的诗题似乎都来自流传民间的俚俗谣曲，却因诗人的创造而有了深厚的社会、历史蕴含。它因此更贴近普通的人生也可能为社会更广泛地接受。

冯青的作品时常流露出悲观的色彩。这来自台湾的社会现实和历史遭遇，或许也与诗人个人的人生境遇不无关系。

疲于抒情后的抒情——夏宇论

夏宇（1956—　）在台湾被认为是典型的后现代诗人。后现代主义指的是伴随后工业时代出现的一种文化思潮。它以资讯的发达和社会商品消费趋向的普泛为特征。资讯的发展——各种传播媒体和电脑的普及，使人们从工业社会的整齐性、集体性和统一性中解脱出来，走向了信息社会的变化、差异和多元的世界。世界随着资讯手段的普及而缩小了距离，人的视界也随之扩展萌生了“地球村”“太阳乡”“银河国”等宇宙意识。而社会商品化的趋向又使文学被纳入了消费渠道。以往现实主义所执着的社会使命感和现代主义所崇仰的艺术纯粹性，都为“后现代”对语言复制功能所能达到的真实程度的质疑和艺术走向大众化、通俗化的游戏规则的重新建立所代替。这一新兴的文化哲学思潮，一方面是社会经济发展的反映，另一方面又是艺术规律发展的结果。在台湾，社会的发展当然还不能说已经完全步入了后现代阶段，但电子工业的发达和社会财富的激增推动了消费行业的勃兴，使社会生活的某些方面超前地进入了“后工业”文明状态。而一向不设防的文化引进，使趋向新潮的新生一代知识人，把迅疾吸收西方正在兴起的“后现代”文化哲学视为时髦。另一方面，五十年代到七十年代现代与乡土纠葛不断的论争所形成的具有强烈排他性的“文化霸权主义”，对八十年代以后初涉文坛的年轻作家构成一种规范性的胁迫；“后现代”对于一元中心论的反抗，实际上是文学思潮发展中倾向多元、变异和无序的另一极，对这一“霸权中心”的消解和反拨。对于许多作家来说，这是一种文化策略的选择。从这个意义上说，许多被视为“后现代”的诗人、作家，并不是先在“后现代”理论的指导下才去创作“后现代”作品的，而是在对现实主义或现代主义的反拨中，由社会生活的推导而呈现出了某些“后现代”的文化特征。因此，对他们来说，“后现代”是一种后设批评，至少，在“后现代”成为文坛一种风潮之前是如此。夏宇就说过：“写诗十几年，忽然有人说它就是‘后现代’。”即表现出一种惊异和肯认。

夏宇出版有诗集《备忘录》（1984 年）和《腹语术》（1988 年），很难说她的诗有一个专注的中心主题。虽然，她写了许多与女性题材有关的诗，包括爱情诗，因此被认为是“台湾少数表现了女性中心论的诗人”；但所有的这些诗，她都不为“题材”而写，她说，“我只为自己而写”，“我并不怎么意识到自己是诗人。我只想做一个自由思考和生活的人……一个‘腹地广大’的人”。这样的艺术态度，一方面有着从写实主义到现代主义一脉相承的真挚，另一方面又有着对写实和现代反叛的佻达。诗所表现的便是她在人生与艺术之间这种既“唇亡齿寒”又非“一拍即合”的关系，是她渴望能在现实与艺术世界之间“来去自如”的追求。例如，在浪漫派或现代派的作品中，爱情都要表现得死去活来般以求其真诚、纯粹和永恒。在夏宇的诗中，则以一种慧黠的佻达（钟玲借西方文学评论的概念称之为“捣蛋鬼原型人物的心态”），在游戏与深挚之间出入。在现代人的观念中，永恒的、绝对的爱情是不存在的。因此，夏宇说爱情是长在鼻子上的一颗痘痘：“开了／迅即凋落／比昙花短／比爱情长。”又说，爱情像是一颗坏牙：“你是那种细菌／爱好潮湿／糖的／世居。”这些机智慧黠、恍若恶作剧的比喻，与纪弦、余光中、洛夫、郑愁予、敻虹等人的爱情诗不同，辛辣地嘲弄了在他们诗中被视为神圣、崇高的生死不渝、世代轮回的那种爱情和他们把心中所爱的对象化为不可企及的神那样痴迷的感情。《也是情妇》是对郑愁予的《情妇》的反讽。郑愁予写道：

在一青石的小城，住着我的情妇
而我什么也不留给她
只有一畦金线菊，和一个高高的窗口
所以，我去，总穿一袭蓝衫子
我要她感觉，那是季节，或
候鸟的来临
因为我不是常常回家的那种人

而夏宇则调笑地说：

一九七九年夏天你也是一个情妇，很
低的窗口，窗外只有玉蜀黍。他是卷
发，胸前有毛，一辈子
不穿什么蓝衫子。也不像候鸟
不留菊花
是一头法兰西的河马

故作多情的浪子变成善嚼的河马，是对浪子式感情游戏的幽默的报复。《今年最后一首情诗》中，写的虽也是超越死生的爱情，但重逢的前世爱人却是在“城市边缘的垃圾场”的“一具头盖骨”。这个荒诞而现实的故事，“以这么赤裸简单的方式”，对历代诗人唱过千万遍的生死不渝的轮回之爱，给予无情的嘲讽。但是在这些看似佻达的嘲讽背后，夏宇的情诗仍有着深挚的感情：爱情虽然如蛀牙那样容易坏死，但“拔掉了还疼”，“死了依然甜蜜”。她反观自己，以一种特殊的形式写生死不渝的爱：

把你影子加点盐
腌起来
风干
老的时候
下酒

意象提示我们反复咀嚼的韵味，也如一个佻达的少女想象“老的时候”反复咀嚼自己往昔爱情那样复杂而意味深长。这是夏宇“疲于抒情后的”一种抒情方式，反抒情的抒情，反神圣的神圣，夏宇就这样“出入”在现代和“后现代”之间。

另一个典型的例子是《野餐》，这是写给父亲的悼诗，以表面的若无其事掩饰内心的深沉哀痛：

父亲在刮胡子
唇角已经发黑
我不忍心提醒他
他已经死了

作者采取死生换位的手法，不忍提醒的不是死去的父亲而是自己。接着把葬礼写成送父亲去多风的高地野餐。“野餐”来自野祭的仪式；把不能再陪伴父亲写成如十三岁时长成矜持的少女而不敢与父亲同行。但诗中感动人心的是生的愿望，当女儿劝慰“生前无非是苦”，而呼吸微弱的父亲在垂别中仍说：“我懂，可是我怕”，让人感到一种揪心的对生的渴求给人的震撼。无论“后现代”者们怎样故意对生活采取游戏的态度，实际上冷的艺术外表仍包裹着火灼般的人道精神的内核。

夏宇诗歌给人的另一个强烈刺激是语言的机智尖锐。她说：“我不认为我的诗都是语言游戏，相对于某一层面的人格结构，可能在方法上有点倾向于‘以暴制暴’。”这里所说的是她运用语言的策略。现代诗强调语言的创新性、原创性，他们调动灵感、直觉、幻觉，不惜扭断逻辑和语法的脖子，而获取语言的创新。然而后现代诗则以对现代诗所创立的语言规则的质疑，来创造自己的新规律，不惜强调模拟、重复和引述，甚至不避讳“陈词滥调”，透过这些近乎俚俗的语言手段实现创新。这实际上也是一种“捣蛋鬼”式的“以暴制暴”的策略。在夏宇的诗中很难找到现代诗那种典丽、儒雅、纯净、唯美的意象，遍布她诗中的却是口语的、俚俗的、琐屑的生活语言和意象，甚至连某些女性诗人避之不及的词汇如“集体手淫”“交媾”“小便”“交配”等都在她诗中获得活泼的原创性的生命。如《姜螈》：

每逢下雨天
我就有一种感觉
想要交配　繁殖
子嗣　遍布
于世上　各随各的
方言
宗族
立国
像一头兽
在一个隐秘的洞穴
每逢下雨天
像一头兽
用人的方式

以周朝始祖姜螈为题的这首诗，借古代母系社会的原始心态来隐喻现代人的生命本性，语言的不避粗鄙恰恰表现出生命原欲的天性。夏宇诗歌的“后现代”特征便同时表现在她对于“现代诗”语言纯净崇高的反叛和破坏上，以此来重建自己的语言规则。

这种“日常生活超现实性”的俚俗倾向，是夏宇诗歌所追求的。但对于被纳入消费渠道的快餐式文化，夏宇又表现出不肯流俗的超凡。她的第一部诗集《备忘录》是手工制作并限量五百册自费出版的。出版当天她远出旅行而希望自己成为“孤僻、机智，而又甜蜜地流传着的诗集”的“地下诗人”。然而当她两年后准备再版时，却发现自己的诗集列入排行榜第一百〇八名，并被夸张地写在笔筒、杂志架和椅垫上大量廉价出售。追求俚俗的诗人希望自己的诗集脱俗却又不可避免被商品化地大量使用而流俗，这本身或许就是“后现代”文化的一种令人哭笑不得的尴尬现象。

简政珍曾经指出：“夏宇的诗以爱情的题材为主，现实人生入诗的不多。机智和游戏使爱情迭生新义，不过游戏若无人生的沉潜垫底能支持多久？新鲜经不起重复；这爱情的‘备忘录’已成记忆，接下去读者可能预期夏宇更开阔的题材，使游戏加上一层肃穆。”这是游戏之外的一次严肃的提示。

（刘登翰：评论家）

新汉学研究之契机：自《梦中的橄榄树》西译本之注释分析翻译策略与译者风格

古孟玄

摘　要：三毛的小说《梦中的橄榄树》西译本 *Diarios de las Canarias* 于 2017 年出版，这是继 *Diarios del Sáhara*（《撒哈拉的故事》）所出版的第二本三毛的西译作品。厚达 378 页的西译本不仅有十九个章节的故事，还有译者、出版社作序，书末包含过往的照片、友人的回忆及译者结语。三毛故事最吸引人的不外身在异地的西班牙体验，以及掺杂着异国风味的乡愁，透过行云流水的文字，轻松中不失文采，让这些场景重现在读者的眼前。翻译的过程难以避免讯息的流失，尤其当译出语文化和译入语差距过大的时候。此研究先行介绍作家三毛及西语译作背景，对照分析《梦中的橄榄树》原著与西译本之注释，并探讨其他相同的中华文化元素之西译本翻译技巧。其研究目的如下：1. 探讨译文注释所隶属的文化类别。2. 分析不同译本对于文化元素的翻译技巧。3. 归纳《梦中的橄榄树》西译本之翻译策略。

关键字：三毛；注释；文化元素；翻译技巧；翻译策略

一、前言

三毛（1943—1991）是华语文学的传奇，不到半个世纪的生命，读者的回响至今从未间断。《百合的传说》是痖弦在三毛辞世近三年时，为纪念她而作，他认为："纪念三毛最好的方式，不应该只是去说当年演讲如何的盛况空前……纪念三毛最好的方式，还是去研究她的作品。"[①] 眼下有许多关于三毛的传书，不管是大陆还是台湾出版的各种三毛传，不少都有把作家的故事传奇化的现象，反而让真实的三毛在许多浮夸的想象中逐渐模糊。在海外借由外文重新诠释的三毛，或可为华人圈的三毛风潮散热。2016 年

① 痖弦：《百合的传说——怀念三毛》，载《台湾现当代作家研究资料汇编 89 三毛》，台湾文学馆 2016 年版，第 152 页。

三毛作品《撒哈拉的故事》首次发行西班牙文译本，隔年《梦中的橄榄树》西语版问世。译者把小说的内容用最朴实无华的文字重现，把三毛和荷西带到西语读者的面前。三毛作品的西译本将会接续的出版，而探讨西班牙语中的三毛是另一种向作者致敬的方式。

二、三毛及《梦中的橄榄树》

（一）大家的、永远的三毛

三毛的母亲在《我的女儿，大家的三毛》一文中陈述了女儿的好个性，“她为别人忙得失去了自己，她成为大家的三毛，而不只是我的女儿”[①]。三毛离家二十年，远赴欧洲念书，游学西班牙、德国与美国。回到台湾后，又是夜以继日地工作，常常废寝忘食。看在父母的眼中，自然是非常的不舍，然而面对特立独行的三毛，她的父母总是无条件地支持与包容。“她本质纯良宽厚，对万事万物，满怀爱心。”[②] 在朋友眼中，三毛是一个“把时间、精神和感情都分给众人的人……永远不疲惫的三毛，恨不得自己变成一叶大海中的慈航，普度众生，恨不得自己有千手千眼，可以关爱到所有需要关爱的人”[③]。

三毛的形象永远烙印在读者心中，在她短暂的四十八年青春里，她选择旅行激起生命的火花，借由写作延续流浪的精神。2011 年为三毛离世二十周年，台湾文学馆为追悼这位用文字堆砌想象空间、带领读者出走的台湾女作家，策划了两个月的“梦中的橄榄树——三毛逝世二十周年纪念特展”。而三毛线上特展则延续迄今，透过手机或计算机浏览，更可近距离地欣赏许多三毛纪念文物[④]。此次展场设计共分六个区，“运用色彩的叙述性……呈现不同时期或不同主题下的三毛及其文学”[⑤]。除展出台文馆独家

---

① 谬进兰:《我的女儿——大家的三毛》，载《台湾现当代作家研究资料汇编 89 三毛》，台湾文学馆 2016 年版，第 129 页。

② 司马中原:《三毛的生与死——兼谈她的精神世界》，载《台湾现当代作家研究资料汇编 89 三毛》，台湾文学馆 2016 年版，第 172 页。

③ 痖弦:《百合的传说——怀念三毛》，第 147 页。

④《梦中的橄榄树——三毛逝世二十周年纪念特展》在线版：https：//echo.nmtl.gov.tw/

⑤ 黄佳慧于《〈梦中的橄榄树——三毛逝世二十周年纪念特展〉策展始末》指出，“A 区‘今生今世’以灰米色呈现沙漠荒芜景象，一方面搭配墨绿、浅绿暗喻代表三毛坚韧的生命力，与沙漠景观进行对照；B 区‘印象三毛’，橄榄嫩绿呈现树叶蓬勃开展；C 区‘心灵梦田’，深蓝色呈现心房灵魂序曲；D 区‘我的宝贝’，深紫色呈现三毛多样化收藏；E 区‘走遍千山万水’，浅棕色系呈现旅行走过的土地；F 区‘生命的回声’，红橘色呈现三毛出版品繁花似锦。……其中 B 区也分别针对其 4 个不同创作时期，以 4 个颜色作为暗示:‘当三毛还是陈平的时候’诠释‘少女愁滋味’的浅粉蓝色、‘寻找前世的乡愁’以鲜黄色代表赴沙漠生活与创作、‘一个男孩子的爱情’以鲜红色代表与荷西的爱情，以及‘游于艺’呈现多元创作时期的橄榄绿色”。黄佳慧《〈梦中的橄榄树——三毛逝世二十周年纪念特展〉策展始末》，载《台湾文学馆通讯》第 52 页，2011 年 6 月第 31 期。

珍藏的文物、资料，以及三毛著名的收藏，并且印制“三毛作品、评论资料目录”，“希望可以透过展览与学术的联结，将作家的文学研究领域，透过目录的索引更加普及化。”[①]《台湾现当代作家研究资料汇编 89 三毛》于 2016 年问世，收录了三毛相关评论，最后一章即为近七十页的“研究评论资料目录”，对于三毛相关的研究裨益良多。

2019 年为三毛七十六岁冥诞，Google 在这一年的妇女节，“特别委任 10 名女艺术家将十三名女性领袖鼓舞人心的名句设计成标题涂鸦，以此向全世界的女性致敬”[②]。雀屏中选的女性代表来自墨西哥、印度、英国、奈及利亚等国家，而台湾则是家喻户晓的三毛。Google 首页标题涂鸦透过缤纷的色彩，把这段文字俏皮地展示在网页上，“一个人至少拥有一个梦想，有一个理由去坚强”。设计的理念不仅呈现了三毛对于理想的坚持，更凸显了在她身处的时代背景下，这位女作家独特的性格。3 月 26 日三毛生日当天，Google 首页以三毛着阿拉伯式的宽袍，盘坐在沙漠上写作纪念这位传奇的台湾女作家，而三毛的二十句经典名言也成为读者们回味的文字印记。

（二）梦中的橄榄树在加那利群岛

《梦中的橄榄树》一书描绘着三毛在加那利群岛生活中邂逅的人、事、物：小时候与众不同的拾荒梦，为同乡的海外孤坟尽份心力，加那利群岛的巫师及岛民，家人间不求回报的亲情，与荷西间无须言语的契合，独处时享受大自然之美的纯粹欢喜，与克里斯、莫里、玛丽亚的相遇结识，荷西的死亡带给她的创伤，搬家后与她的朋友们依依不舍……里头满载三毛丰富而细腻的情感。这些三毛生命里的大小事编织出了她对生活的品味、观点，这些生命中的悲欢离合、爱恨情仇都是令三毛传奇一生增添色彩的养分。

Diarios de Las Canarias（《加那利群岛日记》）为三毛小说《梦中的橄榄树》于 2017 年所出版的西班牙语译本，这是继 *Diarios del Sáhara*（《撒哈拉的故事 / 岁月》）于 2016 年出版后，西班牙读者可以再度跟着三毛旅行，一窥异乡生活的另一本充满趣味的散文集。文学评论 *Todo Literatura* 对 *Diarios de Las Canarias*（《梦中的橄榄树》）有许多正面的评价，指出这部小说是三毛“成熟且扎实的作品，三毛再次向读者说明，最平凡的日常，

---

① 黄佳慧:《〈梦中的橄榄树——三毛逝世二十周年纪念特展〉策展始末》，载《台湾文学馆通讯》第 52 页，2011 年 6 月第 31 期。

② 须予谦《国际妇女节 Google 标题涂鸦致敬 13 名各领域女性领袖　台湾作家三毛成为中文世界代表》，载《风传媒》，2019 年 3 月 8 日，https：//www.storm.mg/article/1038585

也能成为引人入胜的文章”①。透过阅读三毛的西班牙文译本，西班牙作家Ricardo Martínez Llorca（里卡尔多·马尔蒂内斯·略尔卡）② 认为三毛的个性是如此“慷慨、敏感、慈悲、贫瘠、谦卑、固执，尤其为求生活极简，以达她所追求的快乐”③。

西班牙作家霍尔赫·卡里翁（Jorge Carrión）亲自前往加那利群岛走一遭，除了看见三毛当初展开双臂溜冰，大喊“我自由了！我自由了！”的圣胡安（San Juan）广场，也到了每周六三毛必去走走的图书馆，而今已是莱昂与卡斯蒂略（León y Castillo）博物馆。一旁有三毛常去的市场以及邮局。自邮局退休有一段时间的安通尼奥（Antonio）先生娓娓道来记忆犹新，当初他还在上班时“三毛的信件越来越多，有时候还必须帮她把成包的信提到车上”④。热情的读者不分海内外的寄信给三毛，霍尔赫·卡里翁（Jorge Carrión）也指出三毛在台湾的父亲，“每天花三四个小时读女儿的信件、协助整理、分类、根据需不需要回信一一贴上标签以及做记号”⑤。透过整理这些粉丝们的来信，对于远方的女儿，父爱寄情其中。

三毛的小说成为西班牙与中国的非官方联系管道，对于中国读者而言，无异是开启了一扇通往世界的窗，北京十月文艺的主编回想起“在中国八十年代没有人出国，因此阅读三毛的作品能够发现一个不同的未知世界，

① 作者译，原文“*Diarios de las Canarias* es un conjunto de textos maduros y sólidos，en los que la autora nos demuestra una vez más que lo cotidiano puede convertirse en material de magníficos relatos.”载 *Todo Literatura*；（全文学）期刊，2017 年 11 月 12 日，https：//www.todoliteratura.es/articulo/actualidad/_rata-publica-segunda-entrega-diarios-sanmao-diarios-canarias/20171112122329045132.html

② 本文姓名汉译依名从主人原则，尊重原有之汉语姓名。若无汉语译名，如 Ricardo Martínez Llorca，则依据《西班牙语姓名译名手册》翻译。新华通讯社译名室编，《西班牙语姓名译名手册》，商务印书馆 2015 年版。

③ 作者译，原文“（Y así vamos leyendo a esta persona que se construye como）generosa，delicada，compasiva，pobre，humilde，tozuda，sobre todo cuando pretende alcanzar la sencillez，que es la cumbre de la felicidad.”载 Ricardo Martínez Llorca（里卡尔多·马尔蒂内斯·略尔卡）着，“*Diarios de Canarias*，de Sanmao”（三毛的加那利群岛日记），*Culturamas*，*la revista de información cultural en internet*（文化群像，文化讯息电子期刊），2017 年 12 月 12 日，https：//www.culturamas.es/blog/2017/12/12/diarios-de-canarias-de-sanmao/

④ 作者译，原文“…con los años comenzaron a llegar más y más cartas，a veces tenían que ayudarle a llevar las bolsas hasta su coche.”载 Jorge Carrión（霍尔赫·卡里翁）着，“El sueño canario de Sanmao”（三毛的加那利群岛之梦），*mujerhoy*（今日女性），2019 年 8 月 13 日，www.mujerhoy.com/vivir/protagonistas/201908/14/sanmao-escritora-chino-taiwanesa-canarias-rev-20190813002228.html

⑤ 作者译，原文“Su padre dedicaba tres o cuatro horas diarias a leerlas，ordenarlas，clasificarlas，pegarles etiquetas y hacerles una marca en función de si debían ser contestadas o guardadas.”载 Jorge Carrión（霍尔赫·卡里翁）着，“El sueño canario de Sanmao”（三毛的加那利群岛之梦），*mujerhoy*（今日女性），2019 年 8 月 13 日，www.mujerhoy.com/vivir/protagonistas/201908/14/sanmao-escritora-chino-taiwanesa-canarias-rev-20190813002228.html

不仅仅是西班牙，还有德国或是拉丁美洲”[①]。“三毛热”从文字的旅行落实到西班牙的三毛之路（Ruta de Sanmao），来自加那利群岛的作家马里·卡门·拉莫斯（Mari Carmen Ramos），受邀至三毛的老家定海，参与第一届三毛散文奖颁奖典礼，“重申当地的观光旅游局将会持续努力开发‘三毛之路’，吸引更多的亚洲旅客来岛上观光，特别是参观三毛在这男人海滩一区住了十年的家”[②]。

三、东方趣闻西文调

（一）译者、译/轶事、译本

三毛“‘以景衬情’的描写，处处可见可感”[③]，无怪乎她成为两岸女性作家的代表之一，而许多读者也为了她亲自到位于特尔德（Telde）的三毛故居走一遭。西班牙语译本让三毛的著作首次以西方语言面世[④]，三毛系列的西班牙语译者董琳娜（Irene Tor Carroggio）回想着首次接触三毛作品，始自大学毕业后到东北学习中文，《沙漠中的饭店》竟是语言课读的第一篇文章。当时董琳娜感到“三毛的作品简单风趣，很适合外国人阅读，就决定开始翻译三毛的书”[⑤]。然而三毛作品西班牙语翻译出版的过程并不顺遂，董琳娜寄到出版社的译稿宛如石沉大海。直到2015年这家西班牙新的出版社（Rata）和董琳娜联系上，才又开始有机会把三毛和荷西带回西班牙。出版社创办人约兰达·巴塔耶（Iolanda Batallé Prats）读了三毛如获至宝，她坦言看见了三毛作品的“纯净和心无旁骛”。[⑥]

① 作者译，原文“en aquella época，los años 80，cuando la leíamos，nadie salía de China，de manera que a través de ella pudimos descubrir un mundo distinto，desconocido，no solo España，también Alemania，América Latina.”载 Jorge Carrión（霍尔赫.卡里翁），“El sueño canario de Sanmao”（三毛的加那利群岛之梦），*mujerhoy*（今日女性），2019年8月13日，www.mujerhoy.com/vivir/protagonistas/201908/14/sanmao-escritora-chino-taiwanesa-canarias-rev-20190813002228.html

② 作者译，原文“…reafirmó el compromiso del Patronato de Turismo de seguir trabajando en la promoción de esta iniciativa para potenciar la visita de turistas asiáticos a la isla y，de forma especial，a la casa en la que vivió durante 10 años la famosa escritora china en Playa del Hombre.”载“Telde promociona la Ruta Sanmao en China”（特尔德镇在中国营销三毛之路），*Telde Actualidad*（特尔德最新消息），2017年4月27日，https：//www.teldeactualidad.com/hemeroteca/noticia/cultura/2017/04/27/6361.html#comentarios

③ 陈宪仁：《三毛传奇与三毛文学》，载《梦中的橄榄树》，台北皇冠2010年版，第10页。

④ 三毛小说的第一本翻译为2016年所出版的西语译本 *Diarios del Sáhara*（《撒哈拉的故事/日记》），英文译本 *Stories of the Sahara* 则在3年后由 Bloomsbury 出版社于2019年底在英国出版。

⑤ 定海区委宣传部《一路行走　自由遇见——记第二届“三毛散文奖”学者粉丝对话会》，载《帮趣》，2018年4月26日，http：//bangqu.com/81IB87.html

⑥ 李月红：《三毛作品首次走进西班牙　这位美女翻译家说是三毛鼓励了她》，《浙江新闻》，2018年4月26日，https：//zj.zjol.com.cn/news/924388.html

《梦中的橄榄树》共计二百九十四页，而西译本 *Diarios de Las Canarias* 厚达三百七十三页，是 Rata 三毛系列的第二部译本。十九个故事诉说着她在加那利群岛的生活点滴，来自台湾、旅居西班牙的三毛，同时拥有两个家和爱她的朋友及家人。《吉屋出售——遗爱之二》一篇记述着三毛回到久违三年的加那利岛，机场里“那一排排等在外面的朋友，急促地用力敲窗，叫喊着我的名字。……朋友们轰一下离开了窗口向我涌上来”①。字里行间有最真实的生活细节，还有作家骨子里热爱的中华文化，西文书名中文回译是《加那利群岛日记》，和小说内容呼应，相当传神。三毛的父亲回想着女儿曾说过：“中国太神秘太丰沃，就算不是身为中国人，也会很喜欢住在里面。”② 因此身在异乡的三毛，日记内容常常很东方。董琳娜的译本中二十四个注释里，有十八个和中国文化直接相关③。而这些注释一方面直接影响读者对中国文化的认识，另一方面也是分析翻译策略与译者风格的依据。

（二）译本注释范畴与风格

《梦中的橄榄树》一书中与中华文化相关的注释可分为两大类，古之明训、文学作品、神话传说等，包括《孟子》《易经》等经典的内容，唐朝诗人陈陶、白居易以及宋朝诗人苏东坡的诗词，《水浒传》《了凡四训》等著作及梗概，嫦娥奔月的故事等。另一类为现代人的饮食、穿着、生活习惯、延续至今的传统等，如拔火罐、饺子、旗袍、八宝、风水、八卦、九十九、中秋节、红包等。除部分专有名词嫦娥、饺子、旗袍、风水等以汉语拼音的方式在译文中呈现：Chang'e、jiaozi、qipao、fengshui，其余皆为意译，如 *A la orilla del agua*（《水浒传》）、*Libro de los cambios*（《易经》）、La fiesta de medio otoño（中秋节）、sobre rojo（红包）等。

酷爱中国文学的三毛虽然因就学期间的挫折转而在家自学，扎实的国学底子从字里行间可知一二，作者常引经据典把唐宋诗词融入小说中，不仅运用自如且为小说增添了许多文学气息。细心的西班牙读者应可察觉 *Diarios del Sáhara*（《撒哈拉的故事 / 日记》）和 *Diarios de Las Canarias*（《梦中的橄榄树》）有两个注释是雷同的：《水浒传》一书和唐朝诗人白居易的诗歌。在这两本三毛小说西译本中，有许多古典文学范畴的注释，译者倾向于简短说明文类、年代、作者等讯息，既可让有心的读者按图索骥，也符合原著小说轻快的节奏。

① 三毛：《梦中的橄榄树》，台北皇冠 2010 年版，第 249 页。

② 陈嗣庆：《我家老二——三小姐》，载《台湾现当代作家研究资料汇编 89 三毛》，台湾文学馆 2016 年版，第 137 页。

③ Diarios de las Canarias 注释详附录。

	Diarios del Sáhara（2016）	*Diarios de las Canarias*（2017）
水浒传	我一时里忘了我的宝贝，自在一旁看那第一千遍《水浒传》。（p.41） Y yo por un momento me olvidé de mi tesoro y me puse a su lado a leer tranquilamente por enésima vez *A la orilla del agua*[3].（p.117） 3.Novela clásica de la literatura china atribuida a Shi Nai' an（s.XIV）. [注释：中国经典小说，据传为施耐庵（公元 14 世纪）所作。]	他那副德行，活脱是那《水浒传》里打鱼的阮小七！只差耳朵没有夹上一朵石榴花。（p.58） Aquel aspecto tan bochornoso guardaba un gran parecido con el del pescador Ruan Xiaoqi de la novela *A la orilla del agua*.[3] Solo le faltaba una flor de granado tras la oreja. 3.Novela clásica de la literatura china atribuida a Shi Nai' an（siglo XIV）. [注释：中国经典小说，据传为施耐庵（公元 14 世纪）所作。]
白居易	好，这时候，你不要忘了，古时候有位白先生讲过几句话：离离原上草，一岁一枯荣。野火烧不尽，春风吹又生。（p.211） Yo pensaba en las palabras que un tal señor Bai había escrito en la antigüedad：Cada año la hierba exuberante se marchita en el campo y crece de nuevo；ni siquiera el feroz fuego podrá arrasarla por completo nunca；y renacerá cuando sople el viento primaveral.（p.315） 4.Versos que corresponden al poema《Fude gu yuancao songbie》(《Adiós a los pastos》), compuesto por el célebre poeta de la dinastía Tang（618-907）Bai Juyi（772—846）. [注释：此诗句源自《赋得古原草送别》一诗，由唐朝（公元 618—907 年）著名诗人白居易（公元 772—846 年）所作。]	我没有忘，正在想要给这个没家的老人做些什么西班牙好菜。 人生何处不相逢，相逢何必曾相识。（p.189） No me había olvidado y justamente estaba pensando qué platos españoles le podríamos preparar a aquel anciano sin familia. *Nos acabamos de conocer*, *pero ya somos viejos amigos*.[4] 4.Verso del conocido poema Pipa Xing de Bai Juyi（772-846）, escritor y poeta de la dinastía Tang. [注释：此诗句源自《琵琶行》一诗，由唐朝作家暨诗人白居易（公元 772—846 年）所作。]

（三）同意不同译：嫦娥、旗袍与饺子

在 *Diarios de Las Canarias* 的注释中，“嫦娥”“旗袍”与“饺子”是华语文学西译出现频率相对较高的专有名词。诸如西班牙语译本的大宗，莫言、高行健等的小说西译本，故事中常出现这几个字。透过不同著作及其西译的比较，可针对以下几个面向分析：

1. 该词汇的西班牙语翻译技巧：汉语拼音、意译、加注增译、文中增

译等。

2. 选用增译技巧的信息量：点到为止或者是倾囊相授地提供相关信息。

3. 归纳西译本的翻译策略趋势：自翻译范例中归纳文化词汇客观翻译策略。

●不老药丸漂洋过海化成不老药水

嫦娥奔月的故事对中国读者而言耳熟能详，然而对于西班牙语读者来说，“嫦娥”是个陌生的名词，偷吃灵药飞入月宫更是不可思议的说法。古有唐李商隐《嫦娥》一诗，以宦官当权的牛李党争为背景，讽刺当时皇帝大权旁落的政治黑暗面。

例一：

嫦　娥

云母屏风烛影深，长河渐落晓星沉。

嫦娥应悔偷灵药，碧海青天夜夜心。

库多（Curto）将全诗译出，并为诗中女主角嫦娥作注：

Chang O*

La pantalla de mica obscurece la luz de la vela,

la Vía Láctea gira，las estrellas de la mañana se desvanecen.

Chang O lamenta haber robado el verdadero elixir,

mar verde，cielo azul，noche tras noche，amor.①

*_La diosa Chang O robó el elixir de la inmortalidad de Xi Wang Mu（la Reina madre del Oeste）.Había planeado dárselo a su marido，y se escapó a la Luna.Pero fue condenada por Xi Wang Mu a vivir ahí sola para siempre.Esto es tal vez una alusión a una mujer reclusa，una dama del palacio o una monja taoísta，con quien el poeta deseara un amor prohibido（N.del T.）.

此诗之西语译文朴实流畅，对应原文相当工整，尤其最后一句以“mar verde，cielo azul，noche tras noche，amor”（直译为“碧海”“蓝天”“夜夜”“情”）

① Curto，Roberto.*Las mejores poesías chinas.Li Po y otros.Compilación*，traducción，introducción，y notas de Roberto Curto.Buenos Aires，Longseller，2000，p.116 页 .[《中国诗歌佳作选：李白暨其他诗人》，Roberto Curto 编撰、翻译、作序及注释]

翻译“碧海青天夜夜心”，更见译者企图将中文音节及语意完整迻译的用心。分析注释可看出译者倾向于从情感面解释嫦娥奔月的故事，根据西语翻译的注释指出，“仙女嫦娥偷了西王母的灵药，原本想把灵药给她先生，所以逃到月宫。但却被西王母禁锢，永世独居在那里。此诗也许是一个被囚禁的女子、皇宫中的贵族，甚至可能是道观中尼姑的写照，反映作者渴望却无法获得的情感关系”。诗中人名看似以拼音的方式译出，实则有意译说明。除诗名《嫦娥》以罗马拼音翻译为 Chang O，另有注释说明奔月的故事之外，注释中提到的西王母，亦是 Xi Wang Mu 及 la Reina madre del Oeste（西方圣母）。唯注释中提到的 elixir，并未强调是传统炼丹炉中的不老仙丹，而在西语读者的认知中可以有许多想象空间，例如液态的万灵药等。

鲁迅《故事新编》的《奔月》一文，以后羿和嫦娥的白话版，透过夫妻生活的日常与嫦娥独自飞升烙撂下的一句“并不算老，若以老人自居，是思想的堕落”[①]，隐约透露出二十世纪初的意识形态。而故事中后羿为了五斗米而烦恼，这一年多来出外狩猎仅有乌鸦偶尔带着射烂的麻雀回家，因此嫦娥只能日日吃乌鸦炸酱面，心中相当过意不去。后羿忖度着“当年的封豕是多么大，远远望去就像一座小土冈，如果当初不去射杀它，留到现在，足可以吃半年，又何用天天愁饭菜。还有长蛇，也可以作羹喝……”[②]，后羿向晚回到家，偕同家仆找不到太太，一开始竟以为嫦娥是因为气愤寻短见，殊不知嫦娥因无法忍受长期过这样的日子而选择离开了。[③]

《奔月》一文共计十三个注释，后羿、嫦娥、女辛、封豕、长象等，俨然是中国古代神话百科。西语译本 *Contar nuevo de historias viejas* 则以最轻松的方式说故事，书末的后记中不遑多让地为每章的核心人物补充许多说明。西语译文读者在后记中可知《奔月》这一节的男女主角发想自《淮南子·本经训》及《淮南子·览冥训》，译者亦为读者梳理出嫦娥奔月故事的政治正确版本供参。译本精简原著的文末注释，然而对于《淮南子·览冥训》中嫦娥的说明却又逐字译出：

例二：

刚到院内，他便见嫦娥[3]在圆窗里探了一探头。他知道她眼睛快，

① 鲁迅：《奔月》，载《故事新编》，香港三联书店 2001 年版，第 28 页。

② 鲁迅：《奔月》，载《故事新编》，第 17 页。

③ “…aparece una Chang’e desidealizda，interesada tan sólo por el buen comer，aburrida de su relación con Hou Yi，el arquero celestial venido a menos…”（…有别于理想中的嫦娥，故事中的嫦娥只对于美食有兴趣，厌烦了和后羿在一起，这个逐渐走下坡的神射手…）载 Ramírez，Laureano *Contar nuevo de historias viejas*（《故事新编》）译序，第 12 页，Madrid，Hiperión，2009.

台湾女性文学研究

一定早瞧见那几匹乌鸦的了，不觉一吓，脚步登时也一停，——但只得往里走。[①]

〔3〕嫦娥，古代神话中人物。关于嫦娥奔月的神话，据《淮南子·览冥训》："羿请不死之药于西王母，姮娥窃以奔月。"高诱注："姮娥，羿妻。羿请不死之药于西王母，未及服之；姮娥盗食之，得仙，奔入月中，为月精也。"按嫦娥原作姮娥，汉代人因避文帝（刘恒）讳改为嫦娥。[②]

En el patio ve a Chang'e asomada a la ventana redonda，y se detiene con un sobresalto，convencido de que sus ojos agudos ya han reparado en los cuervos.Entra [···][③]

《Chang'e era la mujer del arquero Yi.Yi pidió a la Reina Madre de Occidente el elixir de la inmortalidad，pero aún no lo había tomado cuando Chang'e lo robó，y bebió，convirtiéndose en inmortal.Luego se elevó hasta la luna，y pasó a ser el genio del astro》（"Chang' e huye a la luna"）.[④]

以上针对中国神话人物嫦娥的译法有库多（Curto）的文青路线，以爱情为主轴，从诗中反映社会背景及个人内心深处的向往。亦有拉米雷斯（Laureano Ramírez）忠实翻译鲁迅小说的史学路线，引经据典直译《淮南子·览冥训》中嫦娥奔月的说法。而三毛在《梦中的橄榄树》里，自诩为对月忘魂、飞奔月宫的嫦娥，与西班牙语的俚语相对应，译者董琳娜（Irene Tor Carroggio）在西语译文中也为读者不熟悉的神话人物作了一个不算短的脚注。这几行注释的大意为嫦娥因吃了后羿的长生不老药而久居在月亮上，此灵药原来是要给两人服用的，然而嫦娥一喝药水便往上飘。为了不离她丈夫太遥远，嫦娥便停留在月亮上，从此再也回不来了。西文译本注释风格浅白易懂，以叙事的手法说明奔月的始末，符合三毛小说的文字节奏，亦能让普罗大众有概略的认识。

例三：

套一句西班牙的说法，我是一个"常常在瓦伦西亚的月亮里的人"，

---

① 鲁迅：《奔月》，载《故事新编》，第 15 页。

② 同上，第 29 页。

③ 鲁迅 *Contar nuevo de historias viejas*（《故事新编》）第 39 页，Madrid，Hiperión，2009。[Laureano Ramírez 译]

④ 鲁迅 *Contar nuevo de historias viejas*（《故事新编》）第 188 页，Madrid，Hiperión，2009。[Laureano Ramírez 译]

也就是说，那个地方的月色特别的美，对月的人往往魂飞天外，忘了身在何处，而成了嫦娥一枚也。①

Hay una expresión en español que me describe a las mil maravillas：《Estar en la luna de Valencia》.Quiere decir que，como la luz de la luna es tan bella，las almas de los que la contemplan a veces se escapan volando y se olvidan de dónde han dejado el cuerpo，con lo que también se transforman en diosas Chang' e.[2]

2 Chang' e es la diosa china que habita en la Luna después de haber ingerido el elixir de la vida eterna，que había conseguido su marido，el arquero Yi，para los dos.De haber compartido el brebaje，la pareja se habría convertido en inmortal，pero dado que Chang' e lo tomó sola，no pudo evitar salir volando，aunque para no alejarse demasiado de su amado consiguió detenerse en la Luna，de la que nunca ha podido regresar jamás. Esta es una de las múltiples versiones que existen sobre su leyenda.②

一如前几个例子的译文用“elixir”这个词翻译嫦娥吃的长生不老药，此注释中用了两个西班牙文字“elixir”以及“brebaje”，较趋近于西方文化中液状的药类饮品，和中华文化中的丹药不尽相同。在莫言的《天堂蒜薹之歌》第八章第四节中，方家的大哥、二哥因着妹妹金菊不愿意嫁给大她二十多岁又瘸腿的刘胜利，却和高马私奔，兄弟俩咽不下这口气，在杨助理员的怂恿下对高马拳打脚踢。误以为高马被打死的当下，杨助理员掏出“救命丹”让高马服下。由此段叙述的上下文可知所谓的救命丹，即是“一粒鲜红的药丸”。西文译本虽然略译“救命丹”，读者在下一段落可以很明显看出这是 pastilla（药丸）。因此如果译者有意让读者明确的认识中西文化在此处的差异，可以选择增译的策略，加上 pastilla 的字眼更有画面。

例四：

“这是我好不容易才跟张医生要到的云南白药，里边有一粒‘救命丹’，给这个小子吃了吧！”

杨助理员蹲在高马的脸旁，拧开小瓶子，倒出了一粒鲜红的药丸，

① 三毛:《梦中的橄榄树》，第 55 页。

② 三毛 *Diarios de las Canarias* 第 63 页，Barcelona，: Rata_，2017。[Irene Tor Carroggio 译注]

炫耀了一下，说："扒开他的嘴。"[①]

éstos son polvos medicinales Yunnan ø.Se los vamos a dar a nuestro amigo.

Dicho eso，se arrodilló，retiró el tapón del frasco y vació una pastilla roja sobre la palma de la mano.Hizo una breve pausa para conseguir un efecto melodramático y dijo：

—Abre la boca.[②]

●旗袍不只是中国传统服饰

旗袍"原指满族妇女所穿的袍服。现通称女子所穿，仿照清代旗人袍服式样改制而成的服装为'旗袍'"[③]。其历史演变据温海英及张军雄[④]、王红卫[⑤]，可追溯至春秋至汉代的深衣，并无性别与地位的限制，后发展为唐宋明时代的袍服，此时期"圆领式样的流行……对当时的日本、高丽等国产生了重要的影响"[⑥]。清朝时期八旗妇女的袍装，后又发展为民国时期的旗袍。旗袍的线条简单、色彩图样设计多变，充分展现女性体态的美感，无怪乎"1941年瓦伦西亚巴黎高级设计师会的晚礼服设计，裙子长度拖动，曲线流畅，短袖类似三十年代的旗袍袖"[⑦]，灵感取材自中国传统服饰。旗袍是我们一般印象中的作为中国女性传统服饰的代表，"二十世纪三十年代，旗袍进入黄金发展阶段，电影、招贴画等产业的发展进一步推动了旗袍的发展"[⑧]，现今元首夫人在外交场合穿着旗袍为正式服装的选项之一。然而旗袍在历史上亦经历了一段波折，"文革"时期将之视为资本主义的象征，有违共产主义的精神，旗袍产业亦为之消沉。而在台湾随着政府迁台，旗袍热潮也随之加温，目前由于东西文化交流频繁，旗袍和洋装同样是正式场合的得宜装扮。

莫言的《四十一炮》里《第十三炮》足足用两面的篇幅描写三十年代的女子穿着各色各式的旗袍，花枝招展的模样，细腻生动的字眼，旗袍是

① 莫言：《天堂蒜薹之歌》，台北洪范2002年版，第164页。

② 莫言 *Las baladas del ajo* 第207页，Madrid，Kailas，2008。

③ 辞典修订本 http：//dict.revised.moe.edu.tw/cbdic/.

④ 温海英及张军雄：《旗袍演变史对现代旗袍工艺与制作的启示》，载《东华大学学报（社会科学版）》2019年6月第19卷第2期。

⑤ 王红卫：《中国民族服饰旗袍研究》，载《中国民族博览》2019年第8期。

⑥ 温海英及张军雄：《旗袍演变史对现代旗袍工艺与制作的启示》，载《东华大学学报（社会科学版）》，2019年6月第19卷第2期。

⑦ 叶晓莹及陈贤昌：《浅析民国时期的旗袍对现代服装的影响》，载《艺术科技》2019年第2期，第127页。

⑧ 王红卫：《中国民族服饰旗袍研究》，载《中国民族博览》2019年第8期。

时尚的代名词。原著相当明确地指出“洁白的丝绸旗袍”、“紫色碎花布旗袍”、“黄色的绸旗袍”……，西班牙语译本出现两种“旗袍”的译法，或套装（traje）或连身裙（vestido，也就是我们现在口中的洋装），再加上tradicional（传统的）和chino（中国的）两个字眼。译者以概略性的翻译技巧把“旗袍”翻成传统中国服饰，但是莫言并没有撰文描述旗袍的外形，因此西班牙语读者欣赏这部小说的当下，对于“旗袍”并不容易有具体或者正确的想象。

例五：

> 一群上世纪三十年代交际场上那种女人，身穿着剪裁合体的旗袍，显示出窈窕的身段，……有一个……穿一件洁白的丝绸旗袍……看上去十分性感的女人……。她（小兰）穿着一件紫色碎花布旗袍，……犹如一朵矢车菊。……一个丰腴的身体把黄色的绸旗袍几乎要涨开的女人用明显的讽刺口吻说，玉小姐跟着小兰吃遍了全城大小饭馆，哪里好吃，她自然是最清楚的。①

> Entonces vi un grupo de mujeres que parecía de la alta sociedad de la década de 1930 con traje tradicional chinos ajustados que realzaban sus cuerpos delgados y esculturales.[…]Una de ellas，[…] llevaba un traje blanco de seda […] y parecía una sirena.[…] Llevaba un vestido tradicional chino morado con florecitas […] tan elegante como la flor del azulejo.[…] dijo una mujer tan gorda que parecía que las costuras de su vestido de seda amarillo estaban a punto de explotar—.La Señorita Yü ya ha cenado con Pequi Lan en todos los restaurantes del pueblo por lo que debe saber dónde ir.②

高行健的短篇小说《瞬间》中出现了一位身着旗袍的女子，译者Laureano Ramírez（拉米雷斯）是位学院派的汉学家，文中以汉语拼音翻译旗袍，小说最后加注说明旗袍是源自于满族人的女性连身裙，高领、裙摆开衩约至大腿一半的地方。《梦中的橄榄树》旗袍译法相仿，汉语拼音、页末注释，说明是中国传统连身裙，源自于满族，高领、开衩。以上两种类似的译法，不仅翻译出旗袍的发音，加上具体的描述其剪裁，因此都比直接把旗袍翻译成为“中国传统服饰”（traje/ vestido tradicional chino）更能令

① 莫言：《四十一炮》，台北洪范 2003 年版，第 116—117 页。

② 莫言：Boom！第 140—141 页，Madrid，Kailas，2013。[李一帆译]

西班牙语读者感受到异国服饰的轮廓与特色。

例六：

黑暗中一根火柴擦着了，点燃一张发黄稍许褪色的旧照片，一位穿西装打领带的青年男人同一位穿旗袍的年轻女子带着两三岁的男孩合影……①

La cerilla se enciende en la oscuridad y prende la fotografía vieja amarillenta y algo descolorida，un retrato de familia en que aparece un joven con traje occidental y corbata，una joven vestida con el qipao tradicional y un niño de dos o tres años…②

qipao（旗袍）：Vestido femenino chino de origen manchú con cuello cerrado y aberturas laterales hasta medio muslo.

例七：

十八岁的时候，做了一件旗袍，上面扣着硬高领不能咽口水，下面三寸高跟鞋只能细步地走，可是大家都说好看，我那时傻得厉害，还特为去拍了一张照片留念。③

A los dieciocho años me hice un qipao，[1] que me abotoné hasta arriba. No me permitía ni tragar saliva.Lo conjunté con unos tacones de unos diez centímetros que solo me dejaban dar pequeños pasos，pero todos me decían que estaba muy guapa.Era una gran tonta，pues incluso me fui a tomar una foto para guardarla como recuerdo.

1.Vestido típico chino de origen manchú con cuello cerrado y aberturas laterales.④

莫言的长篇小说《丰乳肥臀》讲的是上官家八个姊妹们和自幼有“恋乳症”的上官金童的悲惨故事。三姊上官领弟发疯后坠崖身亡，身着白色旗袍。西译本 cheongsam 是英文旗袍的译法之一，来自于粤语“长衫”。此

---

① 高行健：《瞬间》，载《高行健短篇小说集》，台北联合文学 2008 年版，第 329 页。

② 高行健 *Instante*，载 *Una caña de pescar para el abuelo* 第 98 页，Barcelona，Bronce。译本注释另集中载于书末第 109—110 页（“旗袍”一词注释于第 110 页）。[Laureano Ramírez 译]

③ 三毛：《梦中的橄榄树》，第 73 页。

④ 三毛 *Diarios de las Canarias* 第 86 页，Barcelona，: Rata_，2017。[Irene Tor Carroggio 译]

外，早在西译本着手翻译之前，汉学家 Howard Goldblatt 的英语译本已经出版，因此在西语文化中不存在的专有名词，亦有可能参照英译本的翻法如法炮制。虽然西文读者可以从 cheongsam 找到 qipao 的蛛丝马迹，在旗袍已有汉语拼音的译法之际，英文的翻译方式并非首选。

例八：

她穿着一件二姊招弟送给她的白绸旗袍，旗袍的下摆开衩很高，……旗袍的后面，留着揉烂了的青草和野花污染的痕迹……。上官念弟高高的乳房，樱桃般的乳房，被白绸旗袍夸张地突出了。①

Llevaba un vestido *cheongsam* de seda blanca que había heredado de Segunda Hermana，Zhaodi.[…] La parte de atrás de su *cheongsam* estaba llena de hierbas y florecillas silvestres aplastadas…[…] Los elevados y arqueados pechos de Niandi，con sus pezones como cerezas，quedaban resaltados por la seda de su *cheongsam*.②

She was wearing a White silk hand-me-down cheongsam from Second Sister，Zhaodi.[…] The back of her cheongsam was soiled by crushed grass and wildflowers— […] Niandi' s high arching breasts，nipples like cherries，were magnified by the silk of her cheongsam.③

●马可波罗不只带走面条，也带走了饺子

在各种类别的文化元素中，道地的食物对于跨文化的译者而言，的确是个头疼的问题。为了让译入语读者看得懂这道异文化的风味菜，可能有诸多的译法，例如：音译加上注释，或者用读者熟悉的食材、烹调方式等比拟说明。中国北方的特色料理“饺子”，在《梦中的橄榄树》西译本中，以汉语拼音和页末注释，指出这是包菜和绞肉的馅饼，可以用滚水煮或蒸等方式烹调。译文借用西班牙常吃的馅饼 empanadilla 一词方便读者联想，不仅外形相同，制作方法也雷同，然而由于馅饼在西班牙是用烘烤的方式制作，故译者特别澄清中国饺子的烹煮方式以兹区别。

例九：

① 莫言：《丰乳肥臀》，台北洪范 1996 年版，第 226 页。

② 莫言 *Grandes pechos amplias caderas* 第 367 页，Madrid，Kailas，2007。[Mariano Peyrou 译]

③ 莫言 *Big breasts and wide hips* 第 226 页，New York，Arcade，2004。[Howard Goldblatt 译]

饺子大王①

La reina de los jiaozi[1]

一，Empanadillas，generalmente rellenas de verduras y carne picada，que se pueden cocinar，por ejemplo，hervidas o al vapor.②

同样为母语是西班牙语的译者，面对文中出现饺子时，《藏宝图》一书的译者选择了汉语拼音斜体字，加上文中注释以括号的方式将补充说明简短附上。Raviolis 为意大利饺，顾名思义烹调方式和我们熟悉的水煮方式一致。然而相较于上例注明中国饺子多包菜和绞肉，这个例子的读者恐怕要多点想象能力，因为一般 raviolis 的起士内馅和中国人熟悉的饺子馅大相径庭。而译者再次提到饺子，加上 al estilo de Beijing 几个字眼，强调是北京（方）风味，亦有企图为 jiaozi 诠释，多提供些讯息给西班牙语读者的意味。

例十：

我原本想把他带到北来顺吃顿涮羊肉，但路过一家饺子馆时，我说：伙计，舒服莫过躺着，好吃不如饺子，咱们吃饺子怎么样？③

Pensé al principio en llevarle a comer algo de esa carne de cordero tan gustosa que preparan siguiendo el estilo del norte，pero al pasar frente a una cantina de *jiaozi*（raviolis chinos）de esas tan típicas de Beijing，le dije al piojoso：Compañero，¿por qué no nos metemos en esta cantina de *jiaozi*？Nada mejor que unos *jiaozi* al estilo de Beijing para comer bien.④

四、结论

注释往往是阅读翻译文学的关键，译者对于原著内容所做的脚注，有如画龙点睛一般，跨文化读者经常得依赖注释的信息才有机会豁然开朗。董琳娜所翻译的 *Diarios de Las Canarias* 共计二十四个注释，其中十八个属

① 三毛：《梦中的橄榄树》，第 55 页。

② 三毛 *Diarios de las Canarias* 第 62 页，Barcelona，：Rata，2017。[Irene Tor Carroggio 译]

③ 莫言：《藏宝图》，台北麦田 2014 年版，第 346 页。

④ 莫言 *El mapa del tesoro escondido* 第 16 页，Madrid，Kailas，2017。[Blas Piñero Martínez 译]

于与中华文化直接相关的脚注。若根据脚注性质区分为诗词古籍和当代习俗，董琳娜于第一本三毛的小说西语译著 *Diarios del Sáhara* 和 2017 年所出版的 *Diarios de Las Canarias* 有两处注释相同:《水浒传》以及“白居易”，可见三毛的国学底蕴深厚，而译者亦借此机会提供给西语系国家读者深入了解著作与诗人的机会。

为文化元素翻译选用页末注释加上文中拼音或直译的方式，是董琳娜处理本质较为复杂，或者西语文化不存在对等词汇的做法。顺应作家三毛偏好的简洁路线，在这部小说中的注释也都相当精炼。除了“嫦娥”的注释长达八十八字之外，大部分注释都集中在二十多字以及三十多字的区间。面对古籍、诗词，译者以指出年代、作者为主，例如 *A la orilla del agua*（《水浒传》），西语脚注仅说明此经典为公元十四世纪的施耐庵所著。而诗人陈陶、白居易、苏东坡也是以相同方式处理。*Diarios de Las Canarias* 的翻译重心为文中的叙事结构，并非类学者路线地抛出大量信息。

然而从 *Diarios de Las Canarias* 的注释和其他文学译著的文化元素脚注比较，董琳娜的注释相对而言相当丰富。译者所选择的异化手法，让读者有更多接触中华文化的机会，尤其是现代人的穿着、饮食、习俗等等，有别于古代典籍的脚注，以年代、人名、作品等堆栈。例如旗袍的翻译，若是如《四十一炮》译为传统中国服饰，既不需要增加其他说明，读者亦可快速地读过。而饺子若是像《藏宝图》西译本，将之比拟为中国的意大利饺（raviolis chinos），略过饺子做法、烹调方式不提，读者仍然可以理解。然而董琳娜的策略是更为直白地将文化元素裸露地呈现，像说书一般把三毛和荷西的生活完整且真实地以西班牙娓娓道出。

西班牙的汉学研究一直以来游走于低调却精致的路线，塑造出暧暧内含光的谦逊风格，而随着时间的累积，西译作品推陈出新，译本竟也不觉地锁定逐渐崭露头角的新生代作品。此时经典译作树立典范仍屹立不摇，然而时间轴内的工作项目仿佛起了有机变化，这段时间出现引人入胜的新题材、初试啼声的新译本，而新译者则逐渐接手。借由《梦中的橄榄树》西班牙语译本分析，更可明确看出新汉学研究的可能性。经典与当代不仅有传承更有重塑的责任，在长时间的酝酿与浸淫之下，汉学研究中古典文学的西译这个领域，已然有更多重生的可能性。当董琳娜翻译三毛作品的当下，即透过她个人的语言，赋予中国古典文学元素新的生命。

附录：*Diarios de Las Canarias*（《梦中的橄榄树》）注释列表

序号	《梦中的橄榄树》（2010）	*Diarios de Las Canarias*（2017）
Crónica de mis visitas a brujos 巫人记		
1	哭泣的骆驼（p.42） （原书注：此为旧版《三毛全集》书名，收入新版《三毛典藏》系列《稻草人的微笑》中）	El llanto de los camellos（p.47） En un principio，se hizo una compilación de relatos de Sanmao titulada El *llanto de los camellos*，que evidentemente incluía el que da nombre al libro.Sin embargo，en posteriores ediciones，se han reorganizado los relatos y《El llanto de los camellos》actualmente aparece publicado en *Diarios* del Sáhara. [三毛作品“哭泣的骆驼”原先收录于同名作品集中。后经改版，“哭泣的骆驼”目前收录于《撒哈拉岁月》中。]
2	拔火罐（p.50）	El tratamiento tradicional chino（p.56） El tratamiento con ventosas es uno de los métodos de la medicina china más antiguos y populares.Las ventosas son objetos parecidos a vasos diseñados para realizar el vacío sobre la piel del paciente sin dañársela.El vacío se puede lograr mediante la combustión del oxígeno que se acumula en la ventosa. [拔火罐是中医疗法中最古老且最受大家欢迎的。拔罐器外形类似杯状，以利患者皮肤表层抽真空但不伤及患部。透过拔罐器内部氧气燃烧达到真空。]
3	水妈咪（p.54）	Mami Wata（p.60） Mami Wata es，en la mitología africana，el espíritu del agua，que suele ser mujer，aunque también puede ser representado como hombre. [非洲神话中的水神，通常是女性，也可能以男性的方式呈现。]
La reina de los jiaozi 饺子大王——永远的夏娃之四		
4	饺子	Jiaozi（p.62） Empanadillas，generalmente rellenas de verduras y carne picada，que se pueden cocinar，por ejemplo，hervidas o al vapor. [类似馅饼的食物，通常包青菜和碎肉，以热水烫熟或是蒸熟的方式烹调。]

序号	《梦中的橄榄树》(2010)	*Diarios de Las Canarias* (2017)
5	嫦娥	Chang'e(p.63) Chang'e es la diosa china que habita en la Luna después de haber ingerido el elixir de la vida eterna, que había conseguido su marido, el arquero Yi, para los dos.De haber compartido el brebaje, la pareja se habría convertido en inmortal, pero dado que Chang'e lo tomó sola, no pudo evitar salir volando, aunque para no alejarse demasiado de su amado consiguió detenerse en la Luna, de la que nunca ha podido regresar jamás.Esta es una de las múltiples versiones que existen sobre su leyenda. [嫦娥吃了长生不老药后，成为住在月宫的仙女。药原是后羿求来给他们两人服用的，喝下长生不老药，两个人就永远不死。但是嫦娥自己喝了，不自觉地往上飘。为了不和心爱的人离太远，停留在月球上，嫦娥永远都无法返家。此即嫦娥奔月故事的其中一个版本。]
6	水浒传(p.58)	A la orilla del agua(p.67) Novela clásica de la literatura china atribuida a Shi Nai' an(siglo XIV) [中国经典小说，据传为施耐庵(公元十四世纪)所作。]
7	这三个外国人，开始天天想念饺子，像一群失恋的人般曾经沧海起来，做什么菜伺候都难为水哦。(p.63)	《Aquellos que han navegado por los siete mares no serán contentados con un vaso de agua ni que lo probares》(P.72) Frase proveniente del cláse proveniente del clásico confuciano *El libro de Mencio*, que recoge algunas conversaciones y enseñanzas de este pensador chino que vivió del 370 a.C.al 289 a.C.y que da nombre al libro. [源自儒家经典著作《孟子》。此书以孟子(公元前370—公元前289年)为名，收录这位思想家的对话与教导。]
	Un ángel con pies descalzos 赤足天使	
8	旗袍(p.73)	Qipao(p.86) Vestido típico chino de origen manchú con cuello cerrado y aberturas laterales. [来自于满族文化的中国传统服饰，高领且两侧开衩。]

续表

序号	《梦中的橄榄树》(2010)	*Diarios de Las Canarias*(2017)
Comprar y vender por todo el mundo 浪迹天涯话买卖		
9	八宝(p.95)	los ocho tesoros(p.116) Ocho ingredientes que pueden ser fruta seca o legumbres.Son ocho porque este es considerado el número de la suerte en China. [八种配料可以是坚果或是豆类。八的原因为这个数字在中国文化中有幸运的意涵。]
10	西方百货公司(p.98)	Kaufhaus des Westens(p.121) El Kaufhaus des Westens es el centro comercial más famoso de Alemania, así como el más grande.Fue inaugurado en Berlín en 1907 y es conocido a menudo con el acrónimo KaDeWe. [Kaufhaus des Westens 是德国最有名而且最大的百货公司。1907 年在柏林开幕,一般常见其缩写的名称 KaDeWe。]
Chris 克里斯		
11	易经(p.103)	El *Libro de los cambios*(p.128) El *Libro de los cambios* o Yijing es uno de los Cinco Clásicos confucianos y se trata, en esencia, de una obra filosófica y oracular considerada como una de las más antiguas del mundo. [《变异之书》或是《易经》为儒家五经之一,本质为一部哲学的命理书籍,且被视为世上此类书籍最古老的其中一部。]
12	风水(p.103)	El feng shui(p.129) El feng shui es un antiguo sistema chino filosófico de trasfondo taoísta cuyo objetivo es la disposición armónica de un espacio con el objetivo de que ejerza una influencia positiva sobre las personas que allí habitan. [风水是一种以道家为背景的中国古老哲学系统,其目的是空间配置的和谐,以利在此居住的人都身在正面的作用力中。]

续表

序号	《梦中的橄榄树》(2010)	*Diarios de Las Canarias* (2017)
13	我翻翻小书中所写出的六十四个小段落的组合，再看那几个基本的符号——八八六十四，这不是我们中国八卦的排法。(p.115)	Ojeé los sesenta y cuatro símbolos sencillos que aparecían.Aquella forma de secuenciar era diferente a la del *Libro de los cambios* (p.140) El *Libro de los cambios* o Yijing aparecen sesenta y cuatro figuras, llamadas《hexagramas》, dispuestas en ocho columnas con ocho figuras cada una.Aunque en el libro de Chris también aparecen sesenta y cuatro símbolos, no son los mismos que los del Yijing. [《变异之书》或是《易经》共有六十四种图示，又称为卦象，八个栏位各有八种图示。Chris 的书虽然也有六十四个象征物，但是和《易经》的图示不同。]
Paisanos 故乡人		
14	可怜无定河边骨，犹是春闺梦里人。(p.191)	《¡Ay ! Ahí yacen junto al río Wuting.Ellos vivirán en los perimaverales sueños de sus mujeres》(p.156) Versos de un poema de Chen Tao (812-885), poeta de la dinastía Tang. [出自唐朝诗人陈陶(公元 812—885 年)的作品。]
Noche de miedo en el desierto 荒山之夜		
15	九十九(p.134)	noventa y nueve (p.170) El número nueve, y por extensión el noventa y nueve, se considera que trae buena suerte, ya que es el número de una cifra más alto y, por tanto, representa la plenitud. [数字九，以及自九往上扩增的九十九，被认为能带来好运，因为这是最大的数字，象征圆满。]

续表

序号	《梦中的橄榄树》(2010)	*Diarios de Las Canarias* (2017)
Una amistad escrita en las estrellas 相逢何必曾相识		
16	森(p.173)	El kanji(汉字)(p.189) Los kanji son sinogramas importados a la escritura del idioma japonés.Por tanto, los chinos y los japoneses pueden entenderse hasta cierto punto por escrito(la pronunciación difiere)siempre y cuando usen este sistema de escritura, que no es el único en la lengua japonesa. [kanji(汉字)为日文书写时重要的中文字,因此中日文的书写文字虽然发音相异,此书写系统在某种程度上是可以相互理解的,而这也并非日语中唯一的书写系统。]
17	「我的父母,是种田的乡下人。故乡在日本春日井市。」莫里慢慢地用日语说给我听。 故乡,竟有个这么诗意的名字。(p.175)	¡Qué nombre tan poético tenía su tierra !(p.191) Kasugai(春日井市)en japonés significa《pozo de los días de primavera》 [Kasugai(春日井市)日文的意思为"春天的一口井"。]
18	明月几时有,把酒问青天。(p.188)	¿Cuándo habrá una luna clara y brillante ? Le pregunto al cielo azul, copa en mano.(p.204) Verso de la letra escrita por Su Dongpo(1037-1101), escritor y calígrafo de la dinastía Song del Norte(960-1127) [源自北宋(公元960—1127年)作家及书法家苏东坡(公元1037—1101年)的作品。]
19	人生何处不相逢,相逢何必曾相识。(p.189)	Nos acabamos de conocer, pero ya somos viejos amigos(p.205) Verso del conocido poema Pipa Xing de Bai Juyi(772-846), escritor y poeta de la dinastía Tang. [此诗句源自《琵琶行》一诗,由唐朝作家暨诗人白居易(公元772—846年)所作。]
De espaldas 背影		
20	中秋节(p.202)	La Fiesta de Medio Otoño(p.235) Fiesta que se celebra el decimoquinto día del octavo mes del calendario lunar y en la que las familias chinas se reúnen para admirar la luna y comer unos famosos dulces redondos rellenos que se conocen con el nombre de yuebing. [农历八月十五日的节庆,家家户户团圆赏月,一起吃名为月饼的甜点,外观为圆形,内包馅。]

续表

序号	《梦中的橄榄树》(2010)	*Diarios de Las Canarias*(2017)
	Un triste verano 夏日烟愁	
21	吴若石(p.217)	Wu Ruoshi(p.258) Sacerdote nacido en Suiza en 1940 que emigró a Taiwán como misionero en 1970, donde introdujo la reflexología, un método curativo que él mismo aprendió de forma autodidacta. [吴若石神父于1940年出生于瑞士,1970年至台湾传教,经自学所得足部反射健康治疗法。]
22	鬼火(p.219)	fuegos fatuos(p.261) Los fuegos fatuos son fenómenos de luminiscencia que suelen producirse en cementerios y zonas pantanosas.Se atribuyen a la inflamación de ciertas sustancias que se desprenden de la descomposición de la materia orgáncia, como el fósforo. [鬼火是常发生于墓地或是郊外沼泽区的发光现象。造成此现象的原因为有机物质如磷被分解,燃烧后所产生的火焰。]
	Casa en venta 吉屋出售	
23	那个被称为阿姨的Echo,拿出四个红封套来,照着中国习俗,三个女儿各人一个红包。(p.251)	Deposité cuatro sobres rojos en el sofá y, suguiendo la costumbre china.(p.301) En China es común entregar, sobre todo durante la Fiesta de la Primavera y otras celebraciones como bodas, sobres rojos (hongbao) con dinero.Se suelen dar a los niños, aunque también es habitual que, cuando estos crecen y trabajan, los reciban sus padres y abuelos.Hoy en día es posible incluso entregar dichos sobres mediante el teléfono móvil. [在中国包红包是非常普遍的,尤其是春节以及其他如婚礼等的节庆时,会送里面装钱的红色纸袋。通常会包给小孩,但是小孩长大工作后,也会包给他们的父母及祖父母。现在甚至可以通过手机包红包了。]

续表

序号	《梦中的橄榄树》(2010)	*Diarios de Las Canarias*(2017)
24	昨日种种，比如死了。(p.261)	Todo lo sucedido ayer es inalterable(p.311) Frase de la obra Las *cuatro lecciones de Liao Fan*, compuesta por Liao- Fan Yuan durante la dinastía Ming(1368-1644).Originalmente escrita para instruir al hijo del autor, recoge enseñanzas -basadas en la propia experiencia sobre cómo cambiar el destino. [源自明朝(公元 1368—1644 年)袁了凡所编撰之《了凡四训》。作者原来的目的为教育自己的儿子，从自身如何改变命运的经验着手。]

(古孟玄：台湾政治大学欧洲语文学系教授)

作品讨论谈

平淡中的深刻与力量

——阅读2022年诺贝尔文学奖获得者安妮·埃尔诺

[法]黄晓敏

2022年的诺贝尔文学奖由法国作家安妮·埃尔诺获得，颁奖评语中说："她以勇气和高度敏锐揭示了个人记忆的根源、隔阂及集体束缚。"在她的家乡，人们既为法国在获奖人数上继续领先而自豪，也为终于有了获此殊荣的女作家而欣慰。

安妮·埃尔诺出生在法国北方，童年时期生活在诺曼底地区的小城伊维托，尽管家境贫寒，她学习努力，成绩出色，通过全国考试获得教师资格之后，曾任中学教师和远程教育中心的工作人员。从二十世纪七十年代开始写作后，发表的十几部作品，大多都与自传与个人经历有关。她的作品也曾获法国的文学奖并被翻译成中文。

安妮·埃尔诺获奖后，评论家们都提到她写出了一代法国人的"集体记忆"。与时间流逝和集体遗忘抗争，是她反复强调的意识，正如《悠悠岁月》在开头所说:"所有的影响都会消失。"[①]"一切事情都以一种闻所未闻的速度被遗忘。"而以个人经历为出发点，揭示内心世界，对社会和历史进行思考，成为她与遗忘抗争的手段。

值得指出的是，如此深刻的主题，安妮·埃尔诺使用的是一种冷静、客观的创作方法。她谈到自己的写作宗旨时说过:"不要评判，不要暗喻，不要浪漫比喻"，她崇尚"中性写作"和"平淡写作"，认为应该"既不美化也不丑化所叙述的事实"。她想要的是"始终站在史实与资料的主线上"。平淡写作的立意，反映在作品中，是对个人和社会的客观审视，叙述离传

① [法]安妮·埃尔诺:《悠悠岁月》，人民文学出版社2010年版。

统意义上的小说越来越远。在纪录片一样的展现中，法国人看到了自己的历史和历史中的自己。

平淡的深刻与力量，在安妮·埃尔诺的早期作品中就清楚地显示了出来。作为呕心沥血二十年的力作，《悠悠岁月》无疑是她作品中最具史诗性的一部，但诺奖评委会成员和一些法国批评家对她的早期作品如《位置》《一个女人》《耻辱》给予高度评价，我深有同感。这些作品，于不动声色中描画了人类的共性，因而格外感人。

安妮·埃尔诺出身于贫寒家庭，父母为她的成长教育付出了许多心血。对父亲和母亲的回忆，掺杂着少女时代细腻复杂的感情。她多次描写上诺曼底省闭塞的小城，父母经营的“肮脏、丑陋、令人恶心”的咖啡杂货店，邻人的低俗和缺乏教养；她想从那里“逃出来”。由于环境和家庭带来的羡慕、失望、烦恼和怨愤，产生了心理上的背叛，从而又感到悔恨和内疚。而写这一切，没有呻吟，没有感叹，更没有煽情，只有淡淡的伤感渗透在字里行间。比如关于父亲的描写：“他挽着袖子，削肩膀，两臂微微弯曲着；他下身穿了一条法兰绒裤子。父亲的样子像是不高兴，可能是因为他还没摆好照相的姿势，那时他四十岁。照片里看不出任何有关他过去经历过的不幸或者他的希望，只能看出一些时光流逝在他身上打下的烙印。他微微鼓起的肚皮，秃鬓角，两只胳膊支着。”（《位置》）[①] 这样的字句，不但让我们想起朱自清的《背影》，也引起很多人心中相似的感情。

没有受过多少教育的母亲，对安妮的教育及一生都起了决定性作用。母亲的形象，在《一个女人》和《耻辱》中既温馨又充满现实感。母亲为女儿的教育投入一切，省吃俭用，把女儿送进本不属于他们这个阶层的私立学校。搬入靠近城镇的房子，立刻自豪地说“我不是乡下人！”出身富裕而有教养的女婿，是她对街坊邻居炫耀的资本，但在女婿一家面前，看到女婿的母亲面色滋润，双手细腻，弹起钢琴来无比优雅，她又会感到自卑。靠父母的牺牲进了昂贵学校的少女，游走于新旧环境之间，感到双重的耻辱，因为原生家庭“低劣的生存条件”，也因为自身阶层“与生俱来的思想上的奴性”。这些心理活动，也会引起中国读者的共鸣。

冷静的回忆，正像作者喜欢用作叙述道具的照片。那些照片，无论是黑白的，还是泛黄的或呈褐色的，都像是一些坐标，静静述说着社会的变迁，而个人的历程穿插其中。童年生活，上学经历，中学毕业，成为教师，结婚生子，离婚退休和患病衰老，对应着法国的一系列大事件。“她想用一种叙事的连贯性，即从她在第二次世界大战出生直到今天的生活的连贯性，把她这些各种各样分开的、不协调的画面集中起来。这就是一种独特的但

① ［法］安妮·埃尔诺：《位置》，见中篇小说集《一个女人》，百花文艺出版社2002年版。

也是融合在一代人的活动之中的生活。”

安妮·埃尔诺最明显的语言特征，使她的作品于平淡中见深刻，这就是许多评论家提到的“无人称自传”。在人民出版社不久前以“从《悠悠岁月》说起——谈法国作家安妮·埃尔诺”为题举办的分享会中，法国文学专家董强教授认为，这个译法“值得商榷”，我也有同感。作者的原文“autobiographie impersonnelle”，确切意思是“客观的自传”，或者说“不带入个人情绪的自传”，不但清楚地表达了作者的本意，也解释了作品中的人称：叙述大多数时间用第三人称，有时候用“我们”或泛指的“人们”，人物都没有姓名。或许，法国评论界的另一种说法，“无身份”（non identité），更能形容这一特性。即使记忆如意识流一样徜徉，声音仍是不带激情的：“她不再知道从什么地方、从哪些城市里，传来了外面的汽车、脚步和说话的声音。她模糊地觉得是在少女之家隔开的小寝室里，在一个旅馆的房间里——1980年夏天在西班牙，冬天和P在里尔——在床上，孩子在睡着的母亲身边蜷缩成一团。她感觉到生活中的一些时刻，一些时刻漂浮在另一些时刻之上。这是一种性质不明的时间，一种现在与过去重叠但又不混淆的时间，她觉得转瞬之间重新纳入了她生存过的全部形式。”（《悠悠岁月》）

在现实生活中，安妮·埃尔诺属于左派知识分子的阵营。但是，书中谈到社会现象或历届总统大选时，始终避免正面表达自己的政治倾向；反映女性的视角，也并不直接呼吁女权。客观地呈现，增加了作品的力度，因此法国评论家说：安妮·埃尔诺是第一位拥有“男性文笔”的女性作家。

正是这种客观的态度，为安妮·埃尔诺打开了更加广阔的视野。她承认自己曾经像许多法国人一样，将西方媒体的宣传当作中国的图像。但是，她没有将观念停留在这个阶段。作为一个崇尚自由思考、不满足于道听途说的作家，她通过阅读和了解逐渐改变了简单化的观点，而对中国更深切的认识，始于踏上中国土地的那一刻：“只有在这个五月的早晨到达北京的时候，这种由意识形态的偏见和杜撰、虚构的描述所构成的模糊一团才烟消云散。”（“致中国读者”，《悠悠岁月》中文版前言）视野的开拓，必将使这位作家的创作更加具有人类记忆和世界文学的意义。

（黄晓敏：作家，法国尼斯大学汉学系主任）

“你必须生活在每一件事情里”*

——关于周洁茹《美丽阁》的讨论

戴瑶琴　宋永琴　刘　艳　张晖敏　孙艳群　谌　幸

戴瑶琴：

周洁茹有三个标签，即代际、地域和类型，她一直跟踪“70后”成长，轻盈地在少年—青年—中年的时间沙盘上，画出清晰的心灵轨迹。香港是小说集《小故事》与《美丽阁》的核心地域，或许这才是生活真相，对于必须在都市落地及扎根的每一个人而言，真正的痛苦都是难以言说、难以明说的，有时候叹息比哭诉更为伤感和悲情。我借用里尔克的诗句“你必须生活在每一件事情里”，作为探察周洁茹文学的阅读起点。

一、“美丽阁”的内涵及空间性

宋永琴：“阁”对于中年女性既是生存依赖的空间，也是仰望风景的窗；既是寄居其中不能摆脱的苑囿，又是灵魂寄放的美丽世界。周洁茹对“阁”这一空间很矛盾，人生要面对无数的困境与选择，“阁”已圈定了生活界域，同时，“美丽”的阁又发散着希望。小说刻画女性寻找自我、定位自我的过程，不管机缘如何，人总要“为自己挣一个明天”。也许每个人都在不断构建与寻找一座属于自己的“阁”。青春就是记忆深处的阁，“我”是旁观者也是亲历者，“美丽阁”整体意义是对逝去的驻足和远方的凝望。

戴瑶琴：“阁”的提出很亮眼，设计巧妙，它同时具有哲学性和美学性。小说里，“美丽阁”既是绝对空间，又是表征性空间，现实残酷与愿景美好的反差效果是“只能仰望，无法抵达”。

刘　艳：是的，“阁”通常是飞鸟的游憩之地，而“美丽阁”在小说中其实存在于两处空间。在香港，它是一处公共屋邨（公屋），“太太群组”闲居此处。相较于久住“居屋”的阿美（《美丽阁》）和蜗居“劏房”的阿

* 本文为国家社科基金“新世纪海外华文小说的中国艺术思维研究”的阶段性成果，批准号（21BZW135）

芳（《佐敦》），太太不曾体味“新移民”受制于身份或收入而无法入住公屋的煎熬。美容按摩、衣食物品、茶牌聚会粉饰香港逻辑自洽的“美丽”。师奶们偏安于现实一隅，如同无桅无舵的船只停泊于日复一日的琐事。在深圳，它是一间湘菜馆。老板娘阿丽从为他人美甲、带货的日子中出逃，朋友阿珍同样为了生计到深圳谋生。“美丽阁”不再是寄居幻景，只需如里尔克所言“生活在每一件事情里”。

张晖敏：在看到标题的“美丽”时，读者难免猜想作者要拆解出怎样的不美丽，但通读之后，又会发觉这几个字的美好与空虚都恰如其分。文中的“美丽阁”由两个小区共享。地价飞涨，标识着各色身份的楼盘似乎只在这一点拥有着默契——永远不吝于在命名时使用大量溢美之词。芷兰金玉，亭台楼阁。“美丽”和“阁”放在一起，直白得冒着俗气。这也符合人们对香港的想象：高耸的昂贵鸽子笼，里面装着土与洋、贫与富、错位与融合。夸张名头对旁观者的意义更重大。阔太太和打工妹同样忙于和生活纠缠，地产商埋在广告里的小把戏并不能引起什么注意。只有当她们中的一个突然被按下了暂停键时，“美丽阁”才被还原为困窘和希望交织的真实生存空间，久违的荒谬与新奇也同步降临。

孙艳群：确实，只要现实的浑浊无法消解，美丽就只能存于阁中。小说中的阿珍、阿芳、珍妮花逐渐成为与单调生活同构的能指符号，冗余匮乏的生活细节将其追逐美丽的进阶路径剪断，无论是享受轻奢生活的太太组还是忙碌生存的普通妇女，女性都只能不断承受阶层固化带来的人生固化。于她们而言，“美丽阁”总凌驾于一层又一层的仰望之上，就像小说里说的“永远有更富的人”，那么也永远有更美的“美丽阁”。我觉得故事中的女性很像火烈鸟标本，落寞地站立在百鸟园之外。所有故事线的结尾其实都可以折回到太平山顶免费的观光缆车和收取海底隧道费的的士，在那里，428没有被赋予神秘隐喻，“我”积极回忆布鲁克林动物园的存在，其实是说服自己：“我”曾经有过纽约的朋友。

二、中产女性与中年女性

谌　幸：周洁茹写作中一以贯之的“异乡感”，与《美丽阁》里中产生活、中年女性日常的题材可以说相得益彰。青春期过去后发现，真的漂泊、疏离在“人到中年”时发生。阶层浮动的脆弱和虚幻让中产者既感受不到彻底的快乐，也不再有冒险一搏的苦痛得失。也正是这种“异乡感”，让周洁茹的小说读起来始终有一种旁观者视角。她是敢于使用第一人称写作的作家，第一人称令其写作更加敏锐，而辅之以观察者的视角则拓宽视域。生活的苦涩不再局限于中产浮世绘或个人主义生活碎片，叙事对象有了更丰富且鲜明的层次，真实写出“富太”圈子的琐碎虚浮，也直面中下层女性互助中的艰难。同时，“异乡”或者“异乡人”作为存在主义文学的常用母题，本身就包含了基于中产生活内在裂变与循环的形而上思考。小说《51区》中，主人公和闺蜜，在美国公路边，主人公坦白说自己跟很多人合不来，说地球本来就都是“外星人”，进而开始了关于“荒诞宇宙”的交谈。观察人世间和观察宇宙地球，两种“记录”被放置到了一块儿，宇宙的比喻和观察者视角里应外合，让小说有了形而上与形而下之间恰好的平衡点。

张晖敏：“隧道效应”制造的希望有如饮鸩止渴。过早以家庭为事业的女性被经济危机砸得晕头转向。向上和向下的界限竟如此薄弱，一个个转向不及时的少女顷刻间便成了师奶。生活几乎不存在二选一的简单选择题。我们看到主妇一体两面的光鲜和绝望纠缠不清，妥协或者不妥协都令自己狼狈不堪。阿美阿丽们的故事是果，作者加入第一人称“我”，则引领读者一起回溯着因。博士学历的服务生和做保洁的老板娘听来是那么不可思议，几乎要让人怒其不争了。但当琐碎平实的生活细节被摊开再抹平，读者又感受到每一丝不安、忧郁、尴尬情绪的累积是多么积重难返。

刘　艳：晖敏阐释的向上 / 向下两个阶层的关联很有新意。如果说阿珍、阿芳、阿美是香港“新移民”女性的部分缩影，那么无须上班的家庭主妇跃迁至中产阶层，凭借炒股票炒楼挣钱，经营富足家庭并配备称心佣仆。然而，中环 OL（Office Lady）白领，仍然深陷所谓体面工作的泥潭。在社会夹层的“住”和“熬”让生命悉数落入低质量省电模式，“收入中产，生活草根”远不止是一句对“穷中产”的嘲弄和揶揄。“现实是此岸，理想是彼岸，中间隔着湍急的河流，行动则是架在川上的桥梁”，克雷洛夫切中都市女性生活常态之肯綮。“加班”被美化为公司文化和“道德合理”，“去工作，就是融入香港社会”成为新来港女性异途同归的思想沉锚。无论哪座都市，女性都如同真空袋里的棉被，任凭工作与家庭不断抽走鲜活氧气。《682》《黄蜂爬在手臂上》里等不及的米线、医术不精的医生、不包验血的保险、飞站拒停的巴士，密实困局摩肩接踵。《布鲁克林动物园》中“我”与的士司机的对话，倾泻香港“外来者”的记忆——由司机感怀激发、在断网时复苏、下车后旋即关闭。

孙艳群：我会用两个意象来形容中产和中年，即冠冕与牢笼。我发现作者特别喜欢运用数字：趴在手臂上二十四小时的血压检测仪，只用步行就可以省的“三元六角”，五十九秒的迟到范围以及延长到十点十分的加班。在一堆堆精打细算的数字中，中产女性接受令人沮丧的消极秩序，屈从于经济焦虑与精神内耗。女性拖拽着疲惫的身体齿轮只为向上进阶，但现实和理想强行咬合的后果是欲望膨胀，宁愿让金银器走向当铺也不愿申请综援的阿珍，依靠伪奢侈品支撑优越感的墨镜女人，以及“镀金上市”的家庭作坊，都是“美丽”错觉。

宋永琴：作者实录香港部分中产女性的日常：吃饭、闲聊、旅游、爬山，女性灵魂似乎已被放逐。她们其实羞愧于某种屈从，父权、夫权依然是隐形枷锁。小说在貌似无心的聊天中，勾勒每位女性的现实遭遇，粗线条的、局部的，但人物无法摆脱的精神困境跃然而出。在中产女性之上，小说圈定一个更大的中年女性群体，她们习惯沉默和顺从。如嫁到香港的阿美，丈夫一去世，刚刚起步的富太生活便戛然而止。找工作，丢工作，儿子择校，希冀最终都降调为眼前求存。她有能力将已经风雨交加的日子压实为波澜不惊，只是偶尔悲从中来。隐而不发是小说的叙述能力，处处留下的线头，有利于激发读者发现和阐释的欲望。

三、香港的“血管”和“机体”

戴瑶琴：周洁茹以公共交通为观察渠道，实时记录香港的老化速度与发展速度。公交和地铁协助她累积文学素材，构建即将开始的日常叙事的雏形。她在小说里提供香港路线图，点阵的密集转换，源于创作者长期“住”“行”才得以叠加的在地经验。大的区块由地铁连接，小的处所以公交串连，两个空间搭建城市筋骨。茶餐厅、菜市场、大学、图书馆、幼儿园，聚合于人物身边，围筑其生命场域。紧随移动的地标，阅读者如同被推着去感知香港的活力。

张晖敏：我也留意到交通轨迹的频繁现身，它令城市图景破碎而复杂。渡船和缆车、公路和隧道，这些交错线条是香港的血管，人是流淌的血液。作者在纸上建构的香港，正是必须容纳各种情绪的、饱胀又别扭的巨大空间。社会阶层滚成一个橄榄，当“我要”的幻景频频破灭，“我不要”的情绪便参与话语权的最后争夺，珍妮花抛出一连串“不要”让人头晕眼花。旧移民的傲慢和新移民的焦虑指向同样的生存不安，接受不安且与之共存几乎是必修课。不论存款的数字有几位，每个人受到白眼的概率都大致等同，辨别其中的善意与恶意变得徒劳。公共交通连缀的香港，繁荣而时常令人不快，周洁茹笔下的香港颇为情绪化。

刘　艳：我认为小说集还有“公路文学”特色，各篇就似“公路文学”不同章节，以路途见闻与景观反映此刻“住在香港”的一段生活旅程。“生活在香港，对香港有感情，写作香港”，周洁茹在小说集的对话中提出三句“真言”。“我们为什么要来香港呢？又不是我们的故乡。”《佐敦》里阿芳一家历经五年终于从破败劏房搬去体面公屋，《美丽阁》中“新移民”认为孩子考入港大值得骄傲，但《盐田梓》中“来香港三十多年”的墨镜女人却对后来者异常鄙夷。“香港的天，就比乡下的蓝吗？”阿珍们看不出来，包括墨镜女人在内的其他新移民也不甚了了。劏房、居屋、公屋，住所层次质变的条件，竟是阿芳的死亡……或许是作者有意戏仿现实，才以最质朴的衣食住行探测浮华都市的真实温度。

孙艳群: 公共交通创造小说的真实感和跳跃感，这是一种对“宏大”的消解，周洁茹以纪实方式实录香港的零碎、虚无和侵蚀。“全知”退场，迎来生活现场感的印刻——佐敦最长的阶梯、洛芙特、太平山顶、盐田梓、隧道街区、起司蛋糕、冻柠茶和水晶杯，都是美丽细节，消费满足的感官体验成为美丽的载体。

四、流转的现实主义：从“现象级”女作家转向“70后”女作家

张晖敏: 和“80后”“90后”一样，千禧年之前的代际标签总是格外鲜明。“多变”是“70后”作家的关键词，“现象级”往往也是易逝的。年轻的激情被迅速地、过度地开采过后，如何应对转型是必然会出现的问题。对于作者来说，切割“70后”这一标签的动作格外简单直接。但停止写作并不意味着书写本身的断裂。刻意打断的生活节奏是周洁茹自设的休止符，她用“我不要”争取到继续言说的机会，落地于香港，她开始将十年停笔积攒下的细微体察娓娓道来。“美人自古如名将，不许人间见白头”的期待浮躁而傲慢。每个时代都会涌现新的花儿果儿。在《美丽阁》中，“我”仿佛是一个拖着躯壳前行的少女。灵魂不曾老去，身体却对抗着必然到来的中年危机。矛盾的哂笑之中，写作经验跨越代际的痕迹便呈现于读者面前。

刘　艳: “70后”女作家在二十世纪末以群体的先锋意识和话题书写掀起“现象级”关注热潮。新时代语境下，“70后”作家文学个性的建立尤为关键。小说集《美丽阁》仍有着力于自身经验的痕迹，但对于“90后”“00后”以及更年轻的群体而言，以都市家庭主妇生活为题材的现实主义文学，尤其是拥有海外生活经验后重新审视港式婚姻的作品，与近年热播的同题材影视剧不谋而合，较之机械复制和普遍“融梗”的碎片化网络字符，多了一分世俗启迪的意味。《美丽阁》从迷恋和惘思中出走，基于创作者丰富的他乡经历、职场体验和社会洞察，反思和批判都市。周洁茹跨越代际与地域的“70后”书写，剥开乡土厚重与网络驳杂，和盘托出一个曾令无数人艳羡的香港真相。

孙艳群: 周洁茹的现实主义写作，如同在新港、盐田梓以及佐敦最长阶梯的外围，架设一台取景器，捕捉每一次的驻留与行走，那一刻，带着尖刺盘旋的黑虫，甜腻的菠萝包和劣质香烟烟雾混杂的粗劣气味，以及汉语、英语和广东方言产生的话语混响全部成为纪实脚本。镜头里，偷渡的、移民的、原住的形色人物搭建意志擂台，争先恐后挤进“美丽阁”，布巴甘

的餐厅、拉古纳的海滩、51 区域都成为“美丽阁”具象。在习焉不察的生活图景复现中，作者以“70 后”视角解剖都市女性的生存之痛，以此时此地的发生过滤“载道”式说教。“小说家审视的不是现实，而是存在”，这便是其小说的意义所在。

谌　幸: 是的，不断发现“美丽阁”的过程，也是在阅读中探究“何为真实”的过程。写作本身是一种探究现实的方式，周洁茹的同路作家们，对于自我、城市、日常、先锋的回答换了一茬又一茬。针对她的都市写作，文学地理学的诸种命名不仅是文化层面的遗产、某种乌托邦或象征性追寻，更是本真性的生命体验，尤其是当作家的真实生活就处于空间的漂泊与变动中时，这种现实感让周洁茹写作的“自传性”特色得以延续。写作中与自我对话的内核是坚固的，从青春时代携带而来的“自传”意识构成表达力度，不再生猛，但总有新的发现。时代的“新问题”夹杂其中，有新港人望着长长的阶梯想要留下，也有抱怨特区护照的子女想要离开。在作家写作的成长之旅中，对于生命状态的感知常常是向内的，对生活状态的描摹则是外向的，周洁茹在现实主义的“内”“外”之间写作，很灵活，很自然，内心小我的困惑和外在他者的变动都被照顾得很周到。

戴瑶琴: 周洁茹还有种我称之为“断片式”的独特语言，它具有意识流特征，传达都市人情绪的跳跃，语感迅速、直接、捉摸不定。它与呓语和絮语都不同，“断片”语言存在叙事逻辑，指向清晰，动 / 静明确，情感传达的速度、力度和准度，都是作者已然考量的文学设计。

结语: 没有审美性的日常

宋永琴: 周洁茹选择回望和自己生命交集的、曾体验或体味过的场景。平淡简约的碎片叙事引发丰富悬想，流离失傍的内心，若有若无的情感，在说与不说之间充满文学张力。作者感叹生活某些时候虽如等拖车一样无聊，弥漫着消沉，我们却不得不寻找一个目标，否则只会陷于“无尽的等待里面”。《美丽阁》消解了表征审美，填充大量琐碎日常，叙述留白，对白简约，生命在作者的阐释视阈中得以延伸，由读者借助丰富想象去填补。小说肌理丰满，如作者所说:“我就想呈现最本真的自己，写东西是这样，做人也是这样。”放弃哲思，落地日常，是非常艰难的写作实践。

（戴瑶琴：大连理工大学中文系副教授，硕士研究生导师；宋永琴：大连理工大学新闻系副教授，硕士研究生导师；谌幸：大连理工大学中文系讲师；张晖敏、孙艳群：大连理工大学中文系 2020 级硕士研究生；刘艳：大连理工大学中文系 2019 级本科生）

古今女诗人研究

“易安愁”的审美范式及其词体特征*

张文浩　汪奕含

摘　要：李清照的词作兼涉婉约和雄放两种风格，开创了一种新的审美范式，即易安范式。不同于花间范式、清真范式和东坡范式，易安范式在宋词言愁风尚中别具一格，可归结为“易安愁”；“易安愁”体现了古代女性的自我主体意识，铸就女性意识的觉醒、自尊和自主；其词体的审美特征很显著：一是遵循“词别是一家”原则，反映本色当行的闺音情怀，表现自我对人生的体验、社会的观察和思考；二是情感的纪实性，“易安愁”取材于自我身边的生活场景以便镕裁意象，表现一位女性的心理历程的记录，具有很强的自叙性质；三是清丽愁境的审美追求，呈现婉约清丽、率性自然、语浅情深的审美特质，创造了中国文学史上自由抒写真实情感体验的审美空间。

关键词：易安愁；审美范式；本色当行；情感自叙；清丽愁境

李清照词作的言愁倾向是一目了然的，从闲愁、闺愁到离愁、情愁，再到家愁、国愁，终其一生几乎生命的每个阶段都是“才下眉头，却上心头”。以往研究者大体从类别、时期或范畴三个角度去分析易安词里的愁情，但仍有必要另辟途径去探讨易安词的言愁现象。研读其词可知，李清照作为名垂中国历史的稀有的女性词人，其词抒发的愁情均为女性自我意识在突围时的自然泄露，“与周、秦相异的是，她所写的全是自我的感受、

* 该文为教育部人文社会科学研究项目《中国游艺观念的审美文化史观照研究》阶段性成果，批准号（19XJA751010）。

自我的体验，词中处处活跃着自我的生命、跳荡着自我的灵魂”[①]。下面就拟从抒情主体的身份、情感特质和审美境界等三方面来梳理“易安愁”，并探究其词愁与女性自我意识的关联。

一、本色当行的闺音情怀

温韦范式的花间词虽“精妙绝人，然类不出乎绮怨”，况且这种绮怨多以共性面貌呈现，自我的个性常被有意地隐藏或淡化，偶尔出现自我的形象，亦是男性视野下的女性形象，自我主体的人生情感都借歌妓思妇之口传达。东坡范式的须眉词直接剖白自我的精神世界，实现了由“代言”向“我言”的转变，开拓了男性内心感受的传达空间，可是女性的世界就极大限度地受到了压缩。

一代女杰李清照横空出世，才真正地以女性之手来描摹女性的自我形象和情感状况，以女性之笔揭示女性之词心。而这女性之词心的显现之一便是其词中的愁情，如《声声慢·寻寻觅觅》词。易安此词首起十四叠字，便已将一个妇女的愁心吐出，其情景婉绝真乃绝唱，正如卓人月所说：“才一斛，愁千斛，虽六斛明珠，何以易之！”[②]李清照这首词改押入声韵，并屡用叠字和双声字，语气变舒缓为急促，变惋惜为愁绝，笔墨纵恣，胸怀怆郁，若论范式归属，颇类东坡，只不过将须眉之气换作娥眉之声。张端义《贵耳集》上卷记载：“易安居士李氏，赵明诚之妻，《金石录》亦笔削其间。南渡以来，常怀京洛旧事。”[③]李清照坚持认为“词别是一家”，必须表现自我这个特殊的心灵世界，表现自我对人生的体验、社会的观察和思考。《声声慢》就是她作为一个女人的切身体验和独有感受。这起首一行字，是女词人“历受磨难、饱经忧患所凝结成的一串眼泪，一颗一颗地滴落在读者的心田，形成一种抽泣式的节奏”[④]。词人蛰伏在无边的愁绪里，默默地承受着旧怨新愁。若非年老体弱且孤苦吊影的妇人，又岂能领略到“乍暖还寒时候，最难将息”的季节变化，歌舞筵席中的红粉女子又岂能体味到乍暖还寒的气候变化带给老妪生理和心理上的烦忧，种种特殊微妙的感受更无法从须眉的代言中形诸笔端。黄花堆积，却无心摘赏，守在窗户底下等待天黑，更有梧桐晚雨相伴，此等深远笔意，全出自孤单无助的妇女心声。最后以“怎一个愁字了得”作收，化多为少，改变自庾信以来诗人写愁情必然夸张饰言的做法；只泛言有愁，却不说“愁”外尚有何种心情，即

① 王兆鹏：《唐宋词史论》，人民文学出版社2000年版，第159页。

② 卓人月：《古今词统》，辽宁教育出版社2000年版，第472页。

③ 张宗橚编，杨宝霖补正：《词林纪事·词林纪事补正》，上海古籍出版社1998年版，第986页。

④ 向梅林：《论李清照词中“愁”的文化内蕴》，载《求索》2001年第1期。

戛然而止，笔势“欲说还休”，愁情已自倾泻无遗。

刘永济评析此词的愁情：“一个愁字不能了，故有十四叠字；十四叠字不能了，故有全首。总由生活痛苦，不得不吐而出之，绝非无此生活而凭空想写作可比也。”① 这首词凝结着李清照晚年无限凄绝的体验，是愁情长期郁积在胸的最高表现，是女性自我主体的悲情表现。梁启勋《词学》言：“此词见《漱玉集》，无题。然望文知是写一天之实感，一种茕独恓惶之景况，动人魂魄。”② 其兄梁启超略有补充，更为准确：“这词是写从早至晚一天的实感。那种茕独凄惶的景况，非本人不能领略，所以一字一泪都是咬着牙根咽下。”③ 词中的自我形象，正是这位女词人的作为抒情主体的形象，迥然异于男性词人笔下的纤纤弱女子，体现着易安的独特气质和人生阅历。

二、情感纪实的自叙性质

从创作动机看，文学作品总是要渗透作者本人的主体意识，正如别林斯基评析普希金作品时所说：“不是由于外在的修饰，而是从他内在的生命出发的，这生命即在诗人的创造力的作用下灌注到全篇诗作里。”李清照词中言愁也是由于内驱力的作用，出于内在的自我实现、自我表达的需要而铸就的。当然，在各个时期的具体的感受程度不一样，有浅有深。从语言运用角度看，易安词在言愁的时候一般都是采用比较浅显的语词，有时几乎接近了白话，却反而能更显她占据词之“本色当行第一人”（《七颂堂词绎》）④ 的位置。要做到这一点，殊为不易，任中敏先生《词曲通义》颇为赞赏此点，说其“运用白话，而未反词之体性，斯为难得”⑤。盖因词之体性在于“要眇宜修”，李清照从体物抒情的女性身份入手，根据彼时彼地的真切的自我感受来择语入词和择景入词。比如《一剪梅·红藕香残玉簟秋》，关于这首词的本事，曾被人看作是为离别而作，即易安结褵未久，其夫赵明诚便负笈远游，易安不忍离别之愁，作《一剪梅》词以送夫。前人如伊世珍、杨慎、俞正燮等均深信无疑。其实，此事荒诞无稽，黄盛璋、王仲闻两位先生详辨之已久，杨宝霖先生在《词林纪事补正》中有黄王二位先生的记述，现择其结论如下：

实则这个事实全出虚构，绝非真实：(一) 细玩此词非类送别之作，“一种相思，两处闲愁”以及“云中谁寄锦书来”明明是别后相思，

---

① 刘永济：《唐五代两宋词简析》，中华书局2007年版，第65页。

② 梁启勋：《词学》，文化艺术出版社2018年版，第86页。

③ 梁启超：《给孩子的语文四书》，江苏人民出版社2020年版，第83页。

④ 刘体仁：《七颂堂集》，黄山书社2008年版，第218页。

⑤ 吴熊和：《唐宋词汇评》，浙江教育出版社2004年版，第1430页。

不得为送别之作。(二)“轻解罗裳，独上兰舟”，离去的应该是清照，不是明诚。(三)结褵时明诚在太学作学生，用不着负笈远游，结褵后二年即出仕宦，更不须负笈，何况仕宦地点即在汴京，《后序》亦有交代，此传说所以发生，实误解一“出”字。[①]

《后序》指的是《金石录后序》。所谓误解一个“出”字，是说伊世珍等人对“出”字的意思产生误解，以为“出”字是“外任之谓”，实际则是“上任之谓”。弄清易安作词原因，有助于理解此词表现了易安的何种愁情，亦更方便理解易安言愁的创作内驱力及其情感特质。

《一剪梅》起句写自然界花开花落，既是当下设身处地的景象，也是分合聚散的人事象征；枕席生凉，既是肌肤间触觉，也是凄愁独处的内心感受。“云中谁寄锦书来，燕子回时，月满西楼”，表明身处异地，思念爱人，可是隐约有种愁忧，因为没有收到爱人的书信宽慰。这不是莫名的闲愁，实乃出自李清照鲜活的女性主体意识，她忠贞于爱情、婚姻，但是决不会附庸于爱情、婚姻。所以很自然地引出“一种相思，两处闲愁”，暗示了维护感情的对等原则，展示的是要与夫君交流感情的需求，显然有着女性天然的娇羞，却仍保持着女子的自尊自爱。“李清照也有因爱的失落而惆怅、幽怨和苦痛，然而这绝不是作为依附者失去所附对象的穷愁哀怨，而是主体对自我情感的自然流露。她的一些闺情词写相思之苦，尽管写得缠绵悱恻，却始终未失去自己的独立人格。始终掌握着一种与对方平等交流的话语权。”[②]结句“此情无计可消除，才下眉头，却上心头”，从别后相思的平常事实中，道出了古往今来女子的心事，无论保持何等自主独立意识，也难以阻绝由女性历来处于弱势地位而产生的忧愁，她内心的这份敏感与细腻实属身份本然。

由此可见，李清照的愁情具有很强的自叙性质，或者说情感具有较强的纪实性质。如果给易安词编年，她的词愁便是一位女性的心理历程的记录：从少女时代的闲愁到少妇时代的离愁，再到嫠妇时期的悲愁；从南渡前轻淡的愁到南渡后沉重的愁；从家愁到乡愁再到国愁，等等。恰如卓人月《古今词统》卷九所言：“此媛手不愁无香韵。”考其原委，一、有家庭原因：虽说比起一般封建家庭来，李清照算是生活在很宽松的环境里，能自由浸润古典文化的精髓，然而，其父亲是“苏门后四学士”之一，其公公赵挺之则属新党一派；在北宋党争禁锢非常严重的情况下，家庭内部摩擦在所难免，李清照身处其中，内心的矛盾和隐忧亦是难免的，特别是“元祐党人案”使她感受到世态炎凉、人情薄似纱。二、她与赵明诚的爱情并非

① 张宗橚编，杨宝霖补正：《词林纪事·词林纪事补正》，第982页。
② 阳利平：《李清照词中所展现的自我形象》，载《中国文学研究》2002年第4期。

如一般人所称道的那么幸福恩爱，事实上常有人生态度及其他因素的分歧，比如以李清照和赵明诚的家庭背景、围绕着金石等藏品的种种矛盾、屏居青州期间的隔阂[①]，这也是易安词愁的感情来源之一。三、她以女性身份从事文学创作活动，时常受到思想上的压制，因为社会对女性的“懿范”要求必定形成逼迫之势。陆游在其《夫人孙氏墓志铭》中载：“夫人幼有淑质，故赵建康明诚之配李氏，以文辞名家，欲以其学传夫人。时夫人始十余岁，谢不可曰：‘才藻非女子事也。’”[②]李清照在赵家的生活与婚前大有区别，生活圈子缩小了，精神生活也相应空乏了，这对有着强烈自主意识的她来说，怎能不会忧心忡忡？若形诸词内，则必不离“愁”字。四、靖康之难后造成的家庭碎落、离乡背井、国事不济等痛楚，必会投射到李清照的词愁里。五、四十九岁时，在“飘零遂与流人伍”的流亡中，错中改适势利之徒张汝舟，遭受非人的凌辱与虐待。后来虽以独立人格最终摆脱魔爪，但心灵早已泣血，胸腹早已怆难；况且，因时代妇女观所限，改适一事向来被正统士人及文人视为污点，如王灼称其“再嫁某氏，讼而离之，晚节流落无归”，陈振孙称其“晚岁颇失节”，徐伯龄也说“易安晚年失节汝舟，而为其反目”、“虽有才致，令德寡矣”。将此历难宣泄在词体，不是字字愁怨又能何为呢？

既为纪实之作，则常取材于自我身边的生活场景以便镕裁意象，用语亦清丽晓畅，喜欢以虚词和叙述语汇将意象连贯一处，使之随着主体情感的流动而分布、穿插，将那如梦如幻的愁绪汇成心理流程。如《武陵春·风住尘香花已尽》，词为孀居后所作，由表及里，层层开掘，上半阕颇类代言体语句，描摹人物的外部动作和神态，但取物设境均是围绕自己的生活情境，且为后阕的情感流动作了蓄势准备。下阕连用了“闻说”“也拟”“只恐”三组虚字和叙述语，作为情绪起伏转折的契机，一波三折，不难觉察到创作主体的心灵流动。双溪、舴艋舟都是同一时空之物，装载着主体彼时彼地的心情。愁为何物？愁本无形无踪，看似平易，却在词里化作具体之物，教人想见一位满腹愁怨的妇人悢怆在船头的侧影。叶盛对此不禁感叹：“玩其词意，其作于序《金石录》之后欤？抑再适张汝舟之后欤？文叔不幸有此女，德夫不幸有此妇。其语言文字，诚所谓不祥之具，遗讥千古者欤。”[③]词作中的意象安排比较清丽疏朗，不像周邦彦用象绵密典丽，以致浓得化不开，也不似秦观取象繁多，扑朔迷离，但是对愁之多之烦之深的形摹，仅用浅易明白的语词即达到最佳效果。也许是心有灵犀或同命相惜，宋代另一位断肠词人朱淑贞化用末句，改为“可怜禁载许多愁”，或可谓同曲同

① 彭玉平：《李清照的词境与心境臆说》，载《中山大学学报（社会科学版）》1999年第6期。
② 涂小马：《渭南文集校注》，浙江教育出版社2011年版，第355页。
③ 叶盛：《水东日记》，上海古籍出版社1991年版，第131页。

工。至于后人根据末句得出此词为婉曲之辞，乃易安发“人言可畏”之愁叹，实则推想过度，没必要为易安改嫁一事隐讳。其实，王仲闻《李清照集校注》确定此词为绍兴五年（1135）在金华时所作，当时正处改嫁张汝舟后悔莫及之际，自叙惨淡景况才是李清照的惯常做法，也是情理所在。

二、清丽愁境的审美追求

为了更好地表现女性自我主体的愁绪，李清照经常将愁附寄在一些意象上，如梧桐、梅花、菊花、桂花、流水、梦，等等。这些意象在中国文学史上经常出现，大多被赋予了伤心、愁、泪痕、幽怨、凄迷的色调。如《清平乐·年年雪里》“常插梅花醉，挼尽梅花无好意，赢得满衣清泪”;《行香子·草际鸣蛩》“惊落梧桐，正人间天上愁浓”;《念奴娇·楼上几日春寒》“清露晨流，新桐初引，多少游春意”，等等。梅、柳、梧桐、斜风细雨、清露晨流，在易安词里都是情感化的东西，甚至是个性化的东西，物之心即易安之心，“方其落笔之际，不知我之为草虫，草虫之为我也”[①]。少年的欢乐，中年的幽怨，晚年的怆落，一枝梅花足以承载矣。词意含蓄蕴藉，感慨深沉，运用对比手法，物态人事双关。这是《清平乐》中人与梅同戚愁、共断肠，融注的是李清照自我的生命悲愁。《行香子》词类似秦观的《鹊桥仙》，均借牛郎织女的神话传说，写人间的离愁别恨。秦观将身世之感打并入艳情，创造富于张力的意象群，来增强词情的朦胧性和普泛性。李清照以梧桐入题衬凄清之景，叠用三个“霎儿”，幽怨不尽。牵牛、织女正是人间别离男女的化身，也是易安自家离愁别情的替身。通篇用语几乎是白话，却“情景兼至，名媛中自是第一”。

以梧桐意象寄寓愁绪、造设愁境的词尚有《鹧鸪天·寒日萧萧》《忆秦娥·临高阁》《声声慢·寻寻觅觅》等;《念奴娇·楼上几日春寒》也不例外。此首写心绪之落寞，语浅情深。“清露晨流，新桐初引”，本以为帘卷门开，生意盎然，却“日高烟敛”，仍需“更看今日晴未”。难得愁情有片刻的舒展，可硬是游移不定。梧桐树到了《声声慢》里边，更是忧愁的象征。“梧桐更兼细雨”，在自己营造的缭绕愁园里，她就是那只一直在飞着的孤雁儿。

另外，“梦”的意象是李清照词愁的基本载体，以“梦”的意象做载体是她对“愁”的个性化表达。其《漱玉词》中有二十首左右的词以梦托愁。如“独抱浓愁无好梦，夜阑犹剪灯花弄”（《蝶恋花》）；“酒醒熏破春睡，梦远不成归”（《诉衷情》）;“被冷香消新梦觉，不许愁人不起”（《念奴娇》）;“熏透愁人千里梦，却无情”（《摊破浣溪沙》）；“为谁憔悴损芳姿。夜来清梦好，

① 罗大经:《鹤林玉露》，齐鲁书社 2017 年版，第 587 页。

应是发南枝”（《临江仙》）；“梦断、漏悄，愁浓、酒恼。宝枕生寒，翠屏向晓”（《怨王孙》）。李清照为什么要以梦托愁呢？是否想做某种逃避？法国学者加斯东·巴什拉说：“对宇宙梦想的人在孤独的梦想中是动词‘沉思’的真正主语，是对沉思的力量的最初见证。”[①] 李清照选择“梦”来表现自己的愁情，也恰如选择其他有形之物，在于更加直视真实的世界和妇女的逼仄的生活空间，提升女性的自我主体意识，创造了中国文学史上自由抒写真实情感体验的审美空间。

为了获得这一片审美空间，李清照在“生怕离怀别苦”中“终日凝眸”，“柔肠一寸愁千缕”。毕竟，作为才力华赡、“当推文采第一”的宋朝妇人，要承受的心理压力“有奇男子之所不如”，时代对女性的偏见和限制使之然也。清人叶申芗读李清照《醉花阴·薄雾浓云愁永昼》词后，于《本事词·自序》作了简单的小结：

> 若更萝屋静姝，兰闺秀媛，既工协律，亦擅摛词，瘦比黄花，寓幽情于爱菊；慧同紫竹，抒雅藻于《踏莎》。向金屋而翦缯，宫花簪鬓；望锦川而挥泪，山色添眉。复有逐妾辞闺，故姬去国，围扇动弃捐之感，罗裙怀沦落之嗟。念锦瑟之空丽，难吟豆蔻；恨金瓯已缺，谁弃琵琶。燕子楼头，梦断彭城落月；鹃声马上，愁生蜀道残春。斯皆悲离恨之有天，欲埋愁而无地。但留怨什，宜播吟坛。[②]

综而述之，易安词愁反映了中国古代妇女的一种心声，体现着女性意识的觉醒、自尊和自主，情感特质是婉约清丽、率性自然、语浅情深的，因而当李清照对自我主体的确认和期许超出正常范围，便到了自恋或自怜的境地。“独行独坐，独唱独酬还独卧”（《减字木兰花》）的女词人，把这份哀感穷愁寄托到“莫道不销魂，帘卷西风，人比黄花瘦”的自恋、自怨和自怜的沉吟声里去了。当然，李清照《漱玉词》也时时洋溢着“丈夫气”，沈曾植《菌阁琐谈》云：“易安倜傥，有丈夫气，乃闺阁中之苏辛，非秦柳也。”[③] 一人而两种面貌，更多地体现在李清照词与诗的文体差别上，这是正常的文学现象，兹不赘述，该撰文另当别论了。

（张文浩：四川轻化工大学文学院副教授；汪奕含：长江师范学院文学院汉语言文学专业本科生）

---

① [法]巴什拉：《梦想的诗学》，生活·读书·新知三联书店1996年版，第219页。
② 唐圭璋：《词话丛编》，中华书局1986年版，第2387页。
③ 李清照：《李清照诗词集》，上海古籍出版社2016年版，第105页。

21世纪以来古代文学研究的几个趋向

——以清代词人吴藻研究为例

彭文伶

摘　要：吴藻，清朝嘉、道年间女词人，著述颇丰，是我国古代文学史上较具影响力的女作家。二十一世纪以来，学界对吴藻的研究逐渐深化，其生平交游得以系统梳理，其诗词、戏曲一定程度上也成为学界研究的焦点。作为清代女词人，吴藻及其作品在女性文学史、词史以及个案研究中备受关注，新世纪以来，对其研究甚至出现了“井喷”现象。通过系统梳理与挖掘，对吴藻的个案研究在一定程度上能够折射出二十一世纪以来中国古代文学研究整体趋向。除纵深发展的趋势之外，还与词学研究的明清转向、文学研究的性别意识、文学研究的群体文化视角等紧密相关。

关键词：清代女词人；吴藻；古代文学研究；新趋向

吴藻（1799—1862），是清朝嘉、道年间的著名女词人，字苹香，自号玉岑子，仁和（今杭州）人，也是清代闺秀词人的杰出代表。其工诗词，擅绘事，有诗词著述存世，著有《花帘词》一卷、《香南雪北词》一卷、《饮酒读骚图曲》（又名《乔影》）、《花帘书屋诗》等。吴藻词集在生前已受到同代人的关注。本文拟以学界对吴藻的研究为例，以管窥二十一世纪以来古代文学研究的三大趋向。

一、吴藻研究现状概述

二十一世纪是学术界对吴藻研究的分水岭。九十年代以前，学术界侧重于对吴藻词的简要分析和论述，未有系统研究作品出现。此段时间，对吴藻杂剧的研究尚未有专篇论文，仅在研究其他剧作家时有所提及，如曹华强于1986年发表于《河南大学学报》的《元曲女作家述略》。自1990年至二十世纪末，研究对象仍以吴藻词为主，且仍停留在词作的内容及赏析浅层次阶段。值得一提的是，该时期对吴藻杂剧的关注度逐渐升温，有专篇论文出现，如浦汉明发表于《青海大学学报》上的《乔影：中国古代知识女性的愤懑与呼号》。

2000年以来，学界对吴藻的关注度显著提升，无论是研究广度还是深度均有所扩展。一方面，二十一世纪以后，学术界对吴藻的研究著作较二十一世纪以前增长近十倍，且对其词及杂剧的研究涉及各个层面。包括对吴藻作品的内容研究、艺术分析、思想感情探究，以及词的比较研究。另一方面，对吴藻个人的研究成果也与日俱增，或考述其生平、家世，或考述其交游状况等。此外，对吴藻的研究进一步深化，并上升至整个明清文人女性意识的觉醒、哲学意识以及个性解放的研究，且关于吴藻所处的时代群体也逐渐受到学界关注。

综观对吴藻的研究，虽然研究内容不尽相同，但主要集中在生平事迹的钩沉与稽考、词作研究、杂剧《乔影》研究三个方面。

（一）生平事迹的钩沉

吴藻的生卒年考辨。由于缺乏文献记载，关于吴藻的生卒年说法各异。主要有不可考说、生于1799年卒于1862年说、生于1797年卒于1862年说三种观点。《中国女性文学史》（谭正璧，百花文艺出版社，1985）、《清代妇女文学史》（梁乙真，中华书局，1927）、《清词史》（严迪昌，江苏古籍出版社，1990）对吴藻的生卒年情况均未做说明。《清代四大女词人——转型中的清代知识女性》（黄嫣梨，汉语大词典出版社，2002）、《清代女作家专题：吴藻及其相关文学活动研究》（钟惠玲，乐学书局，2001）认为吴藻的生卒年已不可考。《吴藻词传：读骚饮酒旧生涯》（江民繁，浙江大学出版社，2014）认为，其生于1799年，卒于1862年，终年六十四岁。吴永萍的《吴藻生平考述》、郭姮姮的《吴藻及其作品研究》（安徽大学，2006）均采纳此说。赵厚均在《钱塘闺秀吴藻生平及著作考辨》（词学辑刊，2021）一文中持不同观点，考证吴藻生于嘉庆二年（1797），卒于1862年，享年六十六岁。

关于家庭出身的探绎。华玮考证出吴藻为浙江仁和（今杭州）人，出生于商贾之家，且“父、夫皆商业”[①]。浦汉明在《〈乔影〉——中国古代知识女性的愤懑与呼号》一文中则考证出吴藻“在一个缺少文化氛围的家庭中，但是她爱绘画、弹琴、读诗词，无论在文学还是艺术方面都取得了相当造诣”[②]。吴永萍2009年发表的《清代女作家吴藻生考述》一文则与浦汉

① 华玮：《明清妇女之戏曲创作与批评》，中国文哲研究所2003年版，第119—128页。

② 浦汉明：《〈乔影〉——中国古代知识女性的愤懑与呼号》，载《青海社会科学》1995年第002期。

明持不同观点，该文指出“虽然出身商贾之家，但是在吴藻的家庭中并不缺少艺术氛围与文学气息”[①]。出身商贾，与家庭是否有文化氛围，并无必然关联。

关于婚姻的稽考。邓红梅在《梅花如雪悟香禅——吴藻词注评》一书中认为，“吴藻二十岁左右，嫁于同乡商人黄某为妻。这桩婚事并不如她所愿，她心里充满伤感”[②]。徐乃昌《小檀栾室汇刻闺秀词》则记载，“吴藻工于词，擅弹琴、精于绘事，后嫁与同乡黄某”。《吴藻和她的朋友圈》一文根据吴藻唱和酬赠情况，分析了吴藻将近三百首诗词里，其中有许多友人相互题赠以及纪游之作，却从未提及她的丈夫，并据此推断“吴藻与丈夫之间感情淡漠疏离甚至绝缘”的状态。[③]以上诸论，可以推测吴藻的婚姻不够如意，这与其文学创作中时常流露的苦闷、不忿，有莫大关联。

考察交游唱和情况。吴藻所处的时代为清中叶后，女子社会交往机会日渐增多。尤其在吴藻所生活的江浙一带，社会风气较其他地区更为开放自由。《花帘词》《香南雪北庐集》《花帘书屋诗》中的大量唱和之作中得以窥见吴藻参与社会活动的活跃程度。黄嫣梨《清女词人吴藻交游考》对其交游进行了较为系统的考稽：在吴藻的著作中可以考察的人物有七十三个，包括官宦、名媛、商贾、书画家等人士。男性友人有张景祁、魏谦升、赵庆禧、石韫玉、陈森、陆继辂、陈文述、黄燮清等，女性密友有张襄、汪端、沈善宝、许云林等才媛。[④]这一比较全面的梳理，有助于回溯到历史的本真场景，由此探绎吴藻作品生成的文化背景。

以上无论对其生平、家世的考述，抑或对其婚姻、交游的稽考，对考察其文学创作动机、创作语境、创作风格以及人物思想均大有裨益，文学作品往往镌刻着创作者人生历程的印记。由是观之，从吴藻所处的时代背景看，社会正酝酿着大变革，文学思潮激荡，女性文学正在从闺阁逐步走向社会。清代女性文学空前繁荣，女性诗人词人数量之巨，远迈前代。清代一部分男性文人开始大力倡导女性文学，广收女弟子，形成了袁枚随园女弟子和陈文述的碧城仙馆女弟子等为代表的诗人群体。吴藻便是陈文述的得意门生，其有卓异的才情，又身负豪宕之气，常参加诗文酒会，在当时结交了许多诗人词客以及文化名人，这对吴藻诗词曲的创作影响非同一般。

（二）词作的研究

吴藻词自成一家，在清代词坛占有一席之地。《续修四库全书总目提

① 吴永萍：《清代女作家吴藻生平考述》，载《新世纪图书馆》2009年第1期。
② 邓红梅：《梅花如雪悟香禅—吴藻词注评》，上海古籍出版社2004年版，第2页。
③ 王鹤：《吴藻和她的朋友圈》，载《书屋》2015年第5期。
④ 黄嫣梨：《清代四大女词人——转型中的清代知识女性》，汉语大词典出版社2002年版，第92页。

要》评价："清代女子为词者，藻亦可成一家矣。有清一代女词人中，罕见其俦。"[①] 有词集《花帘词》《香南雪北词》，其词作自然是研究的重点。关于吴藻词的研究，主要集中在艺术风格评价、思想内容阐释两方面。

1. 艺术层面的探讨

对吴藻词作艺术层面的探讨主要集中在艺术风格的评析及艺术成就的肯定两方面。

艺术风格的多重性。吴永萍在《吴藻词研究》中对吴藻的风格作了一个较为精炼的概括："学近苏辛，嗣响易安"的双重风格[②]，"不名一家，奄有众妙"的品格。作者从吴藻语言艺术的音乐美、绘画美、结构美着手，加上对吴藻词中频繁出现的梦、影、梅、雨、竹、酒、箫、剑等意象的探求，得出吴藻词是豪放与婉约兼容的多样性艺术风格的结论。吴永萍认为，不同于同时期盛行的"阳羡词派""浙西词派"和"常州词派"，吴藻在转益多师的继承和发扬中，形成了自己"别是一家"的独特风格。徐莉梅的《吴藻、沈善宝研究》中也提出吴藻词语言艺术具有多重美感，在艺术风格上兼收并蓄，不宗一家。

艺术成就的肯定。吴藻的老师陈文述在《花帘词序》中，首次对吴词的艺术成就予以了充分的肯定：

> 疏影暗香，不足比其清也；晓风残月，不足方其怨也；滴粉搓酥，不足写其缠绵也；衰草微云，不足宣其湮郁也。顾其豪宕，尤近苏辛。宝钗桃叶，写风雨之新；铁板铜弦，发海天之高唱，不图弱质，足步芳徽。[③]

尽管颇有溢美之嫌，但也在一定层面上反映出吴词的艺术成就。俞陛云在《清代闺秀诗话》中则认为："湘蘋以深稳胜，太清以高旷胜，蘋香以博雅胜，卓然为三大家。"[④] 蘋香即指吴藻，可见赞其词风为博雅。黄燮清为《国朝词综续编》编选者，选了十九首吴藻词，且列于卷首，称引吴藻"多慧解创论，时下名流往往不逮"[⑤]。

从"嗣响易安"到"别是一家"，吴藻词的艺术成就得到学界的广泛认同，郭梅的《吴藻词论》的评价，可视为近年来吴藻词研究的代表性描述：吴藻是清代词坛上最具代表性的女性词人，她的词在继承前人传统的基础

① 《续修四库全书总目提要》评吴藻词："有清一代女词人中，罕见其俦。盖词本管弦之音，吴藻精通音律，故其所作，声律并佳。"

② 吴永萍：《吴藻词研究》，西北师范大学2007年版，第55页。

③ 徐乃昌：《小檀栾室汇刻闺秀词第五集》，浙江大学出版社2018年版，第18页。

④ 王英志编：《清代闺秀诗话丛刊》（第九册），凤凰出版社2010年版，第1635页。

⑤ 黄燮清：《国朝词综续编》（《续修四库全书》第1731册，据同治十二年刻本影印）。

上有所创新，境界各异，风格多样，博采各家之长，在形式美感和内涵深度等方面都取得了一定的成就，不仅在中国女性文学史和清代文学史上享有很高的地位，在我国古代词史上，也自有她的一席之地。俞陛云的《清代闺秀诗话》，将徐灿、顾太清、吴藻推为清代三大闺秀词人。

2. 思想内容的阐释

对吴藻词作思想层面上的解读，是吴藻词研究的另一个重要方面。多数学者认为吴藻词作中蕴含着强烈的个体生命意识和女性意识，"出世"情结及对岑寂境界的追求。

吴藻词中的女性意识是学者讨论的焦点。如陈巧玲《论吴藻词作中的女性意识》(《剑南文学》，2011）认为吴藻在词作中充分展现自身细腻温婉的女性特质，同时在词作中也传递了对传统女性角色的反叛、背离，和对自我人生价值的追求。冀敏《试论吴藻的词作及她的女性思想》(《文教资料》，2014）则从吴藻词作中两种角色，即女性的吴藻和假托男性的吴藻二重角度，指出吴藻词中强烈的女性意识和对男女地位的思考，满身的才华与身份的矛盾，导致了其内心与外界世界的冲突。徐峰《吴藻词曲创作中的女性觉醒意识》则从女性创作中女性角色的背离及超越性别局限的个性解放两个维度分析，认为吴藻是清代文学女性意识觉醒的典型代表。

"出世"情结及对岑寂境界的追求。吴藻晚年移家南湖，参禅奉道，其词作流露出超越俗世的向往。邓红梅《梅花如学悟香禅：吴藻词注评》中解读吴藻的《清平乐·银梅小院》时提出，"其中贯穿了一个佛教的隐喻，词人意在借此表达自己修行佛教净土宗之后内心的清寂体验"①。阮玲的《从梅花意象看吴藻的逃禅心迹》，郭姮姮《吴藻作品中的梅花意象》(《微学第4卷》，2006）均是按早、中、晚三个时期来探析吴藻参禅心态以及对岑寂境界的追求。岑玲的《英雄儿女原无别——读吴藻〈金缕曲·闷欲呼天说〉》，从吴藻的一首词切入，认为这首词以高卓的视野拓展了词境。"英雄儿女原无别"这样的呐喊几乎贯穿了吴藻早年的作品，晚年才逐渐转向"一卷离骚一卷经，十年心事十年灯"的岑寂。

由对吴藻思想内容的探究，进而探讨吴藻的词学观。张洲《论吴藻的词学观》以吴藻词为基础，结合时人对其作品的议论、评价，提出了吴藻的词学观。他提出了吴词情景并真的创作论、大家笔调的境界论、奄有众妙的风格论以及感同身受的鉴赏论这样颇有创见性的观点。这对于明清女性文学批评是一个较好的尝试和借鉴。

自明以降，女性作家愈来愈受关注，直至有清一代，女性文学空前繁荣，女性作家蜂起，女性的自我意识在不断的书写创作中日渐增强，女性

① 邓红梅:《梅花如雪悟香禅——吴藻词注评》，第180页。

文人也终于得以在文学领域发出独属于自己的声音。当今学者们也逐渐关注到女性文学文本中的女性意识，力图促使女性话语及价值的确立，完成女性诗学体系的建构。

（三）杂剧《乔影》的研究

《乔影》，也称《饮酒读骚图》，是吴藻唯一一部杂剧。剧中讲的是生长闺门的女子谢絮才易装为男子饮酒读骚的故事，凸显了强烈的性别意识。学者对吴藻文学作品的研究主要集中在杂剧《乔影》反映出的性别意识和才名焦虑上。张宏生在《吴藻〈乔影〉及其创作的内外成因》一文中详尽地分析了性别意识的内外成因，并指出吴藻的“双性”并非为男性和女性，而是指自然性别和社会性别。刘建芳的《现实的绝望与精神的梦想：吴藻的杂剧作品简论》（《剧作家》，第4期）则归之为理想与现实的反差所导致的“性别错位”。与之观点相近的还有浦汉明的《〈乔影〉——中国古代知识女性的愤懑与呼号》（《中国古代近代文学研究》，第9期）。孟梅的《戏曲〈乔影〉与吴藻的“才子情结”》则认为，在《乔影》中，吴藻抒发了对魏晋以来名士风流的憧憬与模拟，突出地表现了这位女作家的“才子情结”和才名忧虑［《沈阳师范大学学报》（社会科学版），第5期］。赵淑徽《一洗人间粉黛羞——读清代名媛吴藻〈饮酒读骚图〉杂剧》的观点则稍有不同，提出此曲作所表达出来的男女同调、古今同慨之悲，使无数失意的文人才子遂产生“同是天涯沦落人，相逢何必曾相识”的千古共鸣。“前生名士，今生美人”，陈文述以此来评价女弟子吴藻，道出了吴藻性情的两个特质，也道出了“前生”与“今生”之间的难以逾越的“双性”冲突。宗世龙、蒋小平《清代女曲家吴藻与〈乔影〉研究述评（1990—2020）》一文，对1990—2020年三十年间学界对吴藻及其杂剧研究情况进行了回顾，该文从生活环境对吴藻创作的影响、《乔影》的性别意识研究、吴藻的“名士情结”研究三个方面切入，以期对“从事吴藻及《乔影》杂剧的研究也提供了方向性的指引，即从不同的研究视角切入，重新审视吴藻个人与《乔影》杂剧的关系，再度解读吴藻的创作思想与影响”①。

上述学者从不同的角度切入吴藻的杂剧研究，重点探析了吴藻词曲创作中的女性意识觉醒以及内与外、才与名的矛盾与冲突，客观而言，在中国的历史语境中，女性作家比男性作家担负着更深广的才德焦虑。

① 宗世龙，蒋小平：《清代女曲家吴藻与〈乔影〉研究述评（1990—2020）》，载《盐城师范学院学报》2021第3期。

二、21 世纪以来古代文学研究的新趋向

（一）词学研究的明清转向

张宏生在《近百年清词研究的历史回顾》中提及：

> 词兴起于唐五代，大盛于两宋，衰微于元明，而又复振起于清代。清词接武两宋，踵事增华，不仅有继承而且有发展其词人之多、流派之众、理论之繁富、风格之多元等都有鲜明的特色成为继宋词之后的又一座高峰。总的来说，和唐宋词相比，对清词的研究较为冷落不够充分，但或多或少也有学者在这个领域中耕耘进行着不同层面的建构。[①]

近年来，元明清词学研究取得了长足的进展。一方面，词学文献整理的全方位推进，无论是明清断代总集的整理及出版还是词人生平的考订、词集的笺注均有长足的进步；另一方面，清代词学研究渐成热点，词人词作的研究呈现纵深发展的趋向。

1. 文献整理的全方位推进

二十一世纪以来，明清词的整理有了新的突破，首先是明清词总集的编订。如《全明词》《全明词补编》等明词总集的编订，以及体量庞大的《全清词》系列的推出，其中《顺康卷》二十册、《顺康卷补编》四册、《雍乾卷》十六册、《嘉道卷》三十册，仅《顺康卷》就收录词人二千一百家左右，词作逾五万首。这是新世纪以来词学界丰硕的成果，也意味着词学文献在新世纪达到了新的学术高度，词学研究也进入了新的历史阶段。其次是词人生平的考订，词人词集的笺注，词学理论文献的整理也日新月盛。文学名家如吴梅村、朱彝尊、陈维崧、张惠言、纳兰性德、龚自珍、朱祖谋、王国维等人词集的校注、笺注自是盈千累百，同时也对女性词人给予了相当的关注。词集的整理、点校、出版日趋增加，诸如胥洪泉《顾太清词校笺》，邓红梅《梅花如雪悟香禅——吴藻词注评》，江民繁《吴藻全集》等书的出版。在词学文献的整理及出版上，则有屈兴国《蕙风词话辑注》（江西人民出版社，2000），俞润生《蕙风词话·蕙风词笺注》（巴蜀书社，2006），孙克强《历代词人词话》（南开大学出版社，2012 年），《白雨斋词话全编》（中华书局，2013 年），彭玉平《人间词话疏证》（中华书局，2014）等。文献整理是学术研究的基石，明清词及词学文献的整理为明清文学研究尤其是词学研究提供了坚实的基础。

---

① 张宏生：《近百年清词研究的历史回顾》，载《文学评论》2007 年第 1 期。

2. 词人词作的研究在纵深上均有所发展

清代词学研究渐成热点，一方面，清词研究的深度和广度都超过了以往，不仅涉及清词发展各阶段的主要作家，而且还不断深入挖掘，试图对理论进行梳理和总结。另一方面，这一领域的参与者也越来越多，对明清词学思想、词学流派，甚至明清词史都有重大突破。在女性词人研究方面，研究专著层出不穷。如邓红梅2000年出版的《女性词史》，书中展现了历代尤其是清代女性词人的生存境遇，也对词人的内心世界和创作特质做了详细剖析。黄嫣梨女士所著的《清代四大词人——转型中的清代知识女性》则于2002年出版，该书以徐灿、顾春、吴藻及吕碧城为对象，结合词作文本，从文化学及社会学角度切入，深入探析清代女性心路历程及思想演变轨迹。赵雪沛《明末清初女词人研究》（首都师范大学出版社，2008），分别从总体及个体的角度对明末清初女词人及词作做了深入讨论。马珏玶《明清文学的社会性别研究》（人民出版社，2020年3月版）从社会性别视角入手，分析了明清文学中小说、戏曲、女性诗歌等文学题材，在文本建构过程中，社会性别是以何种方式，对文本的呈现与人物的塑造产生影响。

以吴藻为例，二十一世纪以来的二十余年间，学界对吴藻研究甚至出现“井喷”现象。自十九世纪三十年代以来，研究吴藻的文献多达一百余篇（含专著），其中专著十多本（大多为部分章节涉及），期刊论文九十余篇，硕士论文近五十篇，博士论文九篇（部分章节涉及吴藻），会议论文一篇。其中，最早讨论吴藻词作的是吴藻友人在《花帘词序》中的评价，并为其编撰出版《花帘词》一卷、《香南雪北词》一卷以及吴藻的作品辑评。进入二十世纪上半叶，吴藻的词已开始引起学界的关注，如温树的《清代二女词人——吴藻与秋瑾》（《华侨文阵》1944年第4期）。二十一世纪以来，产生了涉及吴藻的博士论文九篇、硕士论文近五十篇，专著八部。这与研究生教育规模的逐年扩大、古代文学研究队伍的壮大，以及学术研究自身的深化发展紧密相关。进入二十一世纪后，学界对吴藻的研究出现阶段上升态势，并分别在2006—2007，2010—2011，2014—2016，2019—2022年度出现小高潮。这说明进入二十一世纪，吴藻的关注度有所提高，在文学上的地位也在日益受重视，此乃学术发展的趋向使然。学界明清词研究转向，既是词学研究领域的学术生长点，对于整个明清文学研究领域，也将增光添彩。

（二）文学研究的性别意识

肇始于西方性别研究的女性文学研究，为文学研究提供了一个崭新视角。透过性别含义的多棱镜，重构既有知识的同时，也在做出重新阐释。女性主义理论近数十年渐成体系，成果卓著。二十一世纪以来，我国关于“女性文学”“性别意识”的研究越来越受到重视，这一方法也影响到古代文学研究的性别化研究，尤其是在明清女性文学研究领域，表现更为突出。

1. 性别视野下的明清女性文学研究

近年来，明清女性文学的研究渐成“显学”，在海内外均取得了一定成绩。在国内，南京大学成为性别研究重镇，并于2000年5月举办了“明清文学与性别”的国际研讨会，汇聚了一批海内外研究学者，引起巨大反响，并出版了《明清文学与性别研究》（江苏古籍出版社，2002年），讨论内容涵盖明清俗文学、性别与社会、晚明的名妓传统、清代闺秀等文化语境中的女性创作及文学史意义，回顾了二十世纪明清文学与性别研究，并对性别研究进行了瞻望。此次会议论文共计五十四篇，其中如张宏生的《才名焦虑与性别意识——从沈善宝看明清女诗人的文学活动》、魏崇新的《一阴一阳之谓道——明清小说中两性角色的演变》，顾歆艺《明清俗文学中的女性与科学》，杜芳琴的《才子“凝视”下的才女写作》，美国汉学家孙康宜（Kang-I Chang）的《老领域中的新视野——西方性别理论在中国古代文学研究中的探索和突破》，莫砺锋《论〈红楼梦〉诗词的女性意识》，钟慧玲的《陈文述与碧城仙馆女弟子的文学活动》、王英志的《随园女弟子考评》，均以现代女性主义视野切入，对明清女性文学研究作了多角度考察。

中国大陆之外，明清女性文学也颇受重视。如在台湾，自二十世纪九十年代起，多次召开“妇女与文学”“妇女文学”等学术研讨会，钟慧玲将这两次会议整理成《女性主义与中国文学》论文集。2000年，在台湾召开了“近代中国妇女、国家与社会研讨会”，重点探讨1600—1950年数百年间女性与社会、文学、教育等方面的关系。这些会议推动了台湾女性文学尤其是明清女性文学的发展。此后，不少专著相继问世，如华玮《明清妇女之戏曲创作与批评》（中央研究院中国文哲研究所，2003），钟慧玲《清代女诗人研究》（里仁书局，2000），《清代女作家专题——吴藻及其相关文学活动研究》，王力坚《从〈名媛诗话〉看家庭对清代才媛的影响》，《清代才媛文学之文化考察》等。在北美，一系列著作相继出版。孙康宜（(Kang-I Chang）和苏源熙（Haun Saussy）等主编的《中国历代女作家选集：诗歌与评论》，与魏爱莲（Ellen Widmer）合编的《明清女作家》，加拿大汉学家方秀洁及美国汉学家魏爱莲等人合著的《跨越闺门：明清女性作家论》，高彦颐（Dorothy Ko）的《闺塾师——明末清初江南的才女文化》这些著作，既是西方女性主义理论对中国古代文学研究的有力实践，也是以“他者”的眼光为中国女性文学研究，尤其是明清女性文学研究注入了鲜活生动的学术养分。

2. 明清女性作家的自我书写

明清时期的女性书写是女性自我的主体建构、意识觉醒的呈现。不同于传统男人“代言”式写作中模式化的女性形象，明清时期的文学女性多是基于自身生活经历及情感体验，通过模仿男性语体，书写真实的女性生命经验的文学。吴藻《饮酒读骚图》（又名《乔影》）便是这一类书写中的典型代表。

《乔影》书中讲述的是“生长闺门，性耽书史，自惭巾帼，不爱铅华”[①]的才女谢絮才，因自己是个女儿身，无法获取功名，只得自叹自怜。某日，她改作男儿装扮，自绘小影一幅，名为《饮酒读骚图》；又一日，改易女子装扮，对着自己的男装画像，捧读《离骚》，狂饮痛哭，自我凭吊。吴藻借剧中人之口一吐胸中不平之气：“你道女书生直甚无聊。赤紧的幻影空花，也算是福分当消。恁狂奴样子新描。真是个命如薄纸，再休提心比天高。”[②]《乔影》是一则极短的剧曲，剧中的“她”女扮男装，唱出比男人更加男性化的心曲。此剧一出，风靡大江南北，并曾激起许多男性作家的热烈反响。据魏升谦《花帘词序》：“（吴藻）尝写饮酒读骚图，自制乐府，名曰《乔影》。”“吴中好事者被之管弦，一时传唱，遂遍大江南北，几如有井水处必歌柳七矣。”[③]从剧中可以看出，这是她在一腔怨愤的心境下写就，寄寓了性别的跨越、内心的悲愤，也是一种想要挣脱社会性别桎梏下的呐喊。正是词曲创作中对传统女性角色的反叛与强烈的突破性别局限的个性解放意识，给文本带来了巨大的美学张力。

此外，注重女性自我书写的女性作家，与吴藻生活年代相距不远的就有女词人徐灿、顾春、沈善宝、顾贞立、熊琏，这些女性词人由于所处社会背景相差无几，因此在词作中均体现出许多共性。这些女性并未完全按照男性设定的框架墨守规矩，她们以文学为媒介，共同完成了清代女性以文学阐扬价值，促进觉醒的历史使命。诚如汉学家孙康宜（（Kang-I Chang）在《性别与声音》中所言：“此外，当今的文学批评思潮中最令人感到兴奋的，莫过于女性主义的兴起与女性作品的重新阐释。这场文化风潮涉及面之广、影响之深是文学史中罕见的。”[④]罗莎莉（Li-HsiangLisa Rosenlee）在《儒学与女性》一书也论及“女性文学和性别规范等问题，在清代的文学讨论中占据了核心地位”[⑤]。女性书写被发现、女性作品被阐释及价值确认，文学史中的“女性空白”不断被填补，或重新建构，在当今文学研究中呈现出越来越明朗的态势。

（三）文学研究的文化视角

明清时期的才女文化与南方女性文化的发展密切相关。明清时期，特

① 吴藻著，江民繁注释：《吴藻全集》，浙江人民出版社 2020 年版，第 20 页。

② 同上。

③ 同上，第 44 页。

④ [美]孙康宜：《文学经典的挑战》，百花洲文艺出版社 2002 年版，第 80 页。

⑤ [美]罗莎莉：《儒学与女性》，江苏人民出版社 2015 年版，第 9 页。

别是清代以后，女性文学的书写主题发生了很大变化，创作主体也由名妓传统向闺秀才媛传统转变，呈现出群体性的特征。

1. 明清时期的才女文化

明清时期开始重视女子才学，女性也可读书，“古之贤女，贵有才也”。[①]汉学家孙康宜（Kang-I Chang）在《明清文人经典论和女性观》提出“世界上没有一个国家比明清时期产生的女诗人更多，短短三百年间就有二千多位女诗人出版了专集。且当时的文人不仅没有这些才女，而且在许多情况下，他们是女性出版物的主要赞助人，并努力将女性作品奉为经典。明清文人维护才女的现象确实很特殊。”[②]明清女性不仅有自我对世界的体察与审视，也与身边的闺秀友人、男性文人构筑了一个牢固的文学关系网。“这样的妇女文化主要是靠文学创作和鉴赏批评来传承，所以也称为——才女文化。”[③]

明清时期是社会、思想、政治等各方面发生剧烈变化的时期，此时特殊的社会环境为女性提供了相对宽松的生存空间及舆论空间。此外，才女名媛的出现，也得益于教育的普及与提高，“许多开明家庭对自家女儿从小便进行了相当全面的教育，内容涉及道德教育、文学艺术、婚嫁教育以及劳作教育等”。[④]才女在传统的“女德”之外，有了更高的价值追求，如立言意识日臻强化。据《听秋声馆词话》载:“吴越女子多读书识字，女红余暇，不乏篇章。近则到处皆然，故闺秀之盛，度越千古。”[⑤]

2. 明清文学女性群体研究

家族、地域、结社等传统均不同程度影响着明清女性文学群体，尤其是以江浙为中心的江南地区，文学空间扩大，文学雅集活动，女性之间的交游唱和与文人之间的酬赠现象较为普遍。女性文学群体出现了地域、家族、闺秀等词人群体，也涌现出蕉园诗社、金陵袁枚的随园女弟子群、苏州陈文述碧城仙馆女弟子群、吴江叶氏家族群等颇具影响力的女性文学群体。这些群体，多集中于经济、文化、科举发达的江南地区，其中以闺秀文学群体为最。

闺秀文学的群体性。晚明以降，闺秀活动范围不再仅仅限制于家内，而是逐渐扩大到家外，即从家庭逐步走向社会。文学唱和活动也由家族内部的母女、姊妹之间的诗词唱和逐步延伸至各类文人雅士的交游之中。以吴藻为例，据《吴藻词传》中主要人名索引约略统计，其交游广阔，竟有

① 章学诚:《文史通义校注》，中华书局 1985 年版，第 537 页。

② ［美］孙康宜:《文学经典的挑战》，百花洲文艺出版社 2002 年版，第 85 页。

③ ［美］高彦颐著，李志生译:《闺塾师——明末清初江南的才女文化》第 17 页。

④ 参见刘佳佳《明清女子教育初探》第三章《明清女子教育的主要内容》，山东师范大学 2012 年硕士学位论文，第 38—64 页。

⑤ 丁绍仪:《听秋声馆词话》卷十九，中华书局 1986 年版，第 2820 页。

近百人之多。其生平较有代表性的几次交游活动，主要是介入当时颇具影响力的三大诗词唱和群体的活动。其一是参加苏州碧城女弟子墨会，成为陈文述门下弟子，并参与《西泠闺咏》的编校；其二是参与梁德绳“鉴止水斋”闺阁雅集结社，闺秀结社唱和者有汪端、沈善宝、许延礽、席慧文等才媛。其三是数次以座上宾身份参与以男性文人为中心的东轩吟社题咏活动。吴藻地处文化兴盛的江南，又是陈文述碧城仙馆的女弟子，也是闺秀词人的杰出代表，近年涉及吴藻的研究，多以群体研究的形式出现，如《清代女性诗话研究》《清代闺秀词研究》《清代女性文学批评研究》《清中叶三大女弟子群与男性文人互动研究》《清后期女性生活研究》《明清女剧作家研究》《明清女性作家戏曲创作研究》等硕博论文。

明清代女性文学的繁荣与当时略有松动的社会规范大有关联，也得益于经济文化的发展以及开明文人对于女性各方面权利的尊重与认可。女性诗词总集和选集的编纂及刊刻，在一定程度上促进了女性作品的传播，提高了女作家的声望。明清女性才学观的转变、刊刻出版业的繁荣等社会变化与闺秀才媛现象的出现也是一大动因。我们借由对吴藻及其所处群体的研究以小见大，从而窥探闺秀女性群体的研究，这是从个体到群体，从微观到宏观的文学研究新趋向。

三、结语

明清时期的社会、文化、教育等环境，造就了吴藻这样富于魅力的女性作家，她以一支纤笔，结合自身生存境遇，书写自己的生命经验和精神世界。她作品中蕴含的强烈个体生命意识、女性意识以及丰富的艺术特性，使之成为清代文坛上的一朵奇葩。

如前所述，近年来关于吴藻的研究可谓硕果累累，几乎囊括了吴藻其人及艺术创作的各个方面。通过对吴藻的个案研究和微观研究，可以窥探二十一世纪以来中国古代文学词学研究的明清转向、文学研究的性别意识、文学研究的群体视角等研究趋向。然而，目前学界对吴藻研究多聚焦于生平考证、词作研究以及杂剧创作研究等方面，在其诗歌创作、性别意识研究以及女性群体层面仍未充分展开，因此，这些领域仍值得深入考察。

（彭文伶：重庆化工职业学院中文专任教师）

巫昂诗歌创作论

陈　湘

摘　要：“下半身”诗歌潮流是新世纪之初中国诗坛重要的文化现象之一。巫昂作为“下半身”写作的重要代表，其诗歌创作在传统批评的语境中深陷欲望诗学的话语窠臼。本文试图从作为“下半身”诗人的巫昂、作为女性写作者的巫昂以及整体视野中的巫昂三个视角，重新审视巫昂的诗歌创作，对其诗歌意义、精神指向以及审美品格进行学术阐释与价值重估。

关键词：巫昂；“下半身”诗歌；女性诗歌；身体写作

2000年问世的《下半身》诗刊以及以此为阵地的“下半身”诗歌写作无疑是世纪之交中国诗坛重要的文化现象之一。它的出现强烈震撼了深陷话语权之争的诗界，至今仍余波未止。历史的距离已经拉开，作为“流派”的“下半身”已不复存在，当年的朵渔自愿回归“上半身”写作；尹丽川出走诗歌，另辟他业；沈浩波还在勤奋笔耕。经过初期评论界近乎一面倒的道德讨伐和美学鞭挞，近年来出现了对于“下半身”诗歌进行价值重估的研究倾向。但多将其置于“70后”诗歌写作这一庞大的群体中作流派式介述；或将其置于世纪之交的特殊时期作社会、历史与人文精神之辩白，以期获得在诗歌精神史上的合法地位；抑或是对影响较大的“下半身”诗人诗作进行系统分析。而评论界却严重忽视了巫昂，对其人仅仅停留于介绍流派时的人名罗列；对其作也仅仅视为论述他作时对比性的参照文本。作为“下半身”的重要诗人，巫昂似乎成了被遗忘的“失踪者”，关于巫昂诗歌创作的专题研究近乎空白。

基于此，本文将从巫昂的三个不同身份，即“下半身”写作者、女性写作者以及整体视野中的巫昂，切入巫昂诗歌的重读与重估，以期找寻“失踪者”巫昂。

一、作为“下半身”写作者的巫昂

纵观千年来身体在中国社会的处境，从孟子的“杀身成仁”到程朱理学的“存天理，灭人欲”，“在长期的政治教义和伦理哲学的统领和异化下，人的身体感知和正常的私人欲望被机器化、政治化、异化、他者化、非人化。人成了丧失自由与爱欲的政治的、制度的、运动的、道德的工具。”① 据此，在官方意识形态的强力介入下，僵化的道德语境使身体成了卑劣且不为伦理所容的非法存在。这种倾向发展至二十世纪中叶达到高峰，身体被远远放逐于文学领地之外。彼时的作家们没有真实的“自我”，诗歌中切实的身体细节被湮灭在“时代共名”声中，丰富柔软的躯体形象被坚硬宏大的阶级、革命和斗争所专政。长期的非正常化的政治介入、道德禁忌以及片面的文学观念切断了身体进入诗歌的合法渠道，真正的、富有活力的身体描写被诗歌乃至文学创作剔除。甚至到了“朦胧诗”时期，这一现象仍旧没有得到真正解决。

如此辽阔的书写空白随着大量西方身体哲学的引进以及商业化的进驻开始松动。西苏、福柯、伊格尔顿等人将身体与文明、话语言说等相关联，使其在身体中发生着不同程度的“权力”关系，身体的禁区一再被打破。加之市场经济发展至世纪之交，身体在消费文化、物质主义的裹挟下获得了前所未有的合法性，身体俨然成为公开的文化视点以及文化商品。如果说从建国到“文革”结束为止，“下半身”一直处于“上半身”的压抑当中，一直处于“被遮蔽”“被缺席”的境地，八十年代文学中的“身体”处在“犹抱琵琶半遮面”的羞涩状态，那么九十年代中期以后，更加开放的市场社会以及蓬勃发展的大众文化赋予了“身体”“欲望”在文本中发酵的空间，“身体”由“遮蔽”走向“敞开”。这直接导致了诗歌与“身体”的关系日益紧密，而“下半身”写作的出现，便是这种转向发展到高峰的一个标志。正如陶东风所说：“中国新千年文坛的‘开场白’就是‘身体’。”②

当然，“下半身”写作的出现除了受外部社会时代变化的影响，其自身也存在着内部的诗艺传承。八十年代，中国诗歌主潮是“朦胧诗”及其之后的“第三代诗歌”。进入九十年代，二者的本质精神分别在“知识分子写作”和“民间写作”中得以延续和发展。从精神谱系来看，“下半身”属于“民间写作”一脉。沈浩波在《下半身》发刊词中追溯“下半身”写作渊源时就承认，“下半身”写作深受“民间写作”的影响，是“民间”先锋精

① 霍俊明:《尴尬的一代：中国“70后”先锋诗歌》，广西师范大学出版社2009年版，第209页。

② 陶东风:《“下半身”崇拜与消费时代的文化症候》，载《理论与创作》2005年第1期。

神的延续。然而，相较于“民间写作”，“下半身”的姿态更为极端，破坏性更强，它无视任何道德束缚，试图颠覆艺术传统和文化传承。所谓“下半身”指的是诗歌写作的一种“贴肉”状态，追求的是一种“肉体的在场感”——是“下半身”而不是“已经被传统、文化、知识等外在之物异化了”的“整个身体”。他们高举反文化的旗帜，“语言的时代结束了，身体觉醒的时代开始了”，因为“只有肉体本身，只有下半身，才能给予诗歌乃至所有艺术以第一次的推动”。在“下半身”写作者们看来，只有与原欲贴合的“下半身”才是最真实的，因为它“具体、可把握、有意思、野蛮、性感、无遮拦”[①]。

可见，“下半身”写作的基本原则便是以最原始、最贴近自然的“下半身”作为“真实”的指向来过滤“上半身”的形而上思考，在意象、语言上显示为极度的“原始”和“不修饰”。而正是这不符合诗歌“理想”的写作反而呈现出极强的“真实性”——在近乎粗鄙的语词中，诗歌获得了强烈的“震撼力”和基于“真实性”的象征意义。这是对于既定文化秩序的高度破坏，也是对于诗歌可能性的探索。“性”当然是“下半身”写作无法忽略的重要组成，但“下半身”写作不仅仅只有“欲望”，“身体”并非只是一种写作策略，更是一个追求高度真实性的首选载体。

近年来，在重估“下半身”写作的语境中，有论者能够穿过传统知识分子框定的精神指向，基于“下半身”诗歌文本，还原诗歌现场，以符号学的视角观照，认为“下半身”写作的文本编码和符号表意采取的是“反讽理解型”[②]。“下半身”写作用“身体”“性”“欲望”来嘲弄传统文化中灵与肉的二元对立状态，认为一切有关人类、生命价值的思考都是可笑的，都是在粉饰“欲望”这一本质的问题。“既然第一联想的就是性爱，那么是否真的有超过性爱的严肃性和真实性的东西也值得怀疑”[③]，展现出了无视一切意义的后现代特征。

作为“下半身”写作的主将之一，巫昂在诗作中也时常出现消解宏大话语和终极话题的倾向。她擅长在日常生活中提取写作对象，借由平常的生活材料还原直感与原始欲望，影射社会现实，以此来消解形而上的思考、追问、想象，借此完成对传统诗歌追求普世意义的反叛。她通过游戏的态度和原生态的口语蔑视着既有的体制教育和道德规范，嘲弄着意识形态的虚伪，实现了用语言来消解崇高庄重的目的，展现出其诗歌文本的后现代特征。

在《超过一公分的工资袋》这组诗中，巫昂描述了自己成名之后衣锦还乡的见闻。她将故乡小镇命名为“龌县”，这里没有人懂得诗歌，在意的

① 详见沈浩波《下半身写作反对上半身》一文。

② 刘小波认为“下半身”诗歌将与“性”有关的话语和诗歌话语、文学话语甚至政治话语交替出现，高雅的诗由低俗的语词构成，它将一切宏大的词语，如文学价值、社会理想、女性主义、人类命运等形而上思考与“下半身”并置，使其在反讽的语境中被解构殆尽。

③ 陈晓明：《感性解放引导的现代艺术观念变革》，载《南方文坛》2012年第3期。

不过是“她在书里提到了我县 / 还有我县最繁华的大街”。开座谈会的时候，“龌县最早阳痿的书记 / 带着他最没高潮的秘书 / 龌县菜卖得最好的贩子 / 带着他怀里的一杆秤 / 挤到前排”，他们只等着“落实袋子里的具体金额”，“好快点‘五年计划’”。长期的体制教育愚钝了民众，普通人的思想甚至对于生存意义的选择都已经被体制所规训。随后，诗人将流产手术时“那些被四环素糟蹋的牙齿 / 那些被引产钳拖出子宫的小胳膊”的“红”与“钱上有张脸 / 带着仁慈的微笑”的“红”并置，在强烈的道德冲击下冷眼审视着“钱的红 / 是千年红 / 今年的首都 / 特别流行这种红”。诗人敏锐地发现，对于身处桎梏，人们浑然不觉“我猛一回头 / 见到养海鲜的玻璃缸 / 一尾不省人事的虾 / 正在向假山游去 / 它的屁股高高地翘起 / 象征着春天快要到来 / 它误以为自己还在海里”。这里的隐喻充满了诗人的忧思。组诗的最后，诗人写道:“我在龌县 / 渐渐明白龌县的很多问题 / 不是用工资袋就可以解决的 / 我们甚至又开始盖妈祖庙 / 甚至又开始把船拆成 / 金光闪闪的零件”，颇有几分启蒙的意味。这在“下半身”写作中并不多见，或许也与巫昂的学院背景有关。

在巫昂的笔下，一切都是可以解构的对象，就连婚姻也并不神圣，反而充满琐屑与庸常。例如，《婚后》一诗中，在顶真的修辞下，诗人将夫妻之间无爱的性事描述得机械且麻木。“我”不过像“家具”，没有拒绝的权利，也体验不到丝毫的欢愉。诗人将生活的细节和心理的嬗变以真实的口语表达出来，充满了强烈的个人色彩。

二、作为女性写作者的巫昂

提起女性诗歌写作，“身体”“欲望”的确是绕不开的两个关键词。二十世纪八十年代，以翟永明、伊蕾、唐亚平等为代表的女性诗歌写作是基于性观念层面上对于女性身份自我认知的呼告以及对于男性中心权力的挑衅，虽出现一定的情欲化倾向，但对于身体的描写依旧写意，仍以类型化的性别话语包裹着自己的欲望。这些“身体”承载着深沉的、有如“知识分子”般的“启蒙”使命，显示出强烈而悲壮的人文色彩。而发展至世纪之交，在“下半身”女诗人的笔下，她们不再对自己的女性身份感到惴惴不安，也不再试图用血肉之躯去撞击男性权力建立的秩序。在她们眼中，性就是性，无关任何“上半身”的思考。“身体”承载的不过是最原始的、真实的欲望，没有那么多形而上学的东西。“它完全从男女对等的快感出发，只追求快乐舒服，因而一切都变得如此简单而合情合理”。[①] 如果说，

① 陈仲义:《新世纪：大陆女性诗歌的情欲诗写》，载《福建论坛（人文社会科学版）》2009年第1期。

八十年代女诗人的身体书写是掀开被压迫下的女性身体奥秘，是用细腻独到的女性经验来填补千百年来在男性视域意淫下的空白并试图构建起一个独属于女性的话语系统，以此来对抗、消解男性话语霸权对于女性经验和女性话语书写的围剿，那么到了“下半身”女诗人这里，性并不与任何形而上的意识形态对等，她们对于身体的表达直抵原始的动物欲望，冲破了道德伦理的禁忌，对于性所附加的神圣与庄严进行了无情的拆解，颇具后现代的况味。正如巫昂本人所言，“宁要性色不要伪情也，恩爱的总是非法夫妻，为了上镜而写的诗，除了想叫人帮它擦得更干净更无暇更贞洁更辉煌更圣人之外，没有别的用处”[①]。

巫昂擅长用轻松疏阔的语句来描写性。例如在《被窝》一诗中，她写到“冷，但也还可以将就一夜”。诗作以小说般的叙事句式开头，平缓地叙述着在不温暖的被窝下所发生的一切，“然后心开始乱了 / 然后窗户打开，伸出个拖把来 / 水多，但还是太顺利了 / 我们并排躺在地板上 / 像两颗没甜味的糖”。巫昂赋予了生活中的琐屑场景较为普遍的象征意义，“两颗没味的糖”是在消隐了爱情的性爱之后，无休无止的空虚与寂寥。巫昂几乎不写具体的动作、姿势，她只追认在性事过后，自我的在场感与心理嬗变。

与尹丽川诗中对性直白的、赤裸裸的宣泄不同，自加入“下半身”以来，巫昂虽然也大量描写了身体与欲望，但在这些性里并没有过多的狂喜或悲伤。巫昂写性，是女性的性，她笔下有关性的生活场景，多数与她本人最直接的生存体验相关。当然，这并非是所谓的女权主义，她甚至主动放弃了这一理论所给予女性的“集体身份”——“我不仇视男性，这决定了我成不了一个女权主义者，我仅仅是用一个放在女人身体上的眼看很多平常事件，好发现点不同寻常的意思。”[②] 在她眼中，所谓女权不过是供人观赏把玩的对象，是自我陶醉的表演者，“我们要站在街头 / 晃着脚，在各种橱窗里 / 仔细地看自己”，甚至是近乎躁郁症患者发病一般“郁悒得要命 / 立马找出药品 / 吞服一些 / 把另外一些扔出窗外 / 如果正好击中别人的脸 / 自然更美满”[③]。

如果将巫昂诗歌与同代女诗人诗作进行横向比较，读者不难发现，巫昂的语句更为冷峻、内省，阴郁的眼神下闪烁着对于女性命运的质疑甚至愤怒。按她所说，“每个女人的一生，都要被郁闷、慌张、恼怒和难以言表所困扰”。这或许与她的个人经历有关——“幼年到少年，我在母亲的产房里混，生产的血，引产的婴儿满地地躺着，生过八胎以上的瘪了的小老女人，十四岁的小姑娘怀着老师的孩子……，好像没有什么比那些更加动物、

① 巫昂:《从亲人开始糟蹋》，大众文艺出版社 2003 年版，第 48 页。
② 同上，第 51 页。
③ 巫昂:《通往阳光密布的所在》，山东文艺出版社 2016 年版，第 97 页。

更不人性。”性交之后带给女性的并非快乐，而是生命的疮痍，这使得诗人更加关心“性交带来的那些副产品”。因为相比之下，“性交并不算什么触目惊心的事情，性交不是性的全部。”[①]

于是，巫昂诗中有许多关于女性生存状态的书写。在《冬天与白菜》一诗中，诗人从得知自己怀孕开始写起，在寒冷的天气中，“我往肚子里倒了袋热奶 / 给我早熟的胎儿 / 加点水分”，俏皮而不失温馨。而随即她所叙述的，又很快将她母爱温存的一面冷冻。诗人将具有血热的胎儿与冻得僵硬的白菜做类比，不动声色地叙述着堕胎这一只能由女性来体验的独特生命感受。诗作构思巧妙，令人不禁联想到美国诗人布劳提根的著名短诗《避孕药与春山矿难》。当然，与布劳提根不同，巫昂深刻地知道生殖对于一个女人来说，是决定性的，也是摧毁性的。诗人对于这种暴力经验处理得十分老到，她从切实的身体经验出发，轻描淡写着只能由女性身体所承受的刻骨疼痛，使得基于伦理道德的隐痛被深深埋藏，只留下关乎个人的、关乎女性私人的生存状态的追认。

除了堕胎，巫昂笔下的女性总是那样地接近日常生存的真实，袒露而不加修饰。例如《阴雨天·林秀利》一诗中的“林秀利”并非传统的“慈母”，也不属于文学史上的“恶母”形象谱系，“林秀利”只是一个普通的妇女。“她已经老了 /……/ 她的嘴张着 / 假装安详地睡着 / 她脸上只有一层皮 / 可女儿在给她美容 / 涂上很贵的油打上一点水”。衰老总是无奈，况且“她已经被前夫掏空 / 只剩下一个坏名声”。经受双重打击的“林秀利”连反抗都显得微乎其微，这心灵与生理上的疼痛以及对于生存真相的深刻洞悉被深深掩埋在平静的叙述背后，销声匿迹在这个剔除了美感修饰与意义升华的中年妇女形象中。类似的还有《老妇女》，诗作描述了一个妇女晚年的生存状态，透露出对生命衰老的无奈与芳华逝去的心酸。“她死后，别的妇女依旧玩乐”，道出了巫昂对于女性命运代际轮回宿命的清醒认知，关乎女性独特生命体验的感知显得十分尖锐。

《回忆录的片段（四）》是巫昂诗作中最具女性色彩的一首。诗人在开头写道：“我想写一本书 / 叫作 /《巫昂——被伤害的历史》”，这是极具诗人个人经验的一本书，也是诗人作为女性写下的一本意味深长的书。诗中，她细数了一个女人一生当中将会面临的伤害，每一种伤害都与女性的身体有关。女性的身体充满着隐喻，而这些隐喻又最终通向女性生存的宿命。读完整首诗，便是翻阅了一个女人一生的历史。

巫昂不认同传统赋予女性的价值与意义，却隐藏着自己对女性生存本相的深刻体认与同情；她不屑成为女权主义者，不认同那种为了反叛男性而

① 详见巫昂《我为什么写性》一文。

进行自我袒露的消费；她只关注女性个体的生存状态，以及生存所带来的对于她们身体上、心理上的创伤，进而展露出对于女性命运的深刻认识和对女性宿命悖论的愤怒质疑，以此从日常场景和个体经验中生发出女性逼仄的生存本相。

三、整体视野中的巫昂

以加入“下半身”写作为界，巫昂的诗歌创作可以分为前后两个时期。

巫昂早期的诗歌圆润、晶莹，充满童趣、幻想，步伐轻快，清丽自如。在《云蓬在唱一首忧伤的歌》一诗中，诗人仿佛是一个刚刚睁眼的婴儿，世间万物都是振翅的精灵，有着奇趣的生命力，“天已经黑了 / 我听到 / 云蓬正在唱一首忧伤的歌 // 这是夏天的最后一个黄昏 / 河水已经凉了 / 河边的水草也已经结婚生子 / 一片冰凉中 / 生活着一个热闹的家庭”。完全是口语化的语言，却精致瑰丽如童话。

当然，巫昂诗歌中最引人注目的是她的叙事天赋。巫昂几乎是在其创作初期便主动接受了口语化的诗歌写作，自白性的、叙事性的特征贯穿了她诗歌创作的始终。与剔除了文学语言进行纯口语叙事的尹丽川、沈浩波等人不同，巫昂的叙事底色澄明，即便是短诗，也蕴含着极致的诗学张力。她的诗歌容纳着深刻的在场性，语词鲜活而富有弹性，包裹着她强烈的自白倾向。“三十年了 / 她终于决定逃离一个男人的暴政 / 当晚 / 我们住在医院一个不足八平米的小屋里 / 荧光灯亮时 / 有着蜂窝一样的响声”，在《经历》一诗中，巫昂用诗歌镜头记叙了早年间自己有关家暴的记忆，“会变好的，会变好的 / 可我只看到善良的舅舅死在 / 除夕前的病床上 / 满城都是醉醺醺的摩托 / 隔壁就是产房 / 早产的婴儿在半夜里哭闹 // 清晨，父亲果然赶来……/ 这时 / 窗外阳光灿烂 / 救护车又送来一个车祸致死 / 的病人”。叙述的末尾，诗人巧妙设置了一个空镜头，使得诗歌在留白中获得了微妙的抒情意味。诗中并没有歇斯底里的宣泄，而是用圆熟的叙事技巧进行了一番包装，使诗句在流畅的叙事中显得明晰、轻巧。

加入“下半身”写作之后，巫昂的诗歌发生了急剧的转向。早年间纤巧的诗句日渐急促，获得了一种粗粝而尖锐的语言质感。这种改变从巫昂对于爱情的书写中可以窥见。“爱尔兰人，爱尔兰人 / 听起来多么动听 / 就好像指南针划过镜子 / 气球落在湖面上 // 在拉大的人行道上 / 他奔过马路 / 把地址写在我的帽子上”（《爱尔兰人》）。早期的巫昂写过一些“异域传奇”式的爱情诗，情语婉转，含情脉脉，怀抱着少女懵懂的憧憬与期待。而在后来的《国庆情事》中，巫昂对于爱情、对于两性的描写已经剖开所有包装，不动声色地叙述着这一动物性的行为：“我们会面、握手、交流体液 /

我把指头塞进嘴里 / 恰似他把手塞在裤缝里”。随着巫昂诗歌题材向着碎裂的、边缘的、“形而下的”转变，其诗作的叙事容量一再压缩，前因后果一并省略，叙述节奏也一改往日的闲庭信步，转而在语言中显露出一种快闪式的、带有血腥味的残忍快感。

当然，那些充满自白欲望的写作冲动依然包裹着巫昂。她为自己写传，也是为女性写传。“皮肤干燥，头发短 / 冬天一到 / 巫昂就成了这个德性 /……// 她想在三十岁之前 / 成为社会名流 / 当一朵晚开的塑料花”（《自画像（一）》）；“在西安的一个旅馆里 / 我抱着每晚二百三十元的枕头 / 放声痛哭 / 我明白，唯有这样的夜晚 / 我是昂贵的，也是幼稚的 / 我是肥大的，也是易碎的”（《自画像（二）》）；“他们有过想象中的触摸 / 有过几次干净的性爱 / 但此时 / 火车让曹小雨惊慌 / 汽笛的声音 / 好像就要穿过她的身体 / 破解她的谜”（《晚熟的曹小雨》）。这些诗歌直抵女性个人经验的私密领地，以其突出的语感、澄明的叙述底色使得语句疏阔，辅以内在的智性思考，构成巫昂“海妖”般的魅惑而清冷、热烈而又疏远的独特气质。

与单纯的、冗长的叙事不同，巫昂诗歌中的叙述场景较少，时间短，容量小，由个体认知、个体经验促成写作冲动，继而摘选日常场景入诗。这种写作逻辑的好处便是能在有限的诗歌文本中无限放大诗人细密的婉转心思和凝重的宿命思考，加之使用日常口语入诗，叙述节奏得到提速，诗作背后的象征容量加大。而口语化的写作又降低了阅读门槛，令巫昂的诗歌呈现出一种“向下”却不“下流”的雅俗共赏的性质。

近年来，巫昂的诗歌创作出现了一些新的倾向。“你在做一批杯子 / 它们像一窝小崽 / 这场景充满了温暖的想象”[①]，“上面的天，下面的地 / 中间的河流和道路 / 一个好的出口 / 应该通往阳光密布的所在”[②]，诗人开始允许些许的暖色进入诗歌，其文字也呈现出了更为包容和柔软的质地。

而那股对于生存的洞视依旧留存于她的诗歌当中。“写诗，一定程度的精神病发作 / 一定程度的无力解决痛苦 / 一定程度的想回到路上 / 一定程度的需要一大瓶生理盐水 / 我厌倦了勇敢和坚持 / 勇敢就是用这样的方式活着 / 坚持就是不说自己的坏话 / 给衰老一颗糖吃”[③]。时隔多年，巫昂对自我的审视依旧不留情面，无论是个体生命的悲哀与沉痛被那个“昂贵”的夜晚所吞没，抑或是年岁的流逝督促着生命衰老，诗人总是能清醒地把握，自觉而自知。

---

① 巫昂:《通往阳光密布的所在》，第 223 页。
② 同上，第 221—222 页。
③ 同上，第 141 页。

结 语

综上，本文从三个向度完成了对巫昂诗歌创作的学术巡礼。至此，这张极具“差异性”的诗学面孔起码在两个参照系中得以凸显并验证，浮露出其独具特色的诗学意义与价值。

第一，与八十年代具有“身体”意味的女性诗歌写作相比，巫昂的“身体”逃出混沌的女性“黑夜”，身体不再是充满自我感知与隐喻的象征符号，不再具备任何指涉“上半身”思考的文化征兆。与同期的尹丽川相比，巫昂于颠覆传统话语、冲破道德伦理禁忌的同时，能在物欲、情欲交织的暧昧背景下，保有一份清醒与自知。

第二，与将性意识与性欲望完全暴露以达到宣泄“真实犯罪”的“流氓式”快感的“下半身”男性诗人相比，巫昂诗歌于内在张力中形成智性的想象空间，语言富有弹性，诗句疏阔，诗作相对而言并没有那么“下”那么“色”，这得益于作者理性意识与美学观念的介入。通过对琐屑的日常场景的整合与过滤，巫昂赋予了文本具有普遍意义上的象征性。而那份对于生存、对于宿命的清醒认知与冷峻审视，是巫昂及其诗歌的安身立命之所在。

（陈湘：广西师范大学文学院中国现当代文学硕士研究生）

图书在版编目（CIP）数据

女作家学刊.第五辑/阎纯德主编.—北京:作家出版社，2024.1

ISBN 978-7-5212-2633-1

Ⅰ.①女…　Ⅱ.①阎…　Ⅲ.①女作家—文学评论—中国—当代　Ⅳ.①I206.7

中国国家版本馆CIP数据核字（2024）第001512号

女作家学刊·第五辑

主　　编：阎纯德
责任编辑：张　平
装帧设计：意匠文化·丁奔亮
出版发行：作家出版社有限公司
社　　址：北京农展馆南里10号　　**邮　　编**：100125
电话传真：86-10-65067186（发行中心及邮购部）
86-10-65004079（总编室）
E-mail:zuojia@zuojia.net.cn
http://www.zuojiachubanshe.com
印　　刷：三河市北燕印装有限公司
成品尺寸：165×260
字　　数：800千
印　　张：41.75
版　　次：2024年1月第1版
印　　次：2024年1月第1次印刷
ISBN 978-7-5212-2633-1
定　　价：98.00元